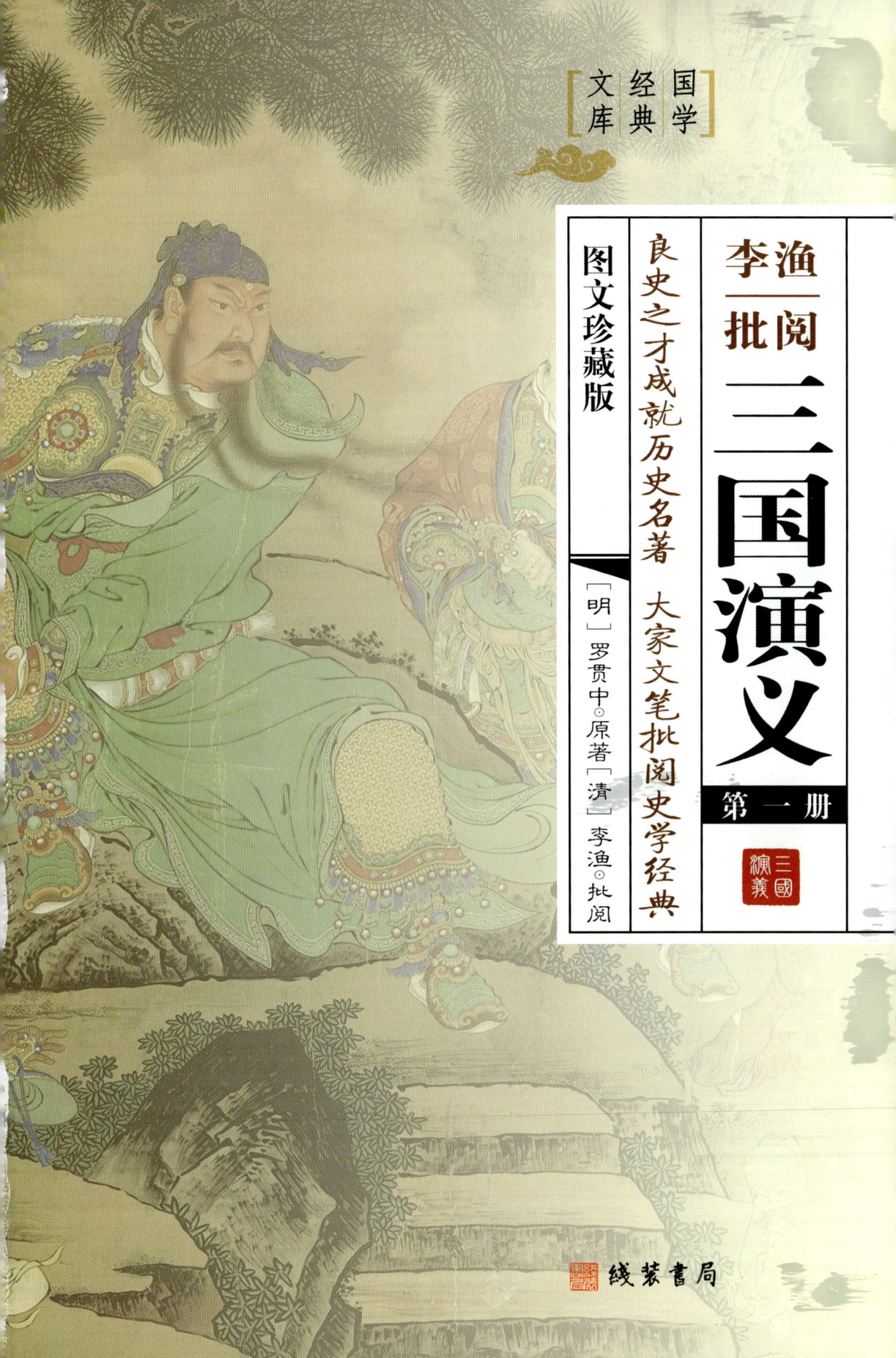

图书在版编目（ＣＩＰ）数据

李渔批阅《三国演义》：全4册 / (明) 罗贯中原著;
(清) 李渔批阅. —— 北京：线装书局, 2016.3
　ISBN 978-7-5120-2159-4

　Ⅰ. ①李… Ⅱ. ①罗… ②李… Ⅲ. ①《三国演义》
研究 Ⅳ. ①I207.413

　中国版本图书馆CIP数据核字(2016)第019752号

李渔批阅《三国演义》

原　　著：［明］罗贯中
批　　阅：［清］李　渔
责任编辑：高晓彬
装帧设计：博雅圣轩藏书馆　Boyashengxuan Cangshuguan
出版发行：线 装 書 局
　　　　　地　址：北京市西城区鼓楼西大街41号（100009）
　　　　　电　话：010-64045283（发行部）　64045583（总编室）
　　　　　网　址：www.xzhbc.com
经　　销：新华书店
印　　制：北京彩虹伟业印刷有限公司
开　　本：710mm×1040mm　1/16
印　　张：112
字　　数：1360千字
版　　次：2016年3月第1版第1次印刷
印　　数：0001－3000套

定　　价：598.00元（全四册）

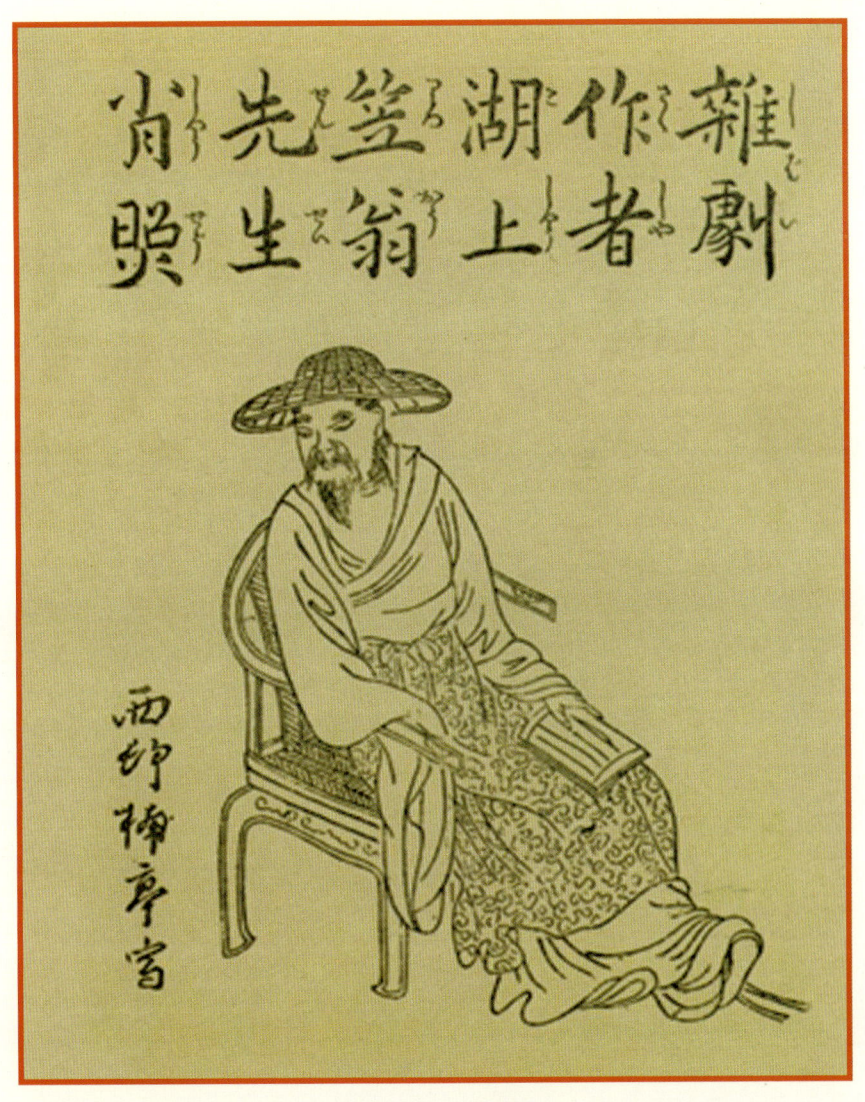

风流才子李渔

　　李渔（1611~1680），初名仙侣，后改名渔，字谪凡，号笠翁，明末清初文学家、戏曲家、美学家。18岁补博士弟子员，在明代中过秀才，入清后无意仕进，从事著述和指导戏剧演出。后居于南京，把居所命名为"芥子园"，并开设书铺，倡编《芥子园画谱》，广交达官贵人、文坛名流。著有《凰求凤》、《奈何天》、《比目鱼》、《蜃中楼》、《意中缘》、《双瑞记》、《风筝误》、《慎鸾交》、《玉搔头》、《巧团圆》和《怜香伴》等戏剧名篇，著名《肉蒲团》、《十二楼》、《无声戏》、《合锦回文传》等著名小说，以及《闲情偶寄》、《资政新书初集》、《资政新书二集》和《笠翁对韵》等书，他还批阅《三国演义》，改定《金瓶梅》，为中国文化史上不可多得的一位艺术天才。

　　李渔是个风流才子，又一妻数妾。1680年，古稀之年的李渔于贫病交加中泯然于世。

刘关张桃园结义

谋董贼孟德献刀

虎牢关三英战吕布

董太师大闹凤仪亭

李傕郭汜大交兵

董国舅内阁受赐

孟德移驾幸许都

弥正平击鼓骂曹

吕奉先夜袭徐州

夏侯惇拔箭啖睛

白门楼吕布殒命

青梅煮酒论英雄

关羽千里走单骑

曹操仓亭破本初

孙坚跨江击刘表

郭嘉遗计定辽东

刘备三顾茅庐

赵子龙单骑救主

关云长单刀赴会

诸葛亮柴桑吊丧

前　言

在我国清初文坛上,有一位名满天下,妇孺皆知,却又毁誉天壤的大名士,他就是李渔。

李渔(1610～1680),字谪凡,号笠翁,别署觉世稗官、笠道人、湖上笠翁等,浙江金华兰溪夏李村人。他是我国清初著名戏剧家、文学家、戏剧理论家,在他所留给后世六百余万字的作品中,人们较为熟知的有戏剧作品《笠翁十种曲》,短篇小说集《无声戏》《十二楼》,长篇小说《合锦回文传》《肉蒲团》,戏剧理论著作《闲情偶寄》等。另外,李渔一生还评点、评改过大量的小说、戏剧作品。爽口《金瓶梅》就是李渔最后改定的作品,时间当在 1667 至 1674 年间;而鲜为人知的《笠翁评阅绘像三国志第一才子书》则是李渔晚年所评改的作品。透过李评本及其为《三国演义》题的两篇序,我们可以窥视到李渔与《三国演义》之间的关系,是那样的密不可分,是那样的使人惊叹。

李渔与《三国演义》有着特殊的关系。他不仅早就推崇《三国演义》,后来自己评点过《三国演义》,对《三国演义》给予很高的评价,并且在毛纶、毛宗岗父子评点的《三国演义》,即《四大奇书第一种》的问世,以及读书流传之始时扮演着十分重要的角色,起着不可忽视的作用。三百多年来,人们都知道《三国演义》的作者是明初的罗贯中,但实际上流传至今,人们所读到的却是清初的毛评本。郑振铎说:"自毛本行,罗本原本便也废弃,而不为人所知。"罗本被废弃的主要原因是:罗本经毛氏加以评改之后,无论是内容还是文字,都较为完整,较为进步,所以,毛本一出,罗本便湮没无闻。

《三国演义》评点本传世的不多,明、清两代正式对该书提出"批评"者的有:《书坊冲止余象乌批评》、叶昼托名的《李卓吾先生批评》《景陵钟惺伯敬父批评》《茂苑毛宗岗序始氏评》《李笠翁评阅》等,其中,毛评本、李评本最为有价值。但是,在实际流传过程中,毛评本《三国演义》却成为后来的通行本,得以广泛流传,并产生了很大的影响;而李评本《三国演义》则湮没无闻,不为人们所知,这种相互间的反差之大,实与李渔大有关系。假如当年李渔不在其中起着重要作用,毛评本的流传很有可能被李评本所替代。清康熙十八年(1679),毛纶、毛宗岗父子所评的《三国演义》始成,李渔为其题序。序中,李渔对罗氏著的"文不甚深,言不甚俗"的历史演义给予了很高评价;对毛氏父子"布其锦心,出其绣口"的整理和评点大加赞

1

赏。

《三国演义》是"四大奇书"之一。对于"宇宙四大奇书"之书目，明"后七子"之一的王世贞所定的是《史记》《南华》《水浒》与《西厢》四种；而冯梦龙所定的则是《三国》《水浒》《西游》与《金瓶梅》四种。李渔的观点倾向于冯梦龙，李渔认为："愚谓书之奇，当从其类，《水浒》在小说家与经史不类，《西厢》系词曲，与小说又不类，今将从其类以配其奇，则冯说为近是。"李渔还认为，上述四大奇书当中，最奇之书非《三国》莫属，他说："然野史类多凿空，易于逞长，若《三国演义》则据实指陈，非属臆造，堪与经史相表里，由是观之，奇莫奇于《三国》矣。"那么，《三国》到底奇在哪里？李渔经过分析后认为，《三国》之奇主要体现在三个方面。第一，"《三国》者乃古今争天下之一大奇局"；第二，"演《三国》者，又古今为小说之一大奇手"；第三，评《三国》者，韶"布其锦心，出其绣口"。由于上述三个方面因素，李渔认为在"四大奇书"当中，《第一奇书》之名非《三国》莫属。

李评本《三国演义》约比毛评本迟个把月时间脱稿付梓，该书卷首有李渔自题的序，但序文比毛评本里的序文要短。从内容来看，比较精练、明快，序中，对"四大奇书"所定的书目。其观点基本上仍倾向于冯梦龙，所不同的是在此序中，李渔对上述"四大奇书"的优劣之处一一做了评论。李渔认为，《三国》是一部真正的奇才奇文，应当多读，读《三国》比读《水浒》《西游》《金瓶梅》都要好。李渔指出："《水浒》文藻虽佳，于世道无所关系，且庸陋之夫读之，不知作者密隐鉴诫深意，多以为果有其事，借口效尤，兴起邪思，致坏心术，是奇而有害于人者也；《西游》辞句虽达，第凿空捏造，人皆知其诞而不经，诡怪幻妄，是奇而灭没圣贤为治：二心者也；若夫《金瓶梅》，不过讽刺淫侈，兴败无常，差足澹人情欲，资人谈柄已耳。"至于《三国》则不同，李渔指出，罗贯中《三国演义》虽由陈寿的《三国志》扩而为传的，但其叙述精详、记事详明，文字优美等，堪与春秋时代左丘明《左传》相媲美。首先，《三国演义》能做到"首尾映带，叙述精详，贯穿联络，缕析条分，事有吻合而不雷同，指归据实而非臆造"；其次，"演此传者，又与前后演列国、七国、十六国、南北朝……""各传之手笔，亦大相径庭。传中摸写人物情事，神彩陆离，了若指掌"；再者，《三国演义》"行文如九曲黄河，一泻直下，起结虽有不齐，而章法居然井秩，几若《史记》之列本纪、世家、列传、各成段落者不侔"。除了以上几点外，再加之其文藻具有"华而不凿，直而不俚，溢而不匮，章而不繁"等精当之处，李渔称其"奇才奇文也"。因在此之前李渔在《毛评本·序》中已把《三国》定名为"第一奇书"，又复忆起当年金圣叹欲评《史记》为"第一才子书"，后未果。据此，李渔向世人宣称：《三国》"诚哉第一才子书也。""第一才子书"的提出和定名、定位，自此以后，大大提高了《三国演义》一书的价值、声望及学术地位，继而扩大了其知名度和社会影响力。

目　录

国学经典文库

李渔批阅

三国演义

目录

图文珍藏版

国学经典文库

李渔批阅

三国演义

目录

图文珍藏版

2

读/者/随/笔

国学经典文库

李渔批阅

三国演义

目录

图文珍藏版

国学经典文库

李渔批阅

三国演义

目录

图文珍藏版

4

读/者/随/笔

国学经典文库

李渔 批阅

三国演义

目录

图文珍藏版

国学经典文库

李渔批阅

三国演义

目录

图文珍藏版

国学经典文库

李渔批阅

三国演义

目录

图文珍藏版

国学经典文库

李渔批阅

三国演义

目录

图文珍藏版

8

国学经典文库

李渔批阅

三国演义

目录

图文珍藏版

读/者/随/笔

国学经典文库

李渔批阅

三国演义

目录

图文珍藏版

国学经典文库

李渔批阅

三国演义

目录

图文珍藏版

国学经典文库

李渔批阅

三国演义

祭天地桃园结义
刘玄德斩寇立功

图文珍藏版

第一回 祭天地桃园结义
刘玄德斩寇立功

后汉桓帝崩，灵帝即位，时年十二岁。大将军窦武、太傅陈蕃、司徒胡广共相辅佐。至秋九月，中涓曹节、王甫弄权，窦武、陈蕃谋诛之。机事不密，反被曹节、王甫所害。中涓自此愈横。

建宁二年四月十五日，帝会群臣于温德殿中，方欲升座，殿阁狂风大作，见一青蛇从梁飞下，【眉批：白蛇斩而汉兴，青蛇见而汉危。青蛇、白蛇，遥遥相应。】约长二十余丈，蟠于椅上。灵帝惊倒，武士急慌救出，文武互相推拥，倒于丹墀者无数。须臾不见。片时大雷大雨，降以冰雹，半夜方住，东都城中坏却无数房屋。建宁四年二月，洛阳地震，又海水泛溢，登、莱、沂、密居民，尽被大浪卷带入海。是年，遂改元熹平。五年改为光和，雌鸡化雄；【眉批：**雌化雄，此尤切宦官之兆。以男子而净身，雄化为雌矣；以阉人而干政，雌又化为雄矣。**】六月朔，黑气十余丈，飞入温德殿中；秋七月，有虹见于玉堂，五原山岸，尽皆崩裂。种种不祥，非止一端。帝忧惧，遂下诏，召光禄大夫杨赐等，诣金商门，问以灾异之由，及消复之术。赐对曰：

臣闻《春秋》谶曰："天投倪，天下怨，海内乱。"加四百之期，亦复垂及。今妾媵阉尹之徒，共专国政，欺罔日月。又鸿都门下，招会群小，造作赋说，见宠于时。更相荐说，旬月之间，并皆拔擢：乐松处常伯，任芝居纳言，郃俭、梁鹄各授丰爵不次之宠，而令缙绅之徒委伏畎亩，口诵尧、舜之言，身蹈绝俗之行，弃捐沟壑，不见逮及，冠履倒易，陵谷代处。幸赖皇天垂象谴告。《周书》曰："天子见怪则修德，诸侯见怪则修政，卿大夫见怪则修职，士庶人见怪则修身。"唯陛下斥远佞巧之臣，速征鹤鸣之士，断绝尺一，抑止槃游。冀上天还威，众变可弭。

国学经典文库

李渔批阅

三国演义

祭天地桃园结义
刘玄德斩寇立功

图文珍藏版

又议郎蔡邕亦对，其略曰：

臣伏思诸异，皆亡国之怪也。天于大汉，殷勤不已，故屡出妖变，以当谴责，欲令人君感悟，改危即安。今倪堕鸡化，皆妇人干政之所致也。前者乳母赵娆，贵重天下；永乐门史霍玉，又为奸邪。察之赵、霍，将为国患。今张颢、伟璋、赵王玹、盖升，并叨时幸。宜念小人在位之咎。伏见郭禧、桥玄、刘宠，皆忠实老成，宜为谋主。夫宰相大臣，君之四体，不宜听纳小吏，雕琢大臣也。且选举请托，众莫敢言。臣愿陛下忍而绝之。左右近臣，亦宜从化。人自抑损，以塞咎戒，则天道亏满，鬼神福谦矣。夫君臣不密，上有漏言之戒，下有失身之祸。原寝臣表，无使尽忠之吏，受怨奸仇。谨奏。

帝览奏叹息，因起更衣。曹节在后窃视，悉以宣告左右，事遂漏泄。邕等被罪。中涓吕强怜其才，奏请免罪。

后张让、赵忠、封谞、段珪、曹节、侯览、蹇硕、程旷、夏辉、郭胜十人，朋比为奸。自此天下桃李，皆出十常侍门下。朝廷待十人如师父，朝政日非，以致天下人心思乱，盗贼蜂起。

时钜鹿郡有兄弟三人，一名张角，一名张梁，一名张宝。角初是个不第秀才，因往山中采药，遇一老人，碧眼童颜，手执藜杖，唤角至洞，授书三卷，名《太平要术》咒符，以道为念："代天宣化，普救世人；【眉批：**若夫此一言，亦张角兄弟等类。**】若萌异心，必获恶报。"角拜求姓名，老人曰："吾乃南华老仙。"遂化阵清风而去。【眉批：**此事谁见来？乃张角自言之，而人遂言之耳。**】角得此书，晓夜攻习，能呼风唤雨，号为"太平道人"。

中平元年正月内，疫毒流行，张角散施符水，称"大贤良师"。请符救病者，无有不应。令患者亲诣座前，自说己过，角与谶悔，以致福利。角有徒弟五百余人，云游四方救病。次后徒众极多。角立三十六方，分布大小。方者，将军之称也。大方万余人，小方六七千，各立渠帅。【眉批：名号愈出愈奇。】讹言："苍天已死，黄天当立；岁在甲子，天下大吉。"【眉批：造语不通，宜其不第秀才。汉将兴，有赤帝白帝之谶，汉将亡，有苍天黄天之谶。赤白苍黄，二帝二天，遥遥相应。】令众以白土写"甲子"二字于各家门上，及郡县市镇宫观寺院门上。青、幽、徐、冀、荆、扬、兖、豫八州之人，家家侍奉大贤良师张角名字。角遣其党马元义暗赍金帛，结交十常侍封谞、徐奉，以为内应。角与弟梁、宝商议云："至难得者，民心也。今民心已顺，若不乘势取天下，诚为可惜。"遂一面造下黄旗，约会三月初五，一齐举事，遣弟子唐州书报封谞。唐州径赴省中告变。【眉批：中涓反作奸细。奸细反作首人。内寇更甚外寇。】帝召大将军何进调兵，先擒马元义斩之，次收封谞等一干人下狱。

张角闻知事发，星夜起兵。张角自称"天公将军"，弟宝称"地公将军"，弟梁称"人公将军"，召百姓云："今汉运数将终，大圣人出；汝等皆宜顺天从正，以乐太平。"四方百姓裹黄巾从张角反者，四五十万，逢州逢县，放火劫人，所在官吏，望风逃窜。何进奏帝："火速分投降诏，令各处备御，讨贼立功"。一面差中郎将卢植、皇甫嵩、朱隽各引精兵，分三路讨之。【眉批：以三寇引出三国，是全部中宾主。以张角兄弟三人，引出桃园兄弟三人，此又一回中宾主。】

且说张角一军，前犯幽、燕界分。校尉邹靖，来见幽州太守。太守姓刘，【眉批：一个姓刘的，引出一个姓

国学经典文库

李渔批阅

三国演义

祭天地桃园结义
刘玄德斩寇立功

图文珍藏版

国学经典文库

李渔批阅

三国演义

祭天地桃园结义
刘玄德斩寇立功

图文珍藏版

6

刘的来。】名焉，字均郎，江夏竟陵人也，汉鲁恭王之后。刘焉问邹靖云："黄巾生发，侵及境界，当如之何？"靖曰："既天子有诏，令各处讨贼，明公何不招军以助国用？"焉然其说，随即出榜，各处张挂，招募义兵，量才擢用。

时榜文到涿县张挂去，【眉批：从榜文生来无迹。】涿县楼桑村引出一个英雄。那人不甚乐读书，喜犬马，爱音乐，美衣服，少言语；礼下于人，喜怒不形于色；好交游于下豪杰，素有大志；生得身长七尺五寸，两耳垂肩，双手过膝，目能自顾其耳，面如冠玉，唇若涂朱；中山靖王刘胜之后，汉景帝阁下玄孙，姓刘，名备，表字玄德。【眉批：于此处大书特书，就明以正统归之。】昔刘胜之子刘贞。汉武帝元狩六年，封为涿县陆城亭侯，

国学经典文库

李渔 批阅

渔 阅

三国演义

祭天地桃园结义
刘玄德斩寇立功

图文珍藏版

坐酎金失侯，因此只一枝在涿县。玄德祖刘雄，父刘弘。因刘弘曾举孝廉，亦在州郡为吏。备早丧父，事母至孝，家寒贩履，织席为业。舍东南角上有一桑树，【眉批：桑质原具经纶作用，故伊尹以之生，玄德以之兴。】高五丈余，遥望见童童如小车盖。往来者皆言此树非凡。相者李定云："此家必出贵人。"玄德幼时，与乡中小儿戏于树下，曰："我为天子，当乘此羽葆车盖。"【眉批：此语疑后人附会。】叔父责曰："汝勿妄言！灭吾门也！年一十五岁，母使行学，与同年刘德然、辽西公孙瓒为友。玄德叔父刘元起，见玄德家贫，常资给之。元起妻云："各自一家，何能常尔！"元起曰："吾宗中有此儿，非常

国学经典文库

李渔批阅

三国演义

祭天地桃园结义
刘玄德斩寇立功

图文珍藏版

8

人也。"

中平元年，涿郡招军，时玄德年二十八岁，立于榜下，长叹一声。【眉批：长叹便有抚髀之意。】随后一人厉声而言曰："大丈夫不与国家出力，何故长叹？"玄德回顾，见其人身长八尺，豹头环眼，燕颔虎须，声若巨雷，势如奔马。玄德见此人形貌异常，遂与同入村中。问其姓名，其人曰："某姓张，名飞，字翼德，世居涿郡，颇有庄田，卖酒屠猪，专好结交天下壮士。【眉批：卖酒屠猪，不是田舍翁行径；结交壮士，又是酒家屠儿行径。叙述甚妙。】却才见公看榜长叹，故此相问。"玄德曰："我本汉室宗亲，姓刘名备，字玄德。今闻黄巾贼起，劫掠州县，有心扫荡中原，匡扶社稷，恨力不能耳！"飞曰："正合吾机。吾约庄客数人，同举大事若何?"玄德甚喜,留饮。酒间,见一大汉推一辆小车。【眉批:又引出一个英雄来,叙三人相会,各一机届,如画。】到店门外歇下车子。入来饮酒,坐在桑木凳上,唤酒保:"快酾酒来,我待赶入城去投军,怕迟了。"玄德看其人,身长九尺五寸,髯长一尺八寸,面如重枣,唇若抹朱,丹凤眼,卧蚕眉,相貌堂堂,威风凛凛。玄德就邀同坐,问及姓名。其人言曰:"吾姓关,名羽,字寿长,蒲州解良人也。因本处豪霸倚势欺人,予杀之,【眉批:此等杀人,便是万世成灵根本。】逃难江湖,五六年矣。今闻招募义士破黄巾贼,欲往应募。"玄德遂以己志告之。三人大喜,同到张飞庄上,共论天下之事。

飞曰:"我庄后一小桃园,开花茂盛,明日可宰白马祭天,乌牛祭地,俺三人结为兄弟如何?"三人大喜。次日,于桃园中宰杀乌牛白马,三人焚香再拜,誓曰:"念刘备、关羽、张飞虽然异姓,结为兄弟,同心协力,救困扶危,上报国家,下安黎庶,不求同年同月同日生,只愿同年同月同日死。【眉批:千古盟书,有此正大否?】皇天后土,以鉴此心。背义忘恩,天人同戮。"誓毕,拜玄德为兄,关羽次之,张飞为弟。祭罢,同拜玄德老母。将福物聚乡中英雄,得三百有余,就桃园中痛饮一醉。

来日收拾军器,恨无匹马可乘。正思虑间,人报有两个客人,引十数伴当,赶一群马,投庄上来。【眉批:来得凑巧。】玄德曰:"此天佑我等也。"三人出庄迎接。前头两个客人,乃中山大商,一个是张世平,一个是苏

国学经典文库

李渔批阅

三国演义

祭天地桃园结义
刘玄德斩寇立功

图文珍藏版

9

双，递年往北贩马，正值寇发，归乡回来。玄德请二人到庄上，置酒管待，诉及欲与民除害，扶助朝廷。张世平、苏双大喜，愿将良马五十匹送与玄德，又赠金银五百两，镔铁一千斤，以资器用。【眉批：何不也附关、张末座？】玄德求良匠打造双股剑；云长造八十二斤"青龙偃月刀"，又名"冷艳锯"；张飞造"丈八点钢矛"。【眉批：好名色。】各置全身铠甲。

一齐完备，共聚乡勇五百余人，来见邹靖。邹靖引见太守刘焉。三人参拜已毕，问其姓名，说起宗派刘焉大喜，云："既是汉室宗亲，但有功勋，必当重用。"因

此认玄德为侄，整点军马。人报黄巾贼大将程远志人马

国学经典文库

李渔批阅

三国演义

祭天地桃园结义
刘玄德斩寇立功

图文珍藏版

10

五万，哨近涿郡。刘焉令马步校尉邹靖，着引刘玄德为先锋，统兵五百，前去破敌。玄德大喜，与关、张飞身上马，来干大功。怎生取胜？

玄德部领五百余众，飞奔前来，直至大兴山下，与贼相见，各将阵势摆开。玄德出马，左有云长，右有翼德，扬鞭大骂："反国逆贼！何不早降！"程远志大怒，遣副将邓茂挺枪直出。张飞圆睁环眼，挺丈八蛇矛，手起处刺中心窝，邓茂翻身落马。【眉批：祭丈八矛的是邓茂。】后人赞翼德云：欲教勇镇三分国，先试衡钢丈八矛。程远志见折了邓茂，拍马舞刀，直取张飞。云长跃马舞刀直出，程远志见了，心胆俱碎，措手不及。被云长刀起，挥为两段。【眉批：祭青龙偃月刀的是程远志。】后人赞云长曰：唯凭立国安邦手，先试青龙偃月刀。众贼见程远志被斩，皆倒戈而走。玄德挥军追赶，投降者不计其数，大胜而回。

刘焉亲自赏劳三军。次日，接得青州太守龚景告急牒文，言黄巾围城将陷，速赐救援。刘焉与玄德商议，玄德曰："备愿往救之。"刘焉令邹靖将兵五千，同玄德、关、张投青州来。遥望见贼人尽皆披发，黄绢抹额，画八卦为号。贼众见救军来，分兵混战。玄德兵寡不胜，退三十里下寨。玄德与关、张曰："贼众我寡，必出奇兵，然后取胜。"【眉批：关、张以勇胜，玄德以谋胜，三人各露一斑矣。】乃分云长引一千军伏山左，张飞引一千军伏山右，鸣金为号，齐出为应。

国学经典文库

李渔批阅

三国演义

祭天地桃园结义
刘玄德斩寇立功

图文珍藏版

国学经典文库

李渔批阅

三国演义

祭天地桃园结义
刘玄德斩寇立功

图文珍藏版

次日，玄德、邹靖引军鼓噪而进。贼众大喊，如潮涌到，玄德便退。贼众乘势追过山岭，玄德军一齐鸣金，左云长，右翼德，两军齐出。玄德军回，三路掩杀，贼众大败。直赶至青州城下，太守龚景亦率民兵出城助战。贼势大溃，剿戮极多，余党败走，遂解青州之围。太守犒赏诸军。邹靖欲回，玄德曰："近听知中郎将卢植，与贼首张角，战于广宗。备昔与公孙瓒师事卢植，【眉批：不忘师。壮甚壮甚。】欲往就之，同力破贼。"邹靖曰："粮食可以应付，军马不敢擅动。"因此玄德自引本部五百人，投广宗来。

至卢植军中，入帐施礼。其道来意，卢植大喜，赏劳了毕，着在帐前听调。时张角贼众十五万，屯广宗。卢植兵五万余众，虽连胜几阵，未见次第。植唤玄德曰："我见今围贼在此，贼弟张梁、张宝在颍川，与皇甫嵩、朱隽等厮杀。汝可引本部军马，更助汝一千官军，就去打听消息，约会剿捕。"玄德领了文书，与关、张星夜投颍川来。

其时皇甫嵩、朱隽领官军与贼大战。贼战不利，乃退入长社，依草结营。嵩四面围定。嵩与隽曰："贼在此依草结营，除非用火功可胜。"【眉批：《三国》中头一次用火攻。】隽曰："候大风起，可施此计。"令军士每人束草一把。其夜大风骤起，嵩先令精锐军士，暗地先出。是夜二更，内外一齐纵火，嵩、隽各引兵操鼓，出奔贼寨。火焰张天，贼众惊慌，马不及鞍，人不及甲，四散奔走。

杀到天明，张梁、张宝引败残军士，夺路而走，见

一彪人马，尽打红旗，当头来到，截住去路。【眉批：读
至此，只道刘、关、张来矣，不想竟不是。】为首闪出一
个好英雄：身长七尺，细眼长髯；胆量过人，机谋出众，
笑齐桓、晋文，无匡扶之才，论赵高、王莽，少纵横之
策，用兵仿佛孙吴，胸内熟谙韬略；官拜骑都尉，沛国
谯郡人也，姓曹，名操，字孟德，乃汉相曹参二十四代
孙。【眉批：出奸雄郑重。提前相作祖，正为后相奸雄作
张本。】操曾祖曹节，字元伟，仁慈宽厚。有邻人失去一
猪，与节家猪相类，登门认之，节不与争，使驱之去。

国学经典文库

李渔批阅

三国演义

祭天地桃园结义
刘玄德斩寇立功

图文珍藏版

国学经典文库

李渔批阅

三国演义

祭天地桃园结义
刘玄德斩寇立功

图文珍藏版

14

后二日，失去之猪自归，主人大惭，送还，再拜伏罪，节笑而纳之。其人宽厚如此。节生四子，第四子名腾，字季兴，桓帝朝为中常侍，后封费亭侯，养子曹嵩，原是夏侯氏子，过房与曹腾为子，因此姓曹。【眉批：**世系如此，岂得与中山靖王之后同日而语哉！**】嵩为人忠厚纯雅，官拜司隶校尉，灵帝拜为大司农，迁大鸿胪。嵩生操，小字阿瞒，一名吉利。操年幼时，好飞鹰走犬，喜歌舞吹弹，多机变，而有权变，游荡无度。叔父怪之，言于曹嵩，嵩鞭挞操。操忽生一计。一日，见叔父来，诈倒于地，败面口口。叔父慌问之，操曰："卒中风耳。"叔父归告于嵩。操潜地归家，嵩惊而问曰："汝中风已瘥乎？"操曰："自来无此疾病，但失爱于叔父，故见罔耳。"嵩乃信其言。【眉批：**自幼便狡猾。欺其父，欺其叔，安得不欺其君手？**】后叔但言过失，嵩并不听，因此操得恣意放荡，不务行业。时人未之奇也，惟有乔玄一见，指而言曰："天下将乱，非命世人才，不能济也。能安之者，其在君乎？"南阳何颙见操，言："汉室将亡，安天下者，必此人也。"【眉批：**安天下此人，乱天下亦此人。**】汝南许劭有高名，操往见之，问曰："我何如人也？"劭不答。又问，劭曰："子治世之能臣，乱世之奸雄。"【眉批：**"治世能臣，乱世奸雄"，此时岂治世耶？劭意在后一语，操喜亦在后一语。**】操忽大笑。年二十，举孝廉为郎，除洛阳北都尉。初到任，县四门各设五色棒十余条，有犯禁者，不避豪贵皆棒责之。灵帝所喜小黄门蹇硕的叔父，提刀夜行，操巡夜拿住，就棒责之。由是内外莫敢犯者，威名颇震。后为顿丘令，因黄巾起，拜为骑都尉，引马步军五千，前来颍川助战。正值张梁、张宝败走，【眉批：**方入正文。遥接无痕。**】曹操拦住，大杀一阵，斩首万余级，夺到旗幡、金鼓、马匹极多。梁、宝死战得脱。操见过皇甫嵩、朱隽，随即引兵追袭张梁、张宝去了。【眉批：**写曹操忽然飞来，忽然飞去，奇。**】

却说玄德与关、张来至颍川，听得喊杀之声，望见火光烛天，急引兵来时，贼已败散。玄德持书见皇甫嵩、朱隽，言卢植事。嵩曰："张梁、张宝势穷力乏，必投广宗，去依张角，汝可即便星夜往助。"

玄德拜辞了，引兵复回。于路正迎一军，约三百余人，护送一辆槛车，视之，乃卢植也。【眉批：**奇幻。**】玄德大惊，滚鞍下马，问其原故，植曰："我围张角，将次可胜，被角用妖术，因此未能全胜。今上差小黄门左丰前来体探，问我要贿赂，我言：'军中缺钱，安有奉承天使？'左丰挟恨，回奏上曰：'广宗之贼，极容易破。卢植高垒不战，惰慢军心，以待天自诛戮。'因此怪怒，遣中郎将董卓替了，【眉批：**此处先伏董卓一笔。**】取我回京师问罪。"张飞听罢大怒，要斩护送军人以救卢植，【眉批：**快人。**】玄德急止曰："朝廷自有公论，汝岂可躁暴！"云长亦当住。军士簇拥卢植去了。云长曰："卢中郎已自罢了兵权，别人领兵，我等去无所倚，不如且回

国学经典文库

李渔批阅

三国演义

祭天地桃园结义
刘玄德斩寇立功

图文珍藏版

涿郡。"【眉批：已见关、张粗细之分。】玄德曰："然。"遂引军往北而行。

　　行无二日，忽闻山后喊声大震，杀气连天。【眉批：**更奇幻，使人测摸不着。**】玄德引关、张纵马高岗望之，见汉军大败，后面漫山塞野，黄巾盖地而来，旗幡大书"天公将军"。玄德曰："此张角也，可速战。"三人飞马引军，操鼓而出。张角正杀败董卓，乘势赶来，忽见山背后一彪人马飞出，当先玄德，左有云长，右有翼德，冲杀将来。角军大乱。追赶五十余里，救了董卓回寨。

　　三人来见董卓。卓问："见居何职?"玄德对曰："白身。"卓甚轻之，不与赏赐。【眉批：**因"白身"两字，救命恩都忘了。**】玄德出，张飞大怒曰："我等亲赴血战，救了这厮，到觑人如无物! 吾不杀之，难解怒气!"【眉批：见卢植受屈，便要杀；见董卓无礼，又要杀。快人。】提刀入帐来杀董卓。【眉批：**此时杀却，到也干净。**】试看董卓性命如何，且听下回分解。

国学经典文库

李渔批阅

三国演义

祭天地桃园结义
刘玄德斩寇立功

图文珍藏版

国学经典文库

李渔 批阅

三国演义

安喜张飞鞭督邮
何进谋杀十常侍

图文珍藏版

18

第二回　安喜张飞鞭督邮
何进谋杀十常侍

董卓，字仲颖，陇西临洮人也。卓数讨羌胡，累有边功，官拜河东太守，镇领中郎将。自来骄傲于人，以致张飞性发，欲杀董卓。云长急抱住。玄德叱之曰："我等皆白身之人，他是朝廷命官，掌握许多人马，汝今杀之，将欲反耶？"飞曰："若在卓部下听令，吾必去矣！"

【眉批：是急话，莫当认真。兄弟三人，安有独自去耶？】

玄德曰："吾三人生死共处，安可弃也？不若离了董卓，别投他处。"飞曰："若如此，方解我恨。"是夜，三人引军来投朱隽。隽待之甚厚，合兵一处进讨张宝。是时，曹操自跟皇甫嵩进讨张梁，大战于曲阳。

且说朱隽进攻张宝。张宝尚引黄巾贼众八九万，屯于山后。隽令玄德为先锋，与宝对敌。三人立马阵前。张宝令副将高升出马，挥刀搦战。张飞纵马挺矛，与升交战，战不数合，飞刺高升坠马。玄德引军，直撞过去。张宝就马上披发仗剑作法，风雷大作，黑气中无限人马，自天而降。玄德急回，军兵大乱，被张宝杀败。退见朱隽，隽曰："此妖术也。来日可宰猪羊血，令军士伏于山头，候贼赶来，高坡上泼之，其法可解。"玄德听令已毕，拨云长、翼德，各引军一千，伏于山后；两山之上，差军五百，盛猪羊血并诸秽物准备。

次日，张宝摇旗擂鼓，引兵搦战。玄德披挂上马，引军出战。两军交锋之际，张宝作法，平地风雷大作，飞砂走石，一道黑气，自军中起，滚滚人马，自天而下。玄德拨马便走。张宝人马赶来，将过山头，一声炮响，五百军秽物齐泼。但见空中纸人草马纷纷坠地，风雷顿息，砂石不飞。【眉批：《太平要术》不济事了。】张宝见解了法，急引兵退山后。左边云长一彪军出，右边翼德一彪军出，背后玄德、朱隽一齐赶上，贼兵大败。张宝于军中夺路而走。玄德望见"地公将军"旗号，飞马赶来。张宝落荒而走，被玄德拽满弓一箭，射中左臂。张宝带箭得脱，走入阳城，坚守不出。这一阵杀贼三万余众，降者不知其数。

朱隽引军围住阳城，月余不下。差人体探皇甫嵩消息，人回报："皇甫嵩大获胜捷，董卓连败数阵，差皇甫嵩代之。嵩到时，张角已死，弟张梁用王者衣冠葬之。皇甫嵩连赢七阵，斩张梁于曲阳；发张角之棺。枭首送往京师。余众俱降。朝廷加皇甫嵩为车骑将军，领冀州牧。皇甫嵩又表奏卢植有功无罪，朝廷复卢植原官。曹操亦以有功除济南相，即日班师赴任。"【眉批：将许多事实收拾一报中，言简意尽。】朱隽听说，催促军马，攻打阳城。贼势危急，从贼严政刺杀张宝，献首投降。朱隽遂平数郡，差人进表奏功。

国学经典文库

李渔批阅

三国演义

安喜张飞鞭督邮
何进谋杀十常侍

图文珍藏版

国学经典文库

李渔 批阅

三国演义

安喜张飞鞭督邮

何进谋杀十常侍

图文珍藏版

朝廷正商议升用，飞报奏：“黄巾余党，南阳赵弘、韩忠、孙仲，聚众十余万，望风烧掠，称与张角报仇。”【眉批：黄巾馀波。】大臣上表，朝廷命朱隽即以得胜之师讨之。

朱隽领旨，大小三军起行。比及前至宛城，赵弘遣韩忠前来迎战。各陈兵于野。朱遣玄德、关、张，攻城西南角，鸣鼓大战。韩忠尽率精锐之众，来西南角。玄德鏖战，从辰至午，贼众不退。朱隽自纵铁骑二千，径取东北角，翻身杀贼。贼恐失城，急弃西南而回。玄德从背后掩杀，贼众大败，奔入宛城。朱隽分兵，四面围定。城中断粮，韩忠使人出城投降。玄德引见，说忠投拜，隽不许。玄德曰：“昔高祖之得天下，盖为能招降纳顺。公何不用？”隽笑曰：“玄德差矣，天时有不同也。昔秦、项之际，天下大乱，民无定主，故招降赏付，以劝来耳。【眉批：此是兵家正用。】今海内一统，惟黄巾造逆，若容其降，无以劝善。使贼得利，恣意劫掠；贼若失利，便使投降：此长寇之志，非良策也。”玄德称善，告隽曰：“不容寇降是矣。今四面围如铁桶，贼乞降不得，必然死战。万人一心尚不可当，况城中有数万死命之人乎？不若撤去东、南，只留西、北，尽力攻打。【眉批：此是兵家奇用。】贼必弃城而走，无心恋战，可即擒也。”隽曰：“高见。”随撤去东、南二面军马，一齐攻打西、北。韩忠果引军弃城奔走，隽率三军掩杀。隽亲自射杀韩忠，余皆四散奔走。赵弘、孙仲引贼众到，与朱隽交战。隽见弘势大，引军暂退，弘乘势复夺宛城。

隽离十里下寨，正欲攻打，见正东一彪人马到来。那人生得广额阔面，虎体熊腰，吴郡富春人也，姓孙，名坚，字文台，乃孙武子之后。【眉批：前于玄德传中，忽然夹叙曹操；此又于玄德传中，忽得夹表孙坚。一为魏太祖，一为吴太祖，三分鼎足之所从来也。】年十七岁时，为县吏，与父搬至钱塘，正见海贼胡玉等十余人，劫取商人财物，方于岸上分赃。行旅皆住，不敢进船。坚谓父曰："此人可擒也。"父曰："非汝所图。"坚奋力提刀上岸，扬声大叫，东西指挥，如唤人意。贼以为官兵至，尽弃财物奔走。坚赶上杀一贼。由是郡县知名，保为校尉。后会稽妖贼许昌造反，自称"阳明皇帝"，聚众数万。坚与郡司马招募勇士千余人，会合州郡破之。斩许昌并其子许韶。刺史臧旻上表奏孙坚功，除坚为盐渎丞，又除盱眙丞、下邳丞。见黄巾寇起，聚集乡中少年及诸商旅，并淮泗精兵一千五百余人，前来接应。【眉批：方入正文。】朱隽大喜，便令坚攻打南门，玄德打北门，朱隽打西门，留东门与贼走。

是日孙坚首先登城，斩贼二十余级，贼众奔溃。赵弘飞马突槊，直取孙坚。坚从城上飞身取弘，手夺弘槊，直刺下马，却骑弘马，飞身往来杀贼。【眉批：骁勇好看。】孙仲引贼突出北门，正迎玄德，无心恋战，只待奔逃。玄德张弓一箭，正中孙仲，翻身落马。朱隽大军随后掩杀，斩首数万级，降者不可胜计。南阳一路┃数郡

国学经典文库

李渔批阅

三国演义

安喜张飞鞭督邮
何进谋杀十常侍

图文珍藏版

22

皆平。隽班师回京，拜车骑将军、河南尹。隽保孙坚、刘备等功。坚有人情，【眉批：**天下事都靠人情。**】除别郡司马，辞玄德而去。惟玄德听候日久，不得除授。

　　三人郁郁不乐，上街闲行，正值郎中张钧车到，玄德拦住，为说功迹。钧大惊，随即入朝见帝，曰："昔黄巾造反，其原皆由十常侍卖官害民，非亲不用，非仇不诛，以致天下大乱。宜斩十常侍，悬头南郊；遣使者布告天下，有功重加赏赐，则四海自清平也。"【眉批：**不提刘玄德，单骂十常侍，拔本塞源之论。**】十常侍曰："张钧欺主也，可令武士推出朝门。"张钧气倒。帝与十常侍共议："此必是破黄巾有功者，不得除授，故生怨言。权且教省家铨注微名，待后有功，却再理会未晚。"因此玄德除授定州中山府安喜县尉，克日赴任。

玄德将军四散回乡，只随二十余人，与关、张来安喜县到任。【眉批：直教英雄气短。】署县事一月，与民秋毫无犯，其盗者皆化为良民。到任之后，与关、张食则同桌，寝则同床。如玄德在稠人广坐，关、张侍立，终日不倦。

到县未及四月，州郡被诏，其有军功为长吏者，皆当沙汰。时备亦在遣中。【眉批：无人情者，如此吃亏，可叹。】督邮至县，玄德出郭迎接，见督邮到，慌忙下马施礼。督邮坐在马上，微以鞭稍回答。关、张气填胸臆，敢怒而不敢言，随到馆驿。督邮正面高坐，玄德立于阶下。将及两个时辰，督邮问曰："刘县尉是何根脚?"【眉批：所问与董卓如出一口】玄德曰："备是中山靖王之后，自涿郡剿戮黄巾，大小三十余战。"把功劳略节提过。督邮大喝："乱道! 你这厮诈称皇亲，虚报功迹! 目今朝廷降诏，正要问这等人，沙汰滥官污吏!"玄德喏喏连声而退。归到县中，与县吏商议。吏曰："督邮作威，无非要贿赂耳。"【眉批：一言道破，还是县吏精通。】玄德曰："我与民秋毫无犯，那得财物与他?"次日，督邮先提县吏，勒要文书，教指县尉害民。玄德自往见之，却被挡住门外。玄德再三求见，终不得入。回到县衙，心中怏怏。

却说张飞饮了数杯闷酒，上马从馆驿前过，见五六

国学经典文库

李渔批阅

三国演义

安喜张飞鞭督邮
何进谋杀十常侍

图文珍藏版

十个老人，皆在门前痛哭。飞问其故，众老答曰："督邮逼勒县吏，欲害刘使君。我等皆来苦告，不得放入，反遭把门人赶打。"张飞大怒，睁圆环眼，咬碎钢牙，滚鞍下马，径入馆驿。把门人见了，皆远躲避。直奔后堂，见督邮坐于厅上，将县吏绑倒在地，飞大喝："害民贼！认得我么？"【眉批：**快人快语，妙在绝无商量。翼德要救卢植不曾救得，要杀董卓不曾杀得，此时遇督邮，再不能忍耐矣。**】督邮急起，唤左右捉下。被张飞用手揪住头发，一直扯出馆驿，掀到县前系马柳上缚住，攀下柳条，去督邮腿上鞭打。约到二百，打折柳枝十数条。【眉批：**痛快痛快，此时方认得玄德公么？**】

玄德正纳闷间，听得县前鼎沸，慌问左右，答曰："张将军绑一人在县前痛打。"玄德慌去观之，见飞大骂不止；绑缚者，督邮也。玄德惊问其故，飞曰："此等害民贼，不打死等甚！"督邮告曰："玄德公救性命！"玄德终是仁慈的人，急喝张飞住手。旁边转过云长来，曰："兄长建下许多大功，只得县尉之职，被督邮如此无礼。吾思枳棘丛中，非栖鸾凤之所；不如杀督邮，弃官归乡，别图远大之计。"玄德取印绶挂于督邮之颈，责之曰："据汝贼徒害民，固当杀之，吾犹有所不忍。还官印绶，吾已去矣。"【眉批：**如此缴印辞官，千古未有。**】玄德、关、张连夜回涿郡。县民解放督邮。督邮归告定州太守，太守动文书申闻省府，差人捕捉。玄德、关、张三人正急，车载老小，往代州投刘恢。恢见玄德乃汉室宗亲，

隐匿养赡在家不题。【眉批：如此小结句，亦得案下一头之法。】

国学经典文库

李渔批阅

三国演义

安喜张飞鞭督邮
何进谋杀十常侍

图文珍藏版

　　却说十常侍既握重权，互相商议，但有不从己者诛之。赵忠、张让差人问破黄巾将士索金帛，不从者奏罢其职。皇甫嵩、朱隽皆不肯与，赵忠等捏奏："皇甫嵩、朱隽皆是捏合功劳，并无实迹。"帝准奏，罢皇甫嵩、朱隽官；封赵忠等为车骑将军，张让等十三人皆封列侯，司空张温为太尉，崔烈为司徒。此皆是结好十常侍，故得为三公。【眉批：知封爵之因，可羞可贱；知变乱之因，可惧可恨。】因此渔阳张举、张纯遂反，举称天子，纯称大将军。长沙贼区星，各处蜂起。表章雪片告急，十常侍尽皆藏匿，只奏天下无事。

一日，帝在后园，与十常侍饮宴，谏议大夫刘陶径到帝前大恸。【眉批：**不愧姓刘。**】帝问其故，陶曰："天下危在旦夕，陛下尚自与阉官共语耶？"帝曰："国家承平之日，有何危急？"陶曰："四方盗贼并起，侵掠州郡，其祸皆由十常侍卖官害民，欺君罔上。朝廷正人皆去，祸在目前矣！"【眉批：**只"正人皆去，祸在目前"八字，足为千古之鉴。**】十常侍皆免冠流涕，跪于帝前曰："大臣不容，臣等不能活矣！愿乞性命归田里，尽将家产以助军资。"帝曰："汝家亦有近侍之人，何不容我耶？"【眉批：**好呆话。**】呼武士推出斩之。刘陶大呼："臣死不怕，可怜汉朝天下，四百余年，到此一旦休矣！"推至宫门，一大臣喝住："勿得下手！待吾谏去。"此人是谁？

宫门外拦住的乃是司徒陈耽，径入宫中，来谏天子曰："刘陶谏议今得何罪，而赐诛戮？"帝曰："毁谤大臣，冒渎朕躬。"耽曰："天下人民欲食十常侍之肉，陛下敬如父母，岂有此理！且十常侍身无寸功，皆封列侯；况封谞等结连黄巾，欲为内乱。【眉批：**排击有力。入封谞更有定案。此是作者有照应处。**】陛下今不自省，汉家社稷立见崩摧矣！"帝曰："封谞作乱，其事不明。十常侍中，岂无一二忠臣？"陈耽以头撞阶而谏。帝怒，命牵出，与刘陶皆下狱中。是夜，俱谋杀之。

赵忠差人以孙坚为长沙大守，进讨区星。不五十日报捷，江夏平复。【眉批：**此处略述，语气严紧。**】封坚

国学经典文库

李渔批阅

三国演义

安喜张飞鞭督邮
何进谋杀十常侍

图文珍藏版

26

国学经典文库

李渔批阅

三国演义

安喜张飞鞭督邮
何进谋杀十常侍

图文珍藏版

为乌程侯；封刘焉为益州牧，就讨四川寇贼；封刘虞为幽州牧，领兵渔阳。征张举、张纯。刘焉到川，狂寇皆降。焉开仓赈济，百姓感恩。刘虞兵讨张举，代州刘恢书荐玄德。刘虞大喜，令玄德为都尉，丘毅为先锋，直抵贼巢，与贼大战数日，挫动锐气。张纯专一凶暴，鞭挞士卒，因此帐下数人商议，一齐心变，刺杀张纯，将头纳献，引众来降。张举见势不好，亦自缢死。渔阳尽平。刘虞表奏刘备大功，朝廷赦免鞭打督邮之罪，【眉批：照应前案，绝不遗漏。】除下密丞，迁高堂尉。公孙瓒表陈玄德前功，封为别部司马，守平原县令。玄德在平原，颇有钱粮军马，重整旧日气象。刘虞平寇有功，官封太尉。【眉批：前文至此一束，接入何进事。】

　　中平六年夏四月，灵帝病笃，召大将军何进入宫，商议后事。弟何苗，官带执金吾。何进起身屠家，因妹入宫为贵人，光和三年，为上生太子辩，故立为皇后，进为国舅，得权重任。王美人生太子协，何后鸩杀王美人，协得董后恩养。太子辩时年九岁，灵帝偏爱太子协，欲立之。【眉批：偏爱，酿大祸胎。】十常侍知天子意，黄门蹇硕乃暗奏曰："若欲立协，必先诛何进，以绝后患。"帝从之，宣进托以后事。

　　进到宫门，司马潘隐与进曰："不可入宫，蹇硕欲谋杀汝！"进大惊，急归私宅，召诸大臣，欲尽诛宦官。坐上一人挺身出曰："宦官之势，起自冲、质之时，朝廷滋蔓极广，安能尽诛？倘机不密，必有绝族之祸，请仔细

详之。"【眉批：说话的是能人。小辈说话，谁肯作准？不想后来多少大事，俱出在此小辈之手。说话的是能人。】进视之，乃典军校尉曹操。进叱之曰："汝小辈，安知朝廷大事！"正踌躇间，潘隐至，报："帝崩于嘉德殿，时年三十四岁。目今蹇硕与十常侍商议，密不发丧，矫诏宣何进入宫，欲绝后患，册立太子协为帝。"说未了，使命至，宣进速入，以定后事。操曰："今日之计，先宜大正君位，然后图贼。"进曰："谁敢与吾正君讨贼？"言未毕，一人挺身便出曰："愿借精兵五千，斩关入内，册立新君。尽诛阉竖，扫清朝廷，以安天下，吾之愿也。"进视之，此人身长伟貌，行步有威，英雄盖世，武勇超群；【眉批：未必。】能折节下士，士多归之；四世居三公位，门多故吏，汝南汝阳人也，汉司徒袁安之孙，袁逢之子，名绍，字本初，见为司隶校尉。何进大喜，遂点御林军五千。

绍披挂领入内。何进引何颙、荀攸、邓泰等大臣三十余员，相继而入，就灵帝枢前，扶立太子辩即皇帝位。百官呼噪已毕，袁绍入宫收蹇硕。硕亲领兵，从宫中来御绍。绍剑直砍蹇硕。硕慌走。绍赶入御园，花阴下转过中常侍郭胜，一刀把蹇硕砍翻，割头而去。【眉批：以宦官杀宦官。】硕所领禁军，尽皆降顺。

绍与何进曰："中官结党，可尽诛之！"张让等知事急，慌入告何后曰："始初设谋陷害大将军者，皆是蹇硕

国学经典文库

李渔批阅

三国演义

安喜张飞鞭督邮
何进谋杀十常侍

图文珍藏版

29

一人，并不干臣等事。今大将军信绍之言，欲尽诛臣等，乞娘娘冷悯！"言罢痛哭。何太后曰："卿等勿忧，我当保之。"【眉批：误天下事者，妇人也。】传旨宣何进入。太后密谓曰："我与汝出身寒微，非张让等，焉能享此富贵？今蹇硕不仁，既以伏诛，汝何听他人之言，欲尽诛宦官？枉惹万人之笑。此事切不可行。"【眉批：何进无用，死不足惜。】何进听太后之言，出与众官曰："蹇硕设谋害吾，可族灭其家。其余者勿得妄害。"袁绍曰："今日若不斩草除根，终久必为丧身之本！"【眉批：夫人不言，言必有中。】进叱之曰："吾意已决，汝等再勿多言！"众官皆退。次日，太后命何进参录尚书事，其余皆封官职。

董太后宣张让等入宫商议。后曰："何进之妹，始初我抬举他来。今日他孩儿继了帝位，内外臣僚皆是他心腹人，威权太重，我将如何？"让奏曰："娘娘可临朝，垂帘听政。封太子协为王，加国舅董重大官，掌握军权。重用臣等，【眉批：张让意中，只重此句。】各预军国大事，渐可图何进矣。"董太后大喜。次日设朝，董太后垂帘听政，封太子协为陈留王，董重骠骑将军，张让等共预朝政。将及月余，董太后夺了权柄，朝廷事并听区处。

何太后见董太后专政，于宫中设一小宴，请董太后赴席。酒至半酣，何太后起身，捧杯再拜，而劝董太后曰："我等皆妇人也，参预朝政，大非所宜。【眉批：极说得好。惜言是而人非。】昔吕后因握重权，宗族千口皆

国学经典文库

李渔批阅

三国演义

安喜张飞鞭督邮
何进谋杀十常侍

图文珍藏版

被诛戮。今我等只宜深居九重，朝廷大事，一任大老元臣自行商议，此国家之幸也。愿垂听焉。"董后大怒曰："汝鸩死王美人，荒淫妒色。今汝子为君，倚兄何进之势，辄敢乱言！吾敕骠骑断汝兄首，如反掌耳！"何后亦怒曰："吾以好言劝汝，何出言不逊耶？"董后曰："汝家屠沽小辈，有何见识！"两宫互相骂詈，张让等各劝归宫。

何后连夜召进入宫，尽告其事。进出，召三公共议。来早设朝，廷臣奏："孝仁董太后，交通州郡，收纳财利，不宜临朝听政，理合迁于河间安置。限日下即出国门。"一面驱人起发董后。一面点三千禁军，围绕骠骑将军董重府宅，追索印绶。董重知事危急，自刎后堂。【眉批：**以外戚杀外戚。**】家人举哀，军士方散。张让、段珪见董后一枝已废，遂皆以金珠玩好，结媾何进弟何苗，并其母舞阳君，令早晚在何太后处善言遮蔽，因此十常侍又得近幸。

　　六月，何进暗使人鸩杀董后于河间驿庭，【眉批：**今日姓何的杀董后，他日姓董的又杀何后，报施亦巧。**】举枢回京，葬于文陵。进托病不出，司隶校尉袁绍入见进曰："张让、段珪等流言于外，言主公鸩杀董后，欲谋大事。乘此时不诛阉宦，后日必为大祸。昔窦武欲诛内宠，机谋不密，反受其殃。今主公兄弟，部曲将吏，皆英俊名士，【眉批：**兄弟恐未必然。**】若尽力命，事在掌握。此天赞之时，不可失也。"进曰："且容商议。"【眉批：**没用没用。**】左右密报张让，让等急告何苗，又送许多贿

国学经典文库

李渔批阅

三国演义

安喜张飞鞭督邮
何进谋杀十常侍

图文珍藏版

32

赂。苗入内,来奏何后云:"大将军辅佐新君,不行仁慈以安天下,专务杀伐以危社稷。今国无事,又欲害十常侍,此取乱之道也。"后纳其言。少顷,何进入白太后,欲诛中涓。何后曰:"中宫统领禁省,汉家故事也。先帝新弃天下,尔欲诛杀旧臣,非重宗庙也。"进虽外慕大名,内无决断,【眉批:"外慕大名,内无决断",是何进定评。】不言而出。

袁绍迎进问曰:"大事若何?"进曰:"太后不允,如之奈何?"绍曰:"可召四方英雄之士,勒兵来京,【眉批:袁绍着着都有理,独此一着坏了。】尽诛阉竖。此时事极,不容太后不从。"进曰:"此计大妙,免得我违太后之意。"便差人召赴京师。主簿陈琳进前,叫曰:"不可!"进曰:"有何不可?"琳曰:"俗说'自掩其目,去捕燕雀',是自欺也。微物尚不可欺以得志,况国家大事,其可诈立乎?今将军总皇威,掌兵要,龙骧虎步,高下在心,若欲诛宦官,如鼓洪火炉燎毛发耳。【眉批:良言硕画,炳若日星。】但当速发雷霆,行权立断,则天人顺之。却反外檄大臣,临犯京阙,英雄聚会,各怀一心,所谓倒持干戈,授人以柄,【眉批:密圈密圈。】功必不成,生大乱矣!"何进笑曰:"此懦夫之见也。"旁边一人鼓掌大笑曰:"此事易如反掌,何必多议论也。"视之,乃曹操也。进曰:"有何高见?"不知曹操说甚话来,且听下回分解。

国学经典文库

李渔 批阅

三国演义

董卓议立陈留王
吕布刺杀丁建阳

图文珍藏版

34

第三回　董卓议立陈留王　吕布刺杀丁建阳

操曰："宦者之祸，古今皆有，但世主不当假之权宠，近侍浸润成疾，使至于此。若欲治罪者，当除元恶，但付一狱吏足矣，何必纷纷召外兵乎？欲尽诛之，【眉批：所见大胜本初。两人优劣，已见于此。】事必宣露，吾料其必败也。"何进怒曰："孟德亦怀私意耶？"操退而言曰："乱天下者必进也。"进乃降诏，暗差使命，星夜前去。诏曰：

朕闻败纪乱常，不日无诛；害国伤时，岂能弥久？窃惟常侍张让、段珪等，滥叨荣宠，恣生强逆，不思报本之恩，复造滔天之祸。意喜者，一门荣贵；心怒者，九族诛夷。令诸侯于畿甸之外，挟天子于宫闱之中。上下切齿，咸思珍灭。朕素知卿等，心怀忠义，讨戮奸邪，速提雄虎之师，克定萧墙之祸。诏书到日，火速奉行。宜体朕怀，退迩知悉。

先发四道诏书，急召四路军马：第一路：东郡太守桥瑁；第二路，河内太守王匡；第三路，武猛都尉、并州刺史丁原；第四路，身长八尺，腰大十围，肌肥肉重，面阔口方，手绰飞燕，走及奔马，见任前将军、鳌乡侯，领西凉刺史，陇西临洮人也，姓董，名卓，字仲颖。先为破黄巾无功，欲议治罪，卓贿赂十常侍，【眉批：贿赂十常侍之人，如何能杀十常侍？】因此幸免。后以金珠结托朝贵，遂任显官，是时手下统西川大军二十万，常有不仁之心。于时得诏大喜，点起军马，陆续便行。卓女婿中郎将牛辅，守住陕西。卓带李催、郭汜、张济、樊稠，前后调练，提兵望洛阳来。卓女婿中郎谋士李儒言曰："今虽奉诏，中间恐有暗昧。还该差人上通表章，【眉批：何进暗发密诏，李儒乃欲显上表章，明明要激成内变。】名正言顺，大事可图也。"董卓大喜，令儒作奏曰：

臣伏惟天下所以有逆不止者，皆由黄门常侍张让等，侮慢天常，操擅王命，父子兄弟，并据州郡，一书出门，便获千金，京畿诸郡，数百万膏腴美田，皆属让等，至使怨气上蒸，妖贼蜂起。臣前奉诏讨于夫罗，将士饥乏，不肯渡河，皆言欲诣京师，先诛阉竖，以除民害，从台阁乞求资直。臣随抚慰，以至新安。臣闻：扬汤止沸，不如灭火去薪；溃痈虽痛，胜于养毒成患。及溺呼船，悔之无及。昔赵鞅兴晋阳之兵，以逐君侧之恶。臣辄鸣声入洛阳，请除让等，则社稷幸甚，天下幸甚！

国学经典文库

李渔批阅

三国演义

董卓议立陈留王
吕布刺杀丁建阳

图文珍藏版

　　何进得表，出示大臣。侍御史郑泰谏曰："董卓乃豺虎也，若引入京城，必食人矣！"【眉批：**欲去狐鼠，乃召豺狼。确论。**】进曰："汝心多之人，不足与谋大事。"卢植亦谏："植素知董卓为人，面善心狠，常有不仁之心。一惹入禁庭，必生祸乱，于国无益，于民有伤。不如早遣人令回，庶免篡夺之患。"进叱之曰："汝等皆无志之士，枉食君禄。"郑泰、卢植皆弃官而去。泰问曰："此去如何？"植曰："此公不可辅也，祸在即目矣。"荀攸亦告闲居。朝廷大臣，去其大半。进使人出迎卓于渑池，卓按兵不动。【眉批：**先上表以示威，复按兵以观变，皆李儒计也。**】

国学经典文库

李渔批阅

三国演义

董卓议立陈留王
吕布刺杀丁建阳

图文珍藏版

张让等知诏各路兵到，十常侍商议。让曰："此乃何进之谋也。我等若不先下手时，皆灭族矣。"张让等先伏刀斧手五十人于长乐宫嘉德门内，乃告何太后曰："今大将军矫诏，召诸路军马，并至京师，欲灭臣等宗族，望娘娘垂怜。"皆叩头伏地曰："臣等归田养老，免死万幸。"太后曰："汝等可诣大将军府下谢罪。"让曰："若到相府，骨肉皆为齑粉矣。望娘娘赐手诏，宣大将军入宫，解释其事。如其不从，臣等只就娘娘前死无恨矣。"太后乃降手诏，宣进入宫议事。

进得诏便行。主簿陈琳谏曰："太后此诏，必是十常侍之谋。切不可去，去必有祸。"进曰："太后诏我，有何祸事乎？"袁绍曰："交持已成，形势已露，将军尚欲入宫议事？何不早决，事久必变矣。"进曰："已在吾掌握之中，待如何变？"曹操曰："先当召十常侍出，然后可入。"【眉批：**二语的是万全之策，奈何进不依，可恨。**】进笑曰："此小儿之见也。吾掌天下之权，十常侍敢待如何？"绍曰："主公坚执要去，我等宜披坚执锐，引甲士以护之。孟德亦当辅佐，以防不测。"【眉批：**也是不得已而思其次。**】

是日，袁绍、曹操各带宝剑，选精兵五百，唤弟领之。袁绍之弟，乃同父异母者，名术，字公路，举孝廉进身，见授折冲校尉、虎贲中郎将。当日袁术全副披挂，引精兵五百，布列青琐门外。绍与操百余人，护送何进车至长东宫前。黄门传诣旨云："太后在禁宫深处，要与

国学经典文库

李渔批阅

三国演义

董卓议立陈留王
吕布刺杀丁建阳

图文珍藏版

38

将军议论国家大事。持兵护送者，不可辄入。"因此袁绍、曹操一行人，都当在禁宫外。

何进傍若无人，昂昂直入。【眉批：大将军八面】至嘉德殿门，张让、段珪迎出，左右围住。让厉声责进曰："董后何罪，妄加鸩死？国母丧葬，托疾不出。【眉批：何患无辞。】汝本屠沽小辈，我等荐之天子，以致荣贵。不报效，欲相谋害，言我等甚浊，其清者是谁也？"进乃默默无语，欲寻出路，宫门尽闭。让呼曰："何不下手！"拥出群刀斧，揪住何进，于宫门侧畔砍为两段。后史官有论赞。论曰：

国学经典文库

李渔批阅

三国演义

董卓议立陈留王
吕布刺杀丁建阳

图文珍藏版

窦武、何进，借元舅之资，据辅政之权，内倚太后临朝之威，外迎群英乘风之势，卒而事败阉竖，身死功颓，为世所悲，岂智不足，权有余乎？《传》曰："天之废商久矣，君将兴之。"斯宋襄公所以败于泓也。

赞曰：

武生蛇祥，进自屠羊。惟女惟弟，来仪紫房。上愍下嫛，人灵动怨。将纠邪慝，以合人愿。道之屈矣，代离凶困。

让等既诛何进，请太尉樊陵人，代进职。袁绍久不见进出，乃于宫门外大叫曰："请将军上车！"中黄门于墙上掷出进头，宣谕曰；"何进谋反，已伏诛矣！其余协从，尽皆赦下。"袁绍厉声大叫："阉官谋杀大臣，岂有此理！有失大义！诛恶党者，前来助战！"何进部将吴匡，于青琐门外放火。袁术领兵突入宫庭，但看阉官，不论大小，尽皆杀之。【眉批：畅快。】袁术、曹操斩关入内【眉批：此时董卓在那里？】樊陵、许相出殿大呼："不得无礼！"袁术立斩二人，余皆奔走。赵忠、程旷、夏恽、郭胜四个赶在翠花楼上，放火，都跳下楼，就在楼前，剁肉泥。宫中火焰冲天，张让、段珪、曹节、侯

国学经典文库

李渔批阅

三国演义

董卓议立陈留王
吕布刺杀丁建阳

图文珍藏版

览将太后及太子并陈留王劫出，内省官属从复道走北宫。尚书卢植弃官未去，见宫中事变，甲持戈，立于阁下。窗前遥见段珪拥逼何后过来，植大呼曰："段珪逆贼！尚不知死，敢劫太后耶？"段珪回身便走。太后从窗中跳出，植急救之，得免。吴匡杀入内庭，见何苗亦提剑出，

吴匡大呼曰："是车骑何苗同谋杀兄！【眉批：**其事不明。**】愿报仇者向前！"数十人大叫曰："愿斩谋兄之贼！"苗欲走，四面围定，砍为粉碎。绍闭上宫门，号令军士，但见阉官，无问大小，尽皆杀之。宫中杀尽，分头来杀十常侍家属，不分大小，尽皆诛绝。流血满地，何止二三万，多有无须者误被杀戮。【眉批：**此是无须劫。后十**

六国时，杀灭胡种，凡隆準大鼻者，皆遇害，又是大鼻劫。】曹操一面救灭宫中之火。张让、段珪拥逼少帝及陈留王，冒烟突火，出后宰门，离城望北邙山逃难。袁绍请何太后权摄大事，【眉批：袁绍、孟德二人，举动俱得大口。】四下分兵追袭，寻觅少帝。

张让、段珪，从者二十余人，连夜奔走至北邙山。天色昏黑，各不相见，随从之人，各自逃回。约二更时分，后面喊声大举，人马赶至，当先河南中部掾史闵贡大叫："张让休走！"段珪等乘马落荒而逃。张让见事急，叩头辞帝曰："臣无路矣，陛下自顾。"遂投河而死。

帝与陈留王亦未知虚实，不敢高声，二王伏于河边乱草之内。此时中平六年八月二十四日，【眉批：悲惨时点年月日时俱有情。】城中诛杀宦官，二帝夜卧荒草。军马四散去赶，不知帝之所在。二帝伏至四更，露水又下，腹中饥馁，相抱而哭；又怕人知，吞声草莽之中，泪如雨坠。陈留王曰："在此不宜久恋，去寻活路。"帝曰："路暗难行，如之奈何？"陈留王与帝以衣相结，爬上岸边，满地荆棘，不见行路，仰天叹曰："刘辩休矣！"但有流萤千百成群，光芒照地，【眉批：炎刘之势，昔为日月，今为萤光，火德衰矣。】只在帝前，陈留王曰："天助吾兄弟也！"随萤火而行，渐渐见路，【眉批：日而借光于萤，尚成其为日哉？】二帝相扶，一步一跌，奔出山路而走。曹仙姑有诗：

国学经典文库

李渔批阅

三国演义

董卓议立陈留王
吕布刺杀丁建阳

图文珍藏版

41

国学经典文库

李渔批阅

三国演义

董卓议立陈留王
吕布刺杀丁建阳

图文珍藏版

42

腐草为萤变化奇，清光入夜映书帏。

莫言微物相轻贱，曾与君王引路迷。

　　二帝行至五更，足痛不能行，山岗边见一草堆，二帝卧于草堆畔。草堆前面是一所庄院。庄主是夜梦两红日坠于庄后，【眉批：**两红日，正应陈留亦为帝之兆。**】庄主惊觉，披衣出户，四下观望，见庄后草堆上火起冲天。庄主慌忙往观，见二帝卧于草畔，庄主问曰："二少年谁家之子？"帝不敢应，陈留王曰："吾兄乃是大汉皇帝，【眉批：**此时据理还不该直说。**】遭十常侍之乱，夜来逃难，得萤火引路，故到此庄。"庄主大惊，再拜于地曰："臣先朝仕宦，司徒崔烈之弟崔毅也。因见十常侍卖官嫉贤，臣于此躬耕垄亩。"【眉批：**映带得好。**】遂扶帝入庄，跪进酒食。帝与陈留王隐于崔毅庄中。

　　却说闵贡赶上段珪拿住，问天子何在。珪言已在半路弃之，不知何处。贡杀段珪，悬头于马项下，来寻天子。到崔毅庄觅饭，毅见首级，问之，贡说详细。崔毅引贡见帝。君臣痛哭。贡曰："国不可一日无君，请陛下还都。"崔毅庄上有匹瘦马，备与帝乘。贡与陈留王共乘一马。【眉批：**帝万乘，王千乘，大夫百乘；君臣三人共骑二马，好看好看。**】

　　离庄院行不到三里，司徒王允、太尉杨彪、左军校尉淳于琼、右军校尉赵萌、后军校尉鲍信、中军校尉袁绍，一行人众，数百人马，接着车驾，君臣皆哭。先使

人将段珪头往京师号令，着另换好马，与帝及陈留王骑，【眉批：**叙事甚细。**】簇帝还京。先是洛阳小儿谣曰："侯非侯，王非王，千乘万骑走北邙。"

车驾行不到数里，忽见旌旗蔽日，尘土遮天，一枝人马到来。百官失色，帝大惊。袁绍骤马出问："何人敢拦圣驾？"绣旗影里，董卓出马，厉声便问：【眉批：**厉声便势头不好。**】"天子何在？"帝战栗不能言，群臣罔知所措。陈留王勒马向前叱之曰："来者何人？"卓曰："西凉州刺史董卓是也。"陈留王曰："汝来保驾耶？汝来劫驾耶？"卓应曰："特来保驾。"陈留王曰："既来保驾，天子在此，何不下马！"卓大惊，慌忙下马拜于道左。陈留王以言抚慰董卓，自初至终，并无遗失。卓暗奇之。

国学经典文库

李渔批阅

三国演义

董卓议立陈留王
吕布刺杀丁建阳

图文珍藏版

【眉批：**废立之关在此。卓至此时方来，皆李儒之计也。不该奇之，应该惧之。**】是日，护送还宫，见何太后，俱各下泪痛哭。失传国玺。【眉批：**是大关键。**】

董卓屯兵城外，每日带铁甲马军数千入城，横行街市，百姓惶惶不安。两路军知何进已死，各引军兵，回本处去讫。【眉批：**安放两路军，并无遗漏。**】董卓得志，出入宫庭，肆无忌惮。后军校尉鲍信来见袁绍，言董卓纵横朝廷，必有异心。绍曰："朝廷新定，未可轻动。"鲍信见王允，亦言其事，允不从。【眉批：**非不从，无可奈何耳。**】信引本部军兵，自投泰山去了。董卓招诱何苗部下之兵，尽皆掌握。

卓召李儒曰："吾欲废帝立陈留王，如何？"李儒曰："今朝廷无主，不就此时行事，迟则有变矣。来日于温明园中，聚会百官，若有不从者，立斩之。则指鹿之谋，【眉批：**"指鹿"二字，贼臣供状。**】宜在今日。"卓喜，便教大排筵会于温明园中，来日请百官饮酒。

次日，飞骑往来，于城中遍请公卿。【眉批：**飞马邀酒，好看。**】公卿皆惧董卓，谁敢不到？卓探知百官到了，徐徐策马到辕门下，带剑入席。百官见了，先令从人执盏。酒行数巡，卓自举杯，劝诸大臣饮酒毕，卓教停酒止乐。卓曰："今有大事，众官听察"。众皆侧耳，卓曰："天子为万民之主，以治天下，无威仪者，不可以奉宗庙社稷。况先君有密诏，言今上轻浮无智，不可为君；次子刘某，聪明好学，可承大汉宗庙。【眉批：**此句**

话从何处得来？何诸人不闻而卓独闻？原请你来诛十常侍，不曾请你来废立皇帝。】吾欲废帝，仍旧为弘农王；策立陈留王为天子，以正汉室。尔诸大臣以为何如？"诸官听罢，默默无言，各各低头觑地。座上一人，推卓几直出，立于筵上，大叫："不可！不可！汝乃何等之人，敢发此语？欺俺朝廷无人物耶？天子乃灵帝嫡子，又无过恶，安可废耶？吾知汝怀篡逆之心久矣，吾岂能容耶！"【眉批：**此时此人，断不可少。**】众人大惊。毕竟是谁？

董卓视之，此人官拜荆州刺史，姓丁，名原，字建阳。因何进降诏，遂引兵至洛阳。当日倚恃兵权，敢出抗拒。董卓大怒，叱之曰："朝廷大臣尚不敢言，汝何等之人，辄敢多言耶？"遂掣佩剑在手，欲斩之，时李儒见丁原背后一人，身长一丈，腰大十围，弓马闲熟，眉目清秀；【眉批：**先从李儒眼中，虚画出一个吕布来。**】五原郡九原人也，姓吕，名布，字奉先，官拜执金吾；自幼随从丁原，拜为义父。当日，布执方天画戟，立于丁原之后。【眉批：**也在人背后。先写戟。**】李儒会意，急进曰："今日饮宴之处，不可以谈国政，来日向都堂公论未迟。"众人皆劝丁原上马。吕布手执画戟，目视董卓而出。众皆奉送丁原上马而去。

董卓与百官曰："吾所见者，合公道否？"卢植立于筵上曰："明公所见差矣。昔商之太甲不明，伊尹放之于桐宫；昌邑王登位，方立二十七日，造罪三千余条，霍

国学经典文库

李渔批阅

三国演义

董卓议立陈留王
吕布刺杀丁建阳

图文珍藏版

光告太庙而废之。今上皇帝，年纪虽幼，聪明仁智，并无纤毫过失。汝乃外郡刺史，素不曾参预国政，又无伊尹、霍光之大才，何敢强主废立之事？圣人有云：'有伊尹之志则可，无伊尹之志则篡也。'汝莫不欲篡汉天下耶？"董卓大怒，拔剑向前，欲杀植。侍中蔡邕、议郎彭伯谏曰："卢尚书海内大儒，人之望也。今先害之，天下震怖。"卓乃止，但免植官。遂逃难而隐上谷。

司徒王允出曰："废立之事，不可酒后商议，别日再听约束。"【眉批：**王允此时，想已有成算。**】于是百官皆散。董卓按剑立于园门，意欲伤害百官。忽一人跃马持戟，于园门外往来。【眉批：**又从董卓眼中，虚画出一个吕布来。先只写戟，此添写马。**】卓问李儒："此何人也？"儒曰："此丁原义儿吕布，勇不可当也。"卓乃潜入园回避，百官因此得脱。

次日，人报董卓："丁原引军，城外搦战。"卓怒，引军马出，两阵对圆。卓见对阵吕布出马，顶束发金冠，披百花战袍，唐猊铠甲，系狮蛮宝带，骑一匹冲阵劣马，持方天画戟，往来驰骤，貌若天神。【眉批：**此处冠带袍甲，一齐都写出来。**】卓心中惊骇。丁建阳于阵中纵马直出，遥指卓而骂曰："天下不幸，阉官弄权，以致万民涂炭。尔乃凉州刺史，无寸箭之功，焉敢乱言废立，侮慢朝廷？将欲反耶？"董卓无言可答。吕布飞马挺戟杀过来。董卓先去了。建阳率军马一掩，卓兵大败，走三十余里。

卓收兵下寨，聚众商议。卓曰："吾观吕布，非常人也。吾若得此人，何虑天下哉！"帐前一人出曰："主公勿忧。某与吕布同乡，足知其人，勇而无谋，见利忘义。【眉批：二语吕布定评。】某凭三寸不烂之舌，说吕布拱手来降。"卓大喜，观其人，乃虎贲中郎将李肃也。卓曰："汝去说吕布，以何而进？"肃曰："某闻主公有名马一匹，号曰'赤兔'，日行千里。须得此马，更用金珠，以利结其心，吕布必反丁原，来投主公也。"卓问李儒曰："此言可乎？"儒曰："主公欲取天，【眉批："欲取天下"四字，在李儒口中道出，可见教董卓无道者，皆李儒也。】何惜一马。"卓欣然与之，更与金一千两、明珠数颗、玉带一条。

李肃骑了赤兔马，带从马二匹，三个人投吕布寨来。伏路军人围住，肃曰："可作速报与将军知道，故人来见。"军士报入帐中。肃入，与布曰："贤弟别来无恙？"布半晌思想不起，问曰："足下果何人也？"肃曰："乡中故人，何故失忘？某李肃也。"布下拜曰："乡兄久不相见，见居何处？"肃曰："见任虎贲中郎将之职，闻贤弟匡扶社稷，不胜之喜。有良马一匹，日行千里，渡水登山，若履平地，名曰'赤兔'。李肃不敢乘，特来献与贤弟，以助虎威。"布听罢，便令牵过来看，果然那马浑身上下火炭般赤，无半根杂毛；从头至尾长一丈。从蹄至项鬃高八尺；嘶喊咆哮，有腾空入海之状。【眉批：绝妙马赞。】吕布见了大喜，谢曰："赐此龙驹，何以报之？"

国学经典文库

李渔批阅

三国演义

董卓议立陈留王
吕布刺杀丁建阳

图文珍藏版

国学经典文库

李渔 批阅

三国演义

董卓议立陈留王
吕布刺杀丁建阳

图文珍藏版

肃曰：“某为义气而来，岂望报乎？”布置酒相待。酒酣，肃曰：“肃与贤弟，少得相见，令尊多曾会来。【眉批："令尊"二字开口便有机锋。】肃献此马且未可说。”布曰：“兄醉矣。”肃曰：“何以知之？”布曰："先父弃世多年，安得与兄相会？”肃大笑曰：“非也，某说今日丁刺史耳。”布惶恐言曰：“在丁建阳处，亦出于无奈。”肃曰：“贤弟有擎天架海之才，四海孰不敬畏？功名富贵如探囊取物，何言无奈而在人之下乎？”布曰：“布欲大展其能，恨不逢主。”【眉批：吕布处处皆开篱引犬。】肃笑曰：“'良禽相木而栖，贤臣择主而佐'。青春不再，悔之晚矣。”布曰：“兄在朝廷，观何人为世之英雄？”肃曰：

"某遍观大臣，皆不如董卓。董卓为人，敬贤礼士，宽仁厚德，赏罚分明，终成大业。"布曰："某欲从之，恨无门路。"肃取金珠玉带，列于布前。布惊曰："何为有此？"肃令叱退左右，告曰："此是董刺史久慕贤弟之德，特令某送礼物。赤兔马亦董公所赐也。"布曰："董刺史如此见爱，某将何礼报之？"肃曰："如某不才，尚加虎贲中郎之职；公若到彼，贵不可言。"布曰："恨无功可往报之。"肃曰："功在翻手之间，第不肯为耳。"布沉吟久曰："兄长少待，容到军中，杀了丁原，引军归董刺史。"【眉批：李肃说吕布一段，真花团锦簇。凡劝人背叛，劝人弑逆，是最难启齿的事，今偏不说出，偏要教他自说出来，绝妙好计。】肃曰："但恐贤弟不能为耳。"布提刀便起，径到军中。

丁原秉烛观书，见布提刀而至，原曰："吾儿来，有何事故？"布曰："吾乃当世之大丈夫也，安肯为汝子乎！"丁原曰："奉先何故心变？"布向前一刀，砍下丁原首级，大呼左右："丁原不仁，吾已杀之。肯从吾者在此，不从者自去。"军士散其大半。

布提首级见肃，肃又曰："某当去报于主公，来接将军。"布一面收军。肃报董卓。董卓置酒，去迎吕布。吕布献了丁原首级。卓下马，携手入帐。卓先下拜曰："卓今得将军，如旱苗之得甘雨也。"布纳卓坐而拜之，曰："布今弃暗投明，愿以父事。"【眉批：吕布命中，刑克甚重，一拜为父，就要伤损。】卓大喜，重赏李肃。是日，以金甲锦袍赐布，畅饮而散。卓又得吕布带来军马，其势越大，乃自领前将军事，封弟董旻为左将军、鄠侯，封吕布为骑都尉、中郎将，都亭侯。

李儒劝卓早定废立之功。卓次日于省中设宴，会集公卿，令吕布将甲士千余，侍卫左右。是日，太傅袁隗百官皆到。酒行数巡，卓按剑曰："大者天地，次者君臣，所以为治。今上皇帝暗弱，不可以奉宗庙。吾欲依伊尹、霍光故事，【眉批：他也跟着人说伊尹、霍光，可笑。】废帝为弘农王，立陈留王为君。汝大臣意下如何？"群臣惶怖，莫敢对。坐上一个应声出曰："太甲不明，伊尹放之；昌邑有罪，霍光废之。今上富于春秋，有何不善？汝欲废嫡立庶，欲为反耶？"众视之，乃中军校尉袁绍也。【眉批：劝召外兵者公也，今日之骂晚矣。】卓大怒，叱之曰："竖子！天下事在我，我今为之，谁敢不从！汝视我之剑不利耶？"袁绍亦拔剑出，曰："汝剑利，吾剑岂不利也？"两个在筵上敌对。究竟袁绍性命如何，且听下回分解。

国学经典文库

李渔批阅

三国演义

废汉帝董卓弄权
曹孟德谋杀董卓

图文珍藏版

第四回　废汉帝董卓弄权
　　　　曹孟德谋杀董卓

　　卓欲杀绍，蔡邕止之曰："事未有定体，不可妄杀。"袁绍手提宝剑，长揖百官而出，悬节东门，上马奔冀州而去。卓与太傅袁隗曰："汝侄无礼太甚，吾看汝面，且

不杀之。废立之事，其意若何？"袁隗曰："太尉见者是也。"【眉批：袁隗若效袁绍，何至灭门，皆一软所致。】卓曰："敢有阻大议者，以军法从事。"大臣震动，皆云："一听尊命。"宴罢，卓召侍中周毖、校尉伍琼、议郎何

国学经典文库

李渔批阅

三国演义

废汉帝董卓弄权
曹孟德谋杀董卓

图文珍藏版

52

颙，问曰："袁绍此去若何？"周毖曰："废立大事，非人所及。袁绍不达大体，恐惧，故出奔，非有他志也。【眉批：问袁绍此去若何，卓还有顾忌，不敢轻动。可恨众人点破。】今购之急，势必为变。袁氏树恩四世，门生故吏遍于天下，若收豪杰以聚众徒，英雄因之而起，山东非公之有也。不如赦之，拜为一郡守，则绍喜于免罪，必无患矣。"蔡邕曰："某不使主公杀绍者，正为此也。绍好谋无断，【眉批：四字定评。】不足为虑耳。加之一郡守，以收民心。"卓大喜，即日差人，拜为渤海太守。

董卓权重，群臣见者皆栗然。九月朔，请帝升嘉德殿，大会文武，不到者斩。是日，皆列于班次，卓掣剑在手曰："少帝暗弱，全无威仪，不可以掌天下，今有郊天策文，可宜宣读。"李儒读策曰：

孝灵皇帝，不究高宗眉寿之祚，早弃臣子。皇帝承绍，海内侧望，而帝天资轻佻，威仪不格，在丧慢惰，衰如故焉；凶德既彰，淫秽发闻，损辱神器，忝污宗庙。皇太后教无母仪，统政荒乱。永乐太后暴崩，众论惑焉。三纲之道，天地之纪，而乃有阙，罪之大者。陈留王协，圣德伟茂，规矩邈然，丰下兑上，有尧图之表；居丧哀戚，言不及邪，岐嶷之性，有成周之懿。休声美誉，天下所闻，宜承洪业，为万世统，可承宗庙。特废皇帝为弘农王。皇太后还政。应天顺人，以慰生灵之望。

国学经典文库

李渔批阅

三国演义

废汉帝董卓弄权
曹孟德谋杀董卓

图文珍藏版

李儒读策已毕，卓叱左右扶少帝下殿，解其玺绶，【眉批：前卷玺已失却，此时那得玺绶可解？】北面长跪，称臣听命。少帝号哭，百官惨惨然。【眉批："惨惨然"三字。说出无限情景。】卓呼太后去服侯敕，太后哽咽，群臣含悲。阶下一大臣愤怒高叫曰："贱臣董卓敢为欺天之谋，而废贤明之主！不若与之同死！"挥手中象简，直击董卓。卓大怒，喝武士簇下，乃是尚书丁管。【眉批：到底丁、董作对。】丁管骂不绝口，卓命牵出斩之，至死神色不变。静轩有诗叹曰：

董卓潜怀废立图，汉家宗社委丘墟。
满朝臣宰皆囊括，惟有丁君是丈夫！

卓请陈留王登殿，群臣皆呼万岁。礼毕，卓命扶何

国学经典文库

李渔批阅

三国演义

废汉帝董卓弄权
曹孟德谋杀董卓

图文珍藏版

太后并弘农王于永安宫随侍，又有唐妃及宫女二人，月给食粮，诸臣下毋得辄入，违者灭三族。可怜少帝，四月登基，至于九月，被董卓废之。卓所立陈留王协，表字伯和，灵帝中子，即汉献帝也，九岁即位。董卓为相国，赞拜不名，入朝不趋，剑履上殿。封黄琬为太尉，杨彪为司徒，荀爽为司空，韩馥为冀州牧，张邈为陈留太守，张咨为南阳太守。时年庚午岁，改元初平元年。

何太后与少帝、唐妃困于永安宫中，日夜忧叹，衣服饮食，尽皆缺少。帝泪下不曾于，偶见双燕飞入庭中，帝遂吟诗一首。诗曰：

嫩草绿凝烟，袅袅双飞燕。

洛水一条青，陌上人呼羡。

远望碧云深，是吾旧宫殿。

何人仗忠义，写我心中怨！

　　卓时常使宫女探听动静。是日获得此词，呈来与卓。
卓曰："刘辩休矣！怨望故作此词，杀之有名矣。"【眉

批：杀之何名？请教。】唤李儒带武士十人，来杀少帝。
帝与母何后正在楼上嗟叹，宫女报李儒至。帝大骇。儒
执鸩酒与帝曰："春日融和，董太师特上寿酒。"少帝泣
曰："何相逼如是也？"儒曰："寿酒无疑。"太后曰："既
云寿酒，汝当先饮。"儒怒曰："汝母子待不饮耶？"呼左

国学经典文库

李渔批阅

三国演义

废汉帝董卓弄权
曹孟德谋杀董卓

图文珍藏版

国学经典文库

李渔批阅

三国演义

废汉帝董卓弄权
曹孟德谋杀董卓

图文珍藏版

56

右持短刀、白练于前曰："寿酒不饮，可领此二般。"【眉批：既云寿酒，二般当云寿礼。】唐妃跪告儒曰："妾身代帝饮酒，愿相公可怜母子性命。"儒叱曰："量汝何等，可代王死？"儒举杯与何太后曰："你可先饮。"后捶胸大骂："何进无谋之贼，构引董卓入京，致有今日之祸！"【眉批：非何进误事也，乃自误耳。】儒催逼帝，帝曰："容某与母作别。"乃大恸而作歌曰：

天道易兮我何安，弃万乘兮退地藩。为臣逼兮命不久，势将去兮空泪潸！唐妃抱帝，亦作歌曰：

皇天将崩兮后土颓，身为帝姬兮命不随。生死异路兮从此毕，奈何茕速兮心中悲！

歌罢，相抱而哭。李儒喝曰："太尉立等回报，汝等俄延，望谁救耶？"何太后大骂："国贼董卓，逼我母子，皇天岂佑汝耶！"手指李儒："汝等助纣为虐之徒，必当族灭！"李儒大怒，双手扯住太后，直撺下楼。【眉批：前有何之杀董，今有董之杀何。天道好还，于兹益信。】少帝揪住李儒衣服，唐妃向前搅做一团。儒唤武士绞死唐妃，以鸩酒灌杀少帝。史官有诗曰：

太后飞身坠玉楼，唐妃素练系咽喉。
君王服毒皆身丧，汉室江山自此休。

儒还报卓，卓命拖出城外埋之。自此每夜入宫，奸淫宫女，夜宿龙床，禁庭宫主，尽皆淫之。【眉批：**可恨。**】常引一军出城外，行到阳城，时当二月，村民社赛，男女皆集，引军围住，尽皆杀之，掳掠妇女财物，装在车上，悬头车下，连轸还都，【眉批：**好作乐法。**】先报太尉杀贼大胜而回。各城门外焚烧其头，以妇女财物尽散其宿帐军士。

越骑校尉伍孚，字德瑜，见卓残暴太甚，群臣战栗，莫敢言者，惟有伍孚于朝服下披小铠，藏短刀。候董卓入朝，孚迎到阁下，掣出短刀，直刺卓。【眉批：**有曹操之刺，又先有伍孚之刺作引子。**】卓气力大，两手抠住，吕布便入，揪住伍孚。卓问曰；"谁叫汝反？"孚瞪目大

国学经典文库

李渔
批阅 阅

三国演义

废汉帝董卓弄权
曹孟德谋杀董卓

图文珍藏版

国学经典文库

李渔
批阅

三国演义

废汉帝董卓弄权
曹孟德谋杀董卓

图文珍藏版

叫："汝非吾君，吾非汝臣，何反之有？【眉批："反"字数得明白。】汝乱国篡位，罪恶盈天！今是吾死之日，故来诛奸贼耳！恨不车裂汝于市朝，以谢天下！"董卓大怒，令吕布将出剖剐之。孚比死，骂不绝口。董卓自此出入，常带披甲武士，前后围绕。

袁绍在渤海，知卓弄权，乃差人赍密书，来见王允。【眉批：人说：封他太守，他便满足。岂不屈杀老袁？】书曰：

卓贼欺天废主，人不忍言；入乱禁宫，神亦不佑。公反恣其跋扈，如不听闻，岂为报国效职之臣哉？绍今集兵练马，欲图扫清帝室，未敢轻举。公想食禄于朝，当乘间图之。如有驱使，即当奉命。书不尽言，请宜照察。

王允得书，寻思无计。一日，于侍班阁子内，见汉朝旧臣俱集，王允请曰："今日老夫贱降，晚间少闲，欲屈众位就舍下少酌，幸勿见阻。"【眉批：非请众官吃寿酒，正为前日天子吃李儒寿酒耳。】众官皆曰："必来添寿。"当晚就后堂设宴，灯烛荧煌，公卿皆至。允视之，皆本朝旧臣，心中暗喜。酒至半酣，王允举盏，掩面大哭。众官曰："司徒贵降，不可发悲。"允曰："老夫非贱降之日，要与众官聚会，恐贼生疑，故推贱降。吾此哭者，哭我汉天下也。董贼势若泰山，吾等朝夕难保。想高皇提三尺剑，斩白蛇，起义兵，子孙相承四百余年，谁想丧于董卓之手。吾等舍死，无益于国。"众公卿尽皆掩面而哭。【眉批：何异楚囚对泣。】坐上一人抚掌大笑曰："满朝大臣，夜哭到明，明哭到夜，还能哭死董卓否？"【眉批：妙语解颐。】允视之，乃骁骑校尉曹操也。允大怒，责之曰："汝祖宗世食君禄，四百余年，不思报本，反欲纵贼耶？汝去告变，吾等死亦汉家鬼也。"【眉批：王允亦能人耳，不宜有此没用说话。】操曰："非笑别事，笑众大臣曾无一计以杀卓耳。某虽不才，略施小计，可断卓头，悬都门外，以谢天下。"王允听罢，乃避席而问曰："孟德有何高见，匡扶王室？"试看曹操道出甚话来。

曹操曰："近日操特进身以事卓者，实有意以图之也。今卓甚爱，有事必共议之。闻司徒有七宝刀一口，愿借与操，入相府可刺杀之，万死无恨！"【眉批：刺董卓何须七宝刀。其所以请七宝刀者，预为献刀计耳。曹操行刺胜丁管十倍。】王允曰："孟德果有是心，天下幸甚！"操遂说誓。允起，取刀与操。其刀长尺余，七宝嵌饰，极其锋利。操带之。良久皆散。

操来日径入相府，问丞相何在，人指云："出在书院中坐久。"操径入，见卓坐床上，侧首吕布侍立。卓问曰："孟德来何晚矣？"操曰："马羸行迟。"卓曰："吾有西凉州进到良马，【眉批："马"字照应。为曹操捏一把汗。】吾儿吕布可亲去选一骑来，赐与孟德。"布趋步出，

国学经典文库

李渔批阅

三国演义

废汉帝董卓弄权
曹孟德谋杀董卓

图文珍藏版

国学经典文库

李渔批阅

三国演义

废汉帝董卓弄权
曹孟德谋杀董卓

图文珍藏版

60

操思曰："董卓合死！"意欲投刀，惧卓有力，未敢下手。卓胖大，不耐久坐，遂倒身而卧，转身背却。操又思曰："此贼当休！"急掣宝刀。【眉批：为董卓又捏一把汗。】卓又仰面，看衣镜中，见操挟刀靶，急回身问曰："孟德何为【眉批：又为曹操捏一把汗。】？"吕布已牵马在阁外，操刀已出鞘，就倒转刀靶，【眉批：好模写。】跪下曰："操有宝刀一口，献上恩相。"卓接视之，果宝刀也，递与吕布收了。操解鞘与之。卓引操看马，操遂谢曰："愿试一骑。"卓就教与鞍辔。操牵马出相府，加鞭望东门而去。【眉批：来迟去速，岂马之故耶？】

布对卓曰："恰才曹操若有刺父之状，及被喝破，故推献刀。"卓曰："吾亦甚疑。"两个正未决，忽李儒至，

国学经典文库

李渔批阅

三国演义

废汉帝董卓弄权
曹孟德谋杀董卓

图文珍藏版

卓以其事告之。儒曰："操无老小，必有下处，差人急唤，如操无疑而便来，则是献刀；如迟疑推托不来，此必行刺，便可擒而问也。"卓然其说，差狱卒四五人，往唤多时，回覆云："操不曾到下处，乘着黄马，飞出东门。门吏问之，操曰丞相差他有紧急公事，纵马而出。"**【眉批：此时能不走，更胜一着。又幸遇陈宫，不则祸非止及身，且波及王允矣。】**李儒曰："操贼心虚，逃窜而走。"卓大怒曰："我如此重用，返欲害吾！"令遍行文书，描其模样，画影图形，星夜捉拿此贼：拿住者千金赏，封万户侯。儒曰："必有同设谋者，拿住曹操可知矣。"文书晓夜飞行。

曹操日行夜住，欲奔谯郡。路经中牟县过，把关者见之，曰："朝廷捕获曹操，此必是也。"挡住问曰："汝何姓？那里来？"操曰："我复姓皇甫，从泗州来。"把关者曰："朝廷捕获曹操，你的服色、模样正对"。拖至县前。操言："我是客人。"县令曰："我在洛阳求官，认得曹操，捉来便知。"夺了马，拥至庭下。县令喝曰："我认得你，如何隐讳？且把来监下，来日起解。万户侯我做，千金赏分与众人。"把关人与了酒肉皆散。

至晚，县令引亲随人取出曹操，于后院问之："我闻丞相待你甚厚。何故自取其祸？"操曰："燕雀安知鸿鹄之志哉！汝既拿住，便当解去请赏，何必多问！"**【眉批：激语。】**县令曰："汝休小觑我，我亦有冲天之志，奈何未遇其主耳。"操曰："吾乃相国曹参之后，祖宗四百年食君之禄，不思报本，与禽兽何异？【眉批：此时操实是好人。】吾屈身而事董贼者，实欲乘间图之也。今事不成，乃天意矣！"县令曰："孟德此行，将欲何往？"操曰："吾归乡中，发矫诏，召四海，使天下诸侯兴兵诛卓，吾之意也。"县令闻之，乃亲释其缚，扶之上坐，酌酒再拜曰："公乃天下忠义之士也！吾弃官从之。"操问姓名，县令曰："吾姓陈，名宫，字公台。老母、妻子皆在东郡。宫愿与公更衣易马，共议大事。"是夜，收拾盘费，陈宫与操各背剑乘马，投故乡来。

三日至成皋，天色向晚，操以鞭指林深处曰："此有一人，姓吕，名伯奢，是吾父亲结义弟兄。就彼一问家中信息，兼觅一宿若何？"宫曰："最好。"二人到庄前下马，入见伯奢，下拜。奢曰："我闻朝廷遍行文书，捉你太紧，你父避陈留去了。【眉批：为后取父伏线。】贤侄如何到此？"操告以前事，曰："今番不是陈县令，已粉骨碎身矣。"【眉批：异日白门楼中，何不记此一语？】伯奢拜陈宫曰："小侄若非使君，曹氏灭门矣。"言罢，与操曰："贤侄相陪使君，宽怀安坐。老夫家无好酒，容往西村沽一樽，以待使君。"言讫，上驴去了。

操久坐，闻庄后磨刀之声。操与宫曰："吕伯奢非吾至亲，此去可疑，当窃听之。"二人潜步入草堂后，但闻人语曰："缚住了杀。"操曰："不先下手，必遭擒矣！"与宫拔剑直入，不问男女，尽皆杀之，杀死八口。【眉批：不曾在董家行了刺，先在吕家试了剑。】搜至厨下，见缚一猪欲杀。陈宫曰："孟德心多，误杀好人！"操曰；"可急上马！

二人行不到二里，见吕伯奢驴鞍前悬酒二瓶，手抱果食而来。伯奢叫曰："贤侄何故便去？"操曰："被获之人，不敢久住。"伯奢曰："吾已分付宰一猪相款，使君何憎一宿？"操不顾，策马便行。又不到数步，操拔剑复回，叫伯奢曰："此来者何人？"伯奢回头看时，操将吕伯奢砍于驴下。宫曰："恰才误耳，今何故也？"操曰："伯奢到家，见杀死一家，安肯罢耶？吾等必遭祸矣。"宫曰："非也。知而故杀，大不义也！"操曰："宁使我负天下人，休教天下人负我！"【眉批：**曹操前番俱是好人，到此忽然说出心事。此二语是开宗明义章第一。**】陈宫默然。

当夜两人行至数里，月明中敲开店门投宿，先喂了马。操先睡。陈宫寻思："我将谓曹操是好人，弃官跟将他来，原来是个狼心狗行之徒。今日留之，必为后患。"拔剑来杀曹操。性命如何？【眉批：**回回煞尾俱有。**】

国学经典文库

李渔批阅

三国演义

废汉帝董卓弄权
曹孟德谋杀董卓

图文珍藏版

国学经典文库

李渔批阅

三国演义

曹操起兵伐董卓
虎牢关三战吕布

图文珍藏版

64

第五回 曹操起兵伐董卓
虎牢关三战吕布

　　陈宫临欲下手，思曰："我为国家，跟他到此，杀之不义，【眉批：前说曹操不义，后又说自杀曹操不义。若使陈宫于店中杀却曹操，岂不大快？然使尔时即使杀却，后那得有许多奇奇怪怪文字？彼苍留此一人，正欲为英

雄出色耳。】到不若弃之。"宫插剑入鞘上马，未及天明，

自到东郡去了。操觉，不见陈宫，寻思："此人见我说了这两句话，疑我不仁，弃之而去。吾当急往，不可久留。"

操连夜到陈留，寻见父亲，说上项事，欲散家资，招募义兵。父言："资少，恐不成事。此间有一卫弘，曾举孝廉，疏财仗义。其家巨富，若得相助，事可图也。"操置酒张筵，拜请卫弘到家，告曰："今王室无主，董卓专权，篡国害民，天下切齿。操欲力扶社稷，恨力不足。公乃忠义丈夫，特相哀恳。"卫弘曰："吾有是心久矣，恨无效力之人。既孟德有大志，愿将家资相助。"

操大喜。先发矫诏，驰报各道然后招集义兵，竖起招兵白旗，上书"忠义"二字。【眉批：陈宫但说他不义，他自供出不仁来。有声有色。古来真正英雄，未有不借此二字起手。】是日清早，应募之士，如雨骈集。有一人从众中出曰："某与明公愿为掾吏，以讨董卓。"操问之，其人乃平阳卫国人也，姓乐，名进，字文谦，身材短小，胆量过人。操留为帐前吏。是日又有兄弟二人，各引壮士三千余人，径投曹操。一人复姓夏侯，名惇，字元让，沛国谯人也，乃夏侯婴之后。自小好习枪棒，年十四，从师学枪法。有人辱骂其师，惇提刀杀之，逃命于外方。闻知曹操起兵，与同宗兄弟夏侯渊前来协助。渊字妙才。此二人皆操之兄弟。操之父曹嵩原是夏侯氏之子，过房曹家，因此是亲。【眉批：闲中点缀亦佳。】不数日，曹操兄弟，曹仁、曹洪引兵千余，来助曹操。

国学经典文库

李渔批阅

三国演义

曹操起兵伐董卓
虎牢关三战吕布

图文珍藏版

曹仁字子孝，曹洪字子廉。此二人乃弓马熟闲，武艺精通。曹操大喜，于村中调练军马。一人持枪而来，于曹操面前大呼曰："愿从将军，以诛国贼！"操问之，其人姓李，名典，字曼成，山阳鹿人也。于操前施逞枪法，问答如流。操喜。卫弘尽出家财，置办衣甲旗幡。四方送粮食者，不计其数。曹兵壮士五千，屯于陈留。

时袁绍得操矫诏，乃聚麾下壮士，商议起兵。有田丰、沮授、许攸、审配、郭图、颜良、文丑，文臣武将，整整齐齐，各怀报国之心，尽有匡君之志。引兵三万，离渤海来与操会盟。

操作檄文，以达诸郡。檄文曰：

操等谨以大义布告天下：董卓欺天罔上，灭国弑君，秽乱宫禁，残害生灵，狠戾不仁，罪恶充积。今奉天子密诏，大集义兵，誓欲扫清华夏，剿戮群凶。望兴仁义之师，来赴忠烈之会，扶持王室，拯救黎民。檄文到日，火速奉行。

操发檄文去后，各镇诸侯皆起兵：【眉批：赞语俱可删。】第一镇，交游豪杰，结纳英雄，后将军、南阳太守袁术，字公路；第二镇，贯通诸子，博览九经，冀州刺史韩馥，字文字；第三镇，高谈阔论，博古通今，豫州刺史孔伷，字公绪；第四镇，孝弟仁慈，屈己待士，兖州刺史刘岱，字公山；第五镇，仗义疏财，挥金似土，

国学经典文库

李渔批阅

三国演义

曹操起兵伐董卓
虎牢关三战吕布

图文珍藏版

河内郡太守王匡，字公节；第六镇，赈穷救急，志大心高，陈留太守张邈，字孟卓；第七镇，恩惠及人，聪敏有学，东郡太守乔瑁，字元伟；第八镇，忠直元亮，秀气文华，山阳太守袁遗，字伯业；第九镇，有谋多智，善武能文，济北相鲍信，字允诚；第十镇，圣人宗派，好客礼贤，北海太守孔融，字文举；第十一镇，武艺超群，威仪出众，广陵太守张超，字孟高；第十二镇，仁人君子，德厚温良，徐州刺史陶谦，字恭祖；第十三镇，名镇羌胡，声闻华夏，西凉太守马腾，字寿成；第十四镇，声如巨钟，丰姿英伟，北平太守公孙瓒，字伯圭；第十五镇，随机应变，临事勇为，上党太守张杨，字稚叔；第十六镇，英雄冠世，刚勇绝伦，乌程侯、太守孙坚，字文台；第十七镇，四世三公，门多故吏，祁乡侯、渤海太守袁绍，字本初。诸路军马，多少不等，有三万者，有一二万者，各领文武官将，投洛阳来。

且说一路军马，乃北平太守，统领幽州，官拜奋武将军，复姓公孙，单名称瓒，辽西令支人也，统领精兵一万五千，路经德州平原县过。军马正行之间，遥见桑树丛中一面黄旗，【眉批：**桑树亦有照应。**玄德不列诸镇之中，却从公孙瓒路上相遇。谁知虎牢关当先出色者，**就是此人。**】数骑来迎，远远看见公孙瓒下马。瓒视之，乃刘玄德也。瓒亦下马，问曰："贤弟何故在此？"玄德曰："长兄失忘？旧日蒙兄保委备为平原县令，因此出城闲行，偶遇尊兄到此，乃大幸也。就请兄长入城歇马。"瓒指关、张问曰："此何人也？"玄德曰："此是关某、张某，备结义兄弟也。"瓒曰："乃同破黄巾者乎？"玄德曰："皆此二人之力也。"瓒曰："有何爵禄？"玄德答曰："关某为马弓手，张某为步弓手。"瓒曰："空埋没丈夫矣！【眉批：**千古英雄往往如此。**】今董卓作乱，天下诸侯共往诛之。贤弟可弃此卑官，一同讨贼，力扶王室，若何？"玄德曰："愿往。"张飞曰："当时若容我杀了此贼，免有今日之事。"【眉批：**快人快语，又照应前文。**】云长曰："事既至此，收拾便行。"玄德、关、张引数骑跟公孙瓒来。

且说那十八路诸侯，那一路先到？此人身长八尺，英武双全，横跨三江，威服六郡，富春人也，姓孙，名坚，字文台。曹操接着孙坚。众诸侯陆续皆到，各自安

国学经典文库

李渔批阅

三国演义

曹操起兵伐董卓
虎牢关三战吕布

图文珍藏版

营下寨，连接二百余里。操乃宰牛杀马，大会诸侯，商议进兵之策。太守王匡曰："今奉大义，必立盟主，众听约束，然后进兵。"递互相让。操曰："袁本初四世三公，门多故吏，汉朝名相之裔，可为盟主。"绍再三推辞。众皆曰："非本初不可。"绍方应允。

次日，筑台三层，遍列五方旗帜，上建白旗黄钺，兵符将印，请绍登坛。绍整衣佩剑，慨然而上，焚香再拜。其盟曰：

汉室不幸，皇纲失统。贼臣董卓，乘衅纵害，祸加至尊，虐流百姓，大惧沦丧社稷，倾覆四海。绍等纠合义兵，并赴国难。凡我同盟，齐心戮力，以致臣节，殒首丧元，必无二志。有渝此盟，俾坠其命，无克遗育。皇天后土，祖宗明灵，实皆鉴之。

读毕，歃血。众等因其辞气慷慨，遂皆涕泣横流。闻其言者，虽卒伍厮养，莫不切齿踊跃，共思诛讨逆贼。
【眉批：写得淋漓痛快。始知人心不死。】

歃血已罢，下坛。众皆扶绍升帐。各施礼罢，两行依爵位年齿，分列而坐。操行酒数巡，言曰："今日既立盟主，各听调遣，同扶天下，勿以强弱计较。"绍曰："吾无压众之心，汝等推戴我为盟主，有功者必赏，有罪者必罚。国有常刑，军有纪律，各宜遵守，勿得违犯。"众皆曰："惟命是听。"绍曰："吾弟袁术总督粮草。【眉

国学经典文库

李渔批阅

三国演义

曹操起兵伐董卓
虎牢关三战吕布

图文珍藏版

批：开口就教袁术督管粮草，便有私了。】 应付诸营，无使有缺。谁肯为前部先锋，直抵汜水关下，诱贼相持？余皆各据险要，以为接应。"长沙太守孙坚出曰："坚虽不才，愿为前部。"绍曰："文台勇烈，可称此职。"随即捧杯作贺。忙引本部人马，大刀阔斧，奔汜水关来。

守关将校差流星马，往洛阳告急。董卓自专大权之后，每日饮宴，更深方散。李儒接得告急文字，径来禀覆丞相。董卓大惊，急聚众将商议。卓曰："今袁绍、曹操聚各路军马，直抵关前，诸将有何妙计？"温侯吕布挺身出曰："父亲勿虑。吾觑关外众多诸侯，如草芥耳。亲提狼虎之师，尽斩其首，悬于都门，布之愿也。"卓大喜

国学经典文库

李渔批阅

三国演义

曹操起兵伐董卓
虎牢关三战吕布

图文珍藏版

曰："吾有奉先，高枕无忧矣。"言未绝，吕布背后一人高声出曰：【眉批：吕布背后有人，那知公孙瓒背后又有人。】"杀鸡焉用牛刀？不必温侯有劳虎威。吾观斩众诸侯首级，如探囊取物耳。"卓视之，其人身长九尺，面如嗓血，虎体狼腰，豹头猿臂，关西人也，姓华，名雄，卓帐前第一员骁将。【眉批：先写华雄之勇，后说华雄被害，以见关公之勇。】卓听其言大喜，加为骁骑校尉，拨马步军五万，一同李肃、胡轸、赵岑，连夜起程，飞奔汜水关来。

却说众诸侯内，有济北相鲍信，寻思："孙坚为了前部，若干大功，都不显我之能。"暗拨其弟鲍忠，先将马步军三千，径抄小路，直到关下搦战。华雄引铁骑五百，飞下关来，大喝："贼将休走！"鲍忠急待退身，被华雄手起刀落，斩鲍忠于马下，生擒将校极多。华雄上马，亲赍鲍忠首级，直来相府献功。董卓赐雄重赏，又与军马一千。雄辞董卓，上马，部领出城，投汜水关扎住大寨。卓使人加雄为都督，慎勿下关轻敌。

孙坚引四将，直至关前。那四将？第一个，姓程，名普，字德谋，右北平土垠人也，使一条铁脊蛇矛，东吴第一员上将；第二个，姓黄，名盖，字公覆，零陵人也，使铁鞭；第三个，姓韩，名当，字义公，辽西令支人也，使一口大刀；第四将，姓祖，名茂，字大荣，吴郡富春人也，使双刀。孙坚披烂银铠，裹赤帻，横古锭刀，骑花鬃马，指关上骂曰："助恶匹夫，何不早降！"

国学经典文库

李渔批阅

三国演义

曹操起兵伐董卓
虎牢关三战吕布

图文珍藏版

华雄副将胡轸曰："某下关,必斩孙坚"雄与兵五千,排列出关。坚见胡轸出马,却欲自出。程普飞马挺矛,直取胡轸。斗不数合,程普刺中胡轸咽喉,死于马下。一阵直杀上关,关上矢石如雨。孙坚引兵回至梁东屯住。

坚使人于袁绍处报捷,就于袁术处催粮。或谮:"孙坚乃江东之猛虎,若打破洛阳,杀了董卓,正是除狼而得虎也。今不可与粮,彼军必散。"术听之,不发粮草。【眉批:小人忌成,每每如此。可恨,可恨。】孙坚军缺食,军中自乱。细作报上关来。李肃与华雄商议:"我引一军,从小路下关,袭孙坚寨后。汝可半夜到孙坚寨,必然擒矣。"雄喜,连晚传令,教军饱餐了一顿,【眉批:饱餐与无粮击。胜负可知。】披挂下关。

是夜月白风清。【眉批:月白风清,总为赤帻伏线。】比及到坚寨时,已是半夜,鼓噪直进。坚披挂,慌忙上马,正遇华雄。两马相交,斗不数合,寨后李肃军到,竟天放火。孙坚军无粮草,四下乱窜。坚拨回马匹,四下喊声不绝。程普、黄盖、韩当各不相顾,止有祖茂跟定孙坚,与数十骑突围而走。背后华雄追坚,坚勒回马,又战十余合。坚败,雄赶来。坚连放两箭,皆被华雄躲过;尽气力放第三箭,力大拽折了鹊画弓,【眉批:第三箭射着不妙,射不着又不妙。如此收场,方有余地。】弃弓纵马,穿林而走。

祖茂曰:"主公头上赤帻射目,雄望之,心不肯舍。可脱帻与某戴之。"坚就马上换了茂盔,【眉批:孙坚脱

帻，胜于曹操弃袍。】分路而走。华雄见赤帻者投东，引军投东追赶。孙坚从小路得脱。祖茂被华雄追赶不及，将赤帻挂于人家烧不尽庭柱上，却于树后潜躲。【眉批：**从赤帻上生情，绝好装点。**】华雄军遥见赤帻，四面围定，不敢向前；用箭射之，方知是计。遂向前取了赤帻。华雄纵马来寻祖茂。茂于林后挥刀欲劈华雄，雄大喝一声，将茂一刀砍于马下。雄引兵上关。程普、黄盖，韩当都来寻见孙坚，再收拾军马屯扎。坚为折了乡人祖茂，伤感不已。

却说大寨袁绍升帐，忽流星马报称孙坚大折一阵，祖茂没于军中。绍大惊曰："不想孙文台败于华雄之手！他孤军在外难扎寨，且恐有劫寨兵来。"令人取回大寨。

国学经典文库

李渔 批阅

三国演义

曹操起兵伐董卓
虎牢关三战吕布

图文珍藏版

仍请众诸侯商议，都皆到了，只有公孙瓒后至。【眉批：**提出公孙瓒，出玄德有根。**】绍请入帐内列坐，绍曰："前日鲍将军弟不尊调遣，擅自进兵，杀身丧命，折了许多军士。今者孙文台又败于华雄，挫动锐气。"诸侯并皆不语。绍举目遍视，见公孙瓒背后立着三人，容貌异常，都在背后冷笑。【眉批：**公孙瓒背后一人，为惊天动地之人；而此一人背后，又有惊天动地之两人。可见英雄不得志时，往往居人背后。**】绍问曰："公孙太守背后何人也？"瓒呼玄德出曰："此乃自幼同舍兄弟，平原令刘备是也。"曹操曰："莫非破黄巾刘玄德乎？"瓒曰："然。"令刘玄德拜见。绍曰："破黄巾功如何？"瓒将玄德功细说一遍。绍曰："既是汉室宗派，取坐来。"命坐。备曰："小县令安敢坐。"绍曰："吾非敬汝名爵，吾敬汝是帝室之胄，于国多曾有功。"玄德拜谢，于阶下末坐，关、张又手侍立背后。

正商议问，探子报来："华雄引铁骑下关，用长竿挑着孙太守赤帻，【眉批：**还不离赤帻。**】前来寨前大骂搦战。"绍曰："谁敢去战此贼？"袁术背后转出骁将俞涉，曰："小将愿往。"绍喜，便着俞涉出马。即时报来："俞涉与华雄交战，不到三合，被华雄斩了。"【眉批：**虚写，妙。**】众诸侯大惊。太守韩馥曰："吾有上将潘凤，可斩华雄。"绍急令唤至，应声而出，手提大斧上马。去不多时，飞马来报："潘凤又被华雄斩了。"【眉批：**又用虚写，妙。**】众诸侯皆失色。袁绍拍股叹曰："可惜吾上将颜良、文丑催军未回！【眉批：以颜良、文丑激出云长，便伏后案。谁知颜良、文丑后日皆为关公所杀。】得一人在此，岂放华雄施威哉！汝众诸侯许多将士，岂无一人可敌华雄？"众官默然。

忽阶下一人大呼出曰："小将愿往，斩华雄头献于帐下！"众视之，见其人身长九尺五寸，髯长一尺八寸，丹凤眼，卧蚕眉，面如重枣，声似巨钟，立于帐前。绍问何人，公孙瓒曰："此刘玄德之弟关某也。"绍问："见居何职？"瓒曰："跟随刘玄德，充马弓手。"帐上袁术大喝曰："汝欺吾众诸侯无大将耶？量一弓手，安敢乱言！【眉批：一弓手今且为王为帝，为天尊矣。袁氏四世三公，而今安在哉？】与我乱棒打出！"曹操急止之曰："公路息怒。此人既出大言，必有广学。试教出马，如其不胜，诛亦未迟。"袁绍曰："不然。使一弓手出战，必被华雄耻笑，吾等如何见人？"曹操曰："据此人仪表非俗，华雄安知他是弓手？"云长曰："如不胜，请斩某头。"操教酾热酒一杯，与云长饮了上马。【眉批：阿瞒的是可儿。】云长曰："酒且斟下，某去便来。"出帐提刀，飞身上马。众诸侯听得关外鼓声大震，喊声大举，如天摧地塌，【眉批：壮哉。】岳撼山崩。众皆失惊，却欲探听，鸾铃响处，马到中军，云长提华雄之头，掷于地上。【眉批：亦用虚写。妙。】其酒尚温。云长出马只一合，斩了华雄，提头入献，众皆大喜。玄德背后转出张飞，高声大叫："俺哥哥斩了华雄，不就这里杀入关去，活拿董

读/者/随/笔

国学经典文库

李渔批阅

三国演义

曹操起兵伐董卓
虎牢关三战吕布

图文珍藏版

卓，更待何时！"【眉批：**快人快语。**】绰丈八蛇矛，来抢关隘。如何？

张飞便要上马，乘势抢关。袁术大怒，喝道："俺大臣尚自谦让，量一泼县令手下小卒，敢在此耀武扬威？都与赶出帐去！"曹操曰："既是有功者赏，何计贵贱乎？"袁术曰："既然汝等待用一县令，我回避便了。"操曰："岂可因一言而误大事耶？"命公孙瓒且带玄德、关、张回寨。众官皆散。曹操暗使人赍牛酒来尉三人。【眉批：**何计贵贱，暗买牛酒，好行事。阿瞒的是可儿。**】

却说华雄手下败军，报上关来。李肃慌忙申闻董卓。

卓急聚李儒、吕布等商议。儒曰："今折了上将华雄，贼势浩大，皆是袁绍为彼盟主，以聚众恶。绍叔袁隗见为太傅，倘或里应外合，深为不便，可先除之。请丞相亲督大军，分投剿捕。"卓然其说，唤李傕、郭汜领兵五百，围住袁隗住宅，不分老幼，尽皆诛绝。先将袁隗头去关前号令。

董卓起兵二十余万，分为两路而来：一路选令李傕，郭汜引兵五万，把住汜水关，不要厮杀；卓自将十五万，同李儒、吕布、樊稠、张济取虎牢关。这关离洛阳五十里，若进兵，却好截住诸侯中路。军马到关，卓令吕布领三万军，关前扎住。卓自在关上屯扎。

流星马探听，报将袁绍大寨里来。袁绍聚众商议。操曰："董卓屯兵在虎牢关，截俺诸侯中路，分其形势，可勒兵一半迎敌。"绍乃分王匡、乔瑁、鲍信、袁遗、孔融、张杨、陶谦、公孙瓒八路诸侯，往虎牢关迎敌。操引兵往来救应。八路诸侯得令，各自起兵。

先说河内太守王匡，引兵先到。吕布寨中听得有军来到，欣然上马，带铁骑三千，飞奔来迎。王匡将军马列成阵势，勒马旗门，见吕布出阵，头带三叉束发紫金冠，体挂西川红锦百花袍，身披兽面吞头连环铠，腰系勒甲玲珑狮蛮带，弓箭随身可体，手持画杆方天戟，坐下嘶风赤兔马，果然是：人中吕布，马中赤兔！【眉批："人中吕布，马中赤兔"，用"果然是"三字视成语，便成话句。下又总两句，又于马中暗带着人，形容一句，说得

国学经典文库

李渔批阅

三国演义

曹操起兵伐董卓
虎牢关三战吕布

图文珍藏版

飞活有兴。】人马之中，汉末两绝。那马左右盘旋，往来驰骋。王匡见了，心中惶惶，回头问曰："谁出阵战？"后面一将，纵马挺枪而出。匡视之，乃河内名将方悦。两马相交，不上五合，被吕布一戟刺于马下。王匡勒马入阵。吕布挺戟，直冲过来，匡军大败，四散奔走。布冲阵如入无人之境。铁甲背后拥来，桥瑁一军，袁遗一军，两军皆至，来救王匡，吕布方退。三处各折了人马，退三十里下寨。

诸侯八路军马都到，一处商议，言吕布英雄，无人可敌。【眉批：此时袁术，何不以四世三公退却吕布也？】正虑间，小校报来："吕布搦战。"八路诸侯各自上马，归于本寨，军分八队，布列高岗。遥望吕布一簇军马，绣旗招贴，先来冲阵。张杨军中勇将穆顺，出马挺枪，去迎吕布。吕布一戟，刺穆顺于马下。八路诸侯，心胆俱丧。北海太守孔融部下一将出曰："吾受文举之恩已经十年，何不以死报之！"融视之，乃门下勇士武安国也，使一柄铁锤，重五十斤。时安国提铁锤，飞马而出。吕布挥戟拍马而来，与安国战，战到十余合，一戟砍断安国手腕。安国弃锤于地而走。八路诸侯一齐杀来，救了安国。吕布退回去了。

却说八路诸侯连输数阵，申报袁绍、曹操曰："吕布英雄，天下无敌。可会十八路诸侯，一齐商议，共擒吕布。若诛了吕布，董卓易耳。"正议之间，有人来报："吕希搦战。"绍令八路诸侯齐攻吕布。吕布径冲公孙瓒。

国学经典文库

李渔 渔阅 批阅

三国演义

曹操起兵伐董卓
虎牢关三战吕布

图文珍藏版

瓒自挥槊，直迎吕布。布睁目大叫，挥戟来战。战不两合，瓒拨回马，落荒而走。吕布纵赤兔马赶来。那马日行千里，飞走如风。【眉批：又赞马。】看看赶上公孙瓒，布举画杆戟，望后心便刺。旁边一将，圆睁环眼，倒竖虎须，挺丈八蛇矛，飞马大叫："三姓家奴休走！【眉批：四字骂绝】燕人张飞在此！"吕布见了，弃了公孙瓒，便战张飞。飞抖擞神威，酣战吕布。【眉批：杀华雄，先写云长；战吕布，先写翼德。好摹写。】八路诸侯见张飞渐渐枪法散乱，吕布越添精神。张飞性起，大喊一声。云长把马一拍，舞八十二斤青龙偃月刀，来夹攻吕布。三匹马丁字儿厮杀。又战到三十合，两员将战不倒吕布。

刘玄德看了，心中暗想："我不下手，更待何时！"掣两股剑，骤黄鬃马，刺斜里去砍。这三个围住吕布，转灯儿般厮杀。【眉批：今人画灯，多用三战吕布故事。这便是灯样。】八路人马，都看得呆了。吕布架隔遮拦不定，看着玄德面上，刺了一戟，玄德急闪。吕布荡开阵角，倒拖画戟，飞马便走。三个那里肯舍，拍马赶来。八路军兵喊声大震，一起掩杀。吕布军马望关上奔走。玄德、关、张随后跟定吕布。古人曾有篇言语，单道着玄德、关、张三战吕布：

汉朝天数当桓灵，炎炎红日将西倾。奸臣董卓废少

帝，刘协懦弱魂梦惊。曹操传檄告天下，诸侯奋怒皆兴兵。议立袁绍作盟主，誓扶王室定太平。温侯吕布世无

国学经典文库

李渔批阅

三国演义

曹操起兵伐董卓
虎牢关三战吕布

图文珍藏版

比，雄才四海夸英伟。护躯银铠砌龙麟，束发金冠簪雉尾。参差宝带兽平吞，错落锦袍飞凤起。龙驹跳踏起天风，画戟荧煌射秋水。出关搦战谁敢当？诸侯胆裂心惶惶。踊出燕人张翼德，手提蛇矛丈八枪。虎须倒竖翻金线，环眼圆睁起电光。酣战未能分胜败，阵前突恼关云长。青龙宝刀灿霜雪，鹦鹉战袍飞蛱蝶。马蹄到处鬼神嚎，目前一怒应流血。枭雄玄德掣双锋，抖擞天威施勇烈。三人围绕战多时，遮拦架隔无休歇。喊声震动天地翻，杀气迷漫斗牛寒。吕布力穷寻路走，遥望家山拍马还。倒拖画杆方天戟，乱散销金五彩幡。顿断绒绦走赤兔，翻身飞上虎牢关。

　　玄德、关、张直赶布到关下，看见关上西风飘动青罗伞盖，飞大叫："必是董卓！追赶吕布，有甚强处？不如先拿董贼，便是斩草除根！"【眉批：快人快语。】拍马上关，来擒董卓。毕竟如何？

国学经典文库

李渔批阅

三国演义

曹操起兵伐董卓
虎牢关三战吕布

图文珍藏版

81

国学经典文库

李渔批阅

三国演义

董卓火烧长乐宫
袁绍孙坚夺玉玺

图文珍藏版

82

第六回　董卓火烧长乐宫
　　　袁绍孙坚夺玉玺

　　张飞拍马赶到关下，关上矢石如雨，遂不得进。八路诸侯同请玄德、关、张，作贺功绩，使人报入袁绍寨中。绍闻知大喜，遂移檄孙坚，令坚进兵。坚连夜引程

普、黄盖，直到袁术寨中相见。坚以杖画地曰："董卓与我本无仇隙。今番奋不顾身，亲冒矢石，来决死战者，

上为国家讨贼，下为将军家门之私。而将军却听谗言，不发粮草，致令坚败绩，将军何安？"【眉批：**辞严义正，声气欲出。"以杖画地"四字更为生情**。】术惶恐无言。就令斩了进谗言之人，以谢孙坚。正饮宴间，人报坚曰："关上有两骑马来，要见将军。"【眉批：**意想不出**。】坚辞袁术。

归到本寨，唤来问时，乃董卓爱将李傕。坚曰："汝来何为？"曰："丞相所敬，惟将军耳。特使人傕来议亲：丞相有女，欲配将军之子。但有宗族子弟，连名保上，皆作郡守、刺史，庶几不失人才。"坚大怒，叱曰："董卓逆天无道，荡覆王室，吾欲尽夷九族，悬头四海，以谢天下！如其不然，则吾死不瞑目，安肯与逆贼结亲耶！【眉批：**孙坚是汉子，与吕布大异**。】吾不斩汝，汝当速去，早早献关，饶你性命；倘若迟误，粉骨碎身！"

李傕抱头鼠窜，回见董卓，说孙坚如此无礼。卓怒，问于李儒。儒曰："温侯新败，兵无战心。不若引兵且回洛阳，迁帝于长安，以应谣兆。近日街市小童谣曰：'西头一个汉，东头一个汉；鹿走入长安，方可无斯难。'此言正应丞相旺在长安具福之地。'西头一个汉'，乃高祖旺于西都长安，一十二帝；'东头一个汉'，乃应光武旺于东都洛阳，今亦一十二帝。天运合回，丞相迁都长安，可无危急矣。"卓大喜曰："非汝言之，吾实不悟。"

引温侯吕布，星夜回洛阳，商议迁都。聚文武于朝堂，卓曰："汉历东都二百余年，气数已衰。吾观旺气入

国学经典文库

李渔批阅

三国演义

董卓火烧长乐宫
袁绍孙坚夺玉玺

图文珍藏版

在长安，吾欲奉鸾驾西幸。汝等各宜促装。"司徒杨彪出言曰："关中残破零落。今无故捐宗庙，弃皇陵，恐百姓惊动，必有鼎沸之乱。【眉批：**此是百姓起见。**】天下动之至易，安之至难，望丞相鉴察。"卓大怒曰："汝阻国家之大计耶？"太尉黄琬出曰："杨司徒之言是也。往者王莽篡逆，更始赤眉之时，焚烧长安，尽为瓦砾之地。【眉批：**此是朝廷起见。**】更兼人民流移，百无一二。今弃宫室而就其荒地，非所宜也。"卓曰："关东贼起，天下播乱。长安有崤函之险；更近陇右，木石砖瓦克日可办，宫室官府不须月余。汝等再休乱言。"司徒荀爽谏曰："丞相若欲迁都洛阳，百姓皆危亡矣。"卓大怒曰："吾为天下计，岂惜小民哉！"【眉批：**不有民，何有国？不有国，何有天下？为天下计，不惜小民，真乱话。**】爽曰："民为邦本，本固邦宁。若使迁都，民不聊生，自此天下危矣。"卓曰："乱道！"即日罢杨彪、黄琬、荀爽官职，贬为庶民。卓出上车，车前二人跪下，视之，乃尚书周毖、城门校尉伍琼。卓问何事，毖曰："今闻丞相欲都长安，故来谏耳。"卓大怒曰："我始听你两个保用的人，今日皆反，是汝等一党；若不斩绝，必生后患！"叱武士拿出都门斩首。百姓莫不垂泪。

卓下令迁都，来日便行。李儒曰："今钱粮缺少，洛阳富户极多，可收入官；但是袁绍等门下，杀其宗党，而抄其家资，必得巨万。"【眉批：**李儒，罪之魁也。**】卓大喜。即差铁骑五千，遍行捉拿洛阳富户，头插旗号，

国学经典文库

李渔批阅

三国演义

董卓火烧长乐宫
袁绍孙坚夺玉玺

图文珍藏版

85

上写"反臣逆党",数千家尽斩于城外,取其金资,分俵众军而去。

李傕、郭汜尽驱洛阳之民数百万口,前赴长安。每百姓一队,间军一队,互相推脱,死于沟壑中者不可胜数。及纵军士淫人妻女,夺人粮食,饥饿自尽者死尸遍野。啼哭之声,震动天地。如有行得迟者,背后三千军催督军士,手执白刃,于路杀人。

卓临行,先教诸门放火,焚烧居民房屋。献帝并皇族上车,卓令放火烧毁宗庙宫府。南北两宫火焰相接,长乐宫庭尽为焦土。又差吕布发掘先皇及后妃陵寝,取其金宝。军士乘时遍掘官民坟冢,不留一墓。董卓装载金珠、段匹、好物数千余车。【眉批:看董卓行事,是强

国学经典文库

李渔
批阅

三国演义

董卓火烧长乐宫
袁绍孙坚夺玉玺

图文珍藏版

盗,不是奸雄。奸雄必要结民心,假仁义。试观董卓种种所为,张角且不若是之惨。后人乃欲与曹操并称奸雄,异哉!】

卓将赵岑献了汜水关。孙坚驱兵先入。玄德、关、张杀入虎牢关,诸侯各引军入。先说孙坚飞奔洛阳,遥望火焰冲天,黑烟铺地;二三百里,并无鸡犬人烟。坚先发兵救灭宫中之火。【眉批:得体。】众诸侯各于荒地屯住军马。曹操来见袁绍曰:"今董贼西去,正可乘势追袭。【眉批:毕竟孙、曹二人出色。】本初按兵不动,何也?"绍曰:"诸兵疲困,进则无益。"操曰:"董贼焚烧宫室,迁劫天子,海内震动,不知所归。此天亡之时也,一战而天下定矣。诸公何疑而不进焉?"众诸侯皆言不可轻动。操大怒而起曰:"竖子不足与谋!"遂自引兵万余,领夏侯渊、曹仁、曹洪、李典、乐进,星夜进兵,来赶董卓。【眉批:是壮举,莫说曹操轻进。】

卓正行间,荥阳太守徐荣引兵出接。参拜已毕,李儒曰:"丞相新弃洛阳,防有追者,可教徐荣伏军马于荥阳城外,山坞之傍,若有追兵,放将过来,待我这里杀败,截住掩杀。令后来者,影亦不敢望长安也。"卓大喜,赏赐徐荣,便教伏兵,【眉批:若十八路诸侯齐来,一徐荣何足言之。可恨庸人愚懦,致令孟德兵败。】卓令吕布引精兵遏后。

正行之间,曹操一军赶上。吕布大笑曰:"不出李儒之所料也。"将人摆开。曹操出马,大叫:"逆贼!迁天子，徙百姓！好生一齐留下！"吕布骂曰："背主懦夫，岂足为道！"夏侯惇挺枪跃马直出。吕布与惇战不数合，李傕引一军从侧边杀来，操急令夏侯渊迎敌。西边又喊声起，郭汜又引一军杀到，操急令曹仁迎敌。三路军到，势不可当。夏侯惇抵敌吕布不住，飞回阵来。布引铁骑掩杀，曹操军大败，【眉批：**此败非曹操之罪，乃众诸侯之罪也。**】回望荥阳而走，残军各自逃生。却才聚集得三四千人，众军都到，吕布不赶。操军就在荒山角下造饭。

时约二更，月明如昼，军士尚未得饭，山上四面喊声，徐荣伏兵尽出。曹操慌急奔路而走。转过山坡，正撞徐荣，转身便走。荣搭上箭，射中操之肩膊。操带箭逃命，踅过草坡。两个步军伏于草中，见操马来，二枪齐发，曹操翻身落马，马中二枪先倒。二卒抢往曹操，揪下草坡。【眉批：**使读者吃一大惊。**】幸得一骑马来，月明中认得是操，两刀砍死两个步军，急忙下马，扶起看时，操箭伤痛，昏倒在地。那将救醒曹操。曹操视之，乃曹洪也。操曰："吾死于此矣！贤弟可速去。"洪曰："主公上马，洪愿步行。"操曰："贼兵赶上，汝却怎生？"洪曰："天下宁可无洪，不可无主公。"【眉批：**好个曹洪，不从一家起见，却从天下起见。愚谓天下可无洪，曹操不可无洪。**】操曰："吾若再生，汝之力也！"洪脱去衣甲，拖刀跟操马走。

约四更多，后面喊声不绝，人马赶来。操与洪正走间，前面一条大河，后面追兵渐近，操曰："命已至此，

国学经典文库

李渔批阅

三国演义

董卓火烧长乐宫
袁绍孙坚夺玉玺

图文珍藏版

87

国学经典文库

李渔 阅 批

三国演义

董卓火烧长乐宫
袁绍孙坚夺玉玺

图文珍藏版

不得复活！"洪曰："主公下马，脱去袍铠，洪负主公渡水。"【眉批：**两人俱无衣甲，方可渡水。**】操挣过大河，爬得上岸，后军已到，隔水放箭。操带水而走。方始天晓，约走二十余里，土岗下少歇。喊声起处，徐荣从上流渡河，一彪人马赶来。【眉批：**读者又吃一大惊。**】曹操性命如何？

徐荣赶上，正待要擒曹操，夏侯惇、夏侯渊引十数骑也到，【眉批：**曹操三次宜死而不死，人为操幸；予独为曹恨，恨其不得以一死成忠义之名耳。**】大喝："徐荣勿伤吾主公！"徐荣便奔夏侯惇，惇挺枪来迎。交马数合，惇刺徐荣于马下，杀散余兵。随后曹仁、李典、乐进各引军寻到，见了曹操，忧喜交集，聚有五百余人马。【眉批：**曹操这一战，虽败犹荣。**】操上马，同回河内，再聚军马。卓兵自往长安。

却说众诸侯分屯洛阳。孙坚救灭宫中余火，兵屯城内。坚设帐房于建章殿基上。令军士扫除宫殿瓦砾，但有开掘陵寝，尽皆闭塞。于太庙基上草创殿屋三间，请众诸侯立汉历代神位，宰太牢祀之。【眉批：**忙中举动，大是得体。**】祭毕，皆散。坚到寨中，是夜星月交辉，暖风习习，乃按剑露坐于建章殿阶上，仰观天文，见紫薇垣中白气漫漫，坚叹曰："帝星不明，贼臣乱国，万民涂炭，京城一空！"言讫，泪下如雨。【眉批：**凄惨。洒泪数语，可当唐人怀古诗数首。**】傍有军士指曰："殿南有五色毫光，起于井中。"坚唤军士点起火把，下井打捞，捞起一妇人尸首，虽然日久，其尸不烂，宫样装束，项下带一锦囊，两手围定绣龙紫袄。取开看时，内有朱红小匣。扭开金锁，见一玉玺，方圆四寸，上镌五龙交纽，旁缺一角，以黄金镶之，上有篆文八字。【眉批：**前番失玺，至此方得下落。**】

坚得玺，乃问程普。程普曰："此传国玺也。此玉是昔日卞和于荆山之下，见凤凰栖于石上，载而进之楚文王。解之，果得玉璞。秦二十六年，令良工琢之为玺，李斯篆八字于其上，云'受命于天，既寿永昌'，名曰'传国玺'。二十八年，始皇巡狩至洞庭湖，风浪大作，舟船将覆。始皇急投玉玺于水，风平浪静。至三十六年，始皇巡狩至华阴界，有人持玺遮道，与从者曰：'持此以还祖龙。'言讫不见。此玺复归于秦。始皇崩，子婴将玺

国学经典文库

李渔批阅

三国演义

董卓火烧长乐宫
袁绍孙坚夺玉玺

图文珍藏版

89

国学经典文库

李渔批阅

三国演义

董卓火烧长乐宫
袁绍孙坚夺玉玺

图文珍藏版

献于高祖。后至王莽篡逆，孝元太后将玺打掷王寻、苏献，崩其一角，以金镶之。光武得此宝于宜阳，传位至今。近闻十常侍作乱，劫少帝出北邙，回宫失却此宝。今天授主公，必有登九五之分。此处不可久留，宜速回江东，别图大事。"坚曰："吾足知此宝，正与汝合。来日推托有疾，辞众回军。"【眉批：**泪下处是睹物伤情，托疾处是见财起意。**】商议已定，号令诸军切勿漏泄，如违者斩。

数中一军是袁绍乡人，无由进身，连夜偷出营寨，来报袁绍。绍赏赐了，留之。次日，孙坚来辞袁绍曰："坚抱小疾，欲归长沙，特来别公。"绍笑曰："吾知汝疾乃害传国玺耳。"【眉批：**趣语。**】坚失色曰："本初何故出此言耶？"绍曰："今举大事，兴兵讨贼，为国朝天下。玉玺乃朝廷之宝，既然获得，当对众留于盟主之处，候诛了董卓，复归朝廷。【眉批：**其词甚正，其意则非。**】汝何收匿之而欲归耶？"坚曰："玉玺岂在吾处！"绍曰："建章殿井中之物何在？"坚曰："吾本无之，汝来逼吾，将欲反耶？"绍曰："早早将出，免自生祸。"坚指天为誓曰：【眉批：**取玺时原有天在上。**】"吾若得玉玺，不将与汝，令吾不得善终，死于刀箭之下！"【眉批：**孙坚亦豪杰耳，不该赌咒。**】众诸侯曰："文台如此说誓，想必无宝。"绍唤军士出曰："打捞之时，有此人否？"坚大怒，拔所佩之剑，要斩军士。绍曰："汝斩军人，乃欺我也！"绍亦拔剑来杀孙坚。坚挥剑迎之。绍背后颜良、文丑皆

国学经典文库

李渔 渔阅 批

三国演义

董卓火烧长乐宫
袁绍孙坚夺玉玺

图文珍藏版

拔剑而出。坚背后程普、黄盖、韩当亦掣刀在手。众诸侯一齐拦住，曰："昔日登坛，设盟歃血，共举大义，岂可自相吞并乎？"劝开两个。坚随即上马，拔寨便起，离洛阳而去。【眉批：一个有用的去了。】绍怒目："得宝而去，将欲自霸耶？"遂写书一封，差心腹人连夜往荆州，送与刺史刘表，教就路上截住夺之。

比及发书起身，人报曹孟德追袭董卓，战于荥阳，大败而回。绍令人迎接，会众诸侯，置酒设宴，与曹操解闷。操于席上曰："吾始兴大义，为国除贼。诸侯既仗义而来，却不听吾计策。吾欲使渤海引河内之众，临孟津；酸枣诸将固守成皋，据敖仓，塞车辕车、大谷，制其险要；袁将军率南阳之众，住丹、析，入武关，以震

国学经典文库

李渔批阅

三国演义

董卓火烧长乐宫
袁绍孙坚夺玉玺

三辅。皆深沟高垒，勿与战，益为疑兵，示天下形势，以顺诛逆，可立定也。【眉批：**言之凿凿，此所谓治世之能臣也。**】今持疑而不进，大失天下之望。窃为诸君耻之。"绍等俱无言可对。既而宴散。

操见绍等各怀异心，料度不能成事，自引军投扬州去了。【眉批：**一个有用的又去了。**】公孙瓒与玄德曰："袁绍无能为也，久必有变，吾等且归。"遂拔寨北行。【眉批：**一连三个有用的都去了。**】到平原，令玄德为平原相，自去守地养军。兖州刺史刘岱，问东郡太守乔瑁借粮，瑁推辞不与。岱连夜引军，突入瑁营，杀死乔瑁，尽降其兵。袁绍见众人各自分散，就引兵拔寨，离了洛阳，去投关东。【眉批：**连盟主都走了，笑杀。**】

却说荆州刺史刘表，字景升，山阳高平人也。年幼

时结交汉末名士，有七人为友，时号"江夏八俊"。那七人？汝南陈翔，字仲麟；同郡范滂，字孟博；鲁国孔昱，字世元；渤海范康，字仲真；山阳檀敷，字文友；同郡张俭，字元节；南阳岑晊，字公孝。表身长八尺有余，姿貌甚伟，乃汉室宗亲刘胜之后。为荆州刺史时，有延平郡人蒯良、弟越，襄阳人蔡瑁，一同扶助。当时收得袁绍书，说孙坚盗去本朝传国之宝，走回江东，望截路夺之。表素与袁绍至好，随命蒯越、蔡瑁引兵一万，来截孙坚。【眉批：**当日勤王不来，今日截玺就来。**】

坚军马已到，蒯越将阵摆开，当先出马，孙坚引军马立门旗下，问曰："蒯英度何故引兵截吾去路？"越云："汝既是本朝臣宰，如何盗去传国玉玺而私归耶？疾忙留下，好眼相看。"坚怒曰："汝乃何人，敢来问我！"言未毕，黄盖挺枪便出，蔡瑁舞刀来迎。斗到数合，盖提鞭去打，瑁急闪过，正中后面护心镜，打缺一半，瑁拔回马走，孙坚乘势杀过界口。

日已平西，山背后闪一彪生力军来，为首一将出马，即刘表也。孙坚就马上施礼曰："景升何故信袁绍之书，相逼邻郡也？"表曰："汝匿传国宝，将欲反耶？"坚曰："吾若有此物，死于刀箭之下！"表曰："汝若要吾听信，将随军行李任吾搜之。"坚怒曰："汝有何见，敢小觑我！"拍马冲进，刘表便退。坚赶将去。黄昏，左侧两山后伏兵齐起，背后蔡瑁、蒯越赶来，围孙坚在垓心。毕竟性命如何？

国学经典文库

李渔批阅

三国演义

董卓火烧长乐宫
袁绍孙坚夺玉玺

图文珍藏版

第七回　赵子龙磐河大战
孙坚跨江战刘表

　　孙坚当晚被刘表围住，得程普、黄盖、韩当三将左冲右突，死战得脱，折兵大半。孙坚连夜引兵驰回江东。刘表且回荆州，以书报绍。自此孙坚与刘表结冤。【眉批：伏后案。】

却说袁绍兵屯河内，缺少粮草，冀州牧韩馥遣人送粮，以资军用。有客逢纪说绍曰："大丈夫纵横天下，何待他人送粮为食？冀州乃钱粮广盛之地，将军何不取之？"【眉批：送粮而反欲得其地，何贪而不仁如此。】绍曰："未有良策。"逢纪曰："可暗使人持书与公孙瓒，令瓒进兵取冀州，虚言夹攻。瓒必兴兵。韩馥无谋之辈，必请将军权领州事。就中取事，唾手而得。"绍大喜，即日发书与瓒。瓒开读，意云共取冀州平分。瓒喜，即日兴兵。绍却使人密报韩馥。

馥慌聚荀谌、郭图二谋士商议。【眉批：如此二人，亦作谋士，可笑。】谌曰："公孙瓒将燕、代之众，长驱而来，其锋不可当，兼有刘备、关、张助之，冀州指日休矣。今袁本初智勇过人，手下名将极广，更兼布恩四海，天下敬之，乃当世之豪杰也。将军可请本初同治州事，彼必厚待将军，视公孙瓒如儿戏耳。"韩馥即差别驾关纯去请袁绍。长史耿武谏曰："袁绍孤客穷军，仰我鼻息，譬如婴孩在股掌之上，绝其乳哺，立可饿死，奈何欲以州事委之？此是引虎入羊群耳。"【眉批：冀州何尝无人。】馥曰："吾乃袁氏之故吏，才能又不如本初。古人尚择贤者而让之，诸君何嫉妒焉？"耿武等皆叹曰："冀州休矣？"弃职而去者三十余人。独耿武、关纯伏于城外，以待袁绍。

数日，绍至，耿武、关纯拔刀而出，欲刺杀绍。绍车前颜良立斩耿武，文丑砍死关纯。绍入冀州，以馥为

国学经典文库

李渔批阅

三国演义

赵子龙磐河大战

孙坚跨江战刘表

图文珍藏版

国学经典文库

李渔批阅

三国演义

赵子龙磐河大战
孙坚跨江战刘表

图文珍藏版

96

奋威将军，安民用贤，以田丰、沮授、许攸、逢纪分掌事务，尽夺韩馥之权。馥懊悔时，手下无一人矣。馥怨袁绍，弃下老小，单马去投陈留太守张邈。【眉批：虎入羊群，羊能存乎？其得去幸矣。】

却说公孙瓒知袁绍已霸冀州，遣弟公孙越来见袁绍，欲分冀州。【眉批：痴人。】绍曰："可请汝兄自来，吾有商议。"越辞绍归，行不到五十里，道傍闪出一彪军马，口称："吾是董丞相家将也"？乱箭射死公孙越。【眉批：痴人。】从人逃命回，见公孙瓒，报越已死。公孙瓒大怒曰："汝教我起兵夺韩馥，就里取事如此。今又诈董卓兵，射死吾弟，此冤如何不报！"尽起本部军兵，杀奔冀州。

绍知瓒来，领一军出。二军会于磐河之上：绍军磐河桥东，瓒军桥西。【眉批：以桥为界。】瓒乃立马桥上，大呼曰："背义之徒，如何不见？"绍亦策马桥边，【眉批：看他处处点"桥"字。】指瓒曰："韩馥无才可守冀州，愿让与吾，尔何不平耶？"瓒曰："昔日洛阳以汝为忠义之人，推为盟主。今之所为，真狼心狗倖之徒，尚何面目立于天地之间！"【眉批：只好骂他两句出气，也骂得好。】袁绍大怒曰："谁可擒之？"言未毕，文丑策马挺枪，直杀上桥。公孙瓒就桥边与文丑交锋。战不到十余合，瓒抵当不住，拔马便走。文丑乘势追赶过桥。【眉批：想来这桥必然长大。】瓒走入阵中，文丑飞马径入中军，如入无人之境，往来在阵追赶。瓒手下健将四员齐战，文丑一枪刺一将下马，三将奔走。文丑将公孙瓒赶出阵后，瓒向山谷而逃。文丑骤马，厉声大叫："快快下马受降！"瓒弓箭尽落，头盔坠地，披发纵马，却转草坡，其马前失，瓒翻身坠于坡下。文丑急捻枪来刺。【眉批：急杀。瓒军一败。】看看来近，草坡左侧转出一少年将，头无铠甲，捻枪直取文丑。【眉批：此处接出赵云有力。】两马相交，花锦相似。公孙瓒扒上坡去。那少年大战文丑五六十合，胜负未分。瓒部下救军恰到，【眉批：有命了。】文丑拨回马去了。那少年也不赶去。

公孙瓒忙下坡，问这少年姓名。其人身长八尺，浓眉大眼，阔面重颐，相貌堂堂，威风凛凛，常山真定人也，姓赵，名云，字子龙。瓒曰："公自何来，救我一命？"云曰："某本袁绍辖下之人，今见袁绍无匡国救民之心，【眉批：子龙发愿便与他人不同。】特来相投，不期此处相见。"瓒执云手曰："闻贵郡之人，皆愿倾心以投袁绍，公何独倾心于某也？"云曰："方今天下汹汹，民有倒悬之危。云愿从仁义之主，以安天下，非特背袁氏以投明公。"【眉批：读此语，知非其君者不事也。】瓒大喜，遂同归寨，整顿甲兵。

次日，瓒选一色白马二千匹，哨到界桥，布成阵势。瓒将军马分作两队，列于步兵之侧，势如羽翼。左右马五千余匹：其中大半皆是白马。因公孙瓒多与羌胡战，尽选白马为先锋，号为"白马将军"；羌胡但见白马便走，因此白马多。【眉批：闹中错杂得妙。】绍令颜良、

国学经典文库

李渔批阅

三国演义

赵子龙磐河大战
孙坚跨江战刘表

图文珍藏版

98

文丑为先锋，各引弓弩手一千，分作左右，令在左者射公孙瓒左，在右者射公孙瓒右。中间麴义，引八百弓手，步兵一万五千，列圆阵于中。袁绍自引马步军数万，于后接应。瓒初得赵云，不知心腹，另领一军在后。【眉批：**初得子龙就败阵，便没意兴，插入人情数语，便有安放。**】瓒遣大将严纲为先锋。瓒自领中军，立马桥上，傍竖大红圈金线"帅"字旗于马前。从辰时擂鼓，直到时，绍军不进。麴义令弓手皆伏于遮箭牌下，号令勿动。仿佛有数十步远，一声炮响，八百弓手一齐俱发。纲急待回，麴义拍马起刀，斩严纲于马下。瓒军大败。【眉

批：**瓒军一败。忽败忽胜，变幻不测。**】左右军欲来，被

颜良、文丑一齐射住。中军并起，直杀到界桥边来。麴义马到，先斩执旗之将。公孙瓒见砍倒绣旗，战麴义不退，回马下桥而走。麴义引军冲到后军。一将引五百军不动，【眉批：说桥，说旗，说军不动，俱一一有照应。】挺枪跃马，直取麴义，乃常山赵子龙也。截住麴义，战到十余合，一枪刺麴义于马下。赵云一骑马，飞入绍军，左冲右突，如入无人之境。公孙瓒引军杀回，绍大败。【眉批：瓒军一胜。】迤逦赶过去，绍军东西乱窜。云在前，瓒在后，迤逦杀入阵后。

袁绍先使探马看时，回报麴义斩将搴旗，追赶败兵。因此绍不准备，只引帐下持戟军士数百人，弓箭手数十骑，与田丰在马上呵呵大笑，笑公孙瓒无能之辈。正说之间，忽然赵云冲到面前，弓箭手急射，瓒军团团围定。田丰慌对绍曰："矢如雨下，主公且于空墙中躲避。"绍以兜鍪扑地，大呼曰："大丈夫愿临阵斗死，岂可入墙而望活乎！"【眉批：假忙。】众军士齐心死战，赵云冲突不入。后面袁绍大队掩至，瓒同赵云欲回，左首颜良军到，三路并杀。赵云保公孙瓒杀透重围，复到界桥。绍驱兵大进，赶过桥。落水死者，不计其数。【眉批：瓒军又一败。】两边军尽投河中，尸首填平。

袁绍当先赶过桥来，不到五里，山背后闪出一彪人马，为首三员大将飞马而来：中间掣双股剑的是刘玄德，上首使青龙刀的是关云长，下首挺丈八蛇矛的是张翼德。【眉批：读者至此，正想公等三人。】三人向在平原探知

国学经典文库

李渔批阅

三国演义

赵子龙磐河大战
孙坚跨江战刘表

图文珍藏版

公孙瓒与袁绍相争，特来助战，是日正逢袁绍，三匹马，三般兵器，飞奔前来。袁绍惊得魂飞天外，手中宝刀坠于马下，丝缰忙挽，急要逃回。【眉批：瓒军又一胜。】不知性命如何？

众将赶来，死救袁绍过桥去了。公孙瓒收住军马，众人齐归大寨。玄德、关、张动问礼毕，瓒曰："若非玄德远来，几乎狼狈。"教与赵云相见。玄德甚相爱敬，便有不舍之心。【眉批：为后来归刘张本。】

却说袁绍输了一阵，坚守不出。两阵相拒月余，有人来长安，报说此事。李儒来见董卓。卓自到长安，自称"太师"，位居诸侯之上，出入乘金花皂盖。李儒对卓曰："袁绍与公孙瓒乃当今之豪杰，见在磐河厮杀。宜假天子之诏，差人往和解之。二人感德，必顺太师矣。"卓曰："善。"次日，奏知天子，便使太傅马日、太仆赵岐，和解关东。岐诣河北，绍出迎百里，再拜奉诏。【眉批：岂果天子诏耶，乃董卓命耶？前盟众而讨之，今再拜而受之，可笑。】岐在绍营，移书告瓒。瓒遣使具告绍书曰：

马大傅、赵太仆，以周、召之德，衔命来征，宣扬朝恩，示以和睦，旷若开云见日，何喜如之！昔贾复、寇恂亦争士卒，欲相危害，遇光武之宽，亲俱陛见，同舆共出，时人以为荣。自省边鄙，得与将军共同此福，此诚将军之眷，而亦瓒之幸也。

国学经典文库

李渔批阅

三国演义

赵子龙磐河大战
孙坚跨江战刘表

图文珍藏版

绍得书甚喜。次日，马、赵二人到绍、瓒营，各宴数日。送二人还朝。瓒表玄德平原相，朝廷准奏。【眉批：就便。】

瓒班师回。赵云与玄德分别，玄德执云手，垂泪不忍相离。云叹曰："某曩日将谓公孙伯珪乃当世之英雄，今观所为。袁绍等辈耳。"【眉批：子龙双眼如镜，不独胆似斗也。】玄德曰："将军且坚心事之，相见有日。"洒泪而别。玄德遂回平原。公孙瓒同赵云去了。

却说袁术在南阳，闻袁绍新得冀州，遣一使者来，求马千匹。绍不与，术大怒。自此兄弟不睦。又遣一使

国学经典文库

李渔批阅

三国演义

赵子龙磐河大战
孙坚跨江战刘表

图文珍藏版

102

往荆州，问刘表借粮二十万，表不与一粒。术恨之，密遣人遗书与孙坚，【眉批：前此不发粮而致孙坚于败，今恨他人不发粮而误孙坚以死，可恨。】书曰：

异日夺玺截路，乃吾兄袁绍之谋也。今绍又与表议，欲袭江东，吾不忍不言。公可兴兵速取荆州，吾当相助夹攻，二仇可报。汝得荆州，吾取冀州，切勿误也。

坚得书，曰："叵耐刘表昔日断吾归路，今不乘时报恨，又待何年！"聚帐下程普、黄盖、韩当等商议。程普曰："袁术多诈，其言恐未可准信。"坚曰："吾自欲报仇，岂望袁术之助乎？"于是差黄盖先来江边，安排战船五百只，多装军器粮草，大船载马，克日兴师。【眉批：可谓小不忍则乱大谋。】

江中细作探知，来报刘表。表知大惊，急聚文武将士商议。谋士蒯良、蒯越、蔡瑁等，侍立左右。表曰："今孙坚报旧恨，将及起兵，奈何？"良曰："不必忧虑，可令黄祖部领江夏之兵为前驱，主公率荆、襄之众作后援。坚跨江涉湖而来，安能耀武扬威乎？"表用其言，令黄祖设备，随后便起大军。

却说孙坚有四子，皆吴夫人之所生：长子名策，字伯符；次子名权，字仲谋；三子名翊，字叔弼；四子名匡，字季佐。吴夫人妹，孙坚次妻，亦生一儿一女：子名朗，字早安；女名仁。【眉批：叙女儿，为后赘刘玄德

国学经典文库

李渔 批阅

三国演义

赵子龙磐河大战
孙坚跨江战刘表

图文珍藏版

张本。】坚又过房俞氏一子，名韶，字公礼。坚有一弟，名孙静，字幼台。坚临登程，静引诸子，列拜马前，谏曰："今董卓专权，天子懦弱，海内大乱，各霸一方。江东方始稍宁，以一小恨而起重兵，非所宜也。【眉批：语极正当。】愿兄详之。"坚曰："非汝所知也。吾誓纵横天下，济世安民，有仇必报，其可束手而待死也？"【眉批："誓"字单为坚而说。"束手待死"亦成恶谶。】遂不听。长子孙策曰："愿随父亲同往。"坚曰："此子自幼英气过人，可随我领兵。权与叔父善保江东。"策上船，前奔樊城。

国学经典文库

李渔批阅

三国演义

赵子龙磐河大战
孙坚跨江战刘表

图文珍藏版

104

黄祖伏弓弩手于江边，布精兵于后，见船傍岸，乱箭俱发。坚令诸军不可乱放一箭，只伏于船中，来往诱之。一连三日，船数十次傍岸，黄祖军箭尽绝。却拨船上所得之箭，十数万只。当日正值顺风，坚令军士一齐放箭，【眉批：朱晦翁注此，必曰：即以其人之箭还射其人之身。】岸上支吾不住。喊声大举，南军登岸。程普、黄盖分两路军，直取黄祖营寨。背后韩当于中大进。三面夹攻，祖兵大败，弃樊城而走。坚令众兵追袭，祖走邓城。

坚令黄盖守住船只，坚自直取黄祖。黄祖引军出迎，布阵于野。孙坚列成阵势，引众出于门旗之下。孙策也全付披挂，挺枪立马于父之侧。黄祖引二将出马：一个是江夏张虎，一个是襄阳陈生。这两个当初反在江夏，后降表，以为上将。黄祖扬鞭大骂："江东鼠贼，安敢侵犯汉室宗亲之境界耶！"言罢，张虎拍马，手捻铜叉而出。坚大怒曰："谁敢斩此贼将？"韩当应声而出。两骑相交，战三十余合，胜负不分。陈生见张虎力怯，飞马挺枪出阵，要来双斗。孙策在父后望见，按住手中枪，拈弓搭箭，射中陈生面门，应弦落马。张虎见侧边陈生坠地，措手不及，被韩当一刀削去半个脑袋。程普纵马直前，来捉黄祖。黄祖弃却头盔、战马，杂于步军内逃命。孙坚掩杀败军，直到汉水上面，拨黄盖船只，放于汉江。

黄祖聚败军，来见刘表，说坚势不可当。表慌请蒯

国学经典文库

李渔批阅

三国演义

赵子龙磐河大战
孙坚跨江战刘表

图文珍藏版

良。议曰："黄祖兵败，挫动锐气，兵战无心，只可深沟高垒，以避其锋。却潜令人求救于袁绍，【眉批：**有袁术致书于孙坚，便有刘表求救于袁绍，势所必然。**】此围可解也。"蔡瑁曰："子柔之言，真拙计也。兵临城下，将至壕边，岂可束手待死！某虽不才，愿请军出城。"刘表许之。

蔡瑁引军万余，出襄阳城外，于岘山布阵。孙策将得胜之兵，长驱大进。蔡瑁出马，坚曰："此人是刘表妻之兄也，谁与吾擒之？"程普挺铁脊矛出马，与蔡瑁两马相交。战不到数合，蔡瑁逃命奔回阵中。坚驱大军，杀

国学经典文库

李渔批阅

三国演义

赵子龙磐河大战
孙坚跨江战刘表

图文珍藏版

得尸横遍野。败军跟蔡瑁逃入襄阳。蒯良言："瑁不听良策，以致大败，按军法当斩。"刘表以新娶其妹，不肯加刑。【眉批：为后文废刘琦立刘琮张本。】人报孙坚分兵四面，围住襄阳。蒯良一面拨兵固守城池，一面写告急文书，令人去投袁绍。

且说孙坚打城，数日不下。忽一日狂风骤起，中军"帅"字旗竿被风吹折。【眉批：此一数也，想不能逃。】韩当曰："此事于军不利，可暂班师。"坚曰："吾屡战屡胜，取襄阳只在旦夕，岂可因风折断旗竿而罢兵耶？"当曰："此旗乃军中之主，不可轻视。"坚曰："风乃天地呼吸之气，方今隆冬，朔风暴起，折断大旗，何足为怪？吾平生用兵，不信此等异事，只是理会攻城便了。"

却说城中蒯良来对刘表言曰："某夜仰观天象，见一将星欲坠于地。【眉批：孙坚前在建章殿看月，仰叹帝星不明；今于襄阳城遇风，遂使将星下坠，遥遥相对。】以分野度之，必应孙坚也。上袁绍书业已写就，主公当问谁敢突围而出？"表问之，阶下一人应声而出。表视之，乃健将吕公也。良曰："汝既敢去，可听吾计。【眉批：不料小小一策，反成大功。】与汝马军五百，多带能射者。汝冲出去，可奔岘山，他必将军来赶。汝分一百人上山，寻石子准备；一百人执弓弩，伏天林中。但有追兵到时，不可径走，周匝引到埋伏之处，矢石俱发。若能斩将降兵，放起连珠号炮，城中便出接应；如无追兵，不可放炮，程而去。今夜月不甚明。黄昏便可出城。"吕公领了计策，拴束军马。蒯良调拨四门听号炮接应。

当夜黄昏，城上望东南无甚人马，密开东门，纵吕公军马出城，到寨前径过去。孙坚在帐中，忽闻喊声，火急上马，引得三十余骑，飞星赶到东南角时，军士说有一彪人马杀将出来，望岘山而去。坚不知会诸将，只引三十余骑赶来。【眉批：太托胆。天使之耶？自取之耶？】吕公已于山林丛杂去处，上下埋伏。坚马快，单骑独出。前军不远，坚大叫："休走！"吕公勒回人马，来战孙坚。交马只一合，吕公便走，闪入山路。坚拍马追赶，见路交杂，不知去处。【眉批：蒯良亦何尝料此。】坚欲上山，山上石子乱下，林中乱箭俱发。【眉批：主意在此一句。】坚体中石、箭，脑浆迸流，人、马皆死于岘山之内。寿止三十七岁。时汉献帝初平三年，辛未十一月初七日。【眉批：独载年寿岁月，亦见郑重英雄之意。赌誓应了。】

吕公截住三十骑，并皆杀尽，放起连珠号炮。城中黄祖、蒯越、蔡瑁分投引兵杀出，江东诸军大乱。黄盖听得喊声大振，引水军杀来，正迎黄祖。交马两合，生擒黄祖。程普保着孙策，急待寻路，正逢吕公。程普纵马向前，战不到数合，一矛刺吕公于马下。【眉批：即擒黄祖，刺吕公，亦是快事，见孙坚一死亦不轻，又为易尸之故耳。】两军大战，杀到天明，各自收军。刘表军自入城。

孙策来到汉水，方知父亲被乱箭射死，尸首已被刘

国学经典文库

李渔批阅

三国演义

赵子龙磐河大战
孙坚跨江战刘表

图文珍藏版

国学经典文库

李渔批阅

三国演义

赵子龙磐河大战
孙坚跨江战刘表

图文珍藏版

108

表军士扛抬入城。孙策痛哭。众将俱各号泣不止。策曰："父尸今在城内，安得请回埋葬?"黄盖曰："今已活捉黄祖在此。得一人入城讲和，将黄祖去，还主公尸首。"言未毕，军吏桓楷出曰："我与刘表有一面旧识，某今便行。"策令桓楷上马。到城中来见表，具说其事。表曰："尸首吾已用棺木盛贮在此。【眉批：刘表亦敬重孙坚。】速放黄祖，两家各自罢兵，再休侵犯。"

后有史官赞孙坚曰：

坚勇挚刚毅，孤微发迹，导温戮卓，山陵杜塞，有忠壮之烈。

　　桓楷拜谢欲行，阶下蒯良出曰："不可！不可！吾有一言，令江东之军片甲不回。请先斩桓楷，然后用计。"计道甚的？桓楷性命还是如何？且听下回分解。

国学经典文库

李渔批阅

三国演义

赵子龙磐河大战
孙坚跨江战刘表

图文珍藏版

第八回　司徒王允说貂蝉
凤仪亭布戏貂蝉

　　蒯良出曰："方今孙坚已丧，江东无主，坚子皆幼，不能历事。可乘此虚弱之时，火速进兵，江东一鼓而可得也。若付尸还策，容回南郡，养成气力，荆州之患也。"表曰："吾有黄祖在彼营中，安忍弃之？"良曰：

国学经典文库

李渔批阅

三国演义

司徒王允说貂蝉
凤仪亭布戏貂蝉

图文珍藏版

"舍一无谋之辈,而取万里之土,此乃大丈夫之所为也。"表曰:"吾与黄祖心腹之交,舍之不义。"遂送桓楷回营,相约以尸换黄祖。黄祖得回。孙策迎接灵柩,挂孝回军。【眉批:**死孙坚换活黄祖,人道刘表便宜,我道刘表不便宜:黄祖十辈不敌孙坚一个,孙坚之死犹胜黄祖之生也。**】两边罢战。回至江东,做孝已毕,葬父于曲阿之原。策辞墓,引军居江都,招贤纳士,屈己待人,因此四方有才德者,渐渐投之。

却说董卓在长安,闻孙坚已死,乃曰:"吾心腹除却一患矣。"问其子多少年纪,答曰:"十七岁。"卓曰:"何足道哉!"自此董卓自号"尚父",出入僭天子仪仗。封弟董旻为左将军、鄠侯,兄子董璜为侍中,总领禁军。不问宗族长幼,皆封列侯。男女怀抱中,便以金紫爵位与之。差二十万人夫,筑郿坞,与长安城郭一般高下厚薄,周围九里。郿坞离长安二百五十里。坞盖宫室仓库,屯积二十年粮食。选民间美貌女子,年二十以下十五以上者八百人,充作婢妾。坞内积金玉、彩帛、珍珠,不知其数。卓常云:"吾事成,当雄据天下;不成,守此足以养老。"省台公卿但见卓出,皆拜车下。朝廷旧臣宰,尽皆委用,此是蔡邕之荐也。【眉批:**此段未免为蔡邕附会。**】

忽一日,御史中丞皇甫嵩拜于车下。卓曰:"义真今日服我乎?"嵩答曰:"安知明公位至于此!"卓曰:"鸿鹄固有远志,燕雀不自知耳。"【眉批:**夹入数语,无大**

意味，且文势亦稍懈。】嵩曰："昔日嵩与明公皆鸿鹄，今不意明公变为凤凰耳。"卓大笑曰："义真怕我乎？"嵩曰："明公以德辅朝廷，大度容贤，谁敢不敬？若为酷法严刑，天下皆惧，岂独嵩乎？"卓又笑。

卓家属皆在郿坞，或半月一回，或一月一回，公卿皆拜于横门外。于路设帐幔，常与公卿聚饮。一日，北地招安降卒数百人到来，卓出横门，百官皆送。卓留饮宴，却将军士数百人，于座前或断其手足，或凿去眼睛，或割其舌，或以大锅煮之。皆未死，于酒桌几前，反复挣命。百官战栗失箸。卓饮食谈笑自若。百官告散，卓曰："吾杀歹心者，何怕之有？"

数日前太史院禀卓回："黑气冲天，大臣有灾。"卓于省台大会百官，列坐两行。酒至数巡，吕布径入，耳边言不数语，卓笑曰："原来如此。"命吕布于筵上脑揪司空张温下堂。【眉批：极写董卓之恶，方见人人欲杀，千古欲杀。】百官失色。卓曰："太史昨言大臣有灾，原来应在此人身上。"不多时，侍从将一红盘托张温头入献。卓令吕布劝酒，每人面前将头呈过。百官魂不附体，皆面不相顾。卓笑曰："诸公勿惊。张温结连袁术，欲图害我，因使人寄书来，错下在吾儿奉先处，故斩之，夷其三族。【眉批：张温事却在董卓口中放出，省笔。】汝等于吾孝顺，吾不害也。吾天佑之人，害吾者必败！"众官唯唯而已。当晚皆散。

司徒王允归到府中，寻思今日席间之事，【眉批：以

国学经典文库

李渔 批阅

三国演义

司徒王允说貂蝉
凤仪亭布戏貂蝉

图文珍藏版

张温事生下王允、貂蝉事来，有线索，有原委。】坐不安席，策杖步出后园，仰天垂泪，沉吟于荼蘼架侧。急闻有人在牡丹亭畔长吁短叹，【眉批：又是一个月下长叹。】允潜步窥之，乃府中歌舞美人貂蝉女也。其女自幼选入，充为乐女。允见其聪明，教以歌舞吹弹，一能百达，九流三教，无所不知。颜色倾城，年当十八，允以亲女待之。是夜允听良久，喝曰："贱人将有私情耶？"貂蝉大惊，跪而答曰："贱妾安敢？"允曰："汝不有所私，何夜深于此长叹？"貂蝉曰："容妾伸肺腑之言。"允曰："汝勿隐匿，当实告我。"貂蝉曰："妾本贱躯，蒙大人恩养，训习歌舞，未尝以婢妾相待，妾虽粉骨碎身，莫报大人万一。妾见大人两眉愁锁，必有国家大事，妾不敢问，不能解大人之忧。【眉批：自曹操行刺不成后，王允日夜忧闷光景，俱于貂蝉口中补出。】今晚又见大人行坐不安，因此长叹，不想大人窥见。大人倘有用妾之处，万死不辞。"允以杖击地曰："谁想汉天下却在汝手中耶！

【眉批：奇。】随我到画阁中来。"貂蝉跟允到阁。允将婢妾尽行叱出，教貂蝉于中端坐，叩头便拜。【眉批：又奇。】貂蝉惊倒，伏地曰："大人何故如此?"允曰："可怜汉天下生灵!"【眉批：更奇。】言讫，泪如涌泉【眉批：读至此而不堕泪者，其人必不忠。】。貂蝉曰："适间贱妾曾言，但有使令，万死不辞。"允跪而言曰："百姓有倒悬之危，群臣有垒卵之急，非汝不能救也!"貂蝉再三拜问。允曰："贼臣董卓，将欲篡位；朝中文武，无计可施。董卓手下有一义儿，姓吕名布，有万夫不当之勇。我观二人皆是酒色之徒，今欲用连环之计，将汝先许嫁吕布，然后献与董卓。汝当于中取便，谍间他父子分颜，令布杀卓，以绝大恶，重扶社稷，再立江山。谅汝之力可为，但不知汝意何如耳。"貂蝉曰："妾许大人万死不辞，望即献出。到他处，妾自有道理。"允曰："事若泄漏，我当灭门矣!"【眉批：叮咛断不可少。】貂蝉曰："大人勿忧。妾若不报大义，死于万刃之下，世世不复人身!"【眉批：女子有此志气。】允拜谢而密之。

次日，王允有家藏明珠数颗，令匠者嵌一金冠，使人密送吕布。【眉批：便是以利诱了。】布得之大喜，候早朝毕，径到王允宅来致谢。允料吕布必来，先备嘉肴美馔，好酒细果，等候吕布。吕布果来，允出门迎接，接入后堂，让之高坐。布曰,："吕布乃相府一将士耳，司徒乃朝廷元老，何故错敬?"允曰："方今天下别无英雄，惟有将军耳。允非敬将军之职，敬将军之才德也。"

【眉批：**奉承得凑泊，妙甚。**】布大喜。允殷勤敬酒，只称董太师并布之德不绝。酒至半酣，布曰："布早晚烦望司徒于天子处保奏。"允曰："将军差矣。允专望将军于太师前提携，终身不忘大德。"布大笑。允教左右退去，只留侍妾数人劝酒。允曰："唤孩儿来，与将军把盏。"少顷，二青衣丫鬟引貂蝉到席前再拜。布问何人，允曰："小女貂蝉也。无可以敬将军，当出妻见子。"貂蝉与吕布把盏，目不转睛。允推醉曰："孩儿央及将军痛饮几杯。吾一家全靠着将军哩。"【眉批：**来了。**】布请貂蝉坐，蝉要回。允曰："将军吾之恩人也，孩儿便坐坐何妨。"又饮数杯，允立脚不牢，仰面大笑曰："吾欲将小女送与将军为妾，还肯纳否？"布跪谢曰："若果如此，愿效犬马之报。"允曰："早晚选一良辰，送至府中。"布欣喜无限，频以目视貂蝉。貂蝉亦以秋波送情。允曰："本留将军止宿，但恐太师见疑，实是不敢。"令貂蝉回。允送布上马，布谢而去。允是夜与貂蝉曰："天下百姓之福也！早晚请太师来，汝却以歌舞侍之。"貂蝉应诺。

次日，允在朝堂，见卓旁却无吕布，允伏地拜请曰："允欲屈太师车骑，到草舍赴宴，未审钧意若何。"卓曰："司徒乃国家之元老，既然来日有请，当赴。【眉批：**董卓、吕布来法不同，一个自来，一个请来。**】允拜谢归家，水陆毕陈于前，厅正中设座，锦锈铺地，内外各设帏幔。

次日牌时分，人报太师来到。允具朝服出迎，再拜

国学经典文库

李渔批阅

三国演义

司徒王允说貂蝉

凤仪亭布戏貂蝉

图文珍藏版

起居。【眉批：**看其口文之卑，供帐之盛，与谄曲小人何异？只因存心不同，遂各有妙用。**】卓下车，左右持戟甲士百余，簇拥入厅，分列两旁，如霜似雪。遂于堂下再拜，卓命扶上，赐坐手侧。允曰："太师盛德巍巍，伊尹、周公安能及也！"卓大喜。进酒作乐，允致敬之情甚厚。天色渐晚，酒至半酣，允请卓入扣堂。卓令甲士休进。允捧觞称贺曰："允自幼颇习天文，夜观乾象，汉家气数到此尽矣。太师功德于震天下，若舜之受尧，禹之继舜，正合天心人意也。"【眉批：**奉承得凑泊，妙。**】卓曰；"安敢望此！"允曰："天下者，非一人之天下，乃天下人之天下也。自古有道代无道，无德让有德，岂过分乎？"【眉批：**便伏下后案。**】卓笑曰："果然天命归吾，司徒当为元勋【眉批：**先许下一个元勋。**】。"允拜谢。堂中点上画烛，止留女使进酒供食，允进曰："教坊之乐，不足供奉钧颜。辄有草舍女乐，敢承应乎？"卓曰："深感厚意。"允教放下帘栊，笙簧缭绕，簇捧貂蝉舞于帘外。【眉批：孩儿是孩儿体态，歌妓是歌妓身胚。】有词曰：

原是昭阳宫里人，惊鸿宛转掌中身，只疑飞过洞庭云。按彻梁州莲步稳，好花风袅一枝新，画堂香暖不胜春。

又诗曰：

红牙催拍燕飞忙，一片行云到画堂。
眉黛促成游子恨，脸容初断故人肠。
榆钱不买千金笑，柳带何须百宝妆。
舞罢隔帘偷目送，不知谁是楚襄王。

舞罢，卓命近前。貂蝉转入帘内，深深再拜。【眉批：请吕布，貂蝉从内出来，是女儿家气度；请董卓，貂蝉从外进来，是歌妓行径。摹写酷似。】卓曰："此何人也？"允曰："乐童貂蝉。"卓曰："能唱否？"允命貂蝉执檀板，低讴一曲：

花柳正当年，试新妆，玉镜前。春风吹出深深院，轻盈舞便清扬曲圆。双飞蛱蝶将谁恋？自堪怜，为云为雨，须信总由天。

读/者/随/笔

国学经典文库

李渔 阅批

三国演义

司徒王允说貂蝉
凤仪亭布戏貂蝉

图文珍藏版

117

国学经典文库

李渔批阅

三国演义

司徒王允说貂蝉

凤仪亭布戏貂蝉

图文珍藏版

卓称赏不已。允命貂蝉把盏，卓擎杯殢曰："春色几何？"貂蝉曰："贱妾年整二旬。"卓笑曰："真神仙中人也。"【眉批：也来了。】允再拜曰："老臣欲将此女献上主人，未审肯容纳否？"卓曰："美人见惠，何以报德？"允曰："此女得侍主人，其福不浅。"卓曰："尚容致谢。"允曰："天色已暮，先备毡车送到相府。"卓起身奉谢。车辆已定，便送貂蝉先行。

允拜送董卓直到相府，卓命允回。允离府行不到百余步，遥见两行红纱灯照着；灯影中，见一人手执方天画戟，马上坐着吕布，半醒半醉，正与王允撞着。【眉批：读至此，为王允吃一惊。】布见王允，就马上轻舒猿臂，一把揪住衣襟，睁圆环眼，手挈腰间宝剑，指允言曰："汝既以貂蝉许我，今又送与太师，何相戏耶？"王允性命如何？

吕布当街冲着王允，心中大怒，骂曰："老贼怎敢戏我哉！"允急曰："此非说话处，同到草舍。"布随允到家。下马同入后堂。允曰："将军何故反怪老夫耶？"布曰："有人报我，说你把毡车送一女子入相府去，此非貂蝉而何？"允曰："将军原来不知。昨日太师在朝堂中，对老夫道：'我有一件事，明日到你家。'允因此准备小宴等候。太师到，饮宴中说：'我闻你有一女，名唤貂蝉，已许奉先，我恐你不准诚，特来上门告肯。'老夫见太师自到，安敢少违，随引貂蝉拜了公公。【眉批："公公"二字妙】太师曰：'今日良辰，汝可与吾作一大宴，配与奉先，以助一笑。'将军寻思，太师亲临，老夫焉敢推阻？"布曰："司徒少罪。布一时错见，来日自当负荆。"允曰："小女颇有些妆奁首饰，待过将军府下，便当送至。"【眉批：**既以色迷，又以利动，王允语无空发。冠用明珠，妆奁之知何等甚法。吕布那得不想。**】布谢而去。

当夜，卓幸貂蝉，次日午牌未起。吕布在府下打听，绝不闻其音耗。径入堂中，问诸侍妾。侍妾对曰："夜来太师与新人共寝，至今未起。"【眉批：**只此一句，气杀吕布。**】布潜入卓卧房后窥之。貂蝉起于窗下梳头，忽见窗外照一人影，极长大，头有束发冠，偷睛视之，见吕布潜立于池畔。貂蝉蹙双眉，做忧愁不安之态，复以香罗频掩泪眼。【眉批：**为西施易，为貂蝉难。西施只要哄得一个人，貂蝉却要哄两个人，使出两副面孔，大费苦心。**】吕布窥视良久乃出，沉吟思忖，未得真实。少顷，布又入。卓坐中堂，见布来，问曰："外面无事乎？"布曰："无事。"侍立卓侧。卓方食，布偷目窃望，绣帘内一人往来观觑，须臾微露半面，以目送情。布知是貂蝉，神魂飘荡。卓见布语言不顺，频频那身迎里而望。卓曰："奉先无事且退。"布心中愈疑。到家，妻见布情绪不佳，问曰："汝今日莫非被董太师见责来？"布曰："太师安能制我哉！"【眉批：**布妻以此发问，可见一向全以太师为宠辱者，却反出"安能制我"一语，极尽情变。**】妻不敢问。布自此心在貂蝉身上，每日径进府堂，不能一见。

国学经典文库

李渔批阅

三国演义

司徒王允说貂蝉
凤仪亭布戏貂蝉

图文珍藏版

国学经典文库

李渔批阅

三国演义

司徒王允说貂蝉
凤仪亭布戏貂蝉

图文珍藏版

董卓自纳貂蝉后，情色所迷，月余不出理事。貂蝉无非于枕前席上殢雨尤云，董卓合休，自然迷恋。时值春残，卓染小疾，貂蝉衣不解带，曲意阿从，卓心愈喜。卓睡，布立于床前，貂蝉于床后探半身望布，以手指心而不转睛。【眉批：孙吴莫及。】布以点头答之。貂蝉以手指董卓，强擦眼泪。布心如碎。卓朦胧双目，见布动静，猛扭回身视之，见貂蝉于屏风后立。卓大怒，叱吕布曰："汝敢戏吾爱姬耶？"唤左右逐之，今后不许入堂。吕布大怒，怀恨归府。

人报李儒，儒慌忙入见卓曰："太师何故责让奉先？"卓曰："因窃视吾爱姬，吾故逐之。"儒曰："太师欲取天下，何故以小过而责之？如温侯心变，大事去矣。"卓曰："奈何？"儒曰："来日唤入，赐以金帛，以好言慰之，自然无事。"【眉批：即以貂蝉赐之，方是英雄作略。金帛何用？李儒亦知卓难遽进，此言故止先出中策。】卓次日使人唤布入堂，卓曰："吾前日病中，心神恍惚，不知所言，有责于汝，汝勿记心，来日休离左右。"随赐金十斤、锦二十匹。布谢曰："大人怪布，布何敢怪大人！"【眉批："大人怪布，布何敢怪大人。"二语极软极硬。】自此再入堂中，略无忌惮。

卓疾少愈，因有貂蝉，不回郿坞。每入朝，吕布手执画戟，乘马车前；直至殿前下车，带剑上殿，布谨执戟，立于阶下。百官拜伏丹墀，拱听约束。朝退，布乘马于前引导。

国学经典文库

李渔 批阅

三国演义

司徒王允说貂蝉
凤仪亭布戏貂蝉

图文珍藏版

一日，布引卓到内门。略住少时，见卓与帝共谈，吕布慌忙提戟出门上马，【眉批：一写戟。一写马。】径投相府，系马道旁，提戟入后寻觅貂蝉。【眉批：再写戟。再写马。】貂蝉见布寻觅，慌忙出曰："可去后园凤仪亭边等我。"布提戟径往，【眉批：三写戟。】立于亭下曲栏之畔。良久，见貂蝉分花拂柳而来，果然如月宫仙子，泣与布目："我虽非王司徒亲生之女，待之若神珠玉颗。一见将军，大人肯许，妾已平生愿足。谁想太师起不仁之心，将妾淫污，恨不得死耳！今幸将军至此，妾表诚心：此身已污，不得复事英雄，愿死于君前，以绝君念！"【眉批：只此数语，虽非吕布亦为所迷。"此身已污"二语更动人。】言毕，手攀曲栏，望荷花池便跳。吕布慌忙抱住，泣曰："我知汝心久矣，恨不能勾共语。"貂蝉手扯布曰："妾今生不能勾与君为妻，愿相期于后世！"【眉批：好激法。】布曰："我今生不能勾以汝为妻，非世之英雄也！"貂蝉曰："妾度日如年，愿君怜悯救之。"布曰:"我在内庭,偷空而来,恐老贼见疑,必当速去。"提戟转身。【眉批:四写戟。】貂蝉牵其衣曰:"君如此惧怕老贼,妾身无见天日之期矣!"【眉批:更激得妙。】布立住曰:"容我思忖一计,共你团圆。"貂蝉曰:"妾在深闺,闻将军之名,如轰雷灌耳,以为当世一人而已。谁想反受他人之制乎!"【眉批:越激得妙。】言讫,泪下如雨。两个偎偎倚倚,不忍分离。

却说董卓在殿上,回顾不见吕布,心下甚疑。卓上车回府,见布马在府门,【眉批:三写马】问吏,吏答曰:"温侯入后堂去了。"卓乃径入后堂,寻觅不见,又无貂蝉。问于侍妾,侍妾曰:"温侯却才执画戟至此,【眉批:五写戟。】不知何在。"卓寻入后园,见布倚戟【眉批:六写戟。】,和貂蝉在凤仪亭下。卓走于根前,大喝一声。布回头见卓,大惊。卓夺下吕布手中之戟,【眉批:七写戟。】吕布便走。卓赶来。布走得快,董卓胖,赶不上,掷戟杀布,布手起一拳,打戟落于草内。卓拾戟又赶,布已走五十步远。卓赶出园门,一人飞奔前来,与卓胸膛相撞,卓倒于地,未知性命如何?

国学经典文库

李渔批阅

三国演义

王允定计诛董卓
李傕郭汜寇长安

图文珍藏版

第九回　王允定计诛董卓
李傕郭汜寇长安

原来李儒到相府门，见从人言曰："太师大怒，去寻吕布。"儒慌赶入时，见布奔走，口称："太师杀我！"儒急奔入，正撞董卓，卓倒于地上。儒急扶卓至书院中，

再拜曰："儒实为社稷之计，冲倒恩相，死罪，死罪！"卓曰："叵耐逆贼玩弄吾之爱姬，誓必杀之！"儒曰："恩相差矣。昔日楚庄王夜宴诸侯，令爱姬劝酒。忽然狂风骤起，尽灭其烛。坐上一人戏抱爱姬，姬手揪冠上缨，告知庄王。王曰：'酒后也。'命取金盘一面，尽绝其缨，然后秉烛，即名其会曰'绝缨会'。正不知戏爱姬者何人也。后庄王被秦兵围住，见一大将，杀入阵中，救出庄

国学经典文库

李渔批阅

三国演义

王允定计诛董卓
李傕郭汜寇长安

图文珍藏版

124

王。王见其人身带重伤，问之，答曰："臣乃蒋雄也。昔'绝缨会'上蒙大王不杀之恩，故来报答。太师何不鉴'绝缨'之德，就此机会，以貂蝉赐了吕布？布感大恩，必以死报太师也。"卓方回嗔作喜曰："汝可说与吕布，吾以貂蝉赐之。"【眉批：**连环计几乎不成。**】儒曰："汉祖以黄金二万赐与陈平，遂兴大业。今日太师所为，正当类此。"儒谢而出。

卓入后堂，唤貂蝉问之："汝何与吕布私通耶？"貂蝉泣曰："妾将谓温侯是太师之子，一时回避不及，便与相见。不料见后回内，这厮提戟赶来，直到风仪亭边，妾欲投荷花池，这厮抱住。正在生死之间，得太师来，救了性命。"董卓曰："我欲将汝赐与吕布，何如？"貂蝉曰："妾身已事大贵，今欲配与家奴，宁死不辱！"遂掣壁间宝剑，意欲自刎。卓慌夺剑而拥抱曰："吾戏汝耳。"貂蝉哭倒卓怀，曰："此必李儒之计也！儒与布厚，故设此计耳。"【眉批：**不但间吕布，并间李儒。要间他父子，先间他君臣。俱是女将军作用。**】卓曰："我安能舍汝耶？"貂蝉曰："只恐太师不肯与妾做主。"卓曰："吾宁舍性命，必当保汝。"貂蝉泣谢曰："妾恐此处不宜久居，必被吕布之害。"卓曰："吾明日和你同归郿坞，去受快乐，何如？"貂蝉曰："坞中可居否？"卓曰："城中有三十年粮食，门外列数百万军兵。成事则你为贵妃，不成事则你亦为富贵之妻也。慎勿忧虑。"貂蝉拜谢。

次日，李儒入见曰："今日良辰，可将貂蝉送与吕

国学经典文库

李渔批阅

三国演义

王允定计诛董卓
李傕郭汜寇长安

图文珍藏版

布。"卓变色曰："汝之妻肯与吕布么？"儒曰："主公不可被妇人所惑。"卓曰："甚妇人能惑得我？貂蝉之事，再勿多言，言则必斩！"李儒仰天叹曰："吾等皆死于妇人之手矣！"【眉批：双股剑、青龙刀、丈八蛇矛，俱不敌女将军裙下兵器。】卓命左右："逐出李儒！收拾军马，今日便还郿坞。"百官俱各拜送。

貂蝉在车上，遥见吕布于稠人之内，眼望车中。貂蝉虚掩其面，如痛哭之状。卓车已去，布缓辔于土岗之上，望毡车而去。后人读到此处，有感而吟诗曰：

> 社稷无人任障篱，凭将女色赖支持。
> 休嗟吕布轻狂辈，多少英雄被此迷。

吕布正望之间，背后一人在马上云："温侯何故遥望而发悲耶？"布视之，乃王允也。布曰："吾为公女耳。"允佯惊曰："许多时尚不与将军耶？"布曰："老贼自宠幸已久矣。"允掩其面曰："此禽兽之所为也！"布将上件事一一告允。允曰："同到敝署商议。"

布随入城，到允宅前下马，入于密室。允置酒款布。布怒气转深，王允曰："太师淫吾之女，夺将军之妻，诚可为天下之笑端，非笑太师，笑允与将军耳。【眉批：一转，妙。】允老羸无能之辈，不足为道；可怜将军半世之英雄耳！"【眉批：又一转，妙。】布就气倒于地。允慌急救之，曰："老夫语失，将军息怒。"布曰："誓当杀此老

国学经典文库

李渔批阅

三国演义

王允定计诛董卓
李傕郭汜寇长安

图文珍藏版

126

贼，以雪吾耻！"允急掩其口："将军勿言，恐累及老夫，九族皆死！"布曰："大丈夫生居天地之间，岂能郁郁久居人下乎！"允曰："以将军之才，过韩信百倍，信尚为王，将军岂可久作温侯？"【眉批：说词来了。】布曰："吾杀老贼，奈是父子之情，恐惹后人议论。"允大笑曰："将军自姓吕，卓自姓董；掷戟之时，岂有父子情耶？"【眉批：恶。】布奋然大怒曰："非司徒良言，则布亦为老贼害矣！"允曰："将军若扶汉室，乃忠臣也，青史留名，万古不朽；将军若扶董卓，乃反臣也，史官下笔，骂名万代。"【眉批：王允说吕布一段文字，与李肃说吕布一段文字，同是劝人弑父，而辞气光明正大不同。】布随下拜曰："布意已决，司徒勿疑。"允曰："但恐事又不成，反招大祸。"布拔带刀，刺臂出血为誓。允跪谢曰："汉天下四百余年，皆出将军之赐也！天子已有密诏，【眉批：密诏何来得迅速。】将军宜怀之，切勿泄漏。临期有计，自当相报。"布慨然领诺而起。

国学经典文库

李渔批阅

三国演义

王允定计诛董卓
李傕郭汜寇长安

图文珍藏版

允即请仆射士孙瑞、司隶校尉黄琬商议。瑞曰："方今主上有疾新愈，可遣一能言语者，着住郿坞，请卓议事，伏甲兵于朝门之内，引入诛之。此上策也。"琬曰："何人敢去？"瑞曰："吕布同郡骑都尉李肃，近日好生怨卓不与升用。令布说此人去，卓必不疑。"允曰："善。"请布共议。布曰："昔日吾杀丁建阳，亦此人也。今若不去，吾先斩之。"【眉批：**不羞不耻，亏你说得出，岂为丁建阳报仇耶？**】使人密请肃至。布曰："昔日兄说吕布杀丁建阳而投董卓。今卓不仁不义，上欺天子，下虐生灵，罪恶贯盈，人神共愤。汝可传天子诏往郿坞，宣卓入朝。如见司徒有言，一齐下手，力扶汉室，共作忠臣。汝意若何？"肃曰："吾亦要除老贼久矣，恨无爪牙。今天赐也！"遂折箭为誓。【眉批：**惯会杀父者，吕布也；惯劝人杀父者，李肃也。**】允曰："汝若能干此事，岂愁显官！"

次日，李肃引十数骑前到郿坞。人报天子有诏，卓曰："教唤入来。"李肃入，再拜讫。卓曰："天子有甚诏制？"肃曰："天子病体新痊，欲会文武于未央殿，待将天子让与太师，故有此诏。肃知此事，飞马而来，拜贺主上。"卓曰："王允何如？"【眉批：**卓胸中止有一王允，可想王允当日立朝气概。**】肃曰："王司徒已差修筑受禅台，士孙瑞已草诏，只等主上到来。"卓大笑曰："吾夜梦一龙罩身，今日得此佳兆，时节不可错失。"便命大排车马回京。肃曰："愿主上垂拱万年，肃之子孙有赖矣！"

国学经典文库

李渔批阅

三国演义

李傕郭汜寇长安

王允定计诛董卓

图文珍藏版

卓曰："吾若登基，汝为执金吾。"【眉批：**又许下一个执金吾。**】肃拜谢称臣。

卓临行，与貂蝉曰："吾昔日许汝为贵妃，今番定矣。"【眉批：**又许下一个贵妃。**】貂蝉谢。卓入辞母。母年九十有余，母曰："吾儿何往？"卓曰："儿今去长安受汉禅，母亲早晚为太后也。"【眉批：**又许下一个太后。**】母曰："吾近日肉颤心惊，恐非吉兆。"李肃曰："为万代国之祖母，岂不预有惊报？"卓曰："吾心腹人所见甚明。"

出坞上车，前遮后拥，数千军兵。行不到三十里，车下忽折一轮。卓曰："此何祥也？"肃曰："当更玉辇耳。"【眉批：**前则其母疑而卓解之，此则卓疑而肃解之。卓解勉强，肃解便捷。**】卓曰："吾心腹人所见甚明。"教牵过逍遥玉面马来，上马又行。不到十余里，玉面咆哮嘶喊，掣断辔头。卓又问曰："此何祥也？"肃曰："太师龙飞，凡马固当惊也。"卓曰："心腹人所见更明。"次日，忽然狂风骤起，昏雾蔽天。卓问肃曰："此何祥也？"肃曰："主公登极，必有红光紫雾，以壮天威。不须疑也。"【眉批：**何异伯断。**】卓曰："吾心腹人所见明极。"

卓至城外，百官出迎。王允、黄琬、杨瓒、淳于琼、皇甫嵩皆伏道旁称臣，【眉批：**也是梦见一时做皇帝。**】言天子来日大会未央殿，有推代之意。卓令百官且回，来日平明，朝下迎接。吕布入贺曰："大人来日当斋戒沐浴入城，以代万世不磨之基业。"卓曰："吾登九五，汝当总督天下兵马。"【眉批：又许下一个都督。】布谢，就帐前宿。

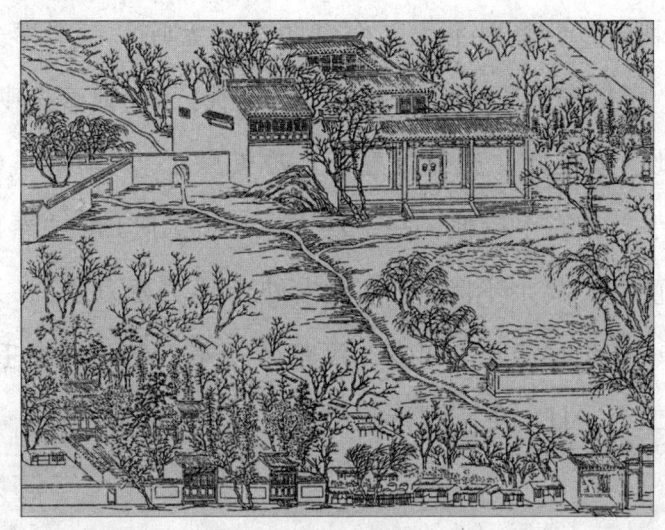

是夜，有数十小儿于郊外作歌，风吹歌声入帐。歌曰："千里草，何青青！十日卜，犹不生！"歌罢，声相悲切。【眉批：从来大善人生死固不轻易，大恶人生死亦不轻易，董卓种种先兆，亦天郑重恶人之意。】卓问李肃曰："童谣何吉凶？"肃曰："亦只是言刘氏灭、董氏兴之意。"卓曰："肃之言是也。"

次日清晨，摆列入城。卓在车上，见一道人，青袍白巾，执一长竿，上缚布一丈，大书"吕"字。卓问肃曰："此道人何意？"肃曰："乃心恙之人也。"呼将士推之，道人倒于地上。肃命拖在一壁。卓遂前进。

群臣各具朝服，迎谒于道。李肃手执宝剑，扶车而行。到北掖门，军兵尽当在门外，独有御车二十余人同入。董卓见王允等各执宝剑，立于殿门。【眉批：先是一个执宝剑，后是个个执宝剑。何宝剑森列如此？】卓大

国学经典文库

李渔批阅

三国演义

王允定计诛董卓
李傕郭汜寇长安

图文珍藏版

129

国学经典文库

李渔｜批阅

三国演义

王允定计诛董卓
李傕郭汜寇长安

图文珍藏版

130

惊，问肃曰："持剑者是何意？"肃只推车不应。王允大呼曰："反贼至此！武士何在？"两旁转出百余人，持戟挺槊刺卓。卓裹甲不入，伤臂堕车，大呼曰："奉先何在？"布从车后厉声出曰："有诏讨贼！"一戟直透咽喉。【眉批：**读至此，虽三尺童子，亦知快心。**】李肃早已割头在手。布右手持戟，左手怀中取诏，大呼曰："奉诏讨贼臣董卓，其余不问。"将吏内外皆呼"万万岁"，拜伏在地。卓此时年五十四岁，汉献帝初平三年，岁在壬申，四月二十二日。史官有诗叹曰：

> 霸业成时为帝王，不成且作富家郎。
>
> 谁知天意无私曲，郿坞方成已灭亡。

吕布曰："助董卓欺君者，皆李儒也。谁可擒之？"李肃应声而出。朝门外发喊，报道："李儒家奴已自绑缚献来。"【眉批：**事甚省力，文亦省笔。**】王允曰："卓贼家属尽在郿坞，谁去诛杀？"吕布曰："某愿往。"【眉批：**吕布此行，爬着痒处。**】允教皇甫嵩、李肃一同吕布前去分拣。布领兵五万，飞奔郿坞。

当初董卓有四员心腹猛将：李傕、郭汜、张济、樊稠，三千飞熊军守郿坞，按月大请大受。当时听董卓已死，吕布领大军来，四个慌奔郿坞，领军杀上凉州去了。

吕布一到郿坞，先取貂蝉，【眉批：**先稳取荆州到手。**】送回长安。皇甫嵩云："内有八百良家子女，尽作一处。其余但是董卓亲属，不分老幼，尽皆诛斩！"卓母九十有余，慌出告曰："乞饶我一命！"言犹未绝，头已落地。宗族被诛者，男女一千五百余人。【眉批：岂弑何后之报耶？】收得坞内所藏黄金二三万斤，银八九万斤，锦绣绮罗、珠翠玩好堆积如山，仓中米粮八百万石。允令一半纳官，一半犒赏军士。

杀卓之时，日月清净，微风不起，【眉批：天也快活】号令卓尸于通道。卓极肥胖，看尸军士用火置于脐中，以为灯光，明照达于旦，膏流满地。百姓处者，手掷董卓之头，至于碎烂。将李儒绑在街市，凡百姓过之，争啖其肉。城内城外，若老若幼，踊跃欢忻，歌舞于道。【眉批：说得如此畅快，不但男女畅快，即千百世后人，亦为畅。】男女贫者尽卖衣装，置酒相庆，曰："我等今番夜卧，皆可占床席矣。"卓弟旻、兄子璜皆悬四足于城市。但是门下阿附者，皆下狱死。

王允会大臣，作太平宴于都堂。忽人报曰："有一人身伏卓尸而哭。"允大怒曰："长安士庶，皆相庆贺；是

国学经典文库

李渔批阅

三国演义

王允定计诛董卓
李傕郭汜寇长安

图文珍藏版

131

何人，敢如此也！"遂唤武士："与吾擒来！"须臾，拥至筵前，满座公卿无不惊骇。你道是谁？

武士拥至，众视之，乃侍中蔡邕也。允叱之曰："董卓逆贼，今日伏诛，国之大幸。汝亦汉臣，乃不为国庆，反为贼哭，何也？"邕伏罪曰："邕虽不才，亦知大义，岂肯背国而向卓？只因一时知遇之感，不觉为之大哭。自知罪大，望公鉴察。倘得黥首刖足，使续成汉史，邕之幸也。"满座公卿皆惜邕才，着力救之。大傅马日磾密谓允曰："伯喈旷世逸才，多识汉事，若使续成汉史，可为一代大典。且邕忠孝素著，若以微罪杀之，毋乃失人之望乎？"王允曰："昔汉武不杀司马迁，后使作史，谤书流于后世。方今国祚中衰，戎马在郊，不可令佞臣执笔在幼主左右，不惟无益圣德，仍使吾辈遭其诬谤。史而不信，华美何为"【眉批：**王允所见亦是，恐其于董卓有回笔耳。**】日磾无言而退，谓众官曰："王公所为，其无后乎？善人，国之纪也；制作，国之典也。灭纪废典，岂能久乎？"允遂将邕下狱，邕自缢死。当时士大夫闻知邕死，识与不识，尽皆流涕，以为邕哭卓尸固自不是，允亦杀之非罪。

且说李傕、郭汜、张济、樊稠逃至陕西，使人长安上表告赦。王允曰："卓之过恶，皆是四人助之。今虽大赦天下，独不赦此一枝军马。"【眉批：**先赦其罪，后散其兵，然后图之未晚也。此是王允失算。**】人回报傕。傕曰："求赦不得，各自逃生。"军中谋士贾诩曰："诸君若

国学经典文库

李渔批阅

三国演义

王允定计诛董卓
李傕郭汜寇长安

图文珍藏版

弃军单行，则一亭长能缚君耳。不若起陕西军士，杀入长安。与卓报仇。事济，奉国家以正天下；若其不胜，走亦未迟。"健等曰："然。"遂流言于西凉州曰："王允皆欲洗荡此方之人。"人皆信从。不及半月，聚众十万，军分四路，杀奔长安。路逢董卓女婿中郎将牛辅，引兵五千，欲与丈人报仇。李傕先使辅为前驱，四人陆续进发。

王允听知西凉兵来，请布商议。布曰："司徒放心，量此鼠辈，何足数也！"遂引李肃，将兵出迎。肃曰："某愿当先讨贼。"布令提兵前进，正与牛辅相战。辅败走，肃赢了一阵。当夜二更，牛辅来劫李肃。肃军乱窜，肃走三十余里，折军大半，来见吕布。布大怒曰："汝敢丧吾锐气！"立斩李肃，悬头军门。【眉批：劝人杀父之人，亦被杀父之人杀了。】肃已死，三军畏布法度，皆有变心，布自负刚勇，鞭挞士卒，军心愈离。【眉批：埋伏投顺李、郭。】

次日，吕布进兵，辅遂大败而走。【眉批：文得宾主旁正之法。】是夜，牛辅唤心腹人胡赤儿商议。辅曰："我知吕布骁勇，必不能敌。不如暗藏金珠，与亲随三五人，弃了败军自去。"赤儿应允。是夜，辅与赤儿随行三人，各带金珠，弃营而走。将渡一河，赤儿欲谋金珠，杀死牛辅，将头来献吕布。【眉批：李肃是心腹人，为官爵便杀董卓；赤儿是心腹人，为金宝便杀牛辅。心腹之人不足恃如此。】布问情由，三人出首："赤儿谋杀牛辅，夺其金宝。"布怒，将赤儿诛之。领军前进，正迎李傕军马。两阵圆处，吕布觑傕等如无物，挺戟跃马，直冲过来。傕之将士如何可当？军人乱，退走五十余里，守住山口，请郭汜、张济、樊稠商议。傕曰："吕布勇猛虽不可当，智谋不足为虑。我引军守住谷口，每日诱他厮杀，郭兄可领兵抄于布后，日夜攻击，效彭越挠楚之法，鸣金进兵，擂鼓收兵，吕布两下自不相顾。张济、樊稠分兵两路，径取长安。【眉批：贼党计谋亦巧。】吕布首尾救应不迭，必然大败。"众用其计。

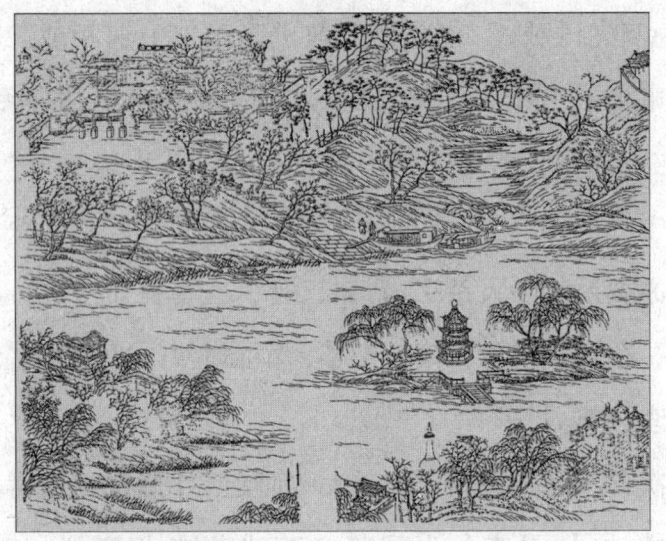

　　却说吕布勒兵到于山下，李傕引兵搦战。布忿怒，冲杀过去，傕退上山。山上矢石如雨，布军不能上进。阵后郭汜杀来。布急回时，鼓声大震，汜军已退。锣声响处，布军未收，傕军来战。未及对敌，背后郭汜军又杀来。及至布回，却又擂鼓，收军去了，或是半夜，或早或晚，郭汜又于背后挠乱，前面李傕不时搦战，吕布欲战不得。【眉批：一一应前。说得眼花撩乱。只是谋能

胜勇。】

长安城中飞报吕布："张济、樊稠两路军杀来，城下无人可敌。"布急领军回，背后李傕、郭汜杀来。布军多有投顺李、郭者，【眉批：应前布军离变。】因此吕布失势。及到长安城下，四下军兵，云屯雾集，围定城池，晓夜攻打。布但引军冲出，一声喊起，都往李傕军中投拜。【眉批：好看。】布心甚忧。

围及十日，董卓门下部曲李蒙、王方，向在城中守把，献了城池，四路军一齐拥入。吕布左冲右突，拦当不住，引数百骑往青琐门外，呼王允曰："贼来势急，切难抵敌。请司徒上马，同出关去，别图良策。"允曰："若蒙社稷之灵，得安国家者，吾之愿也；若不获已，则允奉身以死朝廷。幼主恃我而已，临难苟免，吾不为也。努力谢关东诸公，愿以国家为念。"【眉批：好个王允，是条汉子。】布力劝王允，允死不肯去。但见各门火焰竟天，吕布弃却家小，引百余骑，飞走出关，投奔袁术去了。

李傕、郭汜纵兵大掠，放火烧人，淫人妻女，无所不为。太常卿种拂，引家奴数人，与贼死战，被乱箭射死于南宫掖门。太仆鲁馗、大鸿胪周奂、城门校尉崔烈、越骑校尉王颀，皆死于国难。贼兵围绕内庭至急，近侍请天子上宣平门止乱。李傕等望见黄盖，与军士同呼"万岁"。献帝倚楼而问曰："卿不候奏请，辄入长安，欲何为也？"李傕、郭汜仰面奏曰："董太师乃陛下社稷之

国学经典文库

李渔批阅

三国演义

王允定计诛董卓
李傕郭汜寇长安

图文珍藏版

臣，王允设谋而杀之，臣等特来报仇，非敢造反。但见王允，臣便退兵。"王允在帝侧闻知，奏曰："臣本为社稷之计，事已至此，陛下不可惜臣以废国家。臣请下见二贼，以舒国难。"帝徘徊不忍，允自宣平门楼上跳下，大呼曰："王允在此！"李傕拔剑近前，叱之曰："董太师有何罪恶，你设谋杀之？"允曰："董贼之过，弥天亘地，不可胜言。受诛之日，长安士民皆相庆贺，岂得无罪乎？"郭汜大怒曰："太师有罪，我等有何过愆，不原赦也？"【眉批：**本意在此句。**】二贼手起，把王允杀于楼下。【眉批：**王允之天理安在？**】史官有诗赞曰：

> 王允运机筹，奸臣董卓休。
>
> 心怀安国恨，眉锁庙堂忧。
>
> 英气连霄汉，忠心贯斗牛。
>
> 至今魂与魄，犹绕凤凰楼。

王允被害，宗族数十人皆斩于市。城中老幼，无不下泪。【眉批：**董卓之死，老幼庆贺。王允之死，老幼下泪。不但老幼下泪，千百世后人□□□。**】李傕、郭汜寻思道："这里不杀天子，更待何时？"二贼仗剑杀入内来。汉天子性命如何，且听下回分解。

国学经典文库

李渔批阅

三国演义

李傕郭汜杀樊稠
曹操兴兵报父仇

图文珍藏版

第十回　李傕郭汜杀樊稠
曹操兴兵报父仇

　　李、郭二贼欲杀献帝，张济、樊稠谏曰："不可。今日若便杀之，恐众诸侯不服。且留为主，赚诸侯入关，先去其手足，杀之未迟，天下自然属我等也。"李、郭按兵不动，纵容军士在城中掳掠。帝在楼上与李、郭曰：

"王允既已伏诛，军马何故不退？"李、郭曰："虽已报仇，未蒙恩赦，故军不退。"【眉批：**极软极硬。**】帝曰："若本无罪，何待赦耶？"又问："再有何说？"李、郭曰："臣等力扶汉朝，未蒙赐爵。"帝曰："任卿所欲，朕当封之。"【眉批：**此时天子亦只几上肉耳。**】李、郭写了职衔，入朝勒要如此官品。帝即从之：李傕为车骑将军、

国学经典文库

李渔批阅

三国演义

李傕郭汜杀樊稠
曹操兴兵报父仇

图文珍藏版

池阳侯，领司隶尉，假节钺；郭汜为后将军，假节钺，任其行事，同秉朝政；樊稠为右将军、万年侯；张济为骠骑将军、平阳侯，领兵屯弘农；其余李蒙、王方等，各为校尉。然后谢恩，领兵出城，禁住劫掠。【眉批：亦是李、郭好处。】

李、郭等追寻董卓尸首，但获得些小皮骨，用香木雕成形体，大设祭祀，修陈功德，用王者衣衾棺椁，富盛不可尽言。选良辰吉日，迁葬郿坞。临葬之期，大雷大雨，平地水深数尺，霹雳震开卓墓，提出棺外，皮骨尽皆粉碎。李、郭候晴再葬，是夜又复如是。三葬皆废。【眉批：曹操有七十二疑冢。而天不废之，何也？以曹操未有发掘陵寝之惨耳。】人人皆说："真有天理！"

李、郭既掌大权，残虐百姓。又分付心腹之人，侍帝左右，看其动静，如有不顺命者，皆斩。献帝此时度日如年。朝廷官员，并由李、郭升降。当年，李、郭宣朱隽入朝，封为太仆，同领朝政。史官有诗曰：

> 珪让诛夷卓又狞，诸侯还以卓为君。
> 九州鼎沸言诛卓，卓死何曾肯罢兵！

一日，人报自西一路军马，枪刀耀雪霜，旗幡飞锦绣，约有十余万，飞奔长安。李、郭探知乃西凉太守，伏波将军马援之后，单名腾，字寿成，及并州刺史韩遂二将，引军来诛李、郭。先密使人暗入长安，与侍中马宇、谏议大夫种邵、左中郎将刘范三人约为内应，谋诛李、郭。三人密奏献帝。帝封马腾为征西将军，韩遂为镇西将军，敕他并力讨贼。【眉批：**此处讨李、郭有密诏。异日讨曹操亦有衣带诏。前后一辙。**】

却说李傕、郭汜、张济、樊稠一同商议，未有良策。谋士贾诩曰："马、韩二军远来，利在速战。若深沟高垒，坚守而拒之，彼兵不过百日，粮食尽绝，自然遁去。却引兵自后追之，二将可擒也。"【眉批：**此亦李左车献陈馀之计。**】李蒙、王方出曰："此非妙计。愿借精兵万人，立斩马腾、韩遂之头，献于麾下。"贾诩曰："若战必败。"李蒙、王方曰："若吾二人战败，愿献六阳魁首。"贾诩曰："汝若战胜而回，吾却输首级与汝。"各纳下军令状。诩曰："长安西二百里盩厔，山险路峻，可以屯军。张、樊两将军坚壁守之，李蒙、王方引兵于此隘口迎敌，长安城中拨军马钱粮应付。"李、郭大喜，点起一万五千人马，与李蒙、王方。

二人忻喜而去，离长安二百八十里，扎住大寨。西凉州兵到，两个引军迎至。西凉军马拦路摆开阵势，马腾、韩遂联辔而出。【眉批：**今日讨李、郭马腾，异日受衣带诏亦是马腾。既已烈烈于后，岂能冥冥于前。**】李蒙、王方在门旗下大骂。马腾曰："反国之贼，谁去擒之?"言未绝，一将军阵中飞出，是个少年将军，面如琢玉，眼若流星，虎体猿臂，彪腹狼腰，扶风茂陵人也，姓马名超，字孟起，时年一十七岁。【眉批：**马超如此英**

国学经典文库

李渔批阅 **三国演义**

李傕郭汜杀樊稠
曹操兴兵报父仇

图文珍藏版

勇，却怪虎牢关前并不见西凉兵将挺身一战，岂超时尚年幼耶？】手执长枪，坐骑骏马，跑出阵前。王方明欺马

超年幼，跃马横枪，径来迎敌。两般兵器举处，战不到数合，马超一枪刺王方于马下，便勒马回阵。李蒙见刺死王方，一骑马从马超背后赶来。超已知道，故意俄延。蒙举枪搠入来，马超一头闪在侧边，李蒙搠个空，马奔入来，两鞍相并，早挟了过去。初时，李蒙看见王方已被搠死，马超回阵，随后赶来；马腾大叫："有人暗算吾儿！"声犹未绝，李蒙早被马超生擒于马上。【眉批：随后生擒更有意致。】军士无主，望风逃奔。韩遂杀散军士，将李蒙斩首。此是马超第一场厮杀。西凉州得胜，

雄兵直逼隘口下寨。

李傕、郭汜听知李蒙、王方皆被马超杀了，方信贾诩有先见之明，重用其计，只理会紧守关防，从他搦战，并不出战。果然西军未及两月，粮草俱乏，商议回军。

【眉批：不出贾诩之料。】

长安城中马宇家僮告变，言马宇等外连马腾、韩遂，欲谋内应。李傕、郭汜大怒，尽收马宇、刘范、种邵三家老小，尽斩于市。把三颗首级，直来马、韩寨前号令。马腾、韩遂计议："粮尽军慌，内应已泄，不如早回。"一面退军。

李傕、郭汜令张济一军赶马腾，樊稠一军赶韩遂，分兵起身。前兵已远，后军不曾堤防，张济生力兵赶来，

国学经典文库

李渔批阅

三国演义

李傕郭汜杀樊稠
曹操兴兵报父仇

图文珍藏版

141

西凉军大败。马超在后死战，张济不敢去追。樊稠去赶韩遂，看看赶上，相近陈仓。遂勒马回，迎樊稠言曰："故乡之人，何如此无情也？"樊稠也勒住马答曰："上命不可违也。"韩遂曰："天地反覆，未可知也。吾此来原为国家。吾与汝同州之人，今虽小失，后图大举。万一有不如意，还可相见乎？"樊稠回心，拍马向前，与韩遂答话而别。樊稠收兵回寨。马腾、韩遂复回凉州去了。

李傕兄子李别，恨樊稠与韩遂耳语，回报其叔曰："樊稠追韩遂到陈仓，被韩遂叫声乡人，稠立马遂与共语。不知说甚，但见喜爱甚密。"李傕大怒，便欲兴兵讨稠。贾诩曰："目今军心不宁，频动刀兵，深为不便。但设一宴，请张济、樊稠言功，只消就席间擒而斩之。"**【眉批：贾诩为谋，每每中款，惜事非其主。】**李傕深喜，便遣人请张济、樊稠。

二将忻然赴宴。饮酒将半阑，李傕曰："韩遂近有书来，言樊稠欲造反。何不就此擒之！"稠大惊失色，口未及言，刀斧手拥出，斩头于案下。张济俯伏于地，李扶起言曰："樊稠欲图害吾，故先下手。汝乃心腹之人，何惊惧哉？"就将樊稠军拨与张济管领，尽欢而别。张济回弘农去了。后人有诗曰：

> 龙争虎斗几时休，朝若宾朋暮寇仇。
> 假手不须人用力，天教李傕杀樊稠。

李渔批阅
三国演义
国学经典文库
李傕郭汜杀樊稠
曹操兴兵报父仇
图文珍藏版

李傕用贾诩为尚书仆射。诩字文和，武威姑臧人也，后为魏臣。李傕、郭汜自战败西凉州兵，诸侯莫敢兴兵。贾诩屡谏李、郭，使行仁义，结纳天下贤士，李郭顺从之。【眉批：**此等举动，比李儒劝杀百姓，大大相同。**】自是朝廷微有生意，献帝方始稍安。

青州黄巾又起，【眉批：**前文小结贾诩，大结朝廷。下再远接黄巾，既起波澜，又有线脉，大好文字。**】聚众百万，头目不等，将兖州牧刘岱杀讫，劫掠良民。太仆朱隽保举一人，可破群贼。李傕、郭汜问于隽曰："冲要之地，非当世英雄，莫能据也。今黄巾鼎沸，谁可安之？"隽言出此人，教天下不属炎汉。【眉批：**从李、郭引出黄巾。又从黄巾引入曹操事，正文字过接处也。**】此人是谁？

国学经典文库

李渔批阅

三国演义

李傕郭汜杀樊稠
曹操兴兵报父仇

图文珍藏版

朱隽曰："要破山东群贼，必须得曹孟德方可。"李傕曰："今在何处？"隽曰："自扬州募兵，濮阳破贼，攻于毒于武阳，击匈奴于内黄，皆获全胜，见引兵于东郡权州事。差人就命曹孟德为兖州牧，破山东群寇，可克日而定也。"李傕大喜，星夜差人赍送赏赐，命东郡太守曹操与济北相鲍信一同破贼。

操领了圣旨，会合鲍信，一同兴兵击贼于寿阳。鲍信杀入重地，被贼所害，尸首不知何处。操追赶贼兵，直到济北，降者万数。操将降贼做了前队，马到处无不宾服。【眉批：用为功魁耶！抑驱之死地耶？得法，得法。】不过百余日，操招安到降兵三十余万、男女百余口。收到精锐者，号为"青州兵"，其余百姓尽皆屯田。

【眉批：便有经济。】曹操自此威权日重，四方之士，归顺者多。此是初平三年冬十二月也。捷书报到长安，李傕加操为镇东将军。操驰表称谢。

操在兖州，招贤纳士。有叔侄二人投操，【眉批：先来两人。】乃颍州颍阴人也。其叔济南荀昆之子，姓荀，名彧，字文若，人称王佐之才，时年二十九岁。旧从袁绍，见绍非成大事之人，因此投操。操一见，遂与谈论兵书战策、当世急务。操大喜曰："吾之子房也。"【眉批：曹操以荀彧为子房。便俨然以高祖自待，岂待加九锡，而始知有不臣之心耶】以彧为行车司马。其侄乃汉末海内名士，何进拜为黄门侍郎，因见董卓专权，弃官归乡，姓荀，名攸，字公达。操以为行军教授。曹操得此二人，朝暮讲论不倦。

荀彧劝操纳士招贤，卑礼厚币，四方求之。【眉批：得第一着。】彧曰："某闻刘岱有一贤士，胜某十倍。岱亡，今日不知何在。乃东郡东阿人也，身长八尺余，美须髯，眉清目秀，姓程，名昱，字仲德。"【眉批：一人荐出一人。】操曰："吾亦闻名久矣。"遂遣人于乡中寻问。果得消息，于山中读书。操拜请之，程昱来见。曹操大喜。昱谓荀彧曰："某乃孤陋寡闻之士，何错荐于明公？公之乡中，有一大贤，何不请来助明公乎？"彧问是谁，昱曰："颍川阳翟人也，姓郭，名嘉，字奉孝。"【眉批：一人又荐出一人。】彧乃猛省曰："吾忘之矣。"遂启操，征聘嘉到兖州，共沦天下之事。操言："使吾成大事者，必此人也。"嘉亦对人曰："此真吾主也。"【眉批：可称朋良遇合】郭嘉又荐光武嫡派子孙，淮南成德人也；智谋兼全，文武足备；十三岁与母报仇，手杀仇人，投拜墓前；二十余岁在扬州席间，砍杀刚强郑宝，名闻淮

国学经典文库

李渔批阅

三国演义

李傕郭汜杀樊稠
曹操兴兵报父仇

图文珍藏版

145

海；姓刘，名晔，字子阳。【眉批：一人又荐出一人。】操一见大喜。晔又荐出二人，一个是山阳昌邑人也，姓满，名宠，字伯宁；一个是武城人也，姓吕，名虔，字子恪。【眉批：一人又荐出二人。】曾操亦素知这两个名誉，就以为军中从事。满宠、吕虔共荐一人，乃陈留平丘人也，旧依刘表，见表不明，隐于鲁阳，姓毛，名玠，字孝先。【眉批：二人共荐出一人。】曹操以为从事。

有一将，引军数百人来投曹操，乃泰山钜平人也，姓于，名禁，字文则。【眉批：又自来一人。】操见其人弓马熟闲，武艺出众，命为点军司马。操每日称于禁之能。夏侯惇引一将来参见，【眉批：前所见皆先通姓名而后引见，惟夏侯惇所荐，先引见而后通姓名，又是一样笔法。辗转荐贤，便有旺盛气象】礼毕，操与诸官皆大惊。其人形貌魁梧，身材雄伟。操问之，惇曰："此人乃陈留人也，姓典，保韦。旧跟张邈。与帐下人不和，手杀十数人，而逃窜于山中。惇出射猎，见一大汉，逐虎过涧，即典韦也。收留军中久矣。今见主公夸逞将才，某故献上。"操曰："吾观此人，一表非俗，必有智力。"惇曰："幼年与友人刘氏报仇，杀李永全家，提头直出闹市，数百人皆不敢近视。今所使军器，两枝铁戟重八十斤，臂上挟之，飞马刺人，如同无物。"操不信，惇令韦使之。挟戟骤马，上下如飞。操愕然曰："真天神也！岂肯沉没乎？"帐下一面大旗，上下使绒绳牵之，中有大汉，挟执旗杆，时值大风，旗杆欲倒。典韦向前，喝退

众军，一手执定旗杆，立于风中。操曰："此古之恶来也！"遂命为帐前都尉，解身上细白锦袄、骏马雕鞍以赐之。

因是曹操势大，威镇山东。文有谋臣，武有猛将，翼卫左右，共图进取。谋士有荀彧、荀攸、程昱、郭嘉。文武兼全有刘晔、毛玠、满宠、吕虔、乐进、李典。武将有夏侯惇、夏侯渊、曹仁、于禁、典韦。多有部下之人，不及一一书名。有青州精兵三十万。管领一应钱粮，旧有一人，乃河南中牟人也，姓任，名峻，字伯达，【眉批：既总题两名，又一一数出；即收足一句，又留出一人作尾声。文章变宕，欧、韩不是过也。】

曹操既领大军，屯扎兖州营寨。所掌尽皆完备，乃遣泰山太守应劭往琅琊郡，取父曹嵩。【眉批：但讨黄巾，不讨李、郭，是重外而轻内；不去勤王，先去取父，是先私而后公。】嵩自陈留避难，隐居于此郡，与弟曹德一家老小四十余人，带从者百余人，车乘百余辆，驴骡

国学经典文库

李渔批阅

三国演义

李傕郭汜杀樊稠
曹操兴兵报父仇

图文珍藏版

国学经典文库

李渔批阅

三国演义

李傕郭汜杀樊稠
曹操兴兵报父仇

图文珍藏版

148

马匹极多，径往兖州而来。道经徐州，太守陶谦，字公祖，丹阳人也，平生温厚纯笃，人皆敬之。谦知曹操势大，意欲结识，正无其由，听知操父经过，遂出境迎接，再拜致敬，如父事之，大设筵会。住了两日，谦差都尉张闿，将部兵五百，护送曹嵩老小前去。【眉批：谁知为好成恶。】闿随车仗。谦送出郭自回。

嵩前行到华、费间，时夏末秋初，大雨骤至，望华、费间投一古寺宿歇。寺僧三五人，邀于方丈，安顿宅眷。张闿军马屯于两廊，雨湿衣装，军士皆怨。张闿唤手上头目，于静处商议曰："我本黄巾馀党，【眉批：又是黄巾贼，屡屡不断。】如今依傍陶谦，无处采取钱物。你们见押着车乘，欲得富贵不难。今夜三更，只推贼到来，把曹嵩一家杀了，取了许多钱物，同往山中落草。"众皆应允。是夜，风雨未息，曹嵩在方丈中，忽闻四壁喊声大举。曹德提剑出看，就被搠死于法堂。曹嵩自引一妾，奔方丈后，欲过墙走，妾肥胖不能出。【眉批：又是一个肥胖的，何不与老董作配？】嵩与妾躲于厕中，被乱军所杀。应劭引数十人，去投袁绍。张杀尽曹嵩全家，取了财物，放火烧寺，与五百人逃奔淮南去了。

应劭部下有逃命的军士，飞报于操。操听知全家被杀，哭倒于地。静轩先生有诗断之曰：

曹操奸雄世所夸，曾将吕氏杀全家。

如今阖户逢人杀，天理循环报不差。

夏侯惇等救起曰："此是陶谦纵令军士如此，可令人问罪。"曹操切齿曰："杀父之仇，极天际地，如何不报！吾起大军，尽赴徐州，所辖之地，草木不留，吾之愿也！"【眉批：便作出恶来。迁怒于陶谦犹可言也；迁怒于徐州百姓，不可；甚至迁怒于昔日救命之陈宫，则恶矣。】留荀彧、程昱领军马三万人，守鄄城，范县、东阿三县，其余尽起。教夏侯渊、于禁、典韦为先锋。操令但得城池，尽皆杀戮，以雪父仇。

时陈宫为东郡从事，与陶谦最好，知曹操起兵报仇，欲尽杀百姓，慌忙星夜前来见操。操想旧日之恩，请入帐中，亦不赐坐。宫曰："今闻明公尽起大兵，下徐州报尊父之仇，所到尽杀百姓，某因此特来进言。陶谦乃仁人君子，非刚强好利之辈，中间必有缘故。且州县之民皆大汉百姓，与明公何仇？杀之不祥。望三思行之，幸甚。"操大怒目："汝昔时弃我而去，今有何面目相见？陶谦杀吾一家，誓当摘胆剜心以祭之。【眉批：然则吕伯

国学经典文库

李渔批阅

三国演义

李傕郭汜杀樊稠
曹操兴兵报父仇

图文珍藏版

奢全家被杀，又将摘何人之胆。剜何人之心，以泄其恨耶？答曰：**此正我负人，不可人负我之意。欲得徐州是本意，报仇还是第二着。**】汝与陶谦有旧，何敢阻我军心！"宫默然而去，曰："吾亦无面目为汉之官也！"驰马来投陈留太守张邈。邈待宫为上宾。

且说操大军所到之处，鸡犬不留，山无树木，路绝人行。陶谦在徐州，闻操起大军马来报父仇。仰天恸哭目："我获罪于天，致使黎州之民受此大难！"又闻操欲杀徐州之民并四下郡县百姓，以孤徐州之势，谦大骂张闿贪财害及生灵。急聚众官商议。曹豹出曰："既曹操兵至，岂可束手待死？某愿助使君以破之。"从官皆曰："豹言是也。"陶谦不得已，引兵出境来迎。

谦望操军到时，前面如铺霜涌雪，白旗中间灵幡二首，一书曹嵩名爵，一书曹德灵魂，大展"报仇""雪恨"二旗。军马列成阵势，曹操纵马出阵，身穿缟素，甲擐花银铠，含泪扬鞭，大骂："无端贼徒！敢伤吾父！"谦亦出马于门旗之下，马上欠身，与操施礼曰："谦本结好明公，故托张闿护送。不想贼心不改，致有此事，实非陶谦之意，幸望明公怜察其情。"操大骂曰："老匹无！已杀吾父，尚敢乱言！谁可生擒老贼，享祭灵魂？"夏侯惇应声而出，陶谦慌走入阵。夏侯惇赶来，曹豹挺枪跃马，前来迎敌。二马相交，狂风大作，飞沙走石，折木拔树，军执旗幡尽皆刮倒。【眉批：**此时天亦不从绝徐州百姓。**】曹豹抵敌不住，拨马便走。两军皆乱。操亦收兵屯住。

　　陶谦将军入城，与众计议曰："吾观曹操势大难敌，吾命想该横亡，不可逃矣。当自缚前往操营，任其剖割。救徐州一郡百姓之命。"【眉批：忧在百姓，仁人之言。】言未绝，一人进前言曰："府君久镇徐州，人民感恩。今曹将军兵众虽广，未必便入城墙。府君与百姓坚守勿出，某虽不才，愿施小策，教曹操死无葬身之地。"众人大惊，便问计将安出。毕竟斯人是谁？

国学经典文库

李渔批阅

三国演义

李傕郭汜杀樊稠
曹操兴兵报父仇

图文珍藏版

国学经典文库

李渔阅批

三国演义

刘玄德北海解围
吕温侯濮阳大战

图文珍藏版

152

第十一回　刘玄德北海解围　吕温侯濮阳大战

却说献计之人，乃东海朐人也，居淮安，姓麋，名竺，字子仲。此人家世富豪，庄户僮仆等万余人。麋竺尝往洛阳买卖回归，坐于车上，路旁见一妇人，甚有颜色，来求同载。竺乃下车步行，让车与妇人。妇人再拜，请竺同载。竺上车，目不邪视，并无调戏之意。行及数

里，妇人辞去，临别对竺曰：“我天使也，奉上帝敕，往烧汝家。感君见待以礼，故私告耳。”竺曰：“娘子何神也？”妇曰：“吾乃南方火德星君也。”竺拜而祈之。妇曰：“此天命，不敢不烧。君可速往，搬出财物。吾当夜来。”竺飞奔到家，搬出财物。至夜，厨下果然火起，尽

烧其屋。竺因此济贫拔苦，救难扶危。后陶谦请为别驾从事。谦问解救之策。竺曰：“某当亲往北海，投托孔融，求他来救。更得一人往青州求田楷。二路军马若来，操必退矣。”谦大喜，遂写告急书二封。商议青州谁人可去，一人出曰：“某愿往。”众视之，乃广陵谋士陈登也。登字元龙，谦与相契。先送元龙，后命糜竺。谦自率众守城，以防攻击。操亦未敢轻逼，且去四下筑城，以孤徐州之势。【眉批：可见曹操注意在得徐州，报父仇还是第二着。】

却说北海孔融，鲁国曲阜人也，孔子二十世孙，泰山都尉孔宙之子。自小聪明，人皆敬仰。年十岁时，去谒河南尹李膺。膺乃汉代人物，等闲不能相见，除是当世大贤，通家子弟，方能入其堂上。时融到门，告门吏曰：“我李相通家子孙也。’，膺使接入，不识其面。膺问曰：“汝祖吾祖何亲也？”融曰：“先君孔子与君先人李老君，同德比义而相师友，则融与君累世通家至好，何不识也？”【眉批：今人挟刺多写通家，想亦学孔融而误者也。】膺大奇之。少顷，太中大夫陈炜后至，膺指融目：“此异童子也。”炜曰：“小时了了，大来未必了了。”融即应声曰：“如君所言，幼时必了了也。”炜等皆笑曰：“此子长成，必当代之伟器也。”自此得名。无书不览，海内称为冠冕。后为中郎将，累迁北海太守。极好宾客，常曰：“座上客常满，樽中酒不空，吾之愿也。”【眉批：惜今世无孔融。我亦欲写通家帖拜门下矣。】在北海六

国学经典文库

李渔批阅

三国演义

刘玄德北海解围
吕温侯濮阳大战

图文珍藏版

年，甚得民心。当日正与客论曹操起兵报仇之事，侍人来禀："徐州糜竺求见。"融即延入，问云："故人此来，必有所事。"竺出谦书言："操攻围甚急，专望明公垂救。"把上项事细细说了。融曰："吾与陶恭祖最厚，子仲又亲到此，如何不去？只是一件，孟德与我亦无仇隙。当先遣人送书一封，劝之和解，如其不准，随即起兵未迟。"竺曰："曹操倚仗兵威，必不以义为重。望明公再思。"融教一面点军，一成差人送书。

言未毕，忽报黄巾贼党管亥，部领群寇，约十余万，飞奔前来。孔融大惊，点本部人马出城，与贼相迎。【眉批：**本欲救人急，而忽自争急，欲求救于人。情事变幻，令人应接不暇。突如其来，怪绝。**】管亥出马曰："吾知汝本州粮广，借一万石，便可退军；不然打破城池，老幼不留一个！"融叱之曰："吾乃大汉臣僚，守大汉城池，岂有粮米应付与你！"管亥大怒，拍马舞刀，直取孔融。融后一人出迎，乃北海骁将宗宝也，挺枪跃马。交不数合，宝被管亥一刀。融兵大乱，奔入城中。管亥分兵四面围城。融见折了一员上将，心中郁闷。糜竺怀愁更不可言。【眉批：**此时其实难过。**】

此时孔融登城遥望，贼势浩大，倍添忧恼。忽见城外一人，挺枪跃马，杀入贼阵，左冲右突，如入无人之境，直到城下，大叫开门。【眉批：**突如其来，怪绝。**】孔融不识其人，不敢开门。贼将赶到壕边，那员将回身连搠十数人下马。融急开门，令铁骑接引到城门内。其

国学经典文库

李渔批阅

三国演义

刘玄德北海解围
吕温侯濮阳大战

图文珍藏版

人弃枪下马，径到城上，拜见孔融。融视其人，身长七尺五寸，美髯髯，猿臂善射，射不虚发。问其姓名，对曰："老母重蒙恩顾。某昨夜自辽东回家省亲，闻金鼓之声，知贼寇城。老母说：'屡受府君深恩，未尝识你。他今有难，何不报之！'某故单骑而来，报府君养母之恩。吾乃东莱黄县人也，复姓太史，名慈，字子义。"孔融大喜。原来孔融知太史慈是个英雄，他母离城二十里都昌住，融常使人送米麦匹帛去，因此母教慈来。孔融重待太史慈，赠与衣甲鞍马。慈曰："贼围城，如何得退？愿借精兵一千人，出城杀贼。"融曰："汝虽英雄，贼众，不可轻出。"慈再三请曰："老母感君厚德，特遣慈来。如不能解此围，慈亦无颜见老母矣。【眉批：的是孝子口吻。】愿决一死战！"融曰："此去不远。吾闻刘玄德乃当世英雄，若得他来，内外夹攻，此围自解。"【眉批：本是陶谦求救，却弄出孔融求救；本是太史慈救孔融。又弄出刘玄德救孔融。变幻不测。】慈曰："府君修书，某当急往。"融喜，作书付慈收了，摔甲上马，腰带两弓，手持铁枪，饱食严装。

城门开处，一骑飞出。近壕贼将数百骑来战，被慈连搠三十人下马，余皆退走。慈杀开群贼，透围而出。管亥知有人出城，料是求救，令数百骑赶来，八面围定。慈倚枪，拈弓搭箭，八面射之。数百人应弦落马，贼皆退回。太史慈得脱，星夜投奔平原县来。见了玄德，施礼毕，尽言北海受围之事，令慈特来求救，呈上书信。玄德看毕，问曰："汝何人也？"慈曰："太史慈，东海鄙人也。与北海亲非骨肉，比非乡党，特以名志相好，有分忧共患之意。今管亥暴乱，北海被围，孤穷无处告救，危在旦夕。以君有仁义之名，能救人之患难，故北海致书，特布区区。慈冒刃突围，从万死中来，自托于君，惟君察之。"【眉批：**有心人出肝胆语，自能动人。有德有言，有仁有勇，太史慈兼之矣。**】玄德闻言，敛容答曰："孔北海亦知世间有刘备耶？"【眉批：**自负语，亦肮脏语。**】乃唤云长、翼德，点起精兵三千，往北海进发。

管亥望见救军来到，亲引勇壮之士，前来迎敌。两边分布，管亥见玄德兵少，心中不惧，亲自披挂，持刀立马索战。玄德、关、张、太史慈出阵，玄德骂曰："无端逆寇，不思去邪从正，更待何时！"管亥忿怒直出。太史慈却待向前，一匹马早先飞出。【眉批：**迅雷掣电，目不及瞬。**】视之，即云长也。云长径取管亥。两马相交，众军发喊。管亥抵敌不过，青龙刀起，劈管亥于马下。

太史慈、张飞两骑齐出，双枪并举，杀入贼阵。玄德驱军掩杀。城上孔融望见，驱兵接出，大败群贼，降者无数，余党溃散。

孔融迎接玄德入城。叙礼毕，大设筵宴。孔融引糜竺来见玄德，具言张闿盗杀曹嵩之事，"今操纵兵大掠。围住徐州，特来求救。"玄德曰："吾知陶恭祖乃诚实君子，今乃受此无辜之冤。"孔融曰："玄德公乃汉室宗亲。今操不仁，残害百姓，倚强欺弱，逼勒陶使君至急。圣人云：'见义不为，一无勇也。'公何不一同孔融去救徐州之难？心下若何？"玄德曰："刘备非是推辞，争奈兵微将寡，不敢轻动。"【眉批：**是实语。**】孔融曰："吾与陶恭祖一面之旧，且倾城郭钱粮去救此难。公乃当世豪杰，何无仗义之心耶？"【眉批：**语语激动玄德。**】玄德曰："刘备愿往。请文举先行，容备去公孙瓒处，再请三五千人马，随后便去。"融曰："玄德公切勿失信。"玄德曰："公以备为何等人也！【眉批：**正与"世间知有刘备"句照应。**】圣人云：'自古皆有死，人无信不立。'刘备借得与借不得，必然至也。"孔融、糜竺拜谢。融教糜竺先回徐州去报，融便收拾起程。太史慈拜谢曰："慈奉老母严命，前来赴难，今幸无虞。有扬州刺史刘繇，与慈同郡，书来呼唤，不敢不去。容图再见。"融以金帛相酬，慈不肯受。归见老母，母曰："我喜汝有以报北海也！"【眉批：**贤哉，母也！**】遂遣慈往扬州去了。

不说孔融起兵，且说玄德投北地，来见公孙瓒。礼

国学经典文库

李渔批阅

三国演义

刘玄德北海解围
吕温侯濮阳大战

图文珍藏版

毕，瓒曰："贤弟何来？"玄德细说救徐州事。瓒曰："曹操与汝无冤，何故替人出力？"玄德曰："备去以善言解之。"瓒目："曹操倚恃豪强，安肯听汝善言耶？"玄德曰："备已许诺于人，岂敢失信。"【眉批：糜竺所云正与此合。】瓒曰："借汝马步军二千。"玄德曰："更望借赵子龙一行。"【眉批：未尝须臾忘此人。】瓒许之。玄德遂与关、张引本部三千为前部，子龙引二千军随后，迤逦往徐州来。

却说糜竺回报陶谦，言北海又请得玄德来助。陈元龙也回报青州田楷欣然领兵来救。【眉批：虚写来好。知行文叙事，有走拗之法。】陶谦心安。原来孔融、田楷两路军马惧怯曹操，远远依山傍岩，结下营寨，未敢轻进。【眉批：又安放得孔融、田楷二处兵妥贴。】曹操见两路军到，亦分了军势，不敢向前攻城。

却说玄德军到，见了孔融。融曰："曹操足智多谋，行军或进或退，未可进战。且观其动静，然后行之。"玄

国学经典文库

李渔批阅

三国演义

刘玄德北海解围
吕温侯濮阳大战

图文珍藏版

德曰:"但恐城中无粮,难以持久。"备令云长、子龙领四千军,在融部下相助。备与张飞杀奔曹营,径投徐州,去见陶谦商议。融大喜,会合田楷,为犄角之势,首尾连接,左孔融兵,右田楷兵,中云长、子龙领四千兵,两边救应。

是日,玄德、张飞披挂上马,杀到曹操寨边,背后一千人马跟着。曹操二十余万大军,不下一处寨子。当日张飞在前,挺丈八蛇矛,飞马而来,伏路军兵望影而逃。正行之间,寨内一棒鼓声响处,马军、步军如潮似浪,拥将出来。当头一员大将,勒马大喝;"何处匹夫,却那里去!"泰山平人也,姓于,名禁,字文则。张飞见了,更不打话,直取于禁。两马相交,众皆呐喊。玄德勒马观看。胜负如何?

于禁与张飞战不数合,玄德掣双股剑,喝兵士大进。于禁败走。张飞当前追杀,直到徐州城下。城上望见红旗白字,大书"平原刘玄德",陶谦急令健将开门,迎玄德一军入城。

陶谦接着,共到府衙。礼毕,设宴相待,一壁劳军。陶谦见玄德仪表非俗,语言如钟,心中大喜,急命糜竺取徐州牌印,让与玄德。玄德曰:"公何意也?"谦曰:"今天下扰乱,主上懦弱,奸臣弄权,公乃汉室宗亲,正宜力扶社稷。老夫六旬之上,无德无能,朝夕不保。公名闻海宇,世之豪杰,可领徐州。谦自写表文申奏,望公弗得推阻。"玄德俯伏于地,言曰:"刘备虽汉朝苗裔,功微德薄，今受平原相亦不称职。今特为大义，暂来相助，何出此言？莫非疑刘备有吞并之心耶？【眉批：**不敢，岂敢。**】若举此念，皇天不佑！"谦曰："此实情也。"再三让与玄德，玄德那里肯受。玄德曰："今曹兵至此，无人解分。备作一书，令人送去。操若不从，厮杀未迟。"传檄三寨，按兵不动。遣人赍书，以达曹操。

却说曹操在军中，与诸将商议取徐州策。人报徐州有战书到。操笑，拆简观之，刘备书也。其书曰：

备自关外得拜君颜，各天一方，不及趋侍。向者尊公之遇难，皆因张闿之不仁。陶恭祖诚实君了，闻知肝胆皆裂。万望明公俯察衷情，回百万之雄兵，扫天下之大患，匡扶帝主，拯救黎民，乃社稷生灵之幸也。愿明公垂察焉。

曹操看书，大骂："刘备何等之人，敢以书来劝我？中间有讥讽之意。可斩来使，即便攻城。"谋士郭嘉曰："主公息怒。刘备远来救援，先礼后兵也。主公亦以好言答之，以慢备心，然后进兵攻城，可破也。"【眉批：**谋之甚正。**】操回嗔作喜曰："误怪刘玄德，不早来与我相见。既以书到，容我裁答。"留来使于营中相待。

正欲商议回书，流星马飞报祸事。【眉批：**令人揣摩不出，怪绝。**】操问之，报曰："吕布自出武关，去投袁术，术怪吕布反覆不定，拒而不纳。投袁绍，绍纳之，

与布共破张燕于常山。布自以为得志，傲慢绍手下将士，绍欲杀之，布引兵去。投张扬，扬纳之。庞舒在长安城中私藏吕布妻小，送还吕布。李傕、郭汜知之，遂斩庞舒，写书与张扬，教杀吕布。吕布弃张扬去，投张邈。【眉批：吕布许多反覆，收作数行，读之了了，真好笔也。】先是张邈弟张超，引陈宫去见张邈。宫说邈曰："今雄杰并起，天下分崩，君以千里之众，当四战之地，扶剑顾盼，亦足为人杰，而反受制于人，不亦鄙乎！今曹军征东，其处空虚，而吕布乃当世英雄无比之士，若权迎之，共取兖州，观天下形势，随时变通，霸业可图矣。'张邈大喜，即迎吕布。今布已投之，以为天使机会，令吕布潜住兖州牧，以据濮阳。止有鄄城、东阿、范县三处，被荀、程昱设谋定计，死守得住，其余皆休矣。【眉批：是刘备救陶谦，却又弄出吕布救陶谦，越发变幻得极。要晓得不是吕布救陶谦，仍是陈宫救陶谦也。】曹仁屡战皆不能胜，特此告急。"操曰："兖州有

国学经典文库

李渔批阅

三国演义

刘玄德北海解围
吕温侯濮阳大战

图文珍藏版

国学经典文库

李渔批阅

三国演义

刘玄德北海解围
吕温侯濮阳大战

图文珍藏版

失，使吾无家可归也。"郭嘉曰："主公正好卖个人情与刘备，善退军去，恢复兖州，免致天下耻笑。"操然之，即时答书与备。【眉批：焉有报父仇而可以做人情者乎？要晓得，兖州，曹操家也。为家之情重，遂使报父之念轻。曹操此举的是虎头蛇尾。】书曰：

操累世名家，父遭荼毒，安得不报？故勒兵问罪于陶谦，欲图族灭，以雪大冤。玄德帝室之胄，才德兼金，特遣书来，慰我天下之重，即日班师回守。略此以闻，别图后会。

曹操拔寨皆起。

且说来使驰回徐州，入城见谦，呈上书札，言曹操兵退。谦大喜，差人分投去请孔融、田楷、云长诸位赴城大会。众军屯于城外，将入赴席。谦命请玄德于高座，玄德再三辞让。酒至数巡，谦曰："老夫年迈，精力衰乏。二子不肖，不堪国家重任。刘玄德帝室之胄，德广才高，可领徐州。老夫乞闲养病。"玄德曰："孔文举令备来救徐州，以义之故；今却据守，人不知者以为大不义也。"【眉批：第二次让徐州。若不是一"义"字，玄德早已受矣。】糜竺曰："今汉室陵迟，海宇颠覆，树功立业，正在此时。徐州殷富，户口百万，使君领此，不可辞也。"玄德曰："此事决不敢当。"陈登进曰："陶府君多病，不能署事，明公勿辞。"玄德曰："袁公路四世三公，海内所归，近在寿春，何不以州与之?"陈登曰：
"袁公路骄奢，非治乱之主。今以徐州军兵马步十万，上
可以匡君济民，下可以辖地守境。使君若不听从，登亦
未敢听使君也。"孔融曰："袁公路冢中枯骨，【眉批：四
字更骂得恶。】岂忧国忘家者？何足价意！今日之事，天
与不取，悔不可追。"玄德坚执不肯。【眉批：要晓得玄
德俱是假仁假义，辞之愈坚，方受之愈稳。】陶谦抱玄德
而痛哭曰："君若舍我而去，吾死不瞑目！"云长曰："既
使君相让，且权领"。张飞曰："又不是强要他的将牌印
来，我替收了，不由哥哥不肯。"【眉批：直人直话。】玄
德曰："汝等陷我于不义也，吾身死矣！"言讫，掣剑自
刎。【眉批：纯是一派假，与曹操践麦自刎何异。】赵云
夺了佩剑。谦曰："如玄德不从，此间近邑名曰小沛，玄
德若肯念我，屯军小沛，以保徐州，始终救援，未知台
意若何？"众皆劝玄德留小沛，玄德从之。【眉批：高祖
起于沛，玄德亦居小沛，遥遥相应。】席散，赵云辞去。
玄德不忍相离，更留二日。陶谦赏劳军已毕，孔融、田
楷相别，各自引军去了。玄德与子龙执手临歧，意犹不
舍。子龙拜于地曰："云终不敢背公顾恋之德也。"洒泪
上马，引二千军去了。玄德与关、张共来小沛，修葺城
垣，招谕居民。

却说曹操引军投兖州来，曹仁接着，言吕布势大，
更有陈宫、高顺为辅，健将八人，已有濮阳等处。其鄄
城、东阿、范县三处未得，乃是荀彧、程昱二人设计相

国学经典文库

李渔批阅

三国演义

刘玄德北海解围
吕温侯濮阳大战

图文珍藏版

国学经典文库

李渔批阅

三国演义

刘玄德北海解围
吕温侯濮阳大战

图文珍藏版

连，死守城郭。操曰："吾料吕布有勇无谋之辈，不足虑也。"【眉批：**前番看兖州甚重，此番看吕布甚轻，以其自回之故耳。**】嘉曰："主公亦不可欺敌。"遂安营下寨。

吕布知操回兵，已过滕县，召副将薛兰、李封曰："吾欲用汝二人久矣。汝可领兵一万坚守兖州。吾去破操。"二人应诺。陈宫见说，急入见曰："将军弃兖州，将欲何往？"布曰："吾欲屯兵濮阳，以成鼎足之势。"【眉批：**伏线。**】宫曰："非也。薛兰必守兖州不住。此去正南一百八十里，泰山路险，可伏精兵万人在彼。曹操闻失兖州，必然倍道而进。待其过半，一击可擒也。【眉批：**的是妙计。述韩信事太烦，删之亦完。**】将军察焉。"布曰："吾屯濮阳，别有良谋，汝岂知之！"遂不用陈宫之计。【眉批：**陈馀尚不用李，布亦何能用陈。**】

曹操兵至泰山，山险路峻。郭嘉曰："且不可进，若此处有伏，如之奈何？"曹操笑曰："吕布无谋之辈，故使薛兰守兖，而自往濮阳，安得此处有埋伏耶？"教曹仁领一军围兖州，"吾等进兵濮阳，速攻吕布。"

人报曹兵至近。陈宫又说吕布："今曹兵远来，势必疲困，当与速战；若使养成气力，急难退也。"布曰："吾自匹马纵横天下，何愁曹操也！待其下住寨栅，吾自擒之。"

却说曹操兵近濮阳，下住寨脚。次日，引众将出，陈兵于野，立马门旗之下，遥望吕布兵到。阵圆处，吕布当先出马，左有陈宫，右有高顺。两边摆开八员健将，为头者面如紫玉，目若朗星，年二十岁，官授骑都尉，雁门马邑人也，九张，名辽，字文远，勒马居于上首。第二个性如烈火，体若奔狼，官授骑都尉，泰山华阴人也，姓臧，名霸，字宣高，腰悬双简，跃马横枪。两将齐出，各引三员健将：郝萌、曹性、成廉、魏续、宋宪、侯成。布军五万，鼓声大振。操见吕布貌若天神，马如狮子，左右战将威风凛凛。操指吕布言曰："吾与汝自来无仇，何得夺吾州郡？"布曰："汉家城池诸人有分，偏你合得？何人去擒曹操？"言未毕，臧霸出马搦战。曹军内乐进出迎。两马相交，双枪齐举。战到三十余合，夏侯惇拍马又出，吕布阵上张辽截住。两对阵前厮杀，胜负未分，恼得吕布性起，挺戟骤马，冲出阵来。夏侯惇、乐进皆走。吕布掩杀，曹军大败，退三四十里。布自收军。

却说曹操输了一阵，与谋士郭嘉等商议。于禁曰："某今日上山观望，濮阳之西吕布自有一寨，约无多军。

国学经典文库

李渔批阅

三国演义

刘玄德北海解围
吕温侯濮阳大战

图文珍藏版

国学经典文库

李渔批阅

三国演义

刘玄德北海解围
吕温侯濮阳大战

图文珍藏版

今夜彼将谓我败走，必不准备，可引军兵一半劫之。若得其寨，布军必惧。两下夹攻，此为上策。"操从其言，带曹洪、李典、毛玠、吕虔、于禁、典韦六将，选马步二万人，连夜从小路进发。

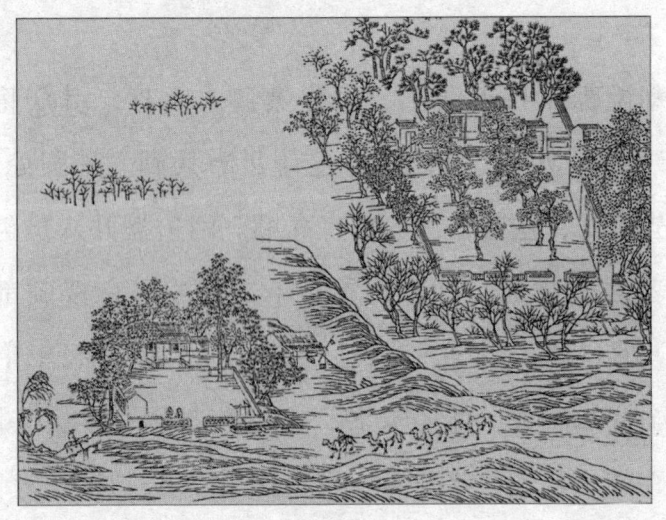

却说吕布寨中劳军，陈宫曰："西寨是个紧要去处，倘或曹操袭之，奈何？"【眉批：于禁之谋，陈宫又暗暗料着。】布曰："今日输了一阵，如何敢来？"宫曰："曹操是个极能用兵之人，须防他攻其不备。"布拨高顺并魏续、侯成守西寨。

却说曹操见西寨果然兵少，四面突入，压了寨栅。【眉批：布兵未至，布寨已夺，可见用兵神速。】寨中兵四散奔走。四更已后，高顺却好引军方到，杀入西寨。操见败军复来，自引人马相迎，正逢高顺三军。混战将及天明，正西鼓声大震，人报吕布救军已到。操弃寨而走。背后高顺、魏续、侯成赶来，当头吕布亲自飞马来到西寨。于禁、乐进双战吕布不住，操望北而走。山后一彪军出，左有张辽，右有臧霸。操使吕虔、曹洪战之，不利。操望西而走。【眉批：**忽望北，忽望西，好看。**】喊声大震，一彪军至，郝萌、曹性、成廉、宋宪四将拦住去路。操见四面八方围裹将来，众将皆在后面死战，操当先冲阵。梆子响处，箭如骤雨。曹操急回，无计可脱，大叫："谁人救我！"【眉批：**此时曹操已着忙了**】马军队里一将踊出，陈留吾人也，姓典，名韦，马上挺双铁戟，重八十斤，大叫："主公勿虑！"下马插住双戟，取短戟十数枝在手挟住，【眉批：**典韦双戟对吕布一戟，却又插住双戟，取出无数小戟。**】顾从人曰："贼来十步，乃呼之。"典韦步行，低头冒箭而去。布军能射者数十骑近前，从人大叫曰："十步矣！"又曰："五步！"乃呼之。从人曰："贼至矣！"典韦飞戟刺之，一戟一人坠马，并无虚发，立杀数十余人。【眉批：**百步箭不乱五步戟。**】众皆奔走。典韦复回，飞身上马，挟二铁戟冲杀入去。【眉批：**忽上马，忽下马；忽用双戟，忽用无数小戟。写典韦直是真龙活虎。**】郝、曹、侯、宋四将不能当抵，各自逃去。典韦杀散众军，救出曹操。

典韦救了曹操，众将随后也到，寻路归寨。看看天色傍晚，背后喊声起处，吕布骤赤兔马、提方天戟赶来，大叫："操贼休走！"此时人困马乏，口内烟生，面面相觑，各自逃生。曹操性命如何，且听下回分解。

国学经典文库

李渔批阅

三国演义

刘玄德北海解围
吕温侯濮阳大战

图文珍藏版

第十二回　陶恭祖三让徐州 曹操定陶破吕布

曹操正慌走间，正南上一彪军到。操视之，乃夏侯惇引生力军来，截住吕布大战。黄昏大雨如注，【眉批：自昨夜黄昏时分，直到今夜黄昏时分，好一场大杀。】各自引军分散。操回寨，重赏典韦，加为领军都尉。

却说吕布到寨，与陈宫商议。宫曰："濮阳城中，富户田氏，家僮千百。可令田氏使人密往操寨下书，诡言将军残暴不仁，民心大怨，【眉批：后吕布之败，果因此二句。】今欲移兵黎阳，止有高顺在城，可连夜进兵，当为内应。操若来时，引诱入城，四门放火，外设伏兵。曹操有经天纬地之才，到此不能脱也。"吕布然其计，密请田氏，使人径到操寨。

请田氏，使人径到操寨。

操方不敢正视濮阳，踌躇未定，忽报田氏人到，呈上密书，云："布已往黎阳，城中空虚，万望速来，当为内应。城上插有白旗，大书'义'字，便是暗号。"操大喜曰："天与吾得濮阳也！"重赏此人，一面收拾起兵。谋士刘晔进曰："布虽无谋，陈宫多计，只恐使田氏反间计耳。"操曰："如此设疑，必误大事！"晔曰："此亦不可不防。三军三队，两队伏城外接应，一队入城方可。"【眉批：操之不死于是役，全亏刘晔此数语。】操曰："此意与吾相合。"时兴平元年，岁在甲戌，九月二十一日也。

军至濮阳城下。操先往观之，见城上遍竖旗幡，西门角上有一"义"字白旗，【眉批：此时一片白，谁知弄出后来一片红。】心中暗喜。是日午牌，城门开处，两员将引军出战，前军侯成，后军高顺。操使典韦出马。韦挟双戟，直取侯成。侯成如何抵敌得过，回马望城中走。赶到吊桥，高顺亦战不过，退入城去。数内有一军人，乘势走过阵来见操，呈上密书："今夜初更，城上鸣锣为号，便可进兵，当自献门。"操拨夏侯惇引军在左，曹洪引军在右，操自引夏侯渊、李典、乐进、典韦四将入城。黄昏饱食，结束上马。李典曰："主公且城外，容某等先入城去。"【眉批：所见亦是。】操喝曰："吾不自往，谁肯向前？"遂当先领兵。

月光未上，【眉批：前写黄昏有雨，此写月光未上，

国学经典文库

李渔批阅

三国演义

陶恭祖三让徐州
曹操定陶破吕布

图文珍藏版

忙中偏有此闲笔。】时约初更，只听西门上吹螺壳声，城中大喊，西门上火把燎乱，城让大开，吊桥放落。曹操争先，拍马而入。直到州衙，路上不见一人，操知是计，拨回马，大叫："退兵！"州衙中一声炮响，四门烈火烛天而起。典韦使双戟，在操马前，听得金鼓齐鸣，喊声如江翻海沸。【眉批：吓杀。】东巷内转出张辽，西巷内转出臧霸，夹攻掩杀。操走北门，道傍转出郝萌、曹性，又杀一阵。操急走南门，高顺、侯成拦住。典韦怒目咬牙，冲杀出去。【眉批：只一个典韦，写得出出入入，盘盘旋旋，如风后火球，如此生动。】高顺、侯成倒走出城【眉批：倒走出城，好笑。】。典韦杀离了吊桥，回头不见曹操在后，翻身杀入城来，门下撞着李典。韦问："主公何在？"典曰；"吾亦正寻不见。"韦曰："汝在城外催救军来，我入去寻看。"李典去了，典韦左冲右突，杀将入来，又寻不见；再出城边，撞着乐进。进曰；"主公何在？"韦曰："往复两遭，寻觅不见。"进曰："同杀入去救看。"两人方到门边，城上火炮滚下，乐进马不能入。典韦冲烟突火，又杀入去，从北至南，自南转东。

却说曹操见典韦杀出去了，四下里人马截来，不得南门；再转北门，火光里正撞见吕布挺戟跃马，追杀曹兵。操加鞭纵马过去。吕布从后赶来，用戟于操盔上一击，【眉批：吓杀。读者至此，将谓曹操死矣。】问曰："曹操何在？"操变乡音，以手指曰："前面骑黄马者是也。"【眉批：真奸雄，好急智。】吕布弃了曹操，拍马去

国学经典文库

李渔批阅

三国演义

陶恭祖三让徐州
曹操定陶破吕布

图文珍藏版

赶黄马。【眉批：这骑黄马者，可称曹操替死鬼。】曹操拨转马头，却望东门而走，正逢典韦。韦大呼曰："南门已崩，可急出东门！"典韦杀条血巷，到得门边，火焰甚盛。城上推下柴草，遍地红罩。典戟拨开，飞马冒烟突火先出。曹操却好到门边，城门上崩下一条梁来，【眉批：吓杀。读者至此，又必谓曹操死矣。】正打曹操战马后胯。马倒处，曹操用手托梁，倒掷火中，手执烧梁，髭须鬓发尽都烧毁。【眉批：曹操之须，未割于潼关，先烧于濮阳，须不幸而为曹操之须，须亦苦矣。】典韦到壕边，正逢夏侯渊来，两上同入，救起曹公，突火而出，渊即抱操于马上，典韦杀条大路而走。

　　曹、吕两兵，城外接住混战，直杀到天明，操军自回寨中。众皆拜于地上，与操称贺。操仰笑曰："误中匹夫之计，必当报之！"【眉批：如此一番惊恐后反发笑，曹操从来如此。】郭嘉曰："计可速发，必擒吕布。"操曰："然。使人去到布寨，说吾已死，布必来攻。伏兵于

马陵山中，候兵半渡而击之。"嘉曰："真良策也！"于是令军中发丧，诈言操死。【眉批：昨日城内一片红，今日城外一片白。】

早有人到濮阳，报操火烧重伤肢体，到寨身死。吕布随即点起军兵，杀奔马陵山来。将到曹寨，一声鼓响，伏兵四起。吕布死战得脱，走回濮阳。两边拒定，各不进兵。

是年蝗虫四起，食尽禾稻。关东一境，每谷一斛，钱五十贯，人民相食。曹操粮尽，引军暂回鄄城屯住，权度岁荒。吕布亦出山阳就食。因此二处罢了刀兵。【眉批：蝗虫倒是和事佬。】

却说陶谦在徐州染病，看看病重，请糜兰、陈登商议。竺曰："曹操弃徐州而去者，盖为吕布袭兖州之故也。今岁大荒，故暂罢兵，来春必又至矣。府群素欲让位与刘玄德，虽已两番，府君那时无恙，今病沉重，正可就此与之。"谦使人来小沛请刘玄德。刘玄德引了关、张，带十数骑，来到徐州。陶谦直教请入卧房。谦曰："奉请玄德公来，不为别事，老夫病已危笃，朝夕难保，万望玄德公可怜汉家城池为重，【眉批：动玄德在此一句。】受取印牌，老夫死瞑目矣。"玄德曰："君有二子，何不传之？"谦曰："长子商，次子应，皆非仕宦之人，只可归农。老夫死后，望玄德公教诲，切勿令掌王事。"【眉批：不但让州，兼且托子。】玄德曰："刘备只身，如何掌得许多城池？"谦曰："某举一人，可为从事，以辅玄德。"急令请至，乃北海人也，姓孙，名乾，字公祐。谦又与糜竺曰："玄德公当世人杰也，汝善事之。"【眉批：陶恭祖三让徐州。】玄德尚犹推托，陶谦以手指心而死【眉批：其名曰谦，其字曰恭，其人则让。】。众官举哀毕，捧拥玄德领徐州事。玄德固辞，徐州百姓哭拜于地，曰："使君若不惠领此郡，我等皆死于贼人奸党之手矣。"因此玄德领徐州牧，糜竺、孙乾辅之，陈登为幕官；尽取小沛军马入城，出榜安民，一面安排丧事。谦亡年六十三岁。玄德与大小军士尽皆挂孝，大设祭仪于灵柩之前，作文祭曰：

猗欤使君，君侯将军，膺秉懿德，允武允文，体足刚直。守以温仁。令舒及卢，遗爱于民，牧幽暨徐，甘棠是均。憬憬夷豹，赖侯以清；蠢蠢妖寇，匪侯不宁。惟帝念绩，爵命以彰，毁侯且恢，启上溧阳，遂升上将，受号安东，将平国难，社稷是崇。降年不永，奄忽殂薨。丧覆失恃，民知困穷。曾不旬月，五郡溃崩。哀我斯人，将谁仰凭？追思靡及，仰叫皇穹。呜呼哀哉。

祭毕，葬于黄河之原。将陶谦遗表，申奏朝廷。【眉批：补应。】

操在鄄城，知谦已死，玄德领徐州牧，心中大怒：【眉批：怪不得不气。】"我之冤仇不曾报得，汝到不费半箭之功，坐得徐州！吾必先杀刘备，【眉批：前番做人

国学经典文库

李渔批阅

三国演义

陶恭祖三让徐州
曹操定陶破吕布

图文珍藏版

173

国学经典文库

李渔批阅

三国演义

陶恭祖三让徐州
曹操定陶破吕布

图文珍藏版

情，今番做不得人情矣。】后戮谦尸，以雪先君之恨！"
即传号令，克日起兵。玄德坐不暖席，祸又将来。且看
如何解救。

　　曹操起军去打徐州，荀彧入谏曰："昔高祖保关中，
光武据河内，皆深根固本，以制天下，进足以胜敌，退
足以坚守，故虽有困乏，终济大业。【眉批：文若数语，
已俨然以高祖、光武教曹操矣，岂等加九锡而后知其有
不臣之心乎？坡公谓文若为圣人，予未敢信。】将军本欲
首事兖州，且河、济天下之要地，是亦昔之关中、河内
也。今若攻取徐州，多留兵则不足，少留兵则吕布乘虚
而至，是弃兖州也。万一一徐州不得，将军安所归乎？
今陶谦虽死，更有刘备守之。城中居民犹念故主之恩，
必助刘备死战也，败不可知矣。夫弃此而取徐州，弃大
而就小，去本而求末，去安而就危。【眉批：药石之言，
洞见利害。】愿将军熟思之。"操曰："吾独虑军士无粮
耳。"荀曰："不如东掠陈地，使军就食。自汝南、颍川

黄巾余党何仪、黄劭等，劫掠州郡，多有金帛、粮食。此等贼徒又容易破，破而取其钱粮。以养三军，朝廷喜，百姓悦，顺天之事也。"【眉批：因粮平寇，的是妙策。】"操大喜。

十二月，留夏侯惇、曹仁守鄄城等处，操自引兵先略陈地，次及汝、颖。黄巾何仪、黄劭知曹兵到，引众来迎，会于羊山。黄巾十万，漫野而进，惟务狐群多狗党，并无队伍行列。操令强弓硬弩射住，令典韦出马，臂挟双戟，来往阵前。何仪令副元帅出、战典韦，典韦战不三合，一戟刺于马下。操引众乘势赶过羊山下寨。次日，黄巾黄劭自引军来。阵圆处，一将步行出战，销金黄抹额，绿绵细纳袄，身长九尺五寸，手提铁棒一条，名号"截天夜叉"何曼，阵前搦战。【眉批：装点、形状、名号颇像样，如何不耐杀？可笑。】操令李典出战。曹洪曰："某愿替将军擒杀此贼。"随即下马，亦提刀步出。相向阵前，杀至两个时辰，胜负不分。曹洪诈败而走，何曼赶来，洪用拖刀背砍计，转身一砍，砍中何曼，再一刀中腿，遂死沙场。李典飞马直入贼城，生擒黄劭过来。掩杀贼众，夺其器械、金帛、粮食，【眉批：意正欲得此耳。】降者甚多。何仪势孤，引数百骑奔走葛陂。正行之间，山背后撞出一军，为头一个壮士，身长八尽，腰大十围，容貌雄伟，勇力绝伦，截住去路。【眉批：横闪出一壮士，奇。】何仪挺枪出迎。只一合，活挟下马。其余尽皆下马受缚，一齐驱入葛陂坞中。【眉批：如驱

国学经典文库

李渔批阅

三国演义

陶恭祖三让徐州 曹操定陶破吕布

图文珍藏版

175

牛羊。】

却说典韦追袭何仪，到于葛陂，一声喊起，壮士拥出。典韦问曰："妆等非黄巾耶?"壮士曰："黄巾数百骑，尽被我擒在坞内。"韦曰："何不献出?"壮士曰："你若赢得手中宝刀，我便献出。"韦大怒，挺起双戟来战。两个从辰至午，不分胜负。各自少歇，壮士又出搦战，典韦又出。从申战到黄昏，各自马乏，少歇。【眉批：是对头，可见人自不乏。】典韦手下军士飞报曹操。操大惊，慌引众将来看虚实。次日，壮士又出搦战。操见其人容貌若神，威风抖擞，不胜欣喜，分付典韦诈败。韦出战到三十余合，败走回阵。壮士赶到阵门，弓弩射回。急引军退，操令掘下陷坑，暗伏钩手。次日，再令典韦搦战，壮士果出。典韦略战数合，便回马走。壮士赶来，将至陷坑，四下诸将逼至，连人带马落于坑内。"【眉批：黄巾被驱入坞中者，又陷入坑内，好笑。】钩手缚来中军见操。操慌下帐，退军士，亲解其缚，急取衣服，【眉批：曹操得英雄心，俱用此法。】命坐，问其乡贯姓名。壮士曰："我乃谯国谯县人也，姓许，名褚，字仲康。遭天下大乱，聚宗党数千人，以御贼寇。不时有寇犯境，吾筑坚壁守之，无一不中，【眉批：可称没羽箭。】贼方退去。又一番贼至，坞中无粮，贼与和会，以耕牛换米。米已送到，贼驱牛至坞中，牛皆奔走回还，被吾双手掣二牛尾，倒行百余步，【眉批：真神力。在此人又须自述为称。】贼大惊，不敢取牛而走。因此保守此

国学经典文库

李渔批阅

三国演义

曹操定陶破吕布

陶恭祖三让徐州

图文珍藏版

176

处无事。"操曰："吾闻大名久矣，还肯降否?"褚曰：
"愿引宗党数千来降。"操拜许褚，即封为都尉，赏劳甚
厚。许褚既降，将何仪、黄劭斩讫，汝、颍悉平。

曹操班师山东。此是兴平二年夏四月也。曹仁教夏
侯惇接见，言："近日细作报说，兖州薛兰、李封军士，
皆出掳掠，城邑空虚，可引得胜之兵，速攻兖州，一鼓
可下。"操听了，遂引军马径奔兖州。薛兰、李封措手不
及，只得引些少军兵，出城来战。两阵列开，操新降将
许褚曰："愿请一战，以报主公不杀之恩。"【眉批：**典韦
已见本事，此处专写许褚**。】操大喜，遂令出战。李封使
画戟向前来迎。交马两合，许褚斩封于马下。薛兰急走
回程，吊桥边李典拦住。【眉批：**果不出陈宫所料**。】薛
兰引军欲投钜野，一将飞马赶来，一箭射薛兰于马下，

国学经典文库

李渔批阅

三国演义

陶恭祖三让徐州
曹操定陶破吕布

图文珍藏版

乃是武城人氏，从事吕虔也。薛兰既死，军皆溃散。

曹操得了兖州，程昱便请进取濮阳。操复传令，许褚、典韦为先锋，夏侯惇、夏侯渊为左军。李典、乐进为右军，操自领中军，于禁、吕虔为合后。兵至濮阳，吕布意欲自将出迎。陈宫谏曰："不可，待众将聚会，方可商量。"吕布曰："吾之英雄，谁敢近也！"不听，引兵出阵。阵才圆处，吕布出马，横戟大骂："操贼杀吾爱将！"许褚便出，斗二十合，不分胜负。操曰："吕布非一人可胜。"便差典韦又出，两将夹攻；左边夏侯惇、夏侯渊，右边李典、乐进齐到，六员将杀得吕布遮拦不住。【眉批：可云六战吕布。】城上田氏见布输了回城，令人拽起吊桥。布大叫："开门！"田氏曰："吾已降曹将军矣！"【眉批：谁知弄假反成真。】布大骂，引军前奔定陶而去。陈宫等开了东门，保护吕布老小出城。【眉批：吕布一生性命只在老小身上，故须保护。不知貂蝉安在。】操遂得了濮阳，恕免田氏旧日之罪。刘晔曰："吕布猛虎也，今日困乏，不可少容。"操令晔等谨守濮阳，引军赶至定陶。

时布与张邈、张超尽在城中，高顺、张辽、臧霸、侯成巡海打粮未回。济郡刚才麦熟，操至定陶，连日不战，引军退四十里下寨，令军割麦为食。【眉批：俱照应前荒乏粮。】细作报于吕布。吕布引军赶来，将近操寨左边，一望林木茂盛，恐有伏兵而回。操知布军回去，乃谓诸将曰："布疑林中有伏兵耳，可将旗数面缚于林中。

国学经典文库

李渔 批阅

三国演义

陶恭祖三让徐州
曹操定陶破吕布

图文珍藏版

寨门西边一带长堤无水，可尽伏精兵。明日吕布必来烧林，堤中军断其后，布必擒矣。"于是寨中止留号手五十人擂鼓，将村中掳来男女在寨呐喊。布心疑惑，不敢骤进。回告陈宫。宫曰："操多诡计，不可轻敌。"布曰："吾用火攻，可破伏兵也。"【眉批：此处火攻用不着了。】留陈宫、高顺守城。次日，自引大军，遥望林中，驱兵大进，四面放火，却无一人；欲奔寨中，又见鼓声大震，疑惑不定。寨后一彪军出，吕布赶来。炮响处，堤内伏兵尽出，夏侯惇、夏侯渊、许褚、典韦、李典、乐进骤马杀来。吕布急回，见此六员健将，料敌不过，落荒而走。布之健将成廉被乐进一箭射死。布军三停去二。败卒回报陈宫，陈宫曰："空城难守。"遂与高顺保着老小，【眉批：处处写吕布老小。】且弃定陶。操得胜之兵，连夜杀入，势如劈竹。张超举火自焚，三族尽灭。张邈去投袁术。山东一境尽被曹操所得。安民修城，不在话下。

却说吕布正走，路逢诸将皆回。陈宫亦已寻着。布曰："吾军虽少，尚可破曹。"遂欲再引军来。不知胜负如何。

国学经典文库

李渔批阅

三国演义

陶恭祖三让徐州
曹操定陶破吕布

图文珍藏版

国学经典文库

李渔批阅

三国演义

杨奉董承双救驾

图文珍藏版

第十三回 李傕郭汜乱长安
杨奉董承双救驾

话说兴平二年夏四月，曹操大破吕布于定陶，布集败残军马于海滨，众将皆来会集，意欲再与曹操决一雌雄。陈宫曰："今操势大，未可与争。先须寻取安身之地，那时再来不迟。"布曰："今当何往?"宫曰："近闻刘玄德新领徐州，可往投之，养成气力，别有良图。"布信其言，竟投徐州来。

过界首，有人报知玄德。玄德曰："布乃当今英雄之士，可出郭迎接。"糜竺曰："吕布乃虎豹之徒，不可收

留，收则伤人矣。"【眉批：**为后文夺徐州张本。**】玄德曰："前者非布袭操兖州，怎解此郡之祸？【眉批：**前者曹操之退实亏吕之力。今玄德自说破。细味此言，玄德前番岂得无意徐州乎？**】吾得徐州，亦布之力也。他若要徐州，吾当相让。何况布无此心乎。"张飞曰："哥哥心肠忒好。虽然如此，也当准备。"

玄德领军数千，出城三十里，接着吕布，并马入城。都到州衙厅上，讲礼毕，坐下。布曰："自从招讨杀败董卓之徒，又遭催、汜之变，飘零关东，诸侯并不相容。昨蒙使君力救徐州，布因此特袭兖州，以分其势。【眉批：**便有居功之意。**】不断反遭曹操之机，累及关、张。布今投向使君，共扶社稷，再安汉室，未审尊意若何？"玄德曰："陶府君新近归天，无人管领徐州，因此令备权摄州事。今幸得将军至此，无德合让有德，备情愿让出牌印，请将军受之。"【眉批：**此一让，原是玄德多事。要晓得吕布夺徐州之心，已伏于此时了。**】吕布却待要接，看见玄德背后关、张各有拔剑之意。布佯笑曰："量布一勇之夫，何能作州牧乎？"玄德又让，陈宫告曰："强宾安敢压主乎？请使群勿得疑心。"【眉批：**此时陈宫不得不出来说话。**】玄德方止。遂设大宴相待，收拾宅院安下。

次日，吕布回席。关、张谏曰："前日吕布有夺徐州之意，恐不可去。"玄德曰："吾以好心待人，人必不肯负我。"遂与关、张同行。酒至半酣，请玄德入进后堂卧

国学经典文库

李渔批阅

三国演义

李催郭汜乱长安
杨奉董承双救驾

图文珍藏版

床坐，令妻女一齐下拜。玄德再三谦让。布扶住曰："贤弟请受一礼。"关公嗔目，张飞拔剑叱曰："我哥哥是金枝玉叶，你是人家奴婢，怎敢叫我哥哥做贤弟耶！你来，我和你斗三百合！"【眉批：**老张生平只让两人为兄，如何肯兄人之兄？宜其忿然欲斗也。**】玄德急喝，关公拖飞出去。玄德与布陪笑："劣弟酒后狂言，兄勿见责。"吕布默然无语。须臾席散，布送玄德出门。张飞跃马横枪而来，叫吕布曰："我和你拼三百合！"【眉批：**做找戏。**】玄德上马拖飞去了。

次日，吕布来辞玄德要行，玄德叫拖张飞出来，与布陪话，飞那里肯。玄德曰："此间有一小沛，是备昔日屯扎之处，将军不嫌浅狭，权且歇马如何？粮食尽有，军需缺欠，备当应付。"吕布谢了玄德，自投小沛去了。玄德深责张飞。

却说曹操平了颍、汝、山东，功奏朝廷，加操建德将军、费亭侯。其时李傕自为大司马，郭汜自为大将军，横行天下，朝廷无人敢言。太尉杨彪、大司农朱隽暗奏帝云："今曹操屯畜马步精兵四十余万，谋臣武将约数百员。若得此人扶持社稷，剿除奸党，天下幸甚。"【眉批：**以此时势观之，其才其力足以勤王者，唯曹公。**】献帝泣曰："朕被汜、傕二贼欺凌久矣！观其行事，甚于董卓。朕行坐不安，无计除之。"言讫恸哭。杨彪奏曰："臣有一计，先令二贼自相残害，然后诏操引兵杀之，扫清贼党，以安万民。"帝曰："计将安出？"彪曰："臣闻汜妻极妒，臣令老妻到于汜宅，略行反间，【眉批：**又用女将军出头。**】二贼自相害也。"帝书密诏，【眉批：**此召曹操之诏也。**】付与杨彪。

彪、隽辞出，暗使夫人入于汜宅，告其妇曰："郭将军与李司马夫人有染，其情甚密。"汜妻曰："怪见经宿不归，原来果有此事。"【眉批：**是妒妇声口。**】日后，汜欲赴催筵席，其妻曰："催性莫测，夫二雄不并立，倘酒后有毒，妾将奈何？"汜未信。至晚，催府偶送物来，汜妻先令婢妾置毒于内，方始献入。汜便欲食之，妻曰："食自外来，岂可便食？"与犬试之，犬死。自此疑之。催一日于朝堂邀主汜还家饮酒，大醉而归。其夜肚腹搅疼，妻曰："必中其毒矣！"急将粪汁灌之，一吐方定。

国学经典文库

李渔批阅

三国演义

李催郭汜乱长安
杨奉董承双救驾

图文珍藏版

汜大怒曰："吾与汝共图大事，你今荣贵，却欲害我！我不先发，必遭毒手！"遂整本部甲兵，意欲杀傕。

又有心腹人知，飞报消息，傕大怒曰："郭阿多安敢如此！"点本部甲兵来杀郭汜。两处合兵数万。就于长安城下乱杀，乘势掳掠居民。【眉批：杨彪反间计反弄出好来了。】傕有兄子李暹，引数千兵围住宫院，用车三乘：一乘载天子，一乘载皇后，一乘载贾诩、左灵，令之就监车驾。其余宫人内侍，并皆步走。出后宰门，郭汜兵到，两边射死不知其数。李傕随后掩杀，郭汜兵退。车驾冒烟突火出城，只到李傕营中。郭汜领兵入内，抢掳宫嫔采女，放火烧殿，库藏一空。

次日，郭汜已知李傕劫了天子，领军营前厮杀。李傕攻杀郭汜大败，当日劫迁车驾，欲到郿坞。帝闻弓箭之声，战栗不已，伏皇后泪湿衣襟。静轩先生有诗叹之曰：

光武中兴兴汉世，上下相承十二帝。桓灵无道宗社隳，阉臣擅权为叔季。无谋何进作三公，欲除社鼠招奸雄；豺獭虽驱虎狼入，西州逆竖生淫凶。王允赤心托红粉，致令董吕成矛盾。渠魁殄灭天下宁，谁知李郭心怀愤。神州荆棘争奈何，六宫饥馑愁干戈。人心既离天命去，英雄割据分山河。后王规此存兢业，莫把金瓯等闲缺。生灵糜烂肝脑涂，剩水残山多怨血，我观遗史不胜悲，今古茫茫叹黍谁？人君当守苞桑戒，太阿谨执全纲维。

李傕杀退郭汜，车驾到了郿坞，使校尉李暹监住天子，断绝内使。【眉批：郿坞竟成陷阱。可惜王允杀董卓时，不即毁之。】侍臣皆有饥色。帝令侍臣问取傕米五斛，牛骨五具，以赐左右。傕怒曰："有饭上，何用米粮！"乃与肉腐并牛骨，臭不可食。帝骂曰："直如此相欺之甚也！"内侍杨琦急奏曰："傕乃边鄙之人，习于夷风。今日自知所犯背逆，常有怏怏之色，欲辅车驾幸黄白城，以舒愤怨。陛下忍之，岂可显其罪也。"帝乃低头无语，泪盈龙袖。左右报曰："有一路军马，枪刀映日，金鼓震天，前来救驾。"帝教打听是谁，乃郭汜也。帝心转忧。

坞外喊声大起，乃李傕来到。两边摆开，李傕出马，指着郭汜骂曰："我待你不薄，你如何谋欲害我？"汜曰："尔乃反贼，【眉批：然则公如何人？】如何不杀你！"傕曰："我保驾在此，何为反贼也？"汜曰："乱道！见今劫驾在此，何为保驾也？"傕曰："都不须多言。不用军士，我两个自拼输赢，赢的便把皇帝取去了罢。"【眉批：以皇帝当赌钱出注之物，可笑可叹。用一"把"字，一"取"字。自有"皇帝"二字以来。未有如此之狼狈者。】郭汜挺枪来战李傕，李傕舞刀来迎郭汜。战有十合，不分胜负。太尉杨彪拍马而来，大叫："司马、将军，且请少歇！老夫邀请众官，来与二大夫和解。"【眉批：既欲

国学经典文库

李渔批阅

三国演义

李傕郭汜乱长安
杨奉董承双救驾

图文珍藏版

反间，又用解和。】催、汜各自还营。

国学经典文库

李渔批阅

三国演义

李催郭汜乱长安
杨奉董承双救驾

图文珍藏版

186

　　杨彪、朱隽会合于朝廷官僚六十余人，先诣郭汜营中劝和。汜将众官僚尽行监下，众官曰："欲何为耶？"汜曰："李催劫天子，偏我劫不得公卿？"【眉批：极没理语，说来却也入耳。】彪曰："一个劫天子，一个质公卿，是何行径？"汜欲拔剑杀之，中郎将杨密劝住，左右都谏。汜放了杨彪、朱隽，其余都监在营中。彪与隽曰："为社稷之臣，不能匡君救主，空生于天地间耳！"言讫，相抱而哭，【眉批：汉朝君臣专一会哭。】昏绝于地。归家，隽成病而死。

自此之后，催、汜相迎，每日厮杀。五十余日，死者不知其数。李催平日喜左道妖邪之术，常使女巫击鼓降神于军中。帝每日啼哭。侍中杨琦密奏曰："臣观贾诩虽是李催心腹，未尝忘君也。【眉批：**此人解事，此人识人。岂得概以近侍轻之。**】陛下实告之。"正说之间，贾诩到来。帝乃退其左右，号泣拜诩。诩伏于地曰："臣不胜诛矣！'帝曰："卿如此肯怜汉朝，救刘协一命！"【眉批：**可怜，可怜。**】诩曰："臣心未尝不如此也。陛下且勿言，臣自图之。"帝谢贾诩。少顷，李催入见帝，腰带三刃刀，悬剑于腕，手提铁鞭。帝面如土色。内侍皆带剑。立于帝侧。曰："郭汜不仁，欲劫陛下，【眉批：**自写照耳。**】监禁公卿。非臣则圣上亦被掳矣。"帝拱手称谢。曰："陛下真圣贤之主。"遂出，问诸将曰："内侍带剑立于帝侧，莫非有害吾之心么？"贾诩曰："军中不可不带剑耳。"笑入帐中而罢之。

　　时仆射皇甫郦入见天子。帝知郦能言，令去解和两边。【眉批：**前有和事公卿，今又有和事天子。**】诏先到汜营说汜。汜曰："如李催放出天子，我便送出公卿还长安。"郦却来见李催曰："天子以某是西凉人，与公同乡，乃令某来承劝二公。汜已奉诏，公意若何？"催曰："吾有败吕布之大功，辅政四年，三辅清静，天下共知。【眉批：**彼此各有出注，请问是何功劳。**】郭阿多盗马虏耳，何敢与吾相等耶？吾必欲诛之！君乃西凉人，观吾方略士众，足胜郭阿多否？又劫公卿，所为如是，而君苟欲

国学经典文库

李渔批阅

三国演义

李催郭汜乱长安
杨奉董承双救驾

图文珍藏版

向郭阿多。李傕有胆量，自知之矣。"【眉批：一派梦话。】郦答曰："不然。昔有穷、后羿恃其善射，不思患难，以致灭亡。近董大师之强，君所目见矣，吕布受恩而反图之，斯须之间，头悬高竿。此乃勇而无益也。今将军身为上将，持钺仗节，子孙握权，宗族得宠，受国家爵禄，人皆仰之。今郭阿多劫以公卿，将军胁至尊，谁为轻重耶？"【眉批：其词太直，不是和事人说话。】李傕大怒，拔剑出鞘曰；"天子使你来辱我大臣！先斩你头后杀天子，此大丈夫之志也！"言讫，来杀皇甫郦。不知性命如何。

李傕欲杀皇甫郦，骑都尉杨奉谏曰："今郭汜未除，而杀天使，则郭汜兴兵有名，诸侯皆将助之。"贾诩亦劝，怒少息。诩遂推皇甫郦出。郦大叫曰："李傕不奉诏命，欲杀汉君自立！"【眉批：郦真不是和事人。】侍中胡邈急止之曰："李将军待公不薄，如何出此妄言？恐于身不利。"郦叱之曰："胡敬才！你为朝廷辅弼之臣，如何谄佞耶？我累世受恩，身在帷幄之中，君辱臣死，当佐国家，吾被李傕所杀，乃命也！"大骂不止。帝知之，急令皇甫郦回西凉。

李傕之军，大半是西凉人氏，更有羌番兵。郦言傕不忠不孝。多有西凉勇士各随郦去。【眉批：李傕是同乡人，说不听；军士是同乡人，却肯听，可见人心不死。】贾诩又说羌胡人曰："今天子知汝忠孝，故遣汝还郡，后必有重赏。"羌胡皆知李不与官职，亦引兵出。知郦去，

国学经典文库

李渔批阅

三国演义

李傕郭汜乱长安
杨奉董承双救驾

图文珍藏版

大怒，差虎贲王昌追之。昌知郦乃忠孝之士，不追，回报曰："郦不知何往。"【眉批：**王昌颇有侠气。**】傕曰："罢休。"

却说贾诩来见帝，曰："陛下可重加李傕官。"帝封李大司马。傕心中大喜，言曰："此乃是女巫神鬼之力也！"遂重赏女巫，不赏军。【眉批：**其妻亦当以粪汁灌之。**】骑都尉杨奉大怒，与宋果曰："吾等入生出死，身冒矢石，反不及女巫耶？"宋果曰："何不杀此贼，以救天子？"奉曰："你于中军放火为号，吾当引兵外应。"二人约定此夜二更下手。不料不密，其事蚤已漏泄，有人报知李傕。傕大怒，令人捉住宋果，先已杀之。杨奉在

国学经典文库

李渔 批阅

三国演义

李催郭汜乱长安
杨奉董承双救驾

图文珍藏版

外,不见号火。李傕自将兵出,就寨中杀到四更。奉因不胜,引一彪军去了。【眉批:为后救驾伏线。】

李催自此军势渐衰,更兼郭汜常来攻击,杀死者尸积如山。忽有人来报曰:"张济统领大军,自陕西来到李、郭两处和解,如不从者,引兵击之。"傕汜皆依允了。张济上表,请天子驾幸弘农。【眉批:与劫驾不同。】天子喜曰:"朕思东都久矣,乘此得还,乃万幸也!"诏封张济为骠骑将军开府。济进粮食酒肉:供给百官。【眉批:可称大醮。常物耳,不意此时天子得之,竟成至宝。】汜放公卿出营。傕收拾驾东行,遣旧有御林军五百,各持长戟护送銮舆。

夜过新丰,晚至霸陵桥。时值秋天,金风骤起,【眉批:帝后止知宫廷春暖,今日却受用鞍马秋风。】喊声大作,数百军兵来至桥土,拦住车马,厉声问曰:"此何人也?"侍中杨琦拍马上桥曰:"此乃大汉天子车驾,甚人不得无礼!"有二将出曰:"吾奉郭将军命,守把此桥,以防奸细。既言天子。难以准信,须亲见之。"【眉批:是。】杨琦高揭珠帘。帝曰:"朕躬在此,卿何不退?"众将皆呼"万岁",分于两边,驾乃得过。二将回报郭汜曰:"天子驾已去矣。"汜曰:"我正欲劫车驾,再入郿坞,以图大事,你如何放了过去?"二将曰:"不知将军本意。"汜曰:"吾瞒住张济之心,要谋此事,你如何放了过去?"速命斩了二将,起军赶来。

天子正到华阴县,背后喊声大震,军马赶来,大叫:

"车驾休动!"【眉批：吓杀。】献帝闻有军至，告大臣曰;"恰离狼窝，又逢虎口!"侍臣皆大哭，军至将近，只听得一派鼓声，山背后转出一将，当先一面大旗，书着"大汉杨奉"四字，背后一千余军。原来杨奉离了李傕，屯兵于终南山中，【眉批：补应前文。】特来保驾，正遇帝。令退后军，两边摆开。汜将崔勇出马，大骂："杨奉反贼! 无仁无义!"奉大怒，回顾阵中曰："公明何在?"一将手执大斧，飞骤骅骝，直取崔勇。两马相交，只一合，斩崔勇于马下。杀入军中，砍死无数。汜军大败，退走二十余里。杨奉收军，来见天子。帝下车执奉手曰："卿救朕躬，当刻铭肺腑。"奉顿首拜谢。帝曰;"斩贼将者何人也?"奉乃引此将拜于车下。奉曰;"此人河东杨郡人也，姓徐，名晃，字公明。"帝慰劳之。杨奉保驾至华阴宁辑，将军段煨具衣服饮膳，供给天子。是夜，天子宿于杨奉营中。

郭汜败了一阵，次日点军又杀将来。徐晃当先出马。郭汜大军八面围来，将天子、杨奉困在垓心。【眉批：又吃一吓。】帝与百官曰："朕今番休也!"正在危急之中，忽然东南上喊声大震，贼众奔溃。徐晃乘势杀出，内外攻击，大杀郭汜一阵。汜兵败走。此人来见天子，乃是刘朝国戚，汉室忠臣，身着锦衣临玉殿，腰横玉带上金阶，乃是国舅董承，引千余骑特来救驾。【眉批：杨奉、董承，参差而至。】帝哭诉前事。承曰："陛下免忧。臣与杨将军誓斩二贼，以靖天下!"帝命早赴东都，连夜驾

国学经典文库

李渔批阅

三国演义

李傕郭汜乱长安
杨奉董承双救驾

图文珍藏版

191

起，前幸弘农。

国学经典文库

李渔批阅

三国演义

李傕郭汜乱长安
杨奉董承双救驾

图文珍藏版

192

　　却说郭汜败军回来，撞见李傕，言："杨奉、董承救驾弘农去了。若到山东，立脚得牢，必然布告天下，令诸侯共伐我等，三族不能保守矣！"傕曰："如今张济兵据长安，未敢动兵。我和你合兵一处，赶到弘农，杀了汉君，平分天下，有何不可，【眉批：**易合易离，小人原自如是。二贼离间有离间之害，和解又有和解之害，真是恶物。**】汜曰："若兄长肯带携小弟，同享荣华。"二人合兵，于路劫掠，所过一空。杨奉、董承知贼势远来，遂勒马回，与贼大战于东涧。傕、汜二人商议："只不可斗将，只是混战，我众彼寡，安得不胜。"商议已定，李傕在左，郭汜在右，漫山遍野拥来。杨奉、董承两边死战，刚保天子、皇后车出。百官宫人，符束典籍，一应御用之物，尽皆抛弃，俱被傕、汜兵卒抢去，死者不知

国学经典文库

李渔批阅

三国演义

李傕郭汜乱长安
杨奉董承双救驾

图文珍藏版

193

其数。郭汜兵尽入弘农劫掠。奉、承保驾且走陕北，催、汜分兵赶来。承、奉一面差人与催、汜陪话，【眉批："陪话"二字可怜。】一面暗差三人，传三圣旨，前往河东，急招故白波帅李乐、韩暹、胡才三处军兵，【眉批：招白波帅。何不竟召曹耶？】前来救应。李乐亦是啸聚山林反贼，不得已而召之。三处军兵闻天子赦罪赐官，如何不来？并拔本宫军士，来与董承约会，一齐再取弘农。其时李傕、郭汜但到之处，劫掠百姓，老弱杀之，强壮者充军。临敌之处，驱民兵在前，名曰"敢死军"。【眉批：不是"敢死军"，乃是替死鬼。】贼势浩大。李乐等军亦是啸聚贪掠之辈，郭汜使军士抛弃衣物于道。李乐军到，会于渭阳。李乐等军看见衣服满路，争往取之，失了队伍。汜、住军四面赶来，李乐大败，杀的尸横遍野，血流成河。

　　杨奉、董承挡拦不住，保驾北走，背后催、汜军赶来。李乐曰："事急矣！请天子上马先行。"帝曰："朕不可舍百官而去，众何辜哉！"兵追不绝，满天火红。【眉批：写出节节艰苦光景，使人不忍。见如此，何乐乎为君？】胡才被乱军所杀。喊声震地，相连百余里。承、奉见贼追急，请天子弃车驾步行。到黄河岸边，李乐等寻着一只小舟，以作渡船。时值天冷严寒，帝与后强扶到岸边，岸又高，不得下去。后面火鼓相攻，甲兵骤至。杨奉曰："可解马缰绳，接连拴缚帝腰，放下船内。"乱人丛中，皇后之兄伏德挟绢十余匹至，曰："我于乱军中拾得此绢，可接连拽挈。"行军校尉尚弘多用绢帛包帝与后，令众人往下放之，乃得下船。李乐仗剑立船头上，后兄伏德负后下于船中。岸上有不得下船者，争扯傍船，李乐尽推于水中。渡过帝后，再放船过渡。岸上者哭声不上。其争渡船者尽皆扯住船沿，皆被斩下手指，不知其数。【眉批：《左传》晋败于邲之后，有云："舟中之指可掬也。"此将毋同？】船中急渡北岸。杨奉寻牛车一辆，载帝至于大阳。众人绝食，至晚宿于瓦屋之中。野老供进粟饭，上与伏后共食，粗粝不能下喉。

次日，封李乐为征北将军，韩暹征东将军。帝上牛车，有二大臣寻至，乃太尉杨彪、太仆韩融也。帝后痛哭。近侍等止有一十余人，无不下泪。太仆韩融曰："催、汜二贼颇信臣言，舍一命去说二贼罢兵，陛下善保龙体。"韩融去了。李乐请帝入杨奉营暂歇。

数日，杨彪请天子都安邑县。上御车马，行至安邑，又无高房，帝后居茅屋中，又无门窗关闭，四边旋插荆棘篱落。帝与大臣议事茅屋之中。【眉批：也是茆茨不剪。】李乐、韩暹连兵，于篱外观望，互相镇压，以为欢喜。诸将专权，或至打死，尚书、百官、公卿稍有触犯，即于帝前殴骂；故令奴婢进送浊酒粗食，以与天子，帝勉强纳之。【眉批：又去二贼，又添三贼。】李乐、韩暹连名又保无徒、部曲、巫医、走卒二百余名，并为校尉御史。刻印不及，以锥画之，如此苟且而已。韩融去说催、催，二贼方始放回百官及诸宫人。

国学经典文库

李渔批阅

三国演义

李傕郭汜乱长安
杨奉董承双救驾

图文珍藏版

是岁大饥，百姓皆食枣菜，饿死者遍地。河内太守张杨进送米肉来与天子，河东太守王邑亦送绢帛。因此，帝得活命。董承、杨奉商议，一面差人修洛阳宫院，欲奉车驾仍还东都。李乐不从。董承对李乐曰："洛阳乃天子建都之地，安邑乃小可地面，如何容得车驾？今奉驾还归洛阳，正理也。"李乐曰："汝等自奉驾去，吾只在此居住。"承、奉收拾车驾起程。李乐暗暗令人结李傕、郭汜，一同劫驾。【眉批：贼毕竟是一家，旧性不改。】董承、杨奉、韩暹先知李乐之意，乃连夜摆布军士，护送车驾起程，前奔箕关。李乐尽拔本寨车马，前来追赶。四更左侧，赶到箕山之下，大叫："车驾休行！李傕、郭汜在此！"天子听知，心惊胆战。山上火光竟起。且看天子如何离得此难，且听下回分解。

第十四回　迁銮舆曹操秉政
吕布月夜夺徐州

李乐令人诈呼李傕、郭汜军到，兵卒皆惊。杨奉曰："此李乐诈呼也。"遂令徐晃出迎。正逢李乐。两马相交，只一合，被徐晃一斧砍李乐于马下，【眉批：也算杀一郭汜、李傕也。】杀散余党，保护车驾，得过箕关。太守张杨将粮食、绢帛，迎天子于道。帝封张杨为大司马。张杨辞帝，屯兵野王。

帝入洛阳，见宫室烧尽，街市荒芜，满目皆是蒿草，宫院中只有颓墙坏壁而已。旋盖小宫，与帝后居住。百官朝贺，皆立于荆棘之中。是岁大荒，敕改兴平为建安元年。洛阳居民仅数百家，无可为食，尽剥树皮、掘草根食之。尚书、郎以下，皆自出城樵采，多有死于墙壁之间者。气运衰败，莫甚于此。太尉杨彪奏帝："前蒙降诏，未曾发遣。今曹操在山东，屯兵数十万，可宣入朝，以辅王室。"帝曰："朕既已降诏，何必再奏。"即便差人前去。

却说曹操在山东，闻知车驾已迁洛阳，聚谋士商议。荀彧进曰："昔晋文公纳周襄王，而诸侯义从；汉高祖为义帝缟素，而天下归心。今天子蒙尘，将军首倡义兵，

国学经典文库

李渔批阅

三国演义

迁銮舆曹操秉政
吕布月夜夺徐州

图文珍藏版

徒以山东扰乱，未遑趋赴行在。今车驾旋转，东京荒芜，诚因此时奉主以从人望，大顺也；秉至公以服天下，大略也；扶仗仁义以致英雄，大德也。四海虽有逆节之臣，其何能为也？若不早定，使英雄生心，后虽为虑，亦无及矣。"曹操乃大喜。正要收拾起兵，忽然有诏书至。操待天使于驿亭，一同起发。

帝在洛阳，百事未备，城郭崩倒，欲修未能。人报李、郭又来，【眉批：到此时真满地刀兵。】帝大惊，问杨奉曰："今投何处躲难？使命山东未回，不如自去投奔曹操，如何？"杨奉、韩暹曰："臣愿出战。"董承曰："城郭不坚，兵甲不多，战如不胜，当复如何？"人又报曰："催、汜兵近！"董承保帝后上车，望山东进发。百

国学经典文库

李渔批阅

三国演义

迁銮舆曹操秉政
吕布月夜夺徐州

图文珍藏版

官无马，步行跟随出洛阳。

行无一箭之地，但见尘头蔽日，金鼓震天，无限人马来到，帝后战栗不能言。忽见一骑飞来，一到车前便拜。视之，乃山东使命也。问来军何人，使命曰："曹将军尽起山东之兵，前来保驾。听知李、郭正犯洛阳，先差夏侯惇为先锋，引上将十员，精兵五万，前来保驾。"【眉批：说得勤王之急切，可慰可感。】帝心方安。少顷，夏侯惇引许褚、典韦前来面圣。三将一齐喏曰："介胄之士，不能下拜，请以军礼相见。"皆呼"万岁"。帝曰："卿等鞍马驱驰，无可为赐。"惇曰："曹操知傕、汜犯阙，故令臣等先来保驾。"却才道罢，侍臣又报正东又有一路军到。帝举止失措。惇拍马视之，便来奏曰："陛下放心，曹操步军来到也。"【眉批：越发放心。】须臾，三人来见。帝问何人，奏曰："乃曹操弟曹洪，副将李典、乐进也。"帝问曰："卿等何来？"洪曰："臣兄听知贼兵至近，恐夏侯惇孤力难为，又差臣等倍道而来。"帝曰："曹将军，朕之社稷臣也！"傕、汜领大兵驱而来。帝令夏侯分两路迎之。夏侯惇曰"臣已度量了。"遂与曹洪分为两翼，马军先出，步军随后，尽力一击。傕、汜贼兵大败，斩首万余。请帝还洛阳故宫。夏侯惇屯兵城外。

次日，曹操引大势人马来到，带三千铁甲军马入城，屯兵列于内前。诸大臣引进朝见，拜于殿阶之下。帝赐平身，随宣上殿。问慰劳毕，操曰："臣托陛下威福，聚兵山东。昨承恩诏，思报无门。傕、汜罪恶贯盈，臣有

精兵四十余万，以顺讨逆，无不克捷。陛下善保龙体，
以社稷为重。"帝封操领司隶校尉，假节钺，录尚书事。
操谢恩毕。

次日即便进兵，离洛阳五十里下寨。催、汜知操远
来，议欲速战。贾诩谏曰："不可。操有数十万精兵，文
官武将不知其数。不如倒戈卸甲降之，求免本身之罪。"
催怒曰："尔敢灭吾锐气！"教左右将诩斩之。众将劝免。
是夜，贾诩弃了李催，单马走回。【眉批：此时才去，亦
已：晚也。】

次日，李催军马来迎操兵。操先令许褚、曹仁、典
韦领三百铁骑，于催阵中冲突三遭，方才布阵。阵圆处，
李催兄子李暹、李别出阵。操问："此何人也？"尚未有
人回答，许褚飞马，一刀先斩李暹。李别大惊，出马阵

前，倒撞下马。褚又斩之，双挽人头回于本阵，无人敢追。曹操拍许褚背曰："此吾之樊哙也！"操令夏侯惇领兵左出，曹仁领兵右出，操自中军冲阵。鼓响一声，操兵齐举，傕、汜大败。操亲掣宝剑押阵′，连夜剿杀，勿停戈戟，星火赶逼。傕、汜忙忙似丧家之犬，急急如漏网，之鱼，【眉批：绝似。】军马三停去二。傕、汜望西逃命，此时天下不容，【眉批：可谓盗大莫容。】往山中落草去了。

曹操屯兵洛阳城外。杨奉、韩暹两个商议："自今曹操成了大功，必掌重权，如何容得我等？不若奏过天子，只做赶傕、汜为名，引本部屯住大梁，看机而变。"二人入奏要去，献帝阻当不住。帝命宣操入宫。操闻使至，请入并坐，见其人眉目清秀，飘飘然有神仙气象。操恶之："今东都大荒，官僚军民皆有饥色，惟此人面上精神润泽。"操问之曰："公有何能，调理如此？"对曰："惟食淡三十年耳。"曹操问曰："君居何职？"对曰："某举孝廉，原旧随袁绍、张杨作从事，见其人皆非治乱之主。今闻天子还都，特来朝觐，官封正议郎。济阴定陶人也，姓董，名昭，字公仁。"曹操避席起敬曰："闻公大名久矣，幸得于此相见。"置酒于帐中相待，令与荀彧相会。忽一人报曰："一队军往东而去，不知何人。"操急令人追之。董昭曰："此乃李傕旧将杨奉，白波师韩暹，观明公之势，引兵往大梁去了。"操曰："莫非疑操？"昭曰："此乃无谋鼠辈，明公何足虑之。"操又曰："汜、傕此去

国学经典文库

李渔批阅

三国演义

吕布月夜夺徐州
迁銮舆曹操秉政

图文珍藏版

200

如何？”昭曰：“此去虎无爪，鸟无翼，不久被明以擒耳，无足介意。”操见昭语言投机，便言曰：“请到朝迁大事若何？”昭曰：“明公兴义兵以诛暴乱，入朝辅佐天子，此五霸之功也。以下诸将，人殊意异，未必服从。今留匡弼，事势不便，惟有移驾幸许都耳。然朝迁播越，新还京师，远近仰望，以冀一朝获安。今复徒驾，不厌众心。夫行非常之事，乃有非常之功，愿将军计其大者行之。”【眉批：却不似食淡人语。】操执昭手而大笑曰：“此乃孤之本志也！”操又曰：“杨奉在大梁，大臣在朝，倘里应外合，若何？”昭曰：“易也。以书与奉，且安其心。大臣闻之，则曰京无粮，欲车驾幸许都，近鲁阳，转运粮食，稍无欠缺悬隔之忧。大臣闻此，皆欣然也。”操大喜：“愿公早晚从之，有不可行者教之，自当厚报！”昭拜谢曰：“自当从命。”

操犹豫迁都之事。时有待中太史令王立与宗正刘艾曰：“臣仰观天文，以察炎汉气数，自去春太白犯镇星于牛、斗、过天津，荧惑又逆行，与太白会于天阙。金火交会，必有新天子出。召观大汉气数终矣，晋魏之地，必有兴者。”立以是言于献帝前曰：“天命有去就，五行不常盛。代火者，土也；承汉天下者，必魏也；能安天下者，必曹姓也。当委任曹氏而已。”操闻之，使人告立曰：“知公忠于朝廷，然天道深远，幸勿多言。”操以是告彧。或曰：“汉朝刘氏，以火德王天下，故两都皆兴。今主公乃土命也，许都属土，到彼必兴。火能生土，土能旺木，正合董昭、王立之言。他日必有王者兴矣。"
【眉批：虽云地利，实合天时，故曰曹操得天时。】操意遂决。

次日，引军入洛阳见帝，奏曰："东都之地废弛久矣，不可修葺，更兼转运艰辛。臣料许都地近鲁阳，城郭宫室，钱粮民物，事事足备，可幸銮舆。臣排办已定，便请陛下登辇。群臣皆惧曹操之势，莫敢言者。即日驾起。【眉批：此时天子竟像双陆象棋，凭人搬来搬去。】操分排军马，尽命百官迁都。

行来数程，前至高林。忽然喊声大举，杨奉、韩暹领兵拦路，徐晃大叫："欲劫车驾何往？"操出马视之，见徐晃神威纠纠，暗暗称奇。操令许褚出马，与徐晃交

国学经典文库

李渔批阅

三国演义

迁銮舆曹操秉政
吕布月夜夺徐州

图文珍藏版

202

锋。刀斧相交，战五十余合，不分胜败。操鸣金收军。各自下寨。操召文武议曰："今日阵上，观见徐晃真良将也！不忍以力拼之，思一奇计，招谕过来。奉、暹岂足道哉！"一人曰："主公勿虑。某素与晃有一面之交，今晚扮一小卒，偷入晃营，看紧慢以言说之，来降主公，若何？"操视之，乃山阳昌邑人也，姓满，名宠，字伯宁，见为行军从事。操令今晚即行。

却说满宠扮一小卒，杂在队中，入晃中军帐前。晃浑身被甲，坐于帐下，看见满宠，宠入长揖曰："故人安乐否？"徐晃见之良久，乃曰："莫非山阳满伯宁乎？"晃年小时，在山阳为官，宠时为吏，被人夺买田产告官，因而相识。宠曰："然也。"晃曰："何故到此？"宠曰："曹孟德在兖州，请我作其从事。今日偶见故人阵上耀武，窃甚惜之，故不避死而来，直谏于公。据公之勇，世之罕有，何故屈身于杨奉、韩暹之徒乎？以曹将军之英雄，力扶汉室，【眉批：英雄一说便来；郝为一"汉"字。】拯救生灵；今日阵前，不忍以健将决一死战，故遣宠来。公何不背暗投明乎？"晃喟然叹曰："吾固知奉、暹非立业之人，争奈从之久矣，不忍相舍。"宠曰："岂不闻'良禽相木而栖，贤臣择主而事'？大丈夫知而不为，非丈夫也。"晃起身谢曰："愿听公言。"宠曰："何不就杀奉、暹而去，以为进见之功。"【眉批：满宠便不是好人。】晃曰："以臣弑主，大不义也。吾不为之。"宠曰："公真有德之士！"遂引帐下数十骑，同宠来投曹操。

国学经典文库

李渔批阅

三国演义

迁銮舆曹操秉政
吕布月夜夺徐州

图文珍藏版

国学经典文库

李渔批阅

三国演义

吕布月夜夺徐州

迁銮舆曹操秉政

图文珍藏版

早已有人报入奉军。杨奉引千百骑来追徐晃,大叫:"休走!"山上山下,火把齐明。曹操大喝:"吾等逆贼多时,休教走脱!"两下伏兵皆起,来捉杨奉。还是如何?

曹操号起,伏兵围住杨奉。韩暹急引兵来救解。两边夹攻,杨奉走脱。操趁奉、暹军乱,乘势便击。杨奉、韩暹大败,败军多半降曹。奉、暹势孤,引兵去投袁术,不在话下。

却说操得徐晃为将大喜,保奉銮驾到了许都,旋造宫室殿宇,立宗庙社稷及省台司院衙门,修城郭府库。封董承等十三人为列侯。赏功罚罪,并听曹操处置。【眉批:以"并听处置"句。揭起下言:封者,自封之也;以者,操以之也;使者,操使之也。又以"大权皆归"一句收之。甚有书法。】操自封为大将军、武平侯;以荀彧为侍中、尚书令,荀攸为军师,郭嘉为司马祭酒,刘晔为司空曹掾,毛玠、任峻为典农中郎将,催督钱粮;使程昱为东平相,范成、董昭为洛阳令,满宠为许都令,夏侯惇、夏侯渊、曹仁、曹洪皆为将军,吕虔、李典、乐进、于禁、徐晃为校尉,许褚、典韦皆作都尉。其余将士,各各封官。自此大权皆归曹操,出入常带铁甲军马数百,朝中大臣有事先禀曹操,然后方奏天子。【眉批:自此以后,天子又在曹操中过活了。】

操即定大事,乃设一宴于后堂,聚众谋士共议。操曰:"吾今已尊王室,位至三公,皆赖汝等之助。吾所忧者,袁术、袁绍二人。二人已据土地,未可卒图。刘备

见屯徐州，已领州事。【眉批：**方才迁都，就以徐州为心腹之患，可见徐州曹操所必争也。**】吕布在山东，被吾杀败，今投刘备，养于小沛。二人若互相朋比，实吾心腹之患也。公等有何妙计，可以图之?"许褚曰："愿借精兵五万，斩刘备、吕布之首，献与丞相。"或曰："将军勇则勇矣，不如用谋。今许都新迁，未可造次动兵。或有一计，名曰'二虎竞食'之计。"【眉批：**计名奇。**】操曰："何谓也?"或曰："譬如岩下一对饿虎，往来寻食，山上以食投下，二虎必竞其餐。二虎争斗，必有一伤；止存一虎，此虎亦可除矣。今刘备虽领徐州，未得诏命，主公可令刘备正领徐州，密与一书，教杀吕布。事成则刘备亦可图，不成则布必杀备。此'二虎竞餐'之计也。"操曰："善。"即差使令赍诏，封备为征东将军、宣城亭侯，正领徐州牧。又付密书，便宜行事。

即说玄德在徐州，闻操迁帝许都，恰欲令人庆贺，忽报天使至，出郭迎接。拜诏谢恩已毕，设宴管等来使。使曰："曹将军于帝前力保使君，故先颁此恩命。"玄德曰："感谢无尽！"使者取出私书，递与玄德。玄德看了曰："此事尚容计议。"【眉批：已识破机关。】席散，请使于驿馆安下。玄德连夜与糜竺、糜芳、简雍、孙乾、关、张二将众等商议。张飞曰："吕布忘恩之人，杀之何碍！"【眉批：快口真心。】玄德曰："他人志极事穷而来投我，我若杀之，大不义也。"张飞曰："好人难做。"【眉批："好人难做"四字，千古名言。然是为负做好人者说法，非要人做不好人也。】玄德不允张飞之说。

次日清晨，人报吕布来到，玄德教请。布入见，曰："闻知朝廷新颁恩命，特来相贺。"却才下拜，张飞掣剑下厅，来杀吕布。玄德慌忙阻住。吕布大惊曰："翼德何故只要杀我？"张飞叫曰："曹操道尔是无义之人，教我哥哥杀尔！"【眉批：曹操密书被他一口喊出。】布曰："我与尔无仇。"玄德喝退张飞。玄德共吕布同入后堂，告诉前因，就将再操送密书与吕看之。【眉批：虽是玄德作用，到此时也不得不然。】布看毕，泣曰："此乃操贼令我弟兄不和耳！"玄德曰："兄长无忧，备无此意。县中如少粮草，小弟一一应付。"吕布拜谢。备与吕布吃罢早膳，布告回，玄德亲送出城。关、张曰："兄长何故不杀吕布？"玄德曰："此乃曹公疑我与布一处，故教我两家自相吞并，他却坐观成败。此乃'二雄不并立'之计也。"【眉批：初见私书蚤已知矣，至此方才说破。玄德亦机智人，不是一味忠厚。本心要杀此贼，不因曹操有书来也。】关公悟曰："然。"张飞曰："我只要杀了此贼，以绝后患。"玄德曰："非丈夫之所为也。"玄德到馆驿，送使命回，就拜表谢恩，并一回书呈操，只言容缓图之。

使命回见曹操，言玄德不杀吕布之事。操问荀彧曰："此计不成，奈何？"彧曰："又有一计，名曰'驱虎吞狼'之计。"【眉批：计名又奇。】操曰："何为？"彧曰："可暗令人往袁术处问安，就报刘备上表要南阳，使术动兵攻备，却又诏令刘备讨术。两边相并，吕必生异心。【眉批：荀文若谲而不正。】此乃'驱虎吞狼'之计。"操大喜，先发一人往袁术处，次发一人往徐州去。使命赍诏便行。

玄德在徐州，闻使命至，出郭迎接，开读诏书云："着令起兵进讨袁术。"玄德领命，使者先回。糜竺曰："此又是曹操之计也。"玄德曰："虽知是计，王命不可违也。"【眉批：曹操所以令人者，只为假托王命。】遂点军马起程。孙乾曰："先须派定守城之人。"玄德曰："二弟之中，谁人可守？"关公曰："弟愿守把此城。"玄德曰："吾早晚欲你议事，岂可相离？"张飞曰："小弟愿为代守。"玄德曰："你守不得。一者你酒后刚强，鞭挞士卒；二者作事轻易，不从人谏。【眉批：两件说尽老张之病。】吾故不放心。"张飞曰："小弟自今以后不饮酒了，军士

国学经典文库

李渔批阅

三国演义

吕布月夜夺徐州　迁銮舆曹操秉政

图文珍藏版

207

国学经典文库

李渔 批阅

三国演义

迁銮舆曹操秉政
吕布月夜夺徐州

图文珍藏版

208

不打，诸般听人劝谏。"玄德曰："你若如此，吾何忧哉。"糜竺曰："只恐口不应心。"飞怒曰："我跟哥哥多年，未尝失信，何敢料我！"玄德曰："弟性如此，吾不放心。请陈元龙为军师，早晚只同三弟少饮，【眉批：何不竟教不饮，教少饮，未免开篱放犬。】勿令失事。"玄德俱分付了，马军步卒三万，离了徐州，往南阳进发。

却说袁术听得刘备上表，欲吞州县，术大怒曰："汝乃织席编履之夫，安敢占据大郡，与诸侯同列！【眉批：袁术自恃世家。只是轻薄别人。】吾正欲伐汝，汝却反行害我！"乃呼上将纪灵起兵十万，杀奔徐州。两军并起，会于盱眙。玄德兵少，依山傍水下寨。纪灵乃山东人也，使一口三尖刀，重五十斤，手下战将极多。是日，纪灵引兵出阵，大骂："刘备村夫，安敢侵吾境界！"玄德曰：

"吾奉明诏，以顺讨逆也。"纪灵大怒，拍马舞刀，来迎玄德。关公大喝曰："有吾在此!"骤马与纪灵大战三十余合。纪灵少歇，关公回阵，立马久等。纪灵使手下将荀正出马。关公曰："只教纪灵自来，与他决个胜负!"荀正曰："汝乃无名下将，非是纪将军对手!"关公大怒，直取荀正。交马一合，砍荀正于马下。玄德驱兵杀败纪灵。纪灵退守淮阴河口，并不敢白日交战，只教军士夜来偷营劫寨，皆被徐兵杀败，两边相拒，胜负未分。

却说张飞自送玄德登程去了，一应民讼，并与陈元龙管理；军机大事，自家掌管。飞恐失了和气，乃设一宴，特请各官赴席。是日席上，张飞言曰："我哥哥临去时，分付我少饮酒，恐失大事。今日众人尽此一醉，明日禁酒。各各都要满饮。凡事都帮助我。"把酒行到陶谦手下旧将曹豹面前。豹曰："我从天戒，【眉批："无戒"二字新。】不能饮酒。"张飞曰："厮杀汉如何不饮酒？我要你吃一盏。"豹惧怕，只得饮一杯。张飞把遍各官，畅饮大醉。飞又起身把盏，曹豹曰："其实不能饮。"飞曰："你恰才吃了，如何推却？"曹豹再三不饮。飞曰："你违将令，【眉批：分明酒令，何故牵到将令来？】该打一百!"喝令军士捉下。陈元龙曰："玄德临去，分付你甚么来？"飞曰："你文官只管文官事，休来惹我!"【眉批：翼德行的是将令，不是酒令，故教元龙管不得。】曹豹曰："看我女婿之面，且饶恕曹豹一番。"飞曰："谁是你女婿？"豹曰："吕布是也。"飞大怒曰："我本欲免打，

国学经典文库

李渔批阅

三国演义

迁銮舆曹操秉政
吕布月夜夺徐州

图文珍藏版

国学经典文库

李渔批阅

三国演义

迁銮舆曹操秉政
吕布月夜夺徐州

图文珍藏版

210

你故说吕布唬我，我今借你身子，打吕布一顿！"【眉批：

仗女婿，势要该打。】诸人力劝不住。将曹豹打至五十，

众人苦告，饶了，各皆散去。

　　曹豹回去，深恨张飞，痛入骨髓，连夜差人赍书一

封，径投吕布。吕布将书看了，云："玄德已往淮南去

了，可乘飞醉，来取徐州。今番错过，悔之晚矣！"【眉

批：**并雄不两立，而况有陈宫为之辅，曹操为之构。即**

无张飞使酒一着。布能久居沛乎？无徒以使酒责张飞

也。】吕布连夜去请陈宫来议此事。宫曰："只在小沛，

何日峥嵘？今若不取，宫必去了。"

　　布教备赤兔马，全身披挂，手持方天戟，领五百骑

军先往徐州。陈宫后引大军，高顺随后进发。只四十五

里，上马便到。布到城下，恰才四更，月色澄澄，城上并不知觉。布到城门边，叫云："刘使君有使命至。"城上有曹豹军，报知曹豹。曹豹上城看之，令军士开门。入得城时，喊声大举。飞在府中醉倒，酒犹未醒。左右人急急摇醒。人报吕布赚开城门，张飞教人备马，慌忙披挂，绰丈八矛在手。吕布军马到来，张飞出府，正与吕布相迎。酒犹未醒，不能交战。吕布素知飞勇，亦不敢逼飞。有十八骑燕将，保飞杀出东门。曹豹见飞只十数人护从，引百十人赶来。飞见豹大怒，拍马来迎。豹战三合，败走。飞赶到河边，一枪刺豹，连人带马死于河中。【眉批：一枪只当醉笔草草。】飞于城外招呼士卒，出城者尽随张飞投向淮南而去。吕布城中安抚居民，令军一百守把玄德宅门。诸人不许进入。此是吕布弟兄之情也。【眉批：玄德恩待吕布，刚得这些。】

却说张飞引数十骑，直到盱眙，来见玄德，细说曹豹献门，吕布夜袭，徐州已失。玄德叹曰："得何足喜，失何足忧。"关公曰："嫂嫂安在？"飞曰："皆在城中。"玄德默然无语。关公曰"你当初要守城时说甚话来？兄长分付你甚么来？今日城池失了，嫂嫂又陷了，你即死犹恨迟迟，尚何面目来见兄长！"张飞闻言，惶恐无地，掣剑即欲自刎，【眉批：问家眷失陷，却无语；见翼德欲自刎，放声大哭，是真情。】性命如何，下回便见。

国学经典文库

李渔批阅

三国演义

迁銮舆曹操秉政
吕布月夜夺徐州

图文珍藏版

第十五回　孙策大战太史慈　孙策大战严白虎

张飞正要自刎，玄德向前抱住，夺其剑曰："古人有云：'兄弟如手足，妻子如衣服。衣服破时，尚可更换；手足若废，安能再续乎？'吾三人桃园结义，不求同日生，誓愿同日死。今日虽失城池老小，安忍弟中道而亡？【眉批：结义兄弟比亲生兄弟略有间，玄德此语却过一分。】吕布掳吾妻小，必不加害，容作方略救援。"说毕，皆大哭一场，【眉批：此一哭是真情，决不可少。】理会战纪灵之事。

袁术知吕布袭了徐州，星夜差人，许粮五万斛，马五百匹，金银一万两，彩段一千匹，令布夹攻刘备。布喜，令高顺领兵五万，袭玄德后。【眉批：前既为其所拒，今又为其所使，吕布不但无义，亦且无气。】玄德探知布兵袭后，乘天阴雨，撤兵弃了盱眙而走，思量东取广陵。高顺与纪灵相见，顺问："温侯使顺来助战，就索所许之物。"灵曰："今公且回下邳，容某见了主人，那时相送。"高顺别了纪灵，回见吕布，言纪灵如此回答。回答未毕，袁术又有书来，云："刘备未除；捉了刘备，那时相送。"布怒袁术失信，又欲起兵伐之。陈宫曰：

国学经典文库

李渔批阅

三国演义

孙策大战太史慈
孙策大战严白虎

图文珍藏版

"不可。术据寿春，兵多粮广，不可便出。不如且请玄德还屯小沛，养成羽翼，令玄德作先锋，那时先取袁术，后取袁绍，可纵横天下矣。"【眉批：离离合合，此一回情思甚好看。】布听其言，暗令人去请玄德回。

玄德兵至广陵，又被袁术劫寨，折兵大半，回来正遇布之使命。玄德见书大喜，便投徐州。【眉批：在他人不但不肯来，亦不敢来。】关、张曰："吕布薄义之人，不可准信。"玄德曰："人既如此好心待我，我不疑也。"遂行。来到徐州，布恐疑惑，先令数人送还老小。甘、糜二夫人对玄德曰："吕布令兵一百定宅门，诸人不敢擅入。常使侍妾送物，未尝有缺。"玄德谓关、张曰："我知吕布非无义之人也。"入城去谢吕布。飞恨吕布，不往，先与嫂嫂小沛去了。【眉批：有志气。】玄德入见吕布,布曰:"非吾夺你城池,汝弟张飞在此恃酒杀人,吾故特来守之,今当奉还。"【眉批:**多谢好情。**】玄德曰:"备欲让兄久矣。"布再虚让,玄德力辞。宴讫拜别,还屯小沛。【眉批:**本是吕布寄寓于刘备,今反刘备借寓于吕布。主客倒持。**】关、张心中不平,玄德曰:"屈身守分,以待天时,不可与命争也。"吕布令人馈送粮米段匹,兼令玄德为豫州刺史。自此两家和好。

却说袁术大宴将士于寿春,人报孙策征讨庐江太守陆康,得胜回来。术唤策至,拜于堂下。问劳已毕。便令侍坐饮宴。原来孙策自父丧之后,居住江南,礼贤下士;后因陶谦与策母舅丹阳太守吴景不和,策乃移母并家属,居于曲阿,自投袁术。术甚爱之,常叹曰:"使术有子如孙郎,死复何恨!"【眉批:**看得自家儿子不济,此叹出于真情,可笑亦可怜。**】因此令策为怀义校尉,引兵去攻泾县太师祖郎,得胜回来见术。术见策勇,复使再攻陆康,一阵大战,得胜而回。当时筵散。策归营寨。

一日,偶见术不升厅,策心疑惑郁闷。是夜月明,策念父亲如此英勇,独霸江东,今日到我,十不及一,放声大哭。忽见一人自外而入,大笑曰:"伯符何故如此?汝父在日,多曾用我。汝有不决之事,何不问我?我与商议,何须哭耶?"策视之,乃丹阳故鄣人也,姓朱,名治,字君理,乃孙坚手下从事官。策请坐而问之,曰:"策所哭者,恨不能继父之志也。"治曰:"君何不问袁公借兵,前往江东,假名欲救吴景,实取大业。久困人下，非大丈夫之事也。"正商议间，一人忽入，曰："公等所谋，吾已知矣。吾手下有精壮百余人，暂助伯符之力。"策大喜，请坐而问之，乃袁术谋士，【眉批：袁术谋士反为他人所用，可见袁术无成。】汝南细阳人也，姓吕，名范，字子衡，生得面如傅粉，体若凝酥。策大喜，三人共议。吕范曰："只恐公路不肯借兵。"策曰："有吾亡父留下传国玉玺，【眉批：乃翁设誓抵赖，令子竟不隐讳。】以为质当。"范曰："术有此心久矣。"【眉批：袁术平日妄想，却从吕、范口中补出，妙。】

次日，策入见袁术，哭拜阶下。术问其故，策曰："父仇不能报，母舅吴景被扬州刺史刘繇追之甚急；策老母家小，皆在曲阿，将必被繇所害。策问伯父暂借雄兵数千，渡江去探老母，助拔舅氏。恐伯父不信，有亡父遗下玉玺，权为质当。"术闻玉玺，取而视之，大喜曰："吾非要你玉玺，权留在此。【眉批：为后文僭号张本。】借兵三千、马五百匹与你。平定之后，速令军回。你名位卑微，难掌大军，我表你为折冲校尉、珍寇将军，【眉批：不但借得兵马，又得一个大官。】克日便行。"

策拜谢，得了军马，带领朱治、吕范、旧将程普、黄盖、韩当，择日起兵。行至历阳，正行之际，见一军到，当先一人，见策下马。策视之，其人面如美玉，唇若点朱，姿质风流，仪容秀丽，胸藏经天纬地之才，腹隐安邦定国之策，乃庐江舒城也，姓周，名瑜，字公瑾，汉太尉周景之孙，洛阳令周异之子。【眉批：小霸王之范

国学经典文库

李渔批阅

三国演义

孙策大战太史慈
孙策大战严白虎

图文珍藏版

国学经典文库

李渔批阅

三国演义

孙策大战太史慈
孙策大战严白虎

增也。】孙坚讨董卓时，移家舒城，瑜与孙策同年，结为昆仲。瑜小策二月，以兄事策。策住瑜家南首大宅，两下升堂拜母，有通家之好，如此至交甚厚。瑜叔周尚为丹阳犬守，因往省视，适值到此，与策相见，两诉衷情。瑜曰："愿施犬马之力，共图大业。"策曰："吾得公瑾，大事谐矣！"策令与朱治、吕范相见，共画筹略，治、范大喜。瑜与策曰："将军欲济大事，可知江东有'二张'乎？"【眉批：一人荐出二人。大事业皆起于得人，真功名必成于荐贤。】策曰："未知。"瑜曰："一人能博鉴群书，善书隶字，兼明天文地理之学，彭城人也，姓张，名昭，字子布。陶谦曾聘，不屑往就，故来江东避乱。一人贯通九经，深明诸子百家，广陵人也，姓张，名纮，字子纲，因避世乱，隐于江东。此处有此二人，何不请之？"策便令人去请，不至。策亲自到其家，议论终日，口若悬河，策拜张昭为长史，兼抚军中郎将，拜张为参谋正议校尉，商议起兵攻击刘繇。

却说刘繇字正礼，东莱牟平人也，亦是汉室宗亲，汉太尉刘宠之侄，兖州刺史刘岱之弟。繇旧为扬州刺史，屯于寿春，被袁术赶过江东，故来屯守曲阿，有彭城相薛礼、下邳相笮融两个领兵帮助。繇知孙策渡江，屯兵历阳，急聚众将商议，有樊能、于糜、陈横、张英众将，俱言策骁勇。张英曰："某领一军，屯于牛渚，纵有万人之敌，亦不能近也。"言未毕，帐下一人高叫曰："某愿为前部先锋。"众视之，乃东莱黄县人也，复姓太史，名

国学经典文库

李渔批阅

三国演义

孙策大战太史慈
孙策大战严白虎

图文珍藏版

慈，字子义。因解了北海之围，【眉批：照应全文。】特来投见刘繇，繇就留之。听取孙策来到，愿为前部先锋。繇曰："你示可为大将，只在左右听命。"太史慈不喜而退。

张英领兵拒住牛渚，积粮十万于邸阁。策引兵到，张引兵出，两军会于牛渚滩上。孙策出马，张英大骂，黄盖便出与张英战。不数合，忽然张英军中大乱，报说寨中有人放火，【眉批：放火者谁耶，令人测摸不出。】烧着窝铺。张英回军不迭。孙策引军前来，乘势掩杀，张英弃了牛渚，望深山而逃。寨后放火的是谁？两员将领三百余人，求见孙策。二人声诺，策问之。一人面黑须黄，身体雄伟，九江寿春人也，姓蒋，名钦，字公弈；一人彪形虎体，目朗眉浓，九江下蔡人也，姓周，名泰，字幼平。【眉批：先立功，后来投。二人来的甚奇。】二人言曰："我二人因世乱，故聚人在洋子江中，劫掠为生。久闻群乃江东豪杰，招贤纳士，特来相助。"策大喜，用为军前校尉。尽收牛渚邸阁粮食、军器，又收得兵卒四千余人，遂进兵神亭。

张英败回，来见刘繇。刘繇责骂，意欲斩之。笮融、薛礼劝免，屯兵零陵拒策。繇自于神亭岭南下营，孙策岭北下营。策问土人曰："近山有光武庙否？"土人曰："有，庙已倾颓，无人祭祀。"策曰："吾夜梦光武邀我相见，当以祈之。"【眉批：孙策不信神仙，却信梦兆，何也，】长史张昭曰："不可。岭南是刘繇寨，倘有伏兵，奈何？"策曰："神人佑我，吾何惧之！"遂全装惯带，绰枪上马，回顾众将，程普、韩当、黄盖、蒋钦、周泰共十三骑，跟策上岭，到庙烧香。参拜已毕，策向前跪告祝曰："果若孙策能于江东立业，复兴故父之基，即当重修庙宇，四时祭祀。"【眉批：小霸王欲复江东事业，当求项羽庙而祝之。】祝毕，出庙上马，回顾众将曰："吾欲过岭去看刘繇寨栅。"诸将劝阻不住，遂同上岭，南望村林。伏路小军飞报繇云："孙策自领十数骑，径过岭来看寨栅。"繇曰："此必是孙策诱敌之计，不可追之。"太史慈踊于前曰："此时不捉，更待何时！"刘繇阻当不住，披挂上马，绰枪出营，大叫曰："有胆气的跟我来！"诸将不动，惟有一小将曰："太史慈真猛将也！吾当助之！"【眉批：可惜这小将姓名不传。】拍马赶去。众将皆笑。

国学经典文库

李渔批阅

三国演义

孙策大战太史慈
孙策大战严白虎

图文珍藏版

却说孙策看了半响，程普向前曰："可以早回。"正行过岭来，只听得岭上大叫："孙策休走！"策回头视之，见两匹马飞下岭来。策将十三骑一齐摆开，策横枪立马，岭下待之。【眉批：儒雅之极。】太史慈高叫曰："九个是孙策？"策曰："你是何人？"答曰："我便是东莱太史慈也，特来捉策！"策笑曰："我便是。你两个一齐来并我，我不惧你！【眉批：从容之极。】我若怕你，非英雄也！"慈曰："你便众人都来，我亦不怕你也！"【眉批：先斗口，妙。】纵马横枪，直取孙策，策挺枪来迎。两马相交，战五十合，不分胜败。程普等暗暗称奇："好个太史慈！"【眉批：在旁观者摹写一笔，妙。】慈见孙策枪法无半点儿渗漏，佯输诈败，引入深山，急回马走。孙策赶来，太史慈暗喜，不入旧路上岭，却转过山背后。策赶到，慈喝策曰："你若是大丈夫，和你拚个你死我活！"策叱之曰："走的不算男子汉！"两个又斗三十合，慈心中自忖："这厮有许多从人，我只一个，便活捉了他，也吃众人夺去。再引一程，教众人没寻他处。"【眉批：太欺人。】又只佯败而走，叫曰："休赶，休赶！"策喝曰："走的不是好汉！"一直赶到平川之地。慈兜回马再战，又到五十合，策一枪搠去，慈闪过，挟住枪；慈也一枪搠去，策亦闪过，挟住枪。【眉批：好看好看。】两个用力只一拖，都滚下马，马不知走的那里去了。两上弃了枪，揪住厮打。慈年三十岁，策年二十一岁。【眉批：叙入年纪，忙中着闲，甚有意味。不打不成相识。】两个揪住，战袍扯得粉碎。策却手快，掣了慈背的短戟，慈掣了策头上兜鍪。策把戟来刺慈，慈把兜鍪遮架。【眉批：此时那跟随的小将不知何在。】忽然喊声后起，乃刘繇接应军到，约有千余。慈战策不放，两军合将上来。策正慌时，程普领十二骑也到，冲杀两边军兵，慈放了策，回到军中，讨了一匹马，取了枪，【眉批：细。】上马复来。孙策马被程普牵来【眉批：细。】，策也取枪上马冲杀。一千余军和十三骑混战，迤逦杀到神亭岭下。喊声起处，周瑜领军来到。太史慈怎得脱身？还是如何？

周瑜救军到时，刘繇等自引大军杀下岭来。时近黄昏，风雨暴到，两下各自收军回寨。

次日，孙策自引大军，杀到刘繇寨前，刘繇引军出迎。两军圆处，孙策令人把枪挑了太史慈的短戟，阵前大叫："大史慈若走的慢，刺死了也！"刘繇也将孙策兜鍪挑在阵前，也令军士叫曰："孙策的头在此！"【眉批：

都孩子气。前日虎牢关上挑孙坚赤帽，今日神亭岭下挑孙策兜鍪，可称落帽世家。】两军呐喊，这边夸胜，那壁道强。慈遂出马，约与孙策战，决胜负。策欲当先出马，程普曰："不须主公劳力，某自擒之。"程普出到阵前，太史慈曰："你不是我的对手，只教孙策自来。"程普大怒，挺枪直取太史慈。两马相交，战到三十余合，刘繇鸣金收军。太史慈曰："我正要提拿贼将，何故收军？"刘繇曰："吾闻周瑜已到，领军袭取曲阿；【眉批：周瑜惯会塞冷拳。】有一人，乃户江松滋人也，姓陈，名武，字子烈，接应周瑜入去。吾家基业已失，不可久留，速往秣陵，会合薛礼、笮融军马，急来接应。"太史慈跟着刘繇退军。【眉批：好收拾，好接脉，文情虽好，文势不断。】孙策不赶，收住人马。长史张昭曰："彼军被我周瑜取袭曲阿，无有恋战之心，今夜正好劫营。"孙策然之。当夜分军五路，长驱大进。刘繇军大败，众皆四纷五落。太史慈独力难支，引十数骑，连夜投泾县去了。刘繇军兵大败，众皆四纷五落。太史慈独力雅支，引十数骑连夜投泾县去了。刘繇与谋士许子将来投秣陵。

孙策又得大将陈武，其人身长七尺，面黄睛赤，形容古怪。【眉批：补叙陈武，妙。】策甚敬喜之，拜为校尉，为先锋，攻薛礼。陈武引十数骑，先入阵去，斩首五十余颗。薛礼闭门不敢出战。策正攻城，忽有人报刘繇会合笮融，去取牛渚。孙策大怒，自提大军竟奔牛渚。两边迎敌，繇、融二人出马。孙策曰："吾今到此，你如

国学经典文库

李渔批阅

三国演义

孙策大战严白虎

孙策大战太史慈

图文珍藏版

国学经典文库

李渔批阅

三国演义

孙策大战太史慈
孙策大战严白虎

图文珍藏版

何不降?"刘繇背后一将挺枪出马,乃干糜也。与策战不三合,干糜被策活捉过马。策拨马回阵。樊能见捉了干糜,挺枪来赶。那枪搠到策之背后心,阵中大叫:"背后有人暗算!"孙策回头,忽见樊能来到。策大喝一声,声如巨雷,樊能倒翻身撞下马而死。策到门旗下,将干糜丢下,已被挟死。【眉批:须知此段文字,不独形容孙策之勇,亦见得惟太史慈方是敌乎。】只因挟住一将,喝死一将,人皆呼策为"小霸王"。【眉批:忙中闲注一笔,妙。霸王无面目见江东,小霸王复霸江东,想是项羽后身。】刘繇、笮融大败,人马大半降策。策斩首级万余。

刘繇、笮融走豫章投刘表,孙策还兵复攻秣陵,亲到城边,招谕薛礼投降。城上张英放一冷箭,正中孙策左腿,翻身落马。众将急救还营,以金疮药傅之。策曰:

国学经典文库

李渔批阅

三国演义

孙策大战太史慈
孙策大战严白虎

图文珍藏版

"可诈作吾中箭身死。【眉批：父射死，策复以射死诈人，小小亦有照应。】军中举哀，拔寨齐起。"薛礼听知孙策已死，连夜便起城内之军，张英、陈横杀出城来。策营背后伏兵拥出，策高叫一声："孙郎在此！"众军皆惊，尽弃枪刀，拜于地下。策令休杀一人。张英要走，被陈武一枪刺死。陈横被蒋钦一箭射死。薛礼死于乱军之中。一路招呼黎民复业。追兵至于泾县，来捉太史慈。

慈于城上招得精壮二千余人，来与刘繇报仇。策与周瑜商议活捉太史慈之计。瑜令三面攻打，只留东门放走；离县有三条路，皆用兵马，离城二十五里伏定，太史慈到得那里人困马乏，必然捉也。原来太史慈所招大半是山越之民，不在县内，闻孙策忽至，措手不及。兵已三面攻围，太史慈引兵冲突，乱箭射回。当夜，陈武先着短衣，上城放火。太史慈见城上火起，上马投东门走。背后孙策自引军马来赶。太史慈正出东门路上，后军赶至三十里外，不来追赶。太史慈走五十里，人困马乏，芦苇之中，喊声忽起。慈急待走，两下绊马索齐来，将马绊翻，生擒太史慈，解上大寨。

策知解到，亲自出营，喝散士卒，自释其缚，将自己锦袍衣之，请入寨中。【眉批：要干大事，务先得人。】太史慈曰："败将请诛。"策曰："我知子义真丈夫也。刘繇蠢辈，不能用为大将，以致此败。"慈见策待之如此，遂请拜降。【眉批：孙策信太史慈，而慈亦不欺孙策。英雄心事如青天白日。】策执慈手曰："宁识神亭乎？若公是时获我。还相害否？"慈答曰："未可量也。"【眉批：极似穿封戌对楚灵王语。】策大笑曰："今日之事，当公共之。"请入帐，邀之上坐，待以酒食。策曰："今与君相欢，勿忧不如意也。愿教我进取之策。"慈曰："败军之将，不足论也。"策曰："韩信昔日求教于广武君，策今亦愿决于仁者，幸公弗辞。"慈曰："刘君新破，士卒离心，倘若分散，难复合聚，欲自往收拾，少助明公，但恐不合尊意。"策长跪曰："诚本心所望也。明日日中，望公来还。"慈应诺，不辞而去。诸将曰："太史慈此去，必不来矣。"策曰："子义乃青州名士，信义为重，必不肯背我。"众皆未信。次日，立竿以看日影，却将日中，慈引一千余众到寨。孙策大喜，众皆心服。

孙策聚数万之众，游于江东，安民恤众，投者无数。江东之民，但呼策为"孙郎"；闻孙郎兵至，皆失魂丧魄，官吏俱弃城郭，远避山野。及策军到，并无一人敢出掳掠，鸡犬菜果，分毫不动，【眉批：小霸王做事，绝胜老霸王。】人民皆悦，持牛酒到寨劳军。策以金帛答之，欢声遍野。其刘繇旧军，愿从军者听从，并除门户；不愿为军者，赏赐粮米，尽自归家生理。江南之民，闻此仁政，莫不仰羡。由是形势大盛。策迎母叔诸弟俱归曲阿，令弟孙权与周泰守宣城。【眉批：孙权此处方出现。】策自领兵，向南进取吴郡。

时有严白虎，自称"东吴德王"，遣周泰守乌城，王晟守嘉兴。策兵至，白虎令弟严舆出城，交兵于枫桥。

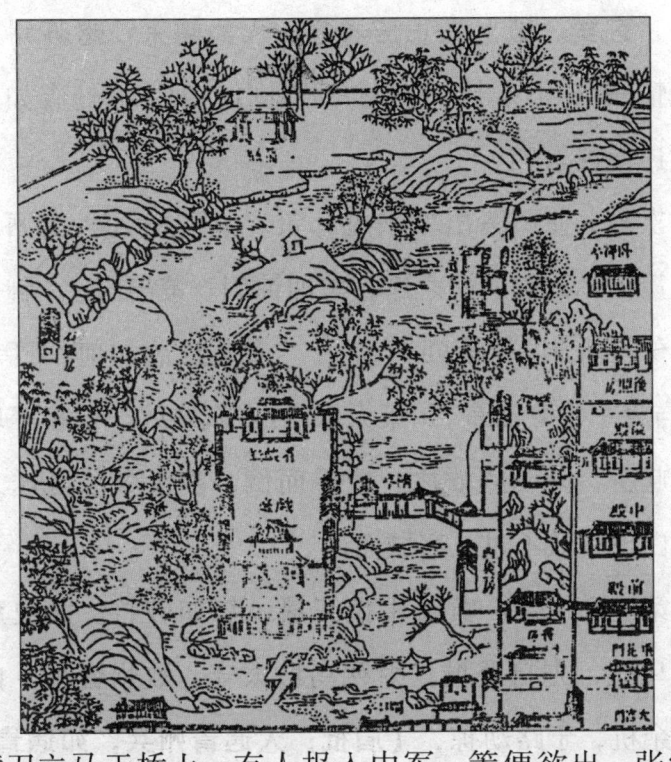

国学经典文库

李渔批阅

三国演义

孙策大战太史慈
孙策大战严白虎

图文珍藏版

舆横刀立马于桥上。有人报入中军，策便欲出，张纮下马谏曰："夫主将乃筹谟之所自出，三军之所系命也，不宜轻脱，自敌小寇。愿麾下重天授之姿，副四海之望，无令国内上下危惧。"策谢曰："先生之言，如金如玉，但恐将士不能用命，故先之耳。"【眉批：**言亦当。**】随遣韩当出马。比及骤马到桥上时，蒋钦、陈武各驾小舟，从河岸边早杀过桥里去了，乱箭射倒岸上之军，二人飞身上岸砍杀。严舆退走。韩当引军杀过昌门，贼退入城。策又分兵水陆并进，围住吴城，一困三日。

策引众军到昌门外招谕。城上一个裨将，左手托定护梁，右手指城下骂。太史慈马上拈弓取箭，搭箭云："看我射中这厮左手！"一箭去，射透左手，牢钉其手在护梁上。城下城上见者，无不喝采。【眉批：**城下人喜而**

喝采，宜矣。城上人正应着急，何为喝采？想苏州人俱有此情兴。】群贼救了这人入城。白虎大惊城外有如此神箭，遂商议求和。

次日，使严舆出城来见孙策。策请舆入帐饮酒。酒酣，策拔剑砍舆所坐之席，舆即惊倒。策笑曰："聊作戏耳，勿得惊惧。"策问舆曰："汝兄意欲如何？"舆曰："欲与将军平分江东。"策大怒曰："鼠辈敢与吾相等耶！"舆急起身，策飞剑砍之，应手而倒，割头令从者送入城中。白虎料敌不过，弃城而走。

策进兵追袭。黄盖生擒王晟，势如破竹。太史慈急攻打乌城，先自登城，射死乌城太守。数州皆平。白虎奔走余杭，于路劫掠，【眉批：人遇青州兵，如遇青龙；遇严家兵，如遇白虎。】被土人凌操领乡人杀败，望会稽而走。凌操父子二人来接孙策。策见操威仪出众，遂领父子从征。策引兵渡江，严白虎聚寇，分布于西津渡口。白虎自与程普交锋，大败而走，连夜赶到会稽。

会稽太守王朗，引兵救白虎。一人谏曰："孙策用仁义之兵，白虎乃暴虐之众，可捉白虎以献孙策，顺天命也。"朗不听。此人乃会稽余姚人也，姓虞，名翻，字促翔，见为郡吏，见朗不听，长叹一声而归。朗与白虎同陈兵于山阴之野。两阵对圆，孙策也马谓王朗曰："吾兴仁义之兵，来安浙江，汝何故助贼耶？"朗怒骂曰：'汝贪心不足，既得吴郡，而又强并吾界。今日特与白虎雪仇也！"孙策愤发，正待交战，背后一骑早已杀过阵去，乃太史慈也。王朗拍马舞刀，与慈战上数合，不分胜负。朗骁将周昕杀出助战，孙策阵中黄盖一骑飞到，接住周昕交锋。两下鼓声大震，互相鏖战。忽王朗阵后先乱，一彪军抄将前来。朗大惊，急拨回马来迎，却是周瑜、程普引军刺斜杀来，【眉批：周郎处处出色。孙郎之下江东，周郎之功居多。】前后夹攻。王朗寡不敌众，与白虎、周昕杀条血路，走入城中，拽起吊桥，坚闭城门。孙策大军乘势赶到城下，分付众军，分布四门攻打。

王朗城中听知孙策攻击甚急，欲再出兵决一死战。严白虎曰："孙策兵势甚大，今远涉而来，正要求我一战之利。足下只宜深沟高垒，坚壁勿出。不消一月，策食将尽，自然退去。那时乘虚掩之，可不战而破也。"【眉批：也是一说。】朗依其议，乃于各门筑起重垣，以为长守之计。

孙策一连攻了数日，不能成功，乃与众将计议。孙静曰："王朗负固守城，难可卒拔。会稽钱粮，大半屯于查渎，其地离此数十里，莫若撤围，先据其内，所谓人'攻其不备，出其不意，'者也。"【眉批：此策又妙。】策大喜曰："叔父妙用，足破贼人矣！"即下令于各门燃火，虚张旗号，设为疑兵，连夜撤围南去。周瑜进曰："主公大兵一起，朗必出城来赶，可用奇兵胜之。"【眉批：更妙。】策曰："吾今准备下了，取城池只在今夜。"遂令军马起行。

却说王朗正议退策之计，忽报孙策军马退去。朗不

国学经典文库

李渔批阅

三国演义

孙策大战太史慈
孙策大战严白虎

图文珍藏版

227

国学经典文库

李渔批阅

三国演义

孙策大战严白虎　孙策大战太史慈

图文珍藏版

228

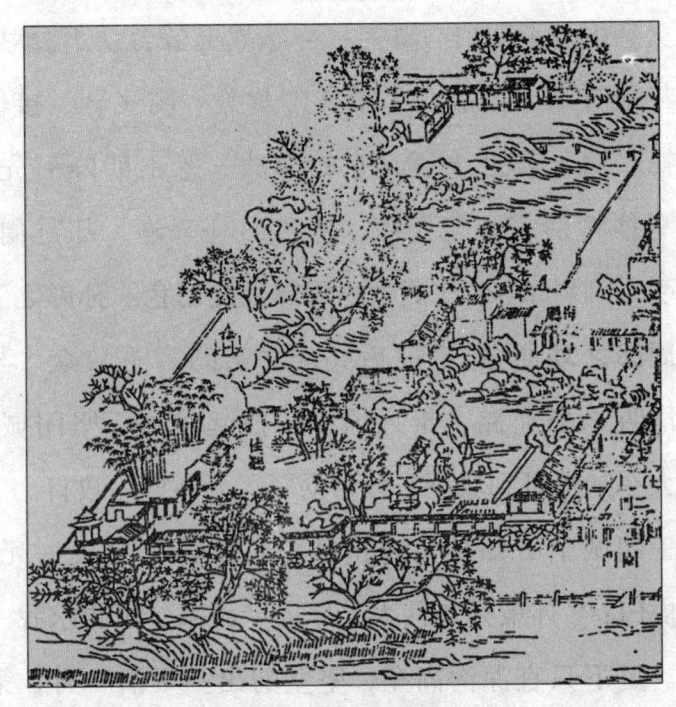

信，自引众人来敢楼上观望。果见城下烟火并起，旌旗不杂，心下持疑。周昕曰："孙策必走矣，故设为疑计。可出兵袭之。"严白虎亦曰："孙策此去莫非要取查读？我引部下与周将军追之。"朗曰："查渎是我屯粮之所，正须堤备。汝引兵先行，吾随后接应。"白虎、周昕领五千兵，出城追赶。将近初更，离城有二十余里，忽密林里一声鼓震，火把齐明。白虎大惊，勒转马走，遇一少年，当先拦住，乃孙策也。周昕舞刀来迎，被策一枪刺死，尽降其众。白虎杀条血路，望余杭而走。王朗听知前军已败，不敢入城，引部下奔逃海隅去了。孙策复回大军，乘势取了城池，安定其人民。

却说白虎正走余杭，一人引兵于路来接白虎，白虎喜。是夜帐中饮酒，那人拔剑砍杀白虎，立诛数十余人，来报孙策。【眉批：**此人亦先立功，后出姓名，与前一样笔法。**】策见此人身长八尺，面方口阔，会稽余姚人也，姓董，名袭，字元代。命为别部司马。

却说东路皆平，令叔孙静守之。策乃回军，令朱治为吴郡太守，收军回江东。有人来报，孙权与周泰守宣城，忽山贼窃发，四面杀至。【眉批：**于报中叙山贼一事，详而不冗。**】时值更深，周泰抱权上马，数十贼众用刀来砍。事急，周泰弃马，射无片甲，提刀杀贼，砍杀十余人。随后一贼，跃马挺枪，直取周泰，被泰扯住来枪，拖下马来，夺了枪马，杀条血路，救了孙权。余贼远遁。周泰身被十二枪，皆是阵上所伤。【眉批：**有如此用命之将，那得不兴。**】回见孙策，金疮发胀，命在须臾。策大惊，帐下董袭曰："某虽不才，曾与海寇相持，身遭数箭，得会稽郡吏虞翻荐一医者，半月愈。"策曰："虞翻莫非字仲翔者乎？"【眉批：**因周泰带出华陀，又带出虞翻。因虞翻又伏华陀。妙，妙。**】袭曰："然。"孙策即令张昭同袭去请虞翻为功曹，使求医者。随又引兵来看周泰。不一日，董袭引虞翻来见策。策曰："吾不敢以郡吏相待先生。今日之事，愿与先生共之。"翻拜谢，遂引医者见策。策见其人，童颜白发，飘飘然有出尘之姿，问之，乃沛国谯郡人也，游艺江东，姓华，名陀，字元化。【眉批：**华陀第一次出见。**】策待之为上宾，请视周泰箭疮。陀曰："此易事耳，一月而愈。"策大喜，遂进兵杀除山贼。江南皆以平靖。孙策分拨将士，守把各处

国学经典文库

李渔批阅

三国演义

孙策大战太史慈
孙策大战严白虎

图文珍藏版

隘口，雄兵十余万，文官武职，各效忠诚。【眉批：一总结。】策思当时父亲孙坚在日，部下将吏皆有升赏，一面写表申朝，一面结交曹操，一面使人致书袁术，索取玉玺。【眉批：好作用，索玺亦可不必。】

术暗有称帝之心，回书推托不还。术聚长史杨大将，都督张勋、纪灵、桥蕤，上将雷薄、陈兰等三十余人商议。术曰："策借我军马起事，今日尽得江东地面，【眉批：作者得移花接木之法。】兵甲有十余万，吾欲吞之，若何？"长史杨大将曰："孙策据长江之险，兵精粮广，未可图也。"术又曰："吾恨刘备，前日无故兴兵伐我，我欲报之。"杨大将曰："欲擒刘备，某献一计，未知尊意若何？"【眉批：此卷书以备始，以备终。】

国学经典文库

李渔批阅

三国演义

吕奉先辕门射戟
曹操兴兵击张绣

图文珍藏版

第十六回　吕奉先辕门射戟　曹操兴兵击张绣

杨大将曰："今刘备军屯小沛，虽然易取，奈吕布虎踞徐州，前次许他金帛粮马，至今未与。即可令人送付粮食金帛，以利其心，【眉批：还赊帐。】使他按兵不动，刘备立可擒也。先擒刘备，后图吕布，此先除一患之计。"术喜，使令韩胤赍书见布。书曰：

国学经典文库

李渔批阅

三国演义

吕奉先辕门射戟
曹操兴兵击张绣

昔董卓作乱，破坏王室，害术门户。术举兵关东，东能屠裂董卓。

将军诛卓，为术扫灭仇耻，使术明目于当世，死生不愧，其功一也。【眉批：书颇详达，未更中情。】昔金尚向兖州，甫谐封部，为曹操逆所拒破，流离迸走，几至灭亡。将军破兖州，术复明目于遐迩，其功二也。术生平以来，不闻天下有刘备，备乃举兵与术对战。【眉批：以毁人作口词，甚巧。】术凭将军威灵，得以破备，其功三也。将军有三大功在术，术虽不敏，奉以生死。将军连年攻战，军粮若少，今送米二十万斛，迎逢道路，非值仅此，尚当络绎复致。若军器战具，他所乏少，大小唯命。【眉批：总一味中之以利。】

吕布看书毕，得物甚喜，重待韩胤。

胤回告术，术遣纪灵为大将，雷薄、陈兰为副将，进攻小沛。人报玄德，玄德聚众商议。张飞要出战，孙乾曰："今小沛粮寡兵微，如何抵敌？可修书告急于布。"飞曰："那厮如何肯来！"乾曰："不如弃了小沛，且投曹操。"飞不悦。玄德曰善："乾之言善。"遂修书赍往徐州，来见吕布。书曰：

伏自将军垂念，令备于小沛容身，实拜云天之德。今术欲报私仇，遣纪灵领兵到县，亡在旦夕，非将军莫能救之。望驱一旅之师，以救倒悬之急，不胜幸甚！

国学经典文库

李渔批阅

三国演义

吕奉先辕门射戟
曹操兴兵击张绣

图文珍藏版

吕布看了书，云："两下都发书到，一边求救援，一边言休救，教我无可奈何。"陈宫曰："刘备今虽受困，久后必定纵横，乃将军之患也。请休救之。"布曰："袁术若并了刘备，则北连泰山诸军，吾亦在术图中也，不得不救。"【眉批：**吕布从来没主张，此番大有定见。**】遂点兵起程。

却说纪灵起兵，长驱大连，已到沛县东南扎下营寨。昼列旌旗，遮映山川；夜设火鼓，震明天地。【眉批：**形容得声势。**】玄德县中，止有五千余人，亦出布阵安营。张飞便要出战，玄德阻之。人报吕引兵离县一里西南上扎下营寨。纪灵知吕领兵来救刘备，急令人致书于布。布拆书曰：

灵闻大丈夫之志，心无二意，专在一图，可赴鼎镬之烹。纪信就楚军之戮，鲊诸受吴王之杀。前者温侯既受袁氏之礼物，今复纳刘备之佞言，非英雄之所为也。若蒙早斩刘备，永为唇齿之援，共图王霸之基。原赐片言，以决去就。幸甚。

吕布看毕，笑曰："我有一计，使袁术不恨于吾，教刘备不怨于我。"【眉批：**此人亦思用计，奇。**】高顺曰："愿闻其计。"布曰："临期观之，难以口说。"令人到纪灵、刘备寨中，请二人来赴席。玄德看书大喜，便欲上

国学经典文库

李渔阅批

三国演义

吕奉先辕门射戟
曹操兴兵击张绣

图文珍藏版

234

马。关、张曰："兄长不可去，吕布必有异心。"玄德曰："非也。吾待温侯不薄，彼安肯害我乎？"言毕就行。关、张跟去。

到吕布营寨入见，布曰："吾今特来解你之危。你异日得志，不可相忘。"【眉批：埋伏后日不救怨语】玄德顿首称谢，坐于布侧，关、张按剑背后而立。人报纪灵到寨，玄德大惊，欲起避之。布曰："吾特请你二人会议，勿生疑心。"玄德未知其意，心下不安。纪灵下马入，见玄德在帐上坐，抽身便回，左右留之不住。吕布向前扯住纪灵之臂，如提童稚。【眉批：只一扯便捉到，纪灵不敢不听命矣。】灵曰："将军欲杀纪灵耶？"布曰："非也。"灵曰："莫非杀'大耳贼'？"乎【眉批：只如此问答，便是绝好文字。】布曰："亦非也。"灵曰："愿将军早赐一言,以决心中之疑。"布曰:"玄德乃布之弟也。今为将军所困,故来救之。"灵大惊曰:"若此,则杀灵也!"布曰:"无有此理。布生平不好斗,惟好解斗。"灵闻曰:"何为解斗?"布曰:"解释两家战斗,吾有一法,从天所决。"灵曰:"将军既言,请入帐中计较。"灵入帐,与玄德相见。二人各心未稳。布居中坐,灵左备右。布教且行酒。【眉批:岂欲以杯酒释兵权耶?摹拟酷似。】

　　酒行数巡,布曰:"你两家看我面上,俱各罢兵。"玄德无语。灵曰:"吾奉主公之命,提十万之兵,专捉刘备,如何罢得?"张飞拔剑在手,大怒曰:"吾虽兵少,觑汝辈如儿戏耳!你比百万黄巾如何?你敢伤我哥哥!"关公拖住飞手,言曰:"且看吕将军发落,那时各回营寨厮杀不迟。"吕布曰:"我请你两家解斗,须不教你厮杀!"这边纪灵不忿,那边张飞只要厮杀。布大怒,教左右:"取我戟来!"【眉批:今人替人和事,两边俱作多少身份,临时尚几许咆哮,想亦从《三国》中学来。】布提画戟在手,纪灵、玄德尽皆失色。布曰:"我劝你两家不要厮杀,尽在天命。"令左右接过画戟,立辕门外,远远插定。布教取弓箭来,拈弓搭箭在手,回顾纪灵、玄德曰:"辕门离中军一百五十步,吾一箭射中戟之小枝,你两家罢兵;【眉批:布一生只掷戟与射戟二事,真风流千古。】如射不中,你等各自回营,安排厮杀。如有不遵吾言者,并力杀之。"众人皆应诺。玄德暗告天地曰:"只

国学经典文库

李渔批阅

三国演义

吕奉先辕门射戟
曹操兴兵击张绣

图文珍藏版

愿射得中！"布教都坐，再各饮一杯酒。【眉批：读者至此，将拭目观射矣，偏又行酒，顿跌得妙。】酒毕，布挽起袖袍，搭上箭，拽满弓，口呼："箭中！"这的是刘玄德有福处，弓开如秋月行天，箭去似流星落地，一箭正中画戟小枝！帐上帐下一齐喝采。【眉批：读者至此，亦为喝采。】布见射中画戟小枝，弃弓就坐。布起，执纪灵、玄德手曰："此乃天使两家罢兵，不征战也。今日尽醉，来日各自罢兵。"纪灵曰："将军之言，不敢不听，奈何纪灵回去，主人如何肯信！"【眉批：纪灵此言可怜，却句句是真话。】布曰："吾自作书。"当日玄德暗称惭愧。酒又数巡，纪灵求书先回。布与玄德曰："非吾则弟危也。"玄德拜谢，与关、张回。次日，三处军马都散。

不说玄德入小沛，吕布归徐州，却说纪灵回覆袁术，说布辕门射戟解危之事，呈上书信。袁术大怒曰："吕布受吾许多物件，【眉批：正项军粮且不肯发，白去了二万，如何不恼。】反向刘备，以射戟为名，故相戏弄。吾自提兵，亲征两贼。"纪灵曰："主公不可造次。吕布当世英雄，兼有徐州之地，若布与备首尾相连，不易图也。灵闻布妻严氏向有一女，【眉批：处处说布妻小，知布儿女情深。】主公亦有一子，可令人求亲于布。【眉批：贿赂不中，变为仇敌；仇敌不便，变为婚姻。愈出愈奇。】布有女在此，必杀刘备。此乃'疏不间亲'之计也。"袁术即日遣韩胤为媒，赍送礼物，往徐州求亲。

胤到徐州见布，称说："袁术恭慕将军，欲求令女为

国学经典文库

李渔 批阅

三国演义

吕奉先辕门射戟
曹操兴兵击张绣

图文珍藏版

媳，永结秦晋之好。"布受礼，入见其妻，言袁术求亲。严氏曰："吾闻袁公路久镇淮南，钱食无数，早晚为天子。若成大事，则吾女有国母之望。【眉批：世间婚姻多凭老婆作主，只要亲家富贵，不独一吕布也。】只不知他共有几子？"布曰："止有此子。"严氏曰："何不便许之？纵不为皇后，吾徐州亦无忧矣。"布意遂决。请韩胤筵席，许其亲事。备办回聘礼物，暂留馆驿歇下。

次日，陈宫竟往馆驿探望韩胤，坐间叱退左右，对胤曰："谁献此计，教公来为媒妁？【眉批：又添一个女家媒人。】意在收刘备之首乎？"胤失惊，跪于地上，实告如此，乞公台情恕。宫扶起曰："吾有此心久矣，奈温侯不从。此事若迟，必被他人破了。吾见温侯，但教速速送女，若何？"胤便谢曰："再生之德，袁公若知此意，亦感厚恩矣。"宫乃入见布曰："闻主公这女许嫁公路。此正合吾之意，徐州可保永远之基业也！不知主公欲用何日？"布曰："不晓。"宫曰："古人亲结，以受聘之良辰，已有定例：天子一年，诸侯半年，大夫一季，庶民一月。"布曰："袁公路天赐国宝，早晚为皇帝，【眉批：听老婆说话。又提出玉玺，有映带。】当为天子例。"宫曰："不可。"布曰："今只是诸侯例。"宫曰："亦不可。"布曰："依我们风俗，就卿大夫例。"宫曰："也不可。"布曰，"吾今虽霸徐州，未受明诏，欲教吾依庶民例乎？"宫曰："岂有此理。"布曰："汝意欲何如？"【眉批：讦问一番，下语得力。】宫曰："方今天下递相征伐，兵连四海。今与公路结亲，诸侯嫉妒者多矣。倘至吉日良时，半路伏兵并起。如之奈何？【眉批：真哄騃子。】其亲不许便休，既许之，趁诸侯未知，便送女去。如到寿春，公路必自择日而成事也。"布喜曰："公台之言甚当。"入告严氏，严氏曰："若非公台，几废吾女。将军从之可也。"布乃赠金帛与韩胤谢媒，安排首饰器皿、宝马香车，令宋宪、魏续一同韩胤，送女前去。鼓乐喧天，送出城外。

有沛令陈珪在家养老，即陈元龙之父也，闻鼓乐喧天之声，遂问左右。左右曰："吕奉先女远嫁袁公路之子。"珪曰："谁为媒？"对曰："三日之前，韩胤自寿春来，想是媒也。"珪曰："此乃'疏不间亲'之计也，必害玄德。"【眉批：好危语。】遂扶病见布【眉批：玄德救

国学经典文库

李渔批阅

三国演义

吕奉先辕门射戟
曹操兴兵击张绣

图文珍藏版

星。】布曰："大夫何来？"珪曰："闻将军死至，特来吊丧。"【眉批：**为吕者左袒，陈宫是也；为刘者左袒，陈珪是也。**】布惊曰："何故出此言也？"珪曰："前者袁公路以金帛送公，欲杀玄德，公射戟解之；术来求亲，其中欲以公女为质，随后便来取割玄德首级。不然，必来求借钱粮，或求协助。公若不允，必相怨恨；若允，则求之不已。况公路早晚造反，公乃反贼亲属也。"布大惊曰："陈宫误我也！"【眉批：**思量女儿做皇后，便喜欢；恐怕是反贼眷属，便惊惧。情变如此。**】急唤张辽引兵追赶三十里，取女归于后堂，【眉批：**高祖刘印、销印，正见其有决断；吕布送婚、夺婚，正见其没主张。**】大骂陈宫曰："你欲令我受万代之骂名耶！"【眉批：**先谢媒了。**】宫默然而退。陈珪曰："且监韩胤在此。却令人虚答袁术，日小女妆奁未了，如办毕便自送来。"却将韩胤发监，人马俱各挡住。珪又说布曰："可差愚男陈登为使，解韩胤赴许都，操必大喜。"布曰："容我熟思之。"数日未决。

人报玄德在小沛招军买马，不知何意。布曰："为将军之道，乃本分事。"正话间，宋宪、魏续至，拜罢，布曰："我令你二人往山东买马，近得几匹？"宋宪曰："买得好马三百余匹，回至沛县界首，被强寇劫去一半。打听得是刘备手下将张飞，诈妆山贼，抢劫马匹去了。"【眉批：**正从不疑心处，突出意外可恼之事，承接甚妙。**】吕布听信，心中大怒，随令点兵，往小沛去捉张飞。还

国学经典文库

李渔批阅

三国演义

吕奉先辕门射戟
曹操兴兵击张绣

图文珍藏版

240

是如何？

　　吕布点起军来攻玄德，玄德慌忙领军来迎。两阵圆处，玄德出马曰："兄长何故领军到此？"布指面骂曰："我辕门戟越，救你大难，【眉批：**好处只管在口头提拔，亦不成恩德矣。今人往往如此，可笑，可笑。**】你何故夺我马匹？"玄德曰："备因缺马，令人四下收买，安敢夺兄马匹耶？"布曰："你使张飞夺吾好马百五十匹，尚自抵赖！"张飞挺枪出马曰："是吾夺了好马，却不知是你的！"【眉批：**好忍法，又好推法。**】吕布骂曰："环眼贼汉！累次眇视吾！"飞曰："我夺你马，你便恼，你夺我哥哥的徐州，你便就不说了。"【眉批：**其言甚直，甚公平。**】布挺戟出马来战张飞。两个酣战一百余合，未见胜负。玄德见布四围渐渐裹将上来，恐有疏失，急鸣金收

国学经典文库

李渔批阅

三国演义

吕奉先辕门射戟
曹操兴兵击张绣

图文珍藏版

军。吕布分军四面围定。玄德唤张飞至，责之曰："今又是你夺了马匹，惹起事端。马匹却在何处？"飞曰："都寄在各寺院内。"玄德令人出城说合，送还马匹。布欲从之，陈宫曰："今日不杀刘备，久后必杀将军也。【眉批：**埋伏白门之事。**】不可罢兵。"布听之，不准，攻城甚急。

玄德见布攻之太急，却与糜竺、孙乾商议。孙乾曰："曹操所恨者，吕布也。不若弃城，走往许都，投奔曹操，借军破布，此为上策。"玄德曰："谁可当先杀开此围？"飞曰："小弟情愿死战！"玄德令飞在前，云长在后，备自居中保护老小。当夜三更，乘着月明，虚开西门搦战，却出北门而走。张飞在前，正遇宋宪、魏续。飞杀退二将，得出布军。后面张辽赶来，关公敌住。沛县有万余军，只引一半出来。【眉批：**玄德失徐州也因张飞，失小沛也因张飞。**】吕布见玄德去了，也不来赶，自回徐州，便令高顺屯守小沛。

却说玄德前奔许都，到城外下寨，先使孙乾来见曹操，言被吕布追逼，特来相投。操："玄德，吾弟也。【眉批：**又是一个认弟的，幸张飞不在面前。**】也请入城，吾自有委用之地。"次日，玄德留关、张在城外，自带孙乾、糜竺入见。曹操令人扶起请坐，以宾礼待之。玄德告诉吕布之事，操曰："布乃无义之辈，吾与贤弟并力诛之。"玄德感谢不尽。操设宴相待，至晚送出。

操回府，荀彧告操曰："刘备乃枭雄之辈，今不早图，后必为患。"操不答。彧出，郭嘉入。操曰："荀彧劝我杀了玄德，保如？"嘉曰："不可。主公兴义兵，为百姓除暴，惟伏信义，以招俊杰，犹惧其未来。况玄德素有英雄之名，今困穷来投，若杀玄德，是以害贤为名也。【眉批：数语非为玄德，实为曹操。】如此则智谋将士自疑，回心择主，主公谁与定天下乎？夫除一人之患，以阻四海之望，安危之机，不可不察也。"操大喜曰："群言正合吾意。"

次日奏闻，诏刘备领豫州牧。程昱谏曰："吾观刘备有才，甚得民心，终不为人之下，不如早早图之。"操曰："未可也。方今正用英雄之时，杀一人而失天下之心，此郭奉孝与吾所见同也。"昱曰："主公有王霸之才，某等皆不及也。"遂请玄德入见，与兵三千，粮万斗，前往豫州到任；进兵屯于小沛，招集原散之兵，以图吕布。玄德至豫州，令人约会曹操。

操点兵，正欲自征吕布，忽流星马报道；"张济初自关中引兵欲攻南阳，【眉批：移换端头又散，此演义之妙。】幸为流矢所中而死。济兄之子张绣自领残党，用贾诩为谋士，接连刘表，屯兵宛城，商议兴兵伐许，劫夺天子。"操大怒，意欲起兵讨之，又恐布攻刘备，侵及许都。荀彧曰：此事极易。吕布无谋之辈，见利必喜。【眉批：有毛病者，人人皆知，着着可中。】可差使加官赐赏，其心必安，又与玄德解释误会。【眉批：荀彧前欲使二人相斗，今又欲使解和。变幻百出。】布喜，则不思远图矣。"操曰："善。"遂差奉军都尉王则，即赍封官诰命

国学经典文库

李渔 阅 批

三国演义

吕奉先辕门射戟
曹操兴兵击张绣

图文珍藏版

并和解之书，前往徐州去讫。

却说曹操起兵一十五万，进讨张绣。军马三路分行，以夏侯享为前锋先起，时建安二年五月也。操军至淯水下寨。贾诩劝张绣曰："操兵势大，不如举众投降。不可与敌，以致军民之患。"张绣从之，使贾诩直至操寨，来见曹操。操细问诩，诩对答如流。操甚喜之，欲用为谋士。诩曰："昔从李傕，得罪于天下；【眉批：自知之明。】今从张绣，言听计从，未敢弃也。"【眉批：为下文攻曹操张本。】操喜。诩次日引绣见操。操待之甚厚。兵入宛城屯住，余军分屯城外，寨栅联络十余里。一住数日，绣每日大设筵宴请操。

一日操醉，回入寝所，视左右曰："此城中有妓女否？"【眉批：因酒及色，阿瞒殊露本相。】兄子曹安民随操，专管衣食内事。安民逢迎操意，乃近前曰："小侄昨晚窥见馆舍之侧有一妇女,生得十分美丽。问之,乃是张济之妻。"【眉批:**还该不说出张济。若未见颜色。操亦能以义自制也。**】操闻之,便令安民领五十甲兵取之。须臾到来,操视之,果然绝色。济妻拜操,操问曰:"夫人姓甚?"妇答曰:"妾乃张济之妻邹氏也。"操曰:"夫人识吾否?"邹氏曰:"久闻丞相威名,今夕幸得瞻拜。"操曰:"吾今为汝故,准张绣之降。若非如此,则灭全家矣。"【眉批:**将大人情卖与妇人,却是醉后语。**】邹氏拜曰:"实感再生之恩。"操曰:"今日得见夫人,乃天幸也。今宵愿同枕席,随吾还都,必以夫人同富贵。"邹氏拜谢。是夜共宿于帐中。邹氏曰:"在城居住,绣必生疑,人知亦生议论。"操曰:"明日同夫人去寨中住。"【眉批:**军中耶?桑中耶?**】次日,果移城外寨中安歇。又恐各官议论,乃唤典韦于中军帐外安歇,提调帐下亲军二百余人,非奉呼唤,不许辄入,违者斩首,因此内外不通。操每日与邹氏取乐,不想归期。【眉批:**奸雄如操,亦为酒色所迷。色之于人甚矣哉!**】

　　家人密报张绣,绣怒曰:"吾以操行仁义之人,今作此态,辱吾甚也!"便请贾诩商议。诩曰:"此事不可漏泄,漏泄则吾等皆死矣。来日操出帐议事,如此如此。"次日,操坐帐下,张绣告曰:"新降兵多有逃妄得,乞移中军。"操许之。绣乃屯中军于当道,分为四寨。数日之内,打听曹操帐前典韦极勇,使两柄铁戟,重八十斤,急难近傍。绣有帐前一将,名胡车儿,力负五百斤,日走七百里，【眉批：其所谓"人力者负之而趋"。】亦异人也。见绣不乐，叩问其故。绣言前事。胡车儿曰："临期请典韦饮酒，尽醉。临散，车儿杂人他数内跟进，先盗其戟，此人必无用也。"绣甚喜，预告准备弓箭甲兵，告示各寨。至期，令贾诩致意，请典韦到寨，厚加重待，殷勤劝酒。至晚果醉，【眉批：主人贪色，下人贪酒。】送出寨门。胡车儿杂在众人队里，直入大寨。

是夜，操与邹氏正饮，忽闻帐外人乱马嘶。【眉批：捉奸的来了。】操使人视之，报言绣军夜巡，操乃不疑。时近二更，帐前忽报寨后呐喊，草车上火起。操曰："必是军人不小心也，勿得惊动。"须臾，四下火起，急唤典韦，韦方醉倒帐中，梦中听得喊杀之声，急忙跳起，床

国学经典文库

李渔批阅

三国演义

吕奉先辕门射戟
曹操兴兵击张绣

图文珍藏版

245

边寻戟不见。但闻敌兵已到辕门，急掣步卒腰刀。出见门首无数军马，各挺长枪来抢寨口。典韦奋力向前，砍死二十余人。马军方退，步军又到，两边枪如苇列。典韦身无片甲，上下前后被数十枪，犹然大叫死战，刀已砍缺，不堪使用，弃刀，双手提两个军人迎敌，击死有八九个。【眉批：摹写神勇，令人心惊魄动。】贼众不敢近于寨门，远远以箭射之。箭如雨密，韦犹死守寨门不动。又闻寨后左右贼军已入，背后长枪俱至，韦大叫数声，血流满地而死。死后良久，无人敢向寨门前入。【眉批：死典韦拒生兵卒。】传云：

韦性忠至谨重，常昼立侍终日，夜宿帐左右，稀归私寝。好酒食，饮啖兼人，每赐食于前，大饮长歠，左右相属数人益乃供。【眉批：俱为典韦传神写照。】韦好持大双戟，军中为之语曰：帐下壮士有典君，提一双戟八十斤。

又云：

曹公延张绣交帅，置酒高会。韦持大斧立后，刃径尺。行酒所至之前，辄举斧目之。竟酒，绣及将帅莫敢仰视。死后，贼取其头，传观之；就视其躯，犹惊赅。

又有罗隐评韦诗云：

谁云帐下多雄将，却是军中有妇人。

排闼试看樊哙事，典韦徒勇自亡身。

【眉批：如此入罪，使典韦亦服。】

却说曹操幸得典韦挡住前门，苦战良久，又得大宛马匹，飞身上马，出寨后门，此时只有兄子安民步随。【眉批：操已久被娘子军迷魂阵困倒，不待此时狼狈。】来到淯水河边，操右臂中箭，马亦带了三箭，被贼赶到河边。安民被贼赶上，砍为肉泥。操急骤马，冲波过河。操骤马才得上岸，一箭射中马眼，马死。【眉批：马泊六死了。】长子曹昂以马救操，操方得命，曹昂亦被乱箭射死。【眉批：爱将爱子，俱死于妇人之手。】人马填满淯河。操走脱，路逢诸将，说典韦救命。

张绣分兵赶操。操部将夏侯惇所领青州之兵，乘势下乡，劫掠人民。平虏校尉于禁，将本部军于路剿杀，安抚乡民。【眉批：善将他人之兵者，于禁是也。】青州兵走回迎操，泣拜于地，言于禁造反，赶杀本部军马。操大惊。后面本部军都到，夏侯惇、许褚、李典、乐进也到。操言于禁造反，使整兵迎之。禁见操等俱到，乃引军射住阵脚，凿堑安营。手下人报说："青州军诬将军造反，今丞相已到，何不分辨？如何先立营寨？若军士预告，将军不便。"于禁曰："今贼追兵在后，不时便至，若不先准备，何以拒敌？分辨小事，退兵大事。"【眉批：

国学经典文库

李渔批阅

三国演义

吕奉先辕门射戟
曹操兴兵击张绣

图文珍藏版

退兵正是分辨。】安营方毕，张绣军两路杀来，于禁身先出寨，来杀张绣。绣急退兵。左右诸将见于禁向前，各引兵击之，绣军大败，追杀百余里。绣势穷力孤，引败兵投刘表去了。

操不追赶。聚兵收将。于禁入见，备言青州之兵劫掠，大失民望，某故杀之。操曰："不告吾，先下寨，何也？"禁以前对。操曰："淯水之难，吾甚狼狈。将军方在乱中，能整兵讨暴，有不可动之节，虽古之名将，何以加之！"赐于禁金器一副，封益寿亭侯；责夏侯惇治兵不严之过。操领班师回都，对诸将痛哭曰："吾折长子、爱侄，不出痛泪，独号泣典韦也。"**【眉批：此是曹操得人心处，然必用自说，便知其假焉，知不哭的是爱子爱**

侄。】众皆叹曰："主公爱士过于子侄！"遂还许都，各各赐赏。

却说王则赍诏，去至徐州，吕布迎接入府，开诏拜毕，封布为平东将军，特赐印绶，布大喜。又出操私书，书云：

国家无好金，孤自取家藏金以铸印；国家无好紫绶，所取自带紫绶，以表寸心。望将军与刘备合同，共灭袁术，大著忠诚。书不尽言，惟将军照鉴。

却说布见王则备说曹公相敬之意，好生重待。忽报袁术又遣人至，布笑而问之，使言："袁王早晚即皇帝位，立东宫，催取皇妃早到淮南。"布大怒曰："反贼焉敢如此！"杀了来使，将韩胤山枷子钉了，便遣陈登赍了谢表，解送韩胤，一同王则上许都来。【眉批：此是独桌请媒人。】操知吕布绝婚奉命，览其表云：

臣吕布自诛董卓，又罹丧乱，寄迹山东。本欲邀驾，知曹操忠孝，奉驾许都。臣前者与操交兵，今操保辅陛下，臣为外将，有兵自随，恐有嫌疑，是以待罪徐州，进退未敢自专。近奉天宠，典颁恩命，愧感交集。倘有征讨，愿效努力，万死不辞。谨表以闻。

布答操书又十分严谨，操看了大喜，遂斩韩胤于市。

国学经典文库

李渔批阅

三国演义

吕奉先辕门射戟
曹操兴兵击张绣

图文珍藏版

国学经典文库

李渔阅批

三国演义

吕奉先辕门射戟
曹操兴兵击张绣

图文珍藏版

陈登密谏操曰："布豺狼也，勇而无谋，轻于去求，宜早图之。"操曰："吾素知吕布狼子野心，诚难久养。非汝父子，莫能究其情也，当与吾密谋之。"登应诺。曹操赠陈珪秩中二千石，登为广陵太守。登拜辞回，操执登手曰："东方之事，便以相付。"登密答曰："丞相起兵，某为内应。"

登回徐州见布。布问之，登言："父蒙赠禄，某为太守。"布大怒，拔剑言曰："汝父教我协同曹公，绝婚公路，吾所求终无获，汝父子俱各显贵，被汝父子所卖耳！"遂欲斩之。登大笑曰："将军何不明之甚也！"布曰："何以言之？"登曰：吾见曹公，亦把将军说过：譬如养虎，当饱其肉，不饱则将噬人。【眉批：直以虎狼鹰犬而骂，吕布不觉，元龙真妙。】曹公笑曰：'不如卿言。吾待温侯如养鹰耳：狐兔未息，不可先饱；饥则为用，饱则飏去。'某问谁为狐兔，操曰："江东孙策，冀州袁绍，荆襄刘表，益州刘璋，汉中张鲁。"【眉批：三人前已，二人未见，为后文伏线。】布掷剑笑曰："曹公知我意也！"忽报袁术军取徐州。吕布闻言大惊。毕竟如何，且听下回分解。

国学经典文库

李渔批阅

三国演义

吕奉先辕门射戟
曹操兴兵击张绣

图文珍藏版

国学经典文库

李渔批阅

三国演义

袁术七路下徐州
曹操会兵击袁术

图文珍藏版

第十七回　袁术七路下徐州
曹操会兵击袁术

　　却说袁术据住淮南，地广粮多，克取于民，以致仓廪盈满；又有孙策所当玉玺，遂议称帝。宫室、车辇、冠冕已办，大会群下。术曰："吾闻昔日高祖，乃泗上一亭长耳，创四百年基业。今数已尽，刘氏微弱，海内鼎

沸。吾家四世公卿，【眉批：久仰。】百姓所归；吾欲应天顺命，位登九五。尔诸公卿，各存忠孝之节，助吾成

事。"主簿阎象曰："不可。昔周氏后稷，至于文王，积德累功，三分天下有其二，以服事殷。明公虽奕世克昌，未若有周之盛；汉室虽微，未若殷、纣之暴也。此事决不可行。"【眉批：**此事曹操亦 不敢行，正怕此一段议论耳。**】术曰："吾袁姓出陈，陈乃大舜之后。【眉批：**好蠢话。大舜之后，莫是第二房？**】以土承火，应其运也。吾字公路，谶云：'代汉者，当涂高也。'吾有传国玉玺，若不为君，背天道也。吾意已决，臣下多言者斩！"【眉批：**但闻有群臣劝进而犹让者，不闻有群臣力谏而大怒者。皇帝岂是使性做的。**】遂建号仲氏，立台省等宫，乘龙凤辇，祀南北郊，立冯方女为后，子为东宫，后宫美丽数百人。衣服金帛，锦绣器用，并是金玉，饮食奇珍美味。自以为成帝业矣。因命使人催取布女为媳。使人还报，韩胤已解许都，被操斩讫，布已拜授平东将军之职。术大怒，遂拜张勋为大将军，统领大军二十余万，分为七路，征讨徐州：第一路，大将杨大将居中；第二路，上将桥蕤居左；第三路，上将陈纪居右；第四路，副将雷薄居左；第五路，副将陈兰居右；第六路，降将韩暹居左；第七路，降将杨奉居右。分拨各部健将，克日起行。欲命兖州刺史金尚太尉，监运七路钱粮。尚不肯从，术杀之。以纪灵为七路都救应使。术自引李丰、梁刚、乐就三万军马为催进使，接应七路之兵。【眉批：**写得声势。**】

吕布使人探听，回报曰："今张勋一军从大路上径取

国学经典文库

李渔批阅

三国演义

袁术七路下徐州
曹操会兵击袁术

图文珍藏版

253

国学经典文库

李渔批阅

三国演义

袁术七路下徐州
曹操会兵击袁术

图文珍藏版

254

徐州，桥蕤一军取小沛，陈纪一军取沂都，雷薄一军取琅琊，陈兰一军取碣石，韩暹一军取下邳，杨奉一军取浚山。【眉批：又从吕布报中探出，更觉声势。】七路军马，日行五十里，于路劫掠将来。"【眉批：好个皇帝兵。】吕布慌忙，急召陈珪父子商议："今日袁术军分七路，来取徐州，当如之何？"陈宫曰："徐州之祸，乃陈珪父子所招，巧言令色，以媚朝廷，营求爵禄，今日移祸于将军。可斩二人之头，以献袁术，其军自退。"布大怒，喝令簇下陈珪父子。陈大笑曰："何如是懦也！吾观七路之兵，如七堆腐草，何足介意！"【眉批：元龙会说大话，亦会干大事。今人不会干大事，偏会说大话，何也？】布曰："汝有何计破之，免汝死罪。"陈曰："七路之兵，领将是谁？共有几多？"布一一说了。珪曰："将军兵将共有多少？"布曰："不过五六万人也。"珪曰："虽众寡不等，我以逸待劳，四面分路应之。"布曰："汝等罪不容诛，以言宽我，将欲逃遁耶？"珪曰："父子良贱，皆在将军掌握之中，待欲何往？倘将军肯用老夫之言，徐州可保无事。"布曰："公试言之，明以教我。"珪曰："袁术今收韩暹、杨奉，以为羽翼，彼皆乌合之师，素不亲信，不相维持，以正兵守之，出奇兵胜之，无不成功也。又有一计，不止保安徐州，袁术亦可擒矣。"布又问珪，答曰："暹、奉之依袁术，譬如鸡与凤凰，势不并栖，立可擒者。袁术用人，正如积薪，后来者常居在上。今用韩暹、杨奉为左右羽翼，二人乃汉旧臣，因惧

国学经典文库

李渔 批阅

三国演义

袁术七路下徐州
曹操会兵击袁术

图文珍藏版

曹操而走，无家可依，暂归袁术，术必轻之。若凭尽书，结连暹、奉，以为内应，结连刘备，以为外合，【眉批：**此彼失其二路，而我得其三路矣。**】必擒袁术矣。"布曰："汝必亲到韩暹、杨奉处下书方好。"登曰："今日便行。"布一面发表许都，一面致书豫州，一面令陈登于下邳道上来见韩暹。

暹引兵下寨，登入见韩暹。暹问曰："汝是徐州吕布之人，来此何干？"登乃笑曰："某为大汉公卿，何谓吕布人也？久闻将军关中保驾，有盖世之功，身无罪恶，乃有德清白之士。【眉批：**挑揭得妙。**】今却辅佐袁术，譬如舍明珠而就泥丸，弃良玉而抱顽石，不忠不义之名

国学经典文库

李渔批阅

三国演义

袁术七路下徐州
曹操会兵击袁术

图文珍藏版

骂于万代，【眉批：搔着痒处。】某为将军耻之！岂因一时之忿而失千古之名乎？且袁术久而多疑，后必有害于将军。"【眉批：刺着痛处。】暹曰："吾欲归汉，恨无门耳。"登出布书，暹览之，曰：

布闻二将军同扶大驾，立万世之功。偶因一时之间言，以致失身于关外。若能革故鼎新，去邪从正，同诛逆党，共佐皇朝，以图远大，名书竹帛。专候回音，切希照察。

韩暹曰："吾知之矣，公先回。吾与杨奉两路纵兵击之，但看火起为号，温侯以兵应之。"【眉批：一处书已响，那一处书不必下了。】

登辞暹，急回见吕布，报说韩暹二人已准内应。遂分五路，高顺引一军，进小沛，敌桥蕤；陈宫引一军，进沂都，敌陈纪；张辽、臧霸引一军，出琅琊，敌雷薄；宋宪、魏续引一军，出碣石，敌陈兰；吕布自引一军，出大道，敌张勋。【眉批：一一照应。】各与军一万，余者守城。"

先说吕布出城三十里下寨，张勋军马也到，见吕布，料非敌手，退二十里，待四下兵接应。是夜上山，望见一周遭火起，勋军自乱。韩暹、杨奉分兵到处放火为号，接应各军入寨。吕布乘势一击，张勋败走。吕布赶到天明，正撞纪灵接应。【眉批：前日替人和事，今日自做对头。】两军相敌，却欲交锋，韩暹、杨奉两路杀来。纪灵大败奔走，吕布引兵追杀。山背后一彪军到，门旗两路分开，中间一队军马，打龙凤日月旗幡，四斗五方旌帜，金瓜银斧，黄钺白旄，上打黄罗销金曲柄伞，伞盖之外，即是袁术。【眉批：形容呆腔甚好。如泽之麋，蒙虎之皮。】袁术身披金甲，腕带双刀，立马阵前，骂布"背主家奴。"布怒，挺戟向前来杀袁术。副将李丰挺抢出马来迎。战不三合，被布戟伤其手，丰弃枪而走。梁纲、乐就双出来战，袁术自引中队军出。暹、奉助布夹攻，术军溃走，三军大乱。布军抢夺马匹、衣甲无数。术败军走不数里，山后一军闪出，截住去路。【眉批：做了几日皇帝，受了许多惊恐。】当先一马，乃蒲州人也，姓关，名羽，字云长，【眉批：即虎牢关喝骂之马弓手也。】领五百校刀手，大叫："反贼！还不受死！待逃何处？"术落荒而走。去长赶来，纪灵敌住，余众四散奔走。【眉批：术兵真如腐草。】袁术收拾败军，再回淮南去了。

　　吕布得胜，邀请奉、暹二将，一行人马都到徐州。叙礼已毕，大排筵宴，管待众将。布保韩暹为沂都牧，杨奉为琅琊牧。席散，各谢而去。云长辞归。次曰，布与陈珪商议，欲留韩、杨二将在徐州。珪曰："不可。韩、杨二人权据山东，不出一年，则山东城郭皆属将军也。"布曰："然。"次日重劳三军，送二将暂于二处屯扎，以候恩命。【眉批：为后玄备杀二人张本。】登问父曰："何为不留韩、杨在徐州，以为杀吕布之根？"曰：

国学经典文库

李渔批阅 三国演义

袁术七路下徐州
曹操会兵击袁术

图文珍藏版

257

国学经典文库

李渔 批阅

三国演义

袁术七路下徐州
曹操会兵击袁术

图文珍藏版

258

"倘二人协助吕布，是与布添爪牙也。"【眉批：极是。】登服父之高见。

　　却说袁术军马，折其大半，回到淮安。遣人往江东去问孙策借兵报仇。使至江东，说袁王借兵之事。策怒曰："汝僭称帝位，背反汉室，赖吾玉玺，非义人也！吾欲加兵问罪，岂肯妄助逆党乎！"作书以绝之。【眉批：回思月下大哭之时，今日始得一泄其愤。泽麋虎皮，便为众射之的。袁术一僭帝号，天下群起而攻之。曹操所以而不发者，非薄天子而不为，正畏天下而不敢耳。操辞其名而取其实，术无其实而冒其名，何操巧而术拙。】

书曰：

策拜：盖闻上天垂司过之星，圣王建敢谏之鼓，设非谬之备，急箴阙之言，何哉？凡有所长，必有所短也。去冬传有大计，无不悚惧，旋知供备贡献，万夫解惑。顷闻建议，复欲追遵前图，即事之期，但有定月。益使怃然，想是流妄。设其必尔，民何望乎？曩日之举义兵也，天下之士所以响应者，以董卓擅废置，害太后、弘农王，略烝蒸宫人，发掘陵园，暴逆至此，故诸州郡雄豪，闻声慕义。神武外振，卓遂内歼。元恶既毙，幼主东顾，俾保傅宣命，欲令诸军振旅，于河北通谋黑山。曹操放毒东徐，刘表称乱南荆，公孙瓒歊然幽、燕，刘繇决力江、浒，刘备争盟淮隅，是以未获承命橐弓戢戈也。今备、繇既破，操等饥馁，谓当与天下合谋，以诛丑类。舍而不图，有自取之志，非海内所望，一也。昔成汤伐桀，称有夏多罪；武王伐纣，曰殷有罪罚重哉。此二王者，虽有圣德，宜当君世；如使不遭其时，亦无由兴矣。幼主非有恶于天下，徒以春秋尚少，胁于强臣，若无故而夺之，惧未合于汤、武之事，二也。卓虽狂狡，至废主自兴，亦犹未也，【眉批：术罪浮于卓。】

而天下闻其桀虐，攘臂同心而疾之，以中土希战之兵，当边地劲悍之虏，所以斯须游魂也。今四方之人，皆玩敌而便战斗矣，可得而胜者，以彼乱而我治，彼逆而我顺也。见当世之纷，若欲大举以临之，适足趣祸，

国学经典文库

李渔批阅 **三国演义**

图文珍藏版

国学经典文库

李渔批阅

三国演义

袁术七路下徐州
曹操会兵击袁术

图文珍藏版

【眉批：就出彼意以破之，甚警醒。】

三也。天下神器，不可虚干，必须天赞与人力也。殷汤有白鸠之祥，周武有赤乌之瑞，汉高有星聚之符，世祖有神光之征，皆因民困瘁于桀、纣之政，毒苦于秦、莽之役，故能芟去无道，致成其志。今天下非患于幼主，未见受命之应验，而欲一旦卒然登即尊号，未之或有，四也。天子之贵，四海之富，谁不欲焉？义不可，势不得耳。【眉批：六字说尽。】

陈胜、项籍、王莽、公孙述之徒，皆南面称孤，莫之能济。帝王之位，不可横冀，【眉批：八字又是就病之药。】

五也。幼主岐嶷，若出其逼，去其鲠，必成申兴之业。夫致主于周成之盛，自受旦、奭之美，此诚所望于尊明也。【眉批：此一语更进一步。】

纵使幼主有他改异，犹望推室之谱属，论近亲之贤良，以绍刘统，以固汉宗，皆所以书功金石，图形丹青，流庆无穷，垂声管弦。舍而不为，为其难者，想明明之素，必所不忍，六也。五世为相，权之重，势之盛，天下莫得而比焉。忠贞者必曰：宜夙夜思维，所以扶国家之颠顿，念社稷之危殆，以奉祖考之志，以报汉室之恩。其忽履道之节，而强进取之欲者，将曰：天下之人，非家吏则门生也，孰不从我？四方之敌，非吾匹则吾役也，谁能违我？盍乘累世之势，起而取之哉？【眉批：指责术心事甚透。】

国学经典文库

李渔批阅

三国演义

袁术七路下徐州
曹操会兵击袁术

图文珍藏版

二者殊数，不可不详察，七也。所贵于圣哲者，以其审于合宜，慎于举措。若难图之事，难保之势，以激群敌之气，以生众人之心，公议固不可，私计又不利，明哲不处，八也。世人多惑于图纬，妄牵非类，比合文字，以悦所事，【眉批：点破当涂谶语，妙。】

以罔上惑众，终有后悔者，自往迄今，未尝无之，不可不深择而熟思，九也。九者，尊明所见之余耳，庶备采予，惟所尊志。忠言逆耳，幸留神听。

使者赍书，回见袁术。术看毕，怒曰："黄口孺子，【眉批：犹以年幼轻之，殊属梦梦。】敢以文字讥我！吾先伐之，以取江东！"长史杨大将苦谏方住。

却说孙策自发书后，每防术来，令点军守住江口。忽曹操使至，拜策为会稽太守，便令起兵征讨袁术。策乃商议，便要起兵。不知如何，且听一回分解。

孙策议欲起兵击术，长史张昭曰："术虽新败，兵将极多，粮食足备，倘进兵不利，祸及江东。不如上书与曹操，他若南征，愿为后应。两军相援，术军必败。万一有祸，亦望操援之。"策曰："然。"遂遣使以此意达之。

却说曹操至许都，思慕典韦，兴立祠堂，四时祭之，遂封其子为中郎，收养在府。忽报孙策使至，贡献礼物尤多。操观其书，遂要南征。人又探得袁术乏粮，劫掠陈留，操遂点兵出师。此时操自专权，恣行大事，然后启奏，无有不从。操令曹仁守许都，其余皆跟出征，起兵三十万，粮食辎重千余车。时建安二年秋九月也。

操行军之次，先发人会合孙策、刘备、吕布。及到豫州界上，玄德引兵来迎，一入操营，献上首级二颗。【眉批：奇。】操惊曰："此是何人首级？"玄德曰："此韩暹、杨奉之首级也。"【眉批：奇。】操曰："何以得之？"玄德曰："吕布向令二人权管沂都、琅琊两县，二人纵使军士，抢掠徐、扬地面，人民无不怨恨。因此备设一安，诈请议事。比及入坐，先牵其马，掷盏为号，小弟关、张两人各杀其一，尽收其兵于部下。【眉批：能治他人之将者，刘备也。此事只在玄德口中叙说，省却许多笔墨。

国学经典文库

李渔批阅

三国演义

曹操会兵击袁术
袁术七路下徐州

图文珍藏版

于禁治其兵，玄德治其将，俱痛快事。】今日特来请罪。"

操曰："你与国家除害，宜为大功，何言罪也？"遂赏玄德。合兵到徐州界，吕布出迎。操用美言抚慰，命封左将军之职，还许都之时，即换印绶。布大喜。操即分兵，吕布一军在左，玄备一军在右，操自居中，令夏侯、于禁为先锋。

时袁术知曹兵来，令大将桥蕤引兵五万作先锋。两军会于寿春界口。桥蕤当先出马，与夏侯享战不三合，桥蕤被搠而死。术军大败，奔走回城。四下里又来报说，孙策发船攻江边西南，吕布引兵攻东面，刘备、关、张引兵攻南面，操自引兵三十万攻北面。**【眉批：袁术攻徐州分兵七路，曹操攻寿春分兵四面。】**袁术大惊，急聚众文武官商议。杨大将出曰："目今寿春水旱连年，田禾不熟，人皆缺食。今又动兵，必扰于民；民既生怨，四下兵至，难以迎敌。不如留下军马在寿春，坚壁休战，待彼粮尽，必生变矣。陛下统御林军渡淮，一者就熟，二者且避其锐。"术用其言，留李丰、乐就、梁刚、陈纪四人，各授上将之职，分十万兵，坚守寿春。术尽数收拾库藏金玉宝贝上车。约二十万人，联络不绝，过淮去躲。**【眉批：才称帝，便迁都。好笑。】**

却说操兵共三十万，日费粮食浩大，况诸郡旱荒，人民相食，屋宇尽皆拆毁，军士无所掠掳。操虽催军速战，李丰四人闭门不出。操军相拒月余，粮食将尽，致书问策借得粮米十万斗，不敷支散。吕布、玄德各自使

国学经典文库

李渔批阅

三国演义

袁术七路下徐州
曹操会兵击袁术

人运粮，亦各不敷。管粮官任峻部下仓官王垕，跟随出征，赍持数目，入禀操曰："兵多粮少，当如之何？"操曰："可将小斗散之，权救一时之急。"垕曰："兵士倘怨，如何？"操曰："自有方策。"果以小斗分散。【眉批：笑话有为人所愚而替死罪者，临刑自言曰："吃亏也只吃亏得这遭。"垕之谓也。】操却暗使人各寨听之，无一人不怨，皆曰："丞相太欺众也。"说者纷然，皆言散粮不及数目。操密召王垕入曰："吾欲问汝权借一物，以压众心。汝妻小吾自养之，汝无忧也。"曰："丞相欲用何物？"操曰："欲借汝头，以示众耳。"【眉批：该问他几时还。】垕曰："其实无罪。"操曰："吾亦知汝无罪，若汝不死，三十万人心皆变矣。"【眉批：借人的头，丧了自己的心，瞒得三十万，瞒不得方寸地与举头三尺。】垕再欲言，操呼刀手推出门外，一刀斩讫。悬头高竿，出榜晓示曰："故行小斗，盗窃官粮，谨按军法，特此斩之。"因而瞒过三十万人，尽皆无怨。

操知粮尽，号令各寨军兵："如三日不并力得城，尽皆斩首！"操自至城下，看诸军搬土运石，填壕塞堑。忽见两个末将，将到城边，因见城上矢石如雨，慌急走回，操亲掣剑斩于城下。操自下马，接土填坑。于是大小将士无不向前，军威大振。城上看见，并皆失色。是夜，

国学经典文库

李渔批阅

三国演义

袁术七路下徐州
曹操会兵击袁术

图文珍藏版

国学经典文库

李渔批阅

三国演义

袁术七路下徐州
曹操会兵击袁术

图文珍藏版

266

争先上成者无数。操亲赍赏赐，军士并力，城池已破，纵军入城掳掠。李丰、陈纪、乐就、梁刚皆被生擒。操令皆斩于市。焚烧伪造宫室殿宇、一应犯禁之物。寿春城中，收掠一空。【眉批：收掠得毋也是借乎？】

操欲进兵渡淮，追赶袁术，荀彧谏曰："此间接连十数郡，皆荒旱不收，更若进兵，劳军损民；倘未见胜，欲退急难。不若暂回许都，待来春麦熟。【眉批：暗伏后践麦一事。】军粮足备，方可图之。"操持疑未决。忽报马到，称说："张绣依托刘表为唇齿，南阳、张陵诸县复反。曹洪抗拒不住，连输数阵。今被张绣杀来，恐许都有失，请丞相回。"操发书与孙策，令之跨江布阵，为表疑兵，表必不敢妄动。【眉批：操先一着伏案。】"吾自复征张绣，以绝其根。"即日兵行，令刘备与吕布结为兄弟，【眉批：一向称兄称弟，何须结得？且结却是开交，奸甚。】使相救助，再无相侵。操令玄德仍住沛城，着吕布领兵回徐州去。操密与玄德曰："吾令汝屯沛城，是'掘坑待虎'也。【眉批：前"二虎竞食""驱虎吞狼"之计已领教过矣。】汝与陈珪商议，勿令有失，音至便来接应。"话毕而退。

却说曹操自引大军回许，安抚定了，人报段煨杀了李傕，伍习杀了郭汜，解送首级前来。【眉批：又省却无数笔墨。】煨将李傕三族老小百二余口，俱活解入许昌。操令分于各门处斩、汜老小之首，相传号令，人皆喜悦。此贼已灭，请天子升殿，会集文武，作太平筵席。【眉

批：**二贼之死，天子亦酌酒庆贺。**】封段煨为荡寇将军，
伍习为珍虏将军，各引兵镇守长安。二人谢恩而出。操
奏张绣侵掠郡民，兴兵伐之。天了亲排銮驾，曹操出师。
时建安三年夏四月也。【**眉批：正是麦秋时。**】

　　操引大兵进发，留荀彧在许都调遣兵将。操行军之
次，见一路麦已苍头；民欲为食，闻兵将至，逃窜入山。
操下寨，会集诸将，更使人远近遍叫村人父老，及各处
守境官吏，来听发放。操曰："吾奉天子明诏，招降讨
逆，与民除害。方今麦熟之时，不得已而起兵。此去大
小将校，凡过麦田，但有作践者，并皆斩首；擅自掳掠
人财物者，并皆诛戮。王法无亲，宜法遵守。【**眉批：有
王师气象。**】居民勿得惊疑，不许流遗他界。"因此于路

国学经典文库

李渔批阅

三国演义

袁术七路下徐州
曹操会兵击袁术

图文珍藏版

国学经典文库

李渔 批阅

三国演义

袁术七路下徐州
曹操会兵击袁术

图文珍藏版

268

百姓望尘遮道而拜，称颂圣德。凡官军经过麦田，并皆下马，以手扶麦，递相传送而过，只怕麦倒路上。【眉批：**此时比寿春城中不同：一边是无粮。故不妨收掠；一处有粮，故不许践麦。奸极矣。**】操自行于麦中，忽然惊起一鸠，马乃眼生，窜入麦中，践倒其麦。操随下寨，唤行军主簿，拟议自己践麦之罪。主簿曰："丞相之言，令也，谁敢不从？"操曰："吾自制法，吾自犯之，何以服从乎？"掣所佩之剑，欲待自刎。众急救之，郭嘉曰："古者《春秋》之义：'法不加尊。'丞相总统大将，岂可自残害耶？"操曰："既《春秋》有'法不加于尊'之义，吾暂记过。"乃以剑割自己之发，掷于地曰："割发权代首耳。"【眉批：**此头借得、代得，狡狯游戏。真奸**

国学经典文库

李渔批阅

三国演义

袁术七路下徐州
曹操会兵击袁术

图文珍藏版

雄。曹操一生俱用一个"借"字：借天子以令诸侯，借诸侯以攻诸侯；欲安军心，则他人之头可借；欲正军法，则自家之发可借。】万军悚然，沿道之民，秋毫无犯。静轩有诗断曰：

> 十万貔貅十万心，一人号令众难禁。
> 拔刀割发权为首，见曹瞒诈术深。

却说张绣知操又引兵来，发书急报刘表，使为后应；乃遣雷叙、张先二将出城迎兵，令贾诩守城。两军相拒，阵势排成。张绣出马，指面骂曰："汝乃假仁假义之人，与禽兽无异！"操大怒，令许褚出马，绣令张先出迎。只三合，许褚斩张先于马下，绣军大败。操引军赶绣至南阳城下。

绣入城中，闭门不出。操围城攻打。城上擂鼓不绝，炮石金汁弩箭死守。城壕阔大，水势尤深，急难迫近。操令军兵运土填壕，又做装土布袋，并柴薪草把相杂，城边求作凳梯，又立云梯，窥望城中。操自骑马，绕城视之。已经三日，传令教军士于西门圮解上堆垛柴薪，会集将士，就那里上城。绣问诩，答曰："某已知曹公之意，可将计就计，令操自弃兵而走。"绣曰："如何?"且听下回分解。

国学经典文库

李渔批阅

三国演义

决胜负贾诩谈兵
夏侯惇拔矢炎睛

图文珍藏版

270

第十八回　决胜负贾诩谈兵
夏侯惇拔矢炎睛

　　张绣问曰："何以知操之意？"诩曰："某在城上，见曹操绕城观者三日。他见城东南角土有二色，新旧不等，鹿角多半朽烂，意以此处容易进城；却虚去西南上积草，诈为声势，使我城中之兵尽守西北。【眉批：虚者实之，实者虚之。早被贾生看破。】今夜乘黑，必扒东南城角而

进也。"绣问："如之奈何？"诩曰："此极容易。日间尽拨百姓穿着军士号衣，虚守西北；令精壮之兵食饱轻衣，

国学经典文库

李渔批阅

三国演义

夏侯惇拔矢啖睛

决胜负贾诩谈兵

图文珍藏版

尽归东南屋内。夜间只教百姓西北角上呐喊，任他东南角上扒城。一声炮响，伏兵齐出，一人可以当百，破操必矣。"绣用其计，尽教百姓穿着军衣，城上呐喊。

云梯上只望西北多兵，报入于操。操曰："中吾计也！"【眉批：**谁知反中彼计。**】精锐之兵都留帐后，预备扒城器具。日间假攻西北，城外城内，喊声不绝。二更时分，操引精壮，东南角上扒过壕去，砍倒鹿角，军人一齐扒到城上，城里亦无动静。只听西北角上喊声大起，东南缺内火把齐明。操军正入，两下伏兵齐起，军士急退。背后张绣亲驱刀手杀来，东南二门齐开，精兵突出。操军大败，一拥而退，城外壕堑皆已填满。【眉批：**此皆为城中有智囊也。**】杀到五更，操军走十数里。绣收军马入城，所夺车马辎重极多。操收败军，查得折军五万余人，吕虔、于禁俱各被伤。

诩见曹操败走，急发书去，教刘表绝其后路。表欲起兵，忽有人报孙策已屯湖口，因此未敢动兵。【眉批：**应前。**】蒯良曰："策兵已屯湖口，乃操之计，故借疑兵也。近日曹操新败，若不乘势剿灭，后必有患。【眉批：**智不在贾诩下。**】明公乘兵势之盛一击，操可破也。"表令黄祖时守隘口，进兵安众，绝操后路；一面知会张绣。绣知表兵已起，同贾诩引兵袭操。

操军缓缓而行，【眉批：**故意缓行，便知有谋。**】至襄城，到淯水，操马上大哭。众将惊问其故，操曰："吾思去年将吾典韦在此折了，不由不哭耳！"【眉批：**曹操**

国学经典文库

李渔批阅

三国演义

决胜负贾诩谈兵
夏侯惇拔矢啖睛

图文珍藏版

272

得人，多用此法。操之哭典韦，非为典韦哭也。哭一既死之典韦，而凡未死之典韦，无不感激。此非曹操忠厚，正是曹操奸雄。或曰：奸雄安得有些急泪？予曰：彼口哭典韦，心中自哭亡儿亡侄。予恶乎知之。】从皆下泪。操令此处就屯军马，吊祭亡魂。宰牛杀马于清水之上，祭享典韦。操再拜痛哭，昏绝于地。众皆扶起。大小军校，无不下泪。次祭亡侄安民，末祭长男曹昂。又祭"绝影"马，次祭殁于此处军士。祭毕，在营军士皆哭，哭声不绝。留连不忍便行。

忽荀彧差人报曰："刘表助张绣，兵屯安众，以绝归路。"操答彧书曰："吾虽日行数里，已知贼来追吾。吾今策度已定，若到安众，破绣必矣。君等勿疑。"遂至安众地界。刘表之军已守险要，张绣随后引军赶来。操令众军黑夜凿险开道，暗伏奇兵。天色微明，表、绣军会合，视之，见操兵少，疑操遁去，两军俱入险路击之。操纵奇兵突出，反破表、绣之兵，得脱安众隘口，即于隘外下寨。刘表、张绣各整败兵相见，表曰："何期被操之奸计耶！"绣曰："容再图之。"表、绣集于安众。

荀彧探知袁绍起兵，欲犯许都，急发书来报操。书曰：

近日人有自冀州来者，报说田丰谓袁绍曰："今将军粮足兵强，曹某南征未返，宜日乘虚以袭许都，奉迎天子，号令海内，【眉批：此个题目，人人要做。】

国学经典文库

李渔批阅

三国演义

决胜负贾诩谈兵
夏侯惇拔矢啖睛

图文珍藏版

此为上策。若不乘虚破之，终被他擒，虽悔无益也。"绍听之，持疑未决。或请丞相还都，另作区处。刘表、张绣，疥癣之疾，不足忧也。望早早班师，勿失大事。

操得书心慌，即日整兵起程。

探细人来安众，报与张绣。绣点兵追袭。贾诩曰："不可追也，追之必败。"【眉批：且不说破。】表曰："若不追，恐失此机会。"表、绣引军万余追之。约行二十里，赶着曹兵接战，表、绣大败而还。贾诩引十数骑，接至半途，见败军回。绣曰："不用公言，果有此败。"诩曰："可复整兵，再往追之。"【眉批：奇绝。】绣曰：

国学经典文库

李渔批阅

三国演义

决胜负贾诩谈兵
夏侯惇拔矢啖睛

"今已丧败，奈何复追？"诩曰："兵势有变，急往必利；如其不然，请斩吾首。"【眉批：也不说破。】绣信之【眉批：绣能深知贾诩，诩故不忍不弃之。】，表不从。绣自引败卒再回追击。操军大败，尽弃衣甲刀枪而去。绣军迤逦追赶，忽山后一彪军出，【眉批：此军且不说破，留在后文。】绣收军不赶。那彪军当住去路，绣急奔回，来到安众。赏劳军毕，宴谢贾诩。绣问诩曰："绣以精兵追退兵，而公曰必败；以败卒击胜兵，而公曰必克。悉如公言，何其事不同而皆验也？"诩曰："此易知耳。将军虽善用兵，非操敌手。操军虽新败，必自为将，断其后路，以防追兵。追兵虽精锐，彼士亦锐，故知必败。操前胜我之后，未尽其力而退，必国内有事。适破我军之后，必轻车速回，纵留众将断后，众将虽勇，亦非将军敌手，故虽用败兵战必胜也。"【眉批：料人如指掌。**必败必胜至此方说明。盖前之追在曹操料中，后之追不在曹操料中也。**】绣服其高论。诩劝表回荆州，绣守襄城，以为唇齿。两将各自分散。

却说曹操知后军败，再引众将回来，正逢那彪败军。败军告操："若非这一路军截住中路，我等尽掳矣。"操问："救吾军者何人也？"那人搠枪下马，来见曹操。毕竟是何人，且听下回分解。

那将军下马见操，生得身躯瘦健，盘骨轩昂，破黄巾曾立大功，封镇威中郎将，江夏平春人也，姓李，名通，字文达。操问何来，通曰："近守汝南，闻丞相破张绣、刘表，特来接应。"赏劳毕，加为裨将，封建功侯，守护汝南西界，以防表、绣。通谢而去。

操还许都，荀彧出迎。操入见天子，称说孙策有功，封为讨逆将军，赠爵吴侯；遣使赍诏江东，再令策破刘表。操回府，众官皆聚。荀彧问曰："丞相到安众，保以知其必胜也？"操曰："彼退无归路，必用死战。吾宽暗以图之，此孙子之玄妙也。吾以是知其胜也。"荀彧拜服。

郭嘉入，操曰："公来何暮也？"嘉曰："适来袁绍使人致书丞相，欲出大兵攻公孙瓒，求借粮米兵马。"操笑曰："吾闻绍图许都，今知吾归，又欲图公孙瓒，问吾求索粮兵。"操看书中之意，极骄极傲，令使且归馆驿安息。操问嘉曰："袁绍如此骄傲无状，吾将讨之，恨力不及耳。"嘉曰："刘、项之不敌。公所知也。汉祖惟智，项羽惟强，终被汉祖擒之，惟智胜也。【眉批：隐然以高祖待操。】嘉窃料之，绍有十败，公有十胜，【眉批：语虽多，然皆实而非谀。】绍兵虽强，无能为也。绍繁礼多仪，公体任自然，【眉批：大英雄不拘细节。绍自谓四世三公，故以繁礼为家数，不知太原公子固自不衫不履也。】此道胜，一也。绍以逆动，公奉顺以率天下，【眉批："挟天子令诸侯"，其名顺。】此义胜，二也。汉末失政于宽，绍以宽济宽，故不慑；公纠之以猛，而上下知制，此治胜，三也。绍外宽而内忌，用人而疑之，所任惟亲戚叔子弟；公外易简而内机明，用人无疑，惟才所

国学经典文库

李渔批阅

三国演义

决胜负贾诩谈兵
夏侯惇拔矢炎睛

图文珍藏版

国学经典文库

李渔批阅

三国演义

决胜负贾诩谈兵
夏侯惇拔矢啖睛

图文珍藏版

276

宜，不闻远近，此度胜，四也。绍多谋少决，失在事后；公得策辄行，【眉批："多谋少决"，"得策辄行"，此袁、曹优劣处。】应变无穷，此谋胜，五也。绍因累世之资，高议揖让，以收名誉之士，好言饰外者多归之；公以至心待人，推诚而行，不为虚美，以俭率下，与有功者无所吝，士之忠正远见而有实者皆愿为用，此德胜，【眉批：操外诚而内诈，算不得德。】六也。绍见人饥寒，恤念之形于颜色，其所不见，虑之不及也，所谓妇人之仁耳；公于目前小事，时有所忽，至于大事，与四海接，恩之所加，皆过其望，虽所不见，虑之所周，无不济也，此仁胜，【眉批：操何仁之有？但当曰才可耳。】七也。绍大臣争权，谗言惑乱；公御下以道，浸润不行，此明胜，八也。绍是非不知；公所是，进之以礼，所不是，正之以法，此文胜，九也。绍好虚势，不知兵要；公以少克众，用兵如神，军人恃之，敌人畏之，比武胜，十也。公有十胜之得，绍安可望也！"操曰："如公所言，孤何德以堪之也！若此，绍可图也？"嘉曰："徐州吕布，实心腹之大患也。【眉批：敷陈十胜十败之后，必将谓攻绍矣，乃忽舍绍而攻布，殊出意表。】今绍北征公孙瓒，乘此人远去，不若先取吕布；扫除东南，然后图绍，未为晚矣。若便图绍，吕布必来救援，许都为祸不浅矣。"操然之。

　　当夜复召荀彧，议曰："汝知袁绍之动静乎？"彧曰："今日闻有使至，果何事也？"操以书令彧看之。看毕曰："绍辞语大不逊也。"操曰："吾欲兴兵讨之，恨力不及耳，如何？"彧曰："古之论成败者，诚有其才，虽弱必强；苟非其人，虽强必弱。刘、项之存亡，足以观矣。今日与公争天下者，惟袁绍耳。绍外宽而内忌，任人而疑其心；公明达不拘，惟才所宜，此度胜也。【眉批：明眼人旁观听见略同。文若更斟酌一分，故减却一半。】绍迟重少决，失在后机；公能断大事，应变无穷，此谋胜也。绍御军宽缓，法令不立，士卒虽众，其实难用；公法令既明，赏罚必行，士卒虽寡，皆争致死，此武胜也。绍凭世资，从容饰智，以收名誉，故士之寡能好问者多归之；公以至仁待人，推诚心，不虚美，行己谨俭，而与有功者无所恡惜，故天下忠正效实之士，咸愿为用，此德胜也。夫以四胜上辅天子，仗义征伐，谁敢不从？袁绍之辈，何能为用哉！"操曰："卿颂吾德，何以当之？然此可以兴兵征伐否？"彧曰："未可。今吕布见在徐州，常怀不仁；若伐绍，布必乘虚。不如以书安袁绍之心，加绍显官，许粮千斛；乘彼有事于公孙瓒，先灭吕布，中原十有其六，然后一举而绍可擒也。"操抚掌大笑曰："奉孝之机，文若之智，虽陈平、张良，何可比也！"遂议东征吕布。荀彧曰："可先使人往刘备处，计会为应，待其回报，【眉批：为后漏书伏线。】方可动兵。"

次日，厚待绍使，奏请加绍为大将军、太尉之职，兼督冀、青、幽、并四州。密书报云："公可讨公孙瓒，后当应之。'遣其使回。绍大喜，商议进兵讨瓒。

不说袁绍起兵，却说布在徐州，常常设宴款待陈珪，陈父子夸奖其德。【眉批：待吕布只须如此。】陈宫不悦，乘闲时告吕布曰："陈珪父子面谀将军，恐有异心，不可不预防也。"布叱之曰："汝献谗言，害及忠良，谁为佞也？吾不看旧日之面，立斩汝首！"【眉批：闻谗言则喜，闻忠言则怒，安得不败？】宫叹曰："吾忠义之心不能明，不久必受殃矣！"欲待弃之，又恐天下人笑，【眉批：谁笑汝来？】闷闷无言，带领数骑于小沛地方围猎。忽见官道使臣飞走驿马。【眉批：如此穿插接递，妙。】宫疑之，乃弃围场，引从骑于小路赶上，问使命曰："汝何人使命也？"使命知是吕布之人，慌不能答。宫搜使命，乃有刘备回书，一径捉来见布。布问之，使曰："丞相差往沛城

国学经典文库

李渔批阅

渔阅批

三国演义

决胜负贾诩谈兵
夏侯惇拔矢啖睛

图文珍藏版

下书，今得回书，不知何事。"宫曰："其中有谋，可拆开看。"布拆视之，大惊，遂教陈宫同看。书曰：

伏奉明命，敢不夙夜用心。但兵微将寡，安敢妄动。丞相大兴王师，有备为前驱可耳。布乃狼虎之徒，轻则猖獗也。严整甲兵，专侯钧命。

吕布听了，大骂曰："操贼焉敢如此！"遂将使者斩讫。先使陈宫、臧霸结连泰山贼寇陈观、吴敦、尹礼、昌豨，东取山东兖州数郡；高顺、张辽取沛城，攻刘备；【眉批：本欲曹攻布，又反弄布攻刘，更出意表。】宋宪、魏续西取汝、颍。吕布自总中军，为三路救应。

　　且说高顺等出了徐州。有人入到小沛，报与玄德。玄德急聚众人商议。孙乾曰："可先告急于曹公，一面坚守城郭。"玄德曰："谁可许都告急?"阶下一人出曰："某愿往。"此人乃玄德同乡，因来沛县拜谒玄德，玄德以宾礼待之，姓简，名雍，字宪和，慷慨飘逸，善能舌辨。玄德命雍行，就整顿守城器械。玄德守南门，孙乾守北门，云长守西门，张飞守东门。糜竺原以妹嫁玄德为妾，便以家僮十余人、金帛粮食资给用费。【眉批：忙中夹叙闲笔，正见得'玄德托人不苟。】玄德、糜竺既有郎舅之亲，故令竺并弟糜芳守护中军，保着老小。高顺军至，玄德在敌楼上见其兵雄将猛，困住城池，玄德叫曰："吾与奉先无仇。何故引兵到此？"高顺曰："你还支吾遮饰！汝连和曹操，欲害我主，幸是天败，尚可赖耶？速出就缚！"玄德不答。顺在城下大骂一日，无人出阵。

张辽在西门攻打。云长曰："汝仪表非俗，何故陷身贼人部下？"张辽纸头不言，云长便知此人有忠义之气。【眉批：为后白门楼相救伏案，惟好汉能识好汉。】相拒终目，并无恶言，亦不令军士打城。云长令人探听东门消息。人报张飞被辱，只要出城厮杀。云长见张辽退去，径来东门看时，只见张飞已出城外，和张辽厮杀。辽拍马而去。张飞欲赶，云长急召入城，令士卒坚守东门。飞曰："张辽怕我而走，哥哥如何赶我回来？"关公曰："张辽武艺不在你我之下。是吾夜来美言说之，其人颇有归顺之心，今日不与汝厮杀，故拍马而走。"飞方悟，再不出战。玄德亦使人诚之。

吕布见攻小沛不开，自来搦战。玄德于城上曰："前日之书，实非备罪，乃曹丞相奉天子命，以书见示，不容不答。"苦苦相告。吕布颇有回顾之心，只教围住，不使攻打。吕布权回徐州，差郝萌往淮南见袁术请罪，许女为婚。术言尚难准信，使郝萌回说："若要信从，可送女来。"布持疑未决。

却说简雍见操，陈说吕布斩使，见围沛城。操急聚众商议曰："吾不忧绍，但忧表、绣二贼在后，未敢动

国学经典文库

李渔批阅

三国演义

决胜负贾诩谈兵
夏侯惇拔矢啖睛

图文珍藏版

兵。"荀攸曰:"表、绣新破,势不敢动。吕布骁勇,若是结连袁术,纵横淮、泗,必有英杰应之。今乘其初叛,众心未服,可往破也。"操差夏侯惇、吕虔、李典为先锋先起,操与众将陆续进发,简雍随行。

且说夏侯惇引兵五万,至徐州界。高顺知许都救军至,慌报吕布。先发侯成、郝萌、曹性三将,二百余骑。来接应高顺。离沛城三十余里,去迎操军。玄德见高顺退去,知是操军来到,引关、张提兵出城,只留孙乾守城,糜竺、糜芳守家。玄德在高顺后下了三个寨子:玄德左,关公右,张飞前。

夏侯惇挺枪出马,搦吕布战。高顺出马大骂。夏侯惇大怒。两马相交,战到四五十合,高顺败走。惇纵马赶去。高顺不敢入阵，绕阵而走。惇不肯舍，尽力追之。阵中曹性看见，惇纵马出战，拈弓搭箭，与夏侯惇将近，一箭射中惇之左眼。惇拔箭带出眼睛。因大呼曰："父精母血，不可弃也！"入口吞之。弃了高顺，径取曹性，一枪搠透面门，死于马下。夏侯惇杀了曹性，纵马便回。高顺却从背后赶来，吕布军马一齐都上，曹军大败。夏侯渊救兄而走。吕虔、李典将败军退去北济下寨。高顺得胜，引兵回击玄德。未知如何？

国学经典文库

李渔批阅

三国演义

决胜负贾诩谈兵
夏侯惇拔矢啖睛

图文珍藏版

第十九回　吕布败走下邳城
白门楼操斩吕布

高顺又引张辽击张飞寨，吕布亲自击云长寨，各出迎战，玄德分兵两路救应。吕布引军背后杀来，云长两路军马尽皆溃散，玄德引十数骑回沛城。吕布赶来，玄

德急唤城上军士放下吊桥。吕布后到，城上却要放箭，又只怕射了玄德，被吕布乘势赶入城门。瓮城里数骑迎吕布，布一戟一个，杀得尽绝。把门将士一齐走了。布

招军马入城。玄德见背后火起，到家不及，穿城而过，出于西门，匹马逃难。

布先到玄德门首，糜竺出迎，跪于马前，告曰："玄德乃将军弟也。【眉批：**说得亲热，宛转能动。**】窃闻大丈夫冤仇，不废人之妻子，况与将军争天下者，曹丞相也，量玄德保敢？望将军爱惜。玄德常想辕门射戟之恩，一饭之间，未尝忘也。将军怜之！"布曰："吾与玄德旧曾拜义，安忍害其妻子乎？汝可引其家小，复去徐州安置。"【眉批：**莫说竟是无义之徒，此处也还颇知恩义。**】仍赐糜竺宝剑一口，但登门者，许即斩之。糜竺保家小上车，移往徐州。布既杀散玄德之军，自投兖州境上，留高顺、张辽屯于小沛。孙乾潜逃出城。关、张各自收得些少人马，往山中驻扎，就如落草一般。【眉批：**点得凄凉有趣。**】

却说玄德匹马山中逃难，正行之间，背后一军来赶，回头视之，乃孙乾也，相抱而哭。玄德曰："吾今二弟不知存亡，老小失散，【眉批：**先说兄弟，次及老小。**】吾将自尽矣！"孙乾曰："不可。何不投操，以图后计。"玄德依其言，寻小路投许都。路上绝粮，村中求食。但到处，闻刘豫州，皆跪进饮食。忽到一家投宿，其家有一后生出拜，问之，乃猎户刘安也。闻是同宗豫州牧至，遍寻野味不得，杀其妻以食之。【眉批：**欲以感切之事，形容受之者之好处，不知言之太过，反成惨毒。文字不可太过，于此可知。**】玄德曰："此何肉也？"安曰："乃

国学经典文库

李渔批阅 **三国演义**

吕布败走下邳城 白门楼操斩吕布

图文珍藏版

狼肉也。"二人饱食，天晚夜宿。至晓辞，去后院取马，见杀其妻于厨下，臂上尽割其肉。玄德问之，方知是他妻肉，痛伤上马，欲带刘安去。安曰："老母见在，不可远行。"玄德谢了，遂取路出梁城。忽见尘头蔽日，漫山塞野，军马来到。玄德迎之，乃是操军也，直到中军旗侧，下马拜迎。操亦下马答之。说失沛城、散二弟、陷老小，操亦下泪。更说刘安杀妻为食之事，操令孙乾以百金赐之。【眉批：如此忍心，赐金不必。】

军至济北，夏侯渊等迎操入寨，说兄损其一目，卧病未痊。操临卧处视之，令先回许都调理。一而使人打听吕布见在何处。有人报云："吕布与陈宫、臧霸结连泰山贼寇，【眉批：家奴出身，好结连贼寇。】欲犯兖州。"

操令曹仁引三千军，且打沛城。操提二十万军马，与玄德来战吕布。军至山东界口，路近萧关，敌军拦住，乃泰山寇孙观、吴敦、尹礼、昌希三万余兵，四员将立于阵前。操令冲阵，许褚飞马舞刀而去，四将一齐来迎。许褚抖擞精神，四员将迎敌不住，四散奔走。操乘势掩杀，追上萧关去了。

人报吕布，布此时已回徐州。布欲自往沛城救应高顺，乃唤陈珪，令守徐州。布带陈登同去。珪与登曰："昔日曹公曾言，东方事尽付与汝。今布若败，可力图之。"登曰："外面之事，儿子为之。倘布败回，便请糜竺一同守把城门，休放布入。儿自有脱身之计。"珪曰：

国学经典文库

李渔批阅

三国演义

吕布败走下邳城
白门楼操斩吕布

图文珍藏版

"布老小在此，心腹颇多。"登曰："儿子亦有计了。"吕布临行，登曰："徐州四面受敌，操必死攻，先思退步：将钱粮移于下邳，倘围徐州，下邳有粮可救。"【眉批：**小儿得近径，到像真实为他。**】布曰："元龙之言是也。吾就将老小同去。"【眉批：**又点老小。**】使人唤宋宪、魏续回，保老小屯于下邳城，将船只搬运粮草、金帛。

布同陈登先来萧关救援。行到半路，登曰："容某先去看看曹操虚实，主公却才可行。"布曰："何谓也?"登曰："泰山孙观原是贼寇，未可全托故也。"布曰："元龙真事益友!"【眉批：**好益友。**】吕布未行。陈登先到关上，陈宫、臧霸等接见。【眉批：**陈宫虽智，不出陈登之手。**】登曰："温侯深怪汝等不肯向前，要来责罚。"宫曰："目今曹兵势人，末可轻敌也。吾等紧守关隘，教主公保沛城。"登上关望之，见操军逼在关下。登于是夜连写三封私书，拴在箭上，射下关去。次早辞回，陈宫曰："关上无妨，可教温侯去守沛城。"登遂飞马来见吕布，曰："关上陈观等皆欲献关，某已留下陈宫守城，将军黄昏杀去。"布曰："非公，则吾中计也。"先使登来约陈宫，举火为号，内外相应。登先到，报曰："曹兵抄下小路，已到关内，恐徐州有失，公等急回。"宫遂引众人弃关而走。登就关上放火为号，吕布乘黑杀来。【眉批：**陈登一人弄布于股掌之上，可敬可羡。**】操军抢入关中。陈宫一军和吕布军自相掩杀。曹兵又到。孙观、吴敦等各自四散领军去了。

国学经典文库

李渔批阅

三国演义

渔批阅

白门楼曹操斩吕布
吕布败走下邳城

图文珍藏版

　　布到天明，方知是计，急与陈宫回徐州。到城边叫门，城上乱箭射下。麋竺在敌楼上叫道："汝夺吾主城池，今日仍还吾主。"布问曰："陈珪何在？'竺曰："老贼吾已杀之。"吕布回顾陈宫曰："陈登安在？"【眉批：**两问陈珪父子，真瞎眼汉。**】宫曰："主公尚自执迷而问佞贼也！"军士中道："寻陈登不见。"

　　布与陈宫来投沛城。行至半路，见一彪军骤至，视之，乃高顺、张辽也。布问之，顺曰："陈登来报，说主公被围，某等急来救解。"宫曰："此是佞贼之计也。"布怒曰："吾必杀此贼！"方欲再回小沛，曹操先使曹仁已袭沛城。吕布城下大骂陈登，登在城上言曰："吾乃汉臣，安肯事反贼乎？"【眉批：**一语说明心事，前疑尽释。**】布转怒。忽听背后喊声大起，布使高顺探之，见一队人马，当先一将，豹头环眼，燕颔虎须，燕人张翼德

国学经典文库

李渔批阅

三国演义

吕布败走下邳城
白门楼操斩吕布

图文珍藏版

290

也。【眉批：正怒，又撞着对头。妙甚。】高顺交战不利，退走入阵。飞冲入阵来，吕布奋怒来战。正欲交锋，阵外喊声又起，曹军突入，吕布倒拖画戟，引军东走。操合两军杀来。吕布人困马乏，又一彪军拦住，乃云长也，【眉批：关、张于此相聚，攒簇如锦。大奇，大奇。】立马横马，大叫："休走！"吕布自与交战。背后翼德赶来，声吼如雷，布慌冲走，忙奔下邳。侯成引兵接应去了。

关、张相见，各言失散之事，云长曰："我在海州路上藏避，打听消息，故来至此。"飞曰："弟在砀砀山落草为寇。"【眉批：此人也落草，不信。】二人来见曹操，又见玄德，拜哭于地。各叙礼毕，同操入徐州来。糜竺接见，言家属无危，玄德甚喜。陈珪父子参拜曹操。操设大宴，犒劳诸将。曹操居中，玄德居左，陈珪居右，文武官等各依次坐。操言陈珪父子之功，加十县之禄以供之；登授伏波将军。操得徐州大喜，商议起兵攻打下邳。程昱进曰："布今止有下邳一城，可以缓缓而进。若逼太急，贼必死战而投袁术矣。一往投之，其势必大，极难擒获。淮南径路，必有能事者守之，外当袁术，内防吕布。况今山东尚有臧霸、孙观之徒，未曾归顺，亦宜谨之。"操曰："吾自当山东诸路，其淮南径路，请玄德休辞。"玄德曰："丞相将命，安敢有违。"次日，操分派各路守把军马。玄德留糜竺、简雍在徐州，带孙乾、关、张，收拾军马，取淮南径路，来袭邳郡。

吕布在下邳，自谓："粮食足备，以资于内；泗水之

国学经典文库

李渔批阅

三国演义

吕布败走下邳城
白门楼操斩吕布

图文珍藏版

291

险，以拒于外，吾何忧哉！"陈宫进曰："今操兵方来，可乘栅寨未定，以逸击劳，无不胜也。"【眉批：**策虽工，其如布之不用何？**】布曰："吾昨累败，不可轻出。待其来攻，一击皆落泗水也。吾之讨策已在掌中。"陈宫大笑而出。越五六日，操军下寨已定，令二十余将全付披挂，直到城下，叫布答话。布上城而立。操在麾盖下以鞭指布，布以手答之。操曰："近日闻君结婚袁术，吾故领兵至此。术有反逆大罪，君有讨董卓之功，【眉批：**一句入罪，两句出罪，狡之极。**】顺逆不同，何当相结？君若倒戈降我，共扶王室，不失封侯之位，功名可立；若遇迷不顺，城池一破，玉石不分，悔之晚矣！尔试察之。"布曰:"丞相且退。尚容商量。"陈宫立在布侧,大骂操曰:"汝欺君之贼,反欲毁袁术耶?"言罢,一箭射中麾盖。操指而恨曰:"吾誓杀汝!"遂引兵攻城。布曰:"丞相息怒,容当自首,拜投阶下。"陈宫变色,怒曰:"奸贼曹操,何等之人?今日若降,如鸡子投石,岂得全乎!"【眉批:吕布柔软。无丈夫气,陈宫虽失身从人,却可谓至死不变。】布拔剑来杀陈宫。未知性命如何,且听下回分解。

吕布欲杀陈宫,高顺、张辽曰:"公台忠义之人,言从心出,愿主详之。"布掷剑笑曰:"吾戏汝耳。愿公台教我拒操之策。"宫辞无计可施。布求恳之,宫曰:"只恐将军不从。"布曰:"公之良言,安肯不从!"宫曰:"曹操远来,势不能久。若将军以步骑出屯,为势于外,宫将余众闭守于内,操若外攻将军,宫引兵出攻其背,操若攻城,将军为救于后。不过旬日,操军食尽,可一鼓而破。此乃犄角之势也。"【眉批:以寡敌众,以逸待劳,以守为战,此法妙甚。乃夹攻之奇,不独犄角之势也。】布曰:"公言极善。"遂议分兵。

布归府,收拾戎装。此时冬寒,在侧从人,多带绵衣。妻严氏曰:"君欲何往?"布曰:"陈宫教我犄角之势如此。"严氏曰:"昔曹操待公台如赤子,【眉批:"操待公台如赤子",此语从何处得来?】犹舍而来;今将军厚公台不过曹操,而欲委全城,捐妻子,孤军远出。若一旦有变,妾岂得为将军之妻乎?"布曰:"夫人所见如何?

国学经典文库

李渔批阅

三国演义

吕布败走下邳城
白门楼操斩吕布

图文珍藏版

292

有言吾必听之。"遂三日不出。

宫入见布曰:"操军已大张声势,四面围至。若不早出,必受其困。"布曰:"吾思远出不如坚守。"宫曰:"近闻曹操粮少,遣人往许都去取,早晚将至。将军强引精兵猛将出绝粮道,此计最毒也。"布曰:"公言极善。"

又入,对严氏曰:【眉批:耳朵软,虽有千斤之力,只当懦夫。】"曹操粮食将至,我出断之便回。汝且宽心。"严氏泣曰:"将军自出断粮,必然陈宫、高顺守城。我闻宫、顺素不和睦,将军一去,宫、顺必不同心共守城池。如有差失,将军当以何地而立乎?原将军详听,勿被宫等所误也。【眉批:忍着老公偏会说得。】妾昔在长安,已为将军所弃,幸赖庞舒私藏妾身,【眉批:此处才放出吃醋的事情来,又照应庞舒事,又影出貂蝉,以

王允时无处插入耳。绝好心思笔用。】今须不顾妾也,将

国学经典文库

李渔批阅

三国演义

吕布败走下邳城
白门楼操斩吕布

图文珍藏版

军前程万里！"言毕痛哭。布愁闷不决，入告貂蝉。貂蝉曰："将军与妾作主，勿轻骑自出。"布曰："汝无忧虑，吾有画戟、赤兔马，天下人谁敢近我！"布出，谓陈宫曰："操军粮至者，诈也。操多诡计，吾未敢动。"宫长叹而也曰："我等死无葬身之地矣！"布终日不出，只守严氏、貂蝉，饮酒以解愁闷。【眉批：**到此处吕布已安心束手待毙矣。**】

陈宫门下谋士许汜、王楷求见吕布。布问曰："二公有何解围之策？"许汜曰："今袁术在淮南，声势大振。旧曾许女为婚，将军何不求之？术兵一至，内外攻击，操兵必败矣。"布大喜，遣人修书，就着楷、汜同去。许汜曰："须得一军引路冲击，方可得去。"布教张辽、郝萌两个引兵一千，送出隘口。话记，王楷辞了吕布，张辽在前，郝萌在后，夜至二更，杀出城去。抹过玄德寨，众将追赶不迭，已出隘口。张辽一半军回，郝萌五百人马，跟随汜、楷去了。张辽回来，云长拦住，各有顾盼之心，不肯下手。高顺、侯成出城，引兵救护张辽回去。

且说许汜等来到寿春，拜见袁术，呈上书信。术曰："前者杀吾使命，赖吾婚姻，今复相问，何也？"汜曰："此是操用奸计，以致如此，望明上详察纳之。"术曰："汝不是操军困逼甚急，岂肯以女许吾之子？"汜曰："明上今不救布，布必败矣。布若一破，明上亦破矣。"术曰："奉先反覆无信，【眉批：一句说尽其人。】可先送女，然后倾国救之。"

汜、楷谢了，和郝萌回。到玄德寨边，汜曰："日间不可过，夜半吾二人当先，汝可断后。"郝萌结束了，夜过玄德寨边。正行之次，张飞出寨拦路，郝萌交马一合，生擒过去。汜、楷跑到城，大叫："城上救人！"

却说张飞解送郝萌来见玄德。玄德问了，押住大寨见操。萌说求救袁术，许女为婚。操怒，推出斩首。即唤主簿，告示各寨："如有走透吕布并将士者，定按军法。"各寨悚然，昼夜不寝。玄德至寨，分付关、张曰："我等正当淮南路上冲要之处，倘有疏失，王法无亲，二弟须要用心。吾今日夜不敢卸甲矣。"飞曰："提了吕布

国学经典文库

李渔批阅

三国演义

吕布败走下邳城
白门楼操斩吕布

图文珍藏版

健将，不得重赏，反相唬吓！"【眉批：**此话胸中真无宿物。**】玄德曰："非也。曹操统数十万雄兵，不得军令，何以服人？弟勿犯之。"关、张就应诺而退。

却说氾、楷回见吕布，言袁术先欲得了儿妇，然后肯起倾国之兵。布曰："如何送去？"氾曰："非将军自行不可。"布曰；"今日如何？"氾曰："今日乃凶神之辰，不可出城。明日大利，宜用戌、亥时，可以上马。"布教张辽、侯成："引三千军马，安排一辆小车在外，我亲送二百余里，却使你两个去。"【眉批：**送女儿去做皇后，老婆决然应允，故不必说得，想是皇后装办该如此。**】次日天晚，吕布将女以绵缠身，用甲包裹，布遂上赤兔马，负女于背上，手提画戟。此正二更，夜月微明，放开城门，自己当先出城，张辽、侯成跟着。将次来到玄德寨前，一声鼓响，云长拦住去路，大叫："休走！"战不十合，布刺斜便走。张飞早引一军来迎，吕布无心恋战，只要冲路而走。玄德自引一军又来，两军混战。吕布虽勇，终是缚一女人在身上了，又恐伤着，许多不便，故不敢来突重围。不料后面徐晃、许褚又杀将来，箭如雨点。【眉批：**好新人，好迎亲。有声势。**】众军皆大叫曰："不要走了吕布！"布见军来太急，只得复回下邳。玄德收军，徐晃、许褚归寨，端的不曾走透一个。【眉批：**点缀好照应。**】布归城中，心内忧闷，只是饮酒。

却说曹操围城，两朋不下。忽报："河内张杨出兵东市，欲救吕布，被部将杨丑杀之，丑将杨头欲献丞相，

又被张杨部将眭固杀之，反投犬城去了。"【眉批：正史中许多说话，演义反简。妙，妙。】操遣史涣追而斩之。

操聚众将曰："吾围两月，不克下邳，北有西凉之忧，东有表、绣之患，使吾食无甘味。幸尔张杨自灭。吾欲舍布还都，暂且息战。"荀攸急止曰："不可。某观吕布有勇无谋，今屡战皆败，锐气堕矣。三军以将军为主，将衰则军无奋心。陈宫有谋而迟，且多不用。【眉批：说尽两人形状。】今布气未复，宫谋未定，急速攻之，布必可获也。"郭嘉曰："某有一计，胜如二千万兵，布虽勇，不能逃也。"荀彧曰："莫非决沂、泗之水乎？"嘉曰："然。"操大喜，差一万人，即决两河之水。诸军皆居高原，坐视水淹下邳。

下邳城中，夜闻水声，飞报吕布。布曰："吾有赤兔马，渡水如平地，【眉批：为下文盗马伏线。】吾何惧哉！"痛饮美酒，以待天时。布因酒色过伤身体，容颜销减，取镜照之，大惊曰："吾被酒色伤矣！自今日断之。城中但饮酒者皆斩。"部将侯成有马一十五匹，适被后槽数人盗去，欲献玄德。侯成知觉，赶上夺回，尽将后槽人杀之。诸将合礼，来与侯成作贺。侯成酿酒数斛，杀猪十余口，未敢就饮。先将酒五瓶、猪一只，敬诣布前，献曰："托将军虎威，追得失马。众将皆来作贺，酿得些酒，猎得数猪，未敢先吃，先以献上。"布大怒曰："吾禁酒，汝酿酒，召将士会饮，将欲谋伐我耶！【眉批：失马不为忧，得马不为喜者，此也。】推出斩之！"高顺等入告，布怒曰："故犯吾令，理合处斩。看诸将面，且打一百！"众将哀告，打了五十。成归，尽弃酒肉。众皆相视，各有变心矣。

是时宋宪、魏续共来探视，成潸然下泪曰："非公等，则成死矣！"宪曰："布只在妻妾为念，视我等如草芥。"续曰："军围城外，水绕壕边。吾等死无地矣！"宪曰："东门无水，我等弃布而，若何？"续曰："非丈夫也。不如擒布献之，更可全身远害。"成曰："我因追马受责；布所倚仗者，赤兔马也。汝二人献门擒布，吾先盗马去报曹公。"三人商议定了，侯成暗来马院，观其动静，见槽上人皆睡熟。盗马走出东门。

来到操寨，备言献马之事，宋宪、魏续插白旗为号，准备献门。操得消息，押榜数十张，令军射入城去。榜曰：

今奉明诏，征伐吕布。如有抗拒大军者，满门诛灭。城内上至将校，下至庶民，如献吕布之首者，重加官赏。大将军曹。

次日平明，城外将校，大小诸将，一齐呐喊，震动天地，吕布大惊，慌提画戟上城，各门点视，责骂魏续走透侯成，欲待治罪。曹军城下望见白旗，打城甚。布自迎战。城里城外，箭似飞蝗，炮如雨下。平明打到日午，城外军退。

布少憩楼中，坐于椅上睡着。【眉批：到此时还睡得着，只是没精神耳。】宋宪赶退左右，先盗其画戟。宪、续二将齐上，绑了吕布。【眉批：方天戟、赤兔马。何所用之?】布急唤左右，魏续杀散，把白旗一招，大兵齐至城下。魏续大叫："生擒吕布在此!"夏侯渊尚未全信。宋宪城上掷下吕布戟来，大开城门，一拥而入。高顺、张辽都在西门，水围难出，城上城下，将士拥出，皆被生擒。陈宫在南门边，也被徐晃捉了。操差人入城，不许劫掠良民。

操坐城门楼上，使人去请玄德。玄德同关、张至，操领玄德坐下，提过一干人来。吕布虽然身子长大，数条粗索缚作一团。布叫曰："缚得太急! 乞少缓些。"操

国学经典文库

李渔批阅

三国演义

吕布败走下邳城
白门楼操斩吕布

图文珍藏版

299

曰："缚虎不得不急也。"布曰："容伸一言而死。"操曰："且少解宽。"主簿王必趋进曰：【眉批：**请问主簿，是谁的主簿？**】"布勃虓也，其众在外，不可宽也。"操曰："本欲少缓，主簿不从耳。"布见侯成、魏续皆立于侧，布曰："我待诸将不薄，安忍反予？"宪曰："听妻言，不用将计，焉得为厚？"布默然。先拥高顺至前，操问曰："汝有何言？"高顺不答。操怒，命推下斩之。

押过陈宫来，操曰："公台别来无恙乎？"宫曰："汝心术不正，吾故弃之。"【眉批：**俱是正言。问答俱是针锋相对，然毕竟陈宫气壮，曹操心怯。**】操曰："吾心不正，尔如何事布？"宫曰："布虽无谋，不似尔奸险害人之辈。"操曰："公台自谓智谋有余，今竟如何？"宫顾吕布曰："但恨此人不从吾说耳。若从吾说，未必被擒也。"操笑曰："今日之事，当欲如何？"宫曰："为臣不忠，为

国学经典文库

李渔批阅

三国演义

白门楼操斩吕布

吕布败走下邳城

图文珍藏版

子不孝，死自甘心。"操曰："卿固如是。奈老母何?"宫曰："吾闻将以孝治天下者，不害人之亲。老母之存亡，事在明公。"操曰："又若妻子何?"宫曰："吾闻施仁政于天下者，不绝人之祀。妻子之存亡，亦在明公。"操颇有留恋之意。宫曰："请出就戮，以明军法。"遂步下楼，【眉批：宫知后来操必不容，若此时不死，空折忠慨之名。】牵之不住。操起身泣而送之，宫并不回顾。临行，操与从者曰："即送公台老母妻子回许都去，在吾府中恩养，怠慢者斩。"【眉批：操处宫亦有体。】宫闻不言，伸颈受刑。众皆下泪。操以棺椁盛之，迁葬许都。后史官叹陈宫虽不识人，忠义之气，凛然千古。其诗曰：

不识游鱼不识龙，要诛玄德拒曹公。

虽然背却苍天意，谁似忠心映日红?

操送宫下楼时，布哀告玄德曰："公为坐上客，布为阶下虏，何不发一言相宽乎?"玄德点头。【眉批：此段写情事俱活现。】操知其意，令人押过吕布。布曰："明公所患，不过布耳。布今已服，天下何足忧哉? 明公为步将，布为骑将，天下不足虑也。"操回顾玄德曰："布欲如何?"玄德答曰："明公不见布之事丁建阳、董卓乎?"【眉批：只这句一断送了他。】操颔之。布目视玄德曰："是儿最无信者!"操令牵下楼缢之。布回顾曰："大耳儿! 不记辕门射戟时耶!"操大笑。忽一人叫曰："吕

国学经典文库

李渔 批阅

三国演义

吕布败走下邳城
白门楼操斩吕布

图文珍藏版

302

布匹夫！何惧死也！"视之，众刀斧手拥张辽至。操教缢死吕布，然后枭首。宋贤有诗叹曰：

> 洪水滔滔淹下邳，当年吕布受擒时。
> 空余赤兔马千里，谩有方天戟一枝。
> 缚虎望宽何太懦，养鹰休饱恨何疑。
> 恋妻不纳陈宫谏，枉骂无恩大耳儿。

罗隐绝句责玄德诗曰：

> 伤人饿虎缚休宽，董卓丁原血未干。
> 玄德既知能啖父，争如留取害曹瞒。

须臾布死。时建安三年十二月也。武士献上吕布首级。

军士押过张辽，扣指辽曰：【眉批：吕布求生不得生，张辽料死反不死。死生是由命哉。】"这人姓生面善。"辽曰："我两个在濮阳那里相见，如何忘了？"操大笑曰："你原来也记得。"辽曰："只是可惜。"操曰："可惜甚的？"辽曰："只可情火不大；若火大，烧杀你这国贼！"【眉批：巧。】操大怒曰："败将安敢辱吾！"拔剑在手，亲自来杀张辽。辽引颈待诛。曹操剑下，一人攀住臂膊，一人跪在面前，二人力救张辽。且道是谁，下回分解。

第二十回 曹孟德许田射鹿
董承密受衣带诏

曹操剑下，玄德攀住臂膊，云长跪在面前。玄德曰："此等赤心之人，正可容留。"云长曰："关某素知文远忠

义之士，愿以性命保之。"【眉批：应前相恋光景，伏后关公在曹情事。】操掷剑笑曰："我亦知文远忠义，故戏之耳。"【眉批：恐他人做了人情，便说自家是戏。老奸巨滑。】乃亲释其缚，自与衣穿，曰："纵使杀吾妻子，亦不记仇。"辽遂降。操拜辽为中郎将，赐爵关内侯，使

国学经典文库

李渔批阅

三国演义

曹孟德许田射鹿
董承密受衣带诏

图文珍藏版

张辽招安臧霸。霸闻吕布已死，张辽投降，遂引本部军数百人降操。操赐金帛、衣服。臧霸又招孙观、吴郭、尹礼来降，独有昌希未肯归顺。操封臧霸为琅琊相。孙观等各各加官，令守青、徐沿海地面。

操将吕布妻小并及貂蝉载回许都，【眉批：**此后貂蝉不复再见下落矣。**】尽将钱帛分犒三军。操离下邳还许，路过徐州，百姓焚香遮道，请留刘使君为牧。操曰："使君功劳甚大，必当面见君毕，回来未迟。"百姓叩谢。操马上顾玄德曰："待公朝毕，还牧徐州未迟。"【眉批：**操自欲取徐州，而不欲予刘备明矣。**】玄德称谢。操唤车骑将军车胄权领徐州。【眉批：**为后关公斩车胄张本。**】大军回许昌，出征人员各各封官赐赏，留玄德在相府左近宅院歇定。

次日，献帝设朝，操引玄德见帝。玄德朝服拜舞于下。帝宣上殿，操奏前功。帝曰："卿祖何人？"玄德不觉下泪。帝惊问曰："卿何伤感？"玄德曰："适蒙圣问，因此伤感。臣先祖宗支，乃是中山靖王之后，汉景帝阁下玄孙，刘雄之孙，刘弘之子也。【眉批：**又一叙。**】先祖刘贞，封涿鹿县陆城亭侯。因此家缘流落。有辱先祖，所以下泪。'啼教取宗谱检看。宗正宣读云：

孝景生十四子。第七子乃中山靖王胜。胜生陆城亭侯贞。贞生沛侯昂。昂生漳侯禄。禄生沂水侯恋。恋生钦阳侯英。英生安国侯建。建生广陵侯哀。哀生胶水侯

国学经典文库

李渔批阅

三国演义

曹孟德许田射鹿
董承密受衣带诏

图文珍藏版

宪。宪生祖邑侯舒。舒生祁阳侯谊。谊生原泽侯必。必生颍川侯达。达生丰灵侯不疑。不疑生济川侯惠。惠生东郡范令雄。雄生弘。弘不仕。备为弘子。

帝排宗谱，备乃帝之叔也。帝亦下泪，请入偏殿，却叙叔侄之礼。帝暗思："曹操弄权，国务大事，分毫不由朕主。今日得此英雄之叔，皇天指路矣。【眉批：帝亦有眼力。】帝设宴待之，令曹操议定官职。操拜玄德为左将军，封宜城亭侯。玄德拜恩已毕，出朝。自此皆称刘皇叔云。【眉批：曹、刘相失，实始于此。】

操回府，荀彧等一般谋士入见操曰："天子认备为叔，恐无益于主公乎？"操答云："玄德与吾结为昆仲，安肯外向耶？"刘晔曰："吾观玄德，世之杰士，非池中之物也。"操曰："好亦交三十年，恶亦交三十年。"【眉批：语甚浑，不可测。】于是操与玄德出则同舆，坐则同席，美食相分，恩若兄弟。程昱入说操曰："今吕布已灭，天下震动，可行王霸之机乎？"【眉批：显为篡首。】操曰："不可。朝廷股肱尚多，未宜轻举。吾当请天子田猎，以观动静。"【眉批：观动静者，观左右也。】

一日，操拣选良马、名鹰、俊犬，弓矢俱备，先令聚兵城外，操遂请天子田猎。帝曰："田猎恐非正道。"【眉批：绝非亡国之君之言，何天之不祚汉也？】操曰："古之帝王，春蒐夏苗，秋狝冬狩，四时出郊，以示武于天下。今四海扰攘之时，若出田猎，其利有四：陛下久

国学经典文库

李渔 批阅

三国演义

曹孟德许田射鹿
董承密受衣带诏

图文珍藏版

306

处深宫，神力疲倦，驰聘于弓马之间，爽神畅体，其利一也；耀武扬威，以示四方，其利二也；军闲则困，困则生疾，奔走无逸，其利三也；自天子至于公卿，不可不习射以生力，其利四也。"帝即上逍遥马，带雕弓、金鈚箭，排銮驾出城。【眉批：**周宣王之猎于许都，是天子当阳；汉献帝之猎于许田，是权臣耀武。**】玄德与关、张，各弯弓插箭，内穿掩心甲，各持兵器，引数十骑随銮驾出许昌。百姓见关、张跟在背后，看了人马兵器，无不称奇。操骑爪黄飞电马，引十万之众，与天子猎于许田。操令军士周围排二百余里。操与天子只争一马头。背后都是操之心腹，文武百官，远远侍从，谁敢近前。【眉批：**可知此时杀曹操不得。**】各带一付弓箭，惟天子可带雕弓。壶中所插之箭，各有号贴，惟天子用金鈚箭。

当日献帝驰马到于许田，玄德起居道傍。帝曰："朕要看皇叔今日射猎。"玄德谢毕上马，忽见草中赶起一兔，帝令玄德射之。【眉批：**是曹操射鹿引子。**】一箭正中兔脊，帝乃称贺。玄德拜谢上马，转过土坡。忽见荆棘丛中，赶出一只大鹿，正中而来，帝连射三箭不中。帝觑操曰："卿射之。"操就讨天子手中雕弓、金鈚箭，扣满一发，正中鹿背，倒于草中。【眉批：**汉失其鹿，为操所得，正魏代汉之兆也。**】群臣将校，但见箭弓，皆谓天子射中，踊跃而来，同呼"万岁"。曹操纵马而来，遮于天子之前，以身当之。【眉批：**此正观动静之谓也。**】众皆失色。玄德背后云长大怒，剔起卧蚕眉，睁开丹凤眼，提刀拍马，便要出斩曹操。玄德会意，摇首送目，不肯令出。公乃仁义之人，见兄如此，便不敢动。曹操独视玄德，玄德慌忙欠身称曰："丞相神射，世之罕及！"操笑曰："是天子洪福耳。"马上与天子贺罢，不还雕弓，就悬带之。【眉批：**袁术窃玉，曹操窃弓，不意一时竟有二阳货。**】老臣无不嗟呀。围场已罢，宴于许田。天子促归，于是驾回许都，各自归歇。

玄德与云长曰："汝今日何躁暴也？"云长曰："欺君罔上之贼，心实难容。欲与国家除害，兄何止之？"玄德曰："投鼠忌器。操起奸计，自奏天子，出来围猎，将帝时时窥视，与帝相离一马之地；其他心腹之人，周围远近围侍，尔岂不知？吾观弟怒，急止之者，因见操贼心腹之人，牙爪数多，倘举事不成，有伤天子，罪反坐我

国学经典文库

李渔批阅

三国演义

曹孟德许田射鹿
董承密受衣带诏

图文珍藏版

307

国学经典文库

李渔批阅

三国演义

曹孟德许田射鹿
董承密受衣带诏

图文珍藏版

308

等也。"【眉批：大有斟酌。】云长曰："今日不杀奸雄操贼，大哥你看后必有祸矣"【眉批：叫"大哥"一声，忠勇之情闻于纸背。】玄德曰："宜秘之。"不在话下。

却说献帝驾还宫中，至晚泣对伏后曰："可怜朕自即位以来，奸雄并起，先受董卓之殃，后遭催、汜之乱。常人不受之苦，吾与汝辈当之。【眉批：的真。】得见曹操，以为重扶社稷之臣，今独专国政。此贼节生奸计，专权弄国，分毫不由于朕。殿上见之，有若芒刺。今在围场之上，身迎'万岁'之呼，早晚图谋，必夺汉室。若至临期，吾夫妇不知死于何所也！"伏后曰："公卿子孙，四百余年食汉禄者，竟无一人效股肱之力，而救国难乎？"言讫，相对泣于宫中。忽有一人自外而入曰："陛下休忧。臣举人，与陛下除害，保安社稷。"帝视之，乃是皇后之父伏完也。帝拭泪问曰："皇丈知朕腹中之事乎？"完曰："许田射猎之事，谁不见来？操贼即今日之赵高也！"帝曰："满朝之中，非操宗族，则出门下，谁肯尽忠讨贼耶？"完曰："若非国戚，不敢相告。老臣无权，难举此事。车骑将军董承，亦国舅也。【眉批：因一国戚，又引出一国戚。】帝曰："董承多赴国难，朕素知之，即可宣入内，共议大事。"完曰："陛下左右皆是操贼腹心，倘若一泄，为祸愈速。臣有一计，可令董承尽力保驾。"其计如何，且听下面分解。

伏完曰："陛下可制锦衣一领，玉带一条，暗赐董承。可于带衬之内，缝一密诏赐之，令彼到家，昼夜思

国学经典文库

李渔 批阅

三国演义

曹孟德许田射鹿
董承密受衣带诏

图文珍藏版

309

省。"【眉批：衣带诏一事，出自伏完，而伏完偏不在七人之内。却留在后，又另作一事，读者不能测也。】帝曰："善。"

伏完出，帝自作一密诏，咬破指尖，以血写之，令后缝于带衬之内，自穿锦袍，自系玉带，令内史宣承入内。承入见帝，礼毕，帝曰："朕躬夜来与后说及霸河之苦，论舅之功，朝夕思慕，可伴朕于宫中散心闲步。"承顿首谢。帝引承出殿，行至太庙，转上功臣阁内，设列供具。帝焚香拜毕，引承细观画像。中间是高祖像，二十四帝绘于两边。帝指而问曰："中位者何人也？"承曰："乃陛下高祖，开基创业，何不识也？"帝曰："吾祖起身何地？如何创业？"【眉批：将说自己，先问高皇。】承大惊曰："陛下戏臣乎？圣祖之事，安得不知？"帝曰："卿试言之。"承曰："高帝起自泗上亭长，提三尺剑，斩白蛇于砀砀山中，起义兵纵横四海，三载亡秦，五年灭楚，成四百年大汉天下，立万世之基业。传至今日，陛下享之。"帝叹曰："祖父如此英雄，子孙如此懦弱，何损益大不同乎？"承曰："高皇帝英雄之主，不世出也。"帝指左右辅者曰："此二何人，立于吾祖之侧？"【眉批：**将命董承，先说留侯、赞侯。**】承曰："上首者，留侯张良；下首者，赞侯萧何。"帝曰："此二人何功，可得闻乎？"承曰："开基创业，实赖二人之力。张良运筹帷幄之中，决胜千里之外；萧何镇国家，抚百姓，转输不绝。高祖每称其善。"帝曰："真社稷之臣也！正当配享。"帝顾左右较远，低声语曰："卿亦当同立朕躬之侧矣。"【眉批：**方入正意。**】承曰："臣无寸功，何以当此？"帝曰："朕想西都救驾之功，未曾少忘。无可为赠，卿当衣服此袍，系此带，常若在朕之左右者。"遂解袍带赐之。又低声语曰："卿可仔细观之，勿负朕意。"承拜谢，穿袍系带，辞帝下阁。

早有心腹人去报操曰："帝与董承登功臣阁说话。"操即入朝来看虚实。承方出阁，转过宫门，操正入来，急无躲处，立于路侧，栗然施礼。操问："国舅何往？"承曰："适蒙天子宣入，赐以锦袍玉带。"操问："有何缘故，赐与衣带？"承曰："因某旧日西都救驾之功，故此赐之。"操曰："解带吾看。"【眉批：**急杀。**】承因见帝动静，疑有密诏，恐操看破，乃作艰难之状。操指左右急

解下来。【眉批：急杀！急杀！如何？如何？】操看了大
笑曰："果然是条好带！再脱锦袍借看。"承心畏惧，不
敢不从，遂脱献上。【眉批：带不自解，袍却自解，形容
畏惧之状如画。】操亲自以手提起，于日影中细细照之。
看毕，穿在身上，系了玉带，回顾左右曰："长短如何？"
左右称美。操曰："与吾穿之，别有回赐。"承告曰："君
恩不可轻也。"操曰："汝受此衣带，莫非中有谋乎？"
【眉批：越发急杀！】承急答曰："小人焉敢？丞相如要，
便当留下。"【眉批：亏得竟送，方肯退还，不然危哉。】
操曰："汝受君赐，吾何夺之？故相戏耳。"遂脱袍带
还承。

国学经典文库

李渔批阅

三国演义

曹孟德许田射鹿
董承密受衣带诏

图文珍藏版

国学经典文库

李渔批阅

三国演义

曹孟德许田射鹿
董承密受衣带诏

图文珍藏版

312

承辞操而归，到家将袍仔细反覆看了，并无一物。承思曰："天予以目送我，以手指我，必有意在。今里外不见踪迹，何也？"是夜不能安寝，寻思良久，承曰："尚有玉带可观。"其面乃是白玉玲珑，碾成小龙穿花，背用紫锦为衬，不知其故。于桌上展转寻之，不觉疲倦，伏几而寝。忽然灯花卸落于带鞓上，烧着背衬。【眉批：**天巧如此，何以又不成功？想承命当送于此耳。**】承惊醒，视之，烧破一处，微露素绢，隐见血迹。取刀拆开视之，乃密诏也。承大骇。诏曰：

朕闻人伦之大，父子为先；尊卑之殊，君臣为重。近者操贼，出自闾门，滥叨佐辅之阶，实有欺罔之罪。结连党伍，败坏朝纲；赖赏封罚，皆非朕意。夙夜忧心，恐天下将危。卿乃国之元老，朕之至亲，可念高皇创业之艰难，纠合忠义两全之烈士，殄灭奸党，复安社稷，除暴于未萌，祖宗幸甚！怆惶破指，书诏付卿，再四慎之，勿令有负！建安四年春三月诏。

董承览毕，涕泪交流，寝食皆废，行坐不安，心中烦恼，嗟叹不已，藏于袖中。独步至书院中，将诏再三观看，无计可施，将诏放于几上，【眉批：**好不小心。**】自思灭操之计，忖量未定，伏几而盹。将及半晌，忽侍郎王子服至，门吏不敢阻。子服素与董承极厚，竟入书院，见承伏几不醒，袖底压着素绢，微露"朕"字。子服疑之，默取在手，藏于袖中，遂大叫曰："你好自在！到睡得着！"【眉批：又是一惊。】承惊觉，不见诏书，魂不附体，手脚慌张。子服曰："汝杀曹公，吾当出首！"承泣而告曰："若兄如此，汉室宗亲并皆休矣！"子服曰："吾戏汝耳。吾祖父累受汉禄，安忍负之？吾愿助汝一臂之力，共诛国贼！"承曰："诚有此心，国家万幸！"子服曰："当密室同立义状，各舍三族，以报汉君。"【眉批：不利市话。】承大喜，取白绢一幅，先书名画字，子服亦即书名画字。书毕，子服曰："将军吴子兰与吾至厚，说之，必肯同力灭贼。"承曰："满朝大臣，惟有长水校尉种辑、吴硕，【眉批：子服引出一人，董承又引出二人。】是吾心腹之人，必肯顺从。"

正商议间，家僮入报种辑、吴硕来探。【眉批：凑巧。】承曰："此天助也。"教子服于屏风后暂避。即接入书院，茶毕，辑曰："田猎回来，君怀恨乎？"承曰："虽有怨恨，无可奈何。"硕曰："若有协助，吾与共诛此贼"种辑曰；"与国家除害，至死无怨！"【眉批：又是凶谶。】王子服从屏后出曰："二人欲杀丞相，国舅便是证见。"种辑怒曰："忠臣不怕死，怕死不忠臣！吾等死做汉鬼，不似你阿党也！"承笑曰："吾等正为此事，欲见二公，今天所使，愿必酬矣。"董承袖中取出诏来，辑、硕视之，潸然泪下。辑曰："何不早图？"承遂出绢，请书名字。子服曰："只此少待，吾请吴子兰书。"子服去不多时，二人并入。兰书名毕，承邀后堂会饮。

国学经典文库

李渔批阅

三国演义

曹孟德许田射鹿
董承密受衣带诏

图文珍藏版

313

忽报西凉太守马腾相探。承曰:"只推我病,不能接见。"门吏回报,腾大怒曰:"我夜来在东华门外,见他锦袍玉带而出,【眉批:又将袍带一提。】何故推病耶?吾非为哺餟而来,欲见一面回西凉去,何太薄情而外我耶?"门吏又报,备言腾怒。承起曰:"诸公少待,暂容

承出。"承速接上厅。礼毕坐定,腾曰:"腾为西番不时入寇,特来朝见,就请添助人马。今欲回去,想念国舅是大老元臣,故来相辞,何相轻也?"承曰:"贱躯痼疾,有失接待,负罪若山海也!"腾曰:"面带春色,不似病容。"董承无言可答。腾拂袖便起,下阶嗟叹曰:"皆非柱石之才。"承见腾言感动,再拜回坐,问曰:"公笑何人非柱石之才也?"腾曰:"田猎之事,吾尚气满肺腑。汝乃国舅近戚,犹自殢于酒色,不思图报,安得为柱石

之才也!"承恐是诈,故叹曰:"曹丞相乃梁栋也,吾又何能及焉!"【眉批:纯用逆挑,妙。】腾大怒曰:"汝尚以曹贼为正人耶?"承曰:"耳目较近,请公低声。"【眉批:可谓斟酌紧密矣。事之不成,天也。】腾曰:"贪生怕死之徒,不足以论大事!"又欲起身。【眉批:写马腾,又是马腾身分,与前五人不同。】承缓言相探,腾果忠义。承曰:"请看一物,以见某之动静。"遂邀腾入书院,取诏示之。腾毛发倒竖,咬指嚼唇,满口血流。腾曰:"汝若有内助之心,吾即统西凉之兵以为外应。"承请诸公相见,取出义状,教腾书名。腾乃取酒歃血为盟。【眉批:天子刺血,马腾嚼血,六人歃血,只因一纸血书,引出一片血诚。】腾曰:"吾等誓死不负所约!"指坐上六人言曰:"若得十人,大事谐矣。"承曰:"朝中大臣,少得忠义两全之人也。若不得其人,则反相害矣。"【眉批:人少做不得,人多亦做不得。】腾教取《鸳行鹭序簿》来,检到刘氏宗族,乃拍手言曰:"何不共此人商议?大事必成!"众皆问曰:"某等细看,未见有人。将军欲用谁耶?"马腾欲说何人,且听下回分解。

国学经典文库

李渔批阅

三国演义

曹孟德许田射鹿
董承密受衣带诏

图文珍藏版

第二十一回 青梅煮酒论英雄
关云长袭斩车胄

却说董承等问曰："公欲用何人？"马腾曰："见有豫州牧刘玄德在此，何不求之？"【眉批：天子血诏从许田

起见，诸臣定盟亦从许田起见。马腾之知玄德，以云长知之；其知云长也，亦以许田知之。】承曰："此人虽汉家皇叔，今与操作爪牙，安肯行此事耶？"腾曰："吾观玄德素有杀操之心。前日围场之中，操迎万岁之时，云长在后欲杀之，玄德以目视云长，遂退去。看来玄德非不欲图报，恨操爪牙之多耳。公试求之，无不应允。"硕

曰：“此事不宜太速，各留于心，再容商议。”众皆散去。

次日黑夜里，董承怀诏，径投玄德家来。门吏入报，玄德出迎，惊曰：“国舅何来？”请入小阁坐定。关、张立在面前。玄德曰：“国舅夤夜至此，必有事故。”承曰：“白日相访，正当其理；只恐曹操见疑，故黑夜来见。”玄德曰：“深荷厚情。”命取酒馔相待。承曰：“前日围场之中，云长欲杀曹公，将军动目摇头而退之，何也？”【眉批：这一句，问得突兀。】玄德失惊曰：“公何以知之？”承曰：“人皆不见，独某立于将军之侧，故见动静。”【眉批：不说马腾看见，却说自家看见，妙。】玄德不能隐违，遂曰：“关弟见操僭越，故不容耳。”承遂掩面痛哭。玄德问其故，承曰：“汉朝若皆得云长心地之人以为股肱，何忧不太平也！”【眉批：慷慨淋漓。】玄德又恐是操使来试探，乃佯言曰：“曹丞相治国，何忧不太平？”承变色而起曰：“公乃汉朝皇叔，故剖肝沥胆以言之，何相诈也？”玄德曰：“只恐有诈，故相戏耳。”遂取衣带诏，令玄德观之，不胜悲愤。又将义状出示，其上止有人六人：一，车骑将军董承；二，长水校尉种辑；三，昭信将军吴子兰；四，工部郎中王子服；五，议郎吴硕；六，西凉太守马腾。玄德曰：“既公有匡扶社稷之心，备敢不效犬马之力。”承拜谢。玄德曰：“既奉明诏，万死不辞。”承曰：“请书大名。”玄德亦书“左将军刘备，【眉批：大书特书。】押了字，付承收讫。承曰：“尚容再请三人，共聚十义，【眉批：凡做事必要凑数，便孩

国学经典文库

李渔批阅

三国演义

青梅煮酒论英雄
关云长袭斩车胄

图文珍藏版

国学经典文库

李渔批阅

三国演义

青梅煮酒论英雄
关云长袭斩车胄

图文珍藏版

318

子气。做大事者，一二人也尽可做得。如谋事不善，虽多亦奚以为？】以图国贼。"玄德曰："切宜缓缓施行，不可轻泄。"议到五更，相别去了。

玄德也防曹操谋害，就下处后园种菜，自己浇灌。翼德曰："兄长留心弓马，以取天下，而学小人之事乎？"玄德曰："非汝之所知也。"云长闲日，但看《春秋》，或习弓马。

一日，关、张不在，玄德正在浇菜，张辽、许褚突入园中，曰："丞相有命，请玄德便行。"玄德问曰："有甚紧事？"许褚曰："不知。只教我等相请。"【眉批：不说明，妙。】玄德只得随二人入府。曹操正色言曰："在家做得好事！"【眉批：吓杀。读者只道衣带诏事泄矣。】諕得玄德面如土色。操执玄德手，直至后园，曰："玄德学圃不易。"【眉批：如水上惊涛，忽起忽落。】玄德方才放心，答曰："无事消遣耳。"操仰面大笑曰："适来见枝头梅子青青，忽感去年征张绣时，道上缺水，将士皆渴，被吾心生一计，以鞭虚指曰：'前面有梅林，可采而食。'军士闻之，口皆生唾，由是不渴。【眉批：事已隔数卷。忽此处提出一段闲文，妙绝。】今见此梅，不可不赏；又值煮酒正熟，因邀贤弟小亭一会。"玄德心神方定。随至小亭，已设樽俎：盘贮青梅，一樽煮酒。二人对坐，开怀畅饮。【眉批：情事可画。】

酒至半酣，忽阴云漠漠，骤雨将至。从人遥指天外龙挂，操与玄德凭栏观之。【眉批：有景。】操曰："贤弟

国学经典文库

李渔批阅

三国演义

青梅煮酒论英雄
关云长袭斩车胄

图文珍藏版

知龙之变化否?"玄德曰:"未知也。"操曰:"龙能大能小,能升能隐:大则吐雾兴云,翻江搅海,小则埋头伏爪,隐介藏形;升则飞腾于宇宙之间,隐则藏伏于波涛之内。【眉批:渐渐论到英雄曲致。】龙乃阳物也,随时变化。方今春深,龙得其时,与人相比,龙发则飞升九天,人得志则纵横四海。龙可比世之英雄。玄德久历四方,必知当世英雄,果何人也?请试言之。"玄德曰:"备肉眼安识英雄?"【眉批:假呆得妙。】操曰:"休谦,胸中必有张主。"玄德曰:"备叨恩相,得仕于朝。英雄豪杰,实有未知。"操曰:"不识者亦闻其名,请以世俗论之。"玄德曰:"淮南袁术,兵粮足备,可为英雄乎?"操笑曰:"冢中枯骨,吾早晚必擒之矣!"玄德曰:"河北袁绍,四世三公,门多故吏,目今虎踞冀州之地,手下能事者极多,可为英雄乎?"操笑曰:"袁绍色厉胆薄,

国学经典文库

李渔 批阅

三国演义

青梅煮酒论英雄
关云长袭斩车胄

图文珍藏版

好谋无断，干大事而惜身，见小利而忘命，【眉批：看低多少"四世三公"。】乃癣疥之辈，非英雄也。"玄德曰："有一人称'八俊'，威镇九州，刘景升可为英雄乎？"操又笑曰："刘表酒色之徒，非英雄也。"玄德曰："有一人血气方刚，江东领袖，孙伯符乃英雄也？"操又笑曰："孙策借父之名，黄口孺子，非英雄也。"【眉批：人谓操看孙策未免太轻。要知操不以英雄予策，直到孙权承袭，方始叹曰："生子当如孙仲谋。"然则此老大有眼力。】玄德又曰："益州刘季玉，可为英雄乎？"操大笑曰："刘璋守户犬耳，何足为英雄耶！"玄德曰："如张绣、张鲁、韩遂等辈，皆如何？"操鼓掌大笑曰："此皆碌碌小人，何足挂齿！"玄德曰："舍此之外，备实不知。"【眉批：独不及马腾者，拟衣带事故耳。】操曰："夫英雄者，胸怀大志，腹隐良谋，有包藏宇宙之机，吞吐天地之志，方可为英雄也。"玄德曰："谁当之？"操以手指玄德，复自指曰："今天下英雄，惟使君与操耳。"玄德闻言，吃了一惊，【眉批：操白以为英雄，又畏玄德为英雄，一向只是以心相待，今却一口道破，玄德那得不惊。】手中匙箸尽落于地。时正值天雨将至，雷声大作，玄德乃俯首拾箸，从容语曰："一震之威，乃至于此。"操曰："丈夫亦畏雷乎？"玄德曰："圣人迅雷风烈必变，安得不畏？"【眉批：淡语瞒过。】曹操虽奸雄，亦被玄德瞒过。有诗曰：

绿满园林春已终，曹刘对坐论英雄。

玉盘堆积青梅满，金盏飘香煮酒浓。

匙箸落时知肺腑，风雷吼处动心胸。

樽前一语瞒曹操，铁锁冲开起蛰龙。

又苏东坡诗曰：

身外浮云更有身，区区雷电若为神。

山头只作婴儿哭，多少人间落箸人。

  雨方住，见两个人手提宝剑，撞入后园，左右皆挡不住。操视之，乃关、张也。原来二人城外射箭方回，听得玄德被张辽、许褚请将去了，忙来相府打听，知在后园，只恐有失，故冲突而入。【眉批：好兄弟。】却见玄德与操对饮，二人按剑不入。操问二人何来，云长答曰："听知丞相和兄饮酒，特来舞剑，以助一笑。"操知其意，笑曰："此非'鸿门会'，安用项庄、项伯乎？"玄德亦笑。操命："取酒与二樊哙压惊。"【眉批："二樊哙"，语新。】关、张拜谢。

须臾席散，玄德辞操而归。云长曰："险惊杀我两个！"玄德以落箸事说与关、张，关、张不解。玄德曰："吾之学圃惧雷，其理颇同。【眉批：前不说明，于此方说明。】曹操猜忌人也，早晚必着人来窥觑。吾种菜之故，欲使操知我为无用；失匙箸者，因操言我亦是英雄，予正未能答，忽一声雷震，只说惧雷，使操看我如同小儿，不相害也。"【眉批：正与学圃同意。】关、张曰："兄真高明远见。"

曹操次日又请玄德。正饮酒间，忽人报曰："满宠体察袁绍回来。"操召入，问曰："吾差汝去河北采访民物，何如？"宠曰："民物如故，公孙瓒已被袁绍破了。"【眉批：每摄他事于称述中，此得综练之法。】玄德急问曰："愿闻其详。"【眉批：磐河之战，玄德曾救公孙，故不得不问。】宠曰："瓒与绍战不利，退守冀州，筑城围圈，圈上建楼，高可十丈，名曰'易京楼'，积谷三十万以自守。战士出入不息，或有被绍围者，众请救之。瓒曰：'若救一人，后之战者，只望人救，不肯死战。'因此袁绍兵来，多有降者。瓒势孤，求于张燕，暗约举火为号，里应外合。正去下书，差去之人被绍擒之，却来城外放火。瓒自出战，伏兵四起，军马折其大半。退守城中，被绍穿地，直入瓒之楼下，放火为号。瓒无走路，先杀妻子，然后自缢，遂被一火焚之。今绍得了瓒军。绍弟袁术因在淮南骄傲过度，不恤军民，众皆反背。【眉批：**只探听袁绍，忽插入袁术，妙。**】术使人归帝号于袁绍，绍始于北方登基。使人去取玉玺，术约亲送到彼。现今弃了淮南，欲归河北。若二人协力，急难收复。乞丞相作急图之。"【眉批：**正中玄德脱身卯眼。吾言玄德不独为脱身计，亦因公孙瓒后欲探听子龙下落。**】玄德起身曰："术若投绍，必从徐州经过。备清一军，半路绝击，术可擒也。"操喜曰："来日奏帝，便教登程。"

次日，玄德进朝面君，操差朱灵、路昭引兵五万，令玄德总督，去拿袁术。玄德辞帝，帝泣送之。玄德到家，星夜收拾军器鞍马，挂了将军印，催督便行。董承赶出十里长亭，来送玄德。玄德曰："国舅宁耐，某此行必有方略，自当驰书相报也。"承曰："公宜挂念，勿负帝心。"二人分别。关、张在马上问曰："兄今番出征，如何如此慌速？"玄德曰："吾乃笼中之鸟，网中之鱼。此一行，正如鱼归大海，鸟上青霄，不受网罗之惊恐也。【眉批：**弟兄们说心腹话。**】曹公为人奸险忌刻，心若一变，死无地矣。"关、张忙催军马速行。

是时郭嘉考较钱粮方回，【眉批：**瞒得此人不在。玄德方得脱身。**】闻知曹公已遣玄德，慌入谏曰："丞相令备督军何意？"操曰："欲截袁术耳。"程昱曰："昔日刘

国学经典文库

李渔批阅

三国演义

青梅煮酒论英雄
关云长袭斩车胄

图文珍藏版

324

备为豫州牧，某等来谏，丞相不听，今日又与之兵，此乃放龙入海，纵虎归山，后欲治之，其可得乎？"郭嘉曰："备有雄略，又得民心，关、张皆是万人之敌，必非久为人下者。异日之事，不可测也。古人言：'一日纵敌，万世之患。'今以兵与之，如虎添翼也。丞相察之。"操曰："吾观刘备闲中学圃，醉后畏雷，非成事业之人，何忧之有？"【眉批：数语不似老瞒说话。】程昱曰："学圃者，故瞒丞相耳；畏雷声者，非其本情也。丞相明照天下，何被刘备瞒过？"操顿足曰："吾被此人欺诈矣！何人与我星夜擒之？"一人昂然出曰："某只用五百军，缚刘备，关、张，献于府下！"此人是谁，且听下回分解。

要去赶玄德者，乃虎贲校尉许褚也。操大喜，遂命许褚带五百军，连夜来赶。

却说关、张正行之次，只见尘头骤起，谓玄德曰："此必是曹公追兵至也。"遂下营寨，令关、张各执军器，立于两边。许褚至近，见严整甲兵，入见玄德。玄德曰："校尉来此何干？"褚曰："奉丞相命，特请将军回去，别有商议。"玄德曰："'将在外，君命有所不受。'【眉批："将在外，君命有所不受。"只二语。已可压倒许褚。何须有索金帛闲话也？】吾面过君，又蒙丞相钧语，不必再议。公可速回，禀覆丞相：程昱、郭嘉累次问我取索金帛，不曾相赠，因此在丞相面前谗言谮我，故令汝来赶我。我若不仁不义，就此处把你砍为肉泥了。吾感丞相大恩，【眉批："砍肉泥"，"感大恩"，俱不似玄德口吻。】未曾忘也。汝当速回，善言覆之。"许褚观见关、张以目视之，连声应诺而退。

许褚回见曹操，将玄德言语细说一遍。操唤程昱、郭嘉，责之曰："汝于刘备处觅索金帛不从，因此含怨于心，每在我前谗言谮之，此何理也？"程昱、郭嘉以头顿地曰："丞相又被他瞒过了也。"操笑曰："彼既去矣，若再追，恐成怨恨。【眉批：阿瞒不当一愚至此。】吾不怪汝等，汝等勿疑。"二人辞去。

却说马腾见玄德去了，边报又急，亦回西凉州去了。【眉批：又安放马腾去了。】

却说玄德兵至徐州，刺史车胄出迎。公宴了毕，孙乾、糜竺等都来参见。玄德回家探视老小；一面打听袁术，知术奢侈太过，雷薄、陈兰皆投嵩山去了。术势甚衰，乃作书归帝号于袁绍。书曰：

汉之失天下久矣，天子提携，政在家门，豪杰角逐，分裂疆宇，此与周之末年，七国分势无异，卒强者兼之耳。袁氏受命当王，符瑞炳然。今君权有四州，民户百万，以疆则无与比大，论德则无与比高。曹操欲扶衰拯弱，【眉批：还指操是真为国的。】

安能续绝命，救已灭乎？今纳上帝号，请兄早即帝位，共享万世洪基，不可失此机会！传国玺，续当献上。弟术百拜。

国学经典文库

李渔批阅

三国演义

青梅煮酒论英雄
关云长袭斩车胄

图文珍藏版

国学经典文库

李渔批阅

三国演义

青梅煮酒论英雄
关云长袭斩车胄

图文珍藏版

326

　　袁绍亦有篡国之心，故令人召袁术，术乃收拾人马、宫禁御用之物，先到徐州。

　　玄德知术来到，乃引关、张、朱灵、路昭五万军出，正迎着先锋纪灵。张飞更不打话，直取纪灵。两员将斗无十合，张飞大叫一声，枪刺纪灵于马下。【眉批：纪灵如此无用。想辕门射戟时，即无吕布，玄德亦非真了不

得也。】败军奔走。袁术自引军来。玄德分兵三路，朱、路在左，关、张在右，玄德自引一军，与术相见，责骂术曰："汝反逆不道，吾今奉明诏，前来讨汝！汝当束手受降，引见天子，免你死罪。"袁术骂曰："织席编履小辈，安敢轻我！"【眉批：还是虎牢关身段。】引兵赶来。

玄德退步，两路军一齐杀出，杀得尸横遍野，血流成渠；士卒逃亡，不可胜计。又被嵩山雷薄、陈兰劫尽粮草。玄德迤逦赶来。袁术四下无路，【眉批：**代汉当涂，竟成公路公路，走头无路。**】欲回寿春，又恐嵩山群盗所袭，只得住江亭，存有一千余众，皆老弱之辈，时当盛暑，粮食尽绝，止有麦屑二十斛，分给军士。家人无食，多半饿死。术嫌饭粗，不能下咽，乃求蜜水止渴。疱人曰："止有血水，安得蜜水乎？"术坐床上，大叫一声，吐血斗余而死。【眉批：**此骄奢之报，可作一段因果看。**】时建安四年六月也。后人有诗曰：

> 汉末刀兵起四方，无端袁术太猖狂。
>
> 不思累世为公相，反欲孤身作帝王。
>
> 弱暴枉夸传国玺，骄奢安说应天祥。
>
> 渴思蜜水无由得，独卧空床吐血亡。

袁术既死，其侄袁胤将灵柩久妻子奔庐江来，却被徐尽杀。得其玉玺，前赴许都，献于曹操。操大喜，封徐为高陵太守。此时玉玺归操。【眉批：**为后文曹丕篡汉张本。**】

却说玄德知袁术已死，写表申朝，书呈曹操，令失灵、路昭自回许都，留下军马保守徐州。玄德因见一路人民流散，随处招谕复业，来还徐州。

朱灵、路昭回到许都见操，细说玄德留下军马。曹

国学经典文库

李渔批阅

三国演义

青梅煮酒论英雄
关云长袭斩车胄

图文珍藏版

公欲斩二人，荀彧曰："权归刘备，二人无可奈何。"曹操叱退二人。荀彧曰："可写书与车胄，就内图之。"操曰："此计有理。"暗地使人来见车胄，传操钧旨。

胄请陈登商议。登曰："此事极易，凭将军神机，何虑刘备？可令军士先伏瓮城旁边，只作延请刘备，待马到来，一刀斩之。某在城上射住后军，大事济矣。"即时差人去请玄德。【眉批：**陈登素与玄德相善，故曹操不与相闻。今车胄无谋，乃反与登商议，宜其死也。**】陈登回家见父，言胄奉曹公命，欲杀刘备。珪大惊曰："吾儿何不先报玄德耶？"登曰："儿已为胄定一计矣。"珪曰："玄德仁人也，何可如此？"登领父命，来报玄德，正迎着关、张，报说如此如此。原来关、张先回，玄德在后。张飞听得，便要厮杀。云长曰："他伏在瓮城旁边，杀去必然有失。若兄尚未知，亦不肯即杀车胄。我有一计：乘此夜间，扮做曹公大军来到徐州，引得车胄出迎，袭而杀之。"张飞曰："倘或不出，如之奈何？"云长曰："别作区处。"

时部下军士原有曹公旗号、衣甲。【眉批：**本是朱灵、路昭之兵，不消扮得。**】当夜三更，大叫城上开门，城上问说是谁，众人应说："丞相部下张文远人马。"报知车胄，胄请陈登议曰："若不迎接，诚恐有疑；若出迎之，倘或有诈。"胄乃上城回言："黑夜难以分辩，平明相见。"【眉批：**车胄此时，颇有主意。**】城下答应："只怕刘备知道，疾快开门！"看看捱到五更，城外一片声只

国学经典文库

李渔批阅

三国演义

青梅煮酒论英雄
关云长袭斩车胄

图文珍藏版

叫开门。车胄披挂上马,引一千军出城。跑过吊桥,军分两下,车胄大叫:"文远何在?"关公提刀纵马,直迎车胄,大喝一声:"匹夫安敢怀心杀玄德耶!"车胄大惊,战未数合,遮拦不住,拨回马走。到吊桥边,城上陈登乱箭射下,车胄绕城而走。【眉批:**初意在城射玄德,今反射下车胄,一时变动,事不可料如此。**】长赶来,本要活捉,不觉手起一刀,砍于马下。割了首级提回,望着城上叫曰:"反贼车胄,吾已杀之!众等无冤,投降免死。"诸军弃甲抛戈,拜于地上。军民皆安。

云长将车胄头去迎玄德,具言车胄欲害之事,今已斩首。玄德大惊曰:"曹公若来,如之奈何?"云长曰:"吾与张飞迎之。"玄德懊悔不已,遂入徐州,百姓父老伏道而接。玄德到府寻张飞,飞已将胄全家诛杀。玄德曰:"曹公心腹之人杀了,如何肯休?日后兴兵来问罪,将何以辩?"陈登曰;"某有一计,可退曹公。"其计如何,且听下回分解。

国学经典文库

李渔批阅

三国演义

青梅煮酒论英雄
关云长袭斩车胄

图文珍藏版

国学经典文库

李渔批阅

三国演义

曹公分兵拒袁绍
关张擒刘岱王忠

图文珍藏版

330

第二十二回　曹公分兵拒袁绍
关张擒刘岱王忠

　　玄德问陈登求计，登曰："曹操所惧者袁绍。绍虎踞冀、青、幽、并四郡，带甲军士有百万，文官武将不可

胜数。可写书差人往冀州袁绍处下书求救，可敌曹操。"

【眉批：陈登偏计及此，妙。】玄德曰："虽识此人，未尝有恩。今又并了他兄弟，如何肯相助？"登曰："此间有一养老官人，桓帝朝为尚书，乃康城高密人也，姓郑，名玄。此人乃与袁绍三世通家。若得此人一书，必相助

耳。"玄德遂同陈登亲往郑玄家拜求书。郑玄欣然写之。

玄德差孙乾往袁绍处下书。袁绍备细问徐州之事，孙乾一一说了一遍，呈上书。其书曰：

伏闻汉道凋零，奸臣强暴，外无匡扶之柱石，内无杖策之栋梁。贼臣曹操，幽帝许都；社稷倾危，生灵涂炭。惟明公世居相府，天下仰之，若大旱而望云霓，如久涝之思天日。倘与刘玄德协力同心，共立伊尹、周公之迹，名垂青史，万代不磨。区区之志，愿听察焉。

绍览毕曰："刘备灭吾兄弟，当复其仇。"孙乾曰："此乃曹公之所使，不得不容耳。"绍曰："吾闻玄德世之杰士，吾当救之。"遂聚文武官商议，兴兵取许昌，保驾勤王，诛灭曹操反贼。一人出班谏曰，其人英杰，见识高明，鹿人也，姓田，名丰，字元浩，乃帐下第一个谋士。丰曰："兵起连年，百姓疲弊，仓廪无积，赋役方殷，此国之深忧也。宜先遣人献捷天子，务农逸民；若不得通，乃表称曹氏隔我王路。【眉批：**一个不要兴兵，意在缓战**。】然后尽提兵屯黎阳，潜营河内，增益舟船，缮置器械，分遣精兵，屯扎边鄙，令彼不得安逸。三年之中，大事可望而定也。"又一谋士曰："不然。"绍视其人，忠烈慷慨，相貌端庄，魏郡人也，姓审，名配，字正南。配曰："兵书之法，十围五攻。敌则能战。今以明公之神武，跨河朔之强暴，以伐曹贼，易如反掌，何必

国学经典文库

李渔批阅

三国演义

曹公分兵拒袁绍
关张擒刘岱王忠

图文珍藏版

331

区区迁延日月。【眉批：一个要兴兵，意在速战。】不取，后难图也。"又一谋士，广平人也，姓沮，名授，出曰："盖救乱除暴，谓之义兵；恃众凭强，谓之骄兵。兵义无敌，骄者先灭。曹操迎天子，安营许都，今举兵南向。于义则违。【眉批：又一个不要兴兵，是在不战。】且妙胜之策，不在强暴。曹操法令既行，士卒精练，比公孙瓒坐受困者不同。今弃万安之策，而兴无名之兵，窃为明公惧之。"言犹未毕，谋士郭图出曰："非也。昔武王伐纣，不为不义。况兵加曹操，岂曰无名？以公今日之强，军士精练，将士奋勇，若不及时早定大业，虑之失也。所谓'天与不取，反受其祸'，此越之所以霸，吴之所以亡。监军之计，计在持牢，而非见时，知机应变也。愿主公从郑尚书之言，请与刘备共仗大义，剿灭操贼，上合天意，下顺民情。【眉批：又一个要兴兵，心在宜战。】明公详之。"田丰、沮授坚执不肯兴兵，审配、郭图力劝起兵。四人争论未定，忽然许攸、荀谌二人自外而入。绍曰："许、荀二人多有见识，且看二人如何主张。"二人施礼毕，绍曰："郑尚书令我起兵，救刘备，灭曹操。起兵的是？不起兵的是？"二人素与田丰、沮授不和，却与审配、郭图最好。以目观之，田丰、沮授低头不语，审、郭以目送之。二人应声言曰："天与不取，反受其殃。若不动兵，操亦至矣。"【眉批：又两个要兴兵。皆以理势而言。】绍曰："二人所见，正合吾心。"【眉批：袁绍主意不定，至此方才有定局。】便商议兴兵。

绍令孙乾先回书答："我这里一面起兵，你那里亦作准备。"孙乾回报玄德。绍令审配、逢纪为统军，田丰、荀谌、许攸为谋士，颜良、文丑为将军，起马军二万，步军八万，共该精兵十万，徐徐养力，遥望黎阳进发。

　　却说曹操在许都，人报："刘备杀了车胄，据住徐州，结连袁绍，今起大兵前来攻许都，可作急拒敌。"曹公急聚谋士商议。此时北海太守孔融升为将军，见在许都随朝，听知袁绍动兵来到，亦来相府上言曰："绍势大，不可轻敌，不宜加兵，只可荣和。"操问众谋士曰："和与战孰利？"荀彧曰："袁绍无用之人耳，何必求和？"孔融曰："先生错矣。吾观袁绍，土广民强。田丰、许攸，为智谋之士，力之审配、逢纪，尽忠臣也；又颜良、文丑，勇冠三军；其余沮授、郭图、高览、张郃、淳于琼等辈，皆世之名士。【眉批：**孔融此时便有左袒之意，后为曹操所杀。**】何以袁绍为无用之人乎？"彧笑曰："公

国学经典文库

李渔批阅

三国演义

曹公分兵拒袁绍
关张擒刘岱王忠

图文珍藏版

只知其一，不知其二。绍兵虽多，而法不整。田丰刚而犯上，许攸贪而不治，审配专而无谋，逢纪果而无用：此数人者，势不相容，必生内变。【眉批：历言众谋士之短。却言有当，可见知己知彼。】颜良、文丑，匹夫之勇，一战而可擒也。其余碌碌等辈，纵有百万。何足道哉！是以知袁绍无用之徒耳。"孔融默然。操大笑曰："皆不出荀文若之料耳。"唤前后两营军官听命，差前军刘岱、后军王忠同引兵五万，打丞相旗号，去徐州擒刘备。操自引大军二十万，进黎阳拒袁绍。程昱曰："恐刘岱、王忠不称其使。"【眉批：为后二人被擒伏线。】操曰："吾亦知非刘备敌手，权且虚张声势。"分付："不可轻进，待我破了袁绍，再勒兵来破刘备矣。"刘岱、王忠领兵去了。

却说曹公引兵出许都，至黎阳。两军隔八十里，各自深沟高垒，密护不战。操亦不敢轻进。自八月守至十月。原来许攸不平审配领兵，沮授又恨绍不用其谋，递相不和，不图进取。【眉批：果应荀彧之言，而袁绍方今进步，亦无主意。】袁绍心怀疑惑，不思进兵。因此，曹公唤吕布手下降将臧霸守把青、徐，于禁、李典屯兵河上，曹仁总督大军，屯于官渡。操自引一军回许都。

却说刘岱、王忠引五万军，离徐州一百里下寨。中军虚打操旗号，未敢进兵，只打听河北声息。曹公差人催攻徐州。原来玄德也不知操在何处，未敢擅动，只得等河北消息。刘岱、王忠在寨中商议，岱曰；"丞相催并攻贼。你可先去。"王忠曰："丞相先羞你。"岱曰："我是主将。"忠曰："我和你一般名爵，同引兵去。"二人相推。【眉批：二人互相推委，好笑。】使曰："你两个拈阄，拈着的便去。"王忠拈着"先"字，自去分兵马一半，来攻徐州。未知胜负如何

玄德在徐州，听知军马到来，离城不远，请陈登商议。玄德曰："袁本初虽有十万军兵在黎阳，争奈谋臣不和，因此不进。曹操不知在何处。黎阳军中，无操旗号，此城外却有他幔帐，未见端的。"【眉批：玄德口中叙出。】登曰："曹公诡计百出，必以河北为重，亲自监督，故不建旗号；令在此设帐，中间进兵，必无曹公。"【眉批：登可谓善料人。】玄德曰："两兄弟谁可探听虚实？"飞曰："小弟愿往。"玄德曰："汝为人躁暴，不可去。"飞曰："便是有曹操，也拿将来！"【眉批：快人快语。】玄德曰："操虽汉贼，托天子明诏，征进四方，名正言顺。我若与他抗拒，便是造反。"飞曰："若如此论时，只速手待他来？"玄德曰："非也。如今袁本初未见相助之力，倘恶了他，尽起大兵来，我等死无门路矣。"飞曰："长别人锐气，灭自己威风！"玄德曰："知彼知己，百战百胜；知己不知彼，一胜一负；不知己，不知彼，百战百败。此万古不易之理也。吾料自己城池无粮食，且军士皆操先领者，非操之劲敌也。所恃者，惟本初耳。未胜，不敢妄动。"云长曰："亦不可坐守待死，弟亲往观其动静。"玄德曰："云长若去，我却放心。"于是云长

国学经典文库

李渔批阅

三国演义

曹公分兵拒袁绍
关张擒刘岱王忠

图文珍藏版

335

引三千人马，出徐州来敌王忠。

王忠先自怯战，又值初冬，阴云布合，雪花乱飘，军马皆冒雪布阵。云长骤马提刀而出，【眉批：**雪光中看赤面绿袍人，更觉光耀**。】阵前与王忠打话。忠曰："丞相到此，缘何不降？"云长曰："请丞相出阵，我自有话说。"忠曰："丞相岂和你一般。"关将大怒，骤马向前，王忠挺枪来迎。两马相交，关将拨马刺斜便走。王忠赶来。转过山坡，关公拨马回来，大叫一声，舞刀直取。王忠拦截不住，拨回马便走。关公左手倒提宝刀，用右手揪住王忠勒甲绦，拖下鞍，横担于马上，回本阵来。【眉批：**王忠如此易捉**。】两军呐喊。王忠军走，诸军赶上，夺得百十匹马，其余奔走。

关公叫休赶，绑缚王忠，回徐州来见玄德，押在厅

国学经典文库

李渔批阅

三国演义

曹公分兵拒袁绍
关张擒刘岱王忠

图文珍藏版

336

下。玄德问："尔乃何人？见为何职？敢诈称曹丞相！"忠曰："焉敢有诈。奉命教我虚张声势，以为疑兵。丞相并无在内。近在黎阳，催并前来。忠实非将军之对手。"【眉批：老实人是没用人也。】玄德教付衣服酒食，且暂监下，待捉了刘岱商议。关将曰："某知兄有和解之意，故生擒来献之。"玄德曰："吾恐翼德躁暴，杀了王忠，故不教去。此等人杀之无益，留之可解和。"张飞曰："二哥提了王忠，我去生擒刘岱来。"玄德曰："刘岱昔为兖州刺史，虎牢关伐董卓时，也是一镇诸侯。【眉批：虎牢关事于此一提。】今日为前军，不可轻敌。"飞曰："量此等之辈，何足道哉！我也似二哥生擒将来便了。"玄德曰："只恐坏了他性命，误我大事。"飞曰："如杀了，我偿他命！"【眉批：快人快语。】玄德遂与军三千跟将去。飞引兵前进。

却说王忠被生擒，刘岱知道，坚守不出。张飞每日在寨前叫骂，岱听知是张飞，越不敢出。飞守了数日，见岱不出，心生一计。【眉批：张飞都会用计，粗中有细也。】教手下传军令，令夜二更去劫寨栅。日间却在帐中饮酒，诈推醉，寻军士风浪罪过，痛打一顿，缚在营中。飞曰："待我上马，将来祭旗！"暗使左右故意宽松。【眉批：饮酒奇，而纵之使去更奇。】军士得脱，偷走出营，径报刘岱。张飞自使人暗地里窥视。望见过去了，飞却分兵三路，中间使三十余人劫寨放火，两路军却裹出寨后，看火起为号。刘岱见降卒身体皆损，并听其说，虚扎空寨，却在寨外埋伏。是夜，飞自引精兵，先断岱后路；中路三十余人，抢入寨放火。刘岱埋伏军人，却不见人。张飞兵二路一击，刘岱自乱，正不知飞兵多少，各自溃散。刘岱引一队残败军马，夺路而走，正撞见张飞。狭路相逢，急难回避。交马只一合，活捉刘岱。余者投降。使人先报入徐州。

玄德闻之，谓云长曰："翼德自来粗卤，今亦用智谋，吾无忧矣。"【眉批：非奖励其勇，奖励其智。】玄德亲自出郭迎之。飞曰："哥哥道我躁暴，今日如何?"【眉批：大话要让莽人说了。不激他，如何想得此计?】玄德

曰："不用言语激尔，如何肯使机谋?"飞大笑。玄德见缚刘岱过来，慌下马解其缚曰："小弟张飞误有冒渎，恕罪。"迎请入徐州，放出王忠，一同管待。玄德曰："昨因车胄欲害刘备，不容不诛。丞相错见，疑刘备反，故

遣二将军前来问罪。备前受丞相大恩，常思报答，恨无用命之路，安敢反朝廷也？【眉批：甘言卑词，一味虚假，还用青梅煮酒时身分。】二公至许都，望用片言替备分诉，备等之幸也。"刘岱、王忠拜谢曰："深蒙使君不杀之恩，当于丞相处方便，以某两家老少保使君无反心也。"玄德拜谢。

次日，尽还原领军马，送出郭。刘岱、王忠行不上十余里，一棒鼓响，张飞拦路大喝曰："我哥忒没分晓，捉住贼臣，如何又放了？"諕得刘岱、王忠在马上发颤。张飞睁眼挺枪便来，背后一人飞马大叫："不得无礼！"视之，乃云长也。【眉批：云长与张飞，一欲擒，一欲放，大有作意。】刘岱、王忠方才放心。云长曰："既然兄长放了，汝又如何不遵法令？"飞曰："今番放了，下次又来。"云长曰："待他再来，杀之未迟。"【眉批：至此二人怎不汗下。】刘岱、王忠连声告退曰："便丞相诛我三族，也不来了。望将军宽恕。"飞曰："便是操自来，杀他片甲不回！今番权且寄下这颗头！"【眉批：快人快语。】刘岱、王忠抱头鼠窜而去。云长、翼德自回。

关云长见玄德曰："曹操必然远来。"孙乾与玄德曰："徐州受敌之地，不可久居。不若分兵屯小沛，守下邳，为犄角之势，以防曹操。"玄德用其言，令云长守下邳，就将甘、糜二夫人往下邳。甘夫人乃小沛人也，糜夫人乃糜竺之妹也。【眉批：二夫人忽然夹叙。】孙乾、简雍、糜竺、糜芳守徐州，玄德与张飞屯小沛。

国学经典文库

李渔批阅

三国演义

曹公分兵拒袁绍
关张擒刘岱王忠

图文珍藏版

国学经典文库

李渔批阅

三国演义

曹公分兵拒袁绍
关张擒刘岱王忠

刘岱、王忠回见曹公，尽言刘备不反之事。操怒骂："辱国之徒，留尔何用！"喝令左右推转斩讫报来。刘岱、王忠性命如何，且听下回分解。

图文珍藏版

国学经典文库

李渔批阅

三国演义

祢衡裸体骂曹操
曹孟德三勘吉平

图文珍藏版

第二十三回　　祢衡裸体骂曹操
曹孟德三勘吉平

　　曹公命推出斩之，孔融至，教留人，见曹公曰："刘岱、王忠非刘备敌手，故遭擒之。若斩此二人，恐失将士之心，人亦谓丞相不明也。"操教免死。黜罢爵禄。操

欲自起兵伐之，孔融曰："方今隆冬盛寒，未可动兵，待来春未为晚也。【眉批：孔融心向玄德，"来春"乃缓词耳。】张绣、刘表亦可使人招安，其人必来降矣。"操然其言，破刘备且待冻消春暖，先遣二使招安刘表、张绣。

国学经典文库

李渔批阅

三国演义

祢衡裸体骂曹操
曹孟德三勘吉平

图文珍藏版

342

操遣刘晔往说张绣。刘晔至襄城，先见贾诩，陈说曹公盛德，有汉高祖之风。贾诩大喜，留刘晔于家中。次日来见张绣，说曹公遣刘晔招安之事。正议间，忽报袁绍有使至。命入。投入书信，亦是招安张绣。诩问使曰："近日兴兵破曹操，胜负如何？"使曰："隆冬寒月，权且罢兵。【眉批：此言与前孔融之言相合。】荆州刘表与将军有国士之风，故来相请耳。"【眉批：使者口中，带便叙出刘表。】诩大笑曰："汝可便回见本初，道汝兄弟尚不能容，何能容天下国土乎！"当面扯碎书，叱退使。张绣曰："方今袁强曹弱，今毁书叱使，袁绍若至，当如之何？"诩曰："不如去从曹操。"绣曰："先与操有仇，何能收留乎？"诩曰："从操其便有三：【眉批：请听贾诩之论。】夫曹公奉天子明诏，征伐天下，其宜从一也。袁绍虽强盛，我以弱从之，必不以我为重；曹公虽弱，得我必喜，其宜从二也。曹公五霸之志，心释私怨，以明德于四海，其宜从三也。惟愿将军无疑焉。"张绣曰："乃听君言，请刘晔相见。"诩回家，请刘晔与绣相见。晔称曹公之德，"若说旧怨，安肯使某来结好将军乎？"于是尽醉。张绣并贾诩等往许都降曹公。绣拜于阶下，操慌自扶之，执其手曰："有小过失，【眉批：乱叔母而云"小过"，好副老面皮。】勿记于心。"绣再拜，操与绣尽日饮宴，封绣为扬武将军，封贾诩为执金吾使。【眉批：曹操又得一谋士。】

却说荆州使命回，说刘表怀疑不决，未肯归顺。绣

国学经典文库

李渔批阅

三国演义

祢衡裸体骂曹操
曹孟德三勘吉平

图文珍藏版

曰:"某作一书,可请能言会说之士前往,必谐矣。"孔融曰:"某家有一人,乃平原人也,姓祢,名衡,字正平,才学极高,只是不能容物,出语伤人。几番欲荐于丞相,诚恐此人冒渎。旧和刘表交游甚厚,可使此人去。【眉批:孔融虽荐,而祢衡竟不为操所用。】操使唤至。礼毕,操不命坐。祢衡仰天叹曰:"天地虽阔,何无一人也!"【眉批:出口便奇。】操曰:"吾手下有数十人,皆当世之英雄,何谓无人也?"衡曰:"愿闻一一言其才能。"操曰:"荀彧、荀攸,皆机深智远之士,虽萧何、陈平,不可及也。张辽、许褚、李典、乐进,勇不可当,虽岑彭、马武,不可比也。吕虔、满宠为从事,于禁、徐晃为先锋。夏侯惇天下之奇才,曹子孝世间之福将。【眉批:曹操夸谋臣、战将,叙得如此有势。】安得无人也?"衡笑曰:"公言差矣。以此等人物,吾尽识之:荀彧可使吊丧问疾,荀攸可使看坟守墓,程昱可使关门闭户,郭嘉可使白词念赋,张辽可使击鼓鸣金,许褚可使牧牛放马,乐进可使取状读招,李典可使传书送檄,吕虔可使磨刀铸剑,满宠可使饮酒食糟,于禁可使负板筑墙,徐晃可使屠猪杀狗,夏侯惇称为'完体将军',曹子孝呼为'要钱太守'。其余皆是衣架饭囊,酒桶肉袋耳。"【眉批:骂得畅快有趣。】操怒曰:"汝有何能?"衡曰:"天文地理之书,无一不通;九流三教之事,无所不晓。上可以致君为尧、舜,下可以配德于孔、颜。胸中隐治国安民之方,岂可与俗子共论乎?【眉批:其言正大如

国学经典文库

李渔批阅

三国演义

祢衡裸体骂曹操
曹孟德三勘吉平

此。】时止有张辽在侧，掣剑欲斩之。操曰："吾正少一鼓使，早晚朝贺宴享，可令祢衡充此职。"【眉批：操以鼓吏命衡，正因衡鄙薄张辽也。】衡不推辞，应声而去。孔融亦惶恐而退。辽曰："此等小辈，出言不逊，何不杀之？"操曰："此人素有虚名，远近所闻。今日杀之，天下人言孤不能容物耳。祢衡自以为能，故令为鼓吏以辱之。"【眉批：奸雄作用如此。】

时建安五年八月初。朝贺，操于省厅上大宴宾客，令鼓吏挝鼓。旧吏云："朝贺挝鼓，必换新衣。"衡穿着旧衣而入，遂击鼓为《渔阳三挝》，音节殊妙。坐客听之，莫不慷慨。左右喝曰："何不更衣？"衡当面脱下旧破衣服，裸体而立，浑身皆露。坐客皆掩面。衡乃徐徐着裤，颜色不变，复击鼓三挝。操叱曰："庙堂之中，何太无礼!"衡曰:"欺君罔上,以此无礼。【眉批:**明明骂着老贼。**】吾露父母之形,以显贞洁之人。"操目:"汝为清洁之人,何人污浊?"衡曰:"汝不识贤愚,是眼浊也;不读诗书,是口浊也;不纳忠言,是耳浊也;不通古今,是身浊也;不容诸侯。是腹浊也;常怀篡逆,是心浊也。【眉批:**索性骂得尽情绝意,方才畅快。**】吾乃天下之名士,用为鼓吏,是犹阳货害仲尼,臧仓毁孟子耳。欲成王霸之业,而如此轻人,真匹夫也!"左右皆欲斩之。操笑曰:"吾杀竖子,是杀雀鼠耳。令汝往荆州为使,说刘表来降,便用汝作公卿。"衡不肯往。【眉批:**祢衡崛强之态可掬。**】操教备马三匹,令二人扶而去之;却教手下文武,整酒于东门外送路,以显威权。

荀彧曰:"如祢衡来,不可起身。"衡至,下马入见,众皆端坐。衡放声大哭,【眉批:**大哭的奇。**】荀彧问曰:"汝何为吉行而哭之?"衡曰:"行于死柩之中,如何不哭!"众皆曰:"吾等是死尸,汝乃无头狂鬼耳!"衡曰:"吾乃汉朝人,不作曹瞒之党,安得无头!"【眉批:**说得正大。**】众欲杀之。荀彧急止之曰:"丞相尚以为鼠雀之辈而不杀,吾等空污刀耳。"衡曰:"吾乃鼠雀,尚有人性。汝等真蜾虫耳!"【眉批:**好比。**】众恨而散。

衡至荆州,见刘表毕,虽诵德,实讥讽。表不喜,令去江夏见黄祖。祖不通经典,心性甚急。有人问表曰:"祢衡戏谑主公,何不杀之?"表曰:"祢衡数辱曹操,操不杀者,收天下人之心;故令作使于我,欲借我手杀之,

国学经典文库

李渔批阅

三国演义

祢衡裸体骂曹操
曹孟德三勘吉平

图文珍藏版

以为我害贤，而陷我于不义也。吾今遣去见黄祖，使操知我有识也。"【眉批：**刘表使见黄祖，即曹操使见刘表之意，俱是借刀杀人。**】蒯越、蔡瑁尽称其善。

时袁绍亦遣使至，令使下于馆驿。次日，问众文武曰："袁本初又遣使来，曹操又差祢衡在此，当从何便？"从事中郎将韩嵩进曰："今两雄相持天下也，重在于将军。若欲有为，乘此破敌可也。如其不然，请将军择其善者从之。今曹公善能用兵，贤俊多归，其势必先取袁绍，然后移兵向江东，恐将军不能御也。莫若举荆州以附曹公，曹公必然重待将军也。【眉批：**此与贾诩劝张绣同。**】此乃万全策也。"表狐疑未决，语嵩曰："汝且去许都观其动静，却作商议。"嵩曰："圣达节，次守节。嵩，守节者也。夫君臣各有定分，以死守之，有所命，虽赴汤蹈火，死无辞也。将军若能上顺天子，下从曹公，使嵩可也；如持疑未定，嵩到京师，赐嵩一官，若不获归，则成天子之臣，将军之故吏耳。在君为君，则嵩守天子之命，义不复为将军死。望三思之，无以负嵩。"表曰："汝且先往观之，吾别有高论。"

嵩辞表，到许都见曹操。操遂拜嵩为侍中，领零陵太守，遣回荆州说刘表。荀彧曰："韩嵩来观静静，未有微功，重加此职；祢衡又无音耗，丞相遣而不问，何也？"操曰："祢衡辱吾太甚，故借刘表手杀之，何必再问也？"或服其高论。

嵩回见表，称颂朝廷盛德，劝表遣子入侍。表大怒

国学经典文库

渔阅
李批

三国演义

祢衡裸体骂曹操
曹孟德三勘吉平

图文珍藏版

目："汝怀二心也！可斩之！"嵩大叫曰："将军负嵩，嵩不负将军！'，蒯良曰："嵩未去，先有此言矣。"刘表遂放之。人报黄祖斩了祢衡。表问其故，对曰："黄祖与祢衡二人共饮，皆醉，祖问衡曰：'君在许都，有何人物？'衡曰：'大儿孔文举，小儿杨德祖。除此二人，别无人物。'祖曰：'似我何如？'衡曰：'汝似庙中之神，虽受祭祀，恨无灵验。"【眉批：衡视人如死尸木偶，所以取祸。】祖大怒曰：'汝以我为土木偶人耶！'遂斩之。衡争死骂不绝口。"胡曾诗曰：

黄祖才非长者俦，祢衡珠碎此江头。

今来鹦鹉洲边过，惟有无情碧水流。

赞曰：

情志既动，篇辞为贵。抽心呈貌，非雕非蔚。殊状共雕，同声异气。言观丽则，永监淫费。

刘表闻衡死，亦嗟呀不已，令葬鹦鹉洲边；因此不顺曹操。

操在许昌，听知祢衡受害，大笑曰："腐儒舌剑，反自诛矣！"【眉批：**不说自己杀他，又不说他人所杀，反说自杀。奸雄如此。**】便欲兴兵问罪于刘表。未知若何，且听下回分解。

操欲便兴兵，荀彧谏曰："袁绍未平，刘备未灭，而欲领兵江汉，是犹舍心腹而顾手足耶。可先灭袁绍，后灭刘备，江汉可一扫而平矣。"操从之。

且说董承自从刘玄德去后，日夜与王子服等商议，无计可施。自元旦朝贺处见曹操傲慢公卿，因此感病回家，一卧不起。帝知国舅染病，令随朝太医前去医治。此人乃洛阳人也，姓吉，名太，字称平，人皆呼为吉平，乃当时之名医。平来到董承宅上，用药调治，数日渐可。平旦夕不离，常见董承长吁短叹，不敢问。【眉批：**身病易知，心病难知。**】

时值元宵，吉平辞去，承留住，二人共饮。饮至数十杯，董承觉困倦，就和衣而睡。忽报王子服等四人至，

国学经典文库

李渔批阅

三国演义

祢衡裸体骂曹操
曹孟德三勘吉平

图文珍藏版

国学经典文库

李渔批阅

三国演义

祢衡裸体骂曹操
曹孟德三勘吉平

图文珍藏版

349

承出接入。服曰："大事谐矣！"承曰："愿闻其说。"服曰："刘表结连袁绍，起兵五十万，共分十路杀来。马腾结连韩遂，起西凉军七十二万，从北杀来。见今曹公尽起许昌军马，分头迎敌，城中空虚。何不起五家僮仆，可得千余人，乘今日府中大宴，庆贺元宵，不可失此机会，将府围住，突入杀之，【眉批：说得畅快容易之极。】万民亦相助矣。"承曰："愿从君言。"随即传令，唤家奴各人收拾战器。承亦自披挂，绰枪上马，约会都在内门前相会，同时进兵。夜至二鼓，众兵皆至，董承手提宝剑，徒步直入，见操设宴后堂，大叫："操贼休走！"一剑剁去，随手而倒。【眉批：若真有此快事，岂不大畅人心？惜乎系南柯一梦耳。】霎然觉来，乃南柯一梦，口中犹骂"操贼"不止。一人向前叫曰："汝欲害曹公乎？"承开目视之，乃吉平也。承惊惧不能答。吉平曰："国舅休慌，某虽出于曹公之门，心中未尝忘汉。某终日见国舅嗟呀不足，不敢动问。却才梦中之言，以见真情，幸无藏匿。倘有用某之处，虽灭三族，亦无后悔！"【眉批：如此医士之言，千古罕有。】承掩面而哭曰："只恐使汝来试我，吾不敢尽情相告。"平遂咬下一指，【眉批：平咬指与献帝刺指写诏相应。】以为盟誓。承方信，取出衣带诏，令平视之，备细说了："今谋望不成者，乃刘玄德、马腾各自去了，无计可施，因此感而成疾。"【眉批：至此方说出真病。】平曰："亦不消诸公用心，操贼一命，只在某手里，早晚必取之！"承问其故，平曰："操贼常

国学经典文库

李渔批阅

三国演义

祢衡裸体骂曹操
曹孟德三勘吉平

图文珍藏版

350

患头风，痛入骨髓，才一举发，便召某医治。如早晚有召，只用一服毒药，必然死矣，【眉批：**一贴药胜过百万雄兵**。】何必举刀兵乎？"承曰："若能如此，力救汉朝社稷者，皆赖君也。"吉平辞归。

承心中暗喜。忽然步入后堂，见家奴秦庆童共侍妾云英，在于暗处私语。承大怒，唤左右提下，欲杀之。夫人劝免其死，各人杖脊四十，将庆童锁于冷房。【眉批：**免死大误其事**。】庆童恨承，黄夜将铁锁扭断，跳墙而出，径入曹操府中，告有机密事。操唤入静室问之，庆童云："王子服、吴子兰、种辑、吴硕、马腾六人商议，必然谋丞相。承将出白绢六尺画字，不知写道甚的。近日吉平咬指为誓，我也曾见。"曹操留庆童于府中藏之。董承将谓逃往他方去了。

国学经典文库

李渔批阅

三国演义

祢衡裸体骂曹操
曹孟德三勘吉平

图文珍藏版

351

次日，曹操诈患头间风，【眉批：操病虽假，恐药亦未必真。】召吉平入用药。吉平自思曰："此贼命合休矣！"暗藏毒药入府。操卧于床榻之上，令平下药。平曰："此病可一服即愈。"教取银铫，当面煎之。药已半干，平使上毒药，亲自送上。操知有毒，故迟慢不服。平曰："乘热服之，少汗即愈。"操起曰："汝既读儒书，必知礼义。"平曰："安得不知。"操曰："君有疾饮药，臣先尝之；父有疾饮药，子先尝之。汝为我心腹之人，何不先尝而后进？"【眉批：欲吉平先尝，好奸雄主意。】平曰："药皆真药，何必先尝。"平知事已泄，纵步向前，扯住操耳而灌之。推跌于地，砖皆迸裂。操未及言，左右将平执下。操曰："吾岂有疾，试汝果有此心！"遂唤

国学经典文库

李渔批阅

三国演义

祢衡裸体骂曹操
曹孟德三勘吉平

图文珍藏版

352

二十个精壮狱卒，执平来后园拷问。【眉批：此系一拷吉平。】操坐于亭上，将平缚倒而问之。吉平面不容，略无惧怯。【眉批：死生已置之度外矣。】操笑曰："量汝是个医生，托身于吾之门墙，安敢下毒害我？必有唆使你来。你说出那人，吾便饶你。"平叱之曰："汝乃欺君罔上之贼，天下谁不欲杀之，岂独我乎！"操再三磨问，平怒曰；"吾欲杀汝，故托身于汝门下，安有人使我来？【眉批：说得直绝。】今事不成，惟死而已！"操怒，教狱卒痛打。平亦不叫。打到两个时辰，皮开肉裂，血流满阶。操恐打死，无可对证，令狱卒揪去静处，权且将息。

传令次日请大臣赴宴。惟董承托病不来。王子服等皆生疑，俱至。操于后堂设席，酒行数巡，曰："筵中无可为乐，权为众官醒酒。"教二十个狱卒："与吾牵来！"众官只见一具沉枷，枷吉平于阶下。操曰："众官不知，此人结连恶党，欲反背朝廷，谋害曹某。今日天败，请听口词。"操教先打一顿，昏绝于地，将水喷面。【眉批：此是二拷吉平。】吉平睁目切齿而骂曰："操贼不杀我，更待何时！"操曰："据此情，非汝所为。可速指出，吾免你罪。"平曰："汝情过王莽，佞胜董卓，天下人皆欲争啖汝，何止吉平乎！"操怒目："先有七人，和你共八人耶？"平只是大骂，王子服等面面相觑，如坐针毡。操教一面打，一面喷，平并无求饶之意。操见不招，且教牵去。【眉批：还不许他死，恶极。】操起出外，使人回报曰："教众官且散，留王子服、吴子兰、吴硕、种辑四

国学经典文库

李渔批阅

三国演义

祢衡裸体骂曹操
曹孟德三勘吉平

图文珍藏版

人夜宴。"四人魂不附体。众已散去，操再请回四人。操曰："本不相留，争奈有事相问。"四人下阶。操曰："汝四人不知与董承商议何事？"子服曰："无非只是人情礼乐而已。"操曰："绢中写着何事？"子服等皆讳。操教唤出庆童对证。子服曰："汝于何处见来？"庆童曰："你回避了众人，六人在一处画字。【眉批：庆童口中，只首出六人。】如何赖得？"子服曰："此贼与舅侍妾通奸，被责诬主，不可听也。"操曰："吉平下毒，非董承所使而谁？"子服等皆言不知。操曰："今晚自首，尚犹可恕；若待事发，其实难容！"子服皆言："并无此事。"操叱左右监下。

操次日领千余人，径投董承家探。【眉批：此时探病，与吉平至曹操处看病，俱非好意。】承只得出迎。操曰："缘何夜来不赴宴？"承曰："微疾未痊，安敢轻出。"

操曰："此是忧国家病耳。"承愕然。操坐定曰："国舅近知吉平乎？"承曰："不知。"操冷笑曰："国舅如何不知？"唤左右："牵来与国舅起病。"承举措无地。须臾，三十狱卒推至阶下。【眉批：**此为三拷吉平。**】此为三勘吉平。未知如何，且听下回分解。

国学经典文库

李渔批阅

三国演义

祢衡裸体骂曹操
曹孟德三勘吉平

图文珍藏版

354

国学经典文库

李渔批阅

三国演义

曹操勒死董贵妃
玄德匹马奔冀州

图文珍藏版

第二十四回　曹操勒死董贵妃
玄德匹马奔冀州

吉平于阶下大骂曰："欺君逆贼！"【眉批：可称硬好汉。】操指曰："此人曾攀下王子服等四人矣，吾已拿获了下廷尉。尚有一人未曾捉获。"承不敢问。操曰："谁使汝来药吾？"平曰："有。"操曰："吾今便放了你。"平曰："天使我来杀逆贼！"【眉批：回答的妙，正要借他口

中痛骂，方快人心。】操怒，教打。身上无容刑之处。承在座观之，心如刀割。操又问平曰："你原有十指，今如何只有九指？"平曰："嚼以为誓，誓杀国贼！"操教取截

刀来，就阶下截去九指。操曰："一发截了，教你为誓！"平曰："尚有口可以吞贼，有舌可以斩贼！"操令割其舌。【眉批：丧心至此。】平曰："勿割吾舌，今熬不过了，也只得从实告之。"【眉批：读至此，在不知者必为供出董承矣。】操曰："如此，亦留残疾之躯。"平曰："汝释吾缚，吾自捉同谋之人献出。"操曰："释之何碍。"平欠身望阙拜曰："臣不能与国家除此贼，乃天数也！"拜毕，撞阶而死。【眉批：誓杀操，忠可表也；至死不招董承，义可风也。不意医士中有如此之人也。】操令分其肢体号令，时建安五年正月也。史官有诗曰：

奋然兴义胆，应不为功名。

嚼指图国贼，捐身救董承。

有谋亲进药，岂惧独遭刑。

至死心如铁，谁人似吉平！

操见吉平已死，教左右牵过秦庆童至面前。操曰："国舅认得此人否？"承大怒："逃奴在此，便欲诛之！"操曰："不可下手。他首告谋反，今来对证，何敢如此？"承曰："丞相何故听逃奴一面之说，以诬董承也？"操曰："王子服等吾已擒下，皆招证明白，汝尚抗拒乎？"承曰："丞相何以言相逼也？"操唤左右拿下，便差二十人去董承卧房搜寻。不多时，搜出衣带诏并义状。【眉批：曹操只知有义状，至此方知有血诏。】操看了，笑曰："鼠贼安敢如此！全家良贱，尽皆监下，休教走透一个。"

操回府，聚众谋士。操出诏令荀彧看，或曰："明公今欲何如？"操曰："据此情理，正合诛其君而吊其民，择有德者而立之。"【眉批：竟欲效董卓所为矣。】或曰："主公能威震四海，号令天下者，盖有汉家苗裔故也。征讨有名，赏罚有制，古往今来，以绝议论。"操曰："欲将董承等四家诛之，必欲得正恶以示众。"或曰："丞相之意若何？"操曰："不诬之反，岂得诛族乎？"或曰："事已至此，释之恐难。"操意遂决，连忙收王子服等老小入官，明正反逆之罪。次日，押送各门处斩，良贱皆死，共七百余人。城中官民，无不下泪。【眉批：不独当日见者下泪，至今读者岂不寒心！】操带剑入宫，来杀董贵妃。静轩先生有诗叹曰：

> 讨逆无成祸已招，冤魂七百恨难清。
>
> 非因曹贼多机变，只为天公祚魏朝。

贵妃乃董承亲女，帝幸之，有五月身孕。当日帝在后宫中，正与伏皇后论董承之事，并无音耗，不知如何。忽见曹操带剑而入，帝惊得魂魄离体。操曰："董承如此谋反，陛下知否？"帝曰："董卓已诛了。"操曰："不得董卓，是董承。"帝乃战栗："朕躬不知。"操曰："忘了破指修诏？"帝不能答。【眉批：种种所为，皆奇绝之事。宰相如此威凛，天子如此恐惧，岂非问官制罪人乎？】操

国学经典文库

李渔批阅

三国演义

曹操勒死董贵妃
玄德匹马奔冀州

图文珍藏版

令武士去擒董贵妃。操曰:"一人造反,九族皆诛!"怒喝:"牵去斩之!"帝告曰:"董贵妃五个月身孕,望丞相见怜。"操叱之曰:"若非天败,吾已灭门矣。尚留此女,为吾后患!"后告曰:"贬于冷宫,待分娩了,杀之未迟。"操曰:"汝欲留此逆种,与母报仇?"帝乞告曰:"乞全尸而死,勿令彰露。"操教取白练至于面前。帝曰:"卿于九泉之下,忽怨朕躬。"言讫,泪下如雨。【眉批:观贵妃死之惨,而帝哭泣之悲,甚至天子之嗣,而以"逆种"呼之,皆天翻地覆之事,千百世后,能不心酸而发指否!】操怒曰:"犹作儿女娇态也!"速令武士牵出,勒死于宫门之外。静轩诗曰:

跋扈强臣震主威,美人魂逐落花飞。

目中天子同儿戏,何况区区董贵妃。

操遂唤监官嘱曰："但有外戚内族，不曾禀奉于吾旨，辄出宫门者，腰斩之。守御不严者罪同。曾与董承来往者，并黜退，重者类入逆党论。"似此不可胜数，皆被其害。自此许都内外官员，莫敢交头接耳。曹公拨心腹人三知充御林军，令曹洪总领之。【眉批：献帝此时，如坐牢狱中矣。】

操与荀彧曰："今戮董承等千余人，去吾心腹大患。尚有马腾、刘备，亦在此数，不可不诛。"荀彧曰："马腾见屯军于西凉，未可轻取，但以书慰劳，勿使生疑也；徐诱入京师，图之可也。刘备见在徐州，分布犄角之势，亦不可轻敌。"操曰："何为未可也？"彧曰："与明公争天下者，袁绍也。今绍屯兵官渡，常有图许都之心。一旦若东征刘备，备必求救于袁绍。若绍乘虚而袭，何以当之？"操曰："非也。彼刘备乃人杰也。今若不击之，待其羽翼长成，急难摇动，必为后患。袁绍虽有大志，事多怀疑不决，必不动也，【眉批：以英雄论玄德，以怀疑论本初，奸雄料人如此。】何必忧乎？"彧曰："绍虽不才，田丰、沮授、审配、郭图、许攸、逢纪之辈，皆有奇谋高见，倘绍信之，为祸不轻矣。"操犹豫未决。见郭嘉自外而入，操问曰："吾欲东征刘备，争奈有袁绍之忧，未可动也。"嘉曰："绍性迟而多疑未决，他手下谋士各相妒忌，何必忧之？刘备目今新整军兵，众必未服，丞相引精兵，一战而可定也。"操大喜曰："此机正合吾

国学经典文库

李渔批阅

三国演义

曹操勒死董贵妃
玄德匹马奔冀州

图文珍藏版

359

意。"遂起大军二十万，东征刘备。不知胜负如何，且听下回分解。

却说曹公分兵五路来徐州。细作探知，报入徐州。孙乾径来下邳，先报关公，次日去小沛报知玄德。玄德慌与孙乾等商议。乾曰："必须求救于袁绍，方可解围。"

玄德即时修书，便遣孙乾至河北，见田丰，具言此事。丰曰："明日见主公，即当商议。"次日，引孙乾入见绍。绍出，形容憔悴，衣冠不整。丰曰："今日主公何故如此？"绍曰："某将死矣！"【眉批：真令人不解。】丰曰："主公纵横天下，何故出此言也？"绍曰："吾今命在旦夕，岂暇论他事也！"丰曰："主公如此言，是何意故？"绍曰："吾生五子，惟最小者极快吾意。今患疥疮，将欲垂命，吾有何心用兵乎？"【眉批：真令人发笑。】丰曰："目今曹操起兵东征，许昌空虚，若将义兵乘虚而入，上可以保天子，下可以保万民，诚国家之万幸。谚语云：'天与勿取，反受其咎。'某愿明公详察焉。"绍曰："吾亦知如此，最好争取，奈我心中恍惚，去之不利。"丰曰："何恍惚之有？"绍曰："五子之中，惟有此子生得最异，倘有疏虞，悔之晚矣！"谓孙乾曰："汝回见玄德，可言此事。恐不如意，便来相投，吾自有相助之处。"【眉批：为后文刘备投袁绍伏线。】田丰以杖击地曰："可惜错过！"又叹曰："遭此难遇之时，惟有婴儿之病，失此机会！大事去矣，可痛惜哉！"【眉批：真乃可惜，不出郭嘉所料矣。】以脚顿地而去。

国学经典文库

李渔批阅

三国演义

曹操勒死董贵妃
玄德匹马奔冀州

图文珍藏版

孙乾见绍不肯进兵，连夜回小沛见玄德，具说此事。玄德乃大哭曰："似此若何？"张飞曰："哥哥勿忧，兄弟献一妙计，必破曹公。曹兵若来，必然困乏，不等他来下住寨，先去劫寨。"【眉批：**算计虽好，但在曹操，恐不为所算矣**。】玄德曰："素以汝为一勇夫耳。前者捉刘岱，果有此妙策；今献此计，吾弟亦按兵法。甚好，甚好！操若远来，必然便成此计，当晚去劫寨。"商议已定。

却说曹公引大军往小沛来。正行之间，狂风骤至，曹公马前忽一声响亮，大风吹折牙旗一面。【眉批：**风折牙旗，曹操取胜之应也**。】操曰："作怪！"便教军兵且住，唤谋士问吉凶。操自己主张了，只看谋士所见同与不同。操言风吹折牙旗之兆。荀或曰："风自何方来？吹折甚颜色旗？"操曰："风自东南方来，吹折角上牙旗。旗乃青红二色。"或曰："不主别事，今夜刘备必来劫寨。"【眉批：张飞之计，早为荀文若占出。】操点头。忽毛玠入见曰："适才东方牙旗被风吹折，今夜必主有人劫寨。"静轩有诗叹曰：

仁心帝胄势孤穷，全仗分兵劫寨功。

争奈折旗先有兆，老天何故纵奸雄？

操曰："天报应，吾当自防之。"当时分兵九队，只留一队向前，虚扎营寨，余众四面八方埋伏。【眉批：与九里山前十面埋伏同。】是夜月色微明，玄德在左，张飞在右，分兵两队。只留孙乾守小沛。

且说张飞自以为神妙之计，领轻骑在前，突入操寨，但见零零落落，无多人马，四边火光大明，喊声齐举。张飞知是中计，急出寨外。正东张辽杀来，正西许褚，正南于禁，正北李典，东南徐晃，西南乐进，东北夏侯惇，西北夏侯渊，八下军马杀来，【眉批：分拨八面之将，至此方叙明白。】团团围定。张飞在垓心，左冲右突，前遮后当。张飞手下兵，原来旧是曹公管的军，尽皆过去了。飞见军去了大半。飞在忙中逢徐晃，两马相交，战到十余合，后面乐进赶到。张飞杀条血路，突围而走，只有十数骑跟定。欲还小沛，大军截住去路；徐

国学经典文库

李渔批阅

三国演义

曹操勒死董贵妃
玄德匹马奔冀州

图文珍藏版

362

州、下邳，却被曹公自引精兵当住。飞寻思无路，望碭砀山而走。

却说玄德引兵正去劫寨，将近寨门，喊声大震，后面冲一军，先截了一半人马。夏侯惇又到。玄德突围而出，后面夏侯渊赶来。玄德回顾，止有三十余骑跟随。望见小沛城中火起，玄德弃小沛，却取徐州，隔河望见军马，漫山塞野。玄德自思无路可归，想："袁绍有言：'倘不如意，可来相投。'今投袁绍，暂且依栖，【眉批：至此不得不投，也是出于无奈。】别作良图。"径寻青州路而来，正逢乐进拦住。玄德匹马落荒正北而走。乐进掳将从骑去了。

只说玄德匹马投青州，一日行三百余里。当晚到青州城下叫开门，门吏问姓名了，来报刺史。刺史乃袁绍之长子袁谭。袁谭素敬玄德，闻知匹马到来，速即开门出迎。至公廨，问其故。玄德说："曹公势不可当，故弃城并妻子，逃命至此。"袁谭乃再拜，留于馆驿中住扎，发书报父袁绍。绍知徐州已失，玄德在青州，遂引兵五万来迎接玄德。袁谭将本州人马，送至平原界。袁绍离邺郡三十里，来接玄德。【眉批：回想虎牢关时，真前倨而后恭也。】玄德拜伏于地，绍慌答之曰："昨为小儿抱患，有失救援，其心怏怏不安。今幸得相见，大慰平生渴想之思。"玄德答曰："孤穷刘备，【眉批：此时一人一骑，"孤穷"真不诬也。】久欲投门下，奈何机缘未遇。今为曹操所攻，妻子俱陷，想将军容纳四方之士，故不避羞惭，径来相投。望乞收录，誓当补报！"绍大喜，父子相待甚厚，同居冀州。

且说曹公当夜取了小沛，随即进兵攻徐州。糜竺、简雍守把不住，只得弃了。陈登献了徐州。曹公大军入城，安民已了，随唤众谋士商议取下邳。荀彧曰："云长并刘备老小，死据此城，务在速取。如若迟慢，恐被袁绍所窃耳。"操曰："当用何计，可取下邳？"彧曰："丞相坐镇徐州，援一军马诱之。若关公出战，即分投袭之。城若一陷，关公必擒矣。操曰："吾素爱关公武艺人才勇冠三军，吾欲得之以为己用。【眉批：若说降关公，亦大难事。曹公只知武艺、人材，而独不知义气深重。】郭嘉曰："吾闻关公义气深厚，必不肯降。若使人说之，恐被其害。先以兵围之，若事危急，彼心降之。"帐下一人出曰："我与关公有一面旧交，某亲往下邳，说之使降，若

国学经典文库

李渔批阅

三国演义

曹操勒死董贵妃
玄德匹马奔冀州

图文珍藏版

364

何?"众皆视之，乃张辽也。【眉批：有当日白门楼相救之事，而张辽方有胆量。】程昱曰："文远虽与云长有旧，吾观此人非可以言词说也。某有一计，使此人进退无门，则用文远说之，关公自然归于丞相也。"必用何计以降之，毕竟如何，且听下回分解。

国学经典文库

李渔批阅

三国演义

曹操勒死董贵妃
玄德匹马奔冀州

图文珍藏版

第二十五回　张辽义说关云长
　　　　　　　云长策马刺颜良

　　刘玄德兵败小沛，匹马奔冀州，投袁绍。张飞数十骑，往碭砀山去了，孙乾、简雍、糜竺、糜芳各自逃难，独有关云长保甘、糜二夫人守下邳。

　　曹操在徐州，责陈珪曰："今尔辩无事，恕你父子杀车胄之罪。"珪力辩无事，商量取下邳。程昱献计曰："云长有万人之敌，更与玄德义气深重，非智谋不可取

国学经典文库

李渔 阅批

三国演义

张辽义说关云长
云长策马刺颜良

图文珍藏版

之。目今旧兵皆已投降，于内亦有刘备新招徐州等处之人，可暗地差遣一心腹之人，只作逃回的，入下邳去见关公，种祸于城中，却引关公出战，诈败佯输，诱入他处，却以精兵截其归路，然后或擒或说可也。"【眉批：此计甚善。】操听其谋，选拣兵士十余人，令引诱徐州降兵数十，偷出营寨，径投下邳，来降关公。关公以为心腹，留而不疑。

次日，夏侯惇为先锋，领兵五千，径来下邳，搦关公战。公不出，惇即使人于城下辱骂，【眉批：此是激战之法。】公大怒，引三千人马出城，与夏侯惇交战。公与惇约战十数合，拨回马走。公怒赶来，惇且战且走。公约赶二十里，忽然省过，提兵便回。左手下徐晃，右手下许褚，两队军出。公冲开走路。两边伏路军排下硬弩百张，箭如飞蝗。公当先，许褚在中央踏弩机百对，箭发如雨。于是关公不得过，勒兵再回。徐晃、许褚接住又战。公杀退二人，引军前进，夏侯惇又来。公战至日晚，到一座土山。公引兵占住山头，权且少歇，看见曹兵紧紧密密，摆作长蛇阵，团团围定土山。公遥望见城中火光冲天而起。——却是那诈降兵卒举火为号，曹操自提大军杀入下邳，但教举火以惑关公之心，城内军民皆不可动。【眉批：好计。】关公见下邳火起，心下惶惶，连夜冲下几处，【眉批：恐陷二位嫂嫂，故此着急，意不在下邳。】皆被乱箭射回，人马尽皆伤折。公复回土山。

捱到天晓，再欲整顿下山冲突，忽见一人跑马上山

国学经典文库

李渔批阅

三国演义

云长策马刺颜良

张辽义说关云长

图文珍藏版

来，公视之，乃张辽也。公迎之，言曰："文远欲来相敌耶？"辽曰："非也。想故人旧日之情，特来相告。"遂弃刀马，与公入中军说话。二人坐于山顶。公曰："文远莫非说关某也？"辽曰："不然。某想下邳城，当日兄救弟，**【眉批：又将往事一提。】**今日安得不救兄耶？"公曰："文远将欲助我耶？"辽曰："亦非也。"公曰："既不助我，来此何干？"辽曰："玄德不知存亡，翼德未知生死，众已散失。昨夜曹公已破下邳，城中军民尽无伤害。玄德家眷，丞相差人护之，惊扰者斩。**【眉批：先安其心，亦是说法。】**如此相待，弟特来报兄。"公怒曰："此言特说我也。吾今虽处绝地，视死如归。汝当速去，吾当下山迎战。"**【眉批：凛凛数语，真令人称绝。】**张辽大笑曰："兄此言岂不为万世之耻笑乎？"**【眉批：凡说英雄，不以正色严气责之，不足以动其心。此真良策也。】**公曰："吾仗忠义而死，安得为万世笑耶？"辽曰："当初刘使君与兄结义之时，誓愿共同生死。近使君败于小沛，当戮力同心，死战沙场，其名万世不朽，不合逃遁而去。脚到之处，谁不相容？兄今欲战死，倘使君复出，专望于兄，兄岂不是负却孤主，而背当年之誓乎？误主丧身，诚为不美，其罪一也。昔者，刘使君以家眷付托于兄，以为万全之计。兄今战死，二夫人无以依托，若能守节，一死无疑；若不守节，又属他人。此是兄负却刘使君倚托之重，实为不义，其罪二也。兄武艺超群，更深通经史，不思期共使君，匡扶汉室，拯救生灵，徒欲赴汤蹈

国学经典文库

李渔批阅

三国演义

张辽义说关云长
云长策马刺颜良

图文珍藏版

火，以成匹夫之勇。上负祖宗，下辱其主，安得为义？其罪三也。【眉批：**先言公死而玄德不能独存，次言公死而二夫人无所依赖，三言匡扶社稷之重，岂屑为匹夫之勇。而关公所重在义，句句皆以不义罪之。**】兄有此三罪，弟不得不告之。"公沉吟曰："汝说我有三罪，欲我何如？"辽曰："今四面皆曹公之兵，兄若不降，必用一死。不若且降曹公，却打听使君音信，如知何处，却往投之。【眉批：**此三句方入关公之耳。**】一者可以保二夫

人，二者以全其义，三者以保其身。有此三便，【眉批：**有三罪，方引出三便；因三便，又引出三事。**】兄宜详之。"公曰："兄言三善，吾有三事。若丞相能从我，即当卸甲；如其不允，吾宁受三罪而死。"辽曰："丞相宽洪大量，何所不容？愿闻三事。"公曰："一者，吾与刘

皇叔同设誓时，共扶汉室，吾今只降汉帝，不降曹公，凡有杀戮，不禀丞相。二者，二嫂嫂处，请给皇叔俸禄养赡，一应上下人等，皆不许到门。三者，但知刘皇叔去向，不管千里万里，便当辞去。【眉批：**言降汉者，正君臣之分也；言皆不许到门者，严内外之义也；不辞而去者，明兄弟之义也。**】三者缺一，断然不肯降。望文远贤弟急急回报。"

张辽遂即上马，来见曹操，先说降汉不降曹之事。操笑曰："吾为汉之元勋，汉即吾也。此可从之。"辽又言："二夫人欲请皇叔俸给，并上下人等，不许到门。"操曰："吾于皇叔俸内，加倍与之。其余是家法，何必疑焉？"辽又曰："但知玄德信息，虽远必去寻之。"操摇首曰："此事却难从之。【眉批：**三件事，独此件难。**】吾养关公何用？"辽曰："岂不闻豫让'众人国士'之论乎？刘玄德待云长不过恩厚耳。丞相更施厚恩，【眉批：**为后文赠金赠袍伏线。**】以结其心，何忧云长之不住也？"操曰："文远之言当也。吾愿从此三事。"

张辽再往山上，回报云长。云长曰："虽然如此，暂请丞相退军，容我入城见嫂嫂告之，即便来降。"张辽再回，见曹操说了。操传令教城里外尽退三十里。【眉批：**奸雄威凛如此。**】荀彧曰："不可。恐关公有变。"操曰："吾知云长忠义之士也，必不失信。"遂引军退。

关公引败兵入下邳，见人民安妥不动，竟到府中，来见二嫂嫂。甘、糜二夫人听的关公到来，急出迎之。

公乃痛哭，拜于阶下。二夫人目："皇叔今在何处？"公曰："不知去向。"二夫人曰："二叔因何痛哭如此？"公曰："关某出城死战，被困于土山，兵微将寡，张辽来招安，某以此事说知，曹操允从，放某入城。不曾得嫂嫂言语，未敢擅便。【眉批：**不曾禀命，未敢擅从。可钦可敬**。】某思兄颜，见嫂嫂故垂血泪。"甘夫人曰："昨日曹将军入城，我等皆以为死，谁想毫发不动，一军不敢入门。叔叔既已领诺，何必问乎？只恐久后曹丞相不容去寻皇叔。【眉批：**二夫人亦能料事**。】公曰："嫂嫂放心，关某在，必当见主。丞相出语为令，若有反悔，谁人服焉？"甘、糜二夫人言曰："叔叔自家裁处，凡事不必问俺女流。"

关公辞而退，遂引数十骑来降操。操使将帅远接，谋士来迎。操自出辕门相接。关公下马，入拜曹操，操乃答礼。公曰："败兵之将，深荷丞相不杀之恩，安敢受答拜之礼。"操曰："吾素知云长忠义之士，安肯加害。操乃汉相，公乃汉臣，虽名爵不等，敬公之德耳。"【眉批：**奸雄语气各自不同**。】关公曰："文远代禀三事，望丞相仁慈。"操曰："某出语欲感四海，取信于天下，安肯自废。"关公曰："吾主若在，关某虽赴诸水火，必往寻之。彼时恐不及辞，伏乞怜悯。"【眉批：**独将第三事重提一遍，又为后文不辞而去伏笔**。】操曰："玄德若在，必从公去，但恐乱军中无矣。公且宽心，尚容缉听。"云长拜谢，操作宴待关公。

国学经典文库

李渔批阅

三国演义

张辽义说关云长
云长策马刺颜良

图文珍藏版

国学经典文库

李渔批阅

三国演义

张辽义说关云长
云长策马刺颜良

图文珍藏版

次日，班师还许昌，量拨马军先起。云长收拾车仗，请二嫂嫂上车，亲自引军护送而行。曹操使人供送用物、饮食。已到许昌，军马各还营寨。操拨一府，另与云长居住。云长分一宅为两院，内门拨老军十人以守之，关公自居外宅。【眉批：公之大体，凛然不乱。】操引关公朝汉献帝。帝命操加官，操命关公为偏将军。公谢恩归宅。

操次日设大宴，会众谋臣武士，以客礼待关公，延之于上座。比及送回，备绫锦百匹，金银器皿俱全。关公都送与二嫂嫂。关公自到许昌，操待之甚厚：小宴三日，大宴五日；上马一提金，下马一提银；及美女十人以侍之。云长不能推托，将所赐美女尽送入内门，令伏侍二嫂嫂；金银段匹收受，抄写明白归库。【眉批：**礼貌不足以结其心，金帛不足以移其志。美色不足以眩其念。**】关公三日一次，于内门外躬身施礼，动问"二嫂嫂安乐否"。二夫人回问皇叔之事毕，"叔叔自便"，关公方敢退回。【眉批：**自古及今，有如此之盟弟乎？**】操知此事，愈加重待。关公未尝喜。

一日，操见云长所穿绿锦战袍，觉已旧。操度其身品，取异锦做战袍一领赐之。云长受之，穿于衣底，上用旧袍罩之。操笑曰："云长何故如此之俭乎？"公曰："某非俭也。"操曰："吾为汉相，岂无一锦袍与云长？何以旧袍蔽之？不亦俭乎？"公曰："旧袍乃刘皇叔所赐，常穿衣上，如见兄面，岂敢以丞相之新赐而忘兄长之旧赐乎？【眉批：**今人则弃旧而贪新矣。**】故穿于上。"操叹曰："真义士也！"然操口称其义，心中不悦。云长回府。

次日忽报："内院二夫人哭倒地上，不知为何，请将军速入。"云长乃整衣跪于内门外，拜请二嫂嫂。甘、糜哭曰："请云长起来。"毕竟如何？

公曰："二嫂嫂为何悲泣？"甘夫人曰："我夜梦皇叔身陷于土坑之内，【眉批：**梦凶得吉。**】觉与糜氏论之，想在九泉之下矣！"关公曰："梦寐之事，不可凭信。此是嫂嫂心想之故也。请勿忧愁。"公乃再三宽释。

正值曹操相请关公赴宴，公辞二嫂，来见操。操见公有泪容，【眉批：**公之泪容，于曹操口中写出。**】乃问

国学经典文库

李渔批阅

三国演义

张辽义说关云长
云长策马刺颜良

图文珍藏版

373

国学经典文库

李渔批阅

三国演义

张辽义说关云长
云长策马刺颜良

图文珍藏版

其故。公曰:"二嫂思兄,日久痛哭,不由某心不悲也。"操笑而宽解之,频以酒劝公。饮甚醉,自绰其髯而言曰:"生不能报国家,而背其兄,徒为人也!"操问曰:"云长髯有数乎?"【眉批:**不慰其言中之意,而但问其手中之髯,此为公解闷之法也。**】公曰:"约数百根,每秋月约退三五根。冬月多以皂纱裹之,恐其断也。如接见宾客,则旋解之。"操以纱锦二段作囊,赐关公包髯。

次日早朝见帝,帝见关公一纱锦囊垂于胸次,帝问之。关某奏曰:"臣髯颇长,丞相赐囊贮之。"帝令当殿披拂,过于其腹。【眉批:**须之遭际,可谓奇矣。**】帝曰:"真美髯公也!"因此朝廷呼为"美髯公"也。

操见关公但得所赐,未尝欢喜。忽一日,操请公宴。临散,送公出府,见公马瘦,操曰:"公马因何瘦?"公曰:"贱躯颇重,马不能乘,因此常瘦。"操令左右备一匹马来。须臾,使关西汉牵至,身如火炭,眼似銮铃。操指曰:"公识此马否?"公曰:"莫非吕布所骑赤兔马乎?"操曰:"然。吾未尝敢骑,非公不能乘。"连鞍奉之。关公拜谢。操怒曰:"吾累赐美女、金帛,公未尝下拜,今吾赐马,喜而再拜,何贱人而贵畜耶?"关公曰:"吾知此马日行千里,今幸得之,若知兄长下落,可一日而见面也。"【眉批:**赤面人乘赤兔马,正如秋水长天。幸哉此马,今得其主矣。**】操愕然而悔。关公辞而去。静轩先有诗叹曰:

威倾三国著英豪，一宅分居义气高。

奸相枉将虚礼待，岂知关羽不降曹。

国学经典文库

李渔 批阅

三国演义

张辽义说关云长
云长策马刺颜良

图文珍藏版

操唤张辽曰："吾待云长不薄，常自怀去心，何也？"辽曰："容某探其情，专待回报。"

张辽次日往见关公，因共话间，辽曰："我荐兄在丞相处，不曾落后乎？"公曰："感激丞相，待我甚厚。只是吾身在此，心在兄处。"【眉批：心口如一，全无隐讳。】辽曰："兄言差矣。凡大丈夫处世，不分轻重，非丈夫也。吾思玄德待兄，未必过于丞相，兄何故只怀去念？"公曰："吾足知曹公待我甚厚。奈吾受刘将军厚恩，誓以共死，不可背之。吾终不留此，必立效以报曹公，然后方退。"【眉批：此语非关公不能言出。】辽曰："倘

国学经典文库

李渔批阅

三国演义

张辽义说关云长
云长策马刺颜良

图文珍藏版

376

玄德弃世，公何所归乎？"公曰："愿从于地下耳。"

辽知公终不可留，乃告退，自思曰："若以实告曹公，恐伤云长性命；若不实告，又恐非事君之道。"喟然叹曰："曹公，君父也；云长，兄弟也。以兄弟之情而瞒君父，此不忠也。宁居不义，不可不忠。"遂入实告曹操曰："云长欲与刘备生死同处，必不留也。"操叹曰："事主不忘其本，乃天下之义士也！【眉批：关公之义如此，奸雄岂不心折。】此人何时可去？"辽曰："彼言必欲立功以报丞相方去。"操又曰："仁者之人也！"荀彧曰："若不教云长立功，未必便去。"操曰："然。"

不言云长事，却说玄德在袁绍处，旦夕烦恼。绍曰："玄德何故常有忧也？"玄德曰："二弟不知音耗，妻小陷于曹贼，【眉批：玄德出言，重在兄弟，而后及妻小。】上不能报国，下不能保家，安得不忧也？"绍曰："吾欲进兵赴许都久矣，方今春暖，正好兴兵。"便商议破曹之策。田丰谏曰："曹操既破徐州，则许都非空虚也。操善用兵，变化无方，众虽少，未可轻也，不如以久持之。将军据山河之固，拥四州之众，外结英雄，内修农战，然后拣其精锐，分为奇兵，乘虚迭出，以扰河南，救右则击其左，救左则击其右，使敌疲于奔命，民不安业。我未劳而彼已困，不及二年，可坐克也。今释庙胜之策，而决成败于一战，若不如志，悔无及也。"绍曰："且待我思之。"绍问玄德曰："田丰劝我固守，何如？"玄德曰："弄笔书生不乐征伐，坐度朝夕，以受俸禄，使将军失其大义于天下也。"绍曰:"玄德言者甚善。"遂只顾点兵。田丰又入强谏,绍怒曰:"汝等弄文轻武,使我失其大义。"田丰顿首曰:"若不听臣良言,出师不利也。"绍大怒,欲斩之。【眉批:待士如此,焉能取胜乎?】玄德力劝,乃囚于狱中。绍移檄州郡,数操罪恶,各请相助。沮授见田丰下狱,乃会其宗族,尽散家财与之,言曰:"吾随军而去,势存则威无不加,势亡则一身不保也!哀哉!"众皆下泪送之。

绍遣大将颜良作先锋,进攻白马。沮授谏曰:"颜良性促狭,虽骁勇,不可独任。"绍曰:"吾之上将,非汝等可料也。"大军进行奔黎阳,东郡太守刘延慌告急许昌。曹操急收拾起行。关公知白马告急,欲自往,遂入相府,见曹公曰:"闻丞相兵动,某愿为前部,立功以报之。"【眉批:急欲立功者,欲去之心急矣。】操曰:"未敢烦将军远劳,早晚却来相取也。"关公自退。操引兵十五万,分三队而行。于是刘延连络不绝告急。操先提五万军,亲临白马,靠土山扎住。遥望山前平川旷野之地,颜良前部精兵十万,排成阵势。操见骇然,未敢交战。绍首将出马,操回顾,与吕布旧将宋宪曰:"吾闻汝乃吕布之猛将,何不战颜良?"宋宪欣然领诺,绰枪上马,直出阵前。颜良横刀立马,貌若灵官,立于门旗下。宋宪径来取良。良大喝一声,纵马来迎。战三合,手起刀落,斩宋宪于阵前。【眉批:吕布之马为关公所骑,吕布之将又为颜良所杀。】曹操大惊曰:"真勇将也!"魏续曰:

国学经典文库

李渔批阅

三国演义

张辽义说关云长
云长策马刺颜良

图文珍藏版

国学经典文库

李渔 阅批

三国演义

张辽义说关云长
云长策马刺颜良

图文珍藏版

"杀吾同伴，愿去报仇！"操许之。续上马持矛，径出阵前，大骂颜良："吾今杀汝！"良更不打话，交马一合，照头一刀，劈魏续于马下。【眉批：**写得颜良声势，越衬得云长英雄。**】操曰："谁敢当之？"徐晃愿出。操今急迎之。徐晃出马，与颜良战二十合，败归本阵。诸将栗然。曹操收军，良亦引军退去。

　　操见连折二将，心中忧闷。程昱曰："吾举一人，可敌颜良。"操问是谁，昱曰："非关公不可。"操曰："吾恐他立了功便去。"昱曰："丞相又爱之，又疑之，何不取来两强相并？如胜则重用，败则决疑。"操曰："善。"遂差人去请关公。公闻知来请，大喜，遂辞二嫂。二嫂曰：“今叔此去，可打听皇叔消息。”公曰：“吾专为此事，急急要去。”

公上赤兔马，【眉批：**此是第一次试马。**】手执青龙刀，引从者数人，直至白马，来见曹操。操请公坐定，叙说：“颜良勇诛二将，连日诸将败者极多，勇不可当，【眉批：**夸奖颜良，正所以激动关公。妙甚。**】特请云长商议。”公曰：“容某观其动静。”操置酒相待。忽报颜良搦战，操引关公上土山观之。操与关公坐，请诸将环立。曹操指山下颜良排列的阵势，四方八面，旗帜鲜明，枪刀森布，严整有威，乃与关公曰：“河北人马如此雄壮哉！”公答曰：“以吾观之，如土鸡瓦犬耳。”【眉批：**语言有趣。**】操又指曰：“众将布列旌旗节钺，人如猛虎，马似毒龙，其势壮哉！”公答曰：“犹金弓玉矢耳。”操又指曰：“麾盖之下持刀立马者，乃颜良也。”关公举目看

国学经典文库

李渔 阅批

三国演义

张辽义说关云长
云长策马刺颜良

图文珍藏版

379

国学经典文库

李渔批阅

三国演义

张辽义说关云长
云长策马刺颜良

图文珍藏版

之，见其人绣袍金甲，相貌威严。关公谓操曰："吾观颜良，如插标卖首耳。"操曰："非可轻视。"【眉批：**至此又一激**。】关公起身曰："某虽不才，愿去万军中，取首级来献丞相。"张辽曰："军中无戏言，云长不可急也。"【眉批：**又激他一句**。】

关公曰："快牵赤兔马来！"奋然上马，倒提青龙刀，跑下土山来，将盔取下，放于鞍前，凤目圆睁，蚕眉直竖，来到阵前。河北军见了，如波开浪裂，分作两边，放开一条大路，飞奔前来。颜良正在麾盖下，见关公到来，却欲问之，马已至近。云长手起，刀斩颜良于马下。【眉批：**杀得出其不意，此谓之刺**。】中军众将，心胆皆碎，抛旗弃鼓而走。云长忽地下马，割了颜良头，拴于马项之下，飞身上马，提刀出阵，如入无人之境。河北名将未尝见此神威，谁敢近前。良兵自乱。曹军一击，死者不可胜数，马匹器械抢到极多。关公纵马上山，众将尽皆称贺。公献首级于操前，【眉批：**首级已买来矣**。】操曰："将军神威也！"关公曰："某何足道哉！吾弟燕人张翼德，于百万军中取上将之头，如探囊取物耳。"【眉批：**翼德之勇于此一提**。】操大惊，回顾左右曰："今后如遇燕人张翼德，不可轻敌。"令写于衣袍襟底以记之。史官故书"刺"字者，就里包含多少，有刺颜良诗为证。前三首赞关公刺颜良，后一首单道关公荐张飞英勇。诗曰：

望盖挥鞭骑若风，将军飞入万军中。

马奔赤兔翻红雾，刀偃青龙起白云。

虎豹堕牙山岛静，凤凰坠羽树林空。

历观史记英雄将，谁似当年白马功？

白马当年事困危，将军立效干功时。

斩头出阵来无阻，策马提刀去莫追。

壮志威风千古在，英雄气概万夫奇。

堂堂庙貌人瞻仰，忠勇惟君更有谁？

十万雄兵莫敢当，单刀匹马刺颜良。

只因玄德临行语，致使英雄束手亡。

来往军中胆气高，平欺许褚胜张辽。

又夸翼德真英勇，致使当阳喝断桥。

颜良败军奔回，半路迎接见绍，报说被赤面皮、使大刀一勇将匹马入阵，斩颜良而去，【眉批：不知姓名，但言其状。虚写出关公，有趣。】因此大败。绍惊问曰："此人是谁？"帐前沮授曰："此必是刘玄德之弟关云长也。"绍大怒曰："汝兄弟斩吾爱将，汝必通谋也，留尔何用！"唤刀斧手推出玄德斩之。【眉批：若使袁绍果杀玄德，云长誓必杀袁绍而后死。是既借云长之手以杀玄德，又借云长之手以杀袁绍也。程昱之计真可畏也。】未知性命如何？

国学经典文库

李渔批阅

三国演义

云长延津诛文丑
关云长封金挂印

图文珍藏版

382

第二十六回　云长延津诛文丑
关云长封金挂印

　　袁绍欲斩玄德，玄德面不改容，言曰："明公只听一面之词，而绝向日之情耶？且备自徐州失散，老小皆弃，未知云长在否。天下同姓同貌者不知多少，岂必赤面使刀者即云长耶？【眉批：**此时人在半信半疑，故玄德说不**

是关公解之。】明公何不察之？"袁绍是个没主张的，便闻玄德之言责沮授曰："误听汝言，险杀爱弟。"【眉批：

玄德躲过一次杀了。】又请玄德同坐，却议报良之仇。帐下一人出曰："颜良吾兄弟也，既被曹兵所杀，吾当雪恕。"玄德看了其人，身长八尺，面如獬豸，山后人也，姓文，名丑，**【眉批：文丑急欲报仇，故不打听关公虚实，卒为所杀。】**乃河北名将。袁绍大喜曰："非汝不能报良仇也。吾亦与你十万大军，便可直渡黄河，追杀操贼。"沮授曰："行兵之要，胜负变化，不可不详。今宜留屯延津，分兵官渡，若其克获，还迎不晚。今轻举渡河，设有其难，众皆不可还矣。"绍怒曰："皆是汝等迟缓军心，迁延日月，有妨大事。岂不闻'兵贵神速'乎？"**【眉批：既知"兵贵神速"，何前番不肯速战，何也？】**沮授出，叹曰："上盈其态，不务其功；悠悠黄河，吾其济乎！"遂托疾，不出议事。玄德曰："刘备久蒙大恩，无可报效，欲助文将军同行，一者报明公之德，二者就探云长的实。"**【眉批：玄德意正在此。】**绍喜，唤文丑与玄德同领前部。文丑曰："刘玄德累败之将，于军不利。丑愿自往，不用玄德同去。"绍曰："吾欲见玄德才能，汝可同去。"文丑曰："既主公要此人去，某分三万军，教他为后部；**【眉批：若使玄德在前，文丑何至于死？】**如其无功，可自治罪。"玄德曰："分兵最好。"文丑自领七万军先行，玄德引三万随后便起。

且说曹操为云长斩了颜良，倍加钦敬，表奏朝廷，封云长为寿亭侯。铸印送于云长，印文四字曰"寿亭侯印"，使张辽赍去。云长看了，推辞不受。辽曰："据公

国学经典文库

李渔批阅

三国演义

云长延津诛文丑
关云长封金挂印

图文珍藏版

国学经典文库

李渔 批阅

三国演义

云长延津诛文丑
关云长封金挂印

图文珍藏版

384

之功，封侯何多？"公曰："功微，不堪领此名爵。"再三推却。辽赍印回见曹操。操曰："曾看吾印否？"辽曰："看见印来。"操曰："吾失计较也。"【眉批：**关公之意，又为曹操所料矣。**】遂教销印，别铸印文六字："汉寿亭侯之印"，再使张辽送去。公视之，笑曰："丞相知吾意也。"遂拜受之。

忽闻人报袁绍又使大将文丑直渡黄河，已据延津之上。操先使人移徙居民于西河，操自领兵迎之。三军皆起。旧规军马在前，粮草在后。操传下将令，教粮草车仗尽行前去，以后军作为前部先锋，护守粮草，以前部先锋却居于后。【眉批：**谲诈得妙，总一片假，再不说明。**】吕虔曰："粮草在前，而兵在后，何意也？"操曰："粮草在后多被摽掠，吾故令在前也。"虔曰："倘遇敌军，守粮者又不敢战，必误大事。"操曰："吾料敌军到时，却又理会。"虔疑未决。操令粮食、辎重沿河堑至延津。操在后军，听得前军发喊，急叫人看时，人报："河北大将文丑兵至，我军皆弃粮草，俱被赶散；后军又远，将如之何？"众人商议，要退守白马。操教退军，河北又断其路，军皆散乱。操以鞭指南阜，可以避之。人马急奔土阜。操人马皆解衣卸甲少歇，【眉批：**谲诈得妙，而解衣卸甲更妙。**】尽放其马。文丑军掩至。众将曰："贼至奈何？可急收马匹退回白马。"一人急止之曰："此正可以饵敌，何退回耶？"操视之，乃荀攸也。操急以目视攸。攸知其意，不复再言。

文丑军既得车仗，又来抢马，军士不依队伍，自相离乱。曹操却令一齐下阜击之。丑军大乱。原来丑军只顾取物，无心厮杀。操军人马围裹将来，文丑挺身独战，军士自相践踏。【眉批：**至此方显曹操善能用兵。**】文丑止遏不住，拨回马走。操在阜上指曰："文丑在河北为名将，谁可擒之？"二将飞马而出。操视之，乃张辽、徐晃也。大叫："文丑休走！"文丑回头，见二将赶来，遂按住铁枪，拈弓搭箭，正射张辽。徐晃大叫："贼将休放箭！"张辽低头急躲，一箭射中头盔，将缨射去。张辽奋怒，再赶，又被文丑一箭射中马颊。此马跪倒前蹄，张辽落地。【眉批：**此亦先写文丑之声势，以衬云长声势。**】文丑策马前来，徐晃急轮大斧，截住厮杀。二将战三十

国学经典文库

李渔批阅 三国演义

云长延津诛文丑
关云长封金挂印

图文珍藏版

合，张辽去远。徐晃见文丑后面军马齐到，晃拨回马走，文丑沿河赶来。

忽见十余骑马，旗号翩翩，一将当头，提刀出马，乃汉寿亭侯关云长也，大喝一声："贼将休走！"【眉批：**突如其来，与斩颜良时一样气色。**】与文丑交马二合，文丑心怯，拨马绕河而走。云长所坐即是千里龙驹，早已赶上文丑，脑后一刀，将文丑斩于马下。曹操在土阜上见云长砍了文丑，大驱四下人马掩杀，河北军一齐落水，【眉批：**沮授言不可渡河，此处方验。**】复夺辎重马匹。云长耀武扬威，东冲西突。

正杀之间，刘玄德领三万军随后方到。前面哨马探知，报与玄德："今番又是红面长髯的斩了文丑。"玄德慌忙骤马来看。隔河看见一簇人马来往如飞，众皆言曰："正是此人。"玄德见征尘中一面旗上，写着"汉寿亭侯关云长"七字。【眉批：**闻其形而未见其人，见其旗而不见其面。何咫尺天涯，为之一叹！**】玄德暗谢天地曰："原来兄弟果然在曹操处。"欲去相见，被曹兵大势拥来，只得收兵回去。

袁绍接应至于官渡，下定寨栅。郭图、审配入见袁绍，报说："今番文丑又是云长杀了。玄德佯推不知。"袁绍大怒骂曰："大耳贼，焉敢如此！"人报玄德至，绍令推出斩之。【眉批：**读至此为玄德吃吓。**】玄德曰："某有何罪？"绍曰："你故使云长，又坏一员大将。"玄德曰："容申一言而死。曹操素惧刘备，备虽溃散，必有复仇之日。今知备在明公之处，恐其协力攻曹，特使云长诛杀二将。公知必怒，不肯助兵，此是借公手以杀备也。【眉批：程昱所言不出玄德所料。】愿明公思之。"袁绍曰："玄德之言是也。"【眉批：玄德二番欲杀。又躲过了。】喝退图、配，请玄德上帐而坐。玄德谢曰："荷明公宽大之恩，无可补报，欲令一心腹人，持一密书去见云长，使知刘备消息，必星夜来到，辅佐明公，共诛曹操，以报颜良、文丑之仇，若何？"袁绍大喜曰："吾得云长，胜颜良、文丑复生也。"【眉批：虎牢关前，盟主高坐而叱之时，还记得否？】商议修书，未有人去。绍令退军武阳，结营连数十里，按兵不动。

操令夏侯惇总兵守住官渡隘口。操班师回许，大宴众官，贺云长之功。席上曹操与吕虔曰："昔日吾以粮草在前者，乃饵敌之计也。【眉批：此时方才说明。】惟荀公达知吾心耳。"众皆心服。正饮宴间，忽有人报汝南黄巾刘辟、龚都甚是猖獗，曹洪累战不利，乞发勇将精兵救之。云长闻言，乃进前曰："关某愿犬马之劳，共破汝南贼寇。"操曰："云长建立大功，未曾重赏，何故又欲进征？"公答曰："关某久闲必生疾病。【眉批：英雄语自不同。】愿再一往。"曹操壮之，点军五万，使于禁、乐进为副将，次日便行。荀彧曰："云长常有归刘之心，倘知备之消息，必去不返，不可令频出也。"操曰："今次收功，再不教临敌矣。"

云长领兵汝南进发，敌军相迎，扎住营寨。当夜营外，拿了两个细作人来。【眉批：**来得突兀，出于不意。**】云长视之，内中认得一人，只因此处起，直教兄弟再得聚会。毕竟此人是谁，且听下回分解。

云长于灯下看时，认得一人，乃孙乾也。云长叱退左右，问乾曰："公自溃散之后，一向踪迹不闻，玄德兄在何处？"乾曰："某自逃难，飘泊汝南，幸得刘辟收留。近闻玄德在袁绍处，【眉批：**玄德消息不从河北知之，却从汝南知之，皆出意外。**】欲往投之，未得其便。今刘辟、龚都皆来归顺，助袁破曹，故攻掠太急。今日天幸，又得将军至此，刘、龚特令小军引路，故教某为细作，来报将军。来日必然虚败一阵，以报将军。将军早引二位夫人，与玄德相见，却来汝南，又作远图。彼刘、龚

国学经典文库

李渔批阅

三国演义

云长延津诛文丑
关云长封金挂印

图文珍藏版

之顺玄德，实有望于将军也。"公曰："既然兄在绍处，吾必星夜而往。【眉批：**恐玄德又往他处去矣。**】但恨吾斩颜、文二将，恐今事变，奈何？"乾曰："某当先往，探其虚实，再来回报将军。"公曰："吾见兄长一面，万死不辞。【眉批：**如此之言，真英雄之语。**】今回许昌，便辞曹公矣。"当夜送乾去了。于禁、乐进也不敢问。

次日，云长兵出，龚都披挂出阵。云长曰："汝等何故背反朝廷？"都曰："汝乃背主之人，何故责人也？"云长曰："我何背主？"都曰："刘玄德在本初处，汝却从操，何也？"云长曰："乱道！"拍马舞马向前。龚都便走，云长赶上。都回身告云长曰："故主之恩不可忘也。汝当速至，吾让汝南。"【眉批：**让汝南者，欲其立功报曹，以便速去耳。**】云长会其意，招军掩杀。刘、龚佯输诈败，四散去了。云长夺得州县，安民已定，班师回到许昌。曹操自出迎接，赏劳军士。

宴罢，云长回家，参拜二嫂于门外。甘夫人曰："叔叔两番出军，可知皇叔音信否？"公答曰："未也。"【眉批：**此时不以实报，大有深意。**】云长退，二夫人于帘内痛哭甚切。糜夫人曰："想皇叔休矣。二叔恐我姊妹烦恼，故隐而不言耳。"正哭之间，有一随行军士，听得哭声不绝。于门外曰："夫人休哭，主人见在袁本初处。"【眉批：**关公不言，而军人报信，其文更曲。**】夫人曰："汝何知之？"军曰："跟关将军出征，有人从阵上说来。"夫人急召云长，责之曰："皇叔未尝负汝，你今受了曹家

国学经典文库

李渔批阅

三国演义

云长延津诛文丑
关云长封金挂印

图文珍藏版

豢养，忘了旧日之情，既然得了皇叔消息，不以实情告我，使我姊妹忧愁。叔要自享荣华，就借宝剑斩我姊妹之头，以绝叔之疑碍；岂不便乎！"云长顿首流泪，告曰："兄今实在河北，未敢报于嫂嫂者，恐有漏泄故也。【眉批：恐泄漏与曹操，却殊不知曹操与程昱筹之熟矣。】事须缓图，不可造次。"甘夫人曰："叔宜上紧。"公出，寻思去计，坐立不安。

原来于禁已知备在河北，操令张辽来探云长。云长正在闷中，张辽入贺曰："闻兄在阵得知玄德消息，特来贺喜。【眉批：方欲秘之，而辽已明言，公也不隐讳矣。】云长曰："故主未见，何喜之有？"张辽曰："公看《春秋》，管、鲍之义，可得闻乎？"云长曰："管仲尝言：'吾三战三北，鲍叔不以我为怯，知我有老母也。吾尝与鲍叔论议多绌，鲍叔不以我为愚，知我时不利也。吾尝以鲍叔贾，分财多自与，鲍叔不以我为贪，知我贫也。生我者父母，知我者鲍叔。'此则管、鲍之相知也。"辽曰："兄与玄德相交何如？"公曰："吾与玄德死生之交，生则同生，死则同死，非管、鲍之可比也。"辽曰："吾与兄交何如？"云长曰："吾与文远萍水相逢，过承错爱，凶祸则相救，患难则相扶，或不可救则止。比之玄德远矣。"【眉批：与玄德相交，与文远相交，轻重较然，语言直绝。】辽曰："玄德小沛失利，兄何不一死战以保之？"公曰："吾彼时未知实信，若玄德死，吾岂独生乎？"辽曰："今玄德现在河北，兄往从否？"云长曰：

"昔日之言，安肯负之！【眉批：直人快口。】烦劳文远为我先达其意，然后我自进禀丞相。"张辽将云长之言，尽白曹操。操曰："我自有计留之。"【眉批：看他又有何计。】

却说云长正寻思之间，忽报故人相访。及至请入，云长不识，【眉批：奇。】问曰："公何人也？"答曰："某乃袁本初处南阳陈震也。"云长大惊，急退左右，问曰："先生此来，必有所为。"震出书一缄递与云长。云长视之，乃玄德书也。【眉批：寄书人来得突兀。】书曰：

备尝谓："古之人恐独身不能行其道，故结天下之士，以友辅仁；得其友则益，失其友则损。备与足下自桃园共结刎颈之交，虽不同生，誓以同死。今何中道割恩断义？君必欲取功名、图富贵，愿以一言绝备。如犹念往昔，君其图之。

云长看毕，大哭曰：【眉批：自此一哭，归心更不容缓矣。】"某非不欲寻兄，奈不知所也。吾安肯事曹公而图富贵乎？"震曰："玄德望公，泪不曾干。公既仗义，何不速速归之？"云长曰："人生于天地之间无始终者，非君子也。吾当日曾对曹公言及此事，公已从之。吾已立功三件，报其恩矣。吾来时明白，去不可不明白也。【眉批：明明白白，是公一生过人处。】吾作书，烦公先达兄长，待某辞了曹公，奉嫂嫂回见也。"震曰："倘曹公不放，将军又当何如？"公曰："吾宁死，必不留也！"【眉批：言不去则必死矣。】作书答云：

羽窃闻义不负心，忠不顾死，是大丈夫之志也。羽自幼读书，粗知礼义，至于观羊角哀、左伯桃之事，论张元伯、范巨卿之约，未尝不三叹而流涕也。昔羽守下邳，内无积粟，外无援兵，欲尽死节，奈有二嫂之重，未敢断首损躯，死于沟壑也。【眉批：真情实语于此见矣。】

近自汝南方知信息，须当面辞曹公，奉送二嫂而归。昔日降汉之时，已曾预言，今已有微功之报，不容不从也。忽得兄书，视之如梦。羽但怀异心，天地可表。披肝沥胆，笔楮难穷。瞻拜有期，伏惟照鉴。

国学经典文库

李渔批阅

三国演义

云长延津诛文丑
关云长封金挂印

图文珍藏版

陈震得书自回。云长乃入相府，拜辞曹操。操知来意，乃悬回避牌于门。【眉批：回避牌即曹操之计也。】云长怏怏而回，收拾一辆小车，点旧跟随者二十人，早晚伺候。甘夫人唤云长问曰："近日行藏若何？"公曰："只在早晚辞了丞相，便请嫂嫂上车。堂中所有原赐之物，尽皆留下，寸丝不可带去。"【眉批：今人爱小便宜，误了许多大事。】甘夫人曰："叔宜上紧，勿得迟滞。"云长又往府辞，门首又挂回避牌。云长往数次，皆不放参。云长往张辽家相探，欲言其事，辽托疾不出。【眉批：计将穷矣，辽之托病不出，想亦曹操教之。】云长思之曰："此是曹公不容我去之意也。大丈夫既欲去而不果，非丈夫也。"即写辞书一封辞之。书曰：

汉寿亭侯关羽，特沐再拜，奉书汉大丞相曹麾下：羽闻有天而有地，有父而有子，有君而有臣。天气应乎阳，地气应乎阴。万物若顺时，方可养群生，而成三纲五常之义也。羽生于汉朝，少事刘皇叔，誓同生死。前者下邳失据，许降丞相，所请三事，已蒙恩诺，羽所以归焉。拔擢过望，实难克当。今探知故主刘皇叔，见在袁绍军中，【眉批：明人说出。全不隐讳。】

身为寄客，使羽旦夕不安。三思丞相之恩，深如沧海；返念故主之义，重若丘山。去之不易，住之实难。事有先后，当还故主。尚有馀恩未报，候他日以死答之，【眉批：为后文华容道伏笔。】

乃羽之志也。谨书告辞，幸希钧鉴。建安五年秋七月，关羽状上。

云长遂将累次所受金银，一一封记，悬寿亭侯印于库中。【眉批：封金挂印，千古传为美谈。】

平明，请二夫人上车，男女二十人扶事，另遣人于相府下书。云长上赤兔马，提青龙刀，护送车仗径出北门。北门吏当之。云长怒目横刀，大喝一声，门吏避去。【眉批：先为五关斩将作一引。】云长既出门，喝从者曰："汝等护送车仗先行，但有追赶者，吾自当之，勿惊动嫂嫂。"从者推轮送车，望官道进发。

却说曹操正论云长事未定，左右报云长呈书。操接看毕，大惊曰："云长去矣！"【眉批：四字有无限爱惜嗟呀之意。】北门守将飞报："云长夺门而去，车仗鞍马二十余人，皆望北行。"又家中人来报说："云长尽封所赐金银等物。美女十人，另居内室。寿亭侯印，悬于库内。原拨扶侍人皆携带去，只与原跟二十人，并小车一辆，随身行李，平明时去了。"【眉批：关公去后，一从相府守门人说出，二从北门守将说出。三从关公宅中人说出。关公一去，用三段文法以描写之。】众皆愕然。一将挺身出曰："愿将半万铁骑，生擒云长，献与丞相！"众将视之，乃猿臂将军蔡阳也。蔡阳要赶关公，还是如何？且听下回分解。

国学经典文库

李渔批阅

三国演义

云长延津诛文丑
关云长封金挂印

图文珍藏版

395

国学经典文库

李渔批阅

三国演义

关云长千里独行
关云长五关斩将

图文珍藏版

第二十七回　关云长千里独行　关云长五关斩将

　　曹操部下诸将，只有蔡阳不服云长，常有谗谮之意，故要去赶。操曰："事主不忘其本，乃天下之义士也；来去明白，乃天下之丈夫也。汝等皆可效之。"【眉批：操视诸将中，未必有其人。】叱退蔡阳，不肯教赶。

　　程昱曰："云长不辞丞相，不奉钧旨，何如？"操曰："使归故主，以全其义。"程昱曰："丞相能舍之，诸将皆不平也。"操曰："何为不平？"昱曰："云长有三罪以致众怨，且云长昔在下邳，事急来降，丞相拜为偏将军，三日一小宴，五日一大宴，上马金，下马银，虽建微功，即拜寿亭侯职，恩荣极矣，一旦弃丞相而去，不能尽忠。其罪一也。不得丞相之命，飘然便行，欲杀门吏，不遵国法。其罪二也。知故主之微恩，忘丞相之大德，乱言片楮，冒渎钧威，其罪三也。今云长若归袁绍，是纵虎伤人也。不若遣蔡阳赶上诛之，绝此后患。"操曰："不然。吾昔日曾许之，今日故舍之。若追而杀之，天下之人皆言我失信矣，彼各为主，勿追也。"【眉批：袁绍欲杀玄德，而曹操不追关公，实曹操高袁绍一头地。】裴松之曰：

曹公知羽不留而心嘉其志，去不遣追以成其义。自非有王霸之度，孰能至于此乎？斯实曹氏之休美。程昱曰："云长期不辞而去，终是缺礼。"操曰："彼曾到相府二次，吾自避之，非彼不辞也，吾所赐金帛，皆留还我，千金不易其志，真仗义疏财之人。吾深敬之。"【眉批：如此之人，操安得不敬。】程昱曰："久后为祸，丞相休怨。"操曰："云长非负义人也。彼各为主，岂容人情耶？想云长此去不远，吾一发结识他，做个大人情。选遣张辽去请住他，我与他送行。将一盘金银为路费，一领红锦袍作秋衣，【眉批：索性加厚到底，有心人算计往往如此。】教他时时想我。"程昱曰："云长必不回来。"曹操曰："吾引数十骑去，使张辽单骑先往。"

却说云长骑赤兔马日行千里，本该赶他不上。因要

国学经典文库

李渔批阅

三国演义

关云长千里独行
关云长五关斩将

图文珍藏版

旁着车仗而行，不敢纵马，只得缓缓而行。【眉批：解说得妙。】忽闻背后一人叫曰："云长慢行！"云长思曰："呼我字者，必非害我者也。"叫车仗从人："只管大路紧行，吾自理会。"回头视之，张辽拍马而至。【眉批：病好得快。】云长勒马按刀问曰："文远来擒我耶？"辽曰："身无片甲，手无寸兵，何以生疑？丞相知兄远行，特来相送，并无伤害之意。"云长曰："丞相此来，必有他说。"辽曰："丞相已言：彼各为主，勿追也。容兄自去，以全其义。只为不曾相送，故轻身自来。特令小弟先到，请住兄长。"云长曰："便是丞相带铁骑来，吾也单骑决一死战。"【眉批：说得刚直。】回数十步，立马霸陵桥上，见操自引数骑飞奔前来，背后皆是许褚、徐晃、于禁、李典之侪。操见云长横刀立马，分付诸将左右摆开。云长见众手无军器，因此放心。操曰："云长何故行之速耶？"云长欠身礼曰："日前原禀丞相，故主在处，必当驰往。今闻在袁绍处，不由不星夜去也。累次造府，不得参见，故拜书告辞，封金解印，纳还丞相。丞相不忘昔日之言，恩德非浅。"【眉批：言简而意尽。】操曰："吾欲取信天下，安肯负却前言。但恐将军路中缺欠盘费，特来相送耳。"令人托过黄金一盘。云长曰："累蒙恩赐，尚有徐资。留此以赏战士。途中不劳赐也。"【眉批：其人光明，其言磊落。】操曰："特以少酬大功之万一耳。"云长曰："久感丞相大恩，微劳不足补报。异日萍水相逢，别当酬谢。"操笑而答曰："云长忠义之士。

恨吾福薄，不得相从。"【眉批：**自叹缘份浅，因爱慕之极，故出此语。**】又令一人捧袍过来，谓曰："锦袍一袭，聊表寸心。他日见袍，如见操也。"【眉批：**异日华容道留得一命，全赖此袍。**】云长恐操有变，不下马接，用刀尖挑却锦袍，披于身上，勒马回头谢曰："蒙丞相赐袍，关某去也。"纵马望北而去。许褚曰："此人无礼太甚，可以擒之。"操曰："彼一人一骑，吾二十余人，安得不疑乎？吾言既出，不可追之。"遂引众回，于路嗟叹曰："汝等众将当效云长，以成万世之清名也。"

云长来赶车仗，约行三十里尚且不见。云长慌走下马，四下寻之。忽见山头一人高叫："关将军且住！"【眉批：**不知者必疑曹操使人截去矣。又疑曹操使人来留**

国学经典文库

李渔批阅 三国演义

关云长千里独行
关云长五关斩将

图文珍藏版

399

矣。】云长举目视之，一人年二十余，黄巾锦衣，持枪跨马，引百余步卒山下。云长问曰："汝何人也？"少折弃枪下马，拜伏于地。云长恐其是诈，勒马停刀问曰：【眉批：精细。】"壮士，愿通姓名。"答曰："小人本贯襄阳人也，姓廖，名化，字元俭。因汉末世乱，流落江湖，聚众五百余人。恰才同伴杜远下山巡哨，误将两位夫人劫掠上山。【眉批：此事却在廖化口中叙出，省笔。】吾问从者，云是刘皇叔夫人。小人即拜于地，问其何来。备细言之，乃知将军盛德。小人欲送下山，杜远出言不逊，被某杀之。今特献头请罪。"云长曰："二夫人何在？"化曰："恐人伤害，留在山中。"云长教急请下山。不移时，百余人簇拥车仗前来。关公下马停刀，叉手车前，问候曰："嫂嫂受惊，关某之罪也！"二夫人曰："若非廖将军保全，几被杜远所辱。"【眉批：二夫人口中略述一遍。】云长问左右曰："廖化怎生回护夫人？"左右曰："杜远劫上山去，就要与化各分一人。廖化问起根由，好生拜敬。杜远不肯，乃被廖化杀之。"【眉批：又从左右口中详述一遍。】云长听言，遂来拜谢廖化。廖化欲使部下护送云长。云长寻思此人终是黄巾之类，若用为伴，人必笑耻，【眉批：俱是精细之处。】乃辞之曰："多感厚情，争奈曾与曹公说誓，千里独行。你且在此，日后相逢，未可知也。"廖化拜送金帛，云长不受。【眉批：丞相金帛尚且不受，何况盗人之金帛乎？】廖化拜别，自引人伴，投山峪中去了。

云长再将曹操赠袍之事，告与二嫂，随着车仗而行。渐渐天晚，投一孤庄安歇。庄主出迎，须发尽白，问曰："将军姓甚名谁？"云长施礼告曰："吾乃皇叔玄德之弟关某也。"老人曰："莫非斩颜良、文丑之关将军乎？"公曰："便是。"老人大喜，便请入庄。云长曰："车上有二位夫人。"老人唤妻女出，请甘、糜二夫人下车，上其草堂，云长叉手立于二位夫人之侧。老人请关公坐，关公曰："尊嫂在上，安敢就坐。"老人曰："公异姓，何如此之敬也？"云长曰："某与皇叔、翼德结为兄弟，誓同生死，岂以异姓而少慢乎？二嫂相从于兵甲之中，尚且未尝缺礼，何况今日。"老人曰："将军天下之义士也！"遂教妻女于草堂上相待二位夫人，老人自于小斋款待云长。云长问其姓名。老人曰："老朽姓胡，名华，桓帝朝时曾为议郎，致仕归乡。今有小儿胡班，在荥阳太守王植处为从事。将军必由此处经过，有书一封，付与小儿，或可效力。"【眉批：未曾过一关，先为第四关脱难伏线，妙。】云长即求其书，因而说及辞曹事。胡华感叹不已。当夜，二夫人宿于正房，云长秉烛而坐。

次日天晓，胡华馈送饮馔。云长请二嫂上车，辞别胡华，披甲提刀，径奔洛阳。前至一处，名东岭关。【眉批：此系第一关。】把关将姓孔，名秀，曹操部下将也，引五百骑岭上把住。关公押着车仗上岭。岭上军士报知孔秀，秀乃提剑出关，喝叫云长下马。云长只得下马，与秀施礼。秀曰："将军何往？"公曰："已辞丞相，特往

国学经典文库

李渔批阅

三国演义

关云长千里独行

关云长五关斩将

图文珍藏版

国学经典文库

李渔 批阅

三国演义

关云长千里独行
关云长五关斩将

河北寻兄。"秀曰:"河北袁绍,正昌丞相对头。将军此去,必有来文。"公曰:"因行慌速,不曾讨得。"【眉批:曹操不与文凭,是不留而留之意。】秀曰:"若无来文,将军且在关下,待我差人禀过丞相,方敢放行。"云长曰:"待汝去回,岂不误我行程?"秀曰:"一日不禀,要住一日;一年不禀,要住一年。"云长怒曰:"汝何相侮耶?"秀曰:"法度所拘,不得不如此也。当今乱世,龙争虎斗之时,若无文凭,决不轻放。"云长曰:"汝不容我过关?"【眉批:其语渐硬。】秀曰:"汝要过去,留下老小质当。"去长奋怒,举刀欲杀孔秀。孔秀闭关而去。未知若何,且听下回分解。

孔秀慌忙退入关去,紧闭上门。鸣鼓聚军,俱各披挂,手执军器,分布左右。孔秀全付衣甲,绰枪上马,放开关门,大喝曰:"汝敢过么?"云长约退车仗,纵马提刀，竟不打话，直取孔秀。孔秀挺枪来迎。两马相交，只一合，钢刀起处，孔秀尸横马下，血溅长空。【眉批：此处先斩去一将，到后来五关斩却六将，岂关公有意为之乎？】众军便走。云长曰："军士休走。吾杀孔秀，不得已也，与汝等无干。"众军拜于马前。公曰："借汝众军之口，往许都告诉丞相。丞相与吾亲自饯行，孔秀故相拦截，欲杀害吾，吾故杀之。"先请二夫人车仗出关，望洛阳进发。【眉批：此系第二关。】

　　原来先有军士去报洛阳太守韩福。韩福急聚众将商议。手下牙将孟坦曰："既无丞相文凭，即系私行，若不阻拦，必有罪责。"韩福曰："关公勇猛，难以迎敌。颜良、文丑尚且受杀，【眉批：又将往事一提。】只可设计擒之。"孟坦曰："先将鹿角拦定关口，待他到时，小将与他交锋；太守于高阜处暗箭射之，埋伏军士于左右。若关将坠马，随即擒之，解赴许都，必得重赏。"商议了，人报云长车仗已到。韩福引一千人马，摆列关口。这关是平地上创立，晨昏守御。公见竖立旗号，密布刀枪，又见韩福弯弓插箭，立马挥鞭。福问："来者何人？"云长于马上欠身施礼，言曰："汉寿亭侯关某，聊借过路。"韩福曰："曾有丞相文凭来否？"云长曰："事冗不曾讨得。"韩福曰："吾奉丞相钧命，镇守故都，专一盘诘往来奸细。若无凭文，不得过去。"云长怒曰："东岭孔秀，被吾斩之。汝又挡吾，欲寻死耶？"韩福曰："谁人与我擒之？"，孟坦出马，轮起双刀，来取云长。云长

国学经典文库

李渔批阅 三国演义

关云长千里独行
关云长五关斩将

图文珍藏版

约退车仗，拍马来迎。孟坦战不三合，拨回马走。云长赶来。孟坦指望引诱云长，不想他赤兔马日行千里，走若星飞，早已马尾相交，赶上脑后，只一刀砍为两段。【眉批：斩却二将矣。】云长勒马回来，韩福闪在门首，尽力放了一箭，射中关公左臂。公口拔箭出，血流不住，飞马径奔韩福，冲散众军。韩福急走不迭，云长手起刀落，带头连肩，斩于马下。【眉批：斩却三将矣。】杀散众军，保护车仗。云长割帛束住箭伤。于路恐人暗算，不敢久住，连夜投沂水关来。【眉批：此系第三关。】

把关将卞喜，并州人也，使流星锤，原昌黄巾余党，后投曹操。曹操拨来守关。也有人报前关杀了韩福之事。卞喜寻思一计，关前恰有一寺，名镇国寺，明帝所建香火院也。卞喜就于寺中伏刀斧手二百余人，约定击盏为号，要害云长。【眉批：在佛地前要害好人，恐也未必。】分派了当，出关迎接。公见卞喜殷勤，下马相见。喜曰："将军名震天下，谁不敬仰！今归皇叔，真大义也！"云长诉斩孔秀、韩福之事，卞喜曰："将军杀得是。喜见丞相，代禀衷曲。"【眉批：虚恭敬，假小心，最为奸险。】云长甚喜，一同上马。

过了沂水关，到镇国寺下马。众僧鸣钟出迎。本寺有僧三十余人，数内长老正是云长同乡，法名普净。【眉批：此是大救星。】普净已知其意，向前来与云长问讯，云长答之。普净问曰："将军离蒲东几年了？"云长曰："近二十年矣。"净曰："还认得贫僧否？"公曰："离乡多

国学经典文库

李渔批阅

三国演义

关云长千里独行
关云长五关斩将

图文珍藏版

国学经典文库

李渔批阅

三国演义

关云长千里独行
关云长五关斩将

图文珍藏版

年，不能相识。"净曰："贫僧家与将军，只有一河之隔。"喜见净、公认说乡里，恐其走泄，叱之曰："吾欲请将军赴宴，汝僧人何多言也！"云长曰："不然。乡人相见，安得不叙旧耶？"净请方丈告茶。云长方入方丈，净以手挈戒刀，以目顾盼。【眉批：此僧大智人也。】云长默会其意，唤左右将刀近侧。喜请云长法堂筵席。云长顾见壁后多人密布，皆挈刀剑在手，因问曰："卞君请某是好意耶？歹意耶？"喜曰："奉敬将军，有何歹意？"云长壁中窥望，见伏刀斧，乃大喝曰："吾以汝为好人，安敢如此！"喜知事泄，大叫左右下手。数内有胆大者，便欲向前，皆被云长砍杀。卞喜绕廊而走，云长弃剑执刀来赶。喜取飞锤掷打，云长刀背隔开，赶将入去，一刀劈为两段，【眉批：斩却四将矣。】死于廊下。云长急来看二嫂时早有军人远远围住，见云长来，四下奔走。

云长赶散，谢普净曰："若非吾师，已被此贼之害。"辞净起行。净曰："贫僧此处难容，也将收拾衣钵，他方去矣。后会有期，当在玉泉山下，将军保重。"遂各别去。云长护送车仗，前往荥阳进发。

荥阳太守王植，【眉批：**此系第四关矣。**】却与韩福是两亲家。比及云长到时，韩福家人先已使人通报王植。王植使人守住关口。把关人问了关公姓名，来报王植。王植喜笑相迎，云长为说寻兄之事。植曰："将军于路驱驰，夫人车上劳困，且请入城馆驿暂歇，来日登途未迟。"云长见王植意甚殷勤，遂请二嫂入城。驿庭先已铺设了当，王植请公赴宴。云长曰："尊嫂在上，不敢饮酒。"【眉批：**前番卞喜请，即赴席；今王植请，遂不赴席。足见精细。**】植见请公不出，饮馔皆送驿中。云长因见沿路辛苦，请二嫂正房歇定，从者各自安歇。饱喂了马，云长也自解甲而坐。

却说王植密唤从事胡班听令，曰："云长背了丞相而逃，又沿路擅杀守将校，死不可赦。但其人武勇难敌，不可与战。汝于今晚点一千军围住馆驿，一人一个火把，先烧断了外门，然后四围放火；不问是谁，尽皆烧死。今夜二更举事，吾亦自引兵来接应。"【眉批：**前卞喜用刀斧，今王植用火把；一在日里，一在夜间。**】胡班领了言语，便去点军，各自俱要火把一束，又要干柴引燥之物，搬在馆驿门道。

天气尚早，胡班寻思："我素闻关公之名，未见其面，当往观之。"来至驿中问驿吏曰："关公今在何处？"答曰："正厅观书者是也。"胡班往，看见公左手绰髯，凭于几上，灯下观书。【眉批：写得如画。】班一见大惊曰："真天人也！"言语偶高，公闻之，问曰："何人也？"班入拜曰："荥阳太守门下从事胡班也。"云长曰："得非胡华之子乎？"班曰："华乃班之父也。"公唤从者于行李中取书付班。班看毕，叹曰："险些误害忠良也！"【眉批：前者关公遇乡亲，今者胡班得家信。】遂密告公曰："王植心怀不仁，欲害将军，令四面一千火把，约在二更放火。胡班今去开门，将军急急收拾出城。"云长大惊，慌忙请得二嫂上车。云长披挂，提刀上马，尽出馆驿，果见军士各执火把听候。急到城边，只见城门已自砍开，公催车仗急速出城。胡班还去放火。【眉批：前是王植赚关公，此则胡班赚王植矣。】

云长行不数里，背后人马赶来。当先王植大叫："关

国学经典文库

李渔批阅

三国演义

关云长千里独行
关云长五关斩将

图文珍藏版

某休走！"云长勒马大骂："匹夫！我与你无仇，如何教人放火烧我？"王植拍马挺枪，火把照耀，径奔云长。云长一刀，拦腰砍为两段。【眉批：**斩却五将矣。**】人马皆散。云长也不来赶，自随车仗，催促行程。公感胡班不已。【眉批：**后来胡班归蜀，正为此耳。**】行至滑州界首，有人报与刘延。延慌忙引数十骑，出郭而迎。云长马上欠身言曰："太守别来无恙？"延曰："今欲何往？"公曰："辞了丞相，去寻家兄。"延曰；"玄德在袁绍处，绍乃是丞相仇人，如何容去？"云长曰："昔日原曾言过，故容行也。"延曰："即今黄河渡口关隘，夏侯惇部下秦琪据守，只恐不容将军过渡耳。"【眉批：**先报一信。**】云长曰："太守应付船只如何？"延曰："船只虽有，不敢应付。"公曰："我前者诛了颜良、文丑，亦曾与足下解危，【眉批：**往事又在关公口中一提。**】今日求一渡船，不可得乎？"延曰："只恐夏侯将军知之，见罪于某耳。"公知刘延无用之人，【眉批：**以无用之人而杀之，亦不成为关公矣。**】遂催车仗前进。

刚到秦琪寨边，【眉批：**此系第五关矣。**】秦琪引军出问："来者何人？"云长曰："汉寿亭侯关某是也。"琪曰："今欲何往？"云长曰："欲投河北，去寻玄德，敬来借渡。"琪曰："丞相明文何在？"公曰："吾不受他节制，有甚公文？"【眉批：**前言行忙事冗，此竟说不受节制，更是直捷痛快。**】琪曰："吾奉夏侯将军将令，守把关隘，你便插翅也飞不去！"云长怒曰："你知我沿路诛戮拦截么?"琪曰:"你只杀得无名下将,敢杀我么?"云长怒曰:"汝比颜良、文丑若何?"【眉批:又将前事一提。】秦琪大怒,纵马提刀,直取云长。两马相交,只一合,云长青龙刀起,秦琪头落。【眉批:斩却六将矣。】云长曰:"当吾者已死,余者不必惊走,速备船只,送我渡河。"军士急急举舟傍岸。云长请二嫂上船,渡过黄河,往北进发。

此处便是袁绍地面了,云长马上叹曰:"吾本非欲沿路杀人,奈事不得已也。【眉批:真非本意。】曹公知之,必当痛恨,谓我无义人也。"嗟叹不已。正行之间,忽见一骑自北而来,大叫:"云长少住!"云长勒马视之,来者乃孙乾也。【眉批:来得凑巧。】云长曰:"自汝南相别,一向消息若何?"乾曰:"汝南刘辟、龚都,遣某河

国学经典文库

李渔批阅 三国演义

关云长千里独行
关云长五关斩将

图文珍藏版

北结好袁绍，欲请玄德同议破曹之计。不想河北谋士，各相妒忌，田丰尚因狱中，沮授黜退不用，审配、郭图各自夺权。袁绍多疑，主持不定。众人若知云长欲回，必然陷害。某与皇叔商议，先求脱身之计。今皇叔已往汝南，会合刘辟，去三日了。怕云长不知，到袁绍处，落入彀中，遣某沿路接来，幸遇于此。今可就往汝南，与皇叔相会。"云长教孙乾拜了夫人。夫人问其动静，孙乾备说袁绍二次欲斩皇叔，【眉批：**前孙乾在汝南时，未说此事，至此方言。**】"今幸脱身，汝南去了，公宜速行。"众皆掩面垂泪。云长依言不投河北，径奔汝南。正行之间，背后尘埃起处，一彪人马赶来。当先夏侯惇大叫："云长休走！"毕竟如何？

第二十八回　云长擂鼓斩蔡阳　刘玄德古城聚义

却说云长同孙乾保二嫂，向汝南路行，忽然间，背后夏侯惇赶来，约有三百余骑。云长急令孙乾保着车仗，一面且行，勒马按刀言曰："汝来赶我，有失丞相大度矣。"夏侯惇曰："丞相又无明文传报，汝于路杀人，又斩我部将何也？"云长曰："吾未降时，已曾先说，应有杀伐，不须禀回。沿路把关将校，生事拦截，吾故斩之。"惇曰："吾与秦琪报仇。"拍马挺枪欲出，背后一骑飞到，大叫："不可与关公交战！"云长亦按辔不动。来使怀中取出公文，马上大叫："丞相怜爱关公忠义，犹恐途中关隘拦截，遣某特赍文书遍行诸处也。"【眉批：**直待渡河之后，公文方到，曹操奸滑至此。**】惇曰："云长于路杀把关将，丞相知否？"来使曰："未知。"【眉批：**头一次斩关之时，关吏已飞报许都矣，岂有五关俱斩，而操犹尚未知乎？要显人情，故佯为不知也。**】惇曰："活捉将去，等丞相自己放他。"云长大怒曰："吾惧汝，非大丈夫也！"拍马轮刀，取夏侯惇。惇挺枪出迎。两马相交，约战二十合，又一飞骑至，大叫曰："二将军罢战！"各自分开。夏侯惇问曰："汝来何故？"使者曰：

"丞相恐沿路阻当关公，特来再谕。"惇曰："丞相知他于路杀把关将否？"使臣曰："未知也。"惇曰："如此，不可放去。"两将又战到十余合，又一骑到，大叫："二将军少歇！'博在阵前便问使者曰："丞相教擒关某乎？"使者曰："非也。丞相三次使人来说，诚恐路上阻当关公，故送公文教行。"【眉批：未渡河前，公文一纸不见；既渡河后，公文重片而来。何奸猾至此。】惇曰："既未知杀人，必用擒下。"指挥手下军马，团团围住，休教走脱。背后马军齐来，云长并无半分惧怯，声如巨雷，来冲阵势。惇挺枪来迎。阵后一人飞马而来，叫曰："元让、云长休得争战！"众皆视之，乃张辽也，俱各失惊。二人勒住马。张辽近前言曰："奉丞相钧令，因云长杀了孔秀，恐有阻当，特差我来分付于路关隘，任便放行。"【眉批：已知斩关，而并不怒，索性再卖个人情。真是大奸猾处。】夏侯惇曰："秦琪是蔡阳外甥，蔡阳我举荐他见丞相，他将秦琪分付在我处。你今将他杀了，于理恐有不然。"辽曰："我见蔡将军自有分解。既丞相美度，教云长去，不可废丞相宽洪之意。"惇教军马退去。张辽问曰："云长，目今令兄现在何处？"云长曰："兄长不在袁绍处了。吾今往普天下寻之。"辽曰："未知下落，且再回许若何？"【眉批：挽留一语趣甚。】云长曰："既已告辞，安有复去之理？文远回许，借言请罪。"二人分别。张辽与夏侯惇领军回去。

云长赶上车仗，与孙乾说知前事。二人并马而行，

国学经典文库

李渔 批阅 三国演义

云长擂鼓斩蔡阳
刘玄德古城聚义

图文珍藏版

遇晚随处投宿。行了数日，正值大雨滂沱，行装尽湿。
【眉批：**行路苦楚**。】遥望冈边一所庄院，云长先往借宿。
庄主出迎。【眉批：**又遇一庄主**。】云长细述来意。庄主
曰："某姓郭，名常，世居于此，久闻大名，幸得瞻拜。"
遂宰羊置酒相待，请二夫人于后堂暂歇。【眉批：**相待云
长亦与胡华相似**。】郭常与云长、孙乾三人，于草堂饮
酒。一边烘焙行李，一面喂养。马匹【眉批：**此处带出
马匹，为后偷马一逗**。】黄昏时候，见一后生，引着数人
入庄，径奔草堂而来。郭常唤曰："吾儿来拜将军。"云
长问之，常曰："此愚男也。"公曰："何来？"答曰："射
猎方回。"遂流泪曰："老夫世本儒流，因天下荒乱，隐
居务农；一生止有此子，不习儒业，惟务游猎，实家门
之大不幸也！"【眉批：**胡华之子何其贤，郭常之子何其
不肖**。】云长曰："方今乱世，若是弃文就武，善熟弓马，
亦可以取功名，何不幸耶？"常曰："他若是习武艺，何
言不幸？惟其专务游荡，无所不为，【眉批：**伏偷马事**。】

国学经典文库

李渔批阅

三国演义

云长擂鼓斩蔡阳
刘玄德古城聚义

图文珍藏版

故可恨耳。"云长亦为叹息。郭常相陪，直至更深，各人去歇。

郭常辞出，云长与孙乾曰："此老如此之贤，此子如此之愚，真天意之不齐也。"孙乾曰："瞽至顽而生虞舜，自古有之。"二人叙论片时间，方欲就寝，忽闻后院马嘶人语。云长提剑视之，见郭常之子踢倒在此，从者与庄客相打。云长问之，从者曰："此人来盗赤兔马，牵出正欲备鞍，被马一脚踢倒，疼痛喊叫，方知其事。【眉批：**前有劫车仗之盗，此又有偷马匹之贼，遥遥相对。**】我众人赶来夺马，庄客又来劫夺，因此相打。"孙乾劝云长杀之。公责之曰："吾独行天下，全仗此马。汝欲盗之，是绝吾去路矣！"恰待杀之，郭常奔至，告曰："不肖子为此逆事，罪合万死。奈老妻素爱此子，公若杀之，老妻必忧闷死矣。望将军仁慈宽恕。"云长平生是个仗义之人，思此老人先曾实告，故释而不杀。坐以待旦。平明收拾行李，郭常夫妇拜于堂下，谢曰："辱子冒渎虎威，深感将军怜愍之恩！"公令唤出："吾以善言谕之。"郭常曰："辱子四更时分，又引几个无徒，不知何处去了，【眉批：**为后劫马伏笔。**】实前生之冤业也！"云长谢了郭常，请二嫂上车，与孙乾离庄，并马取路而行。

不到三十余里，前无村房，后无店舍，只见山后两人，引着百余人来。为首者头裹黄巾，身穿战袍，后面者即郭常子也，拦住去路。【眉批：**奇绝。**】为首者大叫曰："吾乃天公将军张角部下大方将也！来者留下好马，放你过去。"云长大笑曰："狂滑匹夫！汝从张角为盗，还知、刘、关、张兄兄弟三人名字么？"为首者曰："我只闻赤面长髯者名关云长，【眉批：刘、张于关公口中补照，妙甚。而此人口中单问关公，妙。】不识其面，汝何人也？"关公乃停刀，解开髭髯，令盗视之。其人滚鞍下马，脑揪郭常之子，拜献于马前。云长问其姓名，告曰；"裴元绍也，自张角死后，一向无主，啸聚山林，权于此处藏伏。今早这厮报道：'有一客人，骑一匹千里马，在我庄上投宿。'故教某来强夺此马。不想却是爷爷。可杀此人，以正其罪，【眉批：前廖化杀杜远，今裴元绍擒郭常之子，遥遥相对。】不干小人之事。"云长曰："我看郭常相敬甚厚，不忍杀之。"就马前放回。其人抱头鼠窜而去。

云长曰："汝不识吾，何以知名？"裴元绍曰："离此二十余里，地名新坂，有一卧牛山。山上一人，姓周，名仓，关西人也。两臂有千斤之力，板肋虬髯，形容甚伟。【眉批：周仓形状又在裴元绍口中说出。】原在黄巾张宝部下为将，张宝死，啸聚山森。他多曾说将军盛名，只恨无门相见。"云长叹曰："山林之中，亦有信义之士为盗乎？今后可去邪归正，勿陷此身。"元绍拜谢。恰欲分别，遥望见一彪人马来到。元绍曰："此必周仓也。"立马待之，果是周仓。周仓一见云长，下马俯伏于道。【眉批：写出惊喜之状。】云长教请起，言曰："壮士何处曾识我来？"仓曰："旧随黄巾张宝，曾识尊颜。恨失身

子贼党，不得相随。今日天赐机会，得拜于此，愿将军不弃，收留周仓。愿为将军小卒，早晚执鞭坠镫，死亦甘心"【眉批：**不意周仓竟识关公之面。诚心至此，仓亦可称人杰矣。**】云长曰："汝愿随吾，汝手下人伴若何？"周仓曰："听其自然，愿顺者从之。"随问一声，皆愿归顺。云长下马，车前禀问二嫂。甘夫人曰："叔叔自离许昌，于路独行至此，历过多少艰难，未尝要军马相随。前者廖化，叔尚却之；今次又容为盗者相从。恐若人议论。【眉批：**夫人口中又将廖化事一提，句句俱系大丈夫见识。**】我女辈浅见，叔自斟量。"云长曰："尊嫂之言是也。"遂回仓曰："非是关某寡情，奈二夫人未顺。汝等且回山中宁耐，吾寻见兄长，必来相招也。"周仓顿首而告曰："仓乃一粗卤匹夫，失身为盗，今遇将军，如重见天日。似此等英雄错过，别无门路也。如将军不用众随，令尽跟裴元绍去。某愿步行跟随将军，虽万里不辞也！"【眉批：**不有今日之诚心，焉能与公同享千秋之血食也。**】云长再以此言告于二嫂，甘夫人曰："一二人相随，却又何妨。"仓拨人伴随了元绍。元绍曰："哥哥跟去，弟亦愿随。"周仓曰："汝若去时，人伴皆散，汝可权时领料，我且跟去，但有住扎处，便来取你。"裴元绍怏怏而别。

云长车仗前往汝南进发。行了数日，将至界口。正行之间，遥望相近山城，问之土人："此何处也？"土人答曰："此古城也。数月之前，有一将军，姓张，名飞，引数十骑到此，将县官赶逐他处去了。【眉批：**砒砀山一去，直想至今。忽然出现，令人喜绝。**】此人占住古城，招军买马，积草屯粮，聚了四五千人，四远无人敢当。"云长喜曰："自徐州失散，今已半年，谁想兄弟在此！"先使孙乾入城，报说嫂嫂在此。【眉批：**不料引出许多绝奇之事。**】

原来张飞自砒砀山中飘荡落草，待投河北。路经古城，入县借粮；县官不肯，就杀入去，夺了县印。县官逃去，张飞就此安身。忽见孙乾，便问来处。乾说："皇叔离了袁绍，去投汝南刘辟，会合人马。今关将军离了许者，送二嫂嫂寻觅到此。请将军出郭迎接。"张飞听罢，也不回言，随即披挂，持丈八蛇矛，飞身上马，引

国学经典文库

李渔批阅

三国演义

云长擂鼓斩蔡阳
刘玄德古城聚义

图文珍藏版

国学经典文库

李渔 批阅

三国演义

云长擂鼓斩蔡阳
刘玄德古城聚义

图文珍藏版

一千余人径出北门。【眉批：奇绝怪绝，令人不解其意。】

云长望见翼德到来，喜不自胜，刀付周仓接了，拍马来迎。张飞圆睁环眼，倒竖虎须，声若雷吼，挥矛望云长便戳。【眉批：奇绝，又令人惊杀。】云长大惊，慌闪过枪，便叫："兄弟如何忘了桃园结义？"飞喝曰："你既无义，有何面目与我相见！"云长曰："我如何无义！"飞曰："你既受了曹操封寿亭侯，自享荣华，又来赚我！【眉批：读至此，令人替关公叫屈。】我与你拼个死活！"云长曰："你原来却也不知，我也难说，现有二嫂在此，你自请问。【眉批：公不自说，推二嫂说，情景逼真。】甘、糜二夫人听得，揭帘呼曰："翼德叔叔，何故如此？"飞曰："嫂嫂休怪，我杀负义的人，请嫂嫂入城。"甘夫人曰："云长并不知你等下落，不得已而降汉，亦不降曹。近日知你哥哥在袁绍处，故千里独行，送我到此。你休错见了。"张飞曰："大丈夫在世，岂有事二主之礼！嫂嫂，你休被他瞒过了！"甘夫人曰："在下邳时，出于无奈。"飞曰："宁死而不辱！你既降曹，有何面目相见！"【眉批：到底直认云长为曹操心腹。】云长曰："兄弟你休屈了我心。"孙乾曰："特来寻将军。"飞喝曰："如何你也胡说？他那里有好心，必是来捉我！"云长曰："我若捉你，须带军马来。"飞把手一指："兀的不是军马来也！"

云长回顾，果见尘头起处，一彪人马来到，三面风吹动曹操军马旗号。【眉批：来得奇突。关公至此，浑身是口难分说矣。】张飞大怒曰："尚敢支吾！"使丈八矛搠来。云长急止曰："兄弟且住。你看我斩来将，以表我真心。"张飞曰："你既说是真心，我助你三通战鼓。【眉批：鼓声壮矣哉。】三通鼓罢，要斩来将。"只见曹军一字摆开，来将横刀勒马，立于门旗之下。云长拍马来阵前，大喝曰："来将何人？"答曰："我蔡阳也。你杀我外甥秦琪，我奉丞相之令，特来捉你。"云长叫声："擂鼓！"鼓才举动，云长刀起，蔡阳头已落地，【眉批：至此，张飞之疑已释大半矣。】众军便走。云长赶上，活捉蔡阳执认旗的旗手过来，取问消息。旗手军告说："蔡阳知道将军杀他外甥，心中忿怒，要来河北与将军交战。丞相不肯，故差他汝南去攻刘辟。不想这里遇着将军。"【眉批：曹操一边事，在军人口中说出；而关公心迹，又

国学经典文库

李渔批阅

三国演义

刘玄德古城聚义　云长擂鼓斩蔡阳

图文珍藏版

国学经典文库

李渔
批阅

三国演义

云长擂鼓斩蔡阳
刘玄德古城聚义

图文珍藏版

420

在曹军人口中叙出。】言毕，云长教去张飞面前，告说实事。飞问旗手曰："关爷在许昌时，行事若何？"旗手从头至尾说了一遍。张飞方才信实，却来车前与二嫂施礼。城中又来报说："城南门外又见有十数骑，来的甚紧，不知何人。"张飞心中疑虑，领军出看。毕竟是谁？下回便见。

张飞转出城来看时，果见十数骑轻弓短箭而来。见了张飞，滚鞍下马。飞视之，乃糜竺、糜芳也。【眉批：又出意外。】张飞亦下马来。竺曰："自从徐州失散，我兄弟二人逃难回乡，使人远近打听，知云长降了曹操，主公在于河北，并不知将军来此，昨者道上遇见一伙客人，言说有个姓张的将军。如此模样，今据古城。吾兄弟酌量，必是将军，故来寻访，幸得相见。"飞曰："云长送二嫂，今日方到。孙乾亦到。已知哥哥下落。"糜竺昆仲大喜。飞与二糜迎请二嫂进城。从各解甲，请二夫人入衙坐定。众人悲哭，拜于阶下。二夫人伤感不已。张飞却才备问仔细，甘夫人说云长前后历过之事，张飞方哭，参拜云长。【眉批：前何等辱骂，今何等钦敬，英雄血性往往如此。】飞亦自言已往之事，教杀猪羊贺喜。云长曰："兄长未见，甚么酒食能充肺腑？"孙乾曰："此去汝南不远，明日共往迎之。"当日权且将息。

次日，云长分付众人，皆在古城等候，自与孙乾引十数骑径奔汝南。一见刘辟、龚都，便问："皇叔何在？"刘辟曰："皇叔到此，住了数日，为见军少，再回河北袁

绍处商议，三日前去了。"【眉批：**令人发叹。**】云长怏怏不乐。孙乾曰："将军休忧。只用这一番驱驰，再往袁绍处走一遭，报知皇叔，同到古城便了。"

云长辞了刘辟、龚都，回还古城，与飞说知此事。飞欲自往，【眉批：**写张飞。**】云长曰："有此一城，便是我等安身之处，未可轻弃。我与孙乾同往寻兄，汝可坚守古城。"飞曰："兄杀他颜良、文丑，【眉批：**斩颜良、文丑事又一提。**】如何去得？"云长曰："汝但放心，见机而变。"收拾二十余骑随行。云长唤周仓曰："卧牛山裴元绍处共有多少人马？"仓曰："有五百余人，马四五十匹。"云长曰："我等抄路去迎兄长，你可速去招此一路人马，大路上接来，勿得有误。"周仓欣然上马而去。

云长、孙乾投冀州来。将至界首，孙乾曰："将军只在此间，寻个去处歇宿。某自入去，寻见皇叔，便求脱身之计。"【眉批：**孙乾可为精细。**】云长于道左见一村

国学经典文库

李渔 阅批

三国演义

云长擂鼓斩蔡阳
刘玄德古城聚义

图文珍藏版

国学经典文库

李渔批阅

三国演义

云长擂鼓斩蔡阳
刘玄德古城聚义

图文珍藏版

庄，独往觅宿。庄上一人出迎，云长以实告之。庄主曰："某亦姓关，名定。久闻将军大名，今得瞻拜，如拨云雾而见青天也。"随唤二子出拜。云长曰："二子何名？"答曰："长男关宁学读书，次男关平学武艺。"【眉批：遇一老人，又遇二子，后为收关平伏笔。】关定遂留云长并人伴在庄。

却说孙乾匹马径来冀州，入见玄德，把上件事说知。玄德曰："简雍亦在此间投奔袁绍，可暗请来密处商议。"简雍到，与孙乾相见，共议脱身之术。雍曰："主公明日见绍，可请亲往荆州，结连刘表，共破曹操。主公乘此而去可也。【眉批：好骗法。】雍亦自有脱身之计。"商议已定。

次日，玄德见绍，告曰："刘景升镇守荆襄九郡，兵精粮足，可以结为唇齿，共破曹操。"绍曰："吾尝遣使结好此人，此人未肯相从。"玄德曰："此人是备同宗之兄，备往说之，必无阻也。"绍曰："若得刘表，胜刘辟多矣。"遂教玄德行。绍又曰："近有人说，汝弟云长已离曹操，必来寻汝。吾欲杀之，以雪颜良、文丑之恨。"【眉批：不与关公同入，确有主见。】玄德曰："颜良、文丑比之二鹿耳。吾弟云长虎也。失二鹿得一虎，足可以拒曹，何故欲杀之耶？"【眉批：孙乾脱身之计，玄德随机化出。】绍笑曰："吾实爱之，故戏言耳。汝可使人召之。"玄德曰："即遣孙乾召之。"绍大喜。玄德出，简雍曰："刘玄德此去必不回矣。"绍曰："当如之何？"雍曰：

"某愿同行，一者同说刘表，二者监住刘备。"【眉批：是一伙人，如何监得？只好做弄痴子。】绍曰："甚妙。"

却说玄德分付孙乾先行，次日来辞袁绍。绍曰："恐汝只身难成，使简雍相辅同往。"玄德与简雍同辞袁绍，上马出城。郭图入见曰："刘备前说刘辟，未见成事；今又去说刘表，此行必不回矣。"【眉批：郭图也是个智人。】绍曰："汝勿多疑。简雍自有见识也。"郭图嗟呀而出。

玄德、简雍行出界首，孙乾接着，同至关定家。云长迎门接拜，【眉批：刘备、关公于此方才相见。】执手啼哭不止。关定领二子拜于草堂之前。玄德问其姓名，云长曰："此人与弟同姓，欲令次子跟弟同去。"【眉批：前面不说，此处述出，得省笔之法。】玄德曰："年几何？"关定答曰："次子关平年一十八岁。"玄德曰："既长者有心，使令郎跟随云长。吾弟又无子嗣，愿求令郎与云长为嗣。若何？"关定曰："若蒙主盟，愿听严令。"玄德致谢。关平自此以云长为父。【眉批：关公本为寻兄，忽然得子，奇文奇事。】玄德恐袁绍来追，急忙收拾起行。关定送了一程。云长分付路往卧牛山去。

正行之间，忽见周仓引数十人，带伤而来。云长引见玄德。玄德问其故，仓曰："自到卧牛山，谁想又一将军，单骑而来，与裴元绍交锋，只一合，戳死裴元绍，【眉批：奇事杂沓而来。】尽数招降人伴，占住山寨。周仓到彼招诱人伴，止有这几个过来，余者惧怕，不敢擅

国学经典文库

李渔批阅

三国演义

云长擂鼓斩蔡阳
刘玄德古城聚义

图文珍藏版

423

离。仓亲自与他交战，被他连胜数次，身中三枪。因此径来，专待主公。"玄德问曰："此人怎生模样？姓甚名谁？"仓曰："极其雄壮，不知姓名。"云长纵马挺刀在前，玄德在后，径投卧牛山来。

周仓在山下喊叫。那员将全付披挂，挺枪纵马，引众下山。玄德挥鞭出马，叫曰："来者莫非子龙否？"【眉批：意外出奇。自徐州一别，至今方见。】那员将见了玄德，滚鞍下马，拜伏道旁。众皆一齐下马迎之。果是常山赵子龙也。玄德问其所来，云曰："自从别后，公孙瓒不从直谏，以致丧败，放火自焚。袁绍节次招云，云想绍非成立之人，弃而遂投北方。后知主公在袁绍处，欲来相投，又恐袁绍见怪，【眉批：有见识，又精细。皆系

国学经典文库

李渔批阅

三国演义

云长擂鼓斩蔡阳
刘玄德古城聚义

图文珍藏版

424

一片真心。】四海飘零，无容身之地。因从此处经过，裴元绍下山夺吾马匹，云就杀之，借此安身。近知翼德占住古城，正欲投之，又恐非实。今天幸得遇皇叔，正应昨夜之佳梦也。"玄德大喜，尽诉从前之事。玄德曰："吾一见子龙，便有留亦不舍之情。谁想今日相遇！"云曰："云奔四方，寻主事之，未有真主。今随皇叔，大称平生。虽肝脑涂地，无少恨矣。"【眉批：剖心沥胆之言。】当日烧毁山寨，率领人众，尽随玄德前赴古城。

张飞、糜竺、糜芳闻知，出郭迎接，各相拜诉。二夫人备言云长之德，玄德感叹不尽。杀牛宰马，大作聚义筵会，拜谢天地，【眉批：宛然似桃园结义之时。】遍劳诸军。众皆欢悦。文武仍旧相聚，又添子龙，欢喜无限。连饮数日，庆贺兄弟再见之喜。【眉批：快乐之至极。】后人有诗曰：

当时手足似瓜分，信断音稀杳不闻。

今日君臣重聚义，正如龙虎会风云。

是时玄德部下有关、张、赵云、孙乾、简雍、糜竺、糜芳、周仓、关平，马步军校共四五千人。玄德商议，欲弃古城，去守汝南。又值刘辟、龚都差人来请，玄德起军前往汝南住扎，【眉批：省笔之妙。】招军买马，渐自峥嵘。

却说袁绍见玄德不回，大怒，欲起兵伐之。郭图谏

国学经典文库

李渔批阅

三国演义

云长擂鼓斩蔡阳
刘玄德古城聚义

图文珍藏版

425

国学
经典
文库

图文珍藏版

良史之才成就历史名著　大家文笔批阅史学经典

李渔批阅

三国演义

第二册

渔阅李批

三國演義

[明] 罗贯中·原著　[清] 李渔·批阅

线装书局

第二十九回　孙策怒斩于神仙
孙权领众居江东

先说孙策自霸江东，兵精粮足。因建安四年冬，为袭取庐江，收复数郡，破黄祖，败刘勋，豫章太守华歆降，【眉批：后孙权使华歆至许昌，先于此伏笔。】后声势大振，遂遣张纮前往许昌上表。表曰：

臣讨黄祖，以十二月八日到祖所屯沙羡县。刘表遣

国学经典文库

李渔批阅

三国演义

孙策怒斩于神仙
孙权领众居江东

图文珍藏版

国学经典文库

李渔批阅

三国演义

孙策怒斩于神仙
孙权领众居江东

图文珍藏版

428

将助祖，并来趣臣。臣以十一日平旦，部所领江夏太守、行建威中郎将周瑜，领桂阳太守、行征虏中郎将吕范，领零陵太守、行荡寇中郎将程普，行奉业校尉孙权，行先登校尉韩当，行武锋校尉黄盖等，同时俱进，身跨马拣阵，手击急鼓，以齐战势。吏士奋激，踊跃百倍，心精意果，各竞用命。越渡重堑，迅疾若飞。火放上风，兵激烟下，弓弩并发，流矢雨集。日加辰时，祖乃溃漫。锋刃所截，焱火所焚，前无生寇，惟祖迸出。获其妻息男女七人，斩虎郎韩晞已下二万余级。其赴水溺死者，一万余口。获船大小七千余艘，财物山积。虽表未擒，祖宿狡猾，为表腹心，出作爪牙。表之鸱张，以祖气息。而祖家属部曲，扫地无余。表孤特之虏，成鬼行尸。诚皆圣朝神武远振，臣讨有罪，得效微勤。谨表奏闻，伏望天览。

　　曹操见表，备知破祖始末，又知孙策强盛，乃叹曰："狮儿难与争锋也！"遂以曹仁之女许配策弟孙匡，由是结亲，【眉批：吕与袁以绝婚而不睦，孙与操以结婚亦不睦，两样局面。】暂留张纮在许。孙策此时欲得大司马职衔，曹操不许，策甚恨之，常有袭许之意。

　　吴郡太守许贡暗遣使人上表于帝。其表略云：

　　孙策骁勇，与项籍相似。宣加贵宠，可以还京邑。若被诏，不得不还；若放于外，必作世患。当速制之。

许贡使人渡江，被把江守将所获，解赴孙策。孙策观表，大怒，遂请许贡说话。策责之曰："汝欲送吾于死地，何也？"贡答曰："贡无此意。"策出表示之，贡无言可对。策命武士绞杀之。【眉批：许贡多事，该杀。】贡家小皆逃散。有家客三人，要与许贡报仇，恨无其便。

孙策专好游猎。一日，引军会猎于丹徒之西山中，赶起群鹿，各争赶射。策骑五花马，急快飞走上山，如登平地。正赶之间，道傍见三人持枪带弓，立于竹篆之内。策勒马问之曰："汝等何人？"答曰："乃韩当军士也，在此射鹿。"策方举辔而行，一人拈枪望策左腿便搠。【眉批：写得突兀。】孙策大喝一声，急取所佩之剑，就马上砍去，剑举忽坠，止存刀靶在手。一人拈弓搭箭，射中孙策面颊。【眉批：原为射鹿而来，今先为人所射了。】策就中箭取弓回射，施箭之人应弦而倒。二人举枪向孙策身上乱搠，大叫曰："我等是许贡家客，特来与主人报仇！"【眉批：报仇于家客口中说出，省笔。】策别无器械，马上以弓打之。二人死战不退。策身被十数枪，马亦带伤。正在危急之中，程普引数骑至，将此三人砍为肉泥。【眉批：义哉，三客】看孙策时，血流满面，受伤至重。用刀割袍勒之，救回吴会养病。寻华陀时，已往中原去了，【眉批：又影现华陀。】止有徒弟在吴，命之治疗，敷贴药饵，仍分付曰："箭头带药毒，已入骨。可将息一百日，勿得妄动。若怒气冲激，其疮难治。"

国学经典文库

李渔批阅

三国演义

孙策怒斩于神仙
孙权领众居江东

图文珍藏版

国学经典文库

李渔批阅

三国演义

孙权领众居江东 孙策怒斩于神仙

图文珍藏版

【眉批：先伏一笔。】

孙策为人，平生性急，恨不得一日就好。将息到二十余日，忽许昌人来，唤入问之。来人曰："操反惧怕主公。"长叹曰："狮儿难与争锋！"策笑曰："操帐下谋士，皆惧吾否？"来人曰："惟有郭嘉不服主公。"策应声问曰："郭嘉有何话说？"来人不敢言。策怒，欲杀之。【眉批：写性急。】来人只得从实告曰："郭嘉对曹操言：'孙某不足惧也，轻而无备，虽有百万之众，安敢横行中原？'【眉批：句句吃他说着。】说主公性急少谋，不过匹夫之勇。倘有一刺客起，便为强暴之鬼耳。【眉批：正与射猪受伤相照，嘉可谓善料人矣。】他日必死于小人之手。"策听之，大怒曰："匹夫安敢料吾！射吾者，必操之谋也。吾誓取许昌，以迎汉帝！"不待疮可，便出议事。张昭谏曰："医者令主公百日休动，何故因一时之忿，自轻千金之躯？"策曰："匹夫料我，其实难容。"昭曰："待主公疮可议之,未为晚也。"

正话间,忽值袁绍使陈震至,言欲结为外应,南北攻曹,共分天下。【眉批:陈震此来,恰中机会。】策心甚喜。于城楼上会集诸将,管待陈震。正饮之间,忽见诸将互相偶语,纷纷下楼。策怪而问之。左右答曰:"有神仙于吉,往楼下过,诸将皆往拜之。"策凭栏观之,见一道人,身长八尺,须发苍白,面似桃花,身披鹤氅,手执过头藜杖,立于当道。上至孙策部下诸将,下至城中男女,皆焚香伏道拜之。【眉批:吴人风俗往往如此。】策大怒目:"此妖人也,与我擒来【眉批:又性急。】!"左右告曰:"此人寓居东方,往来吴会,有道院在城外,每夜静坐,日则焚香讲道,普施符水,救人万病,无不有验,【眉批:于吉系仙中之医,何不荐于孙策医被伤处,而必求华陀之徒也?】当世呼为神仙,乃江东之福神也。当致敬之。"策怒曰:"汝等敢违吾令!"便欲掣剑。左右不得已,走下楼去,推吉上楼,策叱之曰:"狂夫怎敢扇惑人心耶!"于吉答曰:"贫道琅琊宫崇谐阙上师,顺帝朝入山采药,得神书于曲阳泉水上,皆白素朱书,号曰'太平青领道',凡百余卷,皆治人疾病方术,名'禁咒科'。贫道得之,惟务代天宣化,普救万人,未曾取毫厘之物,安得扇惑明公之军心也?"策曰:"汝毫厘不敢取于人,饮食衣服,从何而得?【眉批:问得不差。】汝即黄巾贼张角之徒也,今不诛戮,必为国患!"叱左右斩之。张昭谏曰:"于道人在江东数十年,并无过犯,杀

国学经典文库

李渔批阅

三国演义

孙策怒斩于神仙
孙权领众居江东

图文珍藏版

431

之恐失民望。"策曰:"此等山野村夫,吾试宝剑,何异屠猪狗耶!"【眉批:**众人皆以神仙称之,策骂之为猎狗,怪绝。**】众官皆谏。策恨未消,命枷锁下狱。

众官皆散,各令妻女入宫,告于国太夫人。夫人唤策言曰:"我闻汝将于先生下狱。此人多曾助军招福,医护将士,不可杀之。"策曰:"此乃妖妄之人,能以妖术惑众之心,遂使诸将不复相顾君臣之礼,尽皆下楼拜之,掌宾者呵禁不止。【眉批:**孙策责的极是,后来于吉之死,是诸将杀之也。**】此与张角无异,不可不除也。"太夫人再三劝之,策曰:"愿母亲勿听女流之言,儿自有区处。"策出,急唤狱吏取于吉来。狱吏素皆敬仰,在牢尽去枷锁,事之如父。策使人看之,施带枷锁而出。策怒,尽杀狱吏,仍将于吉扭手下牢。张昭等数十人,连名作状,乞保于吉。【眉批:**策之杀吉,皆众人激之也。**】策曰:"汝皆读书之人,何不达礼?昔日南阳张津,为汉交州刺史,舍前圣典训,废汉家法律,常着绛帕裹头,鼓瑟焚香,读邪俗道书,自称以助出军之威,后被南夷所杀。【眉批:**忙中引射有趣。**】此等甚是无益,诸君自未悟耳。此子已在鬼录,不必徒费纸笔也。"

吕范进曰:"某素知于先生能祈风祷雨。方今天旱,何不令之祈雨,以赎其罪?"【眉批:**先言治病,忽然转出祈雨,幻甚。**】策曰:"我且看此妖人若何。"众皆保之。狱中取出,开其枷锁,令求甘雨,以救万民。于吉即沐浴更衣,辞众将曰:"吾虽求三尺雨,然吾终不免

国学经典文库

李渔批阅

三国演义

孙策怒斩于神仙
孙权领众居江东

图文珍藏版

433

死。"诸将曰："若有灵验，主公必敬也。"于吉曰："气数至此，不能逃之。"于吉取绳自缚，曝于日中。策使人告曰："若午时无雨，即焚死此处。"先令人搬运干柴，堆积于市。忽然狂风就起。百姓看者，何止数万。策于城楼望之，微风起处，西北云生，四下阴云渐合。候吏报曰："午时三刻。"策曰："虽有阴云，而无甘雨，正妖术也！"叱左右将吉扛上柴棚，四下举火，焰随风起。【眉批：**此亦是祈雨法。**】忽有黑烟一道，冲上空中，一声响亮，雷电齐发，空中大雨如注。【眉批：**令人惊心悦目。**】顷刻之间，街市成河，溪涧皆满，从午至未，雨有三尺。于吉仰卧棚上，大喝一声，云收雨住，复见太阳。众官齐将于吉扶下柴棚，解去绳索，便请孙策礼之。策乘轿车于通衢，又见众官皆拜水中，不顾衣服。【眉批：催命鬼又到矣。】策大怒曰："雨乃天地之定数，妖人偶遇其便耳。吾手下之人，皆吾心腹，齐皆向彼，祸之端也！"【眉批：也说得正气。】令左右斩之。众官力谏，策曰："汝等皆随于吉，欲造反耶？"众皆默然。急叱武士，一刀斩头落地。【眉批：能避火劫，不能避刀劫，究竟不为神仙。】只见一道青气，径投东北去了。策怒，将尸号令于市，以正妖妄之罪。

是夜风雨交作，及晓不见尸首。报与孙策。策怒，欲杀守尸军士。忽见堂前阴云之内，足步而来。视之，乃于吉也。孙策挥剑斩之，忽然自己昏倒。未知性命如何，且听下回分解。

孙策忽倒于地，众人扛入卧房，昏迷不醒。太夫人放声大哭。须臾苏醒，母曰："吾儿屈杀神仙，【眉批：四字可笑。】以致如此。"策笑曰："儿自十六七岁随父出征，杀人如麻，贤愚不知多少，何曾有为祸之说？今杀妖人，以绝大祸，何足惧哉！"【眉批：英雄出口不同。】母曰："正因不信，至此田地，还须速作好事，以祈保之。"策曰："吾命在天，妖人岂能为祸耶？"太夫人劝之不省，自令左右暗修善事以保之。【眉批：妇人言语行事却像。】

是夜二更，策卧于房内，忽然阴云骤起，灯灭复明，灯影之下，又见于吉立于床前。策忽将床头之剑掷之，铿然有声。策大喝曰："吾平生誓诛妖妄，以靖天下！汝为阴鬼，何敢近吾！"言毕，于吉忽然不见。

其母闻之，转生烦恼。策乃扶病强行，以宽母心。母见孙策日渐黄瘦，修设斋醮以禳之。策闻之，乃见母曰："儿自幼从父纵横四方，未尝见父敬信鬼神。母亲何惑于此？"母曰："非也。人生天地之间，谁不有死？但分清浊耳。禀其清者，英魂不散，升天为神；禀其浊者，幽魂不散，入地为鬼。圣人尚云：'鬼神之为德，其盛矣乎！'又云：'祷尔于上下神祇。'鬼神之事，不可不信。汝屈坏神仙，岂无报应？吾已令人设醮于玉清观内，汝可亲往谢罪，自然安矣。"

策不敢违母之命，勉强至观。【眉批：策不得已而从母命，较今之信妇人言者，差多矣。】道士出迎。道士请策焚香，策焚香而不谢。香炉烟起不散，结成华盖，盖

国学经典文库

李渔批阅

三国演义

孙策怒斩于神仙
孙权领众居江东

图文珍藏版

国学经典文库

李渔 批阅

三国演义

孙权领众居江东 孙策怒斩于神仙

图文珍藏版

436

上立一于吉。策见之，急下廊庑。行不数步，又见于吉立于面前。策掣从人之剑掷之，应声而倒。及视之，即是前日下手杀于吉者，剑入于脑，七窍流血而死。【眉批：杀于吉之小卒系孙策之令者，恨而杀之，岂成为神仙乎？】策教扛出葬之。及至观，于吉又立观门之前。众皆不见，惟策见之。策曰："此即妖人之所也。"坐于观前，唤五百人拆毁其观。及至上屋，又见于吉用手推之，皆坠于地。策转怒，放火烧观。火光中又见于吉飞瓦掷之。【眉批：种种兴妖作怪，岂神人为之乎？】

策急归府，又见于吉在府前。策遂不进府门，点三万军马城外屯扎。夜宿中军帐，令武士各执器械，绕帐而立。是夜，独见于吉披发而来。策于帐前叱喝，至晓如狂似醉。次日急归城内，城门口又见于吉，策不顾，归府。母因从者尽白其事，哭泣不已。是夜又见于吉，通夜眼不能合。【眉批：种种兴妖作怪，神仙必不为此。】比及天明，母至，见策极其瘦弱。母曰："儿形容全换矣！"策教取镜照之，自见形容果瘦，不觉失惊。顾左右曰："面色如此，何能复建功业乎！"忽见于吉立于镜中。策拍镜大叫一声："妖人！"金疮迸裂，昏绝而死。【眉批：金疮迸裂，则孙策仍死许贡之三客，非死于于吉也。】

母令扶入卧房内。须失策醒，见金镜粉碎，乃自叹曰："吾不能复生矣！"随唤诸将皆入，嘱付之曰："中国方乱，以我吴、越之众，三江之固，足以观成败。汝等善相吾弟。"乃取印绶，唤弟孙权近卧榻边，曰："若举江东之众，决机于两阵之间，与天下急衡，卿不如我；举贤任能，各尽其心，以保江东，我不如卿。【眉批：孙策深知其弟，亦能自知。】汝宜想父兄创业之艰难，勿轻易也。"权拜受印绶。策语母曰："不孝儿天年已尽，不能长奉慈母。【眉批：孝哉，可敬。】今将印绶付弟，望母朝暮训之。父兄旧人慎勿轻待。"母嚎哭曰："恐汝弟年幼，不能立事，当复如何？"策曰："阿弟胜儿十倍，江东必然无事。但内事不决，可问张昭，夕卜事不决，可问周瑜。【眉批：内事外事分得妙。】恨周瑜不在左右，不得亲嘱付也。"唤诸弟曰："吾死之后，汝等可听二兄所使。宗族有生异心者，众共斩之。【眉批：早为后文孙峻、孙琳伏线。】骨肉为逆，不得入祖坟安葬。"唤妻乔氏曰："吾与汝，不幸中途相分。早晚汝妹入见，【眉批：又将二乔点叙一笔。】可嘱付他对周郎说：在意辅佐吾弟，休得负我升堂拜母，通家之义也。"又回顾文武曰："汝等善事吾弟，各全忠义之名。"再语权曰："汝若负了功臣，吾阴魂于九泉之下，必不相见。"嘱讫而亡。时年二十六岁。史官有诗赞曰：

独占东南角，人称小霸王。

运筹如虎踞，决策似鹰扬。

威镇三江静，名闻四海香。

临终遗大事，应是识周郎。

又题诛于吉诗曰：

　　来往东吴数十年，尽知于吉是神仙。

　　英雄不信虚无事，览镜犹然气触天。

　　孙策既死，孙权哭倒床前。张昭曰："此非将军哭泣时也。且周公立法，伯禽不师；非欲违父，时不得行也。方今奸雄竞起，豺狼满道，若徒哀亲戚而顾礼制，犹整衣冠而救焚溺，岂有济乎！"【眉批：语壮而意亦正。】张昭言罢，乃令孙静理丧事，改易孙权服色，扶令便出，理论大事。孙权生得方颐大口，碧眼紫髯。昔有汉使刘琬入吴，见孙家昆仲，曰："吾遍观孙氏兄弟，虽各才气透达，然皆禄祚不终。惟仲谋形貌奇伟，骨体非常，有大贵之表，又享高寿。众皆不及也。"时权既掌江东大事，尚恍惚未安。人报中护军周瑜自己提兵回吴。权曰："公瑾已回，我无忧矣。"

　　周瑜守御巴丘，听知孙策中箭，因此回来。【眉批：补叙处何等周致。】将至吴郡，听得策亡，星夜奔丧，哭拜灵枢之前，吴夫人出，以遗嘱之言，尽告周瑜。瑜曰："瑜岂敢当付托之重哉！"吴夫人曰："江东之事，全仗公瑾。愿无忘伯符之言，则孙氏举族荷戴矣！"周瑜拜伏于地，曰："敢不效犬马之力，继之以死乎！"权入，拜谢瑜曰："权愿不忘先兄之言，全仗明兄训诲。"瑜顿首曰：

孙策怒斩于神仙
孙权领众居江东

"愿以肝脑涂地，以报相知之恩。"【眉批：与白帝城托孤者，又是一样局面。】权曰："今承父兄基业，将何策以守之？"瑜曰："方今英雄并起，得人者昌，失人者亡。须得高明远见之士，以佐将军，江东自定也。"【眉批：从来能治国者，必荐贤为先。】权曰："亡兄有言，内事委托张子布，外事皆赖公瑾。公瑾其图之。"瑜曰："子布贤达之士，将军当以师傅之礼待之。瑜弩钝不才，恐负寄托之重。愿荐一人，以佐将军。"【眉批：推贤让能，是其大过人处。】权问："是谁？"瑜曰："此人姓鲁，名肃，字子敬，临淮人也。胸怀韬略，腹隐机谋。生而丧父，奉母至孝。其家极富，大散资财，以济贫乏。【眉批：孝亲笃友，轻财好施，此人可饮可敬。】瑜为居巢长

国学经典文库

李渔批阅

三国演义

孙策怒斩于神仙

孙权领众居江东

图文珍藏版

440

时，将数百人经过，因无粮食，往求稍助。其家有两囷谷米，各三千斛。因见瑜言，即指一囷与瑜。平生好击剑、骑射，寓居曲阿。祖母亡，还葬东城。友人刘子扬数次请往巢湖就郑宝处，此人未去。将军可速召之。"权便教周瑜请之。

瑜奉命亲往，肃接着共坐。肃问其故，瑜将孙权相待之意白之。肃曰："刘子扬曾召吾往巢湖，吾欲就之。"瑜曰："昔马援答光武云：'当今之世，非但君择臣，臣亦择君。'【眉批：言之甚切。】今吾主孙将军，亲贤贵士，纳奇录异。且吾闻先哲秘论，承天运代刘氏者，必兴于东南。推步时势，当其历数，终成帝业，以协天心，是烈士攀龙附凤驰骛之秋。吾方达此,足下不须以子扬之言介意也。"肃从其言,遂同周瑜来见孙权。

权甚敬之,与之谈论,终日不倦。一日,众人皆散,权留鲁肃共饮,同榻抵足而卧。至夜半,权问肃曰:"方今汉室倾危,四方云拢,孤承父兄余业,思立桓、文之政。君既惠顾,何以佐之?"肃答曰:"在昔高祖区区欲尊义帝而不获者,以项羽为之害也。今操可比项羽,将军何由得为桓、文乎?肃窃料之,汉室不可复业,曹操不可卒除。为将军计,惟有鼎足江东,以观天下之衅。【眉批:**天下大势,已了然于胸中。其识见不在孔明之下。**】规模如此,亦自无嫌,何者?北方诚多务也。因其多务,剿除黄祖,进伐刘表,竟长江所极,据而守之,然后建号帝王,以图天下。此高帝之业也。"权曰:"今尽力一方,冀以辅汉耳。此言非所及也。"肃曰:"古云'人皆可以为尧、舜',但恐将军不肯为耳。"权大喜,披衣起,谢曰:"深承教诲,愿共享富贵。"赐肃老母衣服帷帐,居处受用。

肃又荐出一人,姓诸葛,名瑾,字子瑜,琅琊人也。因见世乱,避隐江东,治《毛诗》,通《尚书》,明《左氏春秋》,事母至教。【眉批:**君孝,则所用之臣亦孝;臣孝,则所荐之人亦孝。**】权即聘之,拜为上宾。瑾劝权勿通袁绍,且顺曹操,后却图之。权听其言,遣陈震以书绝之。

操知孙策已死,计议起兵江南。侍御史张纮谏曰:

国学经典文库

李渔批阅

三国演义

孙策怒斩于神仙
孙权领众居江东

图文珍藏版

441

国学经典文库

李渔批阅

三国演义

孙策怒斩于神仙
孙权领众居江东

图文珍藏版

"乘人之丧而伐之，既非古义；若其不克，成仇弃好。不如因而厚之。"操从其言，【眉批：用张纮！谏，妙。】即封权为讨虏将军，领会稽太守；就委张纮为会稽都尉，赍印江东。当时，孙策遣！献方物至许，拜侍御史，今复回吴，孙权大喜，令与张昭同理政事。孙权既领会稽，缺人管事，张纮特荐一人，姓顾，名雍，字元叹，吴郡吴人也，中郎将蔡伯喈弟子。【眉批：又系孝子之徒。】少言语，不饮酒，严厉正大【眉批：其人严正如此。】。权以雍为丞，行太守事。孙权威震江东，深得民心。

却说陈震回见袁绍，备说孙策已死，孙权领众，曹操封为讨虏将军，结为外应之事。袁绍大怒，遂起四州军马，五十余万，复来取许昌，战曹操。未知胜负如何？

国学经典文库

李渔批阅

三国演义

曹操官渡战袁绍
曹操乌巢烧粮草

图文珍藏版

第三十回　曹操官渡战袁绍
　　　　　曹操乌巢烧粮草

袁绍起兵五十余万，望官渡进发。夏侯惇发书告急。曹操尽数起兵，得七万人，官渡迎敌；留荀彧守许都。

先说袁绍临发，田丰又上言曰："各宜守候，以待天时。若妄兴兵，必有大祸。"【眉批：田丰第一次请缓战，第二次请急战，今第三第四次皆请勿战，确有斟酌。】逢纪谮曰："主公兴仁义之师，田丰出不利之语。"绍俗斩之，众官告免。遂枷扭送狱，恨曰："待吾破了曹操，明正其罪！"催军进发，旌旗遍野，刀剑如林。行至阳武下寨。沮授谏曰："北军虽众，而勇猛不及南军；南军虽精，而粮草不如北广。南军无粮，利在急战；北军有靠，宜且缓守。若能旷以月日，则南军不战自败矣。"绍怒曰："田丰慢我军心，吾已办之，回日必斩。汝又敢如此也？"叱左右："锁禁军中，待吾破曹之后，与田丰一体问罪！"【眉批：缓战实可取胜，惜乎皆不见用而反见罪，何也？】绍前后大军七十五万，东西南北，周围安营，连络九十余里。

细作探知虚实，报来官渡。操军新到，闻至皆惧。曹操与谋士商议，荀攸曰："北军虽多，不足惧也。吾南军皆精锐之士，无不以一当十，但利在急战，若迁延日月，粮食不敷，军必散矣。"曹操曰："此言正合吾机。"【眉批：曹操可为善用人矣。】传令将校，摇旗鼓噪而进。北军分一半来迎。两阵相会，摆成阵势，杀气冲天，征尘蔽日。北军中审配教拨弩手一万人，伏于两翼；弓箭手马军五千，伏于门旗内，约定炮响齐发。画鼓三通，袁绍金盔金甲，锦袍玉带，立马阵前；两掖下大将张郃、高览、韩猛、淳于琼等。旌旗节钺，甚是严整。大叫："请曹操打话！"南军门内，旗开处，曹操出马，左右摆列许褚、张辽、徐晃、李典、于禁、乐进诸将，各持兵器，勒马听使。【眉批：此番二人大决雌雄。】曹操以鞭指绍曰："吾于天子前，奏汝为大将军，总督山后诸郡，何故数欲反耶?"绍怒曰:"汝托名汉相,实乃汉贼,罪恶弥天,甚于王莽、董卓,尚敢诬人造反耶!"操曰:"吾今奉诏讨汝"【眉批:**此语正大光明。**】绍曰:"吾奉衣带诏讨奸贼【眉批:**回答亦正大光明。**】!"操怒,使张辽出马。张郃来迎。二将于阵前斗到四五十合,不分胜负。曹操暗暗称奇。许褚奋怒,挥刀纵马直出。高览挺枪迎。四将未见输赢。操阵夏侯惇、曹洪,各引一千军,两肋齐攻,冲北军阵。审配在将台上,看见曹军冲阵,叫放起号炮,两下弩箭齐发。中军内弓箭手一齐拥出前面乱射。曹军如何抵当,望南急走。【眉批:**袁军惯以箭取胜。此北人善射也。**】袁绍驱军掩杀。曹军大败,尽退官渡去讫。

袁绍移军,逼近官渡下寨。审配言曰:"可拨兵十万去守官渡,就曹操寨前筑起土山,令军人下视寨中放箭,操必弃此而去。若得此隘口,许昌可得矣。"【眉批:**好计。**】绍从之,于各寨内选调有力军人,用铁锹土担,齐来曹操寨边,垒土成山。原来官渡寨栅,如城一般,周围筑三十余里广阔,旁有河,后有山,为之险要,因此难行。操见袁军垒土成山,张辽、许褚皆要出城冲突,被审配弓弩当住咽喉要路,不能前进。十日之内筑成土山五十座,上立高橹,分拨一半弓弩于上,乱箭射之。曹军大惧,皆顶牌遮箭守御。一声梆子响处,矢下如雨,皆蒙楯伏地,寨中乱窜。寨外北军呐喊而笑。【眉批:**此等军声从来未有。**】

　　曹操见军慌乱，请谋士求计。刘晔进曰："可作发石车以破之。"【眉批：以石御箭，妙计。】操令便造图式，连夜造成数百余乘，分布营内，正对土山上云梯。候弓箭手放箭时，营内齐曳石车，车上势大，炮石飞空乱打。打中云梯，人无躲处，弓箭手死者无数。北军号此为"霹雳车"。由是北军不敢登高窥望。审配又献一计：用铁锹暗打道，直透曹营，【眉批：好计。】号为"掘子军"。营中望见山后又掘土坑，操又问于刘晔。晔曰："此北军明不能攻，意欲暗掘伏道，透营而入。"操曰："何以御之？"晔曰："绕营内开掘长堑，伏道无用也。"操连夜差军掘堑，伏道到堑，果不能入，空费多少军力。

　　操守官渡，自八月起，至九月终，绍军不退。操军马疲乏，粮草缺少，欲弃官渡，还许昌。持疑未决，作书遣人问于荀彧。【眉批：此袁、曹成败关头。】荀彧书报之曰：

奉承尊命，使决进退。愚意袁绍悉将其众聚于官渡，欲与明公决胜负也。公以至弱当至强，若不能制，必为所乘，是天下之大机也。但绍布衣之雄耳，能聚人而不能用。以公之神武明哲，而辅以大顺，何向不济！今军实虽少，未若楚、汉荥阳、成皋间也。是时，刘、项莫肯先退，先退则势屈。【眉批：言操此时进则胜，退则败。文若一书关系非小。】

公以十分居一之众，画地而守之，扼其喉而不得进，已半年矣。情见势竭，必将有变。此用奇之时，不可失也。惟公裁察。

操得书大喜，令将士效力守之。

绍军约退二十余里。操遣将出营巡哨。有徐晃部将史涣获得北军，问其动静。答曰："早晚大将韩猛运粮军前接济，先令我等探路。"徐晃捉见曹操。荀攸曰："韩猛仗匹夫之勇，卒见轻敌。若引轻骑数千，半路击之，可断其粮，绍军自乱。"【眉批：我军缺粮，则断敌军之粮，自是军家要着。】操曰："谁人可往？"攸曰："只徐晃足可敌也。"操差徐晃带同史涣前赍火具前出，后使张辽、许褚接应，六千兵分作两队行。

当夜，韩猛押着粮车数千辆来。正走之间，山峪内徐晃、史涣三千军出。韩猛飞马来战徐晃。两骑才交，

国学经典文库

李渔批阅

三国演义

曹操官渡战袁绍
曹操乌巢烧粮草

图文珍藏版

史涣杀散人夫，放火烧粮。【眉批：此是第一次劫粮。】韩猛抵敌不住，拨回马走。徐晃催军烧尽辎重。袁绍军望见西北上火起，败军报说："有人劫了粮草！"绍急遣张郃、高览去截大路。徐晃烧了粮回，撞见张郃、高览拦住。却欲交锋，背后张辽、许褚军到。两下夹攻，杀散北军。四将合兵一处，回还官渡寨中。曹操大喜，赏劳了当，分出一军寨外结营，以为掎角。

却说袁绍败兵救得些少粮食还营，绍大怒，欲斩韩猛，众官劝免，打为小军。审配曰："粮食乃兵家重事，不可不用心也。乌巢屯粮处，必得重兵守之乃可。"【眉批：因失了行粮，故思防坐粮也。】袁绍曰："吾筹策已定，汝可回邺都，监督粮斛，休教军士缺乏。"审配曰："军机至重，不可忽也。"绍曰："吾行兵二十年，非不能也。汝当萧何重任，亦非小可，休得使我费心。"审配辞去。袁绍遣大将淳于琼，部领督将眭元进，骑督韩莒之、吕威璜、赵睿等，引二万军，守护乌巢。淳于琼，字仲简，平生好酒性刚，【眉批：**好酒之人，如何当得重任。**】军士多畏之；自至乌巢，以为闲逸之地，终日与诸将聚饮。

却说曹操军粮将尽，急发使于许昌，使荀彧、任峻措办粮食，星夜解赴军前接济。使命出寨，行不到三十里，被北军抄掠，捉见谋士许攸。攸字子远，南阳人也。为人多傲，酷嗜财帛。少时曾与曹操为友，此时为绍谋士，径取操书来见袁绍。绍问何事，攸曰："曹操军马尽屯官渡，许昌必定空虚。若分轻军，星夜掩袭许昌，许昌可拔。于是奉迎天子，以讨曹操，操亦可擒。即或未溃，首尾相攻，必破之矣。【眉批：**此计一行，操无葬身之地矣。惜乎不用。**】今操粮食已尽，正可乘时，两路击之。"绍曰："曹操诡计极多，此书乃诱敌之谋也。"不听。攸回首言曰："今日不取，必为虏矣。"正劝之际，忽有人自邺郡来，呈上审配书，先说运粮之事，后言许攸在冀之日，取受民财，滥令子侄多科税，粮入已，尽皆收下狱鞠问，俱已招认明白。【眉批：**因运粮便寻出罪案，恶极。善用人者，即攸有过，其计自有可用之时，何必太急。是教攸投曹也。**】绍大怒曰："滥行匹夫！尚有面目献计策也！汝与曹阿瞒有旧，想是受他金帛，与他行计，啜赚吾军耶！本欲便斩汝首，反道吾不能容物，

国学经典文库

李渔批阅

三国演义

曹操乌巢烧粮草　曹操官渡战袁绍

图文珍藏版

449

权且寄头在项!"大叱一声而退。

许攸仰天长叹曰:"忠言逆耳,竖子不纳。子侄又遭审配之害,有何面目见天下之人乎!"正欲拔剑自刎,左右夺剑劝曰:"主人何乃如此?绍非治世之人,久后必为曹操所擒者。主人向与曹公有旧,何不弃暗投明,以避杀身之患乎?"只这两句言语,点醒许攸。【眉批:**忽然警醒**。】总是袁绍合当休也,下回便见。

左右一句言语点醒之后,攸引数个从人,步行出营,径投曹操。伏路军人拿住,攸叱之曰:"我是曹丞相故友。快去通报,说南阳许攸来见。"军士慌报入大寨。

操方解衣歇息,听得报言许攸到寨,操大喜,不及穿履,跣足出迎。【眉批:**看老奸何等殷勤**。】遥见许攸,抚掌大笑曰:"子远远来,吾事济矣!"就辕门大笑,扶攸入坐,先拜于地。【眉批:**袁绍怒骂之,而曹操敬礼之,许攸安得不堕其术中耶?**】攸慌扶起曰:"公汉相也,吾布衣,何敢当此!"操笑曰:"子远操之故友,岂敢以名爵相上下乎?"攸曰:"某有眼如盲,屈身袁绍,言不听,计不从。今特弃之,来见丞相。幸无疑为妙。"操曰:"吾素知公信义之士,有何所疑?愿闻破绍之计。"攸曰:"吾教袁绍轻骑,乘虚袭许,首尾相攻。"【眉批:**破曹之计先自说出,妙。**】操大惊曰:"若绍用子远之计,吾等死无葬身之地矣。今幸不从,愿闻破绍之策。"攸曰:"丞相军粮尚有几何?',操曰:"可支一年。"【眉批:**一个问得妙,一个诞的妙。曹先云一年粮,即减之半年,复又减之三月,后又减至此月,作四番跌顿。**】攸曰:"非也。"操曰:"有半年耳。"攸正色起曰:"吾正心相待,何相欺也?"趋步出帐。操请住曰;"子远勿嗔,尚容实诉。运至军中粮斛,可支三月。"攸笑曰:"世人皆言孟德奸雄,今果然也。"操亦笑曰:"兵不厌诈,尚容中露。"遂附耳低言曰:"寨中止有此月之粮。"攸应声曰:"休得如此!汝粮尽绝!"操愕然曰:"何以知之?"攸取出操与荀彧之书以示之,曰:"此书何人作耶?"操失惊问曰:"何处得之?"攸以获使说之。操执手曰:"子远想旧交之情,愿赐教诲。"攸曰:"丞相孤军而抗大敌,不求急胜之方,此取死之道也。攸有一策,不过三日,使绍百万之众,不战而自屈。丞相还肯听否?"操曰:"策将安在?"攸曰:"袁绍军粮辎重尽积乌巢,离营止四十里，今拨淳于琼守护。琼嗜酒无备，公选精兵，诈作袁军蒋奇，奉差护粮到彼，烧其辎重，断其粮食，不三日绍军自散矣。"【眉批：好计。】操大喜，置酒重待，留于寨中。

次日，操自选马步军五千，皆打北军旗号。张辽曰："袁绍屯粮之所，安得无备？丞相未可轻信，恐中许攸之计也。"操曰："非也。【眉批：以张辽衬出曹操之知人。文势至此，又作一曲。】许攸此来，吾便知天败袁绍也。方今吾军粮食不给，难以久守，若不用许攸之计，则坐而待困矣。若彼有诈，安肯留我军中乎？【眉批：善于料己，又善于料人。】吾亦欲劫寨久矣。请君勿疑。"辽曰："亦须防北军乘虚，却取于此。"操曰："吾已筹策定了。"操教荀攸、贾诩款待许攸，【眉批：款待。】曹洪守大寨，夏侯惇、夏侯渊一军伏于左，曹仁、李典一军伏于右，以备不虞。【眉批：是奸滑处。】教张辽、许褚在前，徐晃、于禁在后，操自引诸将居中。人衔枚，马勒口，前后五千人，黄昏离官渡进发。

是夜，建安五年十月二十三日也，星光满天。沮授在军中与监者曰："今夜众星朗列，我欲观象，可引吾出。"沮授仰面观之，忽见太白逆行，侵犯斗、牛之分。【眉批：沮授可为善于观星。】授大惊，求见袁绍。绍方醉中，听得授有密事启报，唤入问之。授曰："今夜仰观天象，见太白逆行柳、鬼之间，流光射斗、牛之分，必主贼兵动掠于后。乌巢屯粮之所，不可不备。速遣精兵

国学经典文库

李渔批阅

三国演义

曹操官渡战袁绍
曹操乌巢烧粮草

图文珍藏版

山路巡之，免被操之策算。"【眉批：前若用许攸之言，则操久破矣。今若听沮授之言，则绍必不至于取败。可惜。】绍叱之曰："汝乃得罪之人，敢以妄言惑吾众耶！"叱监者曰："吾令禁固，何为放出，乱言祸福！"一剑将监者斩之。另唤一人牵沮授去。授出，叹曰："我军亡在旦夕，吾尸骸不知污于何处土地也！"【眉批：为后曹操殡葬作反照。】掩恨而去。是时淳于琼等新接粮草，遂收屯住，只与诸将饮酒，醉后卧于帐中。

却说操令军士束草负薪而行，二更左侧，前过袁绍别寨。寨兵问之。应曰："大将蒋奇，【眉批：此是假蒋奇，去赚醉淳于琼也。】奉命乌巢护粮。"北军看之，果是自家旗号。从间道小路迤逦前进。凡过数处，皆云蒋奇护粮。你我相推，并不阻挡。及到乌巢，四更已尽。操教束草军士四围举火，众将校鼓噪直入。淳于琼宿酒未醒，【眉批：绍醉卧，琼亦醉卧，可为好酒者戒。】跳起便问：“为何喧闹？”早被挠钩拖翻。眭元进、赵睿运粮方回，见屯上火起，急来救应。从军告曹操曰：“贼兵在后，请分兵拒之。”操大喝曰：“贼到背后，方可拒之！”【眉批：**有进无退，善能用兵。**】诸将奋力向前，杀死者遍地。火焰四起，烟迷太空。操勒兵回杀，眭、赵二将皆被斩讫，余皆溃败。将淳于琼等割去耳鼻，断去手指，缚于马上，【眉批：**醉汉此时未知可曾醒口。**】放回绍营辱之。

时绍闻军报说，正北上火光冲起，知是乌巢有失，急召文武商议。张郃进曰：“某与高览急去乌巢救火，【眉批：**若此时并力尽救乌巢，则粮或不至尽烧。不听郃言，是一误、再误、三误矣。**】就杀贼军。”郭图曰：“张郃之言未是。今欲劫粮，曹操必然亲到；曹操一出，寨必空虚，何不纵兵先击操营？操闻必定速还。此孙膑围魏救韩之计也。”张郃曰：“郭图之言非也。曹操用兵多算，外虽出兵，内必有备，攻营必不可拔。琼辈见擒，吾属尽为虏矣。”郭图曰：“曹操只顾劫粮，岂留兵在寨耶？”绍两从之，使张郃、高览引兵五千，一面去击官渡营寨，一面遣蒋奇将兵一万，去救乌巢。

先说蒋奇引兵奔至乌巢。曹操先尽夺袁军旗帜，伪作淳于琼下败军，行至山僻狭路，正遇蒋奇军马，交肩而过。蒋奇军问，则称乌巢败军回去。【眉批：**此时又是假淳于赚真蒋奇。的妙。**】军马过半，张辽、许褚忽至，大喝：“蒋奇休走！”措手不及，斩蒋奇于马下。前军复

读/者/随/笔

国学经典文库

李渔
阅批

三国演义

曹操官渡战袁绍
曹操乌巢烧粮草

图文珍藏版

合，尽杀蒋奇之兵。又使人先伪报云："蒋奇已自杀散乌巢兵了。"因此袁绍不复遣人接应。【眉批：又以死蒋奇赚活袁绍。文法愈出愈妙。】

　　去说张郃、高览攻打操营。左边夏侯惇，右边曹仁，冲动北军，曹洪从中引军而出，三下攻击，北军大败。比及接应军到，曹操却从背后杀来，四下围住掩杀。张郃、高览夺路走脱，败军还营。绍收败残军马。淳于琼等耳鼻皆无，手足尽落，也还寨内，绍问乌巢之失。军言琼醉，不能当抵。绍立斩之。张郃、高览败回将到，郭图恐绍埋怨，先于绍前谮曰："张郃高览见将军兵败将亡，心中欣喜。"绍惊曰："何以知之？"图曰："郃、览素有降曹之意，故不用命。"　【眉批：小人两舌之毒如

国学经典文库

李渔批阅

三国演义

曹操官渡战袁绍
曹操乌巢烧粮草

图文珍藏版

456

此。】绍怒，遣使急召郃、览。图又先使人报云："绍欲遣人收汝杀之。"及使至，高览问曰："急唤我等何为？"使曰："不知。"览掣剑斩却使者，郃惊曰："斩使将欲何之？"览曰："袁绍为上不宽，听信谗言，必为曹氏所擒。吾等岂可坐而待死？不如去降曹操，庶为完策。"郃曰："吾亦有此心也。"二人领本部军马，前来降操。

夏侯惇曰："张郃、高览来降，【眉批：曹操今得许攸，又得二将，非操有意得之，实绍自弃之耳。】未保虚实。"操曰："吾以德化之，本有歹心，亦变为善矣。"遂开门接入。郃、览投戈卸甲，拜伏于地。操曰："若使袁绍肯从二位将军之言，不致有败也。昔子胥不能早悟，自令身死。今二位去邪归正，如微子去殷，韩信归汉耳。"封张郃为偏将军、都亭侯，高览为偏将军、东莱侯。【眉批：袁家人为曹家用，可发一笑。】郃字隽义，河间鄚人；览，陇西人也。操得张郃，待之甚厚。

国学经典文库

李渔批阅

三国演义

曹操官渡战袁绍
曹操乌巢烧粮草

图文珍藏版

457

袁绍自去了邰、览,又绝了乌巢之粮,军心惶惶,多有逃窜。许攸又劝曹操宜速进兵。张邰、高览请为先锋,操许之。【眉批:**尽谋尽力,皆系敌家之人,可见得人失人相去远矣。**】当夜分军三路去劫绍寨。混战到明,斩将降兵,不计其数。平明各自收兵,绍军折其大半。荀攸献计:"佯言调拨人马,分路过黄河去:一路欲取酸枣,去攻邺都;一路欲取黎阳,断袁绍归路。此言达绍,则绍必惊惶,分动兵势。趁其分动之时,一击可擒绍也。"【眉批:**此以少胜多之法。**】操从其计,使人四远佯言,故令绍军听之传报。绍果大惊,【眉批:**果不出其所料。**】急遣其子袁尚分兵五万,往救邺郡;遣将辛明,分兵五万,往救黎阳,连夜起行。操使细作探听袁绍兵动,遂分大队军马,八路齐出,直冲绍营。北军变动,俱无战斗之心,东西不能相顾,绍军大溃。袁绍披甲不迭,单衣幅巾上马,其子袁谭相随。【眉批:**袁绍官渡之败,与曹操赤壁之败,一样狼狈之极。**】张辽、许褚、徐晃、于禁四将,各引一千军马,追赶袁绍。绍即渡河。四下兵马合至,各各争功。绍弃图书、车仗、金帛而逃,止引随从八百余骑。操军追之不及,所得遗下之物不可胜数。伪降者尽皆斩之,所杀八万余人,流血盈沟。溺水死者,芦苇相似。绍军七十五万,到此皆休。曹操大获全胜,所得金宝段匹给赏将士。于图书中检出书信一束,皆是许都军中之人暗通之信。荀攸曰:"可逐一点对姓名,收而杀之。"操曰:"当绍之强,孤亦不能自保,况

国学经典文库

李渔 批阅

三国演义

曹操官渡战袁绍
曹操乌巢烧粮草

图文珍藏版

他人乎？"尽皆焚之，不复再问。【眉批：奸雄可爱。】史官有诗曰：

> 楚王缨绝烛销红，孟德焚书火有功。
> 一字不留偏得众，千秋传诵量宽洪。

敌军中沮授不能脱，被擒见操。操素与授识，教请过相见。授至帐前，大叫曰："授不降也！【眉批：人品特绝。】为军所执耳。"操曰："本初无谋，不用君计。今国家未定，当共图之。"授曰："叔父兄弟悬命袁氏，若蒙公怜爱，以速赐死为福。"操曰："孤若早得足下，天下不足虑也。"操厚待之。次日又于营中盗马，欲归袁氏。操怒而杀之。至死神色不变。操叹曰："吾杀忠义之士也！"伤悼终日。【眉批：□□义□，曹操□□而□□不□□。可发一叹。】操进兵攻打冀州，来捉袁绍。未知绍性命如何，且听下回分解。

国学经典文库

李渔批阅

三国演义

曹操官渡战袁绍
曹操乌巢烧粮草

图文珍藏版

国学经典文库

李渔批阅

三国演义

曹操仓亭破袁绍
刘玄德败走荆州

第三十一回

却说沮授被执，曹操待以上宾。授但求死，义不肯屈。放于军中，盗马欲归。操恐为后患，杀之。后甚悔，

亲自设祭，遂与建坟与黄渡口，立碑曰"忠烈沮君之墓。【眉批：从来以道义结人心者，皆如此，但有真有假，不可不辨。】操乘袁绍之败，整顿军马，迤逦追袭。冀州城邑闻操大破袁绍，尽皆胆裂，诣军前投降，操皆抚慰之。

图文珍藏版

国学经典文库

李渔批阅

三国演义

曹操仓亭破袁绍
刘玄德败走荆州

图文珍藏版

却说袁绍幅巾单衣，引八百余骑，到黎阳北岸，有大将蒋义渠出寨迎接。绍以心腹事尽诉与义渠。义渠招谕离散之众。众闻绍在，尽皆蚁聚。军威复振，议还冀州。军行之次，夜宿荒山。绍夜闻哭声，私往听之。军皆诉说丧兄失弟、亡伴去亲之苦，【眉批：军中闻夜哭。抵得唐人《塞上行》数篇。】都捶胸哭曰："若听田丰之言，我等怎得遭此苦也！"绍大悔曰："吾不听田丰之言，兵败将亡，吾今回去，有何面目见田丰耶！"【眉批：不因其言验而敬之，却因其言验而羞见之。谗人之言自此得入矣。】次日上马，正行之间，逢纪引军来接。绍对逢纪曰："吾不听田丰之言，致有此败，吾今归去，羞见此人。"逢纪曰："丰在狱中，闻主公兵败，抚掌大笑曰："果不出吾之料也！"绍大怒曰："竖儒怎敢笑吾，吾必杀之！"

却说田丰在狱，狱吏闻之兵败，谓田丰曰："与别驾贺喜。"丰曰："何喜可贺？"狱吏曰："袁将军全师大败，将必见重于君也。"丰笑曰："吾今死矣。"狱吏曰："人皆为君喜，君何言死也？"丰曰："袁将军外宽而内忌，不念忠诚。若胜而喜，犹能赦之；今战败则羞，吾不望生也。"狱吏未信。忽使者赍剑来，取田丰之首。狱吏方惊，乃具酒食与之。丰曰："吾知必死，愿借利刃。"狱吏皆不忍与之。众人流泪。丰曰："大丈夫生于天地之间，不识其主而事之，是不明也；不识嫌疑而进之，是无智也。今日受死，夫何足惜！"乃自刎于狱中。【眉批：

先该自刺双目。】后史官有诗曰：

钜鹿田元皓，天姿迈等伦。

周朝齐八士，殷室配三仁。

直谏于袁绍，忠心救兆民。

堪嗟牢内死，黄土盖麒麟。

又有诗叹袁绍云：

昨朝沮授军中失，今日田丰狱内亡。

河北栋梁皆折断，本初焉不丧家邦！

孙盛曰：

观田丰、沮授之谋，是良、平何以过之？故君贵审才，臣尚量主。君用忠良，则伯王之业隆；臣奉暗君则覆亡之祸至。存亡荣辱，常必由兹。丰知绍将败败则己必死，甘冒虎口，以尽忠规。烈士之于所事，虑不存己。夫诸侯之臣，义有去就。况丰与绍非纯臣乎？诗云"逝将去汝，适彼乐土。"言去乱邦，就有道可也。

田丰死于狱中，知者皆哭。

袁绍回冀州，心烦意政事，不理政事。其妻刘氏，劝立后嗣，**【眉批：兵败之后，忽然劝立后嗣，为后文伏**

国学经典文库

李渔阅批

三国演义

曹操仓亭破袁绍
刘玄德败走荆州

图文珍藏版

笔。】共掌军权。绍有三子一甥：长子袁谭，字显思，出守青州；次子袁熙，字显奕，出守幽州；三子袁尚，字显甫，是绍后妻刘氏所生；甥高干，出守并州。袁尚生得形貌俊伟，绍甚爱之。【眉批：**方知前日因幼子患病而不肯发兵者，正是此人。**】刘氏常于绍前称赞袁尚有才德，绍故留在身边。自官渡兵败之后，谭再往青州起兵，熙、干皆不在，刘氏劝绍立尚为后，令掌军马。当初，审配、逢纪与袁尚为辅佐，辛评、郭图与袁谭为辅佐。四人各为其主，常有不足之心。【眉批：**一家之中，又分两党。**】当时袁绍与审、逢、郭、辛四人商议曰："今吾身常多病，吾欲立后，为河北主。长子谭性刚好杀，虽然聪明，事多躁暴；次子熙柔懦难成；三子尚有英雄之表，礼贤敬士，吾欲立之。汝意如何？"郭图进曰："昔日沮授曾谏主公，言犹在耳。授有言曰：世称'万人争逐一兔，一人获之，贪者遂止，分定故也'。谭为嫡长，今居于外，此为乱之萌也。自古舍长立幼，家邦不定；废嫡立庶，天下不安。【眉批：**下卷事早伏于此。**】今军势稍挫，曹操压境，又使谭、尚相争，乃自取乱之道也。【眉批：**且搁开。**】主公且理会拒敌之策，勿使家乱。"袁绍不决。人报袁熙自幽州引兵六万，前来助战；高干引兵五万，自并州来；袁谭引兵五万，自青州来。绍喜，再整冀州人马，来战曹操。

此时操引得胜之兵，陈列于河上，土人箪食壶浆，以迎王师。操见父老数人，须发尽白，皆拜于地。操请入帐中赐坐，问曰："老丈多少年纪？"答曰："皆近百岁。"操曰："吾军士惊扰汝乡，何以相迎？"父老曰："桓帝时，有黄星见楚、宋之分。彼时辽东殷馗善晓天文，夜宿于此，对老汉等言：'黄星见于乾象，正照此间。后五十年，当有真人起于梁、沛之间，其锋不可当，天下无敌矣。'【眉批：**于百忙之中忽然提起往事。**】今以年纪之，整整五十年。袁本初重敛于民，民皆生怨。丞相兴仁义之兵，吊民伐罪，官渡一战，破袁绍百万之众，正应当时殷馗之言。兆民可望太平矣。"操笑曰："如老丈所言，何以当之！"取酒食绢帛以赐老人。号令三军："如有下乡杀人家鸡犬者，如杀人之罪！"【眉批：**有时贱**

国学经典文库

李渔批阅

三国演义

曹操仓亭破袁绍
刘玄德败走荆州

图文珍藏版

人如鸡犬，有时贵鸡犬如贵人，老奸滑贼。】于是军民震服，操亦心中暗喜。

人报袁绍聚四州之兵，得二三十万，前至仓亭下寨。操提兵前进，下寨已定。次日，绍下战书，操批回："日下决战。"使回见绍。两军擂鼓，各披挂上马，布成阵势。操引诸将出阵，唤绍答话。绍引三子一甥，文官武将摆于两边。操曰："计穷力尽，不思投降，直到刀临项上，恐悔不及矣！"绍大怒，回顾众将曰："谁敢出马？"袁尚欲于父前耀武扬威，便舞双刀，飞马出阵，来往奔驰。操指曰："此何人也？"有识者答曰："此袁绍三子袁尚也。"言犹未毕，一将挺枪早出。操观之，乃徐晃部将史涣也。两骑相交，不三合，尚拨马刺斜而走。史涣赶来，袁尚拈弓搭箭，翻身背射，正中史涣左目，坠马而死。袁绍见子得胜，挥鞭一指，大队人马拥将过来。混战从午到酉，各折军校，【眉批：还算不得全胜。】日暮分开，鸣金收军还寨。

操与众将商议破袁绍必胜之策。程昱献"十面埋伏"之计，可擒袁绍：令操退军于河上，先令军十队伏之，绍若追至河上，军必死战矣。操然其计，左右各分五队：左一队夏侯惇，二队张辽，三队李典，四队乐进，五队夏侯渊；右一队曹洪，三队张郃，三队徐晃，四队于禁，五队高览。中军许褚为先锋。【眉批：中军先进。】次日，十队先进，埋伏已定。操待半夜，令许褚引兵前进，伪作劫寨之势。袁绍五寨军马，【眉批：五寨正与十队相

国学经典文库

李渔批阅

三国演义

曹操仓亭破袁绍
刘玄德败走荆州

图文珍藏版

应。】一齐俱起。许褚回军便走。袁绍引军赶来，喊声不绝；比及天明，赶至河上，曹操军无去路。操大呼曰："吾亦在此，诸军何不死战！"军急回身，奋力向前。许褚飞马当先，力斩十数将。众皆大乱。袁绍退军急回，背后曹军赶来。正行之间，一声鼓响，左边夏侯渊，右边高览，【眉批：第五队为第一。】两军冲出，恶杀一阵。袁绍聚三子一甥，死冲血路奔走。又行不到十里，左边乐进，右边于禁，【眉批：第四队为第二。】肋下杀出一阵，杀得绍军尸横遍野，血流成渠。又行不到数里，左边李典，右边徐晃，【眉批：第三队为第三。】两军截杀一阵，杀得袁绍父子胆丧心惊，奔入旧寨。令三军造饭，方欲待食，左边张辽，右边张郃，【眉批：第二队为第四。】透寨而入。绍慌上马，前奔仓亭。人因马乏，欲待歇息，后面曹操大军赶来。【眉批：尚有第一队在后。】袁绍舍命而走。正行之间，前面两军摆开，乃曹氏宗族，魏家枝叶：右壁厢曹洪，左壁厢夏侯惇，【眉批：第一队为第五。】当住去路。绍大呼曰："若不决死战，必为所擒矣！"奋力冲突，得脱重围。袁熙、高于皆被箭伤。

绍连夜走百余里方脱。所随马步人众约有万余，大半各自溃散，少半皆被杀戮。绍抱三子痛哭一场，不觉昏倒。众人急救，绍口吐鲜血不止。【眉批：此时袁绍不即死，又是一顿。】绍曰："吾自历战数十场，未若官渡、仓亭之失，乃天丧我也！操必来追，汝等各回本州，誓与曹贼一决雌雄！"谭曰："青州兵粮极多，儿请去，再为整顿。"绍教引辛评、郭图，火急随袁谭前去理会，恐曹操犯境；令袁熙再回幽州，高干再回并州，各去收拾人马，以备调用。袁绍引袁尚等人入冀州养病，令尚与审配、逢纪暂领军士，【眉批：此时立尚之意已决。】城中广积粮草，准备曹操兵来。

却说曹操自仓亭大胜，重赏三军；探察冀州虚实，然后进取。细作探知，回报绍卧病在床，袁尚、审配紧守城池；袁谭、袁熙、高干皆回本州。众皆劝操可急攻之。操曰："冀州粮食极广，审配又有机谋，急未可拔。见今禾稼在田，功又不成，枉废民业。姑待秋成，取之未晚。"【眉批：前与吕布相持，以岁荒解兵；今与袁绍相持，又以秋成解兵。前止为军食计，今却为民食计。

国学经典文库

李渔批阅

三国演义

曹操仓亭破袁绍
刘玄德败走荆州

图文珍藏版

此皆老人拜迎之力也。】众曰："若恤其民，必误大事。"操曰："民为邦本，本固邦宁。若废其民，纵得空城，何所用哉？"正持疑未决之间，忽报："刘备在汝南得刘辟、龚都数万之众。听知丞相尽提军马，河北出征，见今令刘辟守汝南，刘备乘虚引军来攻许昌也。"少刻，荀彧书到，亦言此事。操留曹洪屯兵河上，虚张声势。操自提大兵，望汝南而来迎刘备。未知胜负如何，且听下回分解。

曹操兵至冀州境界，叹曰："吾起义兵，为天下治暴乱，旧乡人民死丧略尽，终日不见所识，使我感伤。况禾稼在田之时，不可扰动，权且罢兵。"正值荀彧书到，说："刘备欲攻许，可速回军迎之。"操留曹洪屯兵河上，遂勒兵向东。

刘玄德探知曹操兵来，近穰山五十里下寨，军分三

队：于东南角上，云长屯兵；西南角上，张尽屯兵；正南寨中，玄德、赵云。人报曹操兵至，玄德鼓噪而出。操布成阵势，叫玄德打话。玄德出马于门旗下，操以鞭指而骂曰："吾待汝为上宾，汝何背义忘恩耶？"玄德大怒曰："汝托名汉相，实为国贼！吾乃汉室宗亲，故讨反贼耳！"操曰："吾奉天子明诏，四方招降讨逆。汝敢乱言耶？"玄德曰："汝诏乃虚诳之言，吾有天子密诏在此。"操曰："汝休托言。"玄德遂诵衣带诏。【眉批：前袁绍声言"我奉衣带诏讨贼"。未曾朗诵；今玄德于马上朗诵，大为痛快。】操大怒，命许褚出马。玄德背后一将挺枪出马，乃常山赵子龙也。操指而言曰："此贼，昔日偷寨之人也。"许褚、赵云两将相交，三十合不分胜负。忽然东南角上喊声大震，云长引军冲突而来。操欲分兵迎之，西南角上喊声大举，张飞引军冲突而来。三处一齐掩杀。操军远来疲困，不能抵当，大败而走。玄德领军，追二十里方回。

玄德得胜，大杀一阵，心中甚喜；使人探听，操兵退五六十里。玄德与众人言曰："不意今番挫动操之锐气也。"云长曰："未可轻视。操奸计极多，恐必有计。"玄德曰："此退，即怯战也。"玄德使赵云搦战，操兵旬日不出；【眉批：此正曹操遣兵截龚都、袭汝南时也，于此却不叙明。】玄德又使张飞搦战，操兵亦不出。玄德愈疑。忽报："龚都运粮至，被曹军围住。"玄德又使即令张飞去救。流星马又报："张辽引军抄背后，径取汝南。"

玄德曰:"云长所料是也。此间滞住吾兵,必使张辽攻取吾家基业矣。可宜速救老小。"急遣云长救之。两军皆去。不半日,速报玄德曰:"张辽打破汝南,刘辟弃城而走。云长亦被围住。"玄德大惊。又报:"张飞去救龚都,亦被围住了。"【眉批:于报中叙下关、张两处。文章不散不乱,妙极。】玄德要起,犹恐操兵后袭。小卒来报许褚搦战。赵云欲出,玄德曰:"不可出敌。存下气力,今夜弃寨,望穰山而走。"子龙拒住不出。

候至天晚,教军士饱餐,步军先出,马军后随,寨中虚传更点。玄德等离寨,约行数里,转过土山,火把齐明。山头上大呼曰:"休教走了刘备!丞相在此专等!"【眉批:好怕人。】四面火鼓喧天,山上曹操自呼:"刘备快降!"玄德慌寻走路。赵云曰:"主公勿忧,但跟臣来。"赵云挺枪跃马,杀开去路。玄德掣双股剑后随。鏖战之间,张辽忽至,与赵云相战。背后于禁赶到,玄德助战。肋落中,李典又到。玄德见势危,落荒便走。听得背后喊声渐远,玄德望深山僻路,单马逃生。

捱到天明,侧首一彪军撞出。玄德大惊,乃刘辟败军千余骑,护送玄德老小皆到。刘辟引孙乾、简雍、糜芳亦至。玄德问之,皆曰:"张辽军至,势不可当,因此弃城而走。辽兵赶来,幸得云长背后当住,因此得脱。"玄德曰:"二弟、云长期皆不知如何?"刘辟曰:"将军且行,却又寻觅。"行到数里,一棒鼓响,前面拥出一彪人马,当先大将乃张郃也,大叫:"刘备下马受降!"玄德方欲退后，只见山头上红旗磨动，背后一军从山坞内拥出，乃高览也。玄德两头无路，仰天大呼曰："天何使我受此窘极！功名不成，不如就死！"欲拔剑自刎。【眉批：**玄德发急，便行此道。**】刘辟急止曰："容某死战，夺路救君。"辟便来阵后，与高览交锋。战不三合，被高览一刀砍于马下。【眉批：**读至此为之一急。**】玄德正慌，方欲自战，高览后军忽然大乱，一将冲阵而来，枪起处，高览翻身落马。【眉批：**读至此为之一宽。**】刺高览者，乃子龙也。玄德大喜。子龙纵马挺枪，杀散后队，又来前军独战张郃。郃与子龙战十余合，气力不加，拨马便走。子龙乘势冲杀。郃又欲战。子龙见郃兵守住山隘，路窄不得出。【眉批：**至此又为一急。**】正夺路间，只见云长、关平、周仓引三百军到。【眉批：**至此又为一宽。**】两下夹攻，杀退张郃，救出隘口，占住山险下寨。玄德使云长寻觅张飞。比及去救龚都，龚都已被夏侯渊所杀。【眉批：**张飞、龚都一节，作正叙则杂，作旁叙又不远，今用"使""觅"二字活出，此文安之最巧也。**】飞与龚都去报仇，杀散夏侯渊，迤逦赶去，被乐进、徐晃拦住。云长路逢败军，寻踪而去，杀退乐进、徐晃，与飞同回见玄德，人报曹军大队赶来。玄德教孙乾等保护老小先行。玄德与关、张、子龙在后，且战且走。操见弃寨去远，收军不赶。

玄德总无一千军，取路而走。前到一江，唤土人问之，乃汉江也。土人知是玄德，奉献羊酒，乃聚饮于沙

国学经典文库

李渔批阅

三国演义

曹操仓亭破袁绍
刘玄德败走荆州

图文珍藏版

国学经典文库

李渔批阅

三国演义

曹操仓亭破袁绍
刘玄德败走荆州

图文珍藏版

滩之上。【眉批：曹操，老人献酒是畏势；玄德。老人献酒是怜败。】玄德酒酣，乃发悲曰："诸君皆有王佐之才，不幸跟随刘备。备之命窘，累及诸君。今日上无片瓦盖顶，下无置锥之地，诚恐有误诸公。公等何不弃备而投明主，共取功名富贵乎？"【眉批：玄德与诸将饮沙滩，惜众人，遣众人，正所以留众人。一如舅犯从重耳归国，辞公子，别公子，正所以要公子。】众皆掩面而哭。云长曰："兄言差矣。某闻高祖与项羽同争天下，数败于羽。后九里山一战成功，而开四百年基业。某等与兄自破黄巾以来，今近二十年，或胜或负，其志愈坚，何故今日忽生变异？兄勿堕志，惹天下笑。"玄德曰："吾闻'主贵则臣荣'。吾无履足之地，恐负公等。"孙乾曰："使君之言未然。且人成败有时，不可丧志。此离荆州不远。

刘景升乃当世之英雄，【眉批：忽然转入刘表，斗笋甚

奇。】坐镇九州，兵甲数十万，粮草山积，更且与公皆汉
室宗亲，何不往投之？"玄德曰："但恐不容耳。"乾曰：
"景升据汉江之地，东连吴会，西通巴蜀，南近海隅，北
接汉沔。君恐不容，乾愿一往，景升必出境而迎主公
也。"玄德大喜，便差孙乾先往荆州。

　　到郡入见，礼毕，刘表问曰："汝从玄德，何至于
此？"乾曰："刘使君与明公皆汉室胄，天下共知。今使
君欲极力扶持社稷，但恨兵微将寡。汝南刘辟、龚都，
素无亲故，亦以死报之。使君新败，欲往江东投孙仲谋，
乾憯言曰：'安可背亲而向疏耶？荆州刘将军当世之英
雄，士之归向，如水之投东，何况同宗乎？'【眉批：战
国时口吻，妙，妙。可见人只是好奉承。】因此未敢擅
便，先命乾拜白，以为进见之阶。"表大喜，曰："玄德，
吾弟也。久欲相会而不可得。吾坐镇九州，岂不容一宗

国学经典文库

李渔批阅

三国演义

曹操仓亭破袁绍
刘玄德败走荆州

图文珍藏版

国学经典文库

李渔批阅

三国演义

曹操仓亭破袁绍
刘玄德败走荆州

图文珍藏版

弟也？玄德见在何处？便差人远接。"蔡瑁譖曰："不可，不可！【眉批：**早为蔡瑁谋害伏线。**】刘备心术不正，背义忘恩，先从吕布，后事曹公，近投袁绍，皆不克终，足可见其为人矣。今若纳之，必惹曹公加兵，使九州生灵不安。不如斩乾首以献曹公，曹公必重待主公也。"孙乾正色言曰："乾非惧死之人也。刘使君虽从事三人，皆非其交。布乃杀父之徒，操诚欺君之贼，袁绍不纳忠言，损害贤良。似此等辈，安可共论仁义之道？刘使君赤心报国，言必有信，忠孝两全之士，安肯屈身于俗子之下哉！今闻刘将军汉朝苗裔，宗族之兄，宽洪大度，敬老尊贤，爱民惜物，乃当世之英雄，故千里投之。尔何献谗言而妒贤嫉能耶？"刘表闻之，叱退蔡瑁曰："吾主持已定，汝勿多言！"蔡瑁羞惭满面而退。表问："玄德今在何处？"乾曰："见在江口。"表曰："吾自出郭迎之。"使乾与人先往。表出郭三十里迎接。玄德见表，拜伏甚恭。表待之甚厚，玄德引关、张等拜见刘表。表同入荆州，寻院宅居住已定，连日设宴，叙说前事。蔡瑁虽怀不足，不敢形于颜色。玄德到荆州，时建安六年秋九月也。

却说曹操探知玄德已往荆州，【眉批：**又转入曹操，斗笋甚妙。**】投奔刘表，就欲攻之。程昱谏曰："袁绍未除，一旦便下荆襄，倘袁绍从此而起，两下夹攻，刘表有刘备之助，袁绍有三子之力，则大事去矣。不如还兵许都，少养军士之力，等冻消春暖，引兵向北，先破袁

国学经典文库

李渔批阅

三国演义

曹操仓亭破袁绍
刘玄德败走荆州

图文珍藏版

绍，回得胜之师，来攻荆襄。南北之利，易如反掌。"操曰："善。"遂提兵回许都。时建安七年春正月也。曹操商议兴师，先差夏侯惇、满宠镇守汝南，以拒刘表之势；遂留曹仁，荀彧守许都；尽拨军马，前赴官渡。

却说袁绍自旧岁感吐血症候，今经渐可，商议攻许都之策。审配谏曰："自旧岁官渡、仓亭之败，军心未振，尚当深沟高垒，可以养军民之力。"【眉批：今番审配亦劝止，大势可知。】忽报曹操进兵官渡，来攻冀州。绍曰："若候兵临城下，将至壕边，敌之未易。吾自领大军出迎。"袁尚曰："父亲病体未痊，不可远征。儿愿提兵前去迎敌。"绍许之，遂使人往青州取袁谭，幽州取袁熙，并州取高干，四路同破曹操。未知胜负如何？

第三十二回　　袁谭袁尚争冀州
曹操决水淹冀州

　　袁尚自斩史涣之后，意气自负，欲于父前显耀才能，不待袁谭等兵至，自引兵数万，便出黎阳，与操军前队相迎，张辽当先出马。袁尚血气方刚，挺枪跃马，来与张辽交战。不三合，隔架遮拦不住，大败而走。被张辽掩杀，尚不能主张，急急引军连夜回冀州。

　　袁绍闻袁尚败回，受那一惊，旧病又发，吐血一滩，昏倒在地。【眉批：尚之败，袁绍实纵之；绍之死，袁尚实速之也。】刘夫人慌救入内，渐渐不省人事。刘夫人急请审配、逢纪商议后事。绍但以手指之，审配就床前写遗书。刘夫人曰:"袁尚可继后嗣否?"绍点头,便教写遗书。绍翻身大叫一声,吐血斗余而死。【眉批:**孙策死得磊磊落落,袁绍死得昏昏闷闷**。】时建安七年夏五月也,刘夫人举丧,未及迁葬,将袁绍所爱宠妾五人杀之;恐阴魂于九泉之下再与绍相见,髡其头,刺其面,毁其尸,其妒忌如此。【眉批:**妒及于鬼,可发一笑**。】袁尚恐宠妾家属为害,尽收而杀之。审配、逢纪遂立袁尚为大司马将军,领冀、青、幽、并四州牧,遣书报丧。

袁谭已自发兵离青州,知得父死,遂与郭图、辛评商议。图曰:"主公不在冀州,审配、逢纪必立袁显甫为主矣。当速行。"辛评曰:"若速往,必遭大祸。审配、逢纪预定机谋矣。"袁谭曰:"若此,当如何?"郭图曰:"可屯兵于城外,观其动静,某当亲往察之。"谭令郭图入冀州见尚。【眉批:**尚既僭之,谭不奔丧,尚固不弟,谭固不子**。】礼毕,尚问:"兄何不至?"图曰:"在军中抱小疾,不能相见。"尚曰:"吾受父亲遗书,立我为主,家兄为车骑将军。即日南军压境,请兄为前部,吾随后便调兵接应也。"图曰:"军国无人商议良策,愿乞审正南、逢元图二人为辅。"【眉批:**郭图索二谋士,欲云尚之左右手也,独不思谭而谋尚,乃自去其手足耶**。】尚曰:"吾欲此二人早晚调遣,如何离得?"图曰:"如此,主公必不放心。"尚教二人内一人去,二人都推却。尚教拈阄,拈着逢纪,就赍印授,一同郭图赴军中相辅。纪随图出城,见谭无病。心中不安,纳上印绶。谭大怒,

国学经典文库

李渔批阅

三国演义

图文珍藏版

袁谭袁尚争冀州
曹操决水淹冀州

欲斩逢纪。郭图谏曰："此父命，不可违也。"遂免之。郭图密与谭曰："目今曹军在境，且未可出言，只留逢纪在此，待破曹之后，却来争冀州不迟。古人有云：'小不忍则乱大谋。'今留逢纪，某之计也。"谭喜，即时拔寨起行。

前至黎阳，与曹军相抵。谭遣大将汪昭与曹军对垒。操遣徐晃出马，与昭战不数合，一刀斩昭于马下。掩杀一阵，谭军大败。谭收败兵入黎阳，遣人求救于尚。【眉批："原隰裒矣，兄弟求矣。"】尚与审配计议，配云："略应付些军马，多则有误于事。"遂发兵五千余人。操使人探知救军已至，遣乐进、李典引兵于半路接着，两头围住，尽杀之。袁谭知尚止拨军五千，又被半路坑杀，唤逢纪责骂曰："教汝随我，何相轻也？"纪曰："容某作书去请，主公必亲自来也。"谭令纪作书，遣人到冀州。尚与审配共议，配曰："郭图多谋，前次不争而云者，为曹军在境；若曹破，则来争冀矣。今不可发兵，借操之力，先除谭，则无后患。"【眉批：是何言语？】尚从某言，不肯起兵，使回报谭。谭大怒，立斩逢纪，欲议降曹。【眉批：郭图、审配运筹。】有人密报袁尚曰："今谭困乏，则降曹也。其势两攻，冀州危矣。"【眉批：此人更有识。】尚慌留审配并大将苏由固守冀州，自领军来黎阳救谭。【眉批：袁尚反复无常，酷肖乃父。】尚问军中谁敢为前部，大将吕旷、吕翔两兄弟愿出去。尚点兵三万，与吕旷为先锋，先至黎阳，报说尚自引兵来救。谭大喜，罢降曹之意。谭屯兵城中，尚屯兵城外，为犄角之势。

此时袁熙、高干皆领军到城外，屯兵三处，与操相持。尚数败，操兵累胜，不能尽除。至建安八年春二月，操分路攻打，谭、尚、熙、干皆大败，弃黎阳而走。操引兵追至冀州。谭与尚入城坚守，熙、干离城三十里下寨，虚张为势。【眉批：四路合成二路。】操兵连夜攻打不下。郭嘉进言曰："袁绍爱此二子，莫适立也。今权力相并，各有余党，急之则相救，缓之则争心生。【眉批：奉孝洞烛情形，后来遗计定东辽，亦是此意。】不如收兵南向荆州，【眉批：正攻冀州，忽然一顿，匪夷所思。】且征刘表，以候其变。变成而后击之，可一举而定也。"操曰："善。"命贾诩为太守，守黎阳，曹洪引兵守官渡。操引大军还许都。

国学经典文库

李渔批阅

三国演义

袁谭袁尚争冀州
曹操决水淹冀州

图文珍藏版

谭、尚听知操引军自退，遂相庆贺。袁熙、高干各自辞去。袁谭与郭图、辛评计议："我为长子，反不能承祖父业；袁尚晚母所生，今承大爵，如何夺之？"【眉批：**挑园兄弟固无论矣；他如权之据吴，则有"汝不如我，我不如汝"之兄；操之开魏，则有"宁可无洪，不可无公"之弟，是以皆成帝业。彼袁氏者，绍与术既相左于前，谭与尚复相左于后，岂能相济哉！**】图曰："主公可勒兵于城外，只做请袁尚、审配筵席，就中埋伏刀斧手，先杀二人，大事定矣。"谭从其言。别驾王修自青州来，谭将此计告之。修曰："兄弟者，左右之手也。今与他人争斗，断其右手，而曰我必胜，安得为胜乎？夫弃兄弟而不亲，天下其谁亲之？彼谗人离间骨肉，以求一朝之利，愿塞耳勿听也。若斩佞臣数人，复相亲睦，以御四方，可横行于天下。愿主公详之。"谭大怒，叱退王修，使人去请袁尚。

尚与审配商议，配曰："此必郭图之计也。主公若往，必遭奸计。"尚曰："奈何？"配曰："不如乘势攻之。"袁尚全装惯带，起兵五万，【眉批：**领兵五万来赴席。**】摆布军马出城。袁谭见袁尚领军来，情知事泄，便披甲上马，与尚交锋。尚大骂，谭亦骂尚曰："汝药死父亲，【眉批：**劈空造一罪业。此兄弟相争往往如此。**】夺其名爵，今又来杀兄耶！"二人亲自交锋，袁谭大败。尚亲冒矢石，冲突掩杀。谭引败残军马，奔走平原。尚收兵还。袁谭与郭图再议进兵，令岑璧为将，领兵前来。

尚自引兵出冀州。两阵对圆，旗鼓相望。璧出骂阵，尚欲自战，大将吕旷拍马舞刀，来战岑璧。二将战无数合，斩岑璧于马下。掩杀将来，谭兵大败，再奔平原。审配劝尚一发剿除根本，遂乃进兵，追至平原。谭又勒兵回战，抵当不住，退入平原，坚守不出。

尚三面围困攻打。谭见城中粮少，与郭图计议。图曰："今将军忧兵乏粮少，显甫尽率其众而来，久自不敌。愚意可遣人投曹公，使提兵来击显甫。曹公军至，必先攻冀州，显甫必还救之。将军引兵而西，自邺迤北，尚可掳矣。若曹公击破显甫，其兵奔走，又可敛丽取之，以拒操。操远来，粮食不继，必自退去。赵国迤北，皆我之兵，亦足与操为敌矣。"谭曰："可用何人为使？"图曰："此间有一人，能言快语，乃颍川阳翟人，姓辛，名毗，字佐治，见为平原令，可往。"谭曰："此人乃辛评之弟，可议大事。"图曰："他兄弟二人，甚是和睦，【眉批：兄弟相争，而欲遣兄弟和睦之人，郭图出语岂不可羞？辛评欣然应命，亦更可鄙。】便可命之。"谭即时去请辛毗。毗闻此言，欣然便至。谭修书呈付毗，使三千军送毗出境。

却说辛毗到许都，闻知操去伐刘表，见屯军于西平；表遣玄德引兵于前部以迎之。未及交锋，辛毗到操寨。见操礼毕，问其故，毗言："袁谭使毗特来纳降。"操看书毕，留辛毗于寨中。操聚文武计议。程昱曰："袁谭被袁尚攻击太急，不得已使辛毗来降，不可准信。且伐刘

国学经典文库

李渔批阅

三国演义

袁谭袁尚争冀州
曹操决水淹冀州

图文珍藏版

国学经典文库

李渔
批阅

三国演义

袁谭袁尚争冀州
曹操决水淹冀州

图文珍藏版

表，待袁氏兄弟自相吞并，然后可图也。"吕虔曰："刘表方强，宜先平之。"【眉批：看出所长，皆近于理。】满宠曰："丞相既引兵至此，安可便回也？"荀攸曰："三公之言未尽其善。以愚意度之，天下方有事，而刘表坐保

江、汉之间，不敢展足，其无四方之志可知矣。【眉批：料刘表如见。】袁氏据四州之地，带甲数十万，虽然数败，犹得民心。若二子和睦，以守其成业，天下未可定也。【眉批：是定论。】今兄弟结怨，势不两全，因此来降，若提兵先灭袁尚，后观其变而除之，【眉批：意先灭尚而后灭谭，后反先谭而后尚，变化不同。】天下定矣。此机会不可失也。"操大喜，便邀辛毗饮酒。操曰："袁谭之降，其真耶？诈耶？袁尚之兵，果可必胜耶？"毗对

国学经典文库

李渔批阅

三国演义

袁谭袁尚争冀州
曹操决水淹冀州

图文珍藏版

曰："明公勿问真与诈，但当论其势耳。袁氏本兄弟相伐，非他人能间，其间乃谓天下可定于己也。今一旦求救于明公，此可知矣。显甫见显思危困而不能取，此力竭也。兵革败于外，谋臣诛于内；兄弟谗隙，国分为二；连年战伐，甲胄生虮虱；加之旱蝗，饥馑并臻，国无困仓，行无裹粮；天灾应于上，人事困于下：民无问愚者智者，皆知土崩瓦解，此乃天灭袁氏之时也。【眉批：其言绝不为袁谭，竟专为曹操。辛氏兄弟与袁氏兄弟正复相似。】兵法云：'石城汤池，带甲百万，而无粮食者不能守也。'今明公提兵攻邺，尚不还救，则失城郭；尚还救，则谭踵袭其后。以明公之威，应困穷之敌，击疲惫之寇，如迅风之扫秋叶耳。天以袁尚付明公，明公不取，而伐荆州。荆州丰乐之地，国内民和心顺，急未可摇动。今二袁自相残害，居者无食，行者无粮。可谓天亡之时。今若不取，待下年丰熟，袁氏改过，自相和睦，急难动摇。明公因其请救而之，利莫大焉。且四方之寇，莫大于河北。河北既平，则六军盛而天下震。天下震则霸业成矣，愿明公详之。"操大喜，踊跃而言曰："恨与辛佐治相见之晚也！"即日督军，还取冀州。

袁尚知曹公军马渡河，急急引军还邺。袁谭见尚拔寨退军，大起平原军马，随后赶来。行不到数十里，一声炮响，两军齐出，左边吕旷，右边吕翔，兄弟二人截住袁谭。未知如何，且听下回分解。

建安八年冬十月，曹操引兵弃西平，径取冀州。【眉批：正攻荆州，又忽一顿，匪夷所思。】玄德恐操有谋，不敢追袭，自回荆州。操进兵渡河，袁尚慌引军还，留吕旷、吕翔二将断后。袁谭赶来，二将截住归路。袁谭于马上泣告二将曰："吾父在日，谭不曾慢待于二将军，何从吾弟来相逼耶？"二将闻言，皆下马降谭。谭曰："勿降我也，可降曹丞相。"二将随谭见操，操大喜，自将女许谭为妻，【眉批：谁知后业竟成画饼。】令旷、翔二人为媒，遂封二将为列侯。谭请操攻取冀州。操曰："未可，方今粮草不接，搬运劳苦。我由济河遏淇水入白沟，以通粮道，【眉批：运粮用水，后来攻城亦用水。遏淇水入白沟，先为决漳河伏线。】然后进兵。"令谭且居平原，带吕旷、吕翔退军于黎阳屯住。

郭图语袁谭曰："今曹操以女许婚，恐其虚意。又带吕旷、吕翔去，皆封列侯，此是牢笼河北人心，终久不容主公也。可刻将军印，暗使人送与吕翔等二人，【眉批：已封列侯，何爱将军之印耶？况谭原语二将降曹丞相，岂复为我用？郭图之计左矣。】令作内应。待操破了袁尚，可乘其便而谋之。"谭曰："此言有理。"遂刻将军印一颗，暗送与二吕。二吕受讫，将印来禀于操。操大笑曰："谭暗送印者，欲汝等为内助也。待我破了袁尚，就里取事。此小计也。吾破尚之后，军粮皆足，岂能害我哉？汝等且权受之。"自此曹操便有杀谭之心。

建安九年春正月，袁尚与审配商议："今曹兵运粮入白沟，必来攻冀州。如之奈何？"配曰："可发檄，使武

国学经典文库

李渔 阅批

三国演义

袁谭袁尚争冀州
曹操决水淹冀州

图文珍藏版

安长尹楷屯毛城，通上党运粮道；令沮授之子大将沮鹄守邯郸，以远攻曹公。主公可进兵平原，急攻之。先绝袁谭之祸，【眉批：**不去攻敌而攻兄，为计亦左。**】然后破曹。"袁尚大喜，留审配守冀州，使马延、张𫖳二将为先锋，连夜起兵，攻打平原。谭知尚兵来近，告急于操。操曰："吾正待如此，必得冀州。"是时许攸自许昌来，闻尚又攻谭，入见操曰："丞相何坐而欲待天杀二袁乎？"操曰："吾已料定矣。"遂令曹洪先进兵攻邺，操自引一军来攻尹楷。兵临本境，楷领一军来迎。楷出马，操曰："许仲康安在？"只见阵中一骑马，从侧首便出。尹楷措手不及，一刀斩于马下。其军大半投降，余众奔溃。操勒兵取邯郸，沮鹄进兵来迎。张辽出马，与鹄交锋。战不三合，鹄大败走入军中。辽赶入去，两马相离不远，辽急取弓射之，应弦落马。操指挥军马掩杀。众皆奔散。先除此二害，遂引军前抵冀州。

曹洪已近城下，操令三军绕城筑起土山及地道以攻之。审配坚守甚严。守东门将冯礼贪酒，【眉批：淳于琼以酒失事，今冯礼又以酒失事，何袁将之善饮也？】有误巡逻，配拿下打四十脊杖。冯礼恨之，开门降操。操问破城之策。礼曰："突门内土厚，可掘地道而入，放火，城可拔也。"操教礼引三百壮士，黄夜掘地道而入。审配夜夜城上点视军马。当夜见突门阁上城外无灯火，配曰："冯礼必引兵从地道而入。"因急唤精兵运石，击突闸门。门闭，冯礼及三百壮士，皆死于土内。

操折了这一场，遂罢地道之计，退一军于洹水之上，以候袁尚回兵。袁尚攻平原，听知曹操已破尹楷、沮鹄，即日围困甚紧，挈兵一半，回救冀州。其将马延曰："不可从大路去，曹操必有伏兵；可取小路，从西山出滏水口去劫曹营，必解围也。"尚曰："吾先往，恐不利，汝与张随后便至。"马延、张顗屯军断后。尚比及行，先有细作去报曹操。曹洪谏曰："归师勿掩，可以避之。今袁尚军老小皆在城中，挈兵回来，必死战矣。"操曰："尚从大道上来，吾不遇着；若从西山小路而来，一战可擒也，吾料袁尚必从小路而来。"忽一人报曰："尚不从大道而来，从西山小路，远出滏水界口。"操拍手笑曰："天使我得冀州也。彼若来，必举火为号，令城中接应。

分兵两路击之，大事就矣。"【眉批：阿瞒料事多中。】

却说袁尚出滏水界口，东至阳平，屯军阳平亭，离冀州十七里，一边靠着滏水。尚令军士堆积柴薪干草，至夜焚烧为号；遣主簿李孚扮作曹军都督，于路责喝诸营军士，直至城下，大叫："开门！"审配认是李孚声音，放入城中，说："袁尚已陈兵在阳平亭，等候接应，若城中兵出，亦举火。"配教城中堆草放火，【眉批：屡用火字，引出下文水来。】以通音信。孚曰："城中无粮，可发老弱残兵并妇人出降，以免城中饥色。若百姓一出，便以兵继之。"配从其论。

次日，城上竖白旗幡，上写"冀州百姓投降"。寨中人报曹操，操曰："此是城中无粮，教老弱百姓出降，以免饥色，后必有兵出也。"操教张辽、徐晃各引三千军马，伏于两边。操自张麾盖，众军一齐拥至城下，果见城门开处，百姓扶老携幼，手执白幡而出。操曰："我知百姓在城中受苦，若不出来就食，早晚皆饿死矣。"【眉批：总是有诈，救了百姓是实。】众皆拜伏于地。操教于后军讨粮食，老弱百姓约有数万。百姓才然出尽，城中兵突出。操教将红旗一招，张辽、徐晃两路兵出乱杀，城中兵回。操自飞马赶来，到吊桥边，城中弩箭如雨，射倒曹操坐下马。操盔上正中两箭，【眉批：前在下邳城下，射中麾盖；今在冀州城下，射中头盔。两番用水之前，其破射亦复相似。】险透其顶。众将急救回阵。操更衣换马，便引众将来攻尚寨。尚自迎敌。时三路军马一

国学经典文库

李渔 批阅

三国演义

袁谭袁尚争冀州
曹操决水淹冀州

图文珍藏版

齐杀至，两军混战，袁尚大败。尚引败兵退往西山下寨。令人催取马延、张颌军来。操使吕旷、吕翔去招安二将，迎于半路，出马打话。吕旷曰："袁尚死在旦夕，曹丞相宽洪大度，礼贤敬士。如其降之，不失封侯之位。"马延、张颌随二吕来降，操亦封为列侯。【眉批：叙法甚省笔。】

次日，进兵攻打西山，先使二吕、马延、张颌断尚粮道。尚情知西山守不住，夜走滥口。安营未定，四下火光径入，伏兵尽起，人不及甲。马不及鞍，尚军大溃，退走五十里，故遣豫州刺史阴夔、陈琳请降。操许之，连夜使张辽、徐晃劫尚寨。【眉批：许其降而即劫之，好着数。】尚尽弃印绶节钺、衣甲辎重，连夜望中山而逃。

操回军攻城下，许攸献计曰："何不决漳河之水以淹之？"【眉批：**漳河之决，计出袁氏之客许攸，是以袁攻袁也。**】操然其计，先差军于城外掘壕堑，周围四十里。审配在城上看操军在外掘堑河极浅，配暗笑曰："此是欲决漳河之水，以灌城池之计矣。壕深可灌，如此之浅，安能用哉？可一越而过也。"众将来白审配曰："今城外掘壕，可以击之。"配曰："空费军力，一任为之。"当夜，曹操添十倍军士，并力发掘。比及天明，广深二丈，引漳水灌之。城中水深数尺，更兼粮绝，军士皆饿死。辛毗在城外用枪挑袁尚印绶衣服，安城内之人。审配大怒，将辛毗家属老小八十余口，就于城头上斩之，将头掷下。辛毗号哭不已。城中困极，宰马为食，军士饿倒，不能把守。审配兄之子名荣，素与辛毗至厚，见在城下号哭，荣写献门之书，拴于箭上，射下城来。【眉批：**审荣不是全为朋友，只是见势不爱耳。**】军士拾献辛毗，毗将书献操。操唤诸将听令："如入冀州，休得杀害袁氏一门老小。军民降者免死。"

次日天明，荣大开西门，放操兵入，辛毗跃马先入，军将随后，杀入冀州。审配在东南城楼上，见操军已入城中，引数骑下城死战，正迎徐晃交锋。晃生擒审配，以索绑之，解出城来。路逢辛毗，毗咬牙以鞭鞭配首，曰："贼奴！今日真死矣！"配大骂曰："狗辈！正由汝引曹操破我冀州，恨不得杀汝也！汝今日能杀我耶？"解见

国学经典文库

李渔批阅 **三国演义**

袁谭袁尚争冀州
曹操决水淹冀州

图文珍藏版

曹操。操曰:"汝知献门接我者乎?"配曰:"不知。"操指曰:"此是汝侄审荣所献也。"【眉批:**审氏叔侄亦相左,俱骨肉之变。**】配曰:"小儿不足用,乃至于此!"操曰:"昔日孤之行围,何弩之多耶?"配应曰:"恨少!恨少!"操曰:"卿忠于袁氏,不容不如此。汝肯降吾否?"配曰:"不降!不降!"【眉批:**与张辽在濮阳之时语气相似。**】辛毗哭拜于地曰:"家属八十余口,尽遭此贼杀害。愿丞相戮之,以祭亡魂!"配曰:"吾生为袁氏臣,死为袁氏鬼,不似汝辈谗谄阿谀之贼!可速斩我!"操教牵出。临受刑,叱行刑者曰:"吾主在北,不可使吾南面而死!"配向北坐,引颈就刃而死。【眉批:**此北面,与北面而降,审正南缘何北面而死?一笑。**】时建安九年秋七月也。史官诗曰:

> 河北多名士,谁如审正南?
>
> 命因昏主丧,心与老天参。
>
> 忠直言无隐,廉能志不贪。
>
> 临亡犹北面,降者尽羞惭。

审配向北而死,见者皆伤感不已。操怜其忠义,命葬于城北。【眉批:**葬于城北,其魂亦安。**】

大军入城,长子曹丕,字子桓,时年十八岁,乃中平四年冬十月生于谯郡。生时有运气一片,青色,圆如车盖,覆于其室,终日不散。【眉批:**百忙中插入曹丕一**

国学经典文库

李渔批阅

三国演义

袁谭袁尚争冀州
曹操决水淹冀州

图文珍藏版

传，为后称帝伏线。叙袁家儿子完，忽接叙曹家儿子，妙笔。】望气者对操曰："此子贵不可言，非人臣之气。"八岁能属文，有逸才，博览古今经传，通诸子百家，善骑射，好击剑，琅琊卞氏所生。卞氏本娼家也，操纳为妾，遂生丕。打破冀州时，曹丕随父在军中，先领随身军径投袁绍家，下马拔剑而入。有末将当之曰："丞相有命，诸将不许入绍府。"丕叱退末将，提剑而入后堂，见刘夫人抱一女而哭，丕向前欲杀之。未知刘氏性命如何，且听下回分解。

第三十三回　曹操引兵取壶关
　　　　　　郭嘉遗计定辽东

　　曹丕向前，欲拔剑斩之，见红光满目，【眉批：为后甄氏立皇后张本。】遂按剑问曰："汝何人氏？"刘氏曰：

"妾乃袁将军之妻也。"丕曰："怀中所抱者何人？"刘氏曰："此是次男袁熙之妻甄氏。因熙出镇幽州，甄氏不肯远行，故留在此相伴。"丕拖近前，见披发垢面。丕以衫袖拭其面观之，见甄氏玉肌花貌，有倾国之色，【眉批：包一篇《洛神赋》。】遂对刘氏曰："吾乃曹丞相之子也，愿保汝家，汝勿忧虑。"遂按剑坐于堂上，众将莫敢擅入。后录甄皇后之传云。

请曹操入城，操上马，摆布严整。时有许攸在马后，将入城门，攸纵马近前，以鞭指其城门曰："阿瞒，汝不得我，安能入此门？"操大笑。【眉批：骄甚，取死之道也。阿瞒笑中已有刀矣。】众将闻言，俱怀不平。操至绍府门下，问曰："谁曾入此门去来？"末将对曰："世子在内。"操急唤出，欲杀之。荀攸、郭嘉曰："非世子，无以镇压此府也。"操方免之。刘氏亦出，拜曰："非世子，无以保全家也，愿以妇酬之。"【眉批：妒妇此时何无烈性。】操教唤出，甄氏拜于前。操视之，曰："真吾儿妇也！"遂令曹丕纳之。【眉批：杀其子，夺其妇，亦奸亦真。】

操既定冀州，亲往袁绍墓下祭之，再拜而哭甚哀，【眉批：并其地矣而哭其墓，真耶假耶？盟伯之墓理该拜。】回顾众官曰："吾想昔日与本初共起兵时，绍问吾曰：'若事不辑，方面何所可据？'吾问之曰：'足下意欲若何？'绍曰：'吾南据河，北阻燕、代，兼戎狄之众，南面以争天下，庶可以济乎？'吾答曰："吾任天下之智力，以道御之，无所不可。'【眉批：此虎牢关前时之语，补前遗去。】此言未尝忘之。今本初已丧，吾想此言而流涕也。"众皆叹服。操赐金帛粮斛，安绍妻刘氏之心，【眉批：妒妇此时能无愧耶？】仍下令曰："河北居民遭兵革之难，尽免今年租赋。"【眉批：收拾民心。】大事已定，写表申朝。操自领冀州牧。

读/者/随/笔

国学经典文库

李渔批阅

三国演义

曹操引兵取壶关
郭嘉遗计定辽东

图文珍藏版

493

次日，许褚跃马入东门，正迎许攸。攸唤褚曰："汝等无我，安能出入此门乎？"【眉批：**对粗人说大话，更速其祸。**】褚大怒曰："吾等千生万死，身冒血战，夺得城池，汝安敢夸口！"攸大骂曰："汝等皆匹夫起身，保足为道？"褚大怒，拔剑杀之，提头来见曹操，说："许攸如此无礼，某杀之。"【眉批：**许攸当死不在此时，已在呼"阿瞒"之时矣。**】操曰："子远素与吾旧，故相戏耳，何故杀之？"深责许褚，【眉批：**褚之杀攸，不正其罪，焉知非操使之杀攸乎？**】令厚葬之。后人有诗叹许攸曰：

> 堪笑南阳一许攸，欲凭胸次傲王侯。
> 不思曹操如熊虎，犹道吾才得冀州。

操问："此间谁知户籍？"冀民曰："骑都尉崔琰数曾谏袁绍守境，绍不从，因此托疾在家。"操专人接之。琰字季珪，清河东武城人也。琰至，操命为本州别驾从事。操问曰："昨按本州户籍，可得三十万众，故为大州也。"琰对曰："今天下分崩，九州幅裂，二袁兄弟亲寻干戈，冀方蒸民暴骨原野，未闻王师仁声先路，存问风俗，救其涂炭，而校计甲兵，惟此为先，斯岂鄙州士女所望于明公哉？"【眉批：**名不虚传。**】操闻其言，改容谢之，待为上宾。

操已定冀州，使人探袁谭消息。谭趁时掠节取甘陵、

国学经典文库

李渔批阅

三国演义

曹操引兵取壶关
郭嘉遗计定辽东

图文珍藏版

495

安平、渤海、河间等处；闻知尚走中山，连夜攻之。尚兵虚弱，无心战斗，闻风而走。尚往幽州，投奔袁熙。袁谭尽收其众，欲复冀州。操使人召之，谭不至。操大怒，驰书以绝其婚。【眉批：**女不妻谭，熙妻却娶作妇。**】操自统大军征袁谭，直抵平原。谭闻操自统军来，遣人求救于刘表。表请玄德商议。【眉批：**正叙谭、曹，忽夹叙刘备。**】玄德曰："今操已破冀州，兵势正盛。依愚所料，袁氏兄弟不久必为操所擒；况操常有窥荆、襄之意，只宜养兵自守。彼虽求援，切莫妄动。"表曰："当何以退之？"玄德曰："可作书与兄弟二人，以和解为名，缓缓绝之。"表然其言，先遣人以书遗谭，曰："君子违难，不适仇国，交绝不出恶声，日前闻君屈膝降曹，则是忘先人之仇，弃亲戚之好，【眉批：**回书俱好，先责其降，**】

后劝其睦尚。】而为万世之戒，遗同盟之耻矣。若冀州不弟，当降志辱身，以济事为务；事定之后，使天下平其曲直。不亦为高义耶？"又与袁尚书曰："青州天性峭急，违于曲直，君当先除曹操，以卒先公之恨；事定之后，乃计曲直，不亦善乎？【眉批：**先言睦谭之利，后言攻谭之害。**】若迷而不返，则是韩卢、东郭自困于前，而为田父之获也？"谭得表书，知表无发兵之意。谭料非操敌，遂弃平原，走保南皮。

建安十年春正月，曹操进兵南皮。时天气肃寒，河道尽冻，粮船不动。操传令，差本处百姓敲冰拽船，以代军士之劳。百姓听知，皆望深山而逃。操大怒曰："捕得百姓来，斩之！"【眉批：**称免其粮，后令其敲冰拽船；已免其死，又不禁军士杀戮，何前仁而后暴耶？大约仁处是假，暴处是真。**】百姓闻得，乃亲往营投首。操曰："若不杀汝等，则吾号令不行；若杀汝等，是吾无人心也。汝等快往山中藏避，休被吾军士擒之。"百姓皆垂泪而去。遂兵进南皮。

谭引骁将出城，与曹军相敌。两军对圆，操出马，以鞭指谭骂曰："吾厚待汝，汝何生异心也？"谭曰："汝犯吾境界，夺吾城池，反说吾有异心，何也？"操大怒，遣徐晃出马。谭使彭安相迎。两马相交，晃斩彭安于马下，谭军败走，退入南皮。操速遣军四面围住。谭使评见操说降。【眉批：**何不仍与尚相和耶？**】操曰："袁谭年幼，反覆无常，吾难准信。看汝弟之面，就休回去。"评

国学经典文库

李渔批阅

三国演义

曹操引兵取壶关
郭嘉遗计定辽东

图文珍藏版

曰："丞相差矣。某闻'主贵臣荣，主忧臣辱'，安可不回？"操即遣之。评回见谭，言操不准投降。谭叱之曰："汝弟见事曹操，汝怀二心耶？"评气昏于地，须臾而死。【眉批：辛评之死，胜辛毗之生。】谭甚悔。

郭图曰："若与南军斗将，恐不能胜。来日当尽驱百姓当先，【眉批：不惜百姓者，能保土地乎？】军继其后，与曹操决一死战。"谭从其言。当夜尽驱南皮百姓，使皆执刀枪听令。次日平明，大开四门，军在后，驱百姓在前，喊声大举，一齐拥出，直抵曹寨。两军混战，自辰至午，胜负未分，杀人遍地。操见未获全胜，操弃马上山，亲自击鼓。将士见之，奋力向前，谭军大败。百姓掩杀。【眉批：北方百姓，大是当灾。】曹洪奋威突阵，正迎袁谭，举刀乱砍，洪杀谭于阵中。郭图见阵大乱，急驰入城中。乐进望见，拈弓搭箭，射下城壕，一拥而入，人马俱陷。操引兵入南皮，安抚百姓了当，忽有一彪军来到，乃是袁熙部下战将焦触、张南。操自引军迎之。二将皆倒戈卸甲，特来投降。操亦封为列侯。又黑山贼张燕，引军十万来降，操封为平北将军。操令乐进、李典会合张燕，打并州，攻高干。操自引军攻幽州，来破袁熙、袁尚。

先说曹操教将袁谭首级各县号令，曰："敢有哭者，灭三族。"头挂北门外。一人布冠衰衣，哭于头下。左右拿来见操。操问之，乃北海营陵人也，姓王，名修，字叔治。乃青州别驾，因谏袁谭被逐。知谭死，故来哭尸。

国学经典文库

李渔 批阅

三国演义

曹操引兵取壶关
郭嘉遗计定辽东

图文珍藏版

498

【眉批：王修哭袁谭之首；酷似栾布哭彭越之首。】操曰："汝知吾令否？"修曰："已知。"操曰："汝不怕累及三族耶？"修曰："我生受辟名，亡而不哭，非义也。畏死忘义，何以立世乎？吾受袁氏厚恩，若得收葬谭尸于浅土，然后全家受戮，瞑目无恨。"操曰："河北义士何如此之多也！可惜袁氏不能用，能用则吾安敢正眼而觑此地也！"【眉批：连前沮授、审配，辛评等说二赞。】操遂礼修为上宾，以为司金中郎将【眉批：列其身而身始存也。】。操又得王修，甚喜，问修曰："今袁尚已投袁熙，取之当用何策？"修不答。操曰："忠臣也。"问郭嘉，嘉曰："可使袁氏降将焦触、张南等自攻之，可以取也。"操用其言，随差焦触、张南、吕旷、吕翔、马延、张觊各引本部兵，【眉批：俱是袁氏旧将，总为王修反照。】

分三路进攻幽州。操兵缓行接应。

　　袁尚知操兵之前队，皆是河北降兵。二人商议弃城，引兵星夜奔辽西，却去投乌丸。幽州刺史乌桓触，杀白马为祭，聚幽州众官，歃血为盟，共议背袁向曹之事。乌桓触先歃血，言曰："吾知曹丞相当世英雄，今往从之。如不遵令者腰斩。"依次歃血，循至别驾韩珩前，珩乃掷刀于地曰："吾受袁公父子厚恩，今主败亡，智不能救，勇不能死，于义缺矣！若北面降曹，吾不为也！"【眉批：亦是奇士。】一席之人，尽皆失色，乌桓触曰："夫兴兵大事，当立大义。事之济否，不待一人。韩珩既有志如此，听其自便。"推珩而出。【眉批：不杀韩珩，亦是奇士。】乌桓触乃出城迎接二路军马，径来降操。操大喜，加为镇北将军、幽州太守。

　　操使探乐进、李典攻打并州，高干见守壶关口，不能下。操自勒兵前往。乐、李二将接着，说干死拒关，击之不能下，操集众将，共议破干之计。荀攸曰："吾破干，须用诈降计方可。"操然之，唤降将吕旷、吕翔，附耳低言。吕旷等引军数十，直抵关下，叫曰："吾等为袁尚轻视，故此降曹操。曹操为人，诡多疑心。吾今改过，还扶旧主。【眉批：吕旷等反覆无定，干不之疑，宜其败也。】可疾开关相纳。"高干未信，只教二将自上关说话，二将卸甲弃马而入，言曹操之过。干曰："曹军新到，何计破之？"旷曰："乘军心不定，今夜劫寨。某等愿当先。"干喜。是夜，教二吕当先，引万余军前去。将到曹

国学经典文库

李渔批阅

三国演义

曹操引兵取壶关
郭嘉遗计定辽东

图文珍藏版

499

寨，背后喊声大震，伏兵四起。高干性命如何，且听下回分解。

高干知是中计，急回壶关城，乐进、李典已守了关。高干夺路走脱，去投单于。操领兵拒住关口，使人追袭高干。干到单于界，正迎北番左贤王。干下马拜伏于地，言："曹操吞并故旧疆土，今欲犯王子地面，万乞救援，同力克复，以保北方。"左贤王曰："吾与曹操自来无仇，何敢侵吾地土？汝欲使吾结冤耶！"叱退高干。干寻思无路，去投刘表。路上被都尉王琰杀之，【眉批：**后有公孙康不肯纳二袁，今有左贤王不肯纳高干作引；后有公孙康送二袁之头，先有王琰送高干之头作引**】将头解送曹操。操封琰为列侯。

并州既定，【眉批：**四州于此一结。**】操商议西击乌丸，就拿袁熙，以绝祸根。曹洪等曰："袁熙、袁尚兵败将亡，势穷力尽，今投夷狄。夷狄贪而无亲，岂能为尚用？今引兵入番邦境界，倘或刘备、刘表引兵袭许都，救应不及，为祸不浅矣。请回师勿进为上。"郭嘉进曰："诸公言者错矣。公虽威振天下，胡人恃其边远，必不设备。因其无备，卒然击之，可破灭也。【眉批：**先言乌丸可击，次定乌丸不可不击。**】且袁绍于番邦有恩，而尚兄弟犹存。今舍乌丸之资而往南征，尚兄弟因乌桓之助，招死主之臣，以生冒顿之心，成觊觎之计，恐青、冀非己之有也。刘表坐谈之客耳，自知才不足以御刘备，欲重任之，则恐不能制；轻任之，则备不为用。【眉批：**先**

言刘表不足虑，次言刘备可虑而不足虑。】虽虚国远征，公无忧也。"操曰："奉孝之言，真大议论！"遂率大小三

军，车数千辆，出卢龙寨，但见黄沙漠漠，狂风暗起，山谷崎岖。【眉批：**数语可抵一篇《塞上行》。**】操有回军之心，问于郭嘉。嘉此时不伏水土，卧病于车上。操泣曰："以吾欲平夷狄，使公远涉艰辛而染病耶！"嘉曰："某感丞相大恩，虽死不能报万分之一。"操曰："吾见北地崎岖，意欲回军，若何？"嘉曰："兵贵神速。今千里袭人，辎重多，难以趋利；不如轻兵兼道以出，掩其不备，虏可擒也。【眉批：**病人能作此健壮吾。**】须得曾识径路者引之。"

操遂留郭嘉于易州养病，求乡导官引路。人荐袁绍旧将田畴，深知其境。操令寻之。畴见操，言曰："此秋夏道间有水，浅不通车马，深不载舟船，为难久矣。旧北平郡治在平冈，道出卢龙，达于柳城。自建武以来，

国学经典文库

李渔批阅

三国演义

曹操引兵取壶关
郭嘉遗计定辽东

图文珍藏版

国学经典文库

李渔批阅

三国演义

曹操引兵取壶关
郭嘉遗计定辽东

图文珍藏版

陷坏断绝，垂二百载，尚有微径可从。【眉批：地势如在指掌。】今虏将以大军当由无终，不得进而退，懈弛无备。若默回军，从卢龙口越白檀之险，出空虚之地，前近柳城，掩其不备，冒顿可一战而擒也。"操从其言，封田畴为靖北将军，作向导官为前驱，张辽为次，操自押后，倍道轻骑而进，时建安十一年秋七月。田畴引张辽前至白狼山。

却说袁熙、袁尚会合冒顿等数万骑前来，张辽慌报曹操。操自勒马，登高望之，见冒顿兵无队伍，参杂不整。操与张辽曰："虏兵不整，便可击之。"操以麾授辽。辽引许褚、于禁、徐晃，分四路下山，奋力急攻，冒顿大乱。辽拍马斩冒顿于马下。余众投降，自名王已下，胡、汉相杂二十余万口。袁熙、袁尚引数千骑，投辽东去。

操收军入柳城。操使人探郭嘉病。回报嘉病九分。操封田畴为柳亭侯，以守柳城。畴曰："某负义逃窜之人耳，蒙厚恩全活，为幸多矣，岂可卖卢龙之寨，以讨赏禄哉！必不得已，请效死不受侯职！"【眉批：田畴为操设谋，虽不及王修，高于吕旷等多矣。】言未毕，涕泣横流。操又使夏侯惇说之，不从。操乃拜畴为议郎。操扶慰单于番人等，送纳骏马一万匹。

操领兵回。时天气寒且旱，二百里无复水，军又乏粮，杀马数千匹为食，凿地三十四丈乃得水。操回至易州，重赏先曾谏者。【眉批：与袁绍之杀田丰，真霄壤之隔。】操曰："孤前者乘危远征，侥幸成功。虽得之天佑，然不可以为法。诸君之谏，乃万安之计，是以相赏。后勿难言之。"

操到易州时，郭嘉已死数日，停枢在公廨。操往祭之，哭倒于地曰："奉孝死，乃天丧吾也！"回顾与文武曰："诸君年齿，皆孤等辈，惟奉孝最小。吾欲托以后事，不期中年夭折，使吾心肠崩裂矣！"【眉批：说真情，又慰众心，真妙。】嘉之左右，将嘉临死所封之书，呈上曰："郭公临亡，亲笔书此。丞相从之，辽东自定矣。"操曰："奉孝如此用心，孤如何不从！"拆书视之，点头嗟叹，诸人皆不知其意。【眉批：不说破，妙。】次日，夏侯惇引众人禀曰："辽东太守公孙康，久不宾服。即日袁熙、袁尚二人投之，必久为患。不如乘其未动，速往征之，辽东可得矣。"操笑曰："不烦诸公虎威，数日之后，公孙康自送二袁之首也。"【眉批：奇语，疑惑杀人。】诸人皆疑。次日又禀，操亦如前言回之。众皆不信。

却说袁熙、袁尚引数千骑，奔辽东来。公孙康本辽东襄平人也，武威将军公孙度之子。康知袁熙、袁尚来投，遂聚本部属官商议此事。公孙恭曰："袁绍在日。常有吞辽东之心，恨未及暇也。今袁熙、袁尚兵败将亡，无处依栖，来投辽东，此是鸠夺鹊巢之意。若容纳之，必来相图。不如赚入城中杀之，送头与曹公，曹公必重待于我矣。"康曰："只愁曹公乘势，兵下限定东，又不

国学经典文库

李渔批阅

三国演义

曹操引兵取壶关
郭嘉遗计定辽东

图文珍藏版

503

国学经典文库

李渔批阅

三国演义

曹操引兵取壶关
郭嘉遗计定辽东

图文珍藏版

如纳二袁以为助。"【眉批：有此一折，方见郭嘉遗计之妙。】恭答曰："操若下辽东，必星夜前来；如其无意，必不动矣。可探听之。如曹进兵，则留二袁；如不动，则杀二袁，送与曹公。"【眉批：皆在郭嘉料中。】康从之，使人去探听消息。

却说袁熙与袁尚曰："今辽东军兵有数万，足可与曹争衡。暂投之，却当杀公孙氏以夺其城，养成气力，而抗中原，可复河北也。"尚曰："吾揣此心久矣。"二人入见，公孙康留于馆舍。每日使人相待，推病不相见。探细人回报："曹操兵屯易州，无下辽东之意。"公孙康先伏刀斧手于壁衣中，使人请二袁人。相见礼毕，命坐。康见左右侍立，尽令出外回避，欲议密事，尚见座榻上无裀褥，时天气严寒，对康曰："愿铺坐席。"康瞋目言曰："汝二人之头，将行万里，何席之有！"【眉批：惊杀尚。语亦新鲜。】尚大惊，手足无措。康曰："何不下手！"刀斧手拥出，就坐席砍下二人之头，用木匣盛贮，使人送投易州，来见曹操。

国学经典文库

李渔批阅

三国演义

曹操引兵取壶关
郭嘉遗计定辽东

图文珍藏版

操在易州，按兵不动。夏侯惇、张辽入禀曰："如不下辽东，可回许都。恐刘表生心。"操曰："吾待二袁之首。"【眉批：**不说明原故，正不知葫芦里卖的甚药。**】众皆暗笑。忽报辽东公孙康遣人送袁熙、袁尚首级至。众皆大惊。使呈上书，操大笑曰："不出奉孝之料。"操赏其使，遂刻印，封公孙康为襄平侯，拜左将军。使回，众官问操曰："何为不出奉孝之所料？"操遂将郭嘉书以示之。【眉批：**至此方出书相示，文势绝妙。**】曰：

今闻袁熙、袁尚往投辽东，不可加兵，公孙康久畏袁氏吞并，往投必疑。若使兵急之，后必并力迎敌，急不可下；若缓之，公孙康、袁氏必自相图，其势然也。

众皆踊跃称善。操引诸官设祭于郭嘉灵前。嘉亡年三十八岁，从征伐十有一年，多立奇勋。

操领兵还冀州，使人先扶郭嘉灵柩于许都迁葬。程昱等请曰："北方大定，可还许都，建下江南之策。"【眉批：了死葬事不漏。】操笑曰："吾有此志，诸君所言正合吾意。"是夜，宿冀州城东角楼上，凭栏仰观天文。时有荀攸在侧，操指曰："南方旺气灿然，恐未可图也。"【眉批：后为赤壁兵败伏线。】攸曰："以丞相天威，何所不服耶?"正看间，忽见一道金光，从地而起。攸曰："此必有宝于地下。"操下楼，随光令人掘之。果得何物，下回便见。

国学经典文库

李渔批阅

三国演义

曹操引兵取壶关
郭嘉遗计定辽东

图文珍藏版

国学经典文库

李渔批阅

三国演义

刘玄德赴襄阳会
玄德跃马跳檀溪

图文珍藏版

507

第三十四回 刘玄德赴襄阳会
玄德跃马跳檀溪

　　曹操于金光处，掘出一铜雀，问攸曰："此何物也?"攸曰："昔舜母夜梦玉雀入怀而生舜帝，今得铜雀，此吉祥之兆也，宜作高台以庆之。"操大喜，遂令造铜雀台于

漳河之上。即日破土断木，烧瓦磨砖，计一年而工毕。次子曹植进曰："若建层台，必立三座：至高者，名为铜雀；左边一座，名为玉龙；右边一座，名为金凤。作两条飞桥，【眉批：二乔疑指此二乔。】横空而上，以'龙凤朝铜雀'之意。二年成就。"操喜曰："吾儿言者是也。

他日台成，足可娱吾老矣。"次子名植，安子建，极聪明，年十岁时，善属文，谙经书，诵读词赋数十万言，无一字差错。【眉批：**为后临终遗命伏线。**】常作文章呈父，操曰："汝倩人耶？"对曰："出言为论，下笔成章，顾当面试，奈何倩人！"操甚爱之。【眉批：**袁绍爱少子，刘表爱少子，曹操亦爱少子耶？**】操妾刘氏生子曹昂，征张绣时阵亡。卞氏生四子：丕、彰、植、熊。操独爱植。于是留曹丕、曹植在邺造台。操令张燕守北寨。

操所得袁绍之兵，共有五六十万。【眉批：**接前文甚清。**】班师回许都，议封功臣，皆为列侯。操表军祭酒郭嘉。表曰：

臣闻褒忠宠贤，未必当身；念功惟绩，恩隆后嗣。是以楚宗孙叔，显封厥子；岑彭既没，爵及枝庶。【眉批：**笔甚古劲，情更婉达。**】

故军祭酒郭嘉，踉良渊淑，体通性达。每有大议，发言盈庭，执中处理，动无遗策。自在军旅，十有余年，行同骑乘，坐共幄席。东擒吕布，西取眭固；斩袁谭之首，平朔士之众；逾越险塞，荡定乌丸；震威辽东，以枭袁尚。虽假天威，易为指挥，至于临敌，发扬誓命，凶逆克殄，勋实由嘉。方将表显，短命早终。上为朝廷，悼惜良臣；下自毒恨，丧失奇佐。宜追赠封，并前千户，褒亡为存，厚往劝来。谨表以闻。

谥郭嘉为侯，养其子奕于府中。【眉批：以上了却北方事，以下专叙南方事。】操欲南征刘表，荀彧曰："军方北征而回，未可远行。更待半年，养成气力，刘表、孙权一鼓而下。"操从之，遂分兵屯田，以候调用。

却说玄德自到荆州，刘表待之甚厚。一日，正与相聚饮酒，忽报原降张虎、陈生在江夏掳掠人民，欲取荆州造反。表惊曰："二贼又反，为祸不小！"玄德曰："不须兄长忧虑，备往收之。"表大喜，即点三万军，令玄德行。次日到江夏，张虎、陈生引兵来迎。玄德引关、张、赵云出马。玄德在门旗之下，望见张虎所骑之马，极其雄骏。玄德曰："此必千里马也。"言未毕，子龙挺枪出马，径冲过阵去，一枪刺张虎于马下，就扯拉辔头，牵马回阵。【眉批：子龙凑趣。】陈生见子龙牵马而去，随赶来夺。张飞大喝一声，挺矛出马，将陈生刺于马下。余众溃散。【眉批：此段专为得马而叙，为檀溪张本。】

玄德招安平复江夏诸县，民赖兵利，遂班师回。表自出郭迎接，入城饮宴。酒至半酣，表曰："吾弟如此雄才，荆州有所倚仗也。但忧南越不时寇境，张鲁、孙权皆足以为虑。"玄德曰："弟有三将可以保之：遣张飞巡南越之境；关某拒固子城，以镇张鲁；赵云拒三江，以当孙权。兄何忧哉？"表大喜。时蔡瑁告姐蔡夫人曰：【眉批：蔡瑁为表谏则忠】"刘备遣三将巡境，自居荆州，久必为患。备为人忘恩失义，不可同守荆州。"蔡夫人夜对刘表言曰："我闻荆州人多与刘备往来，容在城中无

国学经典文库

李渔批阅

三国演义

刘玄德赴襄阳会
玄德跃马跳檀溪

图文珍藏版

510

益，不如遣之。"表曰："吾弟仁德之人也。"蔡氏曰："诚恐他人不似汝心。"表已狐疑。

次日出城，见玄德所乘之马极骏，问之，乃张虎之马也。表称赞不已。玄德会其意，就将此马送与刘表。【眉批：也凑趣。】刘表大喜，骑马回城中。蒯越见而问之。表曰："玄德送之。"越曰："昔吾兄蒯良，最善相马；今虽弃世，越也颇晓。此马眼下有泪槽，额边生白点，名为'的卢马'也，骑则妨主。【眉批：马能妨人，然则吕布之死因骑赤兔马耶?】张虎为此马而亡，主公不可乘之。"表听其言。次日，表请玄德饮宴而言曰："夜来所惠之马，深感厚意；但贤弟征进可用，表处空闲，敬当送还，永远骑坐。"玄德起谢。表又曰："贤弟久居城郭，恐废武事。此去襄阳管下有一县，名新野县，颇有钱粮。弟可引本部军马，于本县屯扎，就收钱粮为用。"【眉批：听了老婆说话，嫡亲兄弟多致分离，何况远族。数语已在前沉吟不语中。】玄德深谢，随领本部军马，径往新野。表自送行。酌别之后，一人在玄德前长揖曰："不可乘此马。"玄德视之，乃刘表幕宾伊籍，字机伯，山阳人也。玄德慌下马问曰："此马何不可骑也？"籍曰："昨闻蒯越对刘表说，引观名'的卢'，乘则妨主，因而还公。"【眉批：有后一言须妨大耳。】玄德曰："深感先生见爱。凡人居世，死生有命，富贵在天，岂因一马而能妨吾哉？"【眉批：高人之见。】籍服其高论，自此与玄德往来。

玄德自到新野，军民皆喜，政治一新。时建安十二年春，甘夫人降生刘禅。是夜，有白鹤一只栖于县衙屋上，鸣四十余声，望西飞去。【眉批：为后刘禅称帝张本。】守衙之兵，皆以为异禽。临分娩之时，天香满室，经月不散。夫人夜梦仰吞北斗有孕，故名阿斗。

此时操北征。玄德往荆州，说刘表曰："今曹操起中国之兵北伐，许昌空虚。若以荆、襄之众，一举袭之，大事可就也。"【眉批：读前卷曹操北征乌桓时，刘备在荆州何便睡着？今观此处，方知英雄未尝须臾忘此。】表曰"吾坐据九州足矣，安可别图？"玄德默然。表邀入后堂饮酒。酒至半酣，表忽然长叹。玄德曰："兄长何故有不足之意？"表曰："吾心间事难言也。"【眉批：先描个影子，不就说破，妙。】玄德再欲问，蔡夫人出【眉批：先写蔡夫人出，却无所闻。】，表无语。席散，玄德自归

国学经典文库

李渔 批阅

三国演义

刘玄德赴襄阳会
玄德跃马跳檀溪

图文珍藏版

新野，日与士大夫谋论天下之事。

建安十二年冬，闻操自柳城回，玄德甚悔表之不用己也。忽刘表遣使至，请玄德赴荆州。玄德随使而往。刘表请入坐。表曰："近闻操自柳城提兵五六十万回许都，日渐强盛，必有吞并之心。昔日不听君言，故失此大机会。"【眉批：九州铁，铸不成此大错。】玄德曰："今天下分裂，干戈日起，机会岂有尽乎？若能应之于后，未足为恨也。"表曰；"吾弟之言甚当。"相与对饮，表又泪下不止。【眉批：前止长叹，今且泪下。】玄德问其故，表曰："吾有心事，前者欲诉于汝，未得其便。"【眉批：自怕老婆，问人何用？】玄德曰："兄长有何难为之事？倘可用备处，虽死不辞。"表曰："前妻陈氏所生长子刘琦，为人虽贤，而柔懦不足立事；后妻蔡氏生刘琮，颇聪明。吾欲废长立幼，又恐碍于礼法；吾欲立长子，今蔡夫人族中皆掌军务，后必生乱，因决未下。"【眉批：既爱少子，又怜长子，活画没主意无决断人。】玄德曰："自古废长立幼，取乱之道。若忧蔡氏权重，可徐徐削之，不可溺爱而立次也。"表默然。

原来蔡夫人素疑玄德，但与表叙论，必窃听之。是时正在屏风后边听得，深恨之。玄德自觉语失，遂起身入厕，叹髀肉复生，潸然流涕不住。【眉批：刘表是骨肉泪，此亦骨肉泪，丈夫儿女相去天渊。】表使人再请入席，见玄德泪下。表问曰："弟何故发悲？"玄道曰："备往常身不离鞍，髀肉皆散；今不复骑，髀里肉生。日月

国学经典文库

李渔批阅

三国演义

玄德跃马跳檀溪 刘玄德赴襄阳会

图文珍藏版

国学经典文库

李渔批阅

三国演义

刘玄德赴襄阳会
玄德跃马跳檀溪

图文珍藏版

蹉跎，老将至矣，而功业不建，是以悲耳！"【眉批：**真丈夫语，能使丈夫堕泪**。】表曰："吾闻弟在许昌，曹公请尝青梅煮酒，共论英雄。贤弟尽举当世名士，操皆不许。曾对弟言：'天下英雄，惟使君与操耳。'【眉批：**前事又一提**。】操虽有四十万之众，挟天子而令诸侯，犹不敢在吾弟之先，何足虑也?"玄德乘酒兴答曰："备若有根基，何虑天下碌碌之辈也！"【眉批：**失言矣**。】表闻之，忽然变色。玄德自知语失，托醉而起，归于馆舍。

刘表虽不出言，心中不足，闷闷入内。蔡氏曰："适间我于屏风后，听得刘备之言，【眉批：**专在屏风后听说话，岂是好妇人**。】足见有吞并荆州之意，视人如草芥。【眉批：**描写得像**。】今若不除，必为子孙之患。"表不答，摇头而已。蔡氏知其意，遂召弟蔡瑁入，商议此事。瑁曰："我观刘备有过人之志，久后必吞荆州。【眉批：

"必吞荆州"亦成语谶。】不如就馆舍杀之，告表未晚。"蔡氏曰："事宜谨细，不可造次。"瑁出点军。

伊籍知瑁有害玄德之心，黄夜来报，教使离荆州。**【眉批：此伊籍第一番救玄德。】**玄德曰："吾未辞景升，岂可去也?"籍曰："公若辞，必遭蔡瑁之害。某与公言之。"玄德遂上马，未明而行。蔡瑁比及到馆舍，玄德已去矣。瑁悔恨至甚，遂写诗一首于壁间，径入见表，言曰："刘备有反乱之意，书反诗于壁上，不辞而去。"表未信，亲诣馆舍观之，果有诗四句。诗曰：

困守荆襄已数年，眼前空对旧山川。

蛟龙岂是池中物，卧听风雷飞上天。

刘表大怒，拔剑而言曰："誓杀无义之徒!"行数步猛省，暗忖曰："吾与玄德相处许多时来，未尝见作诗，此杀外人间谍也。"**【眉批：自三思者终是君子。会作诗的多惹祸招灾，亏云德不是建安才子。】**同步入房，用剑尖刮去此诗，弃剑上马。蔡瑁请曰："兵士已点就，可往新野擒刘备。"表曰："未可往擒，容别图之。"

蔡瑁见表持疑不决，乃暗与姐蔡氏商议："即日仓廪丰足，欲大坐众官于襄阳，就彼处谋之。"蔡氏曰："汝见掌军权，何必问我?"瑁次日禀表曰："近年成熟，合聚众官于襄阳，就驰骋人马游猎。今日已办毕，请主人行。"表曰："吾近日气疾作，实不能行，可令二子为主待客。"瑁曰："二子年幼，恐失于礼节，犹欠抚恤之道。"表曰："新野县有吾弟玄德，可请待客。"【眉批：**也忒没心事得快。**】瑁暗喜正中其计，便差人请玄德赴襄阳。

却说玄德到新野，自知失语，不敢告众知。忽使至，请赴会。玄德欲行，忽一人进曰："使君此去，必有大灾。"众皆大惊。言者是谁，毕竟如何，下回便见。

玄德收拾赴会，孙乾曰："昨闻主公匆匆而回，心中不悦，愚意度之，在荆州必有事故。今请赴会，恐有诈谋，故谏勿往。"【眉批：**孙乾有识，云长有度，张飞有气，子龙有胆。**】玄德将前项事，尽诉与诸官。关公曰："兄自心疑语失，刘荆州又无嗔责之意，外人之言，未可轻信也。襄阳离此不远，若不去，则刘荆州反生疑矣。"玄德曰："云长之言是也。"张飞曰："'筵无好筵，会无好会'，哥哥不可去。"【眉批：**一个说该去，一个说不该**

国学经典文库

李渔批阅

三国演义

刘玄德赴襄阳会
玄德跃马跳檀溪

图文珍藏版

去。】赵云曰："某将马步军三百人同往,可保主公无事。"【眉批:**一个说随去。**】玄德曰:"子龙同去,何足虑也!"

玄德与子龙,即日同赴襄阳,离新野七十余里,比及到郡,蔡瑁出郭迎接,意甚谦敬。玄德不疑。随后刘琦、刘琮二子,引王粲、傅巽、文聘、王威、邓义、刘先文武等及众谋士出迎。玄德见二公子在,并无疑忌。是日,请于馆舍暂歇。赵云引三百军士围绕保护,带甲挂剑,行坐不离。刘琦曰:"父亲气疾作,实不能行,特请尊叔待客,乞抚恤各处守牧之官为幸。"玄德曰:"吾本不敢当此,既有兄命,不敢不从。"

次日,人报九郡四十二州官员,尽皆到了。蔡瑁预请蒯越议曰:"刘备世之枭雄,久必为荆州之祸,哥就今日除之。"蒯越曰:"恐失士民之望,不可行之。"蔡瑁曰:"吾已密领刘荆州言语在此。"【眉批:**既作假诗,又传假命。**】越曰:"如此,则预先准备。"瑁曰:"东门岘山大路,已使宗弟蔡和引五千军把住,南门外,已使蔡中引三千军把住,北门外,已使弟蔡勋引三千军把住;止有西门不必守护,前有檀溪阻隔,虽有数万之兵,不易过也。"越曰:"吾见赵云行坐不离,恐难下手!"瑁曰:"吾伏五百兵在城内。"越曰:"必是生擒刘备,去听区处,未可加诛。可使文聘、王威另设一席于外厅,以待武将。先请住赵云,然后可行事。"【眉批:**与张绣欲谋曹操,先使人灌醉典韦,同一方法。**】瑁曰:"吾已安

国学经典文库

李渔 批阅

三国演义

刘玄德赴襄阳会
玄德跃马跳檀溪

图文珍藏版

516

排定了。”

　　当日杀牛宰马，大设宴饮，先请玄德。玄德所乘的卢马，出入便骑，心甚爱之。是日骑到州衙，命牵入后园拴系。众官皆至堂中，玄德主席，二公子两边，其余各依次坐。赵云带剑立于侧。酒至三巡，文聘、王威入，请赵云赴席。云推辞不去。玄德令云就席。蔡瑁在外，收拾得铁桶相似。三百军都赶归馆舍。只待半酣，号起下手。正值伊籍把盏，至玄德前，以目视之曰：“请更衣。”玄德会其意，待籍把遍盏，推起如厕。伊籍已于后园等候，附耳告曰：“城外东、南、北三处皆有军马，惟西门可走。【眉批：伊籍第二番救玄德。】使君急从后遁去勿迟。蔡瑁已定计，要害君多日矣。”玄德大惊，急解的卢马，开后园门牵出，飞身上马，不顾从者，望西门而走。把门者问之，玄德曰：“吾不胜酒力矣。”当之不住。门使飞报蔡瑁。瑁便上马，唤五百军随后追赶。【眉

国学经典文库

李渔批阅

三国演义

刘玄德赴襄阳会
玄德跃马跳檀溪

图文珍藏版

批：前云伏军五百在城，正为此伏线。】

　　却说玄德撞出西门，行无二里余，前有大溪，拦住去路。此溪名曰檀溪，河阔数丈，水通湘江，其波甚紧。玄德到溪边，见不可渡，勒马再回。遥望城西五百铁甲军上，随蔡瑁赶来。玄德曰："吾死矣！"【眉批：说得光景危险，脱处方才得力。文字不贵一直去，皆类此。】遂回马到溪边，回头看时，兵在背后。玄德纵马下溪，行不数步，水势紧，马前蹄忽陷，浸湿衣袍。玄德加鞭大呼曰："的卢，的卢！今日妨五，【眉批："的卢。的卢，今日妨吾"。危急中尚作韵语，谁谓玄德不能诗耶？】可努力！"言毕，那马忽从水中踊身而起，一跃三丈，飞上西岸，玄德如云雾中起。有苏学士古风一篇，单咏檀溪事迹：

老去花残春日暮，宦游偶至檀溪路。停骖遥望独徘

国学经典文库

李渔批阅

三国演义

刘玄德赴襄阳会
玄德跃马跳檀溪

图文珍藏版

徊，眼前零落飘红絮。暗想咸阳火德衰，龙争虎斗相交
持。襄阳会上王孙饮，樽酒戈矛事已危。逃生独出西门
道，追骑如风又将到。一川烟水涨檀溪，渴沣一叱云中
跳。玉蹄踏碎青玻璃，风涛响处金鞭挥。耳畔但闻千骑
走，波中忽见双龙飞。西川独霸真英主，坐下龙驹两相
遇。檀溪溪水自东流，龙驹英主今何处？临流三叹心欲
酸，斜阳寂寂照空山。三分鼎足浑如梦，踪迹空留在
世间。

　　玄德跃过溪西，回顾东岸，蔡瑁引五百骑赶到溪边，
大叫："使君何故逃席而去。"玄德曰："吾与汝无仇，何
故相谋耶？"瑁曰："吾无此心，使君休听旁人之言。"玄
德见瑁手将拈弓取箭，拨马回，望西南漳而去。【眉批：
好收拾法。】瑁与诸将曰："是何神助也？"却欲回城，西
门内赵子龙引三百军赶来。【眉批：前极写赵云，只道救
玄德者乃（以下缺字）】不知蔡瑁如何，下回便见。

国学经典文库

李渔批阅

三国演义

刘玄德赴襄阳会
玄德跃马跳檀溪

图文珍藏版

国学经典文库

李渔批阅

三国演义

刘玄德遇司马徽
玄德新野遇徐庶

图文珍藏版

520

第三十五回 刘玄德遇司马徽
　　　　　　玄德新野遇徐庶

　　却说赵云正饮酒，忽见人马动，急入观之，席上不见玄德。子龙大惊，出投馆舍，听得人说："蔡瑁引军望西赶去。"因此火急绰枪上马，引三百军出城。迎见蔡

瑁，喝问曰："吾主何在？"瑁曰："使君逃席，不知何往。"子龙是谨细之人，不肯造次，遍观军中，并不见动静，前望大溪，别无去路。【眉批：若是老张，蔡瑁一刀矣；若是关公，必然要在蔡瑁身上寻玄德；写赵云精细之人，又与二人不同。】子龙曰："汝请吾主，何故引军马围捕？"瑁曰："九郡四十二州县官僚在此，吾为上将，

岂可不防护也?"云曰:"汝逼吾主何处去了?"瑁曰:
"吾听得匹马出西门,到此又不见。"子龙疑惑不定,直
来溪边看时,只见隔岸一带水迹。原来对岸颇高,三百
军皆四散观望,不见玄德。子龙再回时,蔡瑁已入城去。
子龙拿把门军追问,皆说飞马出西门去了。子龙欲入城
中,恐有理伏,遂引军投新野而归。

却说玄德渡溪之后,想此阔涧,不觉一跳而过,似
醉如痴,望南漳策马而行。日将西沉,正行之间,见一
牧童跨于牛背上,口吹短笛而来。【眉批:见追之后接闲
适之事,却政是紧关处。冰冷之际,弄出火热来。】玄德
叹曰:"吾不如也!"遂立马观之。小童亦停牛罢笛,熟
视玄德曰:"将军莫非破黄巾刘玄德否?"玄德大惊,问
曰:"汝乃村僻小童,安得知吾姓字耶?"小童曰:"俺本
不知,因常侍师父,有客到日,多曾说有刘玄德,身长
七尺五寸,垂手过膝,目能自顾其耳,【眉批:亏两耳作
招牌。】乃当世之英雄。今观将军如此模样,想必是也。"
玄德曰:"汝师何人也?"小童曰:"我师父覆姓司马,名
徽,安德操,道号水镜先生,颍川人也。"【眉批:叙玄
德见司马徽,正为见诸葛亮伏线耳。】玄德曰:"与谁为
友?见居何处?"小童曰:"与襄阳庞德公、庞统为友,
那林中便是庄舍。"玄德曰:"庞德公是庞统何人?"小童
曰:"叔侄之亲也。庞德公字山民,长俺师父十岁。庞统
字士元,小俺师父五岁。一日,我师父在树上采桑叶,
统来相探,坐于树下,同讲论兴亡,从朝至暮不倦。吾

国学经典文库

李渔批阅

三国演义

刘玄德遇司马徽
玄德新野遇徐庶

图文珍藏版

国学经典文库

李渔批阅

三国演义

刘玄德遇司马徽
玄德新野遇徐庶

图文珍藏版

522

师甚爱，呼庞统为弟。"玄德曰："吾乃刘玄德也，汝可引见师父。"

小童遂引玄德，行二里余，到庄前下马。闻得琴声正美，教小童且休通报。忽闻琴声住而不弹，【眉批：**好顿挫。**】一人笑而出曰："琴韵清幽，音中忽起杀伐之调，必有英雄窥听。"玄德大惊，见其人松形鹤骨，器宇不凡，年几半百，颜色如童。玄德进前施礼，衣襟尚湿。水镜曰："此公今日幸免大难。"玄德惊讶不已。小童曰："此是刘玄德也。"水镜慌忙叙礼，请入草堂。分宾主坐定。玄德见架堆万卷诗书，窗外盛栽松竹，横琴于石床之上，清气飘然。【眉批：**隐然为诸葛草庐先写一样子。**】玄德起曰："偶然经由此地，因一小童相指，得拜尊颜，不胜万幸。"水镜笑曰："公休隐讳，今公必然逃难至此。"玄德遂以襄阳一事告之。【眉批：**至今方说出，曲折之甚。**】水镜曰："予观公子气色，已知之矣。公居何职?"玄德曰："左将军、宜城亭侯、豫州牧。"水镜曰："愚闻将军大名久矣，何故区区奔走于形势之途耶?"【眉批：**叙论委蛇，使人躁心欲平。**】玄德曰："时运不济，命途多蹇故也。"水镜曰："不然，盖将军左右不得其人耳。"【眉批：**一语便刺。**】玄德曰："备虽不才，文有孙乾、糜竺、简雍之辈，武有关羽、张飞、赵云之流，竭忠辅相，何为不得其人耶?"水镜曰："关、张、赵云之流，虽有万人之敌，而无运筹之才;孙乾、糜竺、简雍之辈乃白面书生，寻章摘句小儒，非经纶济世之士，岂

国学经典文库

李渔 批阅

三国演义

刘玄德遇司马徽
玄德新野遇徐庶

图文珍藏版

能共成霸业?"玄德曰:"备屈身恭己,求山谷之遗贤,奈未得其人耳。"水镜曰:"儒生俗士,不识时务;识时务者,在乎俊杰。"玄德曰:"请问谁为俊杰?"水镜曰:"且如汉高祖得张良、萧何、韩信,汉光武得邓禹、吴汉、冯异,能成王霸之根基,如此则为俊杰也。"玄德曰:"恐此时无这等人物。"水镜曰:"公岂不闻孔子有云:'十室之邑,必有忠信。'何谓今时无也?"玄德曰:"备愚昧不识,愿赐指教。"水镜曰:"公闻诸郡小儿谣言乎?【眉批:**此时必谓道出姓名矣,何期反述童谣,是文字荡样法。**】谣言曰:'八九年间始欲衰,至十三年无孑遗。到头天命有所归,泥中蟠龙向天飞。'此谣建安初到于今日。'八九年始欲衰'者，建安八年，刘景升丧却前妻，便生家乱，此始欲衰也：'十三年无孑遗'者，不久则景升逝矣；景升逝，则文武零落，无孑遗矣。'天命有所归'者，在将军也。"【眉批：**此语玄德闻之，那不惊喜！**】玄德惊而下拜曰："刘备安敢当此！"水镜曰："今天下之全才，尽会于此，将军可求之。"玄德曰："何人也？"水镜曰："伏龙、凤雏，两人得一，可安天下。"【眉批：**妙在不说出姓名。**】玄德便问曰："伏龙、凤雏何人也？"水镜拍手大笑曰："好，好。"玄德再问水镜，水镜曰："天色已晚，暂宿一宵，来日当言之。"却唤小童具馔相待，留于客房内宿。马喂于后院。

玄德因水镜之言，睡不着。约已更深，忽听一人入来。水镜问曰："元直何来？"玄德起而密听之。【眉批：**有心哉，伏"元直"二字入玄德耳。**】其人答曰："久闻刘景升善善恶恶，特往谒之。及至相见，徒有虚名。盖善善而不能用，恶恶而不能去。故遗书以别之。"【眉批：**俱从声影中映带出情事来，妙甚。**】水镜曰："英雄豪杰，只在眼前，公自不识耳。"其人言曰："先生之言是也。"玄德听之大喜，暗忖此人必是伏龙、凤雏也。

候天晓，玄德出房求见，问水镜曰："昨夜过者是谁？"水镜曰："此人欲投明主，已往他处去了。"玄德求问姓名。水镜曰："好，好。"【眉批：**又妙在不说出姓名。**】玄德再问："伏龙、凤雏是谁？"水镜只育："好，好。"玄德便请水镜同扶汉室。水镜曰："山野闲散之人，不堪世用。有胜吾十倍者，来助公也。公宜访之。"玄德再问，水镜只是"好，好"。正谈论间，小童具报："庄外人语马嘶，有一大将军，引数百人，围了庄也。"【眉批：**若轻易说也，便不郑重。使人思而得之，求而得之者，其人始足郑重。**】玄德大惊。还是如何，下回便见。

玄德急出视之，乃赵云也。玄德大喜。赵云入见曰："云夜来回县，寻不见。连夜到此跟问，此间有人指：'昨晚有个官人，匹马投水镜先生庄上去了。'故寻到此。"赵云便请玄德上马，恐人来县中厮杀。玄德辞了水镜，与赵云上马投新野而来。行不到十里，一彪人马到，玄德视之，乃张飞也，就跟随行。又不到二十里，一彪军至，乃云长也。云长寻至相见，诉说檀溪之事。

到县中，与孙乾等商议。乾曰："必投书与荆州，分解此事。"玄德从其言，修书差孙乾至荆州，刘表唤入，问曰："吾着玄德襄阳待客，缘何半席而走？"乾呈上书，言蔡瑁欲相谋害，故越檀溪得脱。表大怒，急唤蔡瑁入，大骂曰："汝焉敢害吾弟也！"【眉批：**真是好人，只是耳朵软些。**】瑁抵赖不过，表命推出斩之。蔡夫人出，哭告免死。表恨不息。孙乾告曰："若杀蔡瑁，皇叔不能安席矣。"表责而释之。使长子刘琦，一同孙乾来新野请罪。玄德大喜，设宴待刘琦。琦忽然堕泪。【眉批：**又是一个坠泪，刘家门可谓流泪眼观流泪眼矣。**】玄德问其故，琦曰："继母蔡氏，常有谋害之心，侄无计免祸。"备劝以"小心尽孝，自可无祸"。刘琦泣别，玄德送出郭外，见

国学经典文库

李渔批阅

三国演义

刘玄德遇司马徽
玄德新野遇徐庶

图文珍藏版

所骑的卢马，玄德对琦曰："若非此马，吾已为泉下之人也。"【眉批：**又照应前事**。】琦曰："非马之力，乃叔父之洪福也。"叔侄相别，刘琦涕泣而去。

玄德自回。忽见市上一人，葛巾布袍，皂绦乌履，长歌而来。歌曰：

天地反覆兮，火欲殂；大厦将崩兮，一木难扶，四

海有贤兮，欲投明主；圣主搜贤兮，不知有吾。【**眉批：念兹在兹**。】歌罢，大笑不止。玄德闻其言，暗思之："莫非水镜所言伏龙、凤雏否？"遂下马相见，邀入县衙，问其姓名。其人曰："某乃颍上人也，姓单，名福。久闻使君纳士招贤，特来投托，未敢辄造，故行歌

国学经典文库

李渔批阅

三国演义

刘玄德遇司马徽
玄德新野遇徐庶

图文珍藏版

于市。"玄德待以宾礼。单福曰:"适来使君所乘之马,再乞一观。"【眉批:又在马上生发,甚有情致。】遂命去

鞍,牵于厅下。单福曰:"此马虽有千里之能,却是妨主。"玄德曰:"已应之矣。"遂言跳檀溪之事。福曰:"此乃救主,非妨主也。必然要妨,有一法可禳。"玄德曰:"愿闻禳法。"福曰:"公有仇恨之人乘人,待妨死了那人,方可乘之,自然无事。"玄德变色曰:"汝初至此,不教我躬行仁义,便教作利己妨人之事,备不敢领教!"福大笑而谢曰:"吾闻使君素有仁心,未能准信,故以此言试之耳。"玄德起而谢曰:"若论仁心付闻,吾岂敢当。但欲恤军爱民,恨未绝也。愿先生教之。"福曰:"吾自颍到此间,新野之人歌曰:'新野牧,刘皇叔;自到此,民丰足。角可见使君爱民恤物之验也。"玄德拜单福为军师,调练本部人马。

国学经典文库

李渔批阅

三国演义

刘玄德遇司马徽
玄德新野遇徐庶

图文珍藏版

国学经典文库

李渔批阅

三国演义

刘玄德遇司马徽
玄德新野遇徐庶

图文珍藏版

528

　　却说曹操自冀州回许都，常有取荆州之意，故差曹仁将李典并降将吕旷、吕翔等，三万兵屯樊城，虎视荆、襄，就看动静虚实，以为屏障。此时吕旷、吕翔禀曹仁曰："目今刘备兵屯新野，招军买马，积草屯粮，有谋许昌之心，不可不早图也。吾二人自降丞相之后，未有寸功，原请精兵五千，可取刘备之头，以献丞相。"曹仁大喜，与二吕兵五千。新野守界人探知，飞报玄德。玄德请单福商议。福曰："既有敌兵，不可令人入境。先差关公一军，从左而出，以截来军中路；差张飞引一军，从右而出，以断来军之后；使君引赵云出兵，中路相迎，擒将必矣。"玄德大喜，先差关、张二将去讫；然后与单福、赵云等，共引二千人马，出关相迎。行不数里之地，只见山后尘起处，吕旷、吕翔引五千军来到，两边相迎，射住阵脚。玄德出马，于门旗下大呼曰："来者何人，敢犯吾境？"吕旷曰："吾乃大将吕旷也。奉丞相命，特来擒汝。"玄德曰："吾有何罪？"旷曰："汝乃反汉之贼，何不就擒？"玄德大怒，使赵云出马。二将交战，不数合，赵云一枪刺吕旷于马下。【眉批：如此不耐战，何苦无事寻烦恼。】吕翔引军便走。行无数里，路旁一军突出，为首大将横刀跃马而出，乃云长也。冲杀一阵，吕翔折军大半，夺路而走。后面关公迤逦追袭。又行不到十数里，一军拦住去路，为首大将挺矛而出马，乃燕人张翼德也。直取吕翔，翔措手不及，被张飞一矛刺中，翻身落马而死。余皆奔走，被张飞手下军士尽皆擒缚，

国学经典文库

李渔阅批

三国演义

刘玄德遇司马徽
玄德新野遇徐庶

图文珍藏版

投新野而来。玄德大喜，重待单福，【眉批：单福出门第一场功劳。】犒赏三军。

却说败军回见曹仁，报说吕旷被赵云杀了，吕翔被张飞杀了，其余军士尽被活捉。曹仁大惊，与李典商议。典曰："今二将欺敌而亡，只宜按兵不动，申报丞相，可起大军前来剿捕，此为上策。"曹仁曰："不然，目今二将已亡，又折许多人马，量新野小可之地，保必经由丞相？'割鸡焉用牛刀'，吾与汝擒刘备。"典曰："刘备人杰也，不可轻视。"仁曰："何怯也？"典曰："兵法云：'知彼知己，百战百胜'。某非怯战，但恐未能必胜耳。"仁怒曰："汝怀二心耶？"典曰："自跟随丞相，积有年矣，岂不知李典之心乎？"仁曰："必生捉刘备，方遂吾愿！"典曰："将军若去，某守樊城。"【眉批：为后樊城失守伏线。】仁曰："汝若不同去，汝必有二心矣！"典惊惧。曹仁点起二万五千余军，俱各披挂上马，渡河望新野进发。毕竟如何？

国学经典文库

李渔批阅

三国演义

刘玄德遇司马徽
玄德新野遇徐庶

图文珍藏版

第三十六回 　徐庶定计取樊城
　　　　　　 徐庶走荐诸葛亮

　　曹仁忿怒，意欲踏平新野，大起本部之兵，径投新野来。【眉批：写曹仁声势，正写单福之能。】。差人于河岸收拾船只，准备渡河。

　　却说单福与玄德曰："曹仁近在樊城，知二将被诛，必起本部人马来取新野。"玄德曰："当何以迎之？"福曰："曹仁若尽提兵而来，樊城空虚，唾手可得矣。"玄德问计，福附耳低言，如此如此。玄德大喜，预先调拨已定。白河边人报曹仁准备渡河。单福对玄德曰："若按兵不动，未可便得；今全师而来，此出下策，曹仁必成擒矣。"军势摆开，赵云出马，唤彼将答话。李典出阵，与赵云交锋。约战十数合，李典料敌不住，拨马走回本阵。云纵马追袭，两翼军射住，云遂回。各罢兵归寨。

且说李典回见曹仁，言赵云英雄，不可抵当，不如且回樊城。【眉批：为后樊城失守伏线。】曹仁大怒，叱李典曰："汝未出军时，已慢吾军心，今又卖阵！"欲斩李典，众将苦告方免。曹仁教李典为后军，自引兵为前部。次日离寨前进，布成阵势。单福上山观看毕，与玄德曰："公识此阵否？"玄德曰："不识。"福曰："此'八门金锁阵'也。虽布得是，可惜不全。【眉批：贻笑大方。】八门者，休、生、伤、杜、景、死、惊、开也。如从生门、景门、开门而入则吉，从伤门、惊门、休门而入则带伤，若从杜门、死门而入则亡。今八门虽布得整齐严肃，只是中间通欠主持。如从东南角上生门而入，往正西景门而出，击之必乱也。"玄德传令，教军把住阵角，命赵云引五百军，从东南而入，径往西出。赵云得令，挺枪骤马，引军径投东南角上，呐喊而入，军中鼓噪助威。赵云杀入中军，曹仁径投北走。云不赶，却突出西门，又从西杀东南角来，曹仁兵大乱。玄德领军亦击，曹兵大败而退。单福命休赶，自收军回。

却说曹仁输一阵，始信李典。复请典商议。李典曰："刘备军中必有能者，吾布'八门金锁阵'，赵云自东南杀入，投正西而出，安得无人耶？但吾虽在此，甚忧樊城"。【眉批：**前守樊城，此忧樊城，俱有识。**】曹仁曰："今晚出劫刘备寨，如胜，可住；如不胜，可退军回。"李典又谏曰："惟恐刘备有备。"【眉批：**虽是刘备有备，却是曹仁不仁，又不听好人言，以致损兵折将。李典亦不能为典要也。**】仁曰："若如此疑，却难用兵。"不听李典言语，传令已毕。

却说单福与玄德在寨中议事，忽信风骤起。福曰："今夜曹仁必来劫寨。"玄德曰："何以敌之？"福曰："吾预算定了。"

却说曹仁尽起军士为前队，李典为后应，当夜二更来劫寨。将至寨内，四围火起，烧着寨栅。曹仁知有准备，急急退军。赵云掩杀将来，为首大将张翼德也，引众掩杀。曹仁死战，李典保护曹仁下船渡河。曹军大半水中淹死。曹仁上岸，奔至樊城，令人叫门。城上一阵鼓响，一将引五百军而出，乃关云长也。两军混战，曹仁、李典又被云长大杀一阵，因此失了樊城，投许昌而走。于路打听，方知有单福为军师，【眉批：**于此时方打听出。**】设谋定计。

不说曹仁投许昌，却说玄德大获全胜，军入樊城，县令刘泌出迎。玄德安民已定。刘泌乃长沙人也，亦是汉室宗亲，遂请玄德到家。设宴之时，有外甥寇封侍立于侧。玄德见封人品壮观，声音清亮，玄德问泌曰："此何人也？"泌答曰："此吾甥男寇封也。精熟武艺，父母双亡，因在此倚傍学业。本罗侯寇氏之子也。"玄德欲过

国学经典文库

李渔 批阅

三国演义

徐庶定计取樊城

徐庶走荐诸葛亮

房为嗣。刘泌欣然从之，遂使寇封拜玄德为父，改名刘封。玄德带回，令拜云长、翼德为叔。云长曰："兄长既已有子，何必又用螟蛉？【眉批：云长亦继螟蛉，何不悦人之继螟蛉。（下有缺字）之嫌故也，为孟达劝刘封伏线。】后必有乱。"玄德曰："吾待为子，彼必待我为父，有何乱也？"云长不悦。玄德、单福计议，恐樊城不可守，乃带赵云引一千军守樊城，玄德领众自回新野。

却说曹仁、李典回许都见曹操，泣拜请罪，言损兵折将之事。操曰："胜负兵家常事，岂能常胜乎？刘备如此，谁与谋事？"曹仁单福设策。操曰："单福何人也？"【眉批：急间妙。】程昱笑而言曰："非单福也，此人少好击剑，中平末年，曾与人报仇，用白粉涂面。披发而走，有吏问其名，缄口不言。【眉批：直到程昱口中方出真姓

图文珍藏版

国学经典文库

李渔批阅

三国演义

徐庶定计取樊城
徐庶走荐诸葛亮

图文珍藏版

名，曲甚。】吏乃缚于车上，击鼓令市人识之。虽有识者，皆莫敢言。同伴窃解救之。乃更易姓名，逃于他处。于是感激，乃疏巾单衣，折节向学。后遍访名师，常与司马徽谈论。此人乃颍川徐庶，字元直，【眉批：**直到此时方出真姓名，不但曹操不知，连玄德也不知。**】单福乃更名也。"操曰："徐庶之才，比君何如？"昱曰："十倍。"操曰："惜乎贤士归于刘备，羽翼成矣！奈何？"昱曰："庶虽在彼，丞相要用，召来不难。"操曰："安得来归？"昱曰："徐庶为人至孝，幼丧父，止有母在堂。见今兄弟徐康已亡，遗母年老，无人侍养，可使人赚至许都，令作书唤之。其子必星夜而至矣。"

操大喜，使人前云取徐庶母。为一日到来，丞相亲自款待，因对徐母曰："近闻令嗣元直，乃奇才也。今在新野，助逆臣刘备，负却朝廷，正犹美玉落于淤泥之中，诚为可惜。【眉批：**句句是欺妇人之语。**】今烦老母付一笔札，唤回许都。吾于天子之前保奏，必加爵禄。"操命左右捧过文房，令徐母作书。母曰："刘备何如人也？"【眉批：**开口便问得妙。**】操曰："沛郡小辈，妄称皇叔，全无信义，外君子而内小人，真匹夫也。"徐母两目圆睁，厉声言曰："汝何虚诞之甚也！吾久闻玄德乃中山靖王之后，汉景帝阁下玄孙，有尧、舜之风，怀禹、汤之德，况又屈身下士、恭己待人，世之黄童白叟、牧子樵夫皆知其名，真当世之英雄也。吾儿辅之，得其主矣。汝虽托名汉相，实乃汉贼。却言玄德为逆臣，岂不自耻！

国学经典文库

李渔批阅

三国演义

徐庶定计取樊城
徐庶走荐诸葛亮

图文珍藏版

536

【眉批：**骂得痛快，胜陈琳檄百倍**】如何使吾儿背明投暗，惹万代之骂名乎?"言讫，投笔于地，取石砚便打曹操。操大怒，叱武士执徐母，将斩之。未知性命如何，且听下回分解。

曹操欲斩徐母，程昱令武士且留人，人谏操曰："徐母毁丞相眷，欲求死也。丞相若杀之，则招不义之名，成全徐母之德。徐母一死，徐庶知之，必死心搭地以助刘备，尽力报仇也。不如留之，使徐庶身心两处。纵使助备，亦不尽力也。昱自有计，赚徐庶至此，以辅丞相。"【眉批：**程昱甚恶，束缚徐庶一生矣。**】操然之，遂送徐母于别室养赡【眉批：**操不杀徐母，有鉴于王陵母故事也。**】程昱如母待之。昱乃诈言曾与徐庶为昆弟，时候常送物，必具手启。徐母亦具手启答之。昱赚了徐笔迹字体，修书一封，差一心腹人，持书径奔新野县，寻见徐庶行幕，使军士达知。

庶知母有书至，急唤入。来人曰："某乃馆下走卒，奉老夫人命，有书上达。"庶拆封视之。书曰：

近汝弟康丧，举目无亲。悲凄之间，不期曹丞相使人赚到许昌，言汝背反，下于缧绁，赖程昱等力救。若得汝降，能免吾死。如书到日，可想劬劳之恩，星夜前来，以全孝道。吾命若悬丝，专候救济！更不多嘱。

庶览毕，泪如涌泉。持书来见玄德曰："某本颍川徐

庶,字元直,【眉批:**至此,方自说出真姓名。**】为因逃难,更名单福。昨因荆州刘景升招贤纳士,特往见之。与之论事,方知无用之人,故作书以别之。矞夜往见司马水镜,诉说其事。水镜深责庶不识主,却说:'刘豫州在此,何不事之,【眉批:**补前玄德窃听中未清白语。**】庶故作诳歌于市,以钓使君。幸蒙不弃,曲赐重用。争奈老母被曹操奸计,囚于许昌,将欲垂命,持书来唤,不容不去。非不欲效犬马以事使君,奈慈亲被执,不得尽其力也。今且暂归,尚容再会。"玄德哭曰:"子母之道,乃天性也。元直无以备为念而割天爱。等与老夫人相见之后,再从听教。"【眉批:**玄德可谓曲体孝子之情。**】庶拜谢,使欲行。玄德曰:"再聚一宵,来日相饯。"孙乾等入见玄德曰:"徐元直乃天下之奇才也,久在新野,今回许昌,尽知我军虚实。若使此人归,曹操

国学经典文库

李渔批阅

三国演义

徐庶走荐诸葛亮

徐庶定计取樊城

图文珍藏版

538

必重用之，来攻我军，势必危矣。【眉批：**所虑亦是，但非仁人所为。**】望主公苦留，休教放去，必斩其母。庶知母死，必与母报仇，力攻曹操也。"玄德曰："不然。使人杀其母，吾独用其子，是不仁也；留之而不使去，则绝子母之道，是不义也。吾宁死，不为不仁不义之事。"【眉批：**与谢单福相马一样语气。**】众皆感叹。

玄德请徐庶饮至半夜，庶曰："今闻老母被囚，虽金波玉液，也不沾肠胃也。"玄德曰："闻公之行，使备如失左右手，虽龙肝凤髓，亦不甘味也。"【眉批：**龙肝凤髓不下味，若得伏龙、凤雏便下味矣。**】二人相泣，坐以待旦。诸将已于郭外安排饯行，玄德与徐庶上马出郭，至长亭下马。玄德举杯劝徐庶曰："备分浅缘薄，不能与先生相从听诲。望先生善事新主，以全孝道。"庶泣曰："某才微智浅，深荷使君重用。今不幸半途而别，实为母之故也。纵曹操逼勒事之，终身不设一谋。"【眉批：**还将旧来意，怜取眼中人。此语方逼出下文。**】玄德又曰："先生此去，刘备亦欲远遁避世矣。"【眉批：**此语方逼出下文。**】庶曰："本欲与使君共图王霸之基者，将此方寸耳；今以老母之故，方寸乱矣，纵使在此，无益于事。请使君别求大贤，共图王霸之业，何心灰如此！"玄德曰："愚意度之，恐天下无如先生者。"【眉批：**此语宜逼出孔明矣，却又不提起孔明，**】庶曰："庶樗栎庸才，非梁栋也。使君可求梁栋以佐之。"玄德泣谢。徐庶谓诸将曰："望诸公善事使君，以图名垂竹帛，功标青史，休效庶之无始终也。"【眉批：言之令人酸鼻。】诸将皆感伤而别。玄德泪如雨下，不忍相离，又送一程。玄德与徐庶并辔而行。玄德曰："先生此去，备心如割。"庶曰："使君保重，以图再会。"玄德曰："天各一方，未知相会却在何日？'，不觉又行十里。庶辞曰："不劳使君远送。庶当星夜而行，以见老母。"玄德又送十里，诸将请回。玄德马上执庶手曰："先生去矣，刘备奈何？"【眉批：二句无限凄凉。】泪沾襟袖，庶亦掩面而哭。玄德立马于林畔，看庶纵马，从者匆匆而去。玄德放声大哭。孙乾等劝曰："主公休得痛伤。"玄德曰："元直去矣！吾将奈何？"凝泪而望，被一大树林隔断。【眉批：青山隔送行，树林不做美。】玄德以鞭指曰："吾欲尽伐此处树木！"孙乾曰："何故伐之？"玄德曰："因阻吾望徐元直也！"

正望之间，忽见徐庶拍马而回。【眉批：水穷山尽，忽又转来。真绝处逢生。】玄德曰："元直来，莫非无去

国学经典文库

李渔 批阅

三国演义

徐庶定计取樊城
徐庶走荐诸葛亮

图文珍藏版

意乎?"遂下马相迎。庶亦下马。玄德曰:"先生此回,必有主意。"庶曰:"庶心绪如麻,失却一语:有一大贤,只在襄阳城二十里隆中,【眉批:**此时方荐出此人。**】使君何不见访?"玄德曰:"君可为某请来相见,甚好。"庶曰:"此人非庶比也,使君但可往见,不可屈致。使君如得此人,可比周得吕望,汉得张良,有经纶济世之才也,补完天地之手。其人每每自比管、乐。以庶观之,管、乐犹不及也。"玄德曰:"比先生何如?"庶曰:"庶比此人,如驽马并麒麟,寒鸦配鸾凤耳。"玄德大喜曰:"愿求大贤姓名。"庶曰:"此人琅琊阳都人也,本朝司隶校尉诸葛丰之后。其父名珪,字子贡,为泰山郡县丞,早卒。时从叔父玄,为袁绍所署豫章太守,后朝廷选朱皓代玄。玄素与荆州牧刘景升有旧。往依之。不幸玄卒。其人与弟均,躬耕于南阳,好为《梁父吟》。覆姓诸葛,名亮,字孔明。所居之地有一冈,名为卧龙冈,故自号为'卧龙先生'。此人乃当世之大贤也。使君急宜枉驾见之。若此人肯相辅佐,何虑天下不定乎!"玄德曰:"昔备在水境庄上,云'伏龙、凤雏,得一可安天下'。备再问之,但言'好好'而已。莫非伏龙、凤雏乎?"【眉批:**因"卧龙"忆起"伏龙",又因"伏龙"忆起"凤雏"。**】庶曰:"凤雏,襄阳庞统是也;伏龙,正是诸葛孔明。皆是庞德公之所言也。"玄德踊跃而长叹曰:"今日方悟'伏龙、凤雏'之语。何期大贤只在目前!非先生一言,备有眼如盲也!"【眉批:**贤人每苦交臂失之。**】后人谓徐庶走马荐诸葛诗曰：

痕恨高贤不再逢，临岐哭别两情浓。

片言却似春雷震，能使南阳起卧龙。

国学经典文库

李渔批阅

三国演义

徐庶定计取樊城
徐庶走荐诸葛亮

图文珍藏版

徐庶荐了诸葛，再别上马而去。玄德留闻徐庶之语，似醉方醒，如梦初觉，方悟司马德操之言。引众将回新野，便具厚币，同关、张前去南阳请孔明。

先说徐庶上马，想玄德留恋之情，恐怕孔明不去，遂乘马直至卧龙冈，下马入庄，来见孔明。【眉批：有心人为人必为彻，即极荒乱（以下缺字）。】孔明问曰："元直此来，必有事故？"庶曰："庶本欲事刘玄德，为因老母被曹操所囚，驰书来召，乃舍此而往。庶临行时，将公荐于玄德。望勿推阻，可往见之，当展平生之大才，不负夙昔之所学也。"孔明闻之，作色而言曰："汝以我为享祭之牺牲乎？"拂袖而入。庶乃满面羞惭，不辞而退，上马趱程赴而许昌见老母。正不知玄德来请孔明，还是如何？

国学经典文库

李渔批阅

渔阅

三国演义

刘玄德三顾茅庐
玄德风雪访孔明

图文珍藏版

第三十七回 刘玄德三顾茅庐
玄德风雪访孔明

　　时建安十二年冬十一月。徐庶临别玄德，故荐诸葛亮有王佐之才，自赴许昌。曹操听知徐庶已到。遂命荀彧，程昱等一班谋士出来迎接。庶入见操，参拜礼毕，

操曰："公乃高明远见之士，何故屈身事刘备乎？"庶曰："自幼逃难，游于江湖，偶至新野，与备交会。老母幸蒙

兹念，不胜愧感。"操曰："令堂在此，汝晨昏侍奉，尽人子之道，吾亦得听清诲也。"

庶拜射而出，急去见母，泣拜于堂下。徐母大惊曰："汝缘何至此？"庶答曰："近于新野从事刘豫州，偶得母书，故星夜至此。"徐母勃然大怒曰："辱子飘荡江湖二十余年，吾以为汝学业有进，何其反不如初也！汝自幼读书，须知忠孝之道不能两全。必识曹操欺君罔上之贼。刘玄德仁义布于四海，谁不仰之？况乃汉室之胄，吾以汝为得其主矣。今凭一纸伪书，更不推详虚实，遂弃明投暗，自取恶名，汝真匹夫也！吾有何面目与汝相见！玷辱祖宗之徒，空生天地间耳！"【眉批：骂庶深于骂操。】骂得徐庶伏于阶下，不敢仰视。母自转于屏后。少时，人忽报曰："老夫人自缢于梁间矣。"徐庶慌入救时，母气已绝。【眉批：本欲全母之生以归，乃归而速母之死，元直其抱恨终天乎？】史官有诗曰：

贤哉徐母，德被中土。守节无亏，于家有补。教子多方，处身自苦。气若丘山。义刻肺腑。赞美豫州，毁陵魏武。不畏鼎镬，不惧刀斧。惟恐后嗣，玷辱先祖。伏剑同流，断机作伍。生得其名，死得其所。贤哉徐母，留芳万古！

是日，徐庶哭绝于地，良久复苏。曹操使人赍礼吊问，又亲往祭奠，厚葬于许昌之南原。徐庶居丧，操重

赏之。【眉批：操贼致死其母，庶不恨操非庶有人遗憾。】

　　操欲商议南征，【眉批：以上了却徐庶。】荀彧谏曰："天寒未可用兵，姑待春暖，可往冀州，引凿漳河之水，开作一池，名'玄武池'，于内教练水军，然后长驱大进，可席卷而得矣。"操从之，【眉批：汉武习水战于昆明池，是天子穷兵外国；曹操习水战于玄武池，是权臣黩武中华。】遂按兵不动。

　　却说刘玄德安排礼物，欲往隆中谒诸葛亮。只听得把门人报说："门外有一先生，峨冠博带，道貌非常，特来相探。"玄德曰："此必是孔明也。"遂整衣出迎。视之，乃司马徽也。玄德大喜，请入后堂高座，乃拜语曰："自别仙颜，军务繁杂，有失拜访。幸蒙光降，大慰仰慕之私。"徽曰："近闻徐元直在使君处，特来一会。"【眉批：不来荐孔明，却来候徐庶，妙在极闲。】玄德曰："近闻曹操囚下徐母，徐母遣人持书，取回许都去矣。"徽曰："此中操之计也。吾素闻徐母大贤，虽遭曹操囚下，他安肯持书唤子？【眉批：知其子，更知其母，何知人如此。】此书必诈也。徐元直不去，其母尚存；今去，母必死矣【眉批：其子不知，而友知之。所谓"当镜者昏，旁观者清"。】！"玄德惊问其故。徽曰："其母乃贞烈之人，必羞见其子也。"玄德遂问曰："元直临行，荐南阳诸葛亮，其人若何？"徽笑曰："汝既去便罢，何苦惹他出来呕血？"玄德曰："先生何出此言？"徽曰："其人乃琅琊郡人也，【眉批：前一人不肯通出姓名。】博陵崔

国学经典文库

李渔批阅

三国演义

刘玄德三顾茅庐
玄德风雪访孔明

图文珍藏版

州平、颍川石广元、汝南孟公威并徐元直，为友甚密，常一处学业，此四人务于精纯，惟孔明独观大略。晨夜相随，孔明自抱膝长吟，指四人曰：‘汝等仕进，可至刺史、郡守也。’众问孔明之志，孔明笑而不答。居隆中，好为《梁父吟》，每自比管、乐，其才殆不可量也。”玄德曰："何颍川之多贤乎？"徽曰："昔有殷馗，善观天文，见群星聚于颍分，对人曰：其地必聚贤士。"【眉批：引证妙。】后人有诗曰：

蜀郡灵槎转，丰城宝剑新。

将军临北塞，天子出西秦。

未到三台辅，曾为五老臣。

今宵颍川客，谁识聚贤人？

时有云长在侧，曰："某闻管仲一匡天下，九合诸侯；乐毅克齐七十余城。【眉批：见云长深于《春秋》处。】二人皆汉名人，功盖寰宇，孔明自比，或恐太过。"【眉批：云长将孔明一抑。】徽曰："孔明安敢妄比二人。以吾观之，只可比这二人。"云长曰："可比那二人？"徽曰："可比兴周朝八百余年姜子牙，旺汉江山四百余年张子房也。"【眉批：水镜将孔明一抬。】众皆愕然。徽就下阶，相辞便行，玄德相留不住。徽仰天大笑："卧龙虽得其主，不得其时，【眉批：预为后文伏笔。】惜哉！"言罢，飘然而去。云玄德叹曰："真隐居贤士也！"

次日，玄德同关、张二人，将带数十人来隆中，遥望山畔数人，荷锄耕于田间，而作歌曰：

苍天如圆盖，陆地如棋局。

世人黑白分，往来争荣辱。

荣者自安安，辱者定碌碌。

南阳有隐居，高眠万事足。

玄德闻其言，【眉批：未见其人，先闻其歌。】勒马

国学经典文库

李渔批阅

三国演义

刘玄德三顾茅庐
玄德风雪访孔明

图文珍藏版

548

唤农夫问之曰:"此歌何人所作?"农夫曰:"此歌乃卧龙先生之所作也。"玄德曰:"卧龙先生住于何处?"农夫遥指曰:"自此山之南一带高冈,乃卧龙冈。冈前疏林内茅庐中,即诸葛亮先生高卧之地也。"玄德谢之。行不数里,遥望卧龙冈,果然清景异常。【眉批:**未见其人,先观其地。**】后人单道卧龙冈居处,遂赋古风一篇。诗曰:

襄阳城西二十里,一带高冈枕流水。高冈屈曲压云根,流水潺湲飞石髓。势若神龙石上蟠,形如神凤松阴里。柴门半掩闭茅庐,中有高人睡未起。修竹交加列翠屏,四时篱落野花馨。床头堆积皆黄卷,座上往来无白丁。扣户苍猿时献果,闭门老鹤夜听经。囊里名琴藏古玉,壁悬宝剑挂天星。庐中先生独幽雅,闲来亲自勤耕稼。专等春雷惊梦回,一声长啸安天下。

玄德来到庄前下马,亲扣柴门。一童出问,玄德曰:"汉左将军、宜城亭侯、领豫州牧,见屯新野皇叔刘备,特来拜见先生。"【眉批:《西厢》内云:**"小生姓张,名珙,字君瑞,西洛人也,年方二十三岁,正未有妻。"**红娘云:**"我又不是算命先生,如何说年庚?"**】童子曰:"我记不得许多名字。"玄德曰:"只说新野刘备来访。"童子曰:"今早少出。"玄德曰:"何处去了?"童曰:"踪迹不定,不知何处去了。"玄德曰:"几时归?"童曰:"不准,或三五日,或十数日。"玄德惆怅不已。张飞曰:

国学经典文库

李渔 批阅

三国演义

刘玄德三顾茅庐
玄德风雪访孔明

图文珍藏版

"既不见，自归去便了。"玄德曰："更待片时。"云长曰："不如暂归，却再使人来探，亦未为晚。"玄德从其言，嘱付童子："如先生回，可言刘备寻访。"遂上马，别茅庐。

约行数里，勒马回观隆中景物，果然山不高而秀雅，水不深而澄清，地不广而平坦，林不大而茂盛；松篁交翠，猿鹤相亲。**【眉批：盼写得有情有景。】**观之不已。忽见一人，神清气爽，目秀眉清，容貌轩昂，丰姿英迈，其头带逍遥乌巾，身空青布道袍，杖藜从山僻小路而来。玄德曰："此必是卧龙先生也。"慌忙下马，向前施礼，"先生莫非卧龙否？"其人曰："将军是谁？"**【眉批：妙在先问。】**玄德曰："刘备也。"其人曰："吾非孔明，**【眉批：谁知不是孔明，却望一个空。】**吾乃孔明之友，博陵崔州平是也。"玄德曰："久闻先生大名，请度地权坐，

国学经典文库

李渔
批阅

三国演义

刘玄德三顾茅庐
玄德风雪访孔明

图文珍藏版

550

少请教一言。二人对坐于林石之间，关、张侍立于侧。州平曰："将军欲见孔明何为？"玄曰："方今天下大乱，盗贼蜂起，欲见孔明，求安邦定国之策。"州平笑曰："公以定乱为主，虽是良心，听诉一语。自古以来，治极生乱，乱极生治，如阻阳消长之道，寒暑往来之理。自汉高祖斩白蛇，起义兵，扫秦之灰乱而入于治也；至哀平之世二百年，王莽篡逆，由治而入乱也；光武中兴于东都，复整大汉天下，由乱而入治也；光武至今二百年，民安已久，故起干戈，此又治入于乱也。【眉批：**此冷淡处又衍出一番大议论，亦有做作。**】今祸乱之始，未可求定。盖闻道不足而化为德，德不足而化为术，是以皇降而帝，帝而降王，王降而霸，五霸不已而七雄，七雄不已而有秦、汉。汉兴以来，强臣篡逆之后，遂生阉祸，致起黄巾，因而有曹操、孙权与将军等辈，互相侵夺，杀害群生。此天理也。往是今非，昔非今是，何日而已？此常理也。将军欲见孔明，而使之斡旋天地，整顿乾坤，恐不易为，枉费心力耳。"玄德谢曰："适蒙先生见教。不知孔明往于何处？"州平曰："吾亦欲寻之，未得见耳。"玄德曰："请先生同往敝县若何？"州平曰："山野之人，无意于功名久矣。容他日再见。"【眉批：**话不投机半句多。**】长揖而去。

玄德与关、张上马而行。云长曰："州平之言若何？"玄德曰："此隐者，其言固是，争奈汉室将危，社稷疏崩，庶民有倒悬之急。吾系汉室宗族亲，况有诸公竭力相辅,安能不治乱扶危,忍坐视耶?"云长曰:"此言正是。屈原虽知怀王不明,犹舍力而谏,宗族之故也。"玄德曰:"云长知我心也。"遂回至新野。

住数日,时值隆冬,玄德使人阴探孔明。回报曰:"诸葛先生已在庄上。"玄德便教备马。张飞曰:"量一村夫,何必哥哥自去,使人唤便了。"【眉批:**写翼德阻拦,愈见得玄德殷勤。**】德叱之曰:"汝不读书,岂不闻孟子有云:'欲见贤而不以其道,犹欲其入而闭之门也。'【眉批:旧本云:"**故将大有为之君,必有所不召之臣。**"**是俨然以君自任了,故改去。**】孔明命世大贤,岂可召乎?"遂上马来谒孔明。未知见否,且听下回分解。

建安十二年冬十二月中,天气严寒,彤云密布。玄德同关、张引十数人赴隆中,求访孔明,行无数里,忽然朔风凛凛,瑞雪霏霏,山如玉簇,林似银妆。张飞曰:"天寒地冻,尚不用兵,岂宜远见无益之人乎?且回新野,以避风雪。"玄德曰:"吾正欲教孔明见我殷勤之意。【眉批:**此语是有意要孔明,恐亦非玄德语气。**】如兄弟怕冷,可自先回。"飞曰:"死且不怕,尚惧冷乎?但恐哥哥空劳神思耳。"玄德曰:"汝勿多言,相随同去。"将近茅庐,忽见路旁酒店中,一人作歌。玄德立马酒旗之下,听其歌曰:

壮士功名尚未成,呜呼久不遇阳春,君不见、东海老叟辞荆榛,石桥壮士谁能伸?广施三百六十钓,风雅

国学经典文库

李渔批阅

三国演义

刘玄德三顾茅庐
玄德风雪访孔明

图文珍藏版

551

国学经典文库

李渔批阅

渔阅

三国演义

刘玄德三顾茅庐
玄德风雪访孔明

遂与文王亲。八百诸侯不期会，黄龙负舟涉孟津。牧野一战血漂杵，朝歌一旦诛纣君。又不见、高阳酒徒起草中，长揖山中隆準公。高谈王霸惊人耳，二人濯足何贤逢。入关驰骋夸雄辩，指麾众将如转蓬。东下齐城七十二，更有何人堪继踪？二人功迹尚如此，至今谁肯论英雄！

又一人击桌歌曰：

吾皇提剑清寰海，一定强秦四百载。桓灵未久火德

图文珍藏版

衰，奸臣贼子调鼎鼐。青蛇飞下御座旁，又见妖虹降玉堂。群盗四方知蚁聚，奸雄万里皆鹰扬。吾侪大啸空拍手，闷来村店饮村酒，独善其身尽日安，何须万古名不朽。

二人歌罢，抚掌大笑。玄德曰："此必卧龙先生也。"遂下马入店，见二人凭卓凳对坐饮酒。上首者白面长须，下首者清奇古貌。玄德曰："二公何者是卧龙先生也?"面白者曰："公欲寻卧龙何干?"【眉批：又妙在先问。】玄德曰："刘备乃大汉左将军，领豫州牧，见居新野，今欲访见先生，求济世安民之术。"面白者曰："吾等非是卧龙，【眉批：谁知又是一个空。】皆卧龙之友也。吾乃颍川石广元，此是汝南孟公威，隐居此地。"玄德大喜曰："备随行有马匹，敢请二公同往卧龙庄上共语。"广元曰："吾等皆是山野慵懒之徒，不省治国安民之事。君请上马，自见卧龙。"【眉批：极闲极冷。】

玄德辞二隐者，上马投卧龙冈来，到庄下马扣门。童子出问。玄德曰："先生在庄上否?"童子曰："见在堂上读书。"【眉批：今番是了。】玄德跟童子入，只见草堂之上，一人拥炉抱膝，歌曰：

凤翱翔于万里兮，无玉不栖，吾困守于一方兮，非主不依。自耕于陇亩兮，躬以待天时。聊寄傲于琴书兮，吟咏歌诗。逢明主于一朝兮，更有何迟。展经纶于天下

国学经典文库

李渔批阅 三国演义

刘玄德三顾茅庐
玄德风雪访孔明

图文珍藏版

553

国学经典文库

李渔批阅

三国演义

刘玄德三顾茅庐
玄德风雪访孔明

图文珍藏版

兮，开创镃基。救生灵于涂炭兮，到处平夷。功名于金石兮，拂袖而归。

　　玄德上草堂施礼曰："备久慕先生，无缘拜会。昨因徐元直称荐，敬到仙庄，不遇空回。今冒风雪而来，得见尊颜，实乃万幸！"【眉批：**读者至此，必谓是孔明矣，谁知又是一个空。**】那个少年慌忙答礼而言曰："将军莫非刘豫州？欲见家兄乎？"玄德惊讶问曰："先生又非卧

龙耶？"其人曰："卧龙乃二家兄也。愚弟兄三人：大兄诸葛瑾，见在江东孙仲谋处为幕宾；二兄诸葛亮，与某

躬耕于此；某乃孔明之弟，诸葛均也。【眉批：补徐庶语中所未及。】玄德曰："令兄先生往何处闲游？"均曰："博陵崔州平相邀闲游，不在庄上二日矣。"【眉批：崔州平同往，不意反为崔州平约去。】玄德曰："二人何处闲游？"均曰："或驾小舟游于江湖之中，或访僧道于山岭之上，寻朋友于村僻之间，或乐琴棋于洞府之内，往来莫测，不知去所。"【眉批：极闲极冷。】玄德曰："刘备如此缘分薄浅，两番不遇大贤！"嗟呀不已。均曰："少坐献茶。"张飞曰："既先生不在，请哥哥上马。"【眉批：老张实耐不得了。】玄德曰："我已亲诣此间，如何无一语而回？"玄德遂问曰："备闻令兄熟谙韬略，日看兵书，可得闻乎？"均曰："不知。"【眉批：又闲又冷。】飞曰："问他则甚！风雪甚紧，不如早归。"玄德叱之曰："汝岂知玄机乎？"均曰："家兄不在，不敢久留车骑，容日却来回礼。"【眉批：越闲越冷。】玄德曰："岂敢望先生枉驾来临。数日之后，备当又至，愿借纸笔，留一书上达令兄，以表刘备殷勤之意。"均具文房四宝。玄德呵开冻笔，拂展云笺。其书曰：

"左将军、宜城亭侯、司隶校尉、领豫州牧刘备，窃念朝廷陵替，纲纪崩摧，当群雄竞起之秋，恶党横行之日，国家危若累卵，社稷将为丘墟，肝胆几裂，心肺俱酸。虽有匡济之思，奈无经纶之佐。凤仰先生，仁慈恻隐，忠义慨然；隐居求志，藏器待时；薄管仲、乐毅而

国学经典文库

李渔批阅

三国演义

刘玄德三顾茅庐
玄德风雪访孔明

图文珍藏版

555

不为，许吕望、子房而无愧。备怀如饥渴，敬若神明。怅再顾之皆虚，求一见而不得。"当洗心十日，赍恨重来。乞念天下之安，用慰一人之愿。【眉批：**情辞流动，绝好书启。**】备再拜。

玄德写罢，递与诸葛均。均送出庄门。玄德再三殷勤致意，均皆领诺，入庄。

玄德上马，忽见童子招手篱外，叫曰："老先生来也。"玄德视之，见一人暖帽遮头，狐裘披体，骑一驴，后随带一青衣小童，携一葫芦酒，踏雪而来。转过小桥，口诵《梁父吟》诗一首：

一夜北风寒，万里彤云厚；长空雪乱飘，改尽山川旧。仰面观太虚，想是玉龙斗；纷纷鳞甲飞，顷刻遍宇宙。白发老衰翁，盛感皇天佑；骑驴过小桥，独叹梅花瘦。玄德闻之曰："此必是卧龙先生也！"滚鞍下马，向前礼曰："先生冒寒不易，刘备等候久矣。那人慌忙下驴，进前作揖。诸葛均在后曰："此非卧龙家兄，乃家兄岳父黄承彦也。"【眉批：**又一番。**】玄德问曰："适间所诵之吟，极其高妙，乃何人所作？"黄承彦答曰："老夫在女婿家观《梁父吟》，记得这一篇。却才过桥，偶望篱落间梅花，感而诵之。"玄德曰："曾见令婿否？"黄承彦曰："便是老夫径来看小婿，不知在否。"【眉批：**问语甚急，答得极闲极冷。**】玄德闻言，辞别承彦，上马而归。

正值风雪满天，回望卧龙冈，悒怏不已。正是：

> 非熊梦入卧龙冈，所谓伊人望渺茫。
>
> 不是一番寒彻骨，那得梅花扑鼻香？

【眉批：有首二句清雅，并引用下二句成语亦妙。】

玄德回新野之后，荏苒新春。命卜者揲蓍。择日已定，遂斋戒三日，薰沐更衣，准备鞍马车仗，再往卧龙冈谒诸葛孔明。时关、张闻之不悦，乃挺身拦住而谏之。未知其言还是如何？

国学经典文库

李渔批阅

三国演义

刘玄德三顾茅庐
玄德风雪访孔明

图文珍藏版

国学经典文库

李渔批阅

三国演义

定三分亮出茅庐
孙权跨江破黄祖

图文珍藏版

558

第三十八回　定三分亮出茅庐
孙权跨江破黄祖

却说玄德因访孔明二次不遇，再往南阳。关、张曰："兄长二次来往茅庐相谒，其礼太过矣。想诸葛亮虚有其

名，内无实学，故避而不相见耳【眉批：今之请医而不即赴者，当以此言诮之。】兄宜自重，再无复往。"玄德曰："不然。昔桓公欲见东郭野人，五返方得一面，况孔

明大贤耶?"张飞曰:"哥哥差矣。俺兄弟三人纵横天下,论武艺不如谁?何故将此村夫以为大贤?今不必哥哥自去。他若不来,我只用一条麻绳就缚将来!"【眉批:将以麻绳当干旄之素丝耶?将欲以一缚当自驹之絷维耶?】玄德叱曰:"汝勿乱道!文王为西伯之长,谒见子牙,子牙不顾,文王侍立于后,日斜不退,才得与之交谈,敬贤如此。弟何无礼之甚?汝今番休去,我自与云长去走一遭。"飞曰:"既是哥哥自去,兄弟如何落后?"玄德曰:"汝若同往,万万不可失礼。"张飞应诺。

于是领数人往隆中。比及到庄,离半里地,下马步行,正遇诸葛均飘然而来。玄德慌忙施礼,问曰:"令兄在否?"均答曰:"昨暮方回,将军可与相见矣。"长揖一声,自投山路而去。【眉批:劳者自劳,逸者自逸。】玄德曰:"今番侥幸,得见先生矣。"张飞曰:"此人无礼,便引哥哥去也不妨,何故辞之?"玄德曰:"彼各有事,何必相拘?"

来到庄前扣柴门,童子开门。玄德曰:"有劳仙童转报:刘备专来请见。"童子曰:"师父在家,昼寝未醒。"【眉批:今之昼寝,谁是诸葛亮?】玄德曰:"且休通报。"分付关、张:"你二人只在门首等着。"玄德徐步而入,纵目观之,自然幽雅。见先生仰卧于草堂几席之上。玄德叉手立于阶下。将及一个时辰,先生未醒。关、张立久,不见动静,入见玄德,犹然侍立。张飞大怒,私谓云长曰:"这先生如此傲人,见俺哥哥侍立阶下,那厮高

国学经典文库

李渔批阅

三国演义

定三分亮出茅庐
孙权跨江破黄祖

图文珍藏版

国学经典文库

李渔批阅

三国演义

定三分亮出茅庐
孙权跨江破黄祖

图文珍藏版

卧，推睡不起！等我去庵后放一把火，【眉批：越发粗了。先生一生最善火攻，张飞可谓班门弄斧矣。】看他起不起！"云长朝急忙扯住，怒气未息。

却说玄德凝望堂上，见先生翻身，又朝里壁睡着。童子欲报，玄德曰："且不可惊动。"又立一个时辰，孔明才醒，口吟诗曰：

> 大梦谁先觉？平生我自知。
> 草堂春睡足，窗外日迟迟。

孔明翻身，问童曰："有客来否？"童子曰："刘皇叔在此，立等多时。"孔明急起身曰："何不早报？尚容更衣。"孔明转入后室，整衣冠出迎。玄德见孔明身长八尺，面如冠玉，头戴纶布，身披鹤氅，眉聚江山之秀，胸藏天地之机，飘飘然当世之神仙也。玄德下拜曰："汉室鄙徒，涿郡愚士，久闻先生大名，如雷震耳，昨尝两造仙庄，已书贱名文几，未审览否？"孔明曰："南阳田夫，触事疏懒，屡蒙将军枉驾，不胜感激。"二人叙礼毕，分宾主而坐，童子献茶。茶罢，孔明曰："昨观书意，足见将军有忧国忧民之心；但恨亮学浅才疏，不能治政，有误下问。"玄德曰："司马德操之言，徐元直之语岂有虚谬哉？望先生不弃鄙贱，曲赐教诲。"孔明曰："德操、元直，世之高士。亮乃一耕夫耳，安敢妄谈天下之事？二公差举矣，将军舍美玉而就顽石，此皆误也。"

国学经典文库

李渔批阅

三国演义

定三分亮出茅庐
孙权跨江破黄祖

图文珍藏版

【眉批：还是套话。】玄德曰："大丈夫经世奇才，岂可空老于林泉之下？愿先生以天下苍生为念，开备愚卤，而赐教之，实为万幸！"言罢，长跪不起。孔明忙扶起，曰："愿闻将军之志。"玄德屏去左右，避席而告曰："汉室倾颓，奸臣窃命，主上蒙尘，鄙人不度德量力，欲伸大义于天下，而志术浅短，迄无所就，望先生开愚荒茅塞。"孔明曰："自董卓以来，豪杰并起，跨州连郡者，不可胜计，曹操比之袁绍，则名微而从寡，然操遂能克绍，以弱为强者，非惟天时，抑亦人谋也。今操已拥百万之众，挟天子以令诸侯，此诚不可与争锋。孙权据有江东，已历三世，国险而民附，贤能为之用，此可与为援，不可图也。【眉批：先说曹操不可取，又说孙权不可取。】荆州北据汉沔，利尽南海，东连吴会，西通巴蜀，此用武之国，非其主不能守。此殆天所以资将军，将军岂有意乎？【眉批：此言荆州可取。】益州险塞，沃野千里，天府之国，高祖因之以成帝业；刘璋暗弱，张鲁在北，民殷国富，而不知存恤，智能之士，思得明君。【眉批：此言益州可取。】将军帝室之胄，信义著于四海，总揽英雄，思贤如渴，若跨有荆、益，保其岩阻，西和诸戎，南抚夷越，外结孙权，人修政理；以待天下有变，则命一上将，将荆州之兵以向宛、洛，将军身率益州之众，以出秦川，百姓孰敢不箪食壶浆以迎将军者乎？【眉批：未下棋时，先将一盘局势算停停当当，岂非天下第一手？】诚如是，则霸业可成，汉室可兴矣。"言罢，命童子将画一轴，挂于正堂，【眉批：先有画图，岂真忘世者耶？】指而言曰："此入西蜀五十四州之图也。昔日，李熊曾与公孙述云：'西川沃野千里，民物康阜。'将军欲成霸业，北让曹操占天时，南让孙权占地利，将军可占人和。【眉批：天时、地利、人和分得奇。】先取荆州为家，后取西川建基业，以成鼎足之势，然后中原可图也。"玄德闻其言，避席拱手谢曰："先生之言，顿开茅塞，使备拨云雾而睹青天。但荆州刘表，益州刘璋，此二人者，皆汉室宗亲，备安忍夺之？"孔明曰："亮夜观天象，刘表不久在人世矣；刘璋非立业之主，久后必归将军。"玄德闻言，顿首拜谢。这一席话，乃孔明未出茅庐，已知三分天下，万古之人不及也，史官有诗赞曰：

> 堪爱南阳美丈夫，愿将弱主自匡扶。
>
> 片时妙论三分定，一席高谈自古无。
>
> 先取荆州兴帝业，后吞西蜀建皇都。
>
> 要知鼎足成形势，但向茅庐指画图。

玄德顿首谢曰："备虽名微德薄，愿先生同往新野，兴仁义之兵，拯救天下百姓。"孔明曰："亮久乐耕锄，不能奉承尊命。"玄德苦泣曰：【眉批：**玄德乘哭动人。**】"先生不肯救济生灵，天下休矣！"言毕，泪沾衣襟，举袖掩面而哭。孔明曰："将军真心如此，若不相弃，愿效犬马之劳。"玄德遂唤关、张入，拜献礼物。【眉批：**有针线。**】孔明固辞不受。玄德曰："此非聘大贤之礼，但表刘备寸心耳。"孔明方受。玄德等在庄上共宿一宵。次日收拾，同出茅庐。后人有诗赞曰：

> 豫州当日叹孤穷，何幸南阳有卧龙。
>
> 欲识他年鼎足处，先生笑指画图中。
>
> 世乱英雄百战余，孔明方此乐耕锄。
>
> 蜀王若不垂三顾，争得先生出旧庐。

次日，诸葛均回，孔明嘱付曰："吾受刘皇叔三顾之恩，不容不出。汝可躬耕于此，以乐天时，勿得荒芜田

国学经典文库

李渔批阅

三国演义

定三分亮出茅庐
孙权跨江破黄祖

图文珍藏版

亩。待吾功成之日，仍当归隐，以足天年。【眉批：三分鼎足，此语验者也；功成归隐，此语不必验者。前人无印板无字。】均拜而领诺。后人有诗为证：

> 身甫出时思退步，他年应忆去时言。
>
> 只因冒雪勤三顾，星落秋风五丈原。

【眉批：前二句可醒宦游人，后二句足见思归客。】杜工部言：孔明欲罢不能也。有诗曰：

> 遗庙丹青落，空山草木长。
>
> 犹闻辞后主，不复卧南阳。

孔明出茅庐时，年二十七。玄德与孔明，同载而归，食则同卓，寝则同榻，终日议论，心胸开悦，共议天下之事。孔明曰：“曹操居冀州，作玄武池以练水军，必有侵江南之意。【眉批：过接有针线。】可密令人渡江，探听虚实，容作良筹。”玄德从之，使人往江东探听。还是如何？

却说孙权自建安五年，孙策死后，据住江东，曹操表为讨虏将军，自承父兄基业，广纳贤士，重用谋臣，开宾馆于吴会，顾雍、张接待诸宾。连年以来，各各荐举，遂得数十人：一人乃彭城人也，姓严，名畯，字曼才；一人乃会稽山阴人也，姓阚，名泽，字德润；一人

国学经典文库

李渔批阅

三国演义

定三分亮出茅庐
孙权跨江破黄祖

图文珍藏版

565

乃沛县竹邑人也，姓薛，名综，字敬文；一人乃汝南南顿人，姓程，名秉，字德枢；一人乃吴郡人也，姓朱，名桓，字休穆；一人乃吴郡吴人也，姓陆，名绩，字公纪；一人乃吴郡吴人也，九张，名温，字惠恕；一人乃会稽义阳人也，姓骆，名统，字公绪；一人乃吴郡乌程人也，姓吾，名粲，字孔休；一人乃襄阳人也，姓庞，名统，字士元，号凤雏先生。此数人皆在江东，孙权礼敬甚厚。又得智将数人：一人乃汝阳富陂人也，姓吕，名蒙，字子明；一人乃吴郡吴人也，姓陆，名逊，字伯言；一人乃琅琊莒人也，姓徐，名盛，字文向；一人乃郡发于人也，姓潘，名璋，字文珪；一人乃庐江安丰人也，姓丁，名奉，字承渊。文武众多，共相辅佐。由此江东人物，天下称之。

时建安七年，曹操破袁绍，差使臣往江东，命孙权令子入朝随驾。权犹豫未决，引周瑜等，指吴夫人前议论。张昭曰："欲遣赴许昌，是操牵制诸侯之法也。若留其质，一听所使；如不令去，恐操兴兵，来下江东，势必危矣。"【眉批：张昭持两端，岂不能决外事耶？】周瑜曰："昔楚国初封于荆山之侧，不满百里之地，继嗣贤能，广土开境，立基于郢，遂据荆扬，至于南海，传业延祚，九百余年。今将军承父兄余资，兼六郡之众，兵精粮广，将士用命；铸山为钱，煮海为盐，境内富饶，人无乱志；泛舟举帆，朝发夕到，士风劲勇，所向无敌，有何逼迫，而欲送质？质一人，不得不与曹氏相首尾，则命召不得不往。如此，便见制于人也。极不过一侯印，仆从十余人，车数乘，马数匹，岂与南面称孤道寡同哉？不如勿遣，徐徐观其变。【眉批：孔明为玄德画策，只数语决疑；周瑜为孙权画策，亦只数语决疑。】若曹氏率义兵以正天下，将军画之未晚。若图为暴乱，兵犹火也，不戢将自焚。将军韬略抗威，以待天命，何送质之有？"权母曰："公瑾之言是也。"椒遂从其言，谢使者不遣子。自此曹操有下江南之意，但正在北方讨贼，未暇及此。

时建安八年十一月，权引兵具舟，西伐黄祖，战于大江之中，祖军大败。权手下骁骑将军凌操，轻舟当先，杀入夏口，被甘宁一箭射死。凌操子凌统，进年十五岁，奋力救父尸而归。权见风色不利,遂守军还东吴。

　　建安九年十二月,孙权弟孙翊为丹阳太守,为人心急,醉后鞭挞士卒。【眉批:**前有宋宪、魏续之叛;后有范疆、张达之叛,皆为此也。**】丹阳大都督妫览、郡丞戴员二人,常有杀翊之心,而未得便。翊性刚好勇,出入常带刀剑。妫览因见吴王孙权出讨山贼,却与翊从人边洪商议,谋杀孙翊。彼时诸将、县令,皆来丹阳会集,设宴相待。翊妻徐氏极聪明,颜色甚美,更善卜《易》。是日,徐氏卜卦象大凶,不可会客。【眉批:**设宴而先卜亦奇。**】翊不听,遂与众大会。至晚筵散,翊徒手送客。【眉批:**常带刀剑,如何此时徒手?即此死兆矣。**】边洪带马跟到门外,洪即掣刀,砍死孙翊。妫览、戴员二人

拿边洪,明正其罪,碎剐于市。【眉批:**边洪不识二人死**

国学经典文库

李渔批阅 渔

三国演义

定三分亮出茅庐
孙权跨江破黄祖

图文珍藏版

得。】二人乘势,将翊家资、侍妾,各各分散。览见徐氏美貌,提刀入曰:"吾与汝夫报冤,汝当从我,不从则死。"徐氏曰:"夫死尸尚未寒,汝可待至晦日,设祭祀,俟除夫服,作亲不迟。"览容之。徐氏暗唤心腹旧将孙高、傅婴二人入府,泣告曰:"先夫在日,常言二公忠义,故不避羞,面告之。妫览、戴员二贼谋杀夫主,只归罪于边洪。应用家资等件尺已分去,妫览又欲霸妾。妾已诈许,以安其心。欲得汝一面差人去报吴王,当一面设密计以图二贼。望二将军想妾夫之面,雪此仇辱。特此哀告!"言毕再拜。孙高、傅婴泣泪答曰:"吾等感府君恩遇,不即死难者,以徒死无益;正想计谋未就,不敢启夫人耳。今日之事,实夙夜所怀也。"徐氏遂令孙、傅二将先伏帷幕之中,徐氏于堂上哭泣祭祀。除服已毕,却于静室薰香沐浴,浓妆艳裹。【眉批:今之寡妇学浓妆艳裹者,不知有何仇可报而为此也?】言笑自若。妫览使人观之,回报甚喜,徐氏令婢请览上坐,设席饮酒,言欲成亲。览饮斗醺,徐氏复邀密室拜览。却才一拜,徐氏曰:"孙、傅二将军何在?"二人持刀跃出,览措手不及,杀死于地。【眉批:报仇得成,想亦从卜《易》得来。】随请戴员赴宴,员入内,来到厅堂,早被孙、傅二将擒而杀之。徐氏遂复穿孝服,就将妫览、戴员首级祭于夫灵之前,哭哀不已。吴主孙权自领军马,星夜来至丹阳,见徐氏已将妫览、戴员二贼家小合门尽杀,余党不留一个,遂封孙高、傅婴为牙门将,令守丹阳，其余各赐金帛，殊其门户。取弟妇徐氏归家养老。江东人无问老少，皆称徐氏之德。后有史官诗赞曰：

智节俱全守此身，报冤斩贼诈相亲。

三分多少英雄辈，不及东吴一妇人。

东吴各处山贼，尽皆平复。大江之中战船七十余只，拜周瑜为大都督，镇江东水陆军马。建安十二年冬十月，权母吴夫人病危，权入问安。吴夫人唤周瑜、张昭二人至。吴夫人曰："我本吴地人也，幼亡父母，与弟吴景徙居钱塘，聘嫁孙坚，生四子。昔生长子孙策时，吾梦月入怀；后生次子孙权，又梦日入怀。令人卜之，言梦日月入怀，大贵也。不幸孙策早丧，已将基业尽付权儿。全望汝等扶持，吾死不朽矣。今病危，嘱以后事，愿子布、公瑾以师傅之道，早晚教诲吾儿，勿使有失。黄祖有累世之冤，不可不报。善保江东，以成万全之计也。"

【眉批：何东吴奇女子之多乎?】又嘱权曰："汝事子布、公瑾以师傅之道，切不可怠慢。吾妹在堂，如同我也，可宜恭敬。汝妹也当恩养，可择佳婿嫁之。【眉批：为玄德入赘伏线。】汝若不听吾言，九泉之下，不相见矣。"言讫遂终。具棺椁衣衾之美，严陈祭祀，众皆哀泣，葬于父侧高陵。

至建安十三年春，天气和暖，孙权、张昭、周瑜商议，欲报黄祖之仇。张昭曰："见居母丧，未及期年，不

国学经典文库

李渔批阅

三国演义

定三分亮出茅庐

孙权跨江破黄祖

图文珍藏版

可动兵。"【眉批：张昭之见，不及周瑜。】周瑜曰："报仇雪恨，何待期年？"权持疑未定。平北都尉、领广德长吕蒙入峥，权曰："子明至，必有事务。"蒙曰："某把龙湫水口，忽见江夏一舟傍岸。视之，人马十余，乃黄祖手下骁将。某问之，骁将曰：'某姓甘，名宁，字兴霸，乃巴郡临江人也。'颇通书史。宁为吏，举计掾，被蜀郡丞屈之，弃官归家。少有气力，好游侠，招轻薄少年，为之渠帅，聚众相随，挟持弓弩，身披重铠，腰带铜铃，纵横于江湖之中，人听铃声，尽皆相避。聚少年壮猛、英雄勇士八百余人，往来山中，劫掠下任官吏。【眉批：彼满载而归，原从劫掠而来。】更以西川锦作帆幔，左右人皆被锦绣，时人皆称为'锦帆贼'。【眉批：好名色。】所到之处，如不接待，便行杀戮；如与交欢，誓不相害。后悔前非，改过自新，引众人去投刘表。见表事势终必无成，诚恐一朝土崩，并受其祸，遂欲来投东吴。值黄祖在夏口，军不得过，乃羁留住。祖之相待甚薄。后将军破祖，祖已大败，却得甘宁之力，救得祖到夏口。今经数年，祖手下都督苏飞，累荐甘宁，祖曰：'宁是劫江之贼，不可重用。'【眉批：应前。】苏飞知宁之意，乃置酒邀宁到家，厚待之，曰：'吾荐公数次，奈主将不能用。日用逾迈，人生几何？宜自远图，庶遇知己。'【眉批：为甘宁，非为黄祖也。】宁曰："虽有此志，未得其由。"飞曰："吾保你为鄂县长，为去就之计，临时可为方便。宁因此得过夏口，欲投江东，诚恐恨而不留。蒙

国学经典文库

李渔批阅

三国演义

定三分亮出茅庐
孙权跨江破黄祖

图文珍藏版

571

说主公求士如渴，安记旧仇？宁遂召数百人，渡江来投主公。乞取钧鉴。"孙权大喜，曰："兴霸之来，破祖必矣。"遂命吕蒙引甘宁入见。参拜已毕，权曰："吾得兴霸，大称吾心，岂有记恨之理？君请勿疑。愿定破祖之策。"宁曰："今汉祚日危，曹操弥骄，终为篡盗。南荆之地，山陵形便，江川流通，诚是国之西势也。宁已观刘表既虑不远，儿子又劣，非能承传基者。至尊当早图之，【眉批：孔明劝刘备取荆州，甘宁亦劝孙权取荆州。】不可后于曹操；若迟缓，操必先图之矣。图之之计，宜先取黄祖，祖今年老，昏迈已甚；财谷并乏，左右欺弄；务于货利，侵求吏士，吏士心怨；舟船战具，顿废不修；

怠于耕农，军无法伍。至尊今往，其势必破。一破祖军，鼓行而西，西据楚关，大势弥广，即可渐图巴蜀矣。"孙权曰："此乃金玉之论也！"便教周瑜领兵，安排战船，进攻黄祖。张昭曰："不可。见今吾国空虚，若果行军，恐必有乱。"甘宁应声曰："国家以萧何之任付君，君居守而忧乱，何以希慕古人乎？"【眉批：**声情俱壮。**】孙权举杯劝宁曰："兴霸今年行讨如此酒矣，决以付卿。卿但当勉建方略，令必无祖，则卿之功也，何疑张长史之言乎？"遂命周瑜为大都督，总水陆军兵，吕蒙为前部先锋，董袭、甘宁为副将，权自领兵后援，起兵十万，来破黄祖。

祖有细作探知，报来江夏。黄祖慌忙聚众商议，令苏飞为主将，【眉批：**苏飞不弃黄祖，以其用之也，乃见为朋友之真情。**】陈就、邓龙为先锋，尽起江夏之兵以迎之。陈就、邓龙各引一队艨艟，截住沔口，其余小舟尽屯湾港。艨艟上各设强弓硬弩千余张，并大索缚系定水面。东吴兵至，数百小舟鸣鼓前进，艨艟上鼓响，弓弩齐发，兵不敢进。约退数里水面，甘宁与董袭曰："事已至此，不容不进。"选小船百余只，每船军士五十人，二十人撑船，三十人各披全副衣甲，手执钢刀，不避矢石，直至艨艟旁边，砍断大索，艨艟遂横。甘宁飞上艨艟，砍死邓龙。就弃船而走。吕蒙看见，忙下小船，自举橹棹，直入船队。甘、董二将放火烧船，艨艟余船四散而走。陈就急待上岸，吕蒙舍命赶到，一刀砍翻。苏飞岸

上引兵来迎。东吴大将潘璋匹马到来。手腕初交，挟飞于马上，径到船中，来见孙权。权怒目视之曰："汝等害吾父兄，万剐犹轻！"命左右槛车盛之："待吾活捉黄祖，同回江东坟上享祭未迟。"先教监下苏飞，便催三军，不分星夜攻打夏口，活捉黄祖。诸将得令，尽力向前。未知黄祖性命如何，且听下回分解。

国学经典文库

渔阅 李批 三国演义

定三分亮出茅庐
孙权跨江破黄祖

图文珍藏版

第三十九回　孔明遗计救刘琦　诸葛亮博望烧屯

时建安十三年春正月，东吴诸将见甘宁成功，各自抖擞威风，来捉黄祖。却说黄祖在江中，船只尽陷，诸

将皆休，情知守把不住，遂弃江夏，望荆州而走，不敢多带人马，只带数十骑出东门，且战且走。甘宁料得祖走荆州，诸将皆守西门，宁独离东门数十里等候。祖料得脱了虎口，正走之间，一声喊起，甘宁拦住。祖马上

泣告曰："我不曾轻视汝，汝何反吾？"宁叱之曰："吾从汝数年，多负勤劳，累立功绩，汝以劫江贼相待，吾岂容汝哉！"【眉批：**今日方认得劫江贼耶？**】黄祖自知难免，拨马而走。甘宁冲开士卒，直赶将来，指望捉获献功。听得旁边喊声起处，数骑赶来。宁视之，乃程普也。宁恐普夺了功劳，慌忙拈弓搭箭，背射黄祖。黄祖中箭，翻身落马。宁赶至，枭其首级，与程普合兵一处，回江口来见孙权，献黄祖首级。权亲采其发，掷之数次。众将言曰："留回江东祭祖。"【眉批：**前孙策以活黄祖换死孙坚，今孙权以死黄祖祭死孙坚。**】权命以木匣盛贮了。当日重赏三军，升甘宁为都尉，令人把守江夏。张昭曰："孤城亦不可守也，且回江东。刘表必与祖报仇。坐而待之，必败刘表。表败，乘势攻之，荆、襄可属东吴。"【眉批：**张昭之意亦在荆州，所谓弃其小而取其大。**】权闻其言，遂弃江夏，众军下船而回。

苏飞在槛车内，密使人告甘宁曰："苏飞望将军垂救，事不宜迟。"宁曰："飞即不言，吾岂忘之？"军已到吴会，权欲将苏飞、黄祖一同祭祀。宁径入府，顿首再拜。问其故，宁大哭，告曰："宁向日若非苏飞，则骸骨填沟壑矣，安能致命于将军麾下哉？"今飞之罪，理宜就戮，但宁深感其恩，愿纳功名，以赎飞命。【眉批：**肯纳功名纳首级，是真能报恩者。**】权曰："今为君免之。若去奈何？"宁曰："飞得免公之祸，受更生之赐，逐之尚且不去，何况自走乎？若飞去，宁甘将首级献纳，【眉

国学经典文库

李渔批阅

三国演义

孔明遗计救刘琦
诸葛亮博望烧屯

图文珍藏版

批："愿纳首级"数语极是浑话，与今之赌谎咒者一然。】以代飞之死。"权赦之，遂置酒大会文武。权将玉爵劝蒙曰："今克黄祖，乃卿先斩陈就之功也。"蒙顿首谢。加吕蒙为横野中郎将，遍封诸将已毕。

只见一人拔剑在手，筵前大哭，直取甘宁。宁见来取，便将面前果桌迎之。权自起身抱住。其人年二十一岁，身长八尺，胆大力雄。曾在江中遇祖巡江将张硕，其人避刀箭，跳过船杀硕于江中，余皆砍于水内，夺其巡船而还，权甚爱之。吴郡余杭人也，姓凌，名统，安公绩。因甘定先日一箭射死他父亲，今日相见，如何不报冤雪恨？【眉批：孙权为父报仇。凌统亦为父报仇，权仇报，而统之仇不报，殊深悒悒。】权劝开曰："兴霸杀死你父亲，彼时为主，不容不尽力。既然今日一处，便是弟兄，何必记仇？万事皆看吾面。"统叩头流血曰："统自幼随父事主，恨不肝脑涂地以报。今遇杀父之仇，安得不赴命乎！"权与众官力劝。统欲与宁共决胜负。权加凌统承烈都尉；只就当日，拨五千兵，战船一百只，使甘宁领去，镇守夏口，以避凌统。【眉批：安排得妙，和解得妙。甘宁守夏口，正为后文刘琦伏线。】宁拜射而去。东吴自此广造军需艨艟战船，分兵连络，守把江岸。孙权令叔孙静引五千军，守把吴会，又将宗族分投镇守诸处隘口。权自领大兵，守柴桑郡。周瑜向鄱阳湖教习水军，以防江北之势。【眉批：只说为攻黄祖计。谁知却为曹操用。】

国学经典文库

李渔批阅

三国演义

孔明遗计救刘琦
诸葛亮博望烧屯

图文珍藏版

　　话分两头。却说细作人回新野，报知玄德："东吴已破黄祖，见屯兵柴桑，其余宗亲分屯江岸各处隘口，未有渡江之意。"玄德正与孔明谈话，忽有刘表使人来请玄德议事。玄德问孔明曰："此行若何？"孔明曰："此是江东破了黄祖，故请主公议定报仇之策也。正欲主公去走一遭，荆州九郡，沃野万里，用武之地，已在掌中矣。某与主公同往。"玄德留云长守新野，带张飞引五百人马，往荆州来。玄德马上与孔明曰："今见景升，保以对之？"孔明曰："当先谢襄阳之罪。若令主公去征讨江东，切不可应允。【眉批：不题恶舌孙权，正为后文依托张本。】但说容去新野收拾军马。"玄德遂听孔明之言。

国学经典文库

李渔批阅

三国演义

诸葛亮博望烧屯

孔明遗计救刘琦

来到荆州，馆驿安下，已留张飞屯兵城外，玄德与孔明来见刘表。礼毕，玄德请罪于阶下。表曰："吾已尽知贤弟被害之事，欲斩蔡瑁首级，以献贤弟，众人告免。"玄德曰："非干蔡将军之事，皆下人所为也"【眉批：一语推开。】表曰："今失守江夏，黄祖全师危矣，故请汝议事。"玄德曰："黄祖性暴，不能用人，以致有失，今若用兵南征，曹操北来，当复奈何？"表曰："吾今年老多病，不能理事，贤弟可来替吾。吾死之后，弟便为荆州之主也。"玄德曰："小弟安敢当此重任。愿兄勿复言。"孔明以目视玄德，玄德曰："容思良策，以保荆州。"遂辞回。至驿中，孔明曰："刘景升付荆州与主公，何故却之？"玄德曰："备感景升之恩，未尝忘报，安忍乘其危而夺之？"孔明叹曰："真仁慈之主也！"

正商议间，忽报公子刘琦来见。玄德接入，琦泣拜曰："继母不能相容，性命只在旦夕矣。望叔父怜而救之！"玄德曰："此贤侄家事，吾如之奈何？"孔明微笑。玄德求计于孔明，孔明曰："此家务事，亮难以区画。"少时，玄德送刘琦出，附耳言曰："来日使孔明回报，汝可如此如此。"琦谢而去。

玄德推辞腹疼，使孔明去答刘琦之礼。孔明遂行，至公子宅前下马，入见公子。公子拜迎，邀入后堂。茶罢，琦曰："继母不容，请先生活命！"【眉批：第一次求计。】孔明曰："客寄于此，不可言也。恐有漏泄不便，容回再叙。"孔明辞退。琦曰："既承先生尊降，如何便回？必然见怪，请密室共饮数杯。"饮酒之后，琦又曰："继母不容，请先生一言活命！"【眉批：**第二次求计。**】孔明曰："此非亮敢谋也。"便欲辞去。琦曰："先生不言则止，何故相弃便行？再举杯劝曰：群杯劝曰：琦有一古书，愿先生教之。"孔明曰："见在何处？"琦即引孔明登后阁。孔明求书观之，琦拜而泣曰："继母不容，请先生一言活命！"【眉批：**第三次求计。与玄德三顾茅庐相应。**】孔明怒而便起，见阁门口胡梯已去。【眉批：**此皆玄德附耳低言中计也。登梯去梯，亦有效于玄德事故。**】

琦告曰："累求自安之策，先生未肯见教，恐他人之泄漏也。今日上不至天，下不至地，出君之口，入琦之耳，可以教之矣。"孔明辞曰："疏不可间亲，新不可隔旧。'欲得全身远害，别当思之。"琦曰："琦遇难，先生不教，是绝路也，请死于君前！"掣剑欲逢刎，【眉批：**俱从附耳低言中得来。**】孔明急止之曰："已有良计了。"琦再拜请教，孔明曰："岂不知春秋时，晋献公正妻生二子，长曰申生，次曰重耳。妻丧之后，宠爱骊姬。姬亦生一子，欲杀正妻二子，屡屡谮之。献公思二子贤孝，不忍加诛。忽一日春浓，姬唤申生同游后园，乃令献公于楼上帘内窥之。姬以蜜涂衣发之上，蜜蜂闻香，竞相飞来，落于身上，令太子扑赶。献公楼上望之，疑戏弄姬，心甚恨之。姬又诈言先后覃日，令二子往祭之。祭罢，欲分食祭物。左右曰：'祭母之物，不可便食，宜先奉上。'申生令人送之。姬暗将毒药埋于肉内，以供献公。姬却奏

国学经典文库

李渔批阅

三国演义

诸葛亮博望烧屯

孔明遗计救刘琦

图文珍藏版

曰：'食自外来，不可便食。'令喂犬，犬忽死。献公大怒，赐朝典，令太子死。重耳惊惧，逃窜外邦一十九年，方免其难，后为晋文公。申生在内而亡，重耳在外而安。今公子何不效重耳乎？且江夏黄祖新亡，乏人守御，何不上言，乞屯兵此郡而避祸耶？"【眉批：或云：嫡子不宜居外，以社稷故也。殊不知刘琦此时只求生路，何尝想着承业。便是孔明亦巴不得荆州属刘备，又岂肯欲以荆州属刘琦也。】刘琦再拜称谢，教人取梯，送孔明于馆驿。孔明回告玄德，玄德大喜。

次日，刘琦上言，欲守江夏。犹未决，教请玄德共议。玄德曰："江夏一郡，非亲人不可守，使刘琦去守极善。东南之事，兄父子当之；西北之事，备愿当之。"表曰："近闻曹操于新邺作玄武池，以教水军，必有征南之

国学经典文库

李渔批阅

三国演义

孔明遗计救刘琦
诸葛亮博望烧屯

图文珍藏版

意，弟宜防之。"玄德曰："弟已知之，兄勿忧虑。"遂拜辞，回到新野。刘表令刘琦引兵三千，往江夏镇守。【眉批：为后刘备走江夏张本。】

却说曹操罢三公之职，自为丞相，以毛玠为东曹掾，崔琰为西曹掾，司马朗为主簿。【眉批：评言乱本。】朗字伯达，河内温人也，颍川太守司马隽之孙，京兆尹司马防之子。弟兄八人。次子司马懿，字仲达，操命为文学掾，并掌典选举之职。【眉批：司马懿此处出现。】文官大备，乃聚武将，商议南征。夏侯惇进曰："近闻刘备在新野，拜孔明为军师，每日教演士卒，必为心腹之患，可早图之。操差夏侯惇为都督，于禁、李典为副将，领兵十万，直抵博望城，以窥新野虚实，来擒刘备。还是如何？"

时建安十三年夏六月，夏侯惇欲领兵南征。荀彧谏曰"刘备不可轻敌，更兼诸葛亮为军师，将军此去，必然有失。"惇曰："吾视刘备如鼠辈耳，必擒之。"徐庶曰："将军不可轻视。刘玄德今又得诸葛亮，如虎生翼。"【眉批：如虎生翼。如鸢得鱼。绝妙引证。】操曰："诸葛亮何人也？"庶曰："此人复姓诸葛，名亮，字孔明，道号卧龙先生。上通天文，下晓地理，熟谙韬略，有鬼神不测之机，非等闲之辈也。"操曰："比公若何？"庶曰："某乃萤火之光，他如皓月之明，庶安能比亮哉！"【眉批：不愧名亮字孔明。】夏侯惇叱之曰："元直之言谬矣。吾看诸葛亮如草芥耳，有何惧哉！吾若不一阵生擒刘备，活捉诸葛，愿献首与丞相！"【眉批：**大言不惭**。】操曰：
"军无戏言。"惇曰："愿责军令状。"操曰："汝早报捷
书，以慰吾心。"惇遂奋然辞操，引军登程。

却说新野刘备，自得孔明，以师礼待之。云长、张
飞心中不悦，遂曰："孔明年幼，有甚才学？兄长敬之太
过。又未见他真实效验。"玄德曰；"吾得孔明，犹鱼得
水也。汝弟兄勿复多言。"关、张见说，不言而退。玄德
平生爱结帽。一日，有人送氂牛尾至，玄德见尾自结之。
孔明入看，正色言曰："明公无复有远志，但事此而已
耶？"玄德遂投于地，言曰："是何言也！吾暂忘忧耳！"
【眉批：**与前髀肉复生，语意正合**。】孔明曰："明公自
度，比刘荆州若何？"玄德曰："不及。"孔明又曰："明
公自度，比曹操若何？"玄德曰："诚不如也。"孔明曰：
"今皆不及，而明公之众不过数千人，以此待敌，万一曹
兵至，当何以迎之？"玄德曰："备正愁此事，不得良
策。"孔明曰："可招募民兵以充其数，亮自教之，可待
敌也。"【眉批：**为后诱敌作张本**。】玄德遂招新野之民，
三千余人，朝夕演教阵法，一进一退，不失其节。

忽报曹操差夏侯惇引兵十万杀奔新野。关、张曰：
"可着孔明前去迎敌便了。"【眉批：**张飞一向不服，至此
方发泄得一句**。】正说之间，玄德请商议军机之事。关、
张入见，玄德曰："夏侯惇引兵十万，火急到来，如何迎
敌？"云长踌躇未决，张飞曰："哥哥使'水'去便了。"
【眉批：**第二句发泄**。】玄德曰："智赖孔明，勇须二弟，

读/者/随/笔

国学经典文库

李渔批阅

三国演义

孔明遗计救刘琦
诸葛亮博望烧屯

图文珍藏版

何须言也?"关、张出,玄德请孔明议事。玄德曰:"夏侯惇引兵十万到来,何以迎之?"孔明曰:"但恐二弟不肯宾服。如欲亮行,须假剑、印。"玄德即便付之。孔明聚集众将听令。张飞与云长曰:"听令去,别作理会。"孔明曰:"博望离此九十里,左有一山,名曰豫山;右有一林,名曰安林,可以埋伏军马。云长可引一千五百军,往豫山埋伏,只等彼军来到,放过休敌;其辎重粮草,必在后面,但看南面火起可纵兵出击,就焚其粮草。翼德可引一千五百军,去安林背后山峪中埋伏,只看南面火起,便可出向博望城旧屯粮草处,纵火掩之。关平、刘封可引五百军,预备引火之物,于博望坡后两边等候,

国学经典文库

李渔批阅

三国演义

孔明遗计救刘琦
诸葛亮博望烧屯

图文珍藏版

至初更兵到，便可放火。去樊城取回子龙，令为前部，不要赢，只要输。【眉批：二语是兵家要诀。】把军马迤逦退后。主公自引一枝军马救援。依计而行，勿使有失。"关、张问孔明曰："我等皆离县百里埋伏，你在何处？"【眉批：二语绝妙机锋。】孔明曰："我独自守县。"张飞大笑曰："我们都去厮杀，你在家里安坐。"孔明曰："剑、印在此，违令者必斩！"玄德曰："岂不闻运筹帷幄之中，决胜千里之外？兄弟不可违令。"张飞冷笑而去。【眉批：先有冷笑，然后有后面拜服。】飞与云长曰："我们且看他的计应不应也，那时却来问他未迟。"二人去了，众皆未知孔明韬略，不肯宾服。子龙引军到了。孔明付计与子龙去毕，刘玄德问曰："刘备若伺？"【眉批：自亦听令得妙。】孔明曰："今日可引兵就博望山下屯住，来日黄昏，敌军必到坡下，主公便弃走；放火为号，主公可复回，引军掩杀，天明罢兵。亮与糜竺、糜芳引五百军守县。孙乾、简雍准备庆喜筵席，安排功劳簿。"派拨已定，玄德亦疑。【眉批：连庆贺席，功劳簿都预定了。不但关、张不信。连玄德也不信；不但玄德不信，连读者也不信。】

却说夏侯惇并于禁、李典，兵到博望，选一半精兵作前队，其余跟随粮草车行。是夜，秋七月间，商飙徐起，人马趱行。牌时分，夏侯惇在前，望见尘头起处，便将人马摆开阵势。惇问曰："此间何处？"向导官答曰："前面便是博望坡，后面便是罗川口。"惇传令，着于禁、李典押住阵脚。惇亲自出马于阵前，副将同宗夏侯惇兰、护军韩浩及数十骑将，两势摆开。敌军到处，夏侯惇大笑。诸将请问曰："将军何故哂笑？"惇曰："吾笑徐庶在丞相面前，夸诸葛亮村夫为天上之人，今观他用兵便可见了。以此等军马为前部，【眉批：**此是前孔明所教演民兵。**】与吾作对，正如犬羊与虎豹斗耳。吾在丞相面前一时夸口，要活捉刘备、孔明，今必应前言矣。不可停住，汝与吾弟催促军马，星夜踏平新野，吾之愿也。"遂自纵马向前打话。新野之兵，摆成阵势，子龙出马。惇骂曰："刘备乃无义忘恩之徒！汝等军士，正如孤魂随鬼耳！"子龙大骂曰："汝等随曹操，鼠贼耳！"夏侯惇大怒，拍马向前来战子龙。两马交战，不数合，子龙诈败退走。夏侯惇赶来，众军先退。北军掩杀将来，子龙押后阵抵当。约走十余里，子龙回马又战，不数合又走。韩浩拍马向前谏曰："赵云诱敌，恐有埋伏。"【眉批：**总是没名小将有。识也。**】惇曰："敌军如此，虽十面埋伏，吾何惧哉！"赶到博望坡，一声炮响，玄德自引一枝军，冲将过来，接应交战。夏侯惇回顾韩浩曰："此即埋伏之兵耶？吾今晚不到新野，誓不罢兵！"乃催军前进。玄德、子龙迤逦退后便走。

天色已晚，浓云密布，又无月色。昼风不起，夜风不作；昼风既起，夜风必大。【眉批：**方知前"商飚徐起"，字不虚论。**】夏侯惇这都只顾催军赶杀，前面败军自认队伍而走。惇传令趱后军掩杀。于禁、李典赶到窄

国学经典文库

李渔批阅

三国演义

诸葛亮博望烧屯

孔明遗计救刘琦

图文珍藏版

585

狭处，两边都是芦苇。典与禁曰："欺敌者必败。"禁曰："敌军甚猥，不足畏也。"李典曰："南道路狭，山川相逼，树木丛杂，恐使火攻。"【眉批：不是使水，却是用火。】于禁曰："曼成之言是也。吾速近前，跟着都督，你可止住后军。"李典勒回马，大叫："后军慢行！"人马走发，那里拦当得住？于禁骤马大叫："前军都督且住！"夏侯惇正走之间，见于禁从后军而来，便问如何。禁曰："愚意度之，南道路狭，山川相逼，树木丛杂，恐使火攻。"夏侯惇猛省，言曰："文则不早言，几落套中矣！"却欲回马，只听得背后喊声震起，早望见一派火光烧着，【眉批：迟了。】随后两边芦苇亦着，四方八面尽皆是火。狂风大作，人马相践踏，死者不计其数。夏侯惇冒烟突火而走，背后子龙赶来，军马相拥，如何退得？

且说李典急奔回博望城时，火光中一军拦住。当先一将，乃关云长也。李典纵马军混战。夺路而走。夏侯惇、于禁见粮草车辆一带火着，便投小路而走。夏侯兰、韩浩来救粮草，正遇张飞。【眉批：一二还清。】交马数合，只一枪刺夏侯惇兰于马下，韩浩夺路走脱。直杀到天明方收军，杀的尸横遍野，血流成河。后史官有诗曰：

> 博望烧屯用火攻，纶巾羽扇笑谈中。
>
> 浓烟扑面山川黑，烈焰飞来宇宙红。
>
> 不致夏侯夸勇力，故教诸葛显威风。
>
> 直须惊碎曹瞒胆，初出茅庐第一功。

夏侯惇收拾败军而回许昌。

却说孔明收军，关、张二将上马说："孔明真英杰也！"行不数里，见一辆车，糜竺、糜芳两边簇拥，约有五百军，视之，乃孔明也。二将下马，拜伏于车前。须臾，玄德、赵云、刘封、关平等皆至，收聚众军，粮草数百车，分赏将士，班师回。孙乾引新野父老出城迎接，望尘遮道，拜舞雀跃而喜曰："吾属全生，皆使君得贤人之功也！"回到县中，孔明曰："'夏侯惇虽然败去，曹操必自引兵矣！"玄德曰："似此奈何？"孔明曰："亮有一计，可敌操兵。"未知如何？

国学经典文库

李渔批阅

三国演义

献荆州粲说刘琮
诸葛亮火烧新野

图文珍藏版

588

第四十回

献荆州粲说刘琮
诸葛亮火烧新野

却说玄德问孔明求保全之计，孔明曰："新野小县，不可久留。近闻荆州刘景升病在危笃，借此郡以图安身，兵精粮足，可以抗拒曹操也。"【眉批：孔明决意取荆州

为本。】玄德曰："公言甚善，奈备感景升之恩，安忍图之?"孔明曰："今若不取，后悔何及!"【眉批：为后文

争荆州为伏线。】玄德曰:"吾宁死,不作无义之人。"众皆嗟叹不已。孔明曰:"且理会军伍事。"

却说夏侯惇军回至许昌,面缚见操,跪于阶下请死。操教且解其缚,上厅问故。惇曰:"某至博望坡下,正遇敌军,欲尽力去取刘备,被诸葛亮用火攻。火起处自相践踏,十伤四五。"操曰:"汝自幼用兵,岂不知狭处须防火攻?惇于禁曾言,悔之不及。操问于禁,禁以前言答之。"操曰:"文则如此高识,堪任大将军矣。"遂厚赏之。【眉批:战败赏人,此等举动,他人不能及。】操曰:"吾心匕所忧,只有刘备、孙权,余皆不足介意,吾今有百万之众,不乘此时扫平江南,失其机会矣。"便传令起兵五十万,曹仁、曹洪为先锋,张辽、张郃为第二队,夏侯惇、夏侯渊为第三队,于禁、李典为第四队,【眉批:仍用夏侯、于、李,如秦穆公之再用三帅。】自为主将,领文武大将为第五队。各引兵十万。又令许褚为年冲将军,引三千军在先锋之前,所到之处,逢山开路,遇水叠桥。选日出师,必期大胜。荀彧等守许昌。选定建安十三年秋七月末旬丙午日出师。

时大中大夫孔融上言谏曰:"荆州刘表、新野刘备,皆汉室宗亲,又不曾侵犯境界,反背朝廷。江东孙权,虎踞六郡,更有大江之险,不易取也。今若兴无义之师,损军折民,大失天下之望。"【眉批:以理以势,皆不可伐。融意重二刘,孙权带说。】操叱之曰:"刘备数侮于吾,是吾心腹大患,刘表养之,必为反背。孙权逆命,

国学经典文库

李渔批阅

三国演义

诸葛亮火烧新野   献荆州粲说刘琮

图文珍藏版

589

图文珍藏版

安得不讨耶？再谏必斩！"孔融出府，长叹曰："以不仁征伐至仁，安有不败乎。"【眉批：二语取死之道。】时有御史大夫郗虑从者听之，说与郗虑。虑常被融侮慢，心甚恨之，入见操曰："丞相欲知孔融反乎？"操曰："公试言之。"虑曰："融寻常戏侮丞相，知否？略举其一二，以正其罪。丞相下令禁酒，融上言：'天有酒旗之星，地有酒泉之郡，人有旨酒之德，故唐、尧不饮千钟，无以成其圣。且桀、纣皆因好色而亡国，今世何不禁其婚姻耶？'【眉批：千古快论，实是快语。】此融之深讥丞相也。又尝一日，丞相问妲己之事，融对曰：'武王伐纣，以妲己赐周公。'丞相以融学博，谓书中所纪，深信之。后又问之，有云：'妲己却被武王斩讫。'丞相又问，融曰：'以今时度之，想当初如此耳。'是融看丞相何如人耶！【眉批：谮人之毒，浅入深，使人动而不觉可恨畏。】曾与祢衡互相称赞，衡赞融曰'仲尼不死'，融赞衡曰'颜回复生'。向者衡辱丞相，融使之也。【眉批：这一语便刺得深。】此皆不足论，融与刘备、刘表甚厚，常常音信来往。融又对孙权使谤讪朝廷，潜通消息，此可见融有大逆不道之情也。"曹操闻之，大怒曰："御史之言是也。可唤此贼，斩之于市！"【眉批：操此归何不避杀贤士之名耶？】遂命廷尉来捉孔融。融有二子，在家正对弈棋。左右急报曰："尊君被廷尉执去，赴法场矣，二公子何故不起？"二子曰："破巢之下，岂有留卵乎？"言未毕，廷尉又至，捉融家老小斩之，灭夷其族，号令融父子尸首于市。京兆脂习伏尸而哭曰："文举舍我而死，吾何独生乎？"【眉批：与王修之哭袁谭相似。】人报知曹操，操欲杀之。荀彧曰："某闻脂习常谏孔融曰：'公刚直太过，必罹世患。'【眉批：补叙。】乃义人也，不可杀。"操赦之。习收融父子尸首，并皆葬之。后来史官怜孔融之才而作赞曰：

> 孔融居北海，豪气贯长虹。
> 坐上客常满，樽中酒不空。
> 文华绝世代，辞语侮曹公。
> 脂习怜刚直，收尸解送终。

遂昌尹氏曰：

> 自古篡弑之贼，必先去其所忌之人。孔融志大才高，【眉批：有高士之才，而不超然远引，致使子孙绝灭，岂不可惜。】名重海内，此固曹操之所惮者。范史谓操虑鲠大业，其言是矣。故纲目持书操杀，而不去其官。

曹操既斩孔融，遂令五队军马先发三队，次第而行。

却说荆州刘表病重，使人请玄德来托孤，时尚未知操兵欲来。玄德引关、张星夜到荆州见刘表。表曰："吾今病在膏肓，托孤于贤弟。我子无才，诸将零落；我死之后，贤弟可摄荆州。"【眉批：刘表第二次让荆州。】玄

国学经典文库

李渔批阅

三国演义

献荆州粲说刘琮
诸葛亮火烧新野

德拜于床下曰："备当尽竭忠诚，扶助贤侄，安敢摄荆州之重任乎？"力辞不受。次日，人报曹操兵来。玄德急辞刘表，星夜再回新野。孔明问其故，玄德乃言托孤之事。孔明曰："主公何不领之？"玄德曰："景升待我甚厚，今若举此事，人言我忍忘大恩，故不忍也。"

却说刘表病重，又闻曹操令百万之众来平江、汉，此惊不小，商议写遗嘱，令弟刘玄德辅佐，长子刘琦作荆州之主。【眉批：刘表虽不能正其始，犹能正其始。】蔡夫人闻之大怒，闭上内门，使蔡瑁、张允二人把住门外。其时长子刘琦知父病重，急离江夏，径到荆州探父，来到外门，蔡瑁急当住曰："荆王命君抚临江夏，为国东藩篱，其任至重；今弃众远来，倘东吴兵至，如之奈何？若入见父，必生嗔怒，其病转增，非孝敬也。君宜速回。"【眉批：蔡瑁此时不即害琦者，虑有玄德之在新野也。】刘琦立于门外，在哭一场，上马再回江夏。时八月戊申日。刘表在内大叫数声而死。后来史官有

诗赞曰：

> 昔闻袁氏居河朔，今见刘君霸汉阳。
>
> 无决有谋空战讨，外宽内狭有贤良。
>
> 绍因谭尚须倾国，表为琦琮立丧邦。
>
> 观此可为千古戒，怨魂应是绕荆襄。

评曰：

董卓狼戾贼忍，暴虐不仁，自书契以来，殆未之有者也。袁术奢淫放肆，荣不终已，自取之也。袁绍、刘表，咸有威容器观，知名当世。表跨蹈汉南，绍鹰扬河朔，皆外宽内忌，好谋无决；有才而不能用，闻善而不能纳；废嫡立庶，舍礼崇爱。至于后嗣蹶，社稷倾覆，非不幸也。昔项羽背范增之谋，以丧其王业。绍之杀田丰，乃甚于羽远矣。

蔡夫人与蔡瑁、张允商议曰："假写遗诏，令次子刘琮为荆州主。"方才举哀，知会文武。此时刘琮年方一十四岁，颇聪明，乃聚众言曰："吾乃当室宗亲，有荆州之地。今父辞世，吾兄见在江夏，更有叔父玄德住扎新野。

汝等立我为主，倘兄与叔兴兵问罪，如何解释？【眉批：**刘琮颇胜袁尚。**】众官未有言对，只见阶下幕官李珪出班答曰："公子之言，理当至善。可急发书，报知江夏，就请大公子为荆州之主，再教玄德一同理事，北可以敌曹操，南可以拒孙权。此两全之计也。'蔡瑁向前言曰："汝等何人，敢乱言以逆故主之遗诏也！"李珪出，大骂蔡瑁曰："皆是蔡氏宗党逆贼，送了荆、襄九郡。吾宁死，不愿从此乱法度之人也！"【眉批：**刘表不重李珪，足见其善。善而不能用。**】瑁令推出斩之，遂立刘琮为主。不报知刘琦、玄德，将灵柩上车。蔡氏宗族分领荆州之兵，护送蔡夫人、刘琮前赴襄阳屯扎，以防刘琦、刘备之乱。就葬表于襄阳城东四十里汉阳之原。【眉批：**自死至葬竟不讣告，舛错如是，宜其亡之速也。**】却令治中邓义、别驾刘先守荆州。

　　琮到襄阳，却才下马，有人飞报刘琮："曹操引大军，径望襄阳而来。"琮遂请蒯越、蔡瑁等众商议。东曹掾傅巽，字公悌，进言曰："今故主新亡，大公子在江夏尚然不知；他若知时，则兴兵夺之，荆州危矣。此一利害也。如今主公自在襄阳，又不报玄德知之；新野止一江之隔，他若得知，必兴兵问罪。此二利害也。操引百万之众，欲吞江、汉。此三利害也。虽有三处之害，巽有一策，可使荆、襄之民安如泰山，亦足保主公名爵也。"琮问之。巽答曰："不如将荆、襄九郡人马献与曹公，曹公必重待于主公也。"琮叱之曰："是何言也！孤

国学经典文库

李渔批阅

三国演义

献荆州粲说刘琮
诸葛亮火烧新野

图文珍藏版

595

受先君基业，坐尚未隐，何受制于他人？【眉批：**刘琮更胜袁谭。**】吾不为也。"蒯越曰："傅公悌之言是也。主公如不纳谏，其危有三。"琮曰："何谓三危？"越曰："逆顺有大体，强弱有定势。今曹丞相南征北讨，以朝廷为名，主公拒之，以人臣而拒人主，逆道也。此名国危。主公以新造之国，而抗拒彼久练之师，此为势危。主公势弱，必求于玄德救援，量玄德不足以拒曹公；若使足拒曹公，则玄德安肯居于主公下哉？此号身危。【眉批：**有是三危，只是一意。**】有此三危，而欲与曹公争衡，正如以块土而填大海，岂不难乎？况兼荆、襄之众，闻曹公之兵势若飘风，威如雷电，未战而胆先寒，安能与之敌哉?"琮曰:"诸公善言,非吾不从,安忍以先君之业一旦废之?此庆取笑于天下也。"

言未毕,一人昂然而进。众视之,乃荆州上宾,南阳高平人也,姓王,名粲,字仲宣。曾祖王恭,汉顺帝时为太尉;祖王畅,汉灵帝时为司空;父王谦,为大将军何进长史。粲年幼时,往见左中郎将蔡邕,时邕高宾满座,闻粲至,倒屣迎之。粲容貌瘦弱,身材短小,一座之中皆惊曰:"蔡中郎何为独敬此小子耶?"邕曰:"此王公孙也,有异才,吾不如也。吾家书籍文章,尽皆与之。"【眉批:忙中偏有闲笔。】年十七,司徒辟召,除为黄门侍郎。因西京扰乱,皆不就,避地来荆州,刘表以为上宾。粲博闻强记,人皆不及。与人共行,观道碑碣,人问曰:"卿能暗诵乎?"粲曰:"能。"因使背诵之,不差一字。观人着棋,棋局坏乱,粲复为摆着。棋得不信,以帕盖局,粲另取一局以摆之,令相比较,不差一道一子。又善算,其算术略尽,举笔成章,无所改抹。著诗赋论议,垂六十篇。当时刘琮曰:"天下大乱,豪杰并起,今仓卒之际,强弱未分,故人各各有心耳。当此之时,家家欲为帝王,人人欲为公侯。同今古之成败,能先见机者,则恒受其福。今将军自料,比曹公何如?"琮曰:"吾不如也。"粲曰:"如某所闻,曹公乃人杰也。雄略冠时,智谋出世。摧袁绍于官渡,驱孙策于江外,逐刘备于陇右,破乌丸于白登。枭夷荡定者,往往如神,不可胜计。今日之事,去就可知也。将军若听粲言,顺归曹操，操必重待将军，保己全家，长享福祚，垂之后嗣。此万全之计也。粲遇乱世流落，托命此州，蒙将军重用，敢不尽言！将军明听，勿使后悔。"琮曰："先生教之虽是，亦须告禀母亲知道。"蔡夫人在屏风后转出，言曰："仲宣之言，公悌之谋，异度之见，兴废之事所见相同，何必告我。"【眉批：**弄得没主意未了。又弄出屏风后人来。不怪妇人同三人之见，却怪三人同妇人之见。**】便遣人写降书，令宋忠潜地径投曹公。

宋忠直到宛城，接着曹操，献上降书。操大喜，加忠烈侯，赐衣服鞍马，分付教刘琮出郭迎接，便着他永荆州之主。【眉批：**要晓得是诈，骗小儿。**】宋忠拜别曹操而回，将次渡江，路上撞见一枝人马。宋忠无路得避，只得相迎，乃云长也。云长盘问宋忠，忠惧怕，不敢抵讳，只得以实告曰："刘荆州已死，立刘琮为主。闻知曹操军马到来，使忠赍送降书到宛城投操。"云长大惊，随捉宋忠来到新野。玄德闻知，哭倒于地。未知如何，且听下回分解。

却说玄德闻知刘表已死，刘琮降曹，情感于中，泪泣欲绝。众将救醒，张飞曰："大事既然如此，可先杀宋忠，随起大兵渡江，夺了襄阳，杀了刘琮，哥便是主也。"【眉批：**话虽粗却直，言未尽善却爽快。**】玄德曰："你且缄口，我有斟酌。"拨剑指宋忠曰："你知众人作事，何不早来报我？今徒斩汝之头，不足解吾之怒。汝可速去。"宋忠曰："恐县外人杀也。"玄德曰："放汝而

国学经典文库

李渔批阅

三国演义

诸葛亮火烧新野

献荆州粲说刘琮

图文珍藏版

597

复杀，非大丈夫也。谁敢违吾？"忠拜谢，抱头鼠窜而去。

玄德正忧闷之间，匆忙报江夏公子差伊籍到来。玄德思想昔日之恩，下阶而接，请于堂上。礼毕，玄德称谢前恩，问其来意。籍告曰："昨者大公子同籍抚守江夏，忽闻刘荆州已故，被蔡夫人与蔡瑁等商议，不来报丧，公子差人往襄阳探听，回说是实。恐使君不知，特差籍来，赍哀书呈上。"玄德拆书，书曰：

孤子刘琦谨献哀书，上达叔父大人座前；近闻先君于荆州，继母与蔡瑁、张允二人商议，不即报丧，矫立弟琮为主，大乱纲常，实难容忍。伏望叔父垂怜，尽起

麾下精兵，同灭恶党，共取先君基业，实为万幸！泣血
拜书，立待批回。

　　玄德看书毕，与伊籍曰："机伯只知刘琮为主，又不
知将九郡已献曹操也！"【眉批：**本是伊籍报玄德信，又
弄出玄德报伊籍信。**】籍大惊曰："使君不如以吊丧为名，
前赴襄阳，诱琮出接，即时擒下，尽捉诸党杀之，则荆
州已属使君矣。"【眉批：**最是善策。**】孔明曰："机伯之
言是也，吾主公可从之。"玄德垂泪言曰："吾兄临危之
时，托孤于我。今若背信自济，吾死九泉之下，有何面
目见吾兄也？"【眉批：**琮既降曹，则玄德非取荆州于刘
琮，而取荆州于曹操也。何尚以刘表为言乎？今刘琮失
之而不取，又失一大机会。**】孔明曰："如不举此事，目
今操兵已至宛城，前军离此不远矣，将如奈何？"玄德
曰："不知走樊城以避之。"

　　正商议间，数次飞报操兵已至博望了。玄德伊籍速
回江夏，整理军马，遂求计于孔明。孔明曰："主公且宽
心。前番一把火，烧了夏侯惇大半人马；今番曹军又来，
必教他中这条计。我等在此屯扎不住了，可差人四门挂
榜，晓谕居民：无问老小男女，限今日皆跟吾往樊城暂
避，不可自误。【眉批：**尽令人出火宅，方可教公入瓮。**】
曹军若到，必行不仁，伤害百姓。"一连差十数次，催百
姓先行。就差孙乾往西河两岸调拨船只，救济百姓，然
后便差糜竺送各官老小到樊城。【眉批：**先百姓，后各官**

国学经典文库

李渔批阅

三国演义

献荆州粲说刘琮
诸葛亮火烧新野

图文珍藏版

600

家眷。】已将百姓尽行起身，唤诸将听令【眉批：有次第。】：先教云长引一千人，各带布袋，去白河上流头埋伏，用布袋上砖石土泥，堰住白河之水：到来日三更已后，只听下流头人喊马嘶，急取布袋水淹之，【眉批：前张飞云"何不使'水'去"，今番用着水了。】却顺水杀将下来接应。云长受计去了。孔明唤翼德引一千军，去白河渡口埋伏；曹军被淹，此处水势最慢，人马必从此逃难，可乘势杀来接应云长。冀德领计去了。孔明又唤赵云曰："你可引三千军，先取芦荻干柴，放在新野近城人家屋上各处隅头上，暗藏硫黄焰硝引火之物。来日是昴日鸡直日，黄昏后必有大风：【眉批：地利天时，无不一一先了然，始可用兵。】大风若起，曹军必入城安歇。汝将三千兵为四队，汝自领军一半，一半分作三队：县南、北、西门各五百军。先将火枪、火炮、火箭射入城去，火势大作，城外呐喊，只留东门教走。你却在东门外伏定，败军乱窜，不可拦住，只顾在后击之。【眉批：从后击妙，赶他到水边去。】败军无心恋战，必然奔走。此乃寡敌众计也，必得全功。天明会合关、张二将，收军便回樊城，【眉批：又算定收兵时刻。】不可迟误。"赵云听令亦去。孔明再唤糜芳、刘封二人："可带二千军，一半红旗，一半青旗，去新野县外三十里鹊尾坡前摆开，青红旗号混杂，如曹军一到，糜芳一枝军红旗走在左，刘封一枝军青旗走在右。他心疑，必不敢追。却分去县东、西、南、北角上埋伏，只望城中火起，便可追败兵。

然后却来白河上流接应主公。时刻休误。"二人领计去了。玄德与孔明登高望之，孔明调拨已定。

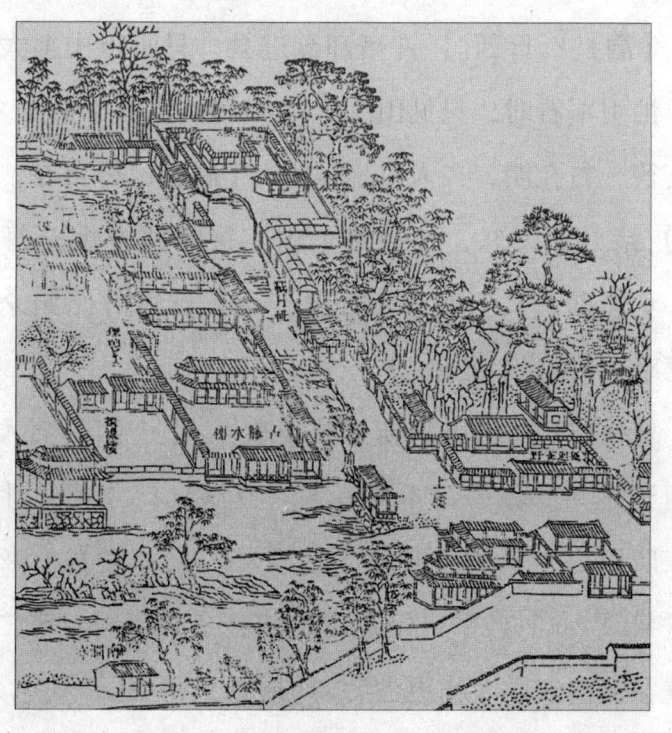

却说曹仁、曹洪为前部先锋，引大军十万，战将数员，前面已有许褚引三千铁甲军，望新野进发。时日当正午，【眉批：正午。】来到鹊尾坡。许褚问乡导官曰："此处到新野有多少路？"答曰："只有三十里。"许褚差数十骑探听。望见坡前人马摆开，拨马回报，言说前面依山傍岭一簇人马，尽打青红旗号，不知多少。许褚教执一面皂旗，领三千军一齐向前。刘封、糜芳分为四队，青红旗各归左右，旗色不杂，队伍不乱。许褚勒马教休赶。左右曰："何为不赶？"褚曰："前面必有埋伏之兵。你等只就此处住扎，我去禀先锋。"许褚一骑马来见曹仁，禀说前事。曹仁曰："岂不闻兵法云有虚有实之论？

国学经典文库

李渔 阅批

三国演义

诸葛亮火烧新野
献荆州粲说刘琮

图文珍藏版

601

此是疑兵，必无埋伏。可速进兵，吾乃追之。"许褚复回坡前，提兵杀入。至林下追寻，一人不见。此时红日坠西，【眉批：日西。】许褚却欲进县，只听得山上大吹大擂，忙引军看时，只见山头上一簇旗，旗丛中两把伞盖：左玄德，右孔明，二人对坐饮酒。【眉批：**好自在，好作用。**】褚见了大怒，寻径路上山。狭路擂木炮石打将下来，不能前进。只听得山后喊声大振，欲寻路厮杀，天色已晚。【眉批：**已晚。**】

曹仁曰："且去抢新野城安歇。"军士四门突入，并无阻当之兵。城中又不见一人。曹洪曰；"此是计穷势孤，所以尽带百姓连夜去了。众军权曰，安身，来日平明进兵。"此时各军饥饿走乏，皆去夺房造饭。曹仁、曹洪就在衙内安歇。初更已后，【眉批：**初更。**】狂风大起。守门军士飞报火起。曹仁曰："这火是军士造饭不小心遗漏之火，不可自惊。"【眉批：**其说得近，妙。为将者亦不可无此安心法。**】说犹未了，数次飞报南、北、西三门等处皆火起。曹仁急叫众将上马时，满县火起，上下通红。当夜之火，又胜博望烧屯之火。【眉批：**照应前文。**】史官有诗曰：

奸雄曹操乱中原，九月南征到汉川。

风伯怒临新野县，视融飞下焰摩天。

雕梁画栋为焦土，铁马金戈冒黑烟。

信有卧龙施妙策，神机全在火攻篇。

曹仁引众将突烟冒火。寻路奔走。忽一人报东门无火，曹仁等急冲出东门。门上火滚烟飞，军士逃出，自相践踏，死者无数。

却说曹仁等方才脱得火厄，背后一声喊处，赵云引一军赶来。混杀一阵，曹仁败军自逃性命，谁肯回身厮杀？正奔走之间，糜芳引一军冲杀一阵。曹仁大败，夺路而走。刘封引军又杀一阵。到四更时分，人困马乏，军士大半焦头烂额，却便走到河边，人马都下河吃水：人争饮水，互相喧嚷；马见河水，乱行嘶吼。

却说云长在上流望见新野县火起，度其时候，军马已到。忽听得下流头人语马嘶，急令军士齐掣布袋，水势滔天，望下冲流，人马皆溺于水中。曹仁引众将，望水势慢处夺路而走。行到博陵渡口，只听得喊声大振，一枝军马拦路。当先一员大将，乃燕人张翼德也。【眉批：议此压后作结得法。】两军混杀一处。未知曹仁性命如何，且听下回分解。

国学经典文库

李渔批阅

三国演义

诸葛亮火烧新野
献荆州粲说刘琮

图文珍藏版

第四十一回　刘玄德败走江陵
长坂坡赵云救主

　　却说张飞因关公放了上流水，遂引军从下流杀将来，截住曹仁混杀。忽遇许褚，就与交锋。不十余合，许不敢恋战，夺路走脱，张飞赶来，接着玄德、孔明，一同沿江到上流。糜芳、刘封安排船只待候，一齐渡河。孔明教将船筏放火烧毁，【眉批：余火。】军马尽赴樊城去了。

国学经典文库

李渔批阅

三国演义

刘玄德败走江陵
长坂坡赵云救主

图文珍藏版

　　却说曹仁引着败残军马，新野屯住，使曹洪去见曹操，具言失利之事。操大怒曰："诸葛村夫，安敢如此！"挥动三军，尽至新野，漫山塞野，下住寨栅。操教军士一面搜山，一面填塞白河。令大军分作八路，一齐去取樊城。刘晔曰："丞相初到襄阳，必用先买民心。目今刘备迁新野百姓尽入樊城，若一概起兵，二县为齑粉矣。不如先使人招安刘备，纵然不降，亦可以见爱民之心；若使事急来降，则荆州之地，不须征战。然后举荆、襄之兵，可图江南也。"曹操曰："善。可使谁去？"刘晔曰："徐庶旧与刘备至厚，见在军中，何不命他往说之？"操曰："他去不复来，奈何？"晔曰："庶不若来，贻笑后世。使之勿疑。"唤徐庶至，操曰："吾本欲踏平樊城，奈怜众百姓之命。汝可往彼，招安刘备，如肯归降，免罪赐爵；如若执迷不顺，军民共戮，玉石俱焚。【眉批：**曹操明知备不肯降，亦不过先礼后兵耳。**】吾今知汝忠诚，不疑使之，汝无负吾。"

　　徐庶受命而行。至樊城，玄德、孔明接见，共诉旧日之情。已毕，庶曰："操使某来，乃假买民心，操之奸计也。"备欲留庶，庶指其心曰："本欲与将军共图王霸之业，尽此方寸。今老母已丧，无益于事。【眉批：**此语不解。**】终身若设一谋，非为人也。公有卧龙辅佐，何愁大业不成！今操分八路之兵，填平白河，踏碎樊城。公可速行，请勿自误。"庶辞别而去。

　　玄德与孔明曰："似此，如之奈何？"孔明曰："可速弃樊城，取襄阳暂歇。【眉批：**本意在襄阳，下文偏不是襄阳。**】此为上计。"玄德曰："争奈百姓相随许久，安忍弃之？"孔明曰："可令人遍告百姓，有愿相随者同去，不愿者留下。"先使云长去江岸准备船只，就令孙乾、简雍在城中声扬曰："今曹兵将至，孤城不可久守，百姓愿随者，便同过江。"两县之民，若老若幼，齐声大呼曰："我等虽死，亦随使君！"即日号泣而行。【眉批：**此之谓人和。**】

却说徐庶回见曹操，乃说刘备并无降意。操大怒，即差五万兵去填白河，分八路军马克日进兵。

却说新野、樊城百姓知大军来，扶老携幼，将男带女，滚滚渡江，两岸哭声不绝。【眉批：**何异太公避。**】玄德于船上大恸曰："为吾一人，而使百姓遭此大难，吾何生哉！"欲投江而死，【眉批：**纯假。**】左右扯住。闻者莫不痛哭。船到南岸，回顾那百姓未渡者，望南而哭。玄德急差云长催船渡之，方才上马。

转至东门，城上遍插旌旗，壕边密布鹿角，拽起吊桥。玄德鞍马于门边大叫曰："贤侄刘琮，吾但欲救百姓，与父并无疑心，可快开门。"人报刘琮，刘琮惧怕，不能起。蔡瑁、张允听知刘备唤门，径来敌楼上，叱唤左右乱箭射之。城外百姓皆望敌楼而哭。忽然城中一将猛然跳起，引数百人径上城楼，来杀蔡瑁、张允。【眉批：**伊何人哉？**】此人是谁？身长九尺，面如重枣，目似朗星，如关云长模样，武艺独冠江表，义阳人也，姓魏，

国学经典文库

李渔批阅 三国演义

图文珍藏版

刘玄德败走江陵
长坂坡赵云救主

名延，字文长。【眉批：**魏延归玄德，尚在十数卷后，早于此处伏线。**】延大呼曰："刘使君乃仁德之人也。汝等何投曹操以图爵禄？非义士之所为。吾今愿请使君入城诛贼！"轮刀砍死守门将，遂开城门，放下吊桥，大叫："刘皇叔领兵杀入城，以讨国贼！"张飞跃马，欲引军入城，玄德急扯住曰："休惊百姓！"【眉批：**处处以百姓为重。**】飞因城上人放箭，恨不得踏平襄阳，争奈玄德不肯。魏延正叫唤时，又见一将飞马引军而至，叱之曰："汝是无名下将，安敢乱言以犯上耶？"其人身长八丈，面貌雄伟，南阳宛城人，姓文，名聘，字仲业，乃荆州之大将也，挺枪跃马，直取魏延。两下军在城混战，喊

国学经典文库

李渔批阅

三国演义

刘玄德败走江陵
长坂坡赵云救主

图文珍藏版

608

声大震。玄德曰:"本欲保民,反以害民,吾不愿入襄阳也!"孔明曰:"江陵乃荆州紧要钱粮之地,不如先取江陵为家,【眉批:**本意在江陵,谁知又不是江陵。**】胜襄阳多矣。"玄德曰:"正合吾心。"于是百姓尽离襄阳大路,望江陵而走。襄阳城中百姓,多有乘乱逃同城来,跟玄德而去。【眉批:**此之谓人和。**】魏延战文聘,从巳至未,手下人皆折尽,匹马出城。后面蔡瑁、张允又于来。魏延不见玄德,自投长沙太守韩玄去了。【眉批:**为后救黄忠张本。**】

　　却说同行军马数十万,大车小车数千辆,挑提背包者不计其数。道路之傍,偶见刘表坟,玄德引众将拜于道傍,痛哭而告曰:"不才辱弟刘备,无德无仁,失兄寄托之重,此实不得已。望兄英魂,垂救荆、襄之民,助备而退曹操!"【眉批:**伤心惨目,入此一段情,忙中着想甚妙。**】言甚悲切,三军无不下泪,后军报曰:"曹操已屯樊城,使人收拾船筏,次后江江赶来也。"孔明曰:"江陵要紧,可以拒守。今拥大众十余万,皆是百姓,披甲者少,日行十余里,似此几时到得江陵?倘操兵至,如何迎敌?不如暂弃百姓,先行为上。"玄德泣曰:"济大事者,以人为本。今人归吾,何以弃之?"百姓闻得,莫不伤感。后来史官习凿齿论刘玄德,此是第一件好处,论曰:

　　刘玄德虽颠沛险难,而信义愈明;势迫事危,而言不失道。拜景升之坟，则情感三军；恋赴义之士，则甘与同败。其所以结物情者，岂徒投醪抚寒，含蓼问疾而已哉？其终济大业，不亦宜乎？

玄德不忍抛弃百姓，孔明曰："追兵不久必至，可遣云长往江夏求救于公子，【眉批：**方知前日为刘琦画策，已早为今日玄德伏着。**】速起兵乘船会于江陵。"玄德从之，修书使云长、孙乾引五百军，速往江夏求救。云长去了，令张飞断后，赵云保护老小，【眉批：**为长坂坡当阳伏线。**】其余管顾百姓而行。走十余里后歇。

却说襄阳城中，因文聘、魏延厮杀，杀死九万余人，事定之后，曹操在樊城使人渡江，唤刘琮相见。琮惧怕，不敢往见。蔡瑁、张允请行。琮教与文聘同去。王威密告琮曰："曹操得将军降，刘备已走，心必懈弛无备，愿君整顿骑兵数千，设于险处，操可获也。获操，则威震天下，虎视中原，天下可传檄而定，非徒收一胜之功，保守今日而已。【眉批：**此计妙不可言，刘琮若能行之，是一时快事。可惜刘琮不是这一行人也。**】此难遇之机会，不可失也。"琮闻之，告蔡瑁。瑁叱之曰："王威不知天命逆顺之理，安敢说吾主也！"威怒曰："卖国之徒，吾恨力不足以啖汝也！"瑁欲杀之，蒯越劝住。【眉批：**其不死者，信耶？**】

遂与张允同至樊城，拜见曹操。瑁等辞色甚谄佞。操问："荆州军马钱粮，今有多少？原是何人管领？"瑁

国学经典文库

李渔批阅

三国演义

刘玄德败走江陵
长坂坡赵云救主

图文珍藏版

国学经典文库

李渔批阅

三国演义

刘玄德败走江陵
长坂坡赵云救主

图文珍藏版

曰："马军五万，步军十五万，水军八万，共二十八万。钱粮大半在江陵，其余各处亦足供给一载。"【眉批：既有如此之足粮，而不修战，是何哉？】操曰："战船多少？原是何人管领？"瑁曰："斗舰艨艟、大小战船七千余只，原是瑁等二人管领。"操加瑁为平南侯、水军大都督，张允为助顺侯、水军副都督。二人拜谢。操又曰："刘表在日，希望为荆王，不遂其志而死。今子刘琮既降于吾，吾当表奏天子，必封王位。"【眉批：又诈许一番。】二人大喜而退。荀攸曰："主公不识人矣。蔡瑁、张允乃谄佞之徒，何故加封如此显官，更教都督水军乎？"操笑曰：

"吾岂不知人乎？吾所领北地之众，不习水战，今权且用之，成事之后，便当除之。"【眉批：伏杀二人案，后来周瑜、将干皆是凑趣者，图计必乘隙，观此可知。】荀攸见说愕然。

却说蔡瑁、张允归见刘琮，陈说曹操表奏封王之事，琮大喜。次日，与母蔡夫人赍印绶、执兵符，亲自渡江，伏道拜迎曹操。【眉批：大事去矣。】操抚慰了当，一同入城。蔡瑁、张允令襄阳百姓香花灯烛迎接，文武官员俱拜阶下。操唤蒯越近前，抚慰曰："吾不喜得荆州，喜得异度也。"遂加蒯越江陵太守、樊城侯、光禄勋，傅巽为关内侯，王粲为关内侯、丞相掾。以下五人皆为列侯。刘琮为青州刺史，【眉批：诸臣为侯，而主人特为刺史；蒯守江陵，而琮去乡土。荆州王位安哉？】便教起程。琮大惊，辞曰："琮不愿为官，愿守父母乡土。"操曰："青州近帝都，教你随朝为官，免在江陵被人图害。"琮再三推辞，曹操不准，只得拜辞而去，与蔡夫人同往青州。只有故将王威相随，【眉批：荆州止得王威，三人安在？】其余官员送至江口而回。操唤于禁，嘱付曰："你可引五骑，赶上刘琮，全家杀之，以绝后患。"于禁得令，行不数程赶上，曰："某传丞相令，教杀汝！"蔡夫人抱着刘琮痛哭。于禁喝令军士下手，止有故将王威奋力相杀，被乱军杀之，可惜刘琮全家被于禁杀了。【眉批：势所必然。早知今日，悔不当初。可怜荆州死义者，只有王威一人。】静轩诗曰：

国学经典文库

李渔批阅

三国演义

刘玄德败走江陵
长坂坡赵云救主

图文珍藏版

疏贤信佞欲偷生，空献荆襄九郡城。

晨牝懦儿骈首戮，谁知曹操不容情！

却说曹操痛恨孔明，使人隆中寻孔明妻小，搜寻不知去向。原来孔明先已令人搬送三江内隐避去讫。【眉批：胜徐庶多矣。】操深恨之。

及襄阳既定，刘玄德已去二十余日，荀攸谏曰："江陵乃荆襄重地，钱粮极广，刘备夺之，急难动摇。"操奋然怒曰："公不早言，孤已忘之！"随即拘集诸将，新旧中皆无文聘。使人寻之，方才来到。操曰："你来何迟？"聘对曰："先日不能辅弼刘荆州以奉国家，荆州虽没，常愿据守汉川，保全境土，生不负于孤弱，死无愧于地下。今初志不遂，不得已以至如此，实怀悲惭，无颜早见耳。"遂欷歔流涕。【眉批：与袁绍之客王修等类。然则襄阳与魏延一战何为耶？】操怆然曰："真忠臣也！"除江夏太守，赐关内侯。操教文聘引军指路。操问左右："此时刘备约行有多少路？"知者答曰："闻刘备一同百姓，日行十数里，计程只有三百余里。"【眉批：又是一个月了。】操教各部精选五千军马，速疾前去，限一日一夜赶上刘备。【眉批：一月路程，只用一日夜赶上，能不危哉？】大军陆续进发，违令者斩。诸将得令，都来拣好马铠甲。拴束已了，曹操自骑战马，带领中军能征惯战五千人，一齐上马，自己监督众将，星夜赶来。未知玄德性命如何，下回便见。

国学经典文库

李渔批阅

三国演义

刘玄德败走江陵
长坂坡赵云救主

图文珍藏版

曹操亲自领铁甲五千，限一夜赶上玄德。令如风火，谁敢怠慢？都跟文聘而进。

却说玄德引十数万百姓，千余军马，一程程挨着，往江陵进发。分付赵云保护老小，张飞断后。【眉批：将二人再照一笔。】孔明曰："云长去了，绝无音信，不知如何？"玄德曰："欲烦军师亲往催促。刘琦昔日感公之教，以获全生；今公一往，事必谐矣。"孔明不敢推辞，引刘封带五百军，先往江夏去了。【眉批：此时只剩张、赵二将。】

当日，玄德自与简雍、糜竺、糜芳正行之间，忽然一阵狂风马前撮起，尘土冲天，平遮红日，无半点光彩，耳边只闻嚎啕之声。玄德惊曰："此是何兆也？"简雍颇明阴阳，袖占一课，失惊曰："大凶之兆也，应在今夜。主公可弃百姓而走。"玄德曰："吾从新野相随到此，安忍弃之？"【眉批：**要晓得玄德不为着百姓，亦不致有当初一败。**】雍曰："主公恋而不弃，祸不远矣。"便问："前面是何处？"答曰："前面便是当阳县，这座山名为景山。"玄德曰；"只就此山扎住。"秋末冬初，【眉批：**秋末冬初，早为赤壁伏线。**】凉风透骨，黄昏将近，哭声遍野。宿到四更时分，只听得西北喊声震地而来。玄德大惊，急忙上马，引本部二千精兵迎敌。操率精兵掩至，势不可当。玄德死战，正在危急，忽一彪军来，乃张飞也，杀开一条血路，救玄德望东而走。回顾南边，另有千百人马，杀到长坂坡下，文聘当先接住。【眉批：**此处头绪甚杂，看他一二还清，忽从自言，忽听将说，丝毫不漏，真叙事妙品。**】玄德骂曰："背主之贼，非丈夫也！"文聘羞惭满面，领兵投东北而去。背后许褚赶来。张飞保着玄德，杀散铁骑，迤逦望东而走。渐渐喊声远去，玄德方才歇马。喘息未定，回看手下随行，止有百余骑，百姓、老小并糜竺、糜芳、简雍、赵云等，皆不知下落【眉批：**此处先写得七零八落。**】玄德望西哭曰："居民十数万，皆因恋我，遭此大难；吾家老小亦不各下落。虽土木之人，宁不悲乎？"

正凄惶嚎啕之时，忽见糜芳面带数箭，跪于马前，口称:"反了常山赵子龙也!投曹操去了!"玄德叱之曰:"子龙吾故人,安肯反也?"【眉批:**知人不易,使人知我更难。子龙何以得此?**】张飞曰:"他见我等势穷力尽,投操以图富贵,此亦常理,何为不信?"玄德曰:"子龙与吾相从患难之时,心如铁石,岂以富贵能摇动乎?"糜芳曰:"我亲见他投曹操去了。"玄德曰:"子龙必有事故。"张飞曰:"容兄弟寻他去,如撞见,一枪刺死。"玄德曰:"休错疑了。岂不见你二兄诛颜良、文丑也?【眉批:**又将前事一提,老张真无言可对。**】子龙必不弃吾,任他自去,不要相逼。吾料子龙必不弃吾也。"张飞唤众将曰:"跟我来!"只有二十余骑跟去,其余都跟玄德去了。张飞引二十余骑,同至长坂桥。张飞回看桥东一带树木,心生一计,【眉批:**老张从不肯用计,想亦从孔明后陶练出来。**】教从者二十余骑,砍下树枝,拴在马尾上,只在树林内往来弛骋。飞自横矛立在桥上,凭西而望。

却说赵云自四更军至,与曹军厮杀,往来曹军阵内冲突,不见玄德,又失去了主人老小。赵云自思曰:"主人家眷二十余口,至亲三口:甘、糜二主母,小主人阿斗,分付在我身上。今日军中失散,有何面目见主人乎?不如决一死战,好歹要寻主母下落!"只有三四十骑随从,云拍马在乱军中寻觅。二县百姓嚎啕之声,【眉批:**将写二夫人,先写二县百姓,是以旁笔衬正笔。**】震动天地;中箭被枪,抛男弃女,着伤带血奔走者,不计其数;

国学经典文库

李渔批阅

三国演义

刘玄德败走江陵
长坂坡赵云救主

图文珍藏版

国学经典文库

李渔批阅

三国演义

刘玄德败走江陵
长坂坡赵云救主

图文珍藏版

616

尸横遍野，血流成渠。十万居民，四方八面乱窜逃命。子龙正走之间，见一人卧在草中。子龙近前视之，却是简雍。【眉批：借赵云眼中叙出简雍，二夫人又在简雍口中点出。】云急问曰："曾见主母乎？"雍答曰："我与你一处赶散，二主母弃了车仗。抱阿斗而走。我飞身上马，转过山坡，被一将背上刺了一枪，跌下马来。马被夺了去，我争斗不得。"好歹云将随骑的马借一匹，又着二人扶简雍先去回报主人："我上天入地，好歹寻主母来！如不见，拼死在沙场上也！"教扶上雍上马，令跟随之人尽脱衣甲，好生扶持而去。

云引军望长坂坡来。忽闻一军大叫"将军"数声，云问曰:"你是何人?"答曰:"我是刘使君帐下小军,护送车仗的,被数箭射倒在此。"赵云便问夫人消息,军答曰:"却才见夫人披头跣足,相随一伙百姓,投南而走。"【眉批:甘夫人下落,又借军士口中叙出。】云见说,也不顾军,望南赶来。只见一伙百姓,男女数百人,相结而走。云大叫曰:"内中有甘夫人否?"夫人在后,看见赵云,放声大哭。云滚鞍下马,插枪而泣曰:"使主母夫散,云之罪也!"又问:"糜夫人、小主人安在?"甘夫人曰:"我与糜夫人被逐,弃了仗车,杂于百姓内步行。又撞见一枝军马冲散,糜氏并阿斗不知何处。【眉批:糜夫人失散,又借甘夫人口中点出。】我独逃生至此。"

言未毕,百姓发喊,又撞一枝军来。云执枪上马看时,面前马上绑着一人,乃是糜竺也。【眉批:还出糜竺,笔法变幻。】背后一将手提宝刀,又有千余军跟着,乃是曹仁部下健将淳于导,拿住糜竺,正要送去献功。被赵云大喝一声。淳于导便舞刀来迎。只一合,刺导于马下,向前救了糜竺,夺得宝马二匹。赵云请甘夫人上马,前面杀开大路,直送到长坂坡。

张飞横矛立马于桥上,大叫:"子龙,你如何反我哥哥?"赵云曰:"我跟寻不见主母,因此落后,安敢反也?"飞曰:"不是简雍先来报我,我见你时,那得干休!"【眉批:此时张飞想已知子龙不反。】赵云曰:"主公安在【眉批:急问主公,妙。】?"飞曰:"只在前面不远。"云曰:"糜子仲保夫人先行,赵云仍寻糜夫人并小

国学经典文库

李渔批阅

三国演义

刘玄德败走江陵
长坂坡赵云救主

图文珍藏版

主人去。"言罢，引数骑再回旧路。

正走之间，见一将手提铁枪，丰一口剑，引十数骑，跃马而来。赵云更不打话，直取那将。交马处，一枪刺着，倒于马下，从者奔走。那员将乃是曹操随身背剑心腹之人，夏侯惇恩也。原来曹操有剑二口：一名"倚天"，一名"青釭"。倚天剑自佩，青釭剑叫夏侯惇恩佩之。倚天剑镇威，青釭剑杀人，砍铁如泥。【眉批：忙中偏有此闲笔。】当时夏侯惇自恃无人可敌，乃撇却曹操，只顾引人枪夺掳掠。正撞子龙，一枪刺于马下，就夺那口剑。试看靶上，有金嵌"青釭"二字，方知是宝剑也。云听后军已到，看时，马步官兵漫山塞野，尽皆向百姓掳掠，杀害老小。赵云挺枪拍马，杀透重围，回顾将士，渐渐消落；又杀一阵，只剩得孤身。赵云无半点退心，只顾往来寻觅，但逢百姓，便问糜夫人消息。忽一人指曰："夫人抱着孩儿，左腿上着了枪，走不动，只在前面墙缺内坐地。"【眉批：糜夫人下落，又用百姓的信。】

赵云慌忙追寻，只见一个人家，被火烧坏矮墙，糜夫人抱三岁幼子，坐地而哭。赵云慌忙下马，夫人曰："妾得见将军，此子有命矣。望将军可怜他父亲飘荡半世，只有这点骨血，将军护持此子，教他得见父面，妾死亦无恨矣！"【眉批：言之痛心。】赵云曰："夫人受难，是云之罪也。不必多言，请夫人上马，云自步行，遇敌军必当死战。"糜夫人曰："不然，将军岂可无马！【眉批：糜夫人此语，极似曹洪言"天下宁可无洪，不可无

国学经典文库

李渔批阅

三国演义

刘玄德败走江陵
长坂坡赵云救主

图文珍藏版

公"一样口气。人知昭烈在白帝城托孤于孔明，不知糜夫人在长坂坡托孤子子龙。】此子全赖将军保护。妾已重伤，死何足惜！将军速抱此子，勿以妾为累也。"云曰："喊声又近，兵又来到，速请夫人上马！"糜氏将阿斗递与赵云，曰："此子性命在将军身上！妾身委实不去也，休得两误！"赵云三回五次请夫人上马，夫人不肯上马。四边喊声又起，云大叫曰："如此不听吾言，后军来也！"糜氏听得，弃阿斗于地上，投枯井而死。赵云恐曹军盗尸，推土墙掩之。后来史官有诗赞糜夫人曰：

贤哉糜氏，内助刘君。言词无失，进退有伦。心如金石，志似松筠。身虽归土，名不沾尘。千载之后，配湘夫人。

赵云解开勒甲绦，放下掩心镜，将阿斗抱护在怀，【眉批：细。】绰枪上马。早有一将，引一队步军围住土墙，云乃拍刀提枪，杀出墙外。拦路者，乃曹洪手下副将晏明也，持三尖两刃刀来迎。交马不及两合，一枪刺晏明落马，杀散步军，冲开一条路。正走之间，前面又一枝军马拦路，为首一员大将，旗号分明，乃是河间张郃。赵云更不打话，来战张郃。约战十余合，赵云料不能胜，夺路而走。背后张郃赶来，赵云连马和人颠下土坑。郃挺枪刺之，忽然红光紫雾从土坑中滚起，那匹马一跃而起。【眉批：**此马岂的卢耶？何亦绝处逢生？**】后人有诗曰：

> 当阳救主显英雄，雾涌云生土窟中。
> 不是马能从地起，子龙怀内有真龙。

人马踊出土坑，张郃大惊而退。赵云又走，背后二将大叫："赵云休走！"前面又有二将，使两般军器来到。后面赶的，是马延、张顗；前面阻的是焦触、张南，皆是袁绍手下降将。赵云力战四将，杀透重围。马步军前后齐拥赵云，赵云拔青釭剑乱砍步军，手起衣甲平过，血如涌泉，所到之处，犹如砍瓜截瓠，不损半毫，【眉批：**极写剑之利。**】真宝剑也。

却说曹操在景山顶上望见，急问左右是谁。曹洪听得，飞身上马，下山大叫曰："军中战将，愿留姓名！"赵云应声曰："吾乃常山赵子龙也！"【眉批：**大书特书。**】曹仁回报曹操，操曰："世之虎将也！吾若得这员大将，何愁天下不得！"火速传令，飞报各处："如子龙到处，不要放冷箭，只要活捉。"【眉批：**子龙不曾遇害，幸有这点福星。**】

却说赵云身抱后主在怀，直透重围，砍倒大旗两面，杀死曹营名将五十余员。史官有诗，单道幼主之福：

国学经典文库

李渔批阅

三国演义

刘玄德败走江陵
长坂坡赵云救主

图文珍藏版

621

国学经典文库

李渔批阅

三国演义

刘玄德败走江陵
长坂坡赵云救主

红光罩体困龙飞，征马冲开长坂围。

四十二年真命主，将军应得显神威。

又诗单道将军之能：

八面威风杀气飘，擎王何驾显功劳。

非干后主多洪福，只是将军武艺高。

当时，赵云杀透重围，已离大阵，身上热血污满征袍。正行之间，山坡下两路军出，截断去路。旗号分明，乃是夏侯惇手下大将，弟兄二人：一个钟缙，一个钟绅。缙使大斧，绅使画戟，大喝："赵云，快下马受缚！"背后张辽、许褚赶来，四下喊声大起。【眉批：**上已作收，不想此处又起。**】子龙如何逃生？正是：才离龙潭，又值虎窟。未知性命如何，且听下回分解。

图文珍藏版

国学经典文库

李渔批阅

三国演义

张翼德据水断桥
刘玄德败走夏口

图文珍藏版

第四十二回　张翼德据水断桥
刘玄德败走夏口

　　钟缙乃河内人也，自幼学儒，后来弃文就武，与夏侯惇作为副将。当日拦住赵云。赵云见背后追兵又至，大喝一声，径取钟缙。缙挥大斧来迎。两马相交，战不

三合，一枪刺钟缙于马下，【眉批：前回已结云杀名将五

国学经典文库

李渔批阅

三国演义

张翼德据水断桥
刘玄德败走夏口

图文珍藏版

十余员，今未便收场，更饶余勇。】冲路便走。背后钟绅要报兄仇，持方戟赶来。马尾相衔，那枝方天戟只在子龙后心弄影。子龙大怒，拨转马，却好两胸相拍，被子龙左手持枪，隔过画戟，右手掣出青釭剑，带盔连脑，削去一半，【眉批：写子龙之勇，并写青工之利。】绅落马而死。余者尽皆奔回。赵云得脱，望长坂而来。后面文聘又引军赶来。子龙已到桥边，人困马乏。见张飞挺枪立马于桥上，子龙大叫曰："翼德援我！"张飞应曰："汝可速行，吾自当之。"【眉批：本杀子龙而来，谁知反救子龙回，书是文字变幻处。】

　　那子龙独行二十余里。玄德等正共憩于树下，见子龙血染浑身，玄德泣而问曰："子龙怀抱何物？"子龙喘息而言曰："赵云之罪，万死犹轻！"跪在地下，泣曰："糜夫人身带重伤，不肯上马，投井而死，已推土墙掩矣。所抱公子，身突重围而出。凡遇敌军，与他战数十番；夺得青釭，砍死无数名将。皆托主公洪福，幸而得脱。适来公子尚在怀中啼哭，此一回不见动静，多是不能保也。"遂解视之，阿斗方才睡着未醒。【眉批：睡得着，真有痴福。】子龙双手递与玄德："幸得公子无事。"玄德接过，掷之于地，指阿斗而言曰："为汝这孺子，几乎损吾故人！"【眉批：袁绍为幼子而杀田丰，玄德为子而结子龙，相去天壤。玄德果系奸猾。】子龙泣拜，谢之曰："云虽肝脑涂地，不参报也！"史官有诗曰：

曹操军中飞虎出，赵云怀内小龙眠。

无由抚慰忠臣意，故把亲儿掷马前。

众将急救公子暂于林中少歇，寻觅饮食。

却说文聘引一枝军到长坂桥，撞见张飞，见飞取盔挂于马鞍之前，横枪立马于桥上，倒竖虎须，圆睁环眼；【眉批：**方见系树枝于马尾，弛骋林间，的是好计。**】又见桥东树木背后尘头大起；又见树影里有精兵来往，文聘勒住马，不敢近前。俄而，魏将曹仁、李典、夏侯惇、夏侯渊、乐进、张辽、张郃、许褚等都至，见飞瞋目横枪【眉批：**彼时相对，好看。**】，独立于桥上，又恐是诸葛之计，皆不敢近前，扎住阵脚，一字儿摆在桥西，使人飞报曹操。操闻知，火急上马，从阵后来。

却说张飞睁圆环眼，隐隐见后军青罗伞盖招飘之势，白旗黄钺，戈戟旌幢，料得是曹操亲自来看。张飞厉声大叫曰："吾乃燕人张翼德在此！谁敢与吾决一死战！"声如巨雷，【眉批：**纸上犹闻霹雳声。**】曹军闻之尽皆战栗。曹操急令去其伞盖，【眉批：**第一喝，早去了伞盖。**】

国学经典文库

李渔批阅

三国演义

张翼德据水断桥
刘玄德败走夏口

图文珍藏版

回顾左右曰："吾曾闻云长旧日所言：德于百万军中，取上将之首级，如探囊取物。【眉批：**忽然白马解围事一提。**】不可轻视！"张飞见他去其伞盖，睁目又叫曰："吾乃燕人张翼德！谁敢与吾决一死战！"曹操闻之，乃有退去之心。【眉批：**第二喝，又退了后军。**】飞见曹军阵脚移动，飞挺枪大叫曰："战又不战，退又不退！"说声未绝，曹操身边夏侯霸惊得肝胆碎裂，倒撞于马下。【眉批：**第三喝，直喝死了曹操近将。**】操便回马，诸军众将一齐望西奔走。正是：黄口孺子，怎闻霹雳之声；病体樵夫，难听虎豹之吼。弃枪掷地者，不计其数。人如退潮，马似山崩，自相践踏者大半，【眉批：**好看，好笑。**】皆逃命而走。后史官有诗：

横枪大叫似雷轰，惊散曹公百万兵。

翼德闻名长坂处，云长昔日有先声。【眉批：**果是。**】

却说曹操闻翼德之名，骤马望西而走，冠簪尽落，披发逃回。听得背后人马赶来，惊得魂不附体。【眉批：**与袁绍磐河遇关、张一般之景，不料曹操惊怯至此。**】张辽、许褚赶上，扯住马前环辔。曹操仓皇失语。【眉批：**张飞虚声夺人至是哉。**】张辽曰："量张飞一人，何足惧哉！丞相回军，急整人马，刘备可擒矣！"曹操方才神色稍定，与张辽、许褚再来招集人马。

却说张飞见曹操一拥而退，不敢追赶，速掣回曳尘人马，去其枝柯，来到桥边下马，拆断桥梁，【眉批：**失算矣**。】上马来见玄德。玄德问其故，飞言断桥一事。玄德曰："兄弟勇则勇矣，但可惜失于计较。"飞问其故。玄德曰："曹操深通兵法，汝不合拆断桥梁，操追必至矣。"张飞曰："被吾一喝，后军退去数里，何敢再追？"玄德曰："若不断桥，彼将恐有埋伏，持疑而不敢进；今既拆桥，彼必料我无军，怯而断桥矣。彼有百万之众，虽涉江、汉，可填而过，何惧一桥而不能过耶？彼必追赶矣，可从小路斜投汉津，弃却江陵，望沔阳而去。"

　　却说曹操收住军马，使张辽、许褚来探长坂消息。回报曰："路已拆断桥梁。"操曰："他既拆断桥梁，乃心怯也。【眉批：**不出玄德所料**。】可差一万军，速搭三座桥，只今要过。"李典进曰："恐是诸葛诈谋，不可轻进。"操曰："张飞一勇夫，岂有谋也。火速进兵！"

　　却说玄德数骑正行之间，渐近汉津，忽闻后面尘头起处，鼓声连天，呐喊不驺。【眉批：**几与檀溪之危相**

国学经典文库

李渔批阅

三国演义

张翼德据水断桥
刘玄德败走夏口

图文珍藏版

似。】玄德曰:"前有大江,后有追兵,吾无路矣!"未知性命何?

玄德将至汉江,背后曹兵赶来。玄德引百余骑相随而行。操自拍马令诸将曰:"急赶上来!"张飞、赵云听得,回来抵敌。操曰:"刘备乃釜中之鱼,笼中之虎,不就这里擒捉,更等何时!【眉批:刘备此时此势,果然不差。】若还走了,如放鱼入海,纵虎归山。不可挑战,一齐向前!"众将齐呼:"领丞相命!"喊声起处,却待近前。忽山坡后鼓声响处,一队军马飞奔出来,大叫曰:"吾在此等候多时!"当头一员大将,手执青龙刀,坐下赤兔马,原来是关云长,【眉批:又是绝处逢生。余亦记念关云长久矣,却从此处方出现。】去江夏借来的兵马一万,探知当阳、长坂大战,特地从此路截出。曹操一见,见是云长,齐勒住马便回,叫道:"又中诸葛亮之计也!"曹军大退。【眉批:亦是先声夺人。】云长追赶十数里,复回来保护玄德。直到汉津,已有船只伺候,军士尽皆下船。云长请玄德并甘夫人、阿斗至于船中。云长问玄德曰:"二嫂嫂安在?"玄德诉说当阳之事,始末备细。云长叹曰:"曩日猎许田时,若从吾意,可无今日之患。"【眉批:二十回事,此又一提。】玄德亦曰:"此事亦'投鼠忌器'耳。"

玄德正诉间,忽见江南上,舟船如蚁,顺风扬帆而来,大鸣战鼓。【眉批:一折。】玄德失色,与云长在仓中视之。见一人白袍银甲,立在船头上,相近叫曰:"叔

国学经典文库

李渔批阅

三国演义

张翼德据水断桥
刘玄德败走夏口

图文珍藏版

国学经典文库

李渔批阅

三国演义

张翼德据水断桥
刘玄德败走夏口

图文珍藏版

父别来无恙？小侄得罪！"玄德视之，乃刘琦也，走过船来，相抱而哭。琦曰："听得叔父因被曹操所困，小侄特来接应。"合兵一处，放舟而行。在船中正诉情由之间，江西南上，船一字儿摆开。【眉批：又一折。】刘琦大惊曰："江夏之兵，小侄尽起于此矣。今有战船拦路，不是江东之兵，即是曹操军也。如之奈何？"玄德视之，见一人纶巾道服，坐在船头上，乃是孔明也。后立孙乾。玄德慌请过船，问其所来。孔明曰："自离主公，先差云长于汉津登陆而接。某料曹操必来追赶，赶则主公必败，败则不从江陵来，斜取汉津矣。特请公子来接应，某往夏口，尽起兵前来接应。"玄德大喜，合为一处，商议破曹之策。孔明曰："夏口城险，颇有钱粮，虽然城郭狭小，可以久守。请主公于夏口屯住，公子回江夏整顿船只，收拾军器，为首尾之势，可以抵当曹军。若共归江夏，则势孤矣。"刘琦曰："军师之言虽善，琦欲请叔父暂到江夏，整顿军马停汉，再回夏口不迟。"玄德曰："贤侄之言是也。"遂留下云长，带五千军守夏口。玄德、孔明、刘琦投江夏而来。

　　却说曹操见云长在旱路，引一万军截出路口，疑有伏兵，不敢来追；又恐水路去夺了江陵，星夜提兵前赴江陵。

　　却说荆州治中邓义、别驾刘先，已备知襄阳事务，料道："我等安能敌得曹操！"只得引荆州军民，出郭降操。操即使曹仁入城，安民了当，秋毫无犯。曹入城，

国学经典文库

李渔批阅

三国演义

张翼德据水断桥
刘玄德败走夏口

图文珍藏版

630

释韩嵩之囚，加为大鸿胪。【眉批：应前。】邓义加为郎中，刘先加为尚书。余皆封为列侯，安慰了当。当日，操与众将商议："今刘备已投江夏而去，但恐结连东吴孙权，【眉批：结连东吴，早为下文伏线。】是滋蔓也。如此，当用保计？"荀攸进曰："可差使持檄文，请孙权会猎于江夏，共擒刘备，分取荆州之地，永结盟好。权知我军雄猛，必惊而来，大事济矣。"操曰："此计甚好。"一面写檄文遣使，一面计点军马。马步水军八十三万，诈呼一百万。水陆并进，船骑双行，沿行面来；西连荆、陕，东接蕲、黄，连络寨栅，三百余里烟火不绝。【眉批：前写曹操声势，衬下赤壁之故。】

话分两头，却说江东孙权，屯兵于柴桑郡，听知曹操引一百万之众，已取襄阳，刘琮引文武皆降；星夜兼道，又取江陵，因集谋士商议。鲁肃进言曰："荆楚与国邻接，水流顺北，外带江汉，内阻山陵，有金城之固，沃野千里，士民殷富。若据而有之，此帝王之资也。今刘表新亡，二子素不辑睦，军中诸将各有彼此，加之刘备枭雄，与操有隙，寄寓刘表，表忌其能而不能用。若备与彼协心，上下同力，则宜安抚，与结和好，如有离违，宜别图之，以济大事。肃请奉命，往彼吊丧，因而慰劳其中用事之人，乃说刘备使抚表众将，同心一意，共破曹操。【眉批：**结连刘备，是鲁肃识见过人处。**】备必喜而从命。如此克谐，天下可定矣。"孙权大喜，即遣子敬一行。

却说玄德既到江夏，与孔明、刘琦共议久安之计。孔明曰："今刘琮降操，一应钱粮军马皆归于操，操今势大，急难动摇。不如去投江东孙权，以为应援，使南北相持，吾等于中取事，【眉批：**"于中取事"四字，吸尽后来着数。**】有何不可？"玄德曰："江东人物极多，皆有远谋，安肯容耶？"孔明笑曰："今操此百万之众，虎踞江、汉，安得不来探听虚实？若有人到，亮借一帆风，直到江东，【眉批：**方写鲁肃要来，却又写孔明要去，似口相投情苟甚妙。**】凭三寸不烂之舌，说使南北两军互相吞并，吾则无事矣。若南军胜，照旧杀操，以取荆州之地；北军胜，乘势以取江南。此远大之计也。"玄德曰："此论甚高，如何得江东人到？"

正是之间，人报孙权差鲁子敬特来吊丧，船已傍岸。孔明笑曰："大事济矣！"遂问刘琦曰："往日孙策亡时，你等曾去吊丧否？"琦曰："江东与我家积世之仇，安得通报丧之礼。"【眉批：**十五回事，于此一提。**】孔明曰："此非吊丧，实乃探听虚实也。如鲁肃至，但问曹操动静，主公只推不知；再三问时，主公云只问诸葛亮。"计

国学经典文库

李渔批阅

三国演义

张翼德据水断桥
刘玄德败走夏口

图文珍藏版

会已定，使人迎接鲁肃，琦自邀肃入城吊丧。收过礼物，刘琦请肃与玄相见。礼毕，邀入后堂饮酒。肃曰："久闻皇叔，无缘拜识；今幸得遇，愿闻教诲。近闻皇叔与曹操会战数次，必知其情，敢问操军约有几何？将有谁能？有意图天下否？"【眉批：**欲问江夏动静，先问北军动静。**】玄德皆推不知。肃曰："皇叔在新野曾与曹操交锋，何言不知？"玄德曰："备兵微将寡，但闻操至，则走夏口，委实不知。"肃曰："每有人渡江，说皇叔用诸葛亮之谋，【眉批：**鲁子敬口中先出诸葛，便不呆。**】两场火烧得曹操魂亡胆碎，何言不知耶？"玄德曰："除非问孔明，便知其详。"肃曰："愿求一见。"

玄德教请孔明出，与鲁肃相见。肃曰："久闻先生才德，无缘拜会；今幸相遇，愿闻目今安危之事。"孔明曰："操奸计，亮尽知之，恨力未及，而且避之。"肃曰："皇叔止于此乎？"孔明曰："使君与苍梧太守吴臣有旧，欲往投之。"【眉批：**别出一调，欲近故远，令人摸索不着。**】肃曰："吴臣粮少兵微，自亦难保，焉能容纳人耶？"孔明曰："虽吴臣不足久居，另有去向，且暂居之，别图后计。"【眉批：**心往东吴久矣，必待子敬先之。从来事贵干局，此类是也。孔明一生只用此着，不比今人浅露也。**】肃曰："孙讨虏聪明仁惠，敬贤礼士，江表英雄归附之者，云屯雾集；已据六郡，兵精粮足，文武侯备。今为君计，莫若遣心腹，自结于东吴，共济世业，不亦可乎？"孔明曰："亮知使君又少心腹，与孙将军自

国学经典文库

李渔批阅

三国演义

张翼德据水断桥
刘玄德败走夏口

图文珍藏版

632

来无旧，恐虚费唇舌也。"肃曰："公有令兄，见为江东参谋，望公既久。鲁肃不才，请公同见讨虏，共议大事若何？"玄德曰："孔明是吾之师，顷刻不可相离，岂可去也？"肃坚请孔明同去，玄德诈言不肯。孔明曰："事急矣，请奉命而行。"玄德曰："即便回夏口相会。"孔明、鲁肃别了玄德、刘琦，上船望柴桑郡来。此去毕竟如何，下回便见。

国学经典文库

李渔批阅

三国演义

张翼德据水断桥
刘玄德败走夏口

图文珍藏版

第四十三回　诸葛亮舌战群儒　诸葛亮智激孙权

　　鲁肃与孔明舟中闲话，猛省孔明是个舌辩之士，去到江东，恐声张曹操军威之盛，惊怯吴侯，难图大事。寻思半晌，与孔明曰："先生如见吴侯，切不可实言曹操兵多将广。若问操欲下江东否，只言不知。"【眉批：**此鲁肃第一次嘱托。**】孔明曰："不须子敬叮咛，亮自有对答之语。"鲁肃连嘱数番，孔明冷笑。船已到岸，肃请孔明驿中安歇。

　　肃来见孙权。权正聚文武议事，听知肃到，急忙召入，问曰："子敬往荆州，体探事情若何？"肃曰："未知虚实。"权曰："然则空往一番耶？"肃曰："别有商议。"权将曹操檄文以示肃，曰："操昨遣使赍文至此。孤且发送使回，见今会众，商议未定。"肃看檄文曰：

操近承帝命，奉词伐罪。旌麾南指，刘琮束手；荆襄之民，望风归顺。今统大兵百万，上将千员，欲与将军猎于江夏，共伐刘备，扫清汉土，永结盟好。相见再期，宜早回报。

肃看毕曰："主公尊意若何？"权曰："未有定论。"张昭曰："曹操虎豹也，今拥百万之众，借天子之名以征四方，拒之不顺；且吴军大势可以拒操者，长江也。今操得荆州水军，艨艟斗舰动以千数，浮于江上，水陆俱下，长江之险与我共之。势如山兵，不敢迎敌。以愚之计，不如且降，以为万安之策。"众谋士皆曰："子布之言，正合天意。"孙权沉吟不语。昭等又曰："主公不必多疑。如降操，则东吴民安，江南六郡可保。"

权起列衣，肃随于宇下。权知肃意，乃执肃手言曰："卿欲如何？"肃曰："却才众人之意，专误将军，不足以图大事。众皆可降，如将军必不可也。"【眉批：**好在"众将可降，将军不可降也"**。】权曰："何以言之？"肃曰："如肃等降操，当以肃还乡党，品其名位，犹不失为操从事，乘犊车，从吏卒，交游士林，累官故不失州郡也。将军迎操，欲安所归乎？官不过封侯而已，车不过一乘，骑不过一匹，从不过十人，岂得南面称孤哉？【眉批：**众人俱就东吴全势论，子敬只就孙权一人说**。】众人之意，各自为己，不可用也，将军详之。"权叹曰："诸人议论，甚失孤望。子敬开说大计，正与吾同。【眉批：**周瑜、张昭皆为策所得，子敬独为权所得，故独致之。**】此天以子敬赐我也。但保全之计，要须先定。曹操新得袁绍，近日又得荆州，恐势大难以抵敌，奈何？"肃曰："肃渡江到当阳时，已闻玄德兵败；次至江夏，相见闻其虚实。有一人深知前故，特引到此，主公试一问之。"权曰："是何人了？"肃曰："诸葛瑾之弟，诸葛亮也。"【眉批：**妙在至此方说出孔明。**】权曰："莫非卧龙先生否？"肃曰："是也，见在驿中安歇。"权曰："今日天晚，来日聚文武于帐下，先教见俺江东英俊，【眉批：**吴人好胜，往往如此。**】然后升堂议事。"肃领命而去。

次早，请孔明来见，肃又嘱曰："如见吴侯，切勿言操兵多。"【眉批：**子敬第二番属托。**】孔明曰："亮自见机而变，不误于公。"肃引孔明至幕下，只见张昭、顾雍等一般文武二十余人，峨冠博带，整衣端坐。孔明料众谋士俱在，教肃引领，从头逐一相见，各问姓名。施礼已毕，坐于客席。张昭等见孔明飘飘然有出世之表，昂昂然有凌云之志，料其此来必下词以说东吴。昭先以言挑之曰："昭乃江东末士。久闻先生卧于隆中，躬耕陇亩，以乐天真，好为《梁父吟》，每自比管仲、乐毅，此语果有之乎？"孔明暗思："这人言语挑我。"遂应答之曰："此亮平常生小可之比也。"【眉批：**身份更高。**】昭曰："近闻刘豫州三顾先生于草庐之中而听高论，豫州如'鱼得水'，每欲席卷荆、襄。今一旦以属曹公，未审何以至此？"孔明自思："张昭乃孙权手下第一个谋士，若不先行难倒他，如何说得孙权？"遂答昭曰："吾观取汉上之地，易如反掌。吾主刘豫州躬行仁义，不忍夺同宗之基业，故力辞之。刘琮孺子，听信佞言，献国投降，致使曹操得以猖獗。今豫州兵屯江夏，别有良图，【眉批：**"别有良图"四字，包括已尽。**】非等闲可知也。"昭曰："若此，先生言行相违也。圣人有云：'古者言之不出，耻躬之不逮也。'先生自比管、乐，愚自幼酷爱《春秋》，深慕二公之为人。管仲相桓公，霸诸侯，一匡天下，纠合诸侯，不以兵车，管仲之力也；乐毅扶持微弱之燕，下齐七十余城。此二人者，可谓济世之才，古今之豪杰也。【眉批：**只将此二人发难，乃将拳塞口之法，讥刺甚切。**】今操横行中原，专擅征伐，动无不克，有顺其欲者，从而慰之；不顺其欲者，从而伐之。宣言曰：'吾奉天子明诏，诛反讨逆。'因此海宇震动，英雄宾服。先生在草庐之中，但笑傲风月，抱膝危坐。今既从事刘豫州，当与生灵兴利除害，此所谓'达则兼善于天下'。且玄德

国学经典文库

李渔批阅

三国演义

诸葛亮舌战群儒
诸葛亮智激孙权

图文珍藏版

637

国学经典文库

李渔批阅

三国演义

诸葛亮舌战群儒
诸葛亮智激孙权

图文珍藏版

638

公未见先生之时，尚且纵横寰宇，据守地池；今见先生，人皆仰而望之，虽三尺童蒙，亦谓彪虎生翼，将见汉室复兴，曹氏即灭矣。【眉批：讥刺得恶。】朝廷故旧大臣，山林隐迹之士，皆拭目而待，拂高天之云翳，仰日月之光辉，拯民于水火之中，措之于衽席之上。何先生自归豫州，曹兵一出，玄德弃甲抛戈，望风而窜，上不能报刘表以安庶民，下不能辅孤子而据汉室。先生知而使之，是不仁也；不知而使之，是不智也。近闻玄德弃新野，走樊城，败当阳，奔夏口，无容身之地，有烧眉之急。此是自得先生以来，反不如其初也，岂有管仲、乐毅万分之一哉？【眉批：恶，恶。】先生幸勿以愚直而怪之！"

孔明夷然笑曰："鹏飞万里，岂群鸟之识哉？古人有云：'善人为邦百年，亦可以胜残去杀矣。'且以世俗病人论之：夫疾病之极，当用糜粥以饮之，和药以服之，待其脏腑调和，形体暂回，然后肉食以辅之，猛药以治之，则病根尽拨，人得全生矣；若不待气脉和缓，便投之以猛剂硬食，则反为患矣。吾主向日军败汝南，寄迹于刘表，军不满千，将惟关、张、赵云而已；新野山僻小县，人民稀少，粮食鲜薄，非险要之地，吾主借此容身，正如病势尪羸之极也。夫以甲兵不完，城郭不坚，军不经练，粮不继日，守之则坐而待死，如以金玉弃沟壑耳。博望烧屯，白河用水，使夏侯惇、曹仁等辈，闻吾之名，心胆皆裂，虽管仲复生，乐毅不死，不过如是。刘琮投降，吾主不知；亮尝数言，吾主不忍乘乱夺人基业，此大义也。兵法'寡不敌众'，胜负兵家常事，焉有常胜之理乎？昔项羽数胜，高皇垓下一战，事定功成。韩信久事高皇，亦未常累胜。国家大计，社稷安危，自有主宰，非比夸辩之徒，虚誉妄人：坐议立谈，似乎人不可及；及到临机应变，百列一能，徒取天下之笑耳！【眉批：**好说。**】子布莫怪口直。"只这一篇言语，说得张昭顿口无言。

坐间又出一人，高言问曰："今曹公兵屯百万，将列千员，龙骧虎视，平吞江夏，公以为何如？"孔明视之，乃从事、会稽余姚虞仲翔也。孔明应声答曰："曹操收袁绍蚁聚之兵，劫刘表乌合之众，【眉批：**袁绍蚁聚果是，刘表乌合恐说不得。**】军无纪律，将无谋略，虽数百万，不足惧也！"虞翻大笑曰："军败于当阳，计穷于渡口，皇皇求救于人，犹言不惧，此真掩耳偷铃也。"【眉批：**更恶。**】孔明曰："岂不闻兵法云：'信兵实战。'吾主数千仁义之师，安能敌百万之众？退守夏口，待其时也。今汝江东兵精粮足，又有长江之险，乃欲使其主屈膝降贼，何其太懦也！以此论之，吾主实不惧操，惧操者江东耳！"【眉批：**可谓鄙薄江东甚矣。**】虞翻不能对。

座上又一人应声问曰："孔明效苏秦、张仪，掉三寸不烂之舌，游说东江耶？"孔明视之，乃临淮淮阴人，步子山也。孔明曰："君知仪、秦为舌辩之士，不知义、秦乃豪杰之辈也。苏秦佩六国之玺绶，张仪二次相秦，皆有匡扶社稷之机，补完天地之手，非比守株待兔、畏马

国学经典文库

李渔批阅

三国演义

诸葛亮智激孙权　诸葛亮舌战群儒

图文珍藏版

639

避剑之夫也。君等一闻曹操虚发诈之词，遂犹豫不决，敢望仪、秦之万一乎？"步骘不能对。

忽坐一人问曰："孔明以曹操为何如人也？"孔明视之，乃沛郡竹邑人薛敬文。孔明应声曰："曹操汉贼也。"【眉批：只斩绝一句，甚好。】综曰："公言差矣。予闻古人云：'天下者，非一人之天下，乃天下之天下。'故尧以天下禅于舜，舜以天下让于禹。其后成汤放桀，武王伐纣，列国相吞。汉承秦业以及于今，天数将终于此。今操遂有天下三分之二，人皆归心；惟刘豫州不识天时，强欲与之争，正如以卵击石，驱羊斗虎，安得不识乎？"孔明应声叱之曰："汝乃无父无君之人也！【眉批：喝语正大。】夫人生天地之间者，以忠孝为立身之本。吾以汝累代汉室之水土，思报其君，闻有奸贼蠹国害民者，誓共戮之，臣之道也。曹操祖宗叨食汉禄四百余年，不思报效，久有篡逆之心，天下共恶之。汝以天数归之，真无父无君之人！不足与语！再无复言！"薛综满面羞惭，不敢对答。

坐上一人应声问曰："曹操虽挟天子以令诸侯，犹是相国曹参之后；汝刘豫州虽中山靖王之苗裔，无可稽考，眼见只是织席贩履之佣夫，何足与曹操抗衡哉？"孔明视之，乃吴郡陆公纪也。孔明笑曰："公乃袁术坐间怀桔之陆郎乎？汝安坐，听吾之论：昔日文王三分天下有其二，以服事殷。孔子云：'周之德，其可谓至德也已矣。'此所谓不敢伐君也。其后纣王暴虐至甚，武王伐之，伯夷、叔齐叩马而谏曰：'以臣弑君，可谓仁乎？'太公称为义士，孔子亦称为贤人。为臣不可以犯上，此万古不易之理也。曹操累世汉臣，君又无过，常怀篡弑之心，非逆贼而何？昔高皇帝起身泗上亭长，宽洪大度，重用文武，而开大汉四百年洪业。至于吾主，纵非刘氏宗亲，【眉批：怎么说不是刘氏宗亲？低了架子。】仁慈忠孝，天下共知，岂以织席贩履为辱乎？汝小儿之见，不足与高士共论，言之岂不自耻乎？"陆绩语塞。

坐上一人昂然出曰："吾江东英俊，被汝强词夺却正理。汝治何经，乃能繁词如此？"【眉批：问得甚陋。坏天下事者，多是治经之人，腐儒何所用之？】孔明视之，乃彭城严曼才也。孔明应声曰："寻章摘句，世之腐儒也，何能兴邦立事？自古耕莘伊尹，钓渭子牙，张良、陈平之流，邓禹、耿弇之辈，皆有斡旋天地之手，匡扶宇宙之机，亦未尝闻其治何经典。然岂效书生区区笔砚之间，论黄数黑，摇唇鼓舌乎？"【眉批：骂尽秀才。】严峻低头丧气而不能对。

国学经典文库

李渔批阅

三国演义

诸葛亮舌战群儒
诸葛亮智激孙权

图文珍藏版

642

忽又一人指孔明言曰："汝言文不能安邦，武不能定国，何故立于四科之首？"孔明视之，乃汝南程德枢也。孔明曰："有君子之儒，有小人之儒。夫君子之儒，心存仁义，德处温良；孝于父母，尊于君王；上可仰瞻于天文，下可俯察于地理，中可流泽于万民；治天下如磐石之安，立功名于青史之内。此君子之儒也。小人之儒，性务吟哦，情耽翰墨；青年作赋，皓首穷经；笔下虽有千言，胸中实无一物。如汉杨雄，以文章推重而屈身事莽，不免投阁而死。此小人之儒也。虽使日赋万言，何足道哉！"

坐上诸人，见孔明对答如流，滔滔然如决江河之水，众皆失色。又有吴郡吴人张温、会稽乌程骆统，二人正欲问难，忽一人自外而入，厉声言曰：【眉批：**好收科法。**】"孔明当世之奇才，汝等却以唇齿相难；非敬客之礼也。曹操引百万之众，虎视江南，不思退敌之策，但以口头言说，各负己能，政事安在？吴侯久等，请先生便入，以论安危。"言者毕竟是谁，且听下回分解。

来请诸葛亮者何人？乃零陵泉陵人也，姓黄，名盖，字公覆。昔随孙坚破山贼，多获奇功；后随孙策，屡有功勋；见为孙权麾下粮料官。当时与孔明曰："愚闻多言获利，不如默而无言。何不将金石之论，对讨虏将军言之？"孔明曰："群儒不知世务，互相问难，不容不答也。"黄盖与鲁肃引孔明入至中门，正遇诸葛瑾。孔明施礼，瑾曰："兄弟既到江东，何故不一相见？"孔明曰："弟身已许刘豫州，理合先公而后私。公事未毕，不敢私谒，望兄察之。"瑾曰："兄弟见了吴侯，却来叙话。"鲁肃曰："适来所言，不可相误。"【眉批：**子敬第三次叮嘱。**】孔明点头而应。

引至堂上，吴侯欠身相迎。孔明下拜，权答半礼，请孔明坐。孔明谦让数次，坐于其侧，乃致玄德之意，偷目观看孙权：碧眼紫髯，堂堂一表。暗思："此人只可激，不可说。且等他问，便动激言，此事济矣。"孙权坐定，文武分两行而立。鲁肃立于孔明之侧，只看孔明回答。权发问曰："多闻子敬甚言足下之德，今幸相见，欲求教益。"孔明答曰："不才无学，有辱明问。"权曰："足下近在新野，辅佐玄德，与曹操共决胜负，若何？"孔明曰："刘豫州兵不满千，将惟关、张、赵三人，更兼新野城小无粮，安能抗拒曹操乎？"权曰："操兵共有多少？"孔明曰："曹操破了吕布，灭了袁绍，收了北番，定了辽东，新又降了刘琮，马步水军一百余万。"【眉批：**三次应承鲁肃，至此忽然变卦。**】权曰："莫非诈乎？"孔明曰："明公差矣。曹操在兖州时，已有青州军四五十万；平了袁绍，又得四五十万；中原新募之兵，何止二三十万；今得荆州，又有二三十万。以此论之，不下百五十万。【眉批：索性再多说些，不怕气坏鲁肃。】亮以百万言之，恐惊江东之士，故少言也。"权曰："手下战将，还有多少？"孔明曰："足智多谋之士，扬威耀武之俦，何止一二千人。"权曰："比何如何？"孔明曰："彼谋士如云，皆得时与势，亮何敢与较短长哉！"权曰："今操既平荆、楚，复有远图乎？"孔明曰："今沿江下寨，准备战船，旌旗蔽空，联络数百里，不图江南，待取何也"【眉批：直逼将来。】权曰："若有吞并之意，战与不战请足下决之，何如？"孔明曰："但恐明公不肯听从耳。"权曰："愿闻金玉之语。"孔明曰："方今海宇大乱，将军兵据有江东，刘豫州亦投江南，与操并争天下。今操平袁绍，得荆州，威震四方，纵有英雄，无所用之，故豫州逃遁至此。将军承父兄基业，量力而处。若能以吴越之众，与彼抗衡，不如早与之绝；若不能，惟有从众谋士之议，按兵束甲，北面事之。"【眉批：亦驳得妙。】孙权垂首不语。孔明又曰："将军外托服从之名，内怀并吞之计，事急而不断，祸至无日矣。"权曰："诚如君言，豫州何不降之？"孔明曰："田横，齐之壮士，尚能守义不屈。况豫州王室之胄，英才盖世，众士仰慕，若水之归海。事之不济，天也，安肯俯首服于人乎？"【眉批：前鲁肃以为诸人可降，权不可降，高待孙权也；

今孔明以为玄德不可降，惟孙权可降，薄待孙权也。权安得不怒乎?】孙权勃然变色，起入后堂。众皆哂笑而散。

权既怒入后堂，鲁肃责孔明曰："先生何故出此言也? 幸是吾主宽洪大度，不面责而入。先生何不检至上!"孔明仰面大笑曰："何如此不容物耶? 吾有破曹之计，汝不下问，何以言之?"肃曰："果有良策，肃令主公请教。"孔明曰："吾视曹操百万之众如群蚁耳，但亮举手，则皆为齑粉矣。"肃听此言，便入后堂见权。权怒气不息，顾谓肃曰："今令汝渡江，只道带一个好人来助我，岂知如是轻薄之辈耶!"肃曰："吾亦以此责之。孔明大笑不止，言主公不能容物而便发怒。擒操之策，孔明不肯轻言，主公何不求之?"权回嗔作喜曰："原来孔明自有良策，故以言激我。我一时浅见，几误大事。"慌忙整衣，出请孔明曰："适来权小见怒发，冒渎尊严，幸乞怒罪。"孔明亦谢罪曰："适间亮言语冒犯，乞赐宽容。"邀入后堂对坐，置酒相待。

读/者/随/笔

国学经典文库

李渔批阅

三国演义

诸葛亮舌战群儒
诸葛亮智激孙权

图文珍藏版

国学经典文库

李渔批阅

三国演义

诸葛亮智激孙权

诸葛亮舌战群儒

数巡之后，权曰："曹操平生所患，吕布、刘表、袁绍、豫州与孤耳。今数雄已灭，独豫州与孤尚在。孤不能保全吴地，以十万之众而受制于人，心实愧之。然此大计，非豫州莫可当操者；但豫州新败，恐未能遽当此难，奈何？"孔明曰："豫州虽云新败，战士还者尚多。关某率精甲万人，刘琦领江夏战士，亦有万人。曹操远来疲惫，闻追豫州，一日一夜行三百余里。此正'强弩之末，势不能穿鲁缟'也。故兵法忌之，曰'必獗上将军'。且北方之人不习水战，又荆州之民附操者，皆因兵势逼迫，非本心也。【眉批：妙在与前对语绝不相俟。】今将军诚能用将，统兵数万，与豫州协谋同力，破操必矣。操军一破，必收兵北还。如此，则荆州可得，吴地无患，鼎足之形可成。【眉批：隐然以荆州自处，鼎足为三。】成败之机，正在今日，可遽欲议降耶？"权大喜曰："先生之言，顿开茅塞。吾意已决，再不复有他议。即日起兵，共灭曹操，孤之愿也。"令鲁肃传令，遍告文武。仍送孔明馆驿安歇。

张昭得知权欲兴兵，与众议曰："中了孔明之计也！"昭曰："昭闻主公意欲兴兵，与操争锋。主公自思，比之袁绍若何？"权不答。昭又曰："曹公向日兵微将寡，尚能一鼓以克袁绍，何况今日拥百万之众，足食足兵，威名大振，焉可敌之？休听孔明之说，妄动兵甲。此所谓负薪而救火也。"顾雍曰："刘备数败，因与曹操有仇，故操起兵伐之。江东自来无冤，操岂有吞并之意？休听

孔明之言，免生国家之患。主公请自察焉。"孙权亦不答，【眉批：**前闻孔明垂首不语，此闻张昭语不答，皆是自有主张。孔明激浪，亦是顺水顺船；张昭收缰，自难临崖勒马。**】起身入后。鲁肃见张昭等行径，料是谏阻动兵，慌入见权曰："却才张子布等，又谏主公休要动兵，是要投降于操也。文官皆有娇妻嫩子，大厦高堂，贪恋富贵，安肯蹈白刃为主公出力耶？"【眉批：**正是前所云"诸臣可降"，此方说破。**】孙权曰："你且暂退，容吾思之。"肃曰："主公若持疑，必为众人所误。"肃退出外面。武将多言要战，【眉批：**补武将一句，引出周瑜。**】文官多说要降，纷纷不一。

孙权在后，寝食不安，犹豫不决。吴夫人见权如此，请入关曰："何事在心，寝食俱废？"权曰："今曹操屯兵江汉，有下江南之意。问诸谋士，或有言降，或有言战。欲战，诚恐寡不敌众；欲降，又恐久后终不相容，【眉批：**寡不敌众，是惩于刘备；势不相容，是惩于刘琮。**】

国学经典文库

李渔批阅

渔阅

三国演义

诸葛亮舌战群儒
诸葛亮智激孙权

诸葛亮舌战群儒
诸葛亮智激孙权

图文珍藏版

故犹豫不知所出耳。"吴夫人叹曰:"仲谋不记吾姐临终之言乎?"孙权如醉方醒,似梦初觉。只此一言,断送曹操八十三万大军。毕竟如何,且听下回分解。

国学经典文库

李渔 批阅

三国演义

诸葛亮舌战群儒
诸葛亮智激孙权

图文珍藏版

648

国学经典文库

李渔批阅

三国演义

诸葛亮智说周瑜
周瑜定计破曹操

图文珍藏版

第四十四回　诸葛亮智说周瑜
周瑜定计破曹操

吴夫人曰："先姐遗言，乃伯符之语：内事不决问张昭，外事不决问周瑜。何不请公瑾问之？"权大喜，即时差使往鄱阳请周瑜回。原来周瑜在鄱阳湖训练水军，听得曹操军到汉上，星夜归到柴桑。船已到岸，飞报将来。鲁肃与周瑜最厚，先来接着，将前项事告诉。周瑜曰："子敬休忧，瑜胸中自有主张。兄可速引孔明来相见为幸。"鲁肃上马去了。

周瑜方才歇息，有人报曰："张昭、顾雍、张纮、步骘四人相探。"瑜迎接入。问慰礼毕，张昭便曰："都督知江东之利害否？"【眉批：开口便说张皇之话。】瑜曰："未知也。"昭曰："曹操引百万之众，屯集汉上，昨传檄文至此，欲请主公会猎于吴。虽有相吞之意，尚不曾见其形迹。【眉批：**此说得是。**】昭等力请主公降之，庶免江东之祸。鲁子敬从江夏回，带刘备师诸葛亮至。彼自为彼私事，欲救其急。故下说词，以激吴侯。子敬执迷不悟。正待都督一决，恰好都督回来。望片言劝得降曹，免得六郡生灵受刀兵之厄，阴骘不浅。"瑜曰："公等之见皆同否？"顾雍等曰："所议皆同。"周瑜曰："吾也欲降久矣。公等暂回，明日早见吴侯，自有定议。"【眉批：**浑语答去。**】昭等辞退。

人又报曰："程普、黄盖、韩当等一班战将，来见都督。"瑜出迎入。各各问慰了当，程普等曰："都督亦知江东早晚属他人否？"【眉批：**一样急话，却有主降不主降之别。**】瑜曰："未知也。"普曰："吾等自随破虏将军开基创业，次后与将军削平祸乱，大小数百战，遍体疮痍，方才占得六郡城池。今君侯听信谋士之言，欲纳降曹操，岂不贻万世之耻笑乎？吾等宁死，不辱君侯！特请都督一言而决。若肯兴兵，吾等愿效死战！"周瑜曰："公等所见亦皆同否？"黄盖奋然而起，以手拍颈曰："吾头可断，誓不降曹！"【眉批：**写武将如画。**】众等皆曰："不降！"周瑜曰："吾正欲与曹操决战，安肯降也？请诸将暂回，自有定议。"【眉批：**亦用浑语答去。**】普等辞退。

又报诸葛瑾、阚泽、吕范、朱治一班文官相探。瑜各叙礼毕，诸葛瑾曰："舍弟自汉上来，其言欲使豫州结好东吴，共破曹公，文武商议不定。因是舍弟为使，瑾不敢多言，专等都督来决此事。"瑜曰："以公道论之若何？"瑾曰："降者易安，战者难保。"周瑜笑曰："吾自有主张。来日同至府下定议。"瑾等辞退。

又报曰："吕蒙、甘宁等一班儿相见。"瑜请入，亦说此事。有要战者，有要降者，互相争论。【眉批：说得**纷纷不一，极像，极像。**】瑜曰："不必多言，来日都到府下公议。"周瑜冷笑不止，左右秉烛。

又报子敬、孔明同在门首。瑜出中门相接，肃与孔明入见。叙礼毕，分宾主而坐。肃先问曰："今操驱众南侵，吴主不能自决，一听于将军。将军意下何如？"瑜曰："今操兴兵，以天子为名，师不可拒，势不可遏。战则易败，降则易安。吾已主定，来日进见讨虏，遣使纳降耳。"【眉批：**又倒跌一番，妙。**】鲁肃愕然，曰："君言差矣，江东基业，自破虏开创到今，已历三世，岂可一旦废之？伯符弃世以来，外事付托将军，保全国家，

为泰山之靠，何亦从懦夫之议耶？"【眉批：**既明知瑜言是假，亦少不得此一番忠激。**】瑜曰："江东六郡，生灵

国学经典文库

李渔批阅

三国演义

诸葛亮智说周瑜
周瑜定计破曹操

图文珍藏版

国学经典文库

李渔批阅

三国演义

诸葛亮智说周瑜
周瑜定计破曹操

图文珍藏版

夫限，若罹大祸，必主怨于吾，故且降之。"肃曰："不然，夫以将军之英雄，以东吴之险固，操未，必便能侵夺江东也。"二人争论不已，孔明袖手冷笑。瑜曰："先生何哂耶？"孔明徐徐答曰："亮不笑别，笑子敬不识时务也。"肃又愕然，曰："孔明如何反笑我不识时务？"孔明曰："公瑾主意降操，正合理也。"【眉批：对痴人说梦。】瑜曰："孔明乃识时务之士，必知理所见矣。"肃曰："孔明，你也如何说此？"孔明曰："操极善用兵，仿佛孙、吴，天下莫能当，能当之者，真英雄也。旧只有吕布、袁术、袁绍、刘表可与对敌。今数人皆被操灭，天下亦无人矣。独有豫州不识时务，强与争衡。今孤身江夏，存亡未保。将军所以主降者，一可以保妻子，一可以全富贵。国祚迁移，付之天命，何足惜哉！"【眉批：假中作假，又激动真太恶得妙。】鲁肃大怒曰："汝教吾主屈膝受辱于国贼乎？"孔明曰："愚有一计，并不劳牵羊肉袒，纳土献印，亦不须亲自渡工江；只须遣一文官，扁舟送二人到江上。操一得之，百万之众，皆卸甲卷旗，望北而去矣。"周瑜曰："用何二人可退操兵？"孔明曰："江东去此二人，如大木飘二叶，似千仓减二粟耳。虽云如此之轻，足称曹操之愿。"瑜又问："是何人？"孔明曰："亮居隆中时，有北郡人言，操于漳河边新造一台，名曰铜雀台，以应其瑞，限一千日工毕。曹操平生酒色之辈，酷爱妇人，久闻江东桥公有二女，长日大桥，次曰小桥，有沉鱼落雁之容，闭月羞花之貌。操有誓曰：

'吾一愿得天下，以为帝王扫平四海；二愿得江东二桥，置于铜雀台，以为晚年之乐，虽死无恨矣！'今虽引百万之众，虎视江南，实为此二女也。将军何不去寻桥公，以千金买此二女，差人送与曹操。【眉批：**置刺痛处，恶极，妙极。**】操得称心满意，必星夜回邺矣，此范蠡献西施之计，何不速为之？"周瑜曰："有何证验？"孔明曰："曹操第三子曹植，字子建，下笔成文。操命其子作一赋，名曰《铜雀台赋》。赋中之意，单道他家合为天子，誓娶二桥。"瑜曰："公能记否"？【眉批：**此时不跳起来，不是有养，犹疑孔明假话耳。**】孔明曰："吾爱文章之华美，常暗诵，一字不忘。"瑜曰："请诵一遍。"孔明即时诵《铜雀台赋》云：

从明后而嬉游兮，登层台以娱情。见太府之广开兮，观圣德之所营。建高门之嵯峨兮，浮双阙乎太清。立中天之华观兮连飞阁乎西城。临漳水之长流兮，望园果之滋荣。列双台于左右兮，有玉龙与金凤。挟"二桥"于东西兮，【眉批：**此架二桥。借得甚巧。**】若长空之蝃蛛。俯皇都之宏丽兮，瞰云霞之浮动。欣群材之萃兮，协飞熊之吉梦。仰春风之和穆兮，听百鸟之悲鸣。云天垣其既立兮，家愿得乎双逞。【眉批：**彼作有心之听，二语甚作证。**】扬仁化于宇宙兮，尽肃恭于上京。惟桓、文之为盛兮，岂足方乎圣明？休矣！美矣！惠泽远扬。冀佐我皇家矣，宁彼四方。同天地之规量兮，齐日月之辉光。

国学经典文库

李渔批阅

三国演义

诸葛亮智说周瑜
周瑜定计破曹操

图文珍藏版

国学经典文库

李渔批阅

三国演义

诸葛亮智说周瑜
周瑜定计破曹操

永贵无极兮，等君寿于东皇。御龙旗以游兮，周鸾驾而周彰。恩化及乎海宇兮，喜物阜而民康。愿斯台之永固兮，乐终古而未央！

周瑜听罢，跳跃离坐，指北而大骂曰："老贼欺吾太甚！"孔明急起而止之曰："昔匈奴屡侵疆界，汉天子许以公主和亲，元帝曾以明妃嫁之，何惜民间女子乎？"瑜曰："虽民间之女，大桥是讨虏将军孙伯符主妇，小桥乃我之妻也。"孔明曰："惶恐，惶恐！亮实不知也。失口乱言，死罪，死罪！"瑜曰："吾与老贼誓不两立！"孔明曰："事要三思，免致后悔。"瑜曰："吾承孙伯符之寄托，安有辱身屈己，降曹之理也！适来所言，故反说以钓诸，公耳。吾自离鄱阳湖，便起北伐之心。虽刀斧加头，不可易也！望孔明助一臂之力，同破曹贼。"孔明谢曰："将军不弃，愿施犬马之劳，早晚拱听驱策。"后史官单道说孔明激周瑜诗曰：

> 口若悬河水逆流，风雷舌上用机筹。
> 高谈善动周公瑾，雄辩能惊孙仲谋。
> 立志便分三国定，鏖兵应为二桥羞。
> 孔明当日心无量，西蜀东吴一旦休。

周瑜大怒不息，与孔明曰："来日到府下，便议兴兵，望公助之。"孔明与鲁肃同出，相别而去。不误侯议

图文珍藏版

兴兵破曹操，还是如何，且听下回分解。

却说次日清晨，吴侯升堂，左边文官张昭、顾雍、张纮！步骘、诸葛瑾、虞翻、庞统、陈武、丁奉等三十余人，右边武官程普、黄盖、韩当、周泰、蒋钦、潘璋、吕蒙、陆逊等三十余人，衣冠济济，剑佩锵锵，侍立两边。孙权教请周公瑾议事。少时，鲁肃入报："周都督到了。"周瑜入见。礼毕，权曰："都督治水军劳神。"瑜曰："主公掌政事不易。"请瑜坐下。瑜曰："近闻曹操引兵已屯汉上，弛书至此，主公议论若何？"权便取檄文与看。瑜看了，笑而复怒曰："老贼以我江东无人，辄敢诏此相侮耶！"权曰："若何？"瑜曰："主公曾与文武商议否？"权曰："累议此事，内有劝我降者，亦有使我战者，理会未定，故请公瑾一语决之。"瑜曰；"谁请主公降？"权曰："张子布等，皆主此议。"瑜问昭曰："先生主降，愿闻其意。"昭答曰："曹公豺虎也，挟天子而征四方，动以朝廷为名，近得荆州，威势甚大。吾江东可以拒操者，长江也。今操艨艟战舰何止数千，水陆并进，安可

国学经典文库

李渔批阅

三国演义

诸葛亮智说周瑜
周瑜定计破曹操

图文珍藏版

国学经典文库

李渔 批阅

三国演义

诸葛亮智说周瑜
周瑜定计破曹操

图文珍藏版

656

当之？故愚以为不如且降，再图后计。"瑜曰："此迂儒之论也。且江东自破虏将军开国以来，今历三世，安可一旦举以与人？"权曰："若此，计将安出？"瑜答曰："操虽托名汉相，实为汉贼。将军以神武雄才，兼仗父兄余业，据江东之地，方数千里，兵精粮足，英雄云集，当横行天下，为国家除残去秽。况操自来送死，可降之耶？请主公筹之。今北土未平，马超、韩遂足为曹之后患，一也；操舍鞍马，仗舟楫，去长用短，与吴越争衡，二也；又遇隆冬盛寒，马无粮料，三也；驱中国士卒，远涉江湖，不服水土，多生疾病，四也。数者皆用兵之忌，而操皆冒而行之。将军擒操，正在今日。瑜请得精兵数万，进住夏口，保为将军破之。"权跃然曰："老贼欲废汉而自立久矣，所惧二袁、吕布、刘表与孤耳。今数雄已灭，惟孤尚存。孤与老贼，誓不两立。君言当击，甚合孤意。此天以君授孤也。"瑜曰："某与将军决一血战，万死不辞，只恐将军狐疑不定耳。"权拨佩剑砍奏案一角，曰："如有再言降者，与此案同。"言罢，便将此剑付与周瑜，拜瑜为大都督，程普为副都督，鲁肃为赞军校尉，如不听号令者，以剑诛之。瑜受了剑，对众言曰："吾奉君侯将令，率众破曹。一应将吏，来日皆于江畔行营品质调；如迟违者，依七禁令五十四斩施行。"言罢，辞了孙权便起，众文武各各无言而散。

周瑜回一下处，便请孔明论事。孔明已至，瑜曰："今日府下公议已定，愿求破曹良策。"孔明曰："讨虏心尚未稳，不可以决策也。"瑜曰："何谓不稳？"孔明曰："心不稳者，怯曹兵多，怀寡不敌众之虑。将军能以军数开解，使讨虏了然无疑，则大事可成矣。"瑜曰："先生之论甚善。"瑜又来见孙权，权曰："公瑾夜至，更有何说？"瑜曰："来日调拨军民，主公心有疑否？"权曰："但忧曹公兵多，寡不敌众；余有何疑？"瑜笑曰："瑜特为此，径来开解主公耳。主公因见曹公书，言水陆八十余万，而怀恐惧，不复料其虚实，不知以实论之。彼将中国之众，不过十五六万，且已久疲；所得袁众亦止七八万耳，尚人人怀疑。夫以久疲之卒，怀疑之众，数虽多，甚不足畏也。瑜得五万精兵，自足制之。愿主公勿虑。"权抚周瑜背曰："公瑾言此，开我茅塞多矣。子布无谋，各顾妻子，挟持私虑，深失所望。独卿及子敬与孤同耳，天以卿二人赞孤也。已选三万人，船筏战具俱办。卿与子敬、程普便在前发；孤当续发人众，多载资粮，为卿后援。卿前军稍不如意，便还就孤，孤当亲与操贼共决胜负。事已论定，卿宜向前，不必更虑。"

周瑜辞退，因暗思曰："孔明早已料见吴侯之心，又高吾一着。久必为江东患，不如杀之。"速令人请鲁肃连夜入帐，实言欲杀孔明之事。肃曰："不可，今操贼未破，先杀贤人，为万人耻笑，非丈夫之所为也。"瑜曰："此人助刘备，后必为江左之患，奈何？"肃曰："诸葛瑾是他亲兄，可使招之，伺事孙讨虏，岂不妙哉？"瑜曰："斯言甚善。"

国学经典文库

李渔批阅

三国演义

诸葛亮智说周瑜

周瑜定计破曹操

次日平明，瑜赴行营，升中军帐高坐，左右立刀斧手，聚集文武诸将听令。程普年长，旧为兄，周瑜年幼，爵居其上，是日推病，令长子程咨代替。瑜传令曰："王法无亲，诸军各守乃职。方今曹操弄权，甚于董卓，囚天子于许昌，屯暴兵于境上。吾今奉命，讨罪吊民。大军到处，不得一概动扰。赏劳罚罪，并无亲疏。差韩当、黄盖为前部先锋，兼管本部大小战船五百只，目下便行，前到三江口，下定水寨，别听将令，蒋钦、周泰为第二队，凌统、潘璋为第三队，太史慈、吕蒙为第四队，陆逊、董袭为第五队，吕范、朱治为四方巡警使，六郡催督官军，水陆并进而行，克期取齐。"号令已毕，诸将各自本处收拾船只军器起行。程咨回见程普，备说周瑜调兵，动止有法。普大惊曰："吾素欺周郎懦弱，不足为将；今论大事如此，真将材也！吾如何不服！"【眉批：**将士如此感化，便是取胜根本。**】遂亲往行营谢罪。

瑜请诸葛瑾至。坐定，瑜曰："令弟孔明有王佐之才，如何屈身而事刘备？今幸至江左，欲烦先生不惜齿牙余论，使令弟弃备而事讨虏，汝之兄弟又得朝暮相见，岂不美哉？"瑾曰："瑾自到江左，无尺寸之功，蒙讨虏将军重用。既都督有奉公之心，敢不听命。"即时离营上马，径投驿庭。

人报孔明。孔明出，接入驿舍，器拜，各诉疏远之情。瑾泣而言曰："弟知伯夷、叔齐之情乎？"孔明暗思："此必周瑜教他来说我也。"遂答曰："夷、齐，古之大贤也。"瑾曰："二人让位，皆逃在一处，后谏武王不从，隐居首阳山下，不食周粟，遂饿而死，亦在一处。活时一处，死时一处。我思与尔同胞共乳，各事其主，不能早晚相随，视夷、齐为人，岂不羞赧乎？"孔明曰：兄所言者，义也。义与忠、孝，三者何重？"瑾曰："人以忠、孝为本，义不可缺也。"孔明曰："弟教兄全忠全孝，若何？"瑾曰："何谓也？"孔明曰："弟民兄皆汉朝人也。今刘皇叔乃中山靖王之后，汉景帝阁下玄孙，兄能弃东吴而事皇叔，此则全忠；相父母坟茔皆在北方，兄若归来江北，早晚又得拜扫祭祀，此则全孝。以此忠、孝为重，徒欲使弟全义，不敢听从也。【眉批：瑾引夷、齐，以手足之情动之，亮言忠、孝以拒之。】望兄察之。"瑾思曰："我来说他，倒被他说了我也。"因此不能回答。

辞孔明而起，回报周瑜。瑜曰："若何？"瑾曰："吾受孙计虏厚恩，安敢忘之？"尽将前言告诉一番。瑜曰："既公忠心事主，不必再有多疑，吾自有伏之之计。"瑾辞归。毕竟瑜定何计伏孔明，未知如何？

国学经典文库

李渔批阅

三国演义

诸葛亮智说周瑜
周瑜定计破曹操

图文珍藏版

国学经典文库

李渔批阅

三国演义

周瑜三江战曹操群英会瑜智蒋干

图文珍藏版

660

第四十五回　周瑜三江战曹操 群英会瑜智蒋干

周瑜思忖，转恨孔明，存心欲谋杀之，【眉批：**便不怀好意，孔明也只当不知。**】遂往辞孙权。权曰："公瑾先行，孤即起兵继后。"瑜共程普、鲁肃邀孔明同行。孔明欣然从之，一同登舟，驾起风帆，溯流望夏口而进。

离三江口五六十里，船依次第摆布已定。周瑜在中央下寨，岸上依傍西山结营，周围下寨五十余里，孔明只就小舟内安歇。【眉批：**舟虽小，胆颇大。**】

周瑜分派已定，使人请孔明于中军帐议事。时文武都聚帐下，孔明至，坐定。瑜曰："昔曹兵少，绍兵多，两连相拒于白马、官渡之时，【眉批：三十回中事于此一提。】操以何计破绍之兵？先生深通兵法，必知其详，愿乞赐教。"孔明暗思："此君因见说我不动，必欲用计害我。看他如何！"遂答曰："闻用许攸之计，先断乌巢之粮，因此一战成功。"瑜大喜曰："先生之言极是。操兵八十三万，予兵三万，安能拒之？必须先断其有，然后可破。今操知操军粮草，皆屯聚铁山。先生久居江上，地理必熟。【眉批：惟不怀好心之人，最会说好话。】。彼此各为主人之事，有劳先生率领关、张、子龙之辈，吾亦助兵千余，星夜往聚铁山，断操粮道。此行勿误。"孔明欣然领命，便辞周瑜而去。众官皆散，鲁肃独问瑜曰："公使孔明何意？"瑜曰："欲杀之，恐惹人笑，故借操之手，先除后患。"肃乃来见孔明，看他知也不知。孔明略无难色，整点军船要行。肃不忍，以言挑之曰："此去可成功否？"【眉批：写鲁肃忠厚，以反衬周。】孔明笑曰："吾水战、步战、马战、车战。各尽其妙，何愁功绩不成？非比江东公与周郎尽一能也。"肃曰："吾与周郎何谓一能？"孔明笑曰："吾闻江东小儿有言：'伏路把关饶子敬，临江水战有周郎。'公等于平陆，但能伏路把关；周公瑾只堪水战，不能陆战耳。"【眉批：先生惯用反激法。】肃以言回报周瑜，瑜大怒："何欺我只能水战也！不用他去，吾自引一万马步军，直往聚铁山断操粮道。"【眉批：孔明耐得，周瑜反耐不得。】肃以言回报孔明。孔明笑曰："公瑾令吾断粮者，实欲令曹公杀吾耳。吾故

国学经典文库

李渔批阅

三国演义

周瑜三江战曹操
群英会瑜智蒋干

图文珍藏版

国学经典文库

李渔批阅

三国演义

周瑜三江战曹操
群英会瑜智蒋干

图文珍藏版

片言戏之，公瑾便容纳不下。【眉批：此以正言攻之。】目今用人之际，只愿吴侯与刘使君同心，则大事可成；如各相害，则事何由济？操多谋者也，平生惯断人之粮道，今日如何不以重兵堤防？公瑾若去，则必就擒。【眉批：此以忠言告之。】只当先决水战，挫动北军锐气，别寻妙计破之。【眉批：为下文伏笔。】望子敬善言以告公瑾。"鲁肃回报周瑜，瑜摇首顿足曰："此人见识果胜吾矣。今若不除，日后必为吴国之患！"【眉批：既敬之服之，又欲杀之，何也？】肃曰："目今大军相拒，还当以目前为急，此事可缓图也。"瑜然之。

却说玄德分付公子刘琦守把江夏，遂引兵往夏口。登程遥望，江南岸旗幡隐隐，戈戟重重，料是东吴动兵矣，玄德尽把江夏之兵屯于樊口，令人登高望之。使人回报曰："南岸尽是东吴战船。北岸隐隐烟火不绝，乃徐州、青州之兵。"玄德聚众曰："孔明一去，杳无音信，不知就里如何。谁人可去探虚实？"糜竺曰："某愿往。"玄德乃备羊酒礼物，嘱付糜竺曰："当应机随变。"竺驾小舟，顺流而下，径至周瑜寨中。军士报瑜曰："刘玄德使糜竺来尉劳将军。"瑜教人，竺再拜。致玄德再三相敬之意，献上酒礼。瑜受之，款待糜竺。竺告瑜曰："孔明特来结好东吴，共破曹操，竺欲相见，今在何所？"瑜曰："今军已临敌，吾欲亲往一会玄德，争奈任重，不可片时相离。若豫州肯枉驾来临，深慰所望。【眉批：便用诱敌之语。】别有他事，自当面告。孔明与我定计破曹，

未可便归去也。"竺应诺，遂辞下船而回。肃曰："公欲
见德有何意?"瑜曰："玄德世之枭雄，今若不除，东吴
之大患也。吾非为己，实为国家耳。"鲁肃劝之，不从。
遂传密令："如玄德至，先埋伏刀斧手五十人于壁衣中，
吾掷盏为号，便出下手。"

　　却说糜竺回到樊口，来见玄德，将周瑜欲得面会之
意说了。玄德便叫收拾快船一只，只今便行。云长谏曰：
"吾知周瑜多谋之士，又兼无孔明之书，其中必诈，不可
去。"【眉批：云长精细。】玄德曰："我今结好东吴，共
破曹操；他欲见我，我若不往，非同盟之意也。两相疑
惑，事不谐矣。"云长曰："兄长坚意要去，弟亦同去。"
张飞曰："我也跟去。"玄德曰："只着云长跟随我去，弟
与子龙守寨，简雍固守鄂县，我去便回。"乃乘小舟，云
长并从者二十余人，飞奔而来。【眉批：后有云长单刀赴
会，先有玄德轻车赴会。】至寨口，玄德见艨艟斗舰，

国学经典文库

李渔批阅

三国演义

周瑜三江战曹操
群英会瑜智蒋干

图文珍藏版

663

旌旗甲兵，左右分布整齐，心中甚喜。军士飞报周瑜。瑜问："多少船到？"报曰："只有一只船，从者二十人。"瑜笑曰："此人命当休矣！"嘱付埋付刀斧手，一面远远相接。【眉批：为玄德着急。】玄德引云长二十人，步行进入在中军帐。周瑜步出辕门相接。入帐中叙礼毕，请玄德上坐。玄德曰："将军名传天下，世之俊杰。区区刘备，安敢烦将军之重礼耶？"乃分宾主而坐。周瑜取酒相待。

却说孔明偶来江边，见说玄德与都督相会，吃了一惊，【眉批：一惊非小。】，急入中军帐，正遇鲁肃。肃与孔明携手而入，偷目先视周瑜，面有杀气，两边密排壁衣。孔明思之："吾主休矣！"回视玄德，谈笑自若，看玄德背后，按剑而立者，云长也。孔明喜曰："吾主无危矣！【眉批：神见。】料周瑜惧怕云长，必不敢下手。"孔明不入，【眉批：妙在不即与玄德相会。】复回船上，江边伺候。

周瑜起身把盏，猛见云长立在背后，忙问曰："此何人也？"玄德曰："乃吾弟关云长也。"瑜曰："莫非向日斩颜良、文丑者乎？"【眉批：又一提。】玄德曰："是也。"周瑜汗流满臂，就与把盏。又饮数杯，玄德问曰："将军今拒曹操，得战卒几何？"瑜曰："三万耳。"玄德曰："安能敌彼八十三万人耶？"瑜笑曰："兵多将广，何足惧哉！瑜三万人，足可以用。豫州试看吾破之，如摧朽木耳。"玄德羞而谢之。忽见鲁肃入，【眉批：鲁肃之来非无意。】玄德曰:"子敬可请孔明说话。"瑜曰:"且待破了曹操,与孔明相见未迟。"玄德不敢再言。云长目之,玄德会其意,乃辞瑜曰:"备暂告别,破敌收功之后,专当拜贺。瑜也不留,送出辕门。"

备至船边,忽见孔明。孔明曰:"主公知今日之危乎?"玄德曰:"不知。"孔明曰:"若无云长,已遭瑜之难矣。"玄德方悟,问孔明曰:"若何?"孔明曰:"若某虽居虎口,安如太山。今主公但收拾船只军马,十一月二十甲子日为期,可教子龙驾小舟于南岸江边等候,【眉批:俱先算定,神妙莫测。】切勿有误。"玄德问其意,孔明曰:"但看东南风起,亮必还矣。主公可速开船。"孔明自回。玄德开船,行不数里,上流头放下五六十只船来。玄德慌忙看时,船上一人,乃张飞也,"恐怕哥有失,特来远接。"遂乃同回。

却说鲁肃问周瑜曰:"公瑾今日何不下手?"瑜曰:"关云长世之虎将也,行坐相随,吾若下手,他必害我。"肃愕然。有人又报:"曹操遣使来。"瑜唤入,使人呈上书。看时,封皮云"汉大丞相付周都督开拆"【眉批:此封书亦可作《铜雀台赋》观。】瑜大怒,更不开看,扯碎掷地,喝斩使者。肃曰:"两国相争,不斩来使。"瑜曰:"斩使以示威也。"将首级付从人回去。瑜曰:"操贼必兴兵矣。"当日发放,令甘宁为先锋,韩当为左翼,蒋钦为右翼,瑜自部领诸将接应。来日四更造饭,五更开船,战具炮石一应完备。

国学经典文库

李渔批阅

三国演义

周瑜三江战曹操
群英会瑜智蒋干

图文珍藏版

国学经典文库

李渔批阅

三国演义

周瑜三江战曹操
群英会瑜智蒋干

图文珍藏版

却说曹操听得周瑜斩了他来使，毁了他书，心中大怒，便唤蔡瑁、张允一班儿荆州降将为前部，操自为后军，四更造饭，五更开船。时建安十二年十一月初一日也，平风静浪，船已到三江口。南船亦摆开，旗幡中一员大将，坐在船头上大呼曰："吾甘宁是也！有敢战者，即上船来！"，蔡瑁大怒，唤弟蔡壎前进，鼓噪呐喊。壎大呼曰："吾大将蔡壎也！"甘宁执箭扣弓，望壎射之，应弦而倒。宁驱船大进，万弩齐发，北军不能抵当，回转船只。宁船左边蒋饮，右首韩当，直冲入北军队中，来擒曹操。未知性命如何？

却说甘宁一箭射死蔡壎，三路战船，纵横于三江水面，箭似飞蝗，炮如暴雨。韩、蒋二将见北船尽是青、徐之兵，素不曾习水战，大江水面战船一摆，早已立脚不住，安能奋武扬威？于是甘宁催两路船，杀透北军。周瑜又催后船助战，从已至未，北军都退，中箭着炮者，不计其数。【眉批：此孔明所谓"先挫北军锐气"也。】周瑜虽精于水战便利，然恐寡不敌众，遂下令鸣金，收住船只。北军尽回，青、徐兵不谙水战者，溺死极多。

操登旱寨，再整军士，唤蔡瑁、张允，责之曰："东吴兵少，你缘何反败？是汝不用心耳。且免汝一番，后再如此，必按军法。"【眉批：为受人反间根本。】蔡瑁曰："荆州水军久不操练，兼有强半北军不识水利，见南军一击便慌。如今先下水寨，令北军在中，水军在外，每日教习。水军精熟，方可用之。"操曰："你既是水军都督，取便区处而行，何必禀我。"张、蔡二人自去训练水军。沿江一带分二十四座水门，以大船居外，用为城郭；小船居内，可通往来。【眉批：尽有法度。】至晚点上灯，照得天心水面，上下通红。旱寨三百余里，烟火不绝。【眉批：将写周瑜所放之火，先写曹操营中之火。】搬运粮草，车仗相接，晓夜而行。

却说周瑜得胜回寨，一面差人报吴侯，以甘宁为第一功，韩当、蒋饮次之，余皆赏赐。已毕，瑜乃当夜登高观望，西边通红，火光接连天地。瑜问之，左右答曰："此是北军灯火之光也。"瑜亦心惊，当夜收拾一只楼子船，亲去观看操军水寨；随行有鲁肃、黄盖等八将，皆带强弓硬弩，一齐上船。两边青布为幔，排列二十余人；上带鼓乐，迤逦前进。至操寨边，日当卓午。瑜命下了矴石，楼船上鼓乐齐奏。瑜暗窥他水寨，大惊云："此深得水军之妙也！"问水军都督是谁，左右曰："蔡瑁、张允。"瑜曰："此二人久居江东，谙习水利。何计先除此二人，然后可以破曹。"瑜在船上饮酒，看玩水寨。时曹军看见，忽报曹操。操教纵船擒捉周瑜。瑜见旗号水寨中起，急叫收起矴石，两边四下一齐轮转橹棹，望江面上如飞而去。比及曹军水寨中船出，南船已离了十数里远，【眉批：**南船轻捷。**】追之不及，急回报曹操。

操言："昨日输了一阵，挫动锐气；今被他深窥吾寨，吾用何计破之？"言未毕，忽见帐下一人出曰："某自幼与周郎同窗交契，如亲昆仲，愿凭三寸不烂之舌，往江左说此人来降，共擒刘备，若何？"曹操大喜，视之，乃九江人也，姓蒋，名干，【眉批：**周瑜正要离间蔡、张二人，而蒋干就有请往江东机会，极是凑趣。**】字子翼，见为曹操帐下幕宾。操问曰："先生果与周公瑾交厚乎？"干曰："丞相放心，干到江左，必要成功。"操问："要何物将去？"干曰："只消一童随往，二仆驾舟，其余不用。"操甚喜，置酒与蒋干送行。

干纶巾布袍，驾一只小船，径到周瑜寨中，命报云："故人蒋干特来相访。"瑜正在中军帐议事，忽报蒋干至，瑜笑谓诸将曰："说客至矣。"【眉批：**正欲借客作主，求其至而不得**。】与众将附耳低言，如此如此。众皆应命而去。瑜整衣冠，引从者数百，皆锦衣花帽，前后簇拥，瑜步出远迎。蒋干引一青衣小童，飘然而来。瑜教从者摆列予两下，【眉批：**先使观江东人物**。】瑜慌拜而迎之。干曰："贤弟别来无恙"瑜应声答曰："子翼良苦，远涉江湖，为曹氏作说客?"【眉批：**开口便说破他**。】干默然，良久曰："吾与足下间别久矣，近知威振东吴，名扬华夏，故来叙旧，以观其成，何疑作说客耶?"瑜曰："吾虽不及师旷之聪，闻弦歌而知雅意也。"【眉批：**岂即顾曲周郎耶?**】干曰："足下视人如此，敬请告辞。"瑜笑而抚其背曰："但恐兄与曹氏作说客耳。既无此心，去何速也?"遂入帐中。叙毕坐定，令左右取江左英杰与子翼相见。

少时，面前设金银器皿，光射眼目。文官武将，各穿锦锈之衣；帐下小将，尽披银铠，分两行而入。【眉批：**又使观江东殷富**。】瑜都教相见已毕，就教列于两旁而坐，奏军中得胜之乐，轮换行酒。瑜告诸将曰："此是吾同窗友兄也。虽从江北到此，却非曹氏说客，众等勿疑。"【眉批：**反说塞口，妙**。】遂唤子义曰："可佩吾剑作明辅。今日置酒，但叙旧日交情；如有提及曹操与东吴军旅之事者，可立斩之!"太史慈轩昂应诺，按剑坐于

席上。【眉批：朱虚侯监酒是禁人逃席，太史慈监酒是禁人说兵事。比等底官，委实怕人。】蒋干闻之，如坐针

毡。周瑜曰："吾自领军以来，点酒不饮；今日见了心腹故人，又无疑忌，当饮一醉。吾兄开怀。"座上觥筹交错，但是一个起来把盏，必须夸其才能。周瑜大笑而畅饮。酒至半酣，瑜携干手，步出帐外。瑜左右军士，皆全装贯带，持戈执戟而立。瑜曰："吾之小卒，颇雄壮否？"【眉批：又夸军威。】干曰："虎狼之兵也。"引干到帐后一望，粮草堆如山积。瑜曰："吾之粮食，颇足备否？"干曰："兵精粮足，名不虚传。"瑜又大笑，引干看营中军器鞍马。【眉批：又夸器械。】瑜佯醉大笑曰："想周瑜与子翼同学业时，不曾望有今日也！"干曰："以贤弟高干，实不为过。"瑜执干手曰："大丈夫处世，遇知己之主，外托君臣之义，内结骨肉之恩，言必听，计必从，祸福共之。假使苏秦、张仪、陆贾、郦生复出，口似悬河，舌如利刃，安能动我心哉！"言罢大笑。此时蒋

国学经典文库

李渔批阅

三国演义

群英会瑜智蒋干
周瑜三江战曹操

图文珍藏版

干面如土色，心似刀锥。瑜又邀入帐上，会诸将再饮，又指诸将曰："此皆江左之豪杰。今日此会，'群英会'耳！"饮至天晚，点上灯烛，瑜自起舞剑作歌。【眉批：周郎一生，只畅快此一次。】众拍手而和。歌曰：

大丈夫处世兮立功名，功名既立兮王业成。王来成兮四海清，四海清兮天下太平。天下太平兮吾将醉，吾将醉兮剑横行。

歌罢慷慨，满座尽欢，独有蒋干寸心欲碎。夜已更深，干辞："不胜酒力矣。"瑜挟干臂曰："日久不与子翼同榻，今宵抵足而眠。"

瑜本不醉，佯推大醉，同干入帐共寝，瑜衣不能解带，呕吐狼藉于床上。【眉批：两人醉醒，各有心事，写得像。】是夜蒋干如何睡得着，窃听之时，军中鼓打二更，起视残灯尚明，看周瑜时，鼻息如雷。干观帐内卓上，一堆文书。干偷视之，皆是往来书信。内有一封，上写"张允、蔡瑁谨封"。干大惊，暗读之。书云：

某等降操，非图仕禄，皆势迫耳。今已赚北军困于寨中，但得其便，即将操贼之首，献于麾下。早晚人到，便有关报。谨此敬覆，希冀照察。

干思曰："原来蔡瑁、张允结连东吴！"将书暗藏衣内。忽周瑜翻身，干急灭灯就寝。瑜口内含糊曰："子翼

国学经典文库

李渔批阅 三国演义

周瑜三江战曹操
群英会瑜智蒋干

图文珍藏版

671

国学经典文库

李渔批阅

三国演义

周瑜三江战曹操

群英会瑜智蒋干

图文珍藏版

公，我数日之内，教你看操贼之首。"干勉强应之。又曰："子翼且住，教你看操贼之首。"及干问之，瑜又推睡着。

干伏在床上，看看四更，听得一人入帐，轻唤曰："都督醒否？"周瑜佯作梦中忽觉之意，故问那人曰："床上睡着何人？"答曰："都督请子翼同寝，何谓不知？"瑜懊悔曰："吾未尝饮酒，昨日醉后失事，不曾说甚言语？"那人曰："江北有人至此。"瑜喝："低声！"便唤："子翼。"蒋干只装睡着，也推不觉。【眉批：**前是周郎假睡，此又是蒋干假睡。干受人骗，又要骗人。**】瑜潜出帐，干窃听之。有人在外曰："张、蔡二都督道：'急切不得下手，……'"【眉批：**只一句勾了，不消多听。**】后面言语颇低，听不真实。少刻，瑜入帐，又唤："子翼。"蒋干只推睡着，瑜解衣就睡。干寻思："周瑜是个有精神的人，天明寻书，必然漏泄。"睡到五更，干起唤周瑜，瑜却推睡着。干戴上巾帻，潜频出帐去，唤了小童，径出

辕门。军士问："先生那里去？"干曰："吾在此，恐都督事误，权且告别。"军士也不阻挡。【眉批：俱是周瑜之计。】

干下船，飞奔江北，来见曹操。操问："先生干事若何？"干曰："周瑜心如铁石，不可说也。"操怒曰："事又不济，反被东吴之笑！"干曰："虽不能说周瑜，却与丞相打听得一件事。乞退左右。"干将上项事，逐一说与曹操。操大怒目："二贼如此无礼！"恐走透消息，即便唤蔡瑁、张允到帐下。操问曰："进兵如何？"瑁曰："军练未纯，不敢轻进。"操怒曰："军若练纯，首级献于周郎矣！"蔡、张二人不知其意，惊慌不能回答，操喝令武士推出斩之。须臾，献头帐下。众皆入问其故，操方省悟曰："吾中计矣！"【眉批：聪明人，只好愚弄他一时。】心中虽知中计，不肯错认，乃与众将曰："此二人怠慢军法，迁移日久，吾故斩之。"【眉批：不肯认错。】众皆嗟吁不已。曹操于众内，选毛玠、于禁为水军都督，【眉

国学经典文库

李渔 批阅

三国演义

周瑜三江战曹操
群英会瑜智蒋干

图文珍藏版

批：二人该火星临命。】以代二人之职。其余之将，皆不更换。

细作探知，报过江东。周瑜大喜曰："吾所患者，此二人也，略施小计，尽已剿除。吾无忧矣！"肃曰："都督如此用兵，何愁曹操不破乎！"瑜曰："吾料诸将不知此计，独有诸葛亮胜于吾见，想此谋亦不可瞒也。【眉批：曹操尚难终瞒，何况孔明乎？】子敬试以言探之，看他知也不知，便当回报。"鲁肃来探孔明，还是如何，且听下回分解。

国学经典文库

李渔批阅

三国演义

周瑜三江战曹操
群英会瑜智蒋干

图文珍藏版

国学经典文库

李渔批阅

三国演义

诸葛亮计伏周瑜
黄盖献计破曹操

图文珍藏版

第四十六回 诸葛亮计伏周瑜 黄盖献计破曹操

　　鲁肃领了周瑜言语，径来船中相探孔明。孔明接入小舟。肃曰："连日措办军务，有失听教。"孔明曰："便是亮亦未与都督贺喜。"【眉批：奇绝。】肃曰："何喜？"

　　孔明曰："周公瑾使足下来探亮知也不知，便是这件事，可贺喜耳！"【眉批：黑夜事早已知之矣。】諕得鲁肃失色，问孔明曰："先生缘何知之？"孔明曰："这条计，只是瞒过蒋干。【眉批：隔江事早已知之矣。】曹操必然后省，只是不肯认错。今二人既死，江东无患矣，如何不贺！吾闻换了毛玠、于禁，这两个好歹送了水军性命。"【眉批：连后边事，又早已知之矣。】鲁肃开口不得，把些言语支吾了斗晌，别孔明而回。孔明嘱曰："万望子敬

国学经典文库

李渔批阅

三国演义

诸葛亮计伏周瑜
黄盖献计破曹操

图文珍藏版

676

休言亮知此事。【眉批：**正要他说，方显己之长，故反叮咛。观者不可以子敬嘱孔明同论。**】公瑾若知，必然寻事害亮也。"鲁肃驾舟而去，见周瑜，把上项事只得实说。瑜听知，大怒曰："此人断不可容，吾决意斩之！"肃劝曰："若杀孔明，却被曹操笑也。"瑜曰："吾自有公道斩之，教他死而无怨。"【眉批：**狠毒。**】肃曰："何以公道斩之？"瑜曰："子敬休问，来日便见。"

次日，聚众将于帐下，教请孔明。孔明欣然而至。坐定，瑜问孔明曰："即日交兵不远，水路之中，用何计以胜曹操？请先生见教。"孔明曰："大江之上，除非弓弩为先。"【眉批：**买弄惹强，故犯其令。**】瑜大喜："先生之言，正合吾意，但吾军中缺箭使用，欲烦先生监造十万枝箭，以备急用。先生切勿推却。"孔明曰："亮最闲于此。敢问十万枝箭，何时要用？"【眉批：**自请限期，奇绝。奇绝。**】瑜曰："十日之内，可办完否？"孔明曰："即日两军相当之际，早晚操军必到，若候十日，必误大事。"【眉批：**不以为速，反以为缓，妙，妙。**】瑜曰："先生可料几日便成？"孔明曰："只消三日严限，拜纳十万枝箭。"瑜曰："军中无戏言。"孔明曰："怎敢侮弄都督！"便要文书："三日不办，甘当军令！"周瑜大喜，唤军政司当面要了文书，置酒相待，"军事了日，后有酬劳。"孔明曰："今日不及，来日分付，便造箭也。第三日，可差五百小军到江边搬箭。"孔明饮了数杯，辞瑜而去。鲁肃曰："此人莫非诈乎？"瑜曰："他自送死，非吾

国学经典文库

李渔批阅

三国演义

诸葛亮计伏周瑜
黄盖献计破曹操

图文珍藏版

逼之。明白对众要了文书，你便两肋生翅也飞不去。吾只分付军匠人等，教他故意迟延，必然误了日期，那时定罪，有何理说？你可去探虚实，便来回报。"

肃来见孔明。孔明曰："吾曾告子敬，休对公瑾说，他必要害我。今日果然为之。三日之内要造十万枝箭，如无箭数，按军法施行。子敬只得救我！"肃曰："你自取其祸，如何救得你？"孔明曰："望子敬暂借二十只船，每船要军三十，各船皆用青布为幔，每船上要束草千余个，密布两边，皆在江岸伺侯，别有妙用。【眉批：不知**他葫芦里卖的甚么药**。】第三日，请子敬至此看箭。切不可教公瑾知会！如知，吾计败矣！"【眉批：此方是切嘱，**与前不同**。】不知其意，回报周瑜，果然不提起备船之事，只言他不用箭竹、翎毛、胶漆等件，自有道理。瑜亦大疑。

肃自拨轻快船二十只，各船三十余人，并用青布为幔，上插旌旗，内将谷草缚在两边，皆屯于孔明船边。一日无动静，二日亦只不行。到第三日四更，【眉批：第**三日四更，险到没去处矣**。】鲁肃来船边，孔明即教请上船。肃问曰："何意？"孔明曰："特请子敬同往取箭。"肃曰："箭在何处？"孔明曰："子敬休问，前去便见。"把二十只船用长索相连，只望北岸进发。是夜，大雾垂于江，【眉批：此雾便是东风报信人。】面对不相。孔明共鲁肃坐在船中，传令只教快行。果然是好大雾，前人有篇《大雾垂江赋》曰：

国学经典文库

李渔批阅

三国演义

诸葛亮计伏周瑜
黄盖献计破曹操

图文珍藏版

大哉长江！西接岷、峨，南控三吴，北带九河。汇

百川而入海，历万古以扬波。至若龙伯、海若，江妃、
水母，长鲸千丈，天蜈九首，鬼怪异类，咸集而有。盖
夫鬼神之所凭依。英雄之所战守者也。阴阳既乱，昧爽
不分。讶长空之一色，忽大雾之四屯。初焉纷揉，才隐
南山之豹；渐而垂布，欲迷北海之鲲。然后上接高天，
下连厚地；渺乎苍茫，浩乎无际。鲸鲵出水而扬波，蛟
龙潜渊而吐气。似零雨之濛濛，若浓烟之曳曳。又如梅
霖散溽，春阴泄寒；溟溟漠漠，浩浩漫漫。东失柴桑之
岸，南无夏口之山。甚则穹昊无光，朝阳失色；返白昼
为昏黄，变丹青于黝黑。虽大禹之智，不能测其浅深；
离娄之明，焉能辩其咫尺？于是冯夷息浪，屏翳收功；
鱼鳖遁迹，鸟兽潜踪。隔断蓬莱之岛，暗围阊阖之宫。
胡为乎来？吁矣可怪。隐毒蛇而降殃，藏妖魑而为疠。
饥虚遇之夭伤，闲静观之感慨。盖将返元气于洪荒，混

天地为大块。

静轩先生有诗一律单道雾云：

叠叠风光盛，蒙蒙细雨浓。

虽闻云外鹤，不见岭头松。

一水亡新浪，千山失旧踪。

禅关昏暗里，风送数声钟。

当日五更，【眉批：三日之限已满。】船已到曹操水寨。孔明教把船只头西尾东，一带摆开，就船上擂鼓呐喊【眉批：好做作。】鲁肃惊曰："倘曹兵齐出，如之奈何?"孔明笑曰："吾料操虽奸雄，于重雾中必不敢出。吾等酌酒取乐，雾散便回。【眉批：说得放肆，解得透彻。】吾亲身在此，子敬勿忧。"

却说水寨中，听得擂鼓呐喊，毛玠、于禁二人慌忙使人报知曹操。操此时因见水军未整，自到江边，提拔调用。具各停当了，操传令曰："重雾迷江，必有埋伏，不可轻动。可拨水军弓弩手，乱箭射之。"【眉批：若今时用炮火，此计便险。】差人往旱寨内唤张辽、徐晃，各带弓弩军三千，火速到船边助射。比及号令到来，毛玠、于禁只怕南军抢入水寨，已差弓弩手乱箭射了；号令到时，拨弓弩手约万余人，尽皆放箭。平明时分，孔明教把船掉回，头东尾西，逼近水寨受箭。徐晃又引能射者，

国学经典文库

李渔 批阅

三国演义

诸葛亮计伏周瑜
黄盖献计破曹操

图文珍藏版

679

尽皆赴水寨口大船放箭。只听得雾中擂鼓呐喊，简明如雨发。渐渐日高，收起雾露，孔明急收船回。二十只船，两边束草上排满箭枝。孔明令人叫曰："谢丞相箭！"【眉批：一边谨具奉申。】比及报知操时，船轻水急，已放回二十余里，追之不及。操懊悔自责，北将皆嗟咨不已。

却说孔明与鲁肃曰："每船上箭，可勾西五千矣。不费江东半分之力，已得十数万箭。明日用射北军，【眉批：此时暂领，明日枝枝奉还。】强如自己用工造作。"肃曰："先生神也！何以知今日如此大雾？"孔明曰："凡为将者，不通天文，不识地理，不知奇门，不晓阴阳，不看阵图，不明兵势，乃庸才也。亮三日前，算定今日大雾，因此方敢取限办纳。【眉批：此时方才说破。】公瑾教我十日办完，人匠料物皆不应手，便行官府，亦必误事，将借这件风流过犯，明白杀我。我命在天，周公瑾安能害我哉！"鲁肃拜服。船已到岸，五百搬箭军已在江边等候。孔明教船上取之。已得十万余箭，都搬入中军帐交纳。肃以孔明之言说与周瑜。周瑜大惊，慨然叹曰："诸葛神机妙算，吾不如也！"

江左得箭十万余根，曹操折箭十五六万。【眉批：合算折数亦细腻。】周瑜出寨迎接，以师礼敬之。孔明曰："谲诡小术，何足为奇。"【眉批：曹操一生用借，孔明一生也用借，借东吴之兵，借北军之箭，后来借东风，借荆州，何一非从借字来？】瑜曰："虽古之孙、吴，莫能及也！"邀入帐中共饮。瑜曰："昨日吴侯遣使至，催督

国学经典文库

李渔批阅

三国演义

诸葛亮献计伏周瑜
黄盖献计破曹操

图文珍藏版

破曹。瑜未有奇计，愿先生教之。"孔明曰："亮乃碌碌
庸才，公是江东豪杰，何故问计于亮也？"瑜曰："某昨
夜仰观水寨，极有法度，非等闲可攻。今先生亦已观其
动静。瑜有一计，不知可否？请先生论之。"孔明曰：
"都督且休言，各写于手内，看同也不同。"瑜大喜，教
取笔砚来，自暗写了，送与孔明。孔明亦写了。两个同
近坐榻，各出掌中之字，互相观看，皆大笑。所笑为何，
下回便见。

当日席上，周瑜先出掌中之字，孔明视之，乃一
"火"字。孔明亦出手中字来，周瑜视之，亦是"火"
字。因此皆大笑。瑜曰："既两计相同，再无疑矣。幸勿
泄漏。"孔明曰："一家之事，岂有汇漏之理？都督尽行
之。"饮罢分散。

却说曹操折了许多箭，心中气闷。荀攸进曰："江东
有周瑜、诸葛亮二人用计，大江之阻，急切难知。军中
宜选一二人，去东吴诈降，潜通消息，方可图也。"操
曰："正合吾意，汝料军中谁可行者？"攸曰："蔡瑁被

诛，蔡氏宗族皆在军中，有二人乃瑁之房族：蔡和、蔡中，见为副将军。丞相以恩结而遣之，东吴必不猜疑。"操唤二人入帐，嘱以诈降之意："但有动静，使人密报。事成之后，加为列侯，重赐食邑。休生变心。"二人曰："吾等妻子皆在荆州，安有变心？【眉批：曹操之不疑者在此，周瑜之不信者亦在此。】丞相勿疑。某二人必取周瑜、诸葛首级。"操重赏赐。次日，带五百军士，船数十只，顺风而下，望南岸来。

却说周瑜晓夜不眠，理会进兵之策。忽报江北有数十只船来到江口，称蔡瑁之弟蔡和特来投降。周瑜大喜。二人哭拜于地："吾兄无罪，操贼诛之。今欲报仇，特来投降。望赐收录，愿为前部。"瑜取金帛赏劳了，加为上将。唤甘宁引一枝军马，以为前部。和、中二人拜谢，以为中计。瑜密唤甘宁，分付曰："此二人不带家小，必是诈降。【眉批：八个字说得尽。】吾欲将计就计而行，特要教他通报消息。汝可殷勤相待，就里堤防。每日书画卯酉，约会同来。至期破敌，先要杀他两个祭旗。勿得有误。"甘宁领命了。鲁肃来见曰："这两个多是诈降。"瑜叱曰："曹操杀他之兄，正欲报仇，何诈之有？你若如此疑惑，安能容天下之士哉！"无言可答，去告孔明。孔明笑而不言。肃曰："孔明何故哂笑？"孔明曰："吾笑子敬不识公瑾之计耳。大江隔远，细作极难往来。操使二蔡诈降，使不疑忌。公瑾计上用计，正要他报道消息。'兵不厌诈'，公瑾之谋也。"肃方省悟。

国学经典文库

李渔批阅

三国演义

诸葛亮计伏周瑜
黄盖献计破曹操

图文珍藏版

却说黄盖潜入中军，来见周瑜。瑜问曰："公覆夜至，必有良谋。"盖曰："他众我寡，难以久持，何不用火以攻之？"【眉批：**此是一个算着。**】瑜曰："谁教公献此计？"盖曰："某出己意，非他人之所教也。"瑜曰："吾正欲如此，故留蔡中、蔡和诈降之人以通消息。【眉批：**计用来意，正孔明所用"往来"二字。**】但恨无一人献诈降计耳。"盖曰："某愿行此计。"瑜曰："不用苦肉计，如何肯信？"盖曰："某自破虏将军到今，虽肝脑涂地，心亦无怨。"瑜拜而谢之曰；"君若肯行此计，则江东之万幸也！"盖曰："某死亦无怨！"遂谢而出。

次日，鸣鼓大会，诸将咸集，列于帐下。孔明亦在坐次。周瑜曰："操引百万之众，连络三百余里，非一日可破，吾粮草蓄积，累年积月，诸将船止许关三个月粮草。诸将准备迎敌。"言未毕，黄盖进曰："都督教关多少粮草？"瑜曰："只支三个月。"盖曰："便支三十个月粮草，也不济事。【眉批：**用此一句灭威风语，是占地步**

语，极为圆巧。】若是这个月破得便破，若是这个月破不得，只可依张子布之言，弃甲倒戈，北面而降。"周瑜勃然大怒曰："吾奉吴王之命，筹画已定，有言降者必斩！今两军相敌之际，汝为先锋，安敢慢军心！不斩汝首，难以服众！"喝左右便斩首来。黄盖亦怒曰："吾自随破虏将军纵横东南，已历三世，那有你来？"瑜大怒，喝斩。甘宁进前告曰："公覆乃东吴旧臣，还乞恕之。"【眉批：甘宁想定心照。】瑜喝曰："汝何等人，敢多言乱吾法度！"先喝左右将甘宁乱棒打出。众官皆跪下告曰："盖罪可诛，但于军不利。都督宽恕，权且记过。破曹之后，问亦未迟。"瑜怒未息，众皆苦苦哀告。瑜曰："若不看众官面皮，决斩汝首！【眉批：越装越像。】既犯吾令，且暂免死。左右拖翻，打一百脊杖，以正其罪！"诸官又告，瑜掀翻案桌，叱退众官，便教行杖。将黄盖剥去衣服，掀翻在地，咬牙切齿，喝令毒打。打五十大杖，众官又告："望恕黄盖！"瑜跃身起，指盖曰："汝敢小视我耶？且寄下五十，再有怠慢，二罪俱罚！"恨声不绝而入。

众官扶起黄盖，打得皮开肉绽，鲜血迸流。扶到帐中，昏绝几番。动问之人，无不下泪。鲁肃也来看问。回到孔明船中，肃曰："今日公瑾罪责公覆，我等是他部下，不敢犯颜苦劝；先生是客，何故袖手旁观，不发一语耶？"孔明笑曰："子敬欺我。"肃曰："某与先生渡江以来，未尝有事相欺，何故出此言也？"孔明曰："子敬

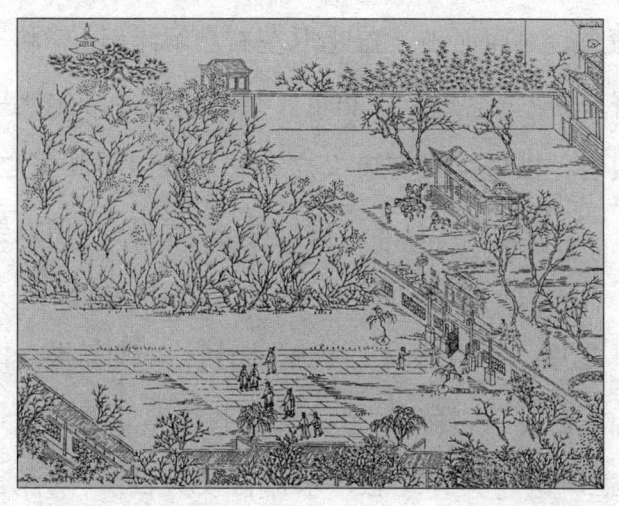

国学经典文库

李渔批阅

三国演义

诸葛亮计伏周瑜
黄盖献计破曹操

图文珍藏版

如何不知兵法有'鬼神不测之机'？今日公瑾欲杀黄盖，故毒打之，用其计也。吾何劝为?"肃方悟。孔明曰："不用苦肉计，何以胜曹操？今必令黄盖诈降，却教蔡中、蔡和报其事耳。如见公瑾，切勿言亮知之，只说亮也埋怨。"【眉批：事从叮嘱起，孔明太卖弄有家私。】肃回见瑜，邀入帐内。肃曰："今日何故痛责黄盖也?"瑜曰："诸将怨否?"肃曰："多有心中不安者，不敢明言也。"瑜曰："孔明知否?"肃曰："他也埋怨都督忒情薄。"瑜笑曰："今番须瞒过他。"肃曰："何谓也?"瑜曰："今日打黄盖者，乃计也。欲令他诈降，先须用苦肉计，瞒过曹操，就中用火攻火，可决胜也。"肃乃暗思孔明之高识，不敢明言。

却说黄盖卧于帐中，【眉批：苦肉计虽善，乃有可虑者二：倘盖受童而死，则此计不成；倘东吴将士离叛，则此计亦不成。其得成计者，天也。】诸将皆来动问。盖不言语，但长吁不已。小军忽报："参谋特来动问。"盖令人请入，对面而坐。盖叱退左右。阚泽曰："将军莫非与都督有仇？"盖曰："非也。某遍观军中。绝无一人可为心腹者，惟先生素有忠义之心，故敢以心腹告之。"阚泽曰："公之受责，莫非苦肉计耶？"盖目："何以知之？"泽曰："以公瑾一动一静，某已料九分。"盖曰："某受吴侯三世之恩，无以报之，故献此计，以破曹操。肉虽受苦，心实甚甘。"泽曰："公之告我，莫非要泽献诈降书否？"盖曰："实有此意，未知肯仗义否？"阚泽言无数句，惹起赤壁鏖兵。未知若何，且听下回分解。

国学经典文库

李渔批阅

三国演义

诸葛亮计伏周瑜
黄盖献计破曹操

图文珍藏版

读/者/随/笔

国学经典文库

李渔批阅

三国演义

阚泽密献诈降书
庞统诈献连环计

图文珍藏版

第四十七回 阚泽密献诈降书
庞统诈献连环计

　　阚泽，字德润，会稽山阴人。家本庄农，酷嗜儒业，然家甚贫，与人佣工，借书诵，但写一篇，并无遗忘。少有胆气，对答如流。举孝廉，除钱塘长。孙权慕其名，召为参谋。困此黄盖知其能言有胆，故欲其往。泽欣然

而应诺曰："大丈夫处世，从事于人，不能立功建业，甘与腐物同尽，真可羞也！既公覆舍命以报东吴，阚泽何惜蝼蚁之微生哉！"黄盖滚下床来，拜而谢之。泽曰："事不可缓，即当便行。"盖曰："书已修下了。"泽领了书，只就当夜扮作渔翁，一人驾小舟，望北岸循水而行。

　　是夜寒星满天，【眉批：闲中点缀。】三更时候，早

国学经典文库

李渔 批阅

三国演义

阚泽密献诈降书
庞统诈献连环计

图文珍藏版

688

到水寨。巡江军士拿住，泽曰："便报丞相去，东吴阚泽有机密大事，特来拜见。"是夜曹操在旱寨内，军士报入。操曰："莫非是奸细么？"军士曰："只是，一渔翁，别无夹带。"操引将入来。天色未明，帐上秉烛而坐。军士引阚泽至。礼毕，操曰："吾闻汝是东吴参谋，此来何干？"泽曰："人言曹丞相求士，如饥渴之望饮食；今观此问，甚不相合。黄公覆，汝又错寻思了也！"重言一遍。操曰："吾与东吴，旦夕交兵，汝私行到此，如何不问？"泽曰："黄公覆在于东吴，已历三世，乃旧功臣。今被周瑜于众军之前痛打一顿，气无所出，特告于我。我与公覆情同骨肉，思无报仇之路，径献密书，归投丞相，拟将粮食军器，以为托献。未知丞相肯收纳否？"操曰："黄公覆特使先生来降，投降书在何处？"阚泽取书呈上。操拆书就几上观看。书曰：

东吴粮草官、水军先锋使黄盖，泣血百拜，谨献书于大丞相麾下：盖受孙氏厚恩，曾为将帅，见遇不薄。然顾天下，事有大势，用江东六郡山越之人，以当中国百万之众，众寡不敌，海内所共见也。东吴将吏，无有愚智，皆知其不可。惟周瑜、鲁肃，偏怀浅戆，意未解耳。加之行军无次，自负其能，无罪受刑，有功不赏。盖今应天顺命，率众归降。瑜所督领，自易摧破。交锋之际，必为前部，粮草军储，随船献纳。【眉批：用计在此二句。】因是投书，效命在近。乞无疑心，伏希听纳。

建安十二年冬十一月日，黄盖泣血百拜奉书。

　　曹操于几案上，翻覆将书看十余次，忽然拍案张目大怒曰："黄盖用苦肉计，令汝下诈降书，就中取事，敢来戏侮我耶？"【眉批：明明说，读者至此，为阚泽耽忧。】便教左右推出斩讫报来。左右将阚泽簇下，推转待斩。阚泽面不改容，仰天大笑。【眉批：真有胆气。】操教牵回，"某已识破奸计，斩汝首级，何故笑耶？"阚泽曰："吾不笑你，吾笑黄公覆不识人耳。"【眉批：还该笑自己，也不识人。】操曰："何不识人？"泽曰："杀便杀，何必问也！"操曰："吾自幼熟读兵书，足知奸诈之道。汝只好瞒别人，如何瞒得我？"泽曰："且说书中那件事是奸处？"操曰："我说破你那空处，教你死亦瞑目。你既真心献书投降，如何不明约几时？"阚泽听罢，曰："汝不惶恐，敢夸年幼熟读兵法！若战，必被周瑜擒矣！无学之辈，可惜我屈死汝手！"【眉批：又用反激。】操曰："何谓我无学？"泽曰："汝既通书，不识机谋，不明道理，故知必败耳。"操曰："且放他，看说我几般不是处。若果理直气壮，必有议论。"泽曰："汝无有待贤之礼，吾何必言？但有死而已。"【眉批：偏不就言。顿跌有势。】操曰："愿闻高论。"泽曰："岂不闻背主作窃，安可期乎？这话言那背主谋反，如何约日期？倘有了日期，急下不得手，这里接应，必然泄漏，只是但得便就行耳。"曹操是个聪明人，一点便悟，【眉批：老瞒又被

国学经典文库

李渔批阅

三国演义

阚泽密献诈降书
庞统诈献连环计

图文珍藏版

689

国学经典文库

李渔批阅

三国演义

图文珍藏版

瞒过。】下席复礼："适来曹操见事不明，误犯尊威，幸勿挂意。"泽曰："吾与黄公覆倾心投降，如婴儿望父母，岂有诈乎？"操大喜曰："若二公建忠义之功，他日受爵，必在诸人之上。"泽曰："某等非为爵禄，但应天顺人耳。"操取酒待之。

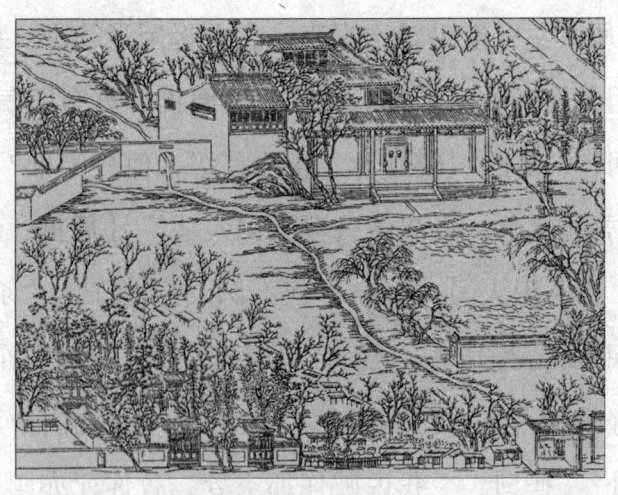

少刻，有人于操耳边私语。操曰："将书来看。"其人以密书呈上。【眉批：密书来何迟耶？】操观，笑容可掬。阚泽暗思："必是二蔡来报黄盖受刑消息，操故喜其真实也。"【眉批：大家肚里明白。】操良久曰："烦先生再回江东，与公覆约定的当日期，先通消息过江，吾以兵接应。"泽曰："某已离江东，不可复还矣。【眉批：故意不肯去，方使人不疑。】望丞相别遣机密人去。"操曰："若他人去，事必泄漏。"泽再三推辞，只恐曹操心疑，良久曰："若去则不敢久停，便当行矣。"操赐金珠，泽皆不受。

别操，再驾扁舟，飞奔过江，见盖细说前事。盖曰："非公能辩，则盖徒受苦矣。"泽曰："吾今去甘宁寨中，探二蔡去也。"盖曰："善,取便而行。"泽至寨,宁问："先生何来?"泽曰："帐上见将军被辱,吾甚不平。"宁笑而不答。忽蔡中、蔡和至,泽以目送甘宁。甘宁已会泽意,遂曰："只显他能,全不以我等为念。吾今无意相持,羞见江左人物也。"【眉批:做作得千真万真。】四人坐定,甘宁但咬牙切齿,怒发冲冠而已。泽乃虚与甘宁耳边低语,甘宁低首不答,长叹数声。蔡和、蔡中见宁、泽皆有反意,以言挑之曰："将军何故烦恼?先生有何不平?"【眉批:来了。】泽曰："吾等腹中之苦,汝岂知也?"蔡和曰："莫非背吴投曹耶?"阚泽失色,甘宁起,拔剑言曰："事已败露,不可留反人在寨中,若传说人知,吾事败矣!"【眉批:一个失色,一个佯怒,千真万真。】蔡和、蔡中慌曰："二公勿忧,乞退左右,吾有心腹之论。"宁曰："可速言之。"蔡和曰："吾乃曹公所使来诈降者,【眉批:灶猫露出马脚。】二公若有顺心,吾当引前。"宁曰："若如此,天赐吾也!"泽将黄盖事说知,二蔡曰："吾已报知丞相矣。"泽曰："吾于丞相处见书,特来见兴霸也。"宁曰："大丈夫既遇明主,当竭力助之。"四人共饮,同论心事。蔡和即时写书报操。阚泽之计,合为鏖兵第一功也。后人有诗曰:

> 黄盖深知阚泽忠,故烦托献离吴东。
>
> 数行降款过江去,百万雄兵扫地空。
>
> 能使周郎成大事,不教曹操逞奸雄。
>
> 鏖兵赤壁施谋略,合让先生第一功。

国学经典文库

李渔批阅

三国演义

阚泽密献诈降书
庞统诈献连环计

图文珍藏版

蔡和自发书报操，说："甘宁反吴，与某同为内应。"阚泽另自驰书，遣人报过江东："黄盖动身，未知何日；但看船头插青牙旗，即粮船也。"

却说曹操连得二书，心中疑惹未信，聚众谋士商议。**【眉批：毕竟老瞒心细。】**操曰："谁敢往江东打听？"操言未毕，一人应声而出曰："某愿往。"毕竟是谁，且听下回分解。

曹操言："江左甘宁被周瑜耻辱，亦愿内应；黄盖受责不堪，却令阚泽纳降，又有书来，未可深信。谁敢直入周瑜寨中，探听一遭？"蒋干曰："前者不得成功，甚自羞愧。今舍一命再往，如不成事，甘当军令。"**【眉批：前一遭去，送了二人首级；今番去，又送了八十三万人马。】**操大喜，即时令于上船。

干驾小舟，径到江南水寨，使人转报。周瑜得干到，顶祝天地："吾之成功，只在此人身上！"遂令人分付，如此如此。原来庞统亦曾对周瑜说："欲破曹公，必用火攻。"【眉批：补笔。】瑜曰："吾已定计了也。"统曰："大江面上，一船着火，余船四散，如何烧得？除非献连环计，教他钉在一处，然后可用火攻。"瑜曰："只是操奸猾，如何去得？"正无理会，却才听得蒋干又来，因此大喜，坐于帐中，使人请干。干见不来相接，心中疑虑，教把船干僻静岸口缆系，【眉批：埋伏私归意。】乃随人来见周瑜。瑜作色曰："子翼何故欺吾太甚【眉批：反说欺他。】？"蒋干佯笑曰："吾想与你乃旧日弟兄，特来吐心腹事，何故言相欺也？"【眉批：犹作梦中语。】瑜曰："汝要说吾降，除非海枯石烂。前番吾想旧交朋友，请你痛饮一醉，留你共榻；你却盗吾私书，不辞而去，乃报曹操，杀了蔡瑁、张允，致使大事不成，皆是汝也！【眉批：正该谢他，反去责他，不当人子。】蔡和、蔡中新近降吾，汝又来动说词。吾不看旧日之情，一刀两断！本等送你过去，争奈我一二日之间便当破曹，待欲留你寨中，必然漏泄。左右可送子翼往西山庵中歇息。待吾破了曹操，那时渡你过江。"蒋干再欲开言，周瑜已入帐后。

左右取马，与干乘坐，送到西山背后小庵歇息，拨两个军人伏侍。干在庵内，心中忧闷，寝食不安。是夜，星露满天，【眉批：与阚泽渡江时一般景致。】独自步出庵后，只听得读书之声，信步听之。只见岩畔草屋数椽，内射灯光。干往窥之，见一人挂剑灯前，诵孙、吴兵书。干思此必异人也，叩户请见。其人开门迎之，仪表非俗。

国学经典文库

李渔批阅

三国演义

阚泽密献诈降书

庞统诈献连环计

图文珍藏版

693

干问姓名，答曰："姓庞，名统，字士元。"干曰："莫非凤雏先生否？"【眉批：凤雏又于此处出现。】统曰："然也。"干曰；"何为僻静独守？"答曰："周瑜自恃才高，不纳忠谏，灭贤损德，独守于此。【眉批：照应亦佳。】公何人也？"干曰："吾蒋干也。群英会上相见，何故忘之？"统曰："一时失忘。"相请邀入草庵，共诉心腹之事。干曰："据公之才，何所不宜？如肯降曹，干当引进。"统曰："但恐不用耳。"干曰："吾愿以性命保之。"统曰："既有引见之心，便当一行。如迟，事必泄矣。"干与统便寻路到江边，却好寻见船，连夜投江北去。

到操寨中，干先来见曹操，备言前事。操请入见，出帐而接，分宾主坐定，统曰："今周瑜年幼，恃才罔众，不用良策，欺凌旧宾，皆有退意。"操心无疑，诚心相待。饮膳罢，操教备下马，邀统同观旱寨。二人上马，凭高望之。统曰："真将才也！"操曰："先生勿得隐讳，愿教之。"统曰："傍山依林，前后顾盼，出入有门，进退曲折，虽古之孙、吴再生，穰苴复出，亦不过此。非统曲为褒奖，乃真心也。"【眉批：先以美言谀之。】操大喜，于是又观水寨。见向南二十四门，皆有艨艟战舰，列为城郭，中藏小船，往来有港，起伏有序。统笑曰："某闻丞相用兵如神，今观水陆两寨，诚不虚也。"【眉批：句句谀之，似更无计可献。】因指江南言曰："周郎、周郎，克期必亡！"操曰："某知士元，望赐教示。"统曰："以此论之，庞统不及，怎敢妄言耶？"操大喜。

回寨请人寨中，置酒相饮，共谈孙、吴兵法，诸家阵图，三略六韬之书，滔滔如流。操殷勤相待，统乃佯醉戏曰："敢问军中有良医否？"【眉批：一句突然。】操问："何用？"统曰："水军多疾，须用妙手治之。"此时操军不服水土，多生呕吐之疾，死者无数。操正虑此，忽闻此言，如何不问。统曰："兵法阵法皆是，但可惜不全耳。"【眉批：一句方是贬。】。操再三请问，统曰："统有一策，使大小水军并无疾病，人皆安稳而获全功。"【眉批：未轻说才得力。】又问之，统曰："盖因大江之中潮生潮落，风浪不息，中原之人，不惯乘舟，致使生患。若以大船小舟各皆配搭，或三十为一排，或五十为一排，首尾用铁环连锁，上铺阔板，休言人可渡，马亦可走矣。【眉批：曹练军池取名"玄武"，此连环计直当勾陈，后用火烧直朱雀。】人若乘此，任随风浪潮水上下，复何惧哉！"曹操下席谢曰："非先生良谋，安能破东吴耶！"统曰："愚之浅见，丞相自裁之。"操即时传令，唤中军铁

国学经典文库

李渔批阅

三国演义

阚泽密献诈降书
庞统诈献连环计

图文珍藏版

696

匠，连夜打造连环、大钉，锁住船只。诸军闻之，俱各喜悦。【眉批：**且慢喜悦，死在头上，还不知耶？**】庞统又言："某观江左豪杰，多有怨周瑜者。吾凭三寸舌，与丞说之。先破周瑜，则刘备无所用矣。"【眉批：**又带照刘备。**】操曰："先生果然成大功，愿请奏封为三公之列。"统曰："某非为富贵，但欲救万民也。丞相渡江，慎勿杀害。"操曰："吾替天行道，安忍杀戮人民耶？"统拜求榜文，以安宗族。【眉批：**认真撮空。**】操曰："先生家属，见居何处？"统曰："只在江边，若得此榜，可保全族矣。"操命写榜，金押付统。统拜谢曰："别后可速进兵，休待周郎知觉。"操然之。

统别讫，至江边，正欲下船，岸侧一人，道袍竹冠，一把扯住统曰："你好大胆！黄盖用苦肉计，阚泽下诈降书，你又来献连环计，【眉批：**平风静浪中，须起波头，才有情致。又三事总提，口结文……（缺）**】只恐烧不尽绝！你们把出这等毒手来，只好瞒得曹公，须瞒我不得！"諕得庞统魂飞魄散，毕竟此人是谁？

国学经典文库

李渔批阅

三国演义

曹孟德横槊赋诗
曹操三江调水军

图文珍藏版

第四十八回

曹孟德横槊赋诗
曹操三江调水军

却说庞统闻言，吃了一惊。急回视其人，原来却是徐庶。统见是故人，心下方定，回顾左右无人，乃曰："汝若如此，江南八十一州百姓，皆是你送了也。"庶曰：

"此间八十三万人马，性命如何"？【眉批：**好对答，绝似佛家禅礼。**】？统曰："元直真欲破我计耶？"庶曰："吾感刘皇叔之恩，未尝忘报。曹操致死老母，吾已有言：终身不设谋。【眉批：**前事又一提。**】今为此事，吾安肯破兄良策？只是吾亦随军在此，南军一到，玉石不分，岂能免难乎？君当教我脱身之术，我即缄口远避矣。"庞统笑曰："元直如此高见远识，眼底纤粟之计，有何难哉！"庶曰："原先生教之。"统去徐庶耳边略说数句，【眉批：

好在不说明白。】庶拜曰："吾平生所许刘玄德，有伏龙、凤雏，才高天下，以此论之，不虚言也。重承活命之赐。"庞统别却徐庶下船，回报周瑜，不在话下。

且说徐庶当晚密使近人，去各寨中暗布谣言。【眉批：是庞统附耳低言之计。】次日，寨中三三五五，交头接耳而说。少刻，人来报知曹操，说西凉州韩遂、马超谋反，【眉批：这二人久不出见也，甚记念他。】杀奔许都来。操大惊，急聚众谋士商议。操曰："吾自引兵南征，心中所忧者，韩遂、马超耳。军中谣言，未辩虚实，不可不防。谁可代吾一往？"言未毕，徐庶进曰："自蒙丞相收录重用，恨无寸功报效，请得三千人马，星夜往散关，把住隘口；如有紧急，再行告报。"操喜曰："若得元直公去，吾无忧矣。三关之上，亦有军兵，公统领之。目下拨三千马步军，命霸便行。"此便是庞统救徐庶之计也。【眉批：明点一句。臧霸不该死，想是火星不该临头。】

曹操得徐庶去了，心中稍安。操遂上马，先看沿江旱寨，次看水寨。乘大船一只；于中央上建"帅"字旗号，两旁皆列水寨，船上埋伏弓弩千张。曹操自居于上。此时建安十二年冬十一月十五日，天气晴朗，平风静浪。【眉批：先点风。为后东风张本。】操令置酒设乐于大船之上，"吾今夕会诸将。"天色向晚，东山月上，皎皎如同白日；长江一带，如横素练。【眉批：可当一篇《赤壁赋》。】操坐大舟之上，左右侍御者皆锦衣绣袄，荷戈执载，何止数百人。命文武等官，各依阶位而坐。操指南屏山如画，东视柴桑之境，西观夏口之江，南望樊山，北觑乌林。四顾空阔，心中暗喜。【眉批：**西北人观江南景致，那得不羡慕。**】操曰："吾自起义兵以来，与国家除凶去害，誓愿扫清四海，削平天下，所未得者，江南也。吾得此江南富饶之地，可以富国强兵。今手下有百万雄师，更有诸公用命效力，何忧不成功业耶！收服江南之后，则无事知，与诸公共享富贵，以乐太平，吾不忘今日之语，诸公幸留意焉。"文武皆起谢曰："愿得早奏凯歌，终身皆赖主公之福。"操大喜，命左右行酒。饮至半夜，操酒酣，遥指南岸曰："周瑜、鲁肃不识天时，幸有归顺之人，为彼心腹之患，此天助吾也！"【眉批：**写曹操骄盈。**】荀攸曰："丞相勿言，恐有漏泄。"操大笑曰："吾观座上诸公，近侍左右，皆孤心腹之人也，言之何碍。"又指夏口曰："刘备、诸葛亮，汝不料蝼蚁之力，摇撼吾泰山之重也。"【眉批：**越发骄盈。**】顾与诸将曰："吾今年五十四岁矣，如得江南，必有所喜。昔日桥公与吾至契，托二女欲令侍吾。吾视之，皆有国色，不料被孙策、周瑜所娶。吾新构铜雀台于漳水之上，如得江南，可娶二桥，置之台上，以足吾愿。"【眉批：**可知孔明对周瑜之语不谬。曹操未得江南，先有许多骄盈说话。那得不败。**】言讫大笑。故唐人杜牧之有诗曰：

折戟沉沙铁未销，自将磨洗认前朝。

东风不与周郎便，铜雀春深锁二乔。

国学经典文库

李渔批阅

三国演义

曹孟德横槊赋诗
曹操三江调水军

图文珍藏版

　　时曹操大笑不止，忽闻鸦声望南飞鸣而去。操问曰："此鸦缘何夜鸣？"左右答曰："鸦见月明，将谓晓矣，故离树而鸣也。"操又笑不止。【眉批：只管笑，不知乐极生悲。】此时酒酣，教取槊，立于船头之上，取酒奠于江中，满饮三爵，横槊与诸将曰："吾持此槊，破黄巾，擒吕布，灭袁术，收袁绍，深入塞北，直抵辽东，纵横天下。今对此景，慷慨不禁。吾当作歌，汝等和之。"歌曰：

　　对酒当歌，人生几何？【眉批：苏公《赤壁赋》句句俱从此歌脱化而出，莫谓古人不善用人文字也。】譬若朝露，去日苦多。慨当以慷，忧思难忘。何以解忧？惟有杜康。青青子衿，悠悠我心。呦呦鹿鸣，食野之苹。我有嘉宾，鼓瑟吹笙。皎皎如月，何时可掇？忧从中来，不可断绝。越陌度阡，枉用相存。契阔谈宴，心念旧恩。

月明星稀，乌鹊南飞。绕树三匝，无枝可依，山不厌高，水不厌深。周公吐哺，天下归心。

歌罢，众和之，忽见坐间一人进曰："大军相当之际，将士用命之时，丞相何故出此不吉之言。"操视之，乃扬州刺史，沛国相人也，姓刘，名馥，字元颖。本人起自合肥，创立州治，聚逃散之民，立学校，广屯田，兴治教，深沟高垒，坚甲利兵，积盈仓之粟，作草店数十椽，贮鱼膏数百斛，为守战之具，久事曹公，多立功绩。当日，操横槊问曰："吾言有何不吉？"馥曰："'月明星稀，乌鹊南飞，绕树三匝，无枝可依。'此大不利之言也。"操大怒："汝安敢败我兴耶！"手起一槊，刺死刘馥，【眉批：即以刘馥应谶，亦是馥自寻死。】遂乃罢宴。次日酒醒，悔恨不已。馥子刘熙告请父尸，归葬田里。操泣曰："吾醉，昨夜误伤汝父，悔之无及。可以三公厚礼葬之。"命请送灵柩，即日而回。水军都督毛玠请曹操看水军，摆布如何，且听下回分解。

毛玠、于禁诣帐下，请曰："大小船只，俱已搭配停当；旌旗战具，一一齐备。请丞相调遣，克日进兵。"操至水军中央大战船坐定，唤集诸将，各各听令，并且遵守队伍，听候进发。水军中央黄旗毛玠、于禁，水军前军红旗张郃，水军后军皂旗吕虔，水军左军青旗文聘，水军右军白旗吕通；马步前军红旗徐晃，马步后军皂旗李典，马步左军青旗乐进，马步右军白旗夏侯惇渊。水

国学经典文库

李渔批阅

三国演义

曹孟德横槊赋诗
曹操三江调水军

图文珍藏版

国学经典文库

李渔 批阅

三国演义

曹孟德横槊赋诗
曹操三江调水军

图文珍藏版

702

陆路都督应使：夏侯惇、曹洪。护卫往来监战使二员：许褚、张辽。其余骁将各依队伍。曹操令水军寨中发擂三通，令各队伍战船，分门而出，于三江水面乘驾。是夜西北风骤起，【眉批：又为后东风伏线。】各船皆棹而出，摇动出门，拽起风帆，冲浪激波，稳如平地。北军在船上踊跃施勇，刺枪起刀。曹操观之，心中大喜，以为必胜之法，前后左右军皆试船，旗幡不杂。又有小船五十余只，【眉批：为后曹操小船逃命伏线。】往来巡警催督。操立于将台之上，观看调练已毕，教收住帆幔，各依次序回寨。寨有二十四门，务用战舰艨艟周围护绕。

操赏军劳将，与诸谋士曰："若非天命助我，安得凤雏之妙计耶？果然渡江如履平地之稳。于到南岸，人马可一拥而上。"程昱进曰："船皆连锁，固是平稳。但堤防火攻，难以回避。"【眉批：写程昱精细，以形操不是一味朦胧。北军未尝无人。】操大笑曰："程仲德虽有远虑之谋，但可惜亦有不到处。"荀攸亦曰："仲德之言甚是，丞相何故笑之？"操曰："夫为大将者，先有天时，次察地利，然后以法用兵。多算胜，少算不胜，何况无算乎？方今隆冬之际，但有西风北风，何尝有东现与南风耶？吾居于西北之上，彼兵皆在南岸。若用火攻，必借风力以发之。彼如用火，是烧自己之兵也。【眉批：**正与后周瑜发病、孔明写方张本。**】吾何惧哉！若是十月小春之时，吾早已堤备矣。"【眉批：**老贼未尝不奸猾。**】众将皆顿首拜伏曰："丞相智略，包罗天地，岂等闲之可及哉！"

操顾诸曰："青、徐、燕、代之众，不惯乘舟，今非此计，安能涉大江之险？"班部中二将挺身而出曰："小将乃幽、燕之人也，能乘舟。今愿借巡船二十只，直至北江口，见夺旗鼓而还，以显示北军亦能乘舟也。"操视之，乃袁绍手下旧将焦触、张南也。操曰："汝等皆网纹生长北方，恐乘舟不得其便。江南之兵，生长于江，往来水上，习练精熟。汝勿轻以性命为儿戏也。"【眉批：**二人真以性命为儿戏。**】焦触、张南大叫曰："如其不胜，即当军法！"操曰："战船尽已连锁，惟有小舟。每只舟上，可容二十人，恐其未便。"触曰："若用大船，保足为奇。望付小舟二十八只，某与张南各引一半，只今日直抵江南水寨，须要夺旗斩将而还。"操曰："吾与汝二十只船，差拨精军五百人，皆长枪硬弩。到来日天明，将大寨船列于江南，远为之势。又差文聘亦领三十只巡船，接应汝回。"焦触、张南欣喜而退。次日，四更造饭，五更结束已定。早听得水寨中擂鼓鸣金，皆出寨门，

国学经典文库

李渔批阅 三国演义

曹孟德横槊赋诗
曹操三江调水军

图文珍藏版

703

分布水面。长江一带，青红旗号交杂。焦触、张南早到，哨船二十只，穿寨而出，遥望江南进发。

却说南岸隔夜听得鼓声喧震，已报入中军，遥望曹操调练水军。周瑜往山顶观之，操已收尽。次日忽闻鼓震，使人急上高处望之，早见小船冲波而来。飞报中军，周瑜听得，问帐下谁敢先出。韩当、周泰二人齐出曰："某当权为先锋破敌。"瑜喜，教传令各寨，严加守御，不可轻动。韩当、周泰各引哨船五只，分左右而出。

却说焦触、张南凭一勇性，飞棹小船而来，韩当独披掩心，手执长枪，立于船头。焦触船先到，急教军士乱射，正与韩当船头相抵。当用牌遮隔，焦触拈长枪与韩当交锋。当手起一枪，刺死焦触，【眉批：**如此不耐死，何苦惹骚。**】其船急回。隔斜里周泰船出，张南挺枪于船头交锋。两边弓矢乱射。周泰一臂挽牌，一手提刀，两船相离七八尺，泰即飞身一跃，直跃过张南船上，手起刀落，砍张南于水中，【眉批：**两条性命，直同儿戏。**】乱杀驾舟军士。韩当船齐到，十只船尽皆赶上半江之中，正与文聘船相迎。两边摆定厮杀。

是时周瑜立于山顶，与谋士遥望江北水面，艨艟战船，排合江上，旗帜号带，皆有次序；回看文聘与韩当、周泰截江相持，文聘与韩当、周泰尽力而战，文聘抵敌不住而走，韩、周急催船赶。周瑜恐深入重地，便将白旗招贴，令众鸣金。周、韩遂挥棹而回。文聘回报焦触、张南已被南将所杀，操亦怏怏不已，收军回寨。周瑜于

国学经典文库

李渔批阅

三国演义

曹孟德横槊赋诗
曹操三江调水军

图文珍藏版

704

山顶看隔江战船，尽入水寨。瑜观之，顾诸谋士曰："江北船只，如芦苇之密，兼操乃智谋之将，何计以破之？"众未及对，忽然见操军寨中，一风吹折中央黄旗，堕入江中。【眉批：**先写曹军中折旗，衬起周瑜旗角拂面。**】瑜大笑曰："未及破曹，先有警报也。"操军见中央旗折，各有惊恐之意。操下令曰；"惑众者斩！"由是军心方定。周瑜正观之际，忽狂风大作，下观江水，波涛拍岸。一阵风过，刮旗角于周瑜脸上。猛然想起一事上心，大叫一声，往后便倒，口吐鲜血。【眉批：**妙在每回临末，句句有惊人之笔，《三国》之异于他书处。**】诸将大惊，急扶下山，归到帐中。不知性命如何？

国学经典文库

李渔批阅

三国演义

曹孟德横槊赋诗
曹操三江调水军

图文珍藏版

国学经典文库

李渔批阅

三国演义

七星坛诸葛祭风
周公瑾赤壁鏖兵

图文珍藏版

706

第四十九回　七星坛诸葛祭风
周公瑾赤壁鏖兵

　　周瑜立于山顶，观望良久，忽然望后而倒，口吐鲜血，不省人事。左右亲近人救回帐中。诸将皆来动问，不知其意，尽皆愕然，相顾而言曰："江北岸百人之众，虎踞鲸吞。不争都督如此，倘若曹兵一至，如之奈何？"慌差人申报吴侯知会。

　　却说鲁肃疑惑，心中不定，不见孔明，言周瑜卒病之事。孔明曰："公以为何如？"肃曰："此乃曹操之福，江东之祸也。"孔明笑曰："公瑾之病，亮亦能医，手到安全也。"肃曰："诚如此，则国家万幸。"即请孔明同去探病。肃先入见周瑜。瑜以被蒙头而卧。【眉批：蒙头敢是怕风。】肃曰："都督病势若何？'周瑜曰："心腹搅痛，时复昏迷。"肃曰："曾服何药饵？"瑜曰："心中呕逆，药不能下。"肃曰："适来去望孔明，言说都督染病，孔明言手到便除。见在帐外，烦来医治。"瑜命请入，乃扶起，坐于床榻之上。孔明曰："连日不面钧颜，何期贵体不安？"瑜曰："'人有旦夕祸福'，岂能自保耶？"孔明曰；"'天有不测风云'，人岂能料乎？"【眉批：**对仗凑巧，说着病源**。】瑜闻失色，乃作呻吟之声。孔明曰："都督心中似觉烦积乎？"瑜曰："然。"孔明曰："必须用凉药以解之。"瑜曰："已服凉药，全然无效。"孔明曰："必先理其气，【眉批：**绝妙隐语**。】气若顺，则一呼一吸之间，自然痊可。"瑜料孔明必知其意，乃以言挑之曰："欲得气顺，当服何药？"孔明笑曰："亮有一方，便教都督气顺。"瑜乃正容问之曰："愿先生教之。"孔明索纸笔，屏退左右，密书十六字云："欲破曹公，宜用火攻；万事全备，只欠东风。"【眉批：**四句直当补入药性赋内**。】孔明写毕，授与周瑜。孔明曰："此都督之病源也。"瑜见了大惊："孔明真神人也！早已知吾心间之事！"只得尽情告之。瑜问曰："先生已知病源，将何治之！事在危急，望赐指教。"孔明曰："亮虽不才，曾遇异人，传授《八门遁甲天书》，上可以呼风唤雨，役鬼驱神；中可以布阵排兵，安民定国；下右以趋吉避凶，全身远害。【眉批：**句句有关会**。】都督若要东南风时，可于南屏山建筑一台，名曰'七星坛'，高九尺，作三层，

国学经典文库

李渔批阅

三国演义

七星坛诸葛祭风
周公瑾赤壁鏖兵

图文珍藏版

用一百二十人，手执旗幡围绕。亮于上作用，借三日三夜东南大风，助都督用兵，何如？"瑜曰："休道三日三夜，只得一夜大风，大事可成矣。只是事在目前，不可迟缓。"孔明曰："十一月二十日甲子祭风，到二十二日丙寅风息，如何？"周瑜大喜，便差五百精壮军士筑坛，拨一百二十人执旗守坛，听候使令，——听凭孔明调度。

当时孔明起身，与鲁肃上马，来南屏山相度地势。令军兵取东南方赤土筑坛，方圆二十四丈，每一层高三尺，共计九尺。下一层搬运二十八宿旗：东方七面青旗，按角、亢、氐、房、心、尾、箕、布苍龙之形；北方七面皂旗，按斗、牛、女、虚、危、壁，作玄武之势；西方七面白旗，按奎、娄、胃、昴、毕、觜、参，踞白虎之威；南方七面红旗，按井、鬼、柳、星、张、翼、轸，成朱雀之状。第二层，周围黄旗六十四面，按六十四卦，八位而立。上一层用四人，各人戴束发冠，皂罗袍，凤衣博带，朱履方裙。前左立一人，手执长竿，竿尖上用鸡羽为葆，以招风信；前右一人，手执长竿，竿上系七星号带，以表风色；后左一人，捧宝剑，后右一人，捧香炉。坛下二十四人，各持旌旗宝盖，大戟长戈，黄钺白旄，朱幡皂纛，环绕四面。坛台已成，旗幡已布，专等孔明登坛作法。十一月二十日是甲子吉辰，孔明沐浴斋戒，身披道衣，散发跣足，来到坛前，分付鲁肃曰："子敬自往军中，相助公瑾调兵，不可有误。亮倘祝无风，不可有怪；【眉批：反衬一句，愈显后文之奇。】若有东南风起，任便行事。"鲁肃去了，孔明嘱付守坛将士："不许擅离方位，不许交头接耳，不许失口乱言，不许失惊打怪。违令者斩！"【眉批：即是军令。】众皆领命。孔明缓步登坛，观瞻方位已定，焚香于炉，注水于盂，仰天暗祝。下坛入帐中少息，令军士更替吃饭。孔明上坛三次，下坛三次，并不见风。【眉批：又反衬一句。】

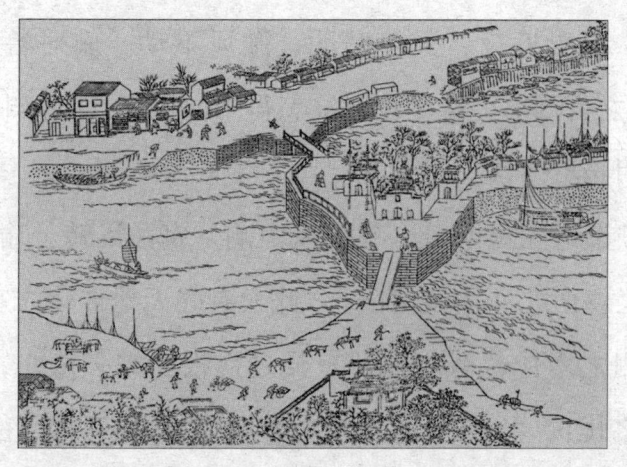

　　却说周瑜请程普、鲁肃一班军官，在帐中伺候，只等东南风起，便调兵出；【眉批：写周瑜一面等候，十分声势。】一面关报吴侯孙权接应。此时黄盖已自准备火船二十只，船头密布大钉，船内载芦苇、干柴，灌以鱼油，上铺硫黄焰硝引火之物，各用青布油单遮盖。【眉批：写黄盖一面准备，十分声势。】船头上搬运青龙牙旗，船尾各系走舸。选二百精锐水手，在帐下听候，只等周瑜帐中号令下来。此时甘宁、阚泽窝盘蔡和、蔡中在水寨中，每日饮酒，不放一卒登岸。周围尽是东吴军马，把得水泄不通，【眉批：又写甘宁、阚泽一面打点，十分周密，十分声势。】只等帐上号令下来。一个个磨拳擦掌，准备

国学经典文库

李渔批阅

三国演义

周公瑾赤壁鏖兵
七星坛诸葛祭风

图文珍藏版

国学经典文库

李渔批阅

三国演义

周公瑾赤壁鏖兵

七星坛诸葛祭风

图文珍藏版

厮杀。周瑜正在帐中坐议，探子来报："吴侯船只离寨八十五里停泊，只等都督好音。"【眉批：**又写孙权一面等候，更十分声势。**】瑜即差鲁肃遍告各部下官兵将士："俱各收拾船只、军器、帆桨等物。号令一出，时刻休违；倘有违误，即按军法。"【眉批：**又写鲁肃传告军士齐备，加倍声势。**】各部回报："一切俱办，只等指挥。"是日，看看近夜，天色晴明，微风不动。瑜对鲁肃说："孔明之言谬矣。隆冬之时，怎得东南风乎？"肃曰："吾料孔明必不谬谈。"

渐渐近三更时分，忽的风声响，旗幡运转。瑜出帐，旌脚径飘西北。瑜骇然曰："此人有夺天地造化之功，鬼神不测之术！若留之，乃东吴之祸根。誓必杀之，免生他日之忧！"急唤帐前守护中军左右校尉丁奉、徐盛二将："稍带二百人，用船一只，随徐盛从江内来；一百跟丁奉，从旱路去。【眉批：**一枝旱军，一枝水军。**】如到南屏山七星坛前，休问长短，拿住诸葛亮，但行斩首，将颗来请功。"二将欣然领命去了。徐盛下船，一百刀斧手荡开棹浆；丁奉上马，一百弓箭手各跨征驹，往南屏山。离大寨只十余里，两路来杀孔明，于路下迎着东南风起。【眉批：**又点东南风一句。**】

当日，徐盛、丁奉飞奔坛前。丁奉马军先到，见坛上执旗将士，当风而立。丁奉下马，提剑上坛，不见孔明，【眉批：**旱路一军无用了。**】慌问守坛将士。将士答曰："军师却才下坛去了。"丁奉来寻徐盛，盛船已到。

二人来赶孔明。忽见江边小卒曰："昨晚一只快船停在前面滩口，傍晚却见先生披发下船，那船望上水去了。"【眉批：水路一军又无用了。】丁奉、徐盛水陆两路追袭。徐盛教拽起满帆，抢风而使，遥望前船不远。徐盛立于船头，高声大叫："军师休去！都督有请！"只见孔明立于船尾，大笑而言曰："上覆都督，好好用兵。诸葛亮暂回夏口，异日再容相见。"后人有诗叹曰：

> 从来惹火怕烧身，况复招风太用神。
>
> 百万敌兵犹未败，却先逃走借风人。

徐盛曰："暂请少往，有要紧话说。"孔明曰："吾已料定都督不能容我，必来相害，预先教赵子龙等候多时。将军休来追赶。"【眉批：妙在第二次方说破。】徐盛见前船无篷，只顾赶去。看看至近，赵云拈弓搭箭，立于船尾，大叫曰："吾乃常山赵子龙也！奉将军令，特来接军

国学经典文库

李渔批阅

三国演义

七星坛诸葛祭风
周公瑾赤壁鏖兵

图文珍藏版

711

师。本待一箭射死你来，显得两家失了和气。教你知我手段！"言讫，箭到处，射断拽篷索。那篷坠落下水，其船便横。赵云却拽起满帆，乘顺风而去。其船如飞，追之不及。岸上丁奉忙唤徐盛船近岸，言曰："诸葛亮神机妙算，人不可及；更兼赵云有万夫不当之勇，汝知他当阳长坂时否？【眉批：又将前事一提。】吾等只消回报便了。"因此二人回见周瑜，言："孔明预先约赵云在岸口，迎接去了。"周瑜大惊曰："此人如此，使我晓夜不安矣！若不与曹操连和，擒刘备、诸葛亮，以绝后患，事有反覆。"如何赤壁鏖兵，下回便见。

鲁肃曰："岂以小失而废大事？曹操甚于刘备十倍，若不先除，丧无日矣！事成之后，却再图之未晚。"周瑜从肃之言，唤集诸将听令。先教甘宁："带了蔡中并降卒，沿南岸而走，只打北军旗号，直取乌林地面，正当曹操屯粮之所，深入军中，举火为号。【眉批：第一队火军去了。】只留下蔡和一人在帐下，我有用处。"甘宁领计去了。第二唤太史慈分付："你可领三千兵，直奔黄州地界，断曹操合淝接应之兵，就逼曹兵，放火为号；【眉批：第二队火军去了。】看红旗，便是吴侯接应兵到。"这两兵最远，先发。【眉批：又总叙一句作顿。】第三唤吕领三千兵，去乌林接应甘宁，焚烧曹操寨栅【眉批：第三队旱路火军。】。第四唤凌统领三千军，直截夷陵界首，只看乌林火起，以兵应之。【眉批：第四队旱路火军。】第五唤董袭引三千军，直取汉阳，从汉川杀奔曹操寨中，看日旗接应。【眉批：第五队旱路火军。】第六唤潘璋引三千军，尽打白旗，随从取当阳，接应董袭。【眉批：第六队旱路火军。】六队船只各自分路去了。【眉批：又总叙一句作顿。】却令黄盖使小卒弛书报操云，言："今夜二更，但看船头上插青龙牙旗，即黄盖之粮船也。"【眉批：然后黄盖第一队水路火军。】比及黄盖安排火船，背后拨四只战船以为接应。第一队领军官韩当，第二队领兵军官周泰，第三队领兵军官蒋钦，第四队领兵军官陈武。四队各引战船三百只，前面各摆列火船二十只压阵。周瑜、程普在大艨艟上调兵，左有徐盛，右有丁奉，只留鲁肃共阚泽、庞统及众谋士守寨，伺候上功。

却说吴侯孙权差使者持兵符至，说已差陆逊为先锋，直抵蕲黄地方进兵。吴侯自为后应。周瑜调兵，整整有法，程普饮服不已。【眉批：小小点缀亦有照应。】瑜又差人西山放火炮，南屏山举号旗。一齐准备已定，只等黄昏。

话分两头。却说刘玄德在于夏口，专候孔明回。【眉批：此一段单叙刘玄德。】忽见一宗船到，乃是公子刘琦来探消息。玄德请在敌楼上坐，说："东南风起多时，子龙去接孔明，至今还不见到，吾心甚忧。"小校指樊口港上："一帆风送扁舟来，必军师也。"玄德、刘琦下楼迎接。须臾到岸，孔明、子龙登岸。玄德笑容鞠躬，问候毕，孔明曰："且无闲暇告诉周折。前者所约军马战船，业已办否？"【眉批：摹写情事缓急，口吻甚肖。】玄德

国学经典文库

李渔批阅

三国演义

七星坛诸葛祭风
周公瑾赤壁鏖兵

图文珍藏版

国学经典文库

李渔批阅

三国演义

七星坛诸葛祭风
周公瑾赤壁鏖兵

图文珍藏版

714

曰："收拾久矣，只候军师调用。"孔明与赵云曰："子龙可带三千军马渡江，径取乌林小路，拣树木芦苇密处埋伏。今夜四更已后，曹操必然从那条路奔走。【眉批：第一队取乌林，亦与周郎相合，但算定四更，非周郎之所及也。】等他军马过，就半中间放起火来。虽然不杀他尽绝，也杀一半。"赵云曰："乌林有两条路，一条通南郡，一条取荆州，不知向那条路来？"孔明曰："南郡势迫，曹操不敢往；必来荆州，然后大军投许昌而去。"【眉批：料如指掌。】云领计去了。又唤张飞曰："翼德，你可领三千兵渡江，断截夷陵之条路，去葫芦谷口埋伏。曹操不敢走南夷陵，必望北夷陵去。来日雨过，必然来埋锅造饭。【眉批：第二队取夷陵，亦与周郎相合，但预知有雨，非周郎之所及也。】只看烟起，便就山边放起火。虽然不捉得曹操，翼德这场功，料也不善。"张飞领计去了。又唤糜竺、糜芳、刘封三人各驾船只，绕江剿掳败军，夺取器械。【眉批：第一队水军。】三人领命去了。孔明起身，与公子琦曰："武昌一望之地，最为紧要。公子便回，率领所部之兵，陈于岸口。【眉批：第二队水军。】操一败，必有逃来者，就而擒之，却不可轻离城郭。"刘琦便辞玄德、孔明去了。孔明与玄德曰："主公可于樊口屯兵，凭高而望，坐看今夜周郎成大功也。"【眉批：似调兵已毕，不知尚有一队在后。】

　　时有云长在侧，孔明全不睬。云长忍耐不住，乃高声曰："关羽自随兄长征战，许多年来，未尝相离。今日

国学经典文库

李渔批阅

三国演义

七星坛诸葛祭风
周公瑾赤壁鏖兵

图文珍藏版

逢大敌，不肯委用，却是何意？"孔明笑曰："云长勿怪，某本欲烦足下把一个最紧要的隘口，争奈有些违碍处，不敢教去。"云长曰："有何违碍，愿请见谕。"孔明曰："昔日曹操待足下甚厚，誓以报之。今日操兵败，必走华容道。若令足下去时，必然放他过去。因此不敢教去。"【眉批：**或曰：孔明既明知曹操不该死，何故又遣关公？然孔明总为成就关公是个义人。**】云长曰："军师好心多。当初曹操果是重待某，某已斩颜良，诛文丑，解白马之围，已报讫。今日撞见，岂肯放免！"孔明曰："倘若放了时，却是如何？"云长曰："愿依军法。"孔明曰："如此，立下文书。"云长与了军令状。云长曰；"若曹操不从那条路上来如何？"孔明曰："我亦与你军令状。"玄德大喜。孔明曰："云长可于华容小路高山之处，堆积柴草，放起一把火烟，引曹操来。"【眉批：**末一队火军。**】云长曰："曹操望见烟，知有埋伏，如何肯来？"孔明笑曰："岂不闻兵书有云'虚虚实实'之论？操惟能用兵，此政可以瞒过他也。他见烟起，将谓虚张声势，必然投

国学经典文库

李渔批阅

三国演义

七星坛诸葛祭风
周公瑾赤壁鏖兵

图文珍藏版

这条路来。将军休得容情。"【眉批：**此又切嘱。孔明调拨，至此方定。**】云长领了将令，引关平、周仓并五百校刀手，投华容道埋伏去了。玄德曰："吾弟云长义气深重，若曹操果然投华容道去时，只恐端的放了。"孔明曰："亮夜观乾象，曹操未合身亡。留这恩念，教云长攸人情，亦是美事。"【眉批：**确有先见，不似今人恶之欲其死者。**】玄德曰："先生神算，世罕及也！"孔明曰："来日大雨之后，曹操必走华容道。吾今与主公往樊口，看周瑜用计。"留孙乾、简雍守城，即便而行。

却说曹操在大寨中，与众将商议，只等黄盖消息。当日东南风起甚紧。程昱入告曹操曰："今日东南风起，甚慢不祥。望丞相察之。"【眉批：**北军未尝无人。**】操笑曰："冬至一阳生，来复之时，安得无东南风？何足为怪！"【眉批：**若是曹操见风就惊，便不奇矣。**】军士忽报江东一只小船来到，说有黄盖密书。操令急唤入，其人呈上书。书中诉说："周瑜关防得紧，因此无计脱身。今拨得鄱阳湖新运到粮，尽已装载了当。见今周瑜差盖巡哨，已有方便。黄盖好歹杀江东名将，献首级降。料是只在今晚二更，船上插青龙牙旗，即粮食也。"操大喜，遂与众将来水寨中大船上，观望黄盖船到。

却说江东天色向晚，周瑜唤出蔡和，【眉批：**又叙入周瑜。**】令军士缚倒。和叫"无罪"，瑜曰："汝是何等人，敢来许降！吾今缺少福物祭旗，愿借你首级。"【眉批：**曹操当曰借头，周瑜亦曰借头，有出处。**】和抵赖不

过，大叫曰："汝家阚泽、甘宁亦曾预谋！"瑜曰："皆吾之所使也。"蔡和悔之无及。瑜令捉至江边皂纛旗下，奠

酒烧纸，一刀斩了蔡和。用血祭旗毕，便令开船。黄盖在第三只火船上，独披掩心，手提利刃，旗上大书"先锋黄盖"。盖乘一天顺风，【眉批：**处处点出风来，妙。**】望赤壁进发。是时东风大作，波浪汹涌。曹操在军中，遥望隔江，看看月上，照耀江水，如万道金蛇，翻波戏游。操迎风大笑，自言得志。【眉批：**先形容一番快活光景，忽然祸到，甚有节拍。**】忽一军指说："江南上隐隐一簇帆幔，使风而来。"操凭高望之。报称皆插青龙牙旗，内中有大旗，上书"先锋黄盖"名字。操笑曰："公覆来降，此天助吾也。"来船渐近，程昱看之良久，覆曹操曰："来船必诈，且休教近寨。"操曰："何以知之？"程昱曰："粮在船中，重而且稳；今观来船，甚是轻浮。更兼今夜东风甚紧，倘有诈谋，何以当之？"【眉批：**北军未尝无人。**】操省悟，便问："谁去止之？"文聘曰："某在水上颇熟，愿当一往。"言毕，跳下小船，用手一

国学经典文库

李渔批阅

三国演义

周公瑾赤壁鏖兵　七星坛诸葛祭风

图文珍藏版

国学经典文库

李渔批阅

三国演义

七星坛诸葛祭风
周公瑾赤壁鏖兵

指，十数处巡船随文聘船出。聘立于船头大叫："丞相钧旨，南船且休近寨，就江心抛住。"众军齐叫："快下了篷！"言未绝，弓弦响，文聘被箭射中左臂，【眉批：受了十万箭，方才还得一箭。】倒在船中。船上鼎沸，各自奔回。船到操寨，隔二里水面。黄盖用刀一招，前船一齐发火，火趁风威，风趁火势，船如箭发，烟焰张天。二十只火船撞入水寨，所撞之处，尽皆钉住。隔江炮响四下火船齐到。但见三江面上，火逐风威，一派通红，漫天彻地。【眉批：好光景，作者、观者俱有风发火腾之意。】

曹操回观岸上营寨，几处烟火。黄盖跳在小船上，船后数人驾舟，冒烟突火，来寻曹操。操见势急，欲待跳上岸；张辽驾一小脚船，扶操下得船时，那只大船已自着了。张辽与十数人保护曹操在小船中，飞奔岸口。黄盖望见穿绛红袍者下船，料是曹操。黄盖脚踏船头，手提利刀，高声大叫："曹贼休走，黄盖在此！"操叫苦连声。黄盖船将次赶上，张辽拈弓搭箭，觑看黄盖较近，一箭射去。黄盖在火光中，那里听得弓弦响，正中肩窝，翻身落水。黄盖性命如何？

图文珍藏版

国学经典文库

李渔批阅

三国演义

曹操败走华容道
关云长义释曹操

图文珍藏版

第五十回　曹操败走华容道
关云长义释曹操

　　却说当夜张辽一箭射黄盖下水，救得曹操登岸，寻着匹马走时，军已大乱。韩当冒烟突火来攻水寨，忽听得士卒报道："后梢舵上一人高叫将军表字。"韩当细听，

但闻高叫："义公救我！"当曰："此黄公覆也。"急教救起，见黄盖负箭着伤，咬出箭杆，箭头陷在肉内。韩当急为脱去湿衣，用刀剜出箭头，扯旗束之，脱自己战袍与黄盖穿了，先令别船送回大寨医治。原来黄盖深知水性，故大寒之时，和甲堕江，也逃得性命。

　　却说当日满江火滚，喊声震动。左边是韩当、蒋钦从赤壁西边杀来，右边是周泰、陈武两军从赤壁东边杀来，正中是周瑜、程普、徐盛、丁奉大队船只都到。火

国学经典文库

李渔批阅

三国演义

曹操败走华容道
关云长义释曹操

图文珍藏版

720

须兵应，兵仗火威。此正是大江水战，赤壁鏖兵。曹军着枪中箭、火焚水溺者不计其数。后人有赋曰：

汉朝欲灭，曹操独雄。领大兵初临塞北，列战舰以图江东。力似峨峨之泰山，势如浩浩之穹窿。剑佩交加，尽参随于玉帐；兜鍪错杂，皆显耀于艨艟。时也！天气严寒，江声吼冻。夜月上而星斗昏，东风起兮天地动。展黄盖之神威，助周郎之妙用。流光闪烁，涌一派沸跃之波；烈焰飞腾，扫百万貔貅之众。俄而，巽二施威，孟婆振怒，祝融发雷霆之声，荧惑荡乾坤之步。波底鱼龙，云间乌兔，愁海竭而江枯，总魂惊而魄惧。帆樯森耸，皆为风内之灰；士卒狰狞，已绝阳关之路。忽见将冲红焰，军突黑烟，周泰横衡钢之槊，韩当挽雕弓之弦，蒋钦捐躯而挫锐，陈武舍命而争先。公瑾周郎，谈笑自挥其麈尾；德谋程普，往来尽仗乎龙泉。乃有徐盛辅合于丁奉，吕蒙协助于甘宁。凌统提兵，杀散山前之阵；潘璋纵火，焚烧岸上之营。太史慈断蕲黄之要道，董元代劫江汉之途程。吴侯驾船为后应，陆逊驱骑而前征。恍若密布天罗，深埋地网。乘马者莫可加鞭，驾舟者安能荡桨？风送火势，焰飞千丈之光；火趁风威，声撼半天之响。焦头烂额以浮沉。粉骨碎身而偃仰。嗟呼！遍野横尸，满江流血。闻鬼哭而神号，似天崩而地裂。孔明回还夏口兮风正狂，孟德败走华容兮火未灭。数既难逃，天已剖决。鼎分三国之山河，名播一时之豪杰。

静轩先生诗曰：

山高月小水茫茫，追忆前朝暗惨伤。

南士无心迎魏武，东风有意便周郎。

火延战舰旌旗赤，烟漫长江草木黄。

城郭不殊人物异，萧条光景几斜阳。

不说江中鏖兵，且说甘宁令蔡中引入曹寨深处，宁将蔡中一刀砍于马下，就草上放起火来。【眉批：第一队旱军出现。】吕蒙遥望中军火起，也放十数处火，【眉批：第二队旱军出现。】接应甘宁。潘璋、董袭分头放火呐喊【眉批：第五队、六队。】，四下鼓声大振。曹操共张辽引百余骑，在火林内走，遍看前面，无一处不着。正走之间，毛玠救得文聘性命，引十数骑来到。操令众军寻路，张辽指道："只有乌林地面，空阔可走。"操径趋乌林地面。正走之间，背后一军赶到，大叫："曹贼休走！"火光中现出吕蒙旗号。【眉批：从火光中现出吕蒙，越发显火色之盛。】操催军马向前，只留张辽断后敌吕蒙。前面火把从山峪拥出，一军摆开，大叫："凌统在此！"【眉批：第四队旱军出现。】前后掩杀，曹操肝胆皆裂。忽刺斜一彪军到，大叫："丞相休慌，徐晃在此！"引军混战，冲条走路。背后又有一军赶来，因此吕蒙、凌统恋住厮杀，被张辽、徐晃保操去了。操望南走，一队军马屯山

国学经典文库

李渔批阅

三国演义

曹操败走华容道
关云长义释曹操

图文珍藏版

坡前。徐晃出问，乃是袁绍手下降将马延、张颛，【**眉批：两个替死鬼来了。**】有三千余北地军马，列寨在彼；当夜见满天火起，未敢转动，接着曹操。操教二将引一千军马开路，其余留着护身。操得这枝生力军马，心中稍安。

却说马延、张颛二将飞骑而来，行不到十里，喊声大起，一彪军出。马延问之，那员将大呼曰："吾乃东吴甘兴霸也！"言未毕，一刀斩延于马下。张颛挺枪迎之，被甘宁大喝一声，措手不及，随即时一刀，斩于马下。后军飞报曹操，说二将皆被甘宁斩讫。操此时指望合淝有兵救应，不想孙权在合淝路口，望见江中火光，知是我军必胜，便教陆逊举火为号，太史慈见了，与陆逊合兵一处，纵杀过来。操只得望彝陵而走马加鞭。

走至五更，回望火光渐远，操心方定。问曰："此是何处？"数内有荆州降将曰："此是乌林之西，宜都之北。"操见树木丛杂，山川险峻，正行之间，于马上仰面大笑不止。【**眉批：笑出祸来。**】诸将问曰："丞相何故大笑？"操曰："吾不笑别人，单笑周瑜无谋，诸葛亮少智。

若是吾用兵之时，预先在这里埋下一军，如之奈何？"说犹未了，两边鼓声响处，火烟竟天而起，惊得曹操几乎坠马。【眉批：吓杀。】半腰里一彪军杀出，众军大叫："我赵子龙奉军师将令，在此等候多时！"操教徐晃、张郃双敌赵云，自己冒烟突火而去。子龙寻思："归师勿掩，穷寇莫追。"只顾夺掳旗，曹操得脱。

天色微明，黑云罩地，东南风尚然不息。【眉批：还提缀东南风，可谓水火既济。】骤雨大降，浑似盆倾瓮倒，湿透衣甲。冒雨而行。行不到两个时辰，身上无一寸干衣。辰时已后，雨止风息，诸军皆有饥色。操令军士往村落中掳掠粮食，寻觅火种。【眉批：前番大火，此时连火种也觅不得。】去不多时，又听得山后火起，军士皆回。寻得些小粮米，操教载在马上而行。后军赶到，操心正慌。【眉批：先着个虚惊。更有趣味，此作者用意处。】原来却是本部下军马，为首将李典、许褚保护众谋士百余骑赶到。【眉批：写曹操军七零八落，陆续凑聚，叙法极佳。】操大喜，令军马且行，问道："前面是那里地面？"人报："一边是南夷陵大路，一边是北夷陵山路。"操问："那里投南郡江陵去近？"伏道人禀曰："取南夷陵，过葫芦口去最便。"操教走南夷陵。行至葫芦口，军皆饥馁，行走不上；马亦渐乏，在路倒者极多。操教前面暂住。马上有稍带得锣锅的，也有村中掳得粮米的，便就山边拣干处埋锅造饭，割马肉烧吃。尽皆脱去湿衣，于风头晒晾。马皆摘鞍野放，咽咬草根。操坐于疏林之下，仰面大笑。诸官问曰："适来丞相笑周瑜、诸葛亮，引惹出赵子龙，折了许多人马；如今又笑何为？"操曰："吾笑诸葛亮、周瑜虽有将才，智不足耳。若是我用兵时，就这个去处，也埋伏一彪军马。他是以逸待劳之众，我是救死不暇之人，纵然脱得性命，皆不免重伤矣。彼不见此，吾是以笑之。"说犹未了，前军后军一齐发喊。操军弃甲上马，多有不及收马者。四下早有火烟布合山，山口一军摆开，为首者乃燕人张翼德，【眉批：孔明第二队出现。】横矛立马，大叫："操贼下马受缚！"诸军众将见了张飞，尽皆胆寒。许褚骑无鞍马，来战张飞。张辽、徐晃二将纵马也来夹攻。两边军马混战做一团。操先走退，诸将各自脱身。张飞从背后来赶曹操，操迤逦奔逃。追兵渐远，回顾众将，多有带伤者。

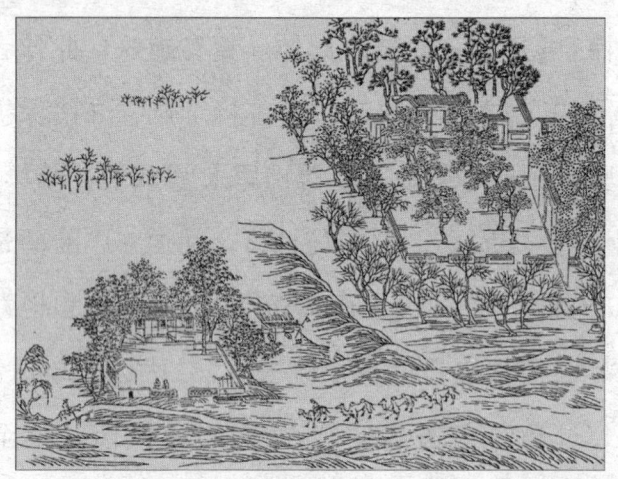

操行之间，前面有两条路。军士覆曰："两条路皆取南郡，不知从那条路去？"操问；"那条路近。"军士曰："大路稍平，却远五十余里；小路投华容道，却近五十余里，只是地窄路险，坑坎难行。"操令人上山望之。回报："小路山边有数处烟起，大路并无动静。"操教前军便走华容道小路。诸将曰："烽烟起处，必有军马，何故到走这条路？"操曰："岂不闻兵书有云：'虚则实之，实则虚之。'"【眉批：吃了兵书的亏。】诸葛亮多谋，故使数个小卒，于山僻烧烟，令我军不敢从这条山路走，却伏兵在于大路等着。吾料已定，因此却走华容。"诸将皆曰："丞相妙策，人不可及。"【眉批：莫夸奖。】遂勒兵走华容道，径奔荆州。于路如何？

　　曹操当日引军走华容道。此时人皆饥倒，马尽走乏。焦头烂额者扶策而行，中箭着伤者勉强而走。衣甲湿透，个个不全；军器旗幡，纷纷不整。大半皆是夷陵道上被赶得慌，只骑得划马，鞍辔衣服，尽皆抛弃。正值隆冬严寒之时，其苦何可胜言。望前面而行，不到十里，军马不进。操问为何，回报曰："前面是山僻小路，早晨下雨，坑堑内积水不流，泥陷马蹄，不能前进。"【眉批：此时军士，可谓离了天罗，又遭地网。】操大怒目："军旅逢山开路，遇水叠桥，岂有泥泞不堪行之理！"传下号令，教老弱中伤军士在后慢行，强壮者担土束柴，搬草运芦，填塞道路，务要即时行动，如违令者斩之。多半下马，就路旁砍伐竹木，于路填塞。操恐后军来赶，令张辽、许褚、徐晃引百余骑，执刀在手，但迟慢者斩之。此时军已饥乏，众皆倒地。操喝人马踏践而行，死者不可胜数，号哭之声于路不绝。操怒曰："死生有命，何哭之有？如再哭者，立斩之！"【眉批：只许自己笑，不许

国学经典文库

李渔批阅

三国演义

曹操败走华容道
关云长义释曹操

图文珍藏版

【别人哭。】华容道上三停人马：一停落后，一停填了沟壑，一停跟随曹操。过险峻，路稍平安。操回顾止有三百余骑随后，并无衣甲袍铠整齐者。操催行动，众将曰："马尽乏矣，只好少歇。"操曰："赶到荆州，将息未迟。"

又行不到数里，操在马上加鞭大笑。众将问："丞相笑者何故？"操曰："人皆言周瑜、诸葛亮足智多谋，吾终笑其无能为也。若使此处伏一旅之师，吾等尽束手受缚矣？"言未毕，一声炮响，两边五百校刀手摆开，当中关云长提青龙刀，跨赤兔马，截住去路。操军见了，亡魂丧胆，面面相觑，皆不能言。操在人丛中曰："既到此处，只得决一死战。"众将曰："人纵然不怯，马力乏矣，战则必死。"程昱曰；"某素知云长傲上而不忍下，欺强而不凌弱；人有患难，必须急之，仁义播于天下。丞相旧日有恩在彼，何不亲自告之？必脱此难。"【眉批：孔明亦料及此，程昱亦料及此。】操从其说，即时纵马向前，欠身与云长曰："将军别来无恙？"云长亦欠身答曰："关某奉军师将令，等候丞相多时。"【眉批：问得周到，答得宛转。】操曰："曹操兵败势危，到此无路，望将军以昔日之言为重。"云长答曰："昔日关某虽蒙丞相厚恩，然已斩颜良、文丑，解白马之危，以报之矣。今日奉命，又岂敢为私乎？"操曰："五关斩将之时，还能记否？古之大丈夫处世，必以信义为重。将军深明《春秋》，岂不知庾公之斯追子濯孺子之事乎？"【眉批：公明《春秋》，即以《春秋》之笔动之。】云长闻知，低首不语。当时曹

国学经典文库

李渔批阅

三国演义

曹操败走华容道
关云长义释曹操

图文珍藏版

727

操引这件事来说，云长是个义重如山之人，又见曹军惶惶，皆欲垂泪，如何忍得？于是把马头勒回，与众军曰："四散摆开。"这个分明是放曹操的意，操见云长回马，便和众将一齐冲将过去。【眉批：**许田射猎要杀操，华容道却放操。义足先天，非可以一辙定也。**】云长回身时，前面众将已自护送曹操过去了。云长大喝一声，众皆下马，哭拜于地。云长不忍杀之，正犹豫中，张辽骤马而至。云长见了，又动故旧之情，长叹一声，并皆放去。后人有诗赞曰：

彻胆常存义，终身思报恩。

威风齐日月，名誉震乾坤。

忠勇高三国，神谋陷七屯。

至今千古下，谁不拜英魂。

曹操既脱华容之难，行至谷口，顾所跟随军兵，止有二十七骑。【眉批：八十三万人马，可怜只剩得二十七骑。】比及天晚，已近南郡；火把齐明，一簇人马拦路。【眉批：又以虚惊作尾声，妙，妙。】操曰："吾命休矣！"只见一群哨马冲到，方认得是曹仁军马，操才安心。曹仁接着言道："虽知兵败，不敢离远，附近迎接。"操曰："几与汝不相见也！"【眉批：委真。】接入南郡。随后张辽也到，言云长之德。陆续皆随首将归南郡。操点将校，中伤者极多，操令将息。坐至半夜，仰天大恸。【眉批：当哭处笑，当笑处哭，活人不说，只说死人，奸雄是可爱。】众将曰："丞相于虎窟龙潭中逃难之时，全无惧怯；今已到城郭，人已得食，马已得料，整顿军马，再去复仇，何故痛哭？"操曰："孤哭郭奉孝耳。郭奉孝在，不使孤有此大失。"遂捶胸大哭曰："哀哉奉孝！惜哉奉孝！痛哉奉孝！"众皆默然。后人有诗曰：

> 曹操太奸雄，悲欢亦不同。
>
> 眼前哭奉孝，心内笑诸公。
>
> 不识兵如火，安知天有风。
>
> 听言能救败，后计总成空。

次日天晓，曹操唤曹仁曰："吾今暂回许都，收拾军马，必来报仇。汝可保全南郡，坚壁休出。若攻打至急，吾有一计，密留在此，非急休开，开则依计用之，百发百中，使东吴不敢正视南郡。"曹洪等亲密受之。"将军马尽拨与汝，所有荆州原降文武，吾尽带回许都升用。"仁曰："合淝、襄阳谁可守之？"操曰："荆州是汝领；襄阳吾已拨夏侯惇守之；合淝最为紧要之地，吾令张辽为主将，乐进、李典为副将，保守此地。但有缓急，飞报将来。"曹操分拨已定，遂上马引七百余骑，连夜奔许昌而去。曹仁乃遣曹洪据守夷陵，为南郡之势，以防周瑜。

却说关云长引五百校刀手，回见玄德。此时诸军皆得马匹、器械、钱粮，已回夏口，精神百倍。云长不获一人一骑，尽皆放了，空手回见玄德。孔明正在厅上作贺，忽报云长至，孔明忙离坐席，执杯相迎曰："且喜将军立此盖世之功，与普天下除其大害，合宜远接庆贺！"【眉批：口言热语，使人当不得。】云长默然。孔明曰："将军莫非因吾等孔明不曾远接？"回顾左右曰："汝等缘何不先报覆？"云长曰："关某特来请死。"孔明曰："莫非曹操不曾投华容道上来也？"【眉批：口口一番决少不得，莫作恶取笑矣。】云长曰："是从那里来，关某无能，因此走漏。"孔明曰："拿得甚将士来？"云长曰；"皆不曾拿得。'孔明曰："此是云长想曹操昔日之恩，故意放了。昔日汉高祖斩丁公，封雍齿，所以正军法也。王法乃国家之典刑，岂容人情哉！既以遗下军令状，罪不能免，推出斩之，以正军法！"云长性命未知如何？

国学经典文库

李渔批阅

三国演义

曹操败走华容道
关云长义释曹操

图文珍藏版

729

第五十一回　周瑜南郡战曹仁诸葛亮一气周瑜

却说孔明欲斩云长，玄德乃告之曰："昔吾弟兄三人结义之时，誓同生死。今日兄弟犯法，固当死罪，奈何违却前盟。望权记过，日后将功赎罪！"众皆哀告，孔明方才饶恕。

却说周瑜收功点将，各各类功，申报吴侯。所得降卒，尽行发付渡江。赏劳了毕，遂进兵攻取南郡。前队临江下寨，后分五营，周瑜居中。瑜与鲁肃、程普共议玄德之事，军士报覆："刘玄德使孙乾来与都督作贺。"瑜命请入。乾施礼毕，言："主公特命乾再拜都督大德，辄有薄礼上献。"瑜问曰："玄德今在何处？"乾答曰：

"见移兵屯油江口。"瑜惊曰:"有孔明否?"乾曰:"敢有在彼。"瑜曰:"足下先回,某亲来相谢也。"瑜纳了礼物,孙乾先回。

肃曰:"却才都督为何失惊?"瑜曰:"刘备屯兵油江口,必有取南郡之意。我等费了许多军马,用了许多钱粮,害了许多生灵,眼觑南郡反手可得;彼等心怀不仁,要就见成。须放着周瑜不死!"【眉批:**且看后面死也不死。**】肃曰:"当何策退之?"瑜曰:"我自去和他说话。若应允得便罢,如不应允,未及他取南郡,先结果了刘备!"肃曰:"某愿同往。"周瑜、鲁肃引三千轻骑,径投油江口来。

却说孙乾回见玄德,说周瑜亲来相谢,【眉批:**须放着孔明不死。**】玄德乃问孔明曰:"来意如何?"孔明笑曰:"那里为这些薄礼肯来相谢,止为南郡而来。"【眉批:**一个乖似一个。**】玄德曰:"若提兵来,若何?"孔明曰:"他来,便可如此如此应答。"玄德已知会了。

孔明于油江口摆开战船,岸上就列军马。人报周瑜引兵到来,孔明使赵云领数骑来接。瑜见军势雄壮,心甚不安。【眉批:**便结果刘备不得。**】行至营门外,玄德、孔明请到帐中。各叙礼毕,两边对坐。玄德举酒,频以美言致谢鏖兵之事。酒至数巡,瑜曰:"玄德公移兵在此,莫非有取南郡之意乎?"【眉批:**碍不住了。**】玄德曰:"闻知足下欲取南郡,故来相助;若都督不取,备必取之。"瑜笑曰:"吾东吴久欲吞并汉江,今南郡已在掌

国学经典文库

李渔 批阅

三国演义

周瑜南郡战曹仁
诸葛亮一气周瑜

图文珍藏版

中，如何不取？"玄德曰："胜负不可预定。曹操北归，令曹仁守南郡等处，必有奇计；更兼曹仁勇不可当，但恐都督不能取耳。"【眉批：**反激以挑其许我，只要激到"取不得，任从公取"这一句来。**】瑜曰："大丈夫一言既出，驷马难追，何悔之有？"孔明曰："都督此言甚是公论。古人云：'天下者，非一人之天下，乃天下之天下也。'先尽东吴去取；若不下，主公取之，有何不可？"周瑜相辞。

玄德送瑜上马而去，回问孔明曰："却才先生教备如此回答，虽一时间说了，展转寻思，于理未然。刘备孤穷一身，四海无置足之地，若得南郡，权且容身；【**眉批：一向不要荆州，此时却说出实话来，照应前事。**】不争先教周瑜取了，城池已属东吴矣，却如何得住？"孔明大笑曰："当初亮劝主公取荆州，主公不听。今日却想耶？"【眉批：**孔明说玄德甚属畅快。**】玄德曰："前为景升之地，故不忍取；今为曹操之地，取之何碍？"孔明曰："不须主公忧虑，尽着周瑜去厮杀，早晚教主公在南郡城中高坐。"【眉批：**又不知葫芦里卖的甚么药。**】玄德曰："良计安在？"孔明曰："只须如此如此。"玄德大喜。只理会在江口屯扎，按兵不动。

却说周瑜、鲁肃回寨，肃曰："都督如何也许玄德取城？"【眉批：**鲁肃与玄德一样老实。**】瑜曰："吾弹指可得南郡，落得虚做人情。"【眉批：**不要太稳了。**】随问帐下将士曰："谁敢先取南郡？"一人应声而出，乃蒋钦也，躯身上帐曰："某愿取。"瑜曰："汝为先锋，可使徐盛、丁奉为副将，拨五千精锐军马首先渡江，吾随后以为应兵。"蒋钦领兵去了。

却说曹仁在南郡，先分付曹洪守夷陵，以为犄角之势，深沟高垒而不出战。人报吴兵已渡汉江，必须迎之。仁曰："坚守勿战为上。"骁骑牛金奋然而进曰："吴兵临城而不出战，是怯也；况吾兵新败，吾不重扶锐气，军皆堕也。愿借五百军士，某当决一死战。"仁从之，令牛金出马。与丁奉更不打话，约战四五合，丁奉败走。牛金引五百军追赶入阵，丁奉五千人马一裹围住，牛金于阵中左右冲突，不能得出。曹仁在城上望见牛金困于垓心，慌教左右备马。长史陈矫谏曰："丞相以重任付托将军，牛金不听约束。妄自出战，以致如此。假使便弃此数百人，将军何苦轻出救之？"仁曰："不然，牛金一失，则南郡不可保也。"遂披甲上马，引麾下壮士数百骑出城。陈矫于城上助喊擂鼓。曹仁领兵，离吴兵百余步，

国学经典文库

李渔批阅

三国演义

周瑜南郡战曹仁
诸葛亮一气周瑜

图文珍藏版

逼于一沟之上。陈矫欲叫曹仁只就那里住扎，遥与牛金为势。只见曹仁大叫一声，跃马飞过浅沟，众皆奋力而过。仁独当先，挥刀杀过吴阵。徐盛迎之，不能当抵。曹仁杀到垓心，救出牛金。仁回顾尚有数十骑在阵，不能得出，遂复回，突入重围。所到之处，莫敢遮拦，又救出这一彪军马。正遇蒋钦拦路，曹仁奋力冲散。【眉批：极写曹仁之勇，以见周瑜胜之不易。】牛金助威，仁弟曹纯亦引兵出，混杀一阵，吴军大败。曹仁得胜，缓缓而行，陈矫等迎门接着，举杯称贺："将军真天神也！"

却说蒋钦兵败，【眉批：周瑜第一次失利。】折军数多，回见周瑜。瑜大怒，欲斩之，众将告免。瑜即点兵，要与曹仁决战。甘宁出曰："都督未可造次。今曹仁令曹洪据守夷陵，为犄角之势；某愿乞精兵三千，径取夷陵，都督然后可取南郡世。"【眉批：计亦善。】瑜服其论。先教甘宁领三千兵，攻打夷陵。

早有细作渡江，报知曹仁。仁慌与陈矫商议。矫曰："将军不救夷陵，则南郡必有失也。"仁从之。遂令曹纯并骑将牛金暗地领兵，去救曹洪。曹纯先使人报知曹洪，令洪在前诱敌，"吾当断后"。

却说甘宁引兵到来夷陵，曹洪出战。战有二十余合，曹洪败走，甘宁夺了夷陵。至黄昏时，曹纯、牛金兵到，与洪相合，围了夷陵。【眉批：周瑜第二次失利。】探马飞报周瑜，备说甘宁困在夷陵城中，周瑜大惊。程普曰："可急分兵救之。"瑜曰："此地正当冲要之处，若分兵去救，倘曹仁引兵来袭，奈何？"【眉批：**写周瑜分兵之难，以见下文胜之不易。**】吕蒙奋然出曰："甘兴霸乃江东股肱之臣也。岂可不救？"瑜曰："吾欲自往救之，当留何人在此？"蒙曰："留凌公续当之。蒙为前驱，都督断后，不须十日，必和凯歌。"瑜曰："未知凌公续肯当此任否？"凌统曰："若十日为期，可以当之；十日之外，不称其职矣。"【眉批：**又写周瑜分兵如此之难。**】瑜大喜。遂留兵万余，付与凌统。即日起兵，投夷陵来。蒙对瑜曰："夷陵南僻小路，取南郡极便，只是山路险隘，可差五百小军，去小路上砍倒柴薪，断绝此处。敌军若走，可得其马。如胜则连夜进兵，便袭南郡，一鼓可得也。"瑜从之。问谁可突围而入以救甘宁，周泰出曰："某愿往。"即时绰刀上马，杀入曹军，径到城下。甘宁望见周泰，出城相迎。具说都督自提兵至。宁即传令，教军士严装饱食。来日内应。

却说曹洪、曹纯、牛金共议甘宁之事，洪曰："即日周瑜兵至，怎生迎敌？"牛金曰："先使人报南郡，然后某为先锋迎之。"洪遣人报曹仁。次日，吴兵至，鼓声大震，曹兵迎之。比及交锋，甘宁、周泰分两路杀出，曹兵大乱，吴兵四下掩杀。曹洪、曹纯、牛金果然投小路来，乱柴满道，马不能行，尽皆弃马而走，吴兵得马三百余匹。【眉批：**两次失利，方搏一胜。**】周泰驱兵，日夜赶到南郡，正遇曹仁军马，两军混战，天色已晚，各自收兵。

国学经典文库

李渔批阅

三国演义

周瑜南郡战曹仁
诸葛亮一气周瑜

图文珍藏版

国学经典文库

李渔批阅

三国演义

周瑜南郡战曹仁
诸葛亮一气周瑜

图文珍藏版

且说曹仁到城中，与众商议。曹洪曰："目今失了夷陵，势已危急，何不拆开丞相遗计观之，以解此危？"曹仁曰："汝言正合吾意。"遂拆书观之。此计如何，且听下回分解。

却说曹仁拆开计策，观毕大喜。便传令教五更造饭，平明大小军马尽皆出城，城上遍插旌旗，虚张声势，军分三门而出。

却说周瑜救出甘宁，未及六日，陈兵于南郡城外，见曹兵分三门而出。瑜上将台观看，见女墙边虚搠旌旗，无人守护；又见军士腰下，各皆束缚包裹。【眉批：此曹操锦囊之计。有赤壁之真走，故不疑南郡之诈走也。】心暗忖："曹仁必先准备走路。"遂下将台，号令左右，分布两军为翼，如前军得胜追赶，只待鸣金方许退步。就教程普督后军，"吾亲自取城"。

当日对阵，鼓声响处，曹洪出马搦战。瑜亦自至门旗，挥鞭指点："谁人向前？"一人应声而出，乃韩当也。与曹洪交锋，战到三十余合，洪败走。曹仁自出，大呼姓名，搦周瑜战。周泰出马，与曹仁战十余合，仁败走。阵势错乱，后军先退，曹仁、曹洪两个压后，周瑜指两翼军杀出，曹军大败。

周瑜自引军马追至南郡城下，曹军皆不入城，望西北而走。韩当、周泰引前部尽力追赶。瑜见城门大开，城上又无人，指点众军抢城。【眉批：**城门大开，城上无人，如何不疑？公瑾一时瞌睡。**】数十骑当先而入，瑜在背后纵马加鞭，直入瓮城。陈矫在敌楼上，望见周瑜亲自入城来，暗暗喝采道："丞相妙策如神！"一声梆子响，两边弓弩手一齐发，势如骤雨。争先入门的，都颠入陷马坑内。周瑜急勒马回时，被一弩箭正射中左肋，【眉批：**一箭胜前番十万箭。**】翻身落马。牛金从城中杀出，来捉周瑜。却得徐盛、丁奉二人舍命救去。城中曹军突出，吴兵自相践踏，落堑坑者无数。程普急收军时，曹仁、曹洪分兵两路杀回，吴兵大败。【眉批：**写周瑜三次失利，愈见下文胜之不易。**】凌统引一军从侧首截出，救了吴兵。曹仁引得胜兵进城。程普收得败军，伤折数多。丁、徐二将救了周瑜到帐中，唤行军医者用铁钳子钳出箭头，将金疮药掩塞疮口，疼不可当，饮食俱废。医者言曰："此箭头上有毒，急切不能痊可。若怒气冲激，其疮复发。"【眉批：**伏后文。**】程普令三军紧守备寨，不许

国学经典文库

李渔批阅

三国演义

周瑜南郡战曹仁

诸葛亮一气周瑜

图文珍藏版

轻出。

三日后，牛金引一彪军来搦战，程普按兵不动，牛金骂至日暮方回。次日又来，骂至三日。程普恐瑜生气，不敢报知。牛金直来寨门外叫骂，单单要提周瑜。程普与众商议："不若暂且罢兵，回见吴侯，却再理会。"【眉批：正应孔明取不得南郡之语。】众皆言曰："论之甚长。"

却说周瑜虽患疮痛，心中自有主张。已知曹兵常扣寨门叫骂，只等众将来禀。一日，曹仁自引大军擂鼓呐喊，程普拒住不出。周瑜唤众将入帐，问曰："何处鼓噪呐喊？"众将答曰："军中教演士卒。"瑜大怒曰："何敢欺我也！吾已知曹兵常来寨前，痛骂我军。程德谋既然总兵，何为不出？请来吾亲自问之。"程普入曰："为见公瑾疮盛，医者属言'慎勿轻触'；果是曹兵连日搦战，造次不敢报知。"瑜曰："汝等不战，主意若何？"普曰："众将皆欲收兵，暂回江东。待公疮平复，却作区处。"周瑜听罢，于床上奋然跃起，言曰："大丈夫既食君禄，当死于战场，以马革裹尸幸也！岂可为吾一人而废国家之大事乎？"【眉批：语甚壮。】言讫，乃披甲上马。诸军众将无不骇然。

遂引数百骑出营前。望见曹兵已布成阵势，曹仁立马门旗之下，扬鞭大骂："周瑜孺子，料必横夭，再不敢正觑吾兵！"【眉批：却像孔明教骂的。】骂犹未绝，瑜从群骑内突然而出，曰："曹仁匹夫！见周郎否？"曹军看

国学经典文库

李渔批阅

三国演义

周瑜南郡战曹仁
诸葛亮一气周瑜

图文珍藏版

739

见，尽皆惊骇。曹仁回顾众将曰："可大骂之。"众军厉声大骂。周瑜大怒，使战将出迎。比及潘璋欲出，周瑜大叫一声，口中喷血，坠于马下。【眉批：突出与坠马俱俊异，使人不可测。】曹兵冲来，众将向前抵住，混战一场，救起周瑜，回到帐中。程普问曰："都督贵体若何？"瑜密与普曰："此吾之计也。"【眉批：极写周瑜使心用计，为下怒孔明张本。】普曰："计将安在？"瑜曰："吾身体无甚痛楚，欲令曹兵知我病危，必然欺敌。可使心腹人数十骑，去城中诈降，说吾已死，今夜曹仁必来劫寨。却于四下埋伏，一鼓可擒曹仁，必得南郡矣。"程普曰："此计大妙。"随就帐下举起哀声，众军大惊，尽传言"都督箭疮大发而死"，各寨尽皆挂孝。

却说曹仁在城中与众商议，言周瑜怒气冲发，金疮崩裂，以致口中喷血，坠于马下，不久必亡。正论间，忽报吴寨内走出十数军士到来，有密报的言语。中间亦

国学经典文库

李渔批阅

三国演义

周瑜南郡战曹仁
诸葛亮一气周瑜

图文珍藏版

740

有二人，原是掳过去的。曹仁慌忙下厅问之，军士曰："今日周瑜阵前金疮碎裂，归寨而死。即日众将收拾挂孝。我等皆被程普之辱，故特归投降，以报此事。"曹仁大喜。赏赐了毕，随即商议："今晚便去劫寨，夺周瑜之尸，斩其首级送赴许都。"【眉批：**不能杀活周郎，却欲杀死周郎。**】陈矫曰："此计速行，不可迟误。"曹仁拨牛金为先锋，自为中军，曹洪、曹纯为合后，尽数起兵。当日黄昏，分拨已定，初更后离南郡，径取周瑜大寨。来到寨门，不见一人。突入中军，但见虚插旗枪。情知中计，急忙退军。四下炮声齐发，东门韩当、蒋钦杀来，西门周泰、潘璋杀来，南门徐盛、丁奉杀来，北门陈武、吕蒙杀来。曹兵大败，急望南郡而来。三路军兵皆被冲散，首尾不能相救。

先说曹仁引十数骑杀出重围，来投曹洪。洪等一枝军马已散大半，只得奔走。杀到五更，离南郡不远，一声炮响，凌统又引一军拦住去路，大杀一阵。曹仁引军刺斜而走，又遇甘宁大杀一阵。不敢回南郡，径投襄阳大路而走。吴军赶了一程自回。

周瑜、程普收住众军，径到南郡城下。见旌旗布满，敌楼上一将叫曰："都督少罪，吾奉军师将令，已取城了。吾乃常山赵子龙也。"【眉批：**一向谋了许多时，谁知都为他人出力。**】周瑜大怒，使甘宁引数千马军，径取荆州；凌统引数千马军，径取襄阳；"然后却再取南郡未迟。"正分拨间，忽然探马急来报说："诸葛亮自得了南郡，遂用兵符诈调荆州守城军马来救，着张飞一阵杀败曹仁北逃，张飞就在荆州城中驻扎。"【眉批：写荆州一路用虚写。】又一探马飞来报说："夏侯惇在襄阳，被诸葛亮差人赍兵符，诈称曹仁求救，惇速引兵进发，却教关云长取了襄阳。"【眉批：襄阳一路也用虚写。】二处城池，亦不费力，尽皆属刘玄德。周瑜曰："诸葛亮怎得兵符？"程普曰："拿住陈矫，兵符尽属此人。"周瑜大叫一声，金疮迸裂。未知性命如何，且听下回分解。

国学经典文库

李渔批阅

三国演义

周瑜南郡战曹仁
诸葛亮一气周瑜

图文珍藏版

国学经典文库

李渔批阅

三国演义

诸葛亮傍略四郡
赵子龙智取桂阳

图文珍藏版

742

第五十二回 诸葛亮傍略四郡
赵子龙智取桂阳

却说周瑜听知孔明借东吴力而取荆州，如何不气？气伤箭疮，半晌方苏。众将皆在面前劝解。周瑜大怒曰："若不杀诸葛亮村夫，怎息吾心中怨气！程德谋可助吾之力，即日起兵，去打南郡，定要归还东吴。"

正商议间，人报鲁子敬至，接至帐中。瑜曰："吾欲起兵与刘备、诸葛亮共决胜负，复夺城池。"鲁肃曰：

"不可。方今与曹操共决雌雄，尚未分成败；主人吴侯见攻打合淝未下。不争自家互相吞并，曹兵乘虚而来，其国危矣。况刘玄德旧曾与曹操至厚，倘逼得紧急，献了城池，一同攻吴，如之奈何？"**【眉批：鲁肃意中还是结刘以拒曹。】**？瑜曰"吾等用计决策，损兵马，费钱粮，他图现成，思之深可恨也！"肃曰："公瑾且耐，容某亲见玄德，将理说他。若说不通，那时动兵未迟。"诸将曰："子敬之言甚善。"

周瑜便令鲁肃亲往南郡。来到城下叫门，赵云出问，肃曰："我要见刘玄德有话说。"云答曰："主人与军师在荆州城中。"肃径奔荆州，见旌旗整列，肃自忖度："孔明非常人也。"军士报覆，孔明令大开城门，接肃入衙。共讲礼毕，申谢罢，玄德与肃分宾主而坐，孔明斜脸相陪。**【眉批：想孔明也不好意思。】**茶罢，肃曰："主人吴侯、都督公瑾教某再三申意皇叔：前者操引百万之众，名下江南，实是来擒皇叔；今江东费了钱粮，折了人马，带伤者不可胜数，**【眉批：实话。】**幸得杀退曹兵，救了皇叔，所有荆州九郡合当归于东吴。今皇叔用诡计夺占荆州，恐于理未顺。"孔明曰："子敬乃高明之士，何故出此言也？昔日荆襄九郡，非是东吴之地，乃荆王刘景升之基业。吾主人乃刘景升之弟也。景升虽亡，其子尚在，以叔辅侄而取旧业。有何不可？**【眉批：刘表乃东吴之仇，而孔明权借刘表以谢东吴者，以子敬曾来吊丧故耳。】**岂不闻'物见主'之盲乎？"办肃曰："若公子刘琦占据，尚自可以；今公子在江夏，须不在这里。"孔明曰："子敬要见公子乎？唤左右请公子出来，相见便了。"刘琦从屏风后两从者扶出。"【眉批：**屏风后乃原旧蔡夫人所立处也。**】琦与肃曰："病躯不能施礼，子敬勿罪。"鲁肃吃了一惊，默然无语，良久，言曰："公子若在如何，不在如何？"孔明曰："公子在一日，守一日；若不在，别有商议。"肃曰："若公子不在，须还我东吴。"【眉批：**一见便望他死。好笑葫芦提。**】孔明曰："子敬之言是也。"遂设大宴，相待鲁肃。

肃当日出城，连夜归寨，见周瑜言公子之事。瑜曰："刘琦正青春年少，如何便得他死？这荆州何日得之？"肃曰："都督放心，只在鲁肃身上，务要讨荆襄还东吴。"瑜曰："子敬有何所见？"肃曰："吾观刘琦过于酒色，病入四肢，见今面色羸瘦，气喘呕血。不过半年，其人必死。那时征讨荆州，刘备须无得推故。"周瑜犹自忿气未消，忽报吴侯遣使至，瑜令请人。【眉批：**接笋妙。**】使曰："吴侯围合淝累战不捷，急令都督尽收军回。"周瑜只得且休兵罢战，拘集众多军马，且回柴桑养病，令程普部领战船士卒，却来合淝吴侯军前听用。

却说刘玄德自得荆州、南郡、襄阳，心中大喜，与孔明商议久远之计。忽然阶下一人上厅献策，此人乃山阳人也，姓伊，名籍，字机伯。玄德感旧日之恩，【眉批：**檀溪跃马事一提。**】十分相敬，坐而问之。籍曰："要知荆州久远之计，何不求贤士以问之？"【眉批：**得地**

国学经典文库

李渔阅批

三国演义

诸葛亮傍略四郡
赵子龙智取桂阳

图文珍藏版

贵得人，荐贤是第一义。】玄德曰："愿公一言以荐贤者。"籍曰："荆襄世家，弟兄五人，惟一人大贤者，眉间有白毛，襄阳宜城人也，姓马，名良，字季常。兄弟五人，并有才名，乡里为之谚曰：'马氏五常，白眉最良。'其弟马谡，字幼常。"【眉批：独提马谡，便伏街亭之案。】玄德遂命请之。马良至，入见玄德。礼毕，高坐。玄德求久远之计，良曰："襄阳受敌之地，恐不可久守。好令公子刘琦于此养病，招谕旧士以守之。就奏刘琦为荆州刺史，以安民心。【眉批：孔明借公子以谢东吴，马良亦借公子以安民民心。】然后南征四郡，收积钱

国学经典文库

李渔批阅

三国演义

诸葛亮傍略四郡
赵子龙智取桂阳

图文珍藏版

746

粮，以为根本。此是保守荆襄久远之计也。"玄德问曰："四郡即目何人为守？"良曰："武陵郡太守金旋，长沙郡太守韩玄，桂阳郡太守赵范，零陵郡太守刘度。若取得这四郡，乃鱼米之乡，汉上可保长久矣。"玄德大喜。遂问四郡先取何郡，后取何郡。良曰："湘江之西，零陵最近，可先取之；次取武陵；然后湘江之东取桂阳；长沙为后。"玄德甚喜，遂用马良为从事官，伊籍副之。请孔明商议，送刘琦回襄阳，替云长回荆州。便议调兵起发，取零陵郡。差张飞为先锋，赵云合后，孔明、玄德为中军，人马一万五千。留云长守荆州，糜竺、刘封守江陵。时建安十四年春正月也，孔明调兵起行。

却说刘度在零陵城中，听知孔明军马到来，唤其子刘延商议。延曰："父亲放心，他虽有张飞、赵云之勇，何足惧哉。儿观本州上将邢道荣，有万夫不当之勇，使开山大斧，重六十斤，可以迎敌。"刘度唤至。邢道荣自夸胸中武艺，不让古之廉颇、李牧。度重赏。刘延与邢道荣领兵万余，离城三十里，依山靠水下寨。探马报说："孔明自引一军到来。"两边阵圆相对。邢道荣出马，横大斧，厉声高叫："反国之贼，安敢侵吾境界！"对阵中一簇黄旗，旗帜分明，中间一辆四轮车，车中端坐一人，头戴纶巾，身披鹤氅，手执羽扇，用扇招邢道荣曰："吾乃南阳诸葛孔明也。曹操引百万之众，被吾聊施小计，片甲不回。【眉批：前事又一提。】今来招安汝等，何不早降？"道荣大笑曰："赤壁鏖兵，乃周郎之谋也，干汝何事？敢来诳语！"轮大斧径杀过来。孔明教回车，望阵中走，阵门复闭。径冲杀过来，阵势急分两下而走。【眉批：**阵势变幻**。】道荣遥望中央一簇黄旗，料是孔明，只望黄旗赶来。抹过山脚，黄旗扎住，忽地中央分开，不见四轮车。一将挺矛跃马，大喝一声，直取道荣，乃是燕人张翼德也。道荣轮大斧来迎，战不数合，气力不加，拨马便走。翼德随后赶来，喊声大震，两下伏兵齐出，道荣舍死冲过。前面一员大将，拦住去路，乃常山赵子龙也。道荣措手不及，滚鞍下马受降。

子龙缚来寨中见玄德、孔明，拥至帐下。玄德大怒，喝令教斩。孔明急止之，问道荣曰："汝若与吾捉了刘延，便准你投降。"道荣连声"愿往"。孔明曰："如何捉得？"道荣曰："军师若肯放某回去，某自有巧说。今晚军师调兵劫寨，某为内应，活捉刘延，献与军师，城中刘度自然降矣。"玄德不肯。孔有曰："邢将军非谬言也，可放之。"【眉批：**浑身是计，却不说明**。】道荣得放回寨，尽实告诉刘延。延曰："如之奈何？"道荣曰："将计就计，今夜将兵伏于寨外，寨中虚立旗幡。待孔明来劫寨，就而擒之。"【眉批：**已在孔明算中**。】刘延依计。

当夜二更，果然有一军到寨口。每人各有草把，一齐点着，火焰烧空。刘延、道荣两下杀来，放火军便退。两军乘势赶来，赶上十余里，军皆不见。刘延与道荣急回，火光未灭，寨中突出一将，乃燕人张翼德也。刘延叫道荣不可入寨，却去劫孔明寨便了。回军走不十里，

国学经典文库

李渔批阅

三国演义

诸葛亮傍略四郡
赵子龙智取桂阳

图文珍藏版

忽然赵云引军突出，云一枪刺道荣于马下。刘延急拨马便走，被张飞活捉过来，绑缚回见孔明。延曰："邢道荣教某如此，实非本心也。"押过刘延，孔明令释其绑，与衣穿了，赐酒压惊，教人送入城。说父投降；【眉批：待邢道荣则诈，待刘贤则真。】如其不降，打破城池，满门尽诛。把马送刘延回零陵，见父说孔明之德。父子即时赍印缓离城，径到大寨纳降。孔明教刘度复为郡守，以供钱粮，其子刘延于荆州随军办事。【眉批：隐然以子为质。】零陵一郡居民，尽皆喜悦。玄德入城，安抚已毕，遂乃勒兵来取桂阳。下回分解。

却说玄德取了零陵郡，诸将皆属调遣，安抚居民，赏劳三军，乃问众将曰："零陵已取，桂阳何人敢去？"赵云应曰："某愿往。"张飞奋然出曰："飞亦愿往。"二人争取桂阳。孔明曰："终是子龙先应，只教子龙去。"张飞不服，定要去取。孔明教拈阄，拈着的便去。又是子龙拈着。张飞怒曰："我并不要相帮，只要三千军，独自领去，便要得城池。"赵云曰："某也只领三千军去。如不得城，愿受军令。"孔明大喜。【眉批：**一团高兴，且耐着张将军作后**。】责了军状，选三千精兵，随赵云去。张飞不服，玄德喝退。赵云欢欢喜喜，领了三千人马径往桂阳进发。

却说桂阳太守赵范升厅，人报赵子龙引军来取城池。赵范急唤军官商议。两个管军校尉来见赵范，一个姓陈名应，一个姓鲍右龙，都是桂阳岭山乡猎户出身，陈应会使飞叉，鲍龙曾射杀双虎，都在桂阳管军。二人对赵范曰："刘备乃后汉之臣，更兼恶了曹丞相，若来时，合与他相持。某二人愿为前部。"赵范曰："我闻刘玄德乃大汉皇叔，更兼孔明多谋，关、张极勇，如今领兵来的赵子龙，在当阳长坂百万军中，如入无人之境。我桂阳能有多少人马？不可迎敌，只可投降。"应曰："若果不擒赵云回，那时任太守投降不迟。"赵范拗不过，只得教陈应领三千人马出城迎敌。

子龙将近桂阳，前面哨探军人回报："敌军来到。"赵云把三千人马摆开，以待军来。陈应军至，也列成阵势。陈应上马，绰叉而出。赵云挺枪出马，责骂陈应曰：

国学经典文库

李渔批阅

三国演义

诸葛亮傍略四郡
赵子龙智取桂阳

图文珍藏版

749

国学经典文库

李渔批阅

三国演义

诸葛亮傍略四郡
赵子龙智取桂阳

图文珍藏版

750

"吾主刘玄德，乃荆王之弟，今辅公子刘琦，同领荆州，特来抚民。汝乃反国之贼，何故迎敌？"陈应回骂曰："我等只服曹丞相，岂顺刘备乎？"赵云大怒，挺枪骤马，直取陈应。应捻飞叉，骤马而来。两马相交，战到四五合，陈应料敌不过，拨马败走。赵云追赶，陈应回顾赵云马来相近，用飞叉掷来，云一手绰住，回掷陈应，应急躲过。云马到，探手活捉陈应而回，掷于马下。余军皆走。云缚陈应入寨，叱之曰："量汝安敢敌吾！吾不杀汝，汝可说与赵范。早来投降。"陈应谢罪，抱头鼠窜。回到城中，对赵范尽言其事。范曰："吾本心要降，汝强要战，以致如此。"叱退陈应，赵范将带印缓，引十数骑，径投大寨纳降。

云出寨迎接，待以上宾，置酒相饮，纳了印缓。酒至数巡，范曰："今说起将军姓赵，某亦姓赵，五百年前是一家。【眉批：近日此风盛行。若是姓张的来，赵范便无宗可连。那得有后若许。】将军乃真定人，某亦真定人，又是同乡。倘若不弃，结为兄弟。"子龙与赵范同年，子龙长范四个月日，范因此拜子龙为兄。二人同乡同年又同姓，十分大喜。至晚，子龙送范出寨。次日，赵范请子龙安民。子龙教军马休动，只带五十骑随入城中。【眉批：第一次入城。】居民香火迎门而接。子龙教四门挂榜安民已毕。赵范邀请入衙筵席。酒至半酣，请入后堂相待。子龙见范殷勤。强饮微醉。范入后堂，请出一妇人，与子龙把酒。子龙见其妇人身穿缟素之衣，

国学经典文库

李渔批阅 三国演义

诸葛亮傍略四郡
赵子龙智取桂阳

图文珍藏版

有倾国倾城之色，子龙问曰："此何人也？"范曰："家嫂樊氏也。"子龙改容敬之。樊氏把盏毕，范令就坐，子龙不肯。【眉批：**看子龙醉后如此正气。**】樊氏辞归后堂。子龙曰："贤弟何必烦令嫂举杯耶？"范笑曰："中间有个'缘故，贤兄勿阻。故兄弃世已及三载，家嫂守寡终不为了，弟常劝其改嫁，嫂曰：'若三件事兼全，我方肯嫁：第一要名誉动荡，第二要与家兄同姓，第三要文武双全，旧曾有识。'【眉批：**天下再妇人，那有如此拣择？**】普天之下那得这般巧的？今将军堂堂仪表，名震四海，与家冠同姓，先在乡中又与家兄相识；将军文武双全，智勇足备。若不嫌家嫂貌陋，愿陪十余万嫁资，与将军为妻，结累世之亲，可乎？"子龙大怒，厉声言曰："汝嫂即吾嫂也，岂可为乱人伦之事乎！"【眉批：**赵范看得通谱太淡，子龙认得通谱太真。**】赵范遂羞惭满面，答

国学经典文库

李渔批阅

三国演义

诸葛亮傍略四郡
赵子龙智取桂阳

图文珍藏版

752

曰："我好意相待，何无礼也。"遂乃目视左右，有捉子龙之意。子龙已觉，一拳打倒赵范，【眉批：谢媒。】忿怒上马，出城去了。

范急唤陈应、鲍龙商议。陈应曰："这人发怒去了，只索与他厮杀。"范曰："只恐赢他不得。"鲍龙曰："我两个诈降在他军中，太守却来引兵搦战，我二人就阵上擒之。"陈应曰："必须带些人马。"龙曰："五百骑军足矣。"当夜二人引五百军，径奔子龙寨来投降。子龙听得这话，心中已知其诈。【眉批：子龙一向是精细人。】遂教唤人，二将到帐下，说："赵范用美人计，欲赚将军欢喜，醉中谋杀，将头去曹丞相处献功；某二人见军怒出，必连累于某，因此投降。"赵云大喜，用酒灌醉，缚于帐下。却擒手下人问之，果是诈降。子龙唤五百军人，各赐酒食，传令曰；"要害吾者，陈应、鲍龙也，不干众军之事。汝等听吾行计，皆有重赏。"众军拜谢。将"降将"陈、鲍二人当时斩了，却教五百军引路，子龙引一千军在后，连夜到桂阳城下叫门。城上听时，说"陈、鲍二将军杀了赵云回军，请太守议事"。城上明火照之，果是自家军马。赵范急忙出城，子龙喝左右捉下。遂入城，【眉批：第二次入城。】安抚百姓已定，飞报玄德。

玄德与孔明前赴桂阳。子龙迎接入城，推赵范于阶下。孔明问之，范言："欲以嫂嫁子龙，本是好意，不想恼乱，以致如此。"孔明与子龙曰："美色，天下人爱之，公何独如此？"子龙曰："赵范之兄，曾在乡中有一面之交，今既与范结为兄弟，若娶其嫂，千古唾骂，【眉批：此从朋友起见。】一也；其妇再嫁，使失其大节【眉批：此从夫妇起见。】，二也；赵范初降，其心不可测，三也；主公新定江汉，枕席未安，云安敢以一妇人而废主公之政，【眉批：此从君臣起见。】四也。"玄德曰："今日大事已定，与汝娶之若何？"子龙曰："天下女子不少，但恐名誉不立，何患无妻子乎？"玄德曰："子龙乃真丈夫也！"遂放赵范，仍令为桂阳太守，范拜谢而去。重赏子龙。张飞大叫曰："偏子龙干得功，偏我是无用之人！只拨三千军与我，却取武陵郡，直捉太守金旋献来帐下！"【眉批：张飞真耐不住了。】孔明大喜曰："翼德要去不妨，但要依一件事。"飞问曰："何事？"未知孔明有何嘱咐，且听下回分解。

国学经典文库

李渔批阅

三国演义

诸葛亮傍略四郡
赵子龙智取桂阳

图文珍藏版

第五十三回　黄忠魏延献长沙
　　　　　　孙仲谋合淝在战

　　却说孔明与张飞曰："前者子龙取桂阳郡时，责下军令状而去。今日翼德要取武陵，必须也责下军令状，方

可领兵去。"张飞遂立军令状。欣然便引三千军，星夜投武陵界上而来。守界人探知其事，随报金旋。金旋听得张飞引兵前来，乃集将校，整点精兵器械，出城迎敌。从事巩志谏曰："刘玄德乃大汉皇叔，仁义布于天下；加之张翼德乃当世虎将，不可迎敌。不如纳降为上。"【眉

批：**此处独与桂阳相反。**】金旋大怒曰："汝欲与贼通连为内变耶？"喝令武士推出斩之。众官皆告曰："先斩家人，于军不利。"金旋喝退巩志，自率兵出。离城二十里，正迎张飞。飞平生性急，挺矛立马，大喝金旋。旋令首将出迎。众皆畏惧，莫敢向前。旋自骤马舞刀迎之。张飞大喝一声，浑如巨雷，金旋失色，不敢交锋，拨马便走。飞引众军随后掩杀。

金旋走至城下，城上乱箭射下。旋视之，见巩志立于城上曰："汝不顺天时，自取败亡。吾与百姓自降刘矣。"言未毕，一箭射中金旋面门，坠于马下，军士割头以献张飞。巩志出城纳降，飞就令巩志赍印绶。往桂阳见玄德。至半路遇见，呈献已毕。玄德大喜，就令巩志代金旋之职。

玄德至武陵安民了当，驰书去报云长，言翼德、子龙各得一那。云长乃回书上请曰："闻知长沙未曾取得，如兄长不弃，教关某干这件功劳甚好。"玄德大喜，遂教张飞星夜去替云长守荆州，令云长来取长沙。云长来见玄德、孔明，孔明曰："子龙取桂阳，翼德取武陵，都是三千军去。我闻长沙太守韩玄到只平常，只是他有一员大将，名唤黄忠，表字汉升，原是刘表帐下中郎将，与表侄共守长沙，后事韩玄。虽然年近六旬，须发苍白，使一口大刀，有万夫不当之勇，【眉批：**先在孔明口中写黄忠。**】乃湘南将佐之领袖，不可轻敌。云长既去，必须多带军马。"云长曰："军师何故长别人之锐气，灭自己

国学经典文库

李渔批阅

三国演义

黄忠魏延献长沙
孙仲谋合淝在战

图文珍藏版

之威风？量一老卒，何足道哉！关某不须用三千军，只消本部下五百名校刀手，决定斩黄忠、韩玄之首，献来麾下。"玄德苦当，云长不依，只要五百校刀手而去。孔明与玄德曰："云长轻敌黄忠，只恐有失。请主公同行，接应云长，以取长沙。"玄德从之，随后望长沙进发。

却说长沙太守韩玄，平生性急，不以人为念，众皆恶之。是时听知云长军到，便唤老将黄忠商议。忠曰："不须主公忧虑，凭某这口刀，这张弓，一千个来，一千个死！"原来黄忠能开二石之弓，百发百中。

言未毕，阶下一人应声出曰："不须老将军出战，只某手中，定然活捉关某。"韩玄视之，乃管军校尉杨龄。韩玄大喜，赏赐了杨龄。龄带一千军马，飞奔出城。约行五十里，望见尘头起处，云长军马早到，却才摆开。杨龄挺枪出马，立于阵前，大骂云长。云长大怒，更不打话，飞马舞马，直取杨龄。龄挺枪来迎，云长手起刀落，砍为两段。【眉批：写杨龄正以衬黄忠之勇。】追杀败兵，直至城下。

韩玄听知大惊，便教黄忠出马。玄自来城头上观看。忠提刀纵马，早过吊桥，后随数百骑军。云长见一老将出马，知是黄忠，把五百校刀手一字摆开。云长横刀立马问曰："来将莫非黄忠否？"忠曰："既知吾名，焉敢犯境？"云长曰："特来取汝首级！"【眉批：趣甚。】言罢，两马交锋，斗一百合，不分胜负。韩玄恐忠有失，鸣金收军。黄忠收军入城。云长也退军，离城十里下寨。心中暗忖："老将黄忠，名不虚传。斗一百合，全无破绽。【眉批：又从关公意写一黄忠。】来日必用拖刀计，背砍赢之。"

次日早饭毕，又来城下搦战。韩玄却坐城上，教黄忠出马。忠引数百人，杀过吊桥，喊声起处，再与云长交马。又斗五六十合，胜负不分，两军齐声喝采。鼓声正急，云长拨马便走，黄忠赶来，正欲用刀砍之，忽听得脑后一声响处，急回头看时，只见黄忠战马前失掀在地下，云长回马，双手举刀喝曰："我饶你性命，快换马来厮杀！"【眉批：关公之不杀黄忠，是好胜处，不是慈慈，以为杀堕马之人不足为勇故耳。若以宋襄公处，不但堕马不杀，就不堕马也不杀。何也？自发黄忠已在不

国学经典文库

李渔 批阅

三国演义

黄忠魏延献长沙
孙仲谋合淝在战

图文珍藏版

禽二毛之例也。】黄忠提起马蹄，飞身上马，奔入城中。玄惊问之，忠曰："此马久不上阵，故有此失。"玄曰："汝箭百发百中，何不射之？"忠曰："来日再战，必然诈败，诱到吊桥边射之。"玄与一匹青马。

黄忠晚上寻思："难得云长如此义气，我本是该死的人，他不忍杀害我，来日安忍射之？若不射，又恐违了将令。"是夜踌躇未定。次日天晓，人报云长搦战。韩玄唤黄忠附耳分付："以箭射之。"忠遂领兵出城。云长两日战忠不下，十分急躁，抖擞威风，与忠交马。战不到三十余合，忠诈败，云长赶来。忠想昨日不杀之恩，不忍便射，带住刀，把弓虚拽弦响，云长急闪，却不见箭。又赶忠，又虚拽，云长急闪，又无箭。只说黄忠不会射，放心赶来。将近吊桥，黄忠在桥上搭箭开弓，弦响箭到，正射在云长盔缨根上，【眉批：庚公发乘矢而后反，黄忠已拽三弓。】前军齐声喊起。云长吃了一惊，带箭回寨。方知黄忠有百步穿杨之巧，今乃是报昨日不杀之恩也。【眉批：写黄忠第三日。】云长领兵而退。

黄忠回到城上，来见韩玄。玄急喝令左右，捉下黄忠斩之。【眉批：因第三日，故连前日都疑。】忠叫"无罪"，玄大怒："我看了三日，汝敢欺我！汝前日不决战，必有留连；昨日马失，他不杀汝，必有往来；今日两番虚拽弓弦，第三箭射他盔缨，如何不是外通内连？若不斩汝，必为后患！"喝令刀斧手，推下城门外斩之。众将欲告，玄曰："但告者便是同情。"【眉批：读此必谓黄忠死矣。】刚推到门外，却才举刀，忽然一将挥刀杀入，砍散刀手，救起黄忠，【眉批：魏延专用此法，如召神将一般，使人骇异。】大叫曰："黄汉升乃长沙之保障！韩玄残暴不仁，轻贤重色，今杀汉升，是杀长沙百姓也！愿随者便来！"百姓视之，其人面如重枣，目若朗星，器宇轩昂，貌类非俗，宛似关将，义阳人也，姓魏，名延，字文长。自襄阳赶玄德不着，故来依投韩玄，【眉批：照应四十一回事。】玄怪魏延傲慢少礼，不肯重用，屈沈于此。当日救了黄忠，教百姓同杀韩玄，袒臂一呼，相从者数百余人。黄忠拦当不住，魏延直杀上城头，一刀砍韩玄为两段，提头上马，引百姓出城，投拜云长。云长大喜，入城抚民已毕。请黄忠相见，忠托病不出。【眉批：极写黄忠。】云长即使人去请玄德、孔明。

却说玄德、孔明自云长来取长沙，随后催促人马，正行之间，青旗倒卷，一鸦自北南飞，连叫三声而去。玄德曰："此应何祸福？"孔明就马上袖占一课，曰："长沙已得，又主得一大将，午后定见分晓。"言毕，看看午末，见一小校飞报前来，报说："关将军已得长沙，降将黄忠、魏延。专等主公。"玄德大喜，遂入长沙。云长接入厅上，尽言其事。玄德亲往黄忠家相请，忠方出降，求葬韩玄尸首于长沙之东。【眉批：又写黄忠。】后史官有诗赞黄忠曰：

国学经典文库

李渔批阅

三国演义

黄忠魏延献长沙
孙仲谋合淝在战

图文珍藏版

将军气概与天参，白发犹然困汉南。

至死甘心无怨望，临降低首尚羞惭。

宝刀灿雪彰神勇，铁骑嘶风忆战酣。

千古高名应不泯，长随孤月照湘潭。

　　玄德大喜，厚待黄忠。云长又引魏延相见，备言其事，玄德敬之。孔明勃然曰：“韩玄与汝无仇，何故杀之？”喝令刀斧手推下斩首。未知性命如何，且听下回分解。

　　玄德见孔明要斩魏延，急命止之，问孔明曰：“诛降杀顺，大不义也。魏延乃有功无罪之人，何故杀之？”孔明曰：“食其禄而杀其主，是不忠也；居其土而献其地，是不义也。【眉批：自是正论，然孔明意不在此。】人人

国学经典文库

李渔 阅批

三国演义

黄忠魏延献长沙
孙仲谋合淝在战

图文珍藏版

760

效此，必怀异心，当斩以警众。"因又附耳谓玄德曰："吾观魏延脑后有反骨，久后必反，故先斩之以绝祸根。"【眉批：**孔明善卜，又善相，早为一百伏线。**】玄德曰："若斩此人，非安汉上之计也。"力劝免之。孔明指魏延曰："吾今饶汝性命，汝可尽忠报主，勿生异心；若有异心，早做早、晚做晚取汝头！"魏延喏喏连声而退。黄忠荐刘表侄刘磐，【眉批：**又写功黄忠荐贤，妙。**】见在攸县闲居。玄德取回，教掌长沙郡。四郡已平，令班师早回荆州。汉上九郡，已得其半。

时江夏、巴陵、汉阳，东吴占据。夏侯惇弃了襄阳，屯兵樊城。玄德回荆州，改油江口为公安。自此钱粮广盛，贤士归之，将军马四散分屯于隘口。

却说周瑜自回柴桑养病，【眉批：**按下玄德，且叙东吴。**】令甘宁守巴陵，凌统守汉阳，吕蒙守江夏，三处分布战船，听候调遣。程普引其余将士，投合淝县来。

却说孙权自从赤壁鏖兵之后，久在合淝，与曹兵交锋，大小十余战，未决胜负，【眉批：**一句包着无数笔墨。**】不敢逼城下寨，离城五十里屯兵。得程普兵到，孙权大喜。人报鲁子敬先至，权远远下马迎之。肃见权立于马傍，慌忙滚下马。众将见权如此待肃，皆大惊异。权请肃上马，并辔而行。权曰："孤下马相迎，足显公否？"肃曰："未也。"众人闻之，无不愕然。权曰："然则何如为显耀耶？"肃曰："愿至尊威德加于四海，总括九州，克成帝业。那时以安车蒲轮徵肃，始当显耳。"权

国学经典文库

李渔批阅

三国演义

黄忠魏延献长沙
孙仲谋合淝在战

图文珍藏版

于马上抚掌大笑。同至帐中，大设饮宴，犒劳鏖兵将士，商议破合淝之策。

忽报张辽差人来下战书。权拆书观毕，大怒曰："张辽欺吾太甚，来日决战！汝听知程普军来，故使人搦战。来日不必新军赴敌，只守营寨，看吾大战一场！"传令当夜五更三军出寨，望合淝进发。辰时之分，军马行及半途，曹兵已到，两边布成阵势。孙权金盔金甲，披挂出马。左宋谦，右贾华，二将使方天画戟，两边护卫。三通鼓罢，魏阵中门旗两开，三员将全装惯带，立于阵前：中央张辽，左边李典，右边乐进。张辽纵马当先，专搦孙权挑战。权绰枪欲自战之，阵门中一将挺枪骤马早出。权视之，乃太史慈也。张辽挥刀来迎，两将战有七八十合，不分胜负。门旗下李典、乐进曰："对面金盔者，孙权也。若捉得孙权，足可与八十三万大军报仇！"【眉批：**写得骇人。**】说犹未了，乐进一骑马，一口刀，从斜刺里径取孙权，如一道电光，飞至面前，手起刀落，【眉批：**写得骇人。**】宋谦、贾华两枝戟一架，刀到处两枝戟齐断，只将画杆望马头上便打。乐进马回，宋谦绰军士手中枪赶来。李典搭上箭，望宋谦心窝里便射，应弦落马。太史慈见背后有人坠马，弃却张辽，望本阵便回。张辽乘势掩杀过来，吴兵大乱，四散奔走。张辽望见孙权，骤马赶来，看看赶上，侧首撞出一军，为首大将，乃程普也，截杀一阵，救了孙权。张辽收军，自回合淝。

却说程普保孙权归到大寨，败军陆续回营。孙权因

国学经典文库

李渔阅批

三国演义

黄忠魏延献长沙
孙仲谋合淝大战

图文珍藏版

见折了宋谦，放声大哭。长史张诏曰："主公恃盛壮之气，忽强暴之虏，三军之众，莫不寒心；虽斩将搴旗，威振敌场，此乃偏将之任，非主将之宜也。愿抑贲、育之勇，怀王霸之计。且今日宋谦死于锋镝之下，皆主公轻敌之故。【眉批：孙坚以轻敌而被箭，孙策以轻出而受枪。前车之覆，后车之鉴。】自今以后，切宜保重。"权曰："孤之过也。从今改之。"少刻，太史慈入帐，言："今虽败于曹兵，某手下有一人。姓戈名定，张辽手下养马后槽是其弟兄，今晚使人报来，明火为号，刺杀张辽以报宋谦之仇。某也请以为外应。"权曰："戈定何在？"太史慈曰："已进身合淝城中去了。某愿乞点千兵去。"诸葛瑾曰："张辽非一勇之夫，乃是足智多谋之士。恐有准备，不可造次。"太史慈坚执要行。【眉批：**太史慈也是轻进。**】权伤感宋谦之情，急要报仇，遂令太史慈引兵五千，去为外应。

却说戈定乃太史慈乡人，杂在军中，随入合淝，寻见养马后槽，两个商议。【眉批：**此等人有甚计策商量出来。**】戈定曰："我已使人报太史慈将军去了，今夜必来接应。你如何用事？"后槽曰："此间虽离军中较远，夜间急不能进，只就草堆上放起一把火，你去前面叫反，城中兵乱，就里刺杀张辽，余军自走也。"戈定曰："此计大妙。"

是夜张辽赏劳三军，传令不许解甲宿睡。【眉批：**既胜而能惧，是大将不是战将。**】左右曰："今日全胜，吴兵远遁，将军何不卸甲熟睡？"辽曰："非也。为将之道，勿以胜为喜，勿以败为忧。倘吴兵度吾无备，乘虚攻击，何以约束三军？今夜防备。比每夜还加谨慎可也。"说犹未了，后寨火起，一片声叫反，报者如麻。张辽出帐上马，唤亲从将校十数人，当道而立。左右曰："喊声太急，即往观之。"辽曰："岂有一城皆反者？此是造反之人故惊军士耳。【眉批：**主意拿得定。唯安静可以定乱，为将者皆知之，第不能养于平日，故卒不及维持耳。**】如乱者先斩！"无移时，李典擒戈定并后槽至。辽问其情，立斩于马前。

只听得城门外鸣锣击鼓，喊声大震。辽曰："此是吴兵外应，可就计破之。"便令人于城门内放火一把，众皆叫反，大开城门，放下吊桥。太史慈见城门大开，只道内变，挺枪纵马先入。城上炮响，乱箭射下，太史慈急退，身中数箭。背后李典、乐进杀出，吴兵折其大半。乘势直赶到寨前，陆逊、董袭杀出，救了太史慈。曹兵自回。孙权见太史慈身带重伤，伤感不已。张昭请权罢兵，权从之，遂收兵下船，回南徐润州。比及屯住军马，太史慈病重。权使张昭等问安，太史慈大叫曰："大丈夫生于乱世，当带三尺之剑，以升天子之阶。【眉批：**人人有此志，不能人人遂此志。为之三叹。**】今所志未遂，奈何死乎！"言讫而亡。年四十一岁。史官有诗云：

国学经典文库

李渔批阅

三国演义

黄忠魏延献长沙
孙仲谋合淝在战

图文珍藏版

处士全忠孝，东莱太史慈。

姓名昭远塞，弓马震雄师。

北海酬恩日，神亭酣战时。

临终言壮志，三叹复嗟咨。

孙权将慈厚葬于南徐北固山下，其子太史亨养于府。权因合淝兵败之后，心中忧闷，与诸将谋士谈兵。

却说玄德在荆州整顿军马，闻孙权合淝兵败，已回南徐，与孔明商议。孔明曰："毙夜观星象，见西北有星坠地，必应折一皇族。"正言之间，忽有人报："公子刘琦病亡"【眉批：只疑东南将星夜坠，不期西北刘琦。接笋甚幻。】玄德闻之，痛哭不已。孔明劝曰："生死分定，主公勿忧，恐伤贵体。且理大事，一面差人迁葬，守御城池。"玄德曰："谁可以去?"孔明曰："非云长不可。即时便教云长前去襄阳，保障城池。"玄德曰："今日刘琦已死，东吴必来讨荆州，如何对答?"孔明曰："若有人来，亮自有言对答。"不过半月，人报东吴鲁肃特来吊丧，乃索荆州也。当下孔明如何对答，且听下回分解。

国学经典文库

李渔批阅

三国演义

周瑜定计取荆州
刘玄德娶孙夫人

图文珍藏版

768

第五十四回　周瑜定计取荆州　刘玄德娶孙夫人

　　孔明听知鲁肃到，教远远迎接。接到公廨，各来相见。玄德待以上宾。肃曰："江左听知令侄弃世，吴侯特具薄礼，遣某前来致祭；周都督再三致意于玄德公、孔

明先生。"玄德、孔明起身称谢，收了礼物，置酒相待。

　　肃曰："前者皇叔有言：公子刘琦若在，荆州暂时居住。今公子去世，必然见还，肃正为此事而来。几时可以交

割？"玄德曰："公且饮酒，有一个商议。"肃强饮数杯，连逼数次。玄德未及开言，孔明变色言曰：【眉批：**前番用柔，今番用刚，忽刚忽柔，令人不测。**】"子敬好不通理，直须要待人开口。自我高皇帝提三尺剑，【眉批：**先抬出高皇帝来。**】斩白蛇，起义兵，成四百余年之基业，传至于今。不幸奸雄并起，宇宙瓜分，少不得天道好还，复归正统。我主人乃中山靖王之后，汉景帝玄孙，【眉批：**次抬出孝景皇帝来。**】今皇上之叔，岂不可分茅列土为哉！况刘景升乃我主之兄，【眉批：**说到刘表，已属第四。**】弟承兄业，有何不可？汝主乃钱塘小吏之子【眉批：**直骂之矣。**】，素无功德于朝廷，今倚强恶占据六郡八十一州，尚自贪心不足，而欲吞汉土耶？刘氏天下，我主姓刘到无分，汝主姓孙岂反应得？况赤壁破曹兵，我主多负勤劳，众将并皆用命，岂独是汝东吴之力？若非我借东南风信，汝周郎安能展半筹之功？【眉批：**一直压倒东吴。既言我不亏东吴，言东吴亏我。**】江南一破，休说二乔掳于铜雀宫，虽汝等妻子亦不能保。【眉批：**恶极。**】适来我主人不即答应者，以子敬乃高明之士，必能察焉。子敬深通古今，善辨是非，何故出此言也？"

一席话，说得鲁子敬缄口无言。半晌乃曰："孔明之言怕不有理，争奈鲁肃身上甚是不便。"【眉批：**理说不过，直须以实情告之。**】孔明曰："有何不便处？"肃曰："昔日皇叔当阳受难时，是肃引孔明渡江见吴侯；后来周公瑾要兴兵取荆州，又是鲁肃挡回；后来说待公子去世

国学经典文库

李渔批阅

三国演义

图文珍藏版

周瑜定计取荆州
刘玄德娶孙夫人

还荆州，又是鲁肃担承。今又不应前言，教鲁肃如何回覆我主？【眉批：子敬之言，句句近情。】必然见罪。肃死无恨，但恐惹动东吴，皇叔亦不能安枕。"孔明曰："曹操统百万虎狼之众，动以天子为名，吾且不惧，岂惧周郎一小儿乎？若恐先生面上不好看，我教主人立纸文书，暂借荆州为本，【眉批：岂有城池而可借者乎？若云为本，不知几分起利？】待我主别处图得城池之时，即便交还东吴。此论如何？"肃曰："夺得何处，还我荆州？"孔明曰："中原急未可图，西川刘璋暗弱，我主意欲图之。若图得西川，那时便还。"【眉批：以荆州为本，西川为利。得利之后，单还本钱，仍是不起利者矣。】肃教立文书。玄德亲笔写成，押了字；代保人诸葛孔明，也押了字。孔明曰："玄德公是我主人，难道自家作保？烦子敬先生也押个字，回见吴侯也好看。"肃曰："某知皇叔乃仁义之人，必不相负。"遂押了字，收了文书。【眉批：鲁肃的真老实。】宴罢便回。

玄德、孔明送到船边，与鲁肃曰："子敬见吴侯，善言伸意，休生妄想；若不容准，我翻了面皮，连八十一州都夺了。今只要两家和气，休教曹贼笑话。"【眉批：一句硬，一句软。】肃作别，下船而回。

先到柴桑郡，见了周瑜。周瑜曰："子敬讨得荆州如何？"肃曰："有文书有在此。"呈与周瑜。瑜顿足曰："子敬中其计也！名为借地，实是混赖。说道取了西川便还，知他是几时？假如十年不得西川，十年不还，知他

国学经典文库

李渔 批阅

三国演义

刘玄德娶孙夫人

周瑜定计取荆州

图文珍藏版

770

国学经典文库

李渔 渔阅 批阅

三国演义

周瑜定计取荆州
刘玄德娶孙夫人

图文珍藏版

771

谁后谁先？这等文字如何中用，你却与他作保。他若不还城池，必须连累足下，吴侯一怒，公恐难保！"鲁肃闻言，痴呆了半晌。将文书掷于地下，半晌曰："玄德未必负我。"【眉批：**活写老实**。】瑜曰："子敬乃诚实笃厚人也。刘备乃枭雄之辈，诸葛亮乃奸猾之徒，恐不似先生之心耳！"肃曰："若此，如之奈何？"瑜曰："子敬是吾恩人，想昔日指囷相赠之事，如何不救你？你且宽心住下数日，待江北探细的回，别有区处。"鲁肃局蹐不安。

捻指数日，细作回报："荆州城中扬起布幡做好事，城外别建新坟，军士各挂孝。"瑜惊问曰："没了甚人？"细作曰："刘玄德没了甘夫人，即日安排殡葬。"【眉批：**实事虚出，有作法**。】瑜与鲁肃曰："吾计成矣。使刘备束手受缚，荆州反掌可得！"【眉批：**令人不解**。】肃曰；

"计将安出?"瑜曰:"刘备丧妻,吴侯有一妹,极其刚勇,侍婢数百人,常带刀,房中军器摆列遍满,虽男子不及也;我修封申呈,敬达吴侯,便教人去荆州作吊,因而为媒,说刘备来入赘;【眉批:读者至此,将谓成亲之后,教夫人讨还荆州也。】赚到南徐,妻子不能勾得,幽囚在此;却使人去讨荆州,换了刘备。【眉批:原来却不用夫人。】一角交割了荆州城池,我别有个主意。于子敬身上,须无事也。"鲁肃拜谢。

写了申呈,选快船送鲁肃投南徐,径见吴侯。先说借荆州一事,呈上文书。孙权曰:"若如此,何时取得?"肃曰:"有周都督申呈在此,若用此计,可得荆州。"权看毕,点头暗喜。寻思谁人可去,猛然省曰:"非此人不可。"遂唤一人而至,姓吕,名范,字子衡,乃汝南细阳人也。【眉批:不用鲁肃作媒,恐疑荆州之故耳。】权曰:"近闻刘玄德丧妇,吾有一妹,欲招此人为婿,永结亲姻,并力破曹,以扶汉室。非子衡不可为媒,望作伐往荆州一行。"范曰:"主公之命,安敢有违。"即日收拾船只,随带几个从人,望荆州来。

却说玄德自甘夫人没后,昼夜烦恼。一日正与孔明闲叙,人报东吴差吕范到来。孔明笑曰:"此乃周瑜之计,必是荆州之故。亮只在屏风后潜听,但有所说,主公都且应承。留本人在驿中安歇,别作商议。"玄德教请吕范入。礼毕坐定,茶罢,玄德问曰:"子衡此降,必有见谕。"范曰:"某近闻皇叔失偶,我主人特差某来作吊,兼有一门好亲，【眉批：论理，吴侯先行吊后说亲方是。】故不避嫌疑，特来相告。未知尊意若何？"玄德曰："中年丧妻，大不幸也。肉尚未冷，安敢望此？"范曰："人若无妻，如屋无梁，岂可中道而废人伦也？主人吴侯有一亲妹，美而且贤，堪奉箕帚。若两家共结秦晋之欢，则曹贼不敢正视东南，家国之事并皆全美矣。皇叔以为如何？"玄德曰："此事吴侯知否？"【眉批：已疑是周郎之计。】范曰："不先禀得吴侯允准，何敢造次来说？"玄德曰："吾已半百之年，鬓发班白；吴侯之妹，正当妙龄，恐非配偶。"【眉批：恐亦似赵范口中说话。】范曰："吴侯之妹，身虽女子，志胜男儿，常言：'若非天下英雄，吾不事之。'今皇叔名闻四海，德播华夷，正所谓淑女以配君子，岂可以年齿上下相嫌乎？"玄德曰："公且少留，来日回报。"

是日设宴相待，留于馆舍。至晚与孔明商议。【眉批：总瞒不过此老。】孔明曰："来意亮已知道了。适间卜《易》，得一大吉大利之兆。主公便可应允。先教孙乾和吕范同见吴侯，【眉批：立契两家都有保，成亲两家都有媒人。】面许已定，择日便去就亲。"玄德曰："周瑜计欲害我，岂可轻身以入危险之途？"孔明笑曰："虽是周瑜之计，岂能出诸葛亮之料乎？略用小谋，使周瑜半筹不展，吴侯之妹又属主人，荆州万无一失。"孔明定三条妙计，气死周瑜。其计如何，且听下回分解。

却说玄德怀疑未决，孔明教孙乾往江南说合亲事。

国学经典文库

李渔批阅

三国演义

周瑜定计取荆州
刘玄德娶孙夫人

图文珍藏版

774

孙乾领了言语，与吕范同到江南，来见吴侯。吴侯曰："吾愿将妹招玄德，并无异心。"孙乾拜谢。回荆州见玄德，言吴侯相待之意，"专候主公去结亲事"。玄德怀疑，犹不敢往。孔明曰："吾定了三条妙计，非子龙则不可行也。"【眉批：雄媳妇全亏此男赠嫁。】遂唤子龙近前，附耳言曰："汝保主公入吴，当领此三个锦囊袋，内有三条妙计，依次而行，吾当应之。若不依计而行，是背主也。"子龙曰："愿听军师密旨，并不敢违。"孔明将三个锦囊与子龙贴肉收藏。孔明先使人纳上礼物，一切完备。

时建安十四年冬十月初。玄德取快船十只，随行五百余人，保护大将赵子龙并离荆州，前往南徐进发。荆州之事，皆听孔明裁处。玄德心中怏怏不安。【眉批：想是新郎怕羞。】早到南徐，船已傍岸，子龙曰："临行时军师分付三条密计，依次而行。今已到此，必预先开第一个锦囊观之，依计而行。"子龙看了，唤五百随行军士，一一分付，如此如此。众军应喏而去。

原来国老乃二乔之父，平生最直，居南徐。子龙教玄德先往见之。玄德牵羊担酒，置币专金，先来拜见乔国老，说吕范为媒，娶夫人之事。【眉批：先打外太公关节。】更兼五百军士，上岸入南郡，尽说玄德入舍一事。【眉批：方知用五百人妙处。不然，以之防患则少，以之赠嫁则多。】城中人尽知。吴侯听知玄德已到，遂命吕范相待，且就馆舍安歇。

却说乔国老先来见吴国太夫人贺喜，太夫人曰："有何喜事？"乔国老曰："令爱已许刘玄德为夫人，玄德已

国学经典文库

李渔批阅

三国演义

周瑜定计取荆州
刘玄德娶孙夫人

图文珍藏版

国学经典文库

李渔批阅

三国演义

周瑜定计取荆州
刘玄德娶孙夫人

图文珍藏版

776

到，何故相瞒？"【眉批：**劈空一拳。**】国太曰："老身不知此事。"使人请吴侯，问其虚实。先使几人于城中探听，人皆回报："果有此事。即日女婿在江边馆驿里安歇，五百随身军士都在城中买猪羊果品，皆言做亲之事。做媒的女家是吕范，男家是孙乾，俱在馆驿中相待。"吴夫人吃了一惊。少刻，孙权入后堂见母亲，夫人捶胸大哭。权曰："母亲何故烦恼？"国太曰："你直如此待我！我姐姐临危之时，分付你甚么话来？"孙权失惊曰："母亲有话明说，何苦如此。"国太曰："男大须婚，女大须嫁，古今常理。我为你母亲，事当禀命于我。你招刘玄德为婿，如何瞒我？女儿须是我的！"孙权吃了一惊，问曰："那里得这话来？"国太曰："若要不知，除非莫为。满城百姓那一个不知，你到瞒我！"【眉批：**都在孔明算中。教孙权赖不得。**】乔国老曰："老夫已知多日了，敬来贺喜。"权曰："非也。此是周郎之计，因要取荆州，若动刀兵，恐生灵涂炭，故将此为名。赚刘备来囚之，将荆州付还；如其不从，先斩刘备。此是计策，非实意也。"国太大怒，骂周瑜曰："汝做六郡八十一州大都督，直恁无条计策去取荆州，却将我女儿为名，使美人计！杀了刘备，女儿便是望门寡，再与何人说亲？误了我女儿一世。你们好做作！"【眉批：**骂得是。**】乔国老曰："若用此计，便得荆州，也被天下人耻笑。【眉批：**两个老头儿一吹一打。**】此事如何行得？"说得孙权默然无语。

国太不住口又骂周瑜。国老劝曰："事已如此，刘皇

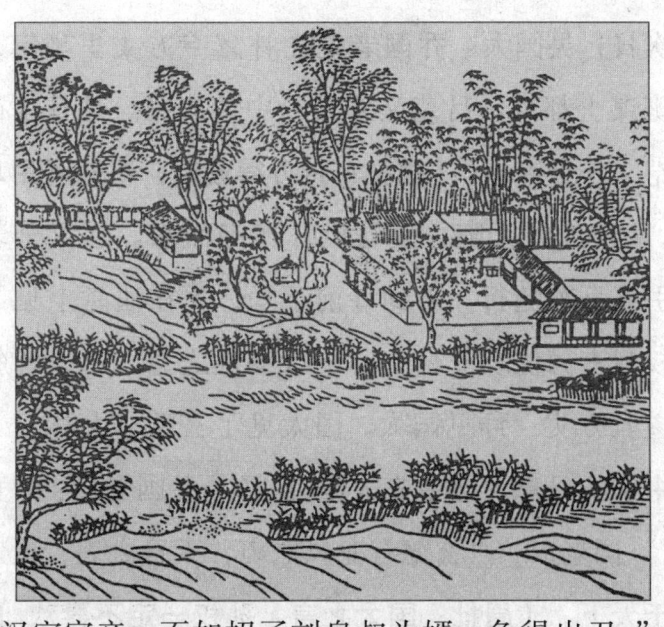

国学经典文库

李渔批阅

三国演义

周瑜定计取荆州
刘玄德娶孙夫人

图文珍藏版

叔乃汉室宗亲，不如招了刘皇叔为婿，免得出丑。"【眉批：**外太又做媒人。**】权曰："年纪恐不相当。"国老曰："刘皇叔乃当世之豪杰，若招得这个女婿，也不辱了你妹。"国太曰："明日可约在甘露寺相见，如不中我意，任从你们行事；若中我的意，我自把女儿嫁他。"孙权乃大孝之人，见母亲如此言语，随即应承，出外唤吕范分付："来日甘露寺方丈设宴，国太要见刘备。"吕范曰："何不令贾华部领三百刀斧手，伏于两廊，若国太不喜时，一声号举，两边齐出，剁为肉酱。"【眉批：**读者至此，为玄德捏一把汗。**】权遂唤贾华分付："预先准备，只等我下手便出。"

却说乔国老辞吴夫人归，使人去报玄德，言说："来日吴侯、国太亲自要见，好生在意。"玄德与孙乾、赵云商议，云曰："来日此会多凶少吉，云自引五百部从保之。"隔夜吕范先来约定，来日甘露寺相会。

国学经典文库

李渔批阅

三国演义

周瑜定计取荆州
刘玄德娶孙夫人

图文珍藏版

778

次日，吴国太、乔国老先在甘露寺方丈里坐定，孙权一班谋士都到。吕范又来馆驿中请玄德。是日玄德内披细铠，外穿锦袍，【眉批：**打办得簇新，不知可用乌须药？**】从人背剑紧随，上马投甘露寺而来。赵云全装惯带，引五百军随行。来到寺前下马，先在法堂上见了孙权。权观玄德仪表非俗，心中有畏惧之意。二人各叙礼毕，遂入方丈，拜见国太。国太见了玄德，大喜，【**眉批：中了丈母意，必中夫人意。**】乃与乔国老曰："真吾婿也！"国老曰："玄德有龙凤之姿，天日之表，更兼仁德布于天下。【眉批：**国太之言，孙权一定不喜欢。**】国太得此佳婿，真可庆也！"玄德拜谢，共宴于方丈之中。

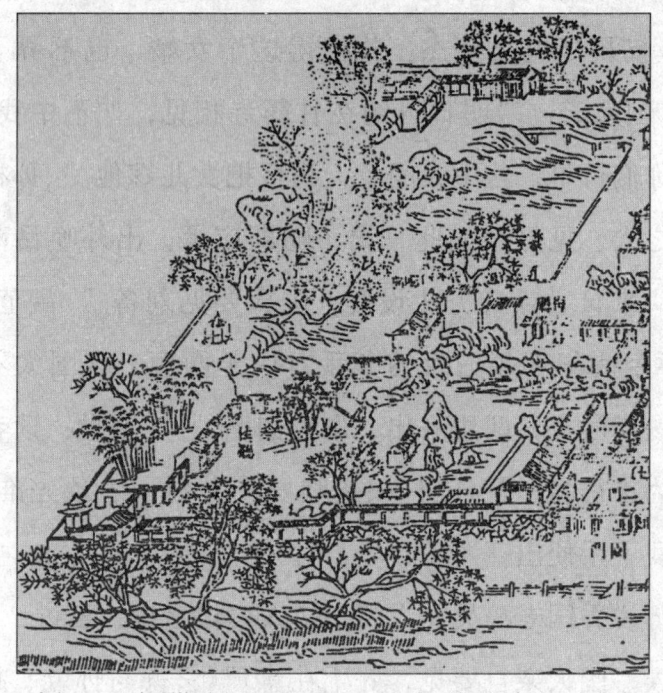

少刻，子龙带剑而入，立于玄德之侧。国太问曰："此何人也？"玄德答曰："常山赵子龙也。"国太曰："莫

非当阳长坂抱阿斗者乎？"玄德曰："然。"国太曰："真将军也！"【眉批：前事一提。喝采女婿，又喝采从嫁。】遂赐酒【眉批：赐酒不比鸿门会。】。赵云与玄德曰："却才某于廊下巡视，见房内有刀斧手埋伏，必无好意。可告知国太。"玄德跪于国太席前，【眉批：未跪夫人，先跪丈母。】泣而告曰："若杀刘备，就此请诛。"国太曰："何出此言也？"玄德曰："廊下暗伏刀手，非杀备而何？"国太大怒，责骂孙权："今日玄德与我作婿，即吾之儿女也。何故伏刀手于廊下！"权推不知。唤吕范问之，范推贾华。国太唤问之，华默然无言。国太喝令斩之。玄德哀告曰："若斩大将，于亲不利，备难久居膝下矣。"国老也劝。喝放贾华，刀斧手皆抱头鼠窜而去。

　　玄德更衣出至殿前，见庭下有一石块。玄德拔从者所佩之剑，仰天暗祝曰："若刘备能勾回荆州，成王霸之业，此石一剑挥为两段；如死于此地，剑剁不开。"言讫，手起剑落，火光迸溅，砍石为两段。【眉批：蓝田之玉，方种为双；寺门之石，忽分为二。】忽然孙权后面言曰："玄德何故恨此石耶？"玄德曰："备年近五旬，不能与国家剿除贼党，心常恨焉。今蒙国太招为女婿，此平生之际遇也。却才问天买卦，如破曹兴汉，砍断此石。今果然如此。"权暗思："刘备莫非用此言瞒我？"亦掣剑与玄德曰："吾亦问天买卦，若破得曹贼，亦断此石。"却暗暗祝告曰："若再取得荆州，兴旺东吴，砍石为两段。"【眉批：后来都应。】手起剑落，巨石亦开。至今有

国学经典文库

李渔批阅

三国演义

周瑜定计取荆州
刘玄德娶孙夫人

图文珍藏版

十字纹"恨石"尚存。后宋贤观此胜迹，作诗赞曰：

紫髯桑盖两沉沉，恨石由来仰告深。

汉鼎未分聊把手，楚醪虽美肯同心？

英雄已往时难问，苔藓多生岁愈深。

还有市廛沽酒客，雀喧鸠话众啼吟。

二人弃剑，相扶入席。又饮数巡，孙乾目视玄德，

玄德辞曰："刘备不胜酒力，告退。"孙权送出寺前，二
人并立观江山之景。玄德曰："此乃天下第一江山也。"
至今甘露寺牌上云：天下第一江山。后人有诗赞曰：

江山雨霁拥青螺，境界无忧乐最多。

昔日英雄凝目处，岩崖依旧抵风波。

二人共览之次，江风浩荡，洪波滚雪，白浪掀天。
【眉批：闲景点缀，生出情来。】忽见波上一只小船，于
江面上如登平地。玄德叹曰："南人驾船，北人乘马，信
有之也。"孙权闻知，自思曰："刘备此言戏吾不惯乘马
乎？"左右牵过马来，飞身上马，驰骤下山，复加鞭上
岭，与玄德曰："南人不能乘马乎？"玄德闻言，裸衣一
跃，骗上马背，飞走下山，复上。【眉批：好看。此时方
见郎舅。】二人立马于山坡之上，扬鞭大笑。至今此处名
为"驻马坡"。有诗曰：

驰骤英雄气概多，风前谈笑壮山河。

一时共见飞龙地，千古犹存驻马坡。

当日二人共辔而回。南徐之民，无不称贺。

玄德自回馆驿，与孙乾商议。乾曰："主公只是哀告
乔国老，早早毕姻，免生别事。"【眉批：是媒人语。】玄
德次日来见国老，国老接入。茶罢，玄德告曰："江左之
人，多有要害刘备者，恐不能久居。"国老曰："玄德宽
心，吾与汝去告国太，令作护持。"玄德拜谢自回。乔国
老入见国太，尽言玄德恐人谋害，急急要回。国太怒曰：
"我的女婿，谁敢害他！"即时便教搬入书院暂住，择日

国学经典文库

李渔批阅

三国演义

周瑜定计取荆州
刘玄德娶孙夫人

图文珍藏版

便教毕亲。玄德自入告国太曰："只恐赵云在外不便，军士争闹，累及不安。"国太亦教搬入府中安歇，勿留馆驿，免得生事。玄德暗喜护臂在近，不惧伤害。

数日之内，大排筵会，孙夫人与玄德结亲。至晚客散，两行红炬接引玄德入房。灯光之下，但见枪刀簇满，侍婢皆佩剑悬刀，立于两旁。【眉批：**读者至此，又疑甘露寺兵矣。**】唬得玄德魂不附体。试看如何？

国学经典文库

李渔 批阅

三国演义

周瑜定计取荆州
刘玄德娶孙夫人

图文珍藏版

国学经典文库

李渔批阅

三国演义

锦囊计赵云救主
诸葛亮二气周瑜

图文珍藏版

783

第五十五回　锦囊计赵云救主
诸葛亮二气周瑜

　　却说玄德见夫人房中，两边枪刀森列如麻，玄德失色。管家婆进曰："贵人休得惊惧，夫人自幼好观武事，居常令侍婢击剑为乐，故房中有之。"玄德曰："非夫人所观之事，吾甚心寒。可命暂去。"【眉批：进门便教训

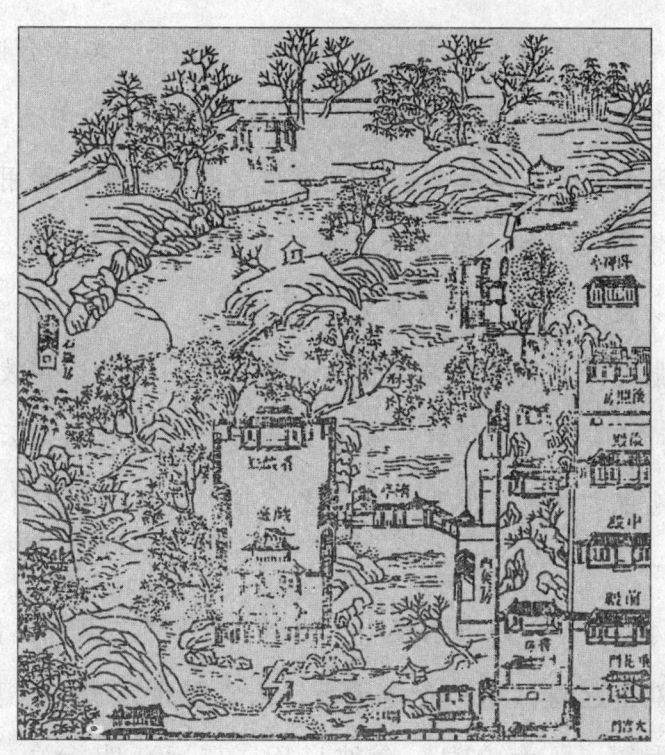

老婆。】管家禀覆孙夫人曰："房中摆列兵器，娇客不安。今且去之。"孙夫人笑曰："相杀半生，尚惧兵器乎？"
【眉批：该笑该笑。从来男人在外天不怕地不怕者，一到

国学经典文库

李渔批阅

三国演义

锦囊计赵云救主
诸葛亮二气周瑜

老婆房里便怕起来。】尽命去之,令侍婢解剑扶侍。当夜玄德与孙夫人成亲。玄德以甜言美语啜诱孙夫人,夫人欢喜。【眉批:哄老婆的精。】玄德又以金帛散与侍婢,以买其心。先教孙乾回荆州报喜。自此连日饮酒,国太十分爱敬。【眉批:撮合山乃是令岳。】

却说孙权差人来柴桑报与周瑜。瑜拆书视之,书曰:"我母亲力主,已将吾妹聘嫁刘备。不想弄假成真,此事还复如何?"瑜看毕大惊,行坐不安,乃思一计,遂修密书,就令去人带回。权拆书视之,书曰:

周瑜百拜顿首,书上于主君明公座下:昨者为谋大事,不想反覆如此。既已弄假成真,必须以凶为吉。刘备以枭雄之姿,有关某、张飞熊虎之将,更兼诸葛用谋,必非久屈人下者。愚谓大计莫若软困备于吴中,盛为筑宫室以丧其心志,多其美色玩好以娱其耳。目,使分开关、张之情,隔远诸葛之契。各置一方,然后以兵攻之,大事可定矣。今若纵之,或事久而变生,恐蛟龙得云雨,终非池中之物也。愿明公熟思之。书不尽言,幸垂照察。

孙权看毕,以书示张昭。昭曰:"公瑾之谋,正合愚意。刘备起身微末,奔走天下,未尝受享富贵。今若以华堂大厦、子女金帛,令彼享用,疏远孔明、关、张,各生怨望而自散去,荆襄可不战而自得也。若纵备北归,终是东吴之患。主公可从公瑾之计,即速行之。"

图文珍藏版

孙权大喜。即日修整东府，广栽花木，器用什物，极其富丽。请妹居之。又增女乐数十余人，并金玉锦绮玩好之物，教玄德享用。国太只说孙权好意，喜不自胜。【眉批：为丈母者不但望婿与女相得，并望郎舅相得。】玄德果然被声色所迷，全不想回荆州，亦不思孔明之语，中了周瑜之计。

却说赵云与五百军在东府前住，终日无事，只去城外射箭走马。看看年尽，子龙猛省孔明分付三个锦囊："教我一到南徐，开第一个；住到年终，开第二个；临到危急无路之时，开第三个。【眉批：此皆是附耳低言的说话。】于内有神出鬼没之计，可保主公回归。此时岁已将终，主公贪恋女色，并不见面，何不拆开第二个锦囊，看计而行？"拆开视之："原来如此神策。"

即日径到府堂，要见玄德。侍婢报曰："赵子龙有紧急事，来报贵人。"玄德唤入，便问其故。子龙佯做失惊曰："主公深居画堂，不想荆州耶？"玄德曰："有甚事，如此惊怪？"子龙曰；"今早孔明使人报说，曹操要报赤壁鏖兵之恨，起精兵五十万杀奔荆州，甚是危急，请主公便回。"玄德曰："必须与夫人商议。"【眉批：要晓得对夫人说，夫人即对孙权说。若果五十万大军攻荆州，孙权岂有不知之理？一试便试出谎来。】子龙曰："若和夫人商议，必不肯教主公回；不如休说，今晚便好起程。迟则误事。"玄德曰："你且暂退，我自有道理。"子龙故意催逼数番而出。

国学经典文库

李渔批阅

三国演义

锦囊计赵云救主
诸葛亮二气周瑜

图文珍藏版

　　玄德入见孙夫人，暗暗垂泪。孙夫人曰："丈夫何故烦恼？"玄德曰："念备一身飘荡异乡，生不能侍奉二亲，死不能祭祀宗祖，乃大逆不孝也。今岁旦在迩，念之使备悒怏不已。"孙夫人曰："你休瞒我，我已听知了也。方才赵子龙报说荆州危急，你欲还乡，故推此意。"玄德跪而告曰："夫人既知，备安敢瞒过。备欲不去，使荆州有失，被天下人笑骂；欲去，又舍不得夫人。【眉批：奉承得妙。】因此烦恼。"夫人曰："妾已事君，任君所之，妾愿相随。"玄德曰："夫人之心，岂不如此，但国太、吴侯安肯容夫人去也？夫人若可怜刘备，暂时辞别。"言讫，泪下如雨。孙夫人劝曰："丈夫休得烦恼，妾当苦告母亲，必放妾与汝同去。"玄德曰："纵然国太肯时，吴侯必然阻当。"夫人曰："我有一计：妾与君正旦拜贺时，

国学经典文库

李渔批阅

三国演义

诸葛亮二气周瑜

锦囊计赵云救主

图文珍藏版

推称江边祭祖，不告而去，若何？"玄德曰："若如此，生死难忘。切勿泄漏。"两个商议已定，玄德密唤子龙分付："正旦日你先引军士出城，官道等候。吾推祭祖，与夫人同走。"子龙领话。

时建安十五年春正月初一日也，吴侯大会文武于堂上。玄德与孙夫人前来拜国太并嫂嫂。孙夫人曰："夫主想父母祖宗坟墓俱在涿郡，昼夜伤感不已。今欲往江边，望北遥祭，须告母亲知之。"【眉批：**听着丈夫之语，连母亲面前亦无实话。近日此风尤盛**。】国太曰："此孝道之事，岂有不从？汝虽不识舅姑，可同汝夫前去一祭，足见为妇之礼也。"孙夫人同玄德拜谢而出。此时更不令孙权知之。夫人乘车，将带随身一应行李。玄德上马，引数十骑跟随出城，与子龙相会，五百军士前遮后拥，离了南徐，迤逦而行。

当日孙权大醉，左右近侍扶入后堂，文武皆散。比及众官知得玄德、夫人逃遁之时，天色已晚。要报孙权，权醉不醒，及至睡觉，已是五更。【眉批：**妹夫去远了**。】孙权听知走了玄德，急唤文武商议。张昭曰："今日走了此人，早晚必生祸乱。可急追之！"孙权令陈武、潘璋选五百精兵，无分昼夜，务要赶上拿回。二将领命去了。

孙权深恨玄德，忿怒转加，将案上玉石砚摔为粉碎。程普曰："主公空有冲天之怒，某料陈武、潘璋必擒此人不得。"权曰："焉敢违吾令耶？"普曰："郡主自幼好观武事，严毅刚正，诸将皆惧。既肯顺刘备，必同心而去。

国学经典文库

李渔批阅

三国演义

锦囊计赵云救主
诸葛亮二气周瑜

图文珍藏版

788

所追之将，若见郡主，岂敢下手？"权大怒，掣所佩之剑，唤蒋钦、周泰听令曰："汝二人将这口剑去，取吾妹并刘备头来！违令者立斩之！"蒋钦、周泰随后引一千军赶来。

却说玄德加鞭纵辔，程而行。当夜于路暂歇两个更次，慌忙起行。看看来到柴桑界首，望见后面尘头大起，人报："追兵至矣！"【眉批：读至此，为玄德着急。】！德慌问子龙曰："追兵既至，如之奈何？"子龙曰："主公先行，某愿当后。"转前面山脚，一彪军马拦住去路。当先两员大将，厉声叫曰："刘备早早下马受缚！吾奉周都督将令，守候多时！"【眉批：虎杀。】虎得玄德举止失措，忙勒回马来问子龙曰："前有拦截之兵，后有追赶之兵，前后无路，如之奈何？"子龙曰："主公勿忧，孔明军师有三条妙计，皆在锦囊之中。已拆了两个，并皆应验。有第三个在此，军师道遇危难之时方可用。今日何不观之？"玄德教取锦囊。拆封视之，其计如何？

原来周瑜恐玄德走透，先使人教吴侯江边关防，如无兵符，不许擅开船只，先断了这条长江水路；又差徐盛、丁奉引三千军马，于冲要之处扎营等候，时常令人登高遥望，料得玄德若投旱路，必经此道而过。当日徐盛、丁奉将军马摆成阵势，忽然瞭高军报说："前面尘起，必是玄德。"二将马上抚掌大笑曰："周都督神机妙算，果然应口。"各绰兵器立于阵前。玄德慌问子龙求计。子龙将锦囊拆开，献计与玄德。玄德看了，急来车

前泣告孙夫人曰："备有心腹之言，至此尽当实诉。"夫人曰："丈夫有何言语，勿得隐讳。"玄德曰："昔日吴侯与周瑜同谋，将夫人招嫁刘备，实非为夫人之前程，乃欲幽困刘备而夺荆州也。夺了荆州，必至杀备，是以夫人为香饵而钓备也。备不惧万死而来，盖知夫人有男子之胸襟，必能怜悯于备。【眉批：**奉承老婆一至于此。**】今令兄又欲杀害，故托荆州有难，实是求归之计。因为难舍夫人，故同至此。令兄今日又令人在后边追赶，周瑜又使人于前途截住，非夫人莫解此祸。如夫人不允，备请死于车前，以报夫人之德也。"【眉批：**此从老婆试丈夫的妙法，不料丈夫亦有此风。**】夫人怒曰："吾兄既不以我为亲骨肉，我有何面目重相见乎？今日之危，我当自解。"于是叱从人推车直出，卷起车帘，亲喝徐盛、

国学经典文库

李渔批阅

三国演义

诸葛亮二气周瑜

锦囊计赵云救主

丁奉曰："你二人欲造反耶?"徐、丁二将慌忙下马,弃了军器,声喏于车前曰："安敢造反,为奉周都督将令,屯兵在此,专候刘备。"孙夫人大怒曰："周瑜逆贼,我东吴不曾亏负你!玄德乃大汉皇叔,是我丈夫,我已对母亲、哥哥说知回荆州,并不是私奔。今你两个于山脚去处,引着军马拦截道路,意欲掳掠我夫妻财物耶?"徐盛、丁奉喏喏连声,口称:"不敢。请夫人息怒,这的不干我等小将之事,乃周都督的号令。"孙夫人叱之曰:"你只怕周瑜,何不怕我也?周瑜杀得你,我岂杀不得周瑜?你快回去,说与周瑜村夫,我夫妻自回荆州去,干你甚事!"把周瑜千匹夫、万匹夫,大骂一场,喝令推车前进。徐盛、丁奉自思:"我等是臣下之臣,安敢执拗夫人之言?"又见赵子龙十分怒气,【眉批:在徐、丁二人眼里写一赵云。】只得把军喝住,放条大路教过去。

却才行不得五六里,背后陈武、潘璋赶到。徐盛、丁奉备言其事,陈、潘二将曰:"你放他过去,却差了也。我二人奉吴侯尊旨,特来追捉他回转。"四将合兵一处,一程赶来。

却说玄德脱了此难,傍车而行。正行之间,背后喊声又起,大军赶来。玄德告孙夫人曰:"后面追兵又到,如之奈何?"夫人曰:"丈夫先行,我与子龙当后。"玄德引五百军,望江岸去了。子龙勒马于车傍,将士卒摆开,专候来将。四员将见了孙夫人,只得下马,叉手而立。夫人曰:"陈武、潘璋来此何干?"二将答曰:"奉主君之命，请夫人、玄德回去。"夫人正色叱曰："都是你这伙匹夫，离间我兄妹不睦！我已嫁事他人，今日归去，须不是与人私奔，玷辱上祖。我母亲慈旨令我夫妇去回荆州，谁敢阻当？便是我哥哥来，也须大礼而行。你四人倚仗兵威，欲待杀害我耶！"【眉批：**此时便不连哥哥在内。**】骂得四人面面相觑，各各寻思："他一万年也只是兄妹，更兼亲娘做主；况吴侯是个大孝之人，怎敢违了母言？明日翻过脸来，只是我等不是，不如做个人情。"军中不见玄德，又见子龙怒目睁眉，只待厮杀，【眉批：**又在陈、潘二人眼中带写赵云。**】因此四将喏喏连声而退。孙夫人令推车便行。徐盛曰："我四人同去见周都督，告禀此事。"

四人犹犹豫豫，主张不定。但见一军如旋风而来，

国学经典文库

李渔批阅

三国演义

锦囊计赵云救主
诸葛亮二气周瑜

图文珍藏版

视之，乃蒋钦、周泰二将。【眉批：逐对差来，只算送亲的高登旺相。】问曰："你等曾见刘备否？"四将答曰："早晨过去，多半日矣。"蒋钦曰："何不拿下？"四人各言孙夫人发话之事。蒋钦曰："便是吴侯怕道如此，封一口剑在此，教先杀他妹，后斩刘备，违者立斩。"四将曰："去之已远，怎生奈何？"蒋钦曰："他终是有步军，急行不上。徐、丁二将可飞报都督，教水路棹快船追之。我四人在岸上赶之。无问水旱之路，赶上杀了，休听他言语。"徐盛、丁奉飞报周瑜。蒋钦、周泰、陈武、潘璋四个领兵沿江赶来。

却说玄德一行人马，离柴桑较远，来到刘郎浦，心才稍宽。沿着江岸寻渡，一望江水弥漫，并无船只。玄德俯首沉吟，赵云押车仗在后，向前慰之曰："主公在虎口中逃出，今近本界，吾料军师必有调度，何用忧疑？"玄德听罢，默思起在吴繁华之事，【眉批：头一夜做新郎，过后人俱想。】不觉凄然泪下。后来唐贤吕温有诗叹云：

> 吴蜀成婚此水浔，明珠步障屋黄金。
>
> 谁知一女轻天下，欲换刘郎鼎峙心。

玄德令子龙向前哨探船只，忽报后面尘土冲天而起。玄德登高望之，但见车马盖地而来，乃叹曰："连日奔走，人困马乏，追兵又到，死无地矣！"【眉批：几与檀溪跃马一般危急。】看看喊声渐近，众人皆欲四散，忽见江中傍岸，一字儿排来，皆足扯篷之船，二十余只。子龙曰："天幸有船在此！何不速下，棹过对岸，急切追赶不得。"玄德与孙夫人便奔上船。子龙引五百军，一齐上船而去。只见船舱中一人，纶巾道服，大笑而出曰："主公且喜，诸葛亮等候多时。"【眉批：接亲的来了。】船中扮做客人的，皆是荆州水军。不移时，四将赶到。孔明笑指岸上人曰："吾已算定久矣，汝等回去传示周瑜，教休再使美人局手段。"岸上乱箭射来，船已开的远了。正值顺风，拽起风帆，望上水尽力使去。岸上军马迤逦追袭。

正行之间，忽然江声大振。回头视之，只见船只无数，"帅"字旗下，周瑜自领惯战水军，左有黄盖，右有韩当，势如飞马，疾似流星，看看赶上。孔明教棹船投

国学经典文库

李渔批阅

三国演义

锦囊计赵云救主
诸葛亮二气周瑜

图文珍藏版

北岸，弃了船，尽皆上岸而走，车马登程。周瑜赶到江边，尽皆上岸追袭。大小水军尽是步行，只有为首官军骑马。周瑜上马，黄盖、韩当、徐盛、丁奉紧随。周瑜曰："此处是那里？"军士答曰："前面是黄州界口。"望见玄德车马不远，瑜令并力追袭。【眉批：岂因玄德做亲后不曾与姨公会亲，故来赶耶？】

正赶之间，一声鼓响，山崦内一彪刀手拥出。为首一员大将、蒲州解良人也，乃关云长也。周瑜举止失措，急拨马便走。云长提刀纵马赶来，周瑜纵马逃命。正奔走之间，左边黄忠，右边魏延，两军杀出。吴兵大败。周瑜身中数箭，急急下得船时，岸上军士齐声大叫曰："周郎妙计高天下，陪了夫人又折兵！"周瑜回顾岸上，乃是上水军赶来，瑜怒曰："可再登岸，决一死战！"黄盖、韩当力阻，瑜自思曰："有何面目去见吴侯？"【眉批：有何面目见江东。】大叫一声，金疮迸裂，倒于船上。众将救之，却早不省人事。性命如何，下回分解。

国学经典文库

李渔批阅

三国演义

曹操大宴铜雀台
诸葛亮三气周瑜

图文珍藏版

第五十六回 曹操大宴铜雀台
诸葛亮三气周瑜

　　却说周瑜被诸葛亮预先埋伏关公、黄忠、魏延三人三枝军马，一击大败。黄盖、韩当急救下船，丧折水军数多。遥观玄德、孙夫人车马仆从，都停住于山顶之上，

瑜如何不气？【眉批：观看越激恼人。】箭疮脓水未干，因此忿怒，金疮迸裂。众将救活，开船逃去。孔明教休追赶，自和玄德归荆州庆喜，赏赐众将。周瑜自回柴桑。

国学经典文库

李渔批阅

三国演义

曹操大宴铜雀台
诸葛亮三气周瑜

图文珍藏版

蒋钦等一行人马，自归南徐，去报吴侯。吴侯不胜大怒，要拜程普为都督，倾国起兵，去取荆州。周瑜又发书到，教主公兴兵雪恨。张昭谏曰："不可。今曹操欲报赤壁鏖兵之恨，但恐孙、刘同心，因此未敢兴兵。今主公为一时之气，若自相吞并，操必乘虚来攻，家国危矣。"权曰："如之奈何？"顾雍曰："许都岂无细作在此？若知孙、刘不睦，操必使人勾结刘备；备惧东吴，必投曹操；若是投操，江南何日得安也？可使人赴许都，表刘备为荆州牧，【眉批：**曹操表玄德为徐州牧，欲使吕布忌之；孙权表玄德为荆州牧，欲使曹操忌之也。两人作用相同。**】使曹操知之，自不敢加兵东南，亦使刘备不恨。一面暗使心腹之人，以间谍之计，使曹、刘如常不睦，方可图之。"权曰："元叹之言甚善。谁可为使？"雍曰："有一人，曹操信爱者，见在此处，可当遣之：平原高堂人也，姓华，名歆，字子鱼。"权大喜，即遣歆赴许都，密嘱以间谍之计。歆领命起程，径到许都。闻知曹操会群臣于邺郡，庆贺铜雀台，歆往相见。

却说曹操自离荆州，心中常欲雪赤壁之恨，为军兵未曾严整，又疑孙、刘并力，因此不敢轻进。时建安十五年春，造铜雀台成，【眉批：**铜雀台见于三十回，直至此时方完，可谓劳民伤财，几与郿坞相似。**】操大会文武于邺郡，设宴庆贺。其台正临漳河，中央为铜雀台，左名玉龙，右名金凤，三台森耸，可高十丈，上横二桥相通，千门万户，金碧交辉。【眉批：**可当《阿房富赋》。**】

是日，曹操头戴嵌宝金冠，身穿绿锦罗袍，玉带珠履，凭高而坐。文武侍立于台下。

操先观武官比试弓箭，便命近侍将西川红锦战袍一领，挂在垂杨枝上，下设一箭垛，离百步为界。武官分为两队，曹氏宗族俱穿红，外枝将士俱穿绿，各带雕弓长箭，跨鞍勒马，听候指挥。【眉批：恨不得身列其旁。】操传令曰："如有射中红心者，鸣金击鼓以应之，红锦战袍用为奖赏；如射不中者，罚水一杯。能射者射，不能射者听令押阵。"连问三声。声犹未绝，红袍队中一人拈弓骤马而出。众皆视之，此少年将军乃曹丞相外房之侄，姓曹，名休，字文烈，见充虎豹骑卫。众见曹休弓马精熟，无不称贺。曹休飞马往来，奔驰三遭，扣上箭，拽满弓，正中红心。【眉批：好看。】金鼓齐鸣。操在台上大喜曰："此吾家千里驹也！"左右欲取锦袍与休，绿袍队中一骑出曰："丞相锦袍也合让俺外人先争，汝宗族中不宜搀越。"众视之，乃汉上将文聘也。众官曰："且看文仲业射法。"聘拈弓纵马，一箭正中红心。金鼓齐鸣。聘大呼曰："快取袍来！"只见红袍队中又一将飞马而出曰："小将先射，汝何夺之？看我与汝两个解箭。"【眉批：字新。】拽满雕弓，一箭也中红心。众皆喝采。视之，乃曹丞相从弟曹洪也。却欲取袍，只见绿袍队中又一将出曰："你三人射中红心，岂足为奇？看我射来！"众视之，乃大将张郃也。郃飞马翻身，背射一箭，也中红心。四支箭齐齐的攒在红心之里。郃曰："吾翻身背

国学经典文库

李渔批阅

三国演义

曹操大宴铜雀台 诸葛亮三气周瑜

图文珍藏版

国学经典文库

李渔批阅

三国演义

曹操大宴铜雀台

诸葛亮三气周瑜

图文珍藏版

射，当取锦袍！"言未毕，红袍队中又一将飞马出曰：
"汝翻身背射，何足为道？看吾夺射红心！"众视之，乃
夏侯渊也。渊骤马到界口，扭头回身，一箭射去，正中
四箭当中。【眉批：箭如簇，真好看。】渊兜住马，按弓

大叫曰："此箭可夺锦袍么？"众皆喝采。又见绿袍队中
一将飞马而出，大叫曰："留下锦袍还我！"众视之，乃
大将徐晃也。晃曰："汝夺红心，何足道哉！看吾单取锦
袍！"拈弓搭箭，一箭遥望柳条射之，射断柳条，锦袍坠
下。徐晃飞取锦袍，披于身上，往来驰骤一遭，望台上
声喏曰："谢丞相袍！"众皆大惊。却才勒马要回，猛然
台边一将跃出，大叫曰："你将锦袍那里去？早早留下于
我！"众皆视之，乃谯国谯人也，姓许，名褚，字仲康，

飞马便来夺袍。两马相近，晃便把弓打许褚，褚一手按住弓，把徐晃一扯，扯离鞍。晃急弃了弓时，翻身下马，褚亦下马。二人揪住，一处厮打。【眉批：射箭起头，厮打结局。】操急使人解开时，那领锦袍已扯得粉碎。操曰："二人都上台来。"晃睁眉怒目，褚切齿咬牙，皆有相持之意。操笑曰："孤特视汝等之勇耳，岂惜一锦袍乎？"便教诸多将士尽都上台，各赐蜀锦一匹，尽皆依位而坐。【眉批：老瞒会和事。】乐声竞奏，水陆并陈。文官武将，轮次把盏，献酬交错。

操大喜曰："武将既以骑射为乐，足显威勇矣。汝文官乃饱学之士，登此高台，何不各进佳章，以纪一时之胜乎？"文官皆躬身言曰："愿从钧命。"互相奖让。【眉批：自雍容。】一人进曰："小臣不才，愿献铜雀台诗章。"曹操大喜。乃谏议大夫、参司空军事，东海剡人也，姓王，名朗，字景兴。朗拂笺援笔，立书七言诗以进之：

> 铜雀台高壮帝畿，水明山秀竞光辉。
> 三千剑佩趋黄道，百万貔貅现紫微。
> 风动绣帘金凤舞，云生碧瓦玉龙飞。
> 君臣庆会休辞醉，携得天香满袖归。

操观毕大喜，取玉爵赐酒，就以玉爵赏之。朗拜谢讫，座上一人进曰："老臣亦有俚语，敢进于上。"操曰：

国学经典文库

李渔批阅

三国演义

曹操大宴铜雀台
诸葛亮三气周瑜

图文珍藏版

"愿闻佳章。"其人官封东武亭侯、侍中、尚书左仆射，颍州长社人也，姓钟，名繇，字元常，善写隶书，万古为法。繇援笔立写七言八句以进。诗曰：

> 铜雀台高接上天，凝眸览遍旧山川。
> 栏杆屈曲留明月，穿户玲珑压紫烟。
> 汉祖歌风空击筑，宋王戏马谩加鞭。
> 主人盛德齐尧舜，愿乐升平万万年。

还有王粲、陈琳一班文官，或献诗，或献赋，大都皆称颂曹操公德巍巍，合当受命之意。【眉批：王莽之时，剧秦美新只是一个，此日焉有无数扬雄？】操一一览毕，笑曰："诸公佳作，过誉太甚矣。孤本愚庸，始举孝廉，【眉批：出身是文。】后值天下大乱，故以病回乡里，筑精舍于谯东五十里，欲秋夏读书，春冬射猎，为二十年之计，以待天下清平，方出仕耳。然不能如意，朝廷征孤为典军校尉，【眉批：出仕是武。】遂更其意，专欲为国家讨贼立功，图死后得题墓道曰'汉故征西将军曹侯之墓'，使不辱于祖宗，平生之愿足矣。遭董卓之难，兴举义兵；因黄巾之乱，剿降万余。又讨击袁术，擒其四将；摧破袁绍，枭其二子。复定刘表，遂平天下。身为宰相，人臣之贵已极，意望已过。如国家无孤一人，正不知几人称帝，几人称王。【眉批：真话。】或见孤强盛，任重权高，妄想忖度，言孤有异心，此大谬也。孤

国学经典文库

李渔批阅

三国演义

曹操大宴铜雀台
诸葛亮三气周瑜

图文珍藏版

尝念孔子称周文王三分有二，以服事殷之至德。此言耿耿在心。但欲孤便尔委捐所典兵众，以还执事，归就孤所封武平侯之国，实不可也。何者？诚恐一解兵权，为人所害。孤败则国倾危，是以不得慕虚名而处实祸也。【眉批：实话。】汝诸文武，必当知孤心也。"众皆起拜曰："虽伊尹、周公，不及丞相耳。"后人有诗，诗曰：

> 周公恐惧流言日，王莽谦恭下士时。
> 假使当年身便死，一生真伪有谁知！

曹操连饮数杯，不觉沉醉，唤左右捧过笔砚："孤欲作《铜雀台赋》耳。"拂笺写云："吾独步于高台兮，俯仰万里之山河。"刚才落笔，止写了两句，忽有人报：【眉批：几成"满城风雨近重阳"。】"东吴使华歆表奏刘备为荆州牧，今孙权以妹嫁之，汉上九郡大半已属刘备矣。"操闻之，手脚慌乱，投笔于地。程昱曰："丞相在万军之中，矢石交攻之际，未尝动心；今闻刘备得了荆州，何以惊耶？"操曰："刘备，人中龙也，平生未尝得水；今得荆州，是困龙入于大海。孤安得不动心哉！"程昱曰："丞相知华歆来意否？"操曰："未也。"昱曰："孙权本忌刘备，欲以兵攻之，但恐丞相乘虚而击，故令华歆来，乃安刘备之心，以塞丞相之望耳。"【眉批：乖人一个赛似一个。】操曰："如之奈何？"昱曰："某有一计。使孙、刘自相吞并，丞相于中击可得也。"操问其计，未知若何。

曹操闻之大喜，遂问其计。程昱曰："东吴倚仗者，周瑜也。丞相就表奏周瑜为南郡太守，程普为江夏太守，留华歆在朝重用之，瑜必自与刘备为仇敌矣。【眉批：此是荀彧一表玄德二虎争食之计。】乘其相并，却作良图。"操曰："仲德之言，正合孤意。"当日召华歆上台，重加赏赐，与以卿爵。即日颁诏，加周瑜为总领南郡太守，程普为江夏太守。【眉批：慷他人之慨。有职而无地，竟是挂名太守。】文武尽醉。筵散，操回许都。

使命径至东吴，周瑜、程普各受其职。周瑜自领南郡，更思向日之仇，如何不报？遂上疏与吴侯，令鲁肃去取荆州。孙权唤肃曰："当初汝保荆州来，今日刘备又是我妹夫，迁延不还，等待何时？"【眉批：第三次讨荆州。】肃曰："文书上明白写着，得了西州便还。"权叱曰："只说取西川，到今又不动兵，不等老了人！"肃曰："某愿取之。"遂辞下船，投荆州而来。

却说玄德与孔明在荆州广聚粮草，调练军马，远近之士多有归之。忽报鲁肃到，玄德问孔明曰："子敬此来何意？"孔明曰："昨者孙权表主公为荆州牧，此是惧曹操之计。操封周瑜为，南郡太守，此是令俺自相吞并之计也。他使两处兴兵，于中便来取事。今鲁肃此来，又是周瑜既受太守之职，又要夺荆州之计。"【眉批：一乖又乖似一个。】玄德曰："如何抵对？"孔明曰："若肃提起荆州之事，主公放声大哭。【眉批：奇。】将自哭到悲切之处，亮自出来解劝。"计会已定，远接鲁肃。来到堂上，谦让坐次。肃曰："今日皇叔做了东吴女婿，即是鲁肃主人，如何敢坐？"玄德曰："何故太谦？"只念旧交，让肃坐于侧。茶罢，肃开言曰："今奉吴侯钧命，专为荆州一事而来。自借许多时了，未蒙见还。今日既然结了亲眷，合宜交付最好。"玄德闻知，掩面大哭。【眉批：亏他那里来这副急泪。】肃大惊曰："皇叔何故如此？"玄德哭声不绝。孔明从屏风后出曰："诸葛听之久矣。子敬知吾主人哭的缘故么？"肃曰："其实不知。"孔明曰："有何难见？当初我主人借荆州时，许下取得西川时便还。仔细想来，益州刘璋是我主人兄弟，一般都是汉朝骨肉，若要兴兵去取城池，恐被外人唾骂；若要不取，

国学经典文库

李渔批阅 **三国演义**

曹操大宴铜雀台
诸葛亮三气周瑜

图文珍藏版

803

国学经典文库

李渔批阅

三国演义

曹操大宴铜雀台
诸葛亮三气周瑜

图文珍藏版

还了荆州，何处安身？若不还时，于舅舅面上不好看。事实两难，因此泪出痛肠。"孔明说罢，耸动玄德衰肠，真个捶胸顿足，放声而哭。鲁肃起身劝曰："皇叔且休烦恼，与孔明从长计议。"孔明曰："有烦子敬回见吴侯，勿惜一言之劳，将此项恼情节，恳告尊亲，再容几时。"【眉批：又请展限。前日说要取益州，今日又说不急取益州，是孔明自相悖谬也。前日要表荆州牧，今日又索荆州，是周瑜自相悖谬也。两^俱使心术，故一见面知其诈。】肃曰："倘吴侯不从，如之奈何？"孔明曰："吴侯既以亲妹聘嫁皇叔，安得不从乎？望子敬好为之。"鲁肃是个宽仁长者，见玄德哀痛至甚，只得应允。玄德、孔明拜谢。宴毕，送鲁肃下船。

径到柴桑，见了周瑜，尽言其事。周瑜顿足曰："子敬又中诸葛亮之计也！当初刘备依刘表时，常有吞并之意，何况西川刘璋乎？似此推调，未免累及老兄矣。吾有一计，使诸葛亮不能测。子敬便当一行。"肃曰："愿闻妙策。"瑜曰："子敬不必去见吴侯，再去荆州对刘备说，既然吴侯结为亲眷，便是一家；若不忍去取西川，我东吴起军发马去取；取得西川时以为嫁资，【眉批：何不就把荆州作嫁资？】却把荆州交还东吴。此计如何？"肃曰："西川迢遥，取之非易。都督此计，莫非不可？"瑜笑曰："子敬真长者也。【眉批：长者是无用之别名。】你道我真个去取西川与他？不过以此为名。实欲去取荆州，且教他不做准备。东吴军马收川，路过荆州，刘备必然劳军，就问他索要钱粮。兵天城下，一鼓平收，雪吾之恨，解足下之祸。"【眉批：好计。】

鲁肃拜辞，再往荆州来。玄德与孔明商议，孔明曰："必是不曾见吴侯，只到紫桑和周瑜商量了又来。【眉批：又乖。】但说的话，主人只看我点头，满口应承。"计会已定。鲁肃相见礼毕曰："吴侯甚是称赞皇叔盛德，遂与诸将商议起兵发马，替皇叔收川。取了西川，却换荆州，想念爱亲之故，以此为嫁资。但军马经过，却望应些钱粮。"孔明听了，忙点头曰："难得吴侯好心。"玄德拱手称谢曰："此皆子敬善言之力。"【眉批：一个点头，一个会意。】孔明曰："如雄师到日，即当远远犒劳。"鲁肃暗喜，自回。玄德问孔明曰："此是何意？"孔明大笑曰：

国学经典文库

李渔批阅

三国演义

曹操大宴铜雀台
诸葛亮三气周瑜

图文珍藏版

805

国学经典文库

李渔批阅

三国演义

曹操大宴铜雀台

诸葛亮三气周瑜

图文珍藏版

806

"周郎死日近矣！这等计策，小儿也瞒不过。"玄德又问如何，孔明曰："此乃'假途灭虢'之计也。虚名收川，实来取荆州。等主公出城劳军，乘势拿下，便就杀入城来，'攻其无备，出其不意'也。"玄德曰："如之奈何？"孔明曰："主公宽心，便收拾窝弓，以擒猛虎；安排香饵，以钓鳌鱼。等周瑜到来，他便不死，也九分无气。"【眉批：乖乖。】唤赵云听了计，如此如此，"其余我自有布摆。"玄德大喜，自作准备。

却说鲁肃回见周瑜，说玄德、孔明欢喜一节，准备出城劳军。周瑜大笑曰："原来今番也中了吾计！"【眉批：不要先说大话。】便教鲁肃诉禀吴侯，差人交割城

国学经典文库

李渔批阅

三国演义

曹操大宴铜雀台
诸葛亮三气周瑜

图文珍藏版

池，并遣程普引军接应。周瑜此时箭疮揭了白痂，脓水无出，身躯无事，【眉批：又摹写一句，甚好。】调遣甘宁为先锋，自与徐盛、丁奉为第二，凌统、吕蒙为后队，水陆进兵五万，望荆州而来。周瑜自在船中，时复欢笑，以为孔明中计。水军二万五千人，迤逦进发，前军至夏口。周瑜问："前面有远接之人否？"人报皇叔使糜竺来见都督。瑜唤至，问劳军如何。糜竺曰："主公皆准备下应付钱粮，陆续起运。"瑜曰："皇叔何在？"竺曰："荆州城门外相等，与都督把盏。"【眉批：恐周瑜吃不得这一杯。】瑜曰："今为汝家之事，劳军之礼。休得轻易。"糜竺领了言语先回。战船密密排在江上，依次而进。看看至公安，并无只军船，又无一人远接。周瑜在那军中，上船只，离荆州十余里，只见江面上静荡荡的。哨探的回报："荆州城上，插两面白旗，并不见一人之影。"周瑜教船傍岸。瑜上岸乘马，带了甘宁、徐盛、丁奉一班儿军官，皆上马随行，虎贲千余人，遥望荆州来。到城下，并不见动静。瑜勒住马，令前军叫门。城上守门将军问曰："是谁？"【眉批：只做认不得，妙。】吴军答曰："是东吴周都督亲自在此。"忽一声梆子响，白旗倒处，两面红旗便起，城上军一齐都竖起枪刀。敌楼上赵子龙出曰："都督此行，端的为何？"瑜曰："吾替汝主取西川，何相问耶？"子龙答曰："孔明军师已知都督'假途'之计，故留赵云在此。吾主公有言：'孤乃汉朝皇叔，安忍背义而取川乎？【眉批：未必，未必。】若汝端的取蜀，吾当披发入山，不失信于天下也。'"周瑜闻之，勒马便回。一人打"令"字旗于马前报曰："左右探得四路军马一齐杀到：关某从江陵杀来，张飞从秭归杀来，黄忠从公安杀来，魏延从彝陵小路杀来，四路正不知多少军马。喊声远近震动百余里，皆言要捉周瑜。"瑜马上大叫一声，箭疮复裂，坠于马下。性命如何，再听下回分解。

国学经典文库

李渔 批阅

三国演义

曹操大宴铜雀台
诸葛亮三气周瑜

图文珍藏版

808

第五十七回 诸葛亮大哭周瑜
耒阳张飞荐庞统

却说周瑜怒气充满肺腑，坠于地下，左右急救归船。苏醒，忽有人传报说："玄德、孔明在前山顶饮酒取乐。"

瑜大怒，咬牙切齿而言曰："你道我取不得西川，吾誓取之！"正恨间，人报吴侯遣宗弟孙瑜到。周瑜接入，尽言

国学经典文库

李渔批阅

三国演义

诸葛亮大哭周瑜
耒阳张飞荐庞统

图文珍藏版

其事。孙瑜答曰："吾奉兄命，助都督一臂之力。"遂令催前军。行至巴丘，人报上流有军，截住水路，乃刘封、关平也。【眉批：**又有催药。**】周瑜愈怒。忽又报曰："孔明遣人送书至。"周瑜拆封视之。书曰：

汉军师中郎将诸葛亮，致书于大都督公瑾先生麾下：亮自柴桑一别，至今恋恋不忘。闻足下欲取西川，亮以为必不可也。益州民强地险，璋即暗弱，足以自守。今欲举师远征，转运万里，欲收全功，虽吴起不能定其规，孙武不能善其后也。操虽怀无君之心，而有奉主之名，或有愚人见操失利于赤壁，无复远伐之志；今操三分天下有其二，欲饮马于沧海，观兵于吴会，安肯坐守中原而老王师乎？今孙将军兴兵远征，非长计也，倘操兵一至，江南为齑粉矣！【眉批：**刻毒。**】不忍坐视，特此告知，幸垂照鉴。

周瑜鉴毕，长叹一声，唤左右取纸笔，作书上吴侯。乃聚众将曰："吾非不欲尽忠报国，奈何天命绝矣。汝等善事吴侯，共成大业。"言讫，昏绝。徐徐又醒，仰天长叹曰："既生瑜，何生亮！"【眉批：**是恨天语，是自负语，是知分语。**】连叫数声而亡。寿三十六岁。时建安十五年冬十二月初三日也。后史官有诗赞曰：

慷慨知音律，风流有纪纲。

气能吞汉国，力欲展吴邦。

玉擎天作柱，金架海为梁。

三分夸俊杰，四海识周郎。

周瑜停丧巴丘，众将将所遗书，遣人赍报吴侯。孙权听得瑜死，哭绝于地。鲁肃等救醒。拆书视之，方知是荐鲁肃代瑜领兵之事。书曰：

瑜伏楮泣血顿首百拜，致书于主君明公麾下：窃以凡才，昔受讨逆殊特之遇，委以腹心，遂荷荣任，统御兵马，志执鞭弭，自效戎行。先定巴蜀，次取襄阳，凭赖威灵，事在掌握。至以不谨，忽有暴疾，昨自医疗，日加无益。人生有死，修短命矣，诚不足惜，但恨微志未展，不复奉教命耳。方今曹公在北，疆场未静；刘备寄寓，有似养虎；天下之事，尚未知终始。此朝士旰食之秋，至尊垂虑之日也。鲁肃忠烈，临事不苟，【眉批：**只临事不苟，足当大任，是真知己，是真荐贤，是真为国。**】可以代瑜之任。人之将死，其言也善，倘或言有可采，瑜死不朽矣。临楮不胜痛切之至。建安十五年冬十二月朔日上书。

孙权览毕，大恸而叹曰："公瑾有王佐之才，今忽蚤丧，孤谁赖哉！"言毕又哭曰："既公瑾临危独保鲁肃，

国学经典文库

李渔批阅

三国演义

诸葛亮大哭周瑜
耒阳张飞荐庞统

图文珍藏版

图文珍藏版

孤岂不从。"随即遣人便命鲁肃为都督，总统兵马；便教发灵柩回，"孤当自接于半路"。

却说孔明夜观天文，见将星坠地，乃笑曰："周瑜死矣。"【眉批：别人死他笑，孔明又太没情。】至晓，却白于玄德。玄德使人探之，果然已死。玄德问孔明曰："周瑜既死，还当如何？"孔明曰："代瑜领兵者，必鲁肃也。亮观天象，将星聚于东方。亮以吊丧为由，就寻贤士佐助主公。"玄德曰："惧吴中将士加害于先生。"孔明曰："瑜在之日，亮犹不惧，何况死者乎？"乃与赵云引五百军，具祭礼，下船来与周瑜吊丧。于路探听人报来说："鲁肃已领瑜兵，瑜柩已回柴桑。"孔明径至柴桑。人报鲁肃："刘皇叔遣孔明来，与周都督吊丧。"肃乃接入，相见礼毕。周瑜部将皆欲杀之，因见子龙带剑相随，不敢下手。孔明教设祭物于灵前，亲自奠酒，跪于地下而读祭文曰：

维大汉建安十五年，南阳诸葛亮谨以清酌庶羞之仪，致祭于大都督公瑾周府君灵枢前曰：呜呼公瑾！不幸夭亡！修短故天，人岂不伤。我心实痛，酹酒一觞；君其有灵，享我蒸尝！吊君幼学，以交伯符；仗义疏财，让舍以居。吊君弱冠，济会风云；定建霸业，割据江濆。吊君壮力，远镇巴丘；景升怀虑，讨虏无忧。吊君丰度，佳配小乔；汉相之婿，不愧当朝。吊君气概，玉不纳质；始不垂翅，终能奋翼。吊君鄱阳，蒋干来说；府君纳舌，事主终济。吊君弘才，文牙筹略；运运小子，心寒胆落。昭君凛凛，公独谔谔；火攻破敌，挽强为弱。想君当年，雄姿英发；哭君早逝，俯地流血。忠义之心，英灵之气；命终三纪，名垂百世。哀君情切，愁肠千结；惟我肝胆，悲无断绝。昊天昏暗，三军怆然；主已哀泣，友皆泪涟。亮也不才，丐计求谋；助吴拒曹，辅汉安刘。犄角之援，首尾相俦；若存若亡，何虑何忧？呜呼公瑾！生死永别！朴守其贞，冥冥灭灭。魂如有灵，以鉴我心。从此天下，再无知音。【眉批：周瑜日欲杀亮，亮引为知音。盖不知我则不忌我，故亮与瑜之知音，甚于世之倾盖者也。】！呜呼哀哉！伏惟尚飨

国学经典文库

李渔批阅

三国演义

诸葛亮大哭周瑜
耒阳张飞荐庞统

图文珍藏版

孔明祭毕，伏地而哭，泪如涌泉，【眉批：泪从知音来。】哀恸不已。三军众将皆自言曰："人尽道公瑾与孔明不睦，观此祭奠之情，人皆虚言也。"鲁肃见孔明如此悲切，亦为感伤，自思曰："乃公瑾量窄，自取死耳。"因此再三敬劝孔明。

孔明辞鲁肃回，正欲下船，一人道袍竹冠，皂绦素履，一手掀住孔明，大呼曰："汝气死周郎，却来吊孝，此是明欺东吴无人！"掣所佩剑要杀孔明，未知性命如何。

背后鲁肃赶到，急叫"不可"，止之。此乃襄阳人，姓庞，名统，字士元，道号凤雏先生也。肃曰："孔明以礼至此，不可害之。"庞统掷剑而嘻笑曰："吾亦戏之耳。"遂相欢乐。鲁肃自回。统独送孔明至船中，各诉心事。孔明乃留书一封与统，曰："吾料吴侯必不能重用足下。稍不如意，可来荆州，【眉批：不即偕归，妙有曲折。】共扶玄德。此人宽仁厚德，必不负平生之所学也。"统允其言而别。孔明自回荆州。

却说鲁肃将送灵柩至芜湖，孙权接着，哭祭于前，权与挂孝哀恸。周瑜有两男一女，长男循，次男胤。葬于本乡。吴侯回郡，与众将说起周瑜，无不下泪。权曰："周郎身死，是吾股肱废矣，安能复兴大事乎？"鲁肃曰："肃乃碌碌庸才，误蒙公瑾之重荐，其实不称所职。愿举一人以助主公。此人上通天文，下晓地理；谋略不减于

国学经典文库

渔
李 阅
批

三国演义

诸葛亮大哭周瑜
耒阳张飞荐庞统

图文珍藏版

管、乐，枢机可并于孙、吴。往日周公瑾多用其言，孔明深服其智。见在江南，何不重用？"孙权闻知大喜，遂问贤士姓名。肃曰："斯人襄阳世家，姓庞，名统，字士元，道号凤雏先生。"权曰"孤已闻名久矣。见在何地？"肃曰："见在府下。"权即时使人请入。统与权施礼毕。权见其人浓眉掀鼻，黑面短髯，形容古怪。权便不喜，【眉批：以貌取人，失之子羽。】乃问统曰："汝平生所学，以何为主？"统曰："不必拘执，随机应变。"【眉批：话不投机半句多。】权曰："公之才学，比公瑾何如？"统曰："某之所学，与公瑾大不相同。"权平生绝喜周瑜，

国学经典文库

李渔批阅

三国演义

耒阳张飞荐庞统

诸葛亮大哭周瑜

见统轻之，心中大怒，乃对统曰："汝且退，待有用汝之时，却来唤汝。"统长叹一声而出。鲁肃曰："主公何不用庞士元？"权曰："狂士也，用之何益！"肃曰："赤壁鏖兵之时，此人曾献连环策，成第一功。【眉批：照应前事。】主公想必知之。"权曰："此时乃曹操自欲钉船，非此人之功也。吾誓不用之。"

鲁肃出与庞统曰："非肃不荐足下，争奈吴侯不能用人耳。公且耐心。"统低头长叹不语。肃曰："公莫非无意于吴中乎？"统不答。肃曰："公抱匡济之才，何愁功名乎？留此但恐屈沉，公实对肃言之。"统曰："吾欲投曹公去也。"【眉批：反言以激之。】肃曰："明珠暗投耳。可速往荆州，投刘皇叔，必然重用。"统曰："实欲如此，前言戏耳。"肃曰："某作书以荐之。公必令两家无相攻击，同力破曹。"【眉批：鲁肃见识胜周瑜十倍。】统曰："此某平生之素志也。"乃求肃书，径往荆州来见玄德。

此时孔明按察四郡未回。门吏转报；"江南一名士庞统，特来相投。"玄德闻之久矣，便教请入相见。统见玄德，长揖不拜。玄德见统貌陋，心中不悦，乃问统曰："足下远来，欲何为也？"统不拿出鲁肃书并孔明书投呈，【眉批：与今之挟刺投人者相反。】乃答曰："闻皇叔招贤纳士，特来相投。"玄德曰："荆楚稍定，苦无闲职。此去东北一百三十里有一县，名耒阳县，缺一县宰，公且任之。如后有缺，再当重用。"统思："玄德待我何薄！"欲以才学动之，见孔明不在，遂勉强相辞而去。统到此

国学经典文库

李渔批阅

三国演义

诸葛亮大哭周瑜
耒阳张飞荐庞统

图文珍藏版

817

县，不理政事，终日尝酒为乐；一应钱粮词讼，并不理会。【眉批：醉翁之意不在酒，】每有人来报知玄德，言庞统将耒阳事尽废。玄德大怒曰："竖儒焉敢乱吾法度！"遂唤张飞，分付。"带左右去荆南诸县巡视一遭，如有不公不法者，就便究问。恐事有不明之处，可与孙乾同去。"【眉批：玄德心细，恐张飞又像鞭督邮故事。】

张飞领了言语，与孙乾前至耒阳县，军民官吏皆出郭迎接，独不见县令。飞问曰："县令何在？"同僚覆曰："庞县令自到任及今，将百余日，县中之事并不理问，每日饮酒，自旦及夜，只在醉乡。今日宿酒未醒，犹卧不起。"张飞大怒，欲擒之。孙乾曰："庞士元乃高明之人，且未可轻忽。到县问之，如果于理不当，治罪未晚。"飞入县，正厅上坐定，教县令来见。统衣冠不整，扶醉而坐。【眉批：今之参罚者，就当以"失仪"二字去之矣。】飞怒曰："吾兄以汝为人物，令作县宰，汝焉敢尽废县事也！"统佯笑曰："将军以吾废了县中何事？"飞曰："汝到任百余日，并不理词讼，安得不废政事也？"统曰："理百里小县，些小公事，何难决断！将军少坐，待我发落。"随即唤公吏，将百余日公务，一时剖断。吏皆纷然把卷上厅，将诉词被告人等环跪阶下。统手中批判，口中发落，耳内听词，曲直分明，并无分毫差错。民皆叩首拜伏。不到半日，将百余日之事，尽断了毕，【眉批：已露圭角。】投笔于地而对张飞曰："难断之事，有何在乎？曹操、孙权，吾视之若掌上观文；量此小县，何足

介意！"飞大惊，遂下席谢曰："先生大才，小子安知？吾当于兄长处极力举荐。"【眉批：**凤雏张飞心服，又与伏龙事不同，妙。**】统乃将出鲁肃所荐之书。【眉批：**又不将出孔明书来，更有做作。**】飞曰："先生初见吾兄，何不将出？"统曰："吾意当自识耳。"飞与孙乾曰："非汝则失一大贤也。"遂辞统回。见玄德，细说庞统之才。玄德大惊曰："吾一时之失也！"飞将鲁肃荐书呈上。玄德拆封视之，书曰：

庞士元非百里之才也，使处治中、别驾之任，始当展其骥足耳。如以貌取之，恐负所学，亦终为他人之所用，实可惜也。建安十五年冬十二月朔日，东吴鲁肃拜书。

玄德看毕，尚在懊悔之中，忽报孔明回至。玄德接入，礼毕，孔明先问曰："庞军师近日无恙否？"玄德曰："近治耒阳县，大废县事，正欲问罪。"孔明笑曰："庞士元非百里之才，胸中所学，胜亮十倍。亮尝有荐书在士元处，曾达主公否？"玄德曰："今日却得子敬书，如此如此。"孔明曰："大贤若处小任，往往以酒误事，非废事也。"玄德曰："若非吾弟所言，险失大贤。"随即又令张飞往耒阳县，敬请庞统到荆州。玄德请罪，统方将出孔明所荐之书。【眉批：两封书作两次取出，庞统极有身份。】玄德看书中之意，言凤雏到日，可宜重用。玄德才悟曰："昔日司马德操之言、徐元直之语云：'伏龙、凤雏，两人得一，可安天下。'【眉批：照应前事。】今吾二人皆得，汉室可兴矣。"遂拜庞统为副军师中郎将，与孔明共赞方略，教练军士，听候征伐。时建安十六年夏五月也。

早有人报到许昌，言刘备有诸葛亮、庞统为谋士，招军买马，积草屯粮，连结东吴，早晚必兴兵北伐。曹操闻之，遂问计于众谋士。荀攸曰："不必动京师之兵，可差人往西凉州取马腾，就领兵南征，可得诸侯之心也。"操然之，遂差人往西凉州宣马腾。【眉批：阿瞒非不知昔年衣带诏中原有马腾，但使两虎相斗，自相伤。】腾字寿成，汉伏波将军马援之后。桓帝时，其父名肃，

国学经典文库

李渔批阅

三国演义

诸葛亮大哭周瑜
耒阳张飞荐庞统

图文珍藏版

字子硕，为天水兰干县尉。后失官，因流落陇西，与羌人杂居。家贫无妻，遂娶羌女，生腾。腾身长八尺余，面鼻雄异，禀性温良，人好敬之。灵帝末年，羌胡多叛，州郡招募民兵讨之。腾统军有功，初平中年拜征西将军，与镇西将军韩遂为弟兄。当日奉诏，乃带次子马休、马铁、兄子马岱并全家老小，皆赴许昌，留长子马超守边。取路到京，先参见曹操，次日乃面君。操封马腾为偏将军，马休为奉车都尉，马铁、马岱皆为骑都尉，就领关西军马，克日出征，收复刘备。腾谢恩毕，未及起行。

一日，献帝宣马腾入内，登麒麟阁，共论旧日功臣。宣腾近前，屏退左右，帝曰："卿知汝先祖乎？"腾曰："臣祖伏波将军，名列青史，深荷圣朝之大恩，岂不知之？"帝曰："汝能效汝祖，力扶汉室以诛逆贼乎？"【眉批：董承受衣带诏何等密，尚然取祸；马腾面君时，曹操岂无耳目？疑献帝未便言。】腾曰："臣已领圣旨，去讨反贼刘备也。"帝曰："刘备乃汉室宗亲，非反贼也。反贼者，乃曹操也，早晚必篡朕位矣。所降诏旨，皆非朕意。卿思乃祖，何不与朕图之？"腾含泪奏曰："臣昔奉衣带诏，与国舅同谋杀贼，不幸事泄。非无此心，力不及耳。"帝曰："朕畏曹操，度日如年。今操付以兵权，可就而谋之，勿复泄漏。"腾曰："臣愿以全家报陛下。"帝大喜。腾欣然领命而出，遂与子侄商议，皆有报国之心。

忽值曹操催督起军，又遣门下侍郎黄奎为行军参谋。

国学经典文库

李渔阅批

三国演义

诸葛亮大哭周瑜
耒阳张飞荐庞统

图文珍藏版

马腾请黄奎议行兵之事，置酒痛饮。奎酒半酣而言曰："吾父黄琬死于李傕、郭汜之难，使吾心有切齿之恨，誓诛反国之贼！今不想又为反贼之使，实不忍也！"【眉批：说得热闹。】腾曰："宗文以谁为反贼耶？"奎曰："欺君罔上，以正为邪，乃操贼也！"腾恐是操使来相探，急止之曰："耳目较近，休得乱言。"奎叱之曰："汝祖乃汉代名将，今汝从贼而欲害皇叔，有何面目见天下之人耶！"腾良久言曰："宗文真心耶？否耶？"奎嚼指流血为誓，腾遂以心腹告之。奎曰："吾死得其所矣。"二人商议檄关西兵到，请曹操见视，就点军处杀之。约誓已定。

黄奎回家，恨气不收，似欲平吞曹操者。【眉批：好摹写。】其妻再三问之，皆不肯言。妾李春香与奎妻弟苗泽私通。【眉批：又与董承事一类。】泽欲得春香，百般无计。其妾对泽曰："黄侍郎今日商议军情回，意甚恨，不知为谁。"泽曰："汝可以言挑之曰：'人皆言刘皇叔仁德，曹操奸雄，何耶？'却看他说甚言语。"是夜，黄奎果到春香房中。妾以言挑之，奎乘醉言曰："汝乃妇人，尚自知礼，【眉批："尚自知礼"四字奇。】何况我乎？吾所恨者，欲杀曹操也！"妾告于苗泽，泽报操。

却说关西兵至许昌，马腾、黄奎诣操点军，并入相府。操喝左右拿下马腾。腾曰："何罪？"操曰："吾保汝为将，汝反欲杀吾耶？"二人抵语。操唤苗泽一证，黄奎无言可答。马腾大骂曰："腐儒误我大事矣！吾两番欲杀国贼，不幸泄漏，此苍天欲兴奸贼而灭炎汉也！"操下令，将黄奎、马腾两家良贱共三百余口，皆斩于市。马腾二子对面受刑，关西兵士大叫："哀哉！"操喝散，只走了侄儿马岱。泽告操不愿加赏，只求李春香为妻。操笑曰："尔为妇人，害了你姐夫一家。留此不义之人何用！"【眉批：奸雄快语。】亦皆斩之。忽人报："刘备调练军马，收拾器械，将取西川。"操惊曰："若刘备收川，则羽翼成矣。将何图之？"言未毕，阶下一人进曰："某有一计，使刘备、孙权必皆自死，江南、西川亦归丞相。"操大喜。未知此人是谁，且听下回分解。

第五十八回　马超兴兵取潼关　马孟起渭桥大战

国学经典文库

李渔批阅

三国演义

马超兴兵取潼关
马孟起渭桥大战

图文珍藏版

却说献策之人，乃治书侍御史、参丞相军事，颍州许昌人也，陈实之孙，陈纪之子，名群，字长文。操问曰："陈长文有何良策？"群曰："目今刘备、孙权结为唇

齿，若刘备欲取西川时，丞相可命上将亲提大兵，会合淝之众，径取江南，则孙权求救于刘备；刘备意在西川，必无心还救。孙权无救，则兵衰力乏，江东之地，先为丞相所得。若得江东，则谈笑之间，荆州亦一鼓而平矣。

国学经典文库

李渔
批阅

三国演义

马超兴兵取潼关
马孟起渭桥大战

图文珍藏版

824

若得荆州，则进退无门，西川亦属丞相也"。操曰："长文之言，正合吾意。"即时起大兵三十万，径下江南，令合淝张辽准备粮草，以为供给。

早有细作报知吴侯孙权。权聚众将商议。张昭进曰："昔鲁子敬与刘玄德有恩，其言必从，更兼是吴中之婿，可差人往子敬处，教急发书过荆州，使玄德同力拒曹，【眉批：事急则孙、刘合。既是郎舅，何不周瑜致书？以前有江上之追。故曰："人情留一线，日后好相见。"】则江南之患可解矣。"孙权即差人往子敬处，求救于玄德。鲁肃遂修书，遣人到荆州。玄德看了书中之意，留使者于馆舍，差人往南郡请孔明。孔明到荆州，见了玄德。玄德将书与孔明看，孔明曰："也不动江南兵，也不动荆州士，使曹操不敢正觑东南。回书与鲁肃，教高枕无忧。若有北兵侵犯，皇叔自有退兵之策。"【眉批：又不知葫芦里卖的甚么药。】使者去了。玄德问曰："今操起三十万大军，会合淝之众，一拥而来，先生有何妙计可退？"孔明曰："操平生所虑者，乃西凉之兵也。今操贼戮灭马腾全家，其子马超见统西凉之兵，必然恨操。主公可作一书，结构马超，超必兴兵入关，操岂有下江南之闲暇乎？"玄德大喜，即时令孔明作书，遣一心腹人径往西凉州投下。

却说马超在西凉州，夜感一梦，梦见身卧雪地，群虎来咬，惊觉心疑。次日，聚各寨将佐都到。超营下八寨，有八员头目，乃侯选、程银、李堪、张横、梁兴、

国学经典文库

李渔批阅

三国演义

马超兴兵取潼关
马孟起渭桥大战

图文珍藏版

825

成宜、马玩、杨秋也。这八部军马，共二十万，超自有六万余。当日会集众将，超言梦中之事。众未及言，忽帐下一人，立于当面。其人生得面圆睛突，身长八尺，见为八部首将，乃超帐前心腹校尉，南安狟道人也，姓庞，名德，字令明，对超言曰："雪地遇虎，不祥之兆也。莫非老将军在许昌有事否？"忽一人至前，哭拜于地曰："叔父并弟死矣！"超视之，乃伯弟马岱也。超惊问为何，岱曰："叔父与侍郎黄奎同力杀操，不幸事泄，两家皆斩于市曹。惟岱跳墙走脱，扮丐者出城，受千辛万苦而来。"超哭倒于地。众将宽解，忽报荆州刘皇叔遣人赍书至。【眉批：**处处接笋甚紧**。】超拆封视之，书曰：

备顿首百拜征西大将军麾下：伏念汉室不幸，遭遇操贼专权，黎庶凋残，至使奸臣秉政，欺君罔上，结党成群，天下之人，无不欲食其肉。尊公忠义闻于四海，**【眉批：何不提起衣带诏书耶？】**今为操所害，此不共戴天之仇也。为子之道，安忍坐视？若能率兵以攻操，备当举荆襄之众，以遏操之威，则逆操可擒，奸党可灭，仇辱可报，汉室可兴，幸莫大焉！书不尽言，翘企回旨。建安十六年七月上旬书。

马超看毕，即时泣泪回书。使回荆州。超随起西凉军马，正欲进发，忽西凉太守韩遂使人来请。超往见之，遂将曹操密书示超，内云："若将马超擒赴许都，即封汝为西凉侯。"超拜伏于地曰："请叔父就缚俺兄弟二人，解赴许昌，免叔父戈戟之劳。"遂扶起言曰："吾与汝父结为弟兄，安忍害汝？故请汝来观书。汝若兴兵，吾当相助。"马超拜谢，遂将操使推出斩之，尽起大军，望潼关奔杀而来。

长安郡守钟繇，一面飞报曹操，一面引军拒敌。繇引军二万，离长安京兆府，布阵于野。西凉州前部先锋马岱，引军一万五千，浩浩荡荡，漫山遍野而来。钟繇出马答话。岱使宝刀一口，与繇交战。不一合，繇大败奔走。岱提刀赶来。马超、韩遂引大军都到，踏平村野，围住长安。繇上城守护。长安乃西汉建都之处，城郭坚固，壕堑险深，急切攻打不下。一连围了十日，不得长安。庞德进计于马超曰："长安城中土硬水碱，甚不堪食，更兼无柴。今围十日，军发饥荒。不如且收军退，如此如此，唾手可得。"马超曰："此计大妙。"即时差"令"字旗传与各部，尽教退军。当晚马超亲自断后，各部军马渐渐而退。钟繇次日登城看时，军皆退了，只恐有计，令人于西门哨探，果然远去，方才放心，纵令军民出城打柴取水。众皆畏惧西凉兵又来，多取柴水入城，往来纷纷，不计其数。初时也自计较，后三日心安，大开城门，放人出入。第五日，人报马超引八部兵又到，军民奔竞入城。【眉批：即此便是计策。】钟繇教城上守护，繇自引部将各门提调。

却说西门守将钟繇弟钟进，正在城头上防御，马超直到城下大叫："若不献门，老幼皆诛!"钟进也在城上辱骂。约近三更，城门里一把火起。钟进急来救时，城边转过一人，举刀纵马，大喝曰："庞德在此!"立斩钟进于马下。【眉批：如亚夫将军从天而下。我有笔如刀，不敌别不怀宝剑。】德引千余勇士，左冲右突，杀散军校，斩关断锁，放马超、韩遂军马入城。钟繇从东门弃城而走。马超、韩遂得了城池，赏劳三军。

却说钟繇退守潼关，飞报曹操。操知失了长安，那有征南之意？遂唤曹洪、徐晃："先带一万人马，替钟繇紧守潼关。如十日内失了关隘，并皆斩之；十日外，不干汝二人之事。我统大军随后便到。"二人领了将令，星夜便行。曹仁谏曰："兄弟性躁，诚恐误事。某当一往。"操曰："你与我押送粮草，随后也起。"

国学经典文库

李渔批阅

三国演义

马超兴兵取潼关
马孟起渭桥大战

图文珍藏版

　　却说曹洪、徐晃到潼关，替钟繇坚守，并不出战。马超军士中选有能言快语、声音响亮者，径来关下，把曹操三代毁骂。曹洪大怒，要提兵下关厮杀。徐晃谏曰："此是马超要激将军厮杀，切不可与战。待丞相大军来，必有主画。"马超军日夜轮流十番来骂，曹洪只要厮杀，徐晃苦苦当住。一过九日，当日在关上看时，西凉军都弃马在于关前草地上坐，多半困乏，就于地上睡卧。【眉批：凡遇激法，须以耐法治之。】曹洪便教备马，点起三千精兵，杀下关来【眉批：少年生性按捺不住，最是误事。】。徐晃恐怕有失，也领兵随后赶来。西凉兵弃马抛戈而走。洪得胜，迤逦追赶。徐晃急纵马赶来，大叫曹洪回马。忽然背后喊声大震，马岱杀来。曹洪、徐晃急奔关时，一棒鼓响，山背后两军截出，左是马超，右有庞德，浑杀一阵。曹洪抵当不住，折军大半，撞出重围，奔到关上。随后西凉兵赶来，洪等弃关而走。庞德直杀过潼关，连夜追杀败军。行不数里，撞见曹仁军马，救了曹洪等一军，翻身直杀到关下。马超救庞德上关。曹仁自回，行数十里，迎着操军。操知失了潼关，遂唤曹洪入曰："与你十日限，如何九日失了潼关？"洪曰："西凉军兵百般辱骂。因见彼军懈怠，乘势赶去，不想中贼奸计。"操曰："曹洪年幼躁暴，徐晃你须晓事。"晃曰："累谏不从。当日晃在关上点粮草，比及知道，小将已下关了。晃恐有失，因此赶去。"操大怒，喝斩曹洪。【眉批：不记得"宁可无洪，不可无公"时候？】两班文武皆

跪而告曰："权且记罪，后有功准罪，无功诛之。"曹洪服罪而退。

操次日进兵，直扣潼关。曹仁曰："可先下定寨栅，然后打关未迟。"操令砍伐树木，起立排栅，分作三寨，左寨曹仁，右寨夏侯渊，操自居中寨。次日，西凉哨马到寨门，操引三寨大小将校，杀奔关隘前去，正遇西凉军马。两边各布阵圆。操出马于门旗之前，看西凉之兵，人人勇健，个个英雄。一人手执长枪，生得面如敷粉，唇若抹朱，腰细膀宽，声雄力猛，正是马超。上首者庞德，下首者马岱，背后八员健将一字儿摆开。操暗暗称奇，自纵马与超曰："汝乃名将之子孙，何故背汉而反耶？"超咬牙切齿，大骂："操贼！欺君罔上，罪不容诛！

国学经典文库

李渔批阅

三国演义

马超兴兵取潼关
马孟起渭桥大战

图文珍藏版

829

害吾父弟，不共戴天之仇！吾当活捉，生食贼肉！"一骑马，一条枪，杀过阵来。当日胜负还是如何，下回便见。

时建安十六年秋七月下旬日，曹操自与马超对阵。忽见超挺枪纵马，冲杀过来。操背后于禁出迎。两马交战，斗到八、九合，于禁败走。张郃出迎，不三合败走。李通出迎，超奋神威交战，数合之中，一枪刺李通于马下。超把枪望后一招，西凉子弟兵抖擞精神，冲杀过来。操兵大败。左右将佐皆敌不住，被马超、庞德、马岱引百余骑，直入中军，来捉曹操。【眉批：**赤壁窘一次，潼关又窘一次，觉奸雄无色。**】操在乱军中，只听得西凉军大叫："穿红袍的是曹操！"操就马上急脱了红袍。又听得大叫："长髯者是曹操！"操就掣所佩剑断其髯。军中有一人，将操割髯之事告于马超，超遂令人叫拿："短髯者是曹操！"操闻之，即扯旗角包颈而逃。【眉批：**袁绍入宫时，胡子大得便宜；马超追操时，胡子又甚吃苦。**】后人有诗曰：

> 超超天马战方酣，威慑奸雄百计潜。
> 剑割旗包成底样，丈夫何用有须髯。

曹操正走之间，背后一骑赶来，回头视之，一人身穿白袍银铠，众皆知是马超，各自逃命，四散去了，只撇下曹操。超厉声大叫曰："曹操休走！"飞马赶来。操惊得马鞭坠地。看看赶上，马超从后使枪搠来。操绕树而走，超一枪搠在树上，急拔下时，操已走远。【眉批：曹操不死乃天数也。】超纵马赶来，山坡边转出一个小将军，大叫一声："勿伤吾主！曹洪在此！"轮刀纵马，拦住马超。【眉批：与荥阳救操仿佛相似。】操得命走脱。洪与马超战到四、五十合，渐渐刀法散乱，气力不加。夏侯渊引数十骑随到。马超独自，恐被他算，因此弃了曹洪而回。夏侯渊也不来赶。

曹操回寨，却得曹仁死据定了寨栅，因此不曾折了军马。操入帐叹曰："吾若杀了曹洪，今日必死于马超之手也！"操唤曹洪，重加赏赐。收拾败军，坚守寨栅，深沟高垒，不许出战。超每日引兵，来寨前辱骂搦战。操传令教军坚守，如乱动者斩。诸将曰："西凉之兵，甚是强壮，尽使长枪，若非选弓弩迎之，则不可当也。"操曰："战与不战，皆在于我，非在贼也。贼虽有长枪，安能便刺？诸公但坚壁观之，贼自退矣。"诸将退而言曰："丞相自来征战，身自当先；今一败于马超，何如此之弱也？"各不知其意。细作报来："潼关马超又添二万生力兵，乃是羌胡部落前来助战。"【眉批：演义文字于小段处伏案照应，尺幅多近，独此渡河添兵伏应得远，觉下文宽展有势。】操闻知大喜。诸将曰："马超添兵，丞相反喜，何也？"操曰："待吾胜了，却对汝说。"三日后，又报关上又添军马。操大喜，就于帐中设宴作贺。诸将皆暗笑之。操曰："诸公笑我无破马超之谋，公等有何良策？"徐晃进曰："今丞相盛兵在此，贼亦全部见屯关上，

国学经典文库

李渔 批阅

三国演义

马超兴兵取潼关
马孟起渭桥大战

图文珍藏版

国学经典文库

李渔 批阅

三国演义

马超兴兵取潼关
马孟起渭桥大战

图文珍藏版

832

此去河西，必无准备。若得一军，暗渡蒲阪，截其归路，丞相径发河北击之，贼两不相应，势必危矣。"操曰："公明之言，正合吾意也。与汝精兵四千，和朱灵同去，径袭河西，伏于山谷之中，待我渡河北同时击之。"徐晃、朱灵领命，先引四千军暗暗去了。时建安十六年秋闰八月也。操下令，先教曹洪于蒲阪津安排船筏，留曹仁守寨，操自领兵渡渭河。

却说马超与韩遂升帐，忽有人报来，尽言其事。超曰："今操不攻潼关，而使人准备船筏，欲渡河北以遏吾之后也。吾知其意，当引一枝军，扣河拒住岸北。操兵不得渡，不消二十日，河东粮尽，操兵必乱；却循河南而击之，操可擒矣。"韩遂曰："不必如此。岂不闻兵法有云：'兵半渡可击。'待操兵渡至一半，汝却于南岸击之，操兵皆死于河内矣。"【眉批：**不死于陆，必死于水，操之不死，天也。**】超曰："叔父之言甚善。"即使人探听曹操几时渡河。

却说曹操整兵已毕，分三停军，前渡渭河。比及人马到河口时，日光初起。操先发精兵渡过北岸，开创营寨，杂兵在中。操自引亲随护卫军将百人，踞胡床，按剑坐于南岸，看军渡河。忽然人报："后边白袍将军到了！"众皆认得马超，一拥下船。河边军争上船者，声喧不止。操犹坐胡床不动，按剑指约休闹。只听得人喊马嘶，蜂拥而来，船上一将跃身上岸，呼曰："贼至矣！请丞相下船！"操视之，乃许褚也。操口内犹言；"贼至何妨"【眉批：**假硬挣。**】"回头视之，马超、庞德离不得百余步。许褚拖操下船时，船已离岸一丈有余，褚负操一跃上船。随行将士尽皆下水，扳住船边，欲争上船逃命。船小将翻，褚掣刀乱砍，傍船手尽折，【眉批：**舟中之指可掬。**】倒于水中，急将船望下水掉去。许褚立于稍上，忙用木槁撑之。操伏在脚边。马超赶到河岸，见船已流在半河，遂拈弓搭箭，喝令骁将绕河射之，矢如雨急。【眉批：**比坐胡床按剑时不如。**】褚恐伤曹操，以左手举马鞍遮之，以右手撑篙，用臂当箭。马超箭不虚发，船上驾舟之人应弦落水，船中数十人皆被射倒。其船仄撑不定，于急水中旋转。许褚独奋神威，将两腿夹舵摇

国学经典文库

李渔批阅

三国演义

马超兴兵取潼关
马孟起渭桥大战

图文珍藏版

撼，一手使篙撑船，一手举鞍遮护曹操。【眉批：形容许褚手忙脚乱，愈见神采。】后人有诗曰：

> 鞍镫番为遮箭牌，腿能摇橹亦奇哉。
>
> 须知临敌惟吾用，不自兵书教法来。

时有渭南县令丁斐在南山之上，见马超追操甚急，恐伤操命，遂将寨内牛只马匹尽驱于外，漫山遍野，皆是牛马。西凉兵见之，都回身争取，得其争牛马者，皆无心追赶，曹操因此得脱。方到北岸，便把船筏凿沉。诸将听得曹操在河中逃难，急来救时，操已登岸。许褚身披重铠，箭皆嵌在甲上。众将保操至野寨中，皆拜于地而贺。随后来者皆战栗惊惶，含泪拜曰："不曾侵犯贵体耶？"操大笑曰：【眉批：每败必笑，奸难故态。】"我今日几为小贼所困！"众皆愕然。操曰："若非有人纵马放牛以诱贼。贼必努力渡河矣。"因问："诱贼者谁也？"一人答曰："渭南县令领兵官丁斐也。"即召斐入见，操射曰："若非公良谋，则吾被贼所擒矣。"操命为典军校尉。斐曰："贼虽暂去，来日必然复来，须以妙策拒之。"操曰："吾已准备了也。"遂唤诸将："务分头循河筑起甬道，暂为寨脚。贼若来时，兵陈于甬道外，内虚立旌旗，以为疑兵；更沿河掘下壕堑，虚土棚盖，河内以兵诱之，贼急来必陷，贼陷便可击矣。"操连夜教人安排挑壕。

却说马超回见韩遂，说："几乎捉住曹操！数内一人

国学经典文库

李渔批阅

三国演义

马超兴兵取潼关
马孟起渭桥大战

图文珍藏版

834

国学经典文库

李渔 批阅

三国演义

马超兴兵取潼关
马孟起渭桥大战

图文珍藏版

以力负操下船，如此救护去了。不知何人也。"遂曰：
"吾闻曹操帐前有一部兵，名曰'虎卫军'，选极精勇者
二人为将统领，一人已死，止有一人。死者姓典，名韦，
使双铁戟，重八十斤，死而人犹畏见之。【眉批：口出典
韦。】存者谯国人，姓许，名褚，曾倒扳奔走之牛，人皆
称为'虎痴'。救操者多管是许褚也，如遇之，切不可轻
敌。"超曰："吾亦闻其名久矣。"遂曰："今操渡河，将
袭我等关隘，宜速攻之，不可令他创立营寨。若立营寨，
急难剿除。"超曰："吾始终只要拒住北岸，勿令兵渡河，
此为上策。"遂曰："贤侄守寨，吾引兵循河战操，若
何？"超曰："令庞德为先锋，跟叔父前去。"遂将兵五
万，直抵渭南。

操已令众将于甬道两旁诱之。庞德先引铁骑千余，

冲突而来，喊声起处，人马俱落于陷马坑内。庞德踊身一跳，立于平地。曹操掩杀，庞德立杀数人，步行砍出重围。【眉批：**写庞德声势，为后战关公张本。**】韩遂已被困在垓心。庞德正迎曹仁部将曹永，被庞德一刀砍于马下，夺其马，反复杀开一条血路，救出韩遂，投东南而走。背后曹兵正赶之间，马超一军接到，杀败曹兵，复救出大半军马。【眉批：**此一回，愈有谋愈不得全胜，见马超之勇；愈败愈不退兵，见曹操之雄。**】战至日暮方回，计点得折了将佐程银、张横，陷坑中乱枪搠死者二百余人。超与韩遂商议："若迁延日久，操于河北立了营寨，难以退敌。不若乘今夜引轻骑去劫野营，操必走矣。"遂曰："须分兵前后相救，不可托人。"超自为前部，令庞德、马岱为后应，当夜便行。

却说曹操收兵屯渭北，唤诸将曰："贼折不多，欺我未立寨栅，必然来劫野营，可四散伏兵，虚其中军，号炮响时，伏兵尽起，一鼓可擒也。"众将依令，伏兵已毕。当夜马超先使成宜引三十骑，离六里之地哨探。成宜见无人马，径入中军。操军见得西凉兵到，遂放号炮，四面伏兵皆起，只围得三十骑。成宜被夏侯渊斩之。马超却从背后与庞德、马岱兵分三路，蜂拥而来。未知胜负若何，且听下回分解。

国学经典文库

李渔批阅

三国演义

马超兴兵取潼关
马孟起渭桥大战

图文珍藏版

第五十九回　许褚大战马孟起
马孟起步战五将

　　当夜两兵混战，直到开明，各自收兵。马超收兵，屯于渭口，日夜分兵，前后攻击。曹操在渭河内，将船筏锁链，作浮桥三条，接连南岸。曹仁军马两边夹河，

欲立营寨，旋伐树木，立起寨栅，将粮草车辆穿连，以为屏障。人暗报与马超。超教军士各挟草一束，带火去烧操军。马超、韩遂互相打旗，南北两岸并力杀到寨前，

国学经典文库

李渔批阅

三国演义

许褚大战马孟起
马孟起步战五将

图文珍藏版

837

堆积草把，放起烈火。操兵抵敌不住，弃寨前走。车乘浮桥，尽被烧毁。西凉兵大胜，截住渭河。曹操为立不起营寨，心中忧惧。谋士荀攸曰："可取渭河沙土筑起土城，可以坚守。"操拨三万军担土筑城。马超闻之，差庞德、马岱各引五百马军，往来冲突。更兼沙土不实，筑起便倒。操无计可施。

时遇九月尽间，天气暴冷，彤云密布，连日不开。曹操在帐中纳闷，忽人报曰："有一老丈来见丞相，陈说方略。"操请入，看其人上长下短，鹤骨松姿。问之，乃京兆人也，隐居终南山，姓娄，名子伯，道号梦梅居士。操以客礼待之。子伯曰："知丞相跨渭安营久矣，何不乘时而用之？"操曰："沙土之地，筑垒不成。隐士有何良策，愿赐教之。"子伯曰："丞相用兵如神，岂不知天时乎？连日阴云布合，朔风一起，必大冻矣。风起之后，驱兵士运土泼水，比及天明，城已就矣。"【眉批：曹操筑城实系天使，此老人乃神仙变化，勿认作稳士看。】操大悟，拜谢子伯，欲留重赏。子伯不受而去。是夜北风大作，操尽驱兵士担土泼水，为无乘水之具，作缣囊盛水浇之，随筑随冻。比及天明，水沙冻紧，城已完讫。

人报马超，超领兵观之，大惊，疑有神助。次日，集大军鸣鼓而进。操得营寨，心中大喜，遂自乘马出营，止有许褚一人后随。操扬鞭大呼曰："孟德单骑到此，请马超出来答话。"超自乘马挺枪而出。操曰："汝欺吾营寨不成，今一夜天已筑就，【眉批：果然，非诳语。】何

不早早归降，不失封侯之位。"马超甚恨曹操，意欲突前
擒之，见操后一人，睁圆怪眼，手提钢刀，勒马而立。
超亦疑是许褚，扬鞭问曰："闻汝军中有一虎侯，安在？"
许褚提刀大呼曰："吾乃谯郡许褚也！"目射神光，威风
抖擞。超不敢动，乃勒马回。操亦引许褚回寨。两军观
之，无不骇然。操与诸将曰："贼亦知仲康为虎侯也！"
许褚曰："某来日必擒马超！"操曰："超极英勇，不可轻
敌。"【眉批：乃激士也。】褚曰："某誓死战！"即时使人
打下战书，虎侯单搦马超，来日决战。超在帐中与韩遂
商议，忽接战书，超大怒曰："何敢如此相欺耶！"即批
次日誓杀"虎痴"。

次日，两军出营，布成陈势。超分庞德为左翼，马
岱为右翼，韩遂押中军。超挺枪出马，立于阵前，高叫：
"'虎痴'快出！决一死战！"当日曹操在门旗下，回顾众
将曰："马超不减吕布之勇。"【眉批：又用激口。】言未
绝，许褚拍马舞刀，与超大战一百余合，胜负不分。马
匹困乏，各回军中，俱换马匹，又出阵前。两马又斗一
百余合，不分胜负。许褚性起，飞回阵中，卸了盔甲，
浑身筋突，赤体提刀，翻身上马，来与马超决战雌雄。
两军大骇。又斗到三十余合，褚奋威举刀，便砍马超。
超闪过，一枪望褚心窝刺来，被褚闪过，将枪挟住。褚
便弃刀，两个在马上夺枪。许褚力大，一声响，拗断枪
杆，各拿半节，在马上乱打。操恐许褚有失，遂令夏侯
渊、曹洪两将齐出夹攻。庞德、马岱见操将乱出，两翼

国学经典文库

李渔批阅

三国演义

许褚大战马孟起
马孟起步战五将

图文珍藏版

铁骑横冲直撞，混杀一处。操兵大乱，许褚臂中两箭，诸将慌忙入寨。马超直杀到壕边，操兵折伤大半，操令坚闭休出。马超回至渭口，与韩遂曰："吾见恶战者，总不如许褚，真'虎痴'也！"

却说曹操料马超可以行计，密使人令徐晃、朱灵尽渡河西结营，前后夹攻。【眉批：埋伏。】操于城上见马超弓揽百骑直临寨前，往来如飞。操观良久，掷兜鍪于地曰："马儿不死，吾无葬地矣！"【眉批：伍员不死，楚不得安；超不死，曹操不安。】侯渊听了，心中气塞，厉声曰："吾宁死于此地，誓灭马贼而回！"遂引本部千人，大开寨门赶去。操急止不住，只恐有失，慌自上马，前来接应。马超见追兵到，乃将前军作后队，后队作先锋，一字儿摆开。夏侯渊到，马超接住厮杀。超于乱军中遥见曹操，就撇了夏侯渊，直取曹操。操大惊，拨马进星而走。曹兵大乱。正追之际，忽报操有一军已在河西下寨。超无心追赶，急收军回寨，与韩遂商议，言："操军乘虚已渡河西，吾军前后受敌，如之奈何？"部将李堪曰："不如割地请和，两边各罢兵。捱过冬天，到春暖别生计策。"韩遂曰："李堪之言最善，可从之。"【眉批：马超不欲和而韩遂欲和，已伏下生疑张本。】

　　超犹豫未决。杨秋、侯选皆劝求和。于是遂遣杨秋为使，直往操寨下书，言："韩遂、马超愿割地请和，各无侵犯。"操曰："汝且回寨，吾来日使人回报。"杨秋辞操而退。贾诩入见操曰：【眉批：贾诩虽多谋，然所事俱非人，深为不许。】"丞相主意若何？"操曰："汝所见若何？"诩曰："兵不厌诈，可伪许之。次后用间谍计，令韩、马相疑，一鼓而可破也。"操顿足大喜曰："天下高见，必多相合。文和之谋，吾心腹之事也。"于是遣人回书，言："待吾徐徐退兵，还汝河西之地。"操一面教搭起浮桥，作退军之意。马超得书，与韩遂曰："曹操虽然许和，奸雄难测。倘不准备，反受其制。超与叔父分轮调兵，今日叔向操，超向徐晃；明日超向操，叔向徐晃。【眉批：两下分开，反间之计便可从此而入。】两下堤备，以防其诈。"遂依计所行。

　　早有人报与曹操，操顾贾诩曰："吾大事济矣！"问：

国学经典文库

李渔批阅

三国演义

许褚大战马孟起
马孟起步战五将

图文珍藏版

841

"来日是谁合在我这边？"人报曰："韩遂。"次日，操引众将出营，摆布戈戟十重，左右围绕。操独显一骑于中央。西凉之兵有不识操者，皆出阵观看。前后重沓，动以万计。操跨马而出，【眉批：**是个短须胡子。割须之时惟恐被认，今大胆至此耶？**】高叫曰："汝诸军欲观曹公耶？吾亦犹人也，非有四目两口，但多智谋耳。"诸军皆有惧色。操使人过阵对韩遂曰："丞相谨请单骑会话。"遂即出阵，见操并无甲仗，亦弃衣甲，轻服匹马而出。二人马头相交，各按辔对语。操曰："吾与将军之父，同举孝廉，吾尝以叔事之。吾亦与公同登仕路，不觉有年矣。将军今年妙龄几何？"【眉批：**极扯谈话，却是紧要着。**】韩遂答曰："四十岁矣。"操曰："往日京师皆青春年少，遨游胜景，何期又中旬矣。【眉批：**多时不见，尊须何为甚短。**】安得天下清平共乐耶？"只把旧事细说，并不提起军情。说罢，转背大笑。相谈有一个时辰，二人欣喜而别，各自归寨。早有阵前一卒忙报马超。超忙来问遂曰："今日曹操阵前所言何事？"遂曰："只诉京师旧事耳。"超曰："安得不言军务乎？"遂曰："曹公不言，吾何言之？"超心甚疑，不言而退。

却说曹操回寨，与贾诩曰："公知阵前之意否？"诩曰："此计虽妙，未足间二人。某有一策，令韩、马自相仇杀。"操求其计。未知若何，且听下回分解。

贾诩献计曰："马超乃一勇之夫，不识机密。丞相亲笔作一书，单与韩遂，中间朦胧字样，于要害处自相涂

国学经典文库

李渔 批阅

三国演义

许褚大战马孟起
马孟起步战五将

图文珍藏版

抹改易，【眉批：叙谈不足，继之以书。书中有涂抹，则语中必有蹊跷矣。】然后实封与韩遂，遂必大惊小怪。马超知之，必索书看。若看见紧要之处尽皆改抹，必猜韩遂自改，正应单马会语之疑。疑则必生乱矣。却暗牢笼韩遂部下诸将，互相间谍，必擒超矣。"操曰："此计甚妙。"随写书一封，将紧要处尽皆改抹，然后实封，差一奸细人送过寨去，多遣从人，故欲使超知之。果然有人报知马超。超心越疑，径来韩遂索书。遂将书与超看，超见上面有改抹字样，问曰："书上如何都改字样？"遂曰："曹公原来如此。"超曰："岂有以草稿送与人之理？必是叔父怕我得知详细，先改过了。"遂曰："莫非曹操错将草稿误封了来?"【眉批:殷皓空函。曹操草稿,皆咄咄怪事。】超曰:"吾又不信。曹贼是个奸雄之人,岂有差错?吾与叔父并力杀贼,何背我而向贼乎?"遂曰:"汝若不信吾心,来日吾在阵前,赚操再来说话,【眉批:愚人。】汝从阵内突出,一枪刺杀,以显真心。"超曰:"若如此时,吾方信也。"两人约定。次日,韩遂引侯迁、李堪、梁兴、马玩、杨秋五将出阵,马超藏在门影里。遂使人到操寨前高叫:"韩遂请曹丞相攀话。"人报曹操。操唤曹洪,分付如此。洪得令,引数十骑径出阵前,与韩遂相见。马离数步,洪马上欠身而言曰:"夜来丞相拜意将军之言,切莫有误。"【眉批:奸极恶极。】言讫便回。马超听得大怒,挺枪骤马便刺韩遂。五将拦住,劝解回寨。遂曰:"贤侄休狐疑,我无歹心。"马超全然不信,恨怒而去。韩遂与五将商议曰:"这事如何解释?"杨秋曰:"马超倚仗武勇,常有欺凌主公之心,便胜得曹操,何肯相让?以某愚心,不如暗投曹公,名正言顺,他日不失封侯之位。"遂曰:"吾与马腾义为兄弟,安忍为之?"杨秋曰:"马腾造反,已遭诛戮。今主公欲为反臣之友耶?"遂曰:"谁可以通消息?"杨秋曰:"某愿往。"遂即写密书,遣杨秋径来操寨。操大喜,许封韩遂为西凉侯,杨秋为西凉太守,其余皆有官爵。约定放火为号,共谋马超。杨秋拜辞,回见韩遂,备说重加官爵厚敬之事,"约定今夜放火,里应外合。"【眉批:前是疑心生暗鬼,此是弄假成真矣。】遂大喜,就于中军帐后堆积干柴，拘集各寨军士。五将常悬刀剑，侍立于侧。遂欲设宴赚请马超，就席谋之，犹恐不能，众皆持疑未决。操即差各将引轻骑于寨外巡探。

早有人报与马超曰："韩遂已同五将结连曹操，欲谋将军。"超大怒，即与庞德、马岱商议，各准备壮马，常带鞍辔，堤防厮杀。忽一人又报："五将与韩遂不时便谋将军。"超愈加忿怒，带亲随五、七人先行，庞德、马岱为后应。超步行入帐，果见各人与韩遂说话。超窃听之。杨秋曰："事不宜迟，可速行之。"**【眉批：从来败局未有不由自生嫌隙者，嫌隙未有不由谗间者，非大智人不能早辨】**超大怒，拔剑直入，大喝曰："群贼焉敢谋害我耶？"众皆大惊，超一剑望韩遂面门剁去，遂慌以手迎之，砍落左手。五将亦挥刀齐出，杀奔马超。超纵步出帐外，五将围绕混杀。超独挥宝剑，力敌五将。剑光明处，鲜血溅飞，早砍翻马玩，四将犹敌不住。超奋威背砍，又剁倒梁兴。**【眉批：五将中已去其二。】**三将各自逃生。超复入帐中，来杀韩遂，时已被左右救出。帐后两把火起，超即上马。

时各寨兵皆起，庞德、马岱皆至，互相混杀。寨内四围火起。超领军杀出时，操兵四至，前有许褚，后有徐晃，左有夏侯渊，右的曹洪。西凉之兵，自相并杀。超不见庞德、马岱，引百余骑截于渭桥之上。天色微明，**【眉批：方知混杀了一夜。】**西凉部将李堪领一军桥下过，超挺枪纵马问之。李堪拖枪而走。背后于禁赶来，禁开

国学经典文库

李渔批阅

三国演义

许褚大战马孟起
马孟起步战五将

图文珍藏版

845

弓要射马超，超听得背后弦响，急内过，却射中前面李堪，落马而死。【眉批：三将中又去其一。】超回马来杀于禁，禁拍马走了。超回桥上住扎。操兵前后大至，虎卫军当先，乱箭夹射马超。超以枪拨之，矢皆纷纷落地。超背后从骑一半下河，往来突杀五、七番，兵厚不能出。虎卫军看看赶上，渐渐危急，超于桥上大呼一声，杀入河北，从骑皆被截断。超独在阵中，寻路而出。暗弩极多，射倒坐下马，马超坠于地上。操军逼合，枪刀近身。忽西北角上一彪军杀来，为首两员大将，乃庞德、马岱也，【眉批：绝处逢生。】救了马超，翻身杀条血路，望西北而走。曹操听知马超走脱，问有多少人马。一人答曰："止有千余军士。"操曰："诸多将士，不分晓夜，务要赶倒马儿。如得首级者，千金赏，万户侯；生获者，大将军之次。"众将得令，各要争功，迤逦追袭，马超人困马乏，不能停住。从骑渐渐皆散，步军走不上者，多被擒去。行不到数程，被操兵赶杀数阵。超回顾时，止剩得三十余骑，并庞德、马岱望陇西临洮而去。

曹操亲自追至安定，知马超去远，方始收兵。回到长安，荀彧请操班师回许，操得书下令，众将毕集。时韩遂已无左手，作残疾之人。【眉批：**一个无须，一个无臂，当同病相怜。**】操教就于长安歇马，受西凉侯之职。杨秋、侯选皆封列侯，令守渭口。是时，凉州参军杨阜，字义山，天水人也，径来长安见操。操问之，杨阜曰："马超有韩信、英布之勇，深得羌胡之心。今丞相若不剿捕杜绝，他日养成气力，陇上诸郡，非复国家之有也。【眉批：**为后文马超夺陇西伏线。**】望丞相且休回兵。"操曰："吾本欲久住于此，奈中原多事，南方不定，不可久留。君当与孤保之。"阜领诺，保韦康为凉州刺史，与阜领兵，共屯冀城，以防马超。阜领命，临辞曰："长安必留重兵，以为后援。"操曰："吾已定下，汝但放心。"阜辞而去。

众将皆问曰："初贼据潼关，渭北道缺，丞相不从河东击冯翊，而反守潼关，迁延日久，而后北渡，立营固守，何也？【眉批：**此处始应结前事。**前未有者，今又于

国学经典文库

李渔批阅

三国演义

许褚大战马孟起
马孟起步战五将

图文珍藏版

国学经典文库

李渔批阅

三国演义

许褚大战马孟起
马孟起步战五将

图文珍藏版

848

问中补出，笔法无漏。】请丞相教之。"操曰："初贼据潼关，若吾初到便取河东，贼必以各寨分守诸渡口，则河西不可渡也。吾故盛兵皆聚于潼关，使贼尽皆守南，而河西不作准备，故徐晃、朱灵得渡也。吾然后引兵北渡，连车树栅，为甬道，筑冰城，欲贼知吾之弱，以骄其心，使不为备。【眉批：老贼用计，每为诸将不知。】先使间谍，然后畜士卒之力，一旦击之，正所谓'疾雷不及掩耳'。兵之变化，固非一道也。"众将又请问曰："丞相每闻贼加添兵众，则有喜色，何也？"操曰："关中边远，若群贼各依险阻，征之非一、二年不可平复也。今皆来聚作一处，其众虽多，人心不一，易离间也。兵多将累，一举可灭之。【眉批：《孟德新书》虽不传，只此一段，可当《新书》一则。】吾故喜也。"众将拜谢曰："丞相神谋，众不及也！"操曰："亦赖汝文武之力也。"遂重赏诸军，留夏侯渊屯军长安。所得降兵，分拨各部。夏侯渊保一人可为京兆尹，招谕流移民户复业。操问何人，渊曰："乃冯翊高陵人也，姓张，名既，字德容。"操大喜，即命为京兆尹，与渊同守长安。

操班师回都，献帝排鸾驾出郭迎接，【眉批：天子出迎，渐渐说得不像了。】，令操赞拜名，入朝不趋，剑履上殿，如汉相萧何故事。自此威震中外，播扬汉中。

耸动一人，乃沛国丰人也，姓张，名鲁，字公祺。【眉批：好接法。】其祖张陵在西川鹄鸣山中，造作道书以惑人，人皆敬之。陵死之后，其父张衡行之。百姓但

国学经典文库

李渔批阅

渔阅批

三国演义

许褚大战马孟起
马孟起步战五将

图文珍藏版

有学道者，助米五斗，世号"米贼"。张衡死，张鲁行之，到此三辈。鲁在汉中，自号为"师君"。其来学道者皆号为"鬼卒"，为首者号为"祭酒"，领众多者号为"治头大祭酒。"【眉批：称谓奇绝。】务以诚信为主，不许欺诈。如有病者，即去投坛，使病人居于静室之内，自思己过，当面首说。与病者请祷之人，号为"监令祭酒"。请祷之法，书病人姓名，号服罪之意，作文三通，一通放于山顶，以奏于天；一通埋于地，以奏于地；一通沉于水底，以申水官：名为"三官手书"。如此之后，但病痊可，将米五斗以酬。盖义舍，舍内饭米、柴火、肉食，许容过往人量食多少，自取而食；多取者以受天诛。有境内犯法者，必恕三次；不改者，然后施刑。所

国学经典文库

李渔 批阅

三国演义

许褚大战马孟起
马孟起步战五将

图文珍藏版

850

在并无官长，尽属祭酒所管。如此雄据巴蜀之地近三十年。国家以为地远，不能征伐，就命鲁为镇南中郎将，领汉宁太守，通进贡而已。当年闻操剑履上殿，汉中百姓于地下掘得一玉玺，【眉批：这玉玺从何处来？】进与张鲁，百姓曰："西凉马腾遭戮，马超新败，曹操必然来取汉中。百姓欲尊师为汉宁王，以拒曹操。"巴蜀阎圃曰："汉川之民，户出十万余众，财富粮足，四面险固。上匡天子，则为桓、文；次及窦融，不失富贵。今马超新败，西凉之民，从子午谷奔入汉中者数万家。益州刘璋昏弱，不如先取西川四十一州为本，然后称王未迟。"张鲁大喜，遂与弟张卫商议起兵。

早有细作人报入川中。益州刘璋，字季玉，即刘焉之子。焉乃汉鲁恭王之后，【眉批：第一卷中便以刘焉作引，至此方叙来历。张鲁、刘璋，青梅论酒之时已说出名字，今方补叙明白。】帝元和中，徒封竟陵，支庶因居于此，后官至益州牧，兴平元年病疽而死，州太史赵韪等共保璋，因此为益州牧。曾杀张鲁母及弟，因此有仇。使庞羲为巴西太守，以拒张鲁。时鲁欲动兵，庞羲报知刘璋。璋平生懦弱，听得张鲁兴兵，心中大忧，急聚众官商议。忽一人进曰："主公放心。某虽不才，凭三寸不烂之舌，使张鲁不敢正眼来觑西川。"此人是谁，下回分解。

国学经典文库

李渔批阅

三国演义

张永年反难杨修
庞统献策取西川

图文珍藏版

第六十回　张永年反难杨修　庞统献策取西川

　　刘璋视之，乃益州成都人也，官带益州别驾，姓张，名松，字永年。其人生得额镼头尖，鼻偃齿露，身短不满五尺，言语有若铜钟。【眉批：可见以貌取人者，不可以相天下士。】刘璋问曰："别驾有何高见，可解张鲁之

危?"松曰:"某闻许都曹操已扫荡中原,吕布、二袁皆被灭之,南至江汉,北至幽燕;近日又破马超,天下无敌。主公可备进献之物,松亲往许都,说曹操兴兵去取汉中,以图张鲁,则鲁岂敢望蜀中耶?"璋曰:"汝于建安十三年冬去荆州见曹公,甚不相待,汝犹恨之,今何故欲此行耶?"【眉批:点出好。】松曰:"曹公在荆州时,手下领百万之众,事犹猬集,岂有闲暇待人耶?今在许都,文武各执乃事,松以利害说之,曹公必兴兵矣。"璋曰:"汝且试言利害。"松曰:"某话间,说起马超有韩信、黥布之勇,与丞相有杀父之仇,今虽暂时兵败,久后必欲报仇。今汉中张鲁兵精粮足,百姓尊之为汉王,不久必然称帝,称帝则必侵犯中原矣。所欠者,惟大将耳。若马超急欲报仇,必聚陇西之兵,去投张鲁。鲁得超,是虎生翼矣。张、马并逞,丞相何以当之?不如乘超未投之时,汉中无备,一鼓而可破也。将此等利害之语,更有随机应变而往说之,事不患不谐矣。今不早去,若张鲁兵动。虽苏、张之辨,曹公亦不听矣。"刘璋大喜,收拾金珠锦绮,为进献之物,便发送张松赴许都。松暗画西川地理图本藏之,带从人十骑,辞刘璋行。于路早有人入荆州报知孔明。此时孔明有意图川,常使人入川探细,因此得信,知张松入许都。孔明便使人入许都打探消息。【眉批:有此一句,暗为下文伏线。】

却说张松到了许都,馆驿中下定,每日去相府伺候,求见曹操。操原来自西都回,傲睨物表,自谓得志,不以天下为念，每日饮宴，无事少出，国政皆在相府商议。第三日，张松方通得姓名。左右近侍先要贿赂，却才引入。【眉批：**走谒大人之门者，往往如此，岂独曹操为然哉。**】操坐于堂上，松拜毕，立于前。操问松曰："汝主刘璋连年不进贡，何也？"松答曰："为路途艰难，贼寇窃发，不能通进。"操叱之曰："吾扫清中原，有何盗贼？"【眉批：**自为曹操，最忌人说"贼"字。**】松曰："南有孙权，北有张鲁，中有刘备，至少者带甲有十余万，纵横无可当者，岂得为太平耶？"【眉批：**抢白得好。**】操先见张松人物猥琐，五分不喜；又闻语言冲撞，遂乃拂袖而起，转入后堂。左右责松曰："汝为使命，不会启丞相意，一味冲撞。幸得丞相看汝远来之面，不见罪责。汝可急急回去。"松笑曰："吾川中无谄佞之人也。"【眉批：**语言甚壮。**】

　　忽然阶下一人大喝曰："汝川不会谄佞，吾中原岂有谄佞者乎？"松观其人，单眉细眼，貌白神清。【眉批：**一俊一丑，相形好看。**】问其姓名，有人答曰："此乃弘农人也，太尉杨彪之子，司空杨震之孙。一门出六相二公。安平举孝廉出身，见为丞相门下郎中，掌内外仓库主簿，姓杨，名修，字德祖。"此人博学，言词敏捷，智识过人，时年二十五岁。松知修是个舌辨之士，有心难之。修平生有才，小觑天下之士。当时见张松言语讥讽相府人，遂邀出外面书院中，分宾而坐。修有心将话难张松，遂与松曰："蜀道崎岖，远来劳苦。"松曰："主人

国学经典文库

李渔批阅

三国演义

张永年反难杨修
庞统献策取西川

图文珍藏版

有命，岂辞万里之遥，虽赴汤蹈火，弗敢辞也。"修问："蜀中地物如何？"松曰："蜀为西郡，古号益州。路有锦江之险，地连剑阁之雄。回还二百八程，纵横三万余里。鸡鸣犬吠相闻，市井间阎不断。田肥地茂，岁无水旱之忧；国富民丰，时有管弦之乐。所产之物，阜如山积。天下最雄，莫可及也！"【眉批：张松夸示之语，亦抵得一幅画图。】修又问曰："蜀中人物何如？"松曰："文有相如之赋，武有管、乐之才，医有仲景之能，卜有君平之隐。九流三教，'出乎其类，拔乎其萃'者，不可胜纪，岂能尽数也。"【眉批：既夸地灵，又夸人杰。】修又问曰："方今刘季玉手下如公者，还有几人？"松曰："文武全才，智勇足奋，忠义慷慨之士，动以百数。如松不才之辈，车载斗量，不可胜数。"【眉批：**既夸先贤，又夸时俊。**】修曰："公近居何职？"松曰："滥充别驾之任，甚不称职。敢问公处朝廷何官？"修曰："见为丞相府主簿。"松曰："久闻公名，世代簪缨，祖宗相辅，何不立于庙堂辅佐天子，乃区区作相府门下一吏乎？"【眉批：**当面笑嘲。**】杨修闻之，满面羞惭，强颜答曰："某虽居下僚，丞相委以军政钱粮之重，早晚多蒙丞相教诲，极有开发，故就此职耳。"【眉批：**不得不免强支吾矣。**】松笑曰："松闻曹丞相文不明孔、孟之道，武不达孙、吴之机，专务强霸而居大位，岂足以教诲足下，开发明公耶？"【眉批：**既笑杨修，又笑曹操，妙甚，恶甚。**】修曰："公居边隅，安知丞相大才乎？吾令汝观之。"唤左右于厨内取书一卷，以示张松。松观其题曰：《孟德新书》，从头看至尾，遍观一次，共一十三篇，皆用兵之要法。松看毕，问曰："公以此为何等耶？"修曰："此是曹丞相酌古准今，体《孙子》十三篇所作，号曰《孟德新书》。汝欺丞相无才，此堪以传后世否？"松大笑曰："此书吾蜀中三尺小童亦能暗诵，何为'新书'？此是战国时无名氏所作，曹丞相盗窃以为己能，止好瞒足下耳"【眉批：**今之盗窃他人文字以为己有者多矣。**】修曰："丞相秘藏之书，虽已成帙，未传于世。汝言蜀中小儿暗诵如流，何相欺乎？"松曰："公如不信，吾试暗诵之。"修

国学经典文库

李渔批阅

三国演义

张永年反难杨修
庞统献策取西川

图文珍藏版

曰："愿闻一遍。"松将《孟德新书》从头至尾，朗诵一遍，并无一字差错。【眉批：却被张松蹈袭去矣。】修听之大惊，下席拜之。杨修曰："公一览无余耳。"二人相对大笑。修曰："公且暂居馆舍，容某再禀丞相，令公面君。"松谢修而退。

修入见操，曰："适来丞相何慢蜀使张松乎？"操曰："容貌不堪，言语不逊，吾故慢之。"修曰："若以貌取人，恐失天下之士。丞相尚容一祢衡，【眉批：照应二十三回中事。】何不纳张松乎？"操曰："祢衡文华播于当今，吾故不忍杀之。松有何能？"修曰："且休言倒海翻江之辩，嘲风弄月之才，适来将丞相所撰《孟德新书》，彼观一遍，即能暗诵，如瓶泻水。如此博闻强记，世之罕有。松言此书乃战国时无名氏所作，蜀中小儿皆能暗诵。"操曰："莫非古人与吾暗合否？"令扯碎其书烧之。修曰："此人可使面君，教见大国气象。"操曰："此人不知吾用兵耳。【眉批：张松所恃者文，曹操所耀者武。】来日可于西教场点军，汝先引他来，教他见吾兵马之雄，蜀中去说，震慑其心。待吾下了江南，收川未迟。"修回。

至次日，与张松同至西教场。操点虎卫雄兵五万，布教场中。果然盔甲鲜明，衣袍灿烂；金鼓震天，戈戟参地；四方八面，各分队伍，旌旗蔽彩，人马腾空。松斜目视之。【眉批：骄傲不屑之意。】良久，操唤松前，指而示曰："汝川中曾见此英雄人物耶？"松曰："吾蜀中不曾见此兵革，但以仁义定天下之士。"【眉批：妙甚，恶甚。】操变色视之，松全无惧怯之意，有藐视之心。杨修以目视松。操与松曰："吾视天下鼠辈犹草芥耳。大军到处，战无不胜，攻无不取，顺吾者生，逆吾者死。非止能令人荣达，亦能使人灭族。汝知之乎？"松曰："丞相驱兵到处，战必胜，攻必取，松亦素知也。"操曰：

"汝既能知，何不服耶？"松曰："丞相昔日濮阳攻吕布之时，宛城战张绣之日，赤壁遇周郎，华容逢关羽，割须弃袍于潼关：此皆无敌于天下也！"【眉批：当面嘲笑，亦大快心。】操大怒曰："竖儒怎敢揭吾短处！"喝令左右推出斩之。【眉批：有此一番受侮，愈衬下文之妙。】杨修急谏曰："松虽可斩，奈何从蜀道远来入贡，恐伤蛮夷之心也。知者谓此人口出不逊之言，不知者谓丞相嫌礼

国学经典文库

李渔批阅

三国演义

张永年反难杨修
庞统献策取西川

图文珍藏版

物之微，故斩来使。"操怒气未息。荀彧苦谏，操方免死，令乱棒打出。

　　松归馆舍，连夜出城，收拾回川。松自思曰："吾本欲献西川州郡，谁想如此慢人，我故辱之。来时于刘璋之前开了大口，今日怏怏空回，须被蜀中人取笑。吾闻荆州刘玄德仁义远播久矣，不如径由那条路回。试看此人如何，我自有主见。"【眉批：再寻主顾之意。】于是径往荆州界上而来。前至郢州界口，忽见一队军马，约有五百余骑，为首一员大将，轻妆软扮，马道相迎。那员将问曰："来者莫非张别驾乎？"松曰："然也。"那员将慌忙下马，声喏曰："赵云等候多时。"松问曰："莫非常山赵子龙乎？"云曰："然也。某奉主公刘玄德命，为大夫远涉路途，鞍马驱驰，特命赵云聊奉酒食，护大人以卫回程。"【眉批：报其恭敬，与曹操相反。】言罢，军士捧出酒食来，云跪而进之，松自思曰："人言刘玄德宽仁爱客，今果如此。"【眉批：皆在孔明算中。】遂与子龙饮了数杯，上马同行，来到荆州界首。是日天晚，前到馆驿，见门外两边百余人侍立，击鼓相接。一将于马头前施礼曰："奉主公刘玄德将令，为大夫远涉风尘，令关某洒扫驿庭，以待歇宿。"【眉批：二人俱系孔明差遣，妙在俱不说明。】松下马，与云长同入馆舍。相待酒礼，早已设毕。云长、子龙再三谦让，而后方坐，殷勤相款。饮至更阑，宿了一宵。

　　次日上马，行不到三、五里，远近一簇人马到，当

国学经典文库

李渔批阅

三国演义

张永年反难杨修
庞统献策取西川

图文珍藏版

858

中乃是大汉刘皇叔，左有伏龙，右有凤雏，遥见张松，早先下马等候相见。【眉批：**非敬张松，实敬西川耳。**】玄德曰："久闻大夫高名，如雷灌耳，恨云山迢远，不得听教。今闻回都，专此相接。倘蒙不弃，到荒州暂歇片时，少慰渴仰之私，未知大夫见许否？"松大喜，遂上马。皇叔等与张松并辔而入荆州，设宴管待。坐间只说闲话，并不提起西川之事，亦不动问刘璋安否。【眉批：**孔明教法妙绝。**】松一一对答，也只等刘玄德开言，然后说之。玄德并孔明亦默然不提。松曰："今皇叔守荆州，还有几郡？"孔明便答曰："荆州乃暂借东吴的，每每使人取讨。今我主因是女婿，故权且安身。"【眉批：**却用孔明回答，妙甚。**】松曰："东吴据六郡八十一州，民强国富，犹且不知足耶？"庞统曰："吾主公汉朝皇叔，反不能占据州郡，其他皆汉之蟊贼，以霸道居之，惟智者不平焉。"玄德曰："二公休言。吾有何德，岂敢望居高位而守城池乎？"【眉批：**孔明只言玄德无处安身，庞统便言他人合当相让，而玄德一语漾开去，妙甚。**】松曰："不然。'天下者，非一人之天下，乃天下人之天下也，惟有德者居之。'何况明公乃汉室宗亲，仁义充塞乎四海，休道占据州郡，便代正统而居大位，亦非分外。"玄德拱手，惶恐谢曰："如公所言，吾何敢当之！"【眉批：**玄德一味谦逊，总不提起，妙甚。**】

自此一连留张松饮宴三日，并不提起川中之事。松辞去，于十里长亭设宴送行。玄德举酒与松曰："甚荷大

国学经典文库

李渔批阅

三国演义

张永年反难杨修

庞统献策取西川

图文珍藏版

国学经典文库

李渔批阅

三国演义

张永年反难杨修
庞统献策取西川

图文珍藏版

夫不外，肯留三日。今日相别，不知何日听教。"潸然泪下。【眉批：非为张松而泪，为西川而泪也。】张松自思："玄德有尧、舜之风，安可舍之？不如说之，令取西川。"松遂言曰："松亦思朝暮趋侍，恨未有便耳。松观荆州，东有孙权，常怀虎踞；北有曹操，每欲鲸吞，似非可久恋之地也。"玄德曰："固知如此，但未有安迹之所可容身耳。"【眉批：松渐渐引路，玄德便以言挑之。】松曰："益州险塞，沃野千里，民殷国富，地灵人杰，带甲十万，智能之士，久慕皇叔之德。若起荆襄之众，长驱西指，霸业可成，汉室可兴矣。"【眉批：此时和盘托出。】玄德曰："备安敢当此。刘益州亦帝室宗亲，恩泽布蜀中久矣，他人岂可得而动摇乎？"【眉批：玄德又用一语漾开，妙。】松曰："某非卖主求荣【眉批：明系卖主求荣，反说不是，可笑。】，今遇明公，不敢不披沥肝胆也。刘季玉虽有益州之地，禀性暗弱，不能任贤用能；加之张鲁在北，为人不武，赏罚不明，号令不行，人心离散，思得明主。松此一行，专欲纳款于操，何期逆贼恣逞奸雄，欺君罔上，终为汉朝大祸。明公先取西川为基，然后北图汉中，次取中原，匡正天朝，名垂千史。明公果有取西川之意，松愿犬马之劳，以为内应。【眉批：**连日殷勤相待，正为要钓他这几句话**。】未知明公钧意若何？"

玄德曰："深感君恩。备虽艰窘，奈刘季玉与备同宗，若相攻夺，恐天下人唾骂。" 【眉批：**玄德转调一句，妙甚**。】松曰："明公知天时人事乎？若以人事而背天时，恐日月逝矣。大丈夫处世，当努力建功立业，着鞭在先。今若乘时不取，为他人取之，悔之晚矣。"玄德曰："备闻蜀道崎岖，千山万水，车不能方轨，马不能联辔，虽欲取之，用何良策？" 【眉批：**却便要钓他这本画图出来**。】松于箱中取出一图，递与玄德曰："松感荷难尽，故献此图，上报明公知遇之恩也。但将此图观看一日，便知蜀中之道矣。"【眉批：**孔明用计，至此大事已毕**。】玄德略展视之，上面尽写着地理行程，远近阔狭，山川险要，府库钱粮，一一俱载明白。松又曰："明公可速图之。松有心腹契交二人：法正、孟达。【眉批：**又引出二人来**。】正字孝直，右扶风郿人也，贤士法真之子；达字子庆，与法正同乡。此二人必能相助。如二人到荆州时，可以心事共议。"玄德拱手谢曰："青山不老，绿水长存。

国学经典文库

李渔批阅

三国演义

张永年反难杨修

庞统献策取西川

图文珍藏版

他日相期，必当厚报。"松曰："松遇仁义之主，不得不尽情相告，敢望报乎？"二人相别，孔明、庞统皆拜于长亭之下，云长等皆送数十里方回。张松望西川而去，玄德等自回荆州。

却说张松回益州，先见法正，备说："曹操轻贤傲士，只可同忧，不可同乐。吾已将益州许刘皇叔矣，【眉批：轻轻将一国卖与人了。】专欲与兄议之。"法正曰："吾料刘璋非西川之主，有心欲见刘皇叔久矣。此心相同，又何疑焉？待吾乡兄同议。"少顷孟达至，入见，正与松大笑。达曰："吾已知二公之意，将欲献益州耶？"松曰："果欲如此。兄试猜之，合献与谁？"达曰："非刘玄德不可。"三人抚掌大笑。【眉批：三人合伙卖国。】法正曰："汝明日见璋若何？"松曰："自有话说。吾只荐二公为使，【眉批：却用张松荐之，妙。】先往荆州，然后于中取事。"二人应允。

次日，张松入见刘璋。璋问："干事若何？"松曰："操乃汉贼，欲篡天下，不可为言，彼亦有取川之心。"【眉批：先将取川谑他。】璋曰："似此，如之奈何？"松曰："松有一谋，使张鲁、曹操皆不敢轻犯西川。"璋又曰："如何解之？"松曰："见居荆州刘皇叔，与主公同宗，加之本人仁慈宽厚，有长者之风。赤壁鏖兵之后，操闻之而胆裂，何况张鲁乎？主公何不遣使赍书，以结好之，【眉批：不须玄德自来，却使刘璋去请，可谓善于卖国矣。】使为外援，足可以拒曹操、张鲁，蜀中可安矣。"璋曰："吾立此心久矣，谁可为使？"松曰："非法正、孟达不可往也。"璋即召二人，修书一封，令法正为使，先通情好；次遣孟达送精兵数千，令玄德守御。正商议间，一人自外突然而入，汗流满面，大叫曰："主公若听张松之言，则四十一州郡已属他人矣！"松大惊。言者是谁，下回便见。

进言者乃巴西阆中人也，姓黄，名权，字公衡，见为刘璋府下主簿。【眉批：黄权后亦从刘备，而此时则忠于刘璋。】璋问曰："吾结好玄德，以为一家，汝何故出此言耶？"权谏曰："某居西蜀，素知刘备久矣。斯人宽以待人，柔能克刚，英雄莫敌。曹操尚自寒心，其余何

国学经典文库

李渔批阅

三国演义

张永年反难杨修
庞统献策取西川

图文珍藏版

足论也。斯人远得人心，近得民望，兼有诸葛亮智谋，关、张英勇，赵云、黄忠、魏延为羽翼。若召到蜀中，以部曲待之，则刘备安肯伏低做小？若以客礼待之，则一国不容二主。【眉批：**与郭嘉之度刘表，其语相同。**】若听某言，则西蜀有泰山之安；若不听某言，则主公有垒卵之危矣。张松昨日从荆州过，必与刘备同谋。【眉批：**其言如见。**】可先斩张松，后绝刘备，则西川万幸也。"璋曰："曹操、张鲁到来，何以拒之？"权曰："不如闭境绝塞，深沟高垒，以待时清。"璋曰："贼兵犯界，有烧眉之急；若待时清，则是慢计也。"璋不从，遂遣法正便行。又一人阻曰："不可！不可！"璋视之，乃帐前从事官王累也。【眉批：**王累亦忠于刘璋。**】累顿首言曰："主公今听张松之说，自取之祸。"璋曰："不然。吾结好玄德，实欲拒张鲁也。"累曰："张鲁犯界，乃疥癣之疾；刘备入川，是心腹之大患也。况刘备世之枭雄，先事曹操，便思谋害；后从孙权，便夺荆州。心术如此，安可同处乎？今若召之，西川休矣！"【眉批：**王累之言更切。**】璋叱之曰："再休乱道！玄德是我宗兄，他安肯有夺我基业之心？"便教扶二人出。遂命法正便行。

法正离益州，径取荆州，来见玄德。参拜已毕，呈上书信。玄德拆封视之：

族弟刘璋再拜致书于宗兄将军麾下：久闻电誉，蜀道崎岖，未及赍贡，甚切惶愧。璋闻"吉凶相救，患难相扶"，朋友尚然，况宗族乎？今张鲁在北，旦夕兴兵，侵犯璋界，甚不自安。专人谨奉尺书，上乞钧听。倘赐念同宗族之亲，全手足之义，即日兴师剿灭狂寇，永为唇齿，自有重酬。书不尽言，专候车骑。建安十六年冬十二月，宗弟刘璋再拜奉书。

玄德看毕大喜，设宴相待法正。玄德于筵上屏退左右。与法正曰："久仰孝直英名，张别驾多谈盛德。今获听教，甚慰平生！"法正谢曰："蜀中小吏，何足道哉。盖闻'马逢伯乐而嘶，人遇知己而死'。张别驾昔日之言，将军复有意乎？"【眉批：将张松语一提，不必自家说矣。】玄德曰："备一身寄客，未尝不伤感而叹息。常思鹪鹩尚存一枝，狡兔犹藏三窟，何况人乎？蜀中丰余之地，非不欲之，奈刘季玉同宗室何！"【眉批：却又假意相推。】法正曰："蜀中天府之国，非治乱之主，不可居也。今刘季玉不能用贤立事，刚而无勇，柔而太弱，此业不久必属他人。今付与将军，此机会不可错失。岂不闻'逐兔先得'之语乎？将军欲之，某当效死。"【眉批：前得画图，今得一乡导。】玄德拱手谢曰："倘使天助，实出公之赐也。暂请省歇，尚容商议。"

当日席散，孔明送法正归馆舍。玄德尚自沉吟。庞统不退，言曰："事有不决，疑惑于心者，愚人也。主公仁智高明，何太疑耶？"玄德问曰："以公之言，当复何如？"统曰："荆州荒残，人物殚尽，东有孙权，北有曹

国学经典文库

李渔批阅

三国演义

张永年反难杨修
庞统献策取西川

图文珍藏版

操，难以得志。今益州户口百万，土广财富，诚可以资大业。又幸张松、法正以为内助，此天赐也，何必疑惑哉？"玄德曰："今与吾水火相敌者，曹操也。操以急，吾以宽；操以暴，吾以仁；操以谲，吾以忠。每与操相反，事有可成耳。今以小利而失信义于天下，吾为此不忍也。"【眉批：不忍取刘表，正是此意。】后史官看到这里，作诗赞曰：

累劝收川意已深，谁知玄德尚沉吟。

不因小利忘公义，便是当年尧舜心。

庞统笑曰："主公之言虽合天理，奈离乱之时，用兵

国学经典文库

李渔评阅

三国演义

图文珍藏版

866

争强，固非一道也。若拘执于礼，寸步不可行矣。宜从权变用之。且'兼弱攻昧'，五霸之事；'逆取顺守'，三王之法。若事定之后，报之以义，封为大国，何负于信？【眉批：**后乃欲袭杀之于涪城，何耶？**】今日不取，终被他人取耳。主公熟思焉。"玄德拱手谢曰："金石之言，当铭肺腑。"于是遂请孔明，同议起兵西行。孔明曰："荆州重地，必须分兵守之。"玄德曰："吾与庞士元、黄忠、魏延前去，【眉批：**取川之谋，庞统力劝；收川之事，亦庞统任之耳。**】军师可与关云长、张翼德、赵子龙守之。"孔明应允了。次日，孔明总守荆州；关公拒襄阳要路，当青泥隘口；张飞领四郡巡江；赵云屯江陵，镇公安：玄德令黄忠为前部，魏延为后军。玄德自与刘封、关平在中军，马步兵五万起程。临行，廖化引一军来降。【眉批：**二十七回中所伏之人，于此始来。**】玄德教廖化辅佐云长，以拒曹操。

是年冬月，引兵望西川进发。行不数程，孟达接着，拜见玄德，说："刘益州令某领兵四千，远来迎接。"玄德使人入益州，先报刘璋。璋便发书，告报沿途州郡，供给钱粮，动以万计。璋自出涪城，亲接玄德，即下令准备车乘帐幔，旌旗铠甲，并皆一新。主簿黄权忙入谏曰："主公此去，必被刘备之害。某食禄多年，不忍主公中他人之奸计。望三思！"【眉批：**既于遣使时谏之，又于出迎时谏之。**】张松曰："黄权疏间宗族之义，滋长寇盗之威，实无益于主公。"璋大喝权曰："吾意已决，汝

国学经典文库

李渔批阅

三国演义

张永年反难杨修
庞统献策取西川

图文珍藏版

何逆之?"权叩首碎破,流血满面,近前口衔璋衣而谏。璋大怒,扯衣而起。权不放,顿落门牙两个。璋叱左右推出。权大哭而归。【眉批:忠臣遇暗主,真气杀。】

璋欲行,一人叫曰:"黄公衡直言不纳,欲就死地耶!"伏于阶前而谏。璋视之,乃建宁俞元人也,姓李,名恢,【眉批:李恢后来亦事玄德,此时亦忠于刘璋。】叩首谏曰:"窃闻:'天子有争臣七人,虽无道,不失其天下;诸侯有争臣五人,虽无道,不失其国;大夫有争臣三人,虽无道,不失其家;士有争友,则身不失于令名;父有争子,则身不陷于不义。'黄公衡忠义之言,何不纳之?若容刘备入川,是纵虎于山林也,何能制之乎?"璋曰:"玄德是吾宗兄,安肯背亲而向疏也?再言者必斩!"叱左右推出李恢。张松曰:"今蜀中文官各顾妻子,不复与主公守关,诸将恃功骄傲,欲有外意。【眉批:偏是卖国之人,反说别人不忠。】不得刘皇叔,则敌攻于外,民溃于内,必败之道也。"璋曰:"如公所言,深于吾有益也。"

次日,上马出榆桥门。前面人报:"广陵王累,自用绳索倒吊于城门之上,一手持文,一手仗剑,口称如谏不从,自割断其,绳索,撞死于此地。"【眉批:如此谏法,从来未有。】刘璋教取所执谏文以观之。其文曰:

益州从事臣广陵王累,泣血恳告而言曰:"古者尧立敢谏之鼓,舜置诽谤之木,食苦口之味,纳逆耳之言。

国学经典文库

李渔阅批

三国演义

张永年反难杨修
庞统献策取西川

图文珍藏版

楚怀王盟于武关，不听屈原之言，因于秦邦；吴夫差会于黄池，不纳子胥之谏，诱于越国。今主公轻出，与刘备相见涪城，恐有去路，而无来期矣。倘沐回心，斩张松于市曹，绝刘备之盟约，则蜀中老幼万幸，王公之基业万幸！惟垂察焉。

刘璋观毕，大怒曰："吾与仁者之人相会，如亲芝兰，汝何敢侮于吾耶！"王累大叫一声："惜哉！"自割断其索，撞死于地。【眉批：王累忠心如此，张松能无愧乎？】后史官有诗赞曰：

国学经典文库

李渔批阅

三国演义

庞统献策取西川
张永年反难杨修

图文珍藏版

870

昏亦吾君死亦臣，同宗也合辨疏亲。

身系一丝望社稷，何知别有解悬人。

刘璋将三万人马，往涪城而来。后车乘装载资粮钱帛一千余辆，来接玄德。

却说玄德前军已到垫江。所到之处，一者是西川供给，二者是玄德号令，如有妄取百姓一物者斩之，于是所到之处，秋毫无犯。提老携幼，满路瞻观，焚香礼拜。【眉批：深得民心。】玄德皆抚慰之。忽张松遣心腹人见法正。正得书，知其意，遂来见庞统。正曰："近张公使密书到此，今于涪城相会，疾使图之，大事定矣。机会切不可失。"【眉批：张松之计太狠太毒。】统曰："此意切不可言。待二刘相见了，方进言之。若预走泄，于中有变。"法正乃秘而不言。

涪城离成都三百六十里。璋已到，使人迎接玄德。两军皆屯于涪江之上。玄德入城，与刘璋相见，各叙兄弟之情。讲礼毕，备挥泪以诉汉朝宗族。筵散，各回寨中安歇。璋与众官曰："可笑黄权、王累等辈，不知宗兄之心，妄相猜疑。吾今日见之，真仁义之人也。吾得外助，又何虑曹操、张鲁耶？非张松则失此羽翼。"当日，脱所穿绿袍并黄金五百两，令人往成都赐与张松。【眉批：**且慢谢，须仔细着。**】璋对众官喜曰："吾结好玄德，夜卧安矣。"时手下将佐刘璝、泠苞、张任、邓贤这一班儿蜀中文官武将曰："主公且休为喜。刘备心意难测，柔中有刚，难以度处。倘一时有变，不可量也。"【眉批：**后来此四人皆死于战，何忠臣之多耶！**】璋笑曰："汝等皆心术之人也。吾兄岂有二心哉？"遂归帐中而宿。

却说玄德归到寨中，庞统入见曰："主公今日席上见刘季玉动静乎？"玄德曰："季玉真诚，实吾弟也。"统曰："季玉虽善，其刘璝、张任等各抱不平，睥视主公，中间吉凶未可保也。"【眉批：**刘璋无隙可寻，用手下人为说。**】以统之计，莫若来日设宴请季玉赴席；于衣壁中埋伏刀斧手一百人，主公掷杯为号，就筵上杀之；【眉批：**劝杀刘璋，孔明必不出此言也。**】一拥入成都，刀不出鞘，弓不上弦，可坐而定也。玄德曰："季玉是吾同宗骨肉，诚心待吾；更兼吾初到蜀中，恩信未立，若行此

国学经典文库

李渔批阅

三国演义

张永年反难杨修
庞统献策取西川

图文珍藏版

国学经典文库

图文珍藏版

李渔批阅

三国演义

第三册

良史之才成就历史名著　大家文笔批阅史学经典

[明] 罗贯中◎原著　[清] 李渔◎批阅

三國演義

线装书局

国学经典文库

李渔批阅

三国演义

赵云截江夺幼主
曹操兴兵下江南

图文珍藏版

第六十一回 赵云截江夺幼主
曹操兴兵下江南

建安十七，岁在壬辰，春正月，刘玄德与益州牧刘璋大会于涪城。二人相见，尽诉弟兄之情，广设筵会，犒劳军士，终日尽欢。庞统引法正说玄德："就席间将刘

璋杀之，西川不劳张弓只箭而定矣。"【眉批：**孔明正而不谲，庞统谲而不正。**】玄德曰："初入蜀中，恩信未立，此事决不可行。"庞统再三说之，玄德略无相从之意。次日，宴于城中，二人细叙衷曲，如同一母所生。酒至半

醑，庞统与法正商议曰："事在掌握之中，由不得主公了。"便教魏延舞剑，暗嘱付下手。延拔剑曰："筵间无乐，愿舞剑为戏。"庞统便呼众武士入到堂下，只待魏延下手。刘璋手下诸将见延舞剑至璋筵前，更见阶下武士手按刀把，直视堂上，从事张任亦掣剑曰："舞剑必须有对，某愿伴之。"二人对舞。张任目视玄德，统用目回顾刘封，封亦拔剑舞入。刘璝、苞、邓贤各掣剑出曰；"我等当群舞，以助一笑。"玄德大惊，掣左右所佩之剑，立于席上曰："吾弟兄乃汉室宗亲，相逢痛饮，并无疑忌。又非'鸿门会'上，何用舞剑而为乱乎？不弃剑者立斩之！"【眉批：比鸿门宴更觉出色。】刘璋亦叱曰："弟兄相聚，何必带刀？"尽命去之。众皆纷然下堂，筵间尽去兵器。玄德唤诸将士上堂，以酒赐之。玄德曰："吾弟兄同宗骨血，共议大事，岂有二心？汝等勿惊疑。"诸将皆顿首拜谢。刘璋抱玄德泣曰："吾兄之恩，誓不敢忘！"欢饮至晚而散。玄德归寨，责庞统曰："吾以仁义躬行天下，安忍为此？汝无复言。"二人嗟叹不已。

却说刘璋归寨，刘璝等曰："主公今日见席上光景乎？不如早回，免生后患。"刘璋曰："吾兄玄德，非他人比也。"众将曰："虽玄德无此心，手下之士有吞并西川，以图富贵之意。"璋曰："汝等无复以言间吾兄弟之情。"遂皆不听。二人欢饮百余日，并无猜疑。忽报张鲁兵犯葭萌关。刘璋请玄德行。玄德慨然诺之，遂引本部兵望葭萌关去了。众将劝刘璋令大将紧守各处关隘，以

国学经典文库

李渔批阅

三国演义

赵云截江夺幼主

曹操兴兵下江南

图文珍藏版

防玄德兵变。【眉批：为后文失涪水关张本。】初时不从，后命蜀中名将白水都督杨怀、高沛二人，守把涪水关。刘璋自回成都。比及玄德到葭萌关，严禁军士，广施恩惠，以收民心。

却说有人报知吴侯，吴侯会文武商议。权曰："当初吾欲与玄德一同收川，谁想今日背了吾，自去取之，当复如何？"顾雍进曰；"刘备分兵远涉山险而去，未易往还。何不差一军先截川口，断截刘备归路，后尽起东吴之兵，一鼓而下，可得荆襄矣。"【眉批：此计但说得好听。须知荆州有孔明、关、赵在，未易动也。】权曰："此计大妙！"便要起兵。忽屏后一人大喝而出曰："进此计者可斩之！欲害吾女之命耶！"【眉批：又屏风后有人。何《三国》屏风后人之多。】众惊视之，乃吴夫人也。夫人怒曰："吾一生惟有此女，嫁与刘备，见在荆州。若是动兵，吾女性命如何？"叱孙权曰："汝掌父兄之业，坐领八十一州，尚且不足，顾小利不念骨肉！"孙权喏喏连声，答曰："母亲之训，岂敢有违！"遂退文武。吴夫人深恨顾雍。孙权立于轩下，自思："此机会一失，再几时一遇？"沉吟之间，不觉张昭立于面前，问曰："主公何忧？"孙权曰："正思适间之事。"张昭曰："极易也。先差一人，只带五百军，扮作商人，潜到荆州，下一封密书与夫人，只说国太病危，欲嘱后事，取夫人星夜回还。玄德平生只有一子，就带回国，暗地下船，顺水而来。那时玄德定把荆州来换阿斗，如有不睦，一任动兵，何

国学经典文库

李渔批阅

三国演义

曹操兴兵下江南　赵云截江夺幼主

图文珍藏版

国学经典文库

李渔 批阅

三国演义

赵云截江夺幼主
曹操兴兵下江南

图文珍藏版

876

碍于事？"【眉批：取夫人是商人，取荆州亦是商人，假货好买卖。若国太听得咒他，又要发恼。】权曰："此计大妙！吾有一人，姓周，名善，力能举鼎，有胆量，极忠烈，自幼穿房入户，多随吾兄。可以命之。"昭曰："切勿漏泄。只此便令起行。"于是密遣周善，将五百人分作五船，扮为商人，更诈修国书，备盘诘。船内暗藏兵器。

周善取荆州水路而来。船泊江边，周善自入荆州，令门吏报孙夫人。夫人教周善入。呈上密书。夫人见说国太病危，洒泪恸问。周善拜诉曰："国太好生病重，旦夕只是想念夫人。倘去得迟，恐不相见。就教夫人带阿斗去见一面。"【眉批：须知阿斗不是夫人养的，就不是国太亲外孙，如何要见？便是掉谎。】夫人曰："须是使人往西郡教军师知会，方可以行。"周善曰："若军师回言道，须待主公使人回报方可下船，如之奈何？"夫人曰："若不辞而去，恐有阻当。"周善曰："大江之中，已准备下船只，只今便请夫人上车出城。"孙夫人听知母病危急，如何不慌？速将七岁阿斗藏在车上，随行紧要带三十余人，各跨刀剑，上马离荆州城，便来江边上船。【眉批：看孙夫人前边许多事，俱是女中丈人，独此带阿斗回事，到底不离好见识。】府中人欲报时，孙夫人已到沙头镇，入在船中了。

　　只听得岸上有数人叫："且休开船，容与夫人饯行。"船上人视之，乃常山赵子龙。【眉批：向日怀中之物，今日一时不见，谓何不追？】原来巡哨方回，听得这个消息，吃了一惊，只带四五骑，旋风般沿江赶来。周善手执长戈，喝令军士一齐开船，各将军器出来，摆列在船上。况兼风顺水急，随流而去。赵云沿江赶叫："任从夫人去，只有一句话拜禀。"周善道："汝是何人，敢当主母？"沿江赶到十余里，滩半斜缆一只渔船，赵云弃马执枪，跳上渔船，只两人驾船前来，取吴大船上去。周善教军士放箭，赵云以枪拨之，纷纷落水。离大船悬隔丈余，吴兵用枪乱刺，不能得进。赵云弃枪在小船上，掣所佩青釭剑在手，分开枪搠，望吴船踊身一跳，早登大船。吴兵尽皆惊倒。后人有诗曰：

国学经典文库

李渔批阅

三国演义

赵云截江夺幼主
曹操兴兵下江南

图文珍藏版

昔年救主在当阳，今日飞身向大江。

虎口两番俱得脱，子龙忠勇世无双。

赵云上船，吴兵尽退于后稍。赵云入仓中，见夫人抱阿斗于怀中。夫人喝赵云："何故无礼！"云插剑声喏曰："主母阿故不令军师知而便行？"夫人曰；"我母亲病在危笃，无暇报知。"云曰："主母探病，何故带小主人去？"夫人曰："阿斗是吾子，留在荆州，无人看觑。"云曰："主母差矣。主人一生只有这点骨肉，小将在当阳长坂坡百万军中抱出，今日何暗抱将去？此何理也？"【眉批：看得他说嘴。】夫人怒曰："量汝只是帐下一武夫，安能管我家事！"赵云曰："夫人要去，留下小主人。"夫人喝曰："汝半路辄入船中，必有反意！"云曰："纵然万死，亦不敢放夫人去。"夫人喝侍婢向前揪摔，被赵云推倒，就怀中夺了阿斗抱出船头上。【眉批：前日男赔嫁，今日做了壮乳母。】欲要傍岸，又无副手；欲要行凶，又恐碍于道理，进退不得。夫人喝侍婢夺阿斗。赵云一手抱定太子，一手仗剑，人不敢近。周善在后稍挟住舵，放船下水，风顺水急，船望中流而云。赵云孤掌难鸣，只护得太子，岂能移舟傍岸？

　　事在危急，忽见下流头港内一字儿使出十余只船来，船上磨旗擂鼓。赵云自思："今番中了东吴之计！"【眉批：不但子龙着急，读者亦说是东吴兵。】当头船上一员大将，手执长予，高声大叫；"留下侄儿去！"乃是燕人

国学经典文库

李渔 阅批

三国演义

赵云截江夺幼主
曹操兴兵下江南

图文珍藏版

张飞。原来巡哨听得这个消息，在油江夹口正撞吴船，慌忙截住。吴船慌了手脚。张飞提剑跳上吴船。周善见张飞上船，提刀来迎，手起被张飞一剑砍倒，提头掷于孙夫人前。夫人大惊曰："叔叔何大无礼？"张飞曰："嫂嫂不以俺哥哥为重，私自归家，是何道理？"【眉批：**快人快语**。】夫人曰："我母病重，甚是危急，若等你哥哥回报，须误了我大事。若你不放我回去，情愿投江而死。"言讫欲跳。张飞与赵云商议："若逼死此人，非为臣下之道，只护小主过船。"遂与孙夫人曰："俺哥哥大汉皇叔，也不辱没嫂嫂。今日相别，若思哥哥恩义，早早回来。"两人辞别毕，张飞抱阿斗，自与赵云回船，放孙夫人五只船去了。【眉批：**前夫妇归追之者，此中意不**

国学经典文库

李渔批阅

三国演义

赵云截江夺幼主
曹操兴兵下江南

图文珍藏版

880

在妇而在夫；今日母子归追之者，意不在母而在子。】后有诗曰：

　　长坂坡头怒一声，倒流烟水退曹兵。

　　　　今朝江上扶危主，青史应标万载名。

　　不说孙夫人回国，只说张飞、赵云夺阿斗欢喜回船。【眉批：孙权许多兵夺不得刘备，荆州只张、赵二将便抢去阿斗。】行不数里，孔明引大队船只。【眉批：此时孔明不来便臻漏矣。】接见张飞、赵云、阿斗四人并马而归。军师申文书到葭萌关，教玄德知会。

　　却说孙夫人回见母亲，【眉批：《枭姬传》中记孙夫人投江而死，则知俗本多有误处。】说张飞、赵云杀了周善，截江夺了阿斗。孙权大怒曰："今吾妹已归，与彼不亲，杀周善之仇，如何不报！"唤集文武，商议起大军，与刘备誓不两立，来取荆州。未知如何？

　　却说孙权令收拾船只，准备人马取荆州。【眉批：以放下刘一边好过接。】正商议调兵，忽报："曹操起军四十万，来报赤壁之仇，不可轻敌。"孙权大惊，慌聚文武商议。人报长史张纮自辞疾回家而死，有哀书上呈。权观书曰：

　　长史张纮临终拜书于主公吴侯麾下：自古有国家者，咸欲修德政，以比隆盛世；至于其治，多不馨香。非无忠臣贤佐，暗于治体也，由主不胜其情，弗能用耳。夫人情惮难而趋易，好同而恶异，故与治道相反。《传》曰："从善如登，从恶如崩。"言善之难也。人君承奕世之基，据自然之势，操八柄之威，甘易同之欢，无假取于人，而忠臣挟难进之术，吐逆耳之言，其不合也，不亦宜乎？虽则有衅，巧辩缘间，眩于小忠，恋于恩爱，贤愚杂错，长幼失序，其所由来，情乱之也。故明君悟之，求贤如饥渴，受谏而不厌，抑情损欲，以义割恩，上无偏谬之授，下无希冀之望。【眉批：**说病说药，俱中膏中肓。**】宜加三思，舍垢藏疾，以成仁覆之大。秣陵山川有帝王之气，可速迁居之，为万世之业。【眉批：**为后文称帝张本。**】

纮不胜泣血哀感眷望之至！

孙权览书大痛。张纮亡年六十。权曰："张子纲令吾迁居，吾如何不从！"即命迁治于建业。筑石头城。【眉批：**石头城为自此。**】吕蒙进曰："曹操兵来，可先夹濡须水口，筑坞以拒之。"【眉批：**其语善。能守而后能战，有备而后无恙。吕蒙可谓善计。**】诸将皆曰："上岸击贼，跣足入船，何用筑城？"蒙曰："兵有利钝，战无必胜。如邂逅逢敌，步骑相促，人尚不暇及水，何能入船乎？"权曰："'人无远虑，必有近忧。'子明之见甚远。"便差军数万筑濡须坞，晓夜并工，务要立办。

却说曹操整点三军起程，长史董昭进言曰："自古以

读/者/随/笔

国学经典文库

李渔批阅

三国演义

赵云截江夺幼主
曹操兴兵下江南

图文珍藏版

881

国学经典文库

李渔批阅

三国演义

赵云截江夺幼主
曹操兴兵下江南

图文珍藏版

882

来，人臣处世，未有如丞相之功者，虽周公、吕望，莫可及也：栉风沐雨三十余年，扫荡群凶，与百姓除害，使汉室复存，岂可与诸臣宰同列乎？合受魏公之位，加以'九锡'，【眉批：**前请迁许都，今又请加九锡，岂是食淡人说话。**】以彰功德。"何为"九锡"？一，车马。二，衣服。三，乐县。四，朱户。五，纳陛。六，虎贲。七，铁钺。八，弓矢。九，秬鬯圭瓒。此"九锡"之名义也。【眉批：**夺阿斗，为西川四十余年之根；迁秣陵应王气，为孙氏僭号之由，称魏公加九锡，为曹氏僭号之本。以三大关目，为半部中关键。**】侍中荀彧曰："不可。丞相本兴义兵，匡扶汉室，秉忠贞之诚，守退谦之实。君子爱人以德，不宜如此。"【眉批：**荀彧初劝操取兖州，则比之于高、光；淮劝操渡官渡，则比之于楚、汉。凡共设策定计，无非教操僭逆之谋。前以盗贼之事教之，**】

后忽以君子之论谏之。杜牧讥之。欲书"曹侯之墓"，今与此言大不同矣。】曹操闻之，勃然变色。董昭曰："岂可以一人而阻众望？"遂尊操为魏公。苟彧掩泪而出曰："吾不想今日如此！"操深恨之，以为不助己也。

建安十七年冬十月，曹操兴兵下江南，就带苟彧同行。彧已知操有杀害之心，推病驻于寿春。操又使人催并前行。彧叹曰："吾死于九泉之下，无面目见汉君也！"忽曹操使人送饮食一盒至，盒上有操亲笔封记。开盒视之，并无一物。【眉批：无物者，绝食之意。】彧解其意曰："止于此矣！"遂服毒而亡。年五十岁。史官有赞曰：【眉批：可不必赞。】

公业称豪，骏声升腾。权诡时逼，挥金僚朋。北海天逸，音情顿挫。越俗易惊，孤音少和。直辔安归？高谋谁佐？彧之有弼，诚感国疾。功申运改，迹疑心一。

其子苟恽，发哀书报曹操。操甚懊悔，差人厚葬，谥曰"敬侯"。

且说曹操大军至濡须，前面差三万铁甲马军，令曹洪部领。哨至江边，回报："沿江一带，遥望旗幡无数，不知兵聚何处？"【眉批：方知藏兵之妙。】操放心不下，自领兵前进，就濡须口摆开军阵。操领百余人，上山坡遥望，见战船各分队伍，依次摆列；旗分五色，兵器鲜明；当中大船上，青罗伞下，坐着孙权，左右文武，侍立两边。操以鞭指挥曰："生子当如孙仲谋！若刘景升儿子，犬耳！"【眉批：**降曹者，曹薄之；拒曹者，曹嘉之。奸雄赏鉴正自不凡。**】忽一声响动，南船一齐飞奔过来。濡须坞内又一军出，冲动曹兵。曹操军马退后便走，军皆四散，止喝不住。千百骑赶到山边，为首马上一人，碧眼紫髯，上长下短，众人认得正是孙权，亲自引一队马军来击曹操。操大惊，急回马时，东吴两员大将韩当、周泰两骑马直冲上来。操背后有大将许褚，纵马舞刀敌住二将，曹操得脱归寨。许褚与二将战三十合方回。操在寨中夸许褚之能，责骂众将："临敌先退，挫吾锐气！再后如此，尽皆斩首！"夜至二更时分，忽寨外喊声大震，操急上马，见四下里火起。【眉批：**岂又赤壁火耶？**】却被吴兵劫入大寨。杀至天明，曹兵退五十余里，却才收军，下定寨栅。

操心中郁闷，闲看兵书。忽程昱曰："丞相既知兵法玄妙，岂不知'兵贵神速'乎？丞相起兵，迁延日久，故孙权得以准备，夹濡须水口为坞，甚是有理。不若且罢兵还许都，别作良图。"操不应。【眉批：**不应便有退心。**】程昱出。

操伏几而卧，忽闻潮声汹涌，如万马争奔之势。曹操急视之，见大江中推起一轮红日，光华射目，天上两轮太阳对照。【眉批：**天无二日。我意决无此事。**】忽然江心推起红日，拽拽飞来，坠于寨前山中，其声如雷。忽然惊觉，在帐中做了一梦。【眉批：**原来是梦。**】帐前

国学经典文库

李渔批阅

三国演义

赵云截江夺幼主
曹操兴兵下江南

图文珍藏版

军报道午时。曹操教备马，引五十余骑，径奔出寨，犹如梦中所见落日山边。正看之间，忽见一簇人马，当先一人浑身金盔金甲。操视之，乃是孙权。权见操至，也不慌忙，在山上勒住马，以鞭指挥曹操曰："丞相坐镇中原，富贵已极，何故贪心不足，尚图江南吴地？"操答曰："汝为臣下，不尊王室，吾奉天子诏，特来讨汝！"孙权笑曰："此言岂不羞乎？天下岂不知你挟天子令诸侯？吾非不尊汉朝，实欲讨汝，以正国家！"【眉批：题目亦自正大。】操大怒，叱诸将上山捉孙权。忽一声鼓响，山背后两彪军出：右边韩当、周泰，左边陈武、潘璋。四员将带三千弓弩手，两边乱射如雨。操急回，引众将而走。背后四将赶来甚急。赶到半路，许褚引着众虎卫军敌住，因此救得曹操。孙权兵齐奏凯歌，回濡须去了。操还营，自思："孙权非等闲人物，红日之应，久后必为帝王。"心中有退兵之意，又恐被东吴耻笑，因此进退未决。

两边相拒月余，战了数场，互相胜负。建安十八年春正月，连日阴雨，水甚多，水港皆满，军在泥水之中。操窃听之，各寨军士皆有思归之意。操心甚忧，当日正在寨中，与众谋士商议。有一半劝操收兵，有一半云："目今春暖，正好相持，不可退归。"进退未决。忽报东吴有使赍书到，拆开观之，书曰：

吴侯孙权再拜致书于汉丞相：窃谓彼此皆汉朝臣宰，不思报国安民为本，妄拖杀伐，非仁者之心也。即日春水方生，公当速去，各图安逸；如其不然，复有赤壁之祸矣。【眉批：危语动人。】公宜自思焉。建安十年春正月，吴侯孙权书。

背后批两行字：足下不死，孤不得安。【眉批：操以权为英雄，权亦以操为英雄。】

曹操看毕大笑曰："孙权不欺我也。"【眉批：二人可谓知己。】遂赏使者令回。操令军退，命庐江太守朱光镇守皖城，尽收军回许昌去讫。孙权亦收军回秣陵。【眉批：操已去，权不追，真大量仁人。】权与众将商议："曹操虽然北去，刘备尚在葭萌关未还。何不引拒曹操之兵以取荆州？"张昭献计曰："未可动兵。今刘备在西川，不能再还荆州矣。"孙权大喜，问张昭其计如何，下回便见。

国学经典文库

李渔批阅

三国演义

赵云截江夺幼主
曹操兴兵下江南

图文珍藏版

国学经典文库

李渔批阅

三国演义

玄德斩杨怀高沛
黄忠魏延大争功

图文珍藏版

第六十二回 玄德斩杨怀高沛
黄忠魏延大争功

张昭献计曰："且休要动兵，若一兴师，曹操必再至矣。不如修书二封：一封与刘璋，言刘备结连东吴，欲下西川，使刘璋与备相疑，内外攻击；一封与张鲁，教进兵向荆州来。使间谍二处，着刘备首尾不能救应，则起兵取之，事可谐矣。"权从之，即发使二处去。

却说玄德在葭萌关日久，民心喜顺，知曹操兴兵犯濡须，与庞统议曰："曹操击孙权，操胜则就取荆州，权

胜亦取荆州矣。当如何？"庞统曰："主公勿忧。有军师诸葛亮，足智多谋，料想东吴不敢犯荆州。主公可移书去刘璋处，只推：'曹操攻击孙权，权求于荆州。吾与孙权唇齿之邦，唇亡则齿寒矣。张鲁自守之贼，决不敢犯界。吾今勒兵回荆州，共孙权约会，同破曹操，奈何兵少粮缺。望以同宗之故，速发精兵三、四万，行粮十万斛，段匹军器，星夜发付前来，请勿有误。'【眉批：孙权之书与玄德之书互相欺诳，真一对空头。】若得军马钱粮，却另作商议。"【眉批：妙不说明。】

玄德从之，遣人往成都。来到关前，杨怀、高沛听知此事，遂教高沛守关，杨怀一同使者入成都见刘璋，呈上书信。刘璋问杨怀为何而来，杨怀曰："专为此书而来。刘备自从入川，广布恩德，以收民心，此人之意甚是不善。今求军马钱粮，切不可与。如若相助，似抱干柴于烈火之上，急难灭地。"刘璋曰；"吾与玄德弟兄之情，不可废也。"一人挺然而出曰："刘备枭雄之人也，若久留于蜀中，不遣去之，是养虎在室也。今更助以军马钱粮，是与虎添翼矣。切不可允！"众人视之，乃零陵烝阳人也，姓刘，名巴，字子初。此人近自交址转入蜀中。阶下黄权又谏。刘璋遂允量拨老弱军四千，米一万斛，彩段五千匹，军器车仗少许，发使者去报刘备。【眉批：刘璋亦转念了。】刘巴传令，急教杨怀、高沛紧守关隘。使者先别杨怀，回到葭萌关，来见玄德，具言此事，随直后送粮至。玄德怒曰："吾为汝破敌，费力劳心，汝今积财吝赏，何以使士大夫死战乎？"遂扯毁回书，大骂而起，【眉批：要寻闹，得此一书，正好翻转面皮。】使者连夜逃回成都。庞统曰："主公只以仁义为重，今其意如何？"玄德曰："如此，当若何？"庞统曰："某有三条计策，愿主公自择而行。只今便选精兵，昼夜兼道，径袭成都，一举便得，此为上计。杨怀、高沛乃蜀中名将，各仗强兵拒守关隘；今主公佯以还荆州为名，二将闻知必来相送，就送行处擒而杀之，得关，先取涪城，然后却向成都，此中计也。退还白帝，连夜回荆州，徐图进取，此为下计。若沉吟不去，将至大困，不可久矣。"【眉批：席间杀刘璋，此是上计，袭成都是中计，取涪城是下计，退回荆州直非计矣。前上计既不行，自不得不以中计为上计，下计为中计。退回荆州，统明知玄德决不肯行，故列下计，以激其为中上计耳。】玄德曰："军师上计太促，下计太缓，中计不迟不疾，可以行之。"统曰："主公作书辞刘璋，虚言：'曹操令步将乐进引兵至青泥镇，弟关、张等抵敌不住，吾当亲自去助，不及面会，特书相辞。'"使人入成都报知。

却说张松听得说刘玄德回荆州，只道真心，修书一封，却欲令人送与玄德。正值亲兄广汉太守张肃到，松急藏书袖中，与肃相陪说话。肃见松只有开调之意，索酒饮之。酒至半酣，松与肃献酬交错，忽落此书于地。肃从人拾得。须臾席散，从人以书呈肃，肃开视之。书曰：

　　松顿首端拜主公皇叔麾下：昨常进言，并无虚谬，何迟太甚？逆取顺守，古之人所贵。今大事已在掌握中，何欲弃此而回荆州乎？使松闻之，如有所失。书呈到日，火速进兵，以图王业，幸甚！松稽首再拜。

　　张肃见了，大惊曰："吾弟作灭门之事，不可不首。"连夜将书来见刘璋，说弟张松与刘备同谋，欲献西川。璋大怒曰："吾平身以仁义待人，谁想如此！"遂下令捉张松全家，尽斩于市。【眉批：松在玄德为功首，于刘璋为罪魁，当有灭族之诛。】刘璋斩了张松全家，与文武商议曰："刘备欲夺吾之基业，当如之何？"黄权曰；"事不宜迟。即便差人告报各处关隘，添兵守把，并不许放荆州一人一骑入关。"

却说玄德提兵回涪城，先使探马来报关上曰："吾回荆州，来日经过，请杨、高二人相别。"却说杨怀、高沛二将，在关上听得刘玄德教人来报，明日经过，欲求相见一面，杨怀曰；"玄德此回若何？"沛曰："玄德合死。我等先藏利刃，于送行处刺之，以绝吾主之患。"怀曰："此计大妙。"【眉批：只知道行早，谁知道更有早行人。】二人只带随行二百人远送，其余并留在关上。玄德大军尽发，前至涪水之上，庞统在马上与玄德曰："杨怀、高沛若欣然而来，可提防之；若是不来，便起兵径取其关，不可迟缓。"正说之间，忽起旋风，吹倒马前"帅"字旗。玄德问统，统曰："此警报也。杨怀、高沛二人有刺主公之心，可整兵御之。"玄德身披重铠，自佩宝剑。忽报杨、高二将前来送行。玄德令军马歇定。庞统分付魏延、黄忠二人："但关上来的军士，不问多少马步军兵，一个也休放回。"二将得令，自远远散去。

却说杨怀、高沛二人，身边各藏利刃，带二百军兵，牵羊送酒，直至中军，见并无准备，心中暗喜，以为中计。二将下马，见玄德正与庞统坐于帐中。二将声喏曰："今闻皇叔远回，特具薄礼相送。"遂进酒以劝。玄德曰："二将军守关不易，当先饮此怀。"二将饮酒毕，玄德曰："吾有密事，与二将商议，闲人退避。"手下二百人尽赶出中军。玄德叱曰："左右与吾捉下！"帐后刘封、关平来捉二人。杨、高急待争斗，刘封、关平各捉一个下阶。

国学经典文库

李渔 批阅

三国演义

玄德斩杨怀高沛
黄忠魏延大争功

图文珍藏版

892

玄德喝曰："吾与刘璋是同宗兄弟，汝二人何故同谋，间谍亲情？"庞统大喝："搜之！"刘封于二将身畔各搜出利刀二口。德终有慈心，不忍杀之。庞统作色曰："二人本意欲杀吾主，罪不容诛，推出斩之！"刀斧手即斩杨怀、高沛于帐前。一声号令，黄忠、魏延尽将二百从人先自捉下，不曾走了一个。玄德唤入，各赐酒压惊。玄德曰："杨怀、高沛离间吾之弟兄，又藏利刃行刺，无礼之极，已行诛戮。【眉批：只说别人，不说自己，今人惯如此。】罪不在你等。"并皆恕之。【眉批：不曾走漏一人，正为此耳。】众各拜谢。庞统曰："今夜用汝等引路，带吾军取关，各有重赏。"众皆应允。

　　是夜，即教二百人引至关中，叫曰："二将军有急事回，速可开关。"城上听是自家军，即时开关。军士一拥而入，兵不血刃，得了涪城。【眉批：只杀得两个。】大军遂入，蜀兵皆降。玄德各加重赏，随即分兵前后守把。次日劳军，设宴于涪城公厅。玄德带酒，顾庞统曰："今日之会可为乐乎？"【眉批：玄德惯说醉话。】庞统曰："伐人之国而以为乐，非仁者之兵也。"玄德大怒曰："吾闻昔日武王伐纣，前歌后舞，此亦非仁者之兵欤？【眉批：以纣比璋，比非其伦，的是醉话。】汝言甚不合道理，可速退！"庞统闻之，全无惧色，大笑而起。左右亦扶玄德入堂。睡至四更酒醒，左右以逐庞统之言告于玄德。玄德懊悔无及，急穿衣升堂，请庞统曰："昨因酒醉，有触于公，幸勿挂怀。"庞统谈笑自若。玄德曰：

国学经典文库

李渔批阅

三国演义

图文珍藏版

玄德斩杨怀高沛
黄忠魏延大争功

国学经典文库

李渔阅批

三国演义

玄德斩杨怀高沛
黄忠魏延大争功

图文珍藏版

"昨日之言，惟吾有失。"【眉批：一语冰释。】庞统曰："君臣俱失，何独主公乎？"玄德大笑，共乐如初。

却说败兵连夜走回成都，报与刘璋。璋大惊曰："不料今日果有此事！"【眉批：一向作梦。】遂唤文武，问退兵之策。众将齐出曰："某等愿往，连夜起兵屯雒县，塞住咽喉之路。刘备虽有精兵猛将，不能过也。"【眉批：玄德与刘璋俱有骑虎之势，在刘璋则召虎易面遣虎难，在刘备则入险易而出险难故也。】遂差遣刘璝、苟、张任、邓贤点五万大军，星夜起发，进守雒县，以拒刘备。四将起兵，胜负如何，下回便见。

四将领兵之次，刘璝曰："吾闻锦屏山中有一异人，

国学经典文库

李渔批阅

三国演义

玄德斩杨怀高沛
黄忠魏延大争功

图文珍藏版

道号'紫虚上人',知人生死贵贱。吾辈今日出师,可令军马先行,正在当路,吾等可往问之。"张任曰:"大丈夫行兵拒敌,岂可问于山野之人乎?"瓒曰:"不然。圣人有云:'祸福将至,善必先知之,不善必先知之。'吾等问于高明之人,当趋吉而避凶。"【眉批:凡事节(皆?)可问趋避,独行兵一事不可问趋避。】于是四人引五、六十骑至山下,信步行至山上,问于樵夫。樵夫遂指高山绝顶处便是。四人至庵前,见一道童出迎,问了姓名,引入庵中,正见紫虚上人坐于蒲墩之上。四人下拜,求问前程之事。紫虚上人曰:"贫道乃是山野废人,岂知休咎乎?"刘瓒再三拜问,紫虚遂命道童取纸笔,写了八句言语与瓒收去。其文曰:

　　左龙右凤,飞入西川。雏凤坠地,卧龙升天。一得一失,天数如然。宜归正道,勿丧九泉。

　　刘瓒又问曰:"吾四人气数如何?"紫虚上人曰:"定业难逃矣,何必再问。"瓒又请问时,眉垂目合,已无了气。四人下山,刘瓒曰:"仙人之言,不可不信。"张任曰:"此狂士也,听之何益!"【眉批:张任不降之意于此已决。】遂上马前行,进至雒县,分调人马,守把各处隘口。刘瓒曰:"雒城乃成都之保障,失此则成都难保。吾四人公道商议,着二人守城,二人当去雒县前面,依山傍险扎下两个寨子,勿使敌兵临城。"冷苞、邓贤曰:

国学经典文库

李渔批阅

三国演义

玄德斩杨怀高沛
黄忠魏延大争功

图文珍藏版

896

"某愿往助之。"刘璝大喜，设宴相待，分兵二万与邓二人，离城六十里下寨。刘璝、张任守护雒城。

却说刘玄德已得涪城。与庞统商议进取雒城。有人来报："刘璋拨四将前来，即日有苞、邓贤二万军，离城六十里扎下两个大寨。"玄德聚众将问曰："谁敢建头功，去取雒城寨栅？"老将黄忠应声出曰："老夫愿往。"【眉批：矍铄哉是翁！】玄德曰："老将军亲率本部人马，前至雒城。如取得苞、邓贤营寨，必当重赏。"黄忠大喜，即领本部兵马，谢了要行。忽帐下一人出曰："老将军年纪高大，如何去得？小将不才愿往。"玄德视之，乃是魏延也。黄忠曰："我已领下将令，你如何又来搀越？"魏延曰："老者不以筋骨为能。吾闻苞、邓贤，蜀中名将，血气方刚，恐老将近他不得，岂不误了主公大事？因此相替，本是好意。"黄忠大怒，叱魏延曰："汝说吾老，敢与我比试武艺么？"魏延曰："就主公之前，当面比试，赢得的便去，何如？"黄忠遂趋步下阶，便叫小校："将刀来！"玄德急止之曰："不可！吾今提兵去取西川，全仗汝二人之力。今两虎共斗，必有一伤，须误了我大事。吾与你二人劝解，休得争论。"庞统曰："汝二人不必相争。即日苞、邓贤下了两个营寨，今汝二人自领本部军马，各打一寨。如先获川将者，便为头功。"黄忠、魏延各领命去了。庞统曰："此二人去，恐于路上相争，主公须自引军以为后应。"【眉批：庞统先见。】玄德留庞统守城，带刘封、关平五千军随后起程。

国学经典文库

李渔批阅

三国演义

玄德斩杨怀高沛
黄忠魏延大争功

图文珍藏版

　　先说黄忠传令来日四更造饭，五更结束，平明进兵，取左边山谷而进。却说魏延归寨，暗使人探知黄忠甚时起兵。探事人回报来日四更造饭，五更起兵。魏延暗喜，分付众军士二更造饭，三更起兵，平明要到邓贤寨边。原来两个分定，黄忠打苞寨，魏延打邓贤寨，都在涪城外屯住，相隔六、七里远，因此不听得。当夜，魏延教军士都饱餐了一顿，马摘铃，人衔枚，卷旗束甲，暗地去劫寨。三更前后，离寨前进。到半路，魏延马上寻思："只去打邓贤寨，不显能处；不如先去打苞寨，却将得胜兵打邓贤寨，两处功劳都是我的。"【眉批：弄巧反成拙。】就马上传令，教军都投左边山路里去，天色平明，离苞寨不远，教军士少歇，排朔金鼓旗幡、枪刀器械。

国学经典文库

李渔 批阅

三国演义

玄德斩杨怀高沛
黄忠魏延大争功

图文珍藏版

898

伏路小军飞报入寨，苞寨里已有准备。【眉批：只道夜眠清早起，谁知又有早行人。】等候多时，一声炮响，三军上马，杀将出来。魏延纵马提刀，去迎苞。二将交马，战到三十合，川兵分两路来袭汉军。后面汉军半夜走的力乏，抵当不住，退后便走。魏延听得背后阵脚乱，撇了苞，拨回马走。汉军大败，川兵随后赶上。走不到五里山，背后鼓声震地，邓贤引一彪军从山谷里截出来，两员川将背后大叫："来将快下马受降！"魏延正走，马忽前失，将魏延掀将下来。【眉批：险杀。】邓贤马先奔到，挺枪来刺魏延。枪未到处，弓弦响，邓贤倒撞下马。后面苞来救一员大将从山坡上勒下马来，厉声大叫："老将黄忠在此！"舞刀直取苞。【眉批：魏延在黄沙城上救黄忠，此时方报得。】苞抵敌不住，望后便走。黄忠乘势追赶，川兵大乱。

黄忠一枝军救了魏延，杀了邓贤，直赶到寨前。苞回马，与黄忠又战。不到十余合，后面军马拥将上来，苞不入寨，弃了左寨，却引败军来投右寨。见营中旗帜全别，【眉批：奇。】苞大惊，兜住马，回头看时，当头一员大将，金甲锦袍，乃是刘玄德。左边刘封，右边关平。三路背后接应，乘势夺了邓贤寨子。苞两头无路，取山僻小径，要回雒城。行不到十里，两边路狭，伏兵俱起，搭钩齐举，【眉批：又奇。】把苞活捉了。原来魏延自知罪犯无可解释，收拾后军，令蜀兵引路，伏在这里等个正着，【眉批：补叙。】用索缚了苞，解投玄德寨来。

却说玄德立起免死旗，但川兵倒戈卸甲者，并不许杀害，如伤者偿命。其降兵尽拜于地。玄德曰："汝川中皆有父母妻子所牵，如愿降者允作军数，不愿降者放回。"于是欢声震地，感恩非浅。时黄忠安下寨脚，径来见玄德，说魏延乱了军法，可斩之。玄德教唤魏延，魏延解苞至面前。玄德曰："虽然有罪，此功可赎。"【眉批：善于调停。】令魏延谢黄忠救命之恩，今后毋得相争。魏延顿首伏罪。玄德重赏黄忠，仍嘱付曰："在意干功。收了成都，定拟名爵。"押过苞来到帐下，玄德教去其缚，取酒压惊，问曰："汝肯降否？"苞曰："既蒙免死，如何不降。刘璝、张任与某为生死之交，如蒙放免，前去招安来降，就献雒城。"玄德大喜，便赐衣服鞍马送之。魏延曰："此人不可放免。若脱身一去，不复来矣。"玄德曰："吾以仁义相待，如其不来，是彼之心不实也。不必计较。"

苞得回雒城，见刘璝、张任，不说捉去放回，只说："被我杀了十余人，夺得马匹逃回。"【眉批：羞，羞，羞。】刘璝忙差人往成都求救。刘璋听知折了邓贤，心中大惊，慌忙聚众商议。忽一人进曰："儿愿领兵前去守把雒城。"乃刘璋之子刘循也。璋曰："既吾儿肯去，谁肯为辅？"亲属将军吴懿出曰："某愿往。"刘璋曰："得尊舅去最好。谁可为副将？"吴懿保吴兰、雷同二人为副将，【眉批：三人后皆为刘备所用。】点二万军马，来到

国学经典文库

李渔批阅

三国演义

玄德斩杨怀高沛
黄忠魏延大争功

图文珍藏版

国学经典文库

李渔批阅

三国演义

玄德斩杨怀高沛
黄忠魏延大争功

图文珍藏版

900

雒城。刘璝、张任接着，说失了前寨，折了邓贤。吴懿曰："兵临城下，难以拒敌。汝等有何高见？"苞曰："此间一带正靠涪江，江水大急，前面寨占山脚，其形最低。可先乞五千军，各带锹锄，当夜前去决涪江之水，可尽淹死刘备之兵也。"吴懿曰："须着便行，勿令知觉。"遣吴兰、雷同引兵接应苞。约会定，去办决江器械。

却说玄德令黄忠、魏延各守一寨，自回涪城，与军师庞统商议。细作报说："东吴孙权遣人结构东川张鲁，将欲来攻葭萌关。"【眉批：张鲁兴兵却从玄德耳中闻得，省笔。】玄德惊曰："若葭萌有失，截断后路，吾进退不得，当如之何？"【眉批：腹背受敌，亦是危事，观者亦急欲观其后。】庞统唤孟达曰："汝蜀中人，多知地理，

国学经典文库

李渔批阅

三国演义

玄德斩杨怀高沛
黄忠魏延大争功

图文珍藏版

却去守葭萌关,如何?"达曰:"某保一人,广通《汉书》,深知民心。某与同守,万无一失。"玄德问何人,达曰:"在荆州曾跟刘表为中郎将,南郡枝江人,姓霍,名峻,表字仲邈。"玄德大喜,遂遣孟达、霍峻守葭萌关去了。

庞统退归馆舍,门吏忽报:"有客特来相访。"统出迎接,见其人身长八尺,形貌甚伟,头发截短,披于颈上,衣服不甚齐整。统问曰:"先生何人也?"其人不答,径上统正面床上,仰卧不应。统甚疑之,再三请问。其人曰:"等汝罢了宾客,当与汝说知天下大事。"【眉批:好惊人说话,令人不解。】统闻之,慌进酒食。其人起而便食,并无谦逊,饮食甚多,食罢又睡。统疑惑不定,使人请法正视之,恐是细作。法正慌忙到来,统出迎接法正，曰："有一人如此如此。"法正曰："莫非永年乎？"
升阶视之，其人一跃而起曰："孝直别来无恙？"其人毕
竟是谁，且听下回分解。

国学经典文库

李渔批阅

三国演义

玄德斩杨怀高沛
黄忠魏延大争功

图文珍藏版

国学经典文库

李渔批阅

三国演义

落凤坡箭射庞统
张翼德义释严颜

图文珍藏版

第六十三回　落凤坡箭射庞统
张翼德义释严颜

二人相见大笑。庞统问之，正曰："此公乃广汉人也，姓彭，名羕，字永年，是蜀中之豪杰。因言语毁谤刘璋，被璋髡钳为徒隶，因此短发。"统以师礼待之，问从何而来。羕曰："吾特来救汝数万人性命，见刘将军方可

说之。"法正慌报玄德。玄德亲自谒见，请问其事，曰："将军有多少军马在前寨？"玄德实告："有魏延、黄忠在彼。"羕曰："为将之道，岂不知地理乎？前寨紧靠涪江，若决其水，前后以兵塞之，一人无可逃也。"【眉批：猜

破泠苞计策。】玄德大悟。彭羕曰；"罡星在西方，白自监于此地，有不吉之事。不告知，则军亡矣。"玄德即时拜彭为幕宾，使人密报魏延、黄忠，朝暮用心巡警，以防决水。黄忠、魏延商议：二人各轮一日，如遇敌军到来，互相通报。

却说苞见当夜风雨大作，引了五千军，径循江边而进，安排下手，等候决江。只听得后面喊声乱起，知有准备，急急回军，前后冲突，各不相顾。苞夺路而走，正撞着魏延，活捉了苞。【眉批：泠苞大将，如何两次轻轻被捉？前次在不提防，后次因前番失了胆，故一见魏延便自酥了。】比及吴兰、雷同来接应时，又被黄忠一军杀退。魏延解苞到涪城，玄德责苞曰："吾以仁义相待，放汝回去，何敢再来？今次难饶！"将苞推出斩之，重赏魏延，教回本寨中去。

玄德设宴管待彭羕。忽有人报说："荆州诸葛亮军师，特遣马良至此。"玄德召入问之。马良礼毕，曰："荆州平安，不劳主公忧念。"遂呈上军师书。玄德拆封观之，略云：

亮夜算太乙数，今年岁次癸巳，罡星在西方；又观乾象，太白临于雒城之分，主于将帅身上多凶少吉。宜加谨慎。

玄德看了书，教马良先回。玄德曰："吾亦暂回荆

国学经典文库

李渔批阅

三国演义

张翼德义释严颜

落凤坡箭射庞统

图文珍藏版

州，商论此事。"庞统暗自思忖："孔明怕我取了西川，故意将此书相阻耳。我命在天，岂在人乎？"【眉批：**此正士元不及孔明处。庞统与周瑜同犯此病。**】庞统对玄德曰："我亦算太乙数，已知罡星在西，应主公合得西川，别不主何凶事。又夜占天文，见太白临于雒城，斩蜀将苍，已应凶兆矣。主公不可疑心，可急进兵。"【眉批：**好解。**】

　　玄德见庞统再三催促，乃引军前进。黄忠遂同魏延接入寨去。庞统问法正曰："前至雒城，有多少路？"法正画地作图。玄德取张松所遗图本对之，并无差错。法正言："山北有条大路，正取雒城东门；山南有条小路，却取雒城西门：两条路皆可进兵。"庞统令魏延为先锋，取南小路而进；主公令黄忠作先锋，从山北大路而进：并到雒城取齐。玄德曰："吾自幼熟于弓马，多行小路。军师要从大路去取东门，吾取西门。"庞统曰："大路必有军邀拦，主公引兵当之。统取小路。"德曰："军师不可。吾夜梦见一神，手执铁棒，击吾右臂，觉来犹自臂疼。【眉批：**为落凤预兆。**】此行莫非不佳？"庞统曰："壮士临阵，不死带伤，理之自然也。何故以梦寐之事而疑其心乎？"玄德曰："吾所疑者，孔明之书也。军师还守涪城，如何？"庞统大笑曰："主公被孔明之惑也，不令统立功名，故有此言，以疑其心。【眉批：**肚中事说出。**】心疑则致梦矣，何凶之有？统肝脑涂地，方称本心。主公再勿多言，来日准行。"当日传下号令，军士五

更造饭，平明上马。比及黄忠、魏延领军先行，玄德再与庞统约会，忽坐下马眼生前失，把庞统掀在马下。【眉

批：又一个预兆。】玄德跳下马，自来笼住那马。玄德曰："军师何故乘此劣马？"庞统曰："此马乘久，不曾如此。"玄德曰："临阵眼生，误人性命。吾骑白马，性极驯熟，军师可骑，万无一失。劣马吾自乘之。"玄德与庞统更换所骑之马。【眉批：换马奇巧。】庞统谢曰："深感主公厚恩，虽万死亦不能报也。"【眉批：屡说"死"字，俱不祥之兆。】遂各上马，取路而进。玄德见庞统去，意惨伤，自觉心下不快，悒悒而行。

却说雒城中吴懿、刘璝听知折了冷苞，遂乃一处商议。张任曰："城东南山僻有一条小路，最为紧要，某自引一军守之。诸公紧守雒城，勿得有失。"人报汉军分两路前来攻城。张任引三千军，先抄小路埋伏。初见魏延兵过，

张任曰："尽放过去，休得惊动。"又见庞统军来，遥指军中曰："骑白马者必刘备也。"传令教如此。

却说庞统迤逦前进，抬头见两山逼窄，树木丛杂，又值夏末秋初，枝叶茂盛，庞统心下甚疑，勒住马问曰："此何地也？"数内有新降军士指道："此处地名落凤坡。"庞统大惊曰："吾号凤雏，此名落凤，应吾休矣！"【眉批：卧龙岗为孔明始，落凤坡为士元终。】令后军疾退。坡前一声炮响，箭如飞蝗，只望骑白马者乱射。可怜庞统死于乱箭之下。统年止三十六岁。先时东南有童谣云：

一凤并一龙，相将到蜀中。才到半路里，凤死落坡东。风送雨，雨随风，隆汉兴时蜀道通，蜀道通时只有龙。

赞曰：

军师美至，雅气晔晔。致命明主，忠情发臆。惟此义宗，亡身报德。

当日张任射死庞统，众军拥塞，进退不得，死者大半。前军飞报魏延，慌欲勒兵回还，山路逼窄，厮杀不得，又被张任截断归路，只在高阜之处用强弓硬弩射之。魏延心慌，新降蜀兵曰："不如杀奔雒城下，取大路而进。"延曰："也是。"当先开路，杀奔雒城而来。尘埃

国学经典文库

李渔批阅

三国演义

落凤坡箭射庞统
张翼德义释严颜

图文珍藏版

907

起，前面一军杀来。魏延大惊，拍马舞刀，呼军士死战。【眉批：魏延不死天幸也。】乃雒城守将吴兰、雷同两骑马当先，引数千军马，前面杀到。后面张任杀来。两边夹攻，围在垓心。魏延死战，不能得脱。但见吴兰、雷同后军自乱，二将慌回去救。魏延乘势赶去。当先一将，舞刀拍马，大叫："文长，吾特来救汝！"视之，乃老将黄忠也。【眉批：写老将余波。】两下夹攻，杀败吴、雷二将，冲去雒城之下，刘璝引兵杀出，却得玄德在后，当住接应。黄忠、魏延翻身便回。玄德军马比及奔到寨中，张任军马又从小路里截出，赶来的是刘璝、吴兰、雷同。刘玄德守抵不住，且战且走，奔回涪城。蜀兵得胜，迤逦赶来。玄德人困马乏，那里有心厮杀，且只要走。将近涪城，张任一军追赶至紧。左边是刘封，右边是关平，二将引三万生力兵截出，杀退张任，还赶二十里，夺回战马极多。

玄德一行军马，再入涪城，问庞统消息。有落凤坡逃得性命的军士言说："军师连人带马，乱箭射死于坡前。"玄德望西痛哭不已，【眉批：玄德当哭云："凤兮凤兮，何德之衰。"】遥为招魂设祭。诸将皆哭。黄忠曰："今番折了庞统军师，张任必然来攻打涪城，如之奈何？不若差人往荆州，请诸葛军师商议。"正说之间，人报："张任引军直临城下。"黄忠、魏延皆要出迎。玄德曰："锐气新挫，宜坚守以待军师。"黄忠、魏延谨守城池。玄德写书一封，教关平分付："你与我往荆州请军师来。"

国学经典文库

李渔批阅

三国演义

落凤坡箭射庞统
张翼德义释严颜

图文珍藏版

关平领书辞别，自往荆州。玄德自守涪城，且不出战。

却说孔明正在荆州，时当七夕，大会众官夜宴，共说收川之事。只见正西一星，其大如斗，从天坠下，流光西散。孔明失惊，掷杯在地，掩面大哭曰："哀哉！痛哉！"众官慌问其故。孔明曰："吾前者算今年罡星在西方，不利于军师。天狗犯于吾军，太白临于雒城，已拜书于主公，教谨防之。谁想今夕西方星坠，庞士元命必休矣！"言罢，大哭曰："今吾主丧一臂矣！"众官皆惊，未信其言。孔明曰："数日之内，必有消息。"众官是夕酒不尽欢各散。数日内，云长等正坐间，人报说："关平来到，主公有书。"众官皆惊。孔明视之，乃于本年七月初七日，庞军师被张任在落凤坡前箭射身故。孔明、众官皆哭。孔明曰："既然主公进退两难，亮不得不去，目下便行。"云长曰："军师此去，谁人保守荆州？荆州乃重地，干系非轻。"孔明曰："主公虽不写书来，吾已知其意了。顺天者昌。"手指出那人便为荆州之主。指出是何人来，且听下回分解。

却说孔明将玄德书对众官曰："主公书中，把荆州托在我身上，教我自量才委用。虽是如此，教关平赍书前来，其意欲云长公当此重任。【眉批：妙在即从下书人身上看出。】云长想桃园结义之情，竭力守之。据此之地，北当曹操，东敌孙权，非小可之事也。公宜勉之。"云长更不推辞，慨然领诺。孔明设宴，交割印绶。云长双手来接。【眉批：郑重。】孔明擎着印曰："这干系都在将军身上。"云长曰："大丈夫既领重任，除死方休。"【眉批：一"死"字便不祥。】孔明见云长说个"死"字，心中不悦，欲待不与，其言已出。孔明曰："倘曹操引兵来到，当如之何？"云长曰："以力拒之。"孔明又曰："倘曹操、孙权齐起兵来，如之奈何？"云长曰："分兵拒之。"孔明曰："若如此，荆州危矣。吾有八个字，将军记之，可保守荆州。"【眉批：荆州之失，已兆于此。】云长问之，孔明曰："北拒曹操，东和孙权。"云长曰："军师之言，当铭肺腑。"【眉批：还只得四个字："东和孙权"。】孔明与了印绶，令文官马良、伊籍、向朗、糜竺，武将糜芳、廖化、关平、周仓，一班儿辅佐云长，同守荆州。

先拨精兵一万，教张飞部领，取一条大路，杀奔巴州、雒城之西；又拨一枝兵，教赵云为先锋，溯江而上，会于雒城，先到者为头功。孔明随后引简雍、蒋琬。琬字公琰，零陵湘乡人也，乃荆襄名士，为书记，引兵一万五千，同日酌别起行。【眉批：**自六十回中玄德入川之后，便与玄德不复相见。此卷孔明入川后，又不复与云长相见。**】

先说张飞引本部军马，临行时，孔明嘱付曰："西川豪杰甚多，不可轻敌。于路戒约三军，勿得掳掠百姓，以失民心。所到之处，并皆存恤。人生于世，惟德可以服众，勿得恣逞残暴，鞭挞士卒。【眉批：**读者至此，为之惨然。**】望将军早会雒城，不可有误。"张飞欣然领诺，上马而去。迤逦前行，所到之处，但降者秋毫无犯，【眉批：**张公竟有耳性。**】径取汉川路，前至巴郡。哨马回报："巴郡太守严颜，乃蜀中名将，年纪虽高，精力未衰，善开硬弓，使大刀，有万夫不当之勇，据住城郭，不竖降旗。"张飞教离城十里下住大寨，差人入城，"说与老匹夫：早早来降，饶你满城百姓，若不归顺，即踏平城郭，老幼不留！"

却说严颜向在巴郡，闻刘璋差法正请玄德入川，拊心叹曰："此所谓独坐穷山，放虎自卫者也！"后闻玄德据住涪城，累欲提兵去战，又恐这条路上或有兵来。闻知张飞兵来，点起本部五、六千人马，准备迎敌。数内有中原人告曰："张飞在当阳长坂，一声喝退曹兵百万之

国学经典文库

李渔批阅

三国演义

张翼德义释严颜

落凤坡箭射庞统

图文珍藏版

国学经典文库

李渔批阅

三国演义

落凤坡箭射庞统
张翼德义释严颜

众，操闻风而避之。今若到来，只宜深沟高垒坚守，不可迎敌。彼军无粮，不过一月，自然退去。更兼张飞性如烈火，专要鞭挞士卒，如不与战，必责于军；军心一变，乘势击之，张飞可擒也。"严颜从其言，教军士尽数上城守护。忽见一军士大叫城门，严颜教放入问之。那军士尽把张飞言语依直便说。严颜大怒，骂："匹夫怎敢无礼！吾归川中多年，岂降贼乎！借你口说与张飞！"唤武士把军人割下耳鼻，却放回寨。

军人回见张飞，哭告严颜如此毁骂。张飞大怒，咬牙睁目，披挂上马，引数百骑来巴郡城下搦战。城上众军百般痛骂。【眉批：极写严颜如此触张飞怒，愈见下文义释之奇。】张飞性急，几番杀到吊桥，要过护城河，又被乱箭射回。到晚全无人出，张飞忍一肚子气还寨。次日早晨，又引军马搦战，严颜在城楼上，一箭射中张飞头盔。【眉批：何异黄忠射关公盔缨。】飞指而恨曰："若拿住你这老匹夫，我亲自食你之肉！"到晚空回。第三日，张飞引军，沿城去骂搦战。原来那座城子是个山城，周围都是乱山。张飞乘马登山，下视城中，见军士尽皆披挂，分列队伍，伏在城中，只是不出，又见民夫来来往往，搬砖运石，相助守城。张飞教马军下马，步军皆坐，引他出敌，并无动静。又骂了一日空回。【眉批：已气了三日。】张飞在寨，自思无计可施，猛然思得一计，教众军不要前去搦战，都结束了，只在寨中等候；却教三、五十军，直去城下叫骂，引严颜军出来，便与厮杀。张飞磨拳擦掌，只等敌军来。小军连骂三日，全然不出。【眉批：又气了三日。】张飞眉头一纵，又生一计：传令军士四散打柴，寻觅路径，不来搦战。严颜在城，连日不见张飞动静，心中疑惑，着十个军，扮作张飞砍柴的军，潜地出城，杂在军内，入山中探听。

当日诸军回寨。张飞坐在寨中，顿足大骂："严颜老匹夫！枉气杀我！"只见帐前三、四个人说道："将军不须心焦。这几日打探得一条小路，可以偷过巴郡。"张飞故意大叫曰："既有这个去处，何不早说？"众人应曰："这几日却才哨探得出。"张飞曰："事不宜迟，只今二更造饭，趁三更明月，拔寨都起，人衔枚，马去铃，悄悄而行。我自前面开路，汝等依次而行。"【眉批：张飞真面目，谁知俱是假腔调。】传令了，便满寨告报。

国学经典文库

李渔批阅

三国演义

落凤坡箭射庞统
张翼德义释严颜

图文珍藏版

914

探细的军听得这个消息，尽回城中，报与严颜。颜大喜曰："我算定这匹夫，忍耐不得。你偷小路过去，须是粮草辎重在后，我截住后路，你如何得过！好无谋匹夫，中吾计也！"【眉批：**能料其莽，不能料其精；能料其粗，不能料其细。**】即时传令，教军士赴敌："这夜二更也造饭，三更出城，伏于树木丛杂去处。只等张飞过咽喉小路去了，车仗来时，只听鼓响，一齐杀出。"【眉批：**俱在张飞算中。**】传了号令，看看近夜，严颜全军尽皆饱食，披挂停当，悄悄出城，四散伏住，只听鼓响。严颜自己引十数骑裨将，下马伏于林中。看时约三更已后，遥见张飞亲自在前，横予纵马，悄悄引军前进。【眉批：**使人读此不知下文，便是好文字。**】去不四里，背后车仗人马，陆续进发。严颜见得分晓，一齐擂鼓，四下伏兵尽起。正来抢夺车仗，背后一彪军掩到，大喝一声："老匹夫休走！"严颜回头看时，为首一员大将，豹头环眼，燕颔虎须，使丈八矛，骑深乌马，乃是燕人张飞。【眉批：**忽然有两张飞，作怪，作怪。**】四下里鼓声大震，众军杀来。严颜见了张飞，举手无措。交马战不十合，张飞卖个破绽，严颜一刀砍来，张飞闪过，撞将入去，扯住严颜勒甲绦，生擒过来，掷于地下。众军向前，用索绑缚住了。原来先过去的是假张飞，料道严颜击鼓为号，张飞叫鸣金为号，金响诸军齐到。大半弃甲卸戈而降。

杀到巴郡城下，后军已自入城。张飞叫休杀百姓，

国学经典文库

李渔 批阅

三国演义

落凤坡箭射庞统
张翼德义释严颜

图文珍藏版

告报安民。【眉批：又有耳性。】群刀手把严颜推至。飞坐于厅上，严颜不肯跪下。飞怒目咬牙，大叱严颜曰："大将到此，何为不降，而敢拒敌乎？"严颜全无惧色，回叱飞曰："汝等无理，侵我州郡！但有断头将军，无降将军！"【眉批：二语传为千古美谈。】飞大怒，喝左右斩来。严颜喝曰："贼匹夫！砍便砍，何必怒耶？"张飞见严颜声音雄壮，面不改色，即大笑下阶，喝退左右，亲解其缚，取衣与之，扶在正中高坐，低头便拜曰："适来言语冒渎威容，幸勿见责。吾素知老将军乃世之真丈夫也，何敢相犯！"便进酒压惊，以上宾礼待之。【眉批：此事出人意外。不料张将军能做此事。】严颜感其恩义，安身无措。后有赞严颜诗曰：

白发居西蜀，清名震大邦。

忠心如皎月，浩气卷长江。

宁可断头死，安能屈膝降！

巴州年老将，天下更无双。

赞张飞诗曰：

翼德分明是杀神，也将仁义感孚人。

至今巴蜀名声在，社酒鸡豚日日春。

张飞请问入川之计，严颜曰："败军之将，荷蒙厚恩。严颜无可以报，愿施犬马之劳，不须张弓只箭，径取成都，以酬万一。"张飞拱手称谢，以求收川之策。其计如何，下回便见。

国学经典文库

李渔 批阅

三国演义

孔明定计擒张任 杨阜借兵破马超

图文珍藏版

第六十四回　孔明定计擒张任
　　　　　　杨阜借兵破马超

　　张飞问计严颜，颜曰："从此至雒城，凡守御关隘，计寨栅共三十余处，都是老夫所管，官军皆出吾掌握之中。今感将军之恩，无可以报，老夫当为前部，所到之

处，尽皆唤出拜降，不必将军费力。"张飞称谢不已。自此安民赏军，于路酒饭，凡到之处，尽是严颜所管，都唤出投降。有迟疑未决者，严颜曰："我尚投降，何况汝乎？"于是望风归顺，并不曾厮杀一场。【眉批：不是义

释一人，如何能唾手可得诸郡。】

却说孔明已具起程日期，去报玄德，教都会聚雒城。玄德与众官商议："今孔明、翼德分两路取川，会于雒城，同入成都。水陆舟车已于七月二十日起行，此时将及等到，今我等便可进兵。"黄忠曰："张任每日来搦战，见城中不出，彼军懈怠，不做准备。今日夜间分兵劫寨，胜如白日厮杀。"玄德从之，教黄忠引兵取左，魏延引兵取右，玄德取中。当夜二更，三路军马齐到，张任果然不做准备。众入大寨，火光竞起。蜀兵奔走，连夜直赶到雒城，城中兵接应入去。玄德还中路下寨。次日，引兵直到雒城，军兵不出，围住攻打，一昼夜不绝。城中商议，张任曰："尽教攻打，待他力乏，然后以兵击之，备可擒也。"攻城到第四日，玄德自提一军攻打西门。

却说雒城背后，黄忠、魏延在东门攻打，留南门、北门放车行走。南门一带是山路，北门有涪水，因此不围。张任望见玄德在西，骑马往来，指挥打城，从辰至未，人马力乏。玄德却待要退，张任教吴兰、雷同二将："引兵出北门，转东门，去敌黄忠、魏延。我自引军出南门，转西门，单捉刘备。"城内尽拨民兵上城，擂鼓助喊。玄德见红日平西，教后军先退。【眉批：若孔明未来便得雒城，就不见孔明用计之妙。】城上一片声喊起，南门内军马突出。张任径来军中捉玄德，玄德军中大乱。黄忠、魏延又被吴兰、雷同敌住，两下不能相顾。玄德敌不住张任，拨马望山僻小路而走。张任从背后赶来，看看赶上。玄德独自一人一马，张任引数骑赶来。玄德望前尽力加鞭。忽山路一军突出，【眉批：**每于接笋处故作惊人之笔。**】玄德马上叫苦曰："前有伏兵，后有追兵，天亡我也！"迎近前去，当头一员大将，乃是燕人张翼德，恰好正从那条路上来。望见尘起，知与川兵交战，张飞当先而来。玄德有天子洪福。张飞正撞见张任，便就交马。两员将战到十余合，背后严颜引兵大进。张任火急回身。张飞直赶到城下。张任急退入城，拽起吊桥。

张飞回见玄德曰："军师溯江而来，尚且未到，反被我夺了头功。"【眉批：**此时要让老张说嘴。**】玄德曰："山路险阻，如何无军阻当，长驱大进，先到于此？"张飞曰："于路关隘四十五处，皆出老将严颜之功。"把义释严颜一事，从头说了，"因此于路并不曾费分毫之力，只顾饮酒食肉至此。"引严颜见了玄德。玄德谢曰："若非老将军，则吾弟安能到此。"即时便脱身上黄金锁子甲赐之。严颜得赐拜谢。正待安排宴饮，忽闻哨马回报："黄忠、魏延正和川将吴兰、雷同交锋，城中吴懿、刘璝又引军助战。二将虽能，军士先走，因此抵当不住，大败望东去了。"张飞曰："却好俺在这厮背后。"绕城分兵两路杀去；张飞在左，玄德在右。吴懿、刘璝见后面喊起，慌退入城。吴兰、雷同急退，却被玄德、张飞截住归路，黄忠、魏延又在前。吴兰、雷同商议，不如投降。因此二人将本部军马前来投降。玄德准降，因此收兵，近城下寨。

国学经典文库

李渔批阅

三国演义

孔明定计擒张任
杨阜借兵破马超

图文珍藏版

国学经典文库

李渔批阅

三国演义

杨阜借兵破马超
孔明定计擒张任

图文珍藏版

却说张任见降了二将，心中忧虑。吴懿、刘璝曰："兵势甚危，不决一死战，如何得他兵退？一面差人去成都见主公告急，一面用计敌之。"张任曰："某来日领一军搦战，诈败，引转城北；二将内可用一人引军冲出，截断其中，可获胜也。"吴懿曰："刘将军相辅公子守城。"约会已定。次日，张任引数千人马，摇旗呐喊，出城搦战。张飞曰："小弟愿往。"上马出战，更不答话，与张任交锋。战不到十余合，张任诈败，绕城而走，张飞尽力追之。吴懿一军截住，张任引军复回，把张飞围在垓心，进退不得。比及玄德引军来救时，一队军从江边杀出，【眉批：来得突兀。】正遇吴懿。当先一员大将，挺枪跃马，与吴懿交锋，只一合，生擒吴懿，战退敌军，救出张飞。视之，乃常山赵子龙也。飞问："军师何在？"曰："先使我来解救，料想此时已与主公相见了也。"二人擒吴懿回寨。张任自退入东门去了。

　　张飞、赵云回寨中，见玄德时，孔明、简雍、蒋琬已在帐中。飞下马来参军师，孔明大惊，问曰："如何先到？"玄德说义释严颜之事。孔明贺曰："乃主公洪福。将军用谋，立此莫大之功，足可勒之金石，万年称赞。"赵云解吴懿见，玄德曰："汝降否？"吴懿曰："我既被捉擒了，如何不降。"玄德大喜，待为上宾。孔明问："城中有几人守城？"吴懿曰："有刘季玉之子刘循，辅将刘璝、张任。刘璝不打紧，那张任是蜀郡人，家寒，极有胆略，此人不可轻敌。"孔明曰："先捉张任，然后取雒城。"问："城东这座桥甚名？"吴懿曰："金雁桥。"孔明遂乃乘马来到桥边，绕河看了。回到寨中，唤黄忠、魏延听命："各引一千军，离金雁桥从南五、六里，两岸都是芦苇蒹葭，可以埋伏。魏延引一千枪手在左边，单戳鞍上将；黄忠引一千刀手在右边，单砍坐下马。杀开士卒，张任必投山东小路而来。张翼德引一千军伏在那里，张任就彼处擒之。"唤赵云伏于金雁桥北："待我引张任过桥，你便将桥拆断，却勒兵于桥北，遥为之势，使张任不敢望北走，退投南去，却好中计。"【眉批：**别处用计皆用如此如此，独此处明说，又是一样笔法。**】调遣已定，军师自去诱敌。

却说刘璋差卓膺、张翼二将，前来助战。二将见刘循毕，张任教刘璝、张翼守城，自与卓膺为前后二队：任为前队，膺为后队，出城退敌。孔明引一队不整不齐军，过金雁桥来，与张任对阵。孔明乘四轮车，纶巾羽扇而出，两军百余骑簇捧，遥指张任曰："曹操百万之众，闻吾之名，望风而走。今到此地，何为未降？"张任看见孔明军伍不齐，马上冷笑曰："人都说诸葛亮用兵如神，原来有名无实。"把枪一招，大小军校齐杀过来。孔明弃了四轮车，上马退步过桥。张任从背后赶来。过了金雁桥，见玄德军在左，严颜兵在右，来杀张任。张任知是计，急回军时，桥已拆断了；欲回北去，赵云一军隔岸摆开，因此投南绕河而走。走不到五、七里，芦苇丛杂去处，魏延一军，长枪一带，从芦中忽起，只戳鞍上将。黄忠一军，各用长刀，伏在芦苇里，只剁马蹄。马军尽倒，皆被执缚。步军那里敢来？张任引数十骑望山路而走，正撞见张飞生力兵摆开。张飞大喝一声，众军齐上，将张任活捉了。原来卓膺见张任中计，已投赵子龙军前降了，一发都到大寨。玄德赏了卓膺。

张飞解张任到玄德前，孔明亦坐帐中。玄德与张任曰："蜀中诸将望风而降，汝何不早投降？"张任睁目大怒，叫曰："忠臣岂事二主乎？"玄德曰："汝不识天时耳。降即免死。"任曰："今日便降，久后也不降。愿早吃一刀。"玄德不忍杀之。张任厉声大骂。孔明喝令斩之，以全其名。【眉批：此真断头将军，何为不传？】后人有诗赞曰：

老将安能扶二主，张任忠勇死犹生。

高明正似天边月，夜夜流光照雒城。

玄德感叹不已，令收其尸首，葬于金雁桥侧，以表其忠。

次日，令严颜、吴懿等蜀中降将为前部，直至雒城，大叫："早早开门受降，免一城生灵受苦！"刘璝正在城上大骂，忽然背后一人杀倒从者，执缚刘璝，开门纳降。玄德军马入城。刘循开西门走脱，投成都去了。玄德出榜安民。献刘璝者，乃武阳人也，姓张，名翼，字伯恭。玄德得了雒城，重赏诸将。孔明曰："雒城已破，成都只

国学经典文库

李渔 阅批

三国演义

孔明定计擒张任
杨阜借兵破马超

图文珍藏版

在目前。惟恐外州郡不宁，可令张翼、吴懿引赵云，抚外水定江、犍为所属州郡；令严颜、卓膺引张飞，抚巴西、德阳所属州郡。就委官按治平靖，即勒兵回成都取齐。"张飞、赵云各自引兵前去。孔明问："前面有何关隘？"蜀中降将曰："止有绵竹可以守御。若得绵竹，成都唾手而得。"法正曰："不可进兵，恐惊动成都人民。某有一计，令成都便属主公。"试看法正进用何计，且听下回分解。

法正曰："主公既得雒城，蜀中危矣。欲以仁义布于四方，且按兵不动。某作一书，陈说利害，呈上刘璋，璋自然降矣。"孔明曰："孝直之言最善。可便写书，遣人径往成都。"

却说刘循逃回见父，说雒城已陷，慌聚众官商议。益州从事广汉郑度献策曰："今刘备来袭我，兵不满万，士众未附，野谷是资，军无辎重。不如尽驱巴西、梓潼之民，过涪水以西。其仓廪野谷，尽皆烧除，深沟高垒，静以待之。彼至请战，勿许。久无所资，不过百日，彼兵自走，一击可擒耳。"【眉批：亦似李左车教陈余之计。】刘璋曰："不然。吾闻拒敌以安民，未闻动民以备敌也。【眉批：从来有慈悲心者每每吃亏，为之一叹。】此言非保全之计。"正议间，人报法正有书。刘璋唤人，呈上，璋拆书视之，书曰：

昨蒙遣差结好荆州，不意主公左右不得其人，以致如此。今左将军旧心依依，实无薄意。望三思裁划，可图变化，以保尊门。不及进言，早赐回音示下。法正百拜。

刘璋怒扯其书，大骂："法正忘恩失义之贼！卖生求荣，有何面目再相见乎！"逐其人出城。即时遣妻弟费观，提兵前去守把绵竹。费观保举一人同行，其人乃南阳人氏，姓李，名严，字正方。费观、李严点三万军来守绵竹。益州太守董和，字幼宰，南郡枝江人也，上言与刘璋，欲往汉中借兵。璋曰："张鲁与吾世仇，安肯相救？"和曰："虽然有仇，刘备军在雒城，势在危急，不得不救。况是唇齿之邦，唇亡齿寒。陈说利害，必然从之。"修书遣使，前赴汉中。时建安十八年秋八月也。

按落一头。【眉批：头绪多，又是一样接法。】且说马超自败入羌胡，二载有余，结好羌兵，攻拔陇西州郡。所到之处，尽皆归降，惟冀城攻打连日不下。刺史韦康，字伯奕，累遣人求救于夏侯渊。渊不得曹操言语，未敢动兵，按住长安。韦康见救兵不来，与众商议："不如投降马超。"参军杨阜，字义山，哭而谏曰："超等叛君无父之徒，此城中之人，有死无二。今欲陷身于不义也。"康曰："不然。事已极矣，不降何待？"阜苦谏不从。韦康大开城门，投拜马超。超大怒曰："汝今事急请降，非真心耳！"将韦康等四十余口，尽皆斩之，不留老幼良贱一人。【眉批：杀韦康四十余口，大失州郡之心。】有人

国学经典文库

李渔批阅

三国演义

杨阜借兵破马超
孔明定计擒张任

图文珍藏版

925

国学经典文库

李渔批阅

三国演义

杨阜借兵破马超
孔明定计擒张任

言杨阜劝韦康休降，可斩之。超曰："此人守义，不可斩也。"复用杨阜为参军。冀城军官梁宽、赵衢，皆杨阜所保，超尽用焉。忽杨阜告马超曰："妻死于临洮，告两个月假，葬妻便回。"【眉批：似真降者。】马超从之。

杨阜过历城，来见姜叙。叙与阜是姑表弟兄。姜叙乃受汉爵抚夷将军。叙母太贤，是阜之姑。阜别马超，径来见姑，哭拜于地，曰："守城不能完，主亡不能死，愧无面目见姑。且马超背父叛君，妄杀郡守，岂独杨阜忧责，一州士大夫皆受其耻。今吾兄坐据历城，竟无讨贼之心，此赵盾所以书弑其君也。"言罢，泪流出血。后人有诗曰：

包胥向日哭秦庭，杨阜今朝恸历城。

一片真心能感激，千年万载仰忠贞。

叙母闻知，唤姜叙入，责之曰："韦使君遇害，亦尔之罪。岂独义山哉？"又谓阜曰："汝既降人，且食其禄，何故又兴心讨之？"阜曰："吾从贼者，欲留残生与主报冤也。"叙曰："马超英勇，极难图之。"阜曰："有勇无谋，图之亦易。吾已暗约下梁宽、赵衢，使为内应。【眉批：方知所荐不是真荐。】兄若肯兴兵，其事必成，无多虑也。"叙母曰："汝不早图，更待何时？谁不有死，死于忠义者，死得其所也。勿以我为念。汝若不听义山之言，吾当先死，以绝汝念！"【眉批：贤哉斯母！】叙乃便与统兵校尉尹奉、赵昂商议。

原来赵昂之子赵月，见跟马超为裨将。昂当日应允，归见其妻王氏曰："吾今日间于姜叙、杨阜、尹奉一处商议，欲报主人韦康之仇，早欲动兵。吾想吾子赵月见跟马超，必将被害，因此持虑未定。"其妻厉声应曰："雪君父之大耻，丧身不足为重，何况一子哉！汝顾其子而不行，吾当先死矣！"【眉批：姜母、王妻二妇人是真丈夫，真烈汉，映照千古。】赵昂乃决。次日，一同起兵。姜叙、杨阜屯历城，尹奉、赵昂屯祁山。王氏乃将首饰资帛，亲自往祁山军中，赏劳军士，以励其众。后人有诗曰：

国学经典文库

李渔批阅

三国演义

杨阜借兵破马超

孔明定计擒张任

图文珍藏版

弱质何忠烈，惟知君父仇。

丧身犹不重，灭子复何忧。

脱珥能收士，开帷解运筹。

军中有此妇，兵气倍雄遒。

马超听知姜叙、杨阜会合尹奉、赵昂用事，超大怒，即将赵月斩之；唤庞德、马岱尽起军马，杀奔冀城。姜叙、杨阜引兵出来。两阵圆处，杨阜、姜叙身衣白袍，【眉批：亦似马超一日披挂。】大骂曰："背父叛君，无义之贼！"马超大怒，冲将过来。两军混战。姜叙、杨阜如何抵得马超，大败而走。马超聚兵赶来，背后喊声起处，尹奉、赵昂杀来。【眉批：此一路军马突如其来，却是照应前文。】急回身时，两下夹攻，首尾不能相顾。正斗之间，刺斜里大队军马杀来。原来夏侯渊得了曹操军令，正领军来破马超。超如何当得三路军马，大败奔回。后面杀来。走了一夜，比及平明，才到冀城，叫门，城上乱箭射下。马超大惊。梁宽、赵衢立在城上，大骂马超；将马超妻杨氏从城上一刀砍断，撇下尸首来；又将马超幼子三人，至亲十余口，都从城上一刀一个，剁将下来。【眉批：杀韦康一家之报。】超气噎塞胸，几乎坠下马来。背后夏侯渊引军赶来。超见势大，不敢当抵，与庞德、马岱杀开一条路走。前面又撞见姜叙、杨阜，杀了一阵；冲得过去，又撞着尹奉、赵昂，杀了一阵。零零落落，剩得五、六十骑，连夜奔走。后军不赶。四更前后，走

国学经典文库

李渔批阅

三国演义

杨阜借兵破马超
孔明定计擒张任

图文珍藏版

928

到历城下，守门者只道姜叙兵回，开门接入。超从城南门边杀起，尽洗城中百姓。【眉批：百姓何辜？】于姜叙宅拿出老母，年八十有二。叙母全无惧色，指马超大骂曰："汝背父无君，逆天之贼！天地决不容汝！汝不早死，敢以面目视人乎！"超大怒，自取剑杀之。马超杀尹奉、赵昂全家，昂妻王氏在军中免难。次日，夏侯渊大军至，马超弃城杀出，望西而逃。行不得二十里，前面一军摆开，为首杨阜。超切齿而恨，拍马挺枪刺之。阜宗弟七人，一齐助战。马岱、庞德敌住后军。宗弟七人皆被马超杀死。阜身中五枪，犹然死战。后面夏侯渊大军赶来，马超遂走。只有庞德、马岱五、七骑随后而去。

夏侯渊自行安抚陇西诸州人民。令姜叙等各各分守，

国学经典文库

李渔 批阅

三国演义

杨阜借兵破马超
孔明定计擒张任

图文珍藏版

929

用车载杨阜赴许都。操封阜为关内侯。阜辞曰："阜君存无扞难之功，君亡无死节之效，于义当绌，于法当诛。超又不死，阜何颜受职？"操曰："君与群贤共建大功，西土之人以为美谈。子贡辞赏，仲尼谓之止善。君宜降心，以顺国命。"

却说马超与庞德、马岱来投张鲁。张鲁得超大喜，以其西可以吞并益州，东可以拒曹操，永保汉中基业，商议欲以女招超为婿。【眉批：**张鲁与袁术俱以婚姻为儿戏，同是好笑。**】大将杨柏谏曰："马超父母妻子皆不顾恋，岂能爱他人乎？"于是张鲁遂罢其议。有人对马超曰："张将军欲以女招汝为婿，被杨柏阻之。"超心甚恨，有杀杨柏之意。杨柏知之，与兄杨松商议，欲寻远害全身之计。【眉批：**俱为后文张本。**】正值刘璋遣使求救于鲁，鲁意不从。忽报刘璋又遣黄权到来。【眉批：**此处方**

接入汉中。】先见杨松，说："东西两川，实是唇齿；若西川一破，东川亦难保矣。若肯相救，当以二十州相酬。"松大喜，即引黄权来见张鲁，说唇齿利害，更以二十州相谢。鲁喜其利，从之。巴西阎圃谏曰："刘璋与主公积世之仇，今事在至急，诈言割州之事，不可从之。"忽阶下一人进曰："某虽不才，愿乞一旅之师，生擒刘备，务要割地以还。"其人是谁，下回便见。

国学经典文库

李渔批阅

三国演义

孔明定计擒张任
杨阜借兵破马超

图文珍藏版

国学经典文库

李渔批阅

三国演义

葭萌张飞战马超
刘玄德平定益州

图文珍藏版

第六十五回　葭萌张飞战马超　刘玄德平定益州

张鲁持疑未决，马超挺身出曰："感主公之恩，无可上报。愿引一军攻取葭萌关，袭刘备之后，可生擒之。【眉批：忘了董承义状。】此时必要割二十州而还。主公

心下如何？"张鲁大喜，先遣黄权从小路而回，点兵二万与马超。此时庞德卧病不能行，留于汉中。【眉批：为后归曹张本。】张鲁令杨柏监军。【眉批：冤家撞着对头。】

超与弟马岱选日起程。

却说玄德军马在雒城，法正差人回报与玄德："今郑度劝刘璋尽烧野谷，并各处仓廪，尽率巴西住种之民，而避于涪水迤西，深沟高垒而不战。"玄德、孔明闻之，皆大惊曰："若用此言，吾势危矣！"法正笑曰："主公勿忧。此计虽毒，刘璋必不能用也。"【眉批：料刘璋如见，可谓知己知彼。】后人传刘璋有言："吾闻拒敌以安民，未闻动民以备敌也。"玄德闻之，方始宽心。孔明曰："可速进兵，以取绵竹。如得此处，成都易取矣。"遂遣黄忠、魏延领兵前进。

费观听知玄德兵来，差李严出迎。严披挂了，领三千兵出。各布阵完，黄忠、魏延出马，与李严战四、五十合，不知胜负。孔明在阵中教鸣金收军。黄忠入阵问曰："正待要擒李严，军师何故收兵？"孔明曰："吾已见李严武艺，不可力取。不日再战，汝可诈败，引入山峪，出奇兵胜之。"黄忠领计。次日，李严再领兵来，黄忠又出战，不十合诈败，引军便走。李严赶来，迤逦赶入山谷而去。李严猛省，急待回来，前面魏延引军摆开。孔明自在山头唤曰："公如不降，两下已伏强弩，欲与吾庞士元来报仇耳。"【眉批：姓张的射死了，却寻着姓李的，可谓张冠李戴。】李严慌下马，卸甲投降。军士不曾伤害一人，引见玄德，玄德待李严甚厚。严曰："费观虽是刘益州亲，某与甚密，当往说之。"玄德即命严入绵竹，对费观说："玄德如此仁德，今若不降，必有大祸。"观从

国学经典文库

李渔批阅

三国演义

葭萌张飞战马超
刘玄德平定益州

图文珍藏版

933

其言，开门投降。

　　玄德遂入绵竹，商议分兵取成都。忽流星马急报，言：“孟达、霍峻守葭萌关，今被东川张鲁遣马超领兵攻打甚急，救迟则关隘休矣。”玄德大惊，孔明曰：“须是张、赵二将，方可与敌。”有人报与张飞，飞在外大喜。孔明曰：“说公且勿言，容亮激之。”张飞从外大叫而入曰：“辞了哥哥，便去战马超也！”【眉批：写张飞如画。】孔明故意佯不觑听，对玄德曰：“今马超侵犯关隘，无人可敌，除非往荆州取云长来，方可与敌。”【眉批：纯用反激。妙。】张飞曰：“军师何故小觑吾耶？吾曾独拒曹操百万之兵，【眉批：前事又一提。】岂愁马超一匹夫乎！”孔明曰：“张将军拒水断桥，此是曹操不知虚实也；若知虚实，将军岂独无事乎？【眉批：不止是激法，亦是教法。】况马超有信、布之勇，天下皆知，渭桥六战，杀得曹操割须弃袍，几乎丧命，【眉批：前事又一提，俱是照应。】非等闲之比。汝兄云长尚恐未胜，何况汝乎。”飞曰：“我只今便去，如胜不得马超，甘当军令！”孔明曰：“既尔肯写文书，便为先锋。请主公亲自去一遭。留亮守绵竹。待子龙来，却作商议。”【眉批：又为后伏线。】魏延曰：“某亦愿往。”孔明令魏延带五百哨马先行，张飞第二，玄德后队，望葭萌关进发。

　　却说马超引兵扣关攻打，先使杨柏来叫霍峻：“早早献关，我等重重保举你。”霍峻关上高声应曰：“我头可断，关不可得！”杨柏大怒，拥霍峻厮杀不题。

国学经典文库

李渔 批阅

三国演义

葭萌张飞战马超
刘玄德平定益州

图文珍藏版

　　却说魏延哨马先到关下，杨柏军退十余里。魏延出，与柏战。不十合，杨柏败走。魏延要夺张飞头功，乘势赶去。前面一军摆开，为首乃是马岱。魏延道是马超，舞马跃马而进。与岱战不十合，岱败走。延赶去，被岱回身一箭，射中左臂，急回马走。马岱赶至关前，一将声如雷震，从关上飞马奔至面前，救了魏延。原来是张飞初到关上，听知关前厮杀，便来看时，正见魏延中箭。飞喝马岱曰："汝是何人？先通姓名，然后厮杀。"马岱曰："吾乃西凉马岱是也。"张飞曰："你原来不是马超，快回去，非吾对手。只令马超那厮自来，说道燕人张飞在此！"【眉批：抵一个红单贴。】马岱大怒曰："汝焉敢小觑我乎！"挺枪跃马，直取张飞。战不十合，马岱败

国学经典文库

李渔批阅

三国演义

葭萌张飞战马超
刘玄德平定益州

图文珍藏版

走。【眉批：只当做破题。】张飞欲待追赶，关上一骑马到来，叫："兄弟且休去！"飞回头，原来是玄德。飞遂不赶，一同上关。备曰："恐怕你性躁，先来到此。既然胜了马岱，且歇一宵，来日战马超。"歇了一夜。

次日天明，关下鼓声大震，马超兵到。玄德在关上看时，门旗影里，马超纵骑持枪而出，狮盔兽带，银甲白袍，一来结束非凡，二者人才出众。玄德叹曰："人言'锦马超'，名不虚传！"【眉批：先在玄德眼中看出。】张飞便要下关。玄德急止之，言："兄弟且休出战，先当避其锐气。"飞曰："何足道哉！"玄德当住。关下马超单搦张飞出马，关上张飞恨不得平吞马超，三、五番皆被玄德当住。看看午后，玄德望见马超阵上人马皆倦，遂选五百骑，跟着张飞冲下关去。马超见张飞军到，把枪望后一招，约退军有一箭之地。张飞军马一齐扎住，关上军马陆续下来。张飞挺枪出马，大称名姓："认得燕^张翼德么！"马超曰："吾家累世公侯，岂识村野匹夫乎！"【眉批：又被马超一激。】张飞大怒。两马齐出，二枪并举，约战百余合，不分胜败。玄德观之，叹曰："真丈夫也！"恐张飞有失，急鸣金收军，两将各回。张飞回到阵中，歇马片时，不用头盔，只裹包巾上马，又出阵前，搦马超厮杀。超又出，两个再战。玄德恐张飞有失，亲自披挂下关，直至阵前，看张飞与马超又战一百余合，两个精神倍加。玄德教鸣金收军。二将分开，各回本阵。是日天色已晚，玄德与张飞曰："马超英勇，不可欺敌。

且退上关，来日再战。"张飞杀得性起，那里肯休，大叫曰："誓死不回！"玄德曰："今日天晚，不可战矣。"飞曰："多点火把，安排夜战！"【眉批：**好说话。**】军士暗暗叫苦。马超换了马，再出阵前，大叫曰："张飞敢夜战么？"张飞气起，问玄德换了坐下马，抢出阵来，叫曰："我捉你不得，誓不上关！"超曰："我胜你不得，誓不回寨！"【眉批：**大家立誓，可称难弟难兄。**】两军呐喊，点起千百火把，照耀如同白日。两将又向阵前鏖战。到二十余合，马超拨回马便走，张飞大叫曰："走那里去！"原来马超见赢不得张飞，心生一计：诈败佯输，赚张飞赶来，暗掣铜挝在手，扭回身，觑着张飞便打。张飞见马超走，心中也提防，见打过来，一闪从耳边躲过去。张飞便勒回马走时，马超却又赶来。张飞带住马，拈弓搭箭，回射马超，超却闪过。二将各自回阵。【眉批：**一锤一箭，借此收科。**】玄德自于阵前叫曰："吾以仁义相待天下之士，不施谲诈。马孟起你收兵歇息，我不乘势赶你。"【眉批：**扯淡，做甚人情。**】马超闻知，亲自断后，诸军渐退。玄德亦收军上关。

次日，张飞又欲下关战超。人报军师来到。玄德接着孔明，孔明曰："亮闻孟起世之虎将，若与翼德死战，必有一伤，故令子龙、汉升守住绵竹，星夜而来。可用条小计，令马超归降主公。"玄德曰："吾见马超英勇，心甚爱之，如何可得？"孔明曰："亮闻东川张鲁，意欲自立为'汉宁王。'手下谋士杨松，极贪贿赂。可差人从小路径投汉中，先用金银结好杨松，后进书与张鲁，云：'吾与刘璋自争西川，是与汝报仇，不可听信离间之语。事定之后，保汝为汉宁王。'"【眉批：刘璋许以地，孔明许以爵，还是就那一边？】

玄德即时修书，差孙乾赍金珠，从小路径至汉中，先来见了杨松，说知此事，送了金珠。松大喜，先引孙乾来见张鲁，陈言方便，鲁曰："玄德只是左将军，如何保我为汉宁王？"杨松曰："他是大汉皇叔，正合保奏。"【眉批：道是金珠在那里话话。金珠效验如此。】张鲁喜曰："既如此，差人便教马超罢兵。"孙乾只在松家打听回信。使人回曰："马超回言：若未成功，不可退兵。"杨松又遣人去唤，又不肯回。一连三次不至。杨松曰："此人素无倍行，不肯罢兵，其意必反。"鲁心亦疑。松

国学经典文库

李渔批阅

三国演义

葭萌张飞战马超
刘玄德平定益州

图文珍藏版

939

亦流言对张卫说："马超主意欲夺西川，自为蜀王，与父报仇，岂肯臣于汉中乎？张卫将此言告知张鲁。"【眉批：**未有奸臣在内而能立功于外者。**】鲁问计于杨松，松曰："一面说与马超，汝既干功，与汝一月限。三件功成则有赏，无则必诛：一要取西川，二要刘璋首级，三要退荆州兵。三件事不成，可献头来。"一面教张卫点军守把关隘，防马超兵变。差人到马超寨中，说知此事。超大惊曰："如何变得恁的！"【眉批：**金珠之故。**】与岱商议，不如罢兵。杨松又流言曰："马超回兵，必怀异心，不可放入。"张卫分七路军坚守隘口，要共擒杀。超进退不得，无计可施。孔明对玄德曰："今马超正在狐疑不决之际，亮凭三寸不烂之舌，亲往超寨，说超来降。"其事如何，下回便见。

玄德曰："孔明吾股肱也，倘有疏虞，吾何所恃？虽有良谋，吾实不忍令去。"孔明坚意要行，玄德再三拘住。正踌躇间，忽报子龙有书，荐西川一人来降。玄德召入问之，其人乃建宁俞元人也，姓李，名恢，字德昂。玄德曰："向日闻公苦谏刘璋，今何故归我？"恢曰："吾闻'良禽相木而栖，贤臣择主而事'。前谏刘益州者，以尽人臣之心。既不能用，知必败矣。主公仁德布于蜀中，知其必成，故来归命，盖背暗投明，古人所贵也。"玄德曰："先生此来，必有益于备矣。"恢曰："今闻马超方在进退两难之际。恢在陇西，曾有一面之交，特欲说超来降，若何？"孔明曰："正欲得一人替吾一往。愿闻公之

国学经典文库

李渔批阅

三国演义

葭萌张飞战马超
刘玄德平定益州

说词。"李恢于孔明耳畔陈说如此如此。孔明大喜,即遣李恢。

恢至超寨,使人通入姓名。超曰:"吾知李恢平生好作说词,必来说我。"先唤二十刀斧手伏于帐下,超嘱曰:"令汝砍,即砍为肉酱!"须臾,李恢入见。马超端坐帐中不动,叱李恢曰:"汝来为何?"恢曰:"特来作说客耳。"【眉批:蒋干一见周瑜,辩明不是说客;李恢一见,妙在说明是说客。】超曰:"吾匣中宝剑新磨。汝试言之。其言不通,便请试剑!"恢笑曰:"将军之祸不远矣?但恐新磨之剑,不能试吾之头,将自试耳!"超曰:"吾有何祸?"恢曰:"吾闻越之西子,善毁者不能闭其美;齐之无盐,善美者不能掩其丑。修短者不能用其长,造恶者不能为其善。'日中则昃,月满则亏',此天下之常理也。今曹操与将军有杀父之仇,陇西有切齿之恨;前不能救刘璋而退荆州之兵,后不能制杨松而见张鲁之面;目下四海难容,一身无主。若复有渭桥之败,冀城之失,何面目见天下之人乎?"【眉批:一字一金,一字一珠。】超顿首谢曰:"公言极善,但无路可行,奈何?"恢曰:"汝既听吾言,帐外何故伏刀手乎?"超尽叱退。恢曰:"刘皇叔礼贤下士,吾知其必成,故舍刘璋而归之。公何不背暗投明,以图上报父母之仇,下立金玉之节?可彰万世之高名也。"马超大喜,唤杨柏入,一剑斩之,【眉批:方泄破婚之恨。】将头共恢一同上关,来降玄德。

国学经典文库

李渔 批阅

三国演义

葭萌张飞战马超
刘玄德平定益州

图文珍藏版

玄德亲自接入，待以上宾之礼。超顿首谢曰："今遇明主，乃拨云雾而见青天也！"宾主大喜。孙乾已回。玄德复命霍峻、孟达守关，便撤兵来取成都。子龙、黄忠接入绵竹。人报蜀中刘唆、马汉引兵杀到。子龙曰："某来未效尺寸之功，当擒此二人！"言讫，上马引军出。玄德城中管待马超吃酒，未曾安席，子龙斩二人之头献于筵前。【眉批：赵云故显本事与马超看。】马超亦惊，倍加敬重。超曰："不须主公军马厮杀，超自唤出刘璋来降。如不肯降，超自与弟马岱取克成都，双手奉献。"【眉批：子龙以两颗人头为安席之敬，马超便以一座城池为进见之礼。】玄德大喜，是日尽欢。

却说败兵回到益州，报与刘璋。璋大惊，闭户不出。

人报城北马超救兵到来。刘璋方敢登城望之，见马超、马岱立于城下，大叫："请刘季玉答话！"刘璋在城上问之。超在马上以鞭指曰："吾本领张鲁兵来救取益州，谁想张鲁听信杨松谗言，反欲害我。今已归降皇叔。汝可纳土拜降，免致生灵受苦。如或执迷，吾先攻城矣！便宜回报。"【眉批：好个请来的救星。】马超说了，退军下寨。刘璋惊得面如土色，气绝倒于城上。众官救醒。璋曰："吾之不明，悔之何及！不若开门投降，以救满城百姓。"董和曰："城中尚有积兵三万余人，钱帛粮草可支一年。况军民皆有死战之心，愿主公勿忧。"刘璋曰："吾父子在蜀二十余年，无恩德以加百姓。攻战三年，血肉捐于草野，皆我罪也。我心何安？不如投降，以安百姓。"【眉批：忠厚为无用之别名，不差不差。】众群下闻之，无不堕泪。忽一人进曰："主公之言，正合天意。"视之，乃巴西西充国人也，姓谯，名周，字允南。【眉批：后来劝后主出降者，即是此人。】此人素晓天文。璋问之，周与璋曰："某夜观乾象，见群星聚于蜀郡，其大星光如皓月，乃帝王之象也。况一载之前，小儿谣云：'要吃新饭，须待新煮。'此乃预兆，不可逆天道。"黄权、刘巴皆欲砍之，刘璋当住。人报蜀郡太守许靖，逾城投降。刘璋大哭归宫，成都之民，尽皆感伤。

次日，人报刘皇叔使幕宾简雍在城下唤门。璋令开门接入。雍坐车中，傲睨自若。忽一人掣剑大喝曰："小辈得志，旁若无人！汝敢貌视蜀中人物耶！"雍慌下车迎之。此人乃广汉绵竹人也，姓秦，名宓，字子敕。雍笑曰："不识贤兄，幸勿见责。"遂同入见。璋待为上宾。简雍席间说玄德宽弘亲士，并无相害之意。一席话，刘璋大喜，留住一宿。次日，刘璋赍印绶、文籍，与简雍同车出城投降。玄德出寨迎接，握手流涕曰："非吾不行仁义，奈势不得已也！"【眉批："不得已"三字虽是实话，然古今以此藉口者多矣。如重耳之杀怀公，小白之杀子纠，唐太宗之杀建成、元吉，皆是兄弟之变，为之一叹。】共入寨，交割印绶、文籍，并马入城。

玄德入成都，百姓香花灯烛，迎门而接。玄德行到公厅，升堂坐定，郡内诸官拜于堂下，惟黄权、刘巴闭门不出。众武官忿气，欲往杀之。玄德慌忙传令曰："如有害此二人者，夷其三族！"【眉批：一个做好，一个做恶，定是商量停当。】因此蜀中文武尽皆欢服。玄德亲自登门，请此二人出仕。二人感动乃出。孔明请曰："今西川平定，难容二王，可将刘璋送去荆州。"玄德曰："吾方得蜀，未可令季玉远去。"孔明曰："刘璋失基业者，皆因太弱也。主公若以妇人之仁，临事不决，恐此土难以长久。"玄德从之，设一大宴，请刘璋归于府中，收拾财物，佩领振威将军印绶，令将妻子良贱，尽赴南郡公安住歇，即日起行。

玄德自领益州牧，其所降文武，尽皆重赏，定拟名爵：严颜为前将军，法正为蜀郡太守，董和为掌军中郎将，许靖为左将军长史，庞义为营中司马，刘巴为左将

国学经典文库

李渔批阅

三国演义

葭萌张飞战马超
刘玄德平定益州

图文珍藏版

国学经典文库

李渔阅批

三国演义

葭萌张飞战马超
刘玄德平定益州

图文珍藏版

944

军，黄权为右将军。其余吴懿、费观、彭羕、卓膺、李严、吴兰、雷同、李恢、张翼、秦宓、谯周、吕义、霍峻、邓芝、杨洪、周群、费祎、费诗、孟达蜀中降将、文武官员六十余人，并皆处用。诸葛亮为军师，关云长为荡寇将军、寿亭侯，张飞为征虏将军、新亭侯，赵云为镇远将军，黄忠为征西将军，魏延为扬武将军，马超为平西将军、都亭侯，孙乾、简雍、糜竺、糜芳、刘封、吴班、关平、周仓、廖化、马良、马谡、蒋琬、伊籍及旧日荆襄一班文武官员，尽皆重用。遣使送黄金五百斤、白银一千斤、钱五千万、蜀锦一千匹与云长。诸葛亮、张飞、法正、赵云如数而赠。【眉批：先封新人，后封旧臣；既赏从军之将，又念留守之将。】已下各各重加赏赐。杀牛宰马，大犒士卒。开仓赈济百姓，民心大悦。

益州既定，玄德欲将成都有名田宅分赐诸官。赵云谏曰："昔霍去病以'匈奴未灭，将士安用家为'，何况今日国贼暴虐，甚于匈奴，岂可求安也？须待天下都定，然后各还乡里，归耕本土，乃其宜耳。益州人民屡遭兵火，田宅皆空，今归还百姓，令安居复业，方可使出赋役，自然心服，不宜夺之为私爱也。"【眉批：有见识。】玄德闻之大喜，使诸葛军师定拟治国条例，刑法颇重。

法正曰："昔高祖约法三章，黎民皆感其德。愿军师宽刑省法，以慰民望。"孔明曰："君知其一，未知其二。昔秦用臣商鞅，酷法暴虐，万民皆怨，匹夫大呼，天下土崩；高祖宽仁，可以弘济。今刘璋暗弱，父子相承，有累世之恩，法度陵替，德政不举，刑威不肃，君臣之道，尽已废矣。凡人宠之以位；位极则残，顺之以恩，想竭则慢，以致丧国，实由于此。吾今威之以法，法行则知恩；限之以爵，爵加则知荣。恩荣并著，上下同心，为治之道，于斯明矣。凡治政者，要识时务也。"【眉批：千古至论。】法正拜服。自此君民安堵。四十一州地面，分兵按察，并皆平定。

当日，玄德与孔明都在堂上，忽闻关平来谢所赐金银。拜罢呈书。玄德赐酒与平，问云长别有何语。平曰："父亲知马超武艺过人。要入川来，与孟超比试，就教禀伯父此事。"【眉批：不必有此事，不可无此言。】玄德大惊曰："若云长入蜀，也孟起比试，势不两立。"孔明曰："无妨。亮自作书回之。"【眉批：孔明已知其意。】玄德只恐云长性急，便教孔明作书，发付关平星夜便回。云长问曰："我欲与孟起比试，汝曾说否？"平曰："军师有书在此。"云长视之，书云：

亮闻将军欲与孟起分别高下。以亮度之，孟起兼资文武，雄烈过人，一世之杰士，黥布、彭越之徒，当与翼德并驱争先，来若髯之逸伦绝群也。今公受任守据荆州，不为不重；倘一入川，若荆州有失，罪莫大焉。言虽狂简，以冀明照。建安十九年秋七月，亮顿首拜知。

云长看毕，自绰其髯，笑曰："孔明知我心也。"【眉批：正欲孔明推高自己，以压眼众人耳，非喜其誉已也。】将书遍示宾客，遂无入川之意。

却说东吴孙权知玄德并吞西川，将刘璋逐于公安，遂召张昭、顾雍商议。权曰："当初刘备借荆州时，说取了西川便还。今已得巴蜀四十一州，须用取索汉上诸郡。如其不还，即动干戈。"【眉批：才得着，讨债的便来。】张昭曰："吴中方宁，不可动兵。昭有一计，使刘备荆州双手奉还主公。"孙权问计如何，且听下回分解。

国学经典文库

李渔批阅

三国演义

葭萌张飞战马超
刘玄德平定益州

图文珍藏版

国学经典文库

李渔 批阅

三国演义

关云长单刀赴会
曹操杖杀伏皇后

图文珍藏版

948

第六十六回　关云长单刀赴会 曹操杖杀伏皇后

　　张昭曰："刘备所倚仗者，乃诸葛亮也。其兄今仕于吴，何不将诸葛瑾老小执下，使瑾入川，对其弟说知，令刘备交割荆州：'如其不还，必累老小。'此二人一父

母所生，必然应允。"【眉批：何计之愚。】权曰："诸葛瑾乃诚实君子，吾所素知，安忍拘集老小乎?"昭曰："明教知是计策，自然放心。"【眉批：掩耳盗铃。】权召

诸葛瑾老小，虚监在府，先使人报知。孙权自修书打发诸葛瑾，望西川进发。

不数日早到成都，先使人报知玄德。玄德问孔明曰："令兄此来为何？"孔明曰："来取荆州之计也。"玄德曰："何以答之？"孔明曰："如此如此。"分付已定，孔明出郭接瑾，不到私宅，径入宾馆。参拜了，瑾放声大哭。【眉批：老实人那里来的急泪？】亮曰："兄长有事但说，何故发哀？"瑾曰："吾一家老小休矣！"亮曰："莫非为不还荆州乎？因亮之故，执下兄长老小？兄休忧虑，弟自有计，还荆州便了。"【眉批：好个计还荆州。】瑾大喜。即引见玄德，呈上吴侯书。玄德看了，"原来是吴侯要取荆州。本是要还，奈将我夫人潜地取去，彼既无情太薄，我有何面目乎？如要厮杀，尽起兵来！昔在荆州，尚不惧汝分毫，何况今有西川，带甲数十万，粮可支二十年。吾方欲下江南，汝尚复取荆乎？"【眉批：前番还是借，今番却是赖矣。】孔明哭拜于地曰："吴侯执亮兄老小，如若不还，皆遭诛矣。兄死，亮岂能独生？望主公怜兄弟之情！"【眉批：孔明曰做好人，教玄德做恶人，妙。】玄德再三深恨，徐徐曰："如此，看军师面，分荆州一半还吴，将长沙、零陵、桂阳三郡与他。"亮曰："主公既是如此，可写书与云长，令交割三郡。"玄德曰："子瑜到彼，善言求之。吾弟性如烈火，吾尚惧之。【眉批：玄德自做好人，又教云长做恶人，妙。】事宜仔细。"

瑾求书毕，辞了玄德，别了孔明，登途径往荆州。

国学经典文库

李渔批阅

三国演义

关云长单刀赴会
曹操杖杀伏皇后

图文珍藏版

云长请入中堂，宾主相叙。瑾出玄德书，曰："望将军先交三郡，令瑾好回见吾主。"云长变色怒曰："吾与兄桃园结义，誓同生死，共兴汉室。兄岂以荆州与我，复令东吴取之，此何理也？这几郡大汉疆域，【眉批："大汉"二字妙。】岂得妄以寸土与人！"瑾曰："今吴侯执下老小，不还必诛。"云长曰："此是吴侯谲诈，如何瞒得过我！"瑾曰："将军今何无面目？"云长执剑在手曰："休再言！此剑上并无面目！"关平慌告曰："军师面上不好看，望父亲息怒。"云长曰："不看军师面上，教你回不得东吴矣！"【眉批：后边使伊籍知会便肯。此番只诸葛瑾自来，便知是孔明之计。】

瑾满目羞惭，急急慌慌下船，再往西川，来见孔明。孔明已自出巡去了，【眉批：好计较。】瑾只得再见玄德，哭告云长欲杀之事。【眉批：此方是真哭。】玄德曰："吾弟性急，极难说之。子瑜可暂回，容吾商议去取东川、汉中诸郡，却调云长守之，那时交付荆州。"【眉批：取了西川，又等东川，竟是赖债话头。】

瑾求玄德回书来见吴侯，说云长阻住，不肯交还。吴侯看书大怒曰："子瑜此去，反覆奔走，莫非皆是诸葛亮之计？"【眉批：然也。】瑾曰："非也。弟尚哭告玄德，说将三郡先还。"吴侯即召诸将曰："今刘备借吾土地，欺赖不还，俄延岁月。既然刘备有分三郡之言，可差官员去长沙、零陵、桂阳三郡赴任，【眉批：不曾会明，竟要管业。】且看如何。"诸葛瑾取老小归家。

国学经典文库

李渔批阅

三国演义

关云长单刀赴会
曹操杖杀伏皇后

图文珍藏版

950

国学经典文库

李渔 阅批

三国演义

关云长单刀赴会
曹操杖杀伏皇后

图文珍藏版

却说三郡发去官吏，尽被逐回，告吴侯曰："关云长不肯相容，俱各赶逐，迟后者必戮。"孙权大怒，差人唤鲁肃，【眉批：此时保人原不能坐视。】叱曰："汝当初作保，借吾荆州。今刘备已得西川，不肯归还，此何理也？"肃曰："今有一计，乃屯兵于陆口，使人请关某赴会。【眉批：中人赔酒席。】如肯来，以善言说之，倘若不从，伏下刀斧手杀之；如不肯来，随即进兵，与决胜负，夺取荆州。此计商议已定，今特告知主公。"孙权曰："正合吾意，可即行之。"阶下一人进曰："不可。关云长乃熊虎之将，非等闲可及。恐事不谐，反遭其害。"进言者乃阚泽也。孙权怒曰："若如此，荆州何日可得！便速行之。"

鲁肃遂辞吴侯，屯兵陆口，召吕蒙、甘宁商议，设会于陆口寨外临江亭上；修下请书，选帐下能言快语一人为使，登舟渡江。江口关平问了，遂引使人入荆州，来见云长。云长拆书视之。书曰：

辱友鲁肃顿首致书于汉寿亭侯麾下：奉别久矣，瞻仰无由。今暂屯陆口，欲邀车骑于临江亭一会，以诉渴仰之怀。虽各事其主，实无异外之心。专望来临，幸勿见阻。感感。

关云长看毕，与来人曰："既子敬请来日赴宴，汝先报知。"使者拜辞先回。关平曰："鲁肃相邀，必有恶意，父亲何故许之？"【眉批：极写关平精细。】云长笑曰："吾岂不知耶？此是诸葛瑾回报孙权，说吾当住不还荆州，故责鲁肃。肃屯兵陆口，相邀赴会，索我荆州。吾若不往，道吾怯耳。吾来日独驾小舟，用亲随十余人，单刀赴会，看鲁肃如何近我！"【眉批：极写关公神威。】平又谏曰："父亲不可以万金之躯，亲蹈虎狼之穴，非所以重伯父之寄托也。"【眉批：极写关平精细。】云长曰："吾于千枪万刃之中，矢石交攻之际，匹马纵横，如入无人之境，岂忧江东群鼠乎！"马良闻之，亦谏曰："鲁肃虽有长者之风，于中事急，不容不生狼心耳。将军不可轻往，恐悔之不及。"云长曰："昔春秋时，赵国蔺相如无缚鸡之力，于渑池会上，觑秦国君臣有如无物，何况吾曾学万人之敌，既以许诺，不可失信。"良曰："纵将军去，亦可准备。"云长曰："只教吾儿关平选快船十只，藏善水军五百于江上等候，看吾红旗起处，便过江来。"平领命去了。

却说使人回报鲁肃，说云长慨然应允，约来日准到。肃与吕蒙商议："此来若何？"蒙曰："必然带将军马来也。若有人马到来，某与甘宁各领一军，伏于岸侧，放炮为号，准备厮杀。如无军来，于庭后埋伏刀爷手五十人，就筵间杀之。"计会已定。次日，肃令人于岸口遥望。辰时后，见江面上一只船来，稍公水手只数人，一面红旗风中招贴，显出一个大"关"字来。船渐近岸，见云长青巾绿袍坐于船上。旁边周仓捧着大刀，八、九个关西大汉各跨腰刀一口。【眉批：**今人演单刀赴会，未必如此威凛。**】鲁肃惊疑。侍从远立，惟周仓在侧。肃接入亭内，叙礼毕，举杯相劝，不敢仰视。云长谈笑自若。酒至半酣，肃曰："有一言诉与君侯，幸听察焉。昔日令兄使肃于吴侯前以通往来，借去荆州，至今并无还意，莫非失信否？"【眉批：**寒温不曾叙就讨债。**】云长曰："此国家之事，筵间不必论之。"【眉批：**似周瑜对蒋干语。**】肃曰："国家区区江东，以土地相借者，为君侯等兵败远来，无以为资故也。今已得益州，又无还意；但割三郡，君又不从。此君侯失信于天下也。【眉批：**前说玄德不肯还，此竟说关公不肯还。**】君侯幼读儒书，五常之道，仁、义、礼、智皆全，惟欠信耳。"云长曰："乌林之役，左将军亲冒矢石，戮力破敌，岂得徒劳而无块土相资？【眉批：**鲁肃但论理，关公论情亦有理。**】今足

国学经典文库

李渔批阅

三国演义

曹操杖杀伏皇后

关云长单刀赴会

图文珍藏版

953

国学经典文库

李渔批阅

三国演义

关云长单刀赴会
曹操杖杀伏皇后

图文珍藏版

954

下欲来收地耶?"肃曰;"不然。君侯始与豫州同败于长坂,豫州之众不当一校,计穷虑极,志势摧弱,图欲远窜,望不及此。吾主上矜愍豫州之身无有处所,不爱土

地士民之力,使有所庇荫,以济其患;而豫州私独饰情,愆德堕好,今已籍有西川矣,又欲剪并荆州之土。此盖凡夫所不忍行,而况整顿人物之主乎!肃闻贪而背义,必为祸阶。愿君侯明处之。"云长曰:"此皆吾兄左将军之事,非某所宜预也。"【眉批:**玄德推关公,关公又推玄德。**】肃曰:"某闻昔日桃园结义,誓同生死。左将军即君侯也,何得推托乎?"云长不之答。周仓厉声言曰:"天上地下,惟有德者居之,岂但是汝东吴之有耶!"云长变色,夺周仓所捧大刀,立于亭中曰:"此乃国家之事,汝何敢多言!"以目视之。【眉批:**此又坐在关公身上,而忽插入周仓,便有催起身意,正借周仓收科。**】仓

会其意，先来岸口，把红旗一招，关平船如箭发，奔过江来。云长右手提刀，左手搭住鲁肃手，佯推醉曰："公今请吾赴宴，非问是非。醉后不堪回答，恐伤故旧之情。他日令人请公到荆州赴会。"【眉批：**妙在不激不随，绝妙收科之法。还要回席，恐鲁肃未必敢赴了。**】同到舟中，鲁肃魂不附体，被云长将至江边。吕蒙、甘宁见对江又有船来，二将各引本部军一齐要出。云长当下如何，且听下回分解。

吕蒙、某宁见云长手提大刀，亲握鲁肃，恐被所伤，遂不敢动。云长到船边，却才放手，早立于船头，与鲁肃作别。肃如痴呆。【眉批：**此时鲁肃实难为情。**】船已乘风而去。宋贤读史，见单刀会之事，作赞曰：

东吴赴会，单刀往还。足摇地轴，手撼天关。鸿门小可，渑池等闲。神威远播，震动江山。

云长自回荆州。鲁肃与吕蒙共议："此计又不成，如之奈何？"蒙曰："一面申报吴侯，起兵与云长一战，有何不可？"肃即时使人申报孙权。权闻之大怒，商议起倾国之兵，来取荆州。忽报："曹操又起三十万大军来也！"权曰："且教鲁肃休惹荆州之兵，移兵向合肥、濡须，以拒曹操。"【眉批：**下文曹兵竟不曾来，于此借作一顿。**】

却说操将欲起程南征，参军傅干，字彦材，北地人也，上书谏操。书曰：

国学经典文库

李渔批阅

三国演义

关云长单刀赴会
曹操杖杀伏皇后

图文珍藏版

干伏闻治天下之大具有二，文与武也。用武则先威，用文则先德，威德相济，而后王道备矣。往者天下大乱，上下失序，明公用武攘之，十平其九。今未承王命者，吴与蜀也。吴有长江之险，蜀有崇山之阻，难以威胜，易以德怀。愚以为且按甲寝兵，息军养士，分土定封，论功行赏。若此则内外之心固，有功者劝，而天下知制矣。然后渐兴学校，以导其善性而长其节义。公神武威震于四海，若修文以济之，则普天下无思不服矣。今举数十万之众，顿长江之滨，若贼负固深藏，则士马不能逞其能，有变无所用其权，天威有屈，而敌志愈逞矣。惟明公思虞舜舞干戚之义，全威养德，以道制胜，则国家之幸也。愿钧察焉。

曹操览之，遂罢南征，兴设学校。王粲、杜袭、卫

凯、和洽四个侍中，议欲尊曹操为"魏王"。中书令荀攸曰："不可。丞相官至魏公，荣加九锡，进爵诸侯，改受金玺，位已极矣。今又进升王位，于理不可。"【眉批：**荀彧谏九锡已晚，荀攸谏王爵不愈晚乎？**】曹操闻之，大怒曰："此人又欲效荀彧耶？"【眉批：**可知前日杀荀彧原自有心。**】荀攸知之，当年十月，卧病不起，十数日内身亡。年五十八岁。操厚葬之，遂罢"魏王"事。【眉批：**姑徐徐云尔，必未竟罢也。**】

一日，曹操带剑入宫，帝与伏后共坐。伏后见操来，慌忙起身；帝见曹操，战栗不已。操曰："孙权、刘备各霸一方，不尊王命，当如之何？"帝曰："尽在魏公裁处。"操怒曰："陛下出此言，文武听之，只道吾欺君也！"帝曰："君若相辅则厚；不尔，垂恩相舍。"操目视天子，作威而出。谏议郎赵俨见曹操出，乃入奏帝曰："闻魏公欲自立为王，不久必篡位也！"帝与伏后大哭。早有人报知曹操。操大怒，使武士直入禁官，擒出赵俨，腰斩于市。

帝闻之大惊，与伏后商议。后曰："子童之父伏完，常有杀操之心，恨未能也。子童亲修书一封，与父早图之。"帝曰："昔董承为事不密，反遭大祸；恐又泄漏，朕与汝皆休矣！"后曰："且夕如坐针毡，似此为人，不如早亡！子童于宦官求之，近得一人，抱忠义之节，有除操之心，可告此人，令寄此书。"帝问何人，后曰："非穆顺不可。"即时召顺入后，退去左右。【眉批：**前有**

国学经典文库

李渔批阅

三国演义

关云长单刀赴会
曹操杖杀伏皇后

图文珍藏版

一董承，后有一伏完；前有一张让、赵忠，后有一穆顺，皆相映照。】帝后哭告顺曰："操贼欲为'魏王'，早晚欲谋天下。左右之人，皆操心腹，朕夫妻将欲垂命，无可诉及。欲卿将此书与后父伏完，令密图之。"泣曰："臣感陛下知遇大恩，敢不以死补报！臣即请行。"帝与了书，穆顺藏于发中，潜出禁宫，径至伏完宅上，将书呈完。完见女亲笔，乃与穆顺曰："吾料朝廷众人无敢近曹贼，除非江东孙权、西川刘备，得此二处起兵于外，操必自往。此时却求在朝忠义之臣，一同谋之。"穆顺曰："皇丈可作数字回与帝后，【眉批：何不口传，却用回书？不密，不密。】求密诏，暗遣人往吴、蜀二处，令约会起兵，保民救主。"伏完取纸写书，付顺。顺于头髻内深藏，顺辞完回宫。

原来早有人报知曹操，操先于宫门内等候。穆顺回，正走到面前，操问："那里去来？"顺答曰："皇后心腹病，【眉批：想害的是忧国病。】命求医去。"操曰："医人何在？"顺曰："急未寻见。"操喝左右，遍搜无物。临欲放行，忽然又坠落官帽。操又唤回，取帽视之，遍观无物，还帽戴之。穆顺双手倒戴其帽。操曰："头上必有消息。"亲自搜出伏完书来。操看时，书中意欲结连孙、刘为外应事。操大怒，执下穆顺，于密室问之。顺不肯招。操连夜点起甲兵三千，围住伏完私宅，老幼并皆拿下；于房内搜出伏后亲笔之书，随即将伏氏三族尽赴狱中。平明，使御林将军郗虑持节入宫，先收皇后玺绶。

【眉批：皇后玺绶收得，传国玺想亦收得。】是日，帝在外殿，见郗虑引甲兵三百直入。帝问曰："有何事？"虑

曰："奉魏公命，收皇后玺。"帝知事泄，心胆皆碎。虑至后宫，伏后方起。虑便唤管玺绶人索取玉玺而出。伏后情知事发，便于殿后椒房门内夹壁中藏之。少刻，尚书令华歆又引五百甲兵，入到后殿，问宫人："伏后何在？"宫人皆推云："藏匿房中。"歆教甲兵打开朱户，寻觅不见，料在壁中，即时掣刀割开。伏后大叫。歆自下手，揪头髻拖出。后曰："望免我一命！"歆叱之曰："汝自见魏公分诉去！"后披发跣足，二甲士推拥而出。【眉批：千百世后令人发指。】至外殿前，帝望见后，乃下殿抱后而哭。歆叱曰："魏公有命，可速行！"后大哭曰：

国学经典文库

李渔阅批

三国演义

关云长单刀赴会
曹操杖杀伏皇后

图文珍藏版

国学经典文库

李渔批阅

三国演义

关云长单刀赴会
曹操杖杀伏皇后

图文珍藏版

"不能复相活耶?"帝曰:"我命亦不可知在何时也!"【眉批:为天子者,不能庇一浑家,而又自身难保,为之一哭。】甲士推拥伏后而出。帝望见,捶胸大恸。见郗虑在旁,帝曰:"郗公!天下宁有是事乎!"哭倒在地。郗虑令左右人扶帝入宫。华歆拿伏后见操。操骂曰:"吾以诚心治下天,汝等反欲害我耶?吾不杀汝,汝必杀我!"喝左右乱棒打死。【眉批:令人发指。】随即入宫,将伏后所生二子,皆鸩杀之。当晚,将伏完、穆顺等宗族二百余口,皆斩于市。朝野之人皆恐惧。时建安十九年十一月也。后人有诗叹曰:

> 报国忠臣多横死,欺君贼子尽偷生。
>
> 试看古今兴亡事,天道如何也不平!

献帝自从坏了伏后,连日不食。操入曰:"陛下无忧,臣无异心。臣女已与陛下为贵人,大贤大孝,宜居正宫。"【眉批:皇后可以杖得,皇后何荣?国丈可以杀得,国丈何贵?曹操乃欲以己女为后,欲自为国丈耶。】献帝安敢不从,于建安二十年正月朔,就庆贺正旦之节,册立曹操女曹贵人为正宫皇后。群下莫敢有言。

大事已定,曹操会大臣商议收吴灭蜀之事。贾诩曰:"须召夏侯惇、曹仁二人回,商议此事。"操即时发使,星夜唤回。夏侯惇未至,曹仁先到,连夜便入府中见操。操带酒睡着,许褚仗剑立于堂门之内。曹仁欲入,被许褚当住。曹仁大怒曰："吾乃征南重臣，曹氏宗族，汝何敢无礼耶？"许褚曰："将军虽亲，乃外藩镇守之官；许褚虽疏，见充内侍。主公醉卧堂上，不敢放入。"【**眉批：逆臣手下偏有如此之臣，为之一叹。**】曹操闻之，急出曰："吾之虎将所言甚是，弟勿怪也。"操赞褚忠烈不已。不数日，夏侯惇亦至，共议征伐。惇曰："吴、蜀急未可攻，宜先取汉中张鲁，以得胜之兵取蜀，可一鼓而下也。"曹操曰："正合吾意。"遂起兵西征。胜负如何，且听下回分解。

国学经典文库

李渔批阅

三国演义

关云长单刀赴会
曹操杖杀伏皇后

图文珍藏版

国学经典文库

李渔
批阅

三国演义

曹操汉中破张鲁
张辽大战逍遥津

图文珍藏版

962

第六十七回　曹操汉中破张鲁
　　　　　　　　张辽大战逍遥津

　　曹操将西征军士分为三队：前部先锋夏侯渊、张郃，中间操与诸将，后队曹仁、夏侯惇押运粮草。比及起程，早有细作报入汉中。张鲁与弟张卫商议退敌之策。卫曰："汉中最险，无如平阳关，左右依山傍林，下十余个寨

栅，迎敌曹兵。兄在汉宁，尽拨粮草应付。"鲁遣大将杨昂、杨任掌管军马，以助其弟。即日起程，军到阳平关，下寨已定。夏侯渊、张郃前军已到，闻知阳平关已有准备，离关一十五里下寨。是夜，军士疲困，各自歇息。忽寨后一把火起，杨昂、杨任两路兵杀来劫寨。夏侯渊、张郃急上得马，四下里大兵拥入，曹兵大败，退见曹操。

操大怒曰：“汝二人行军许多年，岂不知'兵若远行疲困，可防劫寨'？如何不做准备？”欲斩二人，以明军法。众官告免。

操次日自引兵为前队，见山势险恶，林木丛杂，不知路径。操恐有埋伏，再引兵回寨，见高山茂林无数。曹操与许褚、徐晃二将曰：“吾若知此处如此，必不起兵来。”【眉批：入陇巨如此之险，又何心入蜀耶？】许褚曰：“事已至此，主公不可自惮。”次日，操上马，只带许褚、徐晃二人，共三匹马，来看张卫寨栅。三匹马转过山坡，早望见张卫寨栅。操扬鞭遥指与二将曰：“如此坚固，急切难下。”忽背后一声喊起，箭如雨发。操大惊。杨昂、杨任分两路杀来。许褚大呼曰：“吾当贼兵！徐公明善保主公！”二将双至，许褚提刀纵马，向前力敌二将。杨昂、杨任不能当许褚之勇，回马退去，其余不敢向前。背后徐晃保着曹操，三匹马从万军中杀出来，前面又一军到，看时却是夏侯渊、张郃二将，听得喊声，故引数千骑杀将入来，杀退杨昂、杨任，救得曹操回寨。操重赏四将。

两边相拒五十余日，各不相攻。曹操传令退军。贾诩曰：“贼势未见强弱，主公何故遽退？”操曰：“吾料贼兵每日堤备，急难取胜。吾以退军为名，贼必懈怠，却分轻骑，抄袭其后，必胜贼矣。”贾诩曰：“丞相神机不可测也。”于是令夏侯渊、张郃分兵两路，各引轻骑三千，取小路抄阳平关后。曹操大军尽拔寨起。杨昂听得

国学经典文库

李渔批阅

三国演义

曹操汉中破张鲁
张辽大战逍遥津

图文珍藏版

曹兵退，请杨任商议："今操退，可乘势击之。"杨任曰："操诡计极多，未知真实，不可追赶。"杨昂曰；"汝不往，吾当自去。"杨任苦谏不从。杨昂尽发五寨军马前进。是日，大雾迷漫，对面皆不相见。杨昂军士至半路扎住。

却说夏侯渊一军抄过山后，见重雾垂空，【眉批：**若非大雾，曹操亦未必胜，须知此胜幸口。**】又闻人语马嘶，恐有伏兵，急催人马行动，误走到杨昂寨前。寨内有些小守寨军士，听得马蹄响，只道是杨昂兵回，开门纳之。马军一拥而入，见是空寨，便就寨中放起火来，五寨军士尽皆弃寨而走。比及雾散，杨任来探消息，五寨一起火着。杨任领兵来救，与夏侯渊战不数合，背后张郃兵到。杨任杀条大路，望汉宁、包州而逃。杨昂待要回时，已被夏侯渊、张郃两个占了寨子。背后曹操大队军马赶来，两下夹攻，四边无路。杨昂欲突阵而出，正撞着张郃，两个交手，被张郃杀死。败兵回投阳平关，来见张卫。原来卫知二将败走，诸营已失，半夜弃关，奔南郑、包州去讫。曹操遂得阳平关并诸寨。张卫、杨任来见张鲁。卫曰："二将失了隘口。"张鲁大怒，欲斩杨任。任曰："某曾谏杨昂休追操兵，不肯听信，故有此败。任再乞一军前去挑战，必斩曹操；如不胜，该斩。"鲁取了军令状。杨任上马，引二万军离南郑下寨。

却说夏侯渊劝曹操进军，操曰："令一军前去哨路。"即时令夏侯渊领五千军，往南郑路上来，正迎着杨任。

国学经典文库

李渔 批阅

三国演义

曹操汉中破张鲁
张辽大战逍遥津

图文珍藏版

两军摆开，任遣手将昌奇出马，与渊交锋。战不到三合，被渊一刀斩于马下。杨任自挺枪出马，与渊战三十余合，不分胜负。渊拨回马走，任追赶来，被渊一刀斩杨任于马下。军士大败而回。曹操已知渊斩了杨任，即时进兵，直抵南郑下寨。张鲁慌聚文武商议。阎圃曰："某保一人，可敌曹操手下诸将。"【眉批：**先有杨昂、杨任，后引出庞德来**。】鲁问是谁，圃曰："南安亘道人也，姓庞，名德，字令明，昨随马超投降主公；后马超收西川，庞德卧病不曾行，【眉批：**照应前文**。】见今蒙主公恩养，何不令此人去？"

张鲁即时赏劳了，便点一万军马，令庞德出。离城十余里，与曹兵相对，庞德出马搦战。曹操在渭桥时，深知庞德之能，嘱付诸将曰："庞德乃西凉勇将，原属马超；今虽依张鲁，未称其心。吾欲得之。汝等皆与缓斗，使其力乏擒之。"张郃先出，战了数合便退。夏侯渊也战数合退了。徐晃又战三、五合也退了。临后许褚五十余合方退。庞德力战四将，并无惧怯。各将皆于操前夸庞德好武艺。【眉批：在诸将口中夸武艺，正为下文战关公伏笔。】曹操心中深喜，与众商议："如何得此人投降？"贾诩曰："某知张鲁手下，有一谋士杨松，其人极贪贿赂。暗以金帛送之，必使庞德疏矣。"【眉批：玄德欲得马超，孔明用着杨松；曹操欲得庞德，贾诩又思及杨松。松之贪名著矣哉。】操曰："何由得人入南郑？"诩曰："来日交锋，诈败佯输，将庞德引数十里；黄夜却去劫寨，庞德必退入城；却选一能言者，扮作步军，杂在阵中，便得入城。"操听其计，唤一军士，能干此事，即时重赏，付与金掩心甲一副，披在贴肉，却穿汉中军士号衣，于半路上等候。

次日，先拨夏侯渊、张郃两枝军远去埋伏，却教徐晃挑战，不数合败走。庞德招军掩杀，曹兵尽退。庞德却夺了曹操寨栅，见于内粮车极多，申报张鲁。鲁大喜。当夜二更，左侧三路火起，正中是徐晃、许褚，左张郃，右夏侯渊，三路来劫寨。庞德上马，冲杀出来，望城而走。背后三路共追袭。到城下，庞德唤开门，广拥入城。

此时细作已杂到城中，径投杨松府下谒见，说："魏公曹丞相久闻盛德，故使某送金甲为信，更有密书。"松见了大喜，问："丞相今欲如何?"细作曰："若疏远庞德，事即谐矣。"松曰："放心，某自有良策报答丞相。"【眉批：金珠有用。】杨松连夜入见张鲁，说庞德受了曹操金珠，卖此一阵。【眉批：偏反诬人，可恨。】张鲁大怒，唤庞德责骂，欲斩之。阎圃苦谏。张鲁曰："你来日出战，不胜必斩!"庞德抱恨而退。次日，曹兵攻城，庞城引兵冲出。曹操令许褚交战。褚诈败，庞德赶来。曹操自乘马于山坡上，唤曰："令明何不早降?"庞德寻思："拿住曹操，抵一千员上将!"飞马上坡。一声喊起，天崩地塌，连人和马跌将下来；四壁钩索一齐上前，活捉了庞德，押上坡来，曹操下马，叱退军士，亲释其缚，令庞德投降。庞德寻思张鲁不仁，情愿拜降。曹操亲扶上马，共回大寨，故意教城上望见。【眉批：老奸。】人报张鲁；庞德与曹操并马而行。鲁信杨松之言为实。

次日，曹操三面竖立云梯，飞炮攻打。张鲁见势已急，与弟张卫商议。卫曰："放火尽烧仓库城郭，出奔南山，去守巴中可也。"【眉批：与郑观劝刘璋一样意思。】杨松曰："不如开门投降。"张鲁犹豫不定。卫曰："只是烧了便行。"张鲁曰："本欲归命朝廷，而意未得达。今避锋锐，非有恶意。宝货仓库，国家之有，不可废也。"【眉批：与刘璋不欲烧涪水粮一样意思。】遂尽封锁。是夜二更，张鲁引全家老小，开南门而出。曹操教休赶，遂入南郑。【眉批：金甲只要换庞德，不想倒换了汉中。】

国学经典文库

李渔批阅

三国演义

曹操汉中破张鲁
张辽大战逍遥津

图文珍藏版

国学经典文库

李渔批阅

三国演义

曹操汉中破张鲁
张辽大战逍遥津

图文珍藏版

968

报说张鲁封闭库藏之意，曹操甚是怜之，遂差人往巴中说之。张鲁欲降，其弟张卫不肯。杨松密书，使人报曹操，便教进兵。曹操遂亲自引兵往巴中。张鲁使弟张卫引兵出迎，与操兵相知，被许褚斩之。败军回报张鲁，鲁欲坚守。杨松曰："今若不出，必遭大祸。某守城，主公当决一死战，必然胜矣。"阎圃谏休出。鲁不听，亲自出阵。未及交锋，后军已走。张鲁急走，背后曹兵赶来。张鲁到城下，刘松闭门不开。【眉批：贿赂之于人，甚矣哉！】张鲁无出路，回马之时，曹操自叫："早下马受降！"鲁乃下马，投拜曹操。操大喜，念张鲁封仓库之心，重重相待。【眉批：米贼终以米得免。】操封鲁为镇南将军，阎圃等封为列侯者五人。于是汉中皆平。曹操传令各郡分设太守，置都尉，大赏士卒。惟有杨松卖主

国学经典文库

李渔批阅

三国演义

曹操汉中破张鲁
张辽大战逍遥津

图文珍藏版

求荣，即令斩之于市，教众人悉知。【眉批：与杀苗泽一样快举。】静轩先生有诗叹曰：

> 妒贤卖主逞奇功，积得金银总是空。
> 家未荣华身受戮，令人千载笑杨松。

曹操已得东川，主簿司马懿进曰："刘备以诈力虏刘璋，蜀人未曾归心。今主公已得汉中，益州震动，可速进兵临之，势必瓦解矣。圣人云不可违时，亦不可失时也。"曹操叹曰："'人苦不知足，既得陇，复望蜀'耶？"【眉批：初畏山川险峻，得陇已出望外，借知足而止，亦是老贼假话。】刘晔曰："刘备有度而迟，得蜀日浅，蜀人未附。今破汉中，蜀中震恐，其势自倾。以公之神明，因其倾而压之，无不克也。若少缓之，文有诸葛亮，明于治国而为相，武有关、张、赵云、马超、黄忠、魏延等，号曰'五虎'，勇冠三军而为将。蜀民既定，据守关隘，魏兵不可犯矣。今若不取，必有后患。"曹操曰："士卒远涉劳苦，且宜存恤。"遂按兵不动。

却说西川百姓，听知曹操已取东川，料必来取西川，一日之间，数遍惊恐，但有风吹草动，老幼不安，往往报知玄德。玄德请军师商议。孔明曰："亮有一计，曹操自退。"玄德问诸葛亮其计如何？且听下回分解。

孔明曰："曹操军屯合淝，独拒孙权也。今遣舌辩之士，分三郡还吴，陈说利害，令吴起兵袭合淝，牵动其势，操必勒兵南向矣。"玄德问："谁可为使？"一人进曰："某愿往。"乃伊籍也。玄德喜，遂作书具礼，令伊籍入吴，【眉批：可知前番不曾知会，明明愚划诸葛瑾。】先到荆州，说与云长，可拨江夏、长沙、桂阳以东属孙权，然后入吴。到秣陵，来见吴侯。先通了姓名，乃召伊籍见孙权。升堂拜毕，权问曰；"汝今者到此为何？"籍曰："昨承诸葛子瑜取长沙、江夏、桂阳三郡，为军师不在，有失交割，今传书送还。【眉批：说得圆。】所有荆州、南郡、零陵，本欲送还，争奈被曹操袭取东川，使关将军无容身之地。今合淝空虚，望君侯起兵攻之，曹操必掣兵。吾主公若取了东川，即还荆州全土也。【眉批：只像全信，不像求救，可谓善为说辞。】君侯疑而不行，曹操必南征，此时恐措手不及。"权曰："蝉汝且归馆舍，容吾商议。"伊籍遐回，权问于众。张昭曰："此是刘备恐操取西川，故行此谋。虽然如此，可因曹操在汉中，乘势取合淝，亦是上计。顾雍匿所见皆同。因此令伊籍回报，两下起兵攻操。籍遂辞行。孙权令鲁肃收纳长江、江夏、桂阳三郡，屯兵于陆口，取吕蒙、甘宁回；又去余杭取凌统回。"

　　且说三军皆起，吕蒙、甘宁先到。蒙献策曰："见今曹操令贞江太守朱光，屯兵于皖城，大开稻田，纳谷于合淝，以充军实。今可先取皖城，然后兵出合淝。"权曰："此计甚合吾意。"遂教吕蒙、甘宁为先锋，蒋钦、潘璋为合后，权自引周泰、陈武、董袭、徐盛为中军。

那时程普、黄盖、韩当在各处镇守。

却说军马渡江取和州，径到皖城。皖城太守朱光，使人往合淝求救，自守城池，坚壁不出。权自到城下看时，城上乱箭射下，直射孙权麾盖，几乎中箭。权回寨问众将曰："如何取得皖城？"董袭曰："可差军筑起土堆攻之。"徐盛曰："可竖云梯，造虹桥，下观城中。"吕蒙曰："此法皆费日月，合淝救军一至，不可图也。只来日某须要得城。"【眉批：**可谓兵贵神速，此类是也**。】权问其谋，蒙曰："今南军初到，可乘此时，以三军锐气，四面夹攻。平明进兵，午未可下。"权从之。五更饭毕，三军齐进。城上矢石齐下，战士多伤。甘宁手执铁链，冒矢石而上。朱光令弓弩射之。甘宁拨开箭林，【眉批："**箭林**"，**林字新**。】一链打倒朱光。吕蒙亲自擂鼓，士卒皆一拥而上，乱刀砍死朱光。降者数万人。得了皖城，方才辰时。张辽引军至半路，哨马回报皖城已失。辽即

国学经典文库

李渔阅批

三国演义

曹操汉中破张鲁
张辽大战逍遥津

图文珍藏版

回兵归合淝。

孙权入城，赏军已罢，人报凌统也到。权慰劳了，吕蒙得赏，作宴管待诸将。时甘宁身穿吴侯所赐锦袍，坐于筵上，吕蒙称其功劳。酒至半酣，凌统想起杀父之仇，又见甘宁夸耀，心中大怒，瞪目直视良久，拔左右所佩之剑。立于筵上曰："筵前无乐，看吾舞剑。"甘宁便会其意，推开果桌，起身于左右手内抢两枝戟，双臂挟定，纵步而出曰："看吾筵前使戟。"吕蒙会意，一手挽牌，一手提刀，立于其中曰："二公虽能，皆不如我巧也。"破步便舞刀牌，将二人分于两下。【眉批：一段好杂耍。】早有人报知孙权。权慌跨马，直至筵前，自与甘宁、凌统二人和解，二人方才放下军器。权曰："吾常言二人休念旧仇，今日何又如此？"凌统哭拜于地。【眉批：逼真孝子。】孙权劝之方息。至次日，起兵进取合淝，三军尽发。

却说张辽为失了皖城，回到合淝，心中愁闷。忽曹操差薛悌送木匣一个，上有操封，旁书云："贼来乃发。"是日，报说孙权自引十万大军，来犯合淝。薛悌教张辽开匣，上云："若孙权至，张、李二将出战，乐将军守护，勿得与战。"张辽将教帖与李典、乐进观之。乐进曰："将军雅意若何？"张辽曰："主公远征在外，吴兵以为破我必矣。今可以发兵折其锋锐，以安众心，然后可守也。"李典素与张辽不睦，典默然不答。乐进曰："贼众我寡，难以迎敌，不如坚守。"张辽曰："汝等皆是私意，以废王事。吾今自出，决一死战。"【眉批：有臣如此。】便教左右人备马。李典慨然起曰："此国家大事，岂敢以私憾而忘公事乎？愿从将军指使。"张辽大喜曰："既曼成公肯相辅助，来日可引一军，于逍遥津北埋伏，待吴兵杀过来，可先断小师桥，吾与乐文谦击之。"李典自去点军埋伏。

却说孙权兵至合淝相近，遂传令曰："兵贵神速，不宜久迟。吕蒙、甘宁当先便进，凌统随吾为次，诸将陆续进发。"却说吕蒙、甘宁前队兵进，正与乐进相迎。甘宁出与乐进交锋，战不数合，乐进诈败而走，甘宁招吕

蒙引军赶去。却说孙权第二队听得前军得胜，催兵行至逍遥津北，忽闻连珠炮响，左边张辽一军杀来，右边李典一军杀来。【眉批：读至此，为孙权吃惊。】惊得孙权手足无措，急令人唤吕蒙、甘宁回救之时，张辽兵已到。

国学经典文库

李渔批阅 三国演义

曹操汉中破张鲁
张辽大战逍遥津

图文珍藏版

凌统手下止有三百余骑，势如山倒。凌统大呼曰："主公何不速渡小师桥！"言未皆，张辽当先，二千余骑箭发如雨。统翻身死战。孙权纵马上桥。桥南已拆丈余，并无一片板，孙权大惊。【眉批：又为孙吃一吓。】亲近牙将谷利大呼曰："主公可约马退后些，再放马向前跳！"孙权收回马来，有三丈余远，孙权纵马加鞭，那马一跳飞过桥南。【眉批：**玄德檀溪跃马与孙权逍遥津跃马，俱有神助。**】史官有诗曰：

> 的卢当日跳檀溪，又见吴侯败合淝。
>
> 退后着鞭驰骏骑，逍遥津上玉龙飞。

孙权跳过桥南，徐盛、董袭驾舟相迎。凌统、谷利再杀入重围，与张辽大战。甘宁随后截住李典厮杀，吕蒙截住乐进厮杀。是日，吴兵折了大半。凌统所领三百余人尽被杀死，独统得脱，杀到桥边，桥已折断。凌统身中数枪，绕河而逃。这一阵杀得江南小儿皆怕，闻张辽大名，不敢夜啼。【眉批：**此语直传今日。**】后人有诗曰：

> 淝水张辽大战奇，真能威武夺雄师。
>
> 后人畏敌徒称将，只解空拳吓小儿。

众将保护孙权还营。吴军死者不知其数，孙权心惊不定。众将曰；"至尊乃万民之主也，当以持重。今日之事，群下震惊，若无天地护佑，几丧性命。愿人主以此为终身之戒。"孙权亦垂泪曰："孤今大惭，谨以刻心，非但书绅也！"权乃重赏凌统，收军回濡须，整顿船只，商议水陆并进；一面差人江南，再起人马。

张辽与众将议曰："逍遥津虽赢了孙权一阵，今在濡须，计议水陆并进报仇。此间军少，报知丞相，早添兵来救护。"令薛悌星夜往汉中报与魏王。操同众官议曰："此时可收西川否？"刘晔曰："今蜀中稍定，已有堤备，不可击也。不如撤兵去敌吴兵，救合淝之急，就下江南。"操留夏侯渊守汉中定军山隘口，留张郃守蒙头岩当渠山隘口，连夜拔寨起兵，号四十万，杀奔濡须坞来。未知胜负如何，且听下回分解。

国学经典文库

李渔批阅

三国演义

曹操汉中破张鲁
张辽大战逍遥津

图文珍藏版

国学经典文库

李渔批阅

三国演义

甘宁百骑劫曹营
魏王宫左慈掷杯

图文珍藏版

976

第六十八回　甘宁百骑劫曹营　魏王宫左慈掷杯

却说孙权在濡须口收拾军马，早有人来报："曹操自汉中领兵四十万来救合淝。"孙权与谋士计议，先拨董

袭、徐盛二人，领五十只大船，在濡须口埋伏停泊；令陈武带领人马，往来于江岸巡哨。张昭曰："今曹操远来，必得一人先挫其锐气。"【眉批：张昭屡次以不战为主，此番却有胆气。】权聚众曰："曹操远来，谁敢当先破敌？"凌统愿往。权曰："带多少军去？"统曰："三千

人足矣。"甘宁出曰:"某只须百骑破敌。"凌统大怒。两个就在孙权面前争竞起来。【眉批:又起争端。】权曰:"先教凌统带三千军马,出濡须口去哨曹兵,甘宁为第二。"凌统领三千人马,出离濡须坞。尘灰起处,曹兵早到。先锋张辽与统交锋,五十合不分胜败。孙权恐凌统有失,令吕蒙接应回营。

甘宁见凌统回,即时告曰:"宁今夜只带一百人马去劫曹营,若折了一人一骑也不算功。"孙权调拨帐下一百精锐马军,又赏酒五十瓶,羊肉五十斤,赏赐军士。甘宁领命,回到营中,教一百人皆列坐,先将银碗,宁自吃两碗,乃语百人曰:"今夜奉命劫寨,请诸公满饮,各宜努力!"【眉批:或破敌而后饮,或先饮酒以壮胆,皆妙。】各人面目相觑,不晓其意。甘宁见有难色,乃拔剑在手,大怒言曰:"我为上将,不惜身命;汝等小人,焉敢退缩!"一百人见甘宁作色,皆起拜曰:"愿效死力,跟将军去!"甘宁将酒肉与百人共饮食已,约有二更时候,取白鹅翎一百根,插于盔上为号,【眉批:锦帆贼变作自翎军。】都披甲上马。到于曹操寨边,拔开鹿角,马上敲锣击鼓,杀入寨中,径奔中军来杀曹操。原来中军人马,以车仗伏路穿连,围得铁桶相似,不能得进。甘宁只将百骑在马上遥呼,往来敲锣击鼓,在于中军冲突。营中人马惊慌,自家相杀,各寨扰乱。那甘宁百骑在营内纵横驰骤,逢着便杀。【眉批:不但以一当十,直可以一当万也。】各营鼓噪,举火如星,喊声大震。甘宁从南

国学经典文库

李渔批阅

三国演义

甘宁百骑劫曹营
魏王宫左慈掷杯

图文珍藏版

门杀出，无人敢当。孙权令周泰引一枝兵来接应。甘宁将百骑回到濡须。操兵恐有埋伏，不敢追袭。甘宁引百骑到寨，不折一人一骑。至营门，令百人皆击鼓吹笛，口称"万岁，【眉批：收拾得有兴。】"欢声大震。孙权自来迎接。甘宁下马拜伏，孙权扶起。权携宁手曰："将军此去，足以惊骇老贼也！非孤相舍，正欲观卿胆耳！"即赐绢千匹，利刀百口。甘宁拜受讫，遂分赏百人。【眉批：前番分食是激励，今番分赏是谢劳。】权封甘宁为平虏将军。权语诸将曰："孟德有张辽，孤有甘兴霸，足以相敌也。"后人有诗赞甘兴霸曰：

兴霸奇功永不磨，投醪义激一挥戈。

百人遂有千人用，始信兵精不在多。

次日，张辽引兵搦战。凌统见甘宁有功，告曰："统愿往。"领兵五千离濡须。权自上马临阵，左有甘宁，右有凌统。三匹马立于门旗之下。对阵圆处，张辽出马，左有李典，右有乐进。凌统纵马提刀出阵，张辽使乐进出马，与凌统交战，五十合未分胜败。曹操听得，亲自策马到门旗下，令曹休放冷箭，【眉批：曹休明写，甘宁暗写，妙。】射统坐下之马。曹休闪在张辽背后，开弓一箭，正中统马胸膛，那马直立起来，把凌统掀在地上。乐进持枪来刺，枪还未到，只听得弓弦响处，一箭射中乐进面门，翻身落马。两军齐出，各救一将回营。张辽兵退回营，自去医治乐进。凌统回寨中，拜谢吴侯。权曰："放箭救你者，甘宁也。"【眉批：**此时前仇亦当释矣。**】凌统顿首拜宁曰："不想兄长如此施恩！"宁曰："主公令我仇将恩报，今稍报公万分之一也。"凌统自此与甘宁结为生死之交，自此再不相恶。

且说曹操见乐进中箭，自到帐中调治，传令催人马冲阵。当先曹操分兵五路，来袭濡须；操自领中一路，左一路张辽。左二路李典，右一路徐晃，右二路庞德。每二路各一万人马，前来与孙权战。【眉批：**写曹操声势。**】平踏到江边，解鞍饮马。时孙权手下董袭，徐盛二将，在五楼船上见五路军马到来，诸军各有惧色。【眉批：**南人无用。**】徐盛曰："食君之禄，命悬君手，何惧群贼哉！"遂牵马下小船，飞奔江边，火急上马，引数百

国学经典文库

李渔批阅

三国演义

甘宁百骑劫曹营
魏王宫左慈掷杯

图文珍藏版

人，杀入李典军中去了。董袭在船上，令众军擂鼓呐喊，以助其威。忽然江上猛风大作，白浪掀天，波涛汹涌。军士见大船将覆，争下脚舰逃命。军士叫曰："船将沉溺，快请将军速下船来！"董袭仗剑大喝曰："将受君命，在此防贼。怎敢弃船而去！再言者斩！即杀下船军士十余人。风急船覆，董袭死于江口水中。"【眉批：宁不畏死而不死，袭不畏死而竟死，有幸有不幸焉。】徐盛在李典军中往来冲突，如飞沙走石。互相杀伤。

却说陈武听得江边厮杀，引一军来，正与庞德相遇，两军混战。孙权在濡须坞中，听得曹兵杀到江边，自引本部军前来助战，正见徐盛在李典军中搅做一团厮杀。孙权引军来救。张辽、徐晃两枝军把孙权困在垓心。曹操上高阜处，看见周围困住孙权，权手下两员将舍身死战。操曰："何人敢冲开孙权兵队，即往擒之？"言未尽，一将应声而出，乃许褚也。褚纵马持刀，杀入军中，把孙权军冲作两段。

却说周泰从军中杀出，到江边，并无孙权，勒回马，从外又杀入阵中，问本部军："主公何在？"军人以手指兵马厚处："主公受围！"周泰挺身杀入，寻见孙权。泰曰："主公何不随泰出阵？"孙权跟泰杀出。【眉批：杀了出来，又杀入去；杀了入去，又杀出来。如此者数番。写周泰如飞龙伏虎，真人中之英杰也。】泰到江边，回头又不见了孙权，第三次又寻见孙权。权曰："弓弩齐发，不能得出重围。"泰曰："主公在前，某在后，可以出围。"周泰横身，左右遮护，身被数枪，箭透重铠，救得孙权，来到江边。吕蒙引一枝水军，布在江边，救得孙权下船。权曰："吾亏周泰三番解救，得脱虎口。徐盛在垓心，如何得脱？"周泰曰："吾再救去。"遂轮枪复翻身杀入阵去，军中救得徐盛。【眉批：救出孙权，又番身入去，而又复杀出来，好看。】二将各带重伤。吕蒙教兵乱箭射住岸兵，救得二将下船。

却说陈武与庞德大战，后面又无应兵，被庞德赶到山峪口，树木丛密，陈武再欲回身交战，被树枝抓住袍袖，不能迎敌，因此被庞德手起一刀斩之。【眉批：陈武见杀于庞德，与祖茂见杀于华雄，遥遥相对。】曹操见孙权走脱，自策马驱兵，赶到江边对射。吕蒙箭尽，正慌追间，忽对江一宗船到，为首一员大将，乃是吴郡吴人也，小霸王孙策女婿，姓陆，名逊。字伯言，自引十万兵到来；一阵射退曹兵，乘势登岸追杀曹兵，复夺战马数千匹。曹兵伤者不计其数，曹兵大败而回。【眉批：中闻没兴，赖有两头。】因此于乱军中寻见陈武尸首。孙权又知董袭沉江而死，哀痛至切，情感三军，令人水中寻见尸首，皆厚葬之。后史官有诗云：

> 鏖战曹兵血刃红，杀身报国尽孤忠。
>
> 将军一死虽常事，取义捐生万载功。

两军罢战，各守营寨。孙权得周泰救济之功，营中

国学经典文库

李渔批阅

三国演义

甘宁百骑劫曹营
魏王宫左慈掷杯

图文珍藏版

图文珍藏版

作宴谢之。孙权把盏至周泰面前，抚其背，泪流满面曰："卿为吾兄弟，战如熊虎，不惜性命，被枪数十，肤如刻画，孤亦何心不待卿以骨肉之恩，委卿以兵马之重乎！卿乃孤之功臣，孤当与卿共荣辱，同休戚。勿以寒门而自退也。"【眉批：**臣之感君，有抚背流涕者；君之感臣，至重围奋勇。君臣相得莫过于此。隆重周泰，正以激诸将也。**】言罢，令周泰解衣与众将观之："皮肉肌肤，如同刀剜，瘢痕遍体。孙权以手指其痕，一问之，周泰即言战斗之所，一处令吃一觥酒。"【眉批：**此方是痛饮。**】是日，周泰大醉。权以青罗伞赐之，令出入张盖以显耀之。其余重臣皆赏。

权在濡须，与操相拒月余。张昭、顾雍上言："曹操势大，不可力取，若与久战，大损士卒；不若求和安民为上。"【眉批：**失志气。孙曹之相和自此始，孙、刘之**

国学经典文库

李渔批阅

三国演义

甘宁百骑劫曹营
魏王宫左慈掷杯

图文珍藏版

【相离亦自此兆。】孙权从其言，令步骘往曹营求和，许年纳岁贡。操见江南急未可下，乃从之，令"孙权先撤人马，吾然后班师。"步骘回覆，权留蒋钦、周泰守濡须口，尽发兵上船，回还秣陵。

操留曹仁、张辽屯合淝，亦班师还许昌。是时众官皆议立曹公为"魏王"，营建王宫。有一人高声大叫："不可！"未知其人是谁，且听下回分解。

建安二十一年，岁在丙申，操自合淝还都，侍中王粲上诗颂德，群下皆贺。其颂曰：

从军有苦乐，但闻所从谁？所从神且武，安得久劳师？相国征关右，赫怒震天威。一举灭獯虏，再举服羌夷。西收边地贼，忽若俯拾遗。陈赏越山岳，酒肉逾川坻。军中多饶沃，人马皆溢肥。徒行兼乘远，空出有余资。拓土三千里，往返速如飞。歌舞入邺城，所愿复无违。

曹操看之大喜，遂议进爵为王。尚书崔琰力言不可。众官曰："汝独不见荀文若乎？"琰大怒曰："时乎，时乎！会当有变，任自为之！"【眉批：不异亚夫之绝项羽。】有与琰不和者，告知曹操。操大怒，捉琰下狱问之。崔琰只是大骂曹操篡汉奸贼。廷尉告白曹操，操令杖杀崔琰在狱中。后有赞曰：

清河崔琰，天性坚刚；虬髯虎目，铁石心肠；奸邪辟易，声节显昂；忠于汉主，千古名扬。

夏五月，群下奏知献帝，颂魏公曹操功德，"极天际地，虽伊尹、周公，莫可及也，宜进爵为王。"献帝即令钟繇草诏，册立曹操为魏王。其诏：

自古帝王，虽号称相变，爵等不同，至于褒崇元勋，建立功德，光启氏姓，延于子孙，庶姓之与亲，岂有殊焉。昔我圣祖，受命创业肇基，造我区夏，鉴古今之制，

通爵等之差，尽封山川以立藩屏，使异姓亲戚并列土地，据国而王，所以保天命，安固万祀。历世承平，臣主无事。世祖中兴，而时有难易，是以旷年数百，无异姓诸侯王之位。朕以不德，继绪弘业，遭率土分崩，群凶纵毒，自西徂东，辛苦卑约。当此之时，惟恐溺入于难，以羞先帝之圣德。赖皇天之灵，俾君乘义奋身，震迅神武，捍朕于艰难，获保宗庙，华夏遗民含气之伦，莫不

国学经典文库

李渔批阅

三国演义

甘宁百骑劫曹营
魏王宫左慈掷杯

图文珍藏版

984

蒙焉。君勤过禹、稷，忠侔伊、周，而掩之以谦让，守之以弥恭。是以往者初开魏国，锡君土宇，惧君之违命，虑君之固辞，故且怀志屈意，封君为上公，欲以钦顺高义，须俟勋迹。韩遂、宋建南结巴蜀，群逆合从，图危社稷，君复命将龙骧虎奋，枭其元首，屠其窟栖。暨至西征，阳平之役，亲擐甲胄，深入阻险，艾夷蛮贼，殄其凶丑，荡平西陲，悬旌万里，声教远振，宁我区夏。盖唐、虞之盛，三后树功；文武之兴，旦奭作辅；二祖成业，英豪佐命。夫以圣哲之君，事为己任，犹锡土班瑞，以报功臣，岂有如朕寡德，仗君以济，而赏典不丰，将何以答神祇慰万民哉！今进君为魏王，使使持节行御史大夫宗正刘艾，奉策玺玄土之礼，苴以白茅，金虎符第一至第五，竹使符第一至十，君其正王位，以丞稽领冀州牧如故。其上魏公玺绶符册。敬服朕命，简恤尔众，克绥庶迹，以扬我祖之休命。勿复固辞。

魏王上书三辞，诏三报不许。【眉批：自封自让，好做作。】又手诏曰：

名，使百世可希，行道制义，使力行可效。是以勋业无穷，休光茂著。稷、契戴元首之聪明，周、召因文、武之智用，虽经营庶官，仰欢俯思，其对岂有若君者哉！朕惟古人之功，美之如彼，思君忠勤之绩，茂之如此，是以每将镂符折瑞，陈礼命册，寤寐慨然，自思守文之

国学经典文库

李渔批阅

三国演义

甘宁百骑劫曹营
魏王宫左慈掷杯

图文珍藏版

不德焉。今君重违朕命，固辞恳切，非所以称朕心而训后世也。其抑志搏节，勿复固辞。

曹操既受王爵，冕十二旒，乘金根车，驾六马，用天子车服仪銮，出警入跸，于邺郡盖魏王宫，议立世子。操大妻丁夫人无出。妾刘氏生子曹昂。因征张绣时，没于皖城。卞氏所生四子：长曰丕，次曰彰，三曰植，四曰熊。【眉批：**自称魏王，便是其子篡汉之兆，故于此特详叙其子**。】于是黜丁夫人而立卞氏为正宫。第三子曹植，字子建，极聪明，举笔成章。操欲立曹植为后嗣。【眉批：**曹之爱子，与袁、刘不同**。】丕心怪之，乃问中大夫贾诩。诩教如此如此。但凡操亲出征，诸子送行，惟曹植乃称述功德，发言成章，左右皆钦仰，操甚喜之。惟曹丕但辞父，只是流涕而拜，【眉批：**今人谓刘备基业是哭成的，不知曹丕基业亦是从哭得来**。】左右皆感伤。于是操疑植乖巧，诚心不及丕也。丕使人买结近侍，皆言丕德。操欲立后嗣，踌躇不定，因而乃问贾诩曰："孤欲立后嗣，当立谁？"贾诩不答。操问其故，诩曰："正有所思，故不能即答耳。"操曰："有何所思？"诩对曰："思袁本初、刘景升父子也。"【眉批：**而意妙在不谏之谏**。】操大笑，因即立五官中郎将曹丕为王世子。

冬十月，魏王宫成，差往各处取果木珍奇之物。使人入经吴地，往福建取荔枝、龙眼，温州取柑子。各处不说，且说一行人到吴地，见了孙权，传魏王令旨，要往温州取柑子。那时吴侯正尊让魏王，便令人于本城选了大柑子四十余担，星夜送往邺郡。至中途，脚夫正挑担而行，众人疲困，歇于山脚下，见一先生，眇一目，跛一足，白藤冠，青懒衣，来与脚夫作礼，言曰："你等挑担生受，贫道都替你挑一肩，每担各挑五里。"但是先生挑过的担儿都轻了。众人皆疑。先生临去，与领柑子官说。"贫道乃魏王乡中故人，姓左，名慈，字元放，道号'乌角先生'。【眉批：言出姓名妙。】如你到邺郡，可说左慈申意。"遂拂袖而去。

取柑人至邺郡见操，呈上柑子。操亲剖之，但只空壳，内并无肉。【眉批：奇。】操大惊，怪问取柑人。其

国学经典文库

李渔批阅

三国演义

甘宁百骑劫曹营
魏王宫左慈掷杯

图文珍藏版

官以左慈之言对之，操未肯信。门吏忽报："有一先生，自称左慈，求见王上。"操召入。取柑人曰："正是途中所见之人。"操叱之曰："汝以何妖术，摄吾佳果？"慈慈笑曰："岂有此事！"取柑剖之，皆有肉，其味甚甜。【眉批：更奇。】但操自剖者皆空壳。操大惊，赐左慈坐而问之。慈索酒肉，操令取之，饮酒五斗不辞，肉食全羊不饱，操问曰："汝有何术，以至于此？"慈曰："贫道于四川嘉陵峨眉山中，学道三十年，忽闻石壁中有声，呼我之名，及视不见。如此者数日。忽有天雷震碎石壁，得天书三卷，名曰《遁甲天书》。上卷名《天遁》，中卷名《地遁》，下卷名《人遁》。天遁能腾云跨风，飞升太虚；地遁能穿山透石；人遁能云游四海，飞剑掷刀，取人首级，藏形变身。王上位极人臣，何不退步，跟贫道往峨眉山中修行？【眉批：一拳打进来。】当传三卷天书与汝。"操曰："吾亦久思急流勇退，奈朝廷未得其人耳。"慈曰："益州刘玄德乃帝室之胄，何不让此位与之，可保全身矣；不然，则贫道飞剑取汝之头也。"【眉批：说话好怕人。】操大怒曰："此正是刘备之细作！"喝左右拿下。慈大笑不止。令十数狱卒拷之，但见皮肉粉碎，左慈齁齁熟睡，全无痛楚。【眉批：三拷吉平之威，至此全然无用。】操取大枷，铁钉钉，铁锁锁了，送入牢中监收。操令人看守着，只见枷锁尽落，左慈卧于地上，并无痕伤。连监禁七日，并不与食，及看时，慈端坐于地上，面皮转红。去人回报曹操，操取出问之。慈曰："我数十年不食，亦不妨；日食千羊，亦能尽。"操无可奈何。

次日，诸官皆至，王宫大宴。正行酒间，左慈足穿木履，立于筵前。众官惊怪。左慈曰："大王今日水陆俱备，大宴群臣，四方异物极多，内中欠少何物，贫道愿取之。"操曰："我要龙肝作羹，汝能取否？"慈曰："有何难哉。"取墨笔于粉墙上画一条龙，以袍袖一拂，龙腹自开。左慈于龙腹中提出龙肝一副，鲜血尚流。操不信。叱之曰："汝先藏于袖中耳！"慈曰："即目天寒，草木枯死，大王要甚好花，随意所欲。"操曰："吾只要牡丹花。"慈曰："易哉。"令取大花盆放筵前，以水蹼之。顷刻发出牡丹一株，开放双花。众官大惊，邀慈同坐而食。

国学经典文库

李渔批阅

三国演义

甘宁百骑劫曹营
魏王宫左慈掷杯

图文珍藏版

国学经典文库

李渔批阅

三国演义

甘宁百骑劫曹营
魏王宫左慈掷杯

图文珍藏版

990

少刻，庖官进鱼鲙。慈曰："此鲙得松江鲈鱼做之尤美。"操曰："千里之隔，安能取之?"慈曰："易耳。"教取钓竿来，于堂下忽有一池水，慈持竿，顷刻钓数十尾大鲈鱼，放在殿上。操曰："吾池中原有此鱼。"慈曰："大王何相欺也? 天下鲈鱼两鳃，惟松江鲈鱼有四鳃，此可辨也。"众官视之，果然是四鳃。慈曰："鲙松江鲈鱼，须紫芽姜方可。"操曰："汝可取之否?"慈曰："易耳。"令人取金盆一个，慈于袖中簇簇然。须臾得紫芽姜满金盆，进上操前。操以手取之，忽盆内书一本，题曰《孟德新书》。【眉批：**书在张松口中，不过记念之奇；今在左慈盆内，更见幻术之妙。**】操取观之，一字不差。操大疑，以目视之，有杀左慈之意。慈取桌上玉杯，满斟佳酿，进操曰："王上可饮此酒，寿有千年。"操曰："汝先饮之。"慈遂拔冠上玉簪，于杯中一画，酒分为二，先饮一半，以一半劝操饮。操叱之。慈掷杯于空中，化成一白鸠! 绕殿而飞。【眉批：**奇极。**】众官仰面视之，左慈不知所往。操问左右，人报："他出宫门而去。"

操令许褚引铁甲兵五百人追赶。褚即上马，赶到城门，望见左慈穿木履在前慢步而行。褚飞马追之不上，赶到山中，见一群羊，慈立于羊群内。褚取箭射之，慈走入群羊之内即不见。【眉批：**虎威将军至此亦全无用处。**】褚将羊尽行杀之。时有牧羊小童守羊而哭，忽见羊头在地上作人言，唤小童曰："汝可将羊头都凑在死羊腔子上。"都凑了，左慈忽然跃起，群羊百余只一时俱活。

国学经典文库

李渔 批阅

三国演义

甘宁百骑劫曹营
魏王宫左慈掷杯

图文珍藏版

【眉批：**奇而更奇。**】左慈拂袖而去。小童归告主人，主人不敢隐，告于曹操。

操画影图形，各处捉拿左慈。三日之内，城里城外，所捉眇一目、跛一足、白藤冠、青懒衣、穿木履先生，都一般模样者，有三、四百个。【眉批：**不意《三国》中出孙行者变化之巧。**】哄动街市。令众将将猪羊血泼之，押送城南教场。曹操引兵甲百余围住，尽皆斩之。人人各起一道青气，到半天聚成一处，化作左慈，招白鹤一只骑云内，拍手大笑曰："玉鼠随金虎，奸臣一日休！"【眉批：**言操死于子年正月也。**】操令众将以弓箭射之。忽然狂风大作，走石扬沙，所斩之尸，皆跳起来，手提其头，奔上演武厅来打曹操。【眉批：**好怕人。**】文官武将，掩面惊倒，各不相顾。当日鬼哭神嚎。【眉批：**曹操**

称魏王、立太子，江东请和，孙权纳贡，正得志满意时也，忽遇一无可如何之左慈，刑之不得，辱之不能，奸雄之力尽矣，令人快心。】曹操性命如何，且听下回分解。

第六十九回　曹操试神卜管辂
耿纪韦晃讨曹操

当日曹操见黑风中群尸皆起，惊倒于地。须臾风定，尽皆不见。群下扶操回宫，感而成疾。后有左慈诗赞曰：

> 飞步凌云遍九州，独凭遁甲自遨游。
>
> 金盘当殿呈银鲙，玉盏飞空化雪鸠。
>
> 顷刻花开红影乱，片时果结翠阴稠。
>
> 左慈施设神仙术，点悟曹瞒不转头。
>
> 人言右道非真术，只恐其中未得传。
>
> 若是真传心地正，何须物外学神仙。

赞曰；

幽贶罕征，明数难校。不探精远，曷感灵效。如或迟讹，实垂玄奥。

曹操心疑左慈，因而成疾，服药无愈。忽太史丞许芝自许昌来见操。操令芝卜《易》。【眉批：仙术后继一段卜《易》，奇事政相类。】芝曰："主上曾闻神卜管辂否

国学经典文库

李渔批阅

三国演义

曹操试神卜管辂
耿纪韦晃讨曹操

图文珍藏版

【眉批：卜荐卜。】？"操曰："颇闻其名，未知何为神卜。汝当详说之。"芝曰："管辂字公明，平原人也。容貌粗丑，无威仪而好酒，疏狂人世。【眉批：从许芝口中一篇管辂传，作笔甚好。】自幼八九岁，便喜仰视星辰，得人

辄问名，夜不肯寐。父母不能禁止。常云：'家鸡野鹄尚自知时，何况为人在世乎？'与邻里小儿共戏土壤中，辄画地为天文，分布日月星辰，指点而观之。【眉批：卜兼星。】及长，深明《周易》，仰观风角占会，肉眼通神相。【眉批：卜兼相。】其父曾为琅琊即丘长。管辂年十五岁，于学中读史，日记数千言，学中四方之人皆不及。琅琊太守单子春闻其名，召辂相见。时有坐客百余人，皆能言之士。辂谓子春曰：'府君名士，加雄贵之姿；辂年少，胆气未坚，欲相见，恐失精神。先请美酒三升，饮

而后言。'【眉批：**以酒壮舌。**】太守喜之，遂与酒三升。饮毕，辂问子春：'今欲与辂为对者，若府君四座之士耶？'子春曰：'吾自与君旗鼓相当。'辂曰：'辂始读《书》、论《易》，本学问微浅，未能引圣人之道，陈秦汉之事，但欲论金木水火土、鬼神之情耳。'太守曰：'此事最难，子以为易耶？'座上宾客皆被管辂难倒。对答有余，从晓至暮，酒食不行。客大奇之。于是天下号为神童。后有利漕居民郭恩兄弟三人，皆得蹩疾，请辂卜之。辂曰：'封中有君家本墓中女鬼，非君伯母，即叔母也。昔饥荒之年，必遭谋数升米之利，推落井中，喷喷有声，推一大石压破其头，孤魂痛苦，自诉于天，以致君兄弟故有此报。'【眉批：**董贵人、伏皇后之事得无类是？**】郭恩三人涕泣伏罪，答曰：'果有此事。'于是留管辂在家数日。忽一日，有鸠飞来梁上，其鸣如哭。辂卜曰：'今日午时，当有一年老亲人，从东南携猪肉一肩，浊酒一瓶，主宾共饮，笑中当有小惊。'是日果有姨丈携酒肉至，与郭恩兄弟共饮甚欢。恩令家僮射鸡为食，隔篱误伤邻家女子，左手流备，如此之验。安平太守王基，知辂神卜，取住其家。因信都令妻常患头风，其子心痛，举家常惊恐，请辂卜之。【眉批：**卜兼医。曹操亦患头风。**】辂曰："此堂西头有二死尸：一男持矛，一男持弓箭，头在壁内，脚在壁外。持矛者主刺头，故头痛，不得举也；持弓箭者主刺胸腹，故心中悬痛，不能饮食也。昼则浮游，夜则复来，故使病人惊恐也。"于是掘之入地

国学经典文库

李渔批阅 **三国演义**

图文珍藏版

国学经典文库

李渔批阅

三国演义

曹操试神卜管辂
耿纪韦晃讨曹操

图文珍藏版

996

八尺，果有二棺。一棺中有矛，一棺中有角弓及箭，木皆朽烂，但有角与铁箭头，半衔于棺中。遂徙骸骨，去城外十里埋之，家中无恙。有馆陶令诸葛原，迁新兴太守，辂往送行。客言辂能覆射。诸葛不信，暗取燕卵、蜂窠、蜘蛛，置于三盒之中，令辂卜之。卦成，各写四句子盒上。其一曰："含气须变，依乎宇堂；雌雄以形，羽翼舒张。"此燕卵也。其二曰："家室倒悬，门户众多；藏精育毒，得秋乃化。"此蜂窠也。其三曰："觳觫长足，吐丝成罗；寻网求食，利在昏夜。"此蜘蛛也。满座惊骇。后乡中邻妇失牛，求卜之。辂卜之曰："在北溪之西，七人宰之；疾速去寻，皮肉尚存。"其妇果往寻之，见七人于茅舍后煮食，皮肉犹存。妇告本郡平原太守刘邠，遂将各人获断。问其妇曰："何以知之？"妇告以管辂之神卜也。刘邠不信，请辂试之，取印信囊及山鸡毛藏于盒中，令辂卜之。辂先卜其一曰："五色成采，外囵内方；含宝守信，出则有章。"此印囊也。其二曰："岩岩有鸟，锦体朱衣；羽翼玄黄，鸣不失晨。"此山鸡毛也。刘邠大惊，遂待之为上宾。一日春暮，出郊闲行，见一少年于田中，管辂立道旁，观之良久，问之曰："少年高姓？"答曰："姓赵，名颜，年十九岁矣。"辂曰："汝眉间有死气，限三日内必死。吾乃管辂也。汝貌美，可惜无寿。"赵颜回家，急告于父。父闻之，赶上管辂，哭拜于地曰："请归救之。"辂曰："此乃天命也，安可禳之？"父告曰："止有此子，望乞垂救。"辂见父子哀痛至切，乃曰：'汝可备净酒一樽，鹿脯一块，来日往南山之中，大树之下。盘石上弈棋，一人向南坐者，穿白袍，其貌甚恶；一人向北坐者，穿红衣，其貌甚美。汝可即将酒盘及鹿脯而往劝之。待酒食毕，汝可哭告其事，必添寿矣。切勿言我名字。'老人留辂在家。次日，赵颜携酒脯带杯盘，入南山之中。约行五、六里，果见二人于大松树下石上着棋，全然不顾。赵颜跪进酒脯。二人贪着棋，不觉饮酒已尽。赵颜哭拜于地而求寿，二人大惊。穿红袍者曰：'此必管子，之言也。吾二人已受其私，必须怜之。'穿白袍者身边取出簿籍，视之曰：'汝今年十九岁。吾今于"十"字上添一"九"字，汝可寿活九十九。【眉批：一酒一脯，换了八十年之寿，则淳子髡所谓一豚蹄、酒一盅，而视满篝满车，不为过也。】回见管辂，教再休泄漏天机，必有大罪。'穿红者出笔添讫，香

国学经典文库

李渔批阅

三国演义

曹操试神卜管辂
耿纪韦晃讨曹操

图文珍藏版

998

风过处，化作二白鹤，冲天而去。赵颜回问管辂，辂曰："穿红者，南斗也；穿白者，北斗也。"颜曰："吾闻北斗九星，何其一也？"辂曰："散而为九，合而为一也。北斗注死，南斗注生。今已添之，子复何忧？"父子拜谢。管辂自此恐泄天机，再不与人卜矣。此人见在平原，主上欲知休咎，何不召之？"操大喜，即差人征平原召辂。辂至，参拜讫，操令卜之。辂答曰："此幻术耳，何必为忧。"操病遂安。【眉批：神卜亦神医。】操令卜天下之事，辂曰："三八纵横，黄猪遇虎；定军之南，伤折一股。"【眉批：为夏侯渊被斩伏笔。】又卜算数，辂曰："狮子宫中，以安神位；王道鼎新，子孙极贵。"【眉批：为曹丕篡汉伏笔。】操问其详，辂曰："茫茫天数，不可预知；后有应验，方悟也。"操一日与辂论"云从龙，风从虎"之意。操曰："龙动则景云起，虎啸则谷风生，所以为火星者龙，参星者虎。火出则云应，参出则风到，此乃阴阳之感化，非龙虎之所致也。"辂答曰："言夫论难，当先审其本，然后求其理，理失则机谬，机谬则荣辱之主。若以参星为虎，则谷风更为寒霜之风，非东风之名。是以龙者阳精以潜为阴，幽灵上通，和气感神，二物俱扶，故能兴云。夫虎者，阴精而居于阳，依木长啸，动于巽林，二气相感，故能运风。若磁石而取铁，不见其神而金自来，有征应以相感也。况龙有潜飞之化，虎有文明之变，招云招风，何足为疑？"操问曰："夫龙之在渊，不过一井之底；虎之悲啸，不过百步之中。形气浅弱，所通者近，何能兴云而驰风乎？"辂曰："王上岂不见阴阳遂在掌握之中？形不出手，乃上引太阳之火，下引太阴之水，嘘吸之间，烟景以集。苟精气相感，恳象应乎二燧；苟不相感，则知二女同居，志不相得。自然之道，无有远近也。"操大喜，欲封辂为太史。辂答曰："命薄相穷，不称此职，不敢受也。"操问其故，答曰："辂额无主骨，眼无守睛，鼻无梁柱，脚无天根，背无三甲，腹无三壬，只可泰山治鬼，不能治生人也。"操曰："汝相吾若何？"辂曰："位极人臣，又何必相也？"【眉批：相君之面，位止人臣；相君之背，贵不可言。】再三问之，辂但笑而不答。操令辂遍相文武官僚，辂曰："皆治世之臣也。"操问休咎，皆不肯尽言。操令卜东吴、西蜀二处。辂设封云："东吴主亡一大将，西蜀有兵犯界。"【眉批：两边事俱在卜中说出，又出一样出法。】操不信。忽合淝报来："东吴陆口守将鲁肃身故。"操大惊，便差人往汉中探知消息。不数日，飞报至："刘玄德遣张飞、马超兵屯下辨取关。"操大怒，自要领兵再入汉中。此去如何，且听下回分解。

曹操欲兴兵讨蜀，令管辂卜之。辂曰："王上未可妄动，来春许都必有火灾。"【眉批：有谓管辂不应告以许都火灾。盖辂所卜者数也，数之所在，岂能掩乎？】操见辂言累验，故不敢轻动，留居邺郡，使曹洪领兵五万，助夏侯渊、张郃同守东川；又差夏侯惇领甲兵三万，于许都来往巡警，以备不虞。魏王又降王旨，教长史王必

国学经典文库

李渔批阅

三国演义

耿纪韦晃讨曹操

曹操试神卜管辂

图文珍藏版

999

总督御林军马。方簿司马懿曰："王必嗜酒性宽，恐不堪任军国大事。"【眉批：伏后事。】操曰："王必是孤披荆棘、历艰难时相随之人也，忠而且勤，心如铁石，国之良吏也。孤心甚相托焉。"遂委王必自领御林军马，屯营于东华门外。

时有一人，姓耿，名纪，字季常，洛阳人也；旧为丞相府掾，后迁侍中少府，与司直韦晃甚好；见曹操爵至魏王，出入用天子车服，心常不平。时遇建安二十三年春正月，耿纪与韦晃在私宅中共饮。耿纪起身密议曰："曹操篡逆，有心多时。吾等为汉臣，岂可同恶相济？"韦晃曰："吾有个心腹人，姓金，名祎，乃汉相金日磾之后。常见曹操入内，唶然长叹，素有讨操之心。更兼此人与王必甚厚，若得同谋，大事济矣。"耿纪曰："他既与王必厚交，岂肯扶汉乎？"韦晃曰："与必虽厚，其意专欲助汉久矣。我等往说之。"于是二人同往金祎宅来。金祎接入后堂坐定，晃曰："德祎与王长史甚厚，吾二人特来告求。"祎曰："所求何事？"晃曰："吾闻魏王早晚绍汉天下，公必高迁。望不相弃，曲赐提携，平生感德非浅也。"【眉批：先反言以挑之。】祎拂袖而起，见从者看茶来，将茶泼于地上。晃曰："德祎故人，何薄情也？"祎曰："吾与汝厚交，为汝等是汉朝臣宰之后；今不思报本，皆欲辅造反之人，吾有何面目与汝为友！"韦晃曰："奈天数如此，不不为耳。"祎大怒。耿纪、韦晃见祎果有忠义之心，故尽情告之。晃曰："吾二人实为汉朝来求足下，故反说也。"祎曰："吾累世汉朝臣宰，安能从贼！汝要扶汉，有何高见？"韦晃曰："虽有报国之心，未有扶危之计。"祎曰："吾欲里应外合，去杀王必，方夺兵权，扶助銮舆；结刘皇叔为外援，操贼可灭矣。"二人闻之，顿首拜谢。祎曰："又有兄弟二人，乃吾心腹之人，与操贼大仇，见居城外，吾欲用之为羽翼。"纪、晃问是何人，祎曰："太医吉平之子，长曰吉邈，次曰吉穆。【眉批：吉平死后，二子犹存，见曹贼之疏，亦见曹贼之厚。】吉邈字文然，吉穆字思然，操昔日为董承衣带诏事，曾杀其父，二子窜于远都。今见在此。"耿、韦二人大喜，便要相见。祎密唤吉邈、吉穆二人，言及其事。二人感愤流泪，怨气冲天，誓杀国贼。五人共谋。金德祎曰："正月十五日夜间，城中大张灯火，庆赏元宵。耿少府、韦司直，你二人各领家僮，杀到王必营前，只看

国学经典文库

李渔批阅

三国演义

曹操试神卜管辂
耿纪韦晃讨曹操

图文珍藏版

国学经典文库

李渔批阅

三国演义

曹操试神卜管辂
耿纪韦晃讨曹操

图文珍藏版

营中火起，分两路杀入；得了王必，径跟我入内，请天子登五风楼，以召百官，以安万民。吉文然弟兄于城外杀入，放火为号，各各扬声，叫百姓诛杀国贼，以扶汉室，截住城内救军。待天子降诏，招安已定，进兵杀邺郡擒操，即发使赍诏取刘皇叔。【眉批：董承正月十五昌是梦，金德祎正月十五日是实事。梦固是事，事亦是梦。董承是先受诏后讨贼，德是先讨贼后请诏。】今日约定，至期初更而至，勿似董承自取其祸。"【眉批：谁知与董承无二。】五人对天说誓，歃血为盟，各自归家整顿军马器械，临期而行。

且说耿纪、韦晃二人，各有家僮三、四百，预备器械。吉邈兄弟亦聚三百人口，只推围猎，排搠已定。却说金祎先期来见王必，言："方今海宇稍安，魏王威震天下，不可不放灯火以显天下太平气象。"必允其言，去告报各处，尽教放灯火。是夜晴霁，王必与御林诸将在营中饮宴，忽闻营中呐喊，人报两处火起。必慌走出帐看时，两下大乱，火光中见是营中有变，急上马出南门，正遇耿纪。纪不知是王必，只引弓箭射之，一箭射中必肩，几乎坠马，遂出西门而走。背后有军赶来，王必无路，弃马步行，至金祎门首，慌叩其门。那时金祎使人于营中放火，却随后助战。家中人听得敲门，只道金祎归，男子已都去了，只有妇人。祎妻隔门便问曰："王必那厮杀了么？"【眉批：妇人误事。】必大惊，方悟金祎同谋，径投曹休家，报知金祎、耿纪等同谋反。休自披挂，飞身上马，引千百人在城中拒敌。城内四下火起，烧着五凤楼，帝避于深宫。曹氏心腹爪牙，死据宫门。城中是夜但闻人叫："杀尽曹贼，以扶汉室！"【眉批：想汉帝闻之亦是快心。】原来夏侯惇三万军巡警，离城五里屯扎，遥望见城中火起，领大军前来，围住许都，使一枝军入城接应。曹休战到天明，耿纪、韦晃等无人相助。人报金祎、二吉皆被杀死，耿纪、韦晃夺路杀出城门，正遇夏侯惇大军围住，背后活捉了。手下百余人，皆尽杀之。入城救灭遗火，尽收各人老小宗族，使人飞报曹操。操教腰斩于市，就教汉百官尽赴邺都，以听处置。夏侯惇押耿纪、韦晃至于通衢，耿纪厉声大叫曰："阿瞒！吾生不能杀汝，死当作鬼以击贼！"刽子以刀搠口流血，尚曰："事之不成，天也！"大骂不绝而死。韦晃以面颊顿地曰："可恨！可恨！"咬牙皆碎而死。后人有诗赞曰：

韦耿堪称汉室贤，各持空手欲扶天。

莫奖成败观人事，一代忠魂万古传。

夏侯惇将五家老小宗族皆斩于市。王必箭疮发而死。当时将百官起赴邺郡。曹操于教场立红旗于左、白旗于右，乃降王旨曰："昨夜耿纪、韦晃等造反，放火焚许都，汝等亦有出救火者，亦有闭门不出者。如曾救火者，可立于红旗之下；如不曾救火者，可立于白旗之下。"众

国学经典文库

李渔批阅

三国演义

曹操试神卜管辂
耿纪韦晃讨曹操

图文珍藏版

国学经典文库

李渔批阅

三国演义

曹操试神卜管辂
耿纪韦晃讨曹操

图文珍藏版

官自思救火者必无罪，多奔红旗之下。三停内有一停立白旗之下。操教尽拿立于红旗下者。众官各言无罪。操曰："汝当时之心，非是救火，实为助国杀害吾宗族。"尽命牵出漳河边斩之，死者三百余员。【眉批：屈杀。】其立于白旗下者，尽皆赏赐，仍令还许都。操命钟繇为相国，华歆为御史大夫，曹休总督御林军马。遂定侯爵六等十八级，银印龟纽墨绶；五大夫十五级，铜印镮纽绶。定爵封官，朝廷又换一班人物。曹操方悟管辂火灾之应，遂重赏辂。辂不受。

却说曹洪领了五万人马到汉中，同张郃、夏侯渊各据险要。一日，曹洪自领精兵，欲直抵下辨。是时马超至下辨，令吴兰为先锋，张飞守把蜀西，令雷同为先锋。两边皆未动兵。曹洪至下辨将近，先锋吴兰领军哨出，

国学经典文库

李渔批阅

三国演义

曹操试神卜管辂
耿纪韦晃讨曹操

图文珍藏版

正与曹洪军相遇。吴兰欲退，兰手下牙将任夔日；"今贼兵犯界，若不先挫其锐气，何颜见孟起乎？"于是骤马挺枪来与曹洪军搣战。洪自提刀跃马而出，与任夔交锋三合，斩夔于马下，乘势掩杀。吴兰大败，回见马超。超责之曰："汝不得吾令，何敢轻敌以致丧败？"吴兰曰："任夔不听吾言，故有此败。"马超曰："可紧守隘口，勿与交锋。一面申报，肯教进兵，退曹洪不迟。"蜀中文书未回，曹洪恐马超有谋，引军退回南郑。

却说张郃来见曹洪，问曰："将军既已斩将，如何退兵？"洪曰："吾见马超不出，恐有别谋。且在邺都，闻神卜管辂有言，此地当折一员大将。吾疑此言，故退。"张郃大笑曰："将军相持半生，岂可以卜术惑其生哉？郃虽不才，愿以本部兵取巴西。若得巴西，蜀郡易耳。"洪曰："巴西守将张飞，非比等闲，不可轻敌。"张郃曰：

"众皆怕张飞，吾视为小儿耳！此去必擒！"洪曰："倘有疏失，若何?"郃曰："甘当军令。"曹洪勒了文状，张郃进兵。不知如何，下回便见。

国学经典文库

李渔 批阅

三国演义

曹操试神卜管辂
耿纪韦晃讨曹操

图文珍藏版

国学经典文库

李渔批阅

三国演义

瓦口张飞战张郃
黄忠严颜双立功

图文珍藏版

第七十回　瓦口张飞战张郃
黄忠严颜双立功

　　张郃所屯兵三万，分为三寨，各傍山险：一名宕渠寨，一名蒙头寨，一名荡石寨。三寨军各分一半，去取巴西，留一半军守寨。张郃进兵前行。

　　却说张飞在巴西关中，守城军报到，说张郃兵来。飞唤雷同商议。同曰："阆中地恶山险，可以埋伏。将军引兵出战，我出奇兵，可擒张郃矣。"张飞拨精兵五千与

国学经典文库

李渔批阅

三国演义

瓦口张飞战张郃
黄忠严颜双立功

雷同。飞自引兵一万，离阆中三十里，与张郃兵相遇。两军摆开，张飞出马单搦张郃。郃挺枪纵马而出。相交战二十余合，郃后军大乱。原来望见背后山中有蜀兵旗幡，郃知便退。张飞背后掩杀，前面蜀兵杀出。两下夹攻，郃兵大败。张飞、雷同连夜追袭，直赶到宕渠山。郃任旧分兵守住三寨，多置擂木炮石，坚守不战。张飞离宕渠十里下寨，次日引兵搦战。郃在山上，大吹大打饮酒，并不下山。张飞令军上大骂，郃只不出。飞兵还营。次日，令雷同又去山下搦战，郃又不出。雷同驱军士上山，山上擂木炮石打将下来，折了十余人。雷同急退。荡石、蒙头两寨兵出，杀败雷同。次日，张飞又去搦战，张郃又不出。飞使军人百般秽骂，郃在山上亦骂。

【眉批：不是相杀，却是斗口。】 张飞寻思，无计可施。相拒五十余日，飞就在山前扎住大寨，每日饮酒，饮至大醉，坐于山前辱骂张郃。

　　玄德差人来军前犒劳，见张飞饮酒，回见玄德，说张飞饮酒，恐失军机。玄德大惊，乃问军师。孔明笑曰："原来如此。军前恐无好酒，成都佳酿极多，可将五十瓮作三车装，送到军前与张将军饮之。"玄德曰："吾弟自来饮酒失事，军师何故反送许多好酒？吾弟醉中必被张郃所害。"孔明笑曰："主公与翼德许多年为弟兄，不知其心也。翼德自来刚强，收川之时，义释严颜，此非勇夫所为也。今在宕渠，与张郃相拒五十余日，近闻酒醉之后，坐于山前辱骂，旁若无人，此非贪杯，乃赚张郃之计也。"【眉批："孔明知我心"，张将军亦当作如是语。】玄德曰："虽然如此，未见其实。可使魏延助之。"孔明令魏延解酒赴军前，车上各插黄旗，大书"军前公用美酒"。【眉批：奇绝。】

且说魏延解酒到寨中，见张飞，传说主公赐酒。飞拜受讫，分付魏延、雷同各引一枝人马，为左右羽翼，只看军中红旗起，便各进兵；将酒摆列帐下，令军士大开旗鼓，一齐轰饮。【眉批：阅至此，只道张飞诱敌耳。】有细作报上山来，张郃自来山顶观望，见张飞坐于帐下饮酒，令二小卒于面前相扑为戏。郃曰："张飞太欺我也！"传令今夜下山劫寨，令蒙头、荡石二寨军皆出劫寨，为左右援。当夜，张郃乘月色微明，引军从山侧而下，径到寨前，遥望张飞大明灯烛，正在帐中饮酒。张郃当先大喊一声，山头擂鼓为助，杀入中军。但见张飞端坐不动。【眉批：却是死张飞。】张郃骤马到面前，一枪刺倒，见是草人，急勒马回。帐后连珠炮起，早到寨前，一将当先，拦住去路，睁圆环眼，声若巨雷，乃燕人张翼德，【眉批：前看刺张飞在地，又忽走出一个张飞。】挺矛跃马直取张郃。两下牙将各自拒住。两将在火光中战到三、五十合，张郃只盼两寨来救。原来被魏延、雷同两将杀退，就势夺了出路。郃与死战百十余合，山上火起，已被张飞后军夺了寨栅。张郃败走，【眉批：美酒又当饮矣。】张飞赶了一程，回守宕渠三寨。张飞报入成都，玄德大喜，方知翼德饮酒是。【眉批：方知醉张飞

国学经典文库

李渔批阅 三国演义

瓦口张飞战张郃
黄忠严颜双立功

图文珍藏版

1009

却是醒张飞。】

却说张郃退守瓦口关，三万军已折了二万，遣人向曹洪求救。洪大怒曰："汝不听吾言，强要进兵，到折了宕渠山紧要隘口！"不肯发兵，却使人催督张郃出战。郃心荒，【眉批：前日开大口，今也心慌。】只得定计，分两军离寨，去关口前山僻埋伏。分付曰："我诈败，张飞必然赶来，汝等就截住归路。"当日张郃引军前进，正遇雷同。张郃与雷同战不数合，张郃败走。雷同赶来，两军齐出，截断回路。张郃复回，刺雷同于马下。败军回报飞，飞自来与张郃挑战。郃又诈败，张飞不超。【眉批：粗中有细。】郃又回。如此三次。张飞知是计，收军回寨，与魏延商议曰："张郃用埋伏计杀了雷同，又要赚吾，何不将计就计？"【眉批：以翼德而知人计已奇，又能将计就计，更奇。】延问曰："如何？"飞曰："我明日先引一军，汝却引精兵于后，待伏兵出，汝可分兵击之。用车十余乘。各藏柴草，塞住小路，用火烧之。吾乘势擒张郃，与雷同报仇。"魏延领计。次日，张飞引兵前进。张郃兵又至，与张飞交锋。战到十合，郃又诈败。张飞引马步军赶来。【眉批：今又妙在赶。】郃且战且走，引张飞过山谷口。郃将后军为前，复扎住营，与飞又战，指望两彪伏兵出，要擒张飞。不想却被魏延精兵到，赶入谷口，将车辆两路截住，放火烧车，山谷草木皆着，烟迷其径，兵不得出。飞来冲郃兵，张郃大败，走上瓦口关，收聚败兵，坚守不出。

却说张飞和魏延连日攻打关隘不下。飞见不济，把军退二十里，却和魏延引数十骑，自来两边哨探小路。当日忽见男女数人，各背小包，尸山僻路攀藤附葛而走。飞马上用鞭指与魏延曰："夺瓦口关，只在这几个百姓身上。"唤步军分付："休要惊恐，好生唤那几个百姓来。"【眉批：观此之（翼）德，何尝莽来？】军士连忙唤到马前。飞用好言以安其心，问其何来。百姓告曰："某等皆汉中居民，今欲还乡。听知大军厮杀，塞闭阆中官道。今过苍溪，从梓潼山桧忻川，入汉中还家去。"飞曰："这条路取瓦口关远近若何？"百姓曰："从梓潼山小路，却是瓦口关背后。"飞大喜，带百姓入寨中，与了酒食；

国学经典文库

李渔批阅

三国演义

瓦口张飞战张郃
黄忠严颜双立功

图文珍藏版

便与魏延商议曰："汝可引兵扣关攻打，我亲自引轻骑五百，出梓潼山攻关后，张郃可擒矣。"飞令百姓引路，选轻骑五百，从小路而进。魏延扣关攻打。

却说张郃为救军不到，心中正闷，或报魏延在关下攻打。张郃披挂，却待下山，急报关后四、五路火起，不知何处兵来。【眉批：**如亚夫将军从天而降。**】郃自引兵来迎，为首旗开，早见张飞。郃大惊，急往小路而走，马不堪行，后面张飞追赶甚急。郃等弃马上山，【眉批：**丧其马矣。**】寻径而逃，方得走脱。随行只有十余人，步行来见曹洪。【眉批：**前以张飞为小儿，今却被小儿骗了。**】洪见张郃只剩十余人，大怒曰："吾教汝休去，汝取下文状要去。今日折之大兵，尚不自死，推出斩之！"时有行军司马便教留人，来见郃曰："吾保汝取葭萌关，将功折罪，若何？"郃曰："愿往。"众视之，乃太原阳兴人也，姓郭，名淮，字伯济，入见曹洪曰："'三三军易得，一将难求。'张郃虽然有罪，乃魏王深爱者，不可诛也。可再与五千兵，径取葭萌关，则牵动各处之兵，汉中自安矣，如不成功，二罪俱罚。"曹洪从之，又与兵五千，教张郃取葭萌关。郃努力而去。

却说守关将孟达、霍峻，知张郃兵来。霍峻只要坚守；孟达定要迎敌，引军下关，与张郃交锋，大败而回。霍峻急申文书到成都。玄德闻知，请军师商议。孔明聚众将于堂上，可曰："今葭萌关紧急，必须阆中取翼德，方可退张郃也。"法正曰。"今翼德兵屯瓦口，镇守阆中，

是亦紧要之地，不可取回。帐中诸将内选一人去破张郃。"孔明笑曰："张郃乃魏之名将，非等闲可比。不着翼德，无人可当。"【眉批：惯用反跌法。】忽一人厉声而出曰："军师何视人如草芥耶！吾虽不才，愿斩张郃首级。"众皆视之，乃老将黄忠也。【眉批：一个老的激出来了。】孔明曰："汉升虽勇，争奈老矣，非张郃之对手也【眉批：索性极力一激。】。"忠听了，白发倒竖，言曰："某虽老，两臂尚开三石之弓，浑身还有千斤之力，何为老耶？"孔明曰："将军年近七十，如何不老"【眉批：只是反激。】忠趋步下堂，取架上大刀，轮动如飞；壁上硬弓，连拽折两张。孔明曰："将军要去，谁为副将？"忠曰："老将严颜，我两个同去成功。【眉批：假寻老将做帮手，妙，妙。】但有疏虞，先纳下这白头。"玄德大喜，即时令严颜、黄忠去与张郃交锋。胜负还是如何？

黄忠与严颜将行，赵云等谏曰："今张郃亲犯葭萌关，军师休为儿戏，若葭萌一失，益州危矣。若破张郃，可以取汉中，何故以二老将军当此大势乎？"【眉批：**子龙不知黄忠，虑其老也。**】孔明曰："汝以二人老迈不能成事，吾料汉中必此二人可得。"赵云等各各哂笑而退。

却说黄忠、严颜到关，孟达、霍峻见二老将来，哂心中亦笑："孔明如此调度，岂能用人？这般紧要去处，如何只教两个老的来？"随即交割了牌印，黄忠、严颜使两个军人，将两把认旗于关口山上竖立，使张郃闻知。黄忠对严颜曰："你见诸人动静，笑我等二人年老。可建奇功，以服众心。"【眉批：**老将激老将。**】严颜曰："愿听将军之令，"当日引军下关，与张郃对阵。黄忠出马，与张郃打话。郃曰；"你许大年纪，犹不识羞，尚欲出战耶？"忠怒曰："竖子欺吾年老！吾手中宝刀不老！"【眉批：**俱是妙语。**】遂拍马向前，与张郃决战。二马相交，约战二十余合，忽然背后喊声起，原来是严颜从小路抄在张郃军后，两军夹攻，张郃大败。连夜赶去，张郃兵退八、九十里。黄忠、严颜收军入寨，俱各按兵不动。

曹洪听知张郃输了一阵，又欲见罪。郭淮曰："张郃被迫，必投西蜀矣。可遣副将相助，就如监临，使不生余外之心。"曹洪从之，即遣夏侯惇之侄夏侯尚，并降将韩玄之弟韩浩，二人引五千兵前来助战。二将即时起行，到张郃寨中，问及军情。郃言："老将黄忠甚是英雄，更有严颜为助，不可轻敌。"韩浩曰；"我在长沙，足知老贼利害。他和魏延献了城池，害吾亲兄，今既相遇，必当报仇！”遂与夏侯尚引新军离营前进。

原来黄忠连日哨探，已知路径。严颜曰：“此去有山。名天荡山，山中乃是曹操屯兵积柴草之地。此时聚百万粮草，作为久远之用。若取得那个去处，其势可破，汉中军士自相离散矣。”【眉批：老谋深算。】忠曰：“将军之机，正合吾意。可与吾如此如此。”严颜听黄忠说罢，自引一枝军去了。

却说黄忠听知夏侯尚、韩浩来，遂引军马出营。韩浩在阵前大骂黄忠：“无义老贼！”拍马挺枪来取黄忠。夏侯尚便出夹攻。黄忠力战二将，各斗十余合，黄忠败走。【眉批：**读者试猜真乎假乎？**】二将赶二十余里，夺了黄忠寨。忠又草创一营。次日，夏侯尚、韩浩赶来，忠又出阵战数合，又败走。二将又赶二十余里，夺了黄忠营寨，唤张郃守后寨。郃来前寨谏曰：“黄忠连退二日，于中必有诡计。”夏侯尚叱张郃曰：“据你如此胆怯，因此失了宕渠山！再休多言，看吾二人建功！”张郃羞赧而退。次日，二将又战。黄忠又败退二十里。二将迤逦赶上。次日，二将兵出，黄忠望风而走，连败数阵。黄忠退在关上，二将扣关下寨。黄忠坚守不出。孟达暗暗发书，申报玄德，说：“黄忠连输五阵，见今退在关上，”玄德慌问孔明。孔明曰：“此乃是老将骄兵之计出。”【眉批：**张飞诈醉，黄忠诈败，孔明已料，可谓知人之甚。**】赵云等未信。玄德差刘封来关上接应黄忠。忠与封相见，

国学经典文库

李渔批阅

三国演义

瓦口张飞战张郃
黄忠严颜双立功

图文珍藏版

问刘封曰:"此来助阵何意?"封曰:"父亲得知将军数

败,故差某来。"忠笑曰:"此老夫骄兵之计也。【眉批:
与孔明一样言语。】看今夜一阵,可尽复诸营,夺其粮食
马匹,此特借寨与彼屯辎重耳。今夜留霍峻守关,孟将
军搬粮草夺马匹,小将军看吾破敌。"

是夜二更,忠引五千军开关直下。原来二将连日见
关上不出,尽皆懈怠,被黄忠破寨直入,人不及披甲,
马不及备鞍,二将各自逃命而走。军马自相践踏,死者
无数。比及天明,连夺三寨。寨中遗下军器鞍马无数,
尽皆孟达搬运入关。黄忠催军马随后而进。刘封曰:"军
士力困,可以暂歇。"忠曰:"'不入虎穴,焉得虎子?'
策马先追。【眉批:刀不老,人亦不老。】士卒相继,努
力向前。张郃军兵反被自家败兵冲动,背后追兵太急,
都扎不住,望后而走,尽弃了许多寨栅。

到汉水旁。张郃寻见夏侯尚、韩浩,议曰:"此天荡

国学经典文库

李渔批阅

三国演义

瓦口张飞战张郃
黄忠严颜双立功

图文珍藏版

1016

山乃粮草之所，更接米仓山亦屯粮之地，是汉中军士养命之源。倘若疏失，是无汉中也。"【眉批：**魏延送酒，张郃护米，前后相映成趣。**】夏侯尚曰："米仓山有吾叔夏侯渊分兵守护，那里正接定军山，不必忧虑。【眉批：**谁知此处正可虑。**】天荡山有吾兄夏侯德镇守。我等宜往投之，就保此山。"张郃与二将连夜投天荡山，来见夏侯

国学经典文库

李渔批阅

三国演义

瓦口张飞战张郃
黄忠严颜双立功

图文珍藏版

德，说："黄忠用骄兵之计，诱到关下，军马突出，势不可当，又被老贼连夜追赶，自相冲击，故弃了许多寨栅。"夏侯德曰："吾此处屯十万兵，你可引去复取原寨。"郃曰；"只宜坚守，不可妄动。"忽听山前金鼓大震，人报黄忠兵到。夏侯德大笑曰："老贼不谙兵法，只恃勇耳。"【眉批：**少壮者恐不如老的。**】郃曰："黄忠有谋，非止勇也。"德曰："川兵远涉前来，连夜疲困，更兼深入战境，此无谋也。"郃曰："亦不可料敌，且宜坚守。"韩浩曰；"可借精兵三千，击之无不克也。"德分兵

与浩下山。

　　黄忠整兵来迎，刘封谏曰："红日已西沉矣，军皆远来劳困，且宜暂息。"【眉批：少年人反疲倦了。】忠大笑曰："不然。昔日哲人顺时而动，知者见来而发。今蒙天赐奇功，不取是逆天也。"遂鼓噪大进。韩浩引兵来战。黄忠挥刀直取韩浩，只一合，斩浩于马下。【眉批：看老将的手段。】蜀兵大喊，杀上山来。张郃、夏侯尚急引军来迎。忽听山后大喊，火光冲天而起，上下通红。夏侯德提兵来救火时，正遇老将严颜。手提刀落，斩夏侯德于马下，原来黄忠预先使严颜引军埋伏于山僻去处，只等黄忠军到。却来放火，【眉批：此处方才叙明。】柴草堆上。一齐点着，烈焰飞腾，照耀山谷。严颜既斩夏侯德，从山后杀来。张郃、夏侯尚前后不能相顾，只得弃天荡山，望定军山投奔夏侯渊去讫。【眉批：失了两个隘口。】黄忠、严颜守住天荡山，捷音飞报成都见玄德。

　　玄德聚众将庆喜。法正言曰："昔日曹操一举而降张鲁，平定汉中，不因此势以图巴蜀。而留夏侯渊、张郃二将屯守，操遂北还。此非其志不逮而力不足也，必将内有变乱耳。今料渊、郃才略，不胜国之将帅，若举大队之兵，主公亲往征之，必可克矣。平定之日，广丰积谷，观衅伺隙，上可以倾覆寇敌，尊奖王室；中可以蚕食雍凉，广开境土；下可以固守险要，为图操之久计。此盖天与其时。不可失也。"【眉批：有天时，便可得地利。】玄德深然之，遂乃传令旨，赵云、张飞为先锋，玄德、孔明起兵十万，择日出图汉中；传檄各处，令其堤备。时建安二十三年秋七月也。

玄德大军出葭萌关下营，令人召黄忠、严颜到寨，厚赏二将。玄德曰："人皆言将军老矣，惟军师独知其能。今果立奇功，世之罕有。今汉中定军山，乃南郑之保障，粮食之会源；若得定军山，阳平一路无足忧矣。汝还敢取定军山否？"黄忠慨然应诺，便要领军前去。孔明止住曰："老将军固然雄勇，非夏侯渊之对也。渊深通韬略，善晓兵机，曹操倚托为西凉之保障。先屯长安以拒孟起，今又屯兵汉中。操不令他人守者。为其有将材也。今将军虽胜张郃，未可以胜渊。【眉批：又用反激之法。】吾欲斟量着一人去荆州替回云长，方可敌彼。"【眉批：前借张飞激他，今又用关公激他。】忠奋然答曰："昔日廉颇年八十，尚食斗米、肉十斤，诸侯畏其勇，不

国学经典文库

李渔批阅

三国演义

瓦口张飞战张郃
黄忠严颜双立功

图文珍藏版

敢侵犯赵界，何况黄忠未及七十乎？【眉批：黄忠尚以少年自居。】军师言吾老矣，吾并不用副将，只将本部之兵三千人去，立斩夏侯渊首级，纳于麾下。"孔明再三不容，黄忠只是要去，孔明曰："既将军要去，吾定一人为监军同去，若信？"【眉批：又激他，妙。】忠应诺，请问是谁，且听下回分解。

国学经典文库

李渔批阅

三国演义

瓦口张飞战张郃
黄忠严颜双立功

图文珍藏版

国学经典文库

李渔 阅 批

三国演义

黄忠馘斩夏侯渊 赵子龙汉水大战

图文珍藏版

第七十一回

黄忠馘斩夏侯渊
赵子龙汉水大战

　　却说孔明分付黄忠："你既要去，吾教法正相助你，凡事计议而行。吾亦拨人接应，你可小心。"黄忠应允，和法正领本部兵去了。孔明告玄德曰："此老将不着言语

激他，虽去不能成功。【眉批：为将者不可不用此激法。】他今既去了，须拨人也前去接应。"玄德曰："然。"孔明唤赵云曰："你可将一枝人马，从小路出奇兵，接应黄忠。若忠胜，你不必出；倘忠有失，你即去救应。"又遣刘封、孟达领三千兵，"于山中险要去处多立旌旗，以壮我兵之声势，令敌人惊疑。"各自领兵去了。又差人往下辨，授计于马超，令他如此而行。又差严颜往巴西阆中

国学经典文库

李渔批阅

三国演义

黄忠计斩夏侯渊
赵子龙汉水大战

图文珍藏版

1022

守隘，替张飞、魏延，令飞、延来取汉中，共同三路进兵。【眉批：为后文袭定军山伏线，为后文截曹操后路伏线，又为袭南郑伏线。】

却说张郃与夏侯尚来见夏侯渊，说："天荡山折了夏侯德、韩浩。今闻刘备亲自领兵来取汉中，可速奏魏王，早发精兵猛将，前来策应。"差人报与曹洪。洪知消息，星夜前到许昌，奏知魏王。【眉批：此处再叙曹操。】曹操闻知蜀兵来取汉中，愕然大惊，急聚文武商议，发兵救应。长史刘晔进曰："汉中肥饶，倘若有失，中原震动矣。王上休辞劳苦，御驾亲征方可。"操自悔曰："恨当时不用卿言，以致如此。"忙传令旨，起兵四十万，魏王亲征。此时建安二十三年秋七月终，曹操兴兵。九月至长安，兵分三路而进：前部先锋夏侯惇，操自领中军，后军救应使曹休。三军陆续启行。操骑白马金鞍，玉带锦衣；武士手执大红罗销金伞盖，左右金瓜银钺，镫棒戈矛，摆天子之銮驾，打龙凤日月旌旗；护驾龙虎官军二万五千，分为五队，每队五千，按青、黄、赤、自、黑五色，旗幡甲马，并依本色，光辉灿烂，极其雄壮。【眉批：僭称王号之后，又是一番气色。】

兵出潼头，操在马上望见一簇林木，极其茂盛，问近侍曰："此是何处？"侍臣奏曰："此名蓝田。林木之间，乃蔡邕庄也。"操与蔡邕素善。先时其女蔡琰乃卫道玠之妻，曾被北虏轭辊掳去，与胡人为妻，生二子，作《胡笳十八拍》，流入中原。操深怜之，使人持千金入番取蔡琰。有左贤王惧操之势，送蔡琰还汉。操赐金帛，配与董祀为妻。【眉批：**忙中有此闲笔，妙绝。**】当日到庄前，因想起蔡邕之事，令军马先行，操引近侍百余骑，到庄门前下马。时董祀在任所牧民，止有蔡琰在庄。闻操至，忙出迎接。操至堂，琰起居毕，侍立于侧。操偶见壁间悬一碑文图轴，起身观之，问于蔡琰。琰答曰："此乃曹娥之碑也。昔和帝朝时，会稽上虞有一师巫，名曹盱，能娑婆乐神；五月五日，醉舞舟中，堕江而死。其女年十四岁，绕江啼哭，七昼夜不歇声，跳入波中；后五日，负父之尸，浮于江面。里人葬于江边。后上虞令度尚奏闻朝廷，表为孝女。【眉批：**昔姓曹者有孝女，今姓曹者为奸臣，辱没老瞒甚矣。**】尚令邯郸淳作文，镌碑以记其事。淳年十三岁，文不加点，一笔挥就。立石墓侧。先人闻知去看，时夜黑，以手摸其文而读之，索笔题八字于其背。后人镌石继打，故传于世，是为先人遗迹。"操读八字云："黄绢幼妇，外孙齑臼。"操问琰曰："汝解此意否？"琰曰："虽先人所遗之迹，妾不知其意。"【眉批：**蔡琰不言者，欲曹操自解之意。**】操回顾众谋士曰："汝等解否？"众皆稽首。于内一人挺身而出，答曰："某已解其意。"操见之，乃主簿杨修也，见管行军钱粮，兼理赞军机事。操曰："卿且勿言，容吾思之。"操乘马行三里，忽悟省，笑问修曰："卿试言之。"修曰："此隐语也。'黄绢'，乃颜色之丝也；色旁搅丝，是'绝'字。'幼妇'者，乃少女也；女旁少字，是'妙'

国学经典文库

李渔批阅

三国演义

黄忠献斩夏侯渊
赵子龙汉水大战

图文珍藏版

1023

也字。'外孙'，乃女之子也；女旁子字，是'好'字。'盧曰'，乃受五辛之器也；受旁辛字，是'辝'字。总而言之，是'绝妙好辝，四字。此是伯喈赞美邯郸淳之文，乃绝妙好辞也。"操大惊曰："正合孤意！"【眉批：老奸贼猾，若晓得时，何不先言？】

操率众行至南郑，曹洪接着，备言张郃之事。操曰："非郃之罪，胜负者兵家之常事。"洪曰："即日刘备使黄忠攻打定军山，夏侯渊知王上兵至，固守未曾出战。"操曰："若不出战，示其懦也。"差人持节到定军山，教夏侯渊进兵。长史刘晔谏曰："渊性太刚，恐中奸计。"操草手诏与他，依命行之。使命持节到渊营，渊接入。使臣出诏，渊拆视之，诏曰：

国学经典文库

李渔批阅

三国演义

图文珍藏版

黄忠据斩夏侯渊　赵子龙汉水大战

诏示夏侯渊知之：凡为将者，固以勇为本，然当以刚柔相济，不可徒恃其勇，更须行以智计；若但任勇，则是一夫之敌耳。吾今屯大军于南郑，欲观卿之妙才，勿辱吾命可也。

夏侯渊览毕大喜，重待使命回讫，整率军马，要敌黄忠。

却说夏侯渊与张郃商议，渊曰："今魏王率大军屯南郑，要讨刘备。吾与汝久守此地，岂能建立功业？来日吾出战，务要生擒黄忠。"张郃曰："不可，黄忠谋勇，更兼法正多机。此间山险峻，只宜坚守，久必自退。"【眉批：**张郃系伤弓之鸟。**】渊曰："若他人建了功劳，吾与汝有何面目见魏王耶？汝只守山，吾去出战。"渊下令曰："谁敢出哨诱敌？"夏侯尚进曰："小将愿往。"渊曰："汝去出哨，与黄忠交战，只宜输，不宜赢。吾有妙计，如此如此。"【眉批：**曹操称渊妙才，且看有何妙计。**】尚受令，引三千军离定军山大寨而前行。

却说黄忠与法正引兵屯于定军山口，累累索战。夏侯渊坚守不出；欲要轻进，又恐山路危险，难以料敌，只得据守。一日忠与正商议之间，忽有伏路军报曰："山上曹兵下来搦战。"忠听得就要出战。忽人一奋然而出曰："将军休动钧意。待某引一千军，从山小路抄上，将军引兵来战，两下夹攻，曹兵必败。"众视之，用牙将陈式也。忠大喜，遂令式引兵去了。式将大队人马从山后

国学经典文库

李渔批阅

三国演义

黄忠恃斩夏侯渊
赵子龙汉水大战

图文珍藏版

拥来，呐一声喊，与夏侯尚交兵。尚诈败，式赶去。忠恐陈式中计，急引一军赶来接应。行到陕路，被两山上擂木炮石打将下来，不能前进。式正欲回时，背后夏侯渊出战。生擒陈式。军尽降曹。

有败军逃得性命，来见黄忠，说陈式被擒。忠慌与法正商议。正曰："渊为人轻躁，恃勇少谋，【眉批：有谋有勇，方能取胜。】可激士卒连营稍进，步步为营，诱渊来战。此乃'反客为主'之计。渊一至，可擒矣。"忠用其谋，将应有之物尽赏三军，欢声满谷，愿效死战。黄忠即日拔寨而进，步步为营；每营住数十日，又进。渊知，欲出战。张郃曰："此用'反客为主'之计，不可出战，战则有失。"渊不从郃谏，令夏侯尚引数千兵出战，直到黄忠寨前。忠上马提刀出迎，与夏侯尚交马，只一合，生擒夏侯尚归寨。余皆败走，回报渊知。渊慌使人见忠，欲将陈式换尚。【眉批：为陈式作回答礼。】忠约定来日阵前相易。次日，两军皆到阔处，布成阵势。忠、渊乘马立于阵前。答话已毕，各推一人，并无袍铠，只穿蔽体薄衣，式、尚各奔本寨。尚比及到，被忠水平箭射中后心。【眉批：人已换回，又多换一箭，爱此小便宜。】尚带箭归寨。渊大怒，骤马径取黄忠。忠正要激渊厮杀。两将交马，战到二十余合，曹营鸣金收军，渊慌回阵。黄忠乘势了一阵。渊问拔发官："缘何鸣金？"官曰："某见山凹中有蜀兵旗幡数处，恐是伏兵，故招将军且回。"渊信其说，坚守不出。

国学经典文库

李渔批阅

三国演义

黄忠勖斩夏侯渊
赵子龙汉水大战

图文珍藏版

　　黄忠逼到定军山下，与法正商议。正以手指之曰："定军山西，巍然一座高山，四下皆是险道，山上足可视其虚实。将军若得此山，定军山在掌中矣。"忠仰见山头稍平，山下有些人少马。是夜二更，忠引军士鸣金击鼓，直杀上山顶。有副将杜袭守把此山。袭字子绪，颍川定陵人也。当时止有数百人守山，见忠大队拥上，遂弃山而走。忠遂得了山头，正与定军山相对。法正曰："等夏侯渊兵至，吾举白旗为号。他来搦战，我却按兵不动；待他退兵无备，吾将白旗一举，将军却下山击之。以逸待劳，生之必矣。来日渊必到，可令半山多设旗鼓又候之。"

却说杜袭逃回见渊，说黄忠夺了对山。渊大怒曰："黄忠占了对山，不容我不出战。"张郃谏曰："这夺了对山，用法正之谋也。将军不可出战，只宜坚守。"渊曰："占了吾对山，观吾虚实，如何不出战？"郃苦谏不听，【眉批：千言万语总不肯听，取祸必矣。】分大半军围住对山。渊搦战，从辰骂至午，忠不出战。法正在山上，见曹兵倦怠，锐气已堕，尽皆下马坐息，遂将白旗一招，鼓角齐鸣，喊声大震，黄忠一马当先，骤下山来，犹如天崩地塌之势。夏侯渊措手不及，被黄忠奔到麾盖下，大喝一声，有如雷吼。渊未及相迎，宝刀初起，连头带肩，攀登为两段。【眉批：妙才至此送命矣。】后史官为黇斩夏侯渊，有诗曰：

苍头临大敌，皓首逞神威。

力趁雕弓发，风迎雪刃挥。

雄声如虎吼，骏马似龙飞。

黇斩功勋重，开疆展帝畿。

黄忠斩了夏侯渊，曹兵大溃，各自逃生。忠乘势去夺定军山，张郃领生力兵来迎。忠与陈式两下夹攻，混杀一阵，张郃大败，奔回本寨而去。忽然山旁闪一彪人马，当住去路，为首一员大将，后执一面大旗，上书四个字："常山赵云。"【眉批：来得突兀。】未知张郃性命如何，且听下回分解。

国学经典文库

李渔批阅

三国演义

黄忠瀸斩夏侯渊
赵子龙汉水大战

图文珍藏版

　　却说赵云拦挂张郃，大杀一阵，进退无门，引败军夺路望定军山而走。郃见前面一枝兵来迎，和都尉杜袭也。两兵并合。袭曰："今定军山被刘封、孟过夺了。"郃闻知大惊，遂引败兵来到汉水扎营。二将合兵一处。杜袭曰："将军且暂管夏侯都督印信，以安民心。"令人飞报魏王。操闻渊死，放声大哭，方悟管辂之所言。【眉批：**管辂占辞，至此方悟。**】辂言"三八纵横"，乃建安

二十四年也："黄猪遇贡"者，乃岁在己亥正月也；"定军之南"者，乃定军山之南山也；"伤折一股"者，乃渊与操兄弟之亲情也。操令人寻管辂时，不知何处去了。操深恨黄忠，遂亲统大军，来定军山与夏侯渊报仇，令

国学经典文库

李渔批阅

三国演义

黄忠骂斩夏侯渊
赵子龙汉水大战

图文珍藏版

1030

徐晃作先锋。行到汉水,张郃、杜袭接着曹操。二将奏曰:"今定军山已失,某等恐失其利,将米仓山粮草移于北山寨中屯积,然后进兵。"魏王依允。

却说黄忠将夏侯渊首级,来葭萌关上见玄德献功。玄德大喜,加以征西大将军,设宴庆驾。忽牙张著来报说:"曹操自领大军二十万,来与夏侯渊报仇。目今张郃在米仓山搬运粮草,移于汉水北山脚下。"孔明曰;"今操引大兵至此,恐粮草不敷,故勒兵不进。若得一人,深入其境,一面烧其粮草,【眉批:与断乌巢之粮遥遥相应。】一面夺其辎重,先灭操之锐气,此为上计也。"黄忠曰:"老夫愿当此任。"孔明曰;"今曹操举二十万之众至此。必有大将,非此夏侯渊、张郃之兵也。"【眉批:

又用反激法。】玄德曰:"夏侯渊虽是总帅,乃一勇夫耳,安及张郃?若斩得张郃,胜斩夏侯渊十倍也。"忠奋然又曰:"吾愿往斩之。"孔明曰:"你可与赵子龙同领一枝兵去,凡事计议而行,看谁立功。"忠应允便行。孔明就令张著为副将。云与忠曰:"今操引二十万众,分屯十营,将军在主公前要去夺粮,非小可之事。将军当用何策?"贵曰:"看我先去如何?"云曰:"等我先去。"忠曰:"我是主将,你是副将,如何争先?"云曰:"我与你都一般与主公出力,何必计较?我二人拈阄,拈着的先去。"忠依允。当时黄惠拈阄先去。云曰:"既然将军先去,某何不相助?可约定时刻,如将军依时而还,某按兵不动;若将军不应时而还,某即破阵救助。"【眉批:毕竟子龙忠慎,只图事之成,可敬,可敬。】忠曰:"子龙之言是也。"二人约定,各回营中。子龙与部将张翼曰:"今黄汉升约定明日去夺粮草,若午时不回,我去救应。吾营前临汉水,地势危险。我若去时,汝可谨守寨栅,不可轻动。"张翼声喏。

却说黄忠回寨中,与副将张著曰:"我斩了夏侯渊,张郃丧胆。吾今日领命云劫粮草,只留五百军守寨,你可助吾。今夜三更,尽皆饱食;四更离营,杀到北山脚下,先换张郃,后劫粮草。"张著依令。当夜黄忠领人马在前,张著在后,偷过汉水,直到北山之下。东方日出,见粮积如山,军士看守。曹兵见蜀兵到,尽弃而走。黄忠教马军一齐下马,取柴堆于米粮之上。干柴堆毕,正欲放火，张郃兵到，与忠混战一处，操闻之，遂令徐晃接应。晃领兵前进，将忠困于垓心。张著引三百军走脱，正要回寨，忽一枝兵撞出，拦住去路，为首大将乃是文聘。后面曹兵又至，把张著围住。

却说赵云见忠不回，急忙披挂上马，引三千马步军，来与黄忠接应。云与张翼曰："日已平西，黄汉升将危矣。汝可坚守营寨，两壁厢多设弓弩，以为准备。"翼连声应喏。子龙挺枪骤马，直杀将来。迎头一将拦住，乃文聘手下将慕容烈，拍马舞刀，来迎子龙。子龙手起一枪，刺于马下。曹兵败走。子龙直杀入重围，又一枝兵截住，为首乃牙将焦炳，使三尖刀一口，子龙喝问曰："蜀兵何在？"炳曰："已杀尽矣！"子龙大怒，骤马一枪，刺焦炳于马下。【眉批：较当日长坂坡时一样神威。】杀散余兵，直至北山之下，见张郃、徐晃两人围住黄忠，军士被困多时。子龙大喝一声，挺枪骤马，杀入重围，左冲右突，如入无人之境。那枪浑身上下若舞梨花，遍体纷纷，如飘瑞雪。【眉批：报赞枪法之妙。】张郃、徐晃心惊胆战，不敢迎敌。子龙救出黄忠，且战且走，所到之处，无人敢阻。操惊问众将曰："此将何人也？"有识者告曰："此乃常山赵子龙也。"操曰："昔日当阳长坂英雄尚在！"【眉批：提照前事。】急传令曰："所到之处，不许轻敌。"因此曹兵只看山上招旗之处，指东围东，指西围西。子龙救了黄忠，引三千军，杀透重围。数内有一人指之曰："东南上围的，必是副将张著。"子龙不回本营，遂望东南来，所到之处，但见"常山赵云"四字旗号，曾在当阳长坂知其勇者，互相传说，尽皆逃窜。【眉批：**兵将口中形容得妙，皆先声夺人之故耳。**】子龙又救了张著。

曹操见子龙东冲西突，所到之处，无敢迎敌，救了黄忠、张著，奋然恨怒，自招呼左右将士，来赶子龙。子龙已杀回本寨，部将张翼接着，望见后面尘起，知是曹兵追来，即与子龙曰："追兵渐近，可令军士闭上寨门，上敌楼防护。"子龙喝令："休闭寨门！"遂拔弓弩手于寨外濠中埋伏，将营内旗枪尽皆倒堰，金鼓不鸣。子龙匹马单枪，立于营之外。

却说张郃、徐晃领兵追至蜀寨，天色黄昏，见寨中偃旗息鼓，又见赵云匹马单枪，立于营外，寨门大开，

国学经典文库

李渔批阅

三国演义

黄忠骶斩夏侯渊
赵子龙汉水大战

图文珍藏版

二将不敢前进。正疑之间，忽魏王到，见军不动，急教催督向前。众军听令，大喊生声，杀奔营前，见子龙全

然不动，曹兵翻身问回。【眉批：奇绝，奇绝。】子龙把枪一招，壕中弓弩齐发。比及天色昏黑，又不知蜀兵多少，操先拔马回走。只听得后面喊声大震，鼓角齐鸣，蜀兵赶来，曹兵自相践踏，拥到汉水河边，落水死者不知其效。子龙、黄忠、张著各引一枝，追杀甚急。是夜，操正奔走之间，忽刘封、孟达率二枝兵，从米仓山路杀来，放火烧粮。操弃了北山粮草，忙回南郑。徐晃、张郃扎脚不住，亦弃本寨而走。子龙先占了曹寨，黄忠夺

了粮草，汉水所得军器无数，差人去报玄德。

玄德遂同孔明前来战场观之。玄德、孔明至汉水，凭高望之，玄德问子龙的部将曰："子龙于此地如何厮杀？"其将答曰："曹兵二十万，漫山遍野杀来。子龙引三千兵杀透重围，救出黄忠并三千人马。子龙率众左冲右突，往来厮杀，曹兵散而复合者数次。子龙又杀出重围，救出副将张著并三百骑，不曾折了一人。子龙又匹马单枪，立于营外。操亲驱兵杀至营蔚，被子龙招弓弩射之。曹兵败走，淹于汉水者万余人。因此全获奇功。"【眉批：子龙英勇又在将士口中写出，一发闹热。】玄德大喜，看了山前山后险峻之路，欣然与孔明曰："赵子龙一身都是胆也！"【眉批：姜维系身包胆，子龙竟是胆包身也。】后人有诗曰：

> 忠义有心方有胆，虎威无敌自无人。
>
> 岂真有胆包身外，沥胆须知不有身。

却说玄德听得如此，心中大喜，说与众将，就号子龙为"虎威将军"，大劳将士。欢宴至晚，忽人来报曰："曹操复遣大军从斜谷小路而进，来取汉水。"玄德笑曰："操此来无能为也。我料必得汉中也。"乃率兵于汉水之西，以候曹兵。

曹操命徐晃为先锋，又来决战。帐前一人出曰："某深知地利，愿助徐将军同去。"操视之，乃巴西岩渠人也，姓王，名平，字子均，见充牙门将军。操大喜，遂救王平为副先锋，相助徐晃。操屯兵于定军山北。徐晃、王平引军至汉水，晃令前军渡水列阵。平曰："军若渡水，倘要急退，如之奈何？"晃曰："昔日韩信用兵，背水为阵，此按孙子兵法'致之死地而一生'"。【眉批恰与后文马谡对王平语相合。】平曰："不然。昔日韩信料陈余无谋而用此计，今将军能料赵云、黄忠之意否？"晃曰："汝可引步军拒敌，看我引马军破之。"遂令搭起浮桥，随即过河来战蜀兵。未知胜负如何，且听下回分解。

国学经典文库

李渔批阅

三国演义

刘率德智取汉中
曹孟德忌杀杨修

图文珍藏版

第七十二回　刘率德智取汉中
曹孟德忌杀杨修

却说徐晃引军渡汉水，王平谏之不听，渡过汉水扎营。黄忠、赵云告玄德曰："某等各引本部兵去迎曹兵。"玄德应允。二人引兵在途，忠与云曰："今徐晃恃勇而

来，且休与敌；待日暮兵气挫动，你我兵分两路，击之

可也。"【眉批：**即法正教黄忠之策。**】云应允，各引一军据住寨栅。徐晃引兵从辰时搦战，直至申时，蜀兵不动。晃尽教弓弩手向前，望蜀营射之。忽一人报与黄忠、赵云曰："徐晃用弓弩射者，其军必退也。可乘势击之。"又一人报曰："曹兵后队果然退动。"蜀营鼓声大震，黄忠领兵左出，赵云领兵右出。两下夹攻，只一阵，徐晃大败，尽逼入汉水，死者无数。晃死战得脱，到营大责王平："汝见吾军势将危，如何不救？"平曰："我若去救，此寨亦不得保。我曾谏公休去，公不肯听，以致此败。"晃大怒，欲杀王平。平当夜引本部军，就营中放起火来，曹兵大乱。徐晃弃营而走。平渡汉水来投赵云。云引见玄德。平尽献汉水地利。【眉批：**送一员乡导官来了。**】玄德大喜曰："孤仰王子均陈言良策，吾得汉中无疑矣。"遂命王平为偏将，领乡导使。

却说徐晃逃来见操，说王平反了，去降刘备。操大怒，亲统大军，来夺汉水寨栅。赵云恐孤军难立，遂退汉水之西。两军隔水相拒。玄德、孔明来观形势，孔明见汉水上流头有一带土山，可伏千余人。孔明倒到营中，唤子龙分会："汝可引五百人，皆带鼓角，伏于土山之下。或半夜，或黄昏，只听我营中炮响。汝便一齐发擂，却休出战。炮响一番，擂鼓一番，不要出战。"【眉批：**以虚声挫其锐气。**】子龙受了计，自去埋伏。孔明却在高山上暗窥。次日，曹兵到来搦战，营中尽数伏定，一人不出，弓弩都不发。曹兵自回。当夜更深，孔明见曹营灯火方息，军士歇定，遂放号炮。子龙听得，令鼓号齐鸣。曹兵惊慌，只疑劫寨，及至出营，不见一军。方才回营欲歇，号饱又响，鼓角又鸣，呐喊震地，山谷应声。曹兵彻夜不安。一连三夜，如此惊疑。操心怯，拔寨自退三十里，就空阔去处扎营。【眉批：又恐是鬼，又疑是神，吓坏老贼。】孔明叹曰："曹操虽知兵法，不知诡计。"遂请玄德亲渡汉水，背水结营。玄德问计，孔明曰："可如此如此。"

曹操见背水下寨，心中稍疑，使人来下战书。孔明批来日决战。次日，两军会于中路五界山前，列成阵势。操出马立于门旗下，两行布列龙凤旌旗，擂鼓三，唤玄德答话。玄德引刘封、孟达并川中诸将而出。操扬鞭大骂曰："刘备忘恩失义、反叛朝廷之贼！"玄德曰："吾乃大汉宗室，奉诏讨贼。汝僭越天子銮仪，自立为王，非反而何？"【眉批：只此数语，又抵得一篇衣带诏。】操怒，命徐晃出马来提玄德。刘封出迎，交战之时，玄德先走入阵。封敌晃不住，拔马便走。操下令："捉得刘者者，便为西川之主。"大军呐喊，杀过阵来。蜀兵望汉水而逃，尽弃营寨，马匹军器，丢满道上。曹军争竞取之。操急鸣金收军。众将在马上曰："某等正待捉刘备，主上何故收军？"操曰："吾见蜀兵背汉水安营，疑之一也；多弃马匹军器者，疑之二也。可急退军，休取衣服。"【眉批：亦有见识。】操下令曰："妄取一物者立斩！火速退军！"曹兵方回头时，孔明号旗举起，玄德中军领兵便

国学经典文库

李渔批阅

三国演义

刘率德智取汉中

曹孟德忌杀杨修

图文珍藏版

国学经典文库

李渔批阅

三国演义

刘幸德智取汉中
曹孟德忌杀杨修

图文珍藏版

1040

出，黄忠左边杀来，赵云右边杀来。曹兵大溃而逃。孔

明连夜追赶。操传令军回南郑。只见五路火起，原为魏延、张飞得严颜代守阆中，分兵杀来，先得了南郑。【眉批：七十一回中伏着，至此叙明。】操心惊，奔阳平关而走。玄德大兵追至南郑褒州。安民已毕，玄德问孔明曰："曹操败速者，何也？"孔明曰："操平生为人多疑，虽能用兵，疑者多败。吾以疑兵胜之。"【眉批：曹操一生多疑，所以取败。】玄德曰："今操退守阳平关，其势已孤，先生将何策以退之。"孔明曰："某已定了。"便差张飞、魏延分兵两路，去截曹操粮道；令黄忠、赵云分兵两路，去放火烧山。【眉批：此是第二番差遣。】"粮草尽绝，岂

能久住乎？"玄德曰："妙哉！"众将各引乡导官军去了。

却说曹操退守阳平关，令军哨探，回报曰："今蜀将远近小路尽皆塞断，砍柴去处尽放火烧绝，不知兵在何处。【眉批：将四路兵一齐写出。】"操正疑惑间，又报曰；"张飞、魏延来往劫粮，必得大将相助。"操问曰："谁敢敌张飞？"许褚曰："某愿往。"操令许褚引一千精兵，去阳平关路上护接粮车。当日，部粮官参拜褚曰："若非将军到此，粮又不得到阳平矣。"将车上的酒肉献于许褚，诸将痛饮，不觉大醉。褚乘酒兴，催粮车行。押粮官曰："前褒州之也，山势险恶，未可过去。"褚曰："吾有万夫之勇，岂惧他人哉！今夜乘着月色，正好使粮车行走。"【眉批：醉人在月下，一发动了酒兴。】许褚当先，横刀纵马，引军前进。二更以后，往褒州路上而来。行过一半，忽山凹里彭角震天，一枝军当住，为首大将乃燕人张翼德也，挺矛纵马，直取许褚。褚舞刀来迎。只一合，矛中许褚肩膀，翻身落马。【眉批：万夫之勇，无济于事，为好酒者戒之。】手下牙将向前急救，退入军中，弓弩乱发。翼德不能向前攻敌，只夺了粮草车辆。后人有诗赞张飞曰：

雄哉翼德，锐气如虎。据水断桥，横矛一举。入州释严，出褒刺褚。威震关中，分茅列土。

张翼德尽夺粮草车辆而回。

国学经典文库

李渔批阅

三国演义

刘玄德智取汉中
曹孟德忌杀杨修

图文珍藏版

国学经典文库

李渔批阅

三国演义

刘率德智取汉中
曹孟德忌杀杨修

图文珍藏版

1042

却说众将保着许褚，回见曹操。操就令医士疗治金疮。操自提兵来，与蜀兵决战。玄德引军出迎。两军阵圆，玄德令刘封出马，操骂曰："卖覆小儿，常使假子拒敌！吾若唤黄须来，【眉批：吴有紫须，魏有黄须，正复相对。】汝假子为骨酱肉泥也！"刘封大怒。挺枪骤马，径取曹操。操令徐晃来迎。封诈败而走。操引兵追赶。蜀兵营中四下炮响，鼓角齐鸣。操惧有伏兵，急退军时，曹兵自相践踏，死者极多。回阳平常关，方才歇定，蜀兵赶到城下，东门放火，西门呐喊，南门放火，北门擂鼓。操大惧，弃关而走。【眉批：惊死老贼。】后蜀兵追袭。操正走之间，前面张飞引一枝兵痛杀一阵。魏将保操奔走。赵云引一枝兵从背后杀来，黄惠从褒州杀来。操大败，诸将惊慌。操骤马加鞭，方逃至斜谷界口，忽尘头起，一枝兵到。操曰："此军若是伏兵，吾今休矣！"其兵将近，乃操之次子曹彰也。【眉批：势穷力竭，来得凑巧。】

彰字子文，少善骑射，膂力过人。手格猛兽，不避凶险。操常戒之曰："汝不读书而好汗马，此乃匹夫之勇，何足贵也？"彰曰："大丈夫学卫青、霍去病，立功沙漠，长驱数十万众，纵横天下，是其志也，何能作博士也？"操常问诸子之志，彰曰："好为将。"操问："为将如何？"彰曰："披坚执锐，临难不顾，身先士卒，赏必行，罚必信。"操大笑。二十三年，代郡为乌丸反，操令彰引五万讨之。临行，操戒之曰："'居家为父子，受

国学经典文库

李渔批阅

三国演义

刘率德智取汉中
曹孟德忌杀杨修

图文珍藏版

事这君臣，动有王法，尔可戒之。"彰到代北，身先战阵。胡骑应弦而倒，直杀至桑乾，北方皆平；知操在阳平败阵，故来助战。【眉批：**百忙中忽叙曹彰生平，补前文所未及。**】操见彰至，大喜曰："黄须儿远来，破刘备在即日矣！"【眉批：**正恐未必。**】诸将曰："目今势败，何能再胜？"操曰："吾儿一扫北方，数千里皆平。今幸胜兵之来助，安有不胜之理？"遂勒兵复回。胜负如何，且听下回分解。

曹操见曹彰引兵，于斜谷界口安营。有人报玄德，言曹彰到。玄德问曰："谁敢去战？"刘封出曰："某愿往。"孟达又说要去。玄德曰："汝二人同去，看谁成功。"各引兵五千来迎。刘封仗玄德之威在先，孟达在后。曹彰出马与封交战，只一合，封大败而回。孟达引兵前进，方欲交锋，只见曹兵大乱，却是马超、吴兰两军杀来。【眉批：七十一回中伏着，于此方见。】曹兵先自胆落，被三路军冲杀而来。超兵歇养日久，到此耀武扬威，势不可当。曹兵败走，正真吴兰当住，彰一戟刺兰于马下。【眉批：操夸奖一番，得此聊足解嘲。】三军混战。操退兵于斜谷口扎住，被超侵劫，昼夜不安。刘封惶恐，无面见父，听知孟达见功，深恨结仇。

操屯兵日久，欲要进兵，又被马超拒守；张飞、赵云、黄忠不时搦战，正要交锋，又被蜀兵把住要道；欲收兵回长安，又恐蜀兵耻笑；心中犹豫不决。忽值庖官进鸡汤，操见碗中有鸡肋，因而有感于怀。正沉吟之间，夏侯惇入帐，来禀夜间号令。操随口曰："鸡肋！鸡肋！"惇传令众官都称"鸡肋"。行军主簿杨修见传"鸡肋"二字，便教随行军士收拾行装，准备归程。【眉批：卖弄聪明。】有人来夏侯惇报知。惇大惊，遂请杨修去问。修曰："以今夜号令，便可知也。'鸡肋'者，食之无肉，弃之有味。今进不能胜，退恐人笑，在此无益，不如早归。来日魏王必班师矣。故先拴束，庶免临行慌乱。"夏侯惇曰："公知魏王肺腑也。"遂亦收拾行装。寨中诸将，无不准备。当夜，曹操心乱，不能稳睡，遂提钢斧，绕寨私行。只见夏侯惇寨内，军士各各准备行装。操大惊，急回帐，召惇问故。惇曰："主簿杨德祖先察王上欲归之意。"操召杨修问之,修以"鸡肋"之意答之。操大怒。

　　修字德祖,汉太尉杨彪之子,杨震之孙;博学广览,一目数行,九流三教,无所不晓;建安中举孝廉,除郎中,操用为署仓事主簿,出则参赞机务,总知内外事。修为人恃才放旷,数次干犯,曹操姑恕。操平生为人,虽能用长,心实忌之,只恐人高如己。【眉批:**曹操心内欲为之事,最忌人知。**】昔日常造花园一所,一年造成,请操观之,操看罢,不言好歹,只取笔于门书一"活"字而去。人皆不晓,修曰:"'门内添一'活'字,乃'阔'字也。丞相嫌阔。"于是再筑墙围,又请观之。操大喜,问曰:"谁知吾意?"一人答曰:"杨修也。"操虽面喜,心甚忌之。又一日,塞北送酥一盒,操喜,遂写"一合酥"三字于盒上。操入寝,修入见之,取匙分食。操睡觉,欲食不见。操问之,修答曰:"丞相有命,令'一人食一口',尽食之矣,岂敢违丞相之命?"操虽大喜,而心恶之。【眉批:**奸雄之极。**】操常分付左右:"吾梦中好杀人,睡着勿近前。"一日,昼寝于帐中,落被于地,一近侍慌取覆之。操跃起,拔剑斩之,复上床睡,半响而起,惊问:"何人杀吾近侍?"众以实对。操痛哭而厚葬之。【眉批:**假梦假睡,假问假哭。一片是假。**】人皆不识,以为操果是梦中杀人,惟修知之,临丧叹曰:"君乃囊中之锥也!"操闻而恶之。操第三子曹植,字子建,深惜其才,常邀修谈论,终夜不息,甚是敬之。操与众商议,欲立子建为魏王。太子曹丕知其谋,请朝歌

国学经典文库

李渔批阅

三国演义

刘率德智取汉中
曹孟德忌杀杨修

图文珍藏版

国学经典文库

李渔批阅

三国演义

刘率德智取汉中
曹孟德忌杀杨修

图文珍藏版

1046

长吴质议事，恐有人见，用盛绢大簏藏吴质入府。修知其事，来出操。【眉批：杨修后必为曹丕所杀。】操曰：

"来日擒之！"早有人报曹丕。丕慌告吴质，质曰："何必忧患？明日用大簏装绢，再入以惑之。"次日，修又告操，操使人搜之，果皆是绢。操因此大疑修有害丕之心。操一日令曹丕、曹植各出邺城门，却密使人分付缓放。植先问修，修曰："世子今奉王命，如有阻当者斩之。"果然曹丕至门，被当住自回。植至城门，门吏阻之，植曰："吾奉王命，如箭离弦，何人敢当！欲背反耶？"立斩之。操知次子多能，召而问之。植对曰："出于胸襟也。"操喜。又人告操曰："此乃杨修之所教也。"操此时已有杀修之心矣。修常作答教数十条与植，但操有问，依修答之，其中治国安民之道无所不该。操常问子建，其对答如流。操心甚疑。后丕暗买子建左右，偷答教来告操。操见之，大怒曰："匹夫安敢交构吾儿以侮孤耶！"此时杀修之心愈忿矣，惟恐外人议论，故隐忍之。子建带酒，乘操车，出司马门。人皆以操出，伏道而迎之，至近方知是子建。操闻知，大怒曰："吾无事不出此门，将以取信于诸侯也。汝今无礼，可杀之。"众官苦劝方止。自此曹操不喜子建，诸君不敢登门。操带修征南，汉水观碑时，亦要杀修，恐诸将士议论，又复忍之。【眉批：补叙杨修见杀之由，又于百忙中叙此闲笔，妙绝。】

当时操怒曰："竖儒敢乱吾兵耶！"叱刀斧手推出斩之，号令首级于营门外，以示其众。【眉批：可为恃才之戒。】修死年三十四岁。后史官有诗曰：

> 奸雄端的忌聪明，积怨存心恨易生。
>
> 鸡肋早知能丧命，急如蚓舌不能鸣。

曹操佯怒，欲斩夏侯惇。众官皆告免。操数声喝退。

操令来日进兵，出斜谷界口，再复中原。忽当路一军摆开，为首大将乃魏延也。操招魏延归降。延恶言大骂。操令庞德战之。二将正斗间，寨门火起，人报马超劫了中后二寨。【眉批：马超忽没忽现，又是一样声势。】操拔剑在手曰："诸将动者斩！"众将努力上前，杀退魏

国学经典文库

李渔批阅

三国演义

刘率德智取汉中
曹孟德忌杀杨修

图文珍藏版

延，延投山僻小路而走。操方回兵来战马超，又令一军敌张翼德。操立高阜处，着两军各各效力急战。忽一军撞在面前，乃是魏延。延拈弓搭箭，射中曹操。操翻身落马。延弃弓绰刀，骤马上山，来杀曹操。【眉批：魏延忽去忽来，又是一样声势。】马后转过一将，大叫"休伤吾主!"乃南安狟道人也，姓庞，名德，字令明，奋力向前，战退魏延，保操前进。马超兵已退，操归原寨。操带伤，又折却门牙两个，【眉批：欲食鸡肋，折却门牙一对，稍快人心。】令医士调治；方忆杨修之言，随将修尸收回厚葬，就令班师，却教庞德断后。车乘马匹已备，操卧于毡车之中，左右护卫虎贲军数万人。忽报斜谷两边山上火起，马超伏兵赶来。曹兵连夜奔回长安，锐气堕尽。未知何如，且听下文分解。

国学经典文库

李渔批阅

三国演义

刘率德智取汉中
曹孟德忌杀杨修

图文珍藏版

国学经典文库

李渔批阅

三国演义

刘备进位汉中王
关云长威振华夏

图文珍藏版

第七十三回　刘备进位汉中王
关云长威振华夏

　　建安二十四年秋七月，魏王曹操退兵至斜谷，欲还许都，又被魏延一箭射中人中，因此收军班师。【眉批：

今人读者至此，岂不快哉！】比及三军起行，原来孔明见操避于斜谷，料是弃汉中而走，故差马超等将，分兵十数路。不时攻劫，因此操不能久住，遂议回兵。前军才行，两下火起，乃是马超等伏兵断道。操急令将士紧行，三军锐气尽堕，但听得兵声大发，人人丧胆，个个亡魂，只欲逃生，安能拒敌，晓夜奔走无停。【眉批：**此时颇快人意。**】蜀兵追赶不住。军至京兆，方始安心。

却说玄德命刘封、孟达、王平等，攻取上庸郡。申耽等闻操已弃汉中而走，遂皆投降。玄德大喜，就于东川之地大赏三军。安民已定，玄德愈加爱惜军士，众将皆有推尊玄德为帝之心，未敢擅专，遂告诸葛军师。孔明曰："吾意已定夺了。"随行法正等入见玄德。孔明曰："方今汉帝懦弱，曹操专权天下百姓无主。主公年过半百，威震四海，东除西荡，今得两川，可以应天顺人，法尧禅舜，即皇帝位，名正言顺，以讨国贼。此合天理，事不宜迟，便请择曰。"【眉批：**孔明之意非废献帝，欲尊帝为上皇耳。**】玄德大惊曰："军师之言差矣！刘备虽然汉之宗室，犹是君之臣子；若为此事，乃反汉也。"孔明曰："非也。方今天下分崩，英雄并起，各霸一方，四海有才德者同声相应，同气相求，舍死亡生而事其主者，若非为名，即为利也。今主公苟避嫌疑，守义不举，手下之士，大小皆无所望，其心皆懈，不久皆去矣。主公熟思之。"【眉批：**玄德以在上天子为辞，孔明以在下民心为望，而又写诸将推戴。**】玄德曰："居尊位，吾实不敢。汝等再宜商议。"诸将一齐言曰："主公若是推却，三军心变矣！"孔明曰："主公平生以义为本，未肯便称尊号。今有荆襄、两川之地，可暂为汉中王，以正其位，方可用人。"玄德曰："汝等虽欲尊吾为王，不得天子明诏，是僭称也。"孔明曰："离乱之时，宜从权变；若守常道，必误大事。"【眉批：**不失大道，故终成大业。**】张飞大叫曰："异姓之人皆欲为君，何况哥哥乃汉朝宗派！若不如此，半世殷勤成一梦矣！"【眉批：**莽人说话直截痛快。**】孔明曰："主公宜从权变，进位汉中王，臣等自用表章，申奏天子。"玄德再三推辞不过，又恐军心有变，只得依允。孔明遂命谯周作表，申奏献帝。其表曰：

军师将军臣诸葛亮，荡寇将军、汉寿亭侯臣关羽，征虏将军、新亭侯臣张飞，平西将军、都亭侯臣马超，征西将军臣黄忠，镇西将军臣赖恭，扬武将军臣法正，兴业将军臣李严等一百二十人上言曰：昔唐尧至圣而凶在朝，成周仁贤而四国作难，高后称制而诸吕窃命，孝昭幼冲而上官逆谋：皆凭世宠，借履国权，穷凶极乱，社稷几危；非大舜、周公、朱虚、博陆，则不能流放擒讨，安危定赖。伏惟陛下诞姿圣德，统理万邦，而遭厄运不造之艰。董卓首难，荡覆京畿；曹操阶祸，窃执天衡。皇后太子，鸩杀见害，剥乱天下，残毁民物，令陛下蒙尘忧厄，幽处虚邑。【眉批：**此二事，曹贼之大罪案。**】人神无主，遏绝王命，厌昧皇极，欲盗神器。左将军领司隶校尉、豫荆益三州牧、宜城亭侯刘备，受朝廷爵秩，今在输力，以殉国难。睹其机兆，赫然奋发，与车骑将军董承同谋诛操，将安国家，克宁旧都，会董承机事不密，令操游魂得遂长恶，残毒海内。臣等每惧王室大有阎乐之祸，小有安定之变；夙夜惴惴，战栗屡思。

国学经典文库

李渔批阅

三国演义

刘备进位汉中王
关云长威振华夏

图文珍藏版

国学经典文库

李渔批阅

三国演义

刘备进位汉中王
关云长威振华夏

图文珍藏版

【眉批：又是自责之语。】昔在《虞书》，敦序九族，周监二代，封建同姓，《诗》著其义，历载长久。汉兴之初，割裂疆土，尊王子弟，是以卒折诸吕之难，而成大宗之基。臣等以备脐腑枝叶，宗子藩翰，心存国家，念在弭乱。自操破于汉中，海内英雄望风蚁附，而爵禄不显，九锡未知，非所以镇卫社稷，光昭万世也。奉辞在外，礼命断绝。昔河西太守梁统筹，值汉中兴，限于山河，位同权均，不能相率，咸推窦融，以为元帅，卒立效绩，摧破隗嚣。今社稷之难，急于陇蜀。操外吞天下，内残君僚，朝廷有萧墙之厄，而御侮未建，可为寒心。臣等辄依旧典，封备汉中王，拜大司马，以董齐六军，纠合同盟，扫灭凶逆。以汉中、巴蜀、广汉、犍为为国，所署置依汉初诸侯王故典。夫权宜之制，苟利社稷，专之可也。然后功成事立，臣等退伏矫罪，虽死无恨。诚惶诚恐，顿首死罪。臣等不胜瞻天激切屏营之至。谨奉表以闻。

建安二十四年秋七月，筑坛场于鄠阳，方圆九里，分布五方，各设旌旗仪仗，群臣皆依次序排列，许靖、法正请玄德登坛，进冠冕玺绶讫，面南而坐，受文武官员拜贺，为汉中王。子刘禅立为王太子。封许靖为太傅，法正为尚书。令诸葛亮为军师，总督军马一应事务。封关羽、张飞、马超、黄忠、赵云为五虎大将，魏延为汉中太守。其余各据功勋定爵。玄德既为汉中王，遂修表一道，差人赍赴许都进呈。表曰：【眉批：此表甚觉正大。】

备以具臣之才，荷上将之任，总督三军，奉辞于外，不能扫除寇难，靖匡王室，久使陛下圣教陵迟，六合之内，否而不泰，惟忧反侧，疢如疾首。曩者董卓，伪造乱阶，自是之后，群凶纵横，残剥海内。赖陛下圣德威灵，人臣同应，或忠义奋讨，或上天降罚，暴逆歼殄，以渐冰消。惟独曹操，久未枭除，侵擅国权，恣心极乱，臣昔与车骑将军董承图谋讨操，机事不密，承被陷害。臣播越失据，忠义不果，遂得使操穷凶极逆，主后戮杀，皇子鸩害。虽纠合同盟，念在奋力，懦弱不武，历年未效。常恐殒没，孤负国恩，寤寐永叹，夕惕若厉。今臣群僚以为，在昔《虞书》敦叙九族，庶明励翼，五帝损益，此道不废。周监二代，并建诸姬，实赖晋、郑夹辅之福。高祖隆兴，尊王子弟，大启九国，卒斩诸吕，以定太宗。今操恶直丑正，实繁有徒，包藏祸心，篡盗已显。既宗室微弱，帝族无位，斟酌古式，依假权宜，上臣为大司马、汉中王。【眉批：以上述群下推戴之意。】臣伏自三省，受国厚恩荷任一方，陈力未效，所获已过，不宜复忝高位，以重罪谤。群僚见逼，迫臣以义，臣退惟寇贼不枭，国难未已，宗庙倾危，社稷将坠，诚臣忧责碎首之负。若应权通变，以守静圣朝，虽赴水火，所不得辞，敢虑常宜，以防后悔，辄顺众议，拜受印玺，以崇国威。【眉批：又述群下复请，不得复辞之意。】仰惟爵号，位高宠厚；俯思报效，忧深责重，惊怖累息，如临于谷。尽力输诚，将励六师，率齐群义，应天顺时，扑讨凶逆，以宁社稷，以报万一。谨拜章表。因驿递上，还所假左将军、宜城亭侯印绶。谨表以闻，仰于天听。建安二十四年秋七月，汉中王、领大司马臣刘备拜书。

遣使到许都进表。

曹操听知玄德自立汉中王，遂大骂曰："织席小儿，安敢如此！吾不能灭汝，誓不回都！"即时传下令旨，尽起倾国之兵，赴两川与汉中王决战。一人出班谏曰："王

国学经典文库

李渔批阅 渔阅

三国演义

刘备进位汉中王
关云长威振华夏

图文珍藏版

上不可一时之怒气，使百万生灵屈死于锋刃。小臣有一计，不须动张弓只箭，令刘备在蜀自受其祸。待兵衰力尽，略用一将，兴数万之众，一举而成功也。"众皆大惊，视之，乃河内温城人也，覆隆司马，名懿，字仲达，见为丞相府主簿。【眉批：仲达此时渐渐出头。】操大喜，问曰："仲达有何高见？"懿曰："今江东孙权以妹嫁刘备，今已分离，取回江左，彼此有切齿之恨。王上差一舌辩之士，赍书去见孙权，陈说刘备过恶，令权兴兵先取荆州，一与关某相持，刘备必发两川之兵以救荆州。那时王上兴兵去取汉川，令刘备首尾不能相救，势必危矣。"操大喜，即修书令满宠为使，星夜投江东来见孙权。

权知满宠到，遂与谋士商议。张昭进曰："魏与吴本无仇，【眉批：独不记二乔铜雀之事乎？是操为仇仇，而备乃婚姻也。】一时听诸葛之说词，间谍两家，终年征战不息，生灵遭其涂炭。今满伯宁来者，必有讲和之意，可接待之。"权依其言，令众谋士远接。满宠入城，见吴侯礼毕，权以宾礼待宠。宠起身言曰："吴、魏自来无仇，皆因刘备之故。今魏王差某到此，约会破刘，共分疆土，誓不相侵。"权问曰："以何凭据？"满宠将操书呈上。权拆封视之，书曰：

操闻人生世间，列位在至尊之上，而制于异域之臣，此王侯之耻也；不论行而结交者，此大丈夫之耻也；祖宗可得之基业，一旦轻属他人，此家门之耻也。仲谋乃东吴至尊，而受制于刘备，耻一；备乃幽燕小辈，素元行止，天下共知，一旦以贤妹妻之，耻二；荆襄九郡，公之父兄皆为此土丧身，而一旦轻如敝屣，与刘备而不取，耻三。夫备特凶顽，数有侵侮，轻诺寡信，素怀不仁，先是叛吕布，弃袁绍，记刘表，今更吞并蜀川，占据汉上，负明分与孤之德，虽樵牧为切齿。兹遣书申意，所有旧怨，幸一切勿记。愿速起英雄之师，索取荆州，上除国凶，下雪己恨。清平之后，自以江南接连西川，尽属于公；汉中、襄阳，孤当自取。永以为好，誓不相侵。书不尽言。专祈照察。秋八月吉日书。

国学经典文库

李渔批阅

三国演义

图文珍藏版

关云长威振华夏

刘备进位汉中王

孙权览毕，设宴相待。满宠歇于馆舍。

权连夜与谋士商议。顾雍曰："虽是说词，其中有理。一面送满宠回，约会曹公首尾相击；一边使人过江，探云长动静，方可行事。"【眉批：**张昭只要和魏，顾雍却有两说。**】诸葛瑾曰："某闻关公自到荆州，刘备娶与妻室，先生一子，次生一女。其子聪明，其女幼小，未曾适人。【眉批：**云长家内事，在诸葛瑾口中叙出。**】某愿一往，与主公世子求婚。若云长肯许，即与云长计议，共破曹操；若云长不肯，然后助曹，却取荆州。凡征战有名，则人心皆顺矣。"孙权用其谋，先送满宠回许，却遣诸葛瑾为使，投荆州来。人报云长，云长平生轻傲天下之士，不令手下人迎接。诸葛瑾入城，来见云长。云长曰："子瑜此来何意？"瑾曰："某想舍弟久事汉中王，故有此行，求结两家之好。某主人吴侯有一子，甚聪明，吴人皆奇之。某闻将军有一女，特来求亲。两家并无猜疑，并力破曹。此诚美事，请君侯思之。"云长勃然大怒曰："吾虎女，安肯嫁犬子也！【眉批：**"虎女""犬子"，言觉太重。**】不看汝弟同，立斩汝首！再休多言！'遂唤左右逐出。瑾抱头鼠窜，回见吴侯，不敢隐匿，遂实告之。权大怒曰："何太无礼耶！"便唤张昭等文武官员商议，定取荆州之策。未知如何，且听下回分解。

孙权与文武议取荆州，参谋步骘曰："未可。曹操欲篡汉室，所惧者刘备也。今遣使来，令吴兴兵吞蜀，此

国学经典文库

李渔批阅

三国演义

刘备进位汉中王
关云长威振华夏

图文珍藏版

嫁祸于吴也。"【眉批：**步骘略有见识。**】权曰："孤亦欲取荆州久矣。"骘曰："今操弟曹仁，见屯兵于襄阳，樊城，又无长江之险，骘路可取荆州，如何不取，却令主公动兵？只此便见其心也。主公可遣使去许都见操，令曹仁旱路起兵，云长必掣荆州之兵而取樊城。云长一动，主公可遣一将暗取荆州，一举可得矣。"【眉批：**为后文吕蒙袭荆张本。**】吴侯大喜，即时遣使过江，直至诸都见操，上书陈说此事。【眉批：**吴让魏先发兵是着乖处。**】操看毕大喜。即遣满宠往樊城，助曹仁为参谋官，一同商议动兵；便教东吴使命先回，令领兵水路接应，可取荆州。

却说汉中王令魏延总督军马，守御东川，遂引百官回成都。差官起造宫庭，又置馆舍，自成都至白水，共建四百余里馆舍亭邮，广积粮草，多造军器，以图进取中原。【眉批：写西川景色。】细作人探听曹操结连东吴，欲取荆州，即飞报入蜀。汉中王忙请孔明商议，孔明曰："某已料曹操必有此谋；比及借倩东吴起兵，吴地谋士极多，必教操令曹仁先兴兵矣。"【眉批：可谓明见万里。】汉中王曰："似此，如之奈何？"孔明曰："可差使命就送官诰与云长，令先起兵取樊城，使军士胆寒，自然瓦解矣。"【眉批：吴欲使魏先发，孔明又使云长先发，一是让先，一是占先。】汉中王大喜，即差前部司马为使，乃犍为安定人也，姓费，名诗，字公举，当日赍捧诰命，投荆州来。

人报知云长，云长出郭，迎接入城。分廨上礼毕，云长问曰："封某何爵？"诗答曰："王上加'五虎大将'之职，将军居其一也，"云长又曰："封那五虎将？"诗曰："关、张、赵、马、黄是也。"云长大怒曰："翼德吾弟也，孟起世代名家，子龙久随吾兄，即吾弟也，位与吾相并可也。黄忠何等之人，与吾同列？大丈夫终不与老兵同列！"【眉批：其言甚壮。】不肯受印，诗佯笑而言曰："将军差矣。听愚一言：夫立王业者，所用非一人。昔萧何、曹参自幼与高祖是亲旧，陈平、韩信后亡奉命而至，论其班次，韩信为主，最居其上，未闻萧、曹以此为怨。【眉批：引萧、曹以证之，真仁人之言也。】今

国学经典文库

李渔批阅

三国演义

刘备进位汉中王
关云长威振华夏

图文珍藏版

汉中王以一时之国，崇隆于汉室，故以五虎并列，然等将军之电，岂与黄汉升同哉？况汉中王与将军有结义之恩，如同一体，将军即江中王，汉中王即将军也，可与同休戚，共祸福，不宜计较官号之高下，爵禄之多寡也。【眉批：**以兄弟之义动之，可谓善手说辞矣。**】仆一介之使，衔命之人，若听将军之怒而败事，是辱命也。愿将军熟思之。"云长大悟，乃垂泪再拜曰："愚之不明，非足下见教，几误大事。"即时受印。费诗方出王旨，令云长领取樊城。云长曰："吾亦有心久矣，但未得王命耳。"当时便差川将傅士仁与糜芳二人为先锋，引一军于荆州城外屯扎。

国学经典文库

李渔批阅

三国演义

刘备进位汉中王
关云长威振华夏

图文珍藏版

次日，大军同出，二人领命，先去城外点兵。云长设宴相待费诗。饮至二更，忽一军报："城外寨中火起！"云长急披挂上马，出城看时，乃是傅士仁、糜芳饮酒，帐后遗火，烧着火炮，满营撼动，把军器粮草皆尽烧毁。【眉批：便是不祥之兆。】云长引军救扑，四更方才火灭。云长入城，召傅士仁、糜芳责之曰："吾令汝二人作先锋，不曾出军，先将许多军器粮草烧毁，火炮打死本部军人。如此误事，要你二人何用！"叱令斩之。【眉批：为后二人背公伏线。】司马费诗慌急来告曰："未曾出师，先斩大将，于军不利。可暂免其罪。"云长怒气不息，唤武士各仗四十，摘去先锋印绶，罚糜芳守江陵，傅士仁守公安。【眉批：既轻待而又委重任，公之所误在此。】云长痛责之曰："吾不看费司马面上，立斩于市，以正军法！汝这颗且暂寄顶上，吾得胜回来之时，汝若稍有差池，二罪俱罚，决不恕饶！"二人满面羞惭，喏喏而去。云长便令廖化作先锋，关平为副将，自总中军，马良、伊籍为参谋，一同征进。其余留在荆州。

比及大军将行之际，当日祭"帅"字旗。关公假寐于帐中，忽见一猪，其大如牛，浑身黑色，奔入寨中，径咬云长足。【眉批：应江东谋害之象。】云长大怒，急起拔剑斩之，声如裂帛。霎然惊觉，乃是南柯一梦。帐下走卒来报午时。云长左足隐隐作痛，心中大疑，唤子关平至，言曰："吾才梦一黑猪，咬吾左足，觉来阴阴疼痛。【眉批：俱系不祥之兆。】吾今衰矣。"平对曰："猪亦有龙象；龙附足，乃升腾之意，父亲不必疑忌。"聚多官于帐中商议，或言吉祥者，或言不祥者，众论不一。云长曰："吾大丈夫，年近六旬，死何憾焉！"【眉批：**先言衰，而又言死，种种不祥。**】正言间，蜀使至，拜云长为左将军，假节钺，都督荆襄九郡事。云长受命讫，众官拜贺曰："此事足见猪龙之瑞也。"因此坦然不疑，遂起兵奔襄阳大路而来。

曹仁正在城中，忽一人报云长自领兵来，仁大惊，欲坚守不出。副将翟元曰："今魏王令将军约会东吴取荆州，今彼自来，是送死也，何故避之？"仁曰："然。"便欲出兵。参谋满宠谏曰："汝是秀才之言，【眉批：**秀才说话大抵听不得。**】不晓破敌。岂不闻'水来土掩，将至兵迎'？我军以逸待劳，何足惧之。"曹仁不听满宠之言，令宠守樊城，自领兵离襄阳，来迎云长。云长知曹兵来，唤关平、廖化二将受计，领兵来迎曹兵。两阵对圆，廖化出马搦战。翟元乘势追袭，关平、廖化分兵两路夹攻。曹仁传令夏侯存拒住关平，翟元拒住廖化。次日，又来搦战。夏侯存、翟元出战得胜，追杀二十余里。【眉批：**一退再退，诱敌之法。**】忽听得背后喊声大震，鼓角齐鸣，曹仁急命前军速回。两军急回，背后关平、廖化杀来，曹兵大乱。曹仁中计，先掣一军，尽奔襄阳。离城数里，绣旗贴处，一员大将勒马横刀，拦住去路，乃是荆州关云长也。【眉批：**写云长声势。**】曹仁素知云长谋勇，胆战心惊，不敢交锋，望襄阳斜路而走。云长不赶。

夏侯存军至，云长截住去路。存大怒，与云长交锋，只一合，被云长一刀斩于马下。翟元便走，被关平赶上斩之。乘势追杀，曹兵大半死于襄江之中。曹仁退守樊城。

云长是了襄阳，【眉批：取襄阳如反掌，诚不料有后事。】赏军扶众。随行司马甫进曰："今君侯将军一鼓而下襄阳，曹兵虽然丧胆，愚意论之：今东吴吕蒙屯兵陆口，常有吞并荆州之意；倘若率兵径取荆州，如之奈？"【眉批：为吕蒙袭荆州为伏线。】云长曰："吾已在心。汝可提调此事，沿江上下，或二十里，或三十里，选高阜处置一烽火台，每用五十军守之。倘吴兵渡江，夜则明火，昼则举烟，此为一时之号，吾当亲往击之。"王甫又曰："糜芳、傅士仁守二隘口，恐不能尽心竭力，【眉批：为后糜、傅二人背汉伏线。】荆州必须再得一人，以总督之。"云长曰："吾差荆州治中，武陵人氏，姓潘，名浚，此人总之，有何虑焉？"甫曰："此人平生多忌而好利，岂有临政而不爱利者乎？【眉批：为后潘浚失事伏线。】可用军前都督粮料官赵累代之。赵累为人忠诚廉直，若用此人，万无一失。"云长曰："吾素知潘浚为人，既已差定，何必改之？【眉批：不听王甫之言，可惜。】赵累见掌粮料，亦是重事。汝勿多疑，只与吾筑烽火台去。"王甫拜辞，怏怏而行。云长令关平拘收船只，渡襄江，攻打樊城。

却说曹仁折了二将，退守樊城，来见满宠，惶恐至甚。仁曰："不听公之言，兵败将亡，失却襄阳，何计可

国学经典文库

李渔批阅

三国演义

关云长威振华夏

刘备进位汉中王

图文珍藏版

国学经典文库

李渔 批阅

三国演义

刘备进位汉中王
关云长威振华夏

图文珍藏版

1064

复?"宠曰:"云长熊虎之将,足智多谋,不宜轻敌,只可坚守。"正言间,人报云长渡江而来,攻打樊城。【眉批:离荆州愈远矣。】仁大惊。宠谏曰:"只宜坚守。"阶下手将吕常曰:"某乞兵数千,愿当来军于襄江之内。"宠又谏曰:"不可。"常大怒而言曰:"据汝等文官之言,只宜坚守,似此何能立功名于后世乎?岂不闻兵法云:'军半渡可击。'今云长军半渡襄江,何不击之?若兵临城下,将至壕边,根深蒂固,急难动摇矣。常愿领兵死战!"仁即与兵二千,随吕常出樊城而迎。前面绣旗开处,云长横刀出马。【眉批:写得云长声势。】吕常却欲来迎,后面众军见云长神威凛凛,不战而走。吕常喝止不住。云长混战一阵,曹兵大败,马步军折其大半。残败军奔入樊城。

　　曹仁急差人星夜弛至长安，将书呈上魏王，言"云长破了襄阳，见围樊城，其危至急，望拔大将前来救援。"曹操指班部内一人而言："汝可去解樊城之围。"其将应声而出。众视之，乃泰山平平人也，姓于，名禁，字文则。【眉批：曹操此时颇无眼力。】禁曰："某求一将作先锋，领兵同去。"操又问曰："谁敢作先锋？"众人奋然出曰："某愿施犬马之劳，生擒关羽，献于麾下，上报我王宏遇之恩，下救黎民倒悬之急。"操观之大喜。未知此人是谁，且听下回分解。

国学经典文库

李渔批阅

三国演义

刘备进位汉中王
关云长威振华夏

图文珍藏版

国学经典文库

李渔批阅

三国演义

庞德抬榇战关公
关云长水淹七军

第七十四回 庞德抬榇战关公 关云长水淹七军

一将立于阶下，其人少不务农，长而好勇，智谋不弱于云长；身高八尺，面黑发黄，首不能回顾，衣不能

任体；跣足履山谷，猿猱不能比其健；手琢木成器，斧斤何以及其利，临战阵，衣青袍，跨自马，军中号曰"白马将军"；使一口截头大刀，乃南安狟道人也，姓庞，名德，字令明，【眉批：先写庞德形象勇猛。】操大喜，言曰："关某威震华夏。未对逢手，今遇令明，真劲敌也！"加于禁为征南将军，加庞德为征南都先锋。操曰：

"孤深知伯宁良策过人，故留在彼。然恐兵法未尽其奥妙，吾与汝七军，皆精练之士，令汝调用。"于禁拜谢。操与于禁这七军，皆北方强壮之士，衣甲、鞍马、军器严整。两员领军将校：一名将军董衡，一名部曲董起，引各头目参拜于禁，衡曰："今将军提七枝重兵，去解樊城之厄，期在必胜。今用庞德为先锋，岂不误大事也？"禁大惊，忙问其故。衡曰："庞德原是马超手下副将，不得已丽降魏。故主在蜀，转佐刘备，职居五虎上将。况今庞德亲兄庞柔，亦在西川为官。今使他为先锋而领大将，是泼油救火也。将军启奏魏王，当别易之。"

禁闻此语，遂连夜来奏曹操。操自省悟，即唤庞德至阶下，令纳下先锋印。德大惊目："某正欲与王出力，擒提关某，以安华夏，王上何不用某？"操曰："孤得卿数载，所用并无猜疑。今日用卿，闻得马超见在西川，汝兄庞柔亦在西川，俱佐刘备。孤纵不疑，奈众口所言，因此不用。"【眉批：操以众人推托，亦激之法。】庞德闻之，免冠顿首，流血满面而告曰："某自汉中投降主上，每感厚恩，恨肝脑涂地不能补报，何疑于德也？德昔在故乡时，与兄同居，嫂甚不贤，嫉妒于德，德乘醉提刀杀之。兄庞柔恨入骨髓，誓不相见，已断义矣。故主马超，有勇无谋，不能下士，故孤身入川。【眉批：杀嫂绝兄，是无亲也；背主从曹，是无君也。】德感王大恩，甚过百倍，安敢萌异志而负王上也？惟愿察之。"操自扶起庞德，抚慰曰："孤素知卿忠义，前言特以安众之心耳。

国学经典文库

李渔批阅

三国演义

关云长水淹七军

庞德抬榇战关公

图文珍藏版

国学经典文库

李渔批阅

三国演义

庞德抬榇战关公
关云长水淹七军

图文珍藏版

卿勿忌惮,可努力建功。孤誓不敢负于卿也。"【眉批:老贼善于用人。】

德拜辞回家,令匠者造一舁榇。【眉批:先现死兆。】次日,请诸友赴席,列榇于堂。众亲友至,见舁榇于堂,皆失惊。问曰:"将军领兵出师,何用此物?"德举杯与亲友曰:"吾受魏王恩重,誓以死报。今去襄阳樊城斗关将,共决生死,若不斩彼而回,必当孤魂归国矣。故先备舁榇,【眉批:大将死于沙场,当以马革裹尸,用榇何为?】誓无空回之理。"众皆堕泪。德把盏毕,唤其妻子李氏并男庞会。德与妻子曰:"吾义在效死。今为先锋,去战关某,吾不杀关某,关某必杀吾也。我若被他所杀,汝好生看养吾儿。吾儿有异相,长大必与吾报仇雪恨也。"【眉批:与妻子作别,出此凄惶之语。大丈夫所为乎?徒然一勇夫耳。】妻子痛器送别,令招舁榇而行。手下骁将五百人,问庞德曰:"将军载榇何意?"德曰:"汝众人随我多年,彼各知其心腹。吾今以大事付汝,汝等休负吾心。吾今去决一死战,我若被关某所杀,汝等取吾尸回;【眉批:后被周仓活擒,究竟此榇无用。】我若杀了关某,汝等急取他尸,吾当自取其首,置于榇内,同献魏王。"五百将即奋然曰:"将军有失,吾等舍颈血与将军复仇也!"于是引军前进。后将此言奏知曹操,操大喜曰:"庞德有如此之志,孤何忧焉!"言讫大笑。贾羽在侧,言曰:"主上何喜也?"操曰:"吾喜庞德之壮哉!"诩曰:"主上差矣。庞德恃血气之勇,如以赤身而搏猛虎。俗云：'两强共斗，必有一伤。'非安边塞之良策也。"【眉批：**贾诩先料其败。**】操大悟，急令人赶上庞德，传王旨戒曰："关将智勇双全，切不可轻敌。可取则取，不可取则宜谨守，不可轻敌。"庞德听罢，只是哂笑。众曰："将军何故哂笑乎？"德曰："吾料此敌，当挫

关公三十年之声价，【眉批：**岂知关公声价之难挫乎？**】王上何故多虑？三军已发，而有戒慎之言，勿令斗其血气之勇，是弱于军前也。吾心中已有吞关公之意，岂死于等闲乎？"于禁曰："魏王之言，不可不从。将军自度之。"德奋然军，前至樊城，耀武扬威，鸣锣击鼓。

　　却说关公高坐于中军帐上，忽帐下有人覆曰："探知曹操差于禁为首将，领一枝精壮兵到来。前部先锋庞德，

国学经典文库

李渔批阅

三国演义

庞德抬榇战关公
关云长水淹七军

图文珍藏版

国学经典文库

李渔 批阅

三国演义

庞德抬榇战关公
关云长水淹七军

图文珍藏版

1070

军中抬一舁榇，口出不逊之言，誓与君侯决一死战。【眉批：关公一生好胜，又遇不怕死的。】兵离城三十里之路矣。"关公听言，勃然变色，美髯飘动，大怒曰："天下英雄，闻吾之名，尽皆缩颈而奔；庞德竖子，何敢藐视于吾！"唤子关平一面攻打樊城，吾自去斩此匹夫，以雪其谤！"平谏曰："父亲守三十年英风，不可因一言之辱，而弃泰山之重，与顽石争高下也。辱子原代父去战此人。"关公曰："吾自血战以来，未尝不身先士卒。庞德何等之人？焉敢辱吾！"平曰："儿闻世上有云：'螳螂之忿，妄当车辙。'况隋侯之珠，不可弹雀；怒蝇拔剑，徒费神威。量庞德鼠辈，何劳父亲自敌乎？"关公曰："汝试一往，吾随后便来接应。"

关平出帐，提刀在马，领兵来迎庞德。两阵对圆。魏营一面皂旗，上书"南安庞德"四个大字，旗下青袍银铠，钢刀白马，背后五百军兵紧随，十数员小将肩招舁榇而出。平大骂曰："西羌小军，背主之贼！何敢辱吾！"庞德马上问曰："此何人也？"部下一军曰："此关公义子关平也。"德大怒叫曰："吾奉魏王旨来，取汝父之首！汝乃疥癞小儿，吾不杀汝，快唤汝父来！"平大怒，纵马舞刀，来取庞德。德横刀来迎。战三十合，不分胜负，两家各歇。

有人报与关公，关公大怒，令廖化去攻樊城，自到军中。关平接着，言说与庞德五百军共战两次，不分胜负。关公自横刀出马，叫曰："关将在此，庞德何不早来受死!"【眉批：**关公先以死许之。**】鼓声大震。庞德出马曰："吾奉天子诏、魏王旨，特来取汝首！恐汝不信，备舁榇在此。汝若怕死，早下马受降！"关公大骂曰："量汝羌胡一匹夫，可惜我青龙刀，斩汝贼！"【眉批：**为刀惜，亦当为公惜。**】纵马舞刀，来取庞德。德轮刀来迎。二将战有百余合，精神倍长。两军各看得痴呆。【眉批：**在众军眼中写一句。**】魏军恐庞德有失，急令鸣金。关平恐父年老，亦鸣金。二将各退。

庞德归寨，对众曰："人言关公英雄，今日方信也。"【眉批：**庞德此时亦心服矣。**】正言间，于禁至。相见毕，禁曰："闻将军战关公百合之上，未得便宜，何不且退军避之？"德曰："魏王命将军为大将，何其太弱也？吾来日与他共决死生，誓无退避之意！"【眉批：**到底只是要寻死。**】言讫，须发倒竖。禁不敢阻而回。

却说关公回寨，与关平曰："庞德刀法惯熟，真吾敌手也！"平曰："俗云：'初生之犊，不惧于虎。'父亲纵然斩了此人，只是羌胡一小卒耳；倘有疏虞，且以伯父所托江山之重，岂可等闲轻如鸿毛也。"【眉批：**关平之言，深见大体。**】关公喝平曰："匹夫！吾不杀此人，何以雪恨！吾意已决，再勿多言！"

次日上马，引兵前进。庞德亦引兵来迎。两阵对圆，二将齐出。关公骂曰："吾今日与匹夫须决胜负！不可收军！"言讫，二将交锋，斗至五十余合，庞德拨回马，拖刀而走。关公背后赶来，口中大叫："贼欲使拖刀计，吾

岂惧哉！"原来庞德虚作拖刀计，把刀就鞍上挂住，偷拽雕弓，搭上箭。这边关平见父追赶，恐怕有失，随后也赶来。关平眼乖，见庞德拽弓，大叫："贼将休放冷箭！"【眉批：关平精细而又有能略。】关公却抬头看时，弓弦响处，箭早到来，关公躲闪不及，正中左臂，恰要坠马，关平马到扶住，送父回营。庞德勒回马，轮刀赶来。未知关公性命如何，且听下回公解。

却说庞德射中关公，关平救回，德随后赶来。忽听得本营锣声大震，德恐后军有失，急勒回马来。乃是于禁见庞德取胜，恐德成了大功，灭禁威风，却鸣金收军。【眉批：于禁初阻庞德，今故忌之。】庞德回马问之，于禁曰："魏王有戒，关公智勇从全。他虽中将军一箭，我恐有诈，故鸣金收军。"德曰："若不收军，吾已斩了此人！"【眉批：却是好语。】禁曰："'紧行无好步。'当缓图之。"德不识于禁之意，懊悔不已，收军下寨。

却说关公归营，拔了箭，幸得箭不深，【眉批：后文一箭得重，此一箭射得轻，为之作引。】用金疮药敷之。关公痛恨庞德，与众将曰："誓不报一箭之仇！"众告曰："未可轻敌，且将息片时。"次日，人报庞德引军搦战，关公就要出战，众将苦劝住。庞德令小军毁骂。关平全然不理，自把住隘口，多拔人马当住小路，又传令众将，休得报知父亲。【眉批：写关平精细。】庞德领兵搦战十余日，见无人出迎，请于禁商议。德曰："眼见此人箭疮举发，不能动止；搦战不出，如何成功？不若统七军一拥杀入寨中，可救樊城之围。"禁恐庞德成功，只把魏王戒旨相推，不肯动兵。庞德累要动兵，于禁不允。【眉批：于禁之忌，正为庞德背马超之报。】后移七军转过山口，离樊城北十里，依山下寨。禁领兵截断大路，令德屯兵于谷后，使德不能进兵成功。

却说关平见父箭疮已合，甚是喜悦。忽听得于禁移七军于樊城之北十里下寨，未知其谋，即报与父。关公遂上马，引十数骑，上高阜处望之，见樊城城上旗号不整，军士慌乱；又见城北十里山谷之内屯军，襄江、白河水势甚急。【眉批：伏笔甚妙。】看毕地势，却唤乡导官问曰："樊城北十里山谷，是何地名？"对曰："罾口川也。"关公大喜曰："于禁被吾擒也！"将士问曰："将军

国学经典文库

李渔批阅

三国演义

庞德抬榇战关公
关云长水淹七军

图文珍藏版

国学经典文库

李渔批阅

三国演义

庞德抬榇战关公
关云长水淹七军

图文珍藏版

1074

何以知之?"关公曰:"鱼入罾口,岂能走乎?"【眉批:**前庞统过落凤坡而死,今于禁入罾口岂能生乎?**】诸将未信。公回本寨。

时值八月秋天,骤雨数日,公令人预备船筏,收拾水具。关平问曰:"陆地相持,而用水具,是何意也?"公曰:"非汝所知也。兵法云,必胜者有五:一曰度,二曰量,三曰数,四曰称,五曰胜。度者,度地之远近、险易、广狭之形而安营布阵也;量者,酌量彼我强弱也;数者,知用机变之数也;称者,称较彼我之胜负也;胜者,知此五者,乃必胜之道也。今于禁率七军,当屯于广易之地,而却聚罾口川险隘之处。方今秋雨连绵数日,襄阳之水必然泛涨,吾已差人堰住各处水口。吾待水发时,乘高就船,放水一淹,樊城、罾口川之兵,皆为鱼鳖矣。"【眉批:**不独于禁这鱼,七军皆为鱼矣。**】关平再拜曰:"父亲神机妙算,辱子岂能知也。"

却说魏军屯于罾口川,连日大雨不止。有督将成何,见于禁曰:"今大军屯于川口,地势甚低,虽有土山,离营稍远。即今秋雨连绵,军士艰辛。近有人报说荆州兵移于高阜处,又于汉水口预备战筏,倘江水泛涨,将军安能逃乎?"禁大喝曰:"匹夫!惑吾军,心耶?再有出此言者斩之!"【眉批:**于禁何愚之甚。**】成何羞惭而退,却来见庞德说此事。德曰:"汝所见者甚当,于将军不肯移兵,吾自移兵屯于他处。"成何曰:"明日可作一区处。"【眉批:**只怕等不到明日。**】

国学经典文库

李渔批阅

三国演义

庞德抬榇战关公
关云长水淹七军

图文珍藏版

是夜风雨大作，庞德坐于帐中，只听得万马争奔，征鼙震地。德大惊，急出帐上马看时，四面八方，大水骤至；七军乱窜，随波逐浪者不计其数。于禁、庞德与诸将各登小山避水。山脚漂流，晨不丧命，平地水深丈余，比及平明，关公及众将皆摇旗鼓噪，乘大船而来。于禁见四下无路，左右止有五六十人，料不能逃。口称"愿降"。【眉批：不济事。】关公令尽去衣甲，拘收入船，然后来擒庞德并董超、成何。其五百人皆无衣甲，立在堤上。庞德全无惧怯，奋然前来接战。关公将船四面围定，令军一刘放箭，射死魏兵大半。董衡、董超见势已危，乃告庞德曰："军士伤大半，四下无路，不如投降，以免其难。"庞德大怒曰："吾受魏王厚恩，岂肯屈节于人？"言讫，亲斩董超、董衡于前，乃厉声言曰："再说降者斩！"即拈弓搭箭，望关公船上射之，数个军中箭而死。自平明战至日中，勇力倍增。关公催四面急攻，矢石如雨。德令军士用短兵战之。"德回顾成何曰："吾闻：'勇将不怯死以苟免，壮士不毁节而求。'今日乃我死日也。【眉批：死则死矣，但不知木榇何处云矣。】汝可努力死战！"成何依令，向前死战，被关公一箭射落于水。众军皆降，止有庞德一人力战。正遇荆州数百军，驾小舟近堤，来捉庞德。德提刀飞身一跃，早上小船，立杀数人。【眉批：如此人物，可惜事非其主。】被降军一百人皆上船，忙使短棹，欲奔樊城来。上流头一将撑大筏而至，将小船撞翻，庞德并军士皆落水中。筏上将跳下水中，生擒庞德上船。军士沉水而死。众视之，擒庞德者，乃关公手将周仓也。仓素知水性，又在荆州住了数年，愈加惯熟，又兼力大，因此擒了庞德。【眉批：又补叙周仓武艺。】于禁所领七军，皆死水中。其会水者亦无去路，其投降者不下万余。后史官有诗云：

夜半征鼙响震天，襄樊平地作深渊。

怪风怒拔汉江水，巨浪齐吞晋口川。

八月霖霪飞黑雨，七军偃仰丧黄泉。

关公神算谁能及，华夏威名万古传。

关公将七军淹死在半，降者万余，擒了首将，回到营到高阜去处，升帐而坐，群刀手押过于禁来。禁拜伏于地，乞哀请命。【眉批：**大失体面**。】关公曰："汝怎敢抗吾？"禁曰："上命差遣，身不由已，望君侯怜悯，誓以死报。"公绰髯笑曰："吾杀汝犹杀狗彘耳，空污刀斧也！"令人解赴荆州天牢内监侯，【眉批：**荆州之牢权作放生池**。】"待吾回，别作区处。"发落去讫，关公又令押过庞德。德睁眉怒目，立而不跪。关公曰："汝兄见在汉中，故主马超亦事吾兄为将，吾欲招汝为将佐，何不早降，被吾擒之？"德大骂曰："竖子！何为降也？吾魏王有带甲百兵，威震天下。汝刘备乃庸才耳，安能及也！吾宁死于刀下，岂降无名之将耶！"骂不绝口。公大怒，喝令刀斧手推出斩之，德引劲受刑。【眉批：**视死犹生，不可以失身于人而忽之**。】关公怜而葬之。后人有诗赞曰：

威武不能屈，节操不可改。

生当立金銮，死尚披铁铠。

烈烈大丈夫，垂名昭千载。

南安庞令明，日月竞光彩。

关公斩了庞德，乘水势未退，复上战船，引大小将校来攻樊城。

国学经典文库

李渔批阅

三国演义

庞德抬榇战关公

关云长水淹七军

图文珍藏版

　　却说樊城周匝，白浪滔天，水势益甚，城垣渐渐浸塌，男女担土搬砖，填塞不住。曹仁诸将无不丧胆，慌忙来告曹仁曰："今日之危，非力可救。趁着公关军围未合，可乘船夜走，虽然失城，尚可全身。"仁从其言，欲备船只要走。【眉批：皆是怕死的。】一人慌来谏曰："不可！不可！"众视之，乃山阳昌邑人也，姓满，名宠，字伯宁。仁曰："城将破矣，安能久守乎？"宠曰："山水骤至，岂能长存？不旬日自退矣。【眉批：满宠知水之将去，可称智矣。】关公虽未攻城，已遣别将在郏下。自许以南，百姓扰扰。关公所以不敢进，乃虑吾军袭其后也。今若弃城而去，黄河以南，非国家之有矣。愿将军耐守

国学经典文库

李渔批阅

三国演义

庞德抬榇战关公
关云长水淹七军

图文珍藏版

此城，以为国家之保障。"【眉批：若无满宠，则樊城已为关公所有，岂非天意乎？】仁拱手称射曰："非伯宁之语，则误大事矣。"仁骑白民上城，聚众将誓曰："吾受国家厚恩，委守此城，但有言弃城者，以白刀为例！"言讫，斩自马于水中。诸将皆曰："某等愿以死守！"仁大喜，就城上设弓弩数百，军士昼夜防护，不敢懈怠。老幼居民，担土石填塞城垣。旬日之内，水势渐退。

关公自擒于禁等魏将，威震天下，无不惊骇。忽次子关兴前寨内省亲。【眉批：关兴于此出现。】公就令兴赍众将立功文书，去成都见汉中王，各求升迁。兴拜辞父亲，径投成都去讫。 【眉批：亏此一去，关公留得一子。】

国学经典文库

李渔批阅

三国演义

庞德抬榇战关公
关云长水淹七军

图文珍藏版

却说关公分兵一半，直抵郏下。公自领兵四右攻打樊城。当日关公自到北门，立马扬鞭，指而问曰："汝等鼠辈，不来早降，更待何时？打破城池，寸草不留！"正言间，曹仁在敌楼上，见关公在麾盖之下，身上止披掩心甲，斜袒绿袍，旁若无人，欲催士卒打城。仁急招五百弓弩手，望麾盖下一齐射之。公急勒回马时，右臂上中一弩箭，翻身落马。未知性命如何，且听下回分解。

国学经典文库

李渔批阅

三国演义

关云长刮骨疗毒
吕蒙用智取荆州

图文珍藏版

第七十五回　关云长刮骨疗毒
吕蒙用智取荆州

　　却说曹仁见关公落马，即引兵冲出城来，被关平一阵杀回，救父归寨。拔出药箭，血流不息，右臂青肿，不能动止。关平慌与众将商议曰："父亲若损此臂，安能

出战？不如暂回荆州调理。"司马王甫曰："君言正合吾意。"甫与平入帐，见关公于帐上，全无疼痛之意。公问

曰："汝等来有何事？"甫告曰："某等因见君侯右臂损伤，恐临敌致怒，冲突不便。众议可暂班师回荆调理。"公怒曰："吾取樊城，只在目下。取了樊城，拔去后患，却长驱大进，径到许都，剿灭操贼，以安汉室，吾之愿也。【眉批：壮哉，关公！千古仰之。】岂可因小创而误大事？汝等敢慢吾军心耶？"王甫等羞惭而退。

公叱退众将，终是臂疼。众将见公不肯退兵，疮又不痊，只得四方访问名医。忽一日，有一人从江东驾小舟而来，直至寨中。小校引见关平。平视其人，怪巾异服，臂挽青囊。自言姓名："乃沛国谯郡人也，姓华，名陀，字元化。闻知君侯天下大义之士，今中毒箭，特来医沼。"【眉批：不请自来，脱尽近日名医之套。】平曰："莫非昔日医东吴周泰者乎？"陀曰："然。"平大喜，请众谋士相见，引入中军。此时关公本是臂疼，恐慢军心，无可消遣，正与马良弈棋。【眉批：弈棋便是静养。】平引陀入帐，拜见父亲。礼毕，赐坐。茶罢，陀请臂视之。公袒下衣袍，伸臂令陀看视。陀曰："此乃弩箭所伤，其中有乌头之药，直透入骨。若不早治此臂则无用矣。"关公："用何物治之？"陀曰："只恐君侯惧耳。"【眉批：未说出治法，先用一惊人语。】公笑曰："吾视死如归，有何惧哉！"陀曰："当于静处立一标柱，上钉大环，请君侯将臂穿于环中，以绳系之，然后以被蒙其首。吾用尖利之器割开皮肉，直至于骨，刮去箭毒，用药敷之，以线缝其口，自然无事，但恐君侯惧耳。"【眉批：既说出治法，又用一惊人语。】公笑曰："如此容易，何用柱环?"令设酒席相待。

公饮数杯，酒毕，一面与马良弈棋，伸臂令陀割之。陀取尖刀在手，令一小校棒一大盆臂下接血。陀曰："某便下手，君侯勿惊。"【眉批：**临下手时，再用一惊人语**。】公曰："汝割，吾岂比世间之俗子耶? 任汝医治。"陀下刀割开皮肉，直至于骨，骨上已青。陀用刀刮之，有声，帐上帐下见者掩面失色。【眉批：**今人读者亦为之寒心，何况当日见者，岂不落胆**。】公饮酒食肉，谈笑弈棋。须臾，血流盈盆。陀刮尽其毒，敷上药，以线缝之。公大笑与众官曰："此臂伸舒如故，并无痛矣。"陀曰："某为医生一生，未尝见此君侯，真乃天神也!"关公箭疮治毕，欣然而笑，设席饮酒。华佗曰："君侯贵恙，必须爱护，切勿怒气触之。不过百日，平复如旧。"公以金百两酬之。陀曰："某为君侯天下义士，特来医治，何须赐金?"坚辞不受，留药一帖，以敷疮口，作辞而去。

却说关公擒了于禁，斩了庞德，威名大震，华夏皆惊，连络不绝，报到许都。曹操大惊，【眉批：**再叙曹操**。】聚文武商议曰："孤素知关公智勇盖世，今据荆襄，如虎生翼；况新擒于禁，斩庞德，魏兵挫锐，倘关公率兵直至许都，如之奈何? 孤欲迁都以避之。"【眉批：**曹操欲离许都，与曹仁欲弃樊城一样怕法**。】班中一人谏曰："不可。"众视之，乃河内温城人也，司马隽之孙，司马防之子，司马朗之弟，覆姓司马，名懿，安仲达，

国学经典文库

李渔批阅

三国演义

关云长刮骨疗毒
吕蒙用智取荆州

图文珍藏版

1083

进言曰："于禁等被水所淹，非战之故，于国家大计本无所损。今刘备、孙权，外亲内疏，关将得志，孙权必不喜，可遣使去东吴，陈说利害，令权暗暗起兵，蹑关将之后，许割江南之地以封孙权，则樊城之危自解。"【眉批：**司马懿之止曹操，与满宠之止曹仁，正相仿佛。**】言

未毕，一人出曰："仲达之言，正是金石之论。王上可遣使命，往东吴约会便了，何必迁都以动众耶？"操视之，乃楚国平阿人也，姓蒋，名济，字子通，与司马懿皆为丞相府主簿。操依允，遂不迁都。操忽想起庞德之忠，泪流满面，言曰："孤知于禁三十年，何期临危反不如庞德也！"司马懿、蒋济劝曰："主上少虑，可遣使行。"操曰："须遣使命去会东吴。目今必得一员大将，以当关公

之锐。"言未毕，阶下一人应声而出曰："某愿一往。"操视之，乃徐晃也。操大喜，遂发精兵五万，令徐晃为将，吕建副之，克日起兵，前到杨陵超驻扎，看东南有应，然后大举。

却说曹操遣使来到东吴，见了吴侯，许割江东荆、襄以为封爵，望早进兵，以袭关将之后，而取荆州。孙权应允，即修书令使回，乃聚文武商议。张昭曰："近闻关公擒于禁，斩庞德，威震华夏，操欲迁都以避其锋。【眉批：此言关公未可胜。】今樊城危急，故遣使求救，事定之后反覆矣。"【眉批：又言曹操奸猾难信。】权未及发言，忽报吕蒙乘小舟离陆口，私自回来，有面禀之事。权招入问之，蒙告曰："今关公提兵在襄樊，妄自尊大，以为天下无敌。某因彼远出，欲收荆州。若得荆州，则关公可擒矣。况关公君臣矜其诈力，反覆不定，不可以心腹待也。某今取之必得。今若不取，后必为江东大患，愿主公察之。"权曰："孤欲北取徐州，如何？"蒙曰："今操远在河北，新破二袁，抚集幽冀，未暇东顾。徐土守兵，闻不足盲，往自可克。然地势通陆，骁骑所骋，不利水战，纵然一鼓而得，亦用军七八万守之，犹未可保。不如先取荆州，会据长江，别作良图。此为上策。"权曰："孤欲取荆州，特以试卿耳。子明速与孤图之。孤当随后便起兵也。"蒙曰："今令来使回报曹操。"

却说吕蒙辞了孙权，回于陆口，哨到江边一带上下，见或二十里，或三十里，沿江高阜处有烽火台。又闻荆

国学经典文库

李渔批阅

三国演义

关云长刮骨疗毒
吕蒙用智取荆州

图文珍藏版

州兵整肃，预有准备。蒙大惊，遂回陆口，诈病不出，使人回报吴侯。权见事不谐，吕蒙患病，心中忧快不定，忽一人进言曰："吕子明非真病，必然诈也。"权视之，乃吴郡吴县人也，姓陆，名逊，字伯言。【眉批：**孔明知周瑜之病，陆逊知吕蒙之病；孔明能以方治周郎之病，陆逊亦能以方治吕蒙之病。**】吴侯曰："汝既知其诈，可往视之。"陆逊领命，星夜至陆口寨中，来见吕蒙，果面无病色。逊曰："某奉吴侯命令，敬探子明贵恙。"蒙曰："某病躯有失迎待。"逊曰："昔日吴侯以重任付公，公乘时而不动，空怀郁结，何也？"蒙视陆逊，良久不语。逊又曰："愚有小方，能治将军沉疴之病，未审听纳否？"蒙慌起身，屏退左右而问曰："伯言良方，乞早教之。"逊曰："子明之志则大矣，子明之疑甚盛乎？某虽年幼，见识浅短，昨知将军之来，深有意于荆州矣。今推病不出，必以荆州兵整肃，沿江有烽火台之警耳。【眉批：**先说病源。**】予有一计，成就将军之谋，令沿江守吏不能举火，荆州之兵束手归降，【眉批：**次用医法。**】可乎？"蒙大惊，谢曰："伯言之语，诚某心腹之论，安敢隐匿？愿请伯言教之。"陆逊曰："关公倚恃英雄，自料无敌，必败于人。兵法云：'欺敌者亡。'所虑惟将军也，将军乘此机会，托疾辞职，【眉批：**要医真病，却教他诈病，奇绝。**】以陆口与他人。他人卑辞赞美关公，以骄其心，则尽撤荆州之兵以向樊城。若荆州无备，用一旅之师，沿江用诈计而行，则荆州在于掌握之中矣。"蒙听毕，大喜

国学经典文库

李渔批阅

三国演义

关云长刮骨疗毒
吕蒙用智取荆州

图文珍藏版

1087

而言："真乃吴主之福也，幸得伯言为辅佐，江东无忧矣！"

　　由是吕蒙托病不起，同陆逊还建业，来见吴侯。孙权问蒙曰："公体若何？"蒙曰："某实无病，乃慢兵之计。【眉批：**好也好得快，病也病得快。**】关公所虑者，蒙也。蒙今辞职，另差人去守陆口，关公无复堤备矣。乘其不备，于中取事，无有不克。"权曰："卿今离陆口，谁可代此职？"蒙曰："遍观诸将中，非此人未可代任。"【眉批：**想将此职谢医生矣。**】毕竟是谁，且听下回分解。

　　却说吴侯与吕蒙曰："陆口之职，往日周瑜保鲁肃，肃后保卿。今卿须保才德兼全者可也。"蒙曰："陆逊有王佐之才，堪任此职。别无高明远见之臣也。若用此人守之，外观其动静，内察其形便，荆州可取无疑矣。此人内藏韬略，不露于外，若用名誉重者，关公必有堤防，荆州岂能取也"【眉批：**此语可知名之无益于事。**】权大喜，即日拜陆逊为偏将军、右都督，代蒙守御陆口。逊拜谢曰："某乃年幼无学，荷蒙大任，恐负所托。"权曰："子明保卿，必不差错，卿毋得推辞。"逊拜谢，受了印绶，连夜往陆口来。交割马步水三军已毕，逊修书一封，具名马一匹，异锦二段、酒礼等物，【眉批：**此一副礼，胜过曹仁毒箭。**】遣使赍到樊城，来见关公。

公正坐中军帐比将息箭疮，按兵不动。忽一人报说："江东陆口守将吕蒙病危，孙权取回调理。近拜陆逊为将，代吕蒙执事。今逊差人赍书礼，拜见君侯。"关公指来使曰："孙权见识短浅，何用孺子为将也？【眉批：**公之轻陆逊者，正在年幼耳。**】我荆州有泰山之安，吾复何忧！"来使伏于地上，战栗言曰："陆将军特呈书备礼，一来与君侯作贺，二来两家和好。幸乞笑留。"公拆书视之，书曰：

东吴陆逊谨致书百拜大汉将军麾下：前承观衅而动，以律行师，小举大克，一何巍巍！敌国败绩，利在同盟，闻庆拊节，想遂席卷，共奖王纲。近某不敏，受任来西，延慕光尘，思禀良规。又且于禁等见获，遐迩称羡，以将军之勋，足以长世，虽昔晋文城濮之师，阴拔赵之略，蔑以尚兹。闻徐晃等步骑驻旌，窥望麾葆。操猾虏也，忿不思难，恐潜增众，以逞其心。虽云师老，犹有骁悍。

国学经典文库

李渔批阅

三国演义

关云长刮骨疗毒
吕蒙用智取荆州

图文珍藏版

且战捷之后，常苦轻敌，古人伐术，军胜弥警，愿将军广为方计，以套全克。仆书生疏迟，忝所不堪，喜邻威德，乐自倾盖，虽未合策，犹可怀也。倘明注仰，有以寨之。仆不胜欣仰之至。建安二十四年秋九月，东吴陆逊再拜。

关公览毕，仰面大笑，令左右收了礼物。管待来使。

使回见陆逊曰："关公欣喜，无复忧江东之意也。"逊大喜，密遣人探得关公果然撤荆州大半兵，赴樊城听调，只待箭疮痊可，便欲进兵。逊察知备细，即差人星夜报与吴侯。孙权召吕蒙曰："关公果撤荆州之兵，攻取樊城。今可设计，卿与吾弟孙皎同引大军，左右都督，去取荆州。"皎字叔明，乃权叔父孙静之次子也。蒙曰："主公若以某有能，可当独任；若以征虏将军有能，便请独用。岂不闻昔日周瑜、程昱为左右都督，共破江陵？虽是决于周瑜，普自持久与国家为将，因此不睦，几败国事。【眉批：说得极是，真老成之见。】此目前之戒也，愿主公思之。"孙权大悟，遂拜吕蒙为大都督，总制江东诸路军马；令孙皎在后接应粮草。蒙拜谢，点兵三万，快船八十余只，会水者皆穿白衣，扮作商人。却将精兵伏于舯舻船中。【眉批：从来无此出兵安静之法，直谓胸有韬藏。】次调韩当、蒋钦、朱然、潘璋、周泰、徐盛、丁奉等七员大将，相继而进。其余皆随吴侯为合的接应。调遣已毕，蒙奏吴侯当先遣使去往许都，令曹操进兵以

袭其后，使领命去讫。

　　却说吕蒙预先传报陆逊，后发白衣人驾快船十余只，往浔阳江去，昼夜行，直抵北岸。江边烽火台上守台军问之，吴人答曰："我等皆是客商，江中阻风，到此一避。"蜀军信之，又人上岸，交送财物，因此容泊在江边。约至二更，舺艅中精兵齐出，将烽火台上官军缚倒；一个暗号起，八十余船精兵俱出，将紧要云处墩台之军捉于船中，不伤一人。却长驱大进，径取荆州，无人知觉。后人有诗叹曰：

　　养子当如孙仲谋，吕蒙谈笑便封侯。

　　白衣摇橹真奇计，一举荆襄取次收。

国学经典文库

李渔批阅

三国演义

关云长刮骨疗毒
吕蒙用智取荆州

图文珍藏版

吕蒙在船上，将沿江墩台所获官军，以厚恩结之，将自己衣食赐与请官，因此感恩无限。却说吕蒙召诸官问之曰："取荆州之计何如？"答曰："某等感将军不杀之恩，愿献荆州，以报盛德。"蒙曰："何以得之？"降官言曰："某等皆在城下，虚报声息，赚开城门，纵火为号，唾手可得。"蒙大喜，重加赏赐，就令引领。比及半夜，到城下叫门。门吏认得荆州之兵，开了城门，一阵火起，吴兵齐入。袭了荆州，吕蒙便差百余骑，赍榜文于各处张挂：如有妄杀一人者，夷其三族；妄取人家财物者，按军法治之。秋毫无犯。"【眉批：**此非吕蒙好处，正是吕蒙奸处**。】次日天明，家家香烛迎接，蒙传示曰："但有原任官员吏典，并还旧职。"却将关公家属另与别宅恩养。【眉批：**与吕布不害玄德家小相似**。】

是日大雨，蒙上马引数骑点看四门。忽见一人取民间箬笠以盖铠甲。蒙喝左右执下问之，乃乡人也。蒙曰："吾平生不杀同乡同姓之人，号令已出，使众军不许妄取民间一物，汝今既犯，虽是同乡，吾往日之盟私也，今日之令公也，安敢以私己之盟而乱公法乎？"叱左右推出斩之。【眉批：**不顾同乡而杀者，正欲结荆州人心也**。】其人泣而告曰："某恐雨湿官铠，故取遮盖，非为私用。乞将军念故乡而怜之。"蒙亦泣曰："吾固知汝覆官铠，终是不应取民间之财物也。再有何说？速推下斩之！"乃枭首示众。蒙痛哭葬之。荆州居民皆感其德，三军震栗，

路不拾遗。

　　吕蒙安民已毕，忽报吴侯至。蒙出郭迎接入衙。权复请潘浚为治中，掌荆州事。监内取于禁出。安民赏军，设宴庆驾。权与吕蒙、陆逊计议曰："独有公安傅士仁、南郡糜芳，此二处如何收复？"言未毕，忽一人出曰："不须张弓只箭，某凭三寸不烂之舌，说公安傅士仁来降，可乎？"众视之，乃会稽余姚人也，姓虞，名翻，字仲翔。权曰："以何良策，可使傅士仁归降？"翻曰："某自幼与仁契交，若以利害说之，彼必归矣。"【眉批：与李恢说马超仿佛相似。】权就令虞翻领五百军，径奔公安。

　　却说傅士仁听知荆州有失，望见尘起，急令闭了城门，坚守不出。虞翻见城门紧闭，遂写书拴于箭上，射入城中。军士拾得，来见傅士仁。拆书视之，书曰：

国学经典文库

李渔批阅

三国演义

关云长刮骨疗毒
吕蒙用智取荆州

图文珍藏版

窃闻明者防祸于未萌，智者图患于将来。知得知失，可谓贤哲；知存知亡，可谓吉凶。大军之行，斥堠不及举火，此非天数，必有内应也。为将不谙此理，独据孤城而不早降，是欲毁宗灭祀，为天下之讥笑耳。荆州已

失，生路一塞，度其地势，将军在吾军舌上耳，奔走不得免焉。窃为故人虑，愿熟思之，无自后悔。故人虞翻拜书。

傅士仁览毕，想起关公去日恨吾之意。【眉批：照应七十三回中事。】不如早降，即令大开城门，请虞翻入城。二人礼毕，各诉旧情。翻告说吴侯宽弘大度，礼贤下士。仁大喜，即日同虞翻赍印绶降吴侯。孙权大喜，仍令去守公安。吕蒙密与权曰："目今关公未获，久必有

变，只可重赏，而使招糜芳归降，深为上策。"权召傅士仁曰；"南郡糜芳与卿交厚，卿可招来归降，【眉批：用士仁招糜芳，殊不费力。】孤自当封爵超越与旧也。"傅士仁慨然领诺，遂领十余骑，径投南郡，招安糜芳。还是如何，且听下回分解。

国学经典文库

李渔批阅

三国演义

关云长刮骨疗毒
吕蒙用智取荆州

图文珍藏版

国学经典文库

李渔批阅

三国演义

关云长大战徐晃
关云长夜走麦城

图文珍藏版

第七十六回　关云长大战徐晃
　　　　　　　　关云长夜走麦城

　　却说糜芳听得荆州有失，正无计可施，忽报公安守将傅士仁至。芳忙接入，问其事故。仁曰："吾非不忠，势危力困，不能支持。我今已降吴侯。"芳曰："吾等累受汉中王厚恩，安忍背之？"【眉批：此人还有良心。】仁

曰："关公去日痛恨吾二人，倘一日得胜而回，必无轻恕也。公细察之。"芳曰："吾弟兄久事汉中王，实难背之。"【眉批：不忍背玄德，又不忍背兄弟。】正犹豫之间，忽报关公使至。接入厅上，便曰："军士缺粮，特来南郡、公安二处取白米十万石，令二将军星夜解去，军

国学经典文库

李渔批阅

三国演义

关云长大战徐晃
关云长夜走麦城

图文珍藏版

前交割。迟误一日，杖四十；二日，杖八十；三日，立斩。"【眉批：**来了一道催牌，如何不去投降。**】芳大惊，回顾傅士仁曰："今荆州已被东吴所取，此粮怎得过去？"仁大怒，拔剑斩使于阶下。芳大惊曰："公如何斩之？"仁曰："关公此意，正要斩我二人，安可束手受死也？公今日不如早降东吴，以图生计；如不早降，必被关公所杀矣。愿公察之。"芳只得投降，正说间，忽报吕蒙引兵围了城池。芳大惊，急同傅士仁出城投降。【眉批：**当日得之何难，今日失之何易，为之一叹。**】蒙大喜，引见吴侯。孙权重赏二人。抚民劳军，南郡居民无不忻悦。静轩有诗曰：

从来仁义感人深，背义忘恩恨不禁。

犬马知恩曾报主，糜芳何起反君心？

却说曹操坐于殿上，【眉批：**以下再叙曹操。**】忽报吴使至。操召入，使呈书。操视之，乃是令操夹攻关将，"切勿漏泄，使关将有备也"。操聚文武商议，忽一人出曰："王上若听孙权勒兵不救，樊城危矣。"操视之，乃济阴定陶人也，姓董，名昭，字公仁，言曰："行军之法，各有所长，勿秘之。今樊城困乏至急，引颈盼望救军，若樊城一失，则荆州之势愈大，安可图之？不如令人将书射入樊城，令曹子孝不生他意，以宽军心；使关公知之，心持两端，前后不能相顾，【眉批：**东吴嘱魏勿**

国学经典文库

李渔批阅

三国演义

关云长大战徐晃
关云长夜走麦城

图文珍藏版

泄，魏却欲泄之，以乱关公之心。各人使乖，各人为己。】恐家有失，必速退兵。却令徐晃乘时掩杀，或获全功。若秘兵不发，使孙权得志，此非上策也。操大喜，先差人催徐晃出战，自引大兵，径往洛阳之南阳陆坡驻扎，以救曹仁。

却说徐晃正坐于中军帐上，忽报魏王使至。晃接入问之，使曰："今魏王引兵已过洛阳，令将军急战关公，以解樊城之困。"言未毕，忽一人报说："关平屯兵偃城，廖化屯兵四冢，前后一十二个寨栅，连络不绝。"晃听得这消息，即差副将徐商、吕建，假执徐晃旗号；晃自此引精兵五百，循沔水去袭偃城之后。【眉批：吕蒙袭荆州用假客船，徐晃袭偃城用假旗号。】

且说关平听得徐晃自引兵至，遂提本部三千精兵迎敌，两阵对圆，鼓角震天。关平出马，与徐商交锋，只三合，商大败而走；吕建出马，五、六合败走。平乘势追杀二十余里。蜀军忽报城中火起。平急勒兵回救偃城，正遇一彪军摆开。徐晃立马在大旗下，高叫曰："关平贤侄，好不知死！汝荆州已被东吴夺了，【眉批：故意说出，以乱众军之心。】犹然在此狂为！"平大怒，纵马轮刀，直取徐晃。战到三、四合间，三军喊叫："偃城中火起！"平不敢恋战。杀条大路，径奔四冢寨来。廖化接着。化曰："人言荆州已被吕蒙袭了，军心惊慌，如之奈何？"平曰："军士再言者斩之！"忽流星马到，报说："正北第一屯被徐晃领兵攻打。"【眉批：假徐晃出现。】

平曰："若第一屯有失，诸营岂得安也？此间皆靠沔水，必然贼兵不敢到此。吾与汝去急救此屯。"廖化唤手将曰："汝等坚守营寨，如有贼到，急便举火。"【眉批：为后文作反衬。】手将曰："四冢寨鹿角十重，虽飞鸟亦不能入，何虑贼兵能入！"于是关平、廖化尽起四冢寨精兵，奔至第一屯住扎。平看见魏兵屯于浅山之上，遂与廖化曰："徐晃屯兵不得地利，今夜可引兵劫寨。"【眉批：诱敌之计。】化曰："将军可分兵一半，某当谨守。"

是夜，关平引一枝兵杀入魏寨，不见一人。平知是计，火速退时，左边徐商，右边吕建，两下夹攻一阵。平败奔原营，四面皆是魏兵。平同廖化支持不住，弃了第一屯，径投四冢寨来。早望见寨中火起，急到寨前，皆是魏兵旗号。关平等退兵，忙奔樊城大路而走。前一军拦住，为首大将乃徐晃也。【眉批：**写得徐晃出没不测。**】蜀兵大惊，平、化二人奋力死战，夺路而走，回到大寨，来见关公曰："今徐晃夺了偃城等处，又兼曹操自引大军，分十三路来救樊城。多有人言，荆州已被吕蒙袭了。"公大喝曰："此乃疑兵之计，不可听也。吕蒙病危，孺子陆逊代之，不足为虑！"【眉批：**方知陆逊用计之妙。**】言未毕，忽报徐晃兵至。公令急备马。平谏曰："父体未痊，不可与敌。"公怒曰："徐晃与吾故旧，深知彼能；若彼不退，吾先斩之，以警魏将。汝勿犯我！"左右谋士皆劝不住。

公遂披挂，提刀上马，奋然而出。魏军见之，无不惊惧。【眉批：**关公之威，虽死犹在，何况当日。**】公勒马问曰："徐公明安在？"魏营门旗贴处，徐晃出马，背后十员骁骑，雁翅摆在两边。晃欠身言曰："自别君侯，倏忽数载，不想君侯须发苍白。忆昔壮年相从，多蒙教诲，感谢不忘。【眉批：**无情之心，却作有情之语。**】君侯英风震于华夏，天下之士莫不叹服。今幸得一见，不胜欣喜！"公曰："吾与公明交契深厚，非比他人，何故数窘吾儿耶？"晃听毕，绰兵器在手，回顾众将，厉声大叫曰："若取得关公首级者，重赏千金！"【眉批：**忽然变脸。**】公惊而言曰："公明何出此言耶？"晃曰："此国家之事，非某之私。"言讫，挥大斧直取关公。【眉批：**与华容道时何啻天壤。**】公大怒，亦挥刀迎之。战八十余

国学经典文库

李渔批阅

三国演义

关云长大战徐晃
关云长夜走麦城

图文珍藏版

国学经典文库

李渔批阅

三国演义

关云长大战徐晃
关云长夜走麦城

图文珍藏版

1100

合，公虽武艺高强，终是右臂少力。关平火急鸣金，公拔马回寨。四下里喊声大震，乃是樊城曹仁见魏王救兵至，急引军杀出城来，与徐晃会合。两下夹攻，荆州兵大乱。关公上马，引众将急奔襄江。上流头吕常引兵杀来，背后魏兵追至，亦有死于水中者。

公急渡过襄江，来奔襄阳。忽流星马到，报说："荆州已被吕蒙所夺，家眷被虏。"【眉批：**此时方知荆州事。**】公不敢奔襄阳，提兵却投公安。马探又报："公安傅士仁已投降东吴了也！"【眉批：**此时方知公安事。**】公骂犹未息，催粮人来报说："公安傅士仁往南郡杀了使命，招糜芳都降东吴去了。"【眉批：**此时方知南郡事。**】公闻言，怒气冲塞，疮口并裂，昏绝于地。众将救醒。公告司马王甫曰："悔不听足下之言，【眉批：**照应七十三回中语。**】今果遭此事也！沿江上下，何不举火？"有知者答曰："吕蒙将水手尽穿白衣，扮作客商渡江，精兵伏于舯舽之中，先擒了守台士卒，因此不得举火。"公扶坐叹曰："吾中竖子之谋矣！有何面目见兄长耶！"【眉批：**公做了一身胜事。此时之志，已誓在必死。**】静轩先生有诗叹曰：

陆逊青年未有名，吕蒙诈病暗行兵。

关公莫待临危悔，总为欺人一念轻。

都督赵累曰："主公事急矣，可一面差人往成都求救，【眉批：何不早请救？】一面从旱路去取荆州。”关公遂差马良、伊籍为使，赍文三道，星夜赴成都求救；一面引兵来取荆州。

却说曹仁得脱重围，【眉批：再叙曹操。】扶民赏军，聚集多官商议，便欲起兵追赶关公。司马赵俨谏曰："昔日孙权与关公结连，恐我军乘其困而击之，故顺辞求效，乘衅因变，以观利钝耳。今关公兵败，孤军慌走，尚可存之，以为孙权之害。公若追之未能便得，则孙权改虑于彼，将生患于我也，公熟思之。"仁依谏不追，引众将来见魏王，泣拜请罪。操曰："此乃天数，非汝等之罪也。"令寻庞德尸首，亲自拜祭，用棺椁载送邺郡，卜地葬之。操重赏三军，到四冢寨边观徐晃所战之地。操问曰："荆州之兵，围堑鹿角十重，徐晃深入其中，全获其功。孤用兵三十余年，不能及尔！尝闻古人善用兵者，未有长驱径入敌围者也。且樊城之围，过莒、即墨；徐

国学经典文库

李渔 阅批

三国演义

关云长大战徐晃
关云长夜走麦城

图文珍藏版

晃之功，逾于孙武、莒穰矣。"【眉批：**好高比。奸雄此时不得不赞。**】众皆叹服。操班师还于摩陂驻扎。忽报徐晃兵至。操引数员将出寨迎接。见晃军皆按队伍而行，一动一静并无差乱。操大喜，赞曰："徐将军真有亚夫之风矣！"同至摩陂，设宴大会文武庆贺，赏犒三军。操自举杯劝徐晃曰："全襄樊者，乃将军之功也。"晃拜谢曰："敌人未灭，安得有功？【眉批：**得胜话要让作晃说了。**】更乞引兵去擒关将，以献王上。"操大喜。当日会散，又令徐晃引兵来袭关公。未知如何，且听下回分解。

却说曹操封徐晃为平南将军，同夏侯尚守襄阳，以遏关公之师。二将辞去。操因荆州未定，就扎兵于摩陂，以候消息。

却说关公在荆州路上？【眉批：**再叙关公。**】进退不得，与都督赵累曰："目今前有吴兵，后有魏兵，吾在其中，救兵不至，如之奈何？"累曰："昔日吕蒙在陆口，时常致书主公，以结同盟，共诛操贼；今却与操结盟，是背盟也。君侯暂住军于此，可差人赍文与吕蒙，看彼如何对答。"关公听其言，遂修书差使赴荆州来。

却说吕蒙在荆州，传下号令，荆州诸郡随关公出征将士之家，不许吴兵搅扰，按月给粮，依例应付；如有患病者，遣医治疗。【眉批：**不是吕蒙好处，却是吕蒙奸处。**】多官遵令，时时给与，并无缺少。将士之家感其恩惠，安堵不动。忽报关公使至，吕蒙出郭迎接，并马入城。荆州之人闻知使至，填街塞巷，尽来观看，无不喜悦。【眉批：从书使上写出一段人情，甚有意致。】使至厅上，蒙以宾礼待之，使呈书与蒙。蒙看毕言曰："吕蒙昔日曾与关将军结好；今日之事乃国家所差，非蒙之罪也。烦使者回报将军，善言致意。"遂设宴相待，以金帛赠之。其将士之家皆来问信，有连名书信者，有口传音信者，缘言家门无恙，衣食不缺。【眉批：皆在吕蒙算中。】使命宴饮二日，蒙亲送出城。回到寨中，见了关公。公问之，使告曰："吕蒙不允，言非蒙之事，乃国家之命，岂蒙之本心也？荆州城中，君侯宝眷并诸将家家无恙，供给不少，不必忧念。"公大怒曰："此乃吕蒙之计也！吾生不能杀此贼，死必杀之，【眉批：为后文伏线。】以雪吾恨！"喝退使命。众将皆来问信，使命如前所说。众将欣喜，皆无战心。

关公率兵来取荆州。军行之次，人报将士逃回荆州者数多。公加恨吕蒙，遂催军前进。忽然喊声大震，一彪军拦住，为首大将乃九江寿春人也，姓蒋，名钦，字公奕。钦勒马挺枪，大叫曰："关公何不早降耶？"公大骂曰："吾乃汉将，岂降贼乎？"骂讫，拍马舞刀，直取蒋钦。不三合，钦大败而走。公提刀追杀二十余里。喊声响处，左边山谷中，一彪军出，为首大将乃韩当也，冲杀一阵。右边山谷中，喊声响处，一彪军出，为首大将乃周泰也。三军并合，来战关公。公知深入重地，急撤军回走。行无数里，南山岗上白旗招贴，上写"荆州土人"。【眉批：皆催散关公兵之计。】众人叫曰："本处

国学经典文库

李渔批阅

三国演义

关云长大战徐晃
关云长夜走麦城

人投降！"关公大怒，欲上岗杀之。山崦内两军撞出，左边大将丁奉，右边大将徐盛。五路军马喊声震地，鼓角喧天，将关公困在垓心。【眉批：东吴既袭荆州足矣，又使众将来攻关公，其恶已甚。】手下将士渐渐消疏。比及天色黄昏，关公遥望四山之上，皆是荆州士兵，呼兄唤弟，觅子寻爷，喊声不住。军心尽变，皆应声而去。关公止喝不住，部从止有三百余人。当夜三更，正东上喊声连天，乃是关平、廖化分两路兵杀入重围，救出关公。四面招呼"荆州之兵同回"等语不曾断绝。此是吕蒙之计，后人有诗曰：

势去人离奈若何？休言百万甲兵多。

吕蒙预定招降计，绝胜张良散楚歌

【眉批：读至此，令人落笔。】。

关平救出父亲，脱了重围，平告曰："军心乱矣，必得城池暂且屯住，以待援兵。"关公从之，催促军兵前至麦城。【眉批：此时走麦城，与二十五回奔土山相仿。】公曰："此城虽小，足以屯兵。"遂入城，公兵紧守其四门。公聚将士商议，平曰："此近上庸，刘封、孟达把守，可速差人求救。若得这枝军马接济，姑待川兵来救，军心自安矣。"正议间，忽报城下吴兵四面围定，水泄不通。公亲登城观之，见吴兵八面分布，整整齐齐，兵马雄壮。公问曰："谁敢再往上庸求救？"廖化应声出曰："某愿往。"公曰："但恐不得透出重围耳。"化曰："誓死不归，何所不至！"公即修书付化藏于身中，饱食上马，开门出城。正遇吴将丁奉截住，被关平冲杀一阵，奉大败，廖化乘势杀出重围，投上庸去讫。关平入城，坚守不出。

且说刘封、孟达自取上庸，有太守申耽率众归降，因此汉中王加刘封为副将军，令孟达同守上庸。探知关公兵败，二人正商议间，忽报廖化至。封令请入问之，化曰："关公兵败至急，见困于麦城，八面皆是吴兵围绕，水泄不通。望二将军速起上庸之兵，以救其危。倘若迟延，公必陷矣。"【眉批：言之急切。】封曰："将军

国学经典文库

李渔批阅

三国演义

关云长大战徐晃
关云长夜走麦城

图文珍藏版

国学经典文库

李渔批阅

三国演义

关云长大战徐晃
关云长夜走麦城

图文珍藏版

且歇，容某计议。"

化歇讫，封与孟达曰："今叔父被困如之奈何？"达曰："近闻东吴精兵三、四十万俱在荆州，九郡已属于吴也，止有麦城乃弹丸之地。又闻曹操亲督大军四、五十万，纵横江汉，势若泰山。量我等山城之众，以敌两家之强兵，正如驱羊而入虎穴耳。"【眉批：又是一个傅士仁。】封曰："吾亦知之，奈关公是吾叔父，安忍坐视而不救乎？"【眉批：刘封亦原有本心。】达笑曰："公以彼为叔，彼以公为草介耳。昔者汉中王登位之时，欲立后嗣，问于孔明，孔明曰：'此家事也，问于关、张可矣，王遂致书，遣人于荆州问于关公。彼勃然曰：'立嫡不立庶，古之常理，又何必问于我乎？封乃螟蛉之子，使往山城之远，免遗祸于亲骨肉也。'【眉批：补前文所未及。】以此观之，安得不以公为草芥乎？天下皆知，公何隐耶？"封曰："君言虽是，将何却之？"【眉批：如此挑构阻挠，可恨可恶。】达曰："但言山城初附，民心未定，不敢造次兴兵，恐失所守。"封然之。【眉批：又是一个糜芳。】

次日，请廖化至，言此出城初附之所，未能救解。化大惊，以头叩地曰："若如此，则关公丧矣！"封曰："一杯之水，安能救一车薪之火乎？将军可速回别求，勿得迟误。"化大恸求告，【眉批：效包胥之哭。】刘封、孟达皆托病不出。廖化知不谐，寻思须告汉中王救救。化遂上马，大骂出城，望成都而去。

　　却说关公在麦城盼望上庸兵到，不见动静，手下止有五、六百人，多半带伤；城中无粮，甚是苦楚。公与都督赵累商议曰："似此危急，如之奈何？"累曰："只宜坚守。"正议间，忽报；"城下一人教休放箭，有话来见君侯。"公令放入问之，乃诸葛瑾也。礼毕茶罢，瑾曰："今奉吴侯命，特来劝谕将军。凡居人世，须识时务。今以势言之，【眉批：**张辽说关公以理，诸葛瑾告之以势，公岂惧势者哉？**】将军所统汉上九郡，皆已属吴、魏矣；只有孤城一区，内无粮草，外无救兵，危在旦夕。将军何不从瑾之言，归顺吴侯，复镇荆襄，可以保全家眷，光显祖宗。君侯熟思之。"关公正色言曰："吾乃解良一武夫，蒙吾主以手足待之，安肯背义投敌国乎？城若破，但有死而已。为子死孝，为臣死忠。死归冥路，吾何惧哉！璧可碎而不改其洁，竹可焚而不可毁其节。身虽殒，名可垂于竹帛也。【眉批：**言词凛凛烈烈，千古如生。**】汝勿多言，速请出城，吾欲与孙权决一死战！"瑾曰："吴侯欲与君候结秦晋之好。【眉批：**又照应前文做媒之事。**】同力破曹，共扶汉室，另无他意，君候何执迷如是？"言未毕，关平拔剑来斩诸葛瑾。公叱之曰："彼弟孔明在蜀佐汝伯父，今欲杀彼，伤其义也。"遂令左右逐出诸葛瑾。

瑾满面羞惭，上马出城，回见吴侯曰："关公心如铁石，不可说也。"孙权曰："真乃忠臣也！似此鲠直，如之奈何？"言未毕，帐下一人出曰："某请卜其休咎。"众视之，乃汝南细阳人也，姓吕，名范，字子衡。【眉批：**魏有管辂之卜，吴有吕范之卜；一定军于先时，一料擒于临时。**】权令卜之。范请蓍草三揲，占成卦象，乃"地水师卦"，更有玄武临应，主敌人远奔。权大喜，乃问吕蒙曰："卦主敌人远奔之意，卿以何策擒之？"蒙笑曰："卦象正合某之机也。关公虽有冲天之翼，飞不出吾之罗网矣！某已算定这条路了，须得此人守之。若非此人，则有失矣。"孙权问曰："何人可守？"吕蒙答曰："这般恁的。"毕竟如何？

读/者/随/笔

国学经典文库

李渔批阅

三国演义

玉泉山关公显圣
汉中王痛哭关公

图文珍藏版

第七十七回 玉泉山关公显圣
汉中王痛哭关公

却说吴侯求计于蒙，蒙曰："麦城四门皆有大路，吾料关公兵少，必不从此路而逃。正北有险峻小路，必从

此去可令朱然引精兵五千，伏于麦城之北二十里；但有敌军至，不可与敌，只随后掩杀。敌军定无战心，必奔临沮。却令潘璋引精兵五百，伏于临沮山僻小路。其余大路已遣将士把守，惟北门只用弱兵守之，关公走北门无疑矣。"【眉批：孙权志在得荆州，何必害关公而后快？

国学经典文库

李渔批阅

三国演义

玉泉山关公显圣
汉中王痛哭关公

图文珍藏版

1110

鲁肃在时决不为耳。】权又令吕范卜之，范复卜一卦，乃告权曰：“此卦中主敌人投西北而走，今夜亥时必然成擒。”【眉批：好兆。】权大喜，遂令朱然、潘璋领两枝精兵，各依军令埋伏去讫。

且说关公在麦城，计点马步军兵，止有三百余人，粮草缺少。是夜，城外吴兵招唤各将姓名，越城而去者数多。不见救兵到来，心中无计，遂与王甫曰：“吾悔昔日不用公言，今日危急，将复如何？”甫哭而告曰：“今日之事，虽有子牙复生，亦无计可施也。”【眉批：孔明虽在，但远不相应耳。】赵累曰：“救兵不至者，乃刘封、孟达按兵不发也。何不弃此孤城，奔入西川？再整兵来，收复汉上，未为晚矣。”公曰：“吾亦欲如此。”遂匕城观之，见北门外小路，旌旗不整，队伍交杂，因问：“此去往北，地势若何？”一人答曰：“此去皆是山僻小路，可通西川。”公曰：“今夜可走此路。”王甫谏曰：“小路有埋伏，可走大路也。【眉批：若依王甫之言，或犹可免此厄。】虽有埋伏，吾何惧哉！”即令下马步官军严整装束，准备出城。甫痛哭曰：“君侯于路，小心保重！某与手下百余人，死据此城；城虽粉碎，身亦不降也。专望君候速来救援！”【眉批：能粉身报国者，方出此言。】

公痛哭而别，与子关平、都督赵累，引手下二百余人，开放北门，奋然突出。比及天晚，吴军见之，不敢当先，四下乱窜。关公横刀前进。行至初更，约走三十余里，只见山凹处火鼓齐鸣，喊声大震，一彪军到，为首将乃丹阳故章人也，姓朱，名然，字义封，骤马挺枪，大叫曰："关公休走！趁早下马投降，免得一死！"公大怒，拍马轮刀来战。朱然便走。公乘势追杀。一棒鼓响，四下伏兵皆起。公不敢战，望临沮小路而走。然率兵掩杀，行不动者，折伤有五、六十人。走不得四、五里，前面喊声大震，一彪军出，为首大将乃东郡发千人也，姓潘，名璋，安文珪，骤马舞刀，火光影里杀来。公大怒，轮刀相迎。只三合，潘璋败走。公纵马追杀。忽然喊声大震，四下伏兵皆起，公不敢恋战，急回山路而行。背后关平赶来，说赵累已死乱军中矣。关公不胜悲惶，令关平断后，公自在前开路，随行止剩得十余人。前行至决石，两下是山，山边皆芦苇败草纷乱，树木丛杂。时五更将尽。【眉批：只范卜在亥时，今却五更天矣。】正走之间，喊声起处，两下伏兵皆用长钩套索，一齐并出，先把关公坐下马绊倒。关公身离雕鞍，已被潘璋步将马忠所获。关平听得父已被擒，火速来救。背后潘璋、朱然精兵皆至，四下围住，孤身独战力尽，父子皆受执。

【眉批：看《三国》至此，今人拍案一叫。】

　　吴侯孙权恐不济事，自引诸将直至临沮。时东方已白，闻已擒其父子，大喜，聚众将于帐中。少时，马忠簇拥关公至前。权曰："孤久慕将军盛德，欲结秦晋之好，何相弃耶？【眉批：谓昔日不肯扳亲之恨，可笑。】公平昔自以为天下无敌，今日何由被吾所擒？将军今日还服于孙权否？"关公骂曰："碧眼小儿，紫髯鼠辈！听

国学经典文库

李渔批阅

三国演义

玉泉山关公显圣
汉中王痛哭关公

图文珍藏版

吾一言：吾与刘皇叔义同山海，今日误中奸计，有死而已，何能服耶！"【眉批：骂得畅快。】权回顾与左右曰："云长世之豪杰，孤深爱之，今欲以厚礼宥之，若何？"主簿左咸曰；"不可。昔日曹操得此人时，三日一小宴，五日一大宴，上马一提金，下马一提银，爵封汉寿亭侯，赐美女十人；如此恩养，尚留不住，其后五关斩将。曹公怜其才，不忍除之，今日自取其祸，欲迁都以避其锋。况主公乃仇敌乎？狼子不可养，后必为害。"【眉批：将往事一提出。】孙权低首言曰："斯言是也。"急命推出。是岁十月中旬，关公于临沮而亡，与子关平一时遇害。后史官有诗哭之曰：

当年父子镇荆襄，吴魏何人敢跳梁？

权欲连和求配偶，操将迁国避锋芒。

子凭胆勇宁三国，父仗神威定八方。

不意吕蒙施诡计，可怜忠义一时亡。

关公父子自归神之后，坐下赤兔马被马忠所获，献与孙权。权就赐马忠骑坐，刀赐与潘璋。其马数日不食而死。【眉批：其马尚忠烈可嘉。】

却说王甫在麦城中，骨颤肉惊，乃问周仓曰："昨夜梦见主公浑身血污，立于其前，急问之，忽然惊觉，不知主何吉凶？"【眉批：王甫之梦，照前关公之梦。】正说间，一人报吴兵在城下，将关公父子首级招安。王甫大惊，与周仓登城视之，果是。王甫乃堕城而死。周仓自刎而亡。于是麦城尽属东吴。

却说关公一魂不散，荡荡悠悠，直至一处，乃荆门州当阳县一座山，名为玉泉山。【眉批：照出。】山上有僧，名普静，元是汜水关镇国长老。普静禅师云游天下，来到此处，见山明水秀，就此结草为庵参道；止有一小行者，化饭度日。是夜月白风清，三更之际，静禅师正在庵中坐定，忽闻空中有人大呼曰："还我头来！"普静观之，见空中一人，骑赤兔马，提青龙刀，左有关平，右有周仓，随公忽至玉泉山顶，乘云而起，高声大叫。普静见是关公，遂以手中尘尾，击其户曰："颜良安在？"

国学经典文库

李渔 批阅

三国演义

玉泉山关公显圣
汉中王痛哭关公

图文珍藏版

1114

【眉批：好点化。】关公英魂顿悟，即落云下马，叉手立于庵前曰："吾师何人？愿求清号。"静曰："昔日汜水关前镇国寺中，曾与君侯相会，今日何不识普静也？"公曰："某虽愚鲁，愿听教诲。"静曰："昔非今是，一切休论，只以公所行言之：向日白马隘口，颜良并不待与公相斗，忽然刺之，此人于九泉之下，安得不抱恨哉？今日吕蒙以诡计害公，安足较也？公何必疑惑。"【眉批：又好点化。】于是公遂从其言，入庵讲佛法，即拜玉山普静长老为师，后往往显圣。乡人累感其德，就于山顶上建庙，四时致祭。后《传灯录》记云：

大唐高宗仪凤年间，开封府尉氏县有一秀才，累举不第，三上万言策，皆不中选，遂乃出家，法名神秀，拜蕲州黄梅山黄梅寺五祖弘忍禅师为师，学大小乘之法。后云游至玉泉山闲玩，随坐于怪树之下，见一大蟒，神秀端然不动。次日，树下得金一藏，就于玉泉山创建道场。因问乡人："此何庙宇？"乡人答曰："乃三分时，关公显圣之祠也。"神秀拆毁其祠，忽然阴云四合，见关公提刀跃马，于黑云之中，往来驰骤。神秀仰面问之，公具言前事，神秀即破土建寺，就令关公为本寺伽蓝。至今古迹尚在，神秀即六祖也。

传曰：

关公在生之时，敬重士大夫，扶恤下人，有互相殴

国学经典文库

李渔 批阅

三国演义

玉泉山关公显圣
汉中王痛哭关公

图文珍藏版

1115

骂者，告于公前，公以酒和之。后人争斗，不忍告理，常曰："恐犯爷爷也！"时人为此，不忍繁渎焉。故自古迄今，皆称曰"关爷爷"也。张飞平生性躁，虽敬上士，而不恤下人。凡有士卒争斗，告于飞前，不问曲直，并皆斩之。后人为此不敢告理，但恐斩杀。所以关公为人，民不忍犯；张飞为人，民不敢犯其贵重也如此。后宋朝崇宁年间，关公出现显圣，故封为崇宁真君。因解州盐池蚩尤神作耗，乃公神力破之。后累代加封义勇正崇宁真君。至今显圣，护国祐民。【眉批：关公正直而为神圣，后来徽号加尊，人心愈久愈不能忘。都是为何，愿

人思之。】

自关公归神之后，吴侯尽收荆襄之兵，将父子信息招安各处人马。忽报张昭自建业来，权召入问之。昭曰："今主公损了关公父子，江东祸不远矣。昔日此人与刘、张在桃园结义之时，誓同生死。今刘备已有两川之兵，更兼诸葛亮之谋，张、黄、马、赵之勇。备知损其父子，必起倾国之兵，与彼报仇，东吴之地何可当也？"权闻之大惊，乃跌足曰："孤失算也！似此如之奈何？"昭曰："主公勿忧。某有一计，令西蜀之兵不犯东吴，使荆州如磐石之安。"毕竟如何，且听下回分解。

却说吴侯求计于张昭，昭曰："今曹操拥百万之众，虎视华夏，久思得汉上之士矣。刘备急欲报仇，必归命于操。操贪其利，必然纳之。若两处连兵，则东吴有垒卵之危矣，不如先遣人将关公首级，转送于曹操，明教刘备知操之所使，必痛恨于操也。蜀、魏相攻。看其急慢，然后于中取事。此计可保东吴，西蜀亦可图也。如得两川之地，何惧曹操乎？"【眉批：好计。】权从其言，即设宴大会诸将，赏犒三军，惟吕蒙点军未至。权曰："全荆州者，皆吕子明，如何不至？"使人请之。

忽报吕蒙至。权自出迎接，扶其背曰："孤久不得荆州，今称心满意，皆子明之功也。"蒙谢曰："一者乃主公之洪福，二者乃诸将之虎威，蒙何足挂齿也。"权让蒙上坐，蒙再三推辞，坐于其次。"权举杯言曰："昔日周郎雄烈盖世而胆量过人，遂破孟德，开拓荆州。后不幸而亡，鲁子敬代之。子敬一见孤时，便有帝王大略，此一快也。后孟德东下，诸人皆劝孤降之，孤与子敬、周郎开廓大计，赤壁鏖兵，全获其功，此二快也。今子明设计定谋，立取荆州，胜如子敬、周郎多矣！"于是吕蒙接酒欲饮，忽然掷杯于地，一手揪住孙权，厉声大骂曰："鼠辈还识吾否？"【眉批：**此时孙权几乎吓杀。**】众将大惊，急救时，蒙推孙权，大步前进，坐于孙权位上，神眉倒竖，双眼圆睁，言曰："吾自破黄巾以来，纵横天下三十年矣，被汝一旦以奸计图之。吾生不能啖汝之肉，死当追吕贼之魂！吾乃汉寿亭侯关云长也。"【眉批：**惊天动地之人，自有此威严显圣之事。**】权大惊，慌率大小将士下拜。只见吕蒙七窍鲜血逆流，死于座下。【眉批：**死得畅快。孙权亦发怕杀。**】众将见之，旦夕恐惧。权将吕蒙尸首棺椁葬之，赠南郡太守、潺陵侯。其子吕霸袭爵。蒙死年四十二岁。时建安二十四年冬十二月初七日也。后史官评吕蒙曰：

曹公乘汉相之资，挟天子而扫群凶，新荡荆城，仗威东下，于是议者莫不疑贰。周瑜、鲁肃建独断之明，出众人之表，实奇才也。吕蒙勇而有谋断，议军计，谲郝普，诱关羽，最其妙者，初虽轻果妄杀，终于克己，国士之量，岂徒武将而已！孙权之论，优劣允当，故并录焉。

国学经典文库

李渔批阅

三国演义

玉泉山关公显圣
汉中王痛哭关公

图文珍藏版

1118

却说关公显圣，追了吕蒙，孙权惧其神威，将公神恭敬，不敢怠慢，令使星夜送与曹操。此时操从摩陂班师，回至洛阳，忽报东吴差使赍关公首级至。操大喜曰：

"关公已仙，吾无忧矣。"言未毕，阶下一人出曰："此东吴移祸之计也。"【眉批：**其计早已识破。而东吴之谋系曹操之所使，嫁祸于操不过耳。**】操视之，乃主簿司马懿也。操问其故，懿曰："昔日刘、关、张三人在桃园结义时，誓同生死。今东吴图了关公，惧其复仇，故将首级献与王上，使备知是王上所谋，不去攻吴，却来攻魏。魏、蜀交兵，急难休息，东吴于中看其动静，或取两川，或取中原，随势而行。故知移祸于魏也。《春秋》云：'老龟烹不烂，移祸于枯桑。'今日正犹此也。"操大惊

读/者/随/笔

国学经典文库

李渔批阅

三国演义

玉泉山关公显圣
汉中王痛哭关公

图文珍藏版

1119

曰："仲达之言是也。孤以何策解之？"懿曰："此事极易。王上可将关公之首，刻以香木之躯，葬以大臣之礼，使人皆知，则刘备深恨孙权，必尽力南征矣。吴、蜀交锋之际，却因其势而袭之，蜀胜则击吴，吴胜而击蜀。二处若得一处，其一处亦不久也。愿王思之。"【眉批：乖的又撞着乖的。】操曰："仲达之见，真神算也。"遂令吴使呈上木匣。操开匣视之，见关公面如平日。操曰："久不见将军也。"【眉批：华容道相见之语一般，前是恭敬，今是戏语。】言未讫，只见关公神威急动，须发皆张，操忽然惊倒。"【眉批：又吓倒曹操，关公竟未曾死。】众将急救。良久方醒，吁气一口，乃顾文武曰："关将军真天神也！"吴使又将关公显圣附体，骂孙权、追吕蒙一节之事告操。操愈加恐惧，遂设醴祭祀，刻沉香木为躯，以王侯之礼葬于洛阳南门外，令大小官员送殡。操自拜祭，褒赠荆王，差官看守；即遣吴使回江东去讫。

却说汉中王自东川回到西川成都，孔明奏曰："王上先夫人去世；吴夫人女孙夫人南归，必难再来。人伦之道，不可废也，必纳王妃以正其内。"汉中王从之。【眉批：此处又叙玄德。】孔明复奏曰："刘焉长子刘瑁之妻吴氏守寡在家。此妇美而且，贤，乃吴懿之妹也。懿少亡父母，将妹入川，依傍刘焉度日。"有一相者相吴氏曰："此女后必有贵。非后则妃也。"【眉批：前叙卜，今叙相。】因此刘焉有妄想之心，娶与长子刘瑁为妻，娶不数月，瑁患心痛而死。其妇寡居，川人皆知其贤，亮方敢劝王纳之。"备曰："刘瑁与吾同宗，于理不可。"【眉批：关碍着兄弟。】法正谏曰："论其亲疏，何异晋文之与子圉乎？"备依允，纳为正妃。后在川生二子：长名刘永，安公寿；次名刘理，字奉孝。

且说东西两川民安国富，田禾大成。忽有人自荆州来，言东吴累累求亲，关公力阻之。【眉批：关公不肯应允。正相映射。】孔明曰："荆州危矣！可使人替关公回。"正商议间，荆州报捷，使命数次而至。忽又报关兴到，具言水淹七军功迹，因此不敢动移。忽又报马到来。报说关公全获其功，江边墩台堤防甚密，万无一失。众皆喜悦。

比及天晚，玄德自觉浑身肉颤，睡卧不安；起坐内室，秉烛看书，觉神思昏迷，伏几而卧；就室中起一阵冷风，灯灭复明，抬头见一人立于灯下，玄德问曰："汝是何人，黉夜至吾内室？"【眉批：若能如此，则荆州不失矣。】其人不答。问之三次，皆不应。玄德疑怪。自起视之，乃是关公，于灯影下往来躲避。【眉批：此时与玉泉山顶、孙权坐间，另是一般须像。】玄德曰："兄弟别来无恙？夜深至此，必有大故。吾与汝义同骨肉，因何回避？"关公泣而告曰："愿兄起兵，当雪弟恨！"言讫，冷风骤起，关公不见。玄德忽然惊觉，乃是一梦，时正三鼓。【眉批：又叙玄德一梦。】德大疑，急出前殿，使人请孔明圆梦。孔明入内，玄德细言梦警。孔明曰："乃

国学经典文库

李渔批阅

三国演义

玉泉山关公显圣
汉中王痛哭关公

图文珍藏版

是王上心思关公，以致此梦，何必多疑?’玄德再三恳问，孔明以善言解之。【眉批：读者至此，必疑孔明糊涂矣。】

　　孔明辞出，至中门外，迎见许靖。靖曰：“某才赴军师府下，报一机密，听知军师入宫，特来至此。”孔明曰：“有何机密?”靖曰：“今有一人传说，东吴吕蒙已袭荆州，关公殒矣！某故来报。”孔明曰：“吾夜观天象，见将星已落荆楚之地，预知云长已及祸矣；但恐主上忧虑，未敢言也。昨夜王得一梦如此，吾以善言宽之，恐伤其心故也。”【眉批：孔明胸中久已明白。】二人正议间，忽然殿内转出一人【眉批：殿后一人突乎其来。】，扯住孔明衣袖言曰:"关公已故,丞相因何瞒我?"孔明视之,乃是汉中王也。孔明、许靖奏曰:"适来所言,皆虚疑之事,未足深信。愿王上宽怀,勿生远虑。"【眉批:**既有此语,二公如何说得?**】玄德曰:"孤与云长誓同生死,彼若有失,孤岂能独生耶!"孔明、许靖正劝之间,忽近侍奏曰:"马良、伊籍至。"玄德召入问之,却才呈上表章。未及拆观,侍臣又奏:"荆州廖化至。"玄德急召问之,化哭拜于地,细奏前事。玄德大惊曰:"若如,则吾弟休矣!"孔明又奏曰:"刘封、孟达如此无礼,罪不容诛!王上宽心,亮亲提一旅之师,去救荆襄之急。"玄德泣而言曰:"云长有失,孤岂能独生耶!孤来日自提一军,去救孤弟!"【眉批:**妙在半信半疑,尚不知其后事。**】玄德一面差人赴阆中报知翼德,一面差人会集人马。未及天明,一连数次报说关公夜走临沮,为吴将潘璋部将马忠所困,义不屈节,父子归神。玄德听罢,大叫一声,昏绝于地。【眉批:**足见结义同心。**】未知性命如何,且听下分解。

国学经典文库

李渔批阅

三国演义

图文珍藏版

第七十八回　曹操杀神医华佗
　　魏太子曹丕秉政

却说汉中王昏绝于地，众文武急救，半晌方醒，扶入内室。送罢汤药，孔明劝曰："王上少忧。'死生有命，富贵在天。'关公平日刚而自矜，今日有此祸也。王上且

自保守万金之躯，徐徐报仇。"玄德曰："孤与关、张二弟在桃园结义时，誓同生死。今云长已亡，岂能独享富

曹操杀神医华佗　魏太子曹丕秉政

贵乎？若不雪恨，乃负当日之盟也！'言讫，又哭绝于地。众官急救方醒。一日哭绝三、五次，众官劝解。玄德二日水浆不进，但痛哭而已，泪湿衣襟，斑斑成血。【眉批：**是真哥哥，不是假哥哥。**】孔明再三言曰："关公没于不幸，王上念旧日之盟，理宜报仇；倘若摧残，谁肯尽心竭力而报仇雪恨也？"玄德曰："孤已与东吴誓不同日月也！"孔明曰："人报东吴恐王上报仇，将关公英灵献与曹操，操以王侯礼祭葬之。"玄德曰："此何意也？"孔明曰："此是东吴移祸于魏；魏多人物，已知其心，故劝操以厚礼葬之，是令王上归怨于吴也。"【眉批：**此处张明司马懿之计总在孔明之方寸中。**】玄德曰："吾今提兵问罪于吴，以雪吾恨。"孔明曰："不可。方今吴欲令我兵侵魏，魏亦令我兵侵吴，各怀谲计，乘隙图之。王上只宜按兵不动，且与关公发丧。待吴、魏不和，乘时而伐之可也。"众官齐谏，玄德方才进膳。川中大小将士尽挂孝。玄德亲出南门祭葬，号哭终日，继之以夜。

却说魏王在洛阳，自葬关公后，每夜合眼便见关公。【眉批：**以下止叙曹操。**】操甚惊惧，乃问文武。众皆答曰："洛阳行富旧殿多妖，可造新殿居之。"操曰："吾欲起一殿，名建始殿，恨无良工。"【眉批：**已将死矣，造殿何为？**】贾诩奏曰："洛阳良工苏越最巧。"操召入，令画图像。苏越画九间大殿，前后廊庑。操视之曰："汝图甚合孤意，恐无栋梁之材。"苏越曰："此去离城三十里，有一潭，名跃龙潭；前有一祠，名跃龙祠。祠旁有一大株梨树，高十丈八，堪作建始殿之梁。"

操大喜，即令人工砍伐。【眉批：工师得大木同王喜。】锯解不开，斧砍不入，次日回报。操不信，自领数百骑，直至跃龙祠下马。仰观其树，亭亭如华盖，直侵云汉，并无曲节。操欲砍之，乡老数人谏曰："未可。此树百年矣，常有神人居其上下，老龙伏潭中。王若伐之，必主祸也。"操大怒曰："吾平生游历普天下之下，四十余年，上至天子，下及庶人，无不惧孤。是何妖神，敢逆孤意！子不语怪力乱神，量此一树，有何疑耶?"【眉批：好大语。】言讫，拔所佩剑，亲自砍之，铮然有声，血溅满身；再复砍之，血溅满面，左右衣襟尽赤。【眉批：树尚有血，岂可人无血性。】操愕然大惊，掷剑上马，回至宫内。

是夜二更，操睡卧不安，坐于殿中。忽然怪风骤起，风过处一人披发仗剑，浑身皂衣，直至面前。操急问之曰："汝是何人?"其人答曰："吾乃梨神也。汝盖建始殿，意欲篡逆，却来伐吾神木！吾故知汝数尽，特来杀汝!"操呼："武士安在?"皂衣人仗剑砍操。操大叫一声，忽然惊觉，遂头痛不可忍。急传正旨，遍求良医，治疗不痊。众官皆忧。华歆入奏曰："王上知有神医华佗否?"操曰："乃是江东医周泰者乎?"歆曰："然。"操曰："虽闻其名，未知其才。"歆曰："华佗字元化，沛国谯郡人也。其人妙手，世之罕有。但有患者，或用药，或用针，或用灸，随手而愈。若患五脏六腑之疾，药不

国学经典文库

李渔批阅

三国演义

曹操杀神医华佗
魏太子曹丕秉政

图文珍藏版

国学经典文库

李渔批阅

三国演义

曹操杀神医华佗
魏太子曹丕秉政

图文珍藏版

能效者，便以麻肺汤饮之，须臾就如醉死，却用尖刀剖开其腹，以药汤洗脏腑，【眉批：曹操满肚皮奸猾，当用何药水方洗得干净？】剥肺剜心，其病人略无疼痛；然后以药线缝其口，敷药末，或一月，或二十日之间，即平复矣。其神效如此。甘陵相夫人有孕六月，腹痛不能安。

佗视其脉曰：'脉中是男胎也，已死多时，何不治疗？'遂以药下之，果男胎，旬日而愈。一日，佗行于道上，见一人呻吟之声。佗曰：'此乃饮食不下之病。'问之果然。佗令以蒜齑汁三升饮之即愈。其人归家饮之，吐蛇一条，【眉批：曹操腹中毒蛇恐不止一条耳。】长二、三尺，饮食即下，患者将蛇赴佗家致谢。佗家小儿引患者视之，见数条蛇悬于壁上。又广陵太守陈登，心中烦懑，面赤不能饮食。佗曰：'胸中有虫数升，欲作内疽，盖为食腥之故。'佗以药饮之，吐虫三升，皆赤头，首尾动摇。登问其故，佗曰：'此乃鱼腥之毒，今日虽可，三年之后，又发必死也。'后陈登果三年而死。又有一人，眉间生一瘤；痒不可当，令佗视之。佗曰：'内有飞物。'人皆笑之。佗以刀剖开，一黄雀飞去。【眉批：奇绝。】有一人在途，被犬咬其足指，随长一块，痛痒不可忍。佗曰："痛者有针十个，痒者有黑白棋子一枚。'人皆不信。佗以刀剖开，果应其言。【眉批：更奇。】此华佗真乃扁鹊之神医也！见居金城，离此不远。王上何不召之？"

操即差人连夜请华佗入内。操令诊脉。佗曰："此是王上风息所患之病也。"操曰："孤平日患偏头风，不时举发，五、七日不饮食，甚是疼痛，汝可治之。"佗曰："此病根在脑袋中，风涎不能出，枉服汤药，不可治疗。某有一法：先饮麻肺汤，然后用利斧砍开脑袋，取出风涎，此病可以除根。"【眉批：与吉平用药之意相同。】操大怒曰："汝要杀孤耶？"佗曰："王上曾闻关公中毒箭，伤其右臂，某刮骨疗毒，自然无忧乎？【眉批：关公事在华佗口中照出。】今王上小可之疾，何多疑焉？"操曰："臂痛可刮骨，孤脑袋安可比臂也？汝必有害孤之意，为他人报仇也。"【眉批：非为关公报仇，竟为天子讨贼。】唤左右拿下，拷问其情。贾诩谏曰："似此良医，世之罕

读/者/随/笔

国学经典文库

李渔 批阅

三国演义

曹操杀神医华佗
魏太子曹丕秉政

图文珍藏版

国学经典文库

李渔 批阅

三国演义

曹操杀神医华佗
魏太子曹丕秉政

图文珍藏版

有，未可废也。"操叱之曰："天下无此鼠辈乎？"急令追拷。华佗受刑不过，只得屈招谋杀魏王等情。狱中有一禁子，姓吴，人皆称为"吴押狱"。此人每日以酒食供奉华佗。佗感其恩，告曰："我今死于非命，恨有《青囊书》未传于世。深感汝恩，无可以报，我修一书，汝可遣一人送与我家，取《青囊书》来，汝学之，以继吾术。"【眉批：**有其好心，可不必书也。**】吴押狱曰："我若得此书，弃了此役，医治天下人病，以全先生之德也。"佗即修书付吴押狱。吴押狱辞了华佗，直至金城，问佗妻取之。其妻将《青囊书》与吴押狱。回家，与妻藏之。旬日之后，操病越加沉重，华佗死于狱中。吴押狱却了差役回家，闻妻要书，行医治病。妻曰："《青囊书》吾已烧毁矣。"夫问其故，妻又曰："纵然学得与华佗一般神妙，只落得死于牢中，吾知此所以毁之。"【眉批：**却是名言。**】因此《青囊书》不曾传于世。后人有诗曰：

> 病遇良医信有缘，重财轻命亦堪怜。
>
> 世人尽爱囊中白，应遣青囊妙不传。

却说魏王自杀华佗之后，病势不退，又忧吴、蜀，未知如何。正虑之间，近臣忽奏东吴又遣使至。操召入，使呈书与曹操。操拆封视之，书曰：

臣孙权久知天命已归王上，伏望早遣大将，剿灭刘备，扫平两川，臣即率群下纳士归降矣。

操观毕大笑，出示群臣曰："是儿欲使吾居炉火上耶？"时有侍中陈群、尚书桓阶二人伏地奏曰："汉室自安帝以来，国祚已绝，非止今日。王上功德巍巍，生灵仰望，故孙权在外称臣。此天人之应，异气齐声。王上早登大位，复何疑焉？"【眉批：令人追思荀彧、攸尚有良心。】操笑曰："吾自事汉三十余年，虽有功德，位至于王，于身足矣，何敢更望于外乎？"夏侯惇劝曰："天下咸知汉祚已尽，异代方起。自古以来，能除患害为百

国学经典文库

李渔批阅

三国演义

曹操杀神医华佗
魏太子曹丕秉政

图文珍藏版

姓所归者，即生民之主也。今王上即戎三十余年，功业著于黎庶，今天下投归，理合顺民应天，复何疑哉？"操曰："施于有政，是亦为政。苟天命在孤，孤即为周文王矣。"操谦辞不允。【眉批：隐然经篡逆之事留与曹丕。】司马懿曰："江东孙权既已称臣来附王上，即宜封之，令拒刘备可也。"操曰："此理极善。"遂集文武商议封吴之事。还是如何，且听下回分解。

曹操听懿所言，与多官商议。封孙权为骠骑将军、南昌侯，领荆州牧，即日遣使往东吴封权。权受爵毕，遣使上笺谢恩，送于禁还都。

操病转加，是夜子时梦三马同槽。【眉批：早为司马氏预兆。】及晓，召贾诩曰："孤昔夜梦三马同槽，疑马腾、马休、马铁三人，故将马腾全家杀之。今夜复梦，何也？"诩曰："禄马，皆吉兆也。"众官言："禄马尚于曹，王上何必疑焉？"操因此不疑。

> 三马同槽事可疑，不知已植晋根基。
> 曹瞒空作儿曹计，岂知朝中司马师？

是日天晚，文武皆散。夜至三更，操觉头目昏眩，起伏于几。忽闻殿中声如裂帛，操惊问之，忽见伏皇后、董贵妃及二皇太子，并国舅董承等二十余人，浑身血污，立于愁云之内，隐隐有索命之声。【眉批：从前所作之事，于此一齐来矣。】操即拔剑望空砍之，忽然一声响亮，震塌殿宇西南一角。【眉批：新殿未成，旧殿又塌了。】近臣将操救出，别宫养病。次夜，又闻殿外男女哭声不绝。至晓，操召群臣入曰："孤在戎马之中三十余年，未尝信怪异之事。今日如此为何？"群臣奏曰："王上当命道士设荐扬。"操叹曰："圣人有云：'获罪于天，无所祷也。'【眉批：自写供招。】孤天命将尽，虽日用万金，安可救耶？"遂不允设。

次日，觉气冲上焦，目不见物，急召夏侯惇商议。惇至殿门前，忽见伏后、董妃、二皇太子、国舅董承等，立在阴云之中。惇大惊昏倒，左右扶出，自此得病。操召前将军曹洪、侍中陈群、中大夫贾诩、主簿司马懿，同至卧榻前，嘱以后事。操曰："孤纵横天下三十余年矣，群凶皆灭，止有江东孙权、西蜀刘备，未曾收复。孤今病危，必然难逃，今以大事嘱汝四人。孤长子曹昂，刘氏所生，不幸早年没于宛城。今卞氏生四子：丕、彰、植、熊。孤平生所爱第三子植，为人虚华，少于诚实，嗜酒放肆，因此不立。次子曹彰，勇而无谋。四子曹熊，多病难保。惟长子曹丕，笃厚恭谨，才智兼全，可任大事。汝等宜辅之，各怀忠义之心，以图悠久之计，勿得怠慢。"【眉批：知子不如父。不说到禅代事，何奸猾之极。】言讫，长叹一声，泪如雨下，气绝而亡。【眉批：到此时绝无英雄气。】寿六十六岁，时建安二十五年春正月下旬也，后史官赠拟曹操行状云：

国学经典文库

李渔批阅

三国演义

曹操杀神医华佗
魏太子曹丕秉政

图文珍藏版

国学经典文库

李渔 批阅

三国演义

曹操杀神医华佗
魏太子曹丕秉政

图文珍藏版

1132

　　操知人善察，难眩以伪；识拔奇才，不拘微贱；随能任使，皆获其用。与敌对阵，意思安闲，如不欲战然，及决机乘胜，气势盈溢。勋劳宜赏，不吝千金；无功妄施，分毫不与。用法峻急，有犯必戮，或对之流涕，然终无所赦。雅性节俭，不好华丽，故能芟刈群雄，削平海内，三十余年，手不释卷，昼则讲武，夜则思经，登高必赋，对景必诗，深明音乐。善能骑射，曾在南皮一日射雉六十三。及造宫室器械，无不曲尽其妙。

晋平阳侯陈寿评曹操曰：

汉末天下大乱，雄豪并起，而袁绍虎视四州，强盛莫敌。太祖运筹演谋，鞭挞宇内，览申、商之法术，讲韩、白之奇策。官方受材，各因其器；矫情任算，不念旧恶。终能总御皇机，允承洪业者，为其明略最优也。抑可谓非常之人，超世之杰矣。

唐太宗曾祭魏武祖云："一将之智有余，万乘之才不足。"前贤又贬曹操诗曰：

> 杀人虚堕泪，对客假追欢。
> 鸩酒时时饮，兵书夜夜观。
> 秉珪升玉辇，带剑上金銮。
> 历数奸雄者，谁如曹阿瞒？

却说曹操身亡，文武百官尽皆举哀，一面报与魏天子曹丕，一面报与鄢陵侯曹彰、临淄侯曹植、萧怀侯曹熊。【眉批：曹操死时，四子俱不在面前，可叹。】多官用金棺银椁将操入殓，星夜举灵榇赴邺郡而来。

却说曹丕闻知父丧，放声痛哭，众将再三劝解，遂率大小官员出城十里迎榇。入城停于偏殿。官僚挂孝，哀声大震。忽一人挺身出曰："请太子哀息，百官暂止，何不且议大事？"众视之，乃司马孚也，见为太中庶子。孚厉声言曰："王已晏驾，天下震动，当早立嗣君，以镇万国，何但哭泣耶？"群臣曰："太子宜登宝位，但未得天子诏命，岂敢造次而行？"【眉批：此时欲待天子之诏者，欺人耳目耳。】忽班部中又一人出曰："迟！迟！"丕

国学经典文库

李渔批阅

三国演义

曹操杀神医华佗
魏太子曹丕秉政

图文珍藏版

视之，乃广陵东阳人也，姓陈，名矫，字季弼，见为兵部尚书。矫曰："王上已薨，太子在侧，若等诏命而分彼此，则社稷危矣！"遂拔剑在手，指官僚曰："敢乱言者，割袍为例。"言讫，一剑割下袍袖。百官悚惧，拥丕至殿。【眉批：**此时不欲奉天子诏矣。**】正欲册立，忽报华歆自许昌飞马至。众皆大惊，及至问之，歆曰："今魏王晏驾，天下震动，汝等久食君禄，何不早立太子？"众官应曰："正欲立之。"歆曰："吾已于天子处索了诏命来矣。"众皆踊跃称贺。歆于怀中取出诏命开读，百官跪听。制曰：

魏太子曹丕：昔天皇授乃显考，以翼我皇家，遂攘除群凶，拓定九州，弘功茂绩，光于宇宙，联用垂拱负扆二十有余载矣。天不愁遗一老，永保予一人，早世潜神，哀悼伤切。不奕世宣明，宜秉文武，绍熙前世。今使使持节御史大夫华歆奉策诏，授丕丞相印绶、魏王玺绶，领冀州牧。方今外有遗虏，退夷未宾，旗鼓犹在边境，干戈不得韬刃，斯乃播扬洪烈，立功垂名之秋也。岂得修谅闇之礼，究曾闵之志哉？其敬服联命，抑弸忧怀，旁祗厥绪，时亮庶功，朕称联意。呜呼！可不勉与！建安二十五年春二月日诏。

是时华歆谄事于魏，故草此诏，威逼献旁降之。【眉批：**看此人行事，每恶闻其名。**】帝惧其势，只得听从，

国学经典文库

李渔批阅

三国演义

曹操杀神医华佗
魏太子曹丕秉政

图文珍藏版

故下诏，即封曹丕为魏王、丞相、冀州牧，百官不敢言其非者。

丕即日登位，受大小官僚拜舞起居。正宴会庆驾间，忽报鄢陵侯曹彰，自长安领十万大军来到。丕大惊，遂问群臣曰："孤黄须小弟，平日性刚，深通武艺。今提兵远来，必与孤争王位也。如之奈何？"忽阶下人一应声出曰："臣素知鄢陵侯之所行，当以片言折之。"众皆称曰："非大夫莫能解此祸也。"未知是谁，且听下回分解。

国学经典文库

李渔批阅

三国演义

曹子建七步成章
汉中王怒杀刘封

图文珍藏版

1136

第七十九回　曹子建七步成章
汉中王怒杀刘封

出班奏者，乃河东襄陵人也，姓贾，名逵，字梁道，见为谏议大夫。曹丕大喜，就命贾逵往说之。逵出城门下，迎见曹彰。彰问曰："先王玺绶安在？"【眉批：一见便问玉玺。】逵正色言曰："家有长子，国有储君。先王

玺绶，非君侯之所有也。问某何意？"彰默然无语。行至

宫门，遽问彰曰："君侯此来，欲奔丧耶？欲争王位耶？欲为忠孝之人耶？欲为大逆之人耶？"【眉批：**本欲其退兵，却先问此二语。**】彰曰："吾来奔丧耳，并无异心也。"遽曰："既无异心，因何提兵至此？"彰即时叱退左右将士，只身入内，拜见曹丕。兄弟二人相抱哭罢，方始成服。将本部军马尽交与曹丕。丕令彰回鄢陵，彰拜辞而去。

曹丕受了魏王，即传令旨，改建安二十五年为延康元年。封贾诩为太尉，华歆为相国，王朗为御史大夫。大小官僚，尽皆升赏。葬曹操于高陵，谥号武祖。华歆奏曰："鄢陵侯曹彰交割军马，已赴本国去了。独有临淄侯曹植、萧怀侯曹熊二人不来奔丧，理当问罪。"丕从之，即传令旨，差二使往二处问罪去讫。忽一使回报，萧怀侯曹熊惧罪，自缢身死。【眉批：**先送死一兄弟。**】丕令厚葬，追谥萧怀王。又数日，使命回报："临淄侯曹植常与丁仪、丁廙酣饮，并无奔丧之意。臣传王旨，植端坐不动。丁仪骂曰：'且休胡说！，昔日先王在时，欲立吾主为太子，被谗臣贼子所阻；今王丧未及旬日，便问罪于骨肉耶？'"【眉批：**先责曹丕。**】丁廙又曰："据吾主聪明冠世，下笔成章，有王者之大体，今反不得其位。汝那庙堂之臣，皆是肉眼愚夫，不识圣贤，与禽兽何异！【眉批：**后责群臣。**】植遂大怒，叱武士将臣乱棒打出。"丕闻之大怒，即令诸褚领三千虎卫军，火速擒来。褚领军飞奔临淄而去。比及到郡，先遇守关偏将，被褚立斩，

国学经典文库

李渔批阅
三国演义

曹子建七步成章
汉中王怒杀刘封

图文珍藏版

1137

直入城中，口传令旨，无一人敢当锋锐。径到府堂，只见曹植与丁仪、丁廙等，尽皆醉倒，【眉批：**闻父死而酣饮，岂人子者为之哉！**】报者不能得见。褚一例缚之，载于车上，仍将府下大小属官，尽行解赴邺郡，入见曹丕。丕大怒，即下令旨，将丁仪、丁廙等尽皆诛之。丁仪字正礼，丁廙字敬礼，沛郡人，乃亲弟兄，皆当时文士也。

却说宣武皇后卞氏，听得擒了曹植，心惊胆颤，举止失措，急出救时，已将心腹人杀了。【眉批：**诸臣中俱不为植请命，必待其母自出，可叹，可叹。**】曹丕见母出殿，慌请回宫。卞氏哭谓丕曰："汝弟曹植平生嗜酒，醉后疏狂，盖因胸中之才，故放肆也。汝可念同胞共乳之情，怜此一命。吾至九泉，亦瞑目也。"【眉批：**其词哀矣。**】丕曰："愚兄深爱其才，安敢造次废之？惟欲戒其性耳。母亲勿忧。"卞氏泣泪射之。

丕出偏殿不朝。华歆问曰："适来莫非太后劝王上勿废子建乎？"丕曰："然。"歆曰："子建怀才抱智，终非池中之物，若不早队，必为后患。"【眉批：**离间人骨肉，可恨，可恨。**】丕曰："已许母矣。"歆曰："人皆言子建出口成章，臣未深信。王上可召入，以才试之，若不能，即杀之；若果能，即贬之，以绝天下文人之口。"丕从之，遂召子建入内。子建惶恐，拜伏请罪。丕曰："汝倚仗文才，安敢无礼？以家法，则兄弟；以国法，则君臣。昔先君在日，汝常恃文章，吾深疑汝必用他人代笔。吾今令汝七步成章，若果能，则免一死；若不能，则二罪

读/者/随/笔

国学经典文库

李渔批阅

三国演义

曹子建七步成章
汉中王怒杀刘封

图文珍藏版

俱罚，决不轻恕！"子建曰："愿乞题目。"是时殿上悬一水墨画，画着两只牛斗于墙之下，一牛坠井。丕指而言曰："以此画为题，诗中不许犯着'二牛斗墙下，一牛坠井死'字样，【眉批：阿哥做考试官，出如此难题目。】植行七步，其诗已成。诗曰：

两肉齐道行，头上带横骨。

相遇块山下，欻起相塘突。

二敌不俱铡，一肉卧土窟。

非是肉不如，盛气不得泄。

国学经典文库

李渔批阅

三国演义

曹子建七步成章
汉中王怒杀刘封

图文珍藏版

曹丕及群臣皆惊。丕又曰："此七步成章，迟也。汝可应声作诗一首否？"【眉批：**又要覆试。**】子建曰："愿闻何题？"丕曰："吾与汝乃兄弟也，以此为题。"【眉批：**出此题，将入情矣。**】子建听毕，遂占小诗曰：

煮豆燃豆萁，豆在釜中泣。
本是同根生，相煎何太急！

曹丕闻之，潸然泪下。其母卞氏于殿后曰："兄何逼弟之甚耶？"丕慌忙离座告曰："国法不可废也。然则孤于天下无所不容也，何况骨肉之亲乎？"于是贬子建为安乡侯。子建拜辞，上马而去。曹丕自即魏王之位，法令一新，威逼汉帝，甚于其父。

却说细作人报与汉中王。【眉批：**此处又叙先主。**】王大惊，即与文武商议曰："曹操已死，曹丕僭称王位，威逼汉帝，甚于其父。东吴孙权拱手称臣。孤欲先全伐东吴，以雪弟仇。次讨中原，以除群逆。"言未毕，廖化出班，拜哭于地曰："昨日送了关公父子之命，实刘封、孟达之误。乞讨此二人之罪。"玄德曰："孤几忘之矣。"便差人召来。孔明谏曰："不可急召。宜缓图之，急则生变矣。【眉批：**恐不降吴则降魏耳。**】可升此二人为郡守，然后擒之，此为上策。"玄德从之，遂遣使升刘封去守绵竹。

有彭羕与孟达甚厚，听知此事，急回作书，遣心腹人，欲报孟达。其人方出南门，被马超巡视军捉来见超。审出此事，即引本部士卒，来见彭羕。接入，以酒待之。酒至数巡，超以言挑之曰："昔见汉中王待公甚厚，今日何薄也？"【眉批：马超性直，此时亦能用诈。】羕乘酒醉，指而骂曰："老革荒悖，岂足道也！"超又探曰："某亦怨之矣久。"羕曰："公起本部军，结连孟达为外合，某领川兵为内应，天下不足定也。"超曰："先生言当，来日再议。"超辞了彭羕，即将人、书来见汉中王，细言其事。玄德大怒，即令捉获彭羕入狱，拷问其情。羕在狱中，悔之无及，遂作书一封，令人送与孔明。孔明拆封视之，书曰：

仆昔有事于诸侯，以为曹操暴虐，孙权无道，振威暗弱，其惟主公有王霸之器，可与兴业致治，故乃翻然有轻举之志。会公来西，仆因法孝直同自衔鬻，庞统斟酌其间，遂得诣公于葭萌，抵掌而谈，论治世之务，讲王霸之义，建取益州之策；公亦宿虑明定，即相然赞，则举事焉。仆于故州不免凡庸，忧于罪罔，得遵风云激天之会，求君得君，志行名显，从布衣之中擢为国士，盗窃茂才。分子之厚，谁复过此？羕一朝狂悖，自求菹醢，为不忠不义之鬼乎？先民有言，左手据天下之图，右手刎咽喉，愚夫不为也。况仆颇别菽麦者哉。所以有怨望意者，不自度量，苟以为首兴事业，而有投江阳之

国学经典文库

李渔批阅

三国演义

曹子建七步成章
汉中王怒杀刘封

图文珍藏版

1141

论，不解主君之意，意卒感激，颇以被酒，脱失老语。此仆之下愚薄虑所致，主公实未老也。且夫立业，岂在老少，西伯九十，宁有衰志？负我慈父，罪有百死。至于内外之言，欲使孟起立功北川，戮力主公，共讨曹操耳，宁敢有他志哉？孟起说之是也，但不分别其间，痛人心耳。昔每与庞统共相誓约，庶托足下未踪，尽心于主公之业，追名古人，载勋竹帛。统不幸而死。仆败以取祸，是我惰之，将复谁怨？足下当世伊、吕，正宜善与主公计事，济其大猷。天明地察，神祇有灵，复何言哉！贵使足下明仆本心耳。行矣努力，自爱，自爱！彭羕顿首。

国学经典文库

李渔批阅

三国演义

曹子建七步成章
汉中王怒杀刘封

图文珍藏版

孔明看毕，扶掌大笑，即入殿前，启奏汉中王。玄德问曰："此人若何？"孔明曰："狂士也，久必生祸。"玄德即令狱内将彭羕诛之。

羕死后，有人报与孟达。达大惊，举止失措。忽使命至，调刘封回守绵竹。孟达慌请上庸尉申耽、申仪弟兄二人商议。耽曰："某有一计，使汉中王不能加害于公也。"达大喜。未知此计如何，且听下回分解。

却说孟达问申耽曰："将军当用何策，以避其祸？"耽曰："吾弟兄亦欲投魏，立心久矣。公可作一表，辞了汉中王，投魏王曹丕，丕必重用。续后，吾二人亦去投降也。"【眉批：因孟达一人，引出两人之叛。】达猛然省悟，即写表一通，付与来使；当晚引五十余骑，投魏去了。刘封听知，急追不上，回守上庸。

使命持表回来，奏汉中王，细言孟达投魏之事。表曰：

臣达伏惟殿下：将建伊、吕之业，追桓、文之功，大事草创，假势吴楚，是以有为之士深睹归趣。臣委质以来，愆戾山积，臣犹自知，况于君乎！今王朝英俊鳞集。臣内无辅佐之器，外无将领之才，列次功臣，诚自愧也。臣闻范蠡识微，浮于五湖；咎犯谢罪，逡巡河上。夫际会之间，请命乞身，何则？欲洁去就之分也。况臣卑鄙，无元功巨勋，自系于时，窃慕前贤，早思远耻。昔申生至孝，见疑于亲；子胥至忠，见诛于君；蒙恬拓

国学经典文库

李渔批阅

三国演义

曹子建七步成章
汉中王怒杀刘封

图文珍藏版

境而被大刑；乐毅破齐而遭谗佞。臣每读其书，未尝不感慨流涕，而亲当其事，益已伤绝。何者？荆州覆败，大臣失节，百无一还。惟臣寻身，自致房陵、上庸，而复乞身自放于外。伏想殿下圣恩，感悟愍臣之心，悼臣之举。臣诚小人，不能始终，知而为之。敢谓非罪！臣每闻"交绝无恶声，云臣无怨辞"。臣窃奉教于君子，愿君王勉之。臣不胜惶恐之至。

玄德看毕，大怒曰："匹夫叛吾，安敢以文辞相戏耶！"送与孔明曰："汝即起兵擒此国贼！"孔明曰："不可。但就遣刘封进兵，令二虎相并。若刘封或有功，或败绩，必归成都，就而除之，可绝两害。"【眉批：一举而两得之。】玄德从之，遂遣使到绵竹，入见刘封。封受命，奋然率兵来擒孟达。

不说孟达入邺降魏，却说曹丕聚文武议事，忽近臣奏曰："蜀孟达来降。"丕召入问曰："汝此来，莫非诈降乎？"达曰："臣为不救关公之危，汉中王欲杀臣，因此归降，别无他意。"曹丕尚未准信，忽报刘封引五万兵来取襄阳，单搦孟达厮杀。丕曰："汝既是真心，便可去襄阳取刘封首级前来，孤方准信。"达曰："臣以利害说之，不必动兵，令刘封亦来降也。"丕大喜，遂加孟达为散骑常侍、建武将军、平阳亭侯，领新城太守，去守襄阳、樊城。原来夏侯尚、徐晃预先在此，一同收取上庸诸郡。孟达到了襄阳，与二将礼毕，探得刘封离城五十里下寨，

读/者/随/笔

国学经典文库

李渔批阅

三国演义

曹子建七步成章
汉中王怒杀刘封

图文珍藏版

达即修书一封，遣舌辩之士赍赴蜀寨，入见刘封。封拆书视之，书曰：

> 达致书于副将军麾下：伏闻古之人有言："疏不间亲，新不加旧。"此谓上明下直，谗慝不行也。若乃权君谲主，贤父慈亲，犹有忠臣蹈功以罹祸，孝子抱仁以陷难，种、商、白起、孝己、伯奇，皆其类也。其所以然，非骨肉好离，亲亲乐患也。或有恩移爱易，亦有谗间其间，虽忠臣不能移之于君，孝子不能变之于父者也。势利所加，改亲为仇，况非亲亲乎？故申生、卫伋、御寇、

国学经典文库

李渔批阅

三国演义

曹子建七步成章
汉中王怒杀刘封

图文珍藏版

1146

楚建禀受形之气，当嗣立之正，而犹如此。今足下与汉中王，道路之人也，亲非骨肉而据势权，义非君臣而处上位，征则有偏任之威，居则有副军之号，远近相闻也。

自立阿斗为太子已来，有识之人相为寒心。如使申生从子舆之言，必为太伯；卫伋听其弟之谋，无彰父之讥也。且小白出奔，入而为霸；重耳逾垣，足以克复。自古有之，非独今也。夫智贵免祸，明尚凤达。仆察汉中王虑定于内，疑生于外矣。虑定则心固，疑生则心惧，祸乱之兴作，未尝不由废立之间也。私怨人情，不有不见，恐左右必有以间于当中王矣。然则疑成怨开，其发若践机耳。今足下在远，尚可假息一时；若大军遂进，足下失据而还，窃相为危之。昔微子去殷，智果别族，违难背祸；犹皆如斯。今足下弃父母而为人后，非礼也；知祸将至而留之，非智也；见正不从而疑之，非义也。自号为大丈夫，为此三者，何所贵乎？以足下之才，弃身来东，继嗣罗侯，不为背亲也；北面而事君，以正纪纲，不为弃旧也；怒不置乱，以免危亡，不为徒行也。今陛下新受禅命，虚心侧席，以德怀远，若足下翻然内向，非但与仆为伦，受三百户封，继统罗国而已，当更剖符大邦，为始封之君。陛下大军，金鼓以震，当转都宛、邓；若二敌不平，君无还期。足下因宜此时，早定良计。《易》有"利见大人"，《诗》有"自求多祸"矣。足下勉之，毋使狐突闭门不出，宜早决焉。达再拜，年月日书。

刘封看毕，大怒曰："此贼误吾叔侄之义，又间吾父子之亲，使吾为不忠不孝之人也！"遂扯其书，斩其使。【眉批：刘封此时却与糜芳大异。】

次日，行军搦战。孟达知得扯书斩使。勃然大怒，亦领兵出迎。两阵对圆，封立马于门旗下，以刀指骂曰："背国反贼！安敢阵前使间谍之计也！"孟达亦骂曰："汝死已临头上，还自执迷不省，与禽兽何异耶！"封大怒，拍马轮刀，直奔孟达。战不三合，达大败而走。【眉批：便是诱敌之计。】封乘虚追杀二十余里。一声喊处，伏兵尽起，左边一军冲出，为首大将乃夏侯尚，右边一军冲出，为首大将乃徐晃也。三军夹攻，封大败而走，连夜奔回上庸。背后魏兵不分星夜赶来。及至刘封到城上叫

国学经典文库

李渔批阅

三国演义

曹子建七步成章
汉中王怒杀刘封

图文珍藏版

国学经典文库

李渔批阅

三国演义

曹子建七步成章
汉中王怒杀刘封

门，城上乱箭射下，申耽在敌楼上叫曰："吾已降了魏了！"封大怒，欲要攻城，背后夏侯尚、孟达两军杀来。封立脚不住，只得奔房陵而来见城上尽插魏旗。【眉批：与汭水之战相似。】申仪在敌楼上将旗一飐，城后一彪军出，旗上书"右将军徐晃"。封据敌未几，忙望西川而走。晃乘势追杀。

刘封部下只落百余骑，到了成都，入见汉中王，哭拜于地，细奏其事，玄德怒曰："辱子有何面目敢见吾也！"封对曰："叔父之难，非逆儿不救，乃孟达之阻也。"【眉批：此番推脱的不干净。】玄德转怒曰："汝须食人食，穿人衣，非土木之人，安可听谗贼所阻也！"封

图文珍藏版

泣而告曰："一时被以利害说之，致获大罪。"玄德犹豫未决。忽孔明入，玄德问曰："辱子如此，何法治之？"孔明附耳低言曰："此子极其刚强，今不除之，后必生祸于子孙也。"玄德遂令左右推出斩之，又问随封将士。众以孟达说封之事，及刘封扯书斩使之事，一一奏闻；又将扯毁之书，呈与玄德。玄德看毕，急回心曰："吾儿虽然刚强，有此忠义之心，凛然可爱。"急救留人，早已斩讫，献首级于阶下，玄德恸哭曰："孤一时造次，废股肱矣！"孔明曰："欲嗣主久远之计，杀之何足惜也。作事业者，岂可生儿女之情耶？"玄德曰："纵使他日杀孤之子，孤不忍今日废忠义之人也。"文武闻之，无不下泪。武士奏曰："刘封临刑，但云：'悔不听孟子度之言，果有此日矣。'"玄德泣曰："此儿至九泉之下，必痛恨于孤矣。汉中王思想关公，更惜刘封，致染成病，不能兴兵。"【眉批：**假兄弟，假儿子，玄德总是厂点真情，始终如一，令人可饮可敬**。】时建安二十五年，改延康元年，夏六月也。

却说魏王曹丕自即王位，将文武官僚尽皆升赏，遂统甲兵三十万，南巡沛国谯县，大飨先茔。乡中父老，扬尘遮道，奉觞进酒，效汉高祖还沛之意。是岁七月，闻大将军夏侯惇病危，丕还邺郡。时惇已卒，丕挂孝送殡于东门外，以厚礼葬之。八月间报称石邑县凤凰来仪，临淄城麒麟出现，黄龙现于邺郡。【眉批：**凤凰、麒麟、黄龙不当来而来，非魏之祯祥，乃汉之妖孽耳**。】魏王门

国学经典文库

李渔批阅

三国演义

曹子建七步成章
汉中王怒杀刘封

图文珍藏版

下百官议曰："上天垂象，乃魏当代汉之兆也，宜具受禅之礼，令汉帝让位于魏王。"是时侍中刘廙、辛毗、刘晔，尚书令桓阶、陈矫、陈群一班文武。四十余人，一刘来见太尉贾诩、相国华歆、御使大夫王朗，共言此事。贾诩笑曰："公等所见，亦若此乎？"当日，华歆同贾诩、王朗、中朗将李伏、太史丞许芝，引文武多官，直入内殿，来奏献帝，请禅位于魏王。未知如何，且听下回分解。

国学经典文库

李渔 渔阅批

三国演义

曹子建七步成章
汉中王怒杀刘封

图文珍藏版

1150

国学经典文库

李渔批阅

三国演义

废献帝曹丕篡汉
汉中王成都称帝

图文珍藏版

第八十回　废献帝曹丕篡汉
汉中王成都称帝

却说华歆引文帝来见献帝，歆奏曰："伏睹魏王自登位以来，布德四方，仁及万物，越古超今，虽唐、虞无以过此，群臣会议，言汉祚已终，望陛下效尧、舜之道，以山川社稷禅与魏王，上合天心，下合民意，则陛下安闲无忧矣！祖宗幸甚！生灵幸甚！臣等议定，故来奏知。"【眉批：把一皇帝轻轻讨去。】帝大惊，半晌无言，

觑百官哭曰：“朕想高祖提三尺剑，平秦灭楚，创有天下，世统相传，四百年矣。朕虽不才，又无过恶，安忍将祖宗大业等闲弃之？烦汝百官从公再议。”华歆引李伏、许芝近前奏曰：“陛下若不信，可问此二人。”李伏奏曰：“自魏王即位以来，麒麟降生，凤凰来仪，黄龙出现，嘉禾瑞草，甘露下降：此皆上天垂象，魏当代汉之兆也。”许芝又奏曰：“臣等职掌司天，夜观乾象，伏见炎汉气数已终，陛下帝星隐匿不明；魏国乾象极天际地，言之难尽。更兼上应图谶，其谶曰：‘鬼在边，委相连；当代汉，无可言。言在东，午在西，两日并光上下移。’以此论之，魏在许昌，应受汉禅也。愿陛下察之。”帝曰：“祥瑞图谶，皆虚谬之事，奈何以虚谬之事，而舍万世不朽之基业乎？”华歆又曰：“陛下差矣。昔日三皇五帝以德相让，无德让有德。三皇以后，各传子孙。至于桀、纣无道，天下伐之。春秋强霸，各相吞并，有福者居之，后并入秦，方归于汉。‘天下者，非一人之天下，乃天下人之天下也。’陛下祖公传继许久，亦已过矣；若再迟疑，恐生他变，未可知也。”王朗又奏曰：“自古以来，有兴必有废，有盛必有衰，岂有不亡之国？安有不败之家？陛下汉朝相传四百余年，气运已极，不可执迷惹祸也。”帝大哭，入后殿而去。百官哂笑而退。【眉批：帝大哭，百官笑，可怜可恨。】

次日，官僚又集于大殿，令宦官入请献帝。帝怯惧，不敢复出。曹皇后曰：“百官请陛下设朝问政，何相推也?"帝泣曰:"汝兄欲篡汉室,故令百官相逼,朕故不出也。"后大怒曰:"汝言吾兄为篡国之贼,汝高祖只是丰沛一嗜酒匹夫,无籍小辈,尚且倚强夺劫秦朝天下。吾父扫清海内,吾兄累有大功,有何不可为帝?汝即位三十余年,若不得吾父兄,汝为齑粉久矣!"【眉批:只为父兄,不为丈夫,妇人中往往如此。】言讫,便要上车出殿。帝大惊,慌忙更衣出殿。华歆出班奏曰:"陛下依臣之言,免遭大祸。"帝痕哭曰:"卿等皆食汉禄久矣,多有祖宗为汉功臣,子孙何无一人与朕分忧也?"【眉批:闻此言而不动心者,与禽兽何异?】歆曰:"陛下不以天下禅魏,且夕萧墙有祸,非臣等不忠于陛下也。"帝曰:"谁敢遽行弑耶?"歆曰:"天下之人,皆知陛下无人君之福,以致天下大乱。若非魏王在朝;弑陛下者塞满公庭矣!陛下尚不知恩,以报其德,直欲令天下共伐陛下乎?"帝曰:"昔日桀、纣无道,残暴生灵,故惹天下伐之。朕自即位以来,三十余年,兢兢业业,未尝敢行半点非礼之事,天下之人谁忍伐我?"歆大怒,厉声言曰:"陛下无德无福而居大位,甚于残暴之君也!"帝大惊,拂袖而起。王朗以目视华歆,歆纵步向前,扯住龙袍,变色言曰:"许与不许,从与不从,早发一言!"【眉批:露出昔日破壁面孔。】帝战栗不能答。

忽然曹洪、曹休二人带剑上殿,厉声问曰:"符宝郎安在?"班部中一人出曰:"府宝郎在此。"洪拔剑索要玉玺,符宝郎祖弼叱之曰:"玉玺乃天子之宝,安得擅与人

国学经典文库

李渔批阅

三国演义

废献帝曹丕篡汉
汉中王成都称帝

图文珍藏版

国学经典文库

李渔批阅

三国演义

废献帝曹丕篡汉
汉中王成都称帝

图文珍藏版

哉?"洪喝武士提出斩之,祖弼骂不绝口而死。【眉批:忠臣真乃国之宝也。】静轩先生有诗叹曰:

奸宄专权汉室亡,诈称禅位效虞唐。

满朝百辟皆尊魏,仅见忠臣符玺郎。

帝颤栗不已,只见阶下披甲持戈百余人,皆是魏兵,帝乃流涕出血,叹曰:"祖宗天下,何期今日废之!朕死于九泉之下,有何面目见先帝乎!"泣告群臣曰:"朕愿将天下禅于魏王,幸留残喘,以终天年。"贾诩曰:"臣等安敢负陛下也，陛下可急降诏，以安众心。"【眉批：**非安众心，实安一身耳。**】帝哭声不绝，乃令桓楷、陈群草禅国之诏，令华歆赍奉诏玺，引百官直至魏王宫献纳。于是曹丕欣然而喜，开读诏曰：

朕在位三十二年，遭天下荡覆，幸赖祖宗之灵，危而复存。然今仰瞻天文，俯察民心，炎精之数既终，行运在乎曹氏。是以前王既树神武之迹，今王久耀明德以应其期，是历数昭明，信可知矣。夫大道之行，天下为公，选贤与能，故唐尧不私于厥子，而名播于无穷。朕义而慕焉，今其追踵尧典，禅位与丞相魏王。无得辞焉。

曹丕听毕，便欲受之。司马懿谏曰："王上不可轻也。虽诏玺已至，可再上表谦辞，以绝天下之谤。"【眉批：**与其诈让，不如从直。**】丕从之，急令王朗作表，赍回印绶，虚辞谦让。

王朗等入内奏帝。其表曰：

臣丕谨奏受诏，伏惟陛下以垂世之诏，禅无功之臣，使臣闻知，肝胆摧裂，不知所措。窃以尧让大位于贤，巢由避迹，后世称之。臣才鲜德薄，安敢奉命？请于盛世别求大贤，以礼让之，庶免万年之议论也。臣丕谨纳还玺绶，待死阙下。不胜惶惧战粟之至！奉表以闻。

国学经典文库

李渔批阅

三国演义

废献帝曹丕篡汉
汉中王成都称帝

图文珍藏版

献帝览毕，甚是惊疑，回顾群臣曰："魏王谦逊，如之奈何？"华歆奏曰："陛下欲效唐尧乎？"帝曰："何谓也？"歆曰："昔唐尧有二女，长曰娥皇，次曰女英。为禅位于舜，舜坚辞不受，以二女妻之，后世称为大圣之德。陛下亦有二公主，何不效唐尧以妻魏王乎？"【眉批：华歆真万古忘八禽兽。】帝不得已，遂复令桓草诏，令高庙使张音持节奉玺，并载二公主，径入魏宫。曹丕开读诏曰：

惟延康元年十月己酉，皇帝诏曰：咨尔魏王，上书谦让。朕窃惟汉道陵迟，为日已久；幸赖武王操，德膺符运，奋扬神武，芟夷凶暴，清定区夏。今王丕缵承前绪，至德光昭，声教被四海，仁风扇鬼区，天之历数，实在尔躬。昔虞舜有大功二十，而放勋禅以天下；大禹有疏道之绩，而重华禅以帝位。汉承尧运，有传圣之义，加顺灵祇，绍天明命，釐降二女，以嫔于魏。使行御史大夫张音持节奉皇帝玺绶，永为人君，万国敬仰天威，允执其中，天禄永终，敬之哉！

张音持诏丕，曹丕欣喜，暗与贾诩曰："虽二次有诏，但恐天下不能除篡逆之名也。"【眉批：既畏此名，何如不做。】诩曰："此事极易，可再命张音赍回玺绶，却教华歆令帝先筑一台，名'受禅台'，择吉日良辰，集大小公卿，四夷八方之人，尽到台下，令天子亲奉玺绶

禅位于王，可以绝四方之口矣。"【眉批：**差人送来不算，还要天子亲自送来。**】丕大喜，即令张音捧回玺绶，仍作表廉辞，音回奏献帝。帝问群臣曰："魏王无意，卿等若何？"华歆奏曰："陛下可筑一台，名'受禅台'，集公卿庶民，明白禅位，则陛下子子孙孙必蒙魏恩矣。"【眉批：**到底不明不白。**】帝从之，乃遣太常院官卜地于繁阳，筑起三层高台，择十月庚午寅时。

当时，献帝请魏王登台。受禅台下集大小官僚四百余员，御林虎贲禁军三十余万，并匈奴单于、化外之人。【眉批：**众目昭彰，其罪愈著。**】帝亲捧玉玺奉与曹丕，丕受之。群臣跪听册曰：

国学经典文库

李渔批阅

三国演义

废献帝曹丕篡汉
汉中王成都称帝

图文珍藏版

咨尔魏王：昔者唐尧禅位于虞舜，舜亦以命禹，天命不于常，惟归有德。汉道陵迟，世失其序，降及朕躬，大乱滋昏，群凶恣逆，宇内颠覆。赖武王神武，拯兹难于四方，惟清区夏，以保绥我宗庙，岂予一人获义，俾九服实受其赐。今王钦承前绪，光于乃德，恢文、武之大业，昭尔考之弘烈。皇灵降瑞，人神告徵，诞惟亮采，师锡朕命。佥曰：尔度克协于虞舜，用率我唐典，敬逊尔位。於戏！天之历数在尔躬，允执其中，天禄永终；君其顺大礼，飨有万国，以肃承天命。

读册已毕，魏王曹丕即受八般大礼，登了帝位。贾诩引大小官僚朝于台下。改延康元年为黄初元年，国号大魏。【眉批：前所云"黄天当应"。】丕传圣旨普赦天下罪犯。谥父曹操为太祖武德皇帝。华歆奏曰："天无二日，民无二王。既已交割天下，可令刘氏安置何地？"【眉批：可耻，可恨。】言讫，扶献帝跪于台下听旨。贾诩奏曰："可以封为公卿，即日便行。"丕遂封帝为山阳公。华歆按剑指帝，厉声而言："立一帝，废一帝，古之常理。今上仁慈，不忍加害，封汝为山阳公。今日便行，非宣召，不许入朝！"【眉批：如此取辱，何不早死？】献帝含泪拜谢，上马而去。台下军民、夷狄、大小等见之，伤感不已。丕与群臣曰："舜、禹之事，朕知之矣。"【眉批：天下有如此之舜、禹乎？】群臣皆呼"万岁"三声。

后人观之受禅台，有诗叹曰：

> 鸢鸱獾鼠腥狐臊，鬼吹野火烧蓬蒿。
>
> 此台名禅人不禅，斯地虽高德不高。
>
> 黄土一堆真可耻，虚在巍巍半空里。
>
> 坏却唐虞揖让风，乱臣贼子从此起。

又诗曰：

> 两汉经营四百年，小平津畔独潸然。
>
> 黄初不解唐虞意，筑土成台教晋宣。

汉献帝望山阳而去，百官请曹丕答谢天地。丕方下拜，忽然台前卷起一阵怪风，飞砂走石，急如骤雨，对

国学经典文库

李渔批阅 三国演义

废献帝曹丕篡汉
汉中王成都称帝

图文珍藏版

面不见，台上火烛尽皆吹灭。【眉批：风雨齐来，想大舜当日未必有此。】丕惊倒于台上，百官急来救之。未知性命如何，且听下回分解。

　　却说文武救得曹丕下台，半晌方醒。侍臣扶入宫中，数日不能设朝。后病稍可，将华歆封为司徒，王朗封为司空；大小官僚，一一升赏。其惊疾未痊，却排车驾，自许昌幸于洛阳，大建宫室。

　　早有人到成都，说曹丕弑了汉帝，自立为大魏皇帝。于洛阳盖造宫殿，调练人马。汉中王闻知大惊，饮食少进，每日痛哭，令百官挂孝，遥望许昌哭而祭之，谥曰"孝愍皇帝"。玄德因此忧虑，致染成疾，不能理事，政务皆托与孔明。

次年辛丑春三月，有襄阳人，姓张，名嘉，乃渔翁也。嘉夜间捕鱼，忽见水底起一道红光，上冲碧汉。嘉举网捕之，乃得一玉玺。只见金光灿烂，瑞气盘旋，上篆八字："受命于天，既寿永昌。"嘉大喜，素知汉中王仁德布于天下，遂密入成都，到孔明府献之。【眉批：放下先主，接叙孔明，为即帝位斗笋。】孔明重赏张嘉，即请太傅许靖、光禄大夫谯周等大小公卿商议。谯周曰："近有祥风庆云从空中旋下，成都西北角有黄气数十丈冲霄而起。帝星见于毕、胃、昴之分，煌煌如月。此正应汉中王当即帝位，以继汉统。今得玉玺，乃天赐也，更复何疑？"于是孔明与许靖引大小官僚，来请汉中王即位，上表曰：

臣亮等官：近者曹丕篡弑，湮灭汉室，窃据神器，劫迫忠良，酷烈无道；人鬼怨毒，感思刘氏。今上无天子，海内惶惶，靡所式仰。群下前后上书者八百余人，咸称述符瑞，图谶明徵。闻黄龙现武阳赤水，九日乃去。《孝经授神契》曰："德至渊泉则黄龙现者，君之象也"；《易·乾》九五："飞龙在天"，大王当龙登帝位也。近有襄阳张嘉特送玉玺，玺潜汉水，伏于渊泉，晖景烛耀，灵光彻天。夫汉者，高祖本所起定天下之国号也，大王袭先帝轨迹，兴于汉中。今天子玉玺神光先现，玺出襄阳汉水之末，明大王承其下流，授与大王以天子之位，瑞命符应，非人力所致。昔日有赤乌白鱼之瑞，咸曰休

国学经典文库

李渔批阅

三国演义

废献帝曹丕篡汉
汉中王成都称帝

图文珍藏版

1162

哉。二祖受命，图书先著以为徵应。今上天告祥，群儒

英俊，并进《河》《洛》，孔子谶记，成悉俱至。伏为大王出自孝景皇帝中山靖王之宵，本支百世，乾祇降祚，圣姿硕茂，神武在躬，仁覆德积，爱人好士，是以四海归心焉。考省《灵图》，启发纬谶，神命之表，名讳昭著。宜即帝位，以缵二祖，绍嗣昭穆，天下幸甚。

汉中王览毕，大惊曰："卿等欲陷孤为不忠不孝之人耶？"孔明奏曰："非也。曹丕竖子尚且自立，何况王上乃汉室之苗裔乎？"汉中王勃然变色曰："孤岂效逆贼之所为耶？"拂袖而起，入于后宫。【眉批：曹丕逼勒天子之诏，先主不受群臣之表，相去甚远矣。】众官皆散。

　　三日后，孔明又引多官入朝。汉中王出，众皆拜伏于前。许靖奏曰："今汉天子已被曹丕所弒，王上不即帝位而兴师讨逆，是不忠不孝也；今两川之民皆欲王上为君，与汉帝雪恨，今若不行，是失民望矣。愿王上察之。"【眉批：**善于劝进。**】汉中王曰："孤虽是景帝之孙，实乃涿郡一村夫，于普天之下，率士之滨，并不曾有半分德泽以布万民；今立为帝，是篡弒也！孤愿宁死，不为不忠不孝之人。卿等勿令孤受万载骂名！"【眉批：**言德不堪受，渐渐近矣。**】孔明苦谏数次，汉中王坚执不从。孔明设计与多官曰："如此如此。"孔明托病不出。

　　汉中王闻知孔明病笃，亲到府中，直入卧榻，问曰："军师所感何疾？"孔明答曰："忧心如焚，命不久矣。"

国学经典文库

李渔批阅

三国演义

废献帝曹丕篡汉
汉中王成都称帝

图文珍藏版

国学经典文库

李渔批阅

三国演义

废献帝曹丕篡汉
汉中王成都称帝

图文珍藏版

1164

汉中王曰："军师所忧何也?"连问数次,孔明托病重,瞑目不答。汉中王再三请问,孔明喟然叹曰:"臣自出茅庐之中,得遇主公,相随至今,言听计从,幸主公有两川之地,不负臣夙昔之言也。今主上所有文武官僚数百余员,皆欲主上为君,共图爵禄,光显祖宗;不想主公坚执不肯,多官皆有怨心,不久必然散去。若文武一散,吴、魏来攻,两川休矣!臣安得不忧病乎?"汉中王曰:"吾非推阻,恐天下人议论也。"【眉批:**不言己德不堪,只恐人心不服,比前又渐渐相近。**】孔明曰:"古人云:'名不正则言不顺,言不顺则事不成。'今主公名正言顺,有何不可?岂不闻'天与弗取,反受其咎'?"汉中王曰:"待军师病可,行之未迟。"【眉批:**真病难痊,假病立愈。**】孔明将屏风一击,外面文武皆入,拜伏于地曰:"王上既允,便请择日,以受大礼。"汉中王视之,乃是太傅、安汉将军糜竺、青衣侯尚誉、阳泉侯刘豹、别驾从事赵祚、治中从事杨洪、议曹从事杜琼、劝学从事张爽、太常赖忠、光禄卿黄权、祭酒何曾、学士尹默、司业谯周、大司马殷纯、偏将军张裔、少府王谋、昭文博士伊籍、从事郎秦宓。【眉批:**不想屏风之外早有埋伏。**】汉中王曰;"陷孤受万代之骂名,皆卿等也!"孔明奋然而起曰:"大事既定,便可筑台。"即时送汉中王还宫。

孔明便差博士许慈、谏议郎孟光掌札,筑台于成都担之南。大礼既毕,多官整仗銮驾,迎请汉中王登坛致祭。谯周在坛上高声朗读祭文曰:

国学经典文库

李渔阅批

三国演义

废献帝曹丕篡汉
汉中王成都称帝

图文珍藏版

惟建安二十六年四月丙午朔，越十一日丁巳，皇帝
备敢用玄牡，昭告皇天上帝、后土神祇：汉有天下，历
数无疆。曩者王莽篡盗，光武皇帝震怒致诛，社稷复存。
今曹操阻兵残忍，戮杀主后，滔天灭夏，罔顾天显。操
子丕载其凶逆，窃居神器，群下将士以为社稷堕废。备
宜修之，嗣武二祖，躬行天罚。备虽无德，惧忝帝位，
询于庶民，外及蛮夷君长，佥曰："天命不可以不答，祖
业不可以久替，四海不可以无主。"率土式望，在备一
人。备畏天明命，又惧汉室将坠于地，谨择元日，与百
僚登坛，以受皇帝玺绶。修燔瘗告类于天神，惟神飨祚
于汉家，永绥四海！

汉中王受了玉玺，捧于坛上，四面让之曰："备无才德，请于有才德者受之。"【眉批：**此让与曹丕之让大不相同。**】孔明奏曰："王上平定四海，功德昭于天下，况是大汉宗派，宜即正位。更已祭告天神，复何让焉？"于是文武多官皆呼"万岁"。拜舞礼毕，改元章武元年，国号大蜀。立吴氏为皇后，长子刘禅为太子，次子刘永为鲁王，三子刘理为梁王。封诸葛亮为丞相，许靖为司徒。大小官僚，一一升赏。大赦天下，两川军民，无不欣跃。

次日设朝，文武官僚拜毕，列为两班。先主降诏曰："朕自桃园与关、张结义，誓同生死。今不幸二弟关公被东吴孙权所害，此仇誓不共天地同日月也！今朕已即帝位，皆赖卿等扶持，若不与关公报仇，是负当时之盟也。'今朕起倾国之兵，剪代东吴，生擒逆贼，以祭关公，方雪此恨，是朕之愿也！"【眉批：**结义至今，念念不忘。**】言未毕，班内一人奋然而出，伏于阶下谏曰："不可，不可！"先主视之，乃虎威将军赵子龙也。未知所谏如保，且听下回分解。

第八十一回 范疆张达刺张飞 刘先主兴兵伐吴

却说先主欲起兵东征，赵云谏曰："国贼曹操非比孙权，宜先灭魏，则吴自服矣。今曹丕谋篡汉帝，神人共怒。陛下宜早图关中，屯兵渭河上流，以讨凶逆；关东

义士必裹粮策马，以迎王师。若舍魏伐吴，兵势一交，岂能解乎？愿陛下察之。"【眉批：子龙所见甚当。】先主曰："孙权害了朕弟，又兼傅士仁、糜芳、潘璋、马忠皆有切齿之仇，欲食其肉而灭其族，方遂朕之愿！卿何阻

国学经典文库

李渔批阅

三国演义

范疆张达刺张飞刘先主兴兵伐吴

图文珍藏版

1167

耶?"云又曰:"天下为重,冤仇为轻,乞陛下详之。"先主答曰:"朕不与弟报仇,虽有万里江山,何足为贵?朕意已决,卿弗复言。"【眉批:**云所重者,天下之大义,先主所重者,兄弟之私仇。**】遂不听赵云之谏,且发使往五溪蛮夷,各借番兵五万,共相策应;一面差使往阆中,迁张飞为车骑将军,领司隶校尉,封西乡侯,兼阆中牧。使命拜辞,赍诏而去。

却说张飞自守阆中,闻知关公被东吴所害,旦夕号泣,血湿衣襟。诸将以酒解之。飞若醉,怒气愈加,帐上帐下但有犯者,即鞭挞之,多有至死者。每醉,望南切齿,怒气甚急;酒醉醒时,放声痛哭,悲伤不已。【眉批:**为后文鞭范疆、张达张本。**】忽闻使至,慌忙接入,开诏读之,诏曰:

朕承天序,嗣奉洪业,除残靖乱,未烛厥理。今寇虏作害,民被荼毒,思汉之士,延颈鹤望。朕用悼然,坐不安席,食不甘味,整军诰誓,将行天讨。以君忠毅,侔踪召、虎,名宣遐迩,故特显命,高墉进爵,兼司于京。其诞将天威,柔服以德,伐叛以刑,称朕意焉。诗不云乎:"匪疚匪棘,王国来极。肇敏戎功,用锡尔祉。"可不勉欤!章武元年五月日诏。

张飞受爵,望北拜毕,以酒待使。飞曰:"吾兄之仇,重如山岳;庙堂之臣,何不早奏兴兵?"使答曰:

"多有劝先灭魏而后伐吴者。"飞怒曰:"是何言也!昔日吾在桃园结义之时,誓同生死,今不幸关公半途而逝,吾安得独享富贵耶?吾当面见天子,愿为前部先锋,挂孝伐吴,生擒逆贼,祭祀关公,表其前盟,吾之愿也。"【眉批:为后文白旗白甲伏笔。】言讫,就同使命望成都而来。

却说先主每日自下教场操演军马,克日兴师。于是公卿来丞相府同见孔明曰:"今天子初临大位,亲统军伍,非所以重社稷也。丞相秉钧衡之职,何不力谏?"孔明曰:"吾苦谏数次不听,今日汝等随吾入教场谏之。"于是孔明引百官来奏先主曰:"臣闻'千金之子,坐不垂堂'。陛下禀上圣之资,传祖宗之统,初登宝位,不思以德服人,乃为一时之忿,亲统大军,历山川之险,亲冒矢石,非所以重宗庙也。陛下若坚意复仇,或命一上将统军伐之,不亦可乎?"先主见孔明苦谏,心中稍回,乃曰:"朕且罢兵,别图良策。"

銮驾将起,忽报张飞到来。先主急请见之,免具朝服。飞至演武厅,拜伏于地,抱先主足而哭。【眉批:以手足论之,先主缺其一足矣,故抱足而哭,俨然骨肉。】先主抚飞背亦哭。飞曰:"陛下今日为君,早忘了桃园之誓!二兄之仇,如何不报?"先主曰:"多官谏阻,未敢轻举。"飞曰:"他人皆乐富贵,岂知昔日之盟也?若陛下不去,臣舍一丈之躯,与二兄报仇!若不能报,舍死不见陛下也!"先主曰:"朕与兄弟同往。"飞曰:"昔日

国学经典文库

李渔批阅

三国演义

范疆张达刺张飞
刘先主兴兵伐吴

图文珍藏版

之盟，誓同生死。天下皆知。陛下休教人耻笑也。"先主曰："卿提本部兵，自阆州而出；朕统精兵，会于江州，共伐东吴，以雪其恨！"飞曰："安敢有误。"先主又曰："朕素知卿酒后恃勇，鞭挞士卒，此取祸之道也。今后务宜宽容，不可如前。"【眉批：又为下文伏笔。】飞拜辞而去。

次日先主整兵要行，学士秦宓出班奏曰："陛下此行，固为关公报仇，臣窃惟不可。陛下舍万乘之躯而成小义，古人所不取也。且关公轻贤傲士，刚而自矜，以致丧命，非天亡也。愿陛下思之。"【眉批：说得不通。】先主曰："关公与朕犹一体也，大义尚在，岂可忘之？"

国学经典文库

李渔批阅

三国演义

刘先主兴兵伐吴
范疆张达刺张飞

图文珍藏版

1170

宓伏地不起曰："陛下不从，必有大败。但可惜新创之业，又属他人耳！"【眉批：**更不成说话**。】先主大怒曰："朕欲兴兵，尔何出此不利之言！"叱武士推出斩之。【眉批：**此一怒后，众官不复再谏矣**。】宓面不改容，回顾先主笑曰："臣死无恨，免见川民之涂炭也。"文武官僚皆出奏曰："宓乃良臣，愿圣上仁慈。"先主曰："暂且囚下，待朕报仇回时斩之。"

却说孔明闻知，即上表谏曰：

臣亮等窃以吴贼逞郑武之心，致荆州覆亡之祸，损将星于牛斗，折天柱于楚地。此情哀痛，将兴问罪之师；廊庙同谋，悉起发忿之议。皆以为迁汉鼎者，罪由曹贼；隔刘祚者，过非孙权。盖谓魏贼若枭除，则吴寇自然宾服。愿陛下纳秦宓金石之言，抑卞庄刺虎之勇，以养士卒之力，别作良图，则社稷幸甚！天下幸甚！

先主看毕，掷表于地曰："朕意已决，再谏者插剑为令！"【眉批：**孔明今不同往，取败势所必然**。】遂命丞相诸葛亮保太子守两川，骠骑将军马超并弟马岱，与镇北将军魏延共守汉中，以当魏兵；虎威将军赵云为后应，兼督粮草；黄权、程畿为参谋；马良、陈震掌理文书；黄忠为前部先锋；冯习、张南为副将；傅彤、张翼为中军护尉；赵融、廖淳为合后。川将数百员，分为门部，并五溪蛮夷等处兵，共七十五万，前后调遣，择定章武元年七月上旬出师。

却说张飞回到阆中，令军士执白旗，挂孝伐吴，与二兄报仇，克日兴兵。【眉批：**关公之死为江上有白衣，翼德之死为军中需白甲。**】忽帐下两员末将范疆、张达入帐告曰："所有战船白旗白袍，一时无措，须宽限方可。"飞大怒曰："吾要报仇，恨不得明日就到逆贼之境！汝安敢违吾将令！"叱武士缚于树上，各鞭背四十，以手指之曰；"来日俱要完备！若违吾令，即杀汝二人以示众军！"二人胸膛震破，满口出血，回到船中商议。【眉批：**与糜芳、傅士仁一段商量，前后相应。**】范疆曰："今日受了刑责，着我等如何办得？其人性暴若火，倘来日不完，你我皆被杀矣！"张达曰："比如他杀我，不如我杀他！"疆曰："争奈不得近前。"达曰："我两个若不当死，则他醉于床上；若当死，则他不醉。"二人议毕，令人探之。

当日飞在帐中，神思昏乱，动止非常，乃问部曲诸将曰："吾今心惊肉颤，坐卧不安，如之何也？"部曲答曰："此是君侯思念关公，以致如此。"飞令人将酒来，与部曲同饮，不觉大醉，卧于帐中。【眉批：**本欲以酒节哀，谁知因酒致死。**】范、张二贼探知消息，各藏短刀，夜至初更，密入帐中，诈言欲禀机密重事，直至床前。飞鼻息如雷。二贼下手，将飞杀之，藏其首级而出，便下船来，引数十人投东吴去了。【眉批：**读者至此，亦为之拍案大叫。**】飞亡年五十五岁。后人有诗曰：

瞋目横矛叱魏兵，解令先主得全身。

不知肘腋能生变，谩说英雄敌万人。

读/者/随/笔

国学经典文库

李渔批阅

三国演义

范疆张达刺张飞
刘先主兴兵伐吴

图文珍藏版

却说军中听知范疆、张达害了张飞，起兵追之不及。部将吴班先发表章奏知天子，然后令长子张苞具棺椁盛贮，令弟张绍守阆中，苞自来报于先主。

却说先主于章武元年七日丙寅日出师，大小官僚皆随孔明送十里方回。是夜，先主心惊肉颤，寝卧不安，出帐仰观天文，见西北一星，其大如斗，忽然坠地。【眉批：关公死时，先主感梦，翼德之死，先主见星。前后相对。】先主大疑，连夜令人求问孔明。孔明回奏曰："合损一上将。三日之内，必有惊报。"先主因此按兵不

国学经典文库

李渔批阅

三国演义

范疆张达刺张飞
刘先主兴兵伐吴

动。忽侍臣奏曰："阆中张车骑部将都督吴班，差人赍奏表至。"——先主顿足曰："噫！朕弟丧矣！"及至，果然如此。先主放声哭，遥望祭之。次日，人报一队军马撮风而至。先主出营观之，良久，见一员小将，白袍银铠，滚鞍下马，伏地而哭，乃张苞也。【眉批：张苞所挂之孝是两重孝。】苞曰："范疆、张达杀了臣父，将首级投吴去矣！"先主哀痛至甚，饮食少用。群臣苦谏曰："陛下欲与关公报仇，何自摧残龙躯？"先主方才进膳，遂与张苞曰："卿与吴班敢引本部军作先锋，与卿父报仇否？"苞曰："为父为国，万死不辞！"【眉批：不但为父，还为伯父。】先主正欲遣苞起兵，又报一彪军皆穿素缟，风拥而来。先主惊疑，遂令侍臣看之。未知是谁，且听下回分解。

却说侍臣引一小将军，白袍银铠，入营伏地而哭。先主视之，乃关公次子关兴也。先主见了关兴，想起关公，放声大哭。【眉批：见此二子，能不痛心！】众官奏曰："龙泪落地，亢旱三年。陛下以社稷为重，不可自弃。"先主曰："朕想布衣之中，与关、张结义之时，誓同生死。今朕已为天子，欲与二弟共享富贵，不幸俱死于非命。眼前见此二侄，心虽铁石，安能止痛泪乎？"言讫又哭，昏绝数次。众官曰："二小将军且退，容圣上将息龙体。"侍臣奏曰："陛下年过六旬，若太忧愁，恐无所益。"先主曰："二弟俱亡，朕独在世，乃负当日之盟也！"言讫，以头顿地而哭。【眉批：先主从来善哭，何况此时哭上加哭。】多官商议曰："今天子如此烦恼，以何解劝？"马良曰："今主上初登宝位，见统七十余万大军，征进江南，终日为关、张号哭，其兆不利。"陈震曰："吾闻成都青城山西有一隐者，姓李，名意。世人传说此老乃汉文帝时人也，至今三百余岁，上通天文，下察地利，中知人之生死吉凶，乃当世之神仙也。【眉批：百忙中忽叙出一仙人，文法更幻。】何不奏知天子，可用厚礼安车，祈迎此老，试问吉凶，胜如吾等之见也。"众官皆曰："此论极善。"遂入奏先主，具言李意之事。先主从之，即遣使命赍诏，就令陈震同去。

震星夜到了本处，令乡人引入山谷深处，遥望仙庄，清云隐隐，瑞气非凡。【眉批：与卧龙岗相似。】忽见一小童来迎，曰："来者莫非陈孝起乎？"震大惊曰："仙童安知吾姓字耶？"童子曰："吾师昨者有言，今日必有大蜀皇帝诏命至，使者必陈孝起。"震曰："人言神仙，信不诬矣！"愈加敬奉，拜伏于庄外。李意请入，震曰："天子急欲见仙翁一面。"李意推老不行。震曰："若仙翁不去，则某亦无归路矣。"再三哀请，李意方行。【眉批：与三次请孔明仿佛相似。】

震先令使臣飞报入营，先主即引百官出营五里迎之，见李意鹤发童颜，碧眼方瞳，灼灼有光，身如古柏之状。【眉批：三百岁人另是一样光景。】先主请入营中，礼毕，李意曰："老夫乃荒山村叟，无学无识，何敢当主上之敬。"先主曰："朕起身与关、张结生死之交，共领戎马

国学经典文库

李渔批阅

三国演义

范疆张达刺张飞
刘先主兴兵伐吴

图文珍藏版

1175

国学经典文库

李渔 阅 批

三国演义

范疆张达刺张飞
刘先主兴兵伐吴

图文珍藏版

1176

三十余年矣。众皆以朕为中山靖王之后，遂立为帝。今者二弟被害，仇在东吴，故统大军，会合蛮夷酋长，一同伐吴，未见吉凶。久闻仙翁通晓兴废休咎之因，特请至此，望仙翁一决。"李意曰："此乃天数，非老夫所知也。"先主再三求问，意索纸笔。先主亲自奉之。意乃画兵马器械十余张，画毕，随即一一扯碎。又画一大人仰卧于地上，旁边一人掘土埋之，上写一大"白"字，遂稽首而去。【眉批：**此应后文连营四十尽皆烧毁之兆，又应白帝托孤之兆。**】先主心大不喜，言曰："此狂士也！何必信之。"即以火焚之，便催前进。

张苞入奏曰："吴班军马已至，小臣乞为先锋。"先主乃壮其志，取印与苞。苞方欲挂，又一少年奋然而出曰："留印与我！偏你有报仇之心，我便无报仇之志耶？"
先主视之，乃关兴也。兴拜泣曰："臣父兄已被东吴所
害，臣愿舍无用之躯，上报父兄之仇，下雪自己之耻。
乞陛下赐以先锋之职。"苞曰："我父仇人见在东吴，如
何不擒？我已奉诏命矣。"兴曰："你有何能，敢当此
任？"苞曰："我自幼习学武业，箭无空发。"先主曰：

国学经典文库

李渔 批阅

三国演义

范疆张达刺张飞
刘先主兴兵伐吴

图文珍藏版

"朕正要观贤侄设施，以定优劣。"苞令军士于二百步外
立一面旗，旗上有红心。【眉批：写张苞之能。】苞拈弓
取箭，连射三箭，皆中红心。众皆称善。兴挽弓在手曰：
"射中红心，何足为奇？"正言间，忽值头上一行雁过，

兴指之曰："吾射这飞雁第三只。"言讫，那只雁应弦而落。【眉批：写关兴之能。】文武官僚齐声喝采。苞大怒，飞身上马，手挺其父所使丈八点钢矛，马上大叫曰："你敢与我比武艺否？"兴亦上马，绰家传大砍刀，纵马而出曰："偏你能使枪，吾岂不能使刀！"【眉批：急写二小将之能，作者有意。】二将方欲交锋，先主喝曰："二子休得无礼！来听约束！"兴、苞二人慌忙下马，各弃兵器，拜伏请罪。先主曰："朕自涿郡与卿等父亲结异姓之交，甚如骨肉，未尝有半点差错。今日你二人乃昆仲之分，当念父丧，缓急相救，患难相扶，庶不负亲谊也，何因一言之忿，自家相并，失其大义耶？父丧未远，而即如此。何况日后乎？"【眉批：近日丧中计利，兄弟相争者，能无愧乎？】苞、兴二人悔罪再拜。先主问曰："二人年纪谁长？"苞曰："臣长关兴一岁。"先主命兴拜苞为兄。二人就帐上折箭为誓，永相救护。【眉批：桃园后又是一番小结义。】先主下诏曰："吴班为先锋，朕自为收后。令张苞、关兴领三千精锐兵护驾。"传令已毕，水陆并进，船骑双行，军势浩荡，纵横杀奔吴国而来。

却说范疆、张达二贼，将飞首级投献吴侯，细告前事。【眉批：以下再叙东吴。】孙权听罢，收了二人，乃与百官曰："今刘玄德即了帝位，统精兵七十余万，御驾亲征，势若泰山，如之奈何？"百官尽皆失色，面面相看，并不敢言。【眉批：南人无用，为之一笑。】诸葛瑾出曰："某食君侯之禄久矣，无可报效，愿舍残生去见蜀王，以利害说之，使两国相和，同发兵去问曹丕之罪，令江南之民免遭涂炭也。"权大喜，即遣诸葛瑾为使，来说先主罢兵，未知如何，且听下回分解。

国学经典文库

李渔 批阅

三国演义

范疆张达刺张飞
刘先主兴兵伐吴

图文珍藏版

国学经典文库

李渔批阅

三国演义

吴臣赵咨说曹丕
关兴斩将救张苞

图文珍藏版

第八十二回　吴臣赵咨说曹丕
关兴斩将救张苞

　　章武元年秋八月，先主起大军至夔关，驾屯白帝城。前队军马已出川口，近臣奏曰："吴使诸葛瑾至。"先主传旨，教休放入。黄权奏曰："瑾弟在蜀为相，必有事

来，陛下何故绝之？当召入，看其言可从则从之，如不

可则违之，就借彼口说与孙权，令知问罪有名也。"先主
从之，召瑾入城。瑾拜伏于地。先主问曰："子瑜远来，
又有何事？"【眉批：不似前番待鲁肃之礼。】瑾曰："臣
弟久事陛下，臣故托弟，不避斧钺之诛，特来奏荆州之
事。近者云长居于江北，吴侯数次求亲不得。更兼吕蒙
与云长不睦，累被云长辱骂，因此吴侯积怨，一也。【眉
批：推在关公身上。】后云长取襄阳，曹操再三以天子为
由，遣使吴侯，命将令袭荆州，吴侯深不肯许。吕蒙朦
胧，擅自兴兵，误成大事。吴侯因吕蒙仇害云长，悔之
不及，此乃吕蒙之过，非吴侯之事也。【眉批：又推在曹
操、吕蒙二人身上。】今吕蒙已死，冤仇已息。孙夫人久
慕陛下，愿得相见。吴侯令臣为使，愿交割荆州，还其
降将，送归夫人，永结盟好，【眉批：先以孙夫人，后以
还降将，还荆州动之。】共灭曹丕，以正篡逆之罪，未审
圣意如何？"先生怒曰："彼害了云长，是废朕之股肱也，
今日何敢以巧言来说乎！"瑾曰："臣请以轻重大小之事，
与陛下论之：陛下乃汉朝皇叔，今汉帝已被曹丕篡逆，
却不报之，而为异姓之亲自率大军，步山川之险，来决
雌雄，是舍大义而就小义也；【眉批：先论义之大小。】
中原乃海内之地，两都皆大汉创业之方，陛下不取，而
但争荆州，是弃重而取轻也；【眉批：次论利之轻重。】
天下皆知陛下即位，必兴汉室，恢复山河，今却为一将
之忿，而屈万乘之尊，是失其较量也。陛下察之。"先主
怒曰："杀弟之仇，断不反兵！若欲罢兵，除死方休！

国学经典文库

李渔批阅

三国演义

吴臣赵咨说曹丕
关兴斩将救张苞

图文珍藏版

【眉批：早为后文谶兆。】不看丞相之面，先斩汝首！今且容忍，放回汝去，与孙权说知：洗颈就戮！朕削平江南，方雪万分之一也！"诸葛瑾自回江南。

却说张昭入见孙权曰："诸葛子瑜知蜀兵势大，故假以讲和为辞，欲背吴入蜀，此去必不回矣。"权曰："孤与子瑜有生死不易之盟，子瑜不负于孤，孤不负于子瑜世。【眉批：有此一段议论，愈衬孙权知人。】昔日子瑜在柴桑时，孔明来吴，孤语子瑜曰：'卿与孔明同产，何不留之？'子瑜曰：'弟已事玄德，义无二心。弟必不肯留吴，犹瑾之不往玄德也。'其言足贯神明，岂肯今日降蜀耶？孤见子瑜可与深交，非外言可间也。"正言间，忽报诸葛瑾回。权曰："孤言若何？"张昭等满面羞惭。【眉批：真正可羞之甚。】瑾见孙权，言先主不肯通和之意。权大惊曰："若如此，则江南危矣！"言未毕，阶下一人进曰："某有一计，可解此危。"权视之，乃中大夫赵咨也。权曰："德度有何良策？"咨曰："主公可作一表，某愿为使，去见魏帝，陈说利害，使袭汉中，则蜀兵自然回矣。"【眉批：势所必然。】权曰："此计最善。卿此去，休失了东吴气象。"咨曰："若有些小所失，即投江而死，安有面目复见江南人物乎？"【眉批：自己称臣，有何面目见江南人物。】权大喜，即写表称臣，并送还于禁等，令赵咨为使。

星夜到了许都，先见太尉贾诩等，并大小官僚。次日早朝，贾诩出班奏曰："东吴遣中大夫赵咨上表。"魏

帝笑曰："此来欲解蜀兵也。"【眉批：**先已猜着。**】令放入，拜伏丹墀，百官称贺。丕览表已毕，遂问咨曰："吴侯何等之主也？"咨奏曰："乃聪明仁智雄略之主也。"【眉批：**自夸其君。**】丕大笑。咨问曰："陛下何笑也？"丕曰："朕笑卿褒奖太甚耳。"咨曰："容臣解之。"丕曰："卿言合理，朕即准表。"咨曰："纳鲁肃于凡品，是其聪；拔吕蒙于行阵，是其明；获于禁而不害，是其仁；取荆州兵不血刃，是其智；据三江虎视于天下，是其雄；屈身于陛下，是其略。以此论之，岂非聪明仁智雄略之主乎？"【眉批：**又夸其同僚，复又形他人之短，说得畅极。**】丕又问曰："吴侯颇知学乎？"咨曰："吴王浮江万

国学经典文库

李渔批阅

三国演义

吴臣赵咨说曹丕
关兴斩将救张苞

图文珍藏版

1183

艘，带甲百万，任贤使能，志存经略；少有余闲，博览经、传历代史籍，乃丰采奇异之人，不效书生寻章摘句而已。"丕曰："朕欲伐吴，可乎？"咨曰："大国有征伐之兵，小国有御备之固。"【眉批：**此之谓不失东吴气象。**】丕曰："吴难魏乎？"咨曰："带甲百万，江汉为池，何难之有？"丕曰："东吴如大夫者几人？"咨曰："聪明特达者，八、九十人；如臣辈者，车载斗量，不可胜数。"丕叹曰："'使于四方，不辱君命'，可谓士矣！"于是魏帝即时降诏，命太常卿邢贞捧册，封孙权为吴王，加九锡。【眉批：**与前者操加九锡相反而相对**】赵咨谢恩出城。

大夫刘晔谏曰："今孙权惧蜀兵之势，故来请降，以畏敌人之势。臣窃思之，蜀、吴交兵，乃天亡也。陛下当遣上将，提数万之众渡江袭之。蜀攻其外，魏攻其内，吴亡不出旬日，蜀亦岂能久存？【眉批：**唇亡齿寒，此之谓也。**】愿陛下察之。"丕曰："权以礼服朕，朕若攻之，乃失信于天下也。朕登大位，岂可用权诈之谋乎？"刘晔又曰："孙权虽有雄才，乃残汉骠骑将军、南昌侯之职耳。官轻则势微，江南之民有畏中原之心，不宜加以王位；加以王位，则去陛下直一阶耳，礼秩衣冠俱相乱矣。今陛下信其诈降，加以王位，赐以九锡，【眉批：**魏之帝可僭，吴之王何不可僭？何必用曹丕封哉。**】是与虎添翼也。孙权设退蜀兵之后，外必尽礼以事中国，而内无诚心，渐至怠慢，故使陛下生怒。陛下若兴兵伐设之，孙权必普告江南之民曰：‘孤事中国，不失臣下之礼。今无故起兵而来，必掳我人民，掠我金帛，欲得江南子女而为妾婢。’吴民一信其言，必战加十倍，卒难定矣。今陛下若不乘机以除之，后必有悔。”丕曰：“不然。朕不助吴，亦不扶蜀。朕居正统，安若泰山，待看吴、蜀交兵，若灭了一国，只有一国，鄂时除之，有何难也？朕已决定，卿勿复言。”刘晔羞惭而退。后人有诗叹曰：

> 天数相关岂远图，英雄原有百灵扶。
> 曹丕当日听刘晔，安得江南地属吴？

魏帝不从刘晔所谏，命太常卿邢贞同赵咨捧执册锡，径回东吴。

却说孙权正聚百官商议解蜀之事，忽报：“魏帝遣使来封王，宜当远接。”顾雍谏曰：“主公只宜自称上将军、九州伯之位，不当受曹丕封爵。”权曰：“当日沛公受项羽封为汉中王，盖因时也，何故推之？”遂率百官出城迎接。【眉批：**孙权此时不但大失气象，而且大出丑矣。**】邢贞自恃上国天使，不即下车，端坐车上，邈视吴国人物。张昭大怒，向前叫曰：“汝虽是上国天使，安敢妄自尊大，以为江南无人物乎？以为江南无刀斧乎？”【眉批：**与秦宓之叱简雍，仿佛相似。**】邢贞慌忙下车，与孙权相见，并车入城。忽车后一人放声哭曰：“吾等不能奋身舍命与主公并魏吞蜀，令主公受人封爵，岂不羞乎！”滚下

国学经典文库

李渔批阅

三国演义

吴臣赵咨说曹丕
关兴斩将救张苞

图文珍藏版

马来，以头撞地而哭。邢贞闻之，叹曰："江东果有如此人物，终非久在人下者也！"贞问之，乃偏将军徐盛也。【眉批：赵咨之后有张昭，不意张昭之后又有徐盛。】贞遂不敢轻待。

却说孙权受了封爵，众文武官僚拜贺已毕，遂收拾美玉明珠、犀角玳瑁、翡翠孔雀、斗鸭鸣鸡山雉等件，遣人赍进谢恩。【眉批：丑极。】张昭谏曰："贡献之物，莫非人情。"椒笑曰："惟利足以固结人心。今所贡献，瓦石类耳，何足惜哉！"众官叹服。

却说蜀帝先主自白帝城逐回诸葛瑾之后，更令军士歇马半月，以养锐气。细作来奏先主曰："东吴求救于魏，魏不发兵，止封孙权为吴王。"先主大喜，即传旨进兵。随有蛮王沙摩柯引番兵数万，前来助战；又有洞溪汉将杜路、刘宁二枝兵到。水陆并进，声势震天。水路军已出巫口，旱路军已到秭归。

却说吴王孙权虽登王位，奈魏不肯接应，乃问文武曰："蜀兵势大，当复如何？"众皆默然。权曰："前有周郎，后有鲁肃、吕蒙继之。今吕蒙已亡，无人与孤分忧也。"【眉批：此是激将之语。】言未毕，忽班部中一少年将奋然而出，伏地奏曰："王上养军千日，用在一朝。王上待臣等官僚以国士之礼，今闻蜀兵已至，皆缄口结舌，是何理也？臣虽年幼，颇习兵书。愿乞数万之兵，以破蜀军而擒刘备，上报王上之恩，下救生灵之苦。"权大喜。未知是谁，且听下回如何分解。

出班奏者乃吴人也，姓孙，名桓，字叔武。桓父孙河，字伯海，本姓俞氏。孙策爱之，待如亲弟，赐姓孙氏，因此亦系吴王宗族。河生四子，桓乃长子。弓马熟闲，智勇过人，常从吴王征讨，累立奇功，官授武卫都尉。时年二十五岁。当时孙桓奏曰："臣部下有大将二员，乃李异、谢旌。此二将有万夫不当之勇，愿乞数万之众，即能擒刘备矣。"【眉批：恃二勇夫，便不是良策。】权曰："孤侄虽勇，争奈年幼，必得一人相助方可。"忽又一人出曰："臣愿与小将军同擒刘备。"众视之，乃朱治外甥，官封虎威将军，丹阳故彰人也，姓朱，名然，字义封。权大喜，遂点水陆军五万，封孙桓为左

国学经典文库

李渔批阅

三国演义

关兴斩将救张苞

吴臣赵咨说曹丕

图文珍藏版

国学经典文库

李渔批阅

三国演义

关兴斩将救张苞

吴臣赵咨说曹丕

都督，朱然为右都督，即日起兵。前哨探得蜀兵已至宜都下寨，朱然引二万五千水军，于大江之中结营；孙桓引二万五千马军，宜都界口下寨，前后分作三营，以拒蜀兵。

却说蜀将吴班领前部先锋之印，自出川以来，所到之处，望风而降，兵不血刃，将不施谋，军势洋洋，直到宜都。探知孙桓引兵在彼下寨，即差人回报。先锋冯习、张南二人未敢擅便，飞奏大蜀皇帝。时先主已到秭归，闻奏孙桓为将，在宜都界口拒敌，先主勃然怒曰："量此辈小儿，安敢与朕相敌耶！"【眉批：后来陆逊亦是少年。】帐下关兴奏曰："既孙权令此子为将，安劳陛下遣大将也。臣愿讨之。"先主曰："贤侄一往，朕欲观其壮气也。"【眉批：以少年敌少年。】兴即拜辞欲行，张苞奏曰；"既安国前去讨贼，臣愿同行。"先主曰："更得贤侄相助，甚妙。此去敬谨，不可造次。倘有疏虞，堕蜀军之锐气也。"

苞、兴二人拜辞先主，径到军前见了先锋，同起大兵，漫山蔽野，分布阵势，鼓角喧天。孙桓听知蜀兵大至，遂拔三寨之兵，分布阵势。两阵对圆，孙桓领李异、谢旌立马于门旗之下，见蜀营中拥出二员大将，皆银盔银铠，白马白旗：上首张苞挺丈八点钢矛，下首关兴横青龙偃月刀。【眉批：就吴将眼中写出二小将声势。】苞大骂曰："孙桓竖子！死待临头，怎敢抗拒天兵耶！"桓亦骂曰："量汝刘备乃贩履织席小儿，焉敢妄称帝号！汝

国学经典文库

李渔批阅

三国演义

吴臣赵咨说曹丕
关兴斩将救张苞

图文珍藏版

父已作无头之鬼，安敢引兵到此，自送命耶！"苞大怒，挺枪而出。孙桓欲迎，背后谢旌骤马而出曰："不劳主公动意，看吾擒之。"旌拍马挺枪，与苞战有三十余合，旌抵敌不住，拨马望本阵而走。苞乘虚赶来。李异见谢旌败了，慌忙拍马轮蘸金斧来迎。二将战了二十余合，不分胜负。【眉批：写张苞连战二将。】吴军中一裨将，姓谭，名雄，见张苞英勇，异不能胜，放一冷箭，正射中苞马胸膛，那马负痛奔回本阵。及到门旗边，那马打个前失，气绝而死，连人带马倒在地上。李异见马倒了，急轮大斧，望苞脑袋便砍。忽一道红光闪处，李异头早落在地。【眉批：在读者此时疑有神助，及看后文，先斩

国学经典文库

李渔批阅

三国演义

吴臣赵咨说曹丕
关兴斩将救张苞

其将，后见其人。笔法奇甚。】原来关兴见张苞马回，却待接应，忽然人马皆倒，李异赶上欲砍，被兴举刀斩之，救了张苞，乘势掩杀，飞奔而来。

孙桓见折了李异，忿怒愈加，次日又引军来。张苞、关兴齐出，兴立马于阵前，单搦孙桓交锋。桓大怒，拍马挥刀，与关兴约战三十余合，不分胜负。张苞挺矛夹攻，桓大败回阵。二小将追杀入营。蜀将先锋张南、冯习驱兵掩杀。苞奋勇当先，杀入吴军，正遇谢旌举止失措，被苞一矛刺于马下，左冲右突，如入无人之境。吴军四散奔走。蜀将冯习等得胜收兵，只不见了关兴。【眉批：忽然突出，又忽然不见，写得关兴奇妙。】张苞大惊曰："安国有失，吾命亦不存矣！"言讫，绰枪上马，寻不数里，只见关兴左手提刀，右手活挟一将。苞问曰："此是何人？"兴笑而答曰："吾在乱军中，正遇仇人，故生擒而来。"【眉批：写二小将神勇。】苞视之，乃是夜来放冷箭谢中马的吴将谭雄也。苞大喜，同回本营。斩首沥血，祭了死马，【眉批：杀射马之人祭马，文法愈幻。】遂写表差人赴先主处报捷去了。却说孙桓折了李异、谢旌并谭雄等许多将士，去了羽翼，力穷势孤，不能抵敌，即差人求救吴王。

却说蜀将张南与冯习曰："目今吴兵败亡，正可乘势掩杀，劫其营寨，拔去病根，使东吴堕失锐气，不亦可乎？"习曰："孙权虽然折了许多将士，朱然水军见今结营江上，未曾损折。今日若去劫寨，倘水军上岸，断其归路，我军必自乱矣。"南曰："此枣至易，可教关兴、张苞各引五千军，伏于山谷，若朱然不来则已，倘或来时，左右两军齐出夹攻，必然败矣。"【眉批：张南亦能军。】吴班曰："不如先使小卒诈作降兵，却将劫寨事告与朱然。然见火起，必定来救；却令伏兵击之，大事就矣。"冯习等遂用其计，却教关兴、张苞先引兵伏定，乃令小卒行计。

却说朱然听知孙桓损兵折将，正欲来救，忽伏路军引几个小卒上船。然问之，小卒曰："我等是冯习帐下小卒，因赏罚不明，特来投降，就报机密。"然曰："报何事？"小卒曰："今晚冯习乘虚来劫孙将军营寨，必定放火也。"朱然所毕，即使人报知孙桓。报事人方行半途，被关兴杀了。然欲引兵去救，忽一将出曰："小卒之言，未可深信。倘有疏虞，水陆二军尽皆休矣。将军只宜稳守水寨，某愿替将军一行。"然视之，乃部将崔禹也。【眉批：是朱然替死鬼。】遂令崔禹引一万军前去。是夜，冯习、张南、吴班分兵三路，杀入吴寨，四面火起，吴兵大乱，寻路奔走。

且说崔禹正行之间，忽见火起，急催兵前进。刚才转过山来，忽山谷中鼓声大震，左边关兴，右边张苞，两路夹攻，吴兵进退不得。崔禹大惊，方欲奔走，正遇张苞，交马只一合，被苞生擒而回。【眉批：关兴杀一人，擒一人；张苞亦杀一人，擒一人。功劳正是相对。】此时东吴水陆二军一齐皆休。朱然听知危急，将船往下

国学经典文库

李渔批阅

三国演义

图文珍藏版

吴臣赵咨说曹丕
关兴斩将救张苞

国学经典文库

李渔批阅

三国演义

吴臣赵咨说曹丕
关兴斩将救张苞

图文珍藏版

水退五、六十里。孙桓引败军逃走，桓问曰："前去何处城坚粮广？"军士答曰："此去正北夷陵城，可以屯兵。"桓急催军，方至夷陵，后面冯习、张南引兵追至，四面围定。关兴、张苞等，解崔禹到秭归来奏。先主大喜，传旨就将崔禹斩之，大赏三军。自此威风震动，江南诸将无不胆寒。

却说孙桓令人求救于吴王，吴王大惊，即召文武商议曰："今孙桓受困夷陵，朱然大败江中，蜀兵势大，如之奈何？"张昭奏曰："诸将虽有归世者，今尚有十余人，何虑于刘备也？可命韩当为正将，周泰为副将，潘璋为先锋，凌统为合后，甘宁为救应，起兵十万，拒之何碍？"权依所奏，即命诸将速行。此时宁已患痢疾，不得已而率之。【眉批：为后文死于江边伏线。】

却说先主于巫峡建平起，直接夷陵界分七十余里，连结四十余寨，见关兴、张苞屡立大功，命近臣以御酒赏劳。先主喟然叹曰："昔日从朕诸将，皆老迈无用矣；复有二侄，如此英雄，朕何虑孙权乎！"正言间，忽报韩当、周泰领兵来到。先主便欲遣将，近臣奏曰："老将黄忠，引五、六人投东吴去了。"先主笑曰："黄汉升非叛将也。朕失口误言老者无用，此人必不服老，故奋力而去，与吴相持。"【眉批：**先主之信黄忠，与孙权之信子瑜，前后相对。**】即召关兴、张苞曰："黄汉升此去，必然有失。侄辈休辞劳苦，即去相助，略有微功，便可令回，勿使有失。"二小将拜辞先主，奋然上马，引本部军来助黄忠。未知性命如何，且听下回分解。

国学经典文库

李渔批阅

三国演义

吴臣赵咨说曹丕
关兴斩将救张苞

图文珍藏版

国学经典文库

李渔批阅

三国演义

刘先主猇亭大战
陆逊定计破蜀兵

图文珍藏版

第八十三回　刘先主猇亭大战
　　　　　　　陆逊定计破蜀兵

　　却说武威侯将军黄忠，于章武二年春正月，随先主伐吴，忽闻先主言老将无用，激起英雄之气，即便提刀上马，引亲随五、六人，径到夷陵营中。张南、冯习接

入。问曰："老将军此来，必有故也。"忠曰："吾自长沙跟天子到今，多负勤劳，未尝有亏。吾虽七旬有余，尚

食肉十斤，开弓二石，乘马千里，何为老也？【眉批：黄忠不服老，陆逊不服少，与后文相对。】昨日主上言吾等老而无用，故来此处与东吴交锋，看吾老也不老！"正言间，忽报吴兵前部已到，哨马临营。忠奋然而起，出帐上马。冯习等劝曰："老将军且休轻进。"忠不听，纵马而去。冯习令吴班领兵助战。

忠在吴军阵前，勒马横刀，单搦先锋潘璋交战。璋引兵来迎。璋手将史迹欺忠年老，挺枪来迎，斗不三合，被忠一刀斩于马下。潘璋大怒，挥关公使的青龙偃月刀，【眉批：为后关兴得刀伏笔。】来战黄忠。交马数合，不分胜负。忠奋力恶战，璋料敌不过，拨马便走。忠乘虚追杀，吴班领兵助战，全胜而回。路逢关兴、张苞，兴曰："我等奉旨来助老将，既已立功，速请回营。"忠不听。

次日，潘璋又来搦战，兴、苞二人要与助战，忠不从；吴班要与助战，忠亦不从，自引五千出迎。【眉批：老儿倔强。】战不数合，璋拖刀便走，忠纵马追之，厉声叫曰："吾与关公报仇！休得走也！"追至三十余里，四面喊声大震，伏兵齐出：左边周泰，右边韩当，前有潘璋，后有凌统，把黄忠困在垓心。忽然狂风大起，忠心慌急。山坡上马忠引一军出，黄忠被困，不能抵当，被马忠一箭射中肩窝，险些落马。【眉批：中箭后不落马，也是他不老处。】吴兵见忠中箭，一齐来攻。后面喊声大起。两路军杀来，吴兵溃散，救出黄忠，乃关兴、张苞

国学经典文库

李渔批阅

三国演义

刘先主猇亭大战
陆逊定计破蜀兵

图文珍藏版

国学经典文库

李渔批阅

三国演义

刘先主猇亭大战
陆逊定计破蜀兵

图文珍藏版

也。【眉批：写二小将声势。】二小将保送黄忠径到御营。忠年老血衰箭疮痛苦，命在旦夕。先主御驾自来看视，抚其背曰："今老将军中伤，朕之过也！"忠曰："臣乃一武夫耳，幸遇陛下。臣年七十有五，寿亦足矣。陛下善保龙体，以图中原！"言讫，不省人事。是夜殒于御营。史官有诗曰：

老将说黄忠，收川立大功。

重披金锁甲，双挽铁胎弓。

胆斩惊曹操，流芳镇蜀中。

临亡头似雪，犹自显威风。

先主见黄忠气绝，哀伤不已，具棺椁，敕葬于成都。先主叹曰："五虎大将，已亡三人，朕尚不能复仇，深可痛哉！"【眉批：因黄忠死，复念及关、张。】先主引御林军，直至猇亭，大会诸将，水陆俱进。水路令黄权领兵，先主自率大军于旱路进发。马良等皆谏，不听。时章武二年二月中旬，先主分兵八路，来取猇亭。

韩当、周泰听知先主御驾来征，引兵出迎。两阵对圆，韩当、周泰出马，只见蜀营门旗开处，先主自出，黄罗销金伞盖。左右白旄黄钺，金银旌节，前后围绕。【眉批：与受魏九锡者不同。】韩当大叫曰："陛下今为蜀帝，何自轻出？倘有疏虞，悔之何及！"先主遥指骂曰："汝等吴狗，伤朕手足，誓不同天地、共日月也！若还早降，免其死罪。"韩当回顾众将曰："谁敢冲突？"言未尽，手将夏恂挺枪出马先出，背后张苞挺丈八矛，纵马而出，大喝一声，直取夏恂。恂见苞声若巨雷，天生豪杰，杀气冲天，心中惊惧，恰待要走，周泰弟周平见恂抵敌不住，挥刀纵马而来。关兴见了，跃马提刀来迎。张苞大喝一声，一矛刺夏恂于马下。周平大惊，措手不及，被关兴一刀斩之。【眉批：此处双写二将。】二小将便取韩、周，韩、周慌退入阵。先主见之，叹曰："虎父无犬子也！"用御鞭一指，蜀兵掩杀将来，吴兵大败。那八路兵势若泰山，杀得那吴军尸横遍野，血流成河。

却说甘宁正在船中染病，听知蜀兵大至，火急上马

国学经典文库

李渔批阅

三国演义

刘先主猇亭大战
陆逊定计破蜀兵

图文珍藏版

时，一彪蛮兵骤至，人皆披发跣足，或使弓弩长枪，旁牌刀斧。为首乃是胡王沙摩柯，生得面如噀血，碧眼突出，使一个铁蒺藜骨朵，腰带两张弓，威风抖擞。【眉批：写得番王可畏，早为孟获伏笔。】甘宁见其势大，不敢交锋，拨马而走，被沙摩柯一箭射中宁头，带箭而去，到于富池口，坐在大树之上而死。树上群鸦数百，以绕其尸。吴王葬之，立庙祭祀。至今富池口有甘兴霸庙，往来客商，祭祀显灵。有神鸦送客，乃是神人感应。

却说先主全获大功，遂得猇亭。吴兵四散逃走。先主收兵，诸将上功，只不见关兴。【眉批：此处又不见关兴，写得出没不测。】先主慌令张苞等四面跟寻。原来关

国学经典文库

李渔 批阅

三国演义

刘先主猇亭大战
陆逊定计破蜀兵

图文珍藏版

兴杀入吴阵，正遇仇人潘璋，骤马赶来。璋大惊，奔入山谷，不知所往。兴寻思只在山里，往来寻觅。看看天晚，迷踪失路。幸得星月有光，行至山僻，时已二更，见一庄舍，下马击门。内有老夫出而应之，兴曰："吾是战将，失迷在此，欲假宝庄少息片刻。"老夫欣然接入。兴见堂中明灯照耀，上供关公绘像，兴即哭拜于地。【眉批：礼拜关公，当年如此，何况今日乎？】老夫问曰："将军何故痛哭耶？"兴曰："此吾父也。"老夫便拜。兴曰："何故供养吾父？"老夫答曰："在生之日，家家无不尊敬，何况今日为神乎？老夫只望蜀帝早早报仇。今将军到此，百姓有福矣。"置酒食待之，卸鞍喂马。

却有三更时分，忽听得门外有人叩户，出而问之，乃吴将潘璋，亦来投宿。【眉批：此之谓狭路相逢。】恰入草堂，关兴见之，按剑在手，大喝曰："反贼休走！"璋回身便出。忽见门外一人，面如重枣，丹凤眼，卧蚕眉，飘三缕美髯，绿袍金铠，按剑而入。【眉批：关公虽死之日，犹生之年也，宁不畏哉！】潘璋见是关公显圣，大叫一声，神魂惊散，转身回时，却被关兴一剑斩之。兴即取心剜胆，陈设像前，泣而祀之。兴又得了父亲的青龙月偃刀，却将潘璋首级拴于马项之下，辞了老夫，就骑了潘璋的马，望本营而来。于是老夫将璋尸首拖出烧埋。

关兴行无数里，忽听得人言马嘶，一彪军到，为首者即潘璋部将马忠也。【眉批：又遇着仇人。】马忠望见关兴将主将潘璋首级拴于马项，青龙刀又在关兴手里，忠勃然大怒，纵马来取关兴。兴见马忠是害父仇人，气冲牛斗，便举青龙刀望忠便砍。忠闪过，败走。部下三百军叫曰："将军休走！我等并力击之！"马忠拨回马来，众军一声喊起，将关兴围在垓心。关兴力孤，不能展转。【眉批：**读者至此，又必谓关公显圣矣。**】忽见西北上一彪军杀来，乃是张苞跟寻来也。忠见救兵来到，慌忙自退。关兴、张苞一处赶来。赶不数里，前面糜芳、傅士仁引兵来寻马忠。两军相合，混战一处。背后凌统又引一军到来。苞、兴二人兵少，慌忙撤退，回至猇亭，来见先主，献上首级，具言此事。先主惊异，【眉批：**不但先主惊异，千百世后人亦快心。**】赏犒三军。

却说马忠回见韩当、周泰，收聚败军，各自分头守把，军士中伤者不计其数。马忠带傅士仁、糜芳于江渚屯扎。当夜三更，军士哭声不止。芳暗听之，众军言曰："我等皆是荆州之兵，被吕蒙诡计，送了主公性命。今刘皇叔御驾亲征，东吴早晚休矣。所恨者，糜芳、傅士仁也。我等何不杀此二贼，去献天子？"又有言者曰："不要性急，等个空儿下手。"糜芳听毕大惊，遂与傅士仁商议："军心变动，我二人性命不保。今主上所恨者马忠耳，不若杀了他，将首级去献主上，【眉批：**不消关公显圣，却假手于糜芳，可见天道之巧。**】告称我等不得已而降之，今知御驾前来，特地诣营请罪。"仁曰："不可，去必有祸。"芳曰："主上宽仁厚德，目今阿斗太子是我外甥，主上念我国戚之情，必不加害。"二人计较已定，先备了马。三更入帐，刺杀马忠，将首级割了，二人带数十骑，径投猇亭而来。伏路军人先引二人见了张南、冯习，具言其事。

次日，到御营中来见先主，献上马忠首级，哭告于前曰："臣等实无反心，被吕蒙诡计，称言关公已亡，赚开城门，臣等不得已而降之。今闻圣驾前来，特杀此贼，以雪陛下之恨。臣等伏候请罪。"先主大怒曰："朕至此已久，你两个何不早来请罪？见今势危，故来巧言，欲全其身！朕如轻恕，二弟在九泉之下亦不瞑目！"即令关兴陈设云长灵位。先主亲捧马忠首级，诣前祭祀，哀伤甚切；又令关兴将糜芳、傅士仁剥去衣服，跪在灵前，

国学经典文库

李渔 批阅

三国演义

刘先主猇亭大战
陆逊定计破蜀兵

图文珍藏版

亲自以刀剐其心腹，以祭云长，【眉批：糜、傅二人亲自送上门作祭品，妙。】忽张苞上帐哭拜于地曰："二伯父仇人皆已诛戮，臣父冤抑何日报之？"【眉批：接笋甚紧。】先主曰："贤侄勿忧。朕当削平江南，杀尽吴狗，务擒二贼，与你亲自醢之，以祭汝父。汝父英灵也知朕心也！"苞泣谢而退。

此时先主威声大震，江南之人尽皆胆裂，日夜号哭。韩当、周泰大惊，急奏吴王，具言糜芳、傅士仁杀了马忠，去归蜀帝，亦被醢之。孙权心怯，遂聚文武商议。步骘奏曰："先主所恨者，乃吕蒙、潘璋、马忠、糜芳、傅士仁也。废关公皆此数人，今尽亡矣。独有范疆、张达二人，谋刺张飞者，见在东吴。何不擒此二人，并飞首级，遣使送还，【眉批：步骘此话，想是翼德有灵。】并交还荆州，送归夫人，上表求和，再会前情，共图灭魏，平分天下，有何不可？"权从其言，遂具沉香木匣，盛贮飞首；武士擒下范疆、张达，囚于槛车之内；令程秉为使，赍捧国书，望猇亭而来。

却说先主欲发兵前进，忽近臣奏曰："东吴遣使送还张车骑之首，并囚范疆、张达二贼至矣。"先主两手加额曰："此天之所赐，亦三弟之显灵也！"即令张苞设飞灵位，先主哭而祭之。开见匣中飞首，面不改色，先主哀伤更切，即令张苞将范疆、张达万剐凌迟。祭了张飞，【眉批：前糜、傅自送两副活三牲祭关公，今者程秉送范、张两副活三牲祭翼德，痛快之极。】怒犹不息，定要灭吴。马良奏曰："仇人尽戮，恨可雪矣。吴大夫程秉到此，欲还荆州，再进夫人，永结亲情之好，共图灭魏，以分天下，伏候圣裁。"先主怒曰："朕切齿仇人，乃孙权也！今若与之连和，是负二弟当日之盟矣！今先灭吴，次却收魏，一统天下，效光武之中兴，是所愿也。"【眉批：先主可谓不识时务，亦不见机。】又欲斩来使，以绝吴情。多官苦告方免。

程秉抱头鼠窜，回奏吴王曰："蜀不从和，誓欲灭吴伐魏，恢复汉室，众官皆谏，坚执不听。"权大惊，举止失措。忽阶下一人奏曰："见有擎天之柱，如何不用？"众视之，乃阚泽也。权曰："德润足知其才，是何人也？"当日阚泽所荐之人未知是谁，且听下回分解。

却说阚泽奏曰："昔日东吴大事全仗周郎，次后鲁子敬代之。子敬亡矣，决于吕子明。今子明虽丧，见有陆伯言在于荆州。此人名虽儒生，实有雄才大略。【眉批：儒生不可小觑。】以臣论之，不在周郎之下。前破云长，皆伯言之谋也。王上若能用之，破蜀必矣。如或有失，臣请先纳此头。"权曰："非德润，朕几忘之矣。"即令往召陆逊。张昭奏曰："陆逊乃一书生，非刘备之敌手也，切不可用。"顾雍亦曰："陆逊年幼，才疏德薄，恐诸公亦不服；若不服，则生祸乱，必误主上矣。"步骘亦曰："逊只可听令而已，若托以大事，非其宜也。"【眉批：昭以书生轻之，雍以年幼轻之，骘又嫌其才短。甚矣，知人之难。】阚泽大呼曰："若不用陆伯言，则东吴休矣！

国学经典文库

李渔批阅

三国演义

陆逊定计破蜀兵
刘先主猇亭大战

图文珍藏版

臣愿将全家以保之！"【眉批：如此荐人，荐得着力。】权曰："孤深知伯言乃奇才也。"泽曰："王上若不付以重任，不能尽展其才也。"权曰："然。"于是召逊至。

逊本名议，后改名逊，字伯言，乃吴郡吴人也；汉城门校尉陆纡之孙，九江都尉陆骏之子；身长八尺，面如美玉，体似凝酥，官领镇西将军。逊即参拜吴王，权曰："今蜀兵临境，命卿总督军马，以破刘备。"逊曰："江东文武，皆大王故旧之臣，臣年幼无才，安能制之？"【眉批：故意作难。便有邀求筑坛赐箭之意。】权曰："阚德润以全家保卿，孤亦素知卿才，今拜卿为大都督，卿勿推辞。"逊曰："倘文武不服，奈何？"权取所佩之剑与之，曰："如有不听号令者，先斩后奏。"逊曰："臣受恩久矣，故不敢辞。大王异日会百官以赐之。"【眉批：要当众人面前受者，意在压服众人。】阚泽奏曰："古之命将，必当筑台会众，捧白旄黄钺、印绶兵符，嘱曰：'阃以内，寡人主也，阃以外，将军制之。'然后名正言顺，事必成矣。大王宜遵此礼，择日筑坛，拜伯言为大都督，假以节钺，百官自然服矣！"权从之，命连夜筑坛完备，大会百官，请陆逊登坛，拜为大都督，假节，右护军镇西将军，进封娄侯，赐以宝剑印绶，令掌六郡八十一州兼荆、楚诸路军马。吴王嘱之曰："阃以内，孤主之；阃以外，将军制之。先斩后奏。"逊颁命下坛，令徐盛、丁奉为护卫，即日起行。

比及陆逊出师，早调诸路军马，水陆并进。有文书先到于边庭，具言此事。韩当、周泰大惊曰："主上如何以一小书生总制兵权也？"不时逊至，众皆不服。【眉批：摹写众将不服光景。】逊升帐议事，众人只得参贺。逊曰："王上命吾为大将，以破蜀兵。军有常法，公等各宜遵守。违者王法无亲，勿令自悔。"众皆默然。周泰曰："目今安东将军孙桓，乃主上小侄，见困于夷陵城中，内无粮草，外无救兵。请都督早施良策，救出孙桓，以安主上之心也。吾料此行，非都督决不能解之。"逊曰："吾素知孙安东深得军心，必能坚守，不必救之。待吾破蜀毕，彼自出矣。"【眉批：早已算定。】众皆暗笑而退。【眉批：摹写不服光景甚肖。】韩当与周泰曰："命此孺子为将，东吴休矣！公见彼所盲乎？"泰曰："吾故以言试

国学经典文库

李渔批阅

三国演义

刘先主猇亭大战
陆逊定计破蜀兵

图文珍藏版

国学经典文库

李渔批阅

三国演义

陆逊定计破蜀兵

刘先主猇亭大战

图文珍藏版

1206

之，早无一计，安能破蜀也？"

次日，陆逊传下号令，教诸将各处关防牢守隘口，不许轻敌。众皆笑其懦，不依坚守。次日，陆逊升帐，唤诸将曰："吾钦承王命，总督诸军，昨日三令五申，令汝等各处坚守，俱不遵吾令者何也？"韩当曰："吾自从破房将军平定江南，经数百战矣。其诸将或从讨逆将军，或从当今主上，皆是披坚执锐，出生入死之士也。今主上命汝为大都督，令退蜀兵，可早定计，调拨军马，分投征战，以图大事。今却令坚守，以待天自杀贼，乃无谋之甚也。吾非贪生怕死之人，使我等堕其锐气，是何理也？"【眉批：少不得此一番发挥。】言讫，帐下诸将皆应声而言曰："韩将军之言是也。吾等情愿决一死战！"陆逊听毕，掣剑在手而言曰："刘备威震天下，曹操尚且怕惧，今入东吴境内，实非容易之敌。汝等诸将皆荷国恩，当相和顺，共破蜀兵，以报主上。吾今自有妙算，非汝等所知也。汝等各不相顺而违军令，是何道理？仆虽一介书生，今蒙主上托以重任者，汝吾有尺寸可取，能忍辱负重故也。【眉批："忍辱负重"四字，从来成大事者无不由此。】汝等各守隘口，牢把险要，不许妄动。如违令者皆斩！各速退去，再勿复言。"众皆愤恨而去。

却说先主自猇亭摆布军马，直至川口，接连七百里，前后四十营寨，夜则火光耀天，昼则旌旗蔽日。【眉批：与曹操赤壁时一样声势。】忽然细作人报说："东吴用陆逊为大都督，总制军马。逊令诸将各守险要不出。"先主问曰:"陆逊何等人也?"马良奏曰:"逊乃江东一书生也,年幼多才,深有谋略。前袭荆州者,皆此人之诡计也。"【眉批:**陆逊之才又从马良口中叙出**。】先主大怒曰:"竖子之谋,损朕二弟!何不早说也?"便要进兵。马良谏曰:"陆逊之才,不亚周郎,未可轻敌也。"先主曰:"朕用兵老矣,今反不如一黄口孺子耶?尔勿多疑,看朕擒之!"先主亲领前军,攻打诸处关津隘口。

韩当见先主兵来,差人报知陆逊。逊恐韩当妄动,飞马而来,正见韩当立马山上,远望蜀兵漫山遍野而来,军中隐隐有黄罗盖伞。当欲奋勇下山,逊至,并马而观,知是先主。当指之曰:"军中必有玄德也,吾欲击之。"【眉批:**写韩当之猛**。】逊曰:"刘备举兵东下,连胜十余阵，锐气正盛。只宜乘高守险，不可轻出，出则不利。损吾大势，非小故也。今但奖励将士，广布守御之策，以观其变。今彼驰骋于平原旷野之间，正得其志；彼求战不得，必移屯于山林阴处。【眉批：为后文伏笔。】此时吾当用其计也。将军宜忍风火之性，以图安国之计。"韩当面虽应允，心中只是不服。

却说先主使前队搦战，辱骂百端。逊令塞耳休听，不许出迎，遂亲自遍历诸关隘口，抚慰将士，皆令坚守。【眉批：真是忍辱负重之人。】先主见吴军不出，在御营中心焦不悦。马良奏曰："陆逊虽是书生，深有谋略。今陛下远来攻战，自春历夏，彼之不出，必待我军之变也。愿陛下详之。"【眉批：马良智谋不在陆逊之下。】先主曰："彼有何谋？但怯敌耳。向者数败，今安敢再出！"先锋冯习奏曰："即日炎天，军屯赤火之中，取水稍远，深为不便。"【眉批：恐避赤火，又遇赤火。】先主命各营皆移于山林茂盛之地，近溪傍涧，待过夏到秋，并力进兵。冯习遂传令旨，令诸寨皆移于林木阴密之处。马良奏曰："若军一动，倘吴兵骤至，如之奈何？"先主曰："朕令吴班引万余弱兵，相近吴寨，平地屯住，朕亲选八千精兵，伏于山谷之中。若陆逊知朕移营，必出攻击，却令吴班诈败。逊若追赶，朕引兵突出，断其归路，擒此小子，江南一鼓而下矣。"【眉批：若不遇陆逊，此计未尝不妙。】文武皆贺曰："陛下神机，陆逊安能及也！"马良曰："近闻诸葛丞相在东川点看各处隘口，恐魏兵入

国学经典文库

李渔批阅

三国演义

刘先主猇亭大战
陆逊定计破蜀兵

图文珍藏版

寇。陛下何不将各营移居之地，画成图本，往问丞相，可乎?"先主曰:"朕素知兵法，又何问之?"良曰:"'兼听则明，偏听则蔽'，圣人之言也，望陛下察之。"先主曰:"卿可自去各营，画成四至八道图本，亲到东川去问丞相。【眉批:恐那时来不及矣。】如有不便，可急报知。"马良领命而去。于是蜀兵移于林木阴密处所避暑。

早有细作报筹知韩当、周泰。韩、周二人听得此事，来见陆逊，曰:"目今蜀兵四十余营皆移山林密处，依溪傍涧。都督当乘虚击之。"逊听其言，起兵来击。未知胜负如何，且听下回分解。

国学经典文库

李渔批阅

三国演义

先主夜走白帝城
八阵图石伏陆逊

图文珍藏版

1210

第八十四回　先主夜走白帝城
八阵图石伏陆逊

章武二年夏六月，天气亢炎无雨。韩当、周泰探知先主移营，避暑就凉，急来报知陆逊。逊大喜，射兵前来观看动静，只见平地一屯，不及万余，大半皆是老弱，

中军大书"先锋吴班"旗号。【眉批：吴班军在陆逊眼中看出。】周泰曰："吾视此等之兵，如儿戏耳。"言讫，乃与逊曰："愿同韩将军分路击之，如其不胜，甘当军令。"

逊看良久，以鞭指曰："前面山谷中，隐隐有杀气冲天而起，其下必有伏兵也。故平地设吴班之兵，乃诱敌耳。诸公切不可出。只三日之内，山谷之兵必然出矣。"【眉批：先被猜破。】众将听毕，皆以为儒，各守隘口去讫。

次日，吴班引兵到关搦战，耀武扬威，大叫辱骂，多有解衣卸甲，赤身裸体，或睡或坐。【眉批：与马超诱曹仁相似。】徐盛、丁奉入帐来请陆逊曰："蜀兵欺辱至甚，某等愿出击之。"逊笑曰："汝等但恃血气之勇，岂知孙、吴妙算？汝等异日始信其诈也。"徐盛曰："三日移营已定，安能击之？"逊曰："吾正欲令彼移营也。"【眉批：此处尚不说明缘故。】诸将哂笑而退。过三日后，会诸将于关上看之，见吴班兵退去。逊指之曰："杀气起矣！刘备必从山谷中出也。"言讫，只见八千精兵全装惯束，拥先主而过。【眉批：此时方信陆逊之言。】吴兵见之，尽皆胆裂。逊曰："吾之不听诸公击班者，正为此计也。今伏兵已出，旬日之内，将破蜀矣。"诸将皆曰："破蜀当在日前。今深入五、六百里，相守经七、八个月，其诸要害处皆已固守，击之必无利出。"【眉批：尚未深信。】逊曰："诸公不知兵法。备乃世之枭雄，更多思虑，其兵始集，法度精专。今守之久矣，不得我便，兵疲意阻，计不复生，犄角此寇，正在今日。"【眉批：至此方才说明。】诸将方才叹服。后人有诗曰：

国学经典文库

李渔批阅

三国演义

先主夜走白帝城
八阵图石伏陆逊

图文珍藏版

国学经典文库

李渔批阅

三国演义

先主夜走白帝城
八阵图石伏陆逊

图文珍藏版

1212

玉帐谈兵按《六韬》，安排香饵钓鲸鳌。

三分自是多英俊，又显江南陆逊高。

却说陆逊已定破蜀之策，遂修笺，遣使奏于吴王。笺曰：

窃以夷陵要害之地，乃国家之关防也，虽为易得，亦复易失；若一失之，非独损一郡之地，并荆州亦可忧矣。臣今日争之，必令事谐。刘备干冒天常，不守窟穴，而自送死。臣虽不才，凭奉威灵，以顺讨逆，破敌在于即今。论备前后，多败少成，不足为忧。臣初疑水陆俱进，今弃船就步，处处结营，察其布置，必无良策。伏惟至尊高枕无忧，指日当报捷音也。臣陆逊百拜。

吴王览毕，大喜曰："江东复有此异人矣，孤何忧哉！诸将上书，尽言其懦，【眉批：诸将上书又在孙权口中补出。】孤独不信。今观斯言，真妙论也。"于是大起吴兵接应。

却说先主于虎亭尽驱水军，顺流而下，沿江屯扎水寨，深入吴境。黄权谏曰："水军沿江而下，进则容易，退则实难。臣愿为前驱，以当其寇。陛下宜在后阵，此则万无一失也。"先主曰："既吴贼胆落，朕长驱大进，有何碍乎？今迁延岁月，何日成功耶？"众官苦谏，先主不从，遂分兵两路，命黄权督江北之兵，以防魏寇；【眉

批：为黄权投魏张本。】先主自督江南诸军，夹江分投结营，以图进取。

　　细作探知，连夜报入许都。近臣入内，奏知魏主曰："今蜀兵树栅连营，纵横七百余里，分四十余屯，皆傍山林下寨。今黄权督兵在江北岸，每日出哨百余里，不知何意？"魏王闻知，仰面笑曰："刘备死限至矣！"群臣请问其故，魏王曰："刘玄德不晓兵法，岂有连营七百里而可拒敌者乎？包原隰险阻屯兵者，兵法之大忌也，玄德必败于东吴矣，旬日之内，消息必至。"【眉批：丕才真妙，观敌如烛照也。】群臣未信，皆请拨兵备之。魏主

国学经典文库

李渔 批阅 阅

三国演义

先主夜走白帝城
八阵图石伏陆逊

图文珍藏版

国学经典文库

李渔批阅

三国演义

先主夜走白帝城
八阵图石伏陆逊

图文珍藏版

1214

曰："陆逊若胜，必尽举吴兵去取西川。吴兵远去，国中空虚，朕虚托以兵助战，令三路一齐进兵，东吴唾手可取矣。"【眉批：诡谲之甚。】众贺曰："神妙之算也！"魏主下旨，令曹仁督一军出濡须，曹休督一军取洞口，曹真督一军取南郡："三路军马会合日期，暗袭东吴。朕后自来接应。【眉批：又为伐吴伏线。】调遣已定。"

　　不说魏兵袭吴，且说马良至东川见孔明，呈上图本，言曰："今移营夹江，横占七百里，下四十余屯，皆依溪傍涧、林木茂盛之处。陛下令良将图本来与丞相观之。"孔明看讫，拍案叫苦曰："是何人教主上如此下寨？可斩也"。【眉批：不好说得先主，却把别人来骂。】马良曰："皆主上自为，非他人之谋也。"孔明叹曰："汉朝气数休矣！"良问其故，孔明曰："包原隰险阻而结营，此兵家大忌。倘或举火，何以解之？又岂有连营七百里而可拒敌乎？祸不远矣！陆逊拒守不出，正为此也。汝当速去，以谏天子，改屯诸营，不可如此。若遥遥，则难以救应。"良曰："倘吴兵取胜，如之奈何？"孔明曰："陆逊不敢来追，成都无虞也。"【眉批：奇绝。令人测摸不着。】良曰："逊何故不追？"孔明曰："恐魏兵袭之。主上若有失，当投白帝城避之。吾入川时，已伏十万兵在鱼腹浦矣。【眉批：奇幻惊人。】陆逊若来，吾必擒之。"良大惊曰："某于鱼腹浦往来数次，未尝见一卒，丞相何诈也？"【眉批：奇绝，真是神妙不测。】孔明曰："后来必见，不劳多问。"马良求了表章，火速投御营前来。孔明复回成都，令军救应。

却说陆逊见蜀兵懈怠，不复堤防，升帐聚大小将士听令曰："吾自受命以来，未尝出战；今观蜀兵，足知动静。今欲先取南岸一营，谁敢去取？"言未尽，韩当、周泰、凌统应声出曰："某等愿往。"逊教皆退不用，【眉批：妙在欲去者不与之去。】独唤阶前末将淳于丹曰："吾与汝五千军，去取江南第四营，蜀将傅彤所守。今晚就要成功。吾自提兵救应。"淳于丹引兵去了。又唤徐盛、丁奉曰："汝等各领兵三千，屯于寨外五里。如淳于丹败圆，【眉批：知其败而使之，真令人不解。】有兵赶来，当以救之，却不可赶去。"二将自引军去了。

却说淳于丹领军，黄昏时分而进，到蜀寨前，时已三更之后。丹令鼓噪而入。蜀营内一彪军出，为首蜀将傅彤挺枪出马，直取淳于丹。丹敌不住，拨马而走。忽然喊声大震，一彪军拦住去路，为首大将赵融。丹夺路而走，折了大半。正走之间，山后一彪蛮兵拦住，为首番将沙摩柯。丹死战得脱，只剩百余骑败残兵而逃，背后三路军赶来。比及离营五里，吴将徐盛、丁奉二人两下杀来，蜀兵退去，救了淳于丹回营。丹带箭入见陆逊请罪。逊曰："非汝之过也，吾欲试敌人之虚实耳。破蜀之法吾自晓矣。"【眉批：奇绝。】徐盛、丁奉曰："蜀兵势大，难以破之。似此论之，空杀兵耳。"逊笑曰："吾这条计，但瞒不过诸葛亮耳。【眉批：正与孔明之言相应。】天幸此人不在，使吾成大功也。"遂集大小将士听

国学经典文库

李渔批阅

三国演义

先主夜走白帝城
八阵图石伏陆逊

图文珍藏版

令：使朱然于水路进兵，来日午后东南风大作，【眉批：

此时东南风不消借得。】用船装载茅草，依计而行；韩当引一军攻江北岸，周泰引一军攻江南岸，每人手执茅草一把，内藏硫黄焰硝，各带火种，各执枪刀，一齐而上。但到蜀营，顺风举火，蜀兵四十屯，只烧二十屯，间一屯烧一屯。【眉批：周郎当日连烧，陆逊只用间烧，又是一样烧法。】各军预带干粮，不许暂退，昼夜追袭，只擒刘备方止。众将听了军令，受计而去。

却说先主在御营寻思破吴之计，忽见帐前中军旗幡无风自倒。【眉批：与曹操江中折旗相似。】先主问程畿曰："此为何兆？"畿曰："今夜莫非吴兵劫营也？"先主曰：“昨夜杀尽，安敢再来？”畿曰：“倘是陆逊试敌，未可知也。”忽报山上远远望见吴兵，沿山望东去了。【眉批：吴兵又在蜀人眼中写出。】先主曰：“此是疑兵，皆令休动。”命关兴、张苞各引五百骑出巡。黄昏时分，关兴奏曰：“江北营中火起。”先主听毕，令兴亲往江北，张苞亲往江南，各看虚实：“倘吴兵到时，可急回报。”二将领命去了。

初更时分，东南风骤起，只见御营左屯火发。方欲救时，御营右屯又起，风紧火急，树木皆着，喊声大震。两屯军马齐出，奔离御营，御林军自相践踏，死者不知其数。后面吴兵杀到，又不知多少军马。先主上马，急奔冯习营时，习营火光亦已烛天。【眉批：说得手忙脚乱，使读者亦为着急，何况当时。】江南江北，照如白日。冯习慌忙上马，引数十骑而走，正逢吴将徐盛，围住冯习，乱箭射死。盛又引兵来追先主。

却说先主见烈火遍起，往西奔走，为首一军拦住，乃是吴将丁奉；急欲回时，后面徐盛追来，两下夹攻。先主大惊，四面无路。忽然喊声大震，一彪军杀入重围，乃张苞也，救了先主，引御林军奔走。【眉批：此处为先主一急，又为一宽。】正行之间，前面一军又到。张苞出迎，乃是蜀将傅彤，合兵一处。背后吴兵追至。先主前到一山，名马鞍山。张苞、傅彤请先主上得山时，山下喊声又起，乃是陆逊大队人马，早将马鞍山围住。【眉批：又为先主一急。】先主在山，令张苞、傅彤死据山

国学经典文库

李渔批阅

三国演义

图文珍藏版

先主夜走白帝城

八阵图石伏陆逊

国学经典文库

李渔批阅

三国演义

先主夜走白帝城
八阵图石伏陆逊

图文珍藏版

口。先主遥望遍野火光不绝，【眉批：总写火光一句。】死尸重叠，塞江而下。

次日，吴兵愈加，四下放火烧山，军士乱窜，先主惊慌。忽见火光中一将，引数骑杀上山来。先主视之，乃关兴也。【眉批：又为先主一宽。】兴伏地请曰："四下火光逼近，不可久停。陛下速奔白帝城，再收军马可也。"先主曰："谁敢断后？"傅彤奏曰："臣愿以死当之！"

当日黄昏，【眉批：此系第二日黄昏，烧一日一夜。】关兴在前，张苞在后，留傅彤断后，保着先主杀下山来。吴兵见先主奔走，皆要争功，各引大军，遮天盖地往南追赶。先主领军士尽脱袍铠，塞道而奔，以断后军。正行之间，喊声大震，吴将朱然引一军从江岸上杀来，截住去路。先主叫曰："朕死于此地矣！"关兴、张苞纵马冲突，被乱箭射回，各带重伤，不能杀出。背后喊声又起，陆逊又引大军从山谷中杀来。先主正慌急之间，只见前面喊声大震，朱然军纷纷落涧，滚滚投岩，一彪军杀入，前来救驾。先主听知，大喜曰："朕复生矣！"毕竟是谁，且听下回分解。

救驾者乃常山真定人也，姓赵，名云，字子龙，官授虎威将军。此时赵云在川中江州，听见吴蜀交兵，遂引军出。忽见东南一带火光冲天。赵云心惊，远远探视，不想先主遭困，云奋勇冲杀而来。陆逊闻是子龙，令军退去。云正杀之间，偶遇朱然，一枪刺然于马下，杀散

国学经典文库

李渔批阅

三国演义

图文珍藏版

先主夜走白帝城
八阵图石伏陆逊

吴兵，救出先主，望白帝城而走。先主曰："朕今得生矣，手下将士如何？"云曰："敌军在后，不可久迟。陛下且入白帝城歇息，臣再引兵复来救之。"此时先主仅存百余人，投白帝城中。

却说傅彤断后，被吴军八面围住。丁奉大叫曰："川将死者无数，降者极多！汝主刘备已被擒捉，解将去了！今汝力穷势孤，何不早降？"傅彤叱之曰："吾乃汉将，安肯降吴狗乎？"言讫，忿怒越加，挺枪纵马，率蜀军奋力恶战，不下二百余合，往来冲突，不能得脱。彤长叹曰："吾今休矣！"言讫，口中吐血而死。后人有诗赞曰：

国学经典文库

李渔批阅

三国演义

先主夜走白帝城
八阵图石伏陆逊

图文珍藏版

夷陵吴蜀大交兵，陆逊施谋用火焚。

至死犹然骂吴狗，傅彤真乃汉将军。

蜀祭酒程畿，匹马奔到江边，教蜀水军赴敌。时有吴兵随后骤至，水军四散。畿之部将叫曰："程祭酒快下马走罢！吴兵至矣！"畿怒曰："吾自从主上出军，未尝赴敌而逃！"言未毕，吴兵骤至。四下无路，畿拔剑自刎。后人有诗赞曰：

江阳刚裂，立节明君。兵合遇寇，不屈其身。单夫只役，陨命于军。

时有先锋张南久围夷陵城，忽冯习到，言蜀兵败，遂引军来救先主，孙桓方才得脱。张、冯二将正行之间，前面吴兵杀来，背后孙桓从夷陵城杀出，两下夹攻。张南、冯习奋力冲突，不能得脱，死于乱军之中。后人有诗赞曰：

休元轻寇，捐躯致害。文进奋身，同此颠沛。患生一人，至于弘大。

时有蛮王沙摩柯，匹马奔走，正逢周泰，交战十合，被泰斩之。蜀将杜路、刘宁尽皆降吴。蜀营一应粮草器仗，寸尺不存。蜀将川兵，降者无数。赵云恐车驾有失，引本部军保护白帝城。

却说陆逊大获全功，引得胜之兵，往西追袭。前离夔关不远，逊在马上看见前面临山傍江，一阵杀气冲天而起，【眉批：说得恍恍惚惚，疑鬼疑神。】遂勒马回顾众将曰："前面必有伏兵，三军不可进矣。"即倒退十余里，于地势空阔去处排成阵势，以御敌军。即差哨马前去探视，回报曰："彼处无军屯扎。"逊不信，遂下马登高望之，杀气复起。【眉批：奇怪。】逊令人仔细观之，又报曰："一骑之迹也无。"逊见日将西沉，杀气越加，心中犹豫，又令人探之，回报曰："江边只有乱石八九十堆，并无人马。"【眉批：只此便是人马。】逊大疑，寻土人问之。须臾，数十人到。逊问曰："乱石作堆者，何也？"土人曰："此石乃诸葛丞相入川之时，驱兵到此，取石排成阵势，【眉批：陆逊以火为兵，不若孔明以石为兵。】乃于沙滩之上常常有气如云，从内而起。此处地名鱼腹浦也。"

陆逊听罢，上马引数十骑来看石阵，立马于山坡之上，但见四面八方，皆有门有户，逊笑曰："此乃惑军之术也，有何益焉！"遂引数骑上山坡来，直入石阵观看。部将曰："日暮矣，请都督早回。"陆逊方要出阵，忽然狂风大作，飞砂走石，遮天盖地，但见怪石嵯峨，槎牙似剑；横沙立土，重叠如山；江声浪涌，有如剑鼓之声。【眉批：先主大败之后，有八阵图一番奇奇怪怪，才不索莫，文有变动。】逊大惊曰："吾中诸葛之计也！"急欲回

国学经典文库

李渔批阅

三国演义

八阵图石伏陆逊

先主夜走白帝城

图文珍藏版

国学经典文库

李渔批阅

三国演义

先主夜走白帝城
八阵图石伏陆逊

图文珍藏版

时，无路可出。正惊疑之间，忽见一老人立于马前，笑曰；"将军欲出此阵乎？"逊曰："愿老者接引。"老人策杖徐徐而行，径出石阵，并无所碍，送至山坡之上，逊曰："愿闻姓名。"老人答曰："老夫乃黄承彦也。昔小婿诸葛孔明入川之时，于此布下石阵，名为'八阵图'。反复八门。按遁甲休、生、伤、杜、景、死、惊、开。每日每时，变化无端，可比十万火精兵也。【眉批：前孔明所言十万兵语也。】临去之时，曾分付老夫道：'后有东吴大将迷于阵中，莫引而出之。'老夫隐于此山，专学道义。却才于山岩之上，忽见将军从'死门'而入，料想不识此阵，【眉批：当面笑他。】必然迷矣。老夫不忍，特从'生门'引出。"逊曰："公曾学否？"黄承彦曰：

"变化无穷，不能学也。"逊慌忙下马，拜谢而回。【眉批：孔明明知陆逊不该死，留人情与丈人做。】后人有诗赞八阵图：

> 孔明施妙用，布阵向沙堤。
> 未许桓温识，先教陆逊迷。
> 江声宣鼓角，山气吐云霓。
> 庙貌今犹在，应须万古题。

又杜工部绝句：

> 功盖三分国，名成八阵图。
> 江流石不转，遗恨失吞吴。

国学经典文库

李渔批阅

三国演义

先主夜走白帝城
八阵图石伏陆逊

图文珍藏版

　　陆逊叹曰："诸葛孔明真'卧龙'也！吾不及之！"于是下令，便教班师还吴。左右曰："刘备兵败势穷，困守一城，正可乘势击之。今见石阵而退，何也？"逊曰："吾非惧石阵而退兵也。【眉批：**虽云不惧，却也有些胆怯矣**。】吾料魏主曹丕奸计多出，与父无异，今知我胜，必然追袭。若深入西川，急难退矣。吾恐乘虚袭我根本，故勒兵回。"遂令一将断后，逊率大军而回。退未三日，二处飞报："魏兵曹仁出濡须，曹休出洞口，曹真出南郡；三路兵马数十万，星夜至境，未知何意。"【眉批：**照应前文**。】逊笑曰："不出吾之所料也。吾已令兵拒之，不足忧也。"诸葛拜伏曰："都督神机妙算也。"未知如何，且听下回分解。

国学经典文库

李渔批阅

三国演义

白帝城先主托孤
曹丕五路下西川

图文珍藏版

1225

第八十五回　白帝城先主托孤
　　　　　　　曹丕五路下西川

　　章武二年夏六月，东吴陆逊大破蜀兵于虎亭、夷陵之地。先主在马鞍山陈兵自守。陆逊四面火攻。先主夜走白帝城，焚铠断后，径到白帝城，赵云引兵据守。忽

马良奔至，见大军已败，懊悔不及，将孔明之言奏知先主。【眉批：补照前文。】先主叹曰："朕早听丞相之言，不致今日之败！朕有何面目归见群臣乎？"就于白帝城驻

扎，将馆驿改为永安宫。先主听知冯习、张南、傅彤、程畿、沙摩柯等，皆殁于王事，伤感不已，又近臣奏曰："黄权引江北之兵，降魏去了。【眉批：黄权下落，此处叙明。】陛下可将彼家属送有司问罪。"先主曰："黄权被吴兵隔断，在江之北岸，此欲归无路，不得已而降之。此是朕负权，权不负朕也，何必问罪于家属。权之妻子，仍给禄米以养之。"【眉批：仁恕有礼。君道备矣。】

却说黄权引兵降魏，诸将引见魏王曹丕。丕曰："卿今降朕，欲追慕于陈、韩也？"权泣而奏曰；"臣受蜀帝之恩，殊遇甚厚，【眉批：体贴先主之意。】令臣督诸军于江北，被陆逊绝断。臣降吴不可，归蜀无路，却来归降于陛下。败军之将，免死为幸，安敢追慕于古人也。"丕大喜，遂拜黄权为镇南将军。权坚辞不受。【眉批：不受爵还有可取。】忽近臣奏曰："有细作人自蜀中来，说先主将黄权家属尽皆诛戮。"权曰："臣与先主推诚相信，足知臣之本心，必不肯杀臣之家小也回。"【眉批：君臣相知如此。】丕然之。

曹丕遂问贾诩曰："朕欲一统天下，先取蜀乎？先取吴乎？"诩曰："刘备雄才，更兼诸葛亮善能治国；东吴孙权能识虚实，陆逊见屯兵于险要，隔江泛湖，皆难卒谋。以臣观之，诸将之内，无孙权，刘备之对手。虽然陛下天威临之，万全之势不易得也。且宜持守，以持二国之变。"【眉批：贾诩可谓知己知彼。】丕曰："朕已遣三路大兵伐吴，安有不胜之理？"尚书刘晔谏曰："近东吴陆逊新破蜀兵七十余万，上下齐心，更有江湖之阻，不可仓卒制也。陆逊多谋，必有准备，未可伐也。"丕曰："卿前者劝朕伐吴，今又阻之，何也？"晔曰："时有不同。昔东吴累败于蜀，其势顿挫，可以击之。今大获全功，锐气百倍，难以相攻。"【眉批：刘晔之见不在贾诩之下。】丕曰："朕意已决，卿勿复言。"遂引御林军来与三路军兵接应。晔又奏曰："东吴已有准备，今吴将吕范，引兵拒住曹休，诸葛瑾引兵南郡。拒住曹真；朱桓引兵当住濡须，以拒曹仁。此三路兵俱未见利，陛下若去，必无益矣。"丕不从而去。

却说吴将朱桓，字休穆，吴郡人也，时年二十七，极有胆勇，吴王甚爱之，—督军于濡须，听知曹仁引大军去取羡溪，桓遂尽拨军守把羡溪去了，【眉批：为后文战败曹仁张本。】止留五千骑守城。忽一人报说："曹仁令大将常雕同诸葛虔、王双，引五万精兵，飞奔濡须城来。"众军皆有惧色。桓按剑而言曰："凡两军相战，胜负在将不在兵。兵多兵寡，汝等何惧哉？兵法云：'客兵倍而主兵半者，主兵尚能胜于客兵。'此言兵在平川旷野之地也。吾观曹仁非智勇之将，况从千里步路而来。吾与汝等坐占高城，南临大江，北背山险，以逸待劳，此乃百战百胜之势也。虽曹丕自来，吾何惧哉！"【眉批：预为曹丕自来伏笔。】于是朱桓传令，教军中偃旗息鼓，只作无人守把之意。

却说魏将先锋常雕，领兵来取濡须。离城不远，城

国学经典文库

李渔批阅

三国演义

图文珍藏版

白帝城先主托孤
曹丕五路下西川

国学经典文库

李渔批阅

三国演义

白帝城先主托孤
曹丕五路下西川

图文珍藏版

1228

上一声炮响，旌旗齐竖，朱桓横刀飞马，直取常雕。战不三合，被桓一马斩于马下。吴兵乘势冲杀，魏兵大败，死者无数。朱桓大胜，得了旌旗许多。【眉批：是东吴一胜。】

且说曹仁领兵随后到来，却被吴兵从羡溪杀出。【眉批：是东吴再胜。】曹仁大败而退，回奏魏主，细奏大败之事。曹丕大惊。正议之间，探马又报："曹真、夏侯尚围了南郡，被陆逊内伏、诸葛瑾外伏精兵，内外夹攻，因此大败而退。"言未毕，忽探马又报："曹休领兵亦被吕范杀败。"【眉批：此三路交锋俱用虚写，妙。】丕听知三路兵败，喟然叹曰："朕不听贾诩、刘晔之言，果有此败！"【眉批：与先主不听孔明大同小异。】时值夏天，大疫流行，马步军十死六七，遂引军回洛阳。吴魏自此不和。

国学经典文库

李渔批阅

三国演义

曹丕五路下西川

白帝城先主托孤

图文珍藏版

却说先主在永安宫染病不起，渐渐沉重。【眉批：以下再叙西蜀。】至章武三年夏四月，先主自知病入四肢，又哭关、张，其病愈深，两目微昏。是夜，叱退左右，独卧龙榻之上。忽然阴风飕飕，将烛吹摇，灭而复明，只见灯影之下，二人侍立。先主怒曰："朕心绪不宁，教汝等且退，何意又来故恼朕耶？"叱之不退。先主自携玉座斧，起而观之，上首乃云长·下首乃翼德也。先主大惊曰："二弟原来尚在！"【眉批：宛然梦中之语。】云长曰："臣非阳人，乃阴鬼也。盖谓平生不失信义，上帝敕命为神。哥哥将与兄弟聚会矣。"先主扯住大哭。【眉批：写得真情。】忽然惊觉，即唤从人入内，时正三更。先主叹曰："朕不久于尘世矣！"遂差使命往成都，请丞相诸葛亮、尚书令李严等，星夜前来，托以大事。孔明等星夜而来，时有先主次子鲁王刘永、梁王刘理听知召至，同来见帝。太子刘禅自守成都。【眉批：先主临终不见刘禅，与曹操临终不见曹丕仿佛相似。】

却说孔明到了永安宫，见先主病危，慌忙拜伏于龙榻之下。先主传旨，即请孔明坐于榻上。近臣扶起先主，抚其背曰："朕自得丞相，乃成帝业，何期智何浅陋，不纳良言，自取败衄，羞回成都与丞相相见。今日病已危笃，不得不清丞相托以大事也。"【眉批：以三顾始，以托孤终。以情以理，可法。】言讫，泪流满面。孔明亦涕泣曰："愿陛下善保龙体，以副天下之望。"先主遍观诸臣，只见马谡在旁，先主皆令且退；令孔明复坐而问曰：

丞相观马谡之才何如?"孔明答曰:"此人亦当世之英雄也。"先主曰:"不然。朕视此人,言过其实,不可大用。丞相当深察之!"【眉批:**早为九十六回伏线。**】先主分付了,又唤诸臣入殿,取纸笔写毕遗诏,递与孔明,叹曰:"朕不读书,粗知大略。【眉批:**与孙权学问相似。**】圣人云:'鸟之将死,其鸣也哀;人之将死,其言也善。'朕本待与卿等同灭曹贼,共扶汉室,不幸与卿等中道而别也!"言讫,复与孔明曰:"烦丞相将遗诏付与刘禅。凡事求丞相倾心教诲,勿以为常言也。"孔明等泣拜于地曰:"愿陛下将息龙体,臣等施尽犬马之劳,以报陛下知遇之恩也。"先主请起孔明,一手掩泪,一手执其手曰:"朕今死矣,有心腹一言相告。"【眉批:**郑重其语,不即说出,又作一顿。**】孔明曰:"愿陛下勿隐,臣当拱听。"先主泣曰:"君才十倍曹丕,必能安邦定国,而成大事。若嗣子可辅,则辅之;如其不才,君自为之。"【眉批:**在不知者谓先主结孔明之心,在知者深明刘禅之无用也。**】孔明听毕,汗流遍体,手足失措,泣拜于地曰:"臣安敢不竭股肱,以效忠贞之节,继之以死乎!"言讫,以头叩地,两目流血。先主又请孔明坐于榻上。先主又唤鲁王刘永、梁王刘理近前,分付曰:"尔等皆记朕言:朕亡之后,尔兄弟三人皆父事丞相。稍有怠慢,天人共诛尔等不孝之罪!"又与孔明曰:"丞相请坐,朕儿拜卿为父。"二王拜毕,孔明曰:"臣以肝脑涂地,安能补报知遇之恩也!"先主与李严等多官曰:"朕已托孤于丞相,

国学经典文库

李渔 批阅

三国演义

曹丕五路下西川

白帝城先主托孤

图文珍藏版

国学经典文库

李渔 批阅

三国演义

白帝城先主托孤
曹丕五路下西川

图文珍藏版

令嗣子以父事之。卿等官僚，勿可怠慢，以负重望。"先主又命赵云曰："朕与卿从患难中相从到今，不想于此地分别。卿可念朕故交，早晚看觑幼子，勿负朕言。"【眉批：只两言叙尽情谊，说尽悲楚。】云泣拜于地曰："臣愿效犬马之劳，以扶社稷！"先主又与多官曰："朕不能一一分嘱，皆乞保爱。"【眉批：临终周到如此。】言毕，驾崩。时圣寿六十有三，章武三年夏四月二十四日也。后晋平阳侯陈寿史评曰：

　　先主之弘毅宽厚，知人待士，盖有高祖之风，英雄之气焉。及其举国托孤于诸葛亮，而心神无贰，诚君臣之至公，古今之盛轨也。机权干略，不逮魏武，是以基

国学经典文库

李渔批阅

三国演义

白帝城先主托孤
曹丕五路下西川

图文珍藏版

1232

宇亦狭。然折而不挠，终不为下者，抑揆彼之量必不容己，非唯竞利，且以避害云尔。

又赞曰：

上帝遗植，爱滋八方。别自中山，灵精是钟。顺期挺生，杰起龙骧。始于燕代，伯豫君荆。吴越凭刺，望风请盟。挟巴跨蜀，庸汉以升。乾坤复秩，宗祀惟宁。蹑基履迹，播德芳声。华夏思美，西伯其音。开庆来世，历载攸兴。

又宋贤有诗曰：

> 涿郡生英杰，飘然迥不群。
> 慈仁安万姓，情义动三军。
> 创业心尤重，求贤礼至勤。
> 唐虞堪比论，大度圣明君。

先主驾崩，文武官僚哀痛至甚。孔明等奉梓宫还成都。后主刘禅出城迎接，安于正殿之内。举哀毕，开读遗诏。诏曰：

朕初得病疾，但下痢耳，后转生杂病，殆不自济。朕闻："人年五十，不称夭寿。"今年六十有余，死复何

国学经典文库

李渔批阅

三国演义

白帝城先主托孤
曹丕五路下西川

图文珍藏版

1233

恨！但以卿兄弟为念耳。勉之，勉之！勿以恶小而为之，勿以善小而不为。惟贤惟德，可以服人。汝父德薄，不足效也。汝与丞相从事，事之如父，勿怠勿忘！汝之兄弟，更求闻达。至嘱，至嘱！

群臣读诏已毕，孔明乃上言于后主曰：

伏惟大行皇帝迈仁树德，覆焘无疆，昊天不吊，寝疾弥留，今月二十四日奄忽升遐，臣切号咷，若丧考妣。乃顾遗诏，事惟大宗，动容损益；百僚发哀，满三日除服，到葬期复如礼；其郡国太守、相、都尉、县令长，三日便除服。臣亮亲受敕戒，震畏神灵，不敢有违。臣请宣下奉行。

孔明曰："国不可一日无君，请立嗣君以承汉统。"乃立刘禅即大蜀皇帝位，改章武三年为建兴元年。禅字公嗣，时年十七岁。加者葛丞相为武乡侯，领益州牧。后八月，葬先主于惠陵，谥曰昭烈皇帝。【眉批：隐然以光武比之。】尊吴皇后为皇太后，谥甘夫人为昭烈皇后。大赦天下。

却说魏军探知此事，火速报入中原。近臣奏知魏主，曹丕大喜曰："刘备已亡，朕无忧矣。何不乘其国中无主，起兵伐之？"【眉批：伐吴不克，又想伐蜀，所云"东边不着西边着"也。】贾诩谏曰："刘备虽亡，必托孤

于诸葛亮矣。备善能用人，亮必倾心竭力，扶持幼主。陛下不可仓卒伐之。"正言间，忽一人从班部中奋然而出，大笑曰："不乘此时进兵，更待何时？"众视之，乃河内温人也，姓司马，名懿，字仲达，见为兵部尚书。丕大喜，遂问计于懿。未知如何，且听下回分解。

却说魏主曹丕欲起兵收川，乃问司马懿曰："朕欲收川，当用何策？"懿曰："若只起中国之兵，急难取胜，须用内外夹攻，令诸葛亮首尾不能救应，虽有神机妙策，不能施展矣。欲成大事，必起五路大兵，【眉批：伐吴用三路者，曹丕之意；伐蜀用五路者，司马之谋。】可保必胜也。"丕曰："何为五路？"懿曰："可修书一封，差使往辽东鲜卑国，见国王轲比能，送与金帛，以赂其心，令起辽西羌胡番兵十万，先从旱赂取西平关攻川。此一路也。又修国书，遣使赍官诰赏赐，直入南蛮之地，觅蛮王孟获，令起蛮兵十万，攻打益州，永昌、牂牁、越巂四郡，以击西川之南。【眉批：早为后文七擒七纵张本。】此二路也。又差使入吴，分析前事，许割地为邻，令孙权起兵十万，攻两川峡口，由险峻隘口径取涪城。此三路也，又差使令孟达起上庸兵十万，西攻汉中。此四路也。然后命大将军曹真为大都督，提兵十万，由京兆径出阳平关取西川。此五路也。以大军五十万，五路齐进，诸葛亮虽有吕望之才，安能当之？"丕大喜，乃密遣能言官四员为使，前去四路起兵；然后命曹真为大都督，领兵十万，径取阳平关。此时张辽等一班旧战将皆封列侯，俱在冀、徐、青、合肥、并等处，据守关津隘口，把截城池，将养老年，不能一一开说。

却说大蜀后主刘禅自即位以来，【眉批：比下再叙西蜀。】旧臣官僚俱各升赏，多有病亡者，不能细说。凡一应朝廷选法、钱粮、器用、词讼等事，皆从诸葛丞相裁处。却说后主未立皇后，孔明与群臣上言曰："亡故车骑将军张翼德女甚是贤德，年十七岁，可纳为正宫皇后。"后主纳之。时建兴元年秋八月。忽近臣奏有祸事。后主问其故，廷臣曰："今曹丕调五路大兵来取西川，第一路乃番王轲比能，起羌胡兵十万，犯西平关；第二路乃蛮王孟获，起蛮兵十万，犯益州四郡；第三路乃吴王孙权，起兵十万，取峡口入川；第四路乃反将孟达，起上庸兵十万，犯汉中；第五路曹真为大都督，起兵十万，取阳平关：此五路军马，甚是利害。【眉批：此处详叙一番，又换一样笔法。】欲先报知丞相，丞相不知为何，数日不出视事。"后主听罢大惊，【眉批：不但后主惊，读者亦惊，奇绝。】汗流浃背，即差人宣孔明入朝，使命去了半日方回，报说："丞相府下人言，丞相染病不出。"后主转慌，又命黄门郎侍董允、谏议大夫杜琼，去丞相卧榻前告此大事。董、杜二人去到丞相府前，皆不得入。【眉批：先宣召而又往告，再后不肯放入，奇绝，真令人不解。】杜琼曰："先帝托孤于丞相，今主上初登宝位，被曹丕五路兵来犯境，军情至紧，丞相何故推病不出？"少顷，左右曰："丞相稍可，明早出都堂议事。"董、杜二人叹息而回。

次日，多官又来丞相府前伺候，从早至晚，又不见出。【眉批：奇绝，令人测摸不出。】多官各出怨言而回。次日早朝，杜琼出班奏曰："请陛下圣驾亲往丞相府中问计。"【眉批：故作惊人之笔，以显孔明用计之奇。】后主年幼，恐丞相见怪，即引多官入养老宫，启奏皇太后。太后听知，大惊曰："丞相何故如此？有负先君委托之意！吾当自往。"董允奏曰："娘娘未可行也。臣料丞相必有高明之见，且待主上先往，如其不然，即请娘娘于太庙中，召丞相问之未迟。"太后依奏。

是日，后主车驾至相府，【眉批：御驾亲临，与先主当日亲造草庐相似。】门吏见驾到，慌忙拜伏于地。后主问曰："丞相何在？"门吏曰："不知在何处。只有丞相钧

国学经典文库

李渔批阅

渔批阅

三国演义

白帝城先主托孤
曹丕五路下西川

图文珍藏版

旨，教当住百官，勿得辄入。"后主下车步行，独进第三重门，见孔明独倚竹杖，在小池边观鱼。【眉批：**与草庐中高卧相似**。】后主在后立久，徐徐言曰："丞相安乐否？"孔明回顾，见是后主，慌忙弃杖，拜伏于地，奏曰："臣该万死！"后主答礼而言曰："今五路兵犯境甚急，相父缘何不肯出府视事？"孔明大笑，扶后主入内室坐定。后主惊慌未安。孔明曰："五路兵至，臣安得不知？臣非观鱼，有所思也。"后主曰："如之奈何？"孔明曰："羌胡轲比能、蛮王孟获，反将孟达并曹真：此四路兵，臣已皆退了也。【眉批：**奇绝，妙绝，真是出人意表**。】止有东吴孙权这一路兵，臣亦已有计了，但遣一能言之人为使，未得其人，故熟思之。陛下何必忧乎？"后

主听罢，大惊曰："相父劳神矣！果有鬼神不测之机！愿闻相父退兵之策。"孔明曰："先帝以陛下付托与臣，臣安敢旦夕怠慢。成都百官各司乃职，皆不晓兵法之妙。机事贵密，须鬼神不测，安敢泄漏于人？老臣先知西番国王轲比能，引兵犯西平关。臣料马超积祖西川人氏，素得羌胡之心，羌胡以超为神威天将。【眉批：写马超神威天将军，言不诬也。】臣已先遣一人，星夜持檄，令马超紧守西平关，伏四路奇兵，每日交换，以逸待劳。羌胡兵顺，则以金帛礼物遣之，逆则以兵抗之。此一路不必忧矣。又南蛮孟获兵犯四郡，臣亦以飞檄，遣魏文长领一军，左出右入，右出左入，为疑兵之计。【眉批：此一路用魏延疑兵之计，更妙。】蛮兵失其地利，惟凭勇力，其心多疑，若见疑兵，必不敢进。此二路又不足忧矣。又知孟达引兵出汉中，达颇知诗书之义，与李严曾结生死之交。昨臣回成都，留李严守永安宫。【眉批：**此处用着李严，方知托孤时同受遗命，不为无谓。**】臣作一书，只做李严亲笔，令人送与孟达。达若见书，便不来犯境，心中主张不定，必然推病不出，以慢军心。此三路又不足忧矣。曹真引兵犯阳平关，此地险峻，可以保守。臣已调赵子龙引一军守把关隘，并不出战。【眉批：**用子龙不战而守，又一样用法。**】曹真若见我兵不出，不久自退矣。此四路之兵俱不足忧也。臣尚恐不能保全，又密调关兴、张苞二将，各引兵三万，为左右五路救应，却使屯兵于中央，随处紧要，便当救之。【眉批：**布置周密。**】因此，兵机并不曾经由成都，故无一人知其消息也，【眉批：**主见得定。**】只有东吴这一路兵，未必便动：如见四路兵胜，川中危急，必来相攻；若四路不济，安肯动也？臣料孙权想曹丕出兵三次之怨，必不肯从其言。虽然如此，须用一舌辩之士，径往东吴以利害说之，则先退东吴。其四路之兵何足忧乎？【眉批：**意在此一路为轻，又却此一路为重。**】但未得主部吴之人，臣故思之。何劳陛下圣驾来临？"后主曰："太后亦欲来见相父，今朕闻相父之言，如梦初觉，复何忧哉！"

孔明与后主共饮数杯，【眉批：**此酒只算压惊。**】送后主出府。多官皆环立于门外，见后主欣然，面有喜色。后主别了孔明，上御车回朝。众犹疑惑不定。孔明送后

国学经典文库

李渔批阅 三国演义

白帝城先主托孤
曹丕五路下西川

图文珍藏版

1239

主出门时，见多官中有一人仰天而笑，其面亦有喜色。孔明视之，乃义阳新野人也，姓邓，名芝，字伯苗，见在蜀中为户部尚书，汉司马邓禹之后。孔明暗令人留住邓芝。多官皆散，孔明教请芝到书院中闲叙半日。孔明问曰："今蜀、魏、吴鼎分三国，蜀主乃大汉也，欲讨伐二国，一统中兴，当先伐何国？"邓芝答曰："以愚论之，魏虽汉贼，其势甚大，急难摇动，当徐讨之。今主上初登宝位，民心未安，当与东吴连合，结为唇齿，【眉批：一句正合着"东和孙权"一语。】一洗先帝旧怨。此乃长久之计也。未审丞相钧意若何？"孔明大笑曰："吾思久矣，争奈未得其人，而今有矣！"芝曰："丞相欲人何为？"【眉批：妙在待他自说出来，方使之去。】孔明答曰："不辱君命，可谓士矣，以此观之，独伯苗可也。得伯苗而喜，吾故笑也。"芝曰："愚才疏智浅，恐负丞相大用。"孔明曰："吾来日奏知天子，便请伯苗东吴一行，切勿推辞。"芝曰："愿往。"次日，孔明奏准后主，差邓芝去说东吴。芝拜辞，望东吴而来。未知如何，且听下回分解。

国学经典文库

李渔批阅

三国演义

白帝城先主托孤
曹丕五路下西川

图文珍藏版

国学经典文库

李渔批阅

三国演义

难张温秦宓论天
泛龙舟魏伐主吴

第八十六回　难张温秦宓论天
泛龙舟魏伐主吴

　　却说东吴陆逊自破魏兵之后，吴王拜为辅国将军、江陵侯，领荆州牧。自此军权皆归于逊。

　　却说张昭、顾雍启奏吴王改元，权从之，遂改为黄武元年。是年，魏主曹丕欲起五路之兵击蜀，遣使入吴。此时吴王正聚文武，忽近臣奏说："魏遣使至。"权召入，使命陈说："蜀前使人求救，朕一时不明，故发兵应之；

今日大悔，欲起四路兵收川，尔可接应。若得蜀土，各分一半。"权闻言不能决，乃问于张照、顾雍等，昭答曰："今陆伯言极有高见，可请问之。"权即召逊至。逊奏曰："曹丕坐镇中原，急不可图；今君不从，必为仇矣。臣料魏、吴皆无诸葛亮之谋。今且勉强应允，整军预备，只探听四路如何。若四路兵胜，川中危急，诸葛亮首尾不能救，主上则发兵以应之，先取成都，深为上策；如四路兵败，别作商议。"【眉批：早不出孔明所料。】权从之，乃与使命曰："军需未办，择日起程。"使拜辞而去。权令人探得西番兵出西平关，见了马超，不战自退；南蛮孟获起兵攻四郡，皆被魏延用疑兵退去；上庸孟达兵至半路，忽然染病，不能前进；曹真兵出阳平关，赵子龙拒住各处险道，果然"一将守关，万夫莫开"。曹真屯兵斜谷，不能取胜而回。【眉批：四路兵退，却在孙权口中叙出，文法变换，又省笔法。】孙权听毕，乃与文武曰："陆伯言真神算也。孤若妄动，又结怨于西蜀矣。"

忽报西蜀遣邓芝为使入国，张昭进曰："此又是诸葛亮退兵之计，故遣邓芝为说客也。"权曰："何以待之?"昭曰："先于殿前立一大鼎，贮油数百斤，下用炭烧。待其油沸，可选身长面大武士一千人，各各执刀在手，从宫门前摆至殿上，却唤邓芝入见，休等此人说此说词，责以郦食其说齐故事，效例烹之，看其人如何对答。"【眉批：如此恐吓，亦是下着。】权从其言，遂立油鼎，

国学经典文库

李渔批阅

三国演义

难张温秦宓论天
泛龙舟魏主伐吴

图文珍藏版

命武士立于左右，各执军器，召入邓芝。芝整衣冠而入。行至宫门，只见两行武士，威风凛凛，各执钢刀大斧，长戟短剑，直列至殿上。芝晓其意，并无惧色，昂然而行。至殿前，又见鼎镬内热油正沸，左右武士以目视之，芝但微微而笑。【眉批：**总吓不动。**】近臣引至帘前，邓芝长揖不拜。【眉批：**以硬对硬。**】权令卷起珠帘，大喝曰："尔乃何等匹夫！不拜何也？"芝昂然答曰："上国天使，不拜小邦之主。"权大怒曰："汝不自料，欲掉三寸之舌，效郦生说齐乎？便是随何再出，陆贾重生，亦不能动孤万分之一！尔可速入油鼎！"芝大笑曰："人皆言东吴多贤，谁想惧一儒生！"【眉批：**反说东吴惧他，妙甚。**】权转怒曰："孤何惧尔一匹夫耶？"芝曰："既不怕邓伯苗，何愁来说汝等也？"权曰："尔欲效诸葛亮作说客，来说孤绝魏向蜀，是否？"芝曰："吾乃蜀中一儒生，特为吴国利害而来。【眉批：**不说为蜀，反说为吴，妙绝。**】何故陈兵设鼎，以拒一使？何局量之不能容物也？"

权被邓芝一说，叱退左右武士，命上殿赐坐，问曰："吴、魏之利害若何？先生勿惜剖露。"芝曰："大王欲与蜀和，欲与魏和？"权曰："孤正欲与蜀主讲和，但恐幼主不能全终始尔。"【眉批：**待他自说更妙。**】芝曰："大王命世英贤，诸葛亮一时豪杰；【眉批：**权欺阿斗，邓芝请出孔明更妙。**】蜀有山川之险阻，吴有三江之固守。若二国连和，共为唇齿，进可以兼并天下，退可以鼎足而立。今大王若委曲称臣于魏，魏必望其朝觐，求东宫太子以为内侍，若不从时，则奉诏伐之，蜀亦顺流而进取。【眉批：又用一句硬话，言与魏和之害。】如此，则江南之地不复大王有也。若大王以愚言为不然，且细思之。愚将就死于大王之前。以绝说客之名也。"【眉批：又答还说客一句，更妙。】言讫，撩衣下殿，望油鼎中便跳。

权急命止之，请入后殿。以上宾待之。权曰："先生之言，正合孤意。欲与蜀主连和，先主肯主之乎？"芝曰："欲烹小臣，乃大王也；欲使小臣，亦大王也，大王犹自狐疑未定，安能取信于天下乎？"【眉批：反作起难来，妙。】权曰："愿先生明以教之。"

于是吴王留邓芝过了旬日，权集多官问曰："孤掌江南八十一州，更有荆楚之地，反不如偏僻之西蜀也。蜀有邓芝，不辱其主；吴无一人可以入蜀，以达孤意。"

国学经典文库

李渔 批阅

三国演义

难张温秦宓论天
泛龙舟魏伐主吴

图文珍藏版

国学经典文库

李渔批阅

三国演义

图文珍藏版

难张温秦宓论天
泛龙舟魏伐主吴

【眉批：孙权亦用激法。】众皆默然。忽一人出班奏曰："臣愿为使。"众视之，乃吴郡吴入也，姓张，名温，字惠恕，见为中郎将。权问之，张温奏曰："臣虽不才，愿以片言入蜀，共结永远之好。"权曰："恐卿到蜀见诸葛亮，不能通孤之微意也。"【眉批：又激他一句。】温曰："大王何故自失其志？孔明固当世之英豪，臣亦今世人杰。圣人云：'舜，人也；我，亦人也。'臣何畏彼哉？大舜尚犹可效，何况今人乎？"【眉批：孙权注意在孔明，使者之意亦在孔明，】权大喜，重赏张温，同邓芝入川，来见孔明，共议连和之事。

却说孔明自邓芝去后，【眉批：此处再叙后主。】来奏后主曰："邓芝去久，必成事矣。吴地多贤，定遣使来答礼也。陛下当以礼貌敬之，令彼回吴，以通盟好。吴若通知，魏必不敢加兵于蜀矣。吴、魏宁靖，臣当征南，削平蛮夷之地，然后图魏。魏削，则东吴亦不能久存，可以展故旧之大统也。"【眉批：着着先定。】后主谢之。

忽报东吴遣张温与邓芝入川答礼。后主聚文武于丹墀，令邓芝、张温入。温自以为得志，昂然入殿，见后主施礼。后主赐锦墩，坐于殿左，设御宴待之。后主但敬重而已。【眉批：只此便知后主无能为也。】宴罢，百官送温于馆舍。次日，孔明设宴相待。张温自以川内无我等之对手，故不惧之。孔明亦甚敬重，酒至半酣，孔明曰："先君在日，与吴不睦，今已宴驾。主上年幼，深慕吴王，不能见面。大夫回国，善言申奏，蜀、吴永远结好，并力破魏，以作万年之计。"【眉批：只此数语，言内言外，包括尽矣。】温见孔明谈笑自若，甚有傲忽之意。

次日，后主将金帛赐与张温，孔明等各以异锦玩器之物送之，设宴于城南邮亭之上，多官皆送于此。孔明殷勤劝酒。正饮酒间，忽一人乘醉而入。【眉批：此人定是孔明约来。】张温便有怒色。其人昂然长揖，入席而坐。温不然，乃问孔明："此何人也？"孔明曰："姓秦，名宓，字子敕，见为益州学士也。"温笑曰："名称学士，未知胸中曾学事乎？"【眉批：笑今人则可，笑秦宓不可。】宓正色言曰："蜀中儿童尚皆就学，何况我乎？"温曰："且说汝何所学。"宓曰："天文地理，三教九流，诸子百家，无所不通；古今兴废，圣贤经传，无所不览。汝问我学，何相藐乎？"温笑曰："汝既出大言，吾且问汝，汝首说天文。今言天者，必曰天体，曰天象，当亦其形如人；然则天有头乎？"宓曰："有头。"温曰："头在何方？"宓曰："头在西方。《诗》云：'乃眷西顾。'以此推之，头在西方。"【眉批：便将西蜀高抬。妙。】温问："天有耳乎？"宓曰："天处高而听卑。《诗》云：'鹤鸣九皋，声闻于天。'无耳何能听闻？"温问："天有足乎？"宓曰："有足。《诗》云：'天步艰难。'无足何能步耶？"温问："天有姓乎？"宓曰："岂得无姓。"温曰："何姓？"宓曰："姓刘。"【眉批：答姓刘，更妙。】温曰："何以知之？"宓曰："天子姓刘，吾故知之。"温

国学经典文库

李渔批阅

三国演义

难张温秦宓论天
泛龙舟魏主伐吴

图文珍藏版

1247

国学经典文库

李渔批阅

三国演义

难张温秦宓论天
泛龙舟魏伐主吴

图文珍藏版

问曰："日生东乎？"【眉批：温言君在东吴之意。】宓曰："虽生于东，而没于西。"此时秦宓语言清朗，答问如流，满坐皆惊。张温无语，宓却问曰："先生东吴名士，既以天之一事下问，必能明天理也。昔混沌既分，阴阳剖判，轻清者上浮而为天，重浊者下凝而为地。至共工氏战败，头触不周山，天柱折，地维缺，天倾西北，地陷东南。天既轻清而上浮，又何倾其西北乎？轻清之外，还是何物？愿先生教之。"【眉批：张温问天是诙谐，秦宓却认真问起来，教他如何对答？】张温似醉如痴，无言可答，乃避席而谢孔明曰："不意蜀中多出俊杰。恰闻讲论，使仆顿开茅塞也。"孔明恐温羞愧，故以善言解之曰："席间问难，皆戏谈耳。足下深知安邦定国之策，何在唇齿之戏哉？"【眉批：暗约秦宓来，难倒了他，却又自己救科，孔明真是妙人。】温拜谢。孔明又令邓芝入吴答礼，就与张温同行。张、邓二人拜辞孔明，望东吴而来。

却说吴王见张温入蜀未还，乃聚文武商议。忽近臣奏曰："蜀遣邓芝同张温入国答礼。"权召入，张温拜于殿前，备称后主、孔明之德，愿求永结盟好，特遣邓尚书又来答礼。权大喜，乃设宴待之。权问邓芝曰："若吴、蜀二国同心灭魏，得天下太平，二主平分而治，岂不乐乎？"芝乃应声答曰："天无二日，民无二王。【眉批：秦宓论天，邓芝又论天。】如灭魏之后，未识天命归何人也。为君者各修其德，为臣者各尽其忠，然后战争可息，不然，未可以为乐。"【眉批：邓芝到底不弱，胜张温多矣。】权大笑曰："君乃诚实之士也。蜀中有此人物，孤安敢妄侵土地乎？愿求永结盟好。"权即厚赠邓芝还蜀。自此吴、蜀通知。【眉批：此系大关目处。】

却说魏国细作人探知此事，火速报入中原。【眉批：又叙魏国。】魏主曹丕听知，大怒曰："吴、蜀连和，必有图中原之意也。不若朕先伐之。"于是大集文武，商议起兵伐吴。未知如何，且听下回分解。

却说魏主曹丕欲伐东吴，乃会文武。此时大司马曹仁、太尉贾诩已亡，丕皆厚葬之。命百官上殿，问曰："近日孙权与蜀连和，往来甚密，必生异心，朕欲先伐吴，后破蜀，尔诸大臣有何高见？"侍中辛毗出班奏曰：

国学经典文库

李渔批阅

三国演义

难张温秦宓论天
泛龙舟魏伐主吴

图文珍藏版

1249

"天下新定，土阔民稀，而欲用兵，未见其利。今日之计，莫若养兵屯田，足余足兵十年，然后用之，则吴、蜀方可破也。"【眉批：辛毗之说太远，与贾诩、刘晔之谏伐吴不同。】丕大怒曰："此儒生迂阔之论！今吴蜀连和，早晚必来侵境，何暇等待十年也！"即传旨，当日起兵伐吴。司马懿奏曰："吴有长江之险，非船只不可渡。陛下必御驾亲征，可选大小战船，从蔡、颍而入淮，取寿春，至广陵，渡江口，径取南徐，此为上策。"丕从之。于是日夜并工，造龙舟十只，长二十余丈，可容二千余人，【眉批：比镇江龙船大不同矣。】收拾战船三千余只。魏黄初五年秋八月，会聚大小将士，令曹真为前部将，令张辽、张郃、文聘、徐晃等为大将先行，许褚、吕虔为中军护卫，曹休为合后，刘晔、蒋济为参谋。前后水陆军马三十余万，克日起兵。封司马懿为尚书仆射，留在许昌，凡国政大事，并皆听懿决断。【眉批：便为司马氏专权之兆。】

不说魏兵起程，却说东吴细作探知此事，报入吴国。【眉批：再叙孙权。】近臣慌奏吴王曰："今魏王曹丕亲驾龙舟，提水陆大军三十余万，从蔡、颍出淮，必取广陵渡江，来下江南，甚有利害。"孙权听知大惊，即聚文武商议。顾雍出班奏曰："今主上既与西蜀连和，可修国书一封，与诸葛亮丞相，令起兵出汉中，以分其势。【眉批：为下文赵云取阳平关伏线。】又速遣一大将，屯兵南徐以拒之。"权曰："非陆伯言不可当此大任。"雍曰：

国学经典文库

李渔 阅批

三国演义

图文珍藏版

难张温秦宓论天
泛龙舟魏伐主吴

"陆伯言镇守荆州，当北之大势，非可动也。若取陆伯言至此，倘夏侯尚等兵马突出，荆州危矣。"权曰："孤非不知，奈眼前无替力之人。"【眉批：孙权贯用激将法。】言未尽，一人从班部内应声而出曰："大王何待群臣之薄也！臣虽不才，愿统一军以当魏兵。若曹丕亲渡大江，臣必生擒，以献殿下；若不渡江，亦杀魏兵大半，令魏兵不敢正视东吴。若不应言，甘灭九族！"权视之，乃琅琊莒县人也，姓徐，名盛，字文响。权大喜曰："如得卿守江南一带，孤何忧哉！"遂封徐盛为安东将军，总镇都督建业、南徐军马。

盛谢恩领命，即会建业诸将听令。众皆一一应诺。

内一人昂然不语，盛视之，乃吴王侄孙韶也。韶字公礼，官授扬威将军，曾在广陵守御，年幼极有胆勇。当时见徐盛传令，教众官多置器械，多设旌旗，以为守护江岸之计，韶甚不然，挺身问曰："今日大王以重任委托将军，欲破魏兵以擒曹丕，将军何不早发军马渡江，于淮南之地迎敌？直待曹丕兵至，恐无及矣。彼军若近江岸，必惊动江南之百姓矣。"【眉批：**与韩当、周泰不服陆逊，仿佛相似。**】盛曰："曹丕势大。更有名将为先锋，不可渡江迎敌。直待彼船皆集北岸，吾自有计破之。"韶曰："吾手下自有三千军马，更兼深知广陵路势，吾愿自去江北，与曹丕决一死战。如其不胜，当斩其首！"盛不从，韶坚执要去，盛只是不肯，韶再三要行。盛曰："汝今不从，吾安能制诸将乎？"叱武士准斩之。【眉批：**如韩信之欲斩樊哙。**】群刀斧手拥孙韶出辕门之外，立起皂旗。武士料得有人来救，未敢下手。韶部将见之，飞报吴王。孙权听知，急求救赦。徐盛又催促要献首级。武士便欲下手，权忽骤至，喝散刀斧手，救了孙韶，韶哭奏曰："臣往年在广陵，深知地利；不就那里与丕厮杀，直待他下了长江，东吴指日休矣！"【眉批：**孙韶有终军、宗悫之风。**】权径入营来。徐盛迎接上帐，奏曰："大王军臣为都督，提兵拒魏，今扬威将军孙韶不遵军法，违令当斩，大王何故赦之？"权曰："韶倚血气之壮，误犯军令，万希宽恕。"盛曰："法非臣之所立也，亦非大王之所立也，乃国家之典刑。若以亲而免之，仇而杀之，公论何在?"【眉批：**徐盛有穰苴、孙武之风。**】权曰："此子若真瓜葛，任将军处治，孤岂敢救？奈是伯海亲侄，少亡其父，依傍伯海养之；本姓俞氏，孤兄甚爱，乃惕姓孙，于孤颇有劳迹。今若杀之，负兄之义，又绝灭俞门之后。"【眉批：**孙权笃于兄弟，与曹丕不同。**】盛曰："且看大王龙须，寄下死罪。"权令拜谢。韶昂然不拜，盛问曰："今番服也不服？"韶厉声言曰："据吾之料，只是引军去破曹丕，便死也不服汝之见识！"【眉批：**少年性格写得尽情。**】徐盛变色。权吒退孙韶，回顾徐盛曰："便无此子，何损于吴？今后再休用之。"【眉批：**善于调停。**】言讫自回。

是夜，人报徐盛，说孙韶引本部三千精兵，潜地过江去了。盛恐有失，于吴王面上不好看相，因此令丁奉引三千兵渡江接应。【眉批：**若弃韶而不救，便不成大将矣。**】盛以密计付奉，如此如此。丁奉受计，引兵而去。

却说魏主乃驾龙舟至广陵，前部曹真已列大江之岸。曹丕问曰："江岸有兵多少？"真曰："隔江远望，并不见一人，亦无旌旗营寨。"【眉批：**与朱桓之在濡须仿佛相似。**】丕曰："心是诡计也，朕自观其虚实。"于是大开江道，放龙舟直至大江，泊舟江岸，建龙凤日月五色旌旗，仪銮簇拥，光耀射目，中央打一把方心曲柄曲黄罗伞盖。【眉批：**此等龙舟，赏端阳真畅。**】丕在舟端坐，遥望江南，不见一人，回顾刘晔、蒋济曰："可渡江否？"晔奏曰："兵法有云：'实实虚虚，鬼神莫测。'未可渡江。彼见大军将至，如何不作准备？今陛下未可造次，且待三、五日，看其动静，然后发先锋渡江探之。"【眉批：毕竟刘晔把细。】丕曰："卿之所言，正合朕意。"

是日天晚，宿于江中。当夜月黑，军士皆执灯火，明耀天地，恰如白昼。遥望江南，并不见半点儿灯光，【眉批：为后文火攻点染。】所以众军皆以为无人之境。至三更时分，丕问江中消息，唤近臣问之。内一人答曰："多有闻陛下天兵来到，望风逃窜，并无一人矣。"丕暗笑。及至天晓，大雾迷漫，【眉批：与孔明借箭之雾，闲闲相对。】对面不见。须臾风起，雾散云收，望见江南一带皆是连城：城楼上枪刀耀日，遍城尽插旌旗号带。丕见之大惊。顷刻数次人报："自南徐沿江一带直至石头城，一连数百里，城郭舟车连绵不断，一夜成就。"原来

国学经典文库

李渔批阅

三国演义

图文珍藏版

难张温秦宓论天
泛龙舟魏主伐吴

徐盛束缚芦苇为人，尽穿青衣，执旌旗，立于假城疑楼之上。【眉批：如海市蜃楼之不测，而假城假楼又用假人守把。妙甚。】因此魏兵看见城上许多人马，如何不胆寒耶？丕叹曰："魏虽确武士千群，无所用之。江南人物如此，未可图也！"

正惊讶间，忽然狂风大作，白浪滔天，江水溅湿龙袍，大船将覆。【眉批：龙舟龙袍如此销缴。好没兴。】曹真慌令文聘撑一小舟，急来救驾。龙舟上人立站不住。文聘跳上龙舟，负丕下得小舟，奔入河港。忽流星马报赵云引兵出阳平关，径取长安。【眉批：与曹操在赤壁时闻马腾消息相映。】。丕听得，大惊失色，便叫回军，各自奔走。背后吴兵追至，丕教尽弃御用之物。龙舟将次入淮，忽然鼓角齐鸣，喊声大震，斜刺里一彪军杀到，为首大将乃孙韶也。【眉批：孙韶可为"有志者事竟成"。】魏兵不能抵当，折其大半，淹死无数。诸将奋死救魏主。魏主渡淮，行不三十里，淮河一带芦苇预灌鱼油，尽皆火着，顺风而下，风势甚急，火焰漫空，绝住龙舟。丕大惊，急下小船傍岸，龙舟早已火着。【眉批：此时龙舟已化作火龙矣。】丕慌忙上马。岸上一彪军杀来，为首吴将乃丁奉也。张辽急拍马来迎，被奉一箭射中其腰，却得徐晃救了，同保魏主而走，折军大半。背后孙韶、丁奉夺到马匹、车仗、船只、器械，不计其数，魏兵大败而回。此时吴将徐盛全获大功，吴王重加赏赐，不在语下。张辽回到许昌而亡，曹丕厚葬之。

却说赵云引兵杀出阳平关之次，【眉批：再叙西蜀。】忽报丞相有文书到，说益州耆帅雍闿，结连蛮王孟获，起十万蛮兵，侵掠四郡，因此宣云回军，令马超坚守阳平关，丞相欲自南征。【眉批：蛮兵却从赵云一边听得，绝妙接笋。】赵云听得，急收兵回。魏主曹丕闻知蜀兵退去，犹自坚守，怎敢轻动。此时孔明在成都整饬军马，亲自南征。未知胜负如何，且听下回分解。

国学经典文库

李渔批阅

三国演义

孔明兴兵征孟获
诸葛亮一擒孟获

图文珍藏版

第八十七回 孔明兴兵征孟获
诸葛亮一擒孟获

却说建兴三年春，诸葛丞相在于成都，事无大小，皆是亲自决断。两川之民，忻乐太平，夜不闭户，路不

拾遗。幸是连年大熟，老幼皆鼓腹讴歌，凡遇差徭门户工役，争先早办，因此军需马匹、器械衣甲、衣用之物无不完备，粟满仓廒，财盈府库。【眉批：细细述此一

番，为连年用兵张本。】

是年益州飞报："蛮王孟获大起兵十万，犯境侵掠。所有建宁太守雍闿，乃汉朝雍齿之后，先祖曾为什方侯，今结连孟获造反。"又说：牁郡太守朱褒，越隽郡太守高定，二人献了城。【眉批：一之已甚，岂再乎？】止有永昌郡太守王伉不曾肯反。见今雍闿、朱褒、高定三人部下人马，皆与孟获为乡导官，攻打永昌郡。王伉幸与功曹吕凯，会集百姓，死守此城，其势危急。"孔明入朝奏知后主曰："臣观南蛮诸洞，实国家之后患也。今雍闿等结连孟获背反，臣当自领大军前去征讨，【眉批：不伐魏而亲自征蛮兵，出人意外。】特奏陛下知之。"后主曰："东有孙权，北有曹丕，甚是利害。今相父弃朕而去，倘吴、魏兴兵，如之奈何？"孔明曰："臣已有良策。目今东吴和会已定，便怀异心，见有李严在白帝城，此人可当陆逊也。魏国曹丕新败，锐气已丧，不敢远图；便有异心，须有马超守把汉中诸处隘口，何必忧也？【眉批：此二处俱不必忧矣。】臣又留关兴、张苞等，分两军为救应，使保陛下万无一失。今臣先去扫荡蛮方，以绝后患，然后北伐以图中原，【眉批：并蛮者正为伐魏地耳。】报先帝三顾之恩，托孤之重任也。"后主曰："朕今年幼无才，不堪领其大事，请相父自酌行之。"言未毕，班部中一人出曰："不可！不可！"众视之，乃南阳人也，姓王，名连，字文仪，见为谏议大夫。孔明问之，连谏曰："南方不毛之地，瘴疫之乡；丞相秉钧衡之重任，而自远征，

国学经典文库

李渔批阅

三国演义

诸葛亮一擒孟获
孔明兴兵征孟获

图文珍藏版

国学经典文库

李渔批阅

三国演义

孔明兴兵征孟获
诸葛亮一擒孟获

图文珍藏版

非所宜也。且雍闿等乃疥癣之疾，丞相只可遣将讨之，必然成功。"孔明曰："南蛮之地，离国甚远，人多不习王化，收伏甚难，吾当亲去征之。可刚可柔，别有纵放，不易托人也。"【眉批：七纵七擒之意已定矣。】王连再三谏劝，孔明不从。

是日，孔明辞了后主，出师南征，令蒋琬为参军，用费祎为长史，以董厥、樊建二人为椽史，赵云、魏延为大将，总上督军马，又用王平、张翼为副将。外有川将数十员，不及一一载名。共起西川甲兵五十万，前往益州起发。忽有关公第三子关索入军，来见孔明曰："自因荆州失陷，逃难在鲍家庄养病，每要赴川见先主报仇，疮痕未合，不能起行。近已安痊，打探得东吴仇人已雪，径来西川见帝。恰在途中遇见征南之兵，特来投见。"【眉批：补前文所未及。】孔明闻之，嗟呀不已，一面遣人申报朝廷，就令关索充为前部先锋，一同征南。大队人马，各依队伍而行；饥餐渴饮，夜住晓行；所经之处，秋毫无犯。【眉批：真是王者之兵。】

却说雍闿探知孔明自统大军而来，即与高定等三人商议，分兵三路迎之：高定取中路，雍闿在左，朱褒在右，各用兵五、六万。高定前部先锋乃永昌郡永平人也，姓鄂，名焕，身长九尺，面貌丑恶，使方天戟，有万夫不当之勇，领本部兵离了大寨，来迎蜀兵。

却说孔明引大军已到益州界他，前部先锋魏延、副将张翼、王平才入界口，正遇鄂焕军马。两阵对圆，魏

国学经典文库

李渔　批阅

三国演义

诸葛亮一擒孟获

孔明兴兵征孟获

图文珍藏版

1260

延出马大骂曰："反贼早早受降！"鄂焕拍马与延交锋。战不数合，延诈败而走。焕随后赶来。走不数里，喊声大震，张翼、王平两军杀出，绝其后路。延复回，三将并力拒战，生擒鄂焕，解到大寨，入见孔明。孔明令去其缚，以酒食待之。焕感恩难尽。孔明问曰："汝是何人部将？"焕曰："高定。"孔明曰："吾知高定忠义之士，今被雍闿之说，以致如此。吾今放汝回去，【眉批：孔明以德服远入，故劈头擒来便放，是处孟获小样子。】令高太守早早归降，免遭在祸。"

鄂焕拜谢而去，回见高定，说孔明之德。定听毕，感激不已。忽然雍闿入寨，礼毕问曰："如何得鄂焕回也?"定曰:"诸葛亮以义放之。"闓曰:"此乃诸葛反间之计,令兄与弟不和耳。"定半信半疑,心中犹豫。忽报蜀将魏延搦战。雍闓自引三万兵出迎。两阵相对,魏延出马,大骂雍闓曰:"忘恩负义反国之贼!何不早降?"闓大怒,拍马交锋;如何抵敌,拨马便走。延率兵大进,追杀二十余里。次日,雍闓又起兵来。孔明一连三日不出。至第四日,雍闓、高定分兵两路,来取蜀寨。

原来孔明令魏延等两路伏候,果然雍闓、高定两路兵来,被伏兵杀伤大半,生擒无数。解到大寨,雍闓的人囚在一边,高定的人囚在一边,却令军士谣说:"但是高定的人免死,雍闓的人尽杀。"【眉批:好妙计。】众军听知,皆传此言。少时,孔明令取雍闓的人来到帐前,问曰:"汝等皆是何人部从?"众伪曰:"高定部下人也。"孔明教皆免其死,与酒食赏劳,令人送出界首,纵放回归。孔明又唤高定的人问之,众皆告曰:"我等皆是高定部下军也。"【眉批:必然如此说。】孔明曰:"既是高定的人,都入中军,以酒食待之。"却扬言曰:"雍闓今日使人投降,要献汝主并朱褒首级,以为功劳。吾甚不忍。汝等既是高定部下军,吾放汝等回去,再不可背反,若再擒来,决不轻恕。"【眉批:反间之巧,令彼两下怀疑,真神机妙论也。】

公皆拜谢而去,回到本寨,入见高定,说知此事。定乃密遣人去雍闓寨中探听,却有一般放回的人言说孔明之德,因此雍闓部军多有归顺高定之心。虽然如此,

国学经典文库

李渔批阅

三国演义

诸葛亮一擒孟获

孔明兴兵征孟获

高定心中不稳，又令一人来孔明寨中探其虚实，被伏路军捉见孔明。孔明故意认做雍闿的人，【眉批：**巧妙之极。**】唤入帐中问曰："汝元帅既约下献高定、朱褒二人首级，因何误了日期？汝这厮不精细，如何做得细作？"又用好言慰赏毕，修密书一封，约定日期下手："今汝回去见闿，说知此事，休失落了书。【眉批：**妙在对高定的人说雍闿的话，又使高定的人致雍闿的书。**】成功之后，教汝做官。"细作拜谢而去，回见高定，说雍闿如此如此。定看书毕，大怒曰："吾以真心相待，汝反欲害吾归蜀，情理难容！"便唤鄂焕商议。焕曰："孔明仁人，背之不祥。我等谋反作恶，乃雍闿之故。今若不杀此人，必生后患。"定曰："怎能勾下手？"焕曰："可空设一席，去请雍闿。此人若无异心，坦然而来；若有异心，不来。我主可攻其内；某于寨后小路伏之，雍闿若来，某必斩之。"【眉批：**皆在孔明算中。**】高定从其言，作席请之。闿果疑前日放回军士之言，惧而不来。【眉批：**与假书相合。**】

是夜，高定引本部将士，杀投雍闿寨中。原来有孔明放回免死的人，皆想高定之德，乘时助战。雍闿军不战自乱。闿上马望山路而走。行不二里，鼓声响处，一彪军出，为首者乃高定部将也，姓鄂，名焕，挺方天戟，骤马当先。雍闿措手不及，被焕一戟刺于马下，枭其首级。闿部下军士皆降高定。定引两部军来降孔明，献雍闿首级于帐下。孔明高坐帐上，喝令左右推转高定，斩

首报来。【眉批：读至此，令人不解其故。】定曰："某感丞相大恩，今将雍闿首级来降，何故斩也？"孔明大笑曰："此是诈降，非雍闿之首也。吾用兵半生，多用诡计，汝安敢瞒吾耶！"【眉批：妙甚。】定曰："若丞相所言合理，某死无悔。何以知吾诈降也？"孔明匣中取出一缄，与高定看，言曰："朱褒已自使人来降，说你与雍闿结生死之交，岂肯一旦便杀此人来降？未可深信。吾故知汝诈也。"定叫屈曰："朱褒反间之计，丞相切不可信！"【眉批：不是朱褒反间，实是孔明反间。】孔明曰："吾亦难凭一面之词。汝若与朱褒面会，方表真伪。"定曰："不须丞相心疑，乞引本部兵去擒褒来见丞相，若

国学经典文库

李渔 阅批

三国演义

孔明兴兵征孟获
诸葛亮一擒孟获

图文珍藏版

孔明兴兵征孟获

诸葛亮一擒孟获

何?"【眉批：一客不烦二主，此一转更见妙用。】孔明曰："若如此，吾疑息矣。"

高定即引部将鄂焕并本部兵，杀奔朱褒营来。比及离寨约有十里，山后一彪军到，乃朱褒也。褒见高定军来，忙与答话。定大骂曰："汝如何写书与诸葛丞相，使反间之计害吾耶？"褒目瞪口呆，不能回答。【眉批：朱褒妙在不知。】忽然鄂焕于马后转过，一戟刺朱褒于马下。定厉声言曰："如不顺者，皆戮之！"于是众军一齐拜降。定引两部军来见孔明，献朱褒首级于帐下。孔明大笑曰："吾故使汝杀此二贼，以表忠心。"【眉批：算高定于股掌之上。】遂命高定为益州太守，总摄三郡，令鄂焕为衙将。

却说永昌太守王伉出城迎接孔明。孔明入城礼毕，问曰："谁与公固守此城，以保无虞也？"伉曰："某今日得此郡无危者，皆赖永昌不韦人，姓吕，名凯，字季平。皆是此人之力。"孔明遂请吕凯。凯入见礼毕，孔明曰："久闻公乃永昌高士，多亏明公保守此城。今平蛮方，有何高见？愿乞教之。"【眉批：写孔明虚心如此。】凯曰："某有一言，敢告丞相，一鼓可平也。"未知所言如何，且听下回分解。

却说吕凯遂取一图，呈与孔明曰："自历仕以来，知蛮夷欲反久矣，故差人入南蛮之境，于路察看可屯兵下寨之处，及战敌截杀之场，画成一图，名曰'平蛮指掌图'，以待后贤。今遇明公，不敢秘藏，谨以献之。"孔

国学经典文库

李渔批阅

三国演义

诸葛亮一擒孟获

孔明兴兵征孟获

图文珍藏版

明观之大喜，就用吕凯为行军教授，兼乡导使。

于是孔明提兵大进，深入南蛮之境。正行军之次，忽报天子差使命至。孔明令请人中军，但见一人素冠白衣而进，乃马谡也，为兄马良新亡，因此带孝。【眉批：**马良死在此带出，省笔法。**】孔明伤感不已，遂问谡曰："胡为到此？"谡答曰："某传主上敕命，赐众军漕帛。"孔明观诏已毕，嵌命一一表散，众军忻喜而受。遂留马谡在帐叙话。孔明见谡高谈阔论，甚是爱之，愈加敬重，乃问曰："吾奉天子明诏，削平变是夷；久闻幼常高见，乞赐教之。"【眉批：**又足见孔明虚心，他人所不及也。**】谡曰："愚有片言，望丞相纳之。蛮夷之地，恃地远山险，不服中国久矣；虽今日破之，明日复反。丞相大军到彼，必然平服。但班师之日，必用北伐曹丕；蛮兵若知内虚，其反亦速。若尽诛种类，非仁人之心，又不可仓卒除也。【眉批：**正合孔明之意。**】夫用兵之道：'攻心为上，攻城为下；心战为上，兵战为下。'愿丞相但服其心，足以平定蛮夷矣。"【眉批：**的真高见。**】孔明叹曰："幼常知吾肺腑也！"于是孔明遂令马谡为参军，即统大兵前进。

却说蛮王孟获，听知孔明将雍闿等以智破之，遂聚三洞元帅商议。第一洞乃金环三结元帅，第二洞乃董荼奴元帅，第三洞乃阿会喃元帅。此是三洞之主，各有蛮兵五、六万，皆听孟获调用。却说三洞元帅入见，孟获曰："今诸葛丞相领大军来伐我等，侵我境界，不得不并

国学经典文库

李渔 批阅

三国演义

孔明兴兵征孟获
诸葛亮一擒孟获

图文珍藏版

1266

力敌之。汝三人何不先往擒来?"金环三结元帅应声要去,董荼奴、阿会喃二元师亦要前去,三人互相争先。获曰:"汝三人既要都去,可分兵三路而进。如得胜者,便为洞主。"金环三结取中路,董荼奴取左路,阿会喃取右路。各引五万蛮兵,依令而行。

却说孔明在寨分拨之间,忽哨马飞来,报说三洞元帅分兵三路到来。孔明听毕,即唤赵云至,不曾分付;又唤魏延至,又不分付;【眉批:唤来不分付,妙。】却唤马忠、王平皆至。孔明嘱曰:"今蛮兵三路而来,吾欲令子龙、文长去,此二人不识地利,未敢用之。【眉批:惯用激将之法。】王平可往左路迎敌,马忠可往右路迎敌。吾却使子龙、文长随后接应。今日整顿军马,来日平明进发。"二人听令而去。又唤张嶷、张翼分付曰:

"汝二人同领一军，往中路迎敌。今日整点军马，来日与王平、马忠约会而进。吾欲令子龙、文长去取，奈二人不识地利，故未敢用之。"【眉批：妙在再激他一激。】张嶷、张翼听令去了。赵云、魏延见孔明不用，各有愠色。孔明曰："吾非不用汝二人，但因中年，恐被蛮夷所算，失其锐气也。"【眉批：第三番激他。】赵云曰："倘我等识知地理，若何？"孔明曰："汝二人只宜小心，休得妄动。"

云请魏延到自己寨内，商议曰："吾二人为先锋，却说不识地理而不肯用，今用此后辈，吾等岂不羞乎？"延曰："吾二人就今上马，亲去探之，捉住土人，便教引进，以敌蛮兵，大事可成也。"【眉批：皆在孔明算中。】云从之，遂上马径取中路而来。行不数里，远望见尘头起处，二人纵马上山看时，果见数骑蛮兵先来探听。二人两路冲出，蛮兵见了，大惊而走。赵云、魏延各生擒几人，回到本寨，以酒食待之，却细问其路。【眉批：不激不肯如此。】蛮兵深感其德，乃告曰："前面是金环三结元帅大寨，正在山口。寨边东西两路，却通五溪洞元帅董荼奴并诸洞使，阿会喃各寨之后。"赵云、魏延听知，遂点精兵五千，教擒来蛮兵引路。比及起军，时已二更，月明星稀，浩浩而行。【眉批：忙中偏写星月。】刚到金环三结大寨之时，约有四更，蛮兵方起造饭，准备天明厮杀。赵云、魏延两路杀入，蛮兵大乱。云直杀入中军，正逢金环三结元帅，交马只一合，云一枪刺金

国学经典文库

李渔批阅

三国演义

孔明兴兵征孟获
诸葛亮一擒孟获

图文珍藏版

1267

环于马下，就枭其首。余军溃散。魏延便分兵一半，望东路抄董荼奴寨来；赵云分兵一半，望西路抄阿会喃寨来。比及杀到蛮兵大寨之时，天已平明。

先说魏延杀奔董荼奴寨来，董荼奴听知寨后有军杀至，便引兵出寨拒敌。忽然寨前门一声喊处，蛮兵大乱。原来王平军马早已到了。两下夹攻，蛮兵大败。董荼奴夺路走脱，魏延追赶不上。

却说赵云引兵杀到阿会喃寨后之时，马忠已杀至寨前。两下夹攻，蛮兵大败。阿会喃乘乱走脱。各自收军，回见孔明。孔明问曰："三洞蛮兵走了两洞之主，金环三结元帅首级安在？"赵云将首级献功。众皆言曰："董荼奴、阿会喃皆弃马越岭而去，因此赶他不上。"孔明大笑曰："二贼吾已擒下了。"【眉批：奇幻之极。】赵云并诸将皆不信。无片时，张嶷解董荼奴到，张翼押阿会喃到。【眉批：令人不解其故。】众皆惊讶。孔明曰："吾观吕凯图本，已知各贼下寨处所，故以言激子龙、文长，故教你深入重地，先破金环三结。子龙、文长却分兵左右寨后抄出，以王平、马忠应之。非子龙、文长，不可当此任也。【眉批：此时却极力赞他一句。】吾料董荼奴、阿会喃必从便径山路而走，故遣张嶷、张翼伏兵待之，令关索以兵接应，擒此二贼。"【眉批：至此方说明。】诸将皆拜伏曰："丞相机算，神鬼莫测！"

孔明令押过董荼奴、阿会喃至帐下，尽去其缚，以酒食衣服赐之，令各自归洞：勿得助恶。【眉批：往往俱

用此法。】二人泣拜，各投小路而去。孔明与诸将曰："来日孟获必然亲自引兵厮杀，就此可擒矣。"唤赵云、魏延至，付与计策，各引五千兵去了。又唤王平、关索同引一军，授计而去。孔明分拨已毕，坐于帐上待之。

却说蛮王孟获在帐正坐，忽哨马报来，说三洞元帅俱被孔明提将去了，部下之兵各自溃散。获大怒，遂起蛮兵，迤逦进发，正遇王平军马。**【眉批：方见获之倔强。】**两阵对圆，王平出马，横马望之，只见门旗开处，数百蛮夷骑将两势摆开。中间孟获出马，头顶嵌宝紫金冠，身披缨络红锦袍，腰系碾玉狮子带，脚穿鹰嘴抹绿靴，骑一匹卷毛赤兔马，悬两口松纹厢宝剑，昂然观望，

【眉批：写得孟获怕人，方见擒之甚难，纵之不易。】回顾左右蛮将曰："人人每每来说诸葛亮善能用兵，善分队伍，吾尚信之；今观此阵，旌旗杂乱，队伍交错，刀枪器械无一可胜吾者，【眉批：孟获眼中写出孔明诱敌。】始知前日之方谬也。早知如此，吾反多时矣。谁敢去擒蜀将，以振军威？"言未尽，一将应声而出，名唤忙牙长，使一口截头大刀，骑一匹黄骠马，来取王平。二将交锋，战不数合，王平便走。孟获驱兵大进，迤逦追赶。关索战之又走，约退二十余里。【眉批：总是诱敌之法。】孟获正追杀之间，忽然喊声大起，左有张嶷、右有张翼，两路兵杀出，截断归路。王平、关索复兵杀回，前后夹攻，蛮兵大败。孟获引手下将死战得脱，望锦带山而逃。背后三路兵追杀将来。获正奔走之间，前面喊声大震，一彪军拦住，为首大将乃常山赵子龙也。获见大惊，忙奔锦带山小路而走。子龙冲杀一阵，蛮兵大败，生擒者无数，孟获正与数十骑奔入山谷之中，背后追兵至近，前面路狭，马不能行，尽皆弃了马匹，爬山越岭而逃。忽然山谷中一声鼓响，乃是魏延受了孔明计策，引五百步军伏于此处，把孟获并手下将士尽皆擒了。【眉批：此是一擒。】不曾走了一人，都解到大寨来见孔明。

却说孔明早已杀牛宰马，设宴在寨，却教帐申摆开七重围子手，刀枪剑戟，灿若霜雪；又执御赐黄金钺斧，曲柄伞盖，前后羽葆鼓吹，左右排开御林军，布列得十分严整，各各抖擞精神。【眉批：令孟获见汉官威仪。】

孔明端坐帐上，只见蛮兵纷纷穰穰，解到无数。孔明唤南蛮将士到帐，尽去其缚，言曰："汝等皆是好百姓，不幸被孟获所拘，今受惊虎。吾想汝等父母兄弟妻子，必倚门而望，若听知阵败，定然割肚牵肠，眼中流血也。吾今尽放汝等回去，以安各人父母兄弟妻子之心。"言讫，皆以酒食待之，又赐酒肉米粮而归。【眉批：**一路俱用此法。**】蛮兵深感其恩，泣拜而去。孔明教唤武士押过孟获来。不移时，前推后拥，缚至帐前。获跪于地下。孔明曰；"先帝待汝不薄，汝何敢背反也？"获曰："两川之地，皆是他人所占地土，汝主倚强夺之，自称为帝。吾世居此处，汝等无礼侵我境内州郡，何为反耶？"孔明曰："吾已擒汝。汝心下肯服否？"获曰："锦带山僻道路窄狭，误遭汝手，如何服耶？"孔明曰："汝既不服，吾放你若何？"获曰："汝若放我，回去再整军马，共决雌雄；若能再擒，吾心方服也。"【眉批：**文势至此愈妙。**】孔明曰："便放汝回去。"【眉批：**此是一纵。**】令去其缚，更与衣服穿了，又赐酒肉食之。临行又与了坐马，差人出路径，望本寨而去。未知再来交战若何，下回便见。

国学经典文库

李渔批阅

三国演义

孔明兴兵征孟获
诸葛亮一擒孟获

图文珍藏版

第八十八回 诸葛亮二擒孟获 诸葛亮三擒孟获

却说孔明放了孟获望本寨而去，众将犹豫，上帐问曰："孟获乃南蛮渠魁，今幸得擒，南方便定；丞相何故放之，以长其恶也？"孔明曰："吾擒此人，如囊中取物。

【眉批：果如囊中取物。】直须降伏其心，自然平矣。"诸将听知，皆哂笑未信。

　　却说蛮王孟获行至泸水时，正遇败残的蛮兵，皆来抓寻。众兵见获，且惊且喜，拜伏问曰："大王如何能勾回来？"获曰："蜀人监我在帐中，被我杀死多人，乘夜而走。正行间，逢着一哨马军，亦被我杀了，夺了此马，因此得脱。"【眉批：背地出丑，在人前说鬼话。可羞。】众皆大喜，拥孟获渡了泸水，下住寨栅，会集各洞酋长，招聚放回蛮兵，相断而到，约有十万余骑。此时董荼奴、阿会喃已在洞中。孟获使人去请。二人惧怕，只得也引溪洞兵。【眉批：可知蛮人深惧孟获。】获传令曰："吾已知诸葛亮之计矣，不可与战，战则中他诡计。彼川兵来此，受遥远之劳，况即目天炎，彼兵岂能久住？吾等有此泸水之险，将船筏尽拘南岸，一带皆筑土城，深沟高垒，不与相敌，看诸葛亮如何施谋。"【眉批：孟获之所恃在此，孔明之用计亦在此。】众酋长皆从其计，于是尽拘船筏于南岸，一带筑起土城。有依山傍崖之地，高竖敌楼，楼上多设弓弩炮石，准备久处之计。粮草皆是各洞供运。孟获以为万出全之策，坦然不疑。

　　却说孔明提兵大进，前军已至泸水，一骑军飞来，报说泸水之内并无船筏，又兼水势甚急，南岸一带筑起土城，皆是蛮兵。此时天热，正值五月之间，南方之地分外炎酷，军马衣甲皆穿不得。【眉批：岂《西游记》之火焰山耶？】孔明自至泸水边观毕，回到本寨，聚诸将至帐中，传令曰："孟获兵屯泸水之南，深沟高垒，以拒我兵。吾既提兵至此，如何空回？汝等各各引兵，依山傍林，拣阴凉之地，与吾将息人马。"【眉批：先帝在猇亭亦屯于林木茂盛处，但孔明不是连营耳。临后七擒孟获又借林木为疑兵，受却多少举益处。】乃遣吕凯提调。凯就离泸水百里，拣得林木茂盛之处，分作四个寨子，王平、张嶷、张翼、关索各守一寨，内外皆搭草棚，遮盖马匹，将士乘凉，以避暑气。参军蒋琬看了，回问孔明曰："某今番点看吕凯所造之寨甚不好，正犯昔日先帝败于东吴之地势矣。倘蛮兵偷渡泸水，前来劫寨，用火攻之，如何解也？"孔明曰："非汝所知也，吾自有妙算。"【眉批：可知孔明应在猇亭，必不被烧。】蒋琬等皆不晓其意。

忽报蜀中差马岱送解暑药并粮米到，孔明令入。参拜已毕，一面将米药分派四寨，孔明问曰："汝将带多少军来？"马岱曰："有三千军。"孔明笑曰："吾军累战疲困，欲用汝军，未知肯向前否？"岱曰："皆是朝廷军马，何分彼我？丞相要用，虽死不辞。某正欲报先帝之恩，恨无门路耳。'孔明曰："今孟获拒住泸水，无路可渡。吾欲先断其粮道，令彼军自乱。"岱曰："如何断得？"孔明曰："离此一百五十里，泸水下流沙口，此处水慢，堪可扎筏渡之。汝提本部三千军，渡水直入蛮洞，先断其粮，然后会合董荼奴、阿会喃两个洞主，令使内变。此为头功。"

马岱欣然去了。领兵前到沙口，驱兵渡水。因见水浅，大半不下筏，只裸衣而过，半渡皆倒，急救傍岸，

国学经典文库

李渔批阅

三国演义

诸葛亮三擒孟获 诸葛亮二擒孟获

诸葛亮二擒孟获 诸葛亮三擒孟获

图文珍藏版

1274

口鼻出血而死。【眉批：岂《西游记》之通天河耶?】马岱见之大惊，连夜回告孔明，言说如此如此，折军五、六百。孔明随唤乡军导土人问之，土人对曰："目今炎天，毒聚泸水，日间盛热，毒气正发，有人渡水，必中其毒，或饮此水，其人必死。【眉批：有药定有解。】若要渡时，须待夜静水冷，毒气不起，饱食渡之，自然无事。"孔明叹曰："土人之言极妙! 必知径路也。"遂令引路，又选精壮军五、六百与了马岱，来到泸水沙口，扎起木筏，半夜渡水，果然无事。"岱将孔明图本，领着一千壮军，令土人引路，径取蛮洞运粮总路口夹山峪而来。

两下是山，中间一条路，止容一人一马而过。马岱占了夹山峪，分拨军士，立起寨栅。此时洞蛮不知，正解粮到，被岱前后截住，夺粮百余车。蛮人报入孟获寨中。

此时孟获只专饮酒，每日番歌蛮乐，不理军务，【眉批：如避暑九成宫。】只与众酋长曰："吾欲与诸葛亮对敌，必中奸计。今靠此泸水之险，深沟高垒待之，蜀人受热不过，必然走矣。【眉批：地理难恃。】但是走时，吾当与汝随后击之，可以擒诸葛亮矣。"言讫，呵呵大笑。【眉批：蛮子且慢作乐。】忽然班内一酋长曰："沙口水浅，倘若蜀兵透漏过来，深为利害，可以分军守把。"获笑曰："汝是本处土人，如何不知？吾正要蜀兵来渡此水，渡则必死水中，又何疑焉？"酋长又曰："倘有土人说与夜渡之法，当复如何？"获曰："吾境内之人，安肯向境外之人耶？【眉批：人和难恃。】蜀人因渡此水而死，谁敢再渡？汝等不必多疑。"正言之间，忽报蜀兵不知多少，暗渡泸水，绝断了夹山粮道，打着"平北将军马岱"旗号。获笑曰："量此小辈，何足道哉！"即遣副将忙牙长引三千兵，投夹山峪来。

马岱望见蛮兵已到，遂将三千军摆在山前。两军对圆，忙牙长出马与马岱交锋，只一合，被岱一刀斩于马下。蛮兵大败，走回来见孟获，细言其事。获唤诸将问曰："谁敢去敌马岱？"言未毕，董荼奴出曰："某愿往。"获大喜，遂与三千兵去。获又恐人再渡泸水，即遣阿会喃引三千兵守把沙口。

却说董荼奴引蛮兵到夹山峪下寨，马岱引兵来迎。都内军有认的是董荼奴，说与马岱，如此如此。【眉批：妙在部下认得，不然马岱如何知之？方知孔明拨与五、六百军，正为此时用也。】岱纵马向前大骂曰："无义背恩之徒！吾丞相饶汝性命，今又背反，岂不自羞！"董荼奴满面惭愧，无言可答，不战而退。马岱掩杀一阵而回。董荼奴来见孟获曰："马岱英雄，抵敌不住。"获大怒曰："吾知汝原受孔明之恩，今故不战而退，正是卖阵之计！推出斩之！"许多酋长再三哀告，方才免死，叱武士打讫一百大棍，放归本寨。诸多酋长皆来告董荼奴曰："我等虽居蛮方，未尝敢犯中国，中国亦不曾侵我。今因孟获势力相逼，不得已而造反。我等皆想孔明神机莫测，曹操、孙权尚自惧之，【眉批：是说其智。】何况我等蛮夷乎？孔明更有活我等性命之恩，【眉批：是说其仁。】无可为报。今欲舍一死命，以杀孟获，去投孔明，以免洞中百姓涂炭之苦，亦可以保全妻子。"董荼奴曰："未知汝等心下若何？"内有原蒙孔明放回的人，一齐同声应曰："愿望！"于是董荼奴手执钢刀，引百余人直奔大寨而来。此时孟获大醉帐中，各人挺刀而来。未知性命如何，下回便见。

是日孟获大醉，卧于帐中。董荼奴引众持刀而入。帐下有两员将侍立。董荼奴以刀指曰："汝等亦受诸葛丞相活命之恩，宜当报效。"二将言曰："不须将命下手，某当生擒孟获，去献丞相，以显我等之功。"【眉批：皆

在孔明算中。】董荼奴从之，一齐入帐，将孟获执缚已定，押到泸水，驾船直过北岸，先使人报知孔明。【眉批：此第二次擒。】

却说孔明已有细作探知此事，于是密传号令，教各寨将士整搠军器，方教为首酋长解获入来，其余皆回本寨听候。此时董荼奴先入中军，细说其事。孔明听了，随即一一赏劳了毕，却用好言抚慰，遣董荼奴引各酋长去了，然后令刀斧手推孟获入。孔明笑曰："汝前者有言：但再擒得，便肯降服。汝今日如何？"获曰："此非汝之能也，乃吾手下之人自相残害，以至如此，因此吾心又不服矣！"【眉批：蛮子嘴硬。】孔明曰："吾今再放汝去若何？"孟获曰："吾虽蛮夷之人，颇知兵法；若丞相端的肯放吾回洞中，吾当率兵以决胜负。若丞相再来擒吾，吾那时倾心吐胆归降，并不改移也。"孔明曰："这番生擒，如又不服，必无轻恕。"令左右去其绳索，将获放起，仍以酒食待之，列坐于帐上。孔明曰："吾自出茅庐，战无不胜，攻无不取，用兵命将，井井有条。汝蛮夷之人，何为不服？"获默然不答。

孔明酒后唤获上马，同出看视诸营寨栅所屯粮草，所积军器。各寨军兵惯甲披袍，各执器械，抖擞精神，左右侍立。【眉批：看着不虚。】孔明指与获曰："汝不降吾，真愚人也。吾有如此精兵，如此猛将，如此粮草，如此兵器，汝安能胜吾哉？汝若早降，吾当奏闻天子，令汝不失王位，世世永镇蛮邦。如此之贵，意下若何？"获曰："某虽肯降，怎奈洞中之人未肯心顺，若丞相肯放回去，就当招安本部人马，同心合胆，方可归降。"【眉批：蛮子说谎。】孔明忻然，又请孟获回到大寨。饮酒至晚，获辞去，孔明亲自送至泸水，以船送获归寨，【眉批：此是二纵。】孔明自回。

是夜，获到本寨，教心腹数百人先伏马斧于帐下，欲要谋杀董荼奴、阿会喃等这一班儿蛮将。使命到董荼奴、阿会哺寨中，只推孔明有使命至，将二人赚到大寨帐下，一声炮响，尽皆杀之，弃尸于涧。孟获随即遣亲信之人守把隘口，自引军出了夹山峪，要与马岱交战，并不见一人；及问士人，皆言昨日尽搬粮草，复渡泸水，自归大寨去了。【眉批：在土人口中说出。】获再回洞中

国学经典文库

李渔批阅

三国演义

诸葛亮二擒孟获
诸葛亮三擒孟获

图文珍藏版

1279

去，取亲弟孟优分付曰："诸葛亮之虚实，吾今尽知，汝可去如此如此。"【眉批：皆在孔明算中。】

孟优领了兄计，引百余蛮兵，搬载金珠宝贝、象牙犀角之类，渡了泸水，径投孔明大寨而来。方才过了河时，前面鼓角齐鸣，一彪军摆开，为首大将乃扶风茂陵人也，姓马，名岱，官授平北将军。【眉批：写马岱出没不测。】孟优大惊。岱问了来情，令在外厢，差人来报孔明。孔明正在帐中与马谡、吕凯、蒋琬、费祎等共议平蛮之事，忽帐下一人报称孟获差弟孟优来进宝贝。孔明回顾马谡曰："汝知之否？"谡曰："不敢明言。容某写毕以呈丞相，合钧意否？"【眉批：孔明与周瑜各写"火"字，仿佛相似。】孔明从之，马谡写讫，呈与孔明。孔明看毕，扶掌大笑曰："擒孟获之计，吾已差派下也。汝之所见，正与吾同。"【眉批：所见何同，读者自猜。】先唤赵云入，向耳畔分付如此如此；又唤魏延入，亦低言分付；又唤王平、马忠、关索入，亦密密地分付。

各人受计依令而去，方召孟优。优再拜帐下曰："家兄孟获感丞相活命之恩，无可奉献，辄具金珠等宝，权为赏军之资。续后别有进贡天子礼物。"孔明曰："汝兄今在何处？"优曰："为感丞相天恩，径往银坑山中收拾宝物去了，【眉批：银坑山早为后文伏笔。】少时便回。"孔明曰："汝带多少人来？"优曰："不敢多带，只是随行百余人，皆运货物者。"孔明尽教入帐看时，皆是青眼黑面，黄发紫须，耳带金环，朋头跣足，身长力大之士；

就令随席而坐，却教诸将劝酒，孔明与孟优等谈笑而饮。

国学经典文库

李渔批阅

三国演义

诸葛亮二擒孟获
诸葛亮三擒孟获

图文珍藏版

却说孟获在帐中专望回音。正虑之间，忽报二人回了，唤入问之，说称："诸葛受了礼物，忻然而喜，将随行之人唤入帐中，杀牛宰马，设宴相待。二王令某报知大王，今夜二更，里应外合，以成大事。"【眉批：**孟获所授之计，至此方明。**】孟获听知甚喜，即点起三万蛮兵，分为三队。获唤各洞酋长分付曰："各军尽带火具。今晚到了蜀寨，放火为号。吾当自取中军擒诸葛亮。"【眉批：**且慢喜，且莫说得容易。**】诸多蛮将受了计策，黄昏左侧，各渡泸水而去。于是孟获带领心腹蛮将百余人以为护伴，竟往孔明大寨，于路并无一军阻当。前至寨门，获率众将骤马而入，乃是空寨，并不见人，撞入中军。只见帐中灯烛荧煌，孟优并番奴尽皆醉倒。原来孟优被孔明说了，却教吕凯、马谡为管使，令乐人搬做杂剧，殷勤劝酒，酒内下药，尽皆昏倒，浑如醉死之人。孟获入帐问之，内有醒者，但指口而已。获知中计，急救了兄弟并一千人，却待奔回中队之时，前面喊声大震，火光骤起，蛮兵各自逃窜。一彪军杀到，乃是蜀将王平。获大惊，急奔左队时。火光冲天，蛮兵乱窜。一彪军杀到，为首蜀将乃是魏延。获慌忙右队而来，只见火光又起，蛮兵乱窜。又一彪军杀到，为首蜀将乃是赵云。三路军杀在一处，四下无路。孟获大惊，弃了军士，望泸水匹马而逃。正见泸水上数十个蛮兵驾一小舟，慌令近岸。人马方才下船，一齐号起，将孟获执缚已毕。【眉批：快燥。】原来马岱受了计策，引本部兵扮作蛮兵，撑船在此，擒了孟获。【眉批：孔明附耳之计至此方明。】

　　于是孔明招安蛮兵，降者无数。孔明一一扶慰，并不加害。就教救灭了余火。忽报岱擒获至，云擒优至，延、忠、平、索擒诸洞酋长至。【眉批：竟像搏猪的，一个个好看。】孔明传令，尽教解入帐下。多官无不惊讶。少时，刀斧手拥获至帐下，【眉批：此是三擒。】孔明笑曰："汝先令汝弟以礼诈降，如何瞒得我过！今番又被吾擒，汝可服否？"获曰："此吾弟贪口误中汝毒，因此失了大事，吾若自来，弟以兵应，必成功矣。此是天败，非吾不能。如何肯服！"【眉批：**低棋越不肯低。**】孔明曰："今已三次，吾以仁义待之，如何不服？"孟获低头无语。孔明笑曰："吾再放汝回去。"孟获曰："丞相若肯放我弟兄回去，收拾家下亲丁，和丞相大战一场，那时擒得，方才死心塌地而降。"孔明曰："再若擒住，必不轻恕。汝可小心在意，勤攻韬略之书，再整亲信之士。早用良策，勿生后悔。"【眉批：**调笑极矣，蛮子知否？**】遂令武士去其绳索，放起获。优并各洞酋长，一时皆放。【眉批：**此是三纵。**】获等拜谢去了。

蜀兵已渡泸水。获等过了泸水，只见岸口陈兵列将，旗帜纷纷。获到营前，马岱高坐，以剑指之曰："再番拿住，必无疏放！"获到了自己寨时，赵云早已袭了此寨，布列兵马，坐于大旗之下，按剑言曰："丞相如此相待，休忘大恩！"获喏喏连声而去。【眉批：**此番孟获得放，不似前番大雅，已受勾无数气了。**】将出界口山坡。魏延引一千精兵摆在山上。延在军前勒马提刀，厉声言曰："今已深入巢穴，夺汝险要；汝尚自愚迷，抗拒大兵！这番拿住，碎尸万段，决不轻饶！"获等抱头鼠窜，望本洞而去。众将来迎孔明。孔明已渡泸水。后胡曾先生有诗赞曰：

五月驱兵入不毛，月明泸水瘴烟高。
誓将雄略酬三顾，岂惮征蛮七纵劳。

却说孔明渡了泸水，下寨已毕，大赏三军，聚诸将于帐下曰："前者三番擒捉孟获，吾皆以义纵之，是吾先以恩结其心，听其自乱。后令遍观各营虚实，欲令孟获来劫也。吾知孟获颇晓兵法，虽以军马粮草炫耀，实令孟获看吾破绽耳。【眉批：方知孔明着着不虚。】孟获知之，必用火攻，果然孟获犹恐不稳，令弟诈降。吾擒而不杀，诚欲服其心，不欲灭其类也。马幼常之见与吾相同。【眉批：方知手上各书之字。】吾今故告汝等，勿得辞劳，可用心报国。"众将拜伏曰："丞相智、仁、勇三者足备，虽子牙、张良，皆不及也。"孔明曰："吾今安敢望于古人？皆赖汝等之力，共成功业耳。"帐下诸将听得孔明如此之言，尽皆喜悦。

却说孟获受了三擒之气，忿怒归到银坑洞中，即差心腹人赍金珠宝贝，往八番九十三甸等处并蛮夷部落，借使牌刀獠丁军犍数十万，克日齐备，各队人马云堆雾拥，俱听孟获调用。【眉批：还亏蛮子肚量大，受得许多气，引出无数蛮子来。】伏路远近哨马探知其事，不报孔明。孔明正在帐中议事，忽十余人上帐报曰："今孟获调九十三甸并各洞蛮兵壮丁，皆来迎敌。"孔明笑曰："吾正欲令蛮兵皆至，显吾之能。"遂上小车而行。未知胜负如何，且听下回分解。

国学经典文库

李渔批阅

三国演义

诸葛亮三擒孟获
诸葛亮二擒孟获

图文珍藏版

第八十九回　诸葛亮四擒孟获
　　　　　　　诸葛亮五擒孟获

却说孔明自驾小车，引数百骑前来探路。前有一河，名曰西洱河，水势虽慢，并无一只船筏。孔明令伐木为

筏而渡，其木到水皆沉。孔明遂问吕凯，凯曰："闻西洱河上流有一山，其山多竹，大者数围，可令伐之。于河上先搭竹桥，其军可渡。"孔明即调三万人入山，伐竹数十万根，顺水放下，于河面狭处搭起竹桥，阔十余丈。乃调大军于河北岸，一字儿下寨，便以河为壕堑，以浮

桥为门，垒土为城；过桥南岸，一字下三个大营，以等蛮兵。

却说孟获引数十万蛮兵，恨怒而来。将近西洱河，获在前部，引一万刀牌獠丁，直扣前寨搦战。孔明头戴纶巾，身披鹤氅，手执羽扇，乘驷马车，左右众将簇拥而来。孔明见获身穿犀皮甲，头顶朱红盔，左手挽牌，右手执刀，骑赤毛牛，【眉批：骑牛出战，好看。】口中辱骂；手下万余洞丁，各舞刀牌，往来冲突。孔明急令退归本寨，四面紧闭，不许出战。蛮兵皆裸衣赤身，直到寨门前叫骂。诸将大怒，皆来禀孔明曰："某等情愿出寨，决一死战！"孔明不许。众将又曰："中国之士非不能战，今被蛮兵如此耻辱，安能忍之？"孔明止曰："蛮夷之人，不遵王化，今此一来，狂恶正盛，不可迎也。且坚守数日，待其猖獗少懈，自有妙计破之。"【眉批：蛮性且让过势头。】

于是蜀兵坚守数日。孔明在高阜处探之，窥见蛮兵懈怠，即聚众将曰："汝等敢出战否？"众将忻然要出。孔明先唤赵云、魏延入帐，耳边分付如此如此。二人受计先退。却唤王平、马忠入帐，受计去了。【眉批：此两路受计不叙明白。】又唤马岱，分付曰："吾今弃此三寨，退过河北；吾军一退，汝可便拆浮桥于下流，却渡赵云、魏延军马过河接应。"岱受计而去。又唤张翼曰："吾军退去。寨中多设灯火，令孟获知之，必来追赶，汝却断后。"张翼受计而退。【眉批：两路受计却说明白。】孔明

国学经典文库

李渔批阅

三国演义

诸葛亮四擒孟获

诸葛亮五擒孟获

图文珍藏版

传毕，只教关索护车，众军退去。寨中多设灯火，蛮兵望见不敢冲突。

次日平明，孟获引大队蛮兵径到蜀寨之时，只见三个大寨皆无人马，弃下粮草车仗数百余辆。孟优曰："诸葛亮弃寨而去，莫非有计否？"孟获曰："吾料诸葛亮今弃辎重而去，必是国中有紧急之事，若非吴侵，必然魏伐，故虚张灯火，以为疑兵，弃车仗而去。【眉批：蛮子料到此处，亦不大呆。】可速追之！"于是孟获自驱前部，直到西洱河边，望见河北岸上，寨中旗帜整齐如故，灿若云锦；沿河一带，又设锦城。蛮兵哨见，皆不敢进。获与优曰："诸葛亮心多，惧吾追赶，就河北岸少住；不二日必走矣。"遂将蛮兵屯于河岸，又使人去山上砍竹为筏，以备渡河，却将敢战之兵移于寨前，却不知蜀后兵早入自己之境。【眉批：只一句轻轻点出，方知前边赵云、魏延受计乃此。】

是日，狂风大起，四壁厢火明鼓响，蜀兵杀到。蛮兵杀到，蛮兵獠丁，自相冲突。孟获大惊，急引宗族洞丁杀开条路，径奔旧寨。忽一彪军寨中杀出，乃是赵云。慌忙回西洱河，望山僻处而走。又一彪军杀出，乃是马岱。孟获只剩数十残军，望着山谷而逃，见南、北、西三处尘头火光，【眉批：此处火光是王平、马忠，妙在虚写，令读者自知。】因此不敢前进，只得望东奔走。方才转过山口，见一大林之前，数十从人引一辆小车；车上端坐孔明，头戴纶巾，身披鹤氅，手摇羽扇，呵呵大笑曰：“蛮王孟获！天败至此，吾已等候多时也！”获大怒，回顾左右曰：“吾遭此人诡计，受辱三次，今幸得这里相遇！汝可奋力前去，连人带车，砍为粉碎！”数骑蛮兵威生十倍。孟获当先呐喊，抢到大林之前，踏了陷坑，孟获等一齐塌到陷坑之中。只见大林之内转出魏延，引数百军来，一个个拖出，用索缚定。【眉批：此是四擒。】

孔明先到寨中，招安蛮兵并诸甸酋长，洞丁——此时大半皆归本乡去了，除死伤外，其余尽皆归降。孔明以酒食相待，以好言抚慰，尽令放回。【眉批：孔明纯用此法。】蛮兵皆感叹而去。少时，张翼解孟优至，孔明诲之曰：“汝兄愚迷，汝当谏之。今被吾擒四番，有何面目见人耶？”孟优羞惭满面，伏地告求免死。孔明曰：“吾

国学经典文库

李渔批阅

三国演义

诸葛亮四擒孟获
诸葛亮五擒孟获

图文珍藏版

杀汝不在今日。吾且饶汝性命，劝谕汝兄。"令武士解其绳索，放起孟优。优泣拜而去。

不时，魏延解孟获至，孔明怒曰："匹夫！今番又被吾擒，有何理说？"获曰："吾今误中诡计，死不瞑目！"孔明叱武士推出斩之。【眉批：若只管赐酒食，便没趣矣。】获全无惧色，回顾孔明曰："若敢再放吾回去，必然报四番之恨！"孔明大笑，令左右再去其缚，赐酒压惊，就坐帐中。孔明问曰："吾今四次以礼相待，汝尚然不服，何也？"获曰："吾虽是化外之人，不似丞相专施诡计，吾何服耶？"孔明曰："吾再放汝回去，复能战乎？"获曰："丞相若再拿住，那时倾心降服，尽献本洞之物犒军，誓不反乱也。"孔明令马送获。【眉批：此是四纵。】

获拜别，忻然而去，于路聚得诸洞壮丁数千人，望南迤逦而行。早望见尘头起处，一队兵到，乃是兄弟孟优，重整残兵，与兄报仇。弟兄二人抱头相哭，诉说前事。优曰："兄长兴兵屡败，蜀兵屡胜，难以抵当，只可就山阴洞中退避不出。蜀兵受不过暑气，自然退矣。"获曰："何处可避？"优曰："此去西南有一洞，名'秃龙洞'。【眉批：秃龙洞抵不得卧龙洞。】洞主朵思大王与弟甚厚，可投之。"于是孟获先教孟优到秃龙洞，见了朵思大王，朵思慌引洞兵出迎。孟获入洞礼毕，酋长进酒食食之。获曰："诸葛亮如此辱吾，特来投托，以安愚躯。"朵思曰："大王宽心。若川兵到来，令他一人一骑不得还乡，与诸葛亮皆死于此！"获大喜，遂心计于朵思。未知朵思有何妙策，且听下回分解。

却说孟获问朵思曰："洞主有何高见，望乞施教。"朵思曰："此洞中止有两条大路。东北上一条路，就是大王所来之路，地势平坦，土厚水甜，人马可行；若以木石垒断洞口，虽是百万之众，不能进也。西北上有一条路，山险岭恶，道路窄狭，其中虽有小路，多藏毒蛇恶蝎，黄昏时分，烟瘴大起，直至巳、午方收，惟未、申、酉三时可以往来；【眉批：可知也有可渡时候。】水不可饮，人马难行。此处更有四个毒泉。一名'哑泉'，其水颇甜，正在当道；人若饮之，则不能言，不过旬日必死。二曰'灭泉'，此水与汤无异；人若沐浴，则皮肉皆烂，见骨乃死。三曰'黑泉'，其水微清，人若溅之在身，则手足皆黑而死。四曰'柔泉'，其水如冰；人若饮之，咽喉则无暖气，身躯软弱如绵而死。此处虫鸟皆无，惟有汉伏波将军曾到，【眉批：先点伏波将军一句，为下孔明祈祷张本。】虽古今英雄，不曾到此。今垒断东北大路，令大王稳居敝洞，若蜀兵见东路截断，必从西路而入。于路无水，见此四泉之水，定然饮用。虽百万之众，皆无归矣，何用刀兵！"获听知大喜，以手加额，叩谢天曰："今日方有容身之地矣！"又大笑，【眉批：且莫笑。】望北指曰："任诸葛神机妙算，难以施设。四泉之水，足报败兵之恨矣！"自此获、优成终日与朵思大王筵宴。

却说孔明连日不见孟获出兵，遂传号令，教大军离

国学经典文库

李渔批阅

三国演义

诸葛亮四擒孟获 诸葛亮五擒孟获

图文珍藏版

西洱河望南进发。【眉批：**与五月渡泸相应。**】此时正当六月炎天，热不可当。孔明统领大军，正行之际，忽哨马飞来报说："孟获退住秃龙洞中，将洞口要路垒断，内有兵守。山恶岭峻，不能前进。"孔明请吕凯问之，凯曰："某曾闻此洞有两条路，实不知详细。"蒋琬言曰："今四擒孟获，蛮既丧胆，安敢再出？即日天色盛热，军马疲乏，征之无益，不如班师回国。"【眉批：**顿锉。**】孔明曰："据汝之意，正中孟获之计也。军若一退，彼必乘势追袭。吾既到此，必须征服其心，何遽言返耶？"即令王平令数百军为前部，却令新降蛮兵引路，寻西北小径而入。前到一泉，人马皆渴，争饮此水。王平探有此路，回报孔明。比及到大寨时，皆不能言，但指口而已。【眉

批：好看。】

孔明大惊，知是中毒，遂乃驾小车，引数十人来，看见一潭清水，深不见底，水气凛凛，军不敢试。孔明下车，登高望之，四壁峰岭，鸟雀不闻，【眉批：可知路险。】心中大疑【眉批：窃意曹操到此筹无一展。】。忽望见远远山岗之上有一古庙，孔明攀藤附葛而到，见一石屋之中，有一将军端坐，旁有石碑。孔明视之，乃汉伏波将军马援之庙——【眉批：忽见马超、马腾之祖。】因平蛮夷到此，土人立庙祀之。孔明再拜曰："亮受先帝托孤之重，承后主敕令，到此平蛮，以服其心；复吞吴、魏、以安汉室。今军士不识地理，误饮毒水，不能出声。万望尊神念汉朝大事之重，通灵显圣，护之祐之！"

祈祷已毕，出庙欲寻土人问之。隐隐望见对山有一老叟扶杖而来，形容甚异。【眉批：与陆逊之遇黄承彦相似。】孔明请老叟入庙。礼毕，对坐石上。孔明问曰："杖者高姓？"老叟下拜。孔明问曰："杖者何人也？"老叟曰："老夫久居此处，久闻大国丞相隆名，幸得拜见。蛮夷狂徒，多蒙丞相活命，皆感恩不浅。"孔明问泉水之故，老叟答曰："军所饮水乃'哑泉'之水也，饮之难言，数日而死。此地西南有'灭泉'，沸如热汤，人若浴之，皮毛骨肉尽脱而死。正南有'黑泉'，人若溅之在身，手足皆黑而死。东南有'柔泉'，其水至冷，人若饮之，咽喉无暖气而死。【眉批：因哑泉带出三泉。】此处有此四泉，毒气所聚，无药可治。因烟瘴甚起，惟未、

国学经典文库

李渔批阅

三国演义

诸葛亮四擒孟获
诸葛亮五擒孟获

图文珍藏版

1293

申、酉之时可以往来；余时皆瘴气密布，人触之，不久而死。"【眉批：率性说明。】孔明曰："如此则蛮夷不可平矣。蛮夷不平，安能复吞吴、魏？吴、魏不吞，岂能再兴汉室乎？有负先帝托孤之重，不如死于此处！"言讫，便要投崖觅死。老叟止之曰："丞相不可如此。老夫指引一处，足以解之。"孔明曰："老丈有何高见，万乞教之。"老叟曰："此去正西数里，有一山谷，入深二十里，有一溪，名'万安溪'。【眉批："万安"二字便好。】上有一高士，号为'万安隐者'。此人不出溪者数十余年。庵后一泉，名曰'安乐'；【眉批："安乐"二字足见说四泉之恶。】中毒者若吸其水，毒气自消，或感瘴气，于万溪内浴之，自然无事。庵前更有一草，名曰：'薤叶芸香'；口含一叶，则瘴气不染。丞相速往求之。"孔明拜谢，问曰："承老丈盛德，刻感不胜，愿闻高姓。"老叟入庙曰："吾乃本处山神，奉伏波将军之命，特来指引。"言讫，喝开庙后石壁而入。孔明惊讶不已，再拜庙神，寻旧路上车，回到大寨。

次日，孔明备信香礼物，引王平及众哑哑军，连夜望山神所言去处，迤逦而进，转入山谷小径，约行二十余里，但见长松大柏，茂竹奇花，环绕一庄。【眉批：百忙中忽叙清雅数笔。】篱落之中，有数间茅屋，闻得馨香喷鼻。孔明大喜，到庄扣户。一小童出。孔明欲通姓名，早有一人竹冠草履，白袍皂绦，碧眼黄须，【眉批：与紫虚上人、清城老叟一般风致。】忻然而出曰："来者莫非

国学经典文库

李渔批阅

三国演义

诸葛亮四擒孟获 诸葛亮五擒孟获

图文珍藏版

汉丞相否?"孔明笑曰:"高士何以知之?"隐者曰:"久闻丞相大纛南征,安得不知?"遂教孔明入堂。礼毕,分宾坐定。孔明告曰:"亮受昭烈皇帝托孤之重,顷承后主敕,领大军至此,欲伏蛮夷归王化。今不期孟获潜入洞中,故深入其境以讨之,军士误饮哑泉之水。夜来蒙伏波将军显圣,言高士有药泉可以治之。望高士矜念亮乃汉代臣僚,征夫涂炭,赐神水以救残生,阴功莫大也!"隐者曰:"量老夫山野废人,何劳丞相枉顾。此泉就在庵后,丞相即命军士饮之。"于是童子引王平等一起哑军来到溪边,汲水饮之,随即吐出恶涎,便能言语。童子又引众军到万安溪中沐浴,皆与薤叶芸香嚼之。【眉批:令人烦襟顿涤。】隐者更进柏子茶、松花菜以待孔明。隐者告曰:"此间蛮洞多毒蛇恶蝎,柳花飘入溪泉之间,水不可饮;但掘地为泉,汲水饮之方可。"孔明求薤叶芸香。隐者令众军尽意采取,各人口含一叶,自然瘴气不侵。孔明拜求隐者姓名,隐者笑曰:"某乃孟获之兄孟节是也。"【眉批:说出姓名,令人一吓。】孔明鄂然。隐者又曰:"丞相休疑,容伸片言。昔者父母所生三人,长即孟节,次孟获,次孟优。父母皆亡。二弟强恶,不归王化,节屡谏不从,故更名改姓,隐居于此。今辱弟造反,又劳丞相深入此地,如此生受,节合该万死,故先于丞相前请罪。"孔明叹曰:"方信盗跖、下惠之事,世代有之!"遂与节曰:"吾申奏天子,立公为王。"节曰:"为嫌功名而逃于此,岂复更贪富贵耶!"孔明乃以金帛赠之。节亦坚辞不受。孔明嗟叹不已,拜别而回。【眉批:后人有议孔明擒孟获之后。何不立孟节为蛮主?要知节乃世外之人,岂肯复居世内。】后人有诗曰:

高士功名去不还,武侯曾此破诸蛮。

灵泉犹自居民汲,时有寒烟锁旧山。

　　孔明回到大寨,命军士掘地取水,凡十数处,约深二十余丈,俱无滴水,军心惊惶。孔明至夜焚香告天曰:"臣亮不才,仰承大汉之福,受命平蛮。今军行无水,军士枯渴,倘上天不绝于大汉,赐与甘泉;若气运已终,臣亮等愿死于此。"祝罢,平明视之,皆得甘泉满井。此时军马安然，遂由小径直入秃龙洞边下寨。

蛮兵探知，来报孟获曰："蜀兵不染瘴疫之气，又无枯渴之患，诸泉皆不灵应。"朵思闻知不信，自引部将高山望之，只见蜀兵安然无事，大桶小担搬运水浆，饮马造饭。朵思见之，毛发耸然，回与获曰："此乃神兵也！"获曰："吾兄弟二人与蜀兵决一死战！就殒于军前，安肯束手受缚！"朵思曰："若大王兵败，吾妻子亦休矣。当杀牛宰马，大赏洞丁，不避水火，直入蜀寨，必得全胜。"获起身称谢，于是大赏蛮兵。

正欲起程，忽一人报道："洞后迤西银冶洞二十一洞主杨锋，引三万兵来助战。"【眉批：读史至此者，疑有

一场大战矣。】获大喜曰："邻兵助我，我必胜矣！"即与朵思大王出洞迎接。杨锋引兵入曰："吾有精兵三万，皆披铁甲，能飞山越岭，足可以对敌蜀兵百万矣。我有五子，皆武艺全备，愿助大王。"【眉批：**读至此；又谓有一场大厮杀矣。**】锋令五子入拜，皆彪躯虎体，威风抖擞。孟获大喜，设席相待杨锋父子。酒至半酣，锋曰："军中少乐，吾随军有蛮姑，善舞刀牌，以助一笑。"获忻然从之。须臾，数十蛮姑皆披发跣足，从帐外舞跳而入。群蛮拍手，以歌和之。'杨锋令二子把盏。二子举杯诣孟获、孟优前，各欲饮酒，锋大喝一声，二子早将孟获、孟优拿下。【眉批：**奇，非意想所及。**】朵思大王却待要走，已被杨锋擒了。蛮姑横截于帐上，谁敢近前。获曰："兔死狐悲，物伤其类'。吾与汝皆是各洞之主，往日无冤，何故相害？"锋曰："吾兄弟子侄皆感诸葛丞相活命之恩，无可以报。今汝反叛，何不擒献！"【眉批：**吾意此亦非孔明所意及。**】于是各洞蛮兵皆回本乡。

　　杨锋将孟获、孟优、朵思等解赴孔明寨来。【眉批：**此是五擒。**】孔明早已设备多时，端坐帐上。忽报杨锋等解孟获等至，孔明令进。少时，杨锋等拜于帐下，曰："某等子侄皆感丞相恩德，故擒孟获、孟优呈献。"孔明重赏而退，后驱孟获入见。孔明笑曰："汝今番当服矣。"获曰："非汝之能，乃吾洞中之人自相残害，以致如此。要杀便杀，只是不服！"【眉批：**甚矣，攻心之难。**】孔明曰："汝赚吾入无水之地，更有哑、灭、黑、柔四泉之毒，而吾军无恙，岂非天意？汝何执迷如此？"获曰：
"吾祖居银坑山中，有三江之险，重关之固。汝若就彼擒
我，吾当子子孙孙，倾心事之。"孔明曰："吾再放汝回
去，重整兵马，与吾共决胜负。如那时擒住，汝再不服，
当灭九族。"叱左右再去其缚，放起孟获。【眉批：纵虎
归穴，然后入穴取虎，更不容易。】获再拜而去【眉批：
此是五纵。】。孔明又将孟优并朵思大王皆释其缚，赐酒
食压惊。二人悚惧，不敢正视。孔明曰："孟获背反，不
干汝二人之事。"席罢，即令鞍马送之。二人拜别而去。
示知孟获整兵胜负如何，且听下回分解。

国学经典文库

李渔批阅 三国演义

诸葛亮四擒孟获
诸葛亮五擒孟获

图文珍藏版

1299

第九十回　诸葛亮六擒孟获
诸葛亮七擒孟获

　　却说孔明放了孟获等，将杨锋父子六人皆封官爵，重赏洞兵。杨锋等拜谢而去。于是孟获等回到本洞。洞外有三江，乃是泸水、甘南水、西城水。三路水会合，

故为三江。其洞北地势平坦二百余里，多产万物。洞西二百里，有盐井，西南二百里，直抵泸、甘。正南三百里，乃是梁都洞，洞中有山，环抱其洞，山上出银矿，故名银坑山。山中宫殿楼台，以为蛮王巢穴。其中建一

祖庙，名曰："家鬼"。【眉批：**好鬼名。**】四时杀牛宰马享祭，名为"卜鬼"。每年常以蜀人并外乡之人祭亡，即与采生之类相同。若人患病，不肯服药，只祷师巫，名为"药鬼"。【眉批：**近日医生皆"药鬼"耶。**】其处无他刑，犯罪则斩【眉批：**倒也爽利。**】。有女长成，却于溪中沐浴，男女自相混淆，任其自配，父母不禁，名为"学艺"。【眉批：**此事人人要学。**】年岁雨水均调，则种稻谷；倘若不熟，杀蛇为羹，煮象为饭。每方隅之中，上户号曰："洞主"，次曰"酋长。"每月初一、十五两日，皆在三江城中买卖，转易货物，其地如此。

于是孟获在洞聚集宗党，饮宴宫中，不用坐榻，席地而已。获曰："吾受辱于蜀，立誓报之，汝等有何高见？"言未毕，一人应曰："某累闻大王受诸葛亮之辱，心常恨怒，欲报此仇。若以兵法，必然难退；须得此人，方可敌也。"众视之，乃孟获妻弟，见为八番部长，名曰"带来洞主。"获大喜，问曰："其人如何取胜？"带来洞主曰："此去西南八纳洞，洞主有木鹿大王，深通法术；出则骑象，如逢大阵，能呼风唤雨，更有虎豹豺狼、毒蛇恶蝎跟随冲突。更有三万神兵，甚是英勇。所到之处，束手降伏。大王可修书具礼，某亲往求之。此人若允，何惧蜀兵也？"获忻然，令国舅赍书礼而去，却令朵思大王守把三江城，以为前面屏障。

却说孔明提兵直至三江城，遥望此城三面傍江，【眉批：**可渭襟江带湖。**】一面通旱，即遣魏延、赵云同领一

国学经典文库

李渔批阅

三国演义

诸葛亮六擒孟获
诸葛亮七擒孟获

图文珍藏版

1301

军，旱路打城。军到城下，城上弓弩齐发。原来洞中之人多习弓弩，一弩齐发十矢，箭头上皆用毒药；但有中箭者，皮肉皆烂，烂见五脏而死。赵云、魏延不能取胜，回见孔明，细言药箭之害，因此不敢攻城。孔明自乘小车，到军前看了虚实，回到寨中，令退数里下寨。【眉批：所以疏敌之防。】蛮兵望见蜀兵远退，皆大笑作贺，只疑蜀兵惧怯而退，因此夜间安心稳睡，不去哨探。

却说孔明闭寨不出，一连五日，并无号令。黄昏左侧，忽然微风遍起，孔明传令曰："每军要衣襟一幅，限一更时分应点。无者处斩。"【眉批：奇。】众军依令预备。初更时分，又传令曰："每军衣襟，各包土一包。无者处斩。"【眉批：奇。】众军亦依令包土预备。又传令曰："众军土包，俱在三江城下交割。【眉批：奇。】先到者重赏【眉批：斩与赏参差，妙。】。"于是众军负土，飞奔城下。孔明令积土为磴，有先上城者，赏为头功。因此蜀兵十余万并降兵数万余，将所包之土，一齐掷于城下，接连城头，【眉批：原来为此。】一声暗号，蜀兵皆到城上。蛮兵急放弩时，大半早被拿下，余者弃城而走。朵思大王死于乱军之中。【眉批：死得不值。】蜀将督军分路剿杀。孔明取了三江城，所得珍宝皆赏三军。

于是败残蛮兵逃回来见孟获，言说朵思大王身死，又失了三江城。获大惊，正虑之间，人报蜀兵早已渡江，见在本洞下寨。获甚慌张。忽然屏风后一人出而大笑曰：【眉批：屏风后又有人。】"既为男子，何无智也？我虽妇

国学经典文库

李渔阅批

三国演义

诸葛亮六擒孟获
诸葛亮七擒孟获

图文珍藏版

人，情愿与你出战。"获视之，乃妻祝融夫人也。【眉批：蛮婆亦出来了，祝融夫人想即是带来大王妹。】夫人世居南蛮，能使飞刀，百发百中，乃祝融氏之后。孟获如死方苏，即起身称谢。夫人忻然上马，引宗党猛将数百员，生力洞兵五万，出银坑宫阙，来与蜀兵对敌。方才转过洞口，一彪军拦住，为首蜀将乃是张嶷。蛮兵见之，却早两路摆开。祝融夫人披发跣足，身着绛衣，背插五口飞刀，手执丈八长标，坐下卷毛赤兔马。【眉批：亦是赤兔马。】张嶷见之，暗暗称奇。二人骤马交锋，战不数合，夫人拨马便走。张嶷赶去，空中一把飞刀落下，嶷急用手隔，正中左臂，翻身落马。【眉批：想是一见妇就软了。】蛮兵一声喊处，将张嶷执缚去了。马忠听得张嶷被擒，急出救时，早被蛮兵困住。望见祝融夫人挺标勒马而立，马忠忿怒，向前去战，马又伴倒，亦被擒了。【眉批：一妇人能敌二将。】都解入洞中。来见孟获。获大喜，设席庆贺。夫人欲叱刀斧手推出斩之，孟获止曰："诸葛亮放吾五次，今番若杀彼将，是不义也，岂不被天下人耻笑乎？且囚在洞中，待擒诸葛亮，杀之未迟。"【眉批：吾料孟获决不斩二人。】夫人从之，笑饮作乐。

却说败残兵来见孔明，告知其事。孔明即唤马岱受计，又唤赵云、魏延受计，各人领命引军而去。次日，蛮兵报入洞口，说赵云搦战。祝融夫人即上马出迎。二人战不数合，云拨马便走。夫人恐有埋伏，勒兵而回。魏延引军搦战，夫人纵马相迎。正交锋紧急，延诈败逃走，夫人不赶而去。次日，赵云又引军来搦战，夫人领洞兵出迎，二人战不数合，云诈败而走。夫人按标不赶，正欲收兵回洞，【眉批：乖。】魏延引军齐声辱骂。夫人挺标来取魏延，延拨马便走。夫人忿怒赶来，【眉批：倒底不乖。】延骤马奔入山僻小路。忽然背后一声响亮，延回头视之，夫人仰鞍落马，【眉批："仰"字妙，妇人仰面而跌，必然好看。】乃是马岱埋伏在此，用绊马索绊倒。就里擒缚，解投大寨。蛮将洞兵皆来救时，赵云一阵杀散。孔明端坐于帐，马岱解祝融夫人来到。【眉批：前止缚得蛮兄蛮弟，今连蛮婆一并缚来。】孔明急令去缚，请在别帐赐酒压惊；【眉批：并蛮婆亦买嘱其心。】

遣使入洞，欲送夫人换回二将。

使命入洞，与孟获答话已毕。获大喜，即放出张嶷、马忠还寨。孔明遂送夫人入洞。孟获接入，甚是惊慌。正忧虑之间，忽报八纳洞主到来。孟获出洞迎接，见其人骑着白象，身穿金珠缨络，腰悬两口大刀，军中有一般喂养虎豹豺狼之士，拥族而入。【眉批：并：蛮畜生一齐来。】获再拜哀告，诉说此事。木鹿大王许以报仇。获大喜，设宴相待。次日，木鹿大王引本洞兵，带领猛兽而出。赵云、魏延听知蛮兵齐出，遂将军马布成阵势。二将并辔立于阵前，只见蛮兵旗帜器械皆别，人多不穿衣甲，裸身赤体，面目丑陋，身带四把尖刀；军中不鸣鼓角，但筛金为号。木鹿大王腰挂两把宝刀，手执蒂钟，身骑白象，从大旗中而出。赵云见之，与魏延曰："我等上阵一生，未尝见如此人物，安得不惊也？"二人正沉吟之际，只见木鹿大王口中不知念甚咒语，手摇蒂钟，忽然狂风大作，飞沙走石，如同骤雨；鸣鸣闻画角之声，只见虎豹豺狼、毒蛇猛兽乘风而出，张牙舞爪，冲将过来。蜀兵如何抵当，退后便走。蛮兵随后追杀，直赶到三江界路方圆。

赵云、魏延收聚败兵，来见孔明，细说此事。孔明笑曰："非汝二人败阵，吾自未出茅庐，书已知南蛮有驱虎豹之法。吾在蜀已办专破此法之物：随军有二十辆车。【眉批：车中不知何物，猜摸不出。】今日且用一半；留下一半，后有别用。"【眉批：留一半后用，奇。】遂令左

国学经典文库

李渔批阅

三国演义

诸葛亮六擒孟获 诸葛亮七擒孟获

图文珍藏版

国学经典文库

李渔批阅

三国演义

诸葛亮六擒孟获
诸葛亮七擒孟获

图文珍藏版

1306

右只取十辆红油柜车到来，留下十辆黑油柜车在后。众皆不解其意。是日，孔明将柜打开，皆是木刻彩画巨兽，俱用五色绒线为毛衣，钢铁为爪牙，一个可骑十人。孔明选了精壮军士一千余人，领了一百口，内装烟火之物，藏在车中。

次日，孔明驱兵大进，布于洞口。蛮兵探知，入洞报与蛮王。木鹿大王自谓无敌，即与孟获引兵而出。孔明纶巾羽扇，身衣道袍，端坐车上。获指之曰："车上坐的便是诸葛亮！若擒住此人，大事定矣！"【眉批：蛮子负心。】木鹿大王口中念咒，手摇蒂钟，腰间宝刀掣出，要斩孔明。顷刻之间，狂风大作，猛兽突出。孔明将羽扇一摇，其风便回本阵去了。【眉批：能借风者必然反风。】蜀阵中假兽拥出。蛮洞真兽见了蜀阵巨兽口吐火焰，鼻出黑烟，身摇铜铃，张牙舞爪而来，不敢前进，皆奔回蛮洞去了，反将蛮兵冲倒无数。【眉批：不是真破假。反是假破真，奇幻之极。此法想从《西游记》得来。】孔明驱兵大进，鼓角齐鸣，望前追杀。木鹿大王死于乱军之中。【眉批：亦死得不值。】洞内孟获宗党皆弃宫阙，扒山越岭而走。孔明大军占了银坑漏，洞中有许多去处。次日，孔明正要分兵缉擒孟获，忽然一人报说："蛮王孟获妻弟带来洞主，因劝孟获归降，获不从。今将孟获并祝融夫人及宗党数百余人，尽皆擒来，献与丞相，希图王爵。"【眉批：奇，匪夷所思。】孔明所知，即唤张嶷、马忠，向耳畔分付如此如此，二将受了计，引二千精兵伏两廊。孔明却令守门将俱放进来，不许阻当。带来洞主引刀斧手，解孟获等数百人，拜于殿下。孔明大喝一声曰："与吾擒下！"【眉批：又奇，匪夷所思。】两廊壮兵齐出，两个捉一个，尽皆缚定。孔明笑曰："量汝些小诡计，如何瞒得过我？汝见二次俱是本洞人擒汝来降，吾不加害；汝足道吾必深信，故来诈降，欲就洞中杀吾！吾今识破，又被擒矣！"【眉批：此是六擒。】令人去搜身上，果然各带利刀。【眉批：不然，焉知不是真降。】孔明问获曰："汝原说在汝家擒住，方始心服；今日如何？"获曰："此是我等自来送死，非汝之能也。吾心未服。"【眉批：巧舌。】孔明曰："擒汝六番，尚然不服，欲待何时？"获曰："吾第七次再被汝擒，方倾心归

国学经典文库

李渔批阅

三国演义

诸葛亮六擒孟获
诸葛亮七擒孟获

图文珍藏版

服，誓不反矣。"孔明曰："巢穴已破，吾何虑哉？"叱武士尽去其缚，乃指孟获曰："这番擒住，再若支吾，必不轻恕！"【眉批：**此是六纵。**】获等抱头鼠窜而去【眉批：**纵法与前又异。**】。

却说败残蛮兵一千余人，大半中伤，荡荡而逃，正遇孟获。收了败兵，心中稍喜，却与带来洞主商议曰："吾今洞府已被蜀兵所占，今投何地安身？"带来洞主曰："止有一国可以破蜀。"【眉批：**此国死期至矣。**】获忻然大喜曰："何处可去？望乞教之。"带来洞主所举之国未知如何，且听下回分解。

却说带来洞主与孟获曰："此去东南数百里有一国，名乌戈国。国王兀突骨，身长二丈，不食五谷，以生蛇恶兽为饭，身有鳞甲，刀箭不能侵。手下有一等军，谓之'藤甲军'。其军至矮者九尺，面目丑恶，见者皆惊。【眉批：**蛮子尚以为丑恶，其丑恶更可知矣。**】洞中有一等藤，生于山涧之中，盘于石壁之内，国人采取，浸于油中，半年方取晒之；晒干复浸，凡十余遍，却才穿成铠甲。【眉批：**好个引火甲。**】前胸后背各用一片，两臂两片，又做成大裙五片，共为一副；穿在身上，渡江不沉，经水不湿，甚是轻巧，刀箭皆不能入，【眉批：**只不曾遇火。**】因此号为'藤甲军'。若得此军，擒诸葛亮如利刀破竹也！"孟获大喜，遂投乌戈国来见兀突骨。其洞无宇舍，皆居土穴之内。孟获入洞，再拜哀告前事。兀突骨曰："吾起本洞之兵，与汝报仇。"获忻然拜谢。于

是兀突骨唤两个领兵俘长：一名土安，一名溪泥，起三万兵，皆穿藤甲，离乌戈国望东北来。行至一江，名桃花水，两岸俱有桃树，历年落叶水中，若别国人饮之尽死，【眉批：**桃源未许问津。**】惟乌戈国人饮之，倍添精神。兀突骨兵至桃叶渡口下寨，以待蜀兵。

却说孔明令蛮人哨探孟获消息，回报曰："孟获请乌戈国主，引三万藤甲军，见屯于桃叶渡口。孟获又在各番聚集蛮兵，并力拒战。"孔明听说，提兵大进，直至桃叶渡口。隔岸望见蛮兵不类人形，甚是丑恶；又问土人，言说即日桃叶正落，水不可饮。孔明退五里下寨，留魏延寨。

次日，乌戈国主引一彪藤甲军过河来，金鼓大震，魏延引兵出迎，蛮兵卷地而至。蜀兵以弩箭射到藤甲之上，皆不能透，俱落于地，刀砍枪刺，亦不能入。【眉批：作怪，又与木鹿大王不同。】蛮兵皆使利刀钢叉，蜀兵如何抵当，尽皆败走，蛮兵不赶而回。魏延复回，赶到桃叶渡口，只见蛮兵带甲渡水而去；【眉批：以甲为舟，更奇幻。】内有困乏者，将甲脱下，放在水面，却坐其上而渡之。魏延急回大寨，来禀孔明，细言其事。孔明请吕凯问之。凯曰："某素闻蛮兵之后有一乌戈国，无人伦者也。【眉批："无人伦者"，尽情烧杀，似不为过。】更有藤甲护身，急切难伤，过河不用船筏，连甲下水渡之。不能取胜，不如班师早回。"孔明笑曰："吾非容易到此，岂可弃而去之？吾自有平蛮之策。"【眉批：还有十辆油车未曾发市。】于是又令赵云助魏延守寨，且休轻出。

次日，孔明自乘小车，到桃叶渡北岸山僻去处，遍观地理。山险岭峻之处，车不能行，孔明弃车步行。忽到一山，望见一谷，形如长蛇，皆危峭石壁，并无树木，中间一条大路。孔明问土人曰："此谷何名"土人答曰："此处名为盘蛇谷。【眉批：盘蛇谷后变作火龙洞。】出谷财三江城大路，谷前名塔郎甸。"孔明大喜曰："此乃天赐吾成功于此也！"【眉批：发市了。】遂回旧路，上车归寨，唤马岱分付曰："与汝黑柜车十辆，须用竹竿千条，柜内之物如此如此。【眉批：妙在不说明白。】可将本部兵去把住盘蛇谷两头，依法而行。与汝半月限，一切完备。至期如此施设。倘有走漏，定按军法治之。"马岱受计而去。又唤赵云分付曰："汝去盘蛇谷后，三江大路口如此守把，所用之物，克日完备。"赵云受计而去。又唤魏延分付曰："汝可引本部兵去桃叶渡口下寨，如蛮兵渡入来敌，汝便弃了寨，望白旗处而走。以今日为始，限半个月，须要连输十五阵，弃七个寨栅，【眉批：骄敌如此。】只望自旗处便是脱身之所。若输十四阵，也休见我。"魏延领命，心中不乐，怏怏而去。【眉批：今领命厮杀者巴不得。】孔明又唤张翼另引一军，依所指之处，筑立寨栅去了。却令张嶷、马忠引本洞所降千人如此行之。【眉批：妙不说明。】孔明笑曰："今番一战，须要全功。"各人忻然而去。

却说孟获与乌戈国王兀突骨曰："诸葛亮多有巧计，凡到之处，只是埋伏。今后交战，分付三军：但见山谷之中，林木多处，切不可轻进。"【眉批：谁知倒在没林木处。】兀突骨曰："大王说的是也。吾已知道中国人多行诡计，今后依此言行之：吾在前面厮杀，汝在背后教道。"【眉批：孩子要教道。】获再拜谢之。忽报蜀兵在桃叶渡口北岸立起营寨。兀突骨即差二俘长引藤甲军渡了河，来与蜀兵交战。不数合，魏延败走。蛮兵恐有伏兵，不赶自回。次日，二俘长请兀突骨到寨，说知此事。兀突骨即引兵大进，将魏延追一阵。蜀兵皆弃盔甲执戈而

国学经典文库

李渔批阅

三国演义

诸葛亮六擒孟获
诸葛亮七擒孟获

图文珍藏版

1312

走。只见前有白旗，延引败兵急奔白旗处，早有一寨，就寨中屯住。兀突骨驱兵追至，魏延引兵弃寨而走。蛮

兵得了蜀寨，望前追杀。魏延回兵交战，不三合又败，只看白旗处而走，果有一寨。延就寨屯住。次日，蛮兵又至，延略战又走，蛮兵占了蜀寨。

此时魏延且战且走，已败十五阵，连弃七个营寨，蛮兵大进追杀。兀突骨自在军前破敌，于路但见林木茂盛之处，便不敢进，即使人远望，果见树阴之中，旌旗招贴。【眉批：孔明疑兵在兀突骨眼中点出。】兀突骨请获观之，乃大笑曰："诸葛亮今番被吾识破！大王连日胜了十五阵，夺了七个营寨，我兵累胜，彼兵累败。今蜀

兵望风而走，离桃叶渡口三百余里。蜀兵已是胆破，诸葛亮已是计穷。此这一进，大事定矣！"【眉批：**当彼丧胆之后，而欲骄其志实难。既有六擒以挫之，须有十五胜以骄之。**】兀突骨大喜，只道蛮兵得胜，不以蜀兵为念，自在军前催督，令孟获引各洞番兵常离五、七十里，但逢蜀兵，即便追杀。第十六日，魏延引败残兵，来与乌戈国藤甲军对敌。兀突骨骑象当先，头载日月狼须帽，身披金珠缨络，两肋下露出生鳞甲，眼目中微有光芒，手指魏延大骂。延拨马便走。后面蛮兵大进。魏延引兵转过了盘蛇谷，望白旗而走。兀突骨统引兵众，随后追杀。兀突骨望见山上并无草木，料无埋伏，放心追杀。【眉批：**谁知与二擒用计全然相反。**】赶到谷中，遇见数十辆黑油柜车【眉批：**遇着送命对手。**】。蛮兵报曰："此是蜀兵运粮道路，因大王兵至，撇下此车而走。"兀突骨大喜，催兵追赶。蛮兵争竞取之，将出谷口，不见蜀兵，只见山上横木乱石滚下，垒断谷口。兀突骨令兵开路而进。忽见前面大小车辆，装载干柴，尽皆火起。兀突骨大惊，慌忙退兵，听得后军大喊，报说谷口已被干柴垒断，车中原来皆是火药，一齐烧着。兀突骨见无草木，心尚不慌，【眉批：**真呆子。**】令寻路而走。只见山上两边乱丢火把，火把到处，地中药线皆着，就地飞出铁炮。满谷中火光乱舞，但逢藤甲，无有不着。无铁炮之处，粮草之车尽皆爆开，内有硫磺焰硝引火之物，那火光往来飞舞。将兀突骨并三万藤甲军，烧得互相拥抱，死于盘蛇谷中。孔明在山上往下看时，只见蛮兵被火烧的伸拳舒腿，大半被铁炮打的头脸粉碎，皆死谷中，臭不可闻。【眉批：**火自上而下。火自下而上。博望火，新野火，赤壁火，俱烧不尽，独藤甲烧之尽绝。予谓孔明一生用术，未有如此之惨且毒者。**】孔明垂泪叹曰："吾虽有功于社稷，必损寿矣！"【眉批：**孔明用火前后，共烧杀数十万人，应该损寿。**】乌戈国之人，不曾走了一个。左右将士，无不凄怆。

却说孟获在寨，正望蛮兵回报。忽然千余人拜于寨前，言："乌戈国兵与蜀兵大战，将诸葛亮围在盘蛇谷中了，来请大王接应。我等皆是本洞之人，不得已而降之。今知大王前到，特来助战。【眉批：**前受计降兵，此方说明。**】"孟获大喜，即引宗党并所聚番人，连夜上马，就令蛮兵引路。方到盘蛇谷时，只见火光甚起，臭气难闻。获知中计，急退兵时，左边张嶷，右边马忠，两路军杀出。获欲教兵抵敌，一声喊起，蛮兵中大半皆是蜀兵，将蛮王宗党并聚集的番人，尽皆擒了。【眉批：**此时不即擒孟获，妙有曲折。**】孟获兵马杀出重围，望山径而走。正走之间，遇一辆小车，端坐一人，纶巾羽扇，身衣道袍，乃是孔明。孔明大喝一声曰："反奴孟获！今番如何？"【眉批：**此番不是自送，不是诡计，再有何说？**】获急回马便走，一员将引五百军拦住，乃是马岱。孟获措手不及，被马岱生擒，执缚已定。【眉批：**此是七擒。**】此时王平、张翼引一军赶到蛮寨，祝融夫人并一应老小尽皆活捉。

国学经典文库

李渔批阅

三国演义

诸葛亮六擒孟获
诸葛亮七擒孟获

图文珍藏版

　　却说孔明归到寨中，升帐而坐。孔明与众将曰："吾今此计，不得已而用之，大损阴德也。【眉批：计可一，不可二，孔明用之，那得不戒诸将】我料敌人必算吾于林木多处埋伏，吾却空设旌旗，实无兵马，彼果疑也。吾令魏文长连输十五阵者，坚其心也。心坚，必放心而追矣。吾见盘蛇谷止有一条路，两壁厢皆是光石，下面沙土，故知天助也。因此方令马岱引军尽伐树木，使彼不疑，前车黑柜皆是预先造下地雷，一炮中藏九炮，每三十步埋之，皆用竹竿通节，以引线埋于地土之内，才一发动，山损石裂。吾又令赵子龙预备草车引火之物，山上安设滚木乱石，却令魏延嫌兀突骨并藤甲军入谷，放出魏延，【眉批：何不于此时将魏延一并烧死？□物之

国学经典文库

李渔批阅

三国演义

诸葛亮六擒孟获
诸葛亮七擒孟获

图文珍藏版

1316

理人人访学。】即断其路，随后焚之。吾闻'利于水者必不利于火'。藤甲虽刀箭所不能入，乃油浸之物，见火必着。蛮兵如此顽皮，非以火攻，安能取胜？故一火而焚之，使乌戈国种类尽绝，是吾之大罪也！"众将拜伏曰："丞相天机，鬼神莫测也！"孔明令押过孟获来见。孟获跪于帐下。孔明令去其缚，教且在别帐与酒食官压惊。孔明唤管酒食至坐榻前，如此如此，分付而去。【眉批：看孔明作用。既七擒矣，又有何计？且看。】

孟获与祝融夫人并孟优、带来洞主、一切宗党在别帐饮酒，忽一人与获曰："丞相面羞，【眉批：不说孟获羞，反说丞相害羞，妙有机锋。】不欲与公相见，故令我

等放公回去，再招人马，来决胜负。公可速去。"获垂泪曰："七擒七纵，自古未尝有也。吾虽化外之人，颇知礼义，岂如此无羞无耻乎？"【眉批：**此时蛮子改变。**】遂同兄弟妻子宗党人等，皆匍匐跪于帐下，肉袒谢罪曰："丞相天威也！南人不复反矣！"【眉批：**"南人不复反"语，至今美谈。**】孔明曰："公今服乎？"获泣而谢曰："某子子孙孙皆感覆载生成之恩，安得不服也！"孔明请孟获上帐，设宴庆贺，就令永为洞主；所占之地，尽皆退还。【眉批：**只得七擒，未有七纵。孔明不略其地，正是七纵。**】宗党及诸蛮兵无不感戴，皆忻然跳跃而庆之。后人有诗赞孔明曰：

羽扇纶巾拥碧幢，亲提士马出南方。

瘴烟罩地经泸水，火日飞天守战场。

三顾深思酬汉主，七擒妙策制蛮王。

至今溪洞传威德，为选高原立庙堂。

于是孔明将洞中一切事理，皆委孟获照旧掌管。获拜谢而去。长史费祎入谏曰："今丞相亲提士卒，深入不毛，收复蛮夷。目今蛮夷既已归服，何不张官置吏，与获一同守之？"孔明曰："有三不易：留外人则当留兵，兵无所食，一不易也；【眉批：**此言留兵之难。**】蛮夷折伤，父母死亡，留外人而不留兵，必成祸患，二不易也；【眉批：**此言不留兵之难。**】蛮夷累有废杀之罪，自有嫌

国学经典文库

图文珍藏版

渔阅 李批

良史之才成就历史名著　大家文笔批阅史学经典

三国演义

第四册

[明]罗贯中·原著　[清]李渔·批阅

线装书局

国学经典文库

李渔批阅

三国演义

孔明秋夜祭泸水
孔明初上出师表

图文珍藏版

第九十一回 　孔明秋夜祭泸水
　　　　　　　孔明初上出师表

却说孔明班师回国，时值九月秋天，蛮王高获率引大小洞主酋长及诸部蛮夷，皆罗拜相送。军至泸水，忽黑雾阴云四下布合，狂风沙石从水面而起。【眉批：与五

月渡泸照应。】兵不能进，回报孔明。孔明遂问孟获，获曰："此水原有猖神作祸，往来者必须祭之。"孔明曰："用何物祭享？"获曰："旧时国中因猖神作祸，用七七四

国学经典文库

李渔 批阅

三国演义

孔明秋夜祭泸水
孔明初上出师表

图文珍藏版

1320

十九颗人头，并黑牛白羊以祭之，自然风恬浪静，方才许渡，更兼连年丰稔。"孔明曰："吾今事已平定，安忍又杀生灵？吾不为之。"遂自到泸水岸边，果见阴云大起，波涛汹涌，人马皆惊，亦不能渡。孔明甚疑，即寻土人问之。不时，老少数十余人皆来告说："自丞相经过之后，夜夜只闻水边鬼哭神号，自黄昏直至天晓，哭声不绝。瘴烟之内，阴鬼无数。因此作祸，无人敢渡。"孔明曰："此乃吾之积恶也。旧时马岱引兵数百，豫死此水；更兼杀死蛮兵数多，尽弃此水。狂魂怨鬼，不能解释，以致如此。今晚自当祭之。"【眉批：照应前事。】老人曰："然依旧例，可杀四十九颗人头以祭之，则怨鬼自散也。"孔明曰："吾班师回国，安可妄杀一人？"遂唤行厨宰杀牛马，和面为剂，塑成人头，内以牛羊等肉代之，名曰馒头。【眉批：馒头之始。】当夜于泸水岸上设香案，铺祭物，列灯四十九盏，扬幡招魂，将馒头等物陈设于地。三更时分，风息浪平。孔明金冠鹤氅，亲自临祭。【眉批：明于天地之理者，不可惑以鬼神。使谓能作祟，何以苍亭七十余之众，孔明不阐祭之，而独祭于此？盖孔明为死于王事诸臣，理所当恤，非动于猖獗之足畏，而动于忠义之可恤耳。况哭阵亡之蜀将，正以动未亡之蜀将，与曹操之哭典韦一般作用。】令董厥宣读祭文。其文曰：

维大汉建兴三年秋九月一日，武乡侯、领益州牧、丞相诸葛亮，谨陈祭仪，享于故殁王事蜀中将校、本土神祇及蛮夷亡魂曰：昨自远方侵境，异俗起兵，纵虿尾以兴妖，恣狼心而逞乱。且我大蜀皇帝，威胜五霸，明继三皇，定乾坤于战场之中，立社稷于干戈之内。一自蛮夷罔穷天道，来叩皇风。吾奏君王，请三军暂别龙庭；诸公祖饯，弃六亲远辞家国。于是问罪南蛮，莫不逢山开路，息浪为桥。大举貔貅，将除蝼蚁，大军云集，狂寇冰消。才闻破竹之声，便是失猿之势。但士卒儿郎，尽是九州豪杰；将校官僚，皆为四海英雄。习武从戎，投明事主。莫不同伸三令，共展七擒；齐坚奉国之诚，并是忠君之志。何期汝等偶失兵机，缘落奸计，或流矢所中，魂掩泉台；或枪剑所伤，魄归长夜。志坚忠孝，命终于刀斧之前；正直奉公，骸弃于尘埃之内。生则有勇，死且成名。今则凯歌欲还，献俘将及。汝等英灵尚在，祈祷必闻。随我旌旗，逐我部曲，同回上国，各认本乡。受骨肉之蒸尝，领妻子之祭祀，莫作他乡之鬼，徒为异国之魂；当念姻亲泣哭于朝昏，子女啕于旦暮。吾奏皇帝，使尔等各家尽沾恩露，年年请给衣粮，月月不绝俸禄。用兹酬答，以慰汝心。父子传孙，名题蜀史，今则聊表丹诚，陈其祭祀，各领酒食，共享一餐；依此灵幡，随我归国。呜呼，哀哉！伏惟尚飨。【眉批：尝读唐人诸诗，如"碛里征人三十万，一时回首月中看"，又如"可怜无限河边骨，犹是春闺梦里人"，与此祭文俱堪酸鼻。】

国学经典文库

李渔批阅

三国演义

孔明秋夜祭泸水
孔明初上出师表

图文珍藏版

1321

祭文读毕，孔明放声大哭，【眉批：**该有此一哭，以谢众鬼。**】痛切不已。情动三军，无不下泪，蛮貊之人，尽皆大恸。只见愁云怨雾之中，隐隐有数千鬼魂随风而散。【眉批：**岂止数千。**】于是孔明令将祭物尽弃水中。

次日，孔明引军俱到泸水南岸，但见云收雾散，风静浪平。因此蜀兵渡了泸水，果然"鞭敲金镫响，人唱凯歌声。"【眉批：**好词从何处得来？**】行到永昌之时，孔明留王伉、吕凯以守四郡；分付孟获便回蛮邦，勤政驭下，善抚居民，勿失农务。孟获拜别而去。静轩先生有诗曰：

相国兴师入不毛，滔滔流水起波涛。

汉兵自信三擒易，孟获安知七纵劳。

铁甲渐沾蛮雨湿，征袍初染瘴烟高。

一从伐叛扬威武，应使南人识俊髦。

孔明引大军回到成都，后主整排銮驾，出郭三十里迎接。后主下辇，立于道旁。【眉批：与献帝迎曹操相类，而君之诚伪既殊，臣之忠奸亦别，想俱随孔明得来。】孔明慌忙下车，伏道而言曰："臣不能速平蛮方，使主上怀忧，臣之罪也。"后主扶起孔明，并车而回。设太平筵会，重赏三军。蛮邦进贡者二百余处，皆厚待之，重赏护送，各还本国。孔明奏明后主，将殁于王事之家，一一重赏。西蜀之地，年丰岁稔，人心欢悦，万物咸宁。

却说魏主曹丕在位七年，即蜀之建兴四年也。【眉批：以下按下西蜀。】丕先纳夫人甄氏，极有颜色，乃中山无极人也，上蔡令甄逸之女，自三岁失父。建安中，袁绍知其美，娶与子袁熙为妇。【眉批：照应前事。】熙出镇幽州，丕父曹操打破邺城，丕见甄氏之美，遂纳为妻。后生一子，名叡，字元仲，自幼聪明，丕甚爱之。后丕又纳安平广宗人郭永之女为贵妃。此女更美，其父曰："吾女乃女中之王。"故号为"女王"。自丕纳为贵妃之后，因甄氏失宠，郭贵妃欲谋正宫，却与幸臣张韬商议。时丕有疾，虚作甄氏位下掘得桐木偶人，上书丕年月日时，如此压镇。丕因而大怒，将甄夫人勒死冷宫，立郭贵妃为后。因无所出，养曹叡以为己子，虽甚爱之，

读/者/随/笔

国学经典文库

李渔批阅

三国演义

孔明秋夜祭泸水
孔明初上出师表

图文珍藏版

1323

不立为嗣，叡年一十五岁，弓马熟闲。当年春二月，丕带叡出猎，行于山坞之间，赶出子母二鹿。丕一箭射中母鹿，丕回视小鹿，卧于曹叡马下。丕大呼曰："吾儿何不射之？"叡泣告曰："陛下已射其母，臣安忍复杀其子？"【眉批：曹操射鹿失君臣之礼，曹叡射鹿动母子之情。】丕闻之，掷弓于地曰："吾儿真仁德之主也！"遂立叡为齐公，后改为平原王。

夏五月，丕感寒疾甚笃，乃召中军大将曹真，镇军大将军陈群，抚军大将军司马懿——俱掌国家重大事者，皆入寝宫。丕唤曹叡至，与曹真等曰："朕疾已笃，此子年幼，卿等可以辅之。勿负朕心！"三人告曰："陛下何出此言？臣等愿千秋万岁，竭力以事陛下！"丕曰："许昌城门无故自崩，此不祥之兆。"【眉批：许昌灾异从丕口中说出。】忽征东大将军曹休入宫问安，丕曰："卿等四人皆国家柱石之臣，今已在此，朕何虑焉。"言讫，堕泪而崩，【眉批：曹丕使他善终，千古遗恨。】时年四十岁，没于洛阳宫嘉福殿，在位七年。后晋平职侯陈寿评曰：

魏文帝天资文藻，下笔成章；博闻强识，才艺兼修。若加之扩大之度，励以公平之诚，迈志存道，克广德心，则古之贤主，何远之有哉！

又史官孙盛评曰：

国学经典文库

李渔批阅 渔阅

三国演义

孔明秋夜祭泸水
孔明初上出师表

图文珍藏版

魏主处莫重之哀，而设享宴之乐；居贻厥之始，而堕王化之基；及至受禅，显纳二女，忘其至恸，以亵先圣之典，将何以终？

于是曹真、陈群、司马懿、曹休等四人一面举哀，一面册立曹叡为大魏皇帝，谥父丕为文皇帝，【眉批：文者，取守之意也。谥丕为文，操之篡益彰。】谥母甄氏为文昭皇后；以钟繇为太傅，曹真为大将军，曹休为大司马，华歆为太尉，王朗为司徒，陈群为司空，司马懿为骠骑大将军；其余文武官僚，各各封赠，大赦天下。时雍、凉二州无官守把，于是司马懿上表，乞守西凉等处。

【眉批：懿注意在西，所畏者蜀也。】叡从之，遂封懿提督雍、凉等处兵马，领诏去讫。

却说细作人飞报入川，来见孔明。孔明惊曰："曹叡即位，不足挂意。但司马懿乃当世之英雄，今总督雍、凉兵马，必为蜀中之大患也。【眉批：蜀亦患司马懿。】不如先起精兵伐之。"参军马谡曰："丞相平蛮方回，军马疲敝，只宜存恤，岂可复远征耶？某有一计，使司马懿自死于曹叡之手。未知丞相钧意允否？"孔明问计，未知如何。

于是马谡献计曰："司马懿虽是魏朝大臣，曹叡平素疑之。【眉批：大凡反间都从疑起。】何不密地遣人往洛阳、邺郡等处，布散流言，道此人欲反；【眉批：一时反间，谁知后来果成真事。】更作告示榜文，遍贴诸外，使曹叡心疑，必然杀之。"孔明大喜，从之。即遣人密行此计去了。

却说邺城门上贴下告示，守门者揭奏曹叡。叡观之，大惊失色。其文曰：

骠骑大将军总领雍、凉等处兵马事司马懿，谨以信义布告天下：昔太祖武皇帝创立皇基，本欲立陈思王子建为社稷主，不幸好谗交集，岁久潜龙。今皇孙曹叡素无德行，妄自居尊，有负太祖遗意。今吾应天顺人，以慰万民之望，克日兴师到关，皆早归命新君；如不顺者，当灭九族！失此告闻，相宜知悉。

国学经典文库

李渔批阅

三国演义

孔明秋夜祭泸水
孔明初上出师表

图文珍藏版

1326

曹叡大疑，急问群臣。太尉华歆等奏曰："司马懿上表，乞守雍、凉，正为此也。先时太祖武皇帝尝与臣曰：'司马懿鹰视狼顾，不可村以兵权，久后必为国家之祸,'【眉批：**曹孟德语于此补出。**】今反情已露，可速诛之。"王朗奏曰："司马懿深明韬略，善晓兵机，有一匡天下之志；若不早除，久必成王莽之祸矣。"叡降旨，便欲兴兵御驾亲征。忽班部中大将军曹真奏曰："不可。先帝托孤于臣等四人，已知司马仲达无异志也；今无故加兵，逼之反耳；况蜀、吴未除，或是奸细行间谍之计，使我君臣自乱，彼却乘虚而击。陛下岂可深信？"【眉批：**子丹略有见识。**】叡曰："若司马懿变生，悔之何及？"真曰："如陛下过疑，可仿汉高祖伪游云梦之计，驾幸安邑，司马懿必然来迎，观其动静，就车前擒之可也。"叡从之，遂命曹真监国，即领御林军十万径到安邑。

此时司马懿果然不知，欲令天子知其威严，乃整兵马，率甲士数万来迎。【眉批：**仲达虽乖，此时却着道儿。**】近臣奏曰："司马懿果率生力甲士十万余前来抗拒，实有反心矣。"叡慌命曹休先领清兵迎之。司马懿见兵来到，只疑车驾亲幸，伏道而迎。曹休出曰："仲达受先帝托孤之重，何故反耶？"懿大惊失色，汗流遍体，乃问其故。休细言之。懿曰："此乃吴、蜀奸谋间谍之计，使我君臣自相残害，彼却乘虚以袭之。某当自见天子。"【眉批：**毕竟仲达乖觉。**】懿急退军士，俯伏车前，泣奏曰：

"臣受先帝托孤之重，安有异心？必是吴、蜀之诈。臣请出师者，实欲先破蜀，后伐吴，报先帝于陛下耳。"叡持疑未决。华歆奏曰："不可付以兵权，黜罢回乡。此汉文帝以报周勃也。"叡从之，将司马懿削去官职，命曹休总督雍、凉军马。司马懿贬回乡里，魏主曹叡驾回洛阳。

却说细作探知此事，报入川中。孔明闻之，大喜曰："吾欲伐魏久矣，奈有司马懿总雍、凉之兵。今既中计而贬之，吾何忧也！"【眉批：伐魏大义，孔明何先蛮后魏？盖不平蛮则有内顾之忧，与曹操不谋吕布不敢灭袁同意。】次日，后主早朝，大会官僚。孔明出班上《出师表》一道，表曰：

国学经典文库

李渔批阅

三国演义

图文珍藏版

孔明秋夜祭泸水

孔明初上出师表

先帝创业大半，而中道崩殂。今天下三分，益州疲敝，此诚危急存亡之秋也。然侍卫之臣不懈于内，忠志之士忘身于外者，盖追先帝之殊遇，欲报之于陛下也。诚宜开张圣听，以广先帝遗德，恢弘志士之气；【眉批：伏下文宫中。】不宜妄自菲薄，引喻失义，以塞忠谏之路也【眉批：伏下文府中。】。宫中府中，俱为一体，陟罚臧否，不宜异同。若有作奸犯科，及为忠善者，宜付有司，论其刑赏，以昭陛下平明之治；不宜偏私，使内外异法也。【眉批：此段言当自治，以为诸臣图报之地，在君德上讲宜、不宜二字眼。】侍中、侍郎郭攸之、费、董允等，此皆良实，志虑忠纯，是以先帝简拔以遗陛下。愚以为宫中之事，事无大小，悉以咨之，然后施行，必能裨补阙漏，有所广益。【眉批：宫中昵，府中疏，《出师表》全为此一段。】将军向宠，性行淑均，晓畅军事，试用于昔日，先帝称之曰"能"，【眉批：重之以先帝，句之不脱。】是以众议举宠为督。愚以为营中之事，事无大小，悉以咨之，必能使行阵和睦，优劣得所。亲贤臣，远小人，此先汉所以兴隆也；亲小人，远贤臣，此后汉所以倾颓也。【眉批：□上先汉、后汉。】先帝在时，每与臣论驱事，未尝不叹息痛恨于桓、灵也。侍中、尚书、长史、参军，此悉贞亮死节之臣也，陛下亲之信之，则汉室之隆，可计日而待也。臣本布衣，躬耕南阳，苟全性命于乱世，不求闻达于诸侯。【眉批：自叙最悲苦甚。】

国学经典文库

李渔批阅

三国演义

孔明秋夜祭泸水
孔明初上出师表

图文珍藏版

1330

先帝不以臣鄙猥，躬自枉屈，三顾臣于草庐之中，咨臣以当世之事，由是感激，许先帝以驱驰。后值倾覆，受任于败军之际，奉命于危难之间，迩来二十有一年矣。先帝知臣谨慎，故临崩寄臣以大事也。受命以来，夙夜忧虑，恐付托不效，以伤先帝之明。故五月渡泸，深入不毛，今南方已定，兵甲已足，当奖率三军，北定中原，庶竭驽钝，攘除奸凶，以复兴汉室，还于旧都。此臣所以报先帝，而忠陛下之职分也。【眉批：**此段追叙先帝殊遇，启下出师图报之意。**】至于斟酌损益，进尽忠言，则攸之、祎、允之任也。【眉批：**身既出，不能在朝。故匡君德分责三臣。以君德起，以君德落。**】愿陛下托臣以讨贼兴复之效，不效则治臣之罪，以告先帝之灵。【眉批：**以君德起，以君德落。**】若无兴德之言，责攸之、祎、允等之咎，以彰其慢。陛下亦宜自谋，以咨诹善道，察纳雅言，深追先帝遗诏。臣不胜受恩感激！今当远离，临表涕泣，【眉批：**孔明伐魏，正当踊跃，何用涕泣？盖孔明此出，正当危急存亡之秋，迫于大义讨贼，势不容已。然回顾嗣主柔暗，实又难为进退，因而切切开导，忽如人父教子，忽如慈妪恋儿，故于表中慷慨流离，非但为汉贼不两立也。**】不知所云。谨表。

后主览表曰："相父征蛮，远涉艰难，方始回都，坐未安席，又欲北征，恐劳神思。"孔明曰："臣臣受先帝托孤之重，夙夜未尝有怠。今平蛮回国，一载有余，军

国学经典文库

李渔批阅

三国演义

孔明秋夜祭泸水
孔明初上出师表

图文珍藏版

马已锐，器械已足，粮草之类，尽皆完备。不就此时讨逆，恢复中原，更待何日？"忽班部中太史谯周奏曰："臣夜观天象，北方旺气正盛，星曜倍明，未可图也。"乃顾孔明曰："丞相深知天文，何故强为？"孔明曰。"天道之理，变易不常，岂可拘执？吾今且驻军马于汉中，观其动静而行之。"谯周等谏之不从。于是孔明乃留郭攸之、董允、费祎等为侍中，总摄宫中之事，又留向宠为大将，总督御林军马，蒋琬为参军；张裔为长史，掌丞相府事；又留杜琼为谏议大夫；杜微、杨洪为尚书；孟光、来敏为祭酒；尹默、李撰为博士；郤正、费诗为秘书；谯周为太史；内外文武官僚一百余员，同理蜀中之事。【眉批：应来宫中府中。】孔明受诏兴兵，克复中原，重兴汉室。【眉批：南徐之后，阳平之兵大概皆为吴、蜀私怨，揆之大伸讨贼之义，则犹未也。惟此则从大义起见，故《纲目》书云：汉丞相，武乡侯诸葛亮出师伐魏。重予之也。】

孔明暂归府内，唤诸将听令：前督部——镇北将军、领丞相司马、凉州刺史；都亭侯魏延；前军都督——领扶风太守张翼；牙门将——裨将军王平；后军领兵使——安汉将军、领建宁太守李恢；副将——定远将军、领汉中太守吕义；兼管运粮左军领兵使——平北将军、陈仓侯马岱；副将——飞卫将军廖化；右军领兵使——奋威将军、博阳亭侯马忠；抚戎将军、关内侯张嶷；行中军师——车骑大将军、都乡侯刘琰；中监军——杨武将军邓芝；中参军——安远将军马谡；前将军——都亭侯袁琳；左将军——高阳侯吴懿；右将军——玄都侯高翔；后将军——安乐侯吴班；领长史——绥军将军杨仪；前将军——征南将军刘巴；前护军——偏将军、汉城亭侯许允；左护军——笃信中郎将丁咸；右护军——偏将军刘敏；后护军——典军中郎将官雝；行参军——昭武中郎将胡济；行参军——谏议将军阎晏；行参军——偏将军习；行参军——裨将军杜义，武略中郎将杜祺，绥戎都尉盛敦；从事——武略中郎将樊岐；典军书记——樊建；丞相令史——董厥；帐前左护卫使——龙骧将军关兴；右护卫使——虎翼将军张苞。孔明受诏封为平北大都督、丞相、武乡侯，领益州牧，知内外事。【眉批：历叙官爵，以见出师伐魏，故特书其官以予之也。】于是孔明分拨已定，又檄李严等守川口以拒东吴。【眉批：周密之极。】选定建兴五年春三月丙寅日出师。【眉批：此一出正关大义，故大书特书。】

忽帐下一老将厉声进曰："我虽年迈，尚有廉颇之勇，马援之雄，此二古人皆不服老，何故不用我耶！"众视之，乃常山赵子龙也。孔明曰："吾自平蛮回都，马孟起因病身故，【眉批：马超死，在孔明口中说出。】予甚惜之，以为折其右臂。今将军年纪已高，但恐稍有参差，动摇一世之英名，减却西蜀之锐气耳。"【眉批：虽是激语，亦是真话。】子龙厉声曰："吾自随先帝以来，临阵不退，遇敌则先，大丈夫得死于疆场者，幸也，吾何恨焉？愿为前部先锋！"孔明苦劝不住。子龙曰："如不令我为先锋，即撞死于阶下！"【眉批：急话。】孔明曰："将军既欲为先锋，须得人同去。"言未尽，一人应曰："某虽不才，愿与老将军先引一军，前锋破敌。"孔明视之，乃义阳新野人也，见为中临军、杨武将军，姓邓，名芝，字伯苗。【眉批：即是不畏油鼎之人。】孔明大喜，即拨精兵五千，副将十员，随赵子龙、邓芝为先锋去讫。

孔明出师，后主百官送于北门外十里，孔明辞了后主而去。旌旗蔽野，戈甲如霜，沿江之民箪食壶浆以迎王师。孔明率大军望汉中迤逦进发。【眉批：写孔明堂堂

国学经典文库

李渔批阅

三国演义

孔明秋夜祭泸水
孔明初上出师表

图文珍藏版

正正，十分声势。】

却说边庭探知此事，报入洛阳。是日，魏主曹叡设朝，近臣奏曰："边官报道，诸葛亮率领大兵三十余万，出屯汉中，令赵云、邓芝为前部先锋，引兵入境，其机至急。"叡大惊，慌问群臣曰："谁可为将，以退蜀兵？"一人应声而出曰："臣父死于汉中，切齿之恨未尝得报。今蜀兵犯境，臣愿引本部猛将，乞陛下赐关西之兵，上为国家效力，下为父亲报仇，万死不恨也。"众视之，乃安西镇东将军、尚书、驸马都尉、假节、夏侯渊之子夏侯楙也。楙字子休，自功过房与夏侯惇为子，其后夏侯渊被黄忠斩了，曹操怜之，以女清河公主招楙为这驸马，【眉批：曹操本夏侯氏，以女妻之，是同姓为婚。】因此朝中钦敬。虽掌兵权，性急悭吝，未尝临阵。此时曹叡即命夏侯楙为大都督，调关西诸路军马，前去迎敌。忽一人谏曰："不可。"众视之，乃司徒王朗也。朗曰："驸马平昔不曾经战，今付大任，非其宜也，更兼诸葛亮足智多谋，深通韬略，不可与敌。"楙叱之曰："司徒莫非结连诸葛，欲为内应？吾自幼从父学习韬略，深通兵法，汝何欺吾年幼耶？吾不生擒诸葛亮，誓不回见天子也！"王朗等皆不敢言。夏侯楙辞了魏主，星夜来到长安，调关西诸路军马二十余万，来敌孔明。未知胜负如何，下回便见。

国学经典文库

李渔批阅

三国演义

孔明秋夜祭泸水
孔明初上出师表

图文珍藏版

第九十二回　赵子龙大破魏兵　诸葛亮智取三郡

建兴五年夏四月，孔明率兵前至沔阳，经过马超坟墓，令弟马岱挂孝，孔明亲自祭之。祭毕，回到寨中，商议进兵。忽哨马报道："魏主曹叡遣驸马夏候楙，调关中诸路军马，前来拒敌。"忽魏延上帐献策曰："楙乃膏

梁子弟，懦弱无谋。敕赐精兵五千，路出褒中，循秦岭

以东，当子午谷而投北，不过十日，可到长安。闻延至，必然弃城，望横门邸阁而走矣。所弃粮草，足可为用。延却从东方来，丞相大驱士马，自斜谷而进。如此行之，则咸阳以西一举可定。此万全之计也。"【眉批：**此暗渡陈仓之策，的是好计，惜乎不用。**】孔明曰："此非万全之计。汝欺中原无好人物，倘有进言者，于山僻中以兵截之，非但五千人受害，亦大损锐气矣。"【眉批：**孔明亦知是此计，但不欲行险以侥幸耳。愚谓孔明生平失计莫大于此。**】延曰："丞相兵从大路进发，彼必尽起关中之兵，于路迎敌，徒损生灵，何日可得中原耶？"孔明曰："吾从陇右取平坦大路，依法进兵，岂不胜耶？"不用延计，即令赵云进兵。

却说楙在长安聚集诸路军马，时有西凉大将韩德，善使开山大斧，有万夫不当之勇，引西羌兵八万前来见楙。楙重赏已毕，就遣韩德为先锋。德有四子皆精通武艺，弓马熟闲：长子瑛，次子瑶，三子琼，四子琪，皆雄伟之士。德带四子，并西羌兵八万，行至凤鸣山，正遇蜀兵。两阵对圆，德出马，四子立于两边。德厉声大骂曰："反国之贼！安敢犯吾境界！子龙大怒，挺枪纵马，单搦韩德交战。韩瑛挺枪跃马来迎，战不三合，被子龙一枪刺死马下。【眉批：**断送一个。**】韩瑶大怒，纵马挥刀，来战子龙。子龙抖擞精神，相迎韩瑶，瑶抵敌不住。韩琼见之，急挺方天戟，骤马前来夹攻。子龙全然不惧，枪法不乱。韩琪见二兄战子龙不下，也纵马赶

国学经典文库

李渔批阅

三国演义

赵子龙大破魏兵
诸葛亮智取三郡

图文珍藏版

国学经典文库

李渔批阅

三国演义

赵子龙大破魏兵
诸葛亮智取三郡

图文珍藏版

1338

来，围住子龙。子龙在中，独战三将。少时，韩琪中枪落马，【眉批：又伤一个。】一将救去。子龙拖枪便走。韩琼按戟，急取弓箭射之，连放三箭，皆被子龙用枪拨了。琼大怒，仍绰方天戟纵马赶来，却被子龙一箭射中面门，落马而死。【眉批：断送两个。】韩瑶急纵马赶来，举刀便砍子龙。子龙拖放不迭，弓枪皆弃，闪过宝刀，生擒韩瑶归阵。【眉批：生擒一个。】复纵马取枪，杀过阵来。韩德见四子皆丧，肝胆皆裂，躲入阵去。西凉兵素知子龙之名，又见如此英勇，谁敢交锋？子龙到处，喝声开阵，两下纷纷倒退，却被子龙匹马单枪，往来冲突，如入无人之境。邓芝见子龙大胜，率兵掩杀，西凉兵大败而走。韩德险被子龙擒住，弃甲步行而逃。子龙、邓芝收军回寨。芝贺曰："某见将军如此英雄，不想寿已七旬，精神尚在，今日阵前独胜四将，世罕有也！"子龙曰："丞相以吾年迈，不能取用，吾故以此表之。"【眉批：有他说嘴分。权将少年人，试我老本事。】遂差人解送韩瑶，申报捷书，以达孔明。

却说韩德引败军回见夏侯楙，哭告其事。楙自统兵来迎赵云。忽探马报入蜀寨，说夏侯楙自引兵到。子龙乃上马绰枪，引千余军，就凤鸣山前摆成阵势。当日夏侯楙戴金盔，坐白马，提大刀，立在门旗下，见子龙跃马挺枪，往来驰骋，楙欲自战。后面韩德言曰："杀吾四子，如何不报！"纵马轮斧，直取子龙。子龙奋怒来迎，战不三合，一枪刺德死于马下，【眉批：又断送一个。】

更拨马直取夏侯楙。楙慌忙闪入本阵。邓芝驱兵掩杀。魏兵又折一阵，退十余里下寨。

楙连夜与众将商议曰："吾久闻赵云之名，未尝见面。今已年老，英雄尚在，方信当阳长坂之事。【眉批：旧事一提。】无人可敌，如之奈何？"参军程武，乃程昱之子，进言曰："某料赵云有勇无谋，不足虑也。来日都督再引兵出，先伏两军于左右。都督临阵先退，诱赵云到伏兵去处，都督却登山指挥，四面军马重重围住，足可擒矣。"【眉批：计只平常，但赵云恃勇轻敌，为所中耳。】楙从其言，遂遣董禧引三万军伏于左，薛则引三万军伏于右。埋伏已定。

国学经典文库

李渔 批阅

三国演义

赵子龙大破魏兵
诸葛亮智取三郡

图文珍藏版

国学经典文库

李渔批阅

三国演义

赵子龙大破魏兵
诸葛亮智取三郡

图文珍藏版

1340

次日，夏侯楙复整金鼓旗幡，率兵而进。子龙、邓芝出迎。芝在马上与子龙曰："昨夜魏兵大败而去，今日复来，必有诈也。将军防之。"子龙笑曰："乳臭小儿，何足道哉！吾必擒之！"却说魏军中旗幡之下，夏侯楙与诸将搦战，子龙奋怒，跃马而出。魏将潘遂出迎，战不三合，遂拨马便走。子龙赶去，魏阵中八员将一齐来迎。放楙先走，八将亦败奔走。子龙与芝乘势追杀，深入重地，四面喊声大震。芝急收军退回，左有董禧，右有薛则，两路杀到。芝因兵少，不能解救。将子龙困在垓心。子龙东冲西突，魏兵越厚。此时子龙手下，止剩千余人，杀到山坡之下，只见楙在山上，指挥三军。子龙投东则往东围，投西则往西围。【眉批：**子龙只因恃勇轻敌，故尔困此。**】子龙因此攻打不透。引兵杀上山去，半山中擂木炮石打将下来，不能上山。更弩箭如雨，蜀兵伤折大半。从辰至酉，不得脱走。子龙正在垓心下马少歇，欲待月明冲突。却才卸甲苏困，月光方出，忽四下火光冲天，鼓声大震，矢石如雨，魏兵杀到，皆叫曰："赵云早降！"子龙急急上马迎敌，四面军马渐渐逼近，八方弩箭交射甚急，人马不能向前，子龙仰天叹曰："吾不服老，死于此地矣！"【眉批：**读者至此，只道子龙不生。**】

忽东北角上喊声大起，魏兵纷纷乱窜，一彪军杀到，为首大将素袍银铠，持丈八点钢矛，手执人头。子龙视之，乃虎翼将军张苞也。苞见子龙言曰："丞相恐老将军有失，特遣某引五千兵接应。【眉批：**方知孔明精细。**】

闻知老将军被困，故杀透重围，正遇魏将薛则拦路，被某杀之。"【眉批：杀薛则在苞口中带出，简便。】子龙大喜，即与张苞杀出西北角来。只见魏兵弃戈奔走，一彪军从外呐喊杀入，为首大将坐赤兔马，提偃月刀，手挽人头。子龙视之，乃龙骧将军关兴也。兴与子龙曰："奉丞相之命，恐老将军有失，特引五千兵前来接应。却才阵上逢着魏将董禧，被吾一刀斩之，枭首在此。【眉批：斩董禧亦只在兴口中带出。】丞相随后便到。"子龙曰："二将军已建奇功，何不趁今日擒夏侯楙，以定大事耶！"张苞闻言，遂引兵去了。兴曰："我也干功去也。"子龙回顾左右曰："两个是吾侄辈，尚且干功去了；吾乃国家上将，朝廷旧臣，反不如小儿耶？当舍老命以报先帝之恩！"【眉批：汉子怎么说老。】子龙亦引兵去【眉批：老的少的个个出色。】。未知夏侯楙性命如何，下回分解。

却说赵云与关兴、张苞三路兵大破魏军，邓芝引兵接应，杀得尸横遍野，血流成河。夏侯楙乃无谋之人，更兼年幼，不曾经战，见军大乱，【眉批：曹操女婿不济。】遂引帐下骁将百余人，望南安郡而走。众军因见无主，尽皆逃窜。兴、苞听知夏侯楙望南安郡去了，连夜赶来。楙走入城，紧闭城门，驱兵守御。兴、苞赶到，一声炮响，将城围了。子龙随后也到，三面攻打。少时，邓芝亦引兵到。一连围了十日，攻打不下。

忽报丞相留后军住于沔阳，左军屯于阳平，右军屯于石城，自引中军来到。子龙、邓芝、关兴、张苞皆来

国学经典文库

李渔批阅

三国演义

赵子龙大破魏兵
诸葛亮智取三郡

拜问，说连日攻城不下。【眉批：却像要取南安的。】孔明曰："容吾自观。"遂乘小车亲到城边周围看了一遍。回寨升帐而坐。众将环立听令。孔明曰："此郡壕深城峻，不易攻也。吾正事不在此城。【眉批：又像不要取南安的。令人猜解不出。】汝等如是久守，倘魏兵分道而出，却取汉中，吾军无益矣。"芝曰："楙乃魏之驸马，若擒此人，胜斩百将。今困于此，岂可弃之？"孔明曰："吾自有计，但未知此处接连何郡？"左右告曰："西连天水郡，北抵安定郡。"孔明曰："二处太守何人也？"答曰："天水太守马遵，安定太守崔谅。"孔明大喜，乃唤魏延受计，如此如此；又唤关兴，张苞受计，如此如此；又唤心腹二人受计，如此行之。【眉批：唤魏、关、张三人不足为奇，看唤二心腹人如何作用。】各将领命引兵而去。孔明却在南安城外，令军搬运柴草，堆于城下，口称"烧城"。魏兵闻知，大笑不惧。

却说安定太守崔谅在城，闻知蜀兵围住夏侯楙于南安城中，十分慌惧，即点军马四千，守住城池。忽见一人自正南来，口称"有机密事"。崔谅唤入问之，答曰："某是夏侯楙都督帐下心腹将裴绪，今奉将令，特来求救天水、安定二郡。即目南安危急，每日城上纵火为号，专望二郡救兵，并不见到，复差某杀出重围，特来报急，望星夜起兵外应。都督若见二郡兵到，开门接应也。"谅曰："都督有文书否？"绪贴肉取出，汗已湿透，略教一视，急令手下换了匹马，便出城望天水而去。不二日，又有报马报说："天水太守已起兵救援南安去了，早早接应。"崔谅与府官商议，多官曰："若不去救，失了南安，送了驸马，皆我两郡之罪。只得救之。"谅即点本部人马，离城而去，只留文官守城。

且说崔谅提兵向南安大路而进，遥见火光冲天，催兵星夜进发。离南安尚有五十余里，忽然前后喊声大震。谅慌问左右，不时哨马报道："前面关兴截住去路。北背张苞杀来！"安定之兵，四下逃窜。谅大惊，乃领手下百余人，往小路死战得脱，奔回安定。方到城壕，城上乱箭射将下来，蜀将魏延在城上叫曰："吾已取了城也！何

国学经典文库

李渔批阅

三国演义

赵子龙大破魏兵
诸葛亮智取三郡

图文珍藏版

国学经典文库

李渔批阅

三国演义

赵子龙大破魏兵
诸葛亮智取三郡

图文珍藏版

不早降?"先是魏延扮作安定军，黄夜赚开城门，蜀兵尽入，因此得了安定。【眉批：方知分咐魏延如此如此。】

崔谅慌投天水郡来，行不一程，前面一彪军摆开，大旗之下，一人纶巾羽扇，道袍鹤氅，端坐车上。谅视之，乃是孔明，急拨回马走。关兴、张苞两路兵追到，只叫："早降!"【眉批：眼。】崔谅见四面皆是蜀兵，不得已而降之，同归大寨。孔明以上宾待之。孔明曰："南安太守与足下厚否?"谅曰："此人乃杨阜之族弟杨陵也，与某邻郡，交契甚厚。"孔明曰："今欲望足下入城，说杨陵擒夏侯楙，可乎?"谅曰："丞相若令某去，可暂退军马，容某入城说之。"孔明从其言，即时传令，教四面军各退二十里下寨。

崔谅匹马到城，叫开城门。入到府中，与杨陵礼毕，细言其事。陵曰："我等受魏主大恩，安忍背之? 可将计就计而行。"【眉批：杨陵欲将计就计，谁知孔明亦重将计就计。】遂引崔谅到夏侯楙处，亦告其事。楙曰："当用何计?"杨陵曰："只推某献城门，赚蜀兵入，却就城中杀之。"【眉批：一个要在城中用计。】崔谅依计行之。来见孔明，说："杨陵献城，放大军入城，以擒夏侯楙。【眉批：数句是□。】杨陵本欲自捉，因手下勇士不多，未敢动也。"【眉批：数句是□。】孔明曰："此事至易。今有足下原降兵百余人，于内暗藏蜀将，可作安定军马，带入城去，先伏夏侯楙府下；却才与杨陵说，待半夜之时，献开城门，里应外合。"【眉批：数句是假。】谅暗思："若不带蜀将去，犹恐生疑；且带入去，就里先斩，举火为号，献开城门，孔明必先入也，那时一齐杀之。"【眉批：**也算计要在城中杀之。**】因此应允。孔明嘱曰：

国学经典文库

李渔 批阅

三国演义

赵子龙大破魏兵
诸葛亮智取三郡

图文珍藏版

"吾遣亲信将关兴、张苞随足下先去，只推救军杀入城中，以安夏侯楙之心。【眉批：**此句是真。**】但举火，吾当亲入城去以擒之【眉批：**此句是假。**】。"

时值黄昏，关兴、张苞披挂上马，各执兵器，杂在安定军中，随崔谅来到南安城下。杨陵在城上，撑起悬空板，倚定护心栏，问曰："何处军也？"崔谅曰："安定救军到来。"谅先射一号箭上城，箭上带着密书曰："今诸葛亮先遣二将伏于城中，要里应外合。且不可惊动，恐泄了计策。待入城中图之。"杨陵将书见了夏侯楙，细言其事。曰："既然诸葛亮中计，必先入城，可伏兵斩之。今先赚得二将，亦除两害。"【眉批：且慢。】遂教刀斧手百余人伏于府中，"如二将随崔太守到府下马，闭门斩之；却于城上举火，赚诸葛亮入城，伏兵齐出，一鼓

而休也。"【眉批：有次序。】此时安排了毕。杨陵回到城上，言曰："既是安定军马，可放入城。"关兴跟崔谅先行，张苞在后。杨陵下城，在门边迎接。兴手起刀落，斩杨陵于马下。【眉批：方知在城外，不在城中；在黄昏，不在半夜也。】崔谅大惊，急拨马走到吊桥边。张苞

国学经典文库

李渔批阅

三国演义

赵子龙大破魏兵
诸葛亮智取三郡

图文珍藏版

大喝曰："贼子休走！汝等诡计，如何瞒得丞相耶？丞相大军便到，先令吾二人来赚城门。"言讫，一枪刺崔谅于马下。关兴早到城上放起火来，四面蜀将齐入。夏侯楙措手不及，开南门并力杀出。一彪军拦住，为首大将乃是王平。交马只一合，生擒夏侯楙于马上，【眉批：丈人恁般做人，女婿却出丑。】余皆杀死。

孔明入南安，招谕军民，秋毫无犯。众将各各献功。孔明将夏侯楙囚于车中。邓芝问曰："丞相何故知崔谅诈也？"孔明曰："吾知此人原无降心，故使入城以试真伪，必尽情告与夏侯楙，欲将计就计而行。吾见来情，足知诈也，复使二将同去，以隐其心。此人若有真心，必然阻当；便忻然同去者，恐吾疑也。他意中度二将同去，赚入城内杀之何迟；又令吾军有托，放心而进也。吾已暗嘱二将，就城门下图之。城内必无准备，吾军随后便到。此出其不意也。"【眉批：洞见肺腑。】众将拜服。孔明曰："赚崔谅者，吾使心腹人诈作魏将裴绪也。【眉批：原来二心腹人为此用。】吾又去赚天水郡，至今未到，可乘时取之。【眉批：就孔明口中带出天水郡，妙。】若得三郡，其威大震。"又曰："吾留吴懿守南安，刘琰守安定，替出魏延军马去取天水郡。"

却说天水太守马遵，听知夏侯楙困在南安，乃聚文武商议。时有功曹梁绪、主簿尹赏、主记梁虔等曰："夏侯驸马乃金枝玉叶，倘有疏虞，难逃坐视之罪。太守何不尽起兵救之？"【眉批：若如此，便不用赚了。】马遵正

疑虑间，忽报夏侯驸马差心腹将裴绪到。绪入府，取公文付马遵。遵视之，说："都督求两郡之兵，星夜救应。"与安定所言皆同。【眉批：**一样药接两个汤头。**】遵令馆舍暂歇，一面交行文书，起各郡兵同救。次日，又有报马称说："安定兵已先去了，教太守火急前来会合。"马遵正欲起兵，忽一人自外入，曰：太守中诸葛亮之计矣！"众视之，乃天水冀人也，姓姜，名维，字伯约。【眉批：**六出祁山之后。始有九伐中原之事。却于一出祁山之时，已伏九伐中原之人。**】父名同，昔日曾为天水功曹，因羌戎乱，没于王事。自幼博览群书，兵法武艺，无所不通。奉母至孝，郡人敬之。后为中郎将，就参本部军事。当日姜维与马遵曰："近闻诸葛亮杀败夏侯楙，困于南安，水泄不通，安得有人自重围而出也？况闻裴绪乃无名下将，多不曾见，况安定报马又无公文。以此察之，此乃蜀将诈称魏将也。赚得太守出城，料城中无备，必然暗伏一军于左近，乘虚而取天水矣！"【眉批：

可知孔明前言"中原未尝无好人物"之语不虞。】马遵悟曰："非伯约之言，几中奸计矣！当先斩此人，闭门坚守。此计虽善，恐又是真，有失大事，如之奈何？"维笑曰："何难之有？某有一计，可擒诸葛亮，亦可解南安之危。"马遵问计。未知如何，且听下回分解。

李渔批阅

三国演义

赵子龙大破魏兵

诸葛亮智取三郡

图文珍藏版

第九十三回　孔明以智伏姜维　孔明祁山破曹真

　　却说姜维献计与马遵曰："郡后必有埋伏，愿请五千兵伏于要路。太守当先遣来人回报，随后发兵出城，不可远去，约行三十里，却便转回，但看火起为号，前后夹攻，可胜伏兵也，如诸葛亮自在此处，必被所擒。"【眉批：**前者孔明用计，说明在后。此时姜维用计，已说在前矣。**】遵用其计，遂使来人回报："天水兵已出城矣，只留梁绪、尹赏守城。"

　　原来孔明果遣子龙引一军埋伏山僻之中，只待人马离城，那时下手。子龙闻之大喜，又令人报与张翼、高翔，于路要截，以杀马遵。此二处兵，亦孔明埋伏之兵也。却说子龙引五千兵径投天水郡城下，分兵四路而进。

子龙在壕边高叫曰："吾乃常山赵子龙也！汝知中计，何不早献城池，免遭诛戮。"城上梁绪大笑曰："汝中吾姜伯约之计，尚然不知！"【眉批：**前是孔明将计就计。今姜维亦将计就计。礼无不答，此之谓也。**】子龙却待攻城，忽然喊声大震，四面火光冲天。当先一员少年猛将，挺枪跃马而言曰："汝见天水姜伯约乎？"【眉批：**在子龙眼中写出姜维。**】子龙便跃马挺枪，直取姜维。战不数合，维觉精神更倍。子龙大惊曰："谁想此处有这般人物！"【眉批：**意中写一姜维。**】正战斗之间，两路军又夹攻将来，乃是马遵、梁虔、杀得子龙首尾不能相顾，大败亏输，冲开路，引败兵奔走。姜维又赶来，幸得张翼、高翔两路军杀出，接应子龙。【眉批：**孔明用计之妙。**】姜维因此方回。子龙归到大寨。见孔明，说中了姜维之计。孔明惊曰："何等之人，识吾玄机？"忽有南安人告曰："此天水冀人，姓姜，名维，字伯约。事母至孝，文武双全，智勇足备，真当世之英雄也。"【眉批：**又在南安人口中写一姜维。**】子龙又曰："此人极好枪法，与他人大不相同。"【眉批：**子龙口中极赞姜维。**】孔明曰："吾欲取天水甚易，不想又有此人。"遂起大军前来。

却说姜维回见马遵，遵曰："事定之后，当重保汝。"维曰："赵云败去，孔明必自来也。某料孔明必疑我军在城，可将本郡军马分为四枝：某引一军伏于城东，如彼兵到则截之；太守与梁虔、尹赏各引一军，城外伏之。梁绪可率百姓城上守御。"【眉批：**写姜维第二番用计。**】

国学经典文库

李渔批阅

三国演义

孔明以智伏姜维

孔明祁山破曹真

图文珍藏版

国学经典文库

李渔批阅

三国演义

孔明以智伏姜维
孔明祁山破曹真

图文珍藏版

1352

于是姜维分拨已定。

却说孔明因虑姜维，自为前部，望天水进发。将到城边，孔明传令曰："凡攻城池，以初到之日，激励三军，鼓噪直上；若侯日久，急难破矣。汝等诸将，不可失此机会。"于是大军径到城下，因见城上旗帜整齐，未敢轻攻。候至半夜，忽然四下火光冲天，喊声震地，不知何处兵来。只见城上亦鼓噪呐喊相应，蜀兵乱窜。孔明急急上马，得关兴、张苞保护，杀出重围。回头看时，正东上军马一带火光，势若长蛇。【眉批：**四路兵夹攻，而独言正东何意？**】孔明曰："兵不在多，此子之调遣，真将才也！"遂令关兴探视，回报曰："此姜维兵也。"孔明嗟叹不已。【眉批：**孔明眼中口中又写一姜维。**】折了一阵，收兵归寨，思之良久，乃顾左右曰："量一姜维尚不能胜，安能破魏？"遂唤安定人问曰："姜维之母见在何处？"答曰："维母今居冀县。"孔明唤魏延分付曰："汝可引一军，虚张声势，诈取冀县。若姜维早到，可放入城。"又问："此地何处要紧？"安定人曰："天水钱粮，皆在上邽。若打破上邽，则粮道自绝矣。"【眉批：**欲取天水，却不子天水用计，妙。**】孔明大喜，教子龙引一军去攻上邽。孔明离城三十里。

早有人报入天水，却说蜀兵分为三路：一军守此郡。一军取上邽，一军攻冀城。姜维闻之，哀告马遵曰："愚母见在冀城，倘母有失，非人子之孝也。维乞一军就救此城，兼保老母。"遵从之，遂令维引三千军去冀城保

国学经典文库

李渔批阅

三国演义

孔明祁山破曹真
孔明以智伏姜维

图文珍藏版

母，梁虔引三千军去保上邽。

却说姜维引兵至冀城，前面一彪军摆开，为首蜀将乃是魏延。二将交锋数合，延诈败奔走，维追过山隘来。入城闭门率兵守护，拜见老母，并不出城。子龙亦放过梁虔，入上邽城去了。

孔明乃令人去南安郡，取夏侯楙至帐下。孔明曰："汝惧死乎？"楙慌拜伏乞命。【眉批：曹家女婿何如此出丑。】孔明曰："目今天水姜维见守冀城，使人持书来说：'但得驸马在，我愿来降'。吾今饶汝性命，汝肯招安姜维否？"楙曰："情愿招安。"【眉批：即前番赚高定之法。】孔明乃与衣服鞍马，不令人跟随，独自放之。【眉批：纵崔谅之法，又用于此人矣。】楙得脱出寨，欲寻路走，奈不知地理。正行之间，见数人奔走，楙问曰："汝是何处人也？"土民曰："我等是冀县百姓，今被姜维献城降蜀，蜀将魏延纵火劫财，我等因此弃家奔走，投上邽去也。"又问曰："今守天水城者是谁？"土人曰："天水城中乃马太守也。"听之，纵马而行，又见百姓携男抱

国学经典文库

李渔批阅

三国演义

孔明祁山破曹真

孔明以智伏姜维

图文珍藏版

女，所说皆同。至天水城下叫门，城上人认得是夏侯楙，慌忙开门迎接。马遵惊拜问之，楙将姜维之事，又将百姓所言说了。【眉批：**借夏侯楙以赚马遵，赚一个即是赚两个矣**。】遵叹曰："不想姜伯约反魏投蜀！"梁绪曰："彼意欲救都督，故彼虚降。"楙曰："今维已降，何为虚也？"正踌躇之间，时值初更，蜀兵又来攻城，火光中见姜维亦在城下，【眉批：**真姜维乎？假姜维乎？读者掩卷猜之**。】挺枪勒马，大叫曰："请夏侯都督答话？"楙与遵皆到城上，见维耀武扬威，大叫曰："我为都督而降，都督何别前言耶？"楙曰："汝受魏恩，何故降蜀？有何言别？"维应曰："汝却写书教我降蜀，何出此言？汝要脱身，反将我陷。我今既降于蜀，又加为上将，安有还魏之理？"言讫，驱兵打城，至晓方退。【眉批：**若到天明，假姜维便认出矣**。】其夜妆姜维者，乃孔明之计，因火光之中，不辩真伪耳。【眉批：**此处方写明**。】

孔明却引兵来攻冀城。城中粮少，军食不敷。维在城上，见蜀军大车小辆，搬运粮草入魏延寨中。维即引兵出城，径来劫粮，蜀兵尽弃粮车，寻路而走。【眉批：**弃一驸马，又弃无数粮车，足见姜维身价之重**。】姜维夺了粮车，却要入城，忽然一彪军拦住，为首蜀将张翼。二将军交锋，战不合数，王平引军又到，两下夹攻。姜维力穷，抵敌不住，夺路归城。城上早插蜀兵旗号，已被魏延袭了，姜维杀条路，竟奔天水，手下只得十余骑。又遇张苞，杀了一阵，匹马单枪，来到天水城下叫门。

国学经典文库

李渔批阅

三国演义

孔明祁山破曹真

孔明以智伏姜维

图文珍藏版

城上军兵见是姜维，慌报马遵。遵曰："此姜维赚我城门也。"令城上乱箭射之。【眉批：**前把假姜维认作真姜维，今把真的倒认作假了。**】维顾蜀兵又至，遂飞奔上邽来。梁虔在城上见是姜维，大骂曰："反国之贼，安敢来赚城池！"亦乱箭射之。维不能分说，仰天大叹，两眼泪流，拨马望长安而走。行不数里，至一茂林去处，一声喊起，蜀兵关兴率兵拥出，截住去路。维此时人困马乏，不能抵挡，勒马便走。忽一辆小车从山坡中转出，【眉批：**虽一辆小车，抵得一大队伍。**】其人头带纶巾，身披鹤氅，手摇羽扇，端坐于上，乃孔明也。孔明唤曰："伯约此时胡为不降？"维寻思良久，前有孔明，后有关兴，又无去路，只得下马投降。【眉批：**此处一降，便生出后来无数文字。**】孔明慌忙下车，相叙甚爱。维不胜感激。孔明曰："吾自出茅庐以来，愿求贤者，尽授平生之学，未得其人。今遇伯约，吾愿足矣。当尽授之。汝宜倾心报国。"【眉批：**有此深谈。收英雄之法也。**】维大喜拜谢。

图文珍藏版

孔明遂同维归寨，议取天水、上邽之计。维曰："天水城中，尹赏、梁绪与维至厚，当写密书二封，射入城中，不问应与不应，自然乱矣。"【眉批：弄假成真。】孔明从之。维即写密书二封，拴在箭上，纵马直至城下，射入城中。小校拾得，呈与马遵。遵大疑，与夏侯楙商议曰："梁绪、尹赏与维结连，欲为内应，都督宜早决之。"尹赏知此消息，与梁绪曰："不如纳城降蜀，以图进用。"【眉批：又在姜维算中。】是夜，夏侯楙使人来请绪、赏讲话，催促多次，二人料知事急，遂披挂上马，各执兵器，引本部军来杀夏侯楙与马遵，一面令人开门降蜀。因此夏侯楙与马遵引数百人出西门，投羌胡去了。

梁绪、尹赏迎接孔明入城。安民已毕，孔明同取上邽之计。梁绪曰："此城乃绪亲弟梁虔守之，愿招来降。"孔明大喜。绪到上邽，唤虔出城来降孔明。孔明重加赏宴，就令绪为天水守，尹不冀城令，虔为上邽令。分拨已毕，整兵递发。诸将伺曰："丞相何不去擒夏侯楙也？"孔明曰："吾放夏侯楙如放一鸭。【眉批：何轻薄。】今得伯约如得一凤。吾观伯约行兵用计，与吾相同。今得三城，大事可图矣！"于是孔明即引大军，出了祁山，【眉批：是一出祁山。】来取长安。未知胜负如何，下回分解。

大蜀建兴五年冬，诸葛丞相平定天水、南安、安定三郡及冀城、上邽等处，威声大震，远近州郡望风归降。于是孔明整顿兵马，调遣军卒，尽提汉中之兵前出祁山，兵临渭水之西，细作报入洛阳。

此时魏主曹叡太和元年，升殿设朝。近臣奏曰："夏侯驸马已失三郡，逃窜羌胡去了。今蜀兵已到祁山，前军又临渭水之西，早乞发兵，免遭侵境之祸。"叡大惊，问群臣曰："谁能为朕以退蜀兵？"司徒王朗出班奏曰："臣观先帝每用大将军曹真，所到必克。今陛下何不拜真为都大督以退蜀兵？"【眉批：强夏侯楙不多。】叡准奏，即宣曹真曰："先帝托孤与卿，今蜀兵入寇中原，安忍坐视乎？"真奏曰："臣才疏智浅，不称其职。"王朗曰："将军乃社稷之臣，不可固辞。臣虽驽钝，愿随将军。"【眉批：此老死期将至。】真奏曰："臣受大恩，安敢少辞。再乞一人，以为副将。"叡曰："卿自举之。"真乃保太原阳曲人，姓郭，名淮，字伯济，官封射亭侯，领雍州刺史。从之。遂拜曹真为太都督，赐节钺；命郭淮为副都督。王朗为军师。朗字子兴，东海郯人也。自献帝时举孝廉入仕，此时年七十有六。叡即选东、西二京军马二十万，与真统领。真命宗弟曹遵为先锋，官封宣武将军；又命朱赞为副先锋，官封荡寇将军。其年仲冬出师，魏主曹叡亲送西门之外。

曹真统领大军来到长安，过渭河之西下寨。真与王朗，郭淮共议退兵之策，朗曰："来日严整队伍，大展旌旗，老夫自出，只用一席之话，敢交诸葛亮拱手而降，蜀兵不战自退。"【眉批：痴人说梦真在梦中，可笑。】真大喜。是夜传令：来日四更造饭，平明务要队伍整齐，

国学经典文库

李渔批阅

三国演义

孔明以智伏姜维
孔明祁山破曹真

图文珍藏版

1357

国学经典文库

李渔批阅

三国演义

孔明以智伏姜维
孔明祁山破曹真

图文珍藏版

人马威仪，旌旗鼓角，各按次序。当日先下战书。次日，两军相迎，列成阵势于祁山之前。蜀军远见魏兵甚是雄壮，【眉批：在蜀兵眼中，写魏国军容之盛。】与夏侯楙兵大不相同。三鼓角已罢，司徒王郎乘马而出。上首曹真，下首郭淮，两个先锋压住阵角。探马于军前大叫曰："请对阵主将打话！"蜀兵门旗开处，关兴，张苞分左右而出，立马两边；次后一队队骁将分列；门旗影下，中央一辆四轮车，端坐一人，纶巾羽扇，素衣皂绦。众视之，乃孔明也。孔明举目，见魏阵前三个麾盖，乃问阵前护卫曰："此何人也？"护卫曰："旗上大书姓名，中央白髯老者，军师、司徒王朗也；上首者，大都督曹真也；下首者，副都督郭淮也。"孔明曰："王郎必下说词。"遂教推车阵外，令护军小校传令曰："汉丞相与司徒会话。"【眉批：只言一"汉"字，即可以压倒王朗。】王郎纵马出曰："吾有一言，公请静听。"孔明于车上拱手，朗在马上答礼。郎曰："久闻大名，今幸一会。公既知天命，【眉批：开口说一"天"字来压孔明。】识时务，何故兴无名之兵？"孔明曰："吾奉诏讨贼，何谓无名？"郎曰："天数有变，神器更易，归于有德，此定然之理也。曩自桓、灵以来，天下争横，人人称霸。黄巾纵横于鹿，张邈问罪于陈留，袁术僭号于寿春。袁绍称王于邺土，刘表占据荆州，吕布虎吞天下。盗贼蜂起，奸雄鹰扬，社稷有垒卵之危，生灵有倒悬之急。我太祖武皇帝扫清六合，席卷八荒，万姓倾心，四方仰德，实天命之所归也。

世祖文帝，圣文神武，以膺大统，应天合人。法尧禅舜，而处中国以临万邦，岂非天心人意乎？今公既蕴大才，抱大器，自欲比于管、乐，何不仿效伊尹、周公，反欲逆天理，背人情丽起意外之想？岂不闻'顺天者昌，逆天者亡'？今我大魏带甲百万，良将千员，量腐草之萤光，怎及天心之皓月？公若倒戈卸甲，以礼来降，不失封侯之位，则国自安，民自乐，岂不美哉！"蜀兵闻之，皆言有理。蜀阵参军马谡思曰："昔季布骂汉高补祖，曾破汉军。今王朗正用此计。"

只见孔明在车上大笑曰："吾以为汉朝大老元臣必有高论，岂期出此鄙辞！吾有一言，诸军静听：昔日桓、灵微弱，汉统凌替，国乱岁凶，四方扰攘。段珪才斩于平津，董卓又生于朝宁。天方剿戮，四寇又兴。迁劫汉帝于阎阎之间，残暴生民于沟壑之内。皆因庙堂之上朽木为官，殿陛之间禽兽食禄，狼心狗行之辈滚滚当道，奴颜婢膝之徒纷纷秉政，以致社稷丘墟，生灵涂炭。【眉批：写尽汉臣，切王朗。】吾素知汝世居东海，曾举孝廉，理合匡君辅国，安汉兴刘，何期反助逆贼，同情篡位，罪恶深重，天地不容！倾国之人，欲食汝肉！【眉批：指名骂他。】今幸生亮，此天意不绝于炎汉也！吾今奉诏讨贼，仗义兴师。汝既为谄谀之臣，只可潜身缩首，苟图衣食，安敢在行伍之前妄称天数？【眉批：辱骂至此，无以潜身。】皓首匹夫，苍髯老贼！即当归于九泉，问汝有何面目相见二十四帝乎！【眉批：连死后都骂尽了。】老贼速退，可教反臣与吾共决胜负！”王郎听罢，大叫一声，气死于马下。【眉批：老人家气不起，不比少年人熬得。】孔明更以扇指曹真曰：“吾不逼汝，汝可整顿军马，来日决战。”言讫回军。于是两军皆退。

曹真将郎尸首棺木盛贮，送回长安。郭淮曰：“孔明料吾治丧，今夜必来劫寨。可分兵四路；两路从山僻小路乘虚去劫寨，两路伏于本寨之外，左右击之。”【眉批：巧计。】真大喜曰：“此计与吾相合。”遂传令，唤曹遵、朱赞为先锋，分付曰：“汝各引一万军，抄出祁山之后，但见蜀兵入吾寨时，汝便进兵去劫彼寨；如蜀兵不动，便可撤回。切勿轻进。”二人受计，引兵而去。真与淮曰：“吾与公各引大军伏于寨外，寨中虚堆柴草，只留数人。蜀兵一到，放火为号。”诸渚将即分左右，各自准备去了。

却说孔明归寨，先唤子龙、魏延听令。孔明曰：“汝各引本部兵去劫魏寨。”魏延进曰：“曹真深明兵法，必料我兵乘丧劫寨，岂不提防？”孔明曰：“吾正欲曹真知吾劫寨。彼必伏兵于祁山之后，待我兵过去，却来袭我寨矣。【眉批：妙极。】吾故令汝等引兵前去，至山脚后路，远下营寨，任彼来劫吾寨。汝看火起为号，却分兵两下，魏延当拒山口，子龙引兵杀回，必遇魏兵也，容彼走回，汝乘势攻之，彼必自相掩杀，【眉批：妙在原不教他劫寨，只教他杀劫寨之人。】可图全胜也。"二将引兵受计而去。又唤关兴、张苞曰："汝二人各引一军，伏于祁山要路，放过魏兵，却从魏兵来路杀奔魏寨。"【眉批：既防他劫寨，又骗他劫寨，妙极。】二人引兵受计去了。又令马岱、王平、张翼、张嶷四将伏于寨外四面，以击魏兵。孔明乃虚立寨栅，居中堆起草柴，以备火号；乃引诸将退于寨后，以观静。

魏将曹遵、朱赞黄昏离寨，迤逦前进。二更左侧，遥望山前隐隐有军行动。曹遵思曰："都督神机妙算，料知蜀兵如此。"遂催军急进。将及三更，已到蜀寨。曹遵率兵杀入，只见并无一人，已知是计，便撤回军。忽见

国学经典文库

李渔批阅

三国演义

孔明以智伏姜维
孔明祁山破曹真

图文珍藏版

1361

寨中火起，朱赞兵到，自相掩杀，人马大乱。【眉批：自杀自，妙极。】正杀之间，遵、赞交马，方知自相践踏。急合兵时，喊声大震，王平、马岱、张翼、张嶷四将杀来。遵、赞二人引心腹军百余骑，竟望大路奔走。忽然鼓角齐鸣，一彪军截住去路，为首蜀将乃常山赵子龙也。子龙曰："贼将那里去？早早受死！"遵、赞夺路而走。喊声又起，一彪军杀到，为首蜀将乃是魏延。遵、赞大败，杀奔魏寨之时，看寨军只道蜀兵劫寨，慌忙放起号火。左边曹真杀至，右边郭淮杀至，自相掩杀。背后蜀兵三路又至，中央魏延，右边关兴，右边张苞，大杀一阵。魏兵败走二十余里，魏将死者极多。孔明全获大功，方始收兵。

却说曹真与郭淮商议曰"我兵势孤，蜀兵势大，何策以退之？"淮曰："胜负乃兵家常事，不可自弱。某有一计，使蜀兵首尾不能相顾，定然自走。"曹真问计。未知如何，下回便见。

国学经典文库

李渔批阅

三国演义

孔明祁山破曹真　孔明以智伏姜维

图文珍藏版

1362

国学经典文库

李渔批阅

三国演义

孔明大破铁车兵
司马懿智擒孟达

图文珍藏版

第九十四回　孔明大破铁车兵
司马懿智擒孟达

于是郭淮与曹真曰："西羌远夷，自太祖武皇帝时，连年入贡；世祖文皇帝时，甚以恩惠及之。我等且宜据住险阻，未可出兵；可密遣人从小路直入羌胡求救，许以和亲，羌胡必然起兵，以袭蜀兵之后。吾却以正兵击之，岂不胜哉？"真从之，即遣人前赴羌胡。

却说西羌国王彻里吉，手下有一文一武：文乃雅丹丞相，足智多谋；武乃越吉元帅，青眼黄髯，身长一丈，使一柄条铁锤，重一百多斤，有万夫不当之勇。此时，魏使赍书到国，先来求见雅丹丞相，送了礼物。雅丹引见国王曰："中原魏国差人赍书并金珠礼物来求救，要与蜀兵交战。"彻里吉曰："书上怎么说来？"雅丹曰："退兵之后，许以和亲，理合依奏。"国王便与越吉商议。雅

国学经典文库

李渔批阅

三国演义

司马懿智擒孟达

孔明大破铁车兵

丹遂请越吉，说知此事。越吉允之，即起羌胡兵二十五万，惯使弓弩、枪刀、蒺藜、星锤等器；又有战车，其车以铁裹钉，装载粮食、军器、什物，驾车者俱用骆驼、骡马，顷刻可行百里，因此号为"铁车兵"。【眉批：**先写得羌兵雄勇，方显得孔明之能。**】遂辞国王，领兵直扣西平关。守关蜀将韩祯，急差人报知孔明。

孔明听知，乃问诸将曰："谁敢去退羌胡之兵？"两员素铠小将应曰："某等愿往。"众视之，乃左护卫使、龙骧将军关兴，右护卫使、虎翼将军张苞也。孔明曰："汝二人要去，奈途路不熟。"遂唤马岱曰："汝素知羌胡之性，久居彼处，可作乡导。便起精兵五万，与兴、苞同去，如此行之。"【眉批：**用马岱可谓得其人矣。**】

兴、苞引兵，行有数日，早遇番兵。关兴先引百骑登山看时，只见番兵把铁车首尾相连，随处结连；【眉批：**连车不易破也。**】车上遍排兵器，就拟城池一般。兴观良久，无破军之策，回寨与苞、岱商议。岱曰："未知番兵虚实，来日见阵，便可知也。"次早分兵三路；兴在中，苞在左，岱在右，三路进兵。忽见皂雕旗漫山遍野，当先尽是军马；马军丛中，越吉元帅手挽铁锤，腰悬宝雕弓，骑着如龙马，奋勇而来。兴招兵齐进。忽见番兵中央放出铁车，如潮之急，弓弩齐发。蜀兵大败，马岱、张苞两军先退；关兴一军被番兵一裹，围入西北角上去了。

兴在垓心，左冲右突，不得脱；铁军密围，就如城池。【眉批：关兴此时好生着急。】蜀兵你我不能相顾。兴望山谷寻路而走。看看天晚，但见一簇皂旗蜂拥而来，一员番将，手提铁锤，大叫曰："休走！吾乃越吉元帅也！"关兴尽力纵马加鞭，正遇断涧，只得回马来战越吉。【眉批：关兴此时又着急。】终是胆寒，抵敌不住，望涧而逃。其马跳得一步，被越吉赶上。一锤打来。兴急闪过，正中马胯。那马望涧中便倒，兴亦落于水中。【眉批：兴至此愈加着急。】忽听得一声响处，背后越吉连人带马，平白地倒将下来，兴就水中挣起看时，只见岸上一员大将，杀退番兵。【眉批：绝处逢生，真乃出于意外。】兴提刀待砍，越吉跃水而逃。兴得了这马，牵到岸上，整顿鞍辔，绰刀上马，只见那员大将尚在前面追杀番兵。兴思良久："救我命者乃是何人？当与相见。"遂拍马赶来。看看至近，只见云雾之中，隐隐有一大将，面如重枣，眉如卧蚕，绿袍金铠，提青龙刀，骑赤兔马，手绰美髯，分明认得是父亲。【眉批：关公见子有难，前来显圣，却是梦想不到。】关兴大惊，却欲问之，忽见关公望东南以手指曰："吾儿速向此走，吾当护汝归寨。"言讫，化阵风而散。

关兴望东南急走。至半夜，忽见一彪军，乃张苞也。苞问兴曰："汝曾见你父亲否？"【眉批：问得好奇。】兴曰："汝何知之？"苞曰："我被铁车军追急，忽见伯父自空而下，惊退番兵，指曰：'汝从此路去救吾儿，因此引军径来寻你。"【眉批：关公又在张苞处显圣。】兴亦细说

国学经典文库

李渔批阅

三国演义

孔明大破铁车兵
司马懿智擒孟达

图文珍藏版

前事。二人同归寨内。马岱接着，言："此军无计可退。吾自守寨，汝等去请丞相，以计破之。"【眉批：**暗中关公神助，终赖渚葛奇谋。**】兴、苞星夜来见孔明，备说前事。

孔明带了姜维、张翼，又拨三万军，同兴、苞来到马岱寨中。次日登高视之，但见铁车联联络络不绝，人马纵横，往来驰骤。孔明曰："何难破之。"唤马岱、张翼如此如此。二人去了，又唤姜维曰："汝解破军之法否？"维曰："胡人惟务勇力，岂知子牙之术乎？"孔明笑曰："深知吾心也。吾已令兴、苞伏兵。幸今彤云密布，朔风紧急，计可施矣。汝看红旗为号，可以避之。"【眉批：**种种妙论隐隐说出，究竟不曾说出。**】

于是姜维连日领兵出战，铁车兵出，退兵便走。直赶至寨前，寨口虚立旗号，并无军马，番兵疑而不进。数日之后，果然天降大雪。姜维又引军出，越吉便引铁车来迎。姜维退走。赶到寨前，维从寨后而去。数千骑直到寨外观看，听得寨内鼓瑟瑟之声，四壁空竖旌旗。番兵回报越吉。越吉心疑，未敢轻进。雅丹曰："此诸葛亮诡计，虚设疑兵，可以攻之。"越吉引兵至寨前，但见孔明携琴上车，【眉批：携琴可以诱敌。】引数骑入寨，望后而走。番兵抢入寨栅，赶过山口，但见小车隐隐转林去了。雅丹与越吉曰："这等之兵，虽有埋伏，何足惧之？"遂起大兵追赶。又见维兵俱在雪中，越吉大怒，催兵追赶。更兼山路平坦，又被雪漫路野，一望并无车马。正赶之间，忽报蜀兵自山后而出。雅丹曰："纵有些小伏兵，何足惧之！"忽听得前面鼓角齐鸣，喊声大震，番兵径往前奔。忽然山崩地陷，番兵俱落坑中；背后铁车正行得紧溜，急难收救，拥并而来，自相践踏。后面番兵急要回时，左边关兴，右边张苞，万弩齐发；背后姜维、马岱、张翼三路杀出。铁车兵马大乱。越吉元帅望后山谷而逃，正逢关兴，交马一合，被兴举刀砍死马下，【眉批：若关公显圣之时杀之，不显关兴之勇。又不见孔明之能矣。】雅丹丞相早被马岱活捉，解到大寨。番兵各自逃去。

孔明升帐，马岱押过雅丹。孔明叱去其缚，赐酒压惊，好言抚慰。孔明唤雅丹曰："吾主乃大汉皇帝，命吾讨贼，尔等何得听反臣之言，故作乱也？况吾国与尔为邻，永结盟好，勿听反言，遂伤旧日通和之意。"雅丹深感其德。孔明遂将所获番兵尽皆赏劳，并雅丹丞相放回本国。众皆拜谢而去。【眉批：羌人至此可谓丧胆矣。】

国学经典文库

李渔批阅

三国演义

孔明大破铁车兵
司马懿智擒孟达

图文珍藏版

国学经典文库

李渔批阅

三国演义

孔明大破铁车兵 司马懿智擒孟达

图文珍藏版

1368

孔明将越吉首级用匣盛之。设宴分赏已毕，即引三军连夜仍投祁山大寨而来。一面差人赍表奏报捷音。

却说曹真日望羌胡消息，忽有伏路军来报，说蜀兵拔寨，收拾起程。郭淮大喜，与曹真曰："此是羌胡之兵攻击至急，因此退兵。"遂分兵两路，追袭蜀兵之后。正先锋曹遵正赶之间，忽然鼓声大震，一彪军马闪出，为首大将乃魏延也，【眉批：孔明使魏延埋伏，于此方写出。】大叫曰："反贼休走！"曹遵大惊，拍马交锋；不三合，被延一刀斩于马下。副先锋朱赞正赶之间，忽然喊声大震，一彪军马闪出，为首大将乃赵云也。【眉批：孔明使赵云埋伏，于此写出。】朱赞措手不及，被云一枪刺死马下。曹真、郭淮见两路有失，却欲收兵，忽见背后喊声大震，鼓角齐鸣，关兴、张苞两路杀出，【眉批：关兴埋伏，于此写出。】围了真、淮，痛杀一阵。二人急引败兵，冲路走脱。蜀兵乘胜追至渭水，夺了魏寨。曹真见折了两个先锋，哀伤不已；只得写本申奏，乞拨援兵。

却说魏主曹叡设朝时分，近臣奏曰："都督曹真数败于蜀，折了两个先锋，又折了羌胡兵车无数，其危甚急。今都督上表求救，请陛下即刻裁处。'叡大惊，乃问文武曰："退军之策，何以施之？"华歆奏曰："须陛下御驾亲征，大会诸侯，方肯用命，乃能退兵；若不亲征，则长安有失，关中危矣。"【眉批：也得孔明骂他一场方好。】太傅钟繇奏曰："凡为将者，知胜于人，方能制人。孙子云：'知彼知己，百战百胜。'臣料曹真虽久于用兵，实非诸葛亮之对手也。臣以全家保举一人，可退蜀兵。未知圣意准否？"权曰："卿乃大老元臣，果有贤士，可速召来，为朕分忧。"未知钟繇保举何人，下回便几见。

于是太傅钟繇奏曰："向者诸葛亮欲兴师犯境，但惧此人，故散流言，不意陛下中彼奸计，削去柱石之臣，彼方得以长驱直进耳。今若复用此人，诸葛自然退矣。"叡曰："此何人也？"繇曰："乃骠骑大将军司马懿也。"**【眉批：郑重说出此人。】**叡长叹曰："朕心犹悔。非卿之言，无以伸明其故。不知仲达今在何地？"繇曰："近闻仲达见居宛城闲住。"叡即降诏，遣使持节，仍复司马懿官职，加为平西都督，即起南阳诸军马，前赴长安。叡亦御驾亲征，克日到彼聚会。

却说孔明自出师以来，累获全胜，心中甚喜；正在祁山寨中会众议事，忽报镇守永安宫李严令子李丰来见。孔明只道东吴犯境，心甚惊疑，唤入问之。丰曰："特来报喜。"孔明曰："有何喜也？"丰曰："昔日孟达降魏，

读/者/随/笔

国学经典文库

李渔批阅

三国演义

孔明大破铁车兵
司马懿智擒孟达

图文珍藏版

乃不得已尔。彼时曹丕甚爱其才，时赐骏马金珠，亦曾同辇出入，群臣无不惊讶。封为散骑常待，领新城太守，镇守上庸、金城等处，委以西南之任，如此重用。不意曹丕死后，曹叡即位，甚不相安，不特绝其所赐，且朝中多人嫉妒，孟达日夜不乐，常与诸将言曰：'我本蜀将，势逼至此。'今累差心腹人，持书来见家父，教早晚于丞相前代禀衷曲：前者五路下川之时，曾有此意，丞相亦知；今在新城所知丞相伐魏。欲起金城、新城、上庸三处军马，就彼举事，径取洛阳；丞相便可直取长安，两京自定矣，【眉批：此事若成，岂不妙哉！】丰特引来人并累次书札呈览。"孔明大喜，遂厚赏之。忽细作报说："魏主曹叡，一面驾幸长安，一面诏司马懿复职，加为平西都督，即起本处之兵，于长安聚会。"孔明听毕，顿首跌足，不知所措。【眉批：一惊后忽有一喜，一喜后忽又有一惊。】参军马谡问曰："量此曹叡，何足为道！若来长安，就而擒之，丞相何故惊惧也？"孔明曰："岂惧曹叡？所患者惟司马懿一人而已。今孟达欲举此事，奈懿得此重权，达事必败，况达又非懿之对手，必被所擒。达被擒，中原不易得矣。"【眉批：天意已早于孔明口中说出。】马谡曰："何不急修密书，令达提防？"孔明从之，即修书，令来人星夜回报孟达。

却说达在新城，专望心腹人回报。心腹人忽到，即将孔明回书呈上。达拆开视之，书曰：

国学经典文库

李渔批阅

三国演义

司马懿智擒孟达

孔明大破铁车兵

图文珍藏版

近得书，知公忠义之心，不忘故旧，甚为喜慰。公若成此大事，即汉朝中兴第一功也。极宜谨密，不可容易托人。虽兄弟妻子，亦难可保。慎之！戒之？近闻魏叡复诏司马懿，起宛、洛之兵，彼若闻公举事，必先至矣。须万全提备，勿视为等闲人也。吾犹惧之，公请详察。

孟达览毕，笑曰："人言孔明心多，今观此事，可知之矣。"心腹人告曰："主公可修回书，以安丞相之心。"达从之，又具回书，令心腹人星夜来答孔明。

孔明唤入帐中。呈上回书。孔明拆开视之，书曰：

适承钧教，安敢少怠。切谓懿事，达以为必不惧之。宛城离洛城约八百里，至新城一千二百里，懿若闻达举事，先须表奏魏主，往复谅有一月。达城池已固，将与三军皆居深险，懿便来，达何惧哉？丞相宽怀。惟听捷报！

孔明看毕，掷之于地而顿足曰："孟达必死于司马懿之手矣！"【眉批：管辂之下，未能奇险如此。】马谡问曰："何谓也？"孔明曰："兵法云：'攻其不备，出其不意。'岂容孟达料一月之期耶？曹叡既委司马懿，逢寇即除，何待奏闻乎？彼知孟达造反，不须十日，兵必到矣，安能措手？"【眉批：英雄所见皆同耳。】众将皆服。孔明

国学经典文库

李渔批阅

三国演义

孔明大破铁车兵
司马懿智擒孟达

图文珍藏版

1372

急令来人回报曰："若未举事，切莫使同事者知之；知必丧命。"其人拜辞，竟归新城去了。

却说司马懿在宛城闲住，闻知魏兵累败于蜀，仰天长叹。懿有长子司马师，字子元；次子司马昭，字子上。二人素有大志，饱看兵书，侍立于侧，【眉批：心痒得紧。】见懿长叹，乃问懿曰："父亲胡为长叹？"懿曰："汝辈岂知大事耶？"师曰："莫非叹魏主不用乎？"昭笑曰："早晚必来宣召父亲也。"懿大惊曰；"不意吾家又出麒麟儿矣。"忽天使持节至。懿听诏毕，遂调宛城诸路军马。忽告有人来报机密重事，懿唤入密室问之，其人告曰："某乃金城太守申仪家人也。近有新城太守孟达，请上庸太守申耽并某主公商议。达曰：'吾乃大蜀人也，昨因时势所迫，不得已而降之。魏文帝时，相待甚厚；当今魏主，以吾等为外邦人物，视之如草芥，待之如粪土。今诸葛丞相奉命出师，兵至祁山，先败夏侯楙，次败曹真，今天水、南安、安定三郡，俱已归顺，势如破竹，长安必在旦夕休矣！吾等合从天道，就此起兵，径袭洛

阳，其功莫大。汝等从否？'申耽、申义皆惧其势，只得勉强应允，各自修补城池，聚集军马，早晚必反。申家兄弟诚恐连累，先令某同孟达心腹李辅并孟达外甥邓贤，随状出首。望都督早提兵来，自有内变。"【眉批：方知"不可容易托人"之语，乃孔明金玉之言。】懿听毕，以手加额曰："此乃皇上齐天之洪福也！【眉批：此时司马懿原是魏之功臣。】今诸葛亮兵在祁山，杀得内外人皆胆落；今天子不得已而亲幸长安，若不用吾时，孟达一举，两京休矣！此贼必通谋于诸葛亮，吾先破之，亮必心寒退兵矣。"师曰："父亲可急写表申奏天子。"懿叹曰："若等圣旨，往复一月，事已败矣。若彼把守险要，纵有百万之师，急难破灭。"【眉批：与孔明之言不谋而同。】遂令众将即刻起兵，一日要行两日之路，缓者斩之，又令参军梁畿赍诏，星夜前奔新城，着孟达等准备征进，使彼不疑。梁畿先行，懿即随后进发。行了二日，山坡下转出一军，乃右将军徐晃也。晃即下马见懿，说："天

国学经典文库

李渔 批阅

三国演义

孔明大破铁车兵
司马懿智擒孟达

图文珍藏版

1373

子驾幸长安以退蜀兵，今都督何往？"懿低言曰："今孟达造反，吾往擒之。"晃曰："某亦愿为前部。"懿大喜，合兵一处。又行了二日，前军哨马捉住孟达心腹，搜出孔明回书，前来见懿。懿曰："吾不杀汝，汝当从头细说。"其人只得将孔明、孟达往复之事一一说了。懿看了孔明回书，自惊曰：【眉批：棋逢对手，彼此皆惊。】"世间能者，所见皆同。吾机先被孔明识破。幸得天子有福，获此消息，孟达定无计可施矣。"遂感叹不已，星夜倍道催军行。

却说孟达自在新城约下金城太守申仪、上庸太守申耽，克日举事。耽、仪二人每日调练军马，只待魏兵到来，以为内应。耽、仪复报孟达，云军器粮草俱未完备，不敢约期起事。达信之。【眉批：写孟达疏虞之至。】忽报参军梁畿来到，孟达迎入城中。畿传司马懿将令曰："司马都督今奉天子诏，令起诸路军，以退蜀兵。太守可集本部军马，听候调遣。"达问曰："都督何日起程？"畿曰:"此时已离宛城,望长安去了。"达暗喜曰:"大事成矣!"遂设宴待了梁畿,送出城外,即报申耽、申仪知道,明日举事,换上大蜀旗号,发诸路军马,径袭洛阳。【眉批:写孟达卤莽之至。】忽报:"城外尘土冲天,不知何处兵来。"达登城视之,只见一彪军打着"右将军徐晃"旗号,飞奔城下。【眉批:懿真可谓能人矣。】达大惊,急扯起吊桥。徐晃坐下马收拾不住,直到壕边,高叫曰:"反贼孟达,早早受降!"达大怒,急开弓射之,正中徐晃头额。魏将救去。城上乱箭射下,魏兵方退。孟达恰待开门追赶,四面征旗蔽日,懿兵亦到。达仰天叹曰:"果不出孔明之所料也!"【眉批:今日悔无及矣。】于是闭门坚守。

却说徐晃被孟达射中头额,众军救到寨中,取了箭头,令医调治;当晚而死,【眉批:可为关平报仇。】时年五十九岁,魏太和二年春正月也。司马懿令人扶柩还洛阳迁葬。次日,孟达登城视之,只见魏兵四面围得铁桶相似,达行坐不安,惊疑未定,忽见两路兵自外杀来,旗上大收"申耽""申仪"。孟达见是救军到,忙引本部兵大开城门杀出。【眉批:写孟达愚暗之至。】耽、仪大叫曰:"反贼休走!早早受降!"两路攻来。达见事变,拨马望城中便走。城上乱箭射下,乃是李辅、邓贤献了城池。二人大骂曰:"吾等已献城了!"达取路而走,申耽赶来。达人困马乏,措手不及,被申耽一枪刺于马下,即枭其首。【眉批:可为害刘封之报。】余军皆降。李辅、

国学经典文库

李渔批阅

三国演义

孔明大破铁车兵
司马懿智擒孟达

图文珍藏版

1375

邓贤大开城门，迎接司马懿入城。抚民劳军已毕。遂遣人奏知魏主曹叡。叡大喜，即教将孟达首级于洛阳城市示众；加申耽、申仪官职，随懿进征；命李辅、邓贤守护新城、上庸。

却说司马懿引兵到长安城外下寨，入城来见魏主。叡大喜曰："朕一时不明，误中反间之计。卿闲居许久，朕悔之无及。今达造反，非卿制之，两京休矣。"【眉批：**孰知一用了司马懿，两京终不姓曹矣。**】懿奏曰："臣闻申仪密告反情，意欲表奏陛下，恐往复迟滞，故不待圣旨。星夜而去，八日已到新城。孟达措手不及，被臣斩之。若待奏闻，则中诸葛亮之计矣。"言罢，将孔明回孟达密书呈上。叡览毕，大喜曰："卿之学识，过于孙、吴。"赐金钺斧一对，后遇机密重事，不必奏闻，便宜行事。【眉批：**机密之事，孰有大于篡位者乎？将来必不奏闻矣。**】就令司马懿出关破蜀。懿奏曰："臣举一大将，可为先锋。"叡曰："卿举何人？"懿曰："此将乃河间人也，姓张，名郃，字隽乂，见为右将军。"叡笑曰："朕正欲用之。"遂命张郃为前部先锋，即日起行。司马懿引兵离长安，来破蜀兵，胜负下回分解。

国学经典文库

李渔批阅

三国演义

孔明大破铁车兵
司马懿智擒孟达

图文珍藏版

第九十五回　司马懿计取街亭
　　　　　　孔明智退司马懿

却说魏主曹叡驾居长安，拨五万军，命二人领之，以助曹真。一颖川阳翟人，姓辛，名毗，字佐治，为军师；一涿郡容城人也，姓孙，名礼，字德达，为护军。二人奉诏而去。于是司马懿引二十万军出关下寨，请先

锋张郃至帐下曰："吾平日知公忠勇，故在御前保公，以退蜀兵。但诸葛亮乃当世英雄，用兵如神，天下咸皆畏之，今屯兵于祁山，声势甚大，不作准备者，欺曹子丹无谋也。彼亦不知吾至。吾今先算峻险僻静之路，十有余处。幸诸葛亮平素谨慎，不肯造次；彼更不知吾境地理。若是吾用兵，必先谷子午谷径取长安，早得多时矣。

【眉批：魏延之计，早为司马懿所料。】彼非无谋，但恐有失，不肯弄险，【眉批：孔明不用魏延之计，又为司马懿所料。】必然军出斜谷，分为两路：一取郿城，一取箕谷。此二处吾已发檄文，其郿城令子丹拒守，勿令出战；【眉批：此一处是不战。】其箕谷道口，令孙礼、辛毗出奇兵击之【眉批：此一路是战。】。此万全之计也。"郃曰："今将军之兵，欲往何处？"懿曰："吾素知秦岭之西有条要路，地名街亭；旁有一城，名曰列柳城：皆是汉中咽喉之地。【眉批：今又算出两路。】亮欺子丹无备，定从此处进也。【眉批：料孔明必出于此。】吾与汝径取街亭，望阳平关不远矣。【眉批：料孔明必不出于此，此是反说。】若亮知吾断彼街亭要路，绝其粮道，则陇西一境，不能安守，必然连夜奔回汉中。彼若动摇，吾提兵于小路击之，可全胜矣；若不归时，吾将诸处小路皆垒断，以兵守之，则蜀兵一月无粮，定皆饿死，亮亦被吾擒矣！"郃大悟，拜伏于地曰："此事都督神机妙算也！"懿曰："虽然如此，诸葛亮不比孟达。汝为先锋，不可轻进，当谕诸将，循山西路，远远哨探，如无伏兵，方可前进。若是怠慢，必中亮之计也。"【眉批：小心对小心处。】郃受计，引军而行。懿遣人持檄文来见曹真，真依计行之。

却说孔明在祁山寨中与诸将曰："吾料孟达必死于懿手矣。探视者何故未回？"忽报新城探细人到。孔明唤入问之，细作告曰："司马懿倍道而行，八日已到新城，

国学经典文库

李渔批阅

三国演义

司马懿智取街亭
孔明智退司马懿

图文珍藏版

孟达措手不及；又被申耽、申仪、李辅、邓贤为内应，达被乱军所杀。今懿撤兵来到长安，见了魏主，同张郃引兵出关，来拒丞相之师也。"孔明大惊曰："孟达作事不密，死固当然。今懿出关，必取街亭，断吾咽喉之路矣。【眉批：司马懿之计，已算入孔明胸中。】谁可去守？"参军马谡曰："某愿往。"孔明曰："街亭虽然小可之城、干系有泰山之重：倘街亭有失，大军皆休矣。汝虽深通谋略，此地奈无城郭，又无险阻，所守极难。"谡曰："某自幼力学到今，岂不知兵法？【眉批：正坏熟读兵法。】量此一街亭，不能守之，要某何用？"孔明曰："街亭正北，吾之咽喉。若咽喉断绝，吾岂能生？街亭一失，蜀兵亦休。况懿非等闲之辈，更有先锋张郃之勇，智谋过人，恐汝不能敌耳。"【眉批：孔明十分疑虑。】谡曰："休道懿、郃，便是曹叡亲来，有何惧哉！若有差失，愿斩全家。"孔明曰："军中无戏言。"谡曰："愿立军令状。"孔明从之。谡遂写了军令状呈上。孔明曰："吾与汝二万五千精兵，再拨一员上将帮助你去。"即唤王平分付曰："吾素知汝平生谨慎，故托汝去。汝可小心谨守此地：下寨当于要道之处，使贼兵急切不能偷过也。如安了营寨，便画四至八道地理形状图本将来。【眉批：十分仔细。】凡事商确而行，勿得轻易。如守无危，便是取长安第一功也。戒之！戒之！"【眉批：叮咛再三。】二人拜辞，引兵而去。

孔明寻思，恐有二人有失，【眉批：十分堤防。】又

国学经典文库

李渔 阅 批

三国演义

司马懿计取街亭

孔明智退司马懿

图文珍藏版

唤高翔曰："街亭东北上有一城，名列柳城，乃山僻小路，可以屯军扎寨。与汝一万兵，往此城屯扎。但街亭有危，可引兵救之。"【眉批：十分周密。】高翔引兵而去。孔明又思："高翔非郃对手，更得一员大将屯兵于街亭之后。方可防之。"【眉批：十分小心。】遂唤魏延曰："汝可引本部兵屯扎街亭之后，待兵来，汝可应之。"【眉批：十分到家。】延曰："某为前部，理合当先，万死不辞者，何故置某于安闲之地？"孔明曰："今汝接应街亭，当阳平关冲要道路，总守汉中咽喉，此大都督之任也，何为安闲乎？汝勿轻视之，失吾大事。前锋破敌者，皆偏裨之将耳。汝宜小心以代吾权！"【眉批：十分郑重。】魏延大喜，引兵而去。孔明恰才安心。又唤赵云、邓芝分付曰："今懿出兵，与旧日不同。汝等各引一军出箕谷，以为疑兵，如逢魏兵，或战或不战，以惊其心。【眉批：司马懿所算，孔明亦算到此。】吾自统大军，由斜谷径取郿城【眉批：神算。】；若得郿城，长安可破矣。"二人受命而去，孔明令姜维作先锋，兵出斜谷。

却说马谡、王平兵到街亭，看了地势。马谡笑曰："丞相何故多心也？量此山僻之处，魏兵如何敢来？"【眉批：**孔明一团正经，何马谡看得如此冷落。**】王平曰："魏兵虽然不敢来，可就此五路总口下寨，却令军士伐木为栅，以图久计。"谡曰："当道岂是下寨之地？侧有一山，四面皆不相连，且树木极广，天赐之险也：可就山上屯军。"平曰："参军差矣。若屯兵当道，筑起城垣，贼兵总有十万，不能过矣；若弃此要路，屯兵于山上，倘魏兵骤至，四面围定，将何策以保之？"【眉批：**后文之事，已先在王平口中说破矣。**】谡大笑曰："汝真女子之见！兵法云：'凭高视下，势如劈竹。'若魏兵到来，教他片甲不回也！"【眉批：**会说大话耳。**】平曰："吾累随丞相经阵，每到之处，丞相尽意指教。今观此山，乃绝地也：【眉批：**又会看风水。**】若魏兵先断汲水之路，吾军不战自乱矣。"【眉批：**后文事又在王平口中道破。**】谡曰："汝莫乱道！孙子云：'置之死地而后生。'若魏兵先绝汲水道路，是自取死耳：蜀兵岂不死战？一可当百也。吾素读兵法，深通谋略，丞相诸事尚问于吾，汝何等人，敢阻吾也？"平曰："若参军必欲山上下寨，乞分兵五千，某于山西下一小寨，为犄角之势，倘魏兵至时，可以应之。"【眉批：**马谡不听王平，是大话；王平不听马谡，是小心。**】王平累次苦谏，马谡坚执不从，忽然山中居民成队飞奔而来，报说魏兵到矣。王平辞去。马谡曰:"汝既不听吾令,且分兵五千与汝。待吾破了魏兵,那时在丞相面前,汝却不能分吾功也。"王平引兵离山十里下寨,画成图本,星夜差人去禀孔明,说马谡自于山上下寨。又闻高翔屯军于列柳城,魏延屯军于中路,马谡并无惧怯之意。

却说司马懿在城中,令次子司马昭去探前路;又令先锋张郃引马步军,前去哨探;若街亭有兵守御,即按兵不行。小卒依令探了一遍,回说:"街亭有兵守把,屯于山上。"司马昭回见懿曰:"街亭有兵把守。"懿叹曰:"亮真神人,吾不如也!"昭笑曰:"父亲何故自堕志气耶?愚男料街亭易取。"【眉批:**此处写出司马昭。**】懿问曰:"汝安敢出此言也?"昭曰:"男与小卒亲自哨见,当道并无寨栅,路旁一军屯于山上,故知可破。"【眉批:**见识高。**】懿大喜曰:"兵果在山,此天意使吾成功也!"即更换衣服,引十余骑,自来观之。是夜天晴月朗,直至山下,周回巡哨。马谡在山上见之,大笑曰:"彼若有命,不来围山!"传令诸将:"倘魏兵来时,只看山顶红旗招动,即四面杀下。"

却说司马懿回到寨中,使人探听引兵守街亭者是何将。探子报曰:"马良之弟马谡也。"懿笑曰:"此庸才耳!【眉批:**虚心是平日听来,庸才今日看出。**】亮虽有智,不识人物。此辈为将,何事不误!"又唤张郃问曰:"街亭左右别有军否?"郃曰:"离山十里,有王平安营。"懿曰:"汝可引一军,当住王平来路。【眉批:**十分周**

国学经典文库

李渔批阅

三国演义

司马懿计取街亭

孔明智退司马懿

图文珍藏版

1383

国学经典文库

李渔批阅

三国演义

司马懿计取街亭
孔明智退司马懿

图文珍藏版

密。】吾令申耽、申仪引两路兵围山，先断了汲水道路，蜀兵自乱矣；【眉批：果应王平之言。】却乘虚击之，则街亭可取。"当夜调度已定。

次日天明，张郃引兵，先往背后去了。懿方大驱军马，一拥而进，喊声起处，把山四面围定。【眉批：竟来围山。】但有汲水道路，皆以精兵围之。马谡在山上看时，只见魏兵漫山遍野，旌旗队伍甚是严整。蜀兵见之，尽皆丧胆，不敢下山。马谡将红旗招动，军将皆你我相推，无人敢动。【眉批：红旗不济事。】谡大怒，自杀二将。众军惊惧，只得努力下山来冲魏兵。魏兵端然不动。蜀兵只得退上山去。马谡见事不谐，令军紧守寨门，专等外应。【眉批：马谡熟看兵书，岂亦兵书中有此策否？】

却说王平见魏兵一到，引军杀来，正遇张郃，战有数十余合，平力穷势孤，只得退去。魏兵困谡自辰至戌，山上无水，军不得食，寨中大乱，马谡禁止不住。【眉批：兵法何在？】乱至半夜时分，山南蜀兵大开寨门，下山降魏，【眉批：是半夜口干舌枯矣。】尽被杀之。懿令沿山放火【眉批：水绝后以火赠之。】，军士惊慌。谡料把守不住，驱兵杀下山西。懿却放条大路，让过马谡。背后张郃引兵追来。赶到三十余里，前面鼓角齐鸣，一彪军出，救出马谡，拦住张郃；视之，乃魏延也。延挥刀纵马，直取张郃。郃回军便走。延驱兵赶来，复夺街亭。赶到五十余里，一声炮起，两边伏兵齐出，左边司马懿，右边司马昭，却抄在魏延背后，把延困在垓心。【眉批：**街亭一失，大事坏矣。好个熟读兵书，深明韬略！**】张郃复来，三路合为一处，要擒魏延。未知性命如何，且听下回分解。

却说魏延被魏兵困在垓心，左冲右突，不得脱身，兵折大半。正危急间，忽然喊声大震，一彪军杀来，乃王平也。【眉批：**孔明用王平，原为守街亭，谁知却是救魏延。**】延大喜曰："吾得生矣！"二将合兵一处，大杀一阵，魏兵方退。二将慌忙奔回街亭，营中皆是魏兵旌旗。寨中忽见申耽、申仪杀出。王平、魏延竟奔列柳城，来投高翔。此时高翔闻知街亭有失，尽起列柳城之兵，前来救应。正遇延、平二人，言说折了三处，如何去见丞相。高翔曰："不如今晚去劫魏寨，再复街亭。"【眉批：**三人商议，难出司马懿所料。**】当时三人在山坡下商议已定。待天色将晚，分兵三路。

却说魏延引兵径到街亭，不见一人，【眉批：**此是司马懿计。**】心中大疑，未敢轻进，且伏路口等候。忽见高翔兵到，二人共说魏兵不知何往，又不见王平到。【眉批：亏得他还未到。】正没理会，忽然一声炮响，火光冲天，鼓声震地，魏兵齐出，把魏延、高翔困在垓心。二人往来冲突，不得脱身。忽听的山坡后喊声若雷，一彪军杀到，乃是王平，救了高、魏二人，【眉批：此王平第二次救魏延。】径奔列柳城来。比及奔到城下，城边早有一军杀到，旗上大书"魏都督郭淮"字样。此时郭淮与曹真商议，恐司马懿得了全功，分淮来取街亭；闻知懿、郃成了此功，遂引兵径扑列柳城，正遇三将。但蜀兵才与魏兵交战，中伤者多，如何战得生力兵过？因此又被郭淮大杀一阵。魏延恐阳平关有失，慌与王平、高翔望阳平关来。

却说郭淮收了军马，与左右曰："吾虽不得街亭，却取了列柳城，亦是大功。"【眉批：且慢欢喜。】引兵径到城下叫门，只见城上一声炮响，旗帜皆竖，当头一面大旗，上书"平西都督骠骑大将军司马懿。"懿撑起悬空板，倚定护心木栏干，大笑曰："郭伯济来何迟也？"【眉批：郭淮要趁现成，又被司马懿趁去，妙甚。】淮大惊曰："吾今不出仲达之手矣！"遂入城。相见已毕，懿曰："今街亭已失，亮必奔走。公可速与子丹星夜追之。"郭淮从言，出城而去。懿唤张郃曰："子丹、伯济恐吾全获大功，故取此城。吾非独欲成功，侥幸而已。吾料魏延、王平、马谡、高翔等辈，必据阳平关也。【眉批：魏延等商议，不出司马懿所料。】吾若去取此关，亮必随后掩杀，中其计耳。【眉批：好神算。】兵法：'归师勿掩，穷

寇莫追，追必死敌。'吾今却从小路抄蜀兵之后，尽夺其辎重。汝可从小路抄箕谷退兵。吾自引兵当斜谷之兵。若彼败走，不可相拒，只宜中途截住，马匹辎重可尽得也。"【眉批：慢着，且保守自己的。】张郃受计，引兵一半去了。懿下令："径取斜谷中道，必至西城，虽然山僻小县，乃蜀兵屯粮之所。西城乃南安、天水、安定三郡总路。若得此城，三郡再可复矣。"【眉批：又算出一个紧要去处。】于是司马懿留申耽、申仪把守列柳城，自领大军取三路而进。

却说孔明自令马谡等守街亭去后，犹豫不定，忽报王平赍送图本至。孔明唤入，左右呈上。孔明就几视之，看毕，拍案大惊曰："马谡真匹夫！坑陷吾军，早晚必有长平之祸也！"急欲差人去换马谡回还。长史杨仪问曰；"丞相何大惊乎？"孔明曰："观此图本，失却要路，占山为寨。倘魏兵大至，四面围住，断了汲水道路，不须二日，军自乱矣。【眉批：先生如见。】若街亭有失，吾等何归也？"仪曰："某虽不才，愿替马幼常回也。"孔明即

国学经典文库

李渔批阅

三国演义

图文珍藏版

司马懿计取街亭
孔明智退司马懿

将安营之法，一一分付杨仪。却待要行，忽报马到来，说："街亭、列柳城，尽皆失了！"孔明跌足长叹曰："大事去矣！吾之过也！"【眉批：孟达之失，孔明知人之明；马谡之败，孔明自引不知人之过。】急唤关兴、张苞分付曰："汝各引三千精兵，投武功山小路而行。如遇魏兵，不可大击，只鼓噪呐喊，为疑兵掠之。彼自走矣，亦不可追之。待军退尽，便投阳平关去。"又令张翼先去，引兵修理剑阁，以备归路。又令大军暗暗收拾行装，以备起程。又令马岱、姜维断后，先伏于山谷，待诸军退尽，方始收兵。又令马忠引兵去搦曹真厮杀。又差心腹人分路报与南安、天水、安定三郡官吏军民，皆入汉中。【眉批：是弃三郡。】

分拨已定，孔明先引五千精兵，退去西城县，连夜催并各处兵皆归汉中。【眉批：只剩孔明一个。】此时孔明正在西城搬运粮草，忽然十余次飞报马到，说："司马懿引大军十五万，望西城蜂拥而来！"孔明身边别无大将，止有一班文官，所引五千军，已分了一半先运粮草去讫，只有二千五百军在城中。【眉批：以二千五百人当十万之众，看先生如何处法？】众官闻之，尽皆失色。孔明登城望之，果然尘土冲天。两路分兵望西城县而来。只见西城之外，雨土纷纷，红日昏暗。【眉批：奇绝。】遂传令，教"将旌旗尽皆隐匿，诸军各守城铺。如有妄行出入及高大言语者，斩之！【眉批：又怪绝。】大开西门，每一门上用二十军士扮作百姓，洒扫街道。如魏兵到时，不可擅动，吾自有计。"【眉批：真奇绝，怪绝。】孔明乃披鹤氅，戴华阳巾，引二小童携琴一张，于城上敌楼前凭栏而坐，焚香操琴。【眉批：奇绝，妙绝。但此时之琴，恐有杀声在弦中矣。】

却说司马懿前军哨到城下，见了如此模样，皆不敢进，急报与懿。懿笑而不信，遂止住三军，自飞马远远望之。正见孔明坐于城楼之上，笑容可掬，焚香操琴。左有一童子，手捧宝剑；右有一童子，手执麈尾。城门内外，有二十余百姓，低头洒扫，旁若无人。懿看毕大疑，【眉批：作怪跷蹊。前者不信，今又大疑矣。】便到中军，教后军作前军，前军作后军，望北山路而退。司马昭笑曰："莫非诸葛亮无军，故作此态？父亲何太持疑而退兵也？"【眉批：退得好奇。到此司马昭胜父也。】懿曰："亮平生谨慎，不曾弄险。今大开城门，必有埋伏。我兵若进，中其计矣。汝辈岂知？可宜速退。"因此两路兵尽皆退去。孔明见魏军远去，抚掌而笑。【眉批：莫非

国学经典文库

李渔批阅

三国演义

司马懿计取街亭
孔明智退司马懿

图文珍藏版

国学经典文库

李渔批阅

三国演义

司马懿计取街亭
孔明智退司马懿

图文珍藏版

1390

弹琴中有退兵咒语?】众官无不骇然，请问孔明曰："司马懿乃魏之名将，今统十五万精兵到此，见了丞相便速退去，何也?"孔明曰："此人料吾平生谨慎，必不弄险；见此规模，疑有伏兵，故退去耳。吾非行险，不得已而用之。【眉批：此日之险，比子午谷更险。】懿必引兵投北山小路而去。吾已令苞、兴引兵在彼等候。"众皆惊服曰："丞相之机，神鬼莫测！若以某等之心，必弃城而走。"孔明曰："吾兵止有二千五百，若弃城而走，难以远遁，皆被懿所擒也，故以此计疑之。"静轩有诗曰：

> 仲达深谋善用兵，孔明妙算鬼神惊。
>
> 临危解作疑兵计，十万曹兵怕近城。

言讫，拍手大笑曰："吾若是懿，必有别论。"遂下令催西城百姓随军即入汉中，"懿必复来也。"【眉批：料他必然省语。】于是孔明遂离西城，望汉中而走。天水、南安、安定三郡官吏军民，陆续而来。

却说司马懿望武功山小路而走，忽然山坡后鼓声震地，喊杀连天。懿回顾二子曰："吾若不走，必中诸葛亮之计矣。"只见大路上一军杀来，旗上大书"右护卫使虎翼将军张苞"。魏兵皆弃甲抛戈而走。行不一程，山谷中喊声震地，鼓角喧天，前面一杆大旗，上书"左护卫使龙骧将军关兴"。【眉批：二处旗鼓上写得声势。】兴、苞二人皆遵将令，不敢追袭，多得军器粮草而归。当时懿

见山谷皆有蜀兵，不敢竟出大路，遂回街亭。此时曹真听知孔明退兵，急引兵追赶时，山后喊声震地，鼓角喧天，蜀兵漫山遍野而来，为首大将乃姜维、马岱也。【眉批：欲夺城池，反却自失了辎重。】真大惊，急令退军，先锋陈造已被马岱斩之。真引兵鼠窜而还。蜀兵连夜皆奔汉中。

却说赵云，邓芝伏兵子箕谷道中，听得孔明传令回军，二人商议曰："魏军知吾兵退，必来追也。吾先引一军，伏于其后，公却引兵打吾旗号，徐徐而退。吾一步步自有护送也。"

却说郭淮提兵再回箕谷道中，唤先锋苏颙分付曰："蜀将赵云，世之英雄，非等闲之辈，汝可小心提防。彼军若退，必有计也。"苏颙欣然曰："都督若肯接应，某当生擒赵云。"【眉批：二将齐出，叙法与前变。司马懿尚不能赶，曹真又何能哉？】遂引前部三千兵，奔入箕

国学经典文库

李渔批阅

三国演义

司马懿计取街亭
孔明智退司马懿

图文珍藏版

谷，赶上蜀兵，只见山坡后闪出红旗白字，上书"赵云"。急收兵退走。【眉批：**马谡说大话坏了事，今又出一个说大话的。**】行不数里，喊声大震，一彪军撞出，为首大将挺枪跃马，大喝曰："汝识赵子龙否？"颙大惊曰：

"这里又有赵云，吾不能生矣！"措手不及，被子龙一枪，刺死马下。【眉批：**见了假的，尚虎一跳。**】余军溃散。子龙迤逦前进，背后又一军到，乃郭淮部将万政也，来与苏颙报仇。子龙见魏兵追急，勒马挺枪，立于路口，专待来将交锋。蜀兵约行三十余里，魏兵尚然不到。——万政认得子龙，不敢前进。子龙俟天色将暮，方拨马回，缓缓而退。郭淮兵到，万政备言子龙英雄如旧，因此不敢近前。淮令教军士急赶，政亦领数百骑赶来。行至一大林，忽听得背后大喝一声："赵子龙在此！"惊得魏兵堕马者不计其数，余皆越岭而去。万政还欲勉强来敌，被子龙一箭射中冠缨，惊跌涧中，子龙以枪指之曰："吾饶汝性命回归，快教郭淮赶来！"万政脱命而逃。【眉批：**说大话的看样。**】子龙护送车仗人马望汉中而去，沿途并无遗失。曹真、郭淮复夺三郡，以为己功。

却说司马懿分兵而进。此时蜀兵尽回汉中去了，懿引一军复到西城，因问遗下居民及山僻隐者，皆言孔明止有二千五百军士在城，又无武将，只有几个文官，别无埋伏。武功山土民告曰："关兴、张苞只有三千军，转山呐喊，鼓噪惊追，是以不敢厮杀。"懿悔之不及，仰天叹曰："吾不如孔明也！"【眉批：妙在不杀他，教他寄信去虎郭淮。】遂按军法，安抚诸处官军，引兵径还长安，朝见魏主。叡曰："今日复得陇西诸郡，皆卿之功也。"懿奏曰："今蜀兵皆在汉中，未尽剿灭。臣乞天下之兵并力收川，以报陛下。"【眉批：只好去欺瞒曹真。】叡大喜，令懿即便兴兵。忽一人出班奏曰："臣有一计，以献陛下，可定蜀、吴也。"未知是谁，且听下回分解。

国学经典文库

李渔批阅

三国演义

司马懿计取街亭
孔明智退司马懿

图文珍藏版

国学经典文库

李渔
批阅

三国演义

孔明挥泪斩马谡
陆逊石亭破曹休

图文珍藏版

第九十六回 孔明挥泪斩马谡
陆逊石亭破曹休

却说献计者，乃尚书孙资也。魏主曹叡问曰："卿有何计？"资奏曰："昔太祖武皇帝收张鲁之时，危而后济，常对群臣曰：'南郑之地，真为天岳。'中斜谷道为五百里石穴，非用武之地也。今若尽起天下之兵，倘东吴入

寇，如之奈何？不如即以见在之兵，分命大将据守险要，以镇边疆，则百姓可安。【眉批：好个善守之法。】不过数年，中国日盛，吴蜀自相残害，那时图之，岂非胜算？愿陛下圣鉴。"叡大悟，问司马懿曰："此论若何？"懿奏曰："此公论易安之理也。"叡从之。命懿分拨诸将把守

险要，留郭淮、张郃把守长安。大赏三军，驾回洛阳。

却说孔明回到汉中，【眉批：此处叙出孔明。】计点将士，只少赵云、邓芝，心中甚忧；令关兴、张苞各引一军接应。正欲起身，忽报云、芝已到，并不折一人一骑，辎重等器亦无遗失。【眉批：此番一出便斩五将，全始全终。】孔明大喜，亲引诸将出迎。子龙慌忙下马，伏地而言曰：“败军之将，何劳丞相远接？”孔明自觉羞惭，急扶子龙，执手而言曰：“是吾不识贤愚，以致如此！【眉批：自肯认错。】各处兵将败损，惟子龙不折一人一骑，何也？”邓芝曰：“子龙独自断后，某筹引兵任意先行。子龙斩将立功，惊怕敌人，因此军资什物，俱不遗弃，岂有失军之咎耶？”孔明称贺曰：“真将军也！”遂归本寨，取库内黄金五十斤以赠子龙，又取绢一万匹，以赏诸军。【眉批：可谓赏之不谬。】子龙辞曰：“三军无尺寸之功，某等俱各有罪，何敢反受其赏？乃丞相赏罚不明也。【眉批：贤愚不识，孔明已认；赏罚不明，又加一等。子龙算法更严。】仍请寄库，冬时赐与诸军，亦未迟也。”孔明叹曰：“先帝在日，常称子龙之德，观此果不谬也。”倍加钦敬。

忽报马谡、王平、魏延、高翔至。孔明先唤王平入帐，责之曰：“吾令汝同马谡把守街亭，何不早谏？”平曰：“某再三相劝，要在当道固筑土城，安营把守。参军大怒，责以无礼，某因此自引五千军，离山十里下寨。魏兵骤至，把山四面围合铁桶相似，某引兵冲杀十余次，皆不能入。次日土崩瓦解，降者无数。某孤军难立，故投魏延求救。半途又被魏兵困在山谷之中，某奋死杀出。比及归寨，早被魏兵占了。及投列柳城时，路逢高翔，遂分兵三路，去劫魏寨，指望克复街亭。某见街亭并无伏路军，以此心疑。登高望之，只见魏延、高翔被魏兵围住，某亦杀入重围，救出二将，就同参军并在一处。某恐失却陌平关，因此急来回守。非某之不谏也。如丞相不信，乞问各部将校，便见某之真伪矣。"【眉批：说得明白。】孔明喝退，又唤马谡入帐。谡自缚，跪于帐前。孔明变色曰："汝自幼饱读兵书，熟谙战策。吾累次叮咛告戒：街亭是吾根本。汝以全家之命，领此重任，今复如何？"谡告曰："某因魏兵势大，不能抵当，以致如此。"孔明曰："乱道！汝若早听王平之言，岂有此祸？今败军折将，失地陷城，皆汝之过！若不明正典刑，何以示众？汝今正犯军法，休得怨吾。汝之家小，吾按月给与俸禄，汝亦不必挂心。"【眉批：西城之危，连孔明亦几乎送在他手中矣。死后又顾其家，此系法外之恩。】叱左右推出斩之。谡泣曰："丞相视某如子，某以丞相为父。某之死罪，实已难逃；愿丞相思舜帝当日殛鲧用禹之义，使某虽死，亦无恨于黄泉之下也！"言讫大哭。孔明挥泪曰："吾与汝义同兄弟，汝之子即吾之子，安忍不用？汝速正军法，勿多牵挂也。"【眉批：虽情好如此，终不免一死，可见军法之严。】左右推出马谡于辕门之外，三军感恸不已。忽参军蒋琬自成都至，正见武士欲

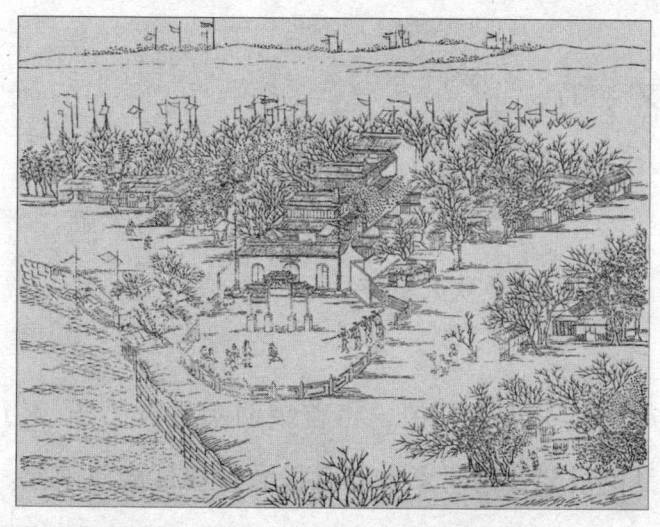

斩马谡，琬大惊，高叫："留人！"入见孔明曰："昔楚杀得臣而文公喜。今天下未定，而戮智谋之臣，岂不惜乎？"孔明流涕而答曰："昔孙武能制胜于天下者，用法明也。今四海分崩，干戈交接，若反复废法，何以讨罪？合当斩之。"须臾，武士献马谡首级于阶下。孔明大恸不已。蒋琬问曰："今幼常得罪，既正军法，丞相何故痛哭？"孔明曰："吾非为马谡而痛。谡与吾义同父子，今违令斩之，又何悔焉？吾想先帝在白帝城临危之时，曾嘱吾曰：'马谡言过其实，不可大用。'今果应此言。吾深恨己之不明，追思先帝之明，因此大痛也。"【眉批：前赏赵云，念及先帝；今杀马谡；亦念先帝。】大小将士无不流涕。马谡亡年三十九岁，时建兴六年夏五月也。后人有诗曰：

> 失守街亭罪不轻，堪嗟马谡枉谈兵。
> 辕门斩首严军法，拭泪犹思先帝明。

国学经典文库

李渔批阅 三国演义

孔明挥泪斩马谡
陆逊石亭破曹休

图文珍藏版

又诗曰：

赏罚分明可告军，赏无仇恨罚无亲。

街亭败失堪诛戮，洒泪成行劝后人。

却说孔明斩了马谡，将首级遍示各营已毕，仍缝尸
上，具棺祭葬；将谡家小好意抚恤，按月给与俸禄。【眉
批：先正其法，军令之严也，后尽其情者，存仁之厚。】
于是孔明自作表文，令蒋琬申奏后主，自贬丞相之职。
琬回成都，入见后主，进上表章。后主拆视曰：

臣本庸才，叨窃非据，亲秉旄钺，以励三军。不能
训章明法，临事而惧，至有街亭违命之阙，箕谷不戒之
失。咎皆在臣，授任无方。臣明不知人，恤事多暗。《春
秋》责帅，臣职是当。请自贬三等，以督厥咎。臣不胜
惭愧，俯伏待命！

后主览毕言曰："胜负者，兵家之常事。丞相乃国之
大老元臣，岂可轻易出此言也？"遂遣使下诏，宜当旧
职。侍中费韦奏曰："臣闻治国者，必以奉法为重。法若
不行，何以服人？丞相败绩，自行贬降，正其宜也；若
复原职，何以激劝群下乎？"后主从之，贬孔明为右将
军，【眉批：丞相自贬，而天子从而贬之，皆法也。】行

国学经典文库

李渔批阅

三国演义

陆逊石亭破曹休
孔明挥泪斩马谡

图文珍藏版

1398

丞相事，照旧总督军马，就命费祎赍诏，径到汉中。孔明受诏，贬降讫。祎恐孔明羞赧，乃贺曰："蜀中之民，皆知丞相拔西县入川，深以为喜。"孔明变色曰："是何言也！普天之下，莫非汉民，国家威力未举，使百姓困于豺狼之口，一夫有死，吾之罪也。今汝以此称贺，即是指吾辱骂，心实为愧。"祎曰："近闻丞相得姜维，天子甚喜。"孔明大怒曰："兵败师还，不曾夺得寸土，吾之大罪。得一姜维，于魏何损？西县之民，安能补街亭丧失之事？汝非但贺吾，实诮佞也。"【眉批：取三郡自不以为功，收姜维亦不以为功，光明正大如此。】祎惶恐无地。次日又与孔明曰："丞相再统雄师数十万以伐魏乎？"孔明曰："昔大军屯于祁山、箕谷之时，我兵多于贼兵，尚不能破贼，反遭贼兵所破：此病不在兵之多寡，全在主将耳。为今之计，宜减兵省将，明罚思过，须运变通之法，以备将来；设或未然，徒以兵多，何足为贵？今后诸公以国家为念者，幸不时攻吾之缺，责吾之短，【眉批：为面谀之人深戒。】则事可定，贼可灭，功可翘足而待矣。"费祎褚将皆拜称其德。祎亦即辞孔明，仍归成都去讫。

却说孔明居在汉中，惜军爱民，励兵讲武，置造攻城渡水之器，聚积粮草，预备战筏，以为后图。细作探知，报入洛阳魏主。曹叡闻之大惧，即会文武，欲起大军来取西川。未知如何，且听下回分解。

此时大蜀建兴六年，乃魏太和二年夏五月也。叡召

国学经典文库

李渔批阅

三国演义

陆逊石亭破曹休

孔明挥泪斩马谡

图文珍藏版

国学经典文库

李渔
批阅

三国演义

孔明挥泪斩马谡
陆逊石亭破曹休

图文珍藏版

司马懿商议收川之策。【眉批：再叙魏主。】懿曰："蜀未可图也。方今天气亢炎，蜀兵必不轻出；若我军深入其地，彼必固守险要，安能攻之？"叡曰："倘蜀兵再来入寇，如之奈何？"懿曰："臣已算定今亮必效韩信，暗渡陈仓道耳。臣今敢保举一人，统兵于陈仓道口，筑起城池以拒守之，可万无一失。此人身长九尺，猿臂善射，深有谋略，忠义凛然。亮若入寇，此人足以当之；或从他道暗进，亦惧有陈仓之兵，必不敢深入也。"叡大喜，问曰："此何人也？"懿奏曰："此太原人，姓郝，名昭，字伯道，见为杂霸将军，镇守河西数十余年矣。"【眉批：前荐张郃，今又荐一郝昭。】叡从之，加郝昭为镇西将军，命守陈仓道口，遣使持诏去讫。

忽报扬州司马大都督曹休上表，说："东吴鄱阳太守周鲂，字子鱼，乃东吴阳羡人也，密遣人来，陈言七事，可破东吴，乞早发兵以取之。"叡就御案与司马懿同观已毕。懿奏曰："此言有理，吴当灭矣！臣愿引兵以助曹休。”【眉批：**司马懿此时却猜不着。**】叡大喜，欲令起兵。忽班部中一人奏曰：“吴人之言，反覆不一，未可深信，此诱兵之诡计也。”【眉批：**此人见识胜于仲达。**】众视之，乃河东襄陵人，姓贾，名逵，字梁道，官授建威将军，常从太祖武皇帝征进，深通谋略。懿问曰：“梁道知东吴虚实耶？”逵曰：“吾在边庭，素知孙权居于武昌，西从江夏，东取庐江，常时入寇。周鲂乃智谋之士，必不肯降。吾故知其诈也。”懿曰：“此言固不可不听，机会亦不可失却。梁道与吾偕行，同助曹休何如？”叡即允奏，遂令三路进兵：曹休引大军径取皖城；贾逵引前将军满宠、东皖太守胡质，径取阳城，直向东关；司马懿引本部军，径取江陵。赏军已毕，望东安进发。

却说吴王孙权，【眉批：**此处又叙东吴。**】在武昌东关，会百官商议曰：“今有鄱阳太守，以密表告称扬州总督曹休有入寇之意。今太守诈施诡计，暗陈七事，引诱魏兵深入重地，可设伏兵以擒之，永绝吴难矣。今魏兵分三道而来，诸卿有何高见？”顾雍进曰：“此大任非陆伯言不敢当也。”权大喜，乃召陆逊。封为辅国大将军，平北都元帅，统御林大兵。摄行王事：授以白旄黄钺，文武百官皆听约束。权亲自与逊执鞭。【眉批：**此时陆逊可谓荣耀之极矣。**】逊领命谢恩毕，保二人为左右都督，分兵以迎三道。权从之，命吴郡吴人朱桓，字休穆，为左都督，官带奋武将军、嘉兴侯；又命吴郡钱塘人全琮，字子璜，为右都督、绥南将军、钱塘侯，各领军马，权

国学经典文库

李渔批阅

三国演义

孔明挥泪斩马谡
陆逊石亭破曹休

图文珍藏版

1402

自送之。于是陆逊总率江南八十一州，并荆湖之众七十余万。朱桓在左，全琮在右，逊自居中，兰路进兵。桓献策曰："曹休以金枝玉叶之贵而得大任，非智通之良将也。今听周鲂诱言，深入重地，元帅用兵击之，曹休必败。败后必走两条路：左乃夹石，右乃挂车。此二路皆山僻小径也，险峻极多。某愿与全琮各引一军，伏于山险，先以柴木大石塞断其路，魏兵可降，曹休可擒矣。擒了曹休，便长驱直进，寿春唾手而得，诸路亦可图也。【眉批：说得好豪兴。】请元帅察之。"逊曰："吾自有妙用，汝勿狂图。"于是桓怀不平而退。逊令诸葛瑾等拒守江陵，以敌司马懿。诸路亦皆调拨停当。

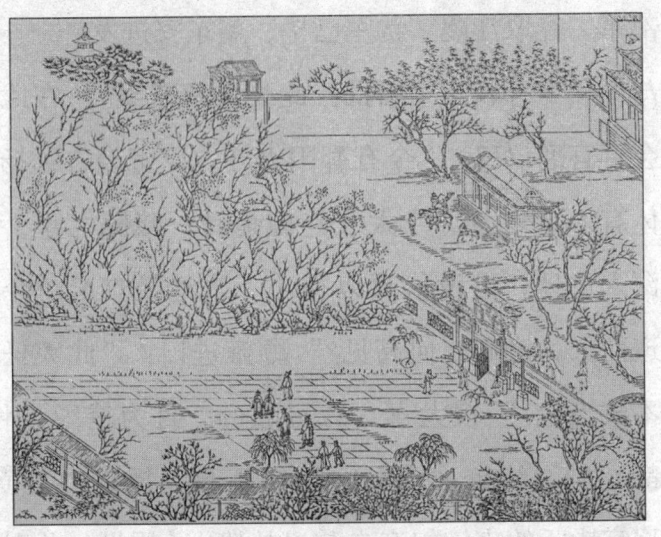

却说曹休兵临皖城，周鲂来迎，径到曹休帐下。休问曰："近得足下之书，所陈七事，深为有理，奏闻天子，故起大军，三路进发。若得江东之地，足下之功不小，吾之禄位亦重矣。累闻足下多谋，诚恐于中不实。——吾料足下必不为此等事也。"鲂大哭，急掣所佩剑欲自刎。【眉批：急泪从何处得来？又将死诈人矣。】休急止之。鲂仗剑而言曰："吾所陈七事，恨不能吐尽肝胆。今反生疑，必有吴人暗行间谍之计。听其间谍，吾必死矣。吾之忠心。惟天可表！"言讫，又欲自刎，休大惊，慌抱住曰："吾戏言尔，足下何自害耶！"鲂以剑截发掷于地曰："吾以忠心待公，公以吾为儿戏，吾截父母所遗之发，以表真诚！"【眉批：好赚法！】曹休深信，设宴相待。席罢，鲂辞去。

　　忽报建威将军贾逵求见。休令入，问曰："此来为何？"逵曰："某料东吴之兵，必尽屯于皖城，都督不可进也。待某两下夹攻，贼兵可破矣。"休怒曰："汝亦夺吾功耶？"逵曰："又闻周鲂截发为誓，此必诈也，——昔要离断背，刺杀庆忌。【眉批：又引人一人吴中故事。】——此未可深信也。"休大怒曰："吾欲进兵，何为此言以慢军心？汝欲兵进东关，自干头功，以掩吾之所长！"叱左右推出斩之。【眉批：此时不但断其发，亦断其头矣。】众将告曰："未及进兵，先斩大将，于军不利。且乞暂免。"休从之，将逵兵留在寨中调用，自引一军，来取东关。

　　此时周鲂听知贾逵削去兵权，暗喜曰："曹休若用逵计，东吴败矣！今集兵一处进发，天意使我成功也！"即遣人至皖城，密报陆逊。逊唤诸将听令曰："前面石亭，虽是山路，可以埋伏。须先占石亭关处，布成阵势，以待魏军。"遂令徐盛为先锋，引兵前进。

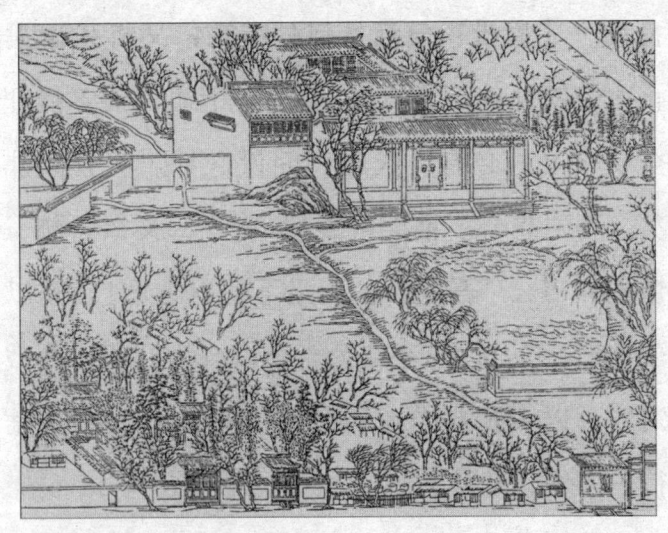

　　却说曹休命周鲂引兵而进，正行之间，休问曰："前往何处？"鲂曰："石亭也，可以屯兵。"休从之，遂率大军并车仗等器，尽赴石亭驻扎。次日，哨马报道："前有吴兵，不知多少，据住山口。"休大惊曰："鲂言无兵，何为有准备也？"急唤鲂问之。人报曰："周鲂引数十人，不知何处去了。"休大悔曰："吾中老贼之奸计也！虽然如此，有何惧哉！"【眉批：且慢些悔，尚有头发做当头。】遂令大将张普为先锋，引数千兵来与吴兵交战。两阵对圆，普出马大骂曰："贼将早降！"徐盛出马相迎。战无数合，普力不胜，勒马收兵，回见曹休，言徐盛勇不可当。休曰："吾当以奇兵胜之。"【眉批：奇在那里？】就令张普引二万军，伏于石亭之南；又令薛乔引二万军，伏于石亭之北——"明日辰时，吾引一千兵搦战，却佯输诈败，诱到北山之前，放炮为号，三面夹攻，盛可擒。"【眉批：自以为奇兵，都做了败兵了。】二将受计，各引二万军，到晚埋伏去了。

却说陆逊唤朱桓，全琮分付曰："汝各引三万军，从石亭山路抄到曹休寨后，放火为号；吾亲率大军，从中路而进，可擒曹休也。"当日黄昏，二将受计，引兵而进。是夜二更，朱桓引军正抄曹休寨后，迎着张普伏兵。【眉批：**恰好伏兵遇着伏兵。**】普却不知就是吴兵。径来问话，被桓一刀斩于马下。魏兵便走。桓令后军放火。是时全琮引军亦抄曹休寨后，撞在薛乔阵里，就在那里大杀一阵。薛乔败走，奔回本寨。后面朱桓、全琮两路

夹攻。休寨大乱，自相冲击。休慌上马，望夹石道中奔走。徐盛引大队军马，从正路杀来。魏兵死者不可胜数，降者万余，逃命者尽弃衣甲。曹休大惊，在夹石道中，奋力奔走。忽见一彪军从小路挺出，为首大将乃建威军贾逵也。休惊少息。逵接着曹休。休自愧曰："不用公言，果遭此败。幸得足下兵至，可待后军也。"【眉批：**曹休自觉而愧。**】逵曰："都督可速出此道，若被吴兵以

国学经典文库

李渔批阅

三国演义

孔明挥泪斩马谡
陆逊石亭破曹休

图文珍藏版

木石断塞，我等皆危矣！"于是休即骤马而去，遂自断后，于林木盛茂之间及险峻小径之处，多设旌旗以为疑兵。不时，后面徐盛赶到，见山坡下闪出旗角，疑有埋伏，不敢追赶，收兵而回。因此救了曹休。司马懿听知休败，亦引兵退去。【眉批：仲达此时亦虎头蛇尾。】

却说陆逊正望捷音，须臾，徐盛、朱桓、全琮皆到。所得车仗、牛马、驴骡、军资、器械，不计其数，并降兵数万余人。逊大喜，即同周鲂及诸将班师还吴。吴王孙权领文武官僚，出武昌门外迎接，以御盖覆逊同入，以上品珍宝赐之。【眉批：此时十分荣耀。】诸将尽皆升赏。权见周鲂无发，遂劳曰："卿断发成功，名书竹帛，当垂不朽矣。"即封周鲂为关内侯。大设筵会，劳军庆贺，陆逊奏曰："今曹休大败，魏已丧胆；可修国书，使人入川，使孔明进兵攻之。"权从其言，遂遣使赍书入川去了。未知孔明果伐魏否，且听下回分解。

第九十七回 孔明再上出师表
诸葛高二出祁山

时大蜀建兴六年秋九月，魏都督曹休被陆逊大破于石亭，车仗马匹，军资器械，并皆罄尽。休惶恐太甚，连夜奔走，因此气忧成病，到得洛阳，患发背而死。【眉批：陆逊气杀曹休，与孔明气杀王郎相似。】贾逵面奏魏

主。叡大痛不已，敕厚葬之。须臾，司马懿引兵亦还，众将接入，问曰："曹都督之兵败，元帅之干系也，何故急回耶？"懿曰："吾料诸葛亮知吾兵败，必乘虚来取长安。倘陇西紧急，何人救之？吾故回耳。"【眉批：着着是对手。】众皆以为怯惧，哂笑而退。

却说东吴遣使，将请兵伐魏之书，并大破曹休之事，

细奏后主，一者显自己威风，二者通和会之好。【眉批：两言该括。】后主大喜，令人持书至汉中，报与孔明，说曹休兵败而死。此时孔明兵强马壮，粮草丰足，所用之物，一切完备，正要出师，听知此言，欣然而喜，即设宴大会诸将，计议出师。忽然一阵大风，自东北角上而起，把庭前松树吹折。【眉批：正应栋梁之才将折。】众皆大惊。孔明就占一课，曰："主损一大将也！"诸将未信。正饮酒之间，忽报镇南将军赵云长子赵统、次子赵广来见丞相。孔明大惊，掷杯于地曰："子龙休矣！"二子入见，拜哭曰："某父昨夜三更病重而死。"众皆痛哭。孔明跌足而哭曰："今岁不想丧了许多将佐。今日子龙又死，乃国家损一栋梁，去吾一臂矣！"孔明哭罢，遂令二子入成都面君。后主听言，放声大哭曰："朕昔年幼，非子龙必死于乱军之中！"【眉批：追想四十一回中事。】即下诏厚葬，谥封大将军、顺平侯，敕葬于成都锦屏之阳；建立庙堂，四时享祭，命太常致祭。诏曰：

云昔从先帝，功迹既著。朕以幼冲，涉途艰险，赖恃忠顺，济于危险。夫谥所以叙元勋也。经营天下，遵奉法度。当阳之役，义贯金石。忠以卫上，君念其赏，礼以厚下，臣忘其死。死者有知，足以不溺；生者感恩，足以殒身。谨按谥法，柔贤慈惠曰"顺"，执事有班曰"平"，故特赐大将，顺平侯。主者施行。

国学经典文库

李渔批阅

三国演义

诸葛高二出祁山

孔明再上出师表

图文珍藏版

国学经典文库

李渔批阅

三国演义

孔明再上出师表
诸葛高二出祁山

图文珍藏版

1409

　　却说后主将子龙祭葬已毕，封赵统为虎贲中郎，封赵广为牙门将，就令守坟。二人辞谢去了。忽近臣奏曰："诸葛丞相将军马分拨已定，乃令杨仪再上《出师表》。"后主就御案拆览，表曰：

　　先帝深虑汉、贼不两立，王业不偏安，故托臣以讨贼也。以先帝之明，量臣之才，故知臣伐贼，才弱敌强也。然不伐贼，王业亦亡。惟坐而待亡，孰与伐之？是故托臣而勿疑也。臣受命之日，寝不安席，食不甘味，思惟北征，宜先入南，故五月渡泸，深入不毛，并日而食。臣非自惜也，顾王业不可偏安于蜀都，故冒危难以奉先帝之遗意，而议者谓为非计。今贼适疲于西，又务于东；兵法"乘劳"，此进趋之时也。谨陈其事如左：

　　高帝明并日月，谋臣渊深，然涉险被创，危然后安；今陛下未及高帝，谋臣不如良、平，而欲以长计取胜，坐定天下。此臣之未解一也。刘繇、王朗，各拒州郡，论安言计，动引圣人，群疑满腹，众难塞胸；今岁不战，明年不征，使孙策坐大，遂并江东。此臣之未解二也。曹操智计，殊绝于人，其用兵也，仿佛孙、吴，然困于南阳，险于乌巢，危于祁连，逼于黎阳，几败北山，殆死潼关，然后伪定一时耳；况臣才弱，而欲以不危而定之。此臣之未解三也。曹操五攻昌霸不下，四越巢湖不成，任用李服而李服图之，委任夏侯而夏侯败亡，先帝每称操为能，犹有此失；况臣驽下，何能必胜。此臣之

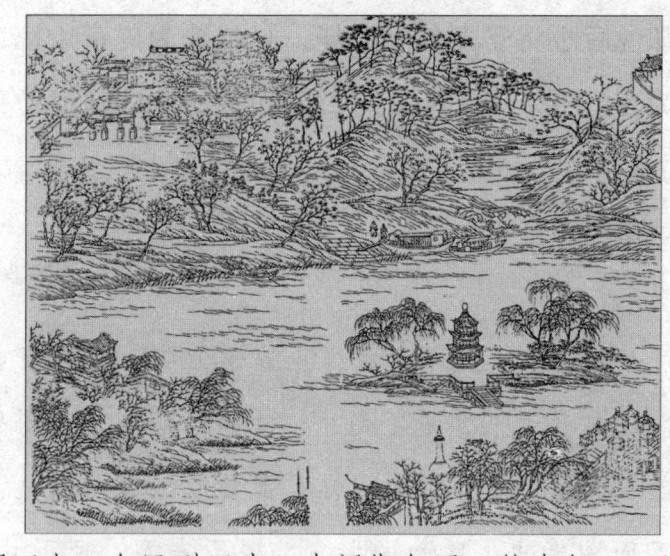

未解四也。自臣到汉中，中闻期年耳，然丧赵云、阳群、马玉、阎芝、丁立、白寿、刘郃、邓铜等，及曲长屯将七十余人，突将无前五十余人；賨叟、青羌，散骑武骑一千余人，此皆数十年之内，所纠合四方之精锐，非一州之所有；若复数年，则损三分之二也，当何以图敌？此臣之未解五也。今民穷兵疲，而事不可息；事不可息，则住与行，劳费正等；而不及早图之，欲据一州之地，与贼持久。此臣之未解六也。夫难平者，事也。昔先帝败军于楚，当此时曹操拊手，谓天下已定。然后先帝东连吴、越，西取巴、蜀，举兵北征，夏侯授首。此操之失计，而汉事将成也。然后吴，更违盟，关某毁败，秭归蹉跌，曹丕称帝。凡事如是，难可逆见。臣鞠躬尽瘁，死而后已；至于成败利钝，非臣之明所能逆睹也。谨表以闻，仰于圣断。建兴六年冬十一月日，丞相诸葛亮上表。

后主览表甚喜，敕令孔明出师。孔明受命，起三十万精兵，引大小将士，令魏延总督前部先锋，径奔陈仓道口而来。

早有细作报入洛阳。【眉批：以下再叙魏国。】司马懿奏知魏主，大会文武商议。大将曹真出班奏曰："臣昨守陇西，功微罪大，恨未能致身报国，羞愧无任。臣近得一员大将，使百斤偃月刀，骑千里征马，开两石铁胎弓，暗藏三个流星锤，百发百中，有万夫不当之勇，乃陇西狄道人也，姓王，名双，字子全。【眉批：此曹叡之许褚。】臣保此人为先锋，乞赐三军，必擒诸葛亮矣。"叡大喜，便召王双上殿。视之，身长九尺，面黑睛黄，熊腰虎背。叡曰："朕得此大将，有何虑哉！"遂赐锦袍金甲，封为虎威将军，前部大先锋。曹真为大都督。真谢恩出朝，遂引十五万精兵，会合郭淮、张郃，分道守把隘口。

却说蜀兵行至陈仓，见有城池，急报孔明："陈仓道口筑起一城，内有大将郝昭守之，深沟高垒，遍排鹿角，十分严谨；不如弃了此城，从太白岭鸟道而出祁山。"孔明曰："陈仓正北即是街亭，不得此城，难以进兵；如得此城，尽将城中之物以赏三军，切不可稽迟时日也！"魏延遂引兵径到城下，四面攻之。连日不下，复告孔明曰："城坚难破。"【眉批：六出祁山而陈仓未得，则有内顾之忧故也。】孔明大怒，要斩魏延。忽帐下一人告曰："某虽无才，随丞相多年，未尝报效。愿往陈仓城中，说郝

国学经典文库

李渔批阅

三国演义

孔明再上出师表
诸葛高二出祁山

图文珍藏版

1411

昭来降，不用张弓只箭也。"【眉批：**如李恢之请说马超。**】众视之，乃部曲靳祥也。孔明曰："汝用何言说之？"祥曰："郝昭与某同乡，自幼交契，乃陇西人氏。某流落西川，久不相见。某今到彼，以利害说之，必来降矣。"孔明即令行之。

靳祥骤马径到城下，叫曰："郝伯道，故人靳祥来见。"城上人报知郝昭，昭令开门放入，登城相见。昭问曰："故人因何到此？"祥曰："吾在西蜀孔明帐下，参赞军机，待以上宾。特来见公，望公推吾薄面，开门投降，此为上策。"昭勃然变色曰："诸葛亮，我国仇敌之人也！吾事魏，汝事蜀，各事其主，与汝昔为昆仲，今为仇敌矣！再勿多言，便请出城！"【眉批：**司马懿荐人如此，亦见懿之知人。**】祥欲开言，郝昭已出敌楼上了。魏军急催上马，赶出城外。祥回视郝昭，以鞭指之曰："伯道贤弟，何太薄情？"昭曰："魏国法度，兄所知者。吾受国恩，唯死而已。兄不必再下说词，早回见诸葛亮，教他快来攻城，吾不惧也。"【眉批：**言词甚壮，惜乎事非其主。**】

祥回告孔明曰："郝昭未等开言，即变色拦阻。"孔明曰："汝可再去，以利害说之。"祥又到城下，勒马高叫曰："伯道贤弟，听吾忠言：汝乃孤小城池，怎拒十万之众？倘城存身亡，何益之有？今贤弟执迷，不顺大汉，反屈膝以事奸魏，此不知天命，不辩清浊，愿伯道思之。"郝昭大怒，拈弓搭箭，指祥喝曰："前言已定，不

必再言！早早速遄退，免汝射死！"祥回见孔明，具言前事。孔明曰："匹夫何太无礼！欺吾无攻城之具耳，已久备军中。吾当自往攻之！"传令三军，齐力进发。试看郝昭如何，且听下回分解。

却说孔明唤土人问曰："陈仓城中，有多少人马？"土人告曰："约有三千。"孔明笑曰："量此小小城池，满城皆是人马，安能及我哉？休等救兵来到，火急攻之！"令军中装起百乘云梯，一乘上可立十数人，周围用木板遮护，下以四轮推之。每一面云梯百乘。下面蜀军各抱短梯软索，听军中擂鼓，一齐上城。郝昭在敌楼上，望见蜀兵装起云梯，四面而来，即令三千军各执火箭，分在四面，待云梯近城，一齐射之。孔明料城中无备，大催云梯而进，令三军鼓噪呐喊相助。云梯车上载起"连珠炮""九霄炮""碗口铳""一窝锋""大将军""吕公车"各色火炮，齐举打城，犹如天塌地陷，山崩海拂，諕得那城内军民亡魂丧胆。四面云梯皆至城边，不期城

国学经典文库

李渔阅批

三国演义

孔明再上出师表
诸葛高二出祁山

图文珍藏版

1413

国学经典文库

李渔批阅

三国演义

孔明再上出师表

诸葛高二出祁山

图文珍藏版

上火箭齐发，云梯尽着，梯上蜀军烧死无数。城上矢石如雨，蜀兵皆退。【眉批：郝昭甚能。】

孔明大怒曰："汝既烧吾云梯，吾却用'冲车'之法！"孔明连夜安排冲车。次日，四面鼓噪呐喊而进。郝昭急命运石凿眼，用葛绳穿定飞打，其车皆折。孔明又取井阑百丈以射城中；又令运土填壕，郝昭又于城中筑起重墙以御之。孔明见打不破，令廖化引三千锹鑺军，夜掘地道，暗入城去。郝昭又于城中掘重壕横截之。地道军又不得进。【眉批：能断城外之水，不能断城内之水。】昼夜相攻，二十余日，无计可破。

孔明营中忧闷，忽报："东边救兵到了，旗上书'魏先锋大将王双'。"孔明问曰："谁可迎之？"魏延出曰"某愿往。"孔明曰："汝乃先锋大将，未可轻去。"又问："谁敢迎之？"蜀将谢雄应声而出。孔明与三千军去了。孔明曰："谢雄去了，谁敢再去？"蜀将龚起应声要去。孔明亦与三千兵去了。孔明把人马退二十里下寨，恐城内郝昭冲兵而出。

却说谢雄正遇王双，战不三合，被双一刀斩之。蜀兵败走。王双随后赶来。龚起接着交马，只三合，亦被王双斩之。【眉批：此处连写王双之勇，方为后文斩王双伏线。】败兵回报。孔明大惊，忙令廖化、王平、张嶷三人一起出迎。两阵对圆，张嶷出马，王平、廖化压住阵角。蜀兵引到陈仓城下。郝昭引三千兵，开门迎之。王双纵马，与张嶷交马数合，不分胜负。双诈败便走。嶷随后赶来。王平见张嶷中计，忙叫曰："休赶！"【眉批：毕竟王平精细。】嶷急回马，王双星锤已到，正中其背，嶷伏鞍。主双便赶来。王平、廖化截住，救嶷回阵。王双驱兵大杀一阵，蜀兵折伤甚多。

嶷吐血数口，回见孔明，说："王双英雄无敌，今选二万兵，就陈仓城外下寨，大小车辆装载木植，四周立起排栅，筑起重城，深挑壕堑，守御甚严。"孔明见折二将，张嶷又被打伤，即唤姜维曰："陈仓道口，此路不可行之，别求何策？"维曰："陈仓城池坚固，郝昭守御甚密，又得王双相助，实不可取。不若令一大将，依山傍水，下寨固守；再令良将守把要道，以防街亭之攻；却统大军去袭祁山，某却如此用计，【眉批：妙在不叙明何计，下文自见。】可捉曹真矣。"孔明曰："若此则大事可成矣！"即令王平、李恢引二枝兵，守街亭小路；魏延引一枝军，守陈仓谷口；马岱为先锋，关兴、张苞为前后救应使，从小径出斜谷，望祁山进发。【眉批：此是二出祁山。】

却说曹真因思前番被司马懿夺了功劳，因此到洛阳分调郭淮、孙礼东西守把；又听得陈仓告急，已令王双去救。闻知王双斩将立功，乃立中护军大将费耀，权摄前部，总督诸将，守把各处隘口，忽报山谷中捉得细作来见。曹真升帐，谋士、战将列于两边，真令押入，跪于帐前。其人告曰："小人不是奸细，有机密来见都督，误被伏路军捉来。乞退左右。"真令去其缚，暂退左右。

其人曰："小人乃姜伯约心腹人也。蒙本官遣送密书。"【眉批：**此姜维用计也。**】真大喜曰："此书安在？"其人于贴肉衣内取出呈上。真拆视之：

天水郡姜维百拜，书呈大都督曹麾下：维念世食魏禄，禾守边城；叨窃厚恩，无门补报。昨日误遭诸葛亮之计，陷身于颠崖之中。思念老母，日久号啕。今幸蜀兵西出，诸葛亮甚不相疑。赖都督听纳忠言，亲提大兵而来：如遇敌人，可以诈败；维当在后，举火为号，先烧蜀入粮草，却以大兵翻身掩之，则诸葛亮可擒也。非敢立功报国，实欲赎其前罪。倘蒙照察，速须来命。

曹真看毕，大喜曰："天使吾成功也！"遂重赏来人，便令回报，依期会合。真唤费耀商议曰："今姜维暗献密书，令吾如此如此。"耀曰："诸葛多谋，姜维智广，善能用人，其中恐有诡计"。【眉批：**此人见识颇高。**】真曰："维母不在天水，吾亦不信；今维母现在魏境，安肯久居蜀乎？"耀曰："都督不可轻去，守定本寨。某愿引一军接引姜维。若得成功，尽归都督；倘有奸计，某自支持。"【眉批：**太便宜了曹真。**】真大喜曰："足见忠心矣。"

费耀引五万兵，望斜谷而进。行了两三程，屯下军马，令人探哨。当日申时，回报："斜口道中，有蜀兵来也。"耀忙催兵进。蜀兵未及交战，早先退去。耀引兵追之，蜀兵又来。方欲对阵，蜀兵又退。如此者三次，俄延于次日申时。魏军一日一夜不曾敢歇，只恐蜀兵攻击。欲屯军造饭，忽然四面喊声大震，鼓角齐鸣，蜀兵漫山遍野而来。门旗开处，闪出一辆四轮车，孔明端坐其中，【眉批：**先疲之，而后诱之。只当曹真自来，故亲自诱敌。**】令人请魏军主将答话。耀纵马提刀而出，遥见孔明，心中暗喜，回顾左右曰："如蜀兵掩至，便退后走；若见山后火起，却回身杀去，自有兵来相应。"众皆知令。耀横刀大呼曰："前者败将，今日何敢又来！"孔明曰："请汝曹真答话。"耀骂曰："曹都督乃金枝玉叶，安肯与反贼相见！"孔明大怒，把羽扇一招，左有马岱，右有张嶷，两路冲击。魏兵便退。行不及三十里时，望见蜀兵背后火起，【眉批：**正合姜维之书。**】喊声不绝。费耀只道号火，便回身杀来。蜀兵主昌退。耀提刀在前，只望喊声追赶。将次近火，山路中鼓角喧天，喊声震地，两军杀出：左有关兴，右有张苞。山上矢石如雨，往下

射来。魏兵大败。费耀知是中计，急退军望山谷中而走，人马困乏。【眉批：一夜不曾睡得。】背后关兴生力军赶来，耀兵自相践踏，落涧身死者，不知其数。耀逃命而走，正遇山坡口彪军，乃是姜维。耀大骂曰："不忠不孝之贼！吾不幸中汝奸计！"维笑曰："吾欲擒曹真，误赚汝矣。速下马受降"。【眉批：可惜一篇大文字，却小做了。】耀骤马夺路，望山谷而走。忽然拥出一辆小车，车上举火，塞了谷口，背后追兵又至。耀自刎身死，【眉批：是曹真替死鬼。】余者尽降。孔明连夜驱兵。直出祁山前下寨，收住军马，重赏姜维。维曰："某恨不得立杀曹真耳！"孔明亦曰："可惜大计小用也。"

却说曹真听知折了费耀，悔之不及，遂与郭淮商议退兵之策。【眉批：曹真要挣气，却挣不来。】于是孙礼同辛毗计议停当，星夜具表申奏魏主，言蜀兵又出祁山，曹真损兵折将，其危甚急。叡大惊，即召司马懿入内，曰："曹真损兵折将，蜀兵又出祁山，卿有何策退之?"
懿曰："臣已有退诸葛亮之计，不用魏军扬武耀威，蜀兵
自然走矣。"叡大喜。其计如何，且听下回分解。

国学经典文库

李渔
阅批

三国演义

孔明再上出师表
诸葛高二出祁山

图文珍藏版

第九十八回　孔明遗计斩王双　诸葛亮三出祁山

却说司马懿奏曰："臣尝奏陛下，言孔明必出陈仓，故以郝昭守之，今果应矣。若从陈仓入寇，运粮甚便。【眉批：孔明欲得陈仓正为此耳。】幸有郝昭、王双守把，

必不敢从此路运粮。其余小道，搬运艰难，不易到也。臣算蜀兵所费行粮止有一月，粮尽必走。蜀兵利在急战，魏军只宜久守。陛下可使人持诏，令子丹坚守诸路关隘，不要出战。不须一月，蜀兵自走。【眉批：自以为言之必中。】却乘虚击之，亮可擒也。"叡欣然曰："卿既有先见之明，何不自引一军以袭之？"懿曰："臣非惜身重命，实欲存兵，以防东吴陆逊耳。吴王不久必僭称尊号；【眉

批：**为后文孙权称帝伏笔。**】如称尊号，恐陛下伐之，定然先入寇也，臣故待之。陛下免忧。"正言间，忽近臣奏曰："曹都督奏报军情。"懿奏曰："陛下可速令人丁宁告戒子丹：凡追赶蜀兵，观其虚实，不可轻入重地，以中诸葛亮之计。"【眉批：**又为后斩王双反衬一句。**】叡即时下诏，遣太常卿韩暨持节告戒曹真："切不可战，务在谨守；只待蜀兵退去，方可击之。"司马懿送韩暨于城外，嘱之曰："吾以此功让与子丹。汝见子丹，休言是吾所陈之意，只道天子降诏，教子丹保守为上。追赶之人，大要仔细，勿遣性急气噪者追之。"【眉批：**再为斩王双反衬一句，更妙。**】暨辞去。

却说曹真正升帐议事，忽报天子遣太常卿韩暨持节诏至。真忙出寨接入，受诏已毕，真退与郭淮、孙礼计议韩暨之言。淮笑曰："此乃司马仲达之见也。"【眉批：**郭淮又能料司马懿。**】真曰："此见若何？"淮曰："此言深识诸葛亮用兵之法。久后破蜀兵者，必仲达也。"真又问曰："倘蜀兵不退，又何论耶？"淮曰："可密令王双引兵于小路巡哨，自然不敢运粮。待彼粮尽，兵自走矣。乘势追之，有何不胜？"孙礼曰："某去祁山虚妆运粮兵，车上尽藏干柴茅草，更以硝黄灌之，令人虚报陇西粮到。若蜀人无粮，必然来夺。俟入其中，放火烧车，外以伏兵应之，便可胜矣。"【眉批：**此计亦通，但瞒不过武侯耳。**】真喜曰："此计大妙！"即令孙礼引兵望祁山之西行计，又遣人令王双引兵于小路行计。郭淮引兵提调箕谷、

国学经典文库

李渔批阅

三国演义

孔明遗计斩王双
诸葛亮三出祁山

图文珍藏版

1421

国学经典文库

李渔批阅

三国演义

诸葛亮三出祁山

孔明遗计斩王双

图文珍藏版

1422

街亭，令诸路军马守把险要。真又令张辽之子张虎为先锋，乐进之子乐綝为副先锋，同守大寨。如得将令，方许出战追之。

却说孔明在祁山寨中，【眉批：再写武侯。】每日令人厮战，魏兵坚守不出。孔明唤姜维等商议曰："魏军坚守不出，料吾军中无粮也。【眉批：司马所算，又在孔明算中。】今陈仓转运不通，其余小路盘涉艰难，吾算随军粮草不敷一月，如之奈何？"正踌躇之间，忽报："陇西魏兵运粮数千车于祁山之西，运粮官乃涿郡容城人也，姓孙，名礼，字德达。"【眉批：来得凑巧。】孔明曰："其人如何？"有魏人告曰："此人曾随魏王出猎于大石山，忽像起一猛虎，直奔御前，孔礼下马一剑斩之。从此封为上将军。——乃曹真之心腹也。"孔明笑曰："此是魏将料吾乏粮，故用此计，车上装载者，必是茅草引火之物。吾平生专用火攻，彼焉能加诸于我？彼若知吾令军劫粮，必来劫吾寨矣。【眉批：孙礼所算，又在孔明算中。】吾将计就计，大事可成。"遂唤马岱分付曰："汝引三千军，径到魏兵屯粮之所，不可入彼营，但于上风头放火。【眉批：不待他放火，倒替他放火，妙甚。】若烧着车仗，魏兵必来围吾之寨。"又差马忠、张嶷各引五千兵，在外围住，内外夹攻。三人受计去了。又唤关兴、张苞分付曰："魏兵头营接连四通之路。今晚若见西山火起，魏兵必来劫营。汝二人伏于魏寨之左右，只等魏后出寨，汝等便可劫之。"又唤吴班、吴懿分付曰："汝二人各引一军伏于营处，如魏兵到来，可截彼归路。"分拨已毕，孔明自在祁山上，凭西而坐。

却说魏兵探知蜀兵要来劫粮，慌忙报与孙礼。礼令人飞报曹真。真遣人去头营，分付张虎、乐綝："看今夜山西火起，蜀兵必来救应，可以出军，如此如此。"【眉批：**不出孔明所料**。】二将受计，令人登楼专看号火。

却说孙礼把军伏于山西，只待蜀兵。是夜二更，马岱引三千兵来，人皆衔枚，马尽勒口，径到山西。【眉批：**第一路兵于此出现**。】只见许多车仗，重重叠叠，攒绕成营，车上虚插旗号。忽然西南风起，【眉批：**风不借自来矣**。】岱令头军径去营南放火，车仗尽着，火光冲天。孙礼只道蜀兵到来，寨内魏军放起号火，急引兵一齐掩至。背后鼓角喧天，两路杀来，乃是马忠、张嶷，把魏军围在垓。【眉批：**第二路兵于此出现**。】孙礼大惊。又听得魏军中喊声又起，一彪军从火光边杀来，乃是马岱。【眉批：**第一路兵又出现**。】内外夹攻，魏兵大败。

国学经典文库

李渔批阅

三国演义

诸葛亮三出祁山　孔明遗计斩王双

图文珍藏版

国学经典文库

李渔批阅

三国演义

诸葛亮三出祁山

孔明遗计斩王双

图文珍藏版

1424

火紧风急，人马乱窜，死者无数。孙礼引中伤军兵，突烟冒火而走。

却说张虎在营，望见火光，不知魏兵胜负，只顾大开寨门，与乐綝尽引人马，杀奔蜀寨，不见一人，急收军回。吴班、吴懿两路杀出，断其归路，【眉批：第四路兵于此出现。】张、乐二将急冲出重围，奔回寨时，土城之上，箭如飞蝗，却被关兴，张苞取了营寨。【眉批：第三路兵于此出现。】魏兵大败，皆投曹真寨来。【眉批：四路兵写得参差错落，笔法变幻之极。】方欲入寨，忽见一彪败军飞奔而来，乃是孙礼。遂入寨见真，各言中计之事。真听之，谨守犬寨。有诗叹曰：

鏖战祁山经几秋，至今草木尚含愁。

孔明妙算人无及，先夺曹兵算一筹。

却说蜀将兵胜，回见孔明。孔明令人传密计与魏延，着拔寨齐起。【眉批：奇绝，出人意外。】杨仪曰："今已大胜，挫尽魏兵锐气，何故收军回也?"孔明曰："吾退师者，料魏人不知吾病。吾病无粮，利在速战。今彼坚守，吾病作矣，可速退兵。魏人不过暂时兵败，中原必有添益；若以轻骑袭吾粮道，那时不能归矣。乘魏兵新败，不敢正视，便可退芝。【眉批：孔明退兵之巧。】曹真料吾必不退也。吾所忧者，但魏延一军，在陈仓道口拒住王双，急难脱身，吾已授彼密计，以斩王双，使魏兵不敢追也。只今后队先行。"当夜孔明只留金鼓，守在寨中打更，分明提铃喝号，凡事皆备。是夜兵皆尽退，只落空营。

却说曹真正在寨中忧闷，忽报一彪军到。真令哨探，乃左将军张郃也。郃下马，入帐与真曰："某近奉圣旨，特来听调"。真曰："曾别仲达否？"郃曰："仲达特令某来。闻孙将军之计不成，都督曾哨探否？"真曰："新败以来，未曾敢进。"【眉批：果应孔明之言。】郃曰："仲达嘱云：'魏军胜，蜀兵必不肯去；魏兵败，蜀兵必即走矣。'【眉批：能者机谋皆同。】此兵家之玄机，不可不察也。"真未信，令人探之，果是虚营，只插着数十面旌旗，兵已去了三日也。

且说魏延受了密计，当夜二更，拔寨急回汉中。早有细作报与王双。双大驱军马，并力追赶。追到二十余里，看看赶上，见魏延旗号在前，双大叫曰："魏延休走！"蜀兵更不回顾。双拍马赶来。背后魏兵叫曰："将

国学经典文库

李渔批阅

三国演义

孔明遗计斩王双
诸葛亮三出祁山

图文珍藏版

军休赶！背后魏延在城外下寨，城中放起火了！"【眉批：**孔明所授之计于此始见。**】双便勒马回时，只见一片火起，慌忙令退军。行到山坡，左侧忽一骑马从林中骤出，大喝曰："魏延在此！"【眉批：**忽地又有一魏延，写得出色惊人。以三十骑而斩一大将，写魏延正是写武侯也。**】王双大惊，措手不及，被延一刀砍于马下。魏兵疑有埋伏，四散逃走。延手下止有三十骑人马，望汉中缓缓而回。原来魏延受了孔明密计：先教存下三十骑，伏于王双营边；只待王双起兵赶时，却去他营中放火；双若回寨，可作堤防，魏延因此斩之。却说魏延引兵回到汉中，见了孔明，交割了人马。孔明设宴大会，不在话下。

　　且说张郃追赶蜀兵不上，回到寨中。忽有郝昭差人申报："魏延斩了王双。"曹真闻知，伤感不已，因此忧成病疾，遂回洛阳；命郭淮、孙礼、张郃守把长安诸道。

　　却说吴王孙权设朝，【眉批：**以下接叙东吴。**】忽有细作人报说："诸葛丞相出兵两次，魏都督曹真兵损将亡。"郡臣大喜，皆劝吴王兴师伐魏，以图中原。还是如何，且听下回分解。

　　却说多官皆劝吴王伐魏，权犹豫未决。【眉批：**因魏兵屡败，而吴国称尊，斗笋甚奇。**】张昭奏曰："近闻武昌东山，凤凰来仪；大江之中，黄龙累现。主公德配唐、虞，明并文武：可即皇帝位，然后兴兵未晚。"百官皆应曰："子布之言是也。"遂选定夏四月丙寅日，筑坛于武昌南郊。是日，群臣请权登坛即皇帝位，【眉批：**可见前**

番受九锡之无谓也。】乃告祝曰：

　　皇帝臣孙权，敢用玄牡昭告于皇皇后帝：汉享国二十四世，历年四百三十四载，行气数终，禄祚运尽，普天弛绝，率土分崩。孽臣曹丕，遂夺神器；丕子曹叡，继世作慝，淫名乱制。臣权生于东南，遭值期运承乾秉戎，志在平世，奉辞行罚，举足为民。群臣将相，州郡百城，执事之人，咸以为天意已去于汉，汉氏已绝祀于天，皇帝位虚，郊礼无主。休徵嘉瑞，前后杂沓，历数在躬，不得不受。权畏天命，不敢不从，谨择元日，登坛燎祭，即皇帝位。惟神享之，左右有吴，永终天禄。

　　是日祭毕，大赦江东，改黄武八年为黄龙元年。谥父破虏将军孙坚为武烈皇帝，母吴氏为武烈皇后，兄讨逆将军孙策为长沙桓王。立子孙登为皇太子。命诸葛瑾长子诸葛恪为太子左辅，张昭次子张休为太子右弼。

　　恪字元逊，身长七尺，少须眉，折頞广额，大声清高，极聪明，善应对。权甚爱之。年六岁时，忽值东吴筵会，权见诸葛瑾面长，乃戏之，令人牵一驴来，用粉笔书其面曰："诸葛子瑜。"众皆大笑。恪跪而告曰："乞借粉笔。"再添二字："诸葛子瑜之驴。"满座之人，无不惊讶。【眉批：忙中忽夹此一段闲文。】权大喜，遂将驴赐。又一日，大宴官僚，权命恪把盏。巡至张昭面前，昭不饮，曰："此非养老之礼也。"权唤恪曰："汝能教子

国学经典文库

李渔批阅

三国演义

诸葛亮三出祁山
孔明遗计斩王双

图文珍藏版

布饮乎？"恪应之，便与昭曰："昔姜尚父年九十，重秉旄仗钺，犹未告老。【眉批：先破他"老"字。】今日大宴，但临阵之日，先生在后；饮酒之日，先生在，【眉批：又破他"养"字。】今日推辞，何谓不养老也？"昭无言可答，只得饮之。恪应对如流，权因此爱之，故命辅太子。昭佐吴王，位列兰公之上，故以其子张休为太子右弼。又封顾雍为丞相，封陆逊为上将军，辅太子守武昌。权复还建业。群臣共议伐魏之策。张昭奏曰："陛下初登宝位，未可动兵，只宜修文偃武，增设学校，以安民心；遣使入川，与蜀同盟，共分天下，缓缓图之。"

权从其言，即令使命星夜入川，来见后主。礼毕，细奏其事。后主闻知，遂与群臣商议。蒋琬奏曰："可令人问于丞相。"后主即令陈震径到汉中见孔明，言曰："东吴孙权即皇帝位，命人入川，与蜀同盟，平分天下。"孔明曰："可令人赍礼物入吴作贺，乞遣陆逊兴师，要分其势，魏朝必命司马懿拒之。懿若南拒东吴，我再出祁山，长安可图也。若得长安，乘势伐魏，此万全之计也。"【眉批：**非爱孙权，正为重在伐魏，故暂许之。**】遂令太尉陈震，将名马、宝带、金珠、宝贝，入吴作贺。震径到东吴，见了吴王，呈上国书。权大喜，设宴相待，打发回蜀。权传旨，教陆逊虚作起兵之声，遥与西蜀为势。逊受命，曰："此乃孔明惧司马懿之谋也。既然同盟，不得不从。"回顾左右曰："教吴兵且养锐气，待孔明攻魏至急，吾可乘虚以取中原也。"【眉批：**能者所见皆同。读到此处，最是好看。**】即时下令，教荆襄各处都要训练人马，择日兴师。

却说陈震回到汉中，报知孔明。【眉批：**再叙蜀汉。**】孔明尚忧陈仓不可轻进，令人去探，回报说："陈仓城郝昭病重。"孔明曰："大事成矣。"遂唤魏延、姜维，分付曰："汝二人领五千兵，星夜直奔陈仓城下，如见火起，【眉批：**不知火从何来，令人猜摸不出。**】并力取城。"二人俱未深信，又来告曰："何日可行？"孔明曰："三日俱要完备，不须辞我便行。"二人受计去了。又唤关兴、张苞至，附耳低言，分付曰："如此如此。"【眉批：**又不知所言何语。**】二人受了密计自去。

却说郝昭病重，慌报张郃。郃急上表，差人来替郝昭。郭淮听知郝昭病重，乃与张郃商议曰："郝昭与我至厚，今病重，你可速去替他。我自写表申奏朝廷，别行定夺。"张郃恐陈仓有失，引三千兵来替郝昭。此时郝昭病危，当夜正呻吟之间，忽报蜀兵已到城下了。昭正令

国学经典文库

李渔批阅

三国演义

诸葛亮三出祁山 孔明遗计斩王双

图文珍藏版

国学经典文库

李渔批阅

三国演义

孔明遗计斩王双
诸葛亮三出祁山

图文珍藏版

人上城守把，各门上已是火起，城中大乱。【眉批：奇极。】昭听知惊死。蜀兵一拥入城。

却说魏延、姜维到了城下看时，并不见一面旗号，又无打更之人。【眉批：一发作怪。】二人惊疑，不敢攻城。忽听的城上一声炮响，四面旗帜齐竖。二人大惊，勒马视之，见一纶巾羽扇，鹤氅道袍，大叫曰："汝二人来的迟了！"二人视之，乃孔明也。【眉批：又不知何时到此，一发令人猜摸不着。】二人慌忙下马，拜伏于地曰："军师真神计也！"孔明令放入城，言曰："吾尝忧陈仓城未能取，乃使人打细报来，说郝昭病重。汝等已知吾令汝三日内领兵取之，此稳众人之心。吾却令关兴、张苞只推点军，暗出汉中。吾亦藏于军中，星夜倍道，径到城下，使彼不能调兵也。吾早使细作城内放火，发喊相助，令魏兵惊惧不定。兵无主将，必自乱矣。吾故取之。【眉批：方知武侯来法及起火之由，真鬼神莫测也。】兵法云：'出其不意，攻其无备。'正谓此也。今郝昭已亡，吾甚怜之。令伊妻小扶灵柩回魏，以表其忠。"魏延、姜维拜曰："丞相用兵如神，仁德极厚，某等何忧！"孔明曰："汝二人且莫卸甲，可引兵去袭散关。把关之人若知兵到，必自走矣。"【眉批：不意又有一段在后。】

魏延、姜维受命，引兵径到散关。把关之人果然尽走。二人上关，才要卸甲，遥见关外尘头大起，魏兵到来。维曰："丞相神算也，不可测度！"二人登楼视之，

国学经典文库

李渔批阅

三国演义

孔明遗计斩王双
诸葛亮三出祁山

图文珍藏版

乃魏将张郃也。二人叹曰："丞相令我等引兵先取此关，把关之人闻是蜀兵，故早走也；若来迟时，魏兵到矣。今果如此！"即令兵守住险道。延即引兵拒之。张郃见蜀兵把住要路，遂令退军。延随后赶来催杀一阵，魏兵死者无数，张郃大败远去。延回到关上，令人报知孔明。孔明先自领兵，出陈仓斜谷，取了建威。后面蜀兵陆续进发。后主又命大将陈式来助。

孔明驱大兵复出祁山，【眉批：此是三出祁山。】安下营寨。孔明聚众言曰："吾二次出祁山，不得大利；今又到此，吾料魏人必依旧战之地，与吾相敌。彼意疑我取雍、郿二处，必以兵拒之。吾观阴平、武都二郡，【眉批：又算出两路来。】与汉连接，若得此城，亦可分魏兵之势。何人敢去取之？"姜维曰："某愿往。"王平应曰："某亦愿往。"孔明大喜，遂令姜维引兵一万取武都，王平引兵一万取阴平。各领兵去了。

再说张郃回到长安，来见郭淮、孙礼，说："陈仓已

国学经典文库

李渔批阅

三国演义

孔明遗计斩王双
诸葛亮三出祁山

图文珍藏版

1432

失，郝昭已亡，散关亦被蜀兵夺了。今孔明复出祁山，分道进兵。"淮大惊曰："若如此，必取郿、雍二郡矣！"【眉批：不出武侯所料。】留张、守长安，令孙礼保雍城。淮自引兵，星夜来拒郿城，再上表入洛阳告急。

却说魏主曹叡设朝，近臣奏曰："陈仓城已失，郝昭已亡，诸葛亮又出祁山，散关亦被蜀兵夺了。"叡大惊。忽一人又奏曰："近得满宠等表文，说东吴孙权僭称帝号，与蜀同盟。今遣陆逊在武昌训练人马，听候调用。只在朝夕，必入寇矣。"叡闻知两处危急，举止失措。此时曹真病未痊可，即召司马懿商议曰："两处危急，先退何处？"懿奏曰："臣料东吴必不举兵。"【眉批：陆逊所算，已在司马懿算中。】叡曰："何以知之？"懿曰："先孙权独拒江东，心满意足，再无远图之心；次后陆逊复得荆州时，权自谓太过矣。今称帝号，民心未安，何敢妄动？蜀之孔明思报先主之恩，以复街亭之仇，终欲吞吴，非不为也，力不及耳，诚恐中原从旱路兴兵伐之，故暂与东吴同盟。今孔明又出祁山，惧东吴乘时而击，故令人作贺，求吴假作兴兵之势，以分中国之兵。吴欲吞魏，恐蜀袭吴，因此不敢兴兵，坐观成败。吴之兴兵，此虚诈诡计；蜀之兴兵，此诚实之情，欲克中原也。【眉批：你猜着我，我猜着你，三人一般。】臣故知东吴必不轻易发兵。"叡叹曰："卿真大将军之才也！"遂封懿为大都督，总摄陇西诸路军马，欲令近臣取曹真总兵将之印。懿曰："臣往取之。"遂辞帝出朝，径到曹真府下，先令

国学经典文库

李渔批阅

三国演义

孔明遗计斩王双
诸葛亮三出祁山

图文珍藏版

人入府报知，懿方进见曹真。问候病毕，懿曰："东吴、西蜀会合，兴兵入寇，今孔明又出祁山下寨，明公知之乎？"真惊讶曰："吾家下知我病重，不令知之。似此国家危急，何不拜仲达为都督，以退蜀兵耶？"【眉批：妙在待他自说出来。】懿曰："某才薄智浅，不称其职。"真曰："取印与仲达。"懿曰："都督少虑。某愿助一臂之力，必不敢受此印也。"再三推辞，坚执不受。【眉批：写司马之诈。】真跃起身曰："如仲达不领此任，中国必危！吾当抱病见帝以保之。"【眉批：又要逼出他只一句来。极写司马懿之诈。】言讫，复卧于床。懿曰："天子已有命旨，某不敢受。"真大喜曰："仲达今领此任，以退蜀兵。再有征伐，吾当努力自去矣。"懿见真再三让印，遂受之。入朝辞了魏主，引兵往长安来与孔明斗智。未知胜负如何，且听下回分解。

第九十九回　孔明智败司马懿
仲达兴兵寇汉中

蜀建兴七年夏四月。孔明兵在祁山，分作三寨，专候魏兵。

却说司马懿引兵来到长安，张郃接见，备言前事。懿令郃为先锋，戴陵为副将，引十万兵来到祁山，于渭水之南下寨。【眉批：先写蜀兵下寨，后写魏兵下寨。】郭淮、孙礼入寨参见。懿问曰："汝等曾与蜀兵对阵否？"二人答曰："未也。"懿曰："蜀兵千里而来，利在速战；今来此不战，必有谋也。陇西诸路，曾有信息否？"淮曰："已有细作探得各郡十分用心，日夜堤防，并无一事。只有武都、阴平二城，未曾回报。"【眉批：为下文虚伏一句。】懿曰:"吾自差人与孔明交战。汝二人急从小路去救二郡,却掩在蜀兵之后,彼必自乱。"【眉批:亦算得着,只是迟了些。】二人受计,引兵五千,从陇右小路来救武都、阴平,就袭蜀兵之后。

行了数日,淮在马上与孙礼曰:"仲达与孔明如何?"礼曰:"孔明胜仲达多矣。"【眉批:二人优劣,在魏将口中定之。】淮曰:"孔明虽然胜之,此一计,足显仲达有过人之智。蜀兵如正攻两都,我等从后抄到,彼兵岂不自乱乎?"二人正言间,忽哨报来说:"阴平被王平破了,武都已被姜维破了。【眉批:阴平、武都之破,在郭淮、孔礼一边听得,省笔之甚。】前离蜀兵不远。"礼曰:"蜀兵既已打破城池,如何陈兵于外?必有诈也。不如速退。"郭淮从之。欲传令教军退时,忽然一声炮响,山背后闪出一枝军马,旗上大书"汉丞相诸葛亮"字样。中央一辆四轮车,孔明端坐于上,【眉批:写得孔明出色惊人。】左有关兴,右有张苞。二人见之大惊。孔明大笑曰:"郭淮、孙礼勿得走也!司马懿之计,安能瞒得吾过?他每日令人在前交战,却教汝等袭吾军后。【眉批:司马懿所算,已在孔明算中。】武都、阴平吾已取了。汝等不早来降,欲驱兵与吾决战耶?"郭淮、孙礼听毕大慌。忽然背后喊声大震,两路军杀至,乃是王平、姜维。又有兴、苞二将,引军前面杀至。两下夹攻,魏兵大败,各弃盔抛甲,赤身逃奔。郭、孙二人,弃马爬山而走。张苞望见,又骤马赶来。连人带马跌入涧内。后军急忙

国学经典文库

李渔批阅

三国演义

仲达兴兵寇汉中 孔明智败司马懿

图文珍藏版

1435

救起。头已跌破。孔明令人送回成都养病。【眉批：司马懿亦当拜伏矣。】

却说郭、孙二人走脱，回见司马懿曰："武都、阴平二郡已失。孔明伏于要路，前后攻杀，因此大败，弃马步行，方得逃回。"懿曰："非汝等之罪，孔明智在吾先。可再引兵守把雍、郿二城，切勿出战。吾自有破敌之策。"郭、孙二人拜辞而去。懿又唤张郃，戴陵，分付曰："今孔明得了武都、阴平，必然抚百姓，以安民心，不在营中矣。汝二人各引一万精兵，今夜起身，抄在蜀兵营后，一齐奋勇杀将过来；吾却引兵在前布阵，只待蜀兵势乱，吾大驱士马攻杀进去；如此两军并力，可夺蜀兵之营寨也。若得此地山势，再破诸营有何难哉？彼兵安能稳立乎？"【眉批：此计未必尽善。】

二人受计，引兵而去。戴陵在左，张郃在右，各取小路进发，深入蜀兵之后。三更时分，来到大路，两军相遇，合兵一处，却从蜀兵之后杀来。行不及三十里，前军不行，张、戴二人纵马视之，只见数百辆草车，横截去路。郃曰："必有准备也，速取路而回。"【眉批：又是一样笔法。】才只退军，只见满山火光齐明，鼓角大震，伏兵四下皆出，把陵、郃二人围住。孔明在祁山上大叫曰；"戴陵、张郃听吾之言：司马懿料吾往武都、阴平抚民，不在营中，故令汝等来劫吾寨，却又中吾之计矣。【眉批：不但张，戴二人所不料，即令读者亦不料。】汝二人乃懿偏将，吾不杀害，何不下马早降？"郃大怒，

指孔明骂曰："汝乃山野村夫，侵吾大国境界，如何敢发此言！吾若捉住汝时，碎尸万段！"言讫，纵马挺枪，欲

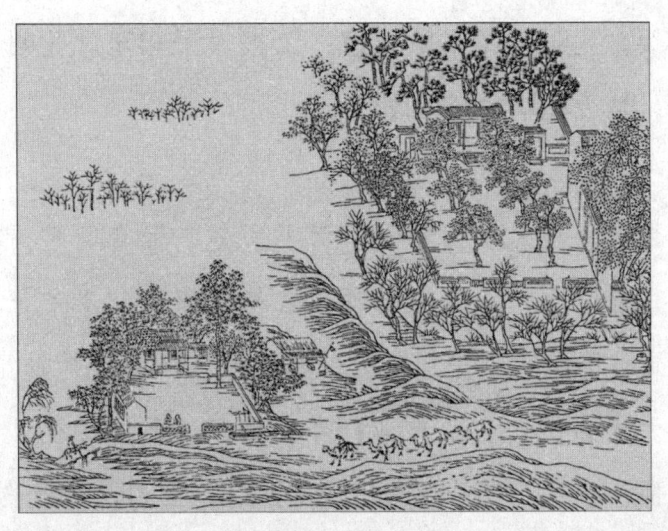

上山来取孔明。山上矢石如雨，郃不能上，乃拍马舞剑，冲出重围，无人敢当。蜀兵困戴陵在于垓心。张郃杀出旧路，不见戴陵，即奋勇翻身，复杀入重围，救出戴陵同回。【眉批：极写张郃之勇，正为后文射张郃伏线。】孔明在山见郃在万军之中，往来冲突，英勇倍加，乃与左右曰："尝闻张翼德大战张郃，人皆惊惧。吾今日见之，方知其勇也，若留下此人，他日必为蜀中之害矣。吾当除之，否则吾心中又添一病矣。"【眉批：木门道之箭，已伏于此。】遂收军还营。

却说司马懿引兵布成阵势，只待蜀兵乱动，一齐攻之。忽见张郃、戴陵独行归寨，二人羞惭告曰："孔明先在蜀兵寨后，又山上如此堤防，因此大败而归。"懿大惊曰："孔明真神人也！不如且退。"即传令，教大军尽回本寨，坚守不出。【眉批：坚守不出，是他老主意。】

国学经典文库

李渔 批阅

三国演义

孔明智败司马懿
仲达兴兵寇汉中

图文珍藏版

且说孔明大胜，所得器械、马匹，不计其数，乃引大军回寨。每日令魏延搦战，魏兵不出。一连半月，不曾交兵。孔明正在帐中思虑，忽报天子诏至。孔明接入营中，焚香礼毕，开诏读曰：

街亭之役，咎由马谡；而君引愆，深自贬抑，重违君意，听顺所守。前年耀师，馘斩王双；今岁爰征，郭淮遁走；降集氐、羌，复兴二郡。威震凶暴，功勋显然。方今天上骚扰，元恶未枭，君受大任，干国之重，而久自挹损，非所以光扬洪烈矣。今复君丞相，君其勿辞！建兴七年夏六月日诏。

孔明听诏毕，乃与侍中费祎曰："吾国事未成，安可复丞相之职？"坚辞不受。【眉批：功如武侯，尚不敢受显职如此；今为臣者，无功受禄，可愧。】祎曰："丞相若不受职，冷淡了将士之心。"费祎再三奉劝，孔明方才受之。祎拜辞而去。

孔明思退懿策已定，遂聚诸将分付，教各处皆拔寨而起。当有细作报知与懿，说孔明起营退了。懿曰："孔明必有大谋，不可轻动。"张郃曰："必然粮尽兵危，要回汉中，如何不追？"懿曰："吾料孔明上年大收，今年麦熟，粮草丰足，虽然转运艰难，亦可支吾半载，【眉批：蜀营之粮，要司马懿代为记帐，奇极。】安肯便走？见吾连日不与出战，故作此计引诱。可令人远远哨之。"

国学经典文库

李渔批阅

三国演义

孔明智败司马懿
仲达兴兵寇汉中

图文珍藏版

1438

军士探知，回报说："孔明离此三十里下寨。"懿曰："吾料孔明果不走也。且坚守寨栅，不可轻进。"住了旬日，绝无音信，并不见蜀将来战。懿令人探知。回报说："蜀兵已起营去了。"懿未信，乃更换衣服，杂在军中，亲自来看，果见蜀兵又退三十里下寨。懿回，与郃曰："此孔明之计也。"又住了旬日，再令人哨探。回报说："蜀兵又退三十里下寨。"郃曰："孔明用缓兵之计，渐退汉中也，都督何故怀疑，不蚤追之？今若不进兵，我等皆被天下人耻笑矣！郃愿决一战，早退蜀兵，以报朝廷！"懿曰："孔明诡计极多，倘有一失，丧我军之锐气也。决不可轻进。"【眉批：**如此三次诱敌，而司马懿总不欲赶，精细之极。**】郃曰："不劳都督亲去，某乞一军以追之，败则当正军法。"懿曰："既众将要去，可分兵两枝：汝引一枝先去，在前奋力战：吾当在后应之，以防伏兵。此乃首尾相应之计也。汝次日先进，到半途驻扎，后日交战，使兵力不乏。"【眉批：**至此再三堤防，再三分付。写仲达十分周密。不比他人。**】遂分兵已毕。次日，张郃、戴陵引副将数十员。精兵三万，依令而进，到半路下寨。于是司马懿留下许多军马守寨，只引五千精兵随后进发。

原来孔明密令人哨见魏兵到半路而歇。【眉批：**以下在蜀兵一面写。**】是夜，孔明唤众将商议曰："今魏兵来追，必然死战：汝等可一当十，吾以伏兵截其后：非智勇之将，不可当也。"孔明言毕，目视魏延。延低头不

国学经典文库

李渔批阅

三国演义

仲达兴兵寇汉中
孔明智败司马懿

图文珍藏版

1439

语。【眉批：非前日之魏延矣。】忽王平出曰："某愿当之。"孔明曰："有失如何？"平曰："杀身报国，有失献首！"孔明叹曰："王平实汉之忠臣，肯舍身亲冒矢石，真良将之才也！【眉批：赞王平，正反衬魏延。】虽然如此，奈魏兵两枝，前后而来。断吾伏兵在中；平总然智勇，只可当得一头，岂能分身两处？须再得一将，方可行之。争奈军中再无舍死当先之人，令我大计不成矣！"

【眉批：又用激法，又激出一个人来。】言未毕，一将出曰："某愿往！"众看时，乃前军都督、扶风太守张翼也。孔明曰："张郃乃魏之名将，有万夫不当之勇，汝非敌手。"翼曰："若有失事，愿献首于帐！"【眉批：写张翼，亦反衬魏延。】孔明曰："汝既敢去，可与王平各引一万精兵，伏于山谷中；只待魏兵赶上，任他过尽，汝等却引伏兵。若司马懿随后赶来，却分兵两头：张翼引一军当住后队，王平引一军截其前队。两军须要死战。【眉批：第一起拨调二人是明白分付。】吾自有别计助之。"

二将受计，引兵而去。孔明又唤姜维、廖化，分付曰："与汝二人一个锦囊收受，【眉批：第二起却用锦囊。不明白分付。】各引三千精后，偃旗息鼓，伏于前山之上。如见魏兵围住王平、张翼，十分危急，不可去救，只开锦囊看视，自有解危之策。"二人受计，引兵而去。孔明令吴班、吴懿、马忠、张嶷四将，附耳分付曰："如来日魏兵到，锐气正盛，不可便迎，且退且走。只看关兴引兵掠阵之时，汝等便回军赶杀，吾自有兵接应。"【眉批：第三起又明白分付。】四将受计，引兵而去。又唤关兴分付曰："汝引五千精兵，伏于山谷，只看山上红旗飐动，却引兵杀出。"【眉批：第四起亦明白分付。】兴受计，引兵而去。

却说张郃、戴陵率领众军，如猛风骤雨而至。蜀兵呐喊相击。郃视之，乃右军领兵使、奋威将军、博阳亭侯马忠，抚戎将军、关内侯张嶷，左将军、高阳侯吴懿，安乐侯吴班四员大将也。【眉批：第三起所拨，却于第一次出现。】郃大怒，驱兵追杀。蜀兵且战且走。魏兵追赶约二十余里，正值六月天气，甚是亢炎，人马受热，汗如泼水，只得追杀。追至五十余里，魏兵尽皆气喘。孔明在山上把红旗一招，关兴引兵杀出。【眉批：第四起所拨，却于第二次出现。】马忠等四将一齐引兵掩杀回来。张郃、戴陵死战不退。忽然喊声大震，两路军杀出，乃是牙门将、裨将军王平，前军都督、领扶风太守张翼。【眉批：第一起所拨。却于第三次出现。】各奋勇追杀，

国学经典文库

李渔批阅

三国演义

孔明智败司马懿
仲达兴兵寇汉中

图文珍藏版

截其后路。邰大叫众将曰："汝等到此，不即死战，更待何时！"魏兵奋力冲突，不得脱身。忽然背后鼓角喧天，一彪军杀到，乃魏都督司马懿也。懿指挥众将，把平、翼二将围在垓心。【眉批：**俱在孔明算中。**】翼大声言曰："丞相真神人也！计已算定，必有良谋。吾等决一死战！"即分兵两路：平引一军接住邰、陵，翼引一军前来当懿。两头死战，叫杀连天。姜维、廖化正在山上，窥见魏兵势大，蜀兵力危，渐渐抵当不住。维与化曰："如此危急，可开锦囊看计。"二人拆开视之，大骇不已。【眉批：**第二起所拨，却于第四次出现。**】未知如何，下回分解。

却说姜维、廖化二将，观锦囊之计云："懿兵围得平、翼至急，二人可分兵两枝，竟袭司马懿之营。使懿知之，恐长安有失，必然急退。汝等乘乱攻之，营虽不得，可全胜矣。"【眉批：**此数语于此处开封，方见机密之至。**】二人即分兵两路，径袭懿营。

国学经典文库

李渔批阅

三国演义

孔明智败司马懿
仲达兴兵寇汉中

图文珍藏版

原来懿恐中计，沿途不绝令人传报。懿正催战之间，忽流星马飞报，言："蜀兵两路，竟取大寨去了。"【眉批：劫寨在司马懿耳中虚写，妙。】懿大惊失色，与众将言曰："吾料孔明有计，汝等不信，勉强追来，却误了大事！"即提大兵而回。军心惶惶乱走。张翼随后掩杀，魏兵大败。张郃、戴陵见势孤穷，亦望山僻小路而走。蜀兵大胜。背后关兴引兵接应诸路。司马懿大败一阵，奔入寨时，蜀兵已自回去。懿即收聚了败军，责骂诸将曰："汝等不知兵法，只凭血气之勇，强欲出战，致有此败。今后切不许妄动！再不遵令，决正军法！"众皆羞惭而退。魏国无名将帅死者极多，史上不能记录。【眉批：恐有漏，说得没漏，亦是作文之一法。】

却说孔明收得胜军马入寨，所得降兵及军器、马匹，不计其数。又欲起兵进取。忽报有人自成都来，说："张苞感破伤风而死。"孔明听知，放声大哭，口中吐血，昏绝于地。众皆救醒。孔明自此得病，卧床不起。诸将无不感激。静轩有诗叹曰：

> 屈死张苞未建功，孔明挥泪洒西风。
>
> 要知身惹尪羸病，尽在忧民为国中。

旬日之后，孔明唤董厥、樊建等入帐，分付曰："吾自觉昏沉，不能理事，汝等切勿走泄。懿若知觉，必来攻也。不如且回汉中养病，再作良图。"遂传号令与各营

国学经典文库

李渔批阅

三国演义

孔明智败司马懿
仲达兴兵寇汉中

图文珍藏版

1444

寨，令当夜暗暗拔寨，皆回汉中。孔明去了五日，懿方得知，乃长叹曰："孔明真有神出鬼没之计，吾不能及也！"于是司马懿留诸将在寨，分兵守把各处隘口。懿自回洛阳去讫。

却说孔明将大军屯于汉中，自回成都养病。文武官僚出城迎接，送入丞相府中，后主御驾自来问病，命御医调治，【眉批：待大臣之礼。】日渐痊可。

建兴八年秋七月，魏都督曹真病可，上表称："蜀兵数次侵界，累犯中原，若不剿除，必为后患。时值秋凉，人马安闲，正当征伐。臣愿与仲达同领大军，径入汉中，殄灭奸党，以净边境。"此时司马懿安置荆襄未回。魏主大喜，即遣使持旨，星夜召懿回朝。次日，叡升偏殿，有侍中刘晔在侧。叡问曰："子丹劝朕伐蜀，若何？"晔奏曰："大将军之言是也。今若不剿，必为后患。陛下不劳多疑，便可行之。"叡点头。晔出内回家，有数十大臣相探，问曰："近闻天子与公计议兴兵伐蜀，此事如何？"晔应曰："无此事也。蜀有山川之险，非易图之地，空费军马之劳也。天子心已惮矣，若强动军马，于国无益。"众官皆默然而出。杨暨笑曰："昨闻刘晔劝天子伐蜀，今日如何又说不伐？"即入内奏曰："陛下何不兴兵早早伐蜀？"叡曰："卿书生，焉知兵法。"暨曰："刘晔乃先帝之谋臣也，臣昨日闻奏可伐，臣故知之。"叡恐晔有计，变色而笑曰："刘晔未曾教朕伐蜀。"暨又曰："刘晔与众官言不可伐蜀，臣故疑之，特来奏闻。"叡即召刘晔入内，问曰："卿劝朕伐蜀，又言不可，何也？"晔奏曰："谁人言之？"叡曰："杨暨来奏。"叡曰："臣细详之。蜀不可伐。"叡大笑。少时，杨暨出内，晔奏曰："臣只道陛下饱看兵书，原来陛下实不知也。昨日臣劝陛下伐蜀，此大谋密事，常恐梦寝之中泄漏此机，以益臣罪，岂敢向外人谈及？夫兵者，诡道也，事未发切宜密之。臣见众官所问，故反言之。陛下如何与杨暨论是非也？"叡又大悟曰："卿之言乃金玉也！"因此愈加敬重。

旬日内，司马懿回朝，参见魏主。曹叡将真表奏之事，逐一言之。懿奏曰："臣去荆襄探视一遍，亦有此意。东吴果不动兵，今日可乘此机去伐蜀也。"叡即拜曹真为大司马、征西大都督，司马懿为大将军、征西副都督，刘晔为军师。三人拜辞魏主，引四十万大兵，行至长安，径奔剑关，来取汉中。其余郭淮、孙礼等，各取路而行。

汉中人报入成都。此时孔明病愈多时，每日叅练人

国学经典文库

李渔批阅

三国演义

孔明智败司马懿
仲达兴兵寇汉中

图文珍藏版

1445

马，习学八阵之法，尽皆精熟，正欲征北；听得这个消息，遂唤张嶷、王平，分付曰："汝二人引一千去守陈仓古道，以当魏兵；吾却提大兵便来接应。"二人告曰："丞相却不误了大事！人报魏军以四十万诈称八十万，又真、懿同率前来，势如太山，如何只与一千兵去守隘口？倘魏兵大至，将何术以拒之？"孔明曰："吾欲多与，恐士卒辛苦耳。"嶷、平面目相视，皆不敢去。孔明曰："若有疏失，非汝等之罪也。不必多言，可以疾去。"又哀告曰："丞相欲杀我二人，就此杀之，某等实不敢去也。"孔明笑曰："何其愚也！吾令汝等此去，自有主见。吾昨夜仰观天文，见毕星于太阴之分，月内必有大雨淋漓。魏兵虽有四十万，安敢深入山险之地？因不用多军，决不受害。吾将此大军皆在汉中安居一月，待魏兵退，天必晴朗，【眉批：先生知风知雾。又知雨，又知晴。】那时以大兵掩之：吾以安逸之兵，掩杀劳苦之卒，何惧魏兵之四十万也？"嶷、平听毕大喜，拜辞而去。孔明随统大军出汉中，传令教各处隘口预备干柴、草料、细粮，俱勾一月人马支用，以防秋雨。将大军宽限一月，先给衣食，俟候出征。

却说王平、张嶷引一千兵，径到陈仓古道，拣选高阜处搭起窝铺，以防连阴。

却说曹真、司马懿同领大军，【眉批：再叙真、懿二人。】径到陈仓城内，不见一间房屋；寻土人问之，皆言孔明回时放火烧毁。【眉批：前至于此补出。】真便欲往陈仓道中进发。懿曰："不可轻进。我夜看天文，见毕星于太阴之分，月内必有大雨；【眉批：孔明知雨，仲达亦知雨。但雨之日期，仲达未必能知也。】若深入重地，常胜则可，倘有疏虞，人马受苦，要退则难。且宜城中搭起窝铺住扎可也。"真即令人伐木搭之。未及半月，天雨大降，急若盆倾，淋漓不住。陈仓城外，平地水深三尺，军器尽湿，人不得睡，昼夜不安。大雨连降一月，马无草料，死者无数。人乏饮食，病亡极多，生者怨声不绝。传入洛阳，魏主设坛，求晴不止。文武大臣皆入内，上疏启奏。太尉华歆疏曰：

兵乱以来，过逾二纪。大魏承天受命，陛下以圣德当成、康之隆，宜弘一代之治，绍三王之迹，虽有二贼负险延命，苟圣化日跻，远人怀德，将襁负而至。夫兵不得已而用之，故戢而时动。臣诚愿陛下先留心于治道，以征伐为后事。且千里运粮，非用兵之利；越险深入，无独成之功。又闻今年征役，颇失农桑之业。【眉批：先言转饷之远。路径之险；次言士卒之劳，耕耘之务。】

为国者以民为基，以衣食为本。使中国无饥寒之患，百姓无离土之心，则天下幸甚，二贼之衅，可坐而待也。臣备位宰相，老病日笃，犬马之命将尽，恐不复奉望銮盖，不敢不竭臣子之怀，惟陛下裁察。谨疏。

魏主览毕，以手报曰：

国学经典文库

李渔批阅

三国演义

孔明智败司马懿
仲达兴兵寇汉中

图文珍藏版

国学经典文库

李渔 批阅

三国演义

孔明智败司马懿
仲达兴兵寇汉中

图文珍藏版

君深虑国计，朕甚嘉之。贼凭恃山川，二祖劳于前世，犹不克平，朕岂敢自多，为必灭之哉。诸将以为不一探取，无由自毙，是以观兵以窥其衅。若天时未至，周武还师，乃前事之鉴，朕敬不忘所戒。

城门校尉、监少府、臣杨阜疏曰：

昔文王有赤乌之符，而犹日昃不暇食；武王白鱼入舟，君臣变色。而动得吉瑞，犹尚忧惧，况有灾异而不战悚者哉？今吴、蜀未平，天屡降变，陛下宜深有以专其精应答，侧席而坐，思示远以德，绥迩以俭。间者诸军始进便有天雨之患，稽阁山险，以积日矣。转运之劳，担负之苦，所费已多，若有不继，必违本图。《传》云："见可而进，知难而退，军之善政也。"徒使六军困于山谷之间，进无所略，退又不得，非主兵之道也。武王还师，殷卒以亡，知天期也。今年凶民饥，宜发明诏，损膳减服，技巧珍玩之物皆可罢之。昔邵信臣为少府于无事之世，而奏罢浮食；今者用军不足，益宜节度。谨疏。

散骑黄门侍郎臣王肃疏曰：

前志有之："千里馈粮，士有饥色；樵苏后爨，师不宿饱。"此谓平途之行军者也。又况予深入险阻，凿路而前，则其为劳，必相百也。今又加之以霖雨，山坡峻滑，众逼而不展，粮悬而难继，实行军者之大忌也。闻曹真发已逾月，而行载半谷，治道功失，战士悉作。是贼偏得以逸而待劳，乃兵家之所惮也。言之前代，则武王伐纣，出关而复还；论之近事，则武、文征权，临江而不济。【眉批：此言目下速宜退兵。】岂非所谓顺天知时，通于权交者哉？兆民知圣上以水雨艰剧之故，体而息之，后日有衅，乘而用之，则所谓"悦以犯难，民忘其死"者。谨疏。

魏主纳群臣之谏，即下诏，遣使诏曹真、司马懿还朝。

却说曹真与司马懿商议曰："今连阴三十日，军无战

国学经典文库

李渔批阅

三国演义

孔明智败司马懿
仲达兴兵寇汉中

心，各有思归之意，倘偶然行动，如何禁止？【眉批：**此番直当出来祈雨**。】懿曰："不如且回。"真曰："倘孔明追来，怎生退之？"懿曰："先伏两军断后，方可回矣。"二人正言间，忽使命来召真、懿。二人遂将大军前队作后队，后队作前队，徐徐而退。

却说孔明计算一月秋雨，【眉批：**此处再叙武侯**。】天气未晴，自提一军屯于城固，又传令教大军会于赤坡驻扎。孔明升帐，唤众将言曰："吾料魏兵必走，魏主必下诏下来取真、懿回军。【眉批：**写先生之见**。】吾若追之，必有准备；不如任他远去，再作良图。"王平令人报来，说魏兵已回。孔明唤来人分付曰："汝速传王平，不可追袭。吾自有破魏之策。"【眉批：**武侯不追，大有主见**。】其人拜辞而去。未知孔明怎生破魏，下回分解。

图文珍藏版

国学经典文库

李渔 批阅

三国演义

诸葛亮四出祁山
孔明祁山布八阵

图文珍藏版

第一百回　诸葛亮四出祁山
孔明祁山布八阵

却说众将听知孔明不追，即时入帐告曰："今魏兵久值大雨，不能存住，因此回去，当乘势追之，无不先胜。丞相何故不欲进也？"孔明曰："司马懿善能用兵，彼虽

退兵，必有埋伏。吾若追之，正中其计。不如纵他远去，吾却分兵径出斜谷而取祁山，使魏人不能堤防。"【眉批：此之谓"攻其无备"。】众将曰："取长安之地，别有路途，丞相只取祁山，何也？"孔明曰："祁山乃长安之首，陇西诸郡倘有兵来，必经此地；更兼前临渭滨，后靠斜

国学经典文库

李渔批阅

三国演义

诸葛亮四出祁山
孔明祁山布八阵

图文珍藏版

谷，左出右入，可以伏兵，此用武之处。【眉批：有此一问一解，始知六出祁山之故。】吾故先取此地，得其利也。"众将皆拜伏而退。孔明令魏延、张嶷、杜琼、陈式出箕谷，马岱、王平，张翼、马忠各出斜谷，会于祁山。诸将各引兵而去。孔明自统大军随后进发，令关兴、廖化为先锋，即日起行。

却说曹真、司马懿在后监督人马，【眉批：再写魏国。】令一军入陈仓古道探视，回报说蜀兵不来追赶。又行旬日，后面埋伏众将皆回，说蜀兵全无音耗。真曰："连绵秋雨，栈道断绝，蜀人岂知吾等退兵耶？"【眉批：写曹真之愚，以衬司马之智。】懿曰："蜀兵随后而出矣。"真曰："何以知之？"懿曰："连日晴明，蜀兵不赶，料吾有伏兵也，故纵我兵远去；待退尽入关时，却夺祁山矣。"【眉批：言之甚切。】真不信。懿又曰："子丹如何不信？吾料孔明必从两谷而来。吾与子丹各守一谷口，十日为期。若蜀兵不至，我面当涂红粉，身穿女衣，营中伏罪。"【眉批：此等赌法甚奇。】真曰："若有蜀兵来，我愿将天子所赐玉带一条、御马一匹与你。"【眉批：今日以所赐为赌，孰知后日天子全输与他家。】即分兵两路：真引兵屯于祁山之西斜谷口，懿引一军屯于祁山之东箕谷口。

各下寨毕，懿先令一枝兵伏于山谷中，其余军马各于要路下营。懿更换马，杂在数十骑之内，遍观各营。忽到一营，有一偏将仰天怨曰："大雨淋了许多时日，不肯回去；今日又在这里住扎，强要赌赛，却不苦了官军！"懿听知，归到本寨，聚诸将皆到帐下，挨出抱怨将来。懿叱之曰："朝廷养军千日，用在一时。汝安敢出怨言，以慢军心！"【眉批：**此一段方见行军非赌戏之事，又使众悚然可以决胜。**】其人不招。懿叫出同伴之人对证，果服其罪。懿曰："吾非赌赛，欲胜蜀兵耳，令汝各人有功回朝。汝妄出怨言，自取罪戾！"言讫，令武士推出斩之。须臾，献首于帐下。众将悚然。懿曰："汝等诸将，皆要尽心以防蜀兵。听吾中军炮响。四面皆进。"众将受令而退。

却说魏延、张嶷、陈式、杜琼四将，引二万兵取箕谷而进。【眉批：**再叙武侯。**】正行之间，忽报参谋邓芝到来。四将勒兵不进，而问其故。芝曰："丞相有令：如出箕谷，堤防魏兵埋伏，不可轻进。"【眉批：**又为武侯所料。**】陈式曰："丞相用兵，何多疑耶？只可倍道而进，曹真、司马懿必然擒矣。吾料魏兵连遭大雨，衣甲皆毁，只可掩杀，不可从容。今魏兵久受劳苦，皆欲思归，岂肯恋战？丞相先吾等会于祁山，今又却教休进，乃号令不明也。"芝曰："丞相计无不中，谋无不成，汝等安敢如此？"式笑曰："丞相若多计谋，不致街亭之失！"魏延想起孔明向日退兵之日，教他守武都、阴平全无功次，亦笑曰："丞相若听吾言，径出子午谷，此时休说长安，连洛阳亦得矣！今执定要出祁山，有何益也？既令进兵，又教休进。"式曰："吾自有五千兵，径出箕谷，先到祁

国学经典文库

李渔批阅

三国演义

诸葛亮四出祁山
孔明祁山布八阵

图文珍藏版

山下寨，看丞相羞也不羞！"芝再三阻当，不肯教行。是夜，魏延要与孔明争气，激着陈式。式自引五千兵，竟出箕谷，不见一人，式笑曰："人说丞相有通神谋略，吾今见之矣！"【眉批：陈式又是一个马谡。】邓芝听知陈式去远，只得飞报孔明。

　　却说陈式引兵行不数里，忽听的一声炮响，四面伏兵皆出。式急退时，魏兵塞满谷口，围得铁桶相似。式左冲右突，不能得脱。又听得喊声大震，一彪军杀入，乃是魏延，救了陈式。回到谷中，五千兵马只剩得四、五百带伤的了。【眉批：此时陈式岂不羞死。】背后魏兵赶来，却得杜琼、张嶷引兵接应，魏兵方退。蜀兵拒住险要，下寨已定，方信孔明先见如神。延、式二人懊悔不及。

　　却说邓芝回见孔明，言魏延、陈式如此无礼。孔明笑曰：“魏延素有反相，吾素知彼常有不平之意，因怜其勇烈而重之。吾昔与先帝言，久后必生患害。今已显露，可以除之。”【眉批：早为后文伏线。】正言间，忽流星马报到，说陈式折了四千五百军。止有五百带伤人马屯在谷中。孔明令邓芝再来箕谷抚慰陈式，堤防生变。【眉批：周密之至。】孔明曰：“吾料司马懿必在箕谷，曹真必在斜谷，以防蜀兵。吾速取之。今先令两军抄彼二寨之后，真、懿必走也。”邓芝拜辞而去。孔明急唤马岱、王平，分付曰：“斜谷若有魏兵守把，汝等引本部军越山岭，夜行昼伏，速出祁山之左，举火为号。”又唤马忠、张翼，分付曰：“汝等亦从山僻小路，昼伏夜行，径出祁山之右，举火为号，与王平共劫曹真营寨。吾自从谷中三面攻之，魏兵可破也。”兵分两路，各引五千去了。孔明又唤关兴、廖化，分付曰：“如此如此。”【眉批：前两路之计叙明，后两路之计暗嘱，文法变换。】二人受了密计，引兵前去。

　　却说孔明诸处发兵，倍道而行。正行间，又唤吴班、吴懿授与密计，亦引兵先行去讫。

　　却说曹真心中不信蜀兵到来，以此怠习，纵令军士歇息，只等十日无事，欲来羞懿。不觉守了七日，忽有人报：“谷中有些小蜀兵出来。”真令副将秦良引五千哨探，不许纵令蜀兵近界。【眉批：曹真以赌赛为重，不以

国学经典文库

李渔批阅

三国演义

诸葛亮四出祁山
孔明祁山布八阵

图文珍藏版

国事为重。】良偃旗息鼓，引兵而去。真又下令诸将曰："十日之内不见动静，才是吾赢。"诸将听令，各守险要。

却说秦良引兵刚到谷口，哨见蜀兵退去。良急引兵赶来。行到五、六十里，不见蜀兵，心下疑惑，教军士下马歇息。忽嘹哨军报说："有蜀兵埋伏。"【眉批：**此乃孔明所授密计**。】良出帐看时，只见山中尘土大起，急上马令兵堤防。不一时，四壁厢喊声大震：前面吴班、吴懿引兵抄出，背后廖化、关兴引兵杀来。左右是山，皆无走路。山上蜀兵大叫："下马投降者免死！"魏军大半降之。秦良死战，被廖化一刀斩之。死者无数，尽弃沟壑。【眉批：**今番瞒不过司马懿了**。】

孔明把降军拘于后军，却将魏军衣甲与蜀军五千人穿了，扮作魏兵，令关兴、廖化、吴班、吴懿四将领着，径奔曹真寨来。先令报马入寨说："只有些小蜀兵，尽赶去了。"【眉批：**妙在正合他意**。】真大喜。忽有人告曰："某乃司马都督心腹人。今魏兵用埋伏计，杀蜀兵四千五百首级。休将赌赛为念，务要用心堤备。"【眉批：**此一段笔法妙甚**。】真曰："吾这里并无一个蜀兵。"其人回去。忽又报秦良引兵回来了。真自迎接，果是秦良之军。比及到寨，人报前后两把火起。真急回到寨后看时，关兴、廖化、吴班、吴懿四将，挥示蜀军就营前杀将进来；马岱、王平从后杀至；马忠、张翼亦各引兵杀到。魏措手不及，各自逃生，那有一人敢抵。众将保护曹真望东逃走，背后蜀兵赶来。真正奔走，忽然喊声大震，一彪

军杀到。【眉批：故作惊人之笔。】真胆战心惊，近前视之，乃司马懿也。懿大战一场，蜀兵方退。真才得脱，羞愧无门。懿曰："诸葛亮夺了祁山地势，吾等不可久居此处，宜去渭滨安营，再作良图。"真曰："仲达何以知吾遭此败也？"懿曰："见报人称子丹说并无一个蜀兵。吾料孔明暗来劫寨，故相应也。今果中计。切莫再言赌赛之事，只宜同心报国。"曹真甚是惶恐，无地可入，气成疾病，卧床不起。【眉批：姓曹人如此无用，故以大事尽托司马氏矣。】兵屯渭滨，懿恐军心有变，不敢令真领兵。

国学经典文库

李渔 阅批

三国演义

诸葛亮四出祁山
孔明祁山布八阵

图文珍藏版

却说孔明大驱士马，复出祁山。【眉批：此是四出祁山。】劳军已毕，魏延军屯箕谷，孔明亦召到寨中。魏延、陈式、杜琼、张嶷入帐，拜伏请罪。孔明曰："是谁失陷军来？"延曰："陈式不听号令，潜入谷口，以此大败。"式曰："此事魏延教我行来。"孔明曰："他到救你，你反攀他！【眉批：只此一句，便将魏延抛开。】将令已违，不必巧说！"即叱武士推出斩之，悬首帐前，以示诸将。此时孔明不杀魏延，恐其反也，故留之，以为后用。孔明斩了陈式，省令诸将。忽有细作报说："曹真卧病不起，见在营中治疗。"孔明大喜曰："吾只用片纸，敢教曹真即死！"未知有甚言词，且听下回分解。

建兴八年秋八月，孔明屯兵于祁山，听知曹真因与司马懿赌赛，不想兵败，羞惭成病。孔明乃与诸将曰："若曹真病轻，必然即回长安。今魏兵不退，真必病重，故留军中，以安众心也。吾写一书，令秦良降兵持与曹真，真若见之，定气死矣。"【眉批：与前番致收于周郎一样局面。】遂唤降兵至帐下，问曰："汝等皆是魏军，中原多有父母妻子，不宜久居蜀中。今放汝等回家，若何？"众军泣泪拜谢。内有百余人不愿去者，皆留军中；愿去者约千余人。孔明曰："曹子丹与吾有约，可以达之。吾有一书，汝交割与彼，他日必有大功。"【眉批：武侯系妙人也。】

魏军回到本寨，见了司马懿，各言其事。懿笑曰："此必孔明结我军心也。"遂令此辈转运粮草，再不调用。

内有曹真帐下人，将孔明书呈上。真扶病而起，拆封视之，书曰：

汉丞相、武乡侯诸葛亮，致书于大司马曹子丹之前：窃谓夫为将者，日就月将，能去能就，能柔能刚，能进能退，能弱能强。不动如山岳，难知如阴阳；无穷如天地，充实如太仓；浩渺如四海，眩曜如三光；预知天文之旱涝，先识地理之平康；察阵势之期会，揣敌人之短长。嗟尔无学后辈，上逆穹苍；助篡国之反贼，称帝号于洛阳；走残兵于斜谷，遭霖雨于陈仓；水陆困乏，人马猖狂；抛盈郊野之戈甲，撇弃满地之刀枪；都督心崩而胆裂，将军鼠窜而狼忙！无颜见关中之父老，何面目见相府之庙堂！史官秉笔而记录，百姓众口而传扬：仲达闻阵而惕惕，子丹望风而遑遑【眉批：竟一篇叶韵祭文。】！吾军兵强而马壮，大将虎奋以龙骧；扫秦川为平壤，荡魏国作丘荒！

曹真看毕，恨气满胸，至晚身死。【眉批：又是一个王朗。】懿用兵车装载，差人送赴洛阳迁葬。魏主闻知曹真已死，即下诏催懿出战。【眉批：此时也是不得已。】懿提大军来与孔明交战，隔日先下战书。

孔明与诸将曰："曹真必死矣。"遂批回"来日交战"，使者去了。孔明当夜教姜维受了密计："如此行之。"又唤关兴分付："如此如此。"【眉批：又不知武侯

国学经典文库

李渔批阅

三国演义

诸葛亮四出祁山
孔明祁山布八阵

图文珍藏版

国学经典文库

李渔批阅

三国演义

诸葛亮四出祁山
孔明祁山布八阵

图文珍藏版

用何妙计。】次日，孔明尽起祁山之兵，前到渭滨：一边是河，一边是山，中央平川旷野，好片战场！两军相近，以弓箭射住阵角，各排开。鼓角响毕，魏军中门旗开处，司马懿出马，众将随后而出。只见孔明端坐于四轮车上，手摇羽扇。【眉批：此二人第一次相见。】懿责之曰："吾主上法尧禅舜，相传二帝，坐镇中原；容汝蜀、吴二国者，乃吾主宽慈仁厚，恐伤百姓也。汝乃南阳一耕夫，不识天数，强要相侵，理宜殄灭！如省心改过，悉宜早回，各守疆界，以成鼎足之势，免致生灵涂炭，汝等皆得全生也！"孔明笑曰："吾受先帝托孤之重，【眉批：开口就以先帝，说词甚正。】安肯不倾心竭力以讨贼乎！汝曹氏不久为汉所灭。汝祖、父皆为汉臣，世食汉禄，不思报效，反助篡逆，何为不诛！"懿羞惭而言曰："吾与汝决一雌雄，汝休出奇兵！汝能胜之，吾誓不为大将矣！【眉批：又是一番赌赛。】汝若败时，早归故里，吾亦并不加害。"孔明曰："汝欲斗将、斗兵、斗阵法乎？"【眉批：就有许多斗法。】懿曰："先斗阵法。"孔明曰："先布阵来我看。"懿入中军帐下，手执黄旗招贴，左右军动，排成一阵。复上马出阵，问曰："汝识吾阵否？"孔明笑曰："吾军中末将，亦能布之。此乃'混元一气阵'也。"懿曰："汝布一阵我看。"孔明入阵，把羽扇一摇，复出阵前，问曰："汝识吾阵否？"懿曰："此'卦阵'，如何不识！"孔明曰："是便是了，汝敢打吾阵否？"懿曰："既识破，如何不敢来打！"孔明曰："汝只管打来。"懿回本阵，唤戴陵、张虎、乐綝三将，分付曰："孔明所布之阵，有'八门'，按休、生、伤、杜、景、死、惊、开，此八门也。开、休、生三门吉，伤、杜、景、死、惊五门凶。正东'生门'，东北'休门'，正北'开门'，俱可打入。汝三人可从'生门'打入，往'休门'杀出，复从'开门'杀入，此阵可破，蜀兵可退矣。汝等休辱了志气。"戴陵在中，张虎在前，乐綝在后，各引三十骑，从"生门"打入。两军呐喊相助。

且说张虎杀入蜀阵，只见阵如连城，冲突不出。张虎慌引三十骑转过阵脚，往西南冲去。戴陵、乐綝引着六十骑，在蜀阵中冲突不出，皆被蜀兵射住。只见重重

国学经典文库

李渔批阅

三国演义

诸葛亮四出祁山
孔明祁山布八阵

图文珍藏版

叠叠，都有门户，那里分东西南北！【眉批：写阵法之妙，更见阵法之奇。】三将不能相顾，只管乱撞，但见愁云漠漠，惨雾濛濛喊声起处，魏兵一个个皆被缚了，送到中军。孔明坐于帐中，只见张虎、戴陵、乐琳并九十个军，皆缚帐下。左右告曰："此辈乃打阵之人也。"孔明曰："吾纵然捉得汝等，何足为奇！吾放汝等回见司马懿，教他再读兵书，【眉批：竟似考试官对求试不中的秀才说。】重观战策，那时来决雌雄，未为迟也。既饶汝等性命，留下军器战马。"遂将众人衣服脱了，以墨涂，【眉批：前与曹真赌粉涂面，今搽了黑脸，岂不愧杀？】步行出阵。

懿见之大怒，回顾诸将曰："如此久战不胜，有何面目回见中原大臣耶！"即指挥三军，奋死掠阵。懿自拔剑在手，引百余骁将，催督冲杀。两军恰才相会，忽然阵后鼓角齐鸣，喊声大震，一彪军从西南上杀来。懿分后军当之，乃关兴也。懿复催军厮杀。忽然魏兵大乱，只见姜维引一彪军悄悄杀来。蜀兵三路夹攻。懿大惊，急退军时，蜀兵周围杀到。懿引三军望南死力突出。魏兵十伤六、七。可马懿退在渭滨南岸下寨，坚守不出。

孔明收了得胜之兵，回到祁山。此时永安城李严差都尉苟安，解送粮米军中交割。苟安贪酒，于路怠慢，到此违限十日，安告曰："为丞相与魏兵交战，某恐有失粮饷，不敢早行。"孔明大怒目："吾军中专以粮为大事，误了三日，该徒罪；五日，该处斩！汝误了十日，有何理说？推出斩之！"长史杨仪谏曰："苟安乃李严所用之人，又兼钱粮多出于西川。若杀此人，后无人敢送粮也。"因此孔明叱武士去其缚，杖八十放之。【眉批：不斩此人，反受其误，可见好人做不得。】

苟安被责，心中怀恨，连夜引亲随五、六骑，径奔魏寨投降去了。懿唤入。苟安拜告前事。懿曰："虽然如此，况孔明多谋，以此难信。汝若与国家干一件大功，吾那时奏准天子，保汝为上将。"安曰："但有甚事，即当效办。"懿曰："汝若回成都，布散流言，说孔明有怨上之意，早晚欲称为帝。若后主召回孔明，即是汝之功矣。"苟安允之，径回成都，见了宦官，布散流言，说孔明自倚大功，早晚必篡国也。宦官闻知，大惊失色，即入内奏帝，细言前事。后主惊讶曰："如之奈何？"宦官曰："可召还成都，削其兵权，免生叛逆。"后主下诏，

国学经典文库

李渔批阅

三国演义

诸葛亮四出祁山
孔明祁山布八阵

图文珍藏版

宣孔明班师回朝。【眉批：后主之不明如此。】蒋琬出班奏曰："丞相自出师以来，累建大功，何敢宣回？"后主曰："朕有机密事，非赌面不可言之。"【眉批：也会说谎。】即遣使持节诏出内。

却说使命径到祁山大寨，孔明接入，受诏已毕，仰天叹曰："主上年幼，更有佞臣拨制！吾正欲建功，何故取回也？如不回，是欺主矣；若从之退兵，祁山再难得也！"后人看到此处，有诗叹曰：

> 几致功成势可支，武侯何事更持疑？
> 当时以义尊王室，违诏宁妨指北旗！

姜维问曰："若大军速退，司马懿必乘势掩杀，当复如何？"孔明曰："吾今退军，可分五路而退。今日先退此营，假如营内兵一千，却掘二千灶，今日掘三千灶，明日掘四千灶。每日退军，添灶而行。"杨仪曰："昔孙膑擒庞涓，用'添兵减灶'之法而取胜也；今丞相退兵，何故添灶也？"孔明曰："司马懿善能用兵，知吾退兵，必然追赶；心中疑吾有伏兵，定于旧营内数灶，见每日增灶，兵又不知退与不退，将校持疑而不敢追之。吾徐徐而退，自无损兵之患。"【眉批：解说一遍。】遂传令退军。

却说司马懿料苟安行计停当，只待蜀兵退时，一齐掩杀。正踌躇之间，忽报蜀寨空虚，人马皆去。懿曰：

国学经典文库

李渔批阅

三国演义

诸葛亮四出祁山
孔明祁山布八阵

图文珍藏版

国学经典文库

李渔批阅

三国演义

诸葛亮四出祁山
孔明祁山布八阵

图文珍藏版

"孔明多谋，岂肯处胜而去也？"懿因此不敢轻追，自引百余骑壮士，前来蜀营内踏看，教军士数灶已毕，回到本寨。【眉批：不出武侯所料。】次日，又教军士赶到那个营内，查数明白，回报说："这营内之灶，以三分又增一分。"司马懿与诸将曰："吾料孔明多谋，今日果效孙膑减灶之法，每日添兵增灶，使不疑也。吾若尽力追之，必遭庞涓马陵之患矣。【眉批：果然中了孔明之计。】不如且退，再作良图。"众皆服之。于是司马懿回军不追。孔明不折一人，望成都而去。次后川口土人来报司马懿，说孔明退兵之时，未见添兵，只见增灶。懿仰天长叹曰："昔日西回者，无异今日。今日孔明退兵，反增其灶，效虞诩之法，瞒过吾也！孔明谋略，吾不如之！"遂引大军而还洛阳。孔明回到成都，未知面君如何，且听下回分解。

第一百一回 诸葛亮五出祁山
木门道弩射张郃

却说孔明用"减兵添灶"之法，退兵到汉中；司马懿恐有埋伏，不敢去追，亦收兵回长安去了，因此蜀兵不曾折了一人。孔明大赏三军已毕，回到成都，入见后

主，奏曰："老臣出了祁山，欲取长安，忽承陛下诏回，不知有何大事？"后主曰："朕久不见相父之面，心甚思慕，故诏回还，馀无他事。"【眉批：写后主昏庸如此。】

孔明曰:"此非陛下本心,必有乱臣言臣有篡逆之意也。"【眉批:孔有一语道着。】后主无言可对。孔明曰:"若内有奸邪,臣安能讨贼乎?"后主曰:"毕宦官所言,故取丞相回还。朕今茅塞方开,悔之无及。"【眉批:写后主老实。】孔明遂唤宦官问之,方知是苟安也,急令捕之,已投魏国去了。孔明将妄奏宦官尽皆杀之,余俱废出宫外;又深责蒋琬、费祎曰:"奸臣在天子前妄奏,汝等何不谏之?"二人告曰:"某等实不知觉。"

孔明拜辞后主,复到汉中,一面赍持檄文,令李严应付粮草,运赴军前。孔明又议出师,杨仪曰:"前者兴兵,多有怨心。不如分兵两班,以三月为期。且如二十万之兵,只领十万先出祁山,住了三个月,却令这十万替回,循环相转,如日落月升,日出月没之状。若此则蜀兵不乏,然后徐徐而进,中原可图矣。此乃重大之事,非一朝一夕之故,丞相俯从,可为长久之计也。"孔明笑曰:"正可吾意。"即分兵两班,限百日为期,循环相转,违三日者杖五十,五日者杖一百,十日者处斩。

时建兴九年春二月上旬也,孔明引一半人马出师。魏太和五年,【眉批:以下再叙魏国。】魏主曹叡升殿,近臣奏曰:"边廷告急,西蜀孔明又寇中原。"叡急召司马懿曰:"边廷又告孔明入寇。卿每向关外御敌,未能剿除,今日如之奈何?"懿奏曰:"今子丹已亡,臣等竭力剿寇以报陛下;若不剿除,臣当万死!"叡大喜,设宴待之。次日,人报蜀兵寇急。叡即排銮驾,送懿出城。【眉

国学经典文库

李渔批阅

三国演义

诸葛亮五出祁山
木门道弩射张郃

图文珍藏版

批：**此日之司马懿，渐渐与曹操相似。**】懿辞帝，径到长安，大会诸路大将人马，计议破蜀之策。大先锋张郃曰："吾愿引一军去守雍、郿，以拒蜀兵，如有差失者受斩。"【眉批：**说一"死"字，为之兆也。**】懿阻之曰："吾遍观众将，独公一人可以当先破敌；若守雍、郿，非将军之任也。吾与公立志报国，公肯为大先锋否？"郃大喜曰："惟命是从！"于是懿令张郃为大先锋，总督六军；又令郭淮守陇西诸郡，其余众将各分道而进。

却说孔明率大军望祁山进发，前部先锋王平、张嶷径出陈仓，过剑关，由散关望斜谷而进。懿正提兵出关，郃回问曰："今孔明长驱大进，再出祁山，当复如何？"懿曰："此人定来割陇西小麦，以资军粮。汝可结营守祁山，吾与郭淮巡略天水诸郡，以防蜀兵割麦。"【眉批：**防其偷麦，以汉为贼也。**】遂留四万兵，令郃去守祁山。懿引兵望陇西而去。

此时蜀兵尽出祁山，【眉批：**再接叙武侯，此乃五出祁山也。**】安营了毕。孔明随后亦到，见渭滨有魏兵堤备，乃与诸将曰："此必司马懿也。即目营中乏粮，向李严处催促许久，尚未运来。吾料陇上麦熟，当密引兵割之。"只留王平、张嶷、吴班、吴懿守祁山之营，孔明自引姜维、魏延等诸将前到齿城。此城太守素知孔明，慌忙大开城门，拜伏请降。孔明问曰："此时何处麦熟？"【眉批：**皆先声夺人也。**】太守告曰："陇上麦熟，惟上邽景盛。"孔明留张嶷、马忠守齿城，自引诸将并三军望陇

国学经典文库

李渔批阅

三国演义

木门道弩射张郃
诸葛亮五出祁山

图文珍藏版

1468

国学经典文库

李渔 批阅 阅

三国演义

诸葛亮五出祁山
木门道弩射张郃

图文珍藏版

上而来。前军报说："司马懿引兵在此。"【眉批：针锋相对。】孔明惊曰："此人算知吾来割麦也？"即沐浴更衣，【眉批：读者至此，以谓祷天以求食矣。】推过一般三辆四轮车来，车上皆要一样装饰。此车乃孔明在蜀时预先置造。令姜维引一千军护车。五百军擂鼓，伏在上邽之后；马岱在左，魏延在右，各引一千军护车，五百军擂鼓。每一辆车，用二十四人，皂衣跣足，披发仗剑，在左右推车，执着七星皂幡，如此行之。【眉批：又来作怪。】三人各受密计，引兵推车而去。孔明又令三万人皆执镰刀驮绳，伺候割麦；却选二十四个精壮之士，各穿皂衣，披发跣足，伏剑簇拥四轮，为推车使者；令关兴结束做天蓬模样，手执七星皂幡，步行在前。【眉批：今

诸葛亮五出祁山
木门道弩射张郃

之打劫东西者，往往搽画头脸，想用此法也。】孔明端坐于车上，望魏营而来。

那哨探军见之大惊，不知是人是鬼，火速前来报懿。懿自出营视之，只见孔明簪冠鹤氅，手摇羽扇，【眉批：又像七星坛前祭风形象。】端坐于四轮车上；左右二十四人，披发仗剑；前面一人，手执皂幡，隐隐似天神模样。懿大怒曰："这个又是孔明作怪！"遂拨二千人马，分付曰："汝等疾去。连车带人，尽情捉来！"魏兵一齐追之。孔明见有魏军赶来，便教回军，遥望蜀营缓缓而行。魏军骤马赶来，但见阴风习习，冷雾漫漫。尽力赶了一程，追之不上，【眉批：竟是《西游记》孙行者神通。】各各大惊，勒马言曰："奇怪！奇怪！我等急急赶了三、四十里，只见在前，追之不上。如之奈何？"孔明见兵不来，又令推车过来，朝着魏兵歇下。【眉批：一发作怪，倒好耍子。】魏兵犹豫良久，又放马赶来。孔明便回车慢慢而行。魏兵又赶了二十多里，只见在前，不曾赶上，尽皆痴呆。【眉批：一发作怪，倒好耍子。】孔明教回过车，朝着魏兵，推车倒行。司马懿亦随后赶到，传令曰："孔明善会八门遁甲，能驱六甲六丁，亦能怀揣日月，袖褪乾坤。此乃六甲天书内'缩地'法也【眉批：借司马口中，下一注脚。】。众军不可追之。"懿急收兵退时，左势下战鼓大震，一彪军杀来。懿令兵拒之，只见蜀兵队里二十四人，披发仗剑，皂衣跣足，拥出一辆四轮车，车上端坐孔明，【眉批：又是一个孔明，共两个孔明矣。】

簪冠鹤氅，手摇羽扇。懿大惊曰："方才那个车上坐着孔明，赶了五十里，追之不上；如何这里又有孔明？怪哉！怪哉！"言未毕，右势下战鼓又鸣，一彪军杀来，四轮车上亦有孔明，【眉批：**与前共三个孔明矣。**】左右亦有二十四人，皂衣跣足，披发仗剑，拥车而来。懿心大疑，回顾诸将曰："此必神兵也！"【眉批：**疑是六丁六甲变化的。**】军心大乱，因此不敢交战，自行奔走。正行之际，忽然鼓声大震，又彪军杀来。懿视之，又见一辆四轮车，孔明端坐于上，【眉批：**与前却是四个孔明矣。**】左右前后推车使者同前一般。魏兵无不骇然，大半逃命。懿又不知是人是鬼，又不知伏兵多少，十分惊惧，因此引兵奔入上邽，闭门不出。【眉批：**真要吓杀。**】此时孔明早令三万精兵，将陇上小麦割尽，运赴卤城打晒去了。

懿在上邽城中，三日不敢出城。【眉批：**此时麦已晒干矣。**】后见蜀兵退去，方令数军出哨，在路捉一人，前来见懿。懿问之，其人告曰："某乃割麦之人，因失马匹，被捉前来。"懿曰："前番乃何等之兵也？"答曰："三路伏兵，不是孔明，乃姜维、马岱、魏延也。【眉批：**借蜀兵口中注明。**】每一路只有一千军护车，五百军擂鼓。只是当先诱阵的车上真孔明也。"懿仰天长叹曰："孔明有神出鬼没之机！"忽报副都督郭淮入见。懿接入礼毕，淮曰："吾闻蜀兵不多，见在卤城打麦，可以击之。"懿细言前事。淮笑曰："瞒过一时，今已识破，【眉批：**只怕到底识不破。**】何足道哉！吾引一军攻其后，公

国学经典文库

李渔批阅

三国演义

诸葛亮五出祁山
木门道弩射张郃

图文珍藏版

引一军攻其前，齿城可破，孔明可擒矣！"懿从之，遂分兵两路而来。

却说孔明引军在齿城打晒小麦，忽唤诸将听令曰："今夜必来攻城。吾料齿城东西麦田之内，足可以伏兵，【眉批：**空地正好屯兵。**】谁敢去也？"姜维、魏延、马忠、马岱四将出曰："某等愿往。"孔明大喜，乃与姜维、魏延曰："二人各引二千兵，伏东南、西北两处。"又唤马岱、马忠曰："二人各引二千兵，伏在西南、东北两处，只听炮响，四角一齐杀出。"四将受计，引兵去了。孔明自引百余人，各带火炮出城，伏在麦田之内。

却说司马懿引兵径到齿城之下，日已昏黑，乃与众将曰："若白日进兵，城中必有准备；今晚攻打，必不知也。此城城低壕浅，攻打最易。"遂屯兵于城外。一更时分，郭淮亦引兵到。两个约定齐来，围得铁桶相似。懿、淮传令攻打，城上万弩齐发，矢石如雨，魏兵不敢前进。忽然魏军中信炮连声，三军大乱，不知何处兵来。【眉批：又疑是天神下降。】淮令人麦田细搜，只见四角上火光冲天，喊声大震，四路蜀兵一齐杀出。齿城四门大开，城内军兵杀出，里应外合，杀得那魏兵尸横遍野，血流成渠。懿引败兵，奋死突出重围，占住山头。郭淮亦引败兵，奔到山后扎住。孔明入城，令四将于四角安营。【眉批：犄角之势。】郭淮来告懿曰："今与蜀兵相持许久，无策可退。目下又被杀了一阵，折伤三千余人，【眉批：折兵之数在郭淮口中补出。】若不早图，日久难退矣。"懿曰："当复如何?"淮曰："可发檄文，调雍、凉人马，并力剿杀。吾愿引一军袭剑阁，截彼归路，断彼粮道，亮必慌走，那时大事可成矣。"懿从之，即发檄文，调到雍、凉诸郡人马。大将孙礼入寨见懿，懿即令礼约会郭淮，去袭剑阁。【眉批：与前袭街亭一样算法。】

却说孔明在具城相拒已久，不见魏兵出战，乃令魏延、姜维入城听令曰："今魏兵守住山险，不与交战，一者料吾麦尽无粮，二者必令兵去袭剑阁，断吾粮断。汝二人各引一万军，先去守其险要，若魏兵见有准备，自然退矣。"【眉批：与前使马谡、王平守街亭一样算计。】延、维二人引兵去了。长史杨仪入内告曰："向者丞相令大军百日一换，今已限足，汉中兵已出川口，前路公文已到，只待会兵交换。见存八万兵，内四万限足该换。"

（右侧栏）

读/者/随/笔

国学经典文库

李渔批阅

三国演义

诸葛亮五出祁山
木门道弩射张郃

图文珍藏版

1473

孔明曰："既有令，便教速行。"众军听知，欲收拾收程。【眉批：**军心思家，归心似箭**。】忽报孙礼引雍、凉各处人马二十万，前来助战，去袭剑阁；懿亦引军来攻齿城。蜀兵思家，无不惊骇。【眉批：**惊骇，恐欲归不能之故**。】杨仪入告孔明曰："魏兵来甚急，丞相可将换班军暂且留下退敌，待新兵至日换之。"孔明曰："不可。吾用兵命将，以信为本。吾纵取胜，何可失信于人？军兵应去者，皆准即回，免彼父母妻子倚扉而望。吾今纵有大难，决不留他，惟全吾信耳。"【眉批：**武侯出此良言，不是遣回，正是遣战**。】即传令，应去之兵，即日便行。众军听之，无不叹服，皆大呼曰："丞相如此施恩，众等不愿回家，各舍一命，大杀魏兵，以报丞相，万死不辞也！"孔明曰："尔等该还家者，岂可在此？"众军即要出城，断不肯回。孔明曰："汝等既要与我出战，可出城安营，待魏兵到，不待歇定喘息，急急攻之，此'以逸待劳'之法也。"【眉批：**要去时再三遣归，不去时便立刻要战，足见机权之妙**。】那四万兵各执兵器，欢喜出城，列阵而待。未知胜负，下回分解。

却说孔明以信义激励三军，众皆感德，奋死思报，切齿而待。西凉人马倍道远来，走的人困马乏，方欲下营歇息，被蜀兵一拥而至，人强马壮，将勇兵骁，以一当十，杀得那雍、凉兵尸横遍野，血流成河，馀皆逃走。【眉批：**此"以逸待劳"之胜**。】孔明出城，收聚得胜之兵，入城赏劳。忽报永安李严有书告急。孔明大惊，拆

读/者/随/笔

国学经典文库

李渔批阅

三国演义

诸葛亮五出祁山
木门道弩射张郃

图文珍藏版

封视之，书云：

近闻东吴遣使入洛阳，与魏连和；魏即令吴取蜀，幸吴尚未曾起兵。李严哨知消息，特来飞报，伏望丞相深谋远虑，早施良策。

孔明甚是惊疑，乃聚诸将曰："若东吴陆逊兴兵寇蜀，谁敢敌之？吾须索速回也。"即传令，教祁山大寨人马且退回西川，"司马懿知吾军在此，必不追也。"王平、张嶷、吴班、吴懿分兵两路，徐徐退入西川去了。

却说张郃探得蜀兵退去，恐有计策，不敢去追，引兵来见司马懿曰："今蜀兵退去，不知何意？"懿曰："孔

国学经典文库

李渔批阅

三国演义

诸葛亮五出祁山
木门道弩射张郃

图文珍藏版

明诡计极多，不如且坚守，待他粮尽，自然退去。"郃曰："都督何故畏蜀如虎耶？"懿曰："兵法云：'善战不如善守。'今孔明粮少，利在速战。吾坚守不出，彼粮尽，自变生矣。"大将魏平曰："蜀兵拔祁山之营，必归去矣，可速攻之。"懿坚执不从。【眉批：**亦系伤弓之鸟。**】

却说孔明已知祁山之兵尽回，遂唤杨仪、马忠入帐，授以密计："先引一万弓弩手，去剑阁木门道两下埋伏。若魏兵追到，听吾炮响，急滚木石，截其去路，两头一齐射之。"二人领兵去了。又唤魏延、关兴引兵断后，城上四面遍插旌旗，城内乱堆柴草，虚放烟火。于是蜀兵尽望木门道中而去。【眉批：**去得井井有条。**】魏营巡哨军来报司马懿曰："蜀兵已退去了，不知城中尚有多少军兵。"懿往视之，见城上插旗，城中烟起。懿笑曰："此空城也。"令人探之，果是空城。懿大喜曰："孔明此去，必有东吴消息矣，谁敢追之？"【眉批：**方知旌旗烟火非拒其追，正诱其追也。**】张郃曰："吾愿往。"懿阻曰："公性急躁，不可去也。"郃曰："都督出关时，命吾为大先锋之职；今日正是立功之际，却不用吾，何也？"懿曰："兵法云：'归师勿掩，穷寇莫追。'蜀兵退去，险阻处必有埋伏，须十分仔细，方可追之。"郃曰："吾已知之，不必挂虑。"懿曰："公只要去，休追悔也。"郃曰："大丈夫舍身报国，万死无恨！"【眉批：**又说一"死"字，皆自取死。**】懿曰："公不必去，另委别将追之。"郃

国学经典文库

李渔批阅

三国演义

诸葛亮五出祁山
木门道弩射张郃

图文珍藏版

曰："何谓也?"懿曰："公性烈如火,不能忍耐,恐中孔明之计。公今欲去,后悔无及。"郃大声曰:"孝当竭力,忠则尽命,有何悔焉!"懿曰:"公既坚执要去,可引五千兵先行,却教贾翔、魏平同引二万马步兵随后,以防埋伏。吾却引兵三千,续来策应。"【眉批:写司马仔细之极。】

却说张郃引兵火速赶来,行到三十余里,忽然背后一声喊处,树林内闪出一彪军,为首大将挺枪勒马,大叫曰:"贼将引兵那里去?"郃回头视之,乃魏延也。郃大怒,拍马交锋。不十合,延诈败而走。郃追赶三十余

里,勒马四下视之,全无伏兵,又乘马追之。【眉批:郃此时已放心。】转过山坡,忽喊声大起,一彪军拥出,为首将乃关兴也,兴横刀勒马,大叫曰:"张郃休赶!有吾

国学经典文库

李渔批阅

三国演义

诸葛亮五出祁山
木门道弩射张郃

在此！"郃就拍马交锋。不十合，兴拔马便走，郃随后追之。赶至密林去处，郃心疑有伏兵，令人四下哨探，并无埋伏，放心又超。【眉批：**见无伏兵，又放心矣。**】不想魏延抄在前面，与郃又战了十余合，延又败走。郃奋怒追来，又被关兴抄在前面，截住去路。【眉批：**写得如走马灯相似，好看。**】郃大怒，拍马交锋。战有十合，蜀兵尽弃什物，段匹等件，塞满道路。魏兵皆下马争取。【眉批：**以利诱之。**】延、兴二将轮流交战，张郃舍死追赶。看看天晚，赶到木门道口，魏兵各得财物，皆无战心。魏延拨回马，高声大骂曰："汝乃魏之逆贼！吾乃汉之名将！吾不与汝相拒，汝只顾赶来，吾与汝决一死战！"郃十分大怒，挺枪骤马，直取魏延。延挥刀而迎。战不十合，延尽弃衣甲、头盔、兵器等件，匹马引败兵望木门道中而走。张郃杀得性起，又见魏延不顾头甲兵器，大败而逃，郃奋怒追赶。【眉批：**如此方才引到木门道去。**】正赶之间，忽然一声炮响，背后魏军叫曰："张将军休要追赶！他已去得远了！"郃生性急暴，只管追去。此时天色昏黑，又一声炮响，山上火光冲天，大石乱柴滚将下来，阻其去路。郃大惊曰："误中计矣！"【眉批：**今番着了道儿。**】急回马时，背后早被木石塞满归路，中间只有一段空地，两边皆是峭壁，郃进退无路。忽一声梆响，两下万弩齐发，将张郃并百余个部将，尽皆射死木门道中。【眉批：**此日之死早在三出祁山时伏之。**】后史官诗曰：

孙膑神机在孔明，马陵万弩木门弼。

军师名姓虽然异，共说亡魂是魏兵。

却说张郃已死，随后魏兵追到，见塞了道路。已知张郃中计，众军勒马急退。忽听得山头上大叫曰："诸葛丞相在此！"众军仰视，只见孔明立于火光之中，指众军而言曰："吾今日围猎，欲中一'马'，误中一'獐'。【眉批：如此妙文，真千古之美谈也。】汝各人安心而去，上覆仲达：早晚必为吾所擒也。"魏兵回来见懿，细告前事。懿悲伤不已，仰天叹曰："隽义身死，吾之过也！"收兵竟回洛阳。

魏主闻知，大哭不已。众官劝息，叡曰："西蜀未平，良将先亡，如之奈何？"群臣奏曰："张郃栋梁之才，今日已亡，国家栋梁折矣！"谏议大夫辛毗叱之曰；"是何言也！昔建安年间，皆言：'一日不可无武祖。'及长逝之后，传与文帝，又言：'不可一日无文帝。'及至文皇帝晏驾，今日陛下龙兴，国中文武颇众，岂少一张郃乎？"【眉批：极正气，极奉承。】百官默然无语。郃欢笑曰："辛谏议之言是也！"遂令人至木门道，取回张郃尸首，厚礼葬之

却说孔明入汉中，欲归成都见后主。李严闻知，却先安奏后主曰："军士粮草已办不乏，丞相回师，必顺魏也。"【眉批：两舌之人今日多有。】后主即命尚书费袆入汉中，来见孔明，细言军旅之事。孔明大惊曰："李严发

国学经典文库

李渔批阅

三国演义

诸葛亮五出祁山
木门道弩射张郃

图文珍藏版

书告急，说东吴陆逊寇川，因此回师。手笔尚在。"费祎曰："李严奏称军粮已办，丞相无故回师，必有顺曹之意，天子因此命某来问。"孔明大怒，令人访察，乃李严因军粮不继，怕丞相见罪，故发书取回，却又妄奏天子，以粮草丰足遮饰。【眉批：此处方叙明。】孔明大怒曰："匹夫为掩己过，废国家大事。可恨！可恨！"令人召至，欲斩之。费祎劝曰："丞相念昔托孤之恩，且行宽恕；【眉批：照应八十五回中事。先主能知马谡，而不能知李严，可见知人之难。】若杀之，天下皆言丞相不容也。留之亦难，可贬为庶人。"孔明从之。费祎即写表章赴成都，入朝来奏后主。近臣接表，表曰：

吏部尚书臣费祎等，诚惶诚恐，顿首谨表：李平为大臣，受恩过量，不思忠报，横造无端，诡耻不辨，迷罔上下，论狱弃科，导人为奸，狭情志狂，若无天地。自度奸露，嫌心遂生，闻军临至，西向托疾还沮、漳；军临至沮，复还江阳，平参军孤忠劝谏乃止。今篡逆未灭，社稷多难，国事惟和可以克捷，不可包含以危大业。可将本人削其爵土，徙为庶人，以杜内外奸党之路。宜急施行。谨表以闻。

后主览毕，勃然大怒，叱武士推出市曹，斩首号令。参军蒋琬奏曰："李严乃先帝托孤之臣，未可斩也，当依表而行。"后主从之，即谪为庶人，徙于梓潼郡闲住。李严辞朝而去。

孔明回到成都，用李严子李丰并刘琰等为长史，【眉批：黜其父而用其子，真古圣心肠。】积草屯粮，讲阵论武，整治军器，存恤将士，三年然后出征。两川人民军士，皆仰恩德，事之如天地父母。不觉三年，并无侵犯。是年乃建兴十三年春二月，孔明入朝奏曰："臣今存恤军士，已经三年，粮草丰足，军器完备，人马雄壮，可以伐魏，以报先帝知遇之恩。今番若不扫清奸党；恢复中原，誓不见陛下也！"【眉批：武侯此行，果然不复见后主矣。读者至此，为之一叹。】后主曰："方今已成鼎足之势，吴、魏不曾入寇，相父何不安享太平？"孔明曰："臣今恤兵三载，梦寐之间，未尝不设伐魏之策，实欲竭力尽忠，与陛下克复中原，重兴汉室一统之基也。"一人出曰："魏不可伐。"众视之，乃劝学从事谯周也。未知有何高见，且听下回分解。

国学经典文库

李渔批阅

三国演义

诸葛亮五出祁山
木门道弩射张郃

图文珍藏版

国学经典文库

李渔批阅

三国演义

诸葛亮六出祁山
孔明造木牛流马

图文珍藏版

1482

第一百二回　诸葛亮六出祁山　孔明造木牛流马

　　却说谯周官居太史，深明天文地理之事，见孔明又欲出师，乃奏后主曰："臣今职掌司天台，但有祸福，不可不奏。近有群鸟数万，自南飞来，投于汉水而死，此

大不利也。今夜臣仰观天象，见奎星躔于太白之分，乃盛气在北，不利伐魏。成都人人皆闻柏树夜哭。【眉批：令人思孔明庙前有古柏。】有此数事不祥之兆，丞相只宜

谨守，决不可妄动也。"孔明叱之曰："吾受先帝托孤之重，当竭力讨贼，岂可以风云虚谬之兆，有废国家之大事耶？"孔明即设太牢，祭先帝太庙，涕泣拜告曰："臣亮五出祁山，未得寸土，负罪非轻！今臣复统全师，再出祁山，誓竭力尽心，剿灭汉贼，恢复中原，惟死而已！"【眉批：**孔明此去，便与昭烈之庙永别矣。读者至此，为之一哭。**】当日祭毕，拜辞后主。后主与百官送孔明于城外。

孔明到汉中，聚集人马，唤诸将于阶下，商议出师之策。忽报关兴病亡。孔明放声大哭，昏倒在地。众将救起，半晌苏醒，再三劝解。孔明长叹曰："可怜忠义之人，天不肯与寿也！"乃令魏延、姜维作先锋，李恢先运粮草于斜谷道口伺候。孔明引蜀兵三十余万，分三路而进，皆出祁山取齐。

却说魏主设朝，因旧岁有青龙自摩坡井内而起，故改为青龙元年。此时乃青龙二年春二月也。近臣奏曰："边官飞报，说蜀兵有三十余万，分五路复出祁山。"魏主曹叡大惊失色，急召司马懿至，曰："蜀兵三年不曾入寇，今诸葛亮又出祁山，如之奈何？"懿奏曰："臣夜观天象，见中原旺气正盛，彗星犯于太白，不利于西川。【眉批：**与谯周之言相合。**】今孔明负才智，逆天道，又来入寇，乃自觅死也。臣赖陛下洪福，愿保四人同去，必破蜀兵也。"叡曰："卿举来，朕察之。"懿曰："夏侯渊有四子：长曰夏侯霸，字仲权；次曰夏侯威，字季权；

国学经典文库

李渔批阅

三国演义

诸葛亮六出祁山
孔明造木牛流马

图文珍藏版

三曰夏侯惠，字雅权；四曰夏侯和，字义权。霸、威二人，弓马熟闲，武艺精通；惠、和二人，谙知韬略，善晓兵法。此四人者，常欲与父报仇，未遂其志。今臣保夏侯霸、夏侯威作左右先锋，夏侯惠、夏侯和作行军司马，共赞军机，以退蜀兵。"叡曰："向者夏侯楙驸马共议军机，陷了许多人马，见今羞惭不还。此四人不识与楙同否？"懿回奏曰；"此四人大不同也。"叡从之，命司马懿为大都督，凡用将士，量才委之。发敕调两京及山东、山西、河南、河北、陇西各处兵马，皆听懿提调委用。懿受命辞朝出城，叡嘱曰："卿到渭滨下寨，但坚守为上，专挫其锋。若蜀兵不得志，必诈退诱敌，卿勿追之。待彼粮尽，掳掠不获，必自走矣。乘虚攻之，则取胜不难，亦免军马疲劳。此长久良计，卿勿怠慢也。"懿顿首拜辞而去。魏主同多官回朝。

却说司马懿到了长安，聚集各处军马四十余万，皆来渭滨，下寨已毕。又拨五万军，伐木于渭水上，搭起九座浮桥，先锋夏侯霸、夏侯威过渭水，创头营。又于大营之后东原筑起一城，以防不虞。懿正与诸官商议，忽报郭淮、孙礼入见。懿迎入。礼毕，淮曰："今蜀兵见在祁山，又来水口，倘蜀兵跨渭登原，接连北山，阻绝陇道，摇动民夷，非国家之利也。"懿曰："公言是也。可就总督陇西军马，据北原下寨，深沟高垒，按兵休动，只待彼兵粮尽，方可攻之。"淮、礼引兵而去，下寨俱毕。

国学经典文库

李渔 批阅

三国演义

诸葛亮六出祁山
孔明造木牛流马

图文珍藏版

　　却说孔明复出祁山，下五个大寨，按左、右、中、前、后，自斜谷直至剑阁，一连下十四个大寨，分屯军马，以为久计。每日令人巡哨。忽报曰："郭淮、孙礼领陇西之兵，于北原下寨。"孔明唤诸将曰："魏兵于北原安营者，慎吾取此路，阻陇西之兵也。吾今虚攻北原，暗取渭滨。"遂令人扎木筏百余只，上载草把，选惯熟水手五千人驾之："连夜只攻北原，懿必起兵来救。彼若少败，把后军先渡过岸，然后前军下筏，休要上岸，顺水取浮桥，放火烧断，以攻其后。吾自引一军，去取前营之门。【眉批：好计，惜为懿猜破。】若得渭水之南，势如泰山矣。"多将遵令，一一行之。

　　早有巡哨军报知司马懿。懿唤诸将曰："孔明如此设

国学经典文库

李渔批阅

三国演义

诸葛亮六出祁山
孔明造木牛流马

图文珍藏版

1486

施，中有计也。以取北原为名。顺水来烧浮桥，乱吾之后，攻吾之前也。"【眉批：**以前往往只猜得一半，此却被他全猜着。**】即传令与夏侯霸、夏侯威曰："若听得北原发喊，便提兵于渭水南山之中，待蜀兵至，可击之。"又令张虎、乐綝引二千弓弩手，伏于渭水浮桥北岸："若蜀兵乘木筏顺水而来，休令近桥，可一齐射之。"【眉批：**二路俱是防渭滨。**】又传令郭淮、孙礼曰："孔明来北原暗渡渭水，汝新立之营，人马不多，可尽伏于半路。【眉批：**三路是防北原。**】若蜀兵于午后渡水，黄昏时分必来攻汝，汝诈败而走，蜀兵必追，汝等皆以弓弩射之。吾水陆并进。若蜀兵大至，看吾指挥而击之。"各处下令已毕，又令二子司马师、司马昭引兵救应前营去了。【眉批：**四路又防渭滨。**】懿自引一军来救北原。【眉批：**五路又防北原。**】

却说孔明令魏延、马岱引兵渡渭水，攻北原；令吴班、吴懿引木筏兵，去烧渭桥；令王平、张嶷为前队，姜维、马忠作中队，廖化、张翼作后队，兵分三路，去攻渭水旱营。是日午时，人马离大寨，尽渡渭水，缓缓列成阵势而行。魏延在前，马岱在后，往北原进发。吴班、吴懿把渭水口，准备去烧浮桥。

却说魏延将近北原，天色已昏。孙礼哨见，便弃营而走。魏延知有准备，急退军时，四下喊声大震，左有司马懿，右有郭淮，两路兵杀来，蜀兵大败。魏延、马岱奋力杀出，蜀兵大半死于水中，余者奔走无路。幸得吴懿兵到，救了败兵，过岸拒住。吴班分一半兵撑筏，顺水来烧浮桥，却被张虎、乐琳在岸上乱箭射住。吴班中箭死于水中，余军跳水逃生，木筏尽被魏兵所夺。此时王平、张嶷不知北原兵败，奔到魏营，二更时候，只听得喊声大震。王平与张嶷曰："吾军攻打北原，未知胜负。渭南之寨，见在面前，如何不见一个伏兵？莫非司马懿早知道了，先作准备也？我等先看浮桥火起，方可进兵。"二人勒住军马，忽一骑马来报："丞相令军马急回。北原兵、浮桥兵俱失事了。"王平、张嶷大惊，急退军时，原来魏兵抄在背后，一声炮响，火光冲天，魏兵一齐杀来。【眉批：**此司马师、司马昭等兵也，不识其人，妙。**】王平、张嶷引兵相迎，两军大战一场。平、嶷奋力杀出，蜀兵折伤大半。

孔明回到祁山大寨，收聚败兵，约折万余，心中忧闷。长史杨仪告曰："魏延口出怨言，说丞相视他如粪土，时常欺慢，故今渭水厮杀，因此心怨，方有此失。"孔明叱之曰："吾自有主意，汝休出谗言！"【眉批：**街亭之失，失在马谡；渭桥之失，失在孔明。**】仪惶恐而退。忽报费祎自成都来见丞相。孔明唤入。费祎礼毕，孔明曰："吾有一书，正欲烦你去东吴一会，你肯去否？"祎曰："丞相之命，岂敢辞也。"孔明将书付与费祎去讫。

祎持书径到建业，入见吴王孙权，呈上孔明之书。权拆封视之，书曰：

国学经典文库

李渔批阅

三国演义

诸葛亮六出祁山

孔明造木牛流马

图文珍藏版

国学经典文库

李渔批阅

三国演义

诸葛亮六出祁山
孔明造木牛流马

图文珍藏版

汉丞相武乡侯臣诸葛亮顿首再拜，致书东吴皇帝陛下：汉室不幸，王纲失纪，曹贼篡逆，蔓延至今。皆思剿灭，未遂同盟。亮受昭烈皇帝寄托之重，敢不竭力尽忠？今大兵已会于祁山，狂寇将亡于渭水。伏望陛下念同盟之义，命将北征，共取中原，同分天下。书不尽言，万希圣听。

吴主览毕大喜，乃召费祎曰："朕久欲兴兵，未得会合丞相。即日朕自亲征，入居巢门，取合淝、新城；令陆逊、诸葛瑾屯兵江夏沔口，取襄阳；孙昭、张承兵出广陵，取淮阳。【眉批：读书至此，似为一快。】三处进兵，共大军三十万，克日兴师。"费祎拜谢曰："诚如此言，则中原不日可破矣！"吴主设宴待之。吴主问曰：

"丞相军前用谁当先破敌?"祎答曰:"独魏延为首军。"吴主又问曰:"纪建功劳,兼管粮草用谁?"神答曰:"杨仪也。"吴王笑曰:"朕虽未见此二人,久知其行,真小辈耳,于国何益?若一朝无孔明,必为两人取败矣。【眉批:赵咨称其智,良然,良然。】卿等于君前何不深议耶?"祎曰:"陛下之言极当。臣今归去,即告丞相。"遂拜谢吴主,回到祁山,见了孔明。孔明问曰:"吴主允否?"祎曰:"吴主起三十万兵,三路御驾亲征。"又问曰:"别有言否?"费祎将论杨仪、魏延之事告之。孔明叹曰:"真明主也!吾非不知,惜其智勇,不忍杀之。"祎曰:"丞相早宜区处。"孔明曰:"吾已定夺下了。"祎拜辞,回成都去讫。

忽报魏将郑文反来降矣。孔明唤入问之,郑文曰:"某乃魏之偏将军之职,近与秦朗同领人马,听司马懿调用。不料懿徇私偏向,加秦朗为前将军,视文如草芥,待之如粪土,又行陷害,因此十分亏负,来投丞相,愿执鞭补报。"言未尽,人报秦朗单搦郑文交战。孔明曰:"此人武艺比汝若何?"文曰:"某当立斩之。"孔明曰:"汝若先秦朗,吾不疑之,必重用也。"郑文忻然上马,直与秦朗交马。孔明出营视之,只见秦朗挺枪大骂曰:"反贼!盗吾战马来此,早早还吾!"【眉批:不责其反,但索其马,明明是假。】言讫,直取郑文。文拍马舞刀,只一合,斩秦朗于马下。【眉批:如此斩得快,真假可知。】魏军各自逃走。郑文即提首级人营。孔明看毕,回

国学经典文库

李渔批阅

三国演义

图文珍藏版

诸葛亮六出祁山
孔明造木牛流马

到帐中坐定，唤郑文至，勃然大怒，叱左右："推出斩之！"郑文曰："小将无罪，何故如此？"孔明曰："吾自幼识秦朗，汝安敢瞒吾？"文拜告曰："此乃秦朗之弟秦明也。"【眉批：**一冒便供，不但不是秦朗，并不是秦明。**】孔明笑曰："司马懿令汝诈降，于中取事，以图功劳。汝不实告，吾必斩之！"郑文只得招成，泣告免死。孔明略施小计，就事而行。未知如何，且听下回分解。

孔明曰："汝既求生，可修书一封，教懿自来劫营，吾便饶汝性命。若擒住懿，便是汝之功也，吾当重用。"郑文只得写了一书，呈与孔明。孔明令监下郑文。樊建问曰："丞相怎知郑文诈降？"孔明曰："观其动静。懿不轻于用人，若加秦朗为前将军，必武艺高强；与文交马只一合，被文斩之，必非秦朗也。故以诈言探之，果然如此。"【眉批：**说曾识秦朗，亦是孔明之诈。**】众皆拜服。

孔明选一舌辨军士，附耳分付："如此如此。"其人持书径来魏寨。懿唤入，接书拆视毕，懿问曰："汝何人也？"答曰："某乃中原之人，流落蜀中，郑文与某同乡。孔明因郑文有功，用为先锋。今文念乡情，特来下书，明晚间举火为号，望乞都督尽提大兵，前来劫寨，文当内应。"懿反复诘审，果然是实，【眉批：**因字迹不差。**】即赐酒食，忻然分付曰："本日二更为期，大事成了，必重用汝。"【眉批：**葫芦里又卖甚的药？**】其人拜别，回到本寨，告知孔明。孔明仗剑步罡，祷祝已毕，唤王平、

国学经典文库

李渔 批阅

三国演义

诸葛亮六出祁山
孔明造木牛流马

图文珍藏版

1490

张嶷，分付"如此如此"；唤马忠、马岱，分付"如此如此"；又唤魏延，分付"如此如此"。各人引兵而去。孔明坐于高山之处。

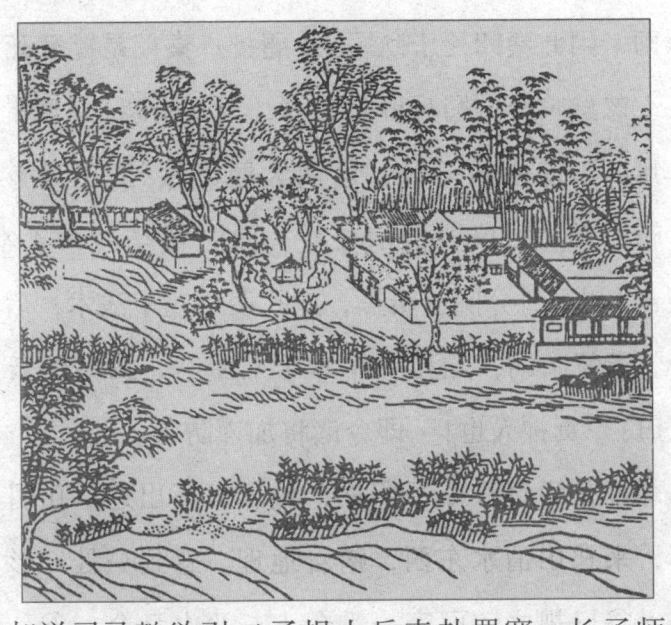

却说司马懿欲引二子提大兵来劫蜀寨，长子师止之曰：【眉批：**懿之不死，赖有斯儿。**】"父亲何故据片纸而入重地？倘有疏虞，如之奈何？不如令别将先去，父亲接应可也。"懿从之，遂令秦朗引一万兵去劫蜀寨，【眉批：**真秦朗才来。**】懿自引兵接应。是日初更，风清月朗，忽然阴云四合，黑气漫空，对面不见。【眉批：**皆步罡时作用。**】懿大喜曰："天使吾成功也！"人尽衔枚，马皆勒口，大驱士马进发。于是秦朗引一万兵直杀入寨，并不见人。朗知中计，急退兵时，四下火把齐明，喊声大震，鼓角喧天，火炮震地，左有王平、张嶷，右有马忠、马岱，两路杀来。秦朗死战，不能得出。懿只见蜀寨火光冲天，喊声不绝，不知魏兵胜负，只顾催兵接应。

国学经典文库

李渔批阅

三国演义

诸葛亮六出祁山
孔明造木牛流马

图文珍藏版

国学经典文库

李渔批阅

三国演义

诸葛亮六出祁山
孔明造木牛流马

图文珍藏版

1492

懿引兵正望火光中杀来，忽然喊声大震，左有魏延，右有姜维，两路杀出。魏兵大败，十伤八、九，相持不住，尽皆奔走。秦朗之兵尽死锋下。蜀兵围的铁桶相似，箭如骤雨，因此秦朗死于乱军。【眉批：秦朗是懿替死鬼。】山头上忽然鸣金，蜀兵皆归大寨，天复晴朗。【眉批：如此作用，不能杀司马懿，可谓大题小做。】孔明坐于帐上，斩了郑文，议取渭南之计。此时司马懿奔入本寨，人报："初更时分阴云暗黑，此孔明用遁甲法术；后收兵已毕，天复晴朗，此孔明驱六丁六甲一，扫荡浮云也。"懿叹曰："真神人也！"即令诸将加谨防备。

却说孔明每日令军搦战，魏军只不出迎。孔明自上小车，来祁山渭水东西，踏看地理。忽到一处，形如葫芦，入谷口视之，可容一千余人；两山又合一谷，可容四、五百人；背后两山环抱，可能一人一骑。孔明看了，心中大喜，问乡导官曰："此何名也？"答曰："地名上方谷，又号葫芦谷。"孔明回到帐中，唤马岱附耳，授以密计，即令一千五百人：五百人守谷口，一千人在内做工。孔明又嘱岱曰："此等人不许放出，其余人不许放入。吾还不时点视；捉司马懿只在此计。如有漏消息，决斩汝首！"马岱受计而去，依法置造。孔明每日往来指示，不觉十余日。

孔明看了，回到营中，长史杨仪告曰："即今粮米皆在剑阁，人夫牛马，搬运不便，虽日行夜往，费力甚难。总然易到，不敷支用，如之奈何？"孔明笑曰："吾已运谋多时也。前者所积木植，并西川收买木植，教人置造木牛流马，搬远粮草，甚是便益。牛马皆不水食，可以转运昼夜不绝也。【眉批：今人云："又要马儿不吃草，又要马儿走得好。"想从此得来。】众皆拜曰："自伏羲治世，相传至今，未闻有木牛流马之事，请丞相教之。"孔明曰："吾已令人依法置造，未曾完足。吾暂将木牛流马之法，尺寸方圆，长短阔狭，开写明白，汝等视之。"众将环绕视之，其造木牛之法：

方腹曲径，一股四足，头入领中，舌着于腹。载多而行少，独行者数十里，群行者二十里。曲者为牛头，双者为牛脚，横者为牛领，转者为牛足，覆者为牛背，方者为牛腹，垂者为牛舌，曲者为牛肋，刻者为牛齿，立者为牛角，细者为牛鞦，摄者为牛鞦轴。牛仰双辕，人行六尺，牛行四步。每牛载十人所食一月之粮，人不太劳，牛不饮食也。

造流马之法：

肋长三尺五寸，广三寸，厚二寸二分，左右同。前轴孔分墨去头四寸，径中二寸。前脚孔分墨二寸，去前轴孔四寸五分，广一寸。前杠孔去前脚孔分墨二寸七分，孔长一寸，广一寸。后轴孔去前杠分墨一尺五分，大小与前同。后脚孔分墨去后轴孔三寸五分，大小与前同。

国学经典文库

李渔批阅

三国演义

诸葛亮六出祁山
孔明造木牛流马

图文珍藏版

1493

国学经典文库

李渔批阅

三国演义

诸葛亮六出祁山
孔明造木牛流马

图文珍藏版

1494

后杠去后脚孔分墨四寸七分，后载克去后杠孔分墨四寸五分。前杠长一尺八寸，广二寸，厚一寸五分，后杠与等。板方囊二枚，厚八分，长二尺七寸，高一尺六寸五分，广一尺六寸，每枚受米二斛三斗。从上杠孔去肋下七寸，前后同。上杠孔去下杠孔分墨一尺三寸，孔长一寸五分，广七分，八孔同。前后四脚，广二寸，厚一寸五分。形制如象，靬长四寸，径面四寸二分。孔径中三脚杠，长一尺一寸，广一寸五分，厚一寸四分。

众将看了一遍，皆拜伏曰："丞相真神人也！【眉批：若非神人，安能驱动草木？】汉室将复矣！"

不过半月之间，木牛流马皆造完备，宛然如活者一般，上山下岭，各尽其便。大军见之，无不忻喜。孔明令右将军、玄都侯高翔引一千兵，驾木牛流马，自剑阁直抵祁山大寨，往来搬运粮草，供给蜀兵用度。因此大兵皆要出战，以报孔明之德。后人有诗赞曰：

> 六出祁山百念筹，军浪不苦到西州。
>
> 剑关险峻驱流马，斜谷崎岖驾木牛。
>
> 总是忠心能自运，故令巧匠得相谋。
>
> 口然制法神仙术，古往今来赞武侯。

却说司马懿正忧闷至急之间，忽报哨军报说："蜀兵用木牛流马转运粮草，牛马不食，人又不劳，甚是便捷。"【眉批：果然。】懿大惊曰："吾坚守者，只为敌人粮草不能接应之故。今用此法，必思久远不退矣。"急唤张虎、乐琳，分付曰："汝二人各引五百军，从斜谷小路抄出，待蜀兵驱过木牛流马，任他过尽，一齐喊叫擂鼓，杀将出来，不可多抢，只抢三、五匹便回。"【眉批：俱在孔明算中。】二人各引五百兵，扮作蜀兵，夜间偷过小路，伏在谷中，果见高翔引兵驱木牛流马而来。将次过尽，两边一齐鼓噪杀出。蜀兵措手不及，弃了六、七匹，尽往祁山大寨而去。张虎、乐𬘘不敢多带，每人止驱二匹，弃了粮草，星夜而回，与懿看了，果然进退与活的一般。懿大喜曰："汝既会用此法，吾亦用之。"便令巧匠百余人，当面拆开。懿分付曰："汝等并依尺寸长短厚薄之法置造，敢有违式者决斩！"不及半月，造成二千木

国学经典文库

李渔批阅

三国演义

诸葛亮六出祁山

孔明造木牛流马

图文珍藏版

国学经典文库

李渔批阅

三国演义

诸葛亮六出祁山
孔明造木牛流马

牛流马，与孔明一般法则，亦能进退。就令镇远将军岑威，引一千军驱驾木牛流马，往陇西搬运粮草，往来不绝。【眉批：俱在孔明算中。】

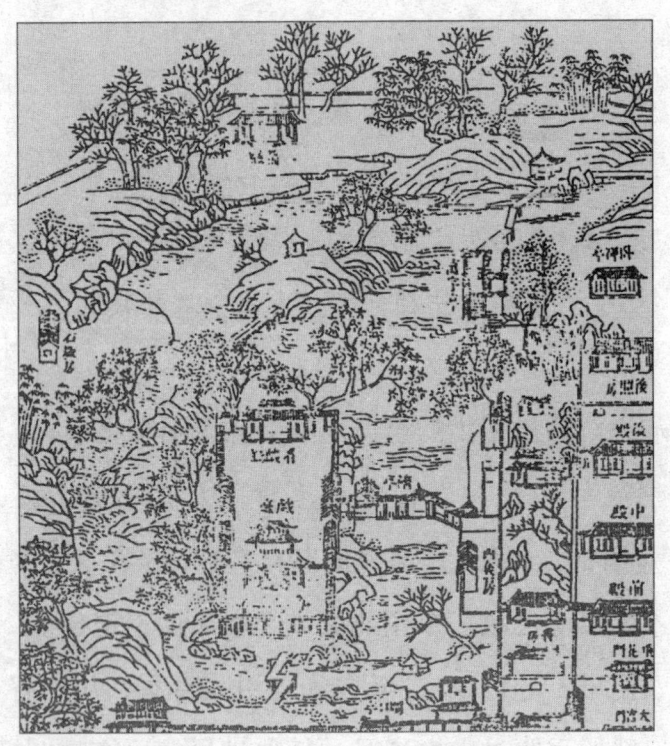

却说高翔回见孔明，说魏兵抢木牛流马各二匹去了。孔明笑曰："吾正要他抢去。几个木牛流马，不为失事。吾不久便得军中许多资助也。"诸将问曰："丞相何以知之？"孔明曰："司马懿见了，必然效吾所造，那时又有计策。"【眉批：妙在不说出。】不数日，又报说魏人也会造木牛流马，往陇西搬运粮草。孔明大喜曰："不出吾之料也！"便教王平分付曰："汝引一千兵，扮作魏兵，星夜偷过北原，只推巡粮军，径到运粮之所，将护粮之人尽皆杀散，却驱木牛流马而回，径奔过北原来。此处必有魏兵追之，汝便将木牛流马口内舌头扭转过来，就不能动，所运军粮尽皆弃走。背后魏兵赶到，牵拽不动，扛抬不去。吾再有兵到，汝却扭回舌头，长驱大行，【眉批：**前止说得造法，不曾说得行法、止法，于此补出。**】魏兵必疑为怪异也。"平受计引兵而去。又唤张嶷分付曰："汝引五百军，扮作神兵，鬼头兽身，五彩涂面，如六丁六甲模样，种种异怪之相；一手遮锦绣旗幡，一手仗巨阙宝剑；身挂葫芦，内藏烟火之物，伏于山旁。【眉批：**比前番割麦时愈加声势。**】待木牛流马到时，放起烟火，一齐拥出，护送而来。此乃神师之计也。"张嶷受计，引兵而去。又唤魏延、姜维分付曰："汝二人同引一万兵，去北原寨口接应木牛流马，以防交战。"又唤廖化、张翼分付曰："汝二人引五千兵，断懿来路。"又唤马忠、马岱分付曰："汝二人引二千兵，去渭南搦战。"各人遵令而去。

却说魏将岑威引军驱木牛流马，装载粮米，正行之间，忽报前面有兵巡粮。岑威令人哨探，果是魏兵，遂放心进发。两军合在一处。忽然喊声大震，蜀兵就本队里杀起，乃蜀将王平也。魏军措手不及，被王平杀死大半。岑威引败兵抵敌，被王平一刀斩之。余皆溃散。王平引兵尽驱木牛流马而回。败兵飞奔报入北原寨内。郭淮听知军粮被劫，火速引兵来救。王平一令兵扭转木牛流马舌头，皆弃于道中，且战且走。郭淮令驱赶木牛流马，皆不能动。淮心疑惑，正无奈何，忽鼓角喧天，喊

国学经典文库

李渔批阅 **三国演义**

诸葛亮六出祁山
孔明造木牛流马

图文珍藏版

1497

声震地，两路兵杀来，乃魏延、姜维也。平复引兵杀回。三路夹攻，郭淮大败而退。蜀兵方回。淮即扎住败军，又只见山后烟云突起，一队神兵拥出，个个执幡仗剑，怪异之相，驱驾木牛流马，如风拥而去。郭淮大惊曰："此必神助也！"因此心疑，不敢追之。

却说司马懿闻知北原兵败，自引兵来救。方到半路，忽然一声炮响，两路兵自险峻处杀出，喊声震地，鼓角喧天，乃是前军都督、领扶风太守张翼，副将飞卫将军廖化也。懿大惊失色。魏兵杀死大半，余皆各自逃窜。未知司马懿性命如何，且听下回分解。

国学经典文库

李渔批阅

三国演义

孔明火烧木栅寨
孔明秋夜祭北斗

图文珍藏版

第一百三回　孔明火烧木栅寨
孔明秋夜祭北斗

却说司马懿被张翼、廖化一阵杀败，匹马单枪，望密林而走。张翼收后，廖化赶来，看看赶上，懿绕树而转。化一刀砍去，正砍在树上；及拔出刀时，懿早走出

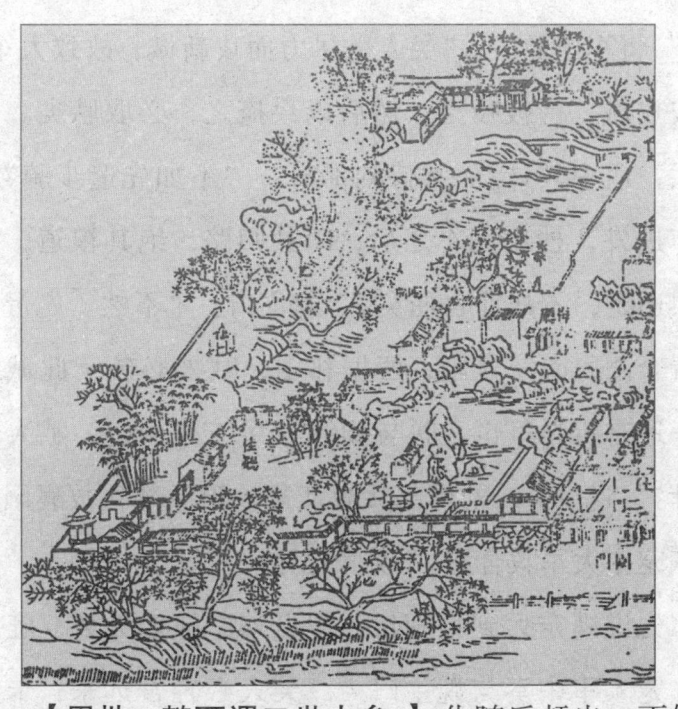

林外。【眉批：懿可谓二世人矣。】化随后赶出，不知去向，但见金盔落在林边。化取盔稍在马上，望东赶来，全无踪迹。原来懿见盔落于林东，却往西走。化出了谷口，遇见姜维，同回寨来见孔明。张嶷早驱木牛流马到

国学经典文库

李渔批阅

三国演义

孔明火烧木栅寨
孔明秋夜祭北斗

图文珍藏版

寨，交割已毕，获粮万余石。廖化献上金盔，立为头功。魏延心中不悦，口出怨言。孔明只推不知。

却说司马懿逃回寨，心中甚恼。忽使命赍诏至，言东吴三路入寇，令懿等坚守勿失。【眉批：**虽是魏主之诏，然亦司马懿教之于前也。**】懿受命已毕，深沟高垒，坚守不出。

是时，魏主曹叡听知孙权动兵，御驾亲征，会集官将，商议进取之计。太尉满宠曰："今孙权分三路兵来，当先救新城；以得胜之兵，顺流下援襄阳，则东吴自解矣。"将军田豫曰："吴人欲尽力而攻新城，故致大军耳。任彼攻城，待彼疲乏，然后以兵掩之，必取胜矣。今即进兵，适中其计。"常侍刘邵曰："不如先遣步骑数千，扬声进发，抄出吴军之后，断其归路，绝其粮道，彼必震惧遁走，不战而自屈矣。"魏主曰："不然。先帝昔日东置合淝，南守襄阳，西据祁山，贼来必破于此城之下者，地有所必争也。朕与卿等分兵三路而进，贼人何暇为计？"遂令："刘邵部兵救江复，田豫部兵救襄阳，朕与满宠率大军救合淝。"分拨已定。

先说满宠兵到巢湖口，望见东岸战船无数，旌旗整肃。宠入军中奏与魏主曰："吴人必轻吾远来，未知堤备；今夜可乘虚劫其水寨，必获全胜。"【眉批：**此写魏将用计，三路中只写一路。**】魏主曰："汝言正合吾意。"即令骁将张球领五千兵，各带火具，从湖口攻之；满宠引兵五千，从东岸攻之。号令已毕。是夜二更，张球、满宠各引军悄悄望湖口进发，将近水寨，魏军呐喊杀入。吴兵听知魏兵劫寨，先自慌乱，不战而走，被宠部兵四下举火，烧尽战船、粮草、器具不计其数。【眉批：**吴人两次以火攻胜魏，今番却为魏所烧，何其惫也！**】诸葛瑾率败兵逃走沔口。魏兵大胜而回。

次日，哨军报知陆逊，说瑾战败。逊集诸将议曰："今魏兵不救新城，分三路而来，欲牵吾之势矣。吾作一表，奏知主公，令撤新城之围，以断魏军归路；吾率众攻其前。【眉批：**此写吴将用计，三路中只写两路。**】彼首尾不敌，一鼓可破。"因即具表，遣一小校，密地赍往新城，被魏伏路军捉住，解见魏主。【眉批：**魏将用计而吴人不知，吴将用计而魏人知备，亦天意也。**】令搜其身，得表一道，拆视之，内中约孙权两下夹攻之事。魏主看罢，叹曰："陆逊真妙算也！"遂将吴卒监下，令刘邵谨防。

却说孙权后兵闻知瑾兵大败，各怀震惧；又值暑天，人马多生疾病。瑾即修书转达陆逊。逊拆书视之，云：

魏兵甚锐，吾众怀惧；且相持日久，人无斗志。不如撤兵还国，各保疆土。

逊看毕，谓来人曰："拜上将军，吾自有主意。"差人回报，瑾问曰："陆将军曾整兵备敌否？"差人曰："都督营内并无动静。"瑾惊曰："魏军长驱而来，既不作准

国学经典文库

李渔批阅

三国演义

孔明火烧木栅寨
孔明秋夜祭北斗

图文珍藏版

1501

备，则当退去，岂有自安之理?"遂亲来逊营体探，见逊催督众人营外种植豆菽，自与诸将在辕门内弈棋射戏。【眉批：与武侯焚香操琴一样意思。】瑾径入营中，逊慌迎进。瑾曰："魏主亲来救援，兵势甚盛，都督何以救之?"逊笑曰："吾思数日矣。魏军顺流而来，势吞吴楚；若与交锋，两下无益。日前泄了机谋，魏军知备。今已约主公缓缓退兵，吾与君见机而动。"瑾曰："部下各怀退意，若复迟延，非所利也。"逊曰："今兵将意动，且当徐定以安之，设施变术，然后可出。今若便退，魏人谓我惊恐而走，必乘势相蹙，此取败之道也。足下宜先督舟船，诈为拒敌，吾悉以人马向襄阳而进，此疑敌之计，退归江东，魏军自不敢近。"【眉批：以进为退，是为善退。】瑾依其议，辞逊归营，整顿船只，预备起行。逊亦整部伍，张扬声势，望襄阳进发。

细作报知魏主，说吴兵已动，须用堤防。魏将听得，皆要出战。魏主曰："陆逊有谋，莫非用诱敌之计？不可轻进。"魏人素知逊名，亦不敢妄动。数日后，哨卒报来："东吴三路兵马退去矣。"魏主未信，再令探视，果然退去。魏主曰："逊之用兵，不亚孙、吴。东南未可平矣。"因敕诸将，各守险要，自以大军屯合淝，以伺其变。

却说孔明欲为久驻之计，令蜀兵与魏民相杂种田：军一分，民二分，并不侵犯，如扰害者，斩首示众。魏民受恩，安心乐业。司马懿正在帐中忧闷，长子师入告曰："蜀兵劫去许多粮米，又令兵与魏民相杂，屯田于渭滨，以为长久之计。军士并无扰害，魏民与之相安。此国家之大患，何日除之？父亲何不约日大战，以决雌雄？"懿曰："吾非不如孔明，奈无计耳。"师曰："有智使智，无智使力。父统百万之众，何惧此人？"忽报魏延将金盔前来搦战，【眉批：先以失金盔羞之，后乃以送巾帼辱之。】百般辱骂，只要都督出战。懿笑曰："'小不忍则乱大谋。'惟坚守为上。"诸将依令不出，魏延辱骂良久方回。

却说马岱造成木栅，来告孔明曰："某营中已掘深堑，多积干柴，引火之物灌于其中；厨围山上虚搭窝铺，皆是柴草，内外皆伏地雷。正值炎天，此计可行也。"孔

国学经典文库

李渔批阅

三国演义

图文珍藏版

孔明火烧木栅寨

孔明秋夜祭北斗

1503

明附耳嘱之曰："可将葫芦谷后路塞断，伏兵谷中。若司马懿追到，任彼入谷，但见人马塞满道路，便将地雷、干柴齐放起火来，是汝之功也。【眉批：**葫芦中却是卖火药。**】若蜀兵与魏兵交战之时，昼举七星号带于谷口，夜设七盏明灯于山上，此引魏兵入路之号。吾素知汝忠义，故委此大任，切勿有失。"马岱受计，引兵而去。孔明又唤魏延，密嘱曰："汝引五百兵去魏寨搦战，诱懿交锋，不可取胜，只可诈败，望渭东而走。懿必追之，汝却望七星旗处而入，夜则望七盏灯处而走，便入谷内，【**眉批：如孙行者却是以葫芦装人。**】吾自有擒懿之计。"魏延引兵受计而去。孔明又唤高翔分付曰："汝将木牛流马，或以二十为一群，或以五十为一群，各装米粮于山路，往来行走。如魏兵抢去，便是汝之功也。"【眉批：**令人测摸不出。**】高翔受计，驱驾木牛流马去了。孔明将祁山兵一一调去，只作屯田："你我皆不相接，如别兵来战，只诈败而勿取胜；若懿自来，方并力只攻渭南，断其归路。"【眉批：**算到他归路，已是算无遗策。**】孔明分拨已毕，自引一军，近上方谷下营。

且说夏侯惠、夏侯和二人入寨，言曰："今蜀兵四散安营，各处屯田，以为久计。若不趁时除之，纵彼安居日久，深根固蒂，难以动摇。"懿曰："只怕是孔明之计。"【眉批：**只是害怕，不敢出头。**】二人又曰："若都督如此设疑，生民何日太平？我弟兄二人自当努力，不劳都督矣。"懿曰："且教汝二兄分头出战可也。"【眉批：

国学经典文库

李渔批阅

三国演义

孔明火烧木栅寨
孔明秋夜祭北斗

图文珍藏版

先推别人去试一试，妙。】遂令夏侯霸、夏侯威各引五千兵去讫。懿坐待回音。

却说霸、威分兵两路，正行之间，忽见蜀兵驱木牛流马而至。两下一齐呐喊，杀将过来，蜀兵大败奔走，抢到木牛流马五、六十匹，**【眉批：引诱司马懿，故用木牛流马。】**金鼓旗枪不计其数，俱令解报懿营。次日，又劫得人马百余，亦解赴大寨。懿审虚实，魏兵告曰："孔明只料我兵坚守不出，尽将蜀兵四散屯田，以为久计。"**【眉批：此明系武侯所教，却不叙明，令读者自知。】**懿将蜀兵尽皆放去。夏侯和曰："抢来蜀人，不杀放之，何也？"懿曰："量此些小之兵，又非大将，杀之无益。放归本寨，令说魏将宽厚仁慈，释彼战心，效吕蒙取荆州之计。今后再有抢到蜀人，当用好言慰抚。"仍重赏有功之人。诸将听令而去。

却说孔明令高翔虚作运粮，屯于上方谷内，既入还出，人莫知之。夏侯霸、夏侯威每日取胜，约有半月。懿见蜀兵累败，心中欢喜。忽报擒到蜀兵一百余人，唤至帐下问曰："孔明今在何处？"众皆告曰："每日运粮，屯在上方谷内。丞相不在祁山，在上方谷山西十里下营安住。"【眉批：**此又明系武侯所教，却又不叙明，令读者自知。**】懿备细问了，各赐酒食，尽皆放去。当晚懿唤众将曰："今孔明不在祁山，引军于上方谷安营。汝等明日并力攻取祁山寨，吾自接应。"【眉批：**今番却骗出头了。**】各人受命而退。长子师曰："欲攻其后者何也？"懿曰："祁山乃蜀之根本，彼见吾攻，各营尽来救矣。吾却至上方谷，烧尽粮草，则蜀人首尾不接，必败走矣。"【眉批：**自以为妙计者，那知正中了别人妙算也。**】二子甚服父言。懿即令张虎、乐綝曰："汝各引五千兵在后救应，军中多设火把。"

却说孔明正在山上，望见魏兵或三、五千一行，或一、二千一行，队伍纷纷，前后顾盼，料必来取祁山大寨，便令众将防备："若懿自来，便劫魏寨，夺了渭南。"众将收拾已毕。

却说魏兵皆奔祁山寨来，蜀兵四下呐喊，虚作救应之势。懿见蜀兵去救祁山寨栅，心中大喜，乃引二子并中军护卫人马，杀奔上方谷来。【眉批：**今番着了道儿，供候久了。**】且说魏延只盼司马懿到来，忽然一枝兵杀至，延纵马视之，果懿也。懿大喝曰："魏延休走！"延舞刀相迎，不一合，拨马便走。懿随后赶来，延只望七星旗处而去。懿见魏延一人，军马又少，放心追之。懿分兵三枝：司马师在左，司马昭在右，懿自居中，一齐攻杀将来。延看见谷口内有七星号旗飘扬，乃引五百兵，皆退入谷中去了。懿追到谷口，先令人哨探，【眉批：**也甚把细。**】回报谷内并无伏兵，山上皆是草房。懿曰："此是积粮之所也。"大驱士马，皆入谷中。懿忽见草房上尽是干柴，前面魏延勒马横刀而立。懿大骇，与二子曰："倘有兵塞断谷口，如之奈何？"【眉批：**至此方疑，已是迟了。**】急退兵时，只听得喊声大震，山上火把鼻齐丢下，烧断谷口。懿大惊无措，将人敛在一处。山上火箭射下，地雷一声突出，草房内干柴皆着。魏延望后谷中而走，只见谷口垒断，仰天长叹曰："吾今休矣！"懿见火光甚急，下马抱二子大哭曰："吾父子死于此处矣！"【眉批：**读至此，为之拍案一快。**】正哭之间，忽然狂风大作，黑雾漫空，一声霹雳响处，骤雨盆倾，满谷之火尽皆浇灭，地雷不响，火器无功【眉批：**读至此，令人为之一叹。**】。滂沱大雨自申至亥，平地水深三尺。懿大喜曰："不就此时杀出，更待何时！"即引兵奋力杀出。马岱军少，不敢追之。忽一彪军到，杀退马岱，复来接应。众视之，乃张虎、乐林也，遂合兵一处。同归渭南大寨时，已被蜀兵夺了。【眉批：**马失其槽矣。**】郭淮、孙礼正在浮桥上与蜀兵交战。懿引兵冲杀过桥，蜀兵退

国学经典文库

李渔批阅

三国演义

孔明火烧木栅寨
孔明秋夜祭北斗

图文珍藏版

去。懿即烧断浮桥，据住北岸。

目说魏兵在祁山攻打蜀寨，听知懿兵大败，又失了渭南营寨，心中大慌；急退时，四面蜀兵杀到，魏兵大败，十伤八、九，死者无数，生者奔过渭北逃生。

却说孔明见魏延诱懿入谷时，不胜忻喜。马岱一齐放火，将欲尽情烧死。忽降大雨，火不能着，人报走了司马懿。孔明叹曰："谋事在人，成事在天！"【眉批：此时不独孔明叹，即千百世后，能不为之一叹乎！】后人因孔明道此八个字，故作诗赞曰：

谋事须人成在天，由来达者信其然。

孔明必欲回天道，滂沱俄然为晋旋。

即收兵回到渭南大寨，安营已毕，魏延告曰："马岱将葫芦谷口垒断，若非天降大雨，延同五百军皆烧死谷中矣！"【眉批：**天降大雨，岂非不幸中之幸乎？**】孔明大怒，唤马岱深责曰："文长乃吾之大将，吾当初授汝令时，只教烧懿，如何将文长也困谷中？幸朝廷福大，天降骤雨，方才保全；倘有疏虞，又失吾右臂也。"叱武士："推出斩首报来！"未知马岱性命如何，且听下回分解。

却说众将见孔明欲斩马岱，皆拜于帐下，再三哀告，孔明方免，令左右将马岱剥去衣甲，仗背四十，削去平北将军、陈仓侯官职，贬为散军。马岱受责，回到旧寨，孔明密令樊建来谕曰："丞相素知将军忠义，故密行此计，如此如此。他日功成，当为第一。今可推杨仪教汝如此行之，以解魏延之仇。"岱受计已毕，甚是忻喜，次日来见魏延曰："非岱如此，乃长史杨仪之谋也。"延大恨杨仪，即时来告孔明曰："延愿求马岱为部下裨将。"孔明不允，延再三告求，孔明方从。

却说司马懿在渭北寨内，传令曰："渭南寨栅今已失了。诸将再言出战者斩。"【眉批：**如今又不肯出头了。**】各听将令，据守不出。忽郭淮来告曰："近日孔明引兵巡哨，必欲择地安营也。"懿曰："孔明若出武功，依山而东，吾等皆危，真可忧也。若出渭南，西止五丈原，方无事也。"【眉批：**此欺人之语，明知武侯必屯五丈原，诈为此言，以安众心耳。**】令人探之，回报："果止五丈

国学经典文库

李渔批阅

三国演义

孔明火烧木栅寨
孔明秋夜祭北斗

图文珍藏版

国学经典文库

李渔批阅

三国演义

孔明秋夜祭北斗

孔明火烧木栅寨

图文珍藏版

1510

原矣。"司马懿以手加额曰："大魏皇帝之洪福也！"遂令诸将坚守，待孔明久必自变。

却说孔明自引一军屯于五丈原，累令人搦战，魏兵不出。孔明乃取巾帼并妇人缟素之服，【眉批：既送巾帼，又送缟服，不唯是妇人，又是寡妇矣。】修书一封，盛于大盒之内，遣人径送魏寨。诸将不敢隐蔽，直引入见懿。懿对众开视之，内有巾帼妇人之衣并密书一封。懿拆开视之，书曰：

尝闻管子有云："礼义廉耻，国之四维；四维不张，国乃灭亡。"窃惟司马仲达既为大将，统令中原之众，不思披坚执锐，以决雌雄，乃甘窟守土巢，以避刀箭，与寡妇何异哉！今遣人送巾帼素衣，如不出战，可再拜而受之。倘有男子之胸襟，早与批回，依期赴敌。某月日某具。

懿看毕大怒，乃佯笑曰："视吾为妇人耶？"即受之，重待来使。【眉批：亏他耐得，便是今日妇人，尚不耐男子之气也。】懿问曰："孔明寝食及事烦简若何？"使者曰："丞相夙兴夜寐，罚二十以上皆亲览焉。所啖之食，不过数升。"懿密告众人曰："孔明食少事烦，其能久乎？"【眉批：只好咒他早死罢了。】使者回到五丈原，见了孔明说："懿受了衣巾，看书已毕，只问寝食事物，并不言军旅之事。某如此应对，彼言：'食少事烦，岂能久

乎？'"孔明叹曰："彼深知我也！"【眉批：孔明亦自料不久人世矣。】后人读至此，有诗曰：

> 从来敌手必相知，譬彼高流对弈棋；
> 落子运思俱灼见，只看劳逸见雄雌。

主簿杨颙因进曰："某见丞相常自校簿书，窃以为治有体，上下不可相侵。请以治家之事譬之：凡治家之道，必使奴执耕，婢典爨，鸡司晨，犬吠盗，牛负重，马涉远，私业无旷，所求皆足，其家主从容自在，高枕饮食而已；忽一旦身亲其役，以致形疲神困，终无一成，岂其智之不如奴婢鸡犬哉？失为家主之法也。是故古人称'坐而论道，谓之三公；作而行之，谓之士大夫。'昔丙

国学经典文库

李渔批阅 渔阅

三国演义

孔明火烧木栅寨
孔明秋夜祭北斗

图文珍藏版

吉不问横道死人，而忧牛喘；陈平不知钱谷之数，云：'自有主者也。'【眉批：**此二人岂可与武侯一例论乎？**】今丞相自理细事，汗流终日，岂不劳乎？司马懿之言，诚洞见肺腑之语也。"孔明泣曰："吾非不知，但受先帝托孤之重，惟恐他人不似吾尽心也。"【眉批：**鞠躬尽瘁如此。**】众皆垂泣。静轩先生有诗赞叹曰：

> 相道持纲岂好烦，鞠躬尽瘁匪虚言。
>
> 寸心终日千般事，一命秋风五丈原。

从此孔明自觉神思不宁，诸将因此未敢进兵。

却说魏将皆知孔明以巾帼衣服大辱司马懿，懿受之不战。众将因此入帐告曰："我等乃大国名将，安忍受小邦之辱也！愿请出战，以决雌雄！"【眉批：**主将已比为雌人矣，众人雄出甚么来？**】懿笑曰："吾非不敢出战而甘心受辱也。奈天子明诏，令坚守勿动；今若轻出，有违君命矣。"【眉批：**此时以君命推，看只老儿油嘴。**】众将昂然不忿。懿曰："汝等既要出战，待吾奏知天子，速求赴敌。若天子准吾出战，那时各建功名，未为晚矣。"众皆允之。懿急写表，遣使直至合淝军前，奏闻魏主曹叡。叡拆表览之，表曰：

臣司马懿谨表：臣才薄任重，深蒙眷委，令臣坚守不战，以待其敝。今者蜀臣诸葛亮轻臣如奴隶，待臣如妇人，遗以巾帼，耻辱至甚。臣先达圣聪，旦夕将效死一战，以报先帝之大恩，陛下之重禄。【眉批：**纯是假话。**】臣不胜激切之至矣！

魏主览讫，乃与多官曰："朕教且守勿出，今何故上表求战耶？"卫尉辛毗曰："司马仲达本无战心，必因诸葛孔明耻辱，众将抗拒之故也。虚上表章，令陛下制之。"【眉批：**猜破仲达之诈。**】魏主听知如此，遂令辛毗持节，自到渭北寨内制之。司马懿接诏入帐，受命已毕。辛毗传诏曰："再有敢言出战者，以违制论之。"众皆倾

服。懿暗与辛毗曰："公足知我心。"【眉批：**可谓善能体贴臣心，可发一笑。**】就令土民布散流言，说魏天子命辛毗持节到营，令司马懿坚守不出。

于是典军书记樊建、丞相令董厥听知此事，来告孔

国学经典文库

李渔
阅批

三国演义

孔明火烧木栅寨
孔明秋夜祭北斗

图文珍藏版

1513

明。孔明笑曰："此乃司马懿安三军之法也。"【眉批：仲达心病，孔明一句道着。】姜维曰："丞相何以知之？"孔明曰："彼本无出战之心，所以固请战者，以示武于众将耳。岂不闻'将在外，君命有所不受'？安有千里而请战乎？【眉批：若必请诏而后战，则上方谷之兵不奉诏而出者，当可为乎？】此乃司马懿受辱不过，又因将士忿拒，故散此言也。"众皆拜曰："丞相有万里之明见也。"

忽报费祎到。孔明召入问之，神再拜言自："魏主曹叡闻东吴三路进兵，乃自引大兵径到合淝，令满宠、田豫、刘昭分兵三路迎之，被满宠设计，尽烧东吴粮草及战具器物。吴兵多病。陆逊上表，与吴王约会，一齐攻之。不意持表人中途被魏兵所获，因此机会漏泄，吴兵大败而回。"孔明听知，长叹一声，昏倒于地。【眉批：谋事在人，成事在天，于此愈信。】众皆急救，半晌方苏而言曰："吾心昏乱，旧病忽发，寿必不远。"是夜，孔明扶病出帐，仰观天文，大慌，入帐乃与姜维曰："吾命在旦夕矣！"维泣曰："丞相何出此言也？"孔明曰："吾见三台星中客星倍明，主星幽隐，相辅列曜少变其色，【眉批：有前日之雨，不必更睹今日之星矣。】足知吾命矣！"维曰："昔闻能禳者，惟丞相善为之，今何不祈禳也？"孔明曰："吾习此术年久，未知天意若何。汝可引甲兵七七四十九人，各执皂旗，身穿皂衣，环绕帐外，吾自于帐中祈禳北斗。【眉批：此等禳星法是真本事，不似今日道士，但骗斋供吃也。】七日内如灯不灭，吾寿则增一纪也；如灯灭，吾必死矣。一应闲杂人等，休教放入。"姜维得令，凡用之物，只令二小童搬运。时值八月半间，是夜银河耿耿，玉露零零，旌旗不动，刁斗无声。姜维在帐外引四十九人守护，孔明自于帐中设香花祭物，中布七盏大灯，顺布四十九盏小灯，【眉批：上方谷只有灯七盏，此处添无数小灯，前后相应。】内安本命灯一盏于地下。孔明拜伏于地曰：

亮生于乱世，隐于农迹，承先帝三顾之恩，托后主孤身之重，因此尽竭犬马之劳，统领貔貅之众，六出祁山，誓以讨贼。不意将星欲坠，阳寿将终。谨以静夜昭告于皇天后土、北极元辰：伏望天慈，俯垂鉴察！【眉批：令人悲咽。】

祝毕乃诵青词曰：

伏以周公代姬氏之厄，翌日乃瘳；孔子值匡人之围，自乐不死。臣亮受托之重，报国之诚，开创蜀邦，欲平魏寇，率大兵于渭水，会众将于祁山。何期旧疾缠身，阳寿欲尽，谨书尺素，上告穹苍：伏望天慈，曲垂臣算，上报先帝之恩德，下救生民之倒悬。【眉批：为己请命者，实为汉之社稷生灵也。】非敢妄祈，实由恳切。下情不胜屏营之至。

国学经典文库

李渔批阅

三国演义

孔明火烧木栅寨
孔明秋夜祭北斗

图文珍藏版

国学经典文库

李渔批阅

三国演义

孔明火烧木栅寨
孔明秋夜祭北斗

图文珍藏版

　　孔明祝毕，俯伏待旦。次日，扶病理事，【眉批：**事越烦而食越少矣。**】吐血不止，醒而复昏。日则计议伐魏，夜则步罡踏斗。

　　却说司马懿夜间仰观天文，忽唤夏侯霸曰："我见将星失位，孔明必然有病，不久死矣。你引一千兵去五丈原哨探，【眉批：**此时何不奉天子诏？**】若蜀人攘乱不战者，必有病；若奋然突出者，则无事矣。"霸引兵而去。

　　却说孔明在帐中，乃祭祀六夜了，见主灯明灿，心中大喜。姜维入帐，正见孔明披发仗剑，踏罡布斗，压镇将星。忽听的寨外呐喊，欲令人问时，魏延入报曰："魏兵至矣！"延脚步走急，将主灯扑灭。【眉批：**谷中之火为大雨所扑灭，帐中之灯为延脚所振灭。大数已到，**】

岂能禳哉？**此可破愚人之见。**】孔明弃剑而叹曰：'死生有命，富贵在天。'主灯已灭，吾岂能存乎？不可得而禳也！"姜维大怒，急拔剑来杀魏延。未知性命如何，且听下回分解。

国学经典文库

李渔批阅

三国演义

孔明火烧木栅寨

孔明秋夜祭北斗

图文珍藏版

1517

第一百四回　孔明秋风五丈原
死诸葛走生仲达

却说姜维拔剑在手，欲斩魏延。孔明急止之曰："是吾天命已绝，非文长之过也。"维方才收剑。于是孔明吐血数口，卧于床上，乃与魏延曰："此是司马懿料吾有病，故令人来探虚实也。汝可急出。"【眉批：病至此，尚料事如神。】魏延上马，引兵出寨，夏侯霸见了，慌忙引兵而退。魏延追赶二十里方回。

孔明方与姜维曰："吾本欲竭忠尽力，恢复中原，重兴汉室，奈天意如此，旦夕将亡。吾平生所学，已著于书，共二十四稿，计十万四千一百一十二字，内有八务、七戒、六恐、五惧之法。【眉批：言行兵不可草莽。】遍观诸将，独将军可授。切勿泄漏！"维哭拜而受。孔明又曰："吾有'连弩'之法，不曾用得。汝后必用，以铁折叠烧打成，铁矢长八寸，一弩可发十矢，皆画成图本，汝可如法造之。"【眉批：后事射魏兵用此法。】维再拜而受。孔明又曰："蜀中诸道皆不必多忧，惟阴平之地切要仔细。虽然险峻，久必有失。"又唤长史杨仪入帐，授与一锦囊，分付曰："久后魏延必反，若反时方开之，那时自有斩延之将也。"【眉批：为后文斩魏延伏线。】

国学经典文库

李渔 阅批

三国演义

孔明秋风五丈原
死诸葛走生仲达

图文珍藏版

　　此日孔明一一调度已毕，人事不醒，至晚方苏。晨夜昏绝数番。孔明连夜表奏后主。后主急遣尚书仆射李福，星夜径到五丈原，入见孔明问安。孔明令坐而言曰："吾不幸中道而亡，虚废国家大事，得罪于天下也。吾死后自有遗表上奏天子，你公卿大夫依旧制而行，不可改易；吾所用之人，不可废之。马岱忠勇，后当重用。吾兵法皆授与姜维，他日能守西蜀也。"【眉批：孔明到病势临危时，尚如此留心，后来毕竟无救，岂非天意乎？】李福辞去。

　　孔明强支病体，令左右扶上小车，出寨遍观各营，自觉秋风吹面，彻骨生寒，泪流满面，长叹曰："再不能临阵讨贼矣！悠悠苍天，曷此其极！"【眉批：千古以下，同此悲愤。】叹息良久，回到帐中，病转沉重，乃唤杨仪曰："王平、廖化、张翼、张嶷、吴懿等皆忠义，久经争战，多负勤劳，堪可委用。吾死之后，凡事皆依旧法而行，可缓缓退兵。汝乃深通谋略之人，不必多嘱。姜伯约智勇足备，可以断后。魏延后日反时，汝只依前付锦囊行之。"杨仪泣拜而谢。孔明令取文房四宝，于卧榻上写遗表以达后主。其表曰：

丞相臣武乡侯诸葛亮，伏闻生死有常，难逃定数；死之将至，愿尽愚忠。臣赋性愚拙，时遭艰难，分符拥节，专掌钧衡，兴师北伐，未获成功；何期病在膏肓，命垂旦夕！伏愿陛下清心寡欲，约己爱民；达孝道于先君，布仁恩于寰宇；提拔幽隐，以进贤良；屏斥奸谗，以厚风俗。臣家成都，有桑八百株，薄田十五顷，子孙衣食自有余饶。至于臣在外任，无别调度，随身衣食，悉仰于官，不别治生，以长尺寸。若臣死之日，不使内有余帛，外有赢财，以负陛下也。臣亮不胜涕泣恳切之至！

孔明写毕，分付杨仪曰："吾死之后，不可发丧。若司马懿来追，将吾先时木雕成吾之原身安于车上，【眉批：今又用木为人矣，种种想头奇绝。】以青纱幪之，勿令人见。汝可一顺一逆，布成长蛇阵，回旗返鼓。若魏兵追来，人马不许错乱，将吾原身推出，却令大小将士

国学经典文库

李渔批阅

三国演义

孔明秋风五丈原
死诸葛走生仲达

图文珍藏版

1520

国学经典文库

李渔阅批

三国演义

孔明秋风五丈原
死诸葛走生仲达

图文珍藏版

左右而列。懿见之，必急走矣。魏兵退去，方可发丧。丧车上可作一龛，坐于车上，用米七粒，少用水放于口中；足下用明灯一盏，置柩于毡车之内；军中安静如常，切勿举哀，则将星不坠矣。吾阴魂自起镇之。【眉批：神奇不测之妙。】先令后寨先行，然后一营一营，缓缓而退。汝等文武皆尽心报国，不可负职也。"杨仪听令曰："丞相少虑，仪并不敢有违丞相之遗言也。"是夜，孔明令人扶出，仰观北斗，遥指之曰："此吾之将星也。"【眉批：奇绝。】众视之，只见其色煌煌欲坠，孔明以剑指之，口中念咒。【眉批：更是神奇之极。】咒毕，急回帐时，不醒人事。李福又到，见孔明昏绝，口中不能言，乃大哭曰："我误国家之大事也！"须臾复醒，【眉批：复醒尤奇。】开目视之，见李福立于榻前。孔明曰："公此来，必是天子问谁可任大事。【眉批：奇绝。】蒋公琰其宜也。"福又问曰："公琰去后，谁可继之？"孔明曰："费文伟可以继之。"福又问，孔明不答。【眉批：不答者，费祎后汉祚亦终矣。】众将近前视之，已薨。时建兴十二年秋八月二十三日也，寿年五十四岁。后晋平侯陈寿有赞孔明词曰：

诸葛亮之为相国也，抚百姓，示仪轨，约官职，从权制，开诚心，布公道。尽忠益时者，虽仇必赏；犯法怠慢者，虽亲必罚；服罪输情者，虽重必释；游词巧饰者，虽轻必戮。善无微而不赏，恶无纤而不贬。庶事精练，物理其本，循名责实，虚伪不齿。终于邦域之中，咸畏而爱之，刑政虽峻而无怨者，以其用心平而劝戒明也。可谓识治之良才，管、萧之亚匹矣。

唐贤元微之作孔明庙赞云：

拨乱扶危主，殷勤受托孤。

英才过管乐，妙策胜孙吴。

凛凛《出师表》，堂堂"八阵图"。

如公全盛德，应叹古今无。

白乐天言先主能用孔明之诗曰：

国学经典文库

李渔批阅

三国演义

孔明秋风五丈原
死诸葛走生仲达

图文珍藏版

1522

先生晦迹卧山林，三顾那逢贤主寻。

鱼到南阳方得水，龙飞天外便为霖。

托孤既尽殷勤礼，报国还倾忠义心。

前后出师遗表在，令人一览泪沾襟。

初蜀长水校尉廖立，自谓才名宜为诸葛亮之副，尝以职位游散，怏怏怨谤无已，于是孔明废立为民，徙之汶山。及闻孔明亡，垂泣曰："吾终为左衽矣！"李平闻之，亦大哭病死。平尝冀亮后收己，得自补复，策后人不能故也。后来史臣习凿齿论曰：

昔管仲夺伯氏骈邑三百，没齿无怨言，圣人以为难。诸葛亮之使廖立垂泣，李严致死，岂徒无怨言而已哉？夫水至平而邪者取法，鉴至明而丑者亡怒，水鉴之所以能穷物而无怨者，以其无私也。

晋永兴年间，镇南将军刘弘至隆中，观孔明故宅，立碑以表其忠，命太傅掾犍为李典撰文曰：

天子命我于沔之阳，听鼓鼙而永思，庶先哲之遗光；登隆山以望远，轼诸葛之故乡。盖神物应机，大器无方，通人靡滞，大德不常。故谷风发而驺虞啸，云雷升而潜鳞骧；挚解褐于三聘，尼得招而褰裳；管豹变于受命，

国学经典文库

李渔 批阅

三国演义

孔明秋风五丈原
死诸葛走生仲达

图文珍藏版

贡感激以回庄；异徐生之摘宝，释卧龙于深藏；伟刘氏
之倾盖，嘉吾子之周行。夫有知己之主，则有竭命之良，
固所以三分我九鼎，跨带我边疆，抗衡我北面，驱驰我
魏疆者也。英哉吾子！独舍天灵。岂神之祇，岂人之精？
何思之深，何德之清！异世通梦，恨不同生。推子八阵，
不在孙、吴；木牛之奇，则非班模；神弩之功，一何微
妙！千井霓氅，又何秘要！昔在颠、夭，有名无迹，孰
若吾侪，良筹妙画？臧文既没，又言见称，又未若子，
言行并征。夷吾反玷，乐毅不终，奚比于尔，明哲守冲。
临终受寄，让过许由，负袭荏事，民言不流。刑中于郑，
教美于鲁，蜀氏之耻，河、渭安堵。匪皋则伊，宁彼管、

晏，岂徒圣宣，慷慨屡叹。昔尔之隐，卜惟此宅，仁智所处，能无规廓。日居月诸，时陨其夕；谁能不没，贵有遗格。惟子之勋，移风来世，咏歌典余，懦夫将厉。遐哉邈矣，厥规卓矣；凡若吾子，难可究已。畴昔之乖，万里殊途；今我来思，觌尔故墟。汉高归魂于丰、沛，太公五世而反周，想魁魖以仿佛，冀影响之有余。魂而有灵，岂有识诸！

是夜，天愁地惨，月色无光，孔明奄然归天。姜维、杨仪皆依孔明旧制而行，不敢妄动丝毫。遂依法成殓，置于车上，用龛盖之，令三百心腹人守护；即传密令，魏延断后，杨仪次之，各处营寨，一一退去。

却说司马懿夜观天，【眉批：**此处再说魏将。**】见一大星赤色，光芒有角，自东北方流于西南方，坠于蜀营内，三投再起，投大起小，隐隐有声。【眉批：**皆孔明之神通，所以星有角，又有声也。**】懿大惊曰："诸葛孔明死矣！"即令追之。【眉批：**一闻死而即起兵，越显仲达忌孔明之甚。**】未知如何，且听下回分解。

却说司马懿观星，知孔明身死，急起大兵追之。方出寨门，忽然自省，乃与二子曰："孔明善会六丁六甲之法，今见吾久不出战，故以此术诈死，诱我追之。今若追彼，恐中其计。"【眉批：**又恐中计，写仲达畏孔明之意。**】因此复回，遂令夏侯霸暗引十余骑，望五丈原山僻哨探消息去了。

国学经典文库

李渔批阅 三国演义

死诸葛走生仲达 孔明秋风五丈原

图文珍藏版

却说魏延在寨，夜作一梦，梦见头上生二角，【眉批：梦见头有角，奇。】醒来甚疑。忽报行军司马赵直到，延请入问曰："久知足下深明《易》理，吾夜梦头生二角，烦先生决其凶吉也！"直答曰："此大吉之兆也。麒麟头上有角，苍龙头上有角，乃变化升腾之象。将军所到之处，不战而获全功也。"延大喜曰："如应公言，自当重谢。"直辞延出寨，行不十里，正遇尚书费祎。祎问之，直告曰："适到魏延营中，延梦头生二角，令我圆之。本非吉兆，但恐见怪，故以麒麟、苍龙之事而解也。"祎曰："足下何以知之？"直曰："'角'之一字，乃'刀'下'用'也，其凶甚矣。"【眉批：魏延之死，已有先兆。】祎曰："君勿泄漏，惟你我知之。"直别去。

祎到魏延寨中，令左右退，告曰："昨夜三更，丞相辞世去了。临亡时，再三叮咛传示，令将军断后，以当司马懿，缓缓而退，不可发丧。今兵符在此，便可起兵也。"延曰："何人代理大事？"祎曰："丞相一切事务，尽托与杨仪；用兵密法口诀，皆授与姜维。此兵符乃杨仪之令也。"延怒曰："丞相虽亡，吾今见在。杨仪乃府下之人，焉能任此大事？【眉批：一闻此语，便不服矣。】只可扶柩入川，择地迁葬。吾自率大兵攻懿，必要成功。岂可因丞相一人，而废国家之大事耶？"祎曰："丞相遗令，教且暂退，不可泄漏。将军何故欲自战也？"延愈加大怒曰："丞相当时若听吾计，取长安久矣！【眉批：此是不服武侯之语。】向者杨仪欲烧吾于葫芦谷内，幸得天

国学经典文库

李渔批阅

三国演义

孔明秋风五丈原
死诸葛走生仲达

图文珍藏版

祐，降下大雨，因此火灭，方保全生，至今尚未雪恨。
吾官任前军、征西大将军、南郑侯，安肯与长史断后
也！"【眉批：**此是不服杨仪之语。**】祎曰："将军之言是
也。杨仪只是一长史而已，如何总制？"延曰："公可助
吾。吾自教诸寨不动，以图进取。"祎曰："愿从将军之
令。"延曰："公若果有此心，当同金盟状。"祎欣然押写
讫。【眉批：**皆孔明所教，今不言明，令读者自知。**】延
设席相待。祎曰："虽然如此，不可轻动，令敌人耻笑。
待吾自见杨仪，以利害说之，令彼退与兵权，只扶枢入
川。仪乃文字之人，必然从矣。"延听其言。祎上马径到

大寨，见杨仪细言其事。仪曰："无事。丞相临亡之时，分付曰：'魏延勇猛，敌人皆惧，因此不忍害之。'吾教他断后。本知不服，故以兵符探其心。今果应丞相之言。当令伯约断后，按丞相法度，缓缓而退。"于是姜维断后，杨仪领兵扶柩先行，二人掌管内外之事。

却说魏延见费祎久不来复，心中疑惑，乃唤马岱商议。岱曰："某见费祎出辕门，便纵马加鞭而去。其人之言必诈也。"延就令马岱引十数骑去探消息，回报曰："后军乃姜维总督，前军大半退入谷中去了。"延大怒曰："竖儒安敢戏吾耶！吾必杀之！"【眉批：**恐自不能杀人，却被人杀。**】即拔寨引兵，尽望南行。

却说夏侯霸引兵到五丈原看时，不见一人，遂回报司马懿。懿问虚实，霸曰："川兵车仗尽已去了，只有姜维断后。魏延寨中并无一人，远远望见投山僻小路去了。其余诸寨人马亦尽退尽。"懿听毕，跌足曰："孔明死矣！可速追之！"众将问曰："都督何以知之？"懿曰："五脏皆损，岂能生乎？"急起大军。引二子赶来。夏侯霸曰："都督不可轻追，当令偏将掩杀。"【眉批：**又是一个害怕。**】懿曰："他人不知兵法。"遂引兵一齐杀奔五丈原来。魏兵鼓噪摇旗，杀入寨时，果无一人。懿顾二子曰："汝急催军赶来，吾自引兵前进。【眉批：**只好在无人处耀武扬威耳。**】司马师、司马昭在后催督；懿自引兵追到山脚下，见川兵不远，乃奋力赶来。忽然山后一声炮响，鼓角喧天，喊声大震。懿大惊失色，【眉批：**已吃**

一惊矣。】只见蜀兵旗号皆返，树影中飘出中军大旗，上书一行大字，题曰："大汉丞相诸葛武侯"。懿定睛看时，见中央数十员上将，拥出一辆四轮车来，车上端坐孔明，纶巾羽扇，鹤氅皂绦。车前一将，全副披挂，勒马挺枪，大叫曰："反贼司马懿！早早受降！【眉批：又吃一惊。】懿视之，乃姜维也。"懿大惊曰："孔明尚在！吾轻入重地，中其计矣？"【眉批：好个半信半疑。】急勒回马便走。魏兵魂飞魄散，弃甲丢盔，抛戈撇戟，各逃性命，互相践踏，死者无数。【眉批：畏蜀如此，可发一笑。】静轩先生有诗咏曰：

六出祁山吊伐勤，要将忠义报储君。

先年伏弩诛张郃，复后扬旗走魏军。

非是兵机无八阵，只因天意定三分。

两川帝业今何在？惟有先生一古坟。

司马懿奔走五十余里，背后两员大将赶上，扯住马嚼环而言曰："都督勿惊。"懿用手摸头曰："吾有头否？"【眉批：惊吓之中，趣语不由自出。】二将曰："都督休怕。蜀兵去远了。"懿喘息半晌，神色方定，睁目视之，乃夏侯霸、夏侯惠也。【眉批：连自己人几乎不相认矣。】二将曰："川兵退去，必留断后兵也，可再起兵追之。"懿不敢决，乃徐徐按辔，与霸、惠二人寻小路而归。本寨众将各引兵四散哨探。乡民奔告曰："蜀兵退入谷中之

国学经典文库

李渔批阅

三国演义

孔明秋风五丈原
死诸葛走生仲达

图文珍藏版

国学经典文库

李渔批阅

三国演义

孔明秋风五丈原
死诸葛走生仲达

图文珍藏版

1530

时，哀声震地，军中扬起白旗丧幡，孔明果然死矣！止留姜维断后，只有一千兵。"懿又曰："鼓声大震，何意也？"【眉批：到此时真死尚不能料，何畏孔明之甚也！】乡民曰："乃蜀兵返旗摇鼓而退。车上孔明乃木刻者也。"懿曰："吾能料其生，不能料其死也！"因此蜀中人谚曰："死诸葛能走生仲达。"后人有诗曰：

> 长星半夜落天枢，奔走犹疑亮未殂。
> 关外至今人冷笑，不知司马愧何如。

却说司马懿问了的实，遂令众将引兵在前追赶，懿随后而来。赶到伏兵之所，见树林中虚设孔明旗号，懿安心追之。行到赤岸坡，懿见蜀兵去远，乃与众将曰："今蜀兵远去，追之何益？不如回师。"众将曰："倘蜀兵复来，如之奈何？"懿曰："孔明已亡，再无人敢领此职，我等皆高枕无忧矣！"遂班师而回。一路上见孔明安营下寨之所，前后左右，整整有法，懿叹曰："此天下之奇才也！"【眉批：又在死后补写孔明之英才。】众皆骇然。后人有诗曰：

> 盘山营垒似天开，天爱精灵去不回。
> 未遣先生酬大愿，空令司马叹奇才。

于是司马懿分调众将，各守隘口，自领兵回洛阳去了。

却说姜维排长蛇阵，【眉批：又写蜀事。】缓缓退入栈阁道口待报。知司马懿至赤岸回去了，因此杨仪更衣，发丧举哀，哭声大震，川军皆撞跌而哭，大半不食，死者无数。后人有诗赞曰：

武侯军令似秋霜，恩比春温感不忘。
一念愿随忠义主，寸肤未许敌人伤。

却说蜀兵前队正回到栈阁道口，忽见前面火光冲天，喊声震地，伏兵拦路。众将惊曰："谁想此处又有伏兵！焉能去也？"即来报知杨仪。未知如何，且听下回分解。

国学经典文库

李渔批阅

三国演义

孔明秋风五丈原
死诸葛走生仲达

图文珍藏版

国学经典文库

李渔批阅

三国演义

武侯遗计斩魏延
魏拆长安承露盘

图文珍藏版

1532

第一百五回　武侯遗计斩魏延
　　　　　　　魏拆长安承露盘

　　却说杨仪听知此事，忙令人探知。回报曰："烧栈道者乃魏延也。"【眉批：魏延此时俨然敌人耳。】仪大惊

曰："丞相在日，料此人久后必反，谁想果然如此！今断其归路，当复奈何？"费祎曰："此人必先捏奏天子，诬我等造反，故烧断栈道也。【眉批：魏延上表，祎已先料

之矣。】我等亦当表奏天子，陈延反情，然后图之。"姜维曰："此间有一小径，名槎山，虽然崎岖险峻，可以抄出栈道之后。"【眉批：**姜维算出归路。**】众皆从之，一面将人马望槎山小道进发。凡遇乡民，佯说讨贼。于是先令二使去讫，随后费祎又来。

却说后主在成都，寝食不安，动止不宁；晚作一梦，梦见成都锦屏山崩倒，【眉批：**山崩即应孔明之死，后主之倚孔明如山之重。**】遂大惊觉，坐而待旦，聚集文武，入朝圆梦。有谯周奏曰："臣昨夜仰观天文，见一星赤色，光芒有角，自东北落于西南，主丞相有大凶之事。今陛下梦山崩者，正应此兆也。"后主愈加惊怖，复问周曰："李福因何久不回也？"忽报李福到。后主急召入问之，福顿首泣奏曰："臣到五丈原营中时，丞相已不醒人事了，诸将正伏地而哭。丞相须臾开目，见臣在侧，未等臣言，便先问曰：'天子令你来问后事耶？蒋公琰可托。'臣又问之，丞相曰：'费文伟可也。'臣再问时，丞相不答，瞑目而亡。臣不敢稽迟，故星夜而来。"后主听知，大哭曰："天丧我也！"哭倒于龙床之上。侍臣扶入后宫。吴太后闻之，亦放声大哭不已。【眉批：**不有武侯之才能，焉能令后主之哀痛，及太后之哀痛，而文武百官之哀痛如此乎？武侯一死，就有此变。**】内外文武如丧考妣，军民无不哀恸。后主连日涕泣，饮食顿减，不能设朝。

忽报征西大将军、南郑侯魏延，表奏杨仪劫夺丞相

国学经典文库

李渔
批阅

三国演义

武侯遗计斩魏延
魏拆长安承露盘

灵枢，举众造反。群臣皆骇，入宫启奏后主。此时吴太后亦在宫中。后主听知，大惊无措，倒在龙床之上，不能起身。吴太后坐于榻前。近臣读魏延表曰：

杨仪自总兵权，率众造反，劫丞相灵枢，欲引敌人入境。臣先烧断栈道，以兵守御，然后讨之。

后主曰："魏延乃英雄之将，足可拒杨仪等众，何故烧其栈道也？"吴太后曰："常闻先帝有言，说孔明能识魏延脑后有反骨，每欲斩之，为因怜其勇烈，亦未得便也。今奏杨仪等造反，内有不明。杨仪乃文字之人，丞相委以长史之任，如何敢反？【眉批：**魏延之反，不在此时方知。太后能料人、料事如此。**】今日若听此一面之词，杨仪等必投魏矣。此事当深虑远议可也。"文武多官正商议之间，忽报长史杨仪紧急表奏。近臣拆表读曰：

长史、绥军将军臣杨仪，诚惶诚恐，顿首谨表：丞相临终，将大事委于臣，照依旧制，不敢变更，使魏延断后，姜维次之。今魏延不遵丞相遗语，自提本部人以，挽越先入汉中，即日放火烧断栈道，劫丞相灵车，阻其归路！明已反国，暗将投魏。具表以闻。

众官听毕，默然无语。太后曰："卿等所见若何？"蒋琬奏曰："臣非敢为一己之私，愿从公议。杨仪为人，

图文珍藏版

1534

国学经典文库

李渔批阅

三国演义

武侯遗计斩魏延
魏拆长安承露盘

图文珍藏版

虽然禀性太急，不能容物，至于筹度粮草，参赞军机，
与丞相办事多时；今丞相临终，委以大事，非背反之人
也。魏延自恃功高，常有不平之心，口出怨言久矣；今
见杨仪总兵，心中不服，又挟私仇，故烧栈道，断其归
路，又诬奏而害之。臣愿将全家良贱，敢保杨仪不反，
实不敢保魏延。"【眉批：武侯人人欲保，而魏延独无一
人可保者，总在生平为人耳。凡居官者思之。】董允亦奏
曰："杨仪虽有市井之志，实不敢反背朝廷。魏延虽有功
劳，常有怨丞相之意，本欲反投归魏，又见杨仪总制兵
马，故烧栈道，以断归路，虚上表以杀害，反情可见

矣。"多官一齐奏曰："二公之言是也。"于是文武及近侍宫只保杨仪，不保魏延。后主曰："若魏延果反，何人当之?"蒋琬又奏曰："丞相素疑此人，必遗计与杨仪。若杨仪无才，安能退入谷口乎？延必中计矣。【眉批：蒋琬料事如见，方显武侯荐之不谬。】陛下宽心。"不多时，魏延又表至，告称杨仪反了。正览表之间，杨仪又表到，奏称魏延背反。二人接连具表，各陈是非。忽报费祎又到，细奏魏延反情。群臣皆奏曰："本是魏延之罪，实非杨仪之罪也。"后主曰："若如此，且令董允假节释劝，用好言抚慰。"允拜别而去。

却说魏延烧断栈道，兵屯于南谷，把住隘口，自以为久计；不意杨仪、姜维星夜引兵，抄到南谷之后。仪恐汉中有失，却教先锋何平引三千兵，依孔明所遗密计而行。仪同姜维等引兵扶柩，望汉中而来。

且说何平引兵径到南谷之后，擂鼓呐喊。有人来报魏延，说杨仪令先锋何平，引兵自槎山小路抄来搦战。延大怒，急披挂上马提刀，引兵来迎。两阵对圆，何平出马，大骂曰："反贼魏延安在?"延亦大骂曰："汝助杨仪造反，何敢骂我耶!"平叱之曰："丞相才亡，尸尚未冷，汝辈焉敢反耶!"乃杨鞭指川兵曰："汝等军士，皆是西川之人，川中多有父母妻子、兄弟亲朋，可念丞相之恩，休助反贼，各回家乡，听候赏赐。"【眉批：先蒋川兵一散。此必杨仪、姜维之计。】众军闻知，大喊一声，散去大半。延大怒，挥刀纵马，直取何平。平挺枪来迎。战有数合，平诈败而走，延随后赶来。众军弓弩齐发，延复回。见众军溃散，延转怒，拍马赶上，杀了数人。只有马岱三百人不动。延与岱曰："吾平生有眼如盲，不识好人。旧日跟吾战将，皆弃吾而去，惟公在焉。吾杀了杨仪，先报此恨，后取西川，易如反掌，与公同享太平，生死休离寸步。"马岱大声而言曰："吾恨诸葛亮不肯大用，今遇明公，愿尽心竭力，以图进取。"【眉批：此受武侯之计，此时未便叙明。】延大喜，遂与马岱追杀何平。平引兵飞奔而去。魏延与马岱商议曰："我等投魏若何？"岱曰："将军之言，不智甚也。"延曰："目下兵少粮缺，安能济事乎？"岱曰："大丈夫武艺过人，不自霸业，何故区区屈膝于他人之下哉？吾观将军，智勇足备，两川之士，谁敢敌乎？【眉批：马岱可谓善于说词。】吾誓同将军先取汉中，若此处得之，民足可为兵，粮足可为食，西川唾手而可得也。将军又何疑焉？"延曰："公言是也。"遂同马岱引兵直取南郑。

却说姜维在南郑城上，见魏延、马岱耀武扬威，风拥而来。维急令拽起吊桥。延、岱二人大叫："早降！"【眉批：此时二人同为造反，连姜维、杨仪尚不知武侯之计。】姜维慌令人请杨仪商议曰："魏延勇猛，更兼马岱相助，虽然军少，难以退矣。"仪曰："丞相临终，遗与一锦囊，嘱之曰：'若魏延反时，临城扣敌对阵之时方可拆开，便有斩魏延之计也。'今果如此，何不取视之？"仪出锦囊，拆开看时，题曰："待与魏延对敌，马上方许

国学经典文库

李渔批阅

三国演义

图文珍藏版

武侯遗计斩魏延
魏拆长安承露盘

国学经典文库

李渔批阅

三国演义

魏拆长安承露盘
武侯遗计斩魏延

图文珍藏版

拆开。"【眉批：妙在拆封看时，又有两句，教对敌时方可看。奇。】维大喜曰："既丞相有戒约，长史可收执。吾先引兵出城，列为阵势，公可便来。"姜维披挂上马，绰枪在手，引三千军，开了城门，一齐冲出，鼓声大震，排成了阵势。维挺枪跃马，立在门旗之下，高声大骂曰："反贼魏延！丞相不曾亏你，今日如何背反耶？"【眉批：姜维大骂，而魏延只恨杨仪。】延横刀勒马而言曰："伯约，不干你事，只教杨仪来！"仪在门旗影里，拆开锦囊视之，如此如此。仪大喜，轻骑而出，立马于阵前，手指魏延，欣然而笑曰："丞相在日，知汝久后必反，教我堤防，今果应之。你敢在马上连叫三声'谁敢杀我'，便是真大丈夫也，吾就献汉中城池与汝。"【眉批：到此又不知是何计策，读者思之。】延大笑曰："杨仪匹夫听着！若孔明在日，吾尚惧三分；他今已亡，天下谁敢敌吾也？休道连叫三声，便叫三万声，有何伤哉！"遂提刀按辔，于马上大叫曰："谁敢杀我！"言未毕，脑后一人厉声而应曰："吾敢杀你！"手起刀落，斩魏延于马下。【眉批：出人意外，而突乎其来。】众皆骇然。斩魏延者，乃马岱也。原来孔明火烧木栅寨之时，实欲将司马懿、魏延皆要杀死，故与延五百兵为引诱之兵；不想天降大雨，其计不成，却归罪于杨仪，痛责马岱，授以密计，只待口中之言，便斩魏延。魏延因此不疑，乃求岱为部将，见孔明已亡，遂与岱同反，到南郑城下。杨仪读罢锦囊计策，已知伏下马岱在内，故依计而行，果然应之。【眉批：到此方才写明。】

马岱斩了魏延，大小川兵，尽归马岱。杨仪下令，将魏延三族尽皆诛之，遂具表星夜奏闻后主。后主降旨曰："既已名正其罪，仍嘉前功，赐棺椁葬之。"然后召一班出征官员，赴成都面君。杨仪等扶柩到成都，后主引文武官僚，尽皆挂孝，出城二十里迎接。后主放声大哭。【眉批：凡为人臣者，能令天子扶柩痛哭如此者，古今能有几人乎？】上至公卿大夫，下及山林百姓，男女老幼，无不痛哭，哀声震地，闻于四远。后主扶柩入城，成都居民各家门首，设祭拜哭。停柩于丞相府中。其子诸葛瞻，字思远，守孝候葬。

国学经典文库

李渔批阅

三国演义

武侯遗计斩魏延
魏拆长安承露盘

图文珍藏版

国学经典文库

李渔 批阅

三国演义

武侯遗计斩魏延
魏拆长安承露盘

图文珍藏版

后主还朝，杨仪自缚请罪。后主令近臣去其缚曰："若非卿能效丞相所行，灵柩何日得归，魏延如何得灭？大事保全，皆卿之力也。"遂加杨仪为中军师。马岱有忠义之功，就任魏延之爵。仪呈上孔明遗表。后主览毕大哭，乃连日不朝，欲卜地迁葬。费祎入奏曰："丞相临终，命葬于定军山为墓，不用墙垣砖石，亦不用一切墓道之物。"后主从之。择本年十月吉日，后主自送灵柩，至定军山迁葬。【眉批：后主之重待孔明如此。】文武官僚，军民百姓，尽皆挂孝，拜哭而祭。哀声大举，震动天地。后主降诏致祭，谥号忠武侯。诏曰：

国学经典文库

李渔批阅

三国演义

武侯遗计斩魏延
魏拆长安承露盘

图文珍藏版

惟君体资文武，明睿笃诚，受遗托孤，匡扶朕躬，继绝兴微，志存靖乱；爰整六师，无岁不征，神武赫然，威镇八荒，将建殊功于季汉，参伊、周之巨勋。如何不吊，事临垂克，遘疾殒丧。朕用伤悼，肝心若裂。夫崇德序功，朕纪行命谥，所以光昭将来，刊载不朽。今使使持节、左中郎将杜琼，赠君丞相、武乡侯印绶，谥君为忠武侯。魂如有灵，嘉兹宠荣。呜呼哀哉！

后主迁葬已毕，令建庙于沔阳，四时享祭。后杜工部见庙前大柏树三国时所种，有感而作诗曰：

> 丞相祠堂何处寻，锦官城外柏森森。
> 映阶碧草自春色，隔叶黄鹂空好音。
> 三顾频烦天下计，两朝开济老臣心。
> 出师未捷身先死，长使英雄泪满襟！

> 长星昨夜坠前营，讣报先生此日倾。
> 虎帐不闻施号令，麟台惟有著勋名。
> 空馀门下三千客，辜负胸中十万兵。
> 好看绿阴清昼里，于今无复迓歌声。

却说后主回到成都，忽近臣奏曰："边庭飞报，东吴全琮引兵数万，屯于巴丘界口，未知何意。"后主大惊曰："丞相新亡，东吴负盟侵界，如之奈何？"蒋琬奏曰：

国学经典文库

李渔批阅

三国演义

武侯遗计斩魏延
魏拆长安承露盘

图文珍藏版

"臣敢保王平、张嶷亦引兵数万，屯于永安，以防不测。陛下再命一人去东吴报丧，【眉批：**东吴处报丧，探其动静如何。**】以揣其心。"后主曰："须得一舌辨之士可也。谁当此任？"言未毕，一人应声而出曰："微臣愿往。"未知谁人，下回便见。

却说愿往东吴为使者，乃南阳安众人也，姓宗，名预，字德艳，官任参军、右中郎将。后主大喜。蒋琬亦奏曰："须得此人方可。"后主即命宗预往东吴为使去了。

却说宗预径到金陵，入见吴主孙权。礼毕，只见左右人皆着素衣。【眉批：**先自挂孝。**】权作色而言曰："吴、蜀已为一家，卿主何故而增白帝之守也？"预曰："臣以为东益巴丘之戍，西增白帝之守，皆事势宜然，不足以相问也。"【眉批：写守永安之故。宗预可为善于词令。】权大喜，笑曰："蜀人此等，真俊杰矣，不亚于邓芝。"乃唤宗预曰："朕闻丞相新亡，每日流涕，宗族官僚，尽皆挂孝。【眉批：武侯又从孙权口中写出。】朕恐魏人承丧取蜀，故增巴丘守兵万人，以为救援，别无他意。"【眉批：写守巴丘之故。】预顿首拜谢。权曰："朕既许以同盟，安有背义之理？"预曰："吾主因丞相新亡，特命臣赴陛下前报丧也。"权遂取金砒一枝，折之为誓曰："【眉批：折箭为誓，和蜀之意也。】朕，吴国之君，若负前盟，绝灭子孙！"又命使赍香帛奠仪，入川致祭。

宗预拜辞吴主，径还成都，入见后主。礼毕，奏曰："吴主因丞相新亡，亦自流涕，令诸葛瑾全家挂孝。恐魏人乘虚而入，故设巴丘之守。两国通好，已后并无违誓。"后主大喜，重赏宗预，厚待吴使去讫。遂依孔明遗言，加蒋琬为丞相、大将军，录尚书事；加费祎为尚书令，同理丞相事；加吴懿为车骑将军，假节、督汉中；姜维为辅汉将军、平襄侯，总督诸处人马，同吴懿出屯汉中，以防魏兵。【眉批：此时防魏重于防吴。】其余将校，各有封赏。

杨仪见不委用，口出怨言曰："昔日丞相新亡之时，我若将全师投魏，不致如此受寂寞也！"【眉批：杨仪心迹如此。】近臣闻知，奏与后主。后主急召蒋琬等计议。费祎出班奏曰："向者杨仪于丞相前，屡谮魏延，因此逼反，人皆知之。"后主大怒，即将杨仪下狱勘问，招成，

国学经典文库

李渔批阅

三国演义

武侯遗计斩魏延
魏拆长安承露盘

图文珍藏版

欲斩之。蒋琬奏曰："仪虽有罪，但日前随丞相曾立功劳，未可斩也，当废为庶人。"后主从之，遂贬杨仪赴汉中嘉郡为民。仪羞惭至甚，自刎而死。【眉批：杨仪结局，与彭羕仿佛。】自此两川太平。姜维屯积粮草，以为二十年之计，乃蜀汉建兴十三年也。

却说魏主曹叡，时青龙三年，蜀、吴二国皆不兴兵，乃封司马懿为太尉，总督军马，安镇诸边。【眉批：此处单言魏国。】懿拜谢回洛阳去讫。魏主在许昌，大兴土木，建盖宫殿，三年已完；又来洛阳，复造朝阳殿、太极殿，筑总章观，俱高十丈；又立崇华殿、青霄阁、凤凰楼、九龙池，命博士马钧监造，不拘财力，但要极其华丽，皆以金玉妆饰，雕梁画栋，碧瓦金砖，重重锦绣，件件鲜明，光辉耀日。【眉批：孔明一死，庶可放心造宫殿。】选天下巧匠三万余人，民夫三十余万，不分昼夜而造。遇有不便者，公卿大夫，负土搬砖。人民号泣，怨声不绝。司徒董寻上表谏曰：

伏自建安以来，野战死亡，或门殚户尽，虽有存者，遗孤老弱。若今宫室狭小，当广大之，犹宜随时，不妨农务，况作无益之物乎？其朝阳殿、太极殿、总章观、崇华殿、青霄阁、凤凰楼、九龙池，此皆圣明之所不兴也，其功三倍于殿宇。陛下既尊群臣，显以冠冕，被以文绣，载以华舆，所以异于小人。今陛下使以穿方举土，面目垢黑，衣冠了鸟，沾体涂足，毁国之光，以崇无益，

甚非谓也。孔子云："君使臣以礼，臣事君以忠。"无忠

无礼，国何以立？臣知出言必死，而自比于牛之一毛，生既无益，死何有损？秉笔流涕，心与世辞。臣有八子，臣死之后，累陛下矣！将奏沐浴，以待，命终。

魏主叡览毕，大怒曰："董寻不怕死耶！"左右奏曰："于法当斩之。"叡曰："朕见此人素有忠义，今且废为庶人。再有妄言者，枭首示众！"

遂将董寻贬为民，即召马钧问曰："朕所建高台峻阁，欲与神仙往来，以求长生这老之方。"【眉批：魏主欲求长生，何愚之甚。】钧奏曰："陛下曾闻汉武帝所建柏梁台乎？"叡曰："朕未知其详，卿试言之。"钧曰：

国学经典文库

李渔阅批

三国演义

武侯遗计斩魏延
魏拆长安承露盘

图文珍藏版

"汉朝二十四代，惟武帝享国最久，眉寿极高，服天上日精月华之气也。【眉批：马钧之言，真谄谀小人逢君之恶，罪莫大焉。】于是长安宫中建一台，名曰'柏梁台'；上立铜人，手捧一盘，名曰'承露盘'，接三更北斗所降沆瀣之水，其名曰'天浆'，又曰'甘露'。美玉为屑，调和服之，自然返老还童，而无百病矣。"

叡大喜，即命马钧引一万人，星夜径到长安，令人夫搭起木架，周围上柏梁台去。先拆铜人，不移时间，用五千人连绳引索，旋环而上。马钧下令，教人先拆了铜人金盘。多人用力拆下铜人来，只见铜人潸然泪下。【眉批：铜人流泪，国家兴衰自无常也。】众皆大惊。忽然台边一阵狂风起处，飞砂走石，急若骤雨，一声响亮，就如天崩地裂，闻于四远。其台高二十丈，铜柱圆十围，即时倾倒，压死千余人。【眉批：长生者未必长生，反压死千数人矣。】钧尽皆焚之，独取铜人及金盘回洛阳，入见魏主，献上铜仙人、承露盘，细言其事。魏主问曰："铜柱安在？"钧奏曰："约重百万斤，不能易至。"叡令人打碎铜柱，运来洛阳；又铸两个铜人，号国"翁仲"，列于司马门外；又铸铜龙凤两个：龙高四丈，凤高三丈余，立在殿前。又于上林苑中，种奇花异木，蓄养珍禽怪兽。又选美女千余人为宫娥。少傅杨阜上表谏曰：

臣闻尧尚茅茨，而万国安其居；禹卑宫室，而天下乐其业；及至殷、周，或堂崇三尺，度以九筵耳。古之圣帝明王，未有宫室之高丽，以凋弊百姓之财力者也。
桀作璇室、象廊，纣为倾宫、鹿台，以丧其社稷；楚灵
以筑章华而身受其祸；秦始皇作阿房宫而殃及其子，天
下叛之，二世而灭。夫不度万民之力，以从耳目之欲，
未有不亡者也。陛下当以尧、舜、禹、汤、文、武为法

则，夏桀、商纣、楚灵、秦皇为深诫。高高在上，实监
厥德，慎守天位，以承祖考，巍巍大业，犹恐失之。不
夙夜敬止，允恭恤民，而乃自暇自逸，惟宫台是侈是饰，
必有颠覆危亡之祸。《易》曰："丰其屋，蔀其家，窥其
户，阒其无人。"王者以天下为家，言丰屋之祸，至于家
无人也。方今二虏合从，谋危宗庙，十万之军，东西奔
赴，边境无一日之娱；农夫废业，民有饥色。陛下不以

国学经典文库

李渔批阅

三国演义

武侯遗计斩魏延
魏拆长安承露盘

图文珍藏版

为忧，而营作宫室，无有已时。使国亡而臣可以独存，又不言也；君作元首，臣为股肱，存亡一体，得失同之。《孝经》云："天子有诤臣七人，虽无道不失其天下。"臣虽驽怯，敢忘诤臣之义？言不切至，不足以感陛下。陛下不察臣言，恐皇祖烈考之祚将坠于地。使臣身死有补万一，则死之日犹生之年也。谨叩首沐浴，伏候重诛。上表以闻。

魏主曹叡看讫大怒，扯碎表章，径欲上马幸上林苑。忽一人披头散发，身挂纸钱，跪于马前。叡视之，乃太子舍人，沛国人，姓张，名茂，字彦林。茂手擎表章而谏。叡复坐于殿上，开表视之，表曰：

臣闻陛下，天之子也；百姓吏民，亦陛下之子也。今夺彼以与此，亦无以异于夺兄之妻妻弟也，于父母之恩偏矣。又诏书得以生口年纪颜色与妻相当者自代，故富者则倾家尽产，贫者举假贷赁，贵买生口以赎其妻；县官以配士为名，而实纳之掖庭，其丑恶乃出于士。得妇者未必喜，而失妇者必有忧，或穷或愁，皆不得志。夫君有天下而不得万民之欢心者，鲜不危殆。且军旅在外，数万人一日之费，非但千金，举天下之赋以奉此役，犹将不给；况复有掖庭非员无录之女，椒房母后之家，赏赐横与，内外交引，其费半军。昔汉武帝好神仙，信方士，掘地为海，封土为山，赖是时天下为一，莫敢与争者耳。自汉末衰乱以来，四十五载，马不舍鞍，人不释甲，每一交战，血流郊野，疮痍号哭之声，于今未已。犹有强寇在边，图危魏室。陛下不兢兢业业，念崇节约，而乃奢靡是务，中尚方统作玩弄之物，后园建承露之盘，快耳目之观，然亦足以骋寇仇之心矣。惜乎！舍尧、舜之节俭，而为汉武帝之侈事，臣窃为陛下不取也。愿陛下沛然下诏，为万儿之父母，恤妻子之饥寒，问民之疾而除其所恶，实仓廪，缮甲兵，恪恭以临天下。诚如是，则吴贼面缚，蜀虏舆榇，不待诛而自伏，太平之路可计日而待也。陛下何劳神思于海表，军旅高枕，战士备员。今群公皆缄口结舌，臣不敢不上瞽言，以尽人臣之职也。臣年五十，常恐致死无以报国，是以投躯殁身，冒昧圣听，恭惟陛下开天地之明，察肝胆之谏。沐浴候诛，谨表以闻。

于是魏主曹叡览毕表文，勃然良久，顾左右曰："张茂恃乡里故也。"以事付散骑而不理。乃召马钧，催造高台铜仙人、承露盘；又于丹墀内铸一大油鼎，日日以火熬油，但有谏者烹之。【眉批：设油鼎而烹谏臣，社稷其能久乎？】因此文武官僚无一人敢言，并至司马懿府中，细言其事。懿曰："魏室已尽矣！切莫谏也！"因此多官各散。

却说魏主曹叡将青龙五年改为景初元年，有皇后毛氏，乃河内人也，先年叡为平原王时，出入同辇，及即

国学经典文库

李渔 批阅

三国演义

魏拆长安承露盘 武侯遗计斩魏延

图文珍藏版

1549

帝位，宠为后妃；太和元年，立为皇后；后帝因宠郭夫人，将毛后目不正视。郭夫人极有颜色，聪慧，叡甚敬之，日每取乐，月余不出宫闱。是岁春三月，上林苑中百花争放，叡同郭夫人到御花园中赏玩，于花萼楼上饮酒。郭夫人问曰："何不请毛皇后同乐？"叡曰："若彼在，朕涓滴之水不能下咽喉也。"【眉批：待郭夫人如此之欢心，待毛后如此之冷语，何其丧心至此。】遂令宫人四壁守把，不许令毛后知道。

却说毛皇后见叡一月余日不入正宫，是日引十余宫人，来翠花楼上消遣，只听得乐声嘹亮，乃问曰："何处动乐？"一宫官启曰："乃圣上与郭夫人于御花园中赏花饮酒。"毛皇后闻之，心中烦恼，回宫安歇。次日，毛皇后乘小车出宫游玩，正迎见魏主于曲廊之间，乃笑曰："陛下昨赏北园，其乐不浅也！"叡大怒，叱宫官将毛后绞死，遂捉昨日侍奉人到，一齐杀之，乃立郭夫人为皇后。郭皇后一日与叡饮酒，乃问其故。叡曰："朕令左右休教毛氏知之，毛氏知之，必因此辈泄漏，朕故尽杀之。"

时景初二年春正月，有长安人报紧急军情，乃幽州刺史毌丘俭上表，报称辽东公孙渊造反，自号为燕王，改元绍汉元年，建宫殿，立官职，兴兵入寇，摇动北方。叡大惊，即聚文武官僚，商议起兵退渊之策。未知何人敢领，且听下回分解。

国学经典文库

李渔批阅

三国演义

武侯遗计斩魏延
魏拆长安承露盘

图文珍藏版

第一百六回　司马懿破公孙渊
司马懿谋杀曹爽

却说公孙渊乃辽东公孙度之孙，康之子也。建安十二年，曹操赶袁尚，未到辽东，康斩尚首级献操，操封

康为襄平侯。其后康故，有二子：长曰晃，次曰渊。二子皆幼，康弟公孙恭继职。曹丕时封恭为车骑将军、襄平侯。后太和二年，渊长大，文武兼备，性刚好杀，复

国学经典文库

李渔批阅

三国演义

司马懿破公孙渊
司马懿谋杀曹爽

图文珍藏版

夺其位。曹叡封渊为扬烈将军、辽东太守。后孙权遣张弥、许宴赍金宝珍玉，封渊为燕王。渊惧中原，乃斩张、许二人，送首与曹叡。封渊为大司马、乐浪公。一向渊心不足，与众计议，自号为燕王，改元绍汉元年。比有副将贾范谏曰："主公未可如此。中原以爵加封，不为卑贱。今若背反，实为不详。又兼司马仲达善能用兵，诸葛武侯尚且不得取胜，何况主公乎？"渊大怒，叱左右缚了贾范。参军伦直谏曰：贾范之言是也。孔子云：'国家将兴，必有祯祥；国家将亡，必有妖孽。'【眉批：引孔子之言以警戒之。】今国中屡见怪异之事，主公岂不察乎？近有犬戴巾帻，身披红衣，上屋宇作人行；城南乡民造饭，饭甑之中有一小儿蒸死于内；襄平北市中，忽陷一地穴，涌出一块肉，周围数尺，有颈有面，有眼有耳，有口有鼻，却无手足；往来之人，刀箭不能伤，亦不知何物。【眉批：有怪兽、怪人、怪妖，皆不祥之兆。】卜者占之曰：'有形不成，有口不声；国家亡灭，故现其形。'有此三者，皆不祥之兆也。主公当避凶就吉，不可妄动。"公孙渊勃然大怒，叱武士绑贾范、伦直斩于市曹。急令大将军卑衍为元帅，杨祚为先锋，起辽兵十五万，抢掠乡民，杀人放火。

因此边官报知魏主曹叡。叡闻知大惊，乃召司马懿入朝计议曰："公孙渊背反，如之奈何？"懿奏曰："臣部下马步官军四万，足可破此贼矣。"叡曰："卿兵少路远，恐难收复。"懿曰："兵不在多，设奇用智，渊必破矣。

【眉批：**孔明一死，懿自矜其才。**】臣托陛下之洪福，公孙渊唾手可擒，陛下何足虑哉？"叡曰："卿料公孙渊用何策御之？"懿曰："弃城豫走，为上计也；守辽东拒大军，次也；坐守襄平而不动，则为下计，必被臣所擒也。"叡曰："三者，卿度其计将何出？"懿曰："渊乃愚浊匹夫，岂肯弃城而走？必先拒辽东，后守襄平，安能出臣之所度耶？"叡曰："此去往复几时？"懿曰："四千里之地，往百日，攻百日，还百日，休息六十日，如此一年足矣。"【眉批：**前擒孟达只一月，今平公孙渊却用一年。行军机谋，前后相对。**】睿又曰："倘吴、蜀人入寇，如之奈何？"懿曰："臣已定下守御之策，陛下勿忧。"叡大喜，即命懿兴师讨渊。懿辞朝出城，引原领战将并军马而去。

却说魏先锋胡遵，引前部兵早到辽东下寨，人报知公孙渊。渊令卑衍、杨祚分八万兵，屯于辽隧。围堑二十余里，环绕鹿角，甚是严密。胡遵令人飞报司马懿。懿大笑曰："此势不与交战，正欲老吾兵也。若攻之，正堕其计。辽东贼众大半在此，其巢空虚。吾等可弃此处，只奔襄平，贼必往救，却于中途破之，必获全功也。"众皆从之，遂勒兵从小路，大张旌旗，转山南迤逦而去。

却说卑衍与杨祚商议曰："若魏兵来攻，休与交战，弓弩炮石，未可妄发。今魏兵千里而来，人多粮少，难以久住，粮尽必自退；待退之时，却出奇兵击之，司马懿一鼓可擒也。昔日司马懿于渭南坚守，孔明乃死；今日正与此理相同。我等与孔明复仇，岂不美哉？"言未毕，忽报魏兵往南去了。【眉批：司马懿取街亭、守陈仓之意，武侯能料，卑衍、杨祚不能料之。】卑衍大惊曰："彼知吾襄平军少，去袭老营也。若襄平有失，我等守此处无益矣。"遂拔寨随后而来。

却说司马懿暗留千人，扮作土民，哨探消息。忽见辽兵赶来，飞报司马懿。懿笑曰："彼知吾取襄平，拔寨赶来，中吾计矣！"乃令夏侯霸、夏侯威各守一军，伏于济水之滨："如辽兵到，两下齐出。"二人受计正行，果遇卑衍、杨祚追至济水。忽然一声炮响，两边鼓噪摇旗，魏兵杀出：左有夏侯霸，右有夏侯威，一齐杀来。卑、杨二人，又不知背后多少魏兵，只得望前奔走。又被司

国学经典文库

李渔阅批

三国演义

司马懿破公孙渊
司马懿谋杀曹爽

图文珍藏版

马懿引兵杀回。三路夹攻，辽兵大败，死者无数，降者甚多。卑、杨二人，死战得脱，引兵奔走，前至首山，正逢公孙渊兵到，合兵一处，又来与魏兵交战。卑衍出马辱骂曰："汉贼休使诡计！汝敢出战否？"夏侯霸纵马挥刀来迎。二人战有数合，被夏侯霸一刀斩卑衍于马下，辽兵大乱。霸引兵掩杀将来。公孙渊引败兵奔入襄平城去，闭门坚守不出。魏兵四面围合。

时值秋雨连绵，【**眉批：此处之雨与陈仓道之雨相仿。**】一月不止，平地水深三尺。运粮船自辽河口直至襄平城下，魏兵皆在水中，心中惊疑。左都督裴景入帐告曰："雨水不住，营中泥泞，军不可停，欲移于前面山上。"懿大怒曰："我岂不知泥泞！捉公孙渊在迩，安可移营也？切不许惑我军心。再要移营者立斩！"【**眉批：与陈仓道退军大不同矣。**】裴景喏喏而退。少顷，右都督仇连又来告曰："军士怯水，乞怜移了营寨。"懿大怒曰："吾军令已发，推出斩之！"枭首于辕门外。因此军心安静。

懿令南寨人马暂退二十里，纵城内军民出城樵采柴薪，牧放牛马。有司马陈珪问曰："先前太尉攻上庸之时，兵分八路并进，八日皆至城下，遂生擒孟达而成大功。今带甲四万，数千里而来，不令攻打城池，任教秋雨淋漓，又纵贼众樵牧。实不知太尉主何意也，愿乞教之。"懿大笑曰："你虽为司马，不知兵法。昔日孟达粮多兵少，粮勾一年；我兵有四倍，粮不足一月。以一月之粮而敌一年之粮，安能久守？以四倍之兵而敌一倍之兵，岂不获胜？不可不速战。吾故奋死相争，自然决胜。今辽兵多，吾兵少，贼饥我饱，何必攻之？【眉批：**兵少则粮有余，兵多则粮不足，以少胜多，行兵之要略也。**】任彼自走，待走动而擒之必矣。我今放开一道，不绝彼之樵牧，不掠彼之牛马，是容彼自走也，取胜有何难哉？兵法云：'兵者，诡道也；战者，逆道也。善因事变。'贼粮已尽，单恃水势，未肯束手而降，吾故作无能之事，以安贼心。今取小利相击，贼必死战矣。吾料彼粮将尽，不过旬日，天必晴朗；天若晴朗，并力攻之，城池可破，渊贼可擒矣。"众将皆拜服。

于是司马懿遣人往洛阳催粮。魏主曹叡设朝，群臣皆奏曰："近者秋雨连绵，一月不止，人马疲劳，可召懿罢兵。"叡曰："司马太慰善能用兵，临危制变，多有良谋，捉公孙渊计日而待。卿等何必忧也？"【眉批：**不听谏臣之言，理当然。**】因此只运粮草，星夜而来。

却说司马懿在寨中，数日内果然天晴。是夜，懿出帐外，仰观天文，忽见一星，其大如斗，流光数丈，自首山东北，坠于襄平东南。各营将士无不骇然曰："此何吉凶也？"懿见之大喜，乃聚众将曰："五日之后，星落处必斩公孙渊矣。【眉批：**仰观天文，可为神鉴。**】来日并力攻城。"众将得令。

次日清晨，引兵四面围合，筑土山，掘地道，立炮架，装云梯，日夜攻打不息，箭如急雨，射入城去。公

国学经典文库

李渔批阅

三国演义

司马懿破公孙渊
司马懿谋杀曹爽

图文珍藏版

1557

国学经典文库

李渔 批阅

三国演义

司马懿破公孙渊
司马懿谋杀曹爽

图文珍藏版

孙渊在城中粮尽，皆宰牛马为食，人人暴怨，备无守心，欲斩渊首，献城归降。渊闻之，惊忧甚急，慌令相国王建、御史大夫柳甫往魏寨说投降。【眉批：一战就降，何如不反？到此时降，焉肯口口。】二人自城上系下，来告司马懿曰："请太尉退二十里，我君臣自来投降。"懿大怒曰："汝安敢轻视吾耶！"叱左右推出斩之，将首级付从人稍定，就令持檄文一道，回见公孙渊。渊拆视之，檄曰：

魏征西大都督、太尉司马公檄下公孙渊：窃谓楚、郑列国，而郑伯犹肉袒牵羊迎之。孤乃天子上公，而建、甫等欲孤解围退舍，岂得无礼耶！二人老耄，传言失指，已被吾斩之。若意有未已，可便遣少年有明决者来。稍有稽迟，悉皆诛戮！故檄。

公孙渊看毕大惊，乃与文武计议。有侍中卫演出曰："臣愿往。"渊分付曰："如此如此。"

演受命，径到魏寨。司马懿升帐，聚多将列于两边。演膝行肘步入寨，跪于帐下，告曰："愿太尉息雷霆之怒，罢虎狼之威，容臣开门，克日先送世子公孙修为质当，然后君臣自缚来降。"懿曰："军士大要有五，能战当战，不能战当守，不能守当走，不能走当降，不能降当死耳！汝等若不降，便当死，不必送子为质，可洗颈待诛！"【眉批：**骂得畅快**。】叱卫演回报公孙渊。演抱头鼠窜而去，回见公孙渊，告说了一遍。

渊大惊，乃与子公孙修密议停当，选下一千人马，是夜值二更时分，开了南门，往东南而走。【眉批：**此之谓不能守当走也**。】渊见无人，心中暗喜。行不到十里，忽听得山上一声炮响，鼓角齐鸣，一枝兵拦住，中央乃司马懿也；左有司马师，右有司马昭，二人大叫曰："反贼公孙渊休走！"渊大惊，急拨回马，寻路欲走。早有胡遵兵到，左有夏侯霸、夏侯威，右有张虎、乐綝。渊举手失措。魏兵三路夹攻，四面围的铁桶相似。公孙渊父子下马，自缚受降，【眉批：**此之谓不能走当降也**。】见

国学经典文库

李渔批阅

三国演义

司马懿破公孙渊　司马懿谋杀曹爽

图文珍藏版

1559

国学经典文库

李渔批阅

三国演义

司马懿破公孙渊
司马懿谋杀曹爽

图文珍藏版

1560

懿在马上指魏将言曰:"吾前夜丙寅日,见那星落于此处,今夜壬申日应矣。"众将以手加额曰:"太尉真神机也!"懿传令斩之。公孙渊父子对面受戮。司马懿勒兵来取襄平。毕竟如何,且听下回分解。

却说司马懿引兵来取襄平,未及到城下时,先锋吴遵早引兵入城中。【眉批:省笔。】人民焚香拜投,魏兵尽皆入城。懿坐于衙上,将公孙渊宗族并同谋官僚人等俱杀之,计首级七十余颗。出榜安民。人告懿曰:"贾范、伦直苦谏公孙渊不可反叛,被渊皆杀之。"懿遂封其墓而荣其子孙。就将库内财物赏劳三军,班师回洛阳住扎。

却说魏主在许昌殿中,夜至三更,忽然一阵阴风而入,吹灭灯光,只见毛皇后引数十个宫人,哭至座前索命。叡因此得病沉重,宣侍中光禄大夫刘放、孙资,掌枢密院一切事务。叡嘱之曰:"凡有一切事务,二卿休误。"二人出内,叡召武帝子燕王曹宇为大将军。佐太子曹芳摄政。宇为人恭俭温和,未肯领此大任,坚辞曰:"臣才薄,不能当此重任也。"叡召刘放、孙资曰:"朕皇叔不肯任之,当复如何?"二人曰:"燕王自知无才,不敢承命。"叡曰:"宗族之内,何人可倚?"二人久得曹真之惠,乃保奏曰:"惟曹子丹之子曹爽可也。"叡从之。【眉批:命贤而用不贤,此曹氏之当衰也。】二人又奏曰:"若用曹爽,当遣燕王还归本处,然后才可行也。"叡曰:"传朕旨意,教他去罢。"刘放曰:"须得陛下手诏。"叡

曰："朕不能写矣。"放近御榻前，强执叡手写毕，遂赍出大言曰："有天子手诏，免燕王等之爵，归还本土，限即日出国就行；若无诏，不许入朝。"燕王涕泣而去。遂立曹爽为大将军，总摄朝政。魏主曹叡病渐危急，令使持节诏司马懿还朝。懿戎装受命，径到许昌，入见魏主。叡曰："朕忍死待卿，今日得见，死无恨矣！"懿顿首奏曰："臣在途中，闻陛下圣体不安，恨不能肋生两翼，【眉批：若两翼生，可食曹氏之子孙矣。】飞行至阙，省视陛下。今日幸睹龙颜，臣愿陨身补报！"叡宣郭皇后，太子齐王曹芳，大将军曹爽，侍中刘放、孙资等，皆至御榻之前。叡执司马懿之手曰："昔刘先主在白帝城病危，以幼主刘禅托孤于诸葛孔明，孔明因此竭尽忠诚，

国学经典文库

李渔 渔／批阅 阅

三国演义

司马懿破公孙渊
司马懿谋杀曹爽

图文珍藏版

至死方休。偏邦尚然如此，何况中国乎？朕幼子曹芳，年才八岁，不堪掌理社稷。幸太尉及宗兄元勋旧臣，效伊尹、周公，竭力相辅，则宗庙生灵之幸甚也！"且说曹芳在于御榻之前，曹叡唤芳曰："仲达与朕一般，尔日后敬重之。**【眉批：隆重权臣如此。有今日之隆重，方有异日之篡逆也。】**"遂命懿携芳近前。芳抱懿颈不放。叡曰："太尉记之，不可误也！"言讫，潸然泪下。懿顿首流涕。众皆感伤。魏主昏沉，口不能言，只以手指太子，须臾而卒。在位十三年，寿三十六岁。时景初三年春正月下旬。晋史官陈寿评曰：

明帝沉毅，任心而行，盖有人君之至概焉。于是百姓凋弊，四海分崩，不先聿修显祖，阐拓洪基，而遽追秦皇、汉武，宫馆是营，格之远猷，其殆疾乎！

却说魏主曹叡卒于嘉福殿，司马懿、曹爽扶太子齐王曹芳即皇帝位，时年八岁。芳字兰卿，乃叡乞养之子，**【眉批：曹芳系乞养之子，不待司马懿之篡而曹氏已早灭矣。】**秘在宫中，无人知之。于是曹芳谥父为明帝，葬于高平陵；尊郭皇后为皇太后；改元正始元年。此时司马懿与曹爽辅政。爽尊懿如父，一应大事必先启知。**【眉批：言曹爽无用。】**爽字昭伯，自幼出入宫中。明帝见爽谨慎，甚是爱敬，故托以大事，乃骨肉之亲也。爽门下有客五百人，内五人皆是浮华之人，明帝在日，爽皆不用。爽初柄政，五人复来辅助。【眉批：亦是无用之人，故先叙人品，后详其姓氏。】那五人？一人乃姓何，名晏，字平叔，南阳人也；一人姓邓，名飏，字玄茂，乃邓禹之后；一人姓李，名胜，字公昭，皆南阳人也；一人姓丁，名谧，字彦静，乃沛国人也；一人姓毕，名轨，字昭先，乃东平人也。又有大司农桓范，字元则等数人。此辈皆以谄谀事爽，因此各人并得荣贵。于是何晏来告爽曰："主公大权，不可委托外人。若仍前委托，必成祸矣。"爽曰："司马公与吾同受先帝托孤之命，安忍废乎？"晏曰："昔日先公与仲达破蜀兵之时，累受此人之气，因而致死。【眉批：将赌赛羞惭事于此一提。】主公如何不察也？"爽忽然省悟，遂与多官计议停当，入奏魏主曹芳曰："司马懿功高德重，可加为太傅。"芳年幼无主张，皆出于曹爽之心，遂加司马懿为太傅，兵权皆归于爽。【眉批：太傅不掌兵权，后必为彼所夺。究竟三曹怎敌过一马？】爽命弟曹羲为中领军，曹训为武卫将军，曹彦为散骑常侍侍讲。三弟各引三千御林军，任其出入禁宫。又用何晏、邓飏、丁谧为尚书，毕轨为司隶校尉，李胜为河南尹。此五人日夜与爽干事。天下奇士投于曹爽门下者，不计其数。司马懿知其党逆，乃推病不出，二子亦皆退职闲住。【眉批：此时武侯若在，亦是伐魏一大机会。】爽每日与何晏等饮酒作乐，凡用衣食器皿，与朝廷无异。各处进贡玩好珍奇之物，先取上等者入已，然后进宫。佳人美女，充满府院。有黄门张当，谄佞事

国学经典文库

李渔批阅

三国演义

司马懿破公孙渊
司马懿谋杀曹爽

图文珍藏版

1564

爽，私选先帝侍妾七、八人，乃送入府中答应；又送善歌舞良家子女三、四十人为家乐。又诈传圣旨刷美女，任意送入府中；又建重楼画阁，造金银器皿，用巧匠千万人，昼夜工作。【眉批：如此所为，便不能成大事。】

却说何晏与邓飏曰："先帝时有一人，深明《易》理，乃神卜管辂也。"飏曰："吾夜间得一梦，正欲求卜。"遂召管辂至。晏令坐。飏曰："我连日夜间，常梦青蝇数十个，落在鼻上，请公卜之。"晏亦曰："据我人物，可做三公否？"辂曰："元、恺辅舜、宣慈惠和；周公佐周，坐而待旦，故能流光六合，万国咸宁。此乃履道休祥，非卜筮之所能明也。【眉批：皆系警戒曹叡、曹

国学经典文库

李渔批阅

三国演义

司马懿破公孙渊
司马懿谋杀曹爽

图文珍藏版

芳之语。】今二位身居侯位，职重山岳，名若雷霆，怀德者鲜，畏威者众，殆非小心翼翼多福之人受。鼻者艮，此天中之山，高而不危，所以长守贵也。今青蝇臭恶而集之焉。【眉批：忽又讲人相法。】位峻者颠，轻豪者亡，不可不思害盈之数，盛衰之期。是故山在地中曰谦，雷在天中曰壮；谦则衰多益寡，壮则非礼勿行。未有损己而不光大，行非而不伤败。【眉批：理论得是。】愿二公上追文王六爻之旨，下思尼父象象之义，然后三公可至，青蝇可驱也。"邓飏勃然大怒曰："此老生之常谈也！"辂曰："老生者见不生，常谈者见不谈也。"遂拂袖而去。二人大笑曰："真狂客也！"辂到家，与舅言之。舅大惊责曰："何、邓二人，威权甚重，天下之人，谁不惧之？汝安敢出此言耶？"辂曰："吾与死人说话，何足惧之！"【眉批：舅以为威权之人，而辂以为死人，何管辂如此之识人也？】舅曰："汝何以知也？"辂曰："邓飏行步，筋不束骨，脉不制肉，起立倾倚，若无手足，此为'鬼躁'之相。何晏视候，魂不守宅，血不华色，精爽烟浮，容若槁木，此为'鬼幽'之相。皆非遐福之相也。二人早晚粉骨碎身，累及三族，何足畏也！"【眉批：好神相。】其舅大骂辂为狂子而去。

却说曹爽与何晏、邓飏每日饮酒，心中烦绪，常出畋猎。其弟曹羲谏曰："今兄每日作乐，以威势加于天下，非长久之计也。又出外畋猎，倘被人谋害，悔之何及？"【眉批：预为后文写出。】爽叱之曰："兵权在吾手中，谁敢造意耶？"羲泣泪而退。司农桓范亦谏，不听。
静轩有诗曰：

> 极欲穷奢总是虚，忠言逆耳不知机。
> 剥床灾近犹行乐，直待朝阳血染衣。

何晏曰："今司马仲达推病不出，主公何不三思？"
爽笑曰："量此老夫，何足道哉！"此时魏幼主曹芳，改
正始十年为嘉平元年，除李胜为荆州刺史。

曹爽一向专权，久不会仲达，未知其病虚实，只令
李胜来拜辞仲达，就探消息。胜径到太傅府下，早有门

国学经典文库

李渔 批阅

三国演义

司马懿破公孙渊
司马懿谋杀曹爽

图文珍藏版

1566

吏报入。司马懿与二子曰："此来曹爽使来探听吾之病也。"懿去冠散发，上床拥被而坐，又令二婢扶策，方请李胜入府。【眉批：司马懿装假病以欺李胜，真奸雄所为。】胜在床前拜曰："一向不见太傅，谁想如此？今天子命某为荆州刺史，特来拜辞。"懿佯答曰："并州近胡，【眉批：诈装耳聋。】好为之备。"胜曰："除荆州刺史，非'并州'也。"懿笑曰："你方从并州来？"【眉批：活像聋子。】胜曰："汉上荆州耳。"懿大笑曰："你从荆州来也？"【眉批：装的竟像聋子。】胜曰："太傅如何病得这等了？"左右曰："主公耳聋。"胜曰："乞纸笔一用。"左右取纸笔与胜。胜写毕，呈上。懿看之，笑曰："吾病的耳聋了。此去荆州建功，可以保重，保重！"言讫，以手指口。侍婢进汤，懿将口就之，汤流满襟。【眉批：懿装的活像病人。】胜佯笑曰："众言太傅旧风举发，果然如此！"懿作哽噎之声曰："吾今衰老病笃，死在旦夕矣！二子不肖，请君教之。君若见大将军，千万看觑二子！"言讫，倒在床上，声嘶气喘。【眉批：活像病危光景。】李胜拜辞仲达，回见曹爽，细言其言。爽大喜曰："此老夫即今但有余气，形色已离，乃泉下之人，不足虑也！"

却说司马懿见李胜去了，遂起身与二子曰：【眉批：病得快，好得也陕。】"李胜此去，回报消息，曹爽等辈再不疑忌我矣。只待他出城畋猎之时，方可图之。"于是曹爽请魏主曹芳去谒高平陵，祭祀明帝坟冢。大小官僚皆随驾出城。爽引三弟并心腹人何晏等，及御林军护驾正行，司农桓范叩马谏曰："主公总万几典禁之兵，不宜兄弟皆出。倘有奸细之人闭其城门，当如之何？"【眉批：**如此人可谓明亮。若曹爽者，不过酒囊饭袋耳。**】爽以鞭指而叱曰："谁敢如此？再勿乱言！"当日，司马懿见爽出城，心中大喜，即起旧日手下破敌之人，并家将千万人，引二子上马，径来谋杀曹爽。未知曹爽性命如何，且听下回分解。

国学经典文库

李渔 批阅

三国演义

司马懿破公孙渊
司马懿谋杀曹爽

图文珍藏版

国学经典文库

李渔批阅

三国演义

司马懿父子秉政

姜维大战牛头山

图文珍藏版

第一百七回　司马懿父子秉政
姜维大战牛头山

却说司马懿见曹爽同弟曹羲、曹训、曹彦，并心腹何晏、邓飏、丁谧、毕轨、李胜等一班爪牙及御林军，随幼主曹芳出城，谒明帝墓，就去畋猎。懿闻之大喜，即到省中，令司徒高柔，假以节钺行大将军事，先据曹爽营；又令太仆王观行中领军事，据曹羲营。【眉批：**高柔、王观俱系懿之心腹人。**】懿引旧官入后宫，奏郭太后，言："爽专背先帝托孤之恩，奸雄乱国，可以废之。"郭太后大惊曰："天子在外，如之奈何？"懿曰："臣有奏天子之表，诛奸臣之计。太后勿忧。今日扫除国贼，生灵幸甚矣！"太后惧怕，只得从之。懿急令太尉蒋济、尚书令司马孚，【眉批：**此二人又是懿之心腹。**】一同写表，遣黄门赍出城外，径至帝前申奏。懿自引大军据武库。早有人报知曹爽家。其妻刘氏急出厅前，唤守府官军问曰："今主公在外，仲达起兵何意？"【眉批：**太后此时尚无济于事，何况刘氏乎？**】有守门将潘举曰："夫人勿惊，我去问之。"乃引弓弩手数十人，登楼望之，正见司马懿引兵过府前。举令人一齐射之，不得过。忽一般将孙谦在后止之曰：【眉批：**又是一个心腹。**】"不可射之。此天下之事，未能知也。"连止三次，举方不射。须臾，司马昭护父司马懿而过，昭把定武库；懿引兵出城，屯于洛河，守住浮桥。

且说曹爽手下司马鲁芝见城中事变，来与参军辛敞商议曰："今仲达如此变乱，主公在外，不知当复如何？"敞曰："可引本部兵出城去见天子。"芝曰："然。"辛敞入后堂，见其姐辛宪英。宪英问曰："汝有何事，慌速如此？"敞告曰："天子在外，太傅起兵出城，闭了城门，必夺天下也。"宪英曰："司马公非夺天下也，乃杀曹将军耳。"【眉批：**善于料事如此，而又能料人，真女中之英才耳。**】敞惊曰："此事未知如何？"宪英曰："曹将军非司马公之对手，必然败矣。"敞又告曰："今鲁司马教我同去，未知可去否？"宪英曰："别人有事，尚且救之，何况汝之主人乎？不宜久停，便可出城助之。"辛敞从其言，乃与鲁司马引数十骑，斩关夺门而出。

人报知司马懿。懿恐桓范亦走，急令人召之。范与子商议。子答曰："车驾在外，不如南出。"范曰："然。"乃上马至平昌门，城门已闭，把门将乃桓范旧吏司蕃也。范袖中取出一竹版，曰："太后有诏，可即开门。"司蕃曰："请诏验之。"范叱之曰："汝是吾故吏，何敢如此！"蕃只得开门放之。范出的城外，唤司蕃曰："太傅造反，汝可速随吾去，却才假诏也。"【眉批：**后日受戮，皆为此语。**】蕃大惊，急纵步追之不上而回。人报知司马懿。懿大惊："'智囊'往矣！如之奈何？"蒋济曰："'驽马

国学经典文库

李渔批阅

三国演义

司马懿父子秉政
姜维大战牛头山

图文珍藏版

恋栈豆’，必不能用也。"懿曰："然。"又召许允、陈泰曰：【眉批：**又是两个心腹人。**】"汝去见曹爽，说太傅别无他事，只是削汝兄弟兵权而已。"许、陈二人去了。又召殿中校尉尹大目至；令蒋济作书，与目持去见爽。懿分付曰："汝与爽厚，【眉批：**曹爽所厚之人，也为懿所用矣。**】可领此任。汝见爽，说吾与蒋济指洛水为誓，只因兵权之事，别无他意。"尹大目依令而去。

却说曹爽正飞鹰走犬之际，忽报城内有变，太傅有表。爽大惊，几乎落马。黄门官捧表，跪于天子之前。爽接表拆封，令近臣读之，表曰：

国学经典文库

李渔批阅

三国演义

司马懿父子秉政
姜维大战牛头山

图文珍藏版

1572

征西大都督、太傅臣司马懿，诚惶诚恐，顿首谨表：臣昔从辽东还，先帝诏陛下与秦王及臣等升御床，把臣臂，深以后事为念。臣言"太祖、高祖亦嘱臣以后事，此自陛下所见，无所忧苦；万一有不如意，臣当死以奉明诏。"黄门令董箕并才人侍疾等，皆所闻知。今大将军曹爽背弃顾命，败乱国典；内则僭拟，外专威权；破坏诸营，尽据禁兵；群官要职皆置所亲，殿中宿卫、历世旧人皆复斥出，欲置新人以树私计，根据盘结，纵恣日甚。又以黄门张当为都监，专共交关；看察至尊，伺候神器；离间二官，伤害骨肉；天下汹汹，人怀危惧。且陛下但为寄坐，岂得久安？此非先帝诏陛下及臣升御座之本意也。臣虽朽迈，敢忘往言？昔赵高极意，秦氏以灭；吕、霍早断，汉祚永世。此乃陛下之大鉴，臣受命之时也。太尉臣济、尚书臣孚等，皆以爽为有无君之心，兄弟不宜典兵宿卫，奏永宁宫。皇太后令，敕臣表奏施行。臣辄敕主者及黄门令，罢爽、羲、训吏兵，以侯就第，不得逗留以稽车马；敢有稽留，便以军法从事。【眉批：司马懿之专权，于此见矣。】臣辄力疾将兵屯于洛水浮桥，伺察非常。谨表上闻，伏干圣听。

魏幼主曹芳听毕，乃唤曹爽曰："卿如何裁处？"爽手足失措，回顾二弟曰："如之奈何？"羲曰："劣弟亦曾谏兄，兄执迷不听，致有今日之祸。司马懿谲诈无比，孔明尚不能及，何况我兄弟乎？不如自缚见之，以免一死。"

言未毕，忽参军辛敞、司马鲁芝到。爽问之，二人告曰："城中把得铁桶相似，太傅引兵屯于洛水浮桥，只为将军权重，别无他事。"正言间，司农桓范骤马而至。范与爽曰："大事已变，何军何不请天子幸许都，调外兵以讨司马懿耶？"【眉批：**若此计一行，姜维伐魏必成功矣**。】爽曰："吾等全家皆在城中，岂可投他处而求援也？"范曰："将军自幼读书，岂不知世事兴废乎？今将

军宅舍尚落他人之手，再欲富贵，岂可复得？且匹夫依人，尚欲求活；今将军与天子相随，号令天下，准敢不应？何故反投死地耶？"爽听之，不能断决，但流涕而

国学经典文库

李渔批阅

渔阅

三国演义

司马懿父子秉政
姜维大战牛头山

图文珍藏版

已。【眉批：流涕之意，抛不下"栈豆"耳。】范又曰："将军别营，近在阙南；洛阳典农，治在城外。若一呼之，即来赴役。今去许都不过半宿，城中粮草足用数年。大司马之印，某将在此。将军何不急行也？迟则休矣！"爽曰："多官勿太催逼，待吾细细思之。"【眉批：观至此，曹爽可谓一无所用之人矣。】少顷，侍中许允，尚书令陈泰至。二人告曰："太傅只为将军权重，暂削去兵权，别无他意。将军可早归城，惟免官而已。"爽默然不语。又只见殿中校尉尹大目到，爽方问曰："祸事急缓若何？"尹大目与爽契厚，乃告曰："太傅指洛水为誓，并无他意，只因将军威权太重。有蒋太尉书在此。将军可削去兵权，早归相府。【眉批：如同骗小儿说话。】若不如此，何日安宁也？"爽方信之，以为良言。桓范又告曰："事急矣，休听外言而就死地也！"

　　是夜，曹爽不能设施，乃拔剑在手，嗟叹寻思；自黄昏只流泪到晓，兄弟三人徬徨不定。【眉批：摹写狐疑不决之意。如此岂是成事者为之乎？】桓范入帐催之曰："主公思虑一昼夜，何为不能决乎？"爽掷剑而叹曰："我不起兵，愿不作官，只作富家翁足矣！"范听了，大哭出帐曰："曹子丹异人也。生汝兄弟，真豚犊耳！何期今日坐汝等族灭矣！"痛哭不已。许允、陈泰令爽先纳印绶与司马懿。爽令将印送去。主簿杨综扯住印绶而哭曰："主公今日舍兵权，自缚去降。不免东市受戮也！"爽叱之曰："太傅必不肯失信于我！"于是曹爽将印绶与许、陈二人，先赍与懿。【眉批：**曹氏子孙如此无用，大失奸雄气象**。】多军见无将印，尽皆四散。爽手下只有散骑官僚。到浮桥时，懿传令，教曹爽兄弟三人且回私宅，余者发监，听候敕旨。爽等入城时，并无一人侍从。桓范至浮桥边，懿在马上以鞭指之曰："桓大夫何故如此？"范低头不言，惭愧入城。懿曰："天子明诏，复吾旧职矣！"范并不回顾。于是懿请驾拔营入洛阳已毕。

却说曹爽兄弟回家之后，懿用大锁锁门，令居民八百人绕护其宅，起四座高楼以望之。爽心中忧闷，挽弹弓于后园中打雀，忽听得楼上小民唱曰："放大将军东南行！"爽与弟言之，弟曰："此乃戏语，何足道哉。目今乏粮，兄可作书以上太傅，求些用度。"【眉批：**至此时尚去借粮，何愚之甚也！**】爽从之，遂作书一封递出，令守门人持与太傅。懿拆封视之；

贼子曹爽百拜书奉太傅尊前：窃念某哀惶恐怖，无状招祸，今受屠灭。前遣家人迎粮，于今未返，数日乏粮，万望宽弘，当烦见饷，以继旦夕。

司马懿览毕，遂遣人送粮，仍答书一封，运至曹爽府内。爽得其贿，忻然而喜，乃拆封视之，书曰：

得书知公乏粮，甚怀踧踖。今致米一百斛，并肉脯、盐豉、大豆相送，幸乞笑留。

国学经典文库

李渔批阅

三国演义

司马懿父子秉政
姜维大战牛头山

图文珍藏版

国学经典文库

李渔批阅

三国演义

司马懿父子秉政
姜维大战牛头山

图文珍藏版

曹爽大喜曰："司马公本无杀我之心也！"【眉批：愚人愚到底。】遂不为疑。

原来司马懿先将黄门张当捉下狱中问罪。当曰："非我一人，更有何晏、邓飏、李胜、毕轨、丁谧等五人同谋篡逆。"懿取了张当供词，却捉何晏等勘问明白，皆称三月间欲反。懿用长枷钉了。有司蓄告称："桓范矫诏出城，口称太傅谋反。"懿曰："诬人反情，抵罪反坐！"亦将桓范等皆下狱，然后押曹爽兄弟三人并一千人犯皆斩于市曹，灭其三族。其家产财物尽抄入库，容其女还家。

时有夏侯令女，乃曹爽从弟文叔之妻，早寡而无子，其父欲改嫁之，女截耳自誓。居尝依爽。爽被诛，其家上书，与曹氏绝婚，强迎女归。后将嫁之，女又断去其鼻。其家惊惶，谓之曰："人生世间，如轻尘栖弱草，何至自苦如此？且夫家又被司马氏夷灭已尽，守此欲谁为哉？"女泣曰："吾闻'仁者不以盛衰改节，义者不以存亡易心'。曹氏前盛之时，尚欲保终；况今灭亡，何忍弃之？此禽兽之行，吾岂为乎！"【眉批：**夏侯女辞父以节，而出此决烈之言。不意当日有此奇女子也！**】懿闻而贤之，听使乞子自养，为曹氏后。后人有诗曰：

> 无君无父丈夫身，不忍无夫是女人。
> 耳鼻俱无心却有，冠裳羞自讲彝伦。

却说司马懿斩了曹爽等辈，太尉蒋济曰："尚有鲁芝、辛敞斩关夺门而出，杨综夺印不与，皆可斩之。"懿曰："彼各为其主，乃忠义之臣也。"遂复各人旧职。辛敞叹曰："吾若不问于姐，几失大义矣！"后史官有诗曰：

> 桓范有儿辛有姐，如何一死一能生？
> 须知多智令人忌，无智从来得太平。

司马懿饶了辛敞等，仍出榜晓谕："但有曹爽门下一应人等，尽皆免死，有官者照旧复职。军民各守家业。"内外安堵，无复摇动矣。何、邓二人死于非命，果应管辂之言。后人有诗曰：

> 何邓昏狂也死邻，非关管辂相通神。
>
> 鬼幽鬼躁名先定，纵使生存是死人。

却说魏主曹芳封司马懿为丞相，加九锡。懿谦辞不受。【眉批：**懿不受，却贤于曹操矣。**】芳不准，令父子三人同领国事，二子各受重权。懿父子谢恩回家。懿忽然想起："曹爽全家虽诛，尚有夏侯玄守备雍州等处，系爽内亲，倘思骨肉之情，骤然作乱，如何堤备？必当处置。"即下诏遣使往雍州，取夏侯玄赴洛阳议事。【眉批：**其意太毒。**】玄乃曹爽外弟也。此时夏侯霸镇守雍州隘口。霸乃玄之叔，听知司马懿取玄，霸大骇，心中忧疑，慌引三千兵出城哨探。

却说司马懿灭了曹爽等众，出榜晓谕朝中官员、洛阳人民知道，说曹爽专权谋反，因此戮之，众皆安心无疑。司马懿只忧曹氏、夏侯氏这两枝宗党，日夜不安，令人取征西将军夏侯玄回洛阳议事。玄叔夏侯霸听知大惊，引本部三千兵造反。有镇守雍州刺史郭淮，听知夏侯霸反，即率本部兵来与霸交战。淮出马骂曰："汝既是大魏至亲，天子又不曾亏汝，安敢背反耶？"霸亦骂曰："吾祖父于国家多建勤劳，今司马懿何等匹夫，灭吾兄曹爽弟兄，夷其三族，却乃父子三人掌握朝纲，又来取玄侄，必有篡逆之心。吾仗义讨贼，汝来何也？"淮大怒，挺枪骤马，直取夏侯霸。霸挥刀纵马相迎。战不十合，淮大败奔走。霸随后赶来。忽听的后军呐喊，霸急回时，陈泰引兵杀到。郭淮复回，两路夹攻。霸大败而走，折兵大半；寻思无计，遂投汉中来降后主。【眉批：姜维又添一帮手了。】

有人报与姜维。维心不信，令人体访真实，方教入城。拜见已毕，霸哭告前事。维曰："昔日微子去周，成万古之名。汝若匡扶汉室，有何不可？"遂设宴相待。维就席问曰："今司马懿父子掌握重权，复有征战之志乎？"霸曰："老贼父子始立家业，岂暇征战耶？虽他父子无有

国学经典文库

李渔批阅

三国演义

司马懿父子秉政
姜维大战牛头山

图文珍藏版

征战之心，但朝中新出二人，正在妙龄之际，若领兵马，实吴、蜀之大患也。"【眉批：此时提出钟、邓二人，为后文张本。】维曰："何人也？"霸告曰："一人见为秘书郎，乃颍州长社人也，姓钟，名会，字士季，太傅钟繇之子。蒋济一见，便称奇才，非常人也。司马懿与之谈论，亦称王佐之才。一人见为掾吏，乃义阳人也，姓邓，名艾，字士载。幼年失父，素有大志，但见高山大泽，辄窥度指画，何处可以屯兵，何处可以积粮，何处可以埋伏。人皆笑之。后司马懿见而奇之，遂用他在身边，共度军机。此二人久后进兵，深可畏也。将军当切记之。"【眉批：二人之英名，先从夏侯霸口中叙出。】维大笑曰："量此孺子，何足道哉！"

于是姜维引夏侯霸至成都，入见后主已毕，维奏曰："司马懿谋杀曹爽，又来赚夏侯霸，霸因此投降。目今懿父子专权，曹芳懦弱，国渐危。臣在汉中历有年矣，粮足支用，人强马壮，军器皆齐整。臣今欲奏请陛下，以图进取，幸夏侯霸归降，可作乡导官。臣愿领王师，效丞相之志，克复中原，重兴汉室，虽万死不辞也。"【眉批：此一段言语，足见姜维之本心。】尚书令费祎谏曰："近者蒋琬、董允皆相继而亡，蜀中缺官。伯约只宜藏器待时，以候天命。"维曰："不然。人生处世，如白驹过隙，似此迟延日月，何日恢复中原也？"祎又曰："孙子云：'知彼知己，百战百胜。'我等皆不如丞相远矣；丞相尚不能恢复中原，【眉批：将六出祁山事一提。】何况我等？不如保国治民，谨守社稷，勿图侥幸。如一举不成，悔之何及？"维又曰："吾世居陇上，深知羌胡之心及四方风俗。吾今若往，外结羌胡，内招庶民，虽未能克复中原，自陇而西，可断而有也。"后主曰："卿既欲伐魏，可尽忠竭力，勿堕锐气，以负朕命。"

　　于是姜维领敕辞朝，同夏侯霸径到汉中，计议起兵。维曰："可先遣使去羌胡处通盟，然后出西平，近雍州。先筑二城于麴山之下，令兵守之，以为掎角之势。我等尽发粮草于川口，依丞相旧制，次第进兵。"霸曰："山谷崎岖，进则难，退亦不易，可缓缓行之。"是年秋八月，军器钱粮一应完备，先差蜀将句安、李歆引一万五千兵，往麴山前连筑二城：句安守东城，李歆守西城。

【眉批：此是一伐中原。】

　　早有细作报与雍州刺史郭淮。淮一面令赴洛阳申报；一面遣副将陈泰引兵五万，战将数十员，来与蜀兵交战。句安、李歆各筑起一城，见魏兵到来，各引一军出迎。陈泰分头混战。陈泰兵多将广，句、李二人兵寡将孤，不能抵敌，退入城中。泰令兵围之，又以兵断其汉中运粮道路。句安、李歆城中粮草欠少。郭淮自引兵亦到，看了地势，忻然而喜；回到寨中，乃与陈泰计议曰："此城山势高阜，必然水少，须出城取水。若断其上流，蜀兵皆渴死矣。"**【眉批：蜀道山多而水少故耳。】**泰曰："然。"淮遂令军士掘土堰断上流，城中果然无水。李歆引兵出城取水，雍州兵围之甚急。歆死战不能出，又败

国学经典文库

李渔批阅

三国演义

司马懿父子秉政
姜维大战牛头山

图文珍藏版

图文珍藏版

入城去。句安城中亦无水，乃会了李歆，引兵出城，并在一处；大战良久，又败入城去。军士枯渴。安与歆曰："姜都督之兵至今未到，不知何故？"【眉批：蜀兵枯渴，望救于姜维，亦渴甚矣。】歆曰："我舍命杀出求救，若何？"安曰："然。"李歆遂引数十骑，开了城门，杀将出来。雍州兵四面围合。歆奋死冲突，方才得脱，只落得独自一人，身带重伤，余皆殁于乱军之中。是夜北风大起，阴云布合，忽降大雪，因此城内蜀兵分粮化雪，以度日月。

却说李歆撞出重围，从西山小路行了两日，正迎姜维人马。歆下马伏地告维曰："麴山二城皆被魏兵围困，绝其粮道，断其泉水。幸得天降大雪，因此化雪度日，甚是危急。"维曰："吾非救迟，为聚羌胡之兵未到，因此误了。"遂令人送李歆入川养病。维问夏侯霸曰："羌胡之兵未到，魏兵围困麴山甚急，将军有何高见？"霸曰："若等羌胡兵到，麴山二城尽皆陷矣。吾料雍州兵尽来困麴山、断粮道，雍州城定然空虚。将军可引兵径往牛头山，抄在雍州之后，郭淮、陈泰必回救之，此围自解，乃困魏救汉之法也。魏兵两头不能救应，则雍州可得矣。"维大喜曰："此计最善！"于是姜维引兵往牛头山而去。

却说陈泰见李歆杀出阵去了，乃与郭淮曰："蜀兵大队在后，不来救者，为羌胡之兵来迟也。若羌胡兵到，必来取雍州。今李歆若告急于姜维，维料吾大兵皆在麴山，必抄牛头山袭吾之后。将军可引一军去取洮水，断绝蜀兵粮道；吾分兵一半，径往牛头山击之。【眉批：夏侯霸之算，早在陈泰算中。】彼若知粮道已绝，必然自走矣。"郭淮从之，遂引一军暗取洮水。陈泰引一军径往牛头山来。

却说姜维兵至牛头山，忽听得前军发喊，报说魏兵截其去路。维慌忙自到军前视之。陈泰大喝曰："汝欲袭吾雍州，吾已等候多时！"维大怒，挺枪纵马，直取陈泰。泰挥刀而迎。战不三合，泰败走，维挥兵掩杀。雍州兵退回，占住山头。维收兵就牛头山下寨。维每日令兵搦战，不分胜负。是日，夏侯霸与姜维曰："此处只可一时过兵，不是久停之所。连日交战，不分胜负，此乃

国学经典文库

李渔批阅

三国演义

司马懿父子秉政
姜维大战牛头山

图文珍藏版

1583

国学经典文库

李渔批阅

三国演义

司马懿父子秉政
姜维大战牛头山

图文珍藏版

1584

诱兵之计耳，必有异谋。不如暂退，再作良图。"正言之间，忽报郭淮引一军取洮水，断其粮道。维大惊曰："军中无粮，安得生也！"慌令夏侯霸先退，维自断后，缓缓而退。陈泰已自知了，分兵五路赶来。维独拒五路总口，战住魏兵。泰勒兵上山，矢石如雨。维急退到洮水之时，郭淮回兵杀来。维引兵往来冲突。魏兵阻其去路，密如铁桶。维奋死杀出，折兵大半，【眉批：第一次出兵，不及武侯多矣。】飞奔上阳平关来。前面又一军杀到，为首一员大将，纵马横刀而出。那人生得圆面大耳，方口厚唇，左目下生个黑瘤，瘤上生数十根黑毛。来者奇形异相，尚未知是何人。维大怒，亦不问姓名，骂曰："谁敢阻吾归路耶！"拍马提枪，直来厮杀。来将挥刀相迎。只三合，杀败了来将，维脱身径奔阳平关。城上人开门放入。来将又来抢关，两边伏弩齐发，一弩发十矢，皆是铁箭，箭头上皆有毒药，乃是武侯所传之法也。未知来将性命如何，且听下回分解。

国学经典文库

李渔批阅

三国演义

司马懿父子秉政
姜维大战牛头山

图文珍藏版

国学经典文库

李渔批阅

三国演义

战徐塘吴魏交兵
孙峻谋杀诸葛恪

图文珍藏版

第一百八回　战徐塘吴魏交兵
孙峻谋杀诸葛恪

来将乃司马师也。原来姜维取雍州之时，郭淮飞报入朝，魏主与司马懿商议停当，懿遣长子司马师引兵五

万，前来雍州助战。师听知郭淮敌退蜀兵，料蜀兵势弱，就来半路击之。直赶到阳平关，却被姜维用武侯所传连弩法，于两边暗伏连弩百余张，一弩发十矢，皆是药箭。

【眉批：一得所传之法便用出来，此兵机不善藏也。】师正引兵追之，两边弩箭齐发，前军连人带马射死不知其数。司马师于乱军之中逃命而回。

是时麴山城中，蜀将句安见援兵不至，乃开门降魏。姜维折兵数万，回汉中讫，收聚军马，托病不出。司马师折兵亦多，自还洛阳，管理朝政。

至嘉平三年秋八月，【眉批：以下再叙魏国。】司马懿染病至重，【眉批：前者诈病，今乃真病了。】乃唤二子至榻前，嘱曰："吾事魏历年，官授太傅，人臣之位极矣。人皆以吾有异志，吾何敢焉。【眉批：与曹操铜雀台语相似。】吾死之后，汝二人善事主人，勿生他意，负我清名。但有违背，乃大不孝之人也！"言讫而亡。后人有诗曰：

开言崇圣典，用武若通神。

三国英雄士，四朝经济臣。

屯兵驱虎豹，养子得麒麟。

诸葛常谈羡，能回天地春。

不说司马懿身亡，长子司马师、次子司马昭，二人申奏魏主曹芳。芳封师为大将军，总领尚书机密大事；封昭为骠骑上将军。魏、蜀无事。

且说吴主孙权，【眉批：此番又说东吴。】先有太子孙登，乃徐夫人所生，于吴赤乌四年身亡，遂立次子孙

国学经典文库

李渔批阅 三国演义

战徐塘吴魏交兵
孙峻谋杀诸葛恪

图文珍藏版

1587

国学经典文库

李渔批阅

三国演义

战徐塘吴魏交兵
孙峻谋杀诸葛恪

图文珍藏版

1588

和为太子，乃琅琊王夫人所生。因与全公主不睦，被公主谮之，权废了和，忧恨而死。又立三子孙亮为太子，乃潘夫人所生。此时丞相陆逊已亡，一应大小事务皆归于诸葛恪。太和元年秋八月初一日，忽起大风，江海涌涛，平地水深八尺。吴主先陵所种松柏，尽皆拔起，直飞到建业城南门外，倒插于道上。【眉批：孙权将亡之时，先有怪异之事；后诸葛恪亡时，亦先书怪异之事，彼此相对。】权因此受惊成病。次年四月内，权愈加沉重，乃封诸葛恪为太傅，吕岱为大司马，一同召入榻前，嘱以后事。嘱讫而薨。在位二十四年，寿七十一岁，乃蜀汉延熙十五年也。后史官陈寿评曰：

孙权屈身忍辱，任才尚计，有句践之奇英，人之杰也。故自能专擅江表，成鼎峙之业。然性多嫌忌，果于杀戮，暨臻末年，弥以滋甚。至于谗说殄行，胤嗣废毙，岂所谓贻厥孙谋以燕翼子者哉？其后枝叶陵迟，遂至覆国，未必不由此也。

却说吴立孙亮为帝，大赦，诸葛恪秉政，改元大兴元年；谥权曰大皇帝，葬于蒋陵。早有细作探知其事，报入洛阳。司马师闻知孙权已死，遂议起兵伐吴。尚书傅嘏曰："吴为寇六十余年矣，君臣同保，吉凶同济。兼有长江之险，先帝屡次征伐，皆不遂意。不如各守边疆，此为上策。"师曰："天道三十年一变，岂得常为鼎峙乎？

国学经典文库

李渔 阅批

三国演义

战徐塘吴魏交兵
孙峻谋杀诸葛恪

图文珍藏版

吾欲伐吴久矣。【眉批：**师早有篡逆之心，何况灭东吴。天道之变，皆为己耳。**】今乘孙权新亡，亮幼懦，正可伐之。"遂令征南大将军王昶引兵十万攻南郡，征东大将军，胡遵引兵十万攻东兴，镇南都督毋丘俭引兵十万攻武昌：三路进发。【眉批：**师用三路取东吴，与曹丕用三路取吴相似。**】又遣弟司马昭为大都督，总领三路军马。

是年冬十月，司马昭兵至东吴边界，屯住了人马，乃唤王昶、胡遵、毋丘俭到帐中计议曰："东吴最紧要处，惟东兴郡。今他筑起大堤，左右又筑两城，以防巢湖后面攻击，须要仔细。"遂与王昶、毋丘俭曰："你二人各引一万兵，列在左右，且未可进发。待吾取了东兴郡，那时一齐进兵未迟。"昶、俭二人，受令而去。昭遂

国学经典文库

李渔批阅

三国演义

战徐塘吴魏交兵
孙峻谋杀诸葛恪

图文珍藏版

1590

令胡遵、诸葛诞二人为先锋，同领三路兵前去："先搭浮桥，取东兴大堤。若夺得左右二城，便是大功。"遵、诞二人领兵来搭浮桥。

却说太傅诸葛恪听知魏兵三路而来，遂唤诸将曰："今边关三路飞报，说司马昭为大都督，先令胡遵竟取东兴，搭起浮桥，见屯兵于堤上，攻打二城。又令王昶攻南郡，见勒兵于界首下寨。又令毌丘俭攻武昌，亦在界首下寨。如此危急，诸公有何策？先救何处？"平北将军丁奉曰："东吴紧要处所尽在东兴，若东兴有失，南郡、武昌危矣。彼必并力取东兴。此二路皆看消息如何，便乘势进兵也。"【眉批：丁奉可为老将之智谋矣。】恪曰："此妙论也！正合吾意。汝就引三千水兵从江中去，吾后令吕据、唐咨、刘纂各引一万马步兵，分三路接应。但听的连珠炮响，一齐进兵。吾自引大兵后至。"丁奉得令，即引三千水兵，分作三十只船，正遇连夜顺风，望东兴而来。

却说胡遵、诸葛诞渡过浮桥，屯军于堤上，差韩综、桓嘉攻打二城。左城中乃吴将全怿守之，右城中乃吴将刘略守之。此二城高峻坚固，急切攻打不下。全、刘二人见魏兵势大，不敢出战，死守城池。

却说胡遵、诸葛诞于地名徐塘下寨，天降大雪，甚是严寒。二人设席高会，【眉批：对雪饮酒之奇。】诸将环立。忽报水上有三十只战船来到。遵出寨视之，见船将次傍岸，每船上只有百人。遂还帐中，与诸葛诞曰：

"不过三千人耳，何足道哉！"只令部将哨探，二人仍前饮酒。【眉批：贪杯如此。】

丁奉将船一字儿抛在水上，乃与部将曰："大丈夫立功名，取富贵，正在今日！"遂令众军脱去衣甲，卸了头盔，不用长枪大戟，止带短刀。【眉批：用短刀，又奇。】魏兵见之大笑，更不准备。忽然连珠炮响了三声，丁奉拔船近岸，奉扯刀当先，一跃上岸。众军皆拔短刀，随奉砍入寨来，魏兵措手不及。【眉批：以水军而劫旱寨。更奇。】韩综急拔帐前大戟迎之，奉抢入怀内，一刀斩之。【眉批：杀得好不省力！】桓嘉从左边转出，只道吴兵不知，忙绰枪刺丁奉，被奉挟住枪杆。嘉弃枪而走，奉一刀飞去，正中左肩，砍倒在地。奉赶上，就以枪刺之。【眉批：借他人之检刺之，更畅。】三千吴兵在魏寨中左冲右突，砍倒中军。胡遵、诸葛诞早上马夺路而走。魏兵齐奔上浮桥欲渡，浮桥摧裂，落水死者无数。车仗马匹，军器数万，皆被吴兵所获。司马如、王昶、毋丘俭听知东兴兵败，亦勒兵而退。

却说诸葛恪引兵至东兴，收兵赏劳了毕，乃聚诸将曰："司马昭兵败北归，正好乘胜恢复中原，以成一统大业！"遂进兵，一面遣人赍书入蜀，求姜维进兵，攻其北，许以平分天下。恪随起大兵二十万，来伐中原。临行时，忽然见一道白气从地而起。【眉批：白气见面诸葛将亡，与陵树拔而孙权将死一同奇异。】遮断三军，并皆不见。诸葛恪惊堕下马。未知吉凶如何，且听下回分解。

国学经典文库

李渔批阅

三国演义

战徐塘吴魏交兵
孙峻谋杀诸葛恪

图文珍藏版

却说众将救起诸葛恪，扶在马上。恪问其故，有中散大夫蒋延言曰："此气乃白虹也，主丧兵之兆。【眉批：**丧兵者，正应其自身也。**】太傅只宜回朝，不可伐魏。"恪大怒曰："汝安敢出不利之言，慢吾军心！"叱武士斩之。众皆告免，遂贬蒋延为庶民，仍催兵前进。丁奉曰："魏以新城为总隘口，若先取得此城，司马师破胆矣。"恪大喜，即兵直至新城。守城牙门将军张特见吴兵大至，闭门坚守。恪令兵四面围之。

早有流星马报入洛阳，说司马昭三路兵败，吴兵乘势入寇。司马师自责曰："非他人之罪，乃吾之过也。如何当之？"主簿虞松曰："今诸葛恪困新城，急切攻不下，且未可与战。吴兵远来，人多粮少，粮尽自走矣。【眉批：司马懿昔日料蜀兵亦如此耳。】可令毋丘俭引兵拒住，任他搦战，只不与交锋。不数月，军马懈怠，自然心乱思归，那时击之，必全胜矣。还当堤防蜀兵又出。"师曰："然。"遂令司马昭引一军助郭淮、防姜维，毋丘俭、胡遵拒住吴兵。

却说诸葛恪连月攻打不下，立斩数将，众皆奋力登城，攻打东北角，城将待陷。张特在城中定下一计，乃令舌辩之士一人到吴寨，见了诸葛恪。恪怒曰："如何不早降？"其人告曰："魏主王法太重，【眉批：既降而又惧王法，岂有此理？】若敌人困城，守城将坚守一百日，若无救兵至，出城降者，家族不坐罪。今以九十余日，望乞再容数日，某主将尽率军民来降。今先具花名呈上。"恪深信之，收了军马，遂不打城，【眉批：以百日之约哄之，而恪深信，岂有智谋者为乎？此番着人骗了。】原来张特用缓兵之计，哄退吴兵，遂拆城中房屋，于破城处修补完备。次日，张特登城大骂曰："吾城中尚有半年之粮，岂肯降吴犬耶？尽战无妨！"恪大怒，掣刀催兵打城。城上乱箭射下，恪额上正中一箭，翻身落马。诸将救起还寨，金疮举发。众军皆无战心，又因天气亢炎，【眉批：雪天战起，又到炎天矣。】人皆饮污水，病者无数。恪金疮稍可，自起欲催兵攻城。营吏告曰："人人皆病，安能战乎？"恪大怒曰："再说病者斩之！"众军闻知，各逃无数。人报恪曰："都督蔡林自引一军，投魏去

国学经典文库

李渔批阅

三国演义

战徐塘吴魏交兵
孙峻谋杀诸葛恪

图文珍藏版

了。"恪大惊，自乘马遍视各营，人皆果然黄肿，死者无数，遂勒兵还吴。早有细作报知毋丘俭。俭尽起大兵，随后掩杀。吴兵大败而归。恪甚羞惭，【眉批：**胜时不归，今大败而归，岂不羞死！**】托金疮病，不能入朝见，只还私宅。吴主孙亮自幸问安，文武官僚皆来拜见。恪恐人议论，先将心腹官员过失，轻则发遣边方，重则斩首示众。【眉批：**饰己过而杀官，种种皆是取死之道。**】于是内外官僚，无不悚惧。又令心腹将张约、朱恩管御林军，以为牙爪。

却说孙峻字子远，乃孙坚弟，孙静曾孙，孙恭之子也。权甚爱之，命掌御军马。闻知诸葛恪令张约、朱恩二人掌御林军，心中大怒。忽报太常卿滕胤入见。峻接入礼毕，胤曰："诸葛恪权柄太重，杀害公卿，将有不仁之心。何不早图之？"峻曰："我知久矣！可奏闻天子。"于是孙峻、滕胤入奏吴主孙亮。亮曰："朕见此人，甚是恐怖，寝食不安；【眉批：**令吴王恐惧如此，岂不该死？**】欲制之，未得其便。今卿等果有忠义，当密图之。孙子远既掌内兵，可以图也。"胤曰："陛下设席请恪，壁中暗伏武士，掷杯为号，就席间杀之，以绝后患。"亮从之。

却说诸葛恪自淮南回宅，心神恍惚。一日，步行止中堂，忽见一人穿麻挂孝而入。【眉批：**遇麻孝衣，其凶将至矣。**】恪叱问之，其人大惊无措。恪令拿下拷问，其人告曰："某乃孝子也，新丧父亲，入城请僧追荐；初见

国学经典文库

李渔批阅

三国演义

战徐塘吴魏交兵
孙峻谋杀诸葛恪

图文珍藏版

是寺院而入，却不想是太傅之府，却怎生来到此处也?"恪大怒，捉守门军士问之。军士告曰："某等数十人，皆持戈戟把门，安敢一刻有离，并不见一人入来。"【眉批：**孝子见寺门而入，而守门军士并不见一人入来，奇极!**】恪大疑，尽数斩之。是夜，恪睡卧不安，忽听得正堂中声响如同霹雳。恪自出视之，见中梁折为两段，【眉批：**中梁折为两段，今又遇鬼怪了。**】阴风习习，悲切啾啾，但见孝子与数十人，各提头索命。恪惊倒在地，良久方苏。次早盥漱，闻水血臭。恪叱侍婢换水，连换数十盆，皆臭无异。恪大怒，立斩侍婢，又令取衣穿。侍婢进衣，亦有血臭，遂换数次，皆臭无异。【眉批：**轻易杀人，自有血腥臭矣。**】惆怅不已。

国学经典文库

李渔 批阅

三国演义

战徐塘吴魏交兵
孙峻谋杀诸葛恪

图文珍藏版

1596

忽报有使至，宣太傅赴宴。恪令安排车仗，方欲出府，有黄犬衔住衣服，嘤嘤作声，如哭之状。【眉批：犬衔衣为主如此。】恪曰："犬不欲我入朝乎？"遂坐，少时又起。犬又衔衣，如此三次。恪怒曰："犬戏吾也！"令左右逐出，遂乘车出府。车前一道白虹，【眉批：又遇白虹。】自地而起，如白练冲天而去。恪问在右曰："莫非不祥乎？"从者曰："此天地感通之兆也，正合今日君臣相会。主公勿疑。"恪遂至宫门，一人拜迎于地曰："太傅尊体欠安，且请回府。"恪视之，乃武卫将军口口也。恪曰："吾自见天子。"又行到数十步，只见心腹将张约进车前密告曰："今日宫中设宴，未知好歹，主公不可入也。"恪心中大疑，遂令回车。回不到十余步，滕胤乘马至。胤慌下马，近车前曰："太傅何故便回？"恪曰："吾忽然腹痛，不可见天子。"胤曰："朝廷为太傅军回，不曾面叙，敬请赴宴议事。【眉批：张约已阻而吴主复召入，生死安可逃乎？】太傅虽感贵恙，可勉强见之。"恪从其言，同胤入后堂。

吴主孙亮接入，礼毕曰："朕久不见卿，欲议一密事也。"恪奏曰："何事？"亮曰："且饮几杯。"遂令孙峻把盏。恪心疑，推托曰："病躯未可，不能饮酒。"峻曰："太傅府中常服药酒，饮之可乎？"恪曰："此酒可也。"峻令恪心腹人取恪自制药酒到来，方才放心饮之。【眉批：罪当诛戮，岂药酒能致之死乎？】酒至数巡，吴主孙亮托事先出。峻下殿，脱了长服，着短衣，内披环甲，手提利刃，上殿大呼曰："天子有诏诛逆贼！"诸葛恪大惊，掷杯于地，欲拔剑迎之，头已落地。【眉批：从前种种怪异，于此结局。】张约见峻斩恪，挥刀转来迎之。峻闪过时，刀尖伤其左指。峻转身一刀，砍中张约右臂。武士一齐拥出，砍倒张约，剁为肉泥。朱恩欲走，亦被杀死。峻大声言曰："诸葛恪奉诏已斩，并不干汝等官军之事！"【眉批：可惜聪明人如此结果。】于是恪手下人皆安心不惧。峻令打扫血地，复请天子宴饮，令用芦席包恪尸首，又用篾束之，小车载出，弃于城南门外石子岗乱冢坑内。

却说诸葛恪妻正在房中，心神恍惚，动止不宁。忽一婢女入房。恪妻问曰："汝遍身如何血臭？"其婢反目切齿，飞身跳跃，头撞屋梁，口中大叫："吾乃诸葛恪

国学经典文库

李渔批阅

三国演义

战徐塘吴魏交兵
孙峻谋杀诸葛恪

图文珍藏版

国学经典文库

李渔 批阅

三国演义

战徐塘吴魏交兵
孙峻谋杀诸葛恪

也!【眉批：此处又怪异，全家取杀之兆。】被奸贼孙峻谋害!"恪合家老幼，惊惶号哭，声闻四远。不时军马至，将恪全家缚于市曹处斩，夷其三族。恪未死之先，江南小儿谣言曰："诸葛恪，芦席单衣篾钩落，于河相救成子阁。"恪死于吴大兴二年冬十月也。昔日诸葛瑾在日，见恪聪明尽露于外，叹曰："此子非保家之主也!"【眉批：瑾已先知子之不能善终。】果然应之。又有魏光禄大夫张缉，曾对司马师曰："诸葛恪不久死矣!"师问其故，缉曰："威震其主，功盖一国，何能久乎?"亦中其言。后人评曰：

诸葛恪才气干略，邦人所称，然骄且吝，周公无观，况矜己陵人，能无败乎？若躬行所与陆逊及弟融书，则悔吝不至，何尤祸之有哉？

却说孙峻杀了诸葛恪，吴主孙亮封峻为丞相、大将军、富春侯，总督中外诸军事。自此权柄尽归孙峻矣。

却说姜维在成都，先闻诸葛恪大胜司马昭，遂入朝奏准后主，复起大兵伐魏。早有细作报知司马师。未知如何，下回便见。

国学经典文库

李渔批阅

三国演义

战徐塘吴魏交兵
孙峻谋杀诸葛恪

图文珍藏版

国学经典文库

李渔批阅

三国演义

姜维计困司马昭
司马师废主立君

图文珍藏版

1600

第一百九回　姜维计困司马昭
司马师废主立君

蜀汉延熙十六年秋，卫将军姜维起兵二十万，令廖化、张翼为左右先锋，夏侯霸为参谋，张嶷为都转运粮

使，又出阳平关伐魏。【眉批：此时二伐中原。】维与霸商议曰："向取雍州，不克而还；今若再出，必又有准备。公有何高见？先取何处为本也？"霸曰："陇上诸郡，只有南安钱粮最广，若先取之，足可为本。【眉批：此计

与武侯当日取三郡相合。】向者不克而还,盖因羌胡兵不至。今可先遣人会羌胡于陇右,然后进兵出石营,从董亭直取南安。"维大喜曰:"公言甚妙,正合吾意。"遂遣郤正为使,赍金珠蜀锦,入羌胡结好羌王,先进兵于陇右,羌王迷当得了礼物,又慕先主之恩,武侯之德,遂从姜维之请,【眉批:**前番不肯自来,今番用金帛礼物便来也。**】起兵五万,令羌胡将俄何烧戈为大先锋,杀奔南安来。

却说魏左将军郭淮飞奏到洛阳,司马师因弟司马昭新从淮南败回,未敢教去。时有辅国将军徐质出曰:"愿往!"师昔知徐质英雄过人,心中大喜。即令徐质为先锋,又令司马昭为大都督,领兵来陇西,与郭淮退蜀兵。

却说姜维引兵正过董亭,遇见魏兵两军列成阵势。魏兵呐喊一声,徐质出马,使开山大斧。蜀阵中廖化出迎,战不数合,化拖刀败回。张翼纵马挺枪而迎,战不数合,又败入阵。徐质驱兵掩杀,蜀兵大败,退三十余里。司马昭亦收兵回,各自下寨。

姜维与夏侯霸商议曰:"徐质何等人也?"霸曰:"乃司马昭手下一勇夫耳。"维曰:"公以何徽擒之?"霸曰:"来日出战,再诈走。却用埋伏之计,必然胜矣。"维曰:"昭乃仲达之子,岂不知兵法? 若见地势掩映,必不肯追。吾见魏兵累次断吾粮道,今却用此计诱之,可斩徐质矣!"【眉批:**此计殊妙。**】遂唤廖化分付如此如此。又唤张翼分付如此如此。二人领兵去了。维、霸二人自引

国学经典文库

李渔批阅

三国演义

姜维计困司马昭
司马师废主立君

图文珍藏版

1602

兵，于路撒下铁蒺藜，寨外多排鹿角，示以久计。

徐质连日引兵搦战，蜀兵不出。人报知司马昭，说："蜀兵在铁笼山后，大用木牛流马搬运粮草，【眉批：又将木牛流马一提。】以为久计，只待羌胡兵策应。"昭唤徐质曰："昔日全胜者，乃断彼粮道也。今蜀兵在铁笼山运粮。汝今夜引兵五千断其粮道，蜀兵自退矣。"【眉批：果不出姜维所料。】是日初更，徐质引兵望铁笼山而来，果见百余蜀人，驱百余头木牛流马，装载粮草而来。徐质当先拦住，一声喊罢，魏兵掩杀将来。蜀兵尽弃粮草而走。质分兵一半，押送粮草回寨；自引兵一半追来。追不到十里，前面车仗横截去路。质令军士下马，拆开车仗。两边火起，质复上马而回。后面山僻窄狭处，亦有车仗，火光并起。【眉批：又用孔明火攻之法。】质等冒烟突火，纵马而出。一声炮响，两路军杀出：左有廖化，右有张翼；大杀一阵，魏兵大败。徐质奋死，只身而走，人困马乏，正奔走之间，前面一枝兵杀到。质视之，乃蜀汉卫将军姜维也。质大惊无措，被维一枪刺倒马，徐质被众军乱刀砍死。

质所分一半押粮兵，亦被夏侯霸所擒，人皆降之。霸将魏兵衣甲马匹，令蜀兵穿了，就令骑坐张打魏军旗号，从小路径奔回魏寨来。【眉批：姜维用兵之法，种种尽善，真乃武侯之高徒也。】魏军见本部兵回，开门放入。蜀兵就寨中杀起。司马昭大惊，慌忙上马走时，前面廖化杀来。昭不能前进，急退时，姜维引兵从小路杀到。昭四下无路，只得勒兵上铁笼山据守。

国学经典文库

李渔批阅

三国演义

姜维计困司马昭
司马师废主立君

图文珍藏版

　　原来此山只有一条路，四下皆险峻难上。其上惟有一泉，止彀百人之饮。此时昭以下有六千人，被姜维绝其路口，山上泉水不敷，人马枯渴。【眉批：绝其水道，与前相照。】昭仰天长叹曰："吾死于此地矣！"主簿王韬曰："昔日耿恭受困，拜井而得甘泉。将军可效之。"昭从其言，遂上山顶泉边，再拜而祝曰："今昭奉天子明诏，命退蜀兵。不想误中奸计，退上此山，以候救兵。今随行军士，虽些小稍带粮米，奈何六千人马，缺水为饮。若昭合死，令井泉枯渴，昭自当刎颈，教部军尽降；如寿禄未终，愿苍天早赐甘泉，以活众命！"祝毕，泉水涌出，【眉批：看此司马昭所祝者，止为寿禄而祝，而天之赐泉水者，实助晋非助魏。】取之不竭。因此人马不死。

却说姜维在山下困定，唤土人问之。土人告曰："此山惟有一泉，止容百余人饮，多则泉水不敷。"维曰："昔日丞相不曾捉住司马懿，吾深为恨。今司马昭必被吾擒矣！"

却说郭淮听知司马昭困于铁笼山上，欲提兵来。陈泰曰："姜维会合羌胡兵欲先取南安，今羌胡兵已到，将军若撤兵去救，羌胡兵乘虚袭其后也。可先令人诈降羌胡，于中取事。若退了此兵，方可救司马昭耳。"郭淮从之。遂令陈泰引五千兵，径到羌胡寨内，解甲而入，泣拜曰："郭淮妄自尊大，常有杀泰之心，故来投降，共扶汉室。"【眉批：只好骗羌人，却骗蜀将不动。】迷当曰："你来投降，有何功劳？"泰曰："郭淮军中虚实，某俱知之。只今夜愿引一军，前去劫寨，便是功劳。如兵到魏寨，自有内应。"迷当大喜，遂令俄何烧戈同陈泰来劫魏寨。俄何烧戈教泰降兵在后，令泰引羌胡兵为前部。是夜二更，竟到魏寨。寨门大开，陈泰一骑马先入，俄何烧戈纵马挺枪入寨之时，只叫得一声苦，连人带马跌在陷坑里。陈泰从后面杀来，郭淮从左边杀来，羌胡兵大乱，自相践踏，死者无数，生者尽降。俄何烧戈自刎而死。郭淮、陈泰引兵直杀到羌胡寨中，迷当大王急出帐上马时，被魏兵擒之，来见郭淮。淮慌下马，亲去其缚，用好言抚慰曰："朝廷知汝忠义，用并力灭寇，今何故助蜀人也?"迷当惭愧伏罪。淮令招安羌胡兵回,重加赏赐,死者葬祭。

淮说迷当曰:"公为前部,去解铁笼山之围,退了蜀兵,吾奏准天子,自有厚赠。"【眉批:**维请羌人助战,羌人反为淮所用。惜哉!**】迷当从之,遂引羌胡兵在前,魏兵在后,径奔铁笼山。【眉批:**此时姜维可为计穷力竭,令看者心中恐惧一番。**】时值三更,先令人报知姜维。维大喜,教请入相见。且说魏兵多半杂在羌胡内部,行到蜀寨前,维令大兵皆寨外屯扎。迷当引百余人到中军帐前,维、霸二人出迎。魏将不等迷当开言,就从背后杀来。维大惊,急上马,飞奔而走。羌、魏之兵一齐杀入,蜀兵四纷五落,各自逃生。维手无器械,腰间止有一副弓箭,走得慌忙,箭皆落了,只有空壶,望山中而走。背后郭淮引兵赶来,见维手无寸铁,乃骤马挺枪追之。看看至近,维虚拽弓弦,连响十余次。维连躲数番,不见箭到,知维无箭,乃挂住钢枪,拈弓搭箭射之。维急闪过,顺手接了,就扣:在弓弦上,待淮追近,望面门上尽力射之,淮应弦落马。【眉批:**得此一箭,庶乎稍畅人心。**】维勒回马来杀郭淮。未知郭淮性命如何,且听下回分解。

却说姜维射中郭淮,翻身落马,维勒回马来杀郭淮时,魏军骤至。维下手不及,只掣得淮枪而去。魏兵不敢追之,急救淮归寨,拔出箭头,血流不止而死。司马昭下山,引兵追赶,半途而回。维折了许多人马,一路

国学经典文库

李渔批阅

三国演义

姜维计困司马昭
司马师废主立君

图文珍藏版

收扎不住，自回汉中。虽然兵败，却射死郭淮，杀死徐质，挫动魏国之威，将功补罪。

却说司马昭犒劳羌胡兵，【眉批：**此处又叙魏国。**】回本土去了。昭班师还洛阳，与兄司马师纵横朝廷之上，大臣莫敢不服。魏主曹芳见师上殿，战栗不已，如针刺背。【眉批：**令人追想献帝见曹操时。**】一日芳设朝，见师挂剑上殿，慌忙下榻迎之。师笑曰："岂有君迎臣之礼也？请陛下稳便，臣听奏事。"须臾，群臣奏数十件事，尽皆是司马师剖断。不时朝退，师昂然下殿，乘车出内，前遮后拥，不下数千人马。【眉批：**司马师今日之威武，即曹操当年之声势也。**】

芳退后殿，顾左右止有三人，乃中书令李丰、太常夏侯玄、光禄大夫张缉。缉乃张皇后之父，曹芳之皇丈也。芳叱退近侍，同三人至密室商议。芳执张缉之手而

国学经典文库

李渔 批阅

三国演义

姜维计困司马昭
司马师废主立君

图文珍藏版

国学经典文库

李渔批阅

三国演义

司马师废主立君

姜维计困司马昭

图文珍藏版

哭曰："朕先帝在日，司马太傅安敢如此？司马师视朕如小儿，觑百官如草芥，社稷早晚必归此人矣！"【眉批：即当日献帝告董承之语。】言讫大哭。李丰奏曰："陛下勿忧。臣虽不才，天下颇有声名，以陛下之明诏，聚四方之英杰，以剿此贼。"夏侯玄奏曰："臣叔夏侯霸非反，因惧司马兄弟谋害而投西蜀。今若剿除此贼，臣叔必回也。臣乃国家旧戚，安敢坐视奸贼耶！"芳脱下龙凤汗衫，咬破指尖，写了血诏，【眉批：即当日衣带诏同也。】授与张缉，乃嘱曰："朕祖武皇帝诛董承，【眉批：他子孙自说出来，此报应之不爽也。至司马师带剑而来，又当年董承遇曹操相同也。】盖为此也。卿等甚是忠义，勿泄于外也！"丰曰："陛下何故出此不利之言？臣等非董承之辈，司马师安比武祖？陛下勿疑！"

三人辞出东华门左侧，正见司马师带剑而来，从者数百人，皆持兵器。三人立于道旁。师问曰："汝三人何故出迟？"李丰曰："圣上在内庭观书，我三人侍读。"师又曰："所看何书？"丰曰："乃夏、商、周三代之书也。"师曰："上见此书，问何故事？"丰曰："天子所问，伊尹扶商、周公摄政之事。我等皆奏曰：'今司马大将军师伊尹、周公也。'"师冷笑曰："汝等岂将吾比伊尹、周公耶？其心实指吾为王莽、董卓。"三人皆曰："我等皆将军门下之人，安敢如此？"师大怒曰："汝等乃口谀之人，适间与天子在密室中，所哭何事？"【眉批：曹芳左右俱司马师心腹之人，又于司马师口中说出。】三人曰："实无此状，望将军勿疑。"师叱之曰："汝三人泪眼尚红，如何诈为？"夏侯玄知事已泄，乃奋然大骂曰："吾等所哭者，为汝挟天子以令诸侯，视人如草芥，威震其主耳！"师大怒，叱武士来捉夏侯玄。玄揎拳裸袖，径击司马师。拳未及到面，一人手举处，铁锤打倒夏侯玄。师叱搜之，于张缉身上，搜出一龙凤汗衫。【眉批：**比董承事又泄漏得快。**】上有血字，左右呈与司马师。师视之，乃密诏。诏曰：

司马师弟兄，共持大权，将图篡逆。所行诏制，皆非朕意。望各部官兵将士，同仗忠义，讨灭无端，匡扶社稷，天下幸甚！

司马师看毕，勃然大怒曰："原来汝等正欲谋吾三族！吾以忠义之心待人，反招此祸！"遂令腰斩于市，尽夷三族，家私散与御林军。【眉批：**令人追念董承等七人遇害之时。**】李丰、夏侯玄骂不绝口，比临东市中，牙齿尽被打落，各人含糊数骂而死。【眉批：**与吉平截指时同。**】

师直入后宫，魏主曹芳正与张皇后商议此事，皇后曰："但内庭耳目颇多，倘事泄露，必累妾矣！"【眉批：**当日董妃之语相同。**】相抱而哭。忽见师入，皇后惊倒在榻下。师按剑与芳曰："臣父立陛下为君，不在周公之下。臣事陛下，亦与伊尹何别乎？【眉批：**师以伊、周自**

读/者/随/笔

国学经典文库

李渔
批阅

三国演义

姜维计困司马昭
司马师废主立君

图文珍藏版

比，好高比。】今反以恩为仇，以功为过，视臣如王莽、董卓之辈，何也?"芳曰："朕无此心。"师袖中取出汗衫，掷之于地曰："此谁人所作耶?"芳魂飞天外，魄散九霄，战栗而答曰："皆他人之所逼也，朕岂敢兴此心耶?"师曰："妄诬大臣造反，当加何罪?"芳默然无语。师再三逼迫，芳跪告曰："理合抵罪反坐，望大将军恕之。"师曰："陛下请起，国法未可尽废也。"【眉批：取汗衫言亲笔现在，无可抵赖。而师言"妄诬大臣"，罪当反坐。"望将军恕之"，其罪责也。而师云"殿下请起"，未有没体面如此也。】芳曰："其人安在?"师曰："三人已斩!"乃指张皇后曰："此是张缉之女，理当除之!"叱左右捉出。芳大哭而告，师拂袖出内曰："此辈害吾，岂得免之? 无毒不丈夫也!"不时，张皇后在东华门内被司马师用白练绞死。【眉批：**用白绫绞张皇后，正当年华歆取伏后时事同也。**】魏主曹芳大痛不已。师尽灭其三族。此是曹操之报应也。后人有诗曰：

> 当年献帝正君臣，伏后哀哉尽灭门。
>
> 司马今朝依此例，天教还报在儿孙。

次日司马师大会群臣曰："今主荒淫无道，亵近娼优，听信谗言，闭塞贤路，其罪甚于汉之昌邑，不能主天下。吾谨按伊尹、霍光之法，别立新君，以保社稷，以安天下，如何？"【眉批：**此时不学曹操，不学曹丕，而学董卓矣。**】众皆应曰："大将军行伊、霍之事，所谓'应天顺人'，谁敢违耶？"师大喜，遂同多官入永宁宫，奏闻太后。太后曰："大将军废主，欲立何人为君？"师曰："臣观彭城王曹据聪明仁孝，可以为天下之主。"太后曰："彭城王乃老身之叔也，今立为君，我何以当之？今有高贵乡公曹髦，乃文皇帝之孙。此人温恭克让，可以立之。卿等大臣，从长计议。"一人奏曰："太后之言是也，便可召之。"众视之，乃司马师宗叔司马孚也。孚极忠义，师遂遣使往元城，召高贵乡公去了。请太后升太极殿，召芳责之曰："汝荒淫无度，亵近娼优，不可承天下，当纳下玺绶，复齐王之爵，目下起程，非宣召不许入朝。"芳泣拜太后，纳了国宝，乘王车，大哭而去。只有数员忠义之臣，含泪而送。静轩有诗曰：

国学经典文库

李渔 批阅

三国演义

姜维计困司马昭 司马师废主立君

图文珍藏版

昔日曹瞒相汉时，欺他寡妇与孤儿。

谁知四十余年后，寡妇孤儿亦被欺。

次日，人报高贵乡公已到。公名髦，字彦士，乃文帝之孙，东海定王霖之子赶。【眉批：比曹芳又觉来历明白。】文武官僚即备銮驾于南掖门外拜迎。髦慌忙来答礼，太尉王肃曰："主上不当答礼。"髦曰："吾亦人臣也，安得不答？"文武扶髦上辇入宫，髦辞曰："太后有诏命，不知为何，吾安敢乘辇而入耶？"遂步行至太极东堂，司马师迎着。髦先下拜，师急扶起。问候已毕，引见太后。太后曰："吾见汝年幼时，有帝王之相，欲以御宝授之，今果然应矣。汝可为天下之主，当恭俭节用，布德施仁，勿辱先帝也。"髦再三谦辞。师令文武请髦出太极殿，是日立为新君，改嘉平六年为正元元年，大赦天下。假大将军司马师黄钺，入朝不趋，奏事不名，带剑上殿。【眉批：与曹操无异。】文武百官，各有封赐。

时正元二年春正月，有细作飞报，说镇东将军毋丘俭、扬州刺史文钦，以废主为名，兴兵造反，前来讨罪。司马师闻知大惊。未知如何，且听下回分解。

国学经典文库

李渔 批阅

三国演义

姜维计困司马昭

司马师废主立君

图文珍藏版

第一百十回 文鸯单骑退雄兵
姜维洮西败魏兵

正元二年正月间，扬州刺史，镇东将军、领淮南军马毋丘俭，字仲闻，河东闻喜人也。俭听知司马师废了

曹芳，立曹髦为君，心中大恨，计无可施。有长子毋丘甸曰："父亲官居方面，司马师废主专权，国家颠覆，有垒卵之危，安可晏然自守？【眉批：与马腾父子相同。】将受四海生灵之唾骂矣。"俭大喜曰："吾儿之言是也。"遂请刺史文钦。钦乃曹爽门下客，钦见俭请，即来拜谒。【眉批：为后尹大目追赶伏笔。】俭邀入后堂，礼毕，俭

坐间流泪不止。钦问其故，俭曰："司马师专权废主，天地反覆，安得不伤心乎！"【眉批：**毋丘俭俱系直言。**】钦曰："都督镇守方面，若肯仗义讨贼，钦愿舍死相助。钦中子文俶，小字阿鸯，马上使鞭枪，有万夫不当之勇，常欲杀司马师兄弟，与曹爽报仇。今可起兵急去，不可迟也。"俭大喜，即时酹酒为誓。二人称太后有密诏，遂令淮南大小官兵将士，皆入寿春城，立一坛于西，宰白马，歃血为盟，宣言：

司马师大逆不道，今奉太后密诏，令尽起淮南军马，仗义讨贼。【眉批：**与曹操矫诏讨董卓时相似。**】

众皆悦服。摘老弱之兵，以守寿春。俭提六万兵，屯于项城。文钦领兵二万在外，为游兵往来接应。俭移檄文去诸郡，令起大兵相助。

却说司马师左眼肉瘤不时痛痒，乃请太尉王肃计议军机。师肉瘤痛痒难忍，延医割之，以药封闭，连日不出。忽有淮南告急，师请王肃求计，肃曰："昔日关公尚有向北争天下之意，孙权令吕蒙袭取荆州，抚恤将士家属，因此关公军势瓦解。【眉批：**可见用兵先以得人心为第一着。**】今淮南将士家属皆在中原，可急抚恤，再断其归路，必有土崩之势矣。"师曰："公言极善，但吾新割目瘤，不能自往，若使他人，心又不稳。"时中书侍郎钟会在侧言曰："淮楚兵强，其锋甚锐，若遣人领兵去退，多是不利。倘有疏虞，则大事废矣。"师蹶然而起曰："非吾自往，不可破贼！"遂留弟司马昭守备洛阳，总摄朝政。

师拜辞魏主，乘软舆，带病东行。令镇东将军诸葛诞总督豫州诸军，从安风津取寿春。又令征东将军胡遵领青州诸军，出谯、宋之地，绝其归路。又遣荆州刺史监军王基领前部兵，先取镇南之地。师领大军屯于襄阳，聚文武于帐下商议。光禄勋郑袤曰："毋丘俭好谋而不达事情，文钦有勇而无计策。今大军出其不意，江淮之卒锐气正盛，不可轻敌，只宜深沟高垒，以挫其锐，【眉批：一个说守是上策。】此亚夫之长策也。"监军王基曰："不可。淮南之反，非军民思乱也，皆因毋丘俭势力所逼，不得已而从之。若大军一临，必然瓦解矣。"【眉批：一个说战方可。】师曰："此言甚妙。"遂进兵于㶟水之上，中军屯于㶟桥。基曰："南顿极好屯兵，可提兵星夜取之，若迟则俭必至矣。"【眉批：又要速战。三人之语，各自不同。】师遂令王基前部兵来南顿城下寨。

却说毋丘俭在项城，闻知司马师自来，乃聚众商议。先锋葛雍曰："南顿之地依山傍水，极好屯军，【眉批：葛雍所料，已为王基所料矣。】若魏兵先占，难以驱遣。可速取之。"俭曰："然。"遂起兵投南顿来。正行之间，前面流星马报说："南顿已有人马下寨。"俭不信，自到军前视之，果然旌旗遍野，营寨齐整。俭回到军中，无计可破。忽一人报曰："东吴孙峻提兵渡江，袭寿春来了。"俭大惊曰："寿春若失，吾归何处?"是夜退兵回项城。

司马师见毋丘俭军退，聚多官曰："当用何策?"尚书傅嘏曰："今俭兵退者，忧吴人袭寿春也；必回项城，分兵守之。将军可令一军取乐嘉城，一军取项城，二军取寿春，则淮南之卒自然瓦解矣。兖州刺史邓艾足智多谋，若领兵径取乐嘉，更以重兵应之，破逆贼不难矣。"【眉批：邓艾又在傅嘏口中写出。】师从之，急遣使持檄文，教邓艾起兖州之兵，来破乐嘉城。师后引兵到彼会合。

却说毋丘俭在项城，不时差人去乐嘉城哨探，只恐有兵来。忽文钦到，俭以此事告之。钦曰："都督勿忧。我与拙子文鸯只消五千兵，敢保乐嘉之城，以退奸雄也。"俭大喜。钦父子引五千兵，投乐嘉而去。前军回说："乐嘉城西皆是魏兵，约有万余。遥望中军，白旄黄钺，皂盖朱幡，簇拥虎帐，内竖立一面锦绣'帅'字旗，此必是司马师也。安立营寨，尚未完备。"文鸯年方十八，身长八尺，悬鞭立于父侧。闻知此语，乃告父曰："趁彼营寨未成，可分兵两路，左右击之，可全胜也。"钦大喜曰："何时可去？"鸯曰："今夜黄昏，父引二千五百兵从城南杀来，儿引二千五百兵从城北杀来，【眉批：父子兵齐出。】三更时分，要在魏寨会合。"钦从之，当晚分兵两路。

且说文鸯全装贯甲，腰悬铜鞭，绰枪上马，遥望魏寨而进。是夜，司马师兵到乐嘉，等邓艾未至，就此处下寨。师为眼下新割肉瘤，疮口疼痛，卧于帐中，令数百甲士环立护卫。三更时分，忽然寨内喊声大震，人马大乱。师急问之，人报曰："一军从寨北斩围直入，为首一将，勇不可当。"【眉批：文鸯之勇，先在众将口中、司马师耳中写出。】师大惊，心头如火烈，眼珠从肉瘤疮口内迸出，血流遍地，疼痛难当，又恐有乱军心，只咬被头而忍，被皆咬烂，【眉批：当日视曹芳时，就当有此报。乱臣贼子，有甚便宜。】乃传令曰："敢有乱者斩之！"原来文鸯军马先到，一拥而进，在寨中左冲右突，到处径过，人不敢当。有相拒者，枪搠鞭打者无数。鸯只望父到，以为外应，并不见来，数番杀到中军，皆被弓弩射回。鸯直杀到天明，只听得北边鼓角喧天。鸯回顾从者曰："父亲不在南面为应，却从北至何也？"【眉批：文鸯只当父亲从北至，而不知是邓艾。的妙。】鸯纵马看是，只见一军行如猛风，为首一将，乃邓艾也，跃马横刀，大呼曰："反贼休走！"鸯大怒，挺枪迎之。战有五十合，不分胜负。正斗之间，魏兵大进，前后夹攻，鸯部下之兵各自逃散，只文鸯单人独马，冲开魏兵，望南而走。背后数千员魏将抖擞精神，骤马追来。将至乐嘉桥边，看看赶上，鸯忽然勒回马，大喝一声，直冲入魏将阵中来，钢鞭起处，纷纷落马，各各倒退。【眉批：写文鸯勇猛如此。】鸯复缓缓而行。魏将又聚在一处，惊讶曰："此人尚敢退我等之众耶？可并力追之！"魏将千员复来追赶，鸯勃然大怒曰："鼠辈何故不惜命也！"提鞭拨马，杀入魏将丛中，用鞭打死数人。鸯乃缓辔而行。【眉批：读至此，令人欣羡文鸯。】魏将连追四五番，皆被文鸯一人杀退。后人有诗赞曰：

昔日当阳喝断桥，张飞从此显英豪。

乐嘉城内应无敌，又见文鸯胆气高。

却说文钦被山路崎岖迷入谷中，行了半夜，【眉批：此时文钦如在梦寐之中。】比及寻路而出，天色已晓，文鸯人马不知所向。只见魏兵大胜，钦不战而退。魏兵乘势追杀，钦引兵望寿春而走。

有尹大目，乃曹爽心腹之人，与文钦契厚。爽被司

国学经典文库

李渔批阅

三国演义

姜维洮西败魏兵　文鸯单骑退雄兵

图文珍藏版

1617

国学经典文库

李渔批阅

三国演义

文鸯单骑退雄兵
姜维洮西败魏兵

图文珍藏版

1618

马懿谋杀，故事司马师。钦出任淮南，尹大目见师眼瘤突出，不能动止，常有杀师报爽之心，乃入帐告曰："文钦本无反心，实乃明公之心腹也。今被毋丘俭逼迫，以致如此。某去说之，必然来降。"【眉批：**此是赚法。**】师从之。大目顶盔掼甲，乘马来赶文钦，看看赶上，乃高声大叫曰："文刺史，见尹大目么？"钦回头视之，大目除了盔，放于鞍之前，以鞭指之曰："君侯何不忍耐数日也？"此是大目知师将亡，故来留钦，钦不解其意，乃厉声骂曰：【眉批：**此为落花有意，当不得流水无情。**】"汝乃先帝之臣，不思报本，反同司马师作恶，废主害民，不怕天耶？天不祐汝等不忠不义之贼！"骂讫，便欲开弓射之，大目大哭而回，曰："世事败矣，尚自努力。"文钦收聚人马，奔寿春时，被诸葛诞引兵取了。欲复回项

城时，胡遵、王基、邓艾三路兵皆到。钦见势危，遂投东吴孙峻去了。【眉批：**文钦投吴，即夏侯霸之投蜀。**】

却说毋丘俭在项城内听知寿春已失，文钦势败，城外三路兵到，俭遂尽撤城中之兵出战，正与邓艾相遇。俭令葛雍出马，与艾交锋，不一合，被艾一刀斩之，就突入军中，来捉毋丘俭。未知性命如何，且听下回分解。

却说邓艾斩了葛雍，引兵杀过阵来，毋丘俭死战相拒，江淮兵大乱。胡遵、王基引兵四面夹攻，毋丘俭敌不住，引十余骑夺路而走。前至慎县城下，县令宋白开门，遂设席待之。俭大醉，被宋白令人杀之，将头献与魏兵。于是淮南平定。

司马师卧病不起，唤诸葛诞入帐，赠印缓金帛，加为征东大将军，都督扬州诸路军马。诞拜谢出帐。吴兵亦退。师班得胜之兵而还许昌，目痛不止，每夜只见李丰、张缉、夏侯玄三人立于榻前。【眉批：**与曹操临终时见二十余人相似。**】师心神恍惚，料命在旦夕，遂令人往洛阳取司马昭到。昭哭拜于床下，师遗言曰：“吾今权柄如担千斤之担，虽欲卸肩，不可得也。汝当谨之戒之，大事切不可轻托他人，自取灭族之祸也。”言讫，以印缓付之，泪流满面。昭急欲问时，师大叫一声，眼睛迸出而死。【眉批：**师目内无天子，今两目迸出，此之报也。**】时正元二年二月也。于是司马昭掌了大权，然后发丧。

魏主曹髦知司马师已亡，遣使持诏到许昌。诏曰：

国学经典文库

李渔批阅

三国演义

姜维洮西败魏兵

文鸯单骑退雄兵

图文珍藏版

国学经典文库

李渔批阅

三国演义

姜维洮西败魏兵

文鸯单骑退雄兵

图文珍藏版

东南未定，暂留司马昭屯军许昌，以为外应。

昭心中犹疑未决，钟会曰："人心未安，未可屯此。万一朝廷有变，悔之何及！"【眉批：司马昭之有钟会，犹曹操之有贾诩、郭嘉耳。】昭从之，即起兵还屯洛水之南。髦闻司马昭来洛水屯兵，大惊曰："必有别故，如之奈何？"太尉王肃奏曰："昭见掌大事，陛下可封赠以安之。"髦遂命王肃持诏，封司马昭为大将军、录尚书事。昭入朝谢恩毕。自此，中外大小事情，皆归于昭。【眉批：今日之权柄，又归于司马昭了。】

却说西蜀细作哨知此事，报入成都。姜维奏后主曰："司马师病目而亡，司马昭自专大权。臣累败于司马昭，昭知臣无能。臣请兴师，恢复中原，以图大业。如不成功，当治臣罪。"后主从之，遂命姜维兴师伐魏。

维到汉中，整顿人马。征西大将军张翼曰："吾蜀地浅狭，钱粮鲜薄，不宜久远征伐，空劳民力；不如据险守分，恤军爱民，此乃保国之计也。"维曰："不然。昔日丞相未出茅庐之时，已定三分天下，然后鼎足势成，尚且六出祁山，以图中原，恢复汉室。【眉批：又将武侯往事一提。】不幸半途而丧，以致功业未成。非不欲也，实力未及也。今吾既受丞相之遗命，当尽忠报国，以继其志，虽死而无恨矣。【眉批：又效武侯之言。】今司马师新亡，司马昭创立未稳，若不伐之，更待何时！"翼默然而退。

国学经典文库

李渔批阅

三国演义

文鸯单骑退雄兵
姜维洮西败魏兵

图文珍藏版

维起精兵五万，前来伐魏。夏侯霸曰："可将轻骑先出袍罕，若得洮西南安，则诸郡可定。"【眉批：夏侯霸此时急欲报仇。】张翼曰："向者不克而还，皆因军出甚迟也。兵法云：'攻其无备，出其不意。'今若火速进兵，【眉批：前者不想战，今欲速战何也?】使魏人不能堤防，必然全胜矣。"于是姜维引兵五万，径取袍罕。【眉批：此时三伐中原。】兵过洮西，守边军士报知雍州刺史王经，一面告急副将军陈泰。王经先起马步兵七万来迎。两军相遇，阵角射住。姜维曰："吾自掌中军，张翼在左，夏侯霸在右。交锋之际，吾兵倒退，汝两军分两掖而进，容魏兵径进，吾军复回。此韩信破赵之谋也。"此时蜀阵背洮水布列，姜维出马，搦魏将答话。王经引十员牙将，出而问曰："魏与吴、蜀，已成鼎足之势。汝累入寇，此真不识时务也。"维曰："司马师无故废主，邻邦理宜问罪，何况是仇敌之国乎？【眉批：**为魏报仇，实夏侯霸之意；为蜀报仇，实姜维之意也。**】敢死战者出马！"经回顾诸将曰："蜀兵背水为阵，败则皆殁于水矣。姜维骁勇，汝四将可战之。彼若退动，便可追击。"四将左右而出，来战姜维。维略战数合，拨回望本阵中便走。王经大驱士马，一齐赶来。维引兵望洮西而走。张翼、夏侯霸左右两军掠边杀入魏兵之后。维将近水，大呼将士曰："事急矣！诸将何不努力！"【眉批：**此韩信破赵之计。**】众将一齐杀回，魏兵大败。翼、霸二人从后杀来，把魏兵困在垓心。【眉批：**好计到此处方见。**】维奋武扬威，杀入魏军之中，左冲右突，杀死无数牙将。魏兵大乱，自相践踏，死者大半，逼入洮水者无数，斩首万余，垒尸数里。王经引败兵百骑奋力杀出，径望狄道城而走，奔入城中，闭门保守。姜维大获全功，犒军已毕，便欲进兵，攻打狄道城。张翼谏曰："将军功绩已成，威声大震，可以止矣。今若再进，倘有蹉跌，此功名皆废矣，正所谓'画蛇添足'也。"维曰："不然。向者兵败尚欲进取，纵横中原，今日洮水一战，魏人胆裂，吾料狄道唾手可得，汝勿自堕其志也！"【眉批：**张翼又谏，而姜维不从，直要杀的不败不止。**】张翼再三劝谏，维不从，遂勒兵来取狄道城。

国学经典文库

李渔批阅

三国演义

文鸯单骑退雄兵
姜维洮西败魏兵

图文珍藏版

却说雍州征西将军陈泰正欲起兵，与王经报兵败之仇，忽兖州刺史、安西将军邓艾引兵到。泰接着，礼毕，艾曰："今奉大将军之命，特来助将军破敌人耳。某年幼不谙军事，乞见教一二。"泰乃聚雍凉诸将商议曰："今姜维困狄道城，公等有何策？"参谋楚彝曰："王刺史兵败于洮水，蜀人大胜，今若敌斗，必不能胜；不如据险保守，待蜀人自乱后方可攻之。此司马公万全之计也。"邓艾冷笑不言。陈泰曰："公言甚善，但时有不同，势有不等故也。今姜维引兵深入重地，正欲与吾兵交锋原野，以求一战之利。当深沟高垒，避其锐气；若与决战，使蜀人得志，固不可也。吾料姜维今洮水得胜，必进东南，据洛阳，取积谷之所，招羌胡之众，东争关陇，传檄四郡，此吾兵之大患也。若如此，只宜守之。今彼不思如此，却攻狄道城，其城垣高地厚，急切难攻，安能便得？空劳兵费力耳。故知姜维无谋之一士也。吾今乘高附峻，陈兵于项岭，然后进兵击之，蜀兵必败矣。此所谓'客主不同，时势有异'焉。"艾大喜，起身拜谢曰："将军之谋，洞贯邓艾肺腑，真妙算也！"遂先拨二十队之兵，每队五十人，尽带旌旗鼓角烽火之类，日伏夜行，去狄道城东南高山深谷之中埋伏，为暗兵之势；只待兵来，一齐鸣鼓吹角为应，夜则举火放炮以惊之。【眉批：武侯当日在汉中惊曹操之计耳。】魏兵埋伏已毕，专候蜀兵到来。于是陈泰、邓艾各引二万兵，相继而进。

却说姜维围住狄道城，令兵八面攻之，连攻数日不

国学经典文库

李渔批阅

三国演义

文鸯单骑退雄兵
姜维洮西败魏兵

图文珍藏版

下，心中郁闷，无计可施。是日黄昏时分，忽三、五次流星马报说："有两路兵来，旗上明书大字：一路是征西将军陈泰，一路是安西将军邓艾。"维大惊曰："向者夏侯将军言：邓艾若领兵，难以伐魏。今日果然领兵而来，如之奈何？"遂请夏侯霸商议此事，霸曰："邓艾自幼深明兵法，善晓地利，今领兵到，休容立得脚稳，便可击之。"维留张翼攻城，命夏侯霸引兵迎陈泰，维自引兵来迎邓艾。当夜二更，两军齐举。

且说姜维引兵来迎魏兵，行不到五里，忽然东南一声炮响，鼓角震地，火光冲天，维纵马看时，只见周围皆是魏兵旗号。【眉批：当收兵而欲尽力征伐。岂非画蛇添足！】维大惊曰："中邓艾之计矣！"急传令教夏侯霸、张翼各弃狄道而退。于是蜀兵皆退于汉中。维自断后，只听得背后鼓声不绝。维退入剑关之时，方知火鼓二十余处皆虚设也。再欲提兵。回军已归心似箭。维亦放心而还，不曾折兵。

且说后主见姜维有洮西大功，乃降诏封维大将军，遂驻兵于钟堤。维受了大将军之职，上表谢恩已毕，再议出师伐魏之策。未知胜负如何，且听下回分解。

国学经典文库

李渔批阅

三国演义

文鸯单骑退雄兵
姜维洮西败魏兵

图文珍藏版

国学经典文库

李渔 批阅

三国演义

邓艾段谷破姜维
司马昭破诸葛诞

图文珍藏版

1626

第一百十一回　邓艾段谷破姜维　司马昭破诸葛诞

　　却说姜维退兵屯于钟堤，魏兵屯于狄道城外。王经迎接陈泰、邓艾入城，拜谢解围之事，设宴相待，大赏

三军。泰将邓艾之功申奏魏主曹髦。髦与司马昭计议，封艾为安西将军，假节领护东羌校尉，同泰屯兵于雍、凉等处。邓艾申表谢恩已毕，泰设席与艾作贺，曰："姜维夜遁，气力已竭，再不出矣。"【眉批：陈泰料姜维力竭，以显邓艾之智。】艾曰："王经败于洮西，非小失也：折军损将，仓廪空虚，百姓流离，几致危亡。姜维虽夜

遁，不曾损折，他日安肯不出乎？吾料必出有五。"【眉批：**此时邓艾居然有将略之才。**】"泰曰："何谓也？"艾曰："蜀兵虽退，终有乘胜之势；吾兵终有弱败之实，其必出一也。蜀兵皆是孔明教演精锐之兵，队伍容易调遣，兼人马整齐，将士雄烈；吾将不时更换，军又训练不熟，甲仗未完，所事未备，其必出二也。蜀人多以船行；吾军皆在旱地，劳逸不同，其必出三也。狄道、陇西、南安、岐山四处，皆是守战之地，亦不知蜀人来攻何处。倘或声东击西，或指南攻北，吾兵必须分头守把。蜀兵一处而来，以一分敌四分，其必出四也。若蜀兵自南安、陇西，而可取羌胡之谷为食；若出祁山，熟麦千顷为之悬饵，蜀人以此图之，其必出五也。姜维乃孔明弟子，有谋者也，必然又出矣。"陈泰以手加额曰："朝廷有福，又出此异人，蜀兵何足虑哉！"【眉批：**如陈普之服周郎。**】于是陈泰与邓艾结为忘年之交。艾遂将雍、凉等处之兵每日操练，各处隘口皆立营寨，以防不测。泰见艾事事有法，甚是爱敬。

却说姜维在钟堤大设筵会，【眉批：**此处又叙姜维。**】会集诸将，商议伐魏之事。一人谏曰："将军屡出，未获全功。今日洮西之捷，魏人已服威名，何故又欲出也？万一不利，蜀人怨矣。"维视之，乃义阳人也，姓樊，名建，字元长，旧为武侯帐前令史，与董厥为正、副。维曰："汝等只知魏国地宽人广，急不可得。不知吾军攻魏有五胜也。"【眉批：**邓艾算有五必出，姜维算有五必胜，**

彼此相应。】众问之，维答曰："彼有洮西一败，挫尽锐气；吾兵虽退，不曾损折，今若进兵，一可胜也。吾兵船载而进，不致劳困；彼兵皆从旱地来迎，二可胜也。吾兵久经训练之众；彼皆乌合之徒，不曾有法度，三可胜也。彼兵虽各守备。军力分开；吾兵一处而去，彼安能救之？四可胜也。吾兵自出祁山，掠抄秋谷为食，五可胜也。【眉批：艾所言一必出，维算也在第一。艾所言三必出，维却算在第二。艾所言二必出，维却算在第三。艾所言五必出，维却算在第四。艾所言四必出，维却算在第五。此是四伐中原。】不就此时伐魏，更待何日耶？"夏侯霸曰："邓艾年纪虽幼，机谋深远，近封为安西将军之职，必于各处准备，非同往日矣。"维厉声曰："彼丈夫也，我丈夫也，吾何畏彼哉！汝等休长他人志气，灭自己威风。吾意已决，必先取陇西！"众谏不从。维自领前部，令众将随后而进。于是蜀兵尽离钟堤，杀奔祁山来。

前哨马回报，说祁山连络下九个寨栅，皆是魏兵。维不深信，乃自引数骑，凭高望之，果见祁山九寨，势如长蛇，首尾相顾。维回顾左右曰："夏侯之言信不诬矣。此寨止吾师诸葛丞相能之，今观邓艾所为，不在吾师之下也。"遂回本寨，唤诸将曰："魏人准备，必知吾来，吾料邓艾必在此间。【眉批：姜维已猜着了。】汝可虚张吾之旗号，据此谷口下寨，每日令百余骑出哨一回，换一番衣甲旗，按青、黄、赤、白、黑五方旗帜相换，

国学经典文库

李渔 批阅

三国演义

邓艾段谷破姜维
司马昭破诸葛诞

图文珍藏版

示兵之多也。吾却提大兵偷出董亭，径袭南安去也。"
【眉批：好算计。】遂令鲍素屯于祁山谷口，维尽率大兵
而来。

却说邓艾知蜀兵出祁山，早与陈泰下寨准备，见蜀
兵连日不来搦战，一日五番哨马出寨，或十里、十五里
而回，艾凭高望毕，慌入帐与陈泰曰："姜维不在此间，
必取董亭袭南安去了。【眉批：前者姜维料邓艾，今者邓
艾又料姜维。彼此俱料着矣。好算。】出寨哨马只是这几
匹，更换衣甲，往来哨探骤跃，其马皆困乏，主将必无
能者。将军可引一军攻之，必然取胜。若破寨栅，便引

兵袭董亭之路，先断姜维之后，蜀兵之势必崩矣。吾当
先引一军救南安。有一条路径取武城山，若先占此山头，
姜维必取上邽。上邽有一谷，名曰段谷，地狭山险，正

国学经典文库

李渔批阅

三国演义

邓艾段谷破姜维
司马昭破诸葛诞

图文珍藏版

好埋伏。彼来争武城山时，吾先伏两军于段谷，破维必矣。"【眉批：**亦是好算**。】泰曰："吾守陇西二三十年，未尝如此明察地利。公之所言，真神算也。公可速去，吾自攻此处寨栅。"于是邓艾引数万军，星夜倍道而行，径到武城山。下寨已毕，蜀兵未到，即令帐前司马师纂与子邓忠各引五千兵，先去段谷埋伏，如此如此而行。二人受计而去。艾令偃旗息鼓，以待蜀兵。

却说姜维从董亭望南安而来，维在马上，问夏侯霸曰："此去南安，可有备否？【眉批：**此处又被姜维猜着**。】先取何处，可为主乎？"霸曰："近南安有一山，名武城山，若先得了，可夺南安之势。只恐邓艾多谋，必先堤防。"维曰："魏人只知吾取祁山，众皆聚于彼处矣。"遂促兵前进。至武城山，前军欲登山时，忽然山上一声炮响，喊声大震，鼓角齐鸣，旌旗遍竖，皆是魏兵。中央风飘起一黄旗，大书"邓艾"字样，【眉批：**未见其人，先见其旗**。】蜀兵大惊。山上数十路精兵杀下，势不可当。蜀兵大败。维急率中军人马去救之时，魏兵已退。【眉批：**恶报**。】维暗思曰："吾深得武侯传授，自谓天下无敌，不料中原亦有此人。吾与邓艾势不两立！"次日，又整兵来武城山，搦邓艾战。山上魏兵并不下来。维令军士辱骂，至晚欲退，山上鼓角齐鸣，蜀兵复回，魏兵又不下来。欲上山冲杀，山上炮石甚严，不能得进。守至三更欲回，山上鼓角又鸣。维移兵下山屯扎。比及令军搬运木石，方欲竖立为寨，山上鼓角又鸣，魏兵骤至，

【眉批：但闻其声。不见其人，恶甚。但闻鼓声震地，使姜维欲战而无人对敌，欲退而又不可退。至三番后而突如其来，真乃神奇不测。】蜀兵大乱。自相践踏，退回旧寨。次日，姜维令军士运粮草车仗至武城山穿连排定，欲立起寨栅，以为屯兵之计。是夜二更，邓艾令五百人各执火把，分两路下山烧着车仗，以兵应之，两兵混杀了一夜，营寨又立不成。维复引兵退，再与夏侯霸商议曰："南安未得，不如先取上邽。上邽乃南安屯粮之所也，若得上邽，南安自危矣。"【眉批：邓艾又先料着。】遂留霸屯于武城山。

维尽引精兵猛将，沿山渡渭水之东，径取上邽。行了·宿，将及天明，见山势狭峻，道路崎岖，乃问乡道官曰："此处何名？"答曰："段谷。"【眉批：言"段谷"之名，令人吓一跳。】维大惊曰："有何美哉！"因此自忖："倘于此地断绝粮草，如之奈何？"正踌躇未决，忽前军来报；"山后有尘土起，必有伏兵。"维令退兵之时，师纂、邓忠两军杀出。维且战且走。前面喊声大震，邓艾引兵杀到，三路夹攻，蜀兵大败，弃甲抛戈，丢旗撇鼓，各逃性命者，不可胜数。后得夏侯霸引兵杀到，魏兵方退，救了姜维。维欲往祁山再出，霸曰："祁山寨已被陈泰打破，鲍素阵亡，全寨人马皆退回汉中去。"维不敢取董亭，急投山僻小路而回寨中。后面邓艾急追，维令诸军前进，自为断后。蜀兵三分已退去二分，只维一军在后。正行之际，忽然山中一军突出，乃是魏将陈泰

国学经典文库

李渔批阅
三国演义

邓艾段谷破姜维
司马昭破诸葛诞

图文珍藏版

1631

国学经典文库

李渔 批阅

三国演义

邓艾段谷破姜维
司马昭破诸葛诞

图文珍藏版

也。魏兵一声喊处，将维困在垓心。【眉批：**读者至此又为姜维着惊。**】维人马困乏，左冲右突，不能得出。未知维陛命如何，且听下回分解。

却说姜维被陈泰困住，如铁桶相似，维死战不能脱。且说荡寇将军张嶷，听知姜维受困，引数百骑杀入重围。来救姜维。维见嶷杀到，遂乘胜杀出。嶷收拾军马断后，被魏兵乱箭射死。维得脱重围，复回汉中，因感张嶷忠勇，没于王事，乃赠其子孙。因此蜀中将士多于阵亡者，皆归罪于姜维。维照武侯街亭旧例，乃上表自贬为后将军，行大将军事。镇西大将军胡济等，因会定取上邽不至，亦贬一级。

却说邓艾见蜀兵退尽，【眉批：**此时又叙魏国。**】乃与陈泰设宴相贺，大赏三军，泰表邓艾之功。此时魏主曹髦改正元三年为甘露元年，司马昭遣使持节捧诏，加邓艾官爵，赐印缓。诏曰：

逆贼姜维连年狡黠，民夷骚动，西土不宁。卿筹画有方，忠勇奋发，斩将十数，馘首千计。国威震于巴蜀，武声扬于江岷。今封卿为镇西将军，总督陇右诸军事。进封卿之子邓忠为亭侯，乃赐黄金五十两。甘露元年秋九月日诏。

加封邓艾之后，司马昭自为天下兵马大都督，出入常令三千铁甲骁将前后簇拥，以为护卫。【眉批：宛然董卓矣。】一应事务，不奏朝廷，就于相府裁处。【眉批：宛然曹操。】自此有篡位之心，只恐南北人心未顺。有一心腹人，姓贾，名充，字公闾，乃故建威将军贾逵之子，为昭府下长史。充语昭曰："今主上掌握大柄，四方人心必然未安，且当暗访。"昭曰："吾正欲如此，汝可与吾东行，推慰劳出征军士为名，以探消息。慎之，慎之！"

贾充拜辞司马昭，径到淮南，入见镇东大将军诸葛诞，字公休，乃琅琊南阳人，武侯之族弟，诸葛丰之后也。【眉批：弟兄三人分事三国，而诸葛诞义形于辞，真不愧为武侯之族弟也。】武侯在蜀为相，因此不得重用；后武侯身亡，诞在位历任重职，封高平侯，总摄两淮军马。充慰劳三军毕，诞设宴待之。酒至半酣，充以言挑之曰："近来洛阳诸贤见魏主懦弱，不堪为君，大将军三辈辅国，功德弥天，可以禅代魏国，未审钧意若何？"诞

国学经典文库

李渔批阅

三国演义

邓艾段谷破姜维
司马昭破诸葛诞

图文珍藏版

1633

大怒曰："汝乃贾豫州之子，世食魏禄，安敢出此乱言也？"充急应曰："某具他人之言，特告明公耳。"诞曰："朝廷有难，吾当以死报之，安忍使匹夫犯上耶！"【眉批：说得凛然如此。】充以他语饰之。

次日辞归见司马昭，细言其事。昭大怒曰："鼠辈安敢如此！"充曰："诞在淮南深得人心，今若使人召之，必然不来，随即必反，为祸不小；若不召，其反虽迟，为祸甚大。不如早召之。"昭曰："若匹夫果反，吾当自讨之。"昭遂暗发密书与扬州刺史乐綝，然后遣使征诞为司空。

诞得了诏书，已知是贾充告变，遂捉下使命拷问。使告曰："想是乐綝知之。"诞曰："他如何知之？"使曰："早有人送密诏去矣。"【眉批：此时机密重情已在使者口中说出。】诞大怒，叱左右斩了来使，弃于后围。即时设宴大会心腹将校，约七百余人。酒巡数次，诞曰："前者所造衣袍铠甲、旌旗器械，以击盗贼。今天子言吾为司空，此物又无用矣。汝等可披挂，随吾出城游戏，旦夕便回。"众皆应曰："愿从尊命。"遂全付披挂上马，随诞出城，投扬州而来。将至南门，城门已闭，吊桥拽起。诞勒马停刀，言曰："吾早晚回洛阳，暂出游戏，何为闭门？汝欲反耶？"城上无一人回言。诞引兵转至东门，其门亦闭。诞大怒曰："乐綝匹夫，安敢如此！"遂令将士打城，手下十余骁骑下马渡濠，飞身上城，杀散军士，大开城门。于是诸葛诞引兵入城，乘风放火，杀至綝家。

綝慌上楼避之，诞提剑上楼，大喝曰："汝父在日，受魏国大恩，不思报本，反欲顺司马昭耶?"綝未及言，被诞一剑斩之，将首级以木匣盛之，令人赍表并首级赴洛阳。表曰：

臣诞受国重任，统兵在东。扬州刺史乐綝专诈，说臣与吴交通，又言被诏当代臣位，无状日久。臣奉国命，以死自立，终无异端。怨綝不忠，辄将步骑七百人，以今月六日讨綝，即日斩首函头，驿马传送。若圣朝明臣，臣即魏臣；不明臣，臣即吴臣。不胜发愤！即日谨拜表陈愚，悲感泣血，哽咽断绝，不知所如，乞朝廷察臣至诚。谨表以闻。

且说诸葛诞上表已毕，仍回寿春，大聚两淮屯田户

国学经典文库

李渔批阅

三国演义

邓艾段谷破姜维
司马昭破诸葛诞

图文珍藏版

1635

口十余万，并扬州新附胜兵四万余人，积草屯粮，足用一年。又令长史吴纲，送子诸葛靓入吴为质求救。此时东吴丞相孙峻病亡，立从弟孙綝辅政。綝字子通，为人强暴，杀大司马滕胤、将军吕据、王惇等，因此权柄皆归于綝。吴主孙亮虽然聪明，无可奈何。于是吴纲将诸葛靓至石头城，入拜孙綝。綝问其故，纲曰："诸葛诞乃蜀汉诸葛武侯之族弟也，今不得已，故屈膝事魏，近被司马昭侵欺侮慢，特来归降。诚恐无凭，专送亲子诸葛靓为质。伏望临危相救，平定之后，永为臣下！"綝大喜，加赏吴纲，便遣大将全怿、全端为主将，王祚为合后，朱异、唐咨为先锋，文钦为乡导引进，大起吴兵七万，分三队来接应。吴纲回寿春报知诸葛诞。诞大喜，遂陈兵准备。

却说使命将乐綝首级并表文到洛阳，见了司马昭。昭大怒，就欲自讨。长史贾充谏曰："主公乘父兄之基业，恩德未及四海，今弃天子而去，若一朝有变，悔之何及！不如奏请太后及天子一同出征，可保无虞。此万全之计也。"昭大喜。遂入奏太后曰："诸葛诞谋反，臣与文武官僚计议停当，请太后同天子御驾亲征，以继先帝之遗意。"太后畏惧，只得从之。次日，昭请魏主曹髦起程。髦曰："大将军都督天下，军马任从调遣，何必朕自行也？"昭曰："不然。昔日武祖纵横四海，文帝、明帝有包括宇宙之志，并吞八荒之心，凡遇大敌，必先自行。陛下正宜追配先君，扫清故蘖，何自畏也？"髦畏威

国学经典文库

李渔批阅

三国演义

邓艾段谷破姜维
司马昭破诸葛诞

图文珍藏版

权，只得从之。昭遂下诏，尽起两都之兵二十六万，命征南将军王基为正先锋，安东将军陈骞为副先锋，监军石苞为左军，兖州刺史周泰为右军，护车驾大进南征，浩浩荡荡，杀奔淮南而来。

东吴先锋朱异引兵迎敌。两军对圆，魏军中王基出马，朱异来迎。战不三合，朱异败走。唐咨出马，战不三合，亦大败而走。王基驱兵掩杀，吴兵大败，退五十里下寨。报入寿春城中，诸葛诞自引本部锐兵，会合文钦并二子文鸯、文虎，领兵数万，来退司马昭。未知胜负如何，且听下回分解。

第一百十二回　忠义士于诠死节 姜维长城战邓艾

却说司马昭听知诸葛诞会合吴兵，以决胜负，唤谋士二人商议：一人是散骑长史裴秀，一人是给事黄门侍

郎钟会。昭求破敌之策，钟会曰："吴兵会合诸葛诞者，实图利也。以利诱之，必胜矣。"昭曰："此言甚妙。"遂令石苞、周泰先引两军于石头城埋伏；王基、陈骞精兵在后；却令偏将成倅引兵一万，先去诱敌；又令陈俊引车仗牛马驴骡，装载赏军之物，四面聚积于阵后。

是日，诸葛诞令吴将朱异在左，文钦在右。只见魏阵中人马不整，诞更不打话，乃大驱士马径进。成倅引兵退走，【眉批：**此曹操当日破文丑之计**。】吴兵但抢资物，诞率兵掩杀过来。忽然一声炮响，两路兵杀来，左有石苞，右有周泰。诞大惊，急欲退时，王基、陈骞大率精兵杀到，淮南兵大败。司马昭亦引兵接应。诞引败兵奔入寿春，闭门坚守。昭令兵四面困定，并力攻城。

此时吴兵退于安丰，魏主车驾驻于项城。钟会谏曰："诸葛诞虽败入城，粮草尚多，更有吴兵见屯安丰，以为犄角之势。今四面攻围，缓则坚守不出，急则必然死战，倘吴兵到来夹攻，吾军无益。不如三面攻之，留南门大路容贼自走，走则击之，可获全胜。吴兵必然带粮不多，我引轻骑抄在其后，可不战而自破矣。"司马昭曰："吾今得子房也。"【眉批：**曹操以荀彧为子房，昭今以钟会为子房矣**。】遂令王基退南面之兵，筑起土城，以为久计。原来淮水泛溢，土城一冲便倒，寿春城上军士望之，大笑不止。

却说吴兵屯于安丰，孙綝唤朱异等，责之曰："量一寿春城不能救，安可并吞中原！如再不胜，必然处斩！"【眉批：**一味好杀人为事**。】朱异回本寨商议，牙将于诠曰："城中军士其心不一，我等可分一半精兵入城。将军攻其外，我等在内杀出，却令诸葛诞引兵守城。此为上策。"异从之。有全怿、全端等皆愿入城，异遂同怿、端会合文钦军马，引兵一万入寿春。

此时魏兵不得将令，未敢轻敌，任吴兵入城，乃报知司马昭。昭令王基、陈骞引五千精兵，伏于吴兵来路："若朱异来救寿春，不可与敌，只截其后，吴兵必自乱矣。"【眉批：于诠所算，又早被司马昭所算。】王、陈二人引兵伏定。朱异果然自引马步军来。正行之间，背后喊声大震，忽两军杀到，左有王基，右有陈骞，吴兵大败，各自逃生。异大惊无措，不敢回安丰，直奔到江边，见了孙綝，言说此败之因。綝大怒曰："累败之将，要汝何用！"叱武士推出斩之。【眉批：一味好杀人，安能成大功？】于是武士拥朱异斩于镬里。綝又责唐咨等曰："若不得城，勿来见我！"此时孙綝自回建业。

全端子全祎惧罪降魏，司马昭加祎为偏将军，唐咨兵退回上船。钟会与昭曰："今孙綝退去，外无救兵，城可围矣。"昭从之，遂催军攻围。全祎感昭恩德，乃修家书与父全端、叔全怿，言孙綝不仁，再若无功，尽诛老小，以书射入城中。怿得祎书，遂引数千人开门降魏。魏兵欲入城去，被诸葛诞自至，魏兵乘高放箭射入城中，城中矢石如雨，内外死者不计其数，尸横遍野，血流成渠，连打数日方息。诸葛诞在城内忧闷，忽有蒋班、焦彝二谋士进言曰："城中粮少兵多，不能久守，可率吴、楚之众，与魏兵决一死战。今守此城，欲待天自杀敌人耳！"诞大怒目："吾欲守，汝欲战，莫非有异心乎？再言必斩！"二人仰天长叹曰："诞将亡矣！我等不如早降，【眉批：纷纷皆降，皆已自相逼，与敌人无干。可见胜负

国学经典文库

李渔 批阅

三国演义

姜维长城战邓艾

忠义士于诠死节

图文珍藏版

皆由主将耳。】免此一死。"是夜二更时分,蒋、焦二人逾城降魏,司马昭重加用之。【眉批:邀买人心。】因此城中虽有敢战之士,不敢言战。

魏兵四下筑起土城,以防淮水。诞在城中,只望水泛冲倒土城,驱兵击之。自秋至冬,并无淋雨,淮水不泛。【眉批:岂非天意乎?】看看粮尽,文钦在小城内与二子坚守,见军士渐渐饿倒,只得来告诞曰:"粮皆尽绝,军士饿损。不如将北方之兵,尽放出城,以省其食。只要吴兵固守,可保长久。"诞大怒曰:"汝教吾尽去北军,欲谋我耶?叱左右推文钦斩之。"【眉批:又欲杀人,焉能成功乎?】欲擒二子,事已泄漏。文鸯、文虎却将点兵,诞兵已到,鸯、虎二人各拔短刀,立杀数十人,飞

国学经典文库

李渔批阅

三国演义

忠义士于诠死节
姜维长城战邓艾

图文珍藏版

图文珍藏版

身上城，一跃而下，越濠赴魏寨投降。司马昭恨文鸯昔日单骑退兵之仇，欲斩之，钟会谏曰："文钦之罪合诛，二子亦当灭族。今钦已亡，二子无路来降，且城未破，若杀降将，是坚城内人之心也。"昭允之。遂召文鸯、文虎入帐，以好言抚慰，赐骏马锦衣，加为偏将军，封关内侯。【眉批：初意欲杀之，后复想又加以官爵，真乃老瞒手段。】二子拜谢上马，绕城大叫曰："我二人蒙大将军赦其反逆之罪，赠以爵禄，汝等何不早降？"城内人饥困日久，众皆计议曰："文鸯乃司马氏大仇之人，尚且重用，何况我等乎？"三千人结义了毕，欲出投降。诸葛诞大怒，日夜自来巡城，以杀为威。【眉批：屡屡只想杀人，安得不败！】

钟会知城中皆变，入帐与昭曰："时已至矣，城可攻矣！"昭大喜，遂激三军四面云集，一齐攻打北门。守将曾宣献门，放魏兵入城。诞知魏兵已入，慌引麾下数百人，自城中小路突出。至吊桥边，正撞着胡奋，手起刀落，斩诞于马下。【眉批：此必然之势。】数百人欲自逃生，皆被乱箭射死。魏将王基引兵杀到西门，正遇吴将于诠。基大喝曰："何不趁早降也！"诠大怒曰："大丈夫受命为主，以兵救难，既不能救，又降他人，乃禽兽之类也！"以手拽盔掷于地曰："人生在世，得死于战场者，幸也！"【眉批：于诠义风千古。】急挥刀死战三十余合，人困马乏，独力难加。魏兵四面攻之，于诠被乱军所杀。史官有诗赞曰：

司马当年围寿春，降兵无数拜车尘。

东吴虽有英雄士，谁及于诠肯杀身！

司马昭入寿春，将诸葛诞老小尽皆斩之，夷其三族。武士推过诞帐下数百人来，昭曰："汝等可降否？"众皆大叫曰："愿与诸葛公同死，决不降汝！乞早杀之。"昭大怒，叱武士尽缚于城外，逐一问曰："降者免死。"并无一人言降。又斩一人，再问亦然。数百人一一研问，直杀至尽，并无一人言降。昭深加叹息不已，遂令埋之。后史官有诗叹曰：

共矢忠心死勿忘，田横士尚一时亡。

眼中见杀心无改，千古惟兹第一场。

吴兵皆降于魏。裴秀告司马昭曰："吴兵老小尽在东南江淮之地，今若留之，久必为变，不如坑之。"【眉批：何裴秀之不仁甚也！】钟会谏曰："不然。古之用兵者，全国为上，戮其元恶而已。若尽坑之，是不仁也。不如放归江南，以显中国之宽大。"昭曰："此正论也。"【眉批：钟会之言与裴秀天渊之隔，而昭从之，此为昭之能用善言也。】遂将吴兵尽皆放归本国。唐咨、王祚因惧孙綝，不敢回国，亦来降魏，昭皆重用，令分布三河之地。淮南已平，正欲退兵，忽报西蜀姜维引兵来取长城，邀

国学经典文库

李渔批阅

三国演义

姜维长城战邓艾

忠义士于诠死节

图文珍藏版

截粮草。昭大惊，慌与多官计议退兵之策。未知如何，且听下回分解。

蜀汉延熙二十年，改为景耀元年，姜维在汉中选川将两员，每日操练人马。一将乃蒋舒也，一将乃傅佥也，并为心腹人。维问夏侯霸曰："公常言邓艾虽小儿，不可轻之，未之深信。累见其能，方知公言无谬，但恨未识面耳。"霸曰："其人身长七尺，阔面大耳，方颐大口，但言语蹇涩，时人呼为'邓吃'。"维曰："吾平生不服天下之人，累中此人之计，誓必深报，以雪前耻。"

忽报淮南诸葛诞起兵讨司马昭，东吴孙琳助之，昭大起两都之兵，将皇太后并魏主，一同出征去了。维大喜曰："吾今番大事济矣！"【眉批：欢忻之极。】遂表奏后主，愿兴兵伐魏。中散大夫谯周听知叹曰："蜀兵连年出征，伤者数多，深有怨心。姜维约不识时务，欲背天行事。朝廷近来溺于酒色，信任中贵黄皓，不理国事，只图欢乐。伯约累欲征伐，不恤军士，国将危矣！"【眉批：谯周忧国忧民如此。】乃作《仇国论》一篇，寄与姜维。维拆封视之，论曰：

或问："古往能以弱胜强者乎？"伏愚子答曰："有之。"高贤卿曰："用何术以胜之？"伏愚子答曰："处大国无患者恒多慢，处小国有忧者恒思善。多慢则生乱，思善则生治，理之常也。故周公养民，以少取多；越勾践恤众，以弱毙强，此其术也。"贤卿又曰："曩者楚强汉弱，相与战争，无日宁息，然项羽与汉约：分鸿沟为界，各欲归息民。张良以为民志既定，则难动也，寻帅追羽，终毙项氏。岂必由文王、勾践之事乎？"伏愚子笑曰："贤卿止知其一，不知其二也。昔商、周之际，王侯世尊，君臣久固，民习所传。深根者难拔，据固者难迁。当此之时，虽有汉祖，安能仗剑鞭马，以取天下乎？当秦罢侯置守之后，民疲秦役，天下土崩，或岁改主，或月易公，鸟惊兽骇，莫知所从，于是豪杰并争，狼分虎裂，疾搏者获多，迟后者见吞。方今之始，皆传国易世矣，既非秦末鼎沸之时，实有六国并据之势，故可为文王，难为汉祖。夫民之疲劳，则骚扰之兆生；上慢下暴，则瓦解之形起。谚曰：'射幸数跌，不如审发。'是故智者不为小利以移目，不为己意以改步，时可而后动，数

国学经典文库

李渔批阅

三国演义

姜维长城战邓艾　忠义士于诠死节

图文珍藏版

国学经典文库

李渔批阅

三国演义

忠义士于诠死节
姜维长城战邓艾

图文珍藏版

1646

合而后举，故汤、武之师不再战而克，诚重民劳而度时审；如遂极武黩征，土崩势生，不幸遇难，虽智者将不能谋之矣。若乃奇变纵横，出入无间，冲波截辙，超谷越山，不由舟楫而渡盟津者，此伏愚之所不及也。

姜维看毕，大怒曰："此腐儒之论也！"于是碎裂其文，遂提川兵来取中原。乃问傅佥曰："以公度之，可出何地？"佥曰："魏屯粮草，皆在长城。今可径取骆谷，度沈岭，直到长城，先烧粮草，【眉批：前者魏兵断蜀之粮，今则蜀兵取魏之粮，文章变化之巧。】然后直取秦川，则中原指日可得矣。"维曰："公之见，与吾暗合。"即依议进兵。【眉批：此系五伐中原矣。】

却说长城镇守将军司马望，乃司马昭之族兄也。城内粮草多，人马少。听知蜀兵来到，急唤王真、李鹏二将议曰："今蜀兵犬至，当何策以退之？"二人告曰："某等愿决一死战！主公何太怯也？"司马望引兵离城二十里下寨。次日蜀兵到来，望引二将出阵。姜维出马，指望言曰："今司马昭迁主于军中，必有李傕、郭汜之意也。吾今奉朝廷明命，前来问罪。汝当早降，若是愚迷，全家诛戮！"望大声答曰："汝等无礼，数犯上国，如不早退，令汝片甲不归！"言讫，挺枪出马。蜀军中傅佥出迎。战不十合，佥卖个破绽，王真便挺枪来刺，傅佥闪过，活捉王真于马上，便回本阵。李鹏大怒，纵马轮刀来救。佥故意放慢，等李鹏将近，努十分力掷真于地，

暗掣四楞铁简在手。【眉批：**傅佥勇而有谋。**】鹏赶上举刀待砍，傅佥偷身回顾，向李鹏面门只一简，打得眼珠迸出，死于马下。王真被蜀军乱枪刺死。姜维驱兵大进，司马望弃寨入城，闭门不出。维下令曰："军士今夜且歇一宿，以养锐气。来日须要入城。"次日平明，蜀兵争先大进，一拥至城下。用火箭火炮打入城中，城上草屋，一派烧着。【眉批：**与博望、新野相同。**】魏兵自乱。维又令人取干柴堆满城下。一齐放火，烈焰冲天，城已将陷。魏兵在城内嚎啕痛哭，声闻四野。

正攻打之间，忽然背后喊声大震，维勒马回看之时，只见魏兵鼓噪摇旗，浩浩而来。【眉批：**来得奇突。**】维

国学经典文库

李渔批阅

三国演义

忠义士于诠死节
姜维长城战邓艾

图文珍藏版

遂令后队为前队，自立于门旗下候之。两阵对出，魏阵中一小将全装惯带、挺枪纵马而出，约年二十余岁，面如傅粉，唇似抹朱，厉声大叫曰："认得邓将军否？"维自思曰："此是邓艾矣。"【眉批：**小小年纪，出此狂言，而姜维虚猜为邓艾。奇。**】挺枪纵马而来。二人抖擞精神，战到三、四十合，不分胜负，那小将军枪法无半点放闲。维心中自思："不用此计，安得胜乎？"便拨马望左边山路中而走。那小将骤马追之。维挂住了铜枪，暗取雕弓羽箭射之。那小将眼乖，早已见了，弓弦响处，把身望前一倒，放过羽箭。维回头看，小将已到，挺枪来刺，维闪过。那枪从肋旁边过，被维挟住。那小将弃枪望本阵而走。维嗟叹曰："可惜，可惜！"再拨马赶来，追至阵门前，一将便提刀而出曰："姜维匹夫，勿赶吾儿！邓艾在此！"【眉批：**此时耳中实听一邓艾。**】维大惊。原来小将乃艾之子邓忠也【眉批：**到此方叙明。真乃幸会。**】维暗暗称奇。欲战邓艾，又恐马乏，乃虚意指艾曰："吾今日识汝父子也。各且收兵，来日决战。"艾见战场不利，乃就机曰："既然如此，暗算者，非大丈夫也。"遂两军皆退。邓艾据渭水下寨，姜维跨两山安营。艾见蜀兵地理，乃作书与司马望曰："我等切不可战，只宜固守。待关中兵至时，蜀兵粮草皆尽，三面攻之，无不胜也。今遣长子邓忠相助守城。"一面差人于司马昭处求救。

却说姜维令人于邓艾寨中下战书，约日大战。艾虚心应之。至日五更，维令三军造饭，平明布阵等候。艾营中掩旗息鼓，却如无人之状。【眉批：**恶极。**】维至晚方回。次日又令人下战书，责以失期之罪。艾以酒食待使，答曰："微身小疾，有误相持。【眉批：**却像回债的口气。**】明日会战。"次日维又引兵来，艾仍前不出。如此五、六番。傅佥与维曰："此必有谋也。可宜防之！"维曰："必揵关中兵到，三面击我兵也。吾今急令人持书与东吴孙琳，并力攻之，平分天下。"却欲遣使，忽报司马昭攻打寿春，杀诸葛诞，夷其三族，吴兵皆降；昭班师回洛阳，便欲引兵来救长城。姜维大惊曰："今番伐魏又成画饼矣。不如且回，再作良图。"未知如何退兵，且听下回分解。

国学经典文库

李渔批阅 三国演义

忠义士于诠死节
姜维长城战邓艾

图文珍藏版

1649

国学经典文库

李渔批阅

三国演义

孙綝废主立孙休
姜维祁山战邓艾

图文珍藏版

1650

第一百十三回　孙綝废主立孙休　姜维祁山战邓艾

却说姜维恐大势兵到，先将军器车仗、一应军需、步兵先退，然后将马军断后。细作报知邓艾，艾笑曰：

"姜维知大将军兵到，故先退去，不必追之。追则中彼之计也。"乃令人哨探，回报："果然骆谷道狭之处堆积柴草，准备要烧追赶之兵。"众皆骇然，乃称艾曰："将军明如神也！"遂遣使赍表奏闻。于是司马昭大喜，又加赏邓艾。

却说东吴大将军孙綝，【眉批：**此处专叙东吴。**】听知全端、唐咨、王祚等降魏，勃然大怒，将各人家眷尽皆斩之。吴主孙亮见綝杀罚太甚，心中怏然。一日出西苑，故食生梅，令黄门于中藏取蜜，煎梅食之。须臾取至，开见蜜内鼠粪数块。召藏吏责之曰："尔欠严敬矣。"藏吏叩奏曰："臣封闭甚严，安有鼠粪！"亮曰："黄门曾问尔求蜜食否？"【眉批：**问得聪慧。**】藏吏奏曰："数日前累求蜜食，臣实不敢与之。"亮指黄门曰："此是卿所为也。"【眉批：**一语道着。**】黄门不服。侍中刁玄、张邠二人奏曰："黄门与藏吏言语不同，请付狱吏推问。"亮曰："此事易知耳，何必勘问？若粪原在蜜中，则内外皆湿；若新在蜜中，则内燥外湿。"剖之，果然内燥。黄门服罪。亮之聪明，大抵如此。【眉批：**此谓小智之敏捷。而大事之聪明，因有孙綝，故亮不能使出。**】虽然如此，但日月之明被孙綝障蔽，不能主持。綝令弟威远将军孙据为苍龙宿卫，武卫将军孙恩、偏将军孙干、长水校尉孙闿分屯诸营。【眉批：**孙琳父子兄弟五人，与曹爽兄弟三人相似。**】孙琳筑府于朱雀桥南，托病不出。

却说吴主孙亮闲坐，有黄门侍郎全纪在侧。纪为国舅，忠心事亮。亮涕告曰："孙綝妄杀大臣，掌握朝纲，视朕如无物。今不图之，必为后患。朕密告卿，卿可只今点起禁兵，与将军刘丞各把城门，朕自出以杀孙綝。【眉批：**到有胆量，竟像个做得事来的。**】此事切不可令卿母知之，卿母乃綝之姊也。倘若泄漏，误朕匪轻。"纪

国学经典文库

李渔批阅

三国演义

孙綝废主立孙休
姜维祁山战邓艾

图文珍藏版

奏曰："陛下先草诏与臣，临行事之时，臣持讨诏，使綝手下人皆不敢妄动。"亮从之，即时写诏付纪。

纪受密诏归家，告父全尚知之。尚为太常，听知此事，乃告妻曰："三日内杀孙綝矣。"妻曰："杀之是也。"口虽应之，却私令人报知孙綝。【眉批：**机事秘密，有父兄妻子者不可轻言，此之谓也**。】綝大怒，当夜便唤兄弟四人，点大兵，先围大内。遂将全尚、刘丞等家，亦皆围住。比及天明，吴主孙亮听的宫门外金鼓大震，内侍入奏曰："孙綝引兵围了内苑。"亮大怒，指全后骂曰："汝父兄误我大事矣！"【眉批：**丈夫儿子性命，惧送在妇人手**。】乃拔剑欲出，曰："朕乃皇帝之嫡子，谁敢不从！朕在位五年，无害于人，有何愧哉！"全后与侍中近臣及乳母皆牵其衣而哭，不放亮出。孙綝先将全尚、刘丞等杀之，然后召文武于朝内，下令曰："少帝荒淫久病，昏乱无道，不可以奉宗庙，必当废之！汝诸文武敢有不从，必有反意！"众皆畏惧而应曰："愿从将军之令。"忽班部中一人出曰："汝无伊尹、霍光之才，安敢废聪明之主耶！"众视之，乃尚书桓彝也。【眉批：**两班文武，皆畏惧不言。桓彝可为忠臣矣**。】彝指孙綝大骂曰："吾宁死，不从贼臣之命！"綝大怒，自拔剑斩之。即入内，指吴主孙亮骂曰："无道昏君，本当诛戮，以谢天下！看先帝之面，废汝为会稽王，吾自选有德者立之！"【眉批：**与司马师废曹芳同耳**。】叱中书郎李崇夺其印绶，令邓程收之。亮大哭而去。文武官僚无不坠泪，军民人等悲切不已。后史官有诗叹曰：

魏朝新见废曹芳，吴国孙綝效霍光。

无父无君真可叹，五常绝灭坏三纲。

孙亮时年十七岁。孙綝遣宗正孙楷、中书郎董朝，往虎林迎请琅琊王孙休为君。休字子烈，乃孙权第六子也。在虎林夜梦乘龙上天，回顾不见龙尾，【眉批：乘龙者，为君之象；无尾者，子不得即位之兆。】失惊而觉。次日孙楷、董朝至，拜请回都。初疑二人，见所言有理，乃行。至曲阿，有一老人，自称姓于名休，叩头言曰：

国学经典文库

李渔批阅

三国演义

孙綝废主立孙休
姜维祁山战邓艾

图文珍藏版

"事久必变，天下喁喁，愿陛下速行。"休谢之。行至布塞亭，孙恩将车驾来迎。休不敢乘辇，乃坐小车而入。百官拜迎道旁。休慌忙下车答礼。孙綝出令扶起，请入大殿升御座，即天子位。休再三谦让，方受传国玉玺，文官武将朝贺已毕，大赦天下，改元永安元年。封孙綝为丞相、荆州牧，多官各有封赏。又封兄之子孙皓为乌程侯。綝一门五侯，皆典禁兵，权倾人主，凡有所请，并不敢违。此时吴主孙休恐其内变，将綝数加封赐，以安其心。

冬十二月，休命左将军张布，散牛酒于大臣之家。布先送入綝府。綝大醉，见牛酒列于前，乃斜卧与布曰："吾初废少主时，人皆劝吾为君，吾为彼贤而立之。无我时，你只为琅琊王耳。今将吾如等闲待之，吾早晚教你看！"【眉批：孙綝虽是醉话，却由心中所出。】言讫，恨声不绝。布回宫，密奏孙休。休大惧，日夜不安。数日内，孙綝遣中书郎孟宗，拨与中营所管精兵一万五千出屯武昌，又将武库内军器加倍与之。当有将军魏邈、武卫士施朔二人，密奏吴主孙休曰："綝调兵在外，武库内军器搬得罄尽，奸心已变，早晚必举事矣。"【眉批：有不得不然之势。】休大惊，急召张布计议。布奏曰："可请老将军丁奉议之。"休召奉入内，赐坐，乃诉其事。奉奏曰："陛下勿忧。臣有一计，与国除害。"休曰："如之奈何？"奉曰："来朝腊日，只推大会群臣，遣綝赴席，臣自有调遣。陛下可降手诏付臣，以便行事。"休遂写诏与奉。奉同魏邈、施朔掌外事，张布掌内事。

　　是夜狂风大作，飞砂走石，将老树连根拔起。天明风定，使便来请孙綝赴会。孙綝方起床，平地如人推倒，【眉批：如诸葛恪黄犬衔衣、孝子入门事相同。】心中不悦。使者十余人簇拥入内。家人止之曰："一夜狂风不息，今早又无故惊倒，此会不可赴之。"綝曰："吾弟兄共典禁兵，谁敢近身！倘有变动，于府中放火为号。"嘱讫，升车入内。吴主孙休忙下御座迎之，请綝高坐。【眉批：与昔日诸葛恪入朝饮酒相似。】酒巡一次，众惊曰："营外望有火起！"綝便欲行，休止之曰："丞相稳便。外兵自多，何足道哉！"言未毕，左将军张布拔剑在手，引武士三十余人抢上殿来，【眉批：令人追想孙峻杀诸葛时事。】口中厉声言曰："有诏擒反贼孙綝！余皆尽散！"綝急欲走时，忽被武士擒下。绤叩头奏曰："愿徙交州，乞归田里。"休叱之曰："尔何不徙滕胤、吕据耶！"綝又泣曰："臣愿徙为官奴。"休叱之曰："尔何不罚滕胤、吕据为官奴乎！可推下斩之！"于是张布牵孙綝下殿东斩讫。【眉批：眼前果报，到此方畅人心。】从者皆不敢动。布宣诏曰："罪在孙綝一人，余皆复还旧职。"众皆拜谢。布乃请休升五凤楼。丁奉、魏邈、施朔等皆擒孙綝兄弟至，休命尽斩于市。宗党死者数百人。夷其三族，余党协从者皆赦之。命军士掘开孙峻坟墓，戮其尸首。将被害诸葛恪、滕胤、吕据等家重建坟墓，以表其忠；其带累流迁者，皆诏还。【眉批：又将旧案一翻。】史官有诗

国学经典文库

李渔批阅 三国演义

孙綝废主立孙休
姜维祁山战邓艾

图文珍藏版

1655

国学经典文库

李渔批阅

三国演义

孙綝废主立孙休
姜维祁山战邓艾

图文珍藏版

1656

叹曰：

> 孙峻孙綝作大臣，挟权倚势害平人。
>
> 世间报应难逃免，不在儿孙在己身。

　　于是吴主孙休将出力功臣各皆封赏，驰书报入成都。后主刘禅遣使回贺，相待吴使薛翊回讫。吴主孙休乃问薛翊曰："卿往西蜀，观其得失若何？"翊奏曰："近日中常侍黄皓等用事，公卿多阿附之。主暗而不知其过，臣下容身以求免死。入其朝不闻直言，经其野民皆菜色。【眉批：**使者口内叙出蜀中朝野如此行事，社稷岂能久乎？**】臣闻燕雀处堂，子母相乐，自以为安也，突决栋焚，而燕雀怡然，不知祸之将及，其是之谓乎！今蜀中景色，视之如此也。"休仰天叹曰："若诸葛武侯在时，

国学经典文库

李渔批阅

三国演义

姜维祁山战邓艾
孙綝废主立孙休

图文珍藏版

安容如此乎!"又写国书,教人赍入成都,说:"司马昭视魏主曹髦如小儿,旦夕必有变也。"姜维听得此信,欣然设席,再议出师伐魏。【眉批:内患不除,而治外患,何益之有?】未知如何,下回便见。

　　蜀汉景耀元年冬!大将军姜维复选廖化、张翼为先锋,王含、蒋斌为左军,蒋舒、傅佥为右军,胡济为合后,维自总中军,共起蜀兵二十万,拜辞后主,径到汉中。此时后主幸中贵黄皓用事,日夜在宫中饮酒作乐,皓选美女以悦之,后主因此不理政事。时有刘琰妻胡氏,极有颜色,因入宫见皇后,皇后留在宫中,一月乃出。琰疑妻与后主私通,唤帐下军五百列于前,将妻绑缚,令每军以履底挞其面数十下,几死复苏。后以此事告发,后主大怒,令有司官定罪,拟议卒非挞妻之人,面非受刑之地,合宜弃市。于是斩刘琰于市,自此命妇不许入朝。

　　却说姜维同夏侯霸共掌中军,维曰:"前者累次未能成功,深为惭愧。今魏国臣强君弱,可乘时图之。当取何地?"霸曰:"祁山虽有些准备之卒,乃用武之地,堪可进兵。故丞相六出祁山,因他处不可出也。"维曰:"今番往祁山决一大战,以分雌雄!"遂令三军并望祁山进发,【眉批:此是六伐中原。】至谷口下寨。

　　此时邓艾在祁山寨中整点陇右之兵,忽流星马到,报说:"蜀兵见下三寨于谷口。"艾听知,遂登高看了,回寨升帐,大喜曰:"不出吾之所料也。"原来邓艾先度

国学经典文库

李渔批阅

三国演义

孙綝废主立孙休
姜维祁山战邓艾

图文珍藏版

1658

了地脉，故留蜀兵下寨之地。地中自祁山寨直至蜀寨，早挖了地道，待蜀兵至时，于中取事。此时姜维至谷口，分作三寨，地道正在左寨之中。此寨王含、蒋斌下寨。右寨是蒋舒、傅金屯扎。初到之日，方才安排鹿角寨栅，四门未立。魏寨中邓艾唤子邓忠同师纂各引一万兵为左右冲击，却唤副将郑伦引五百掘子手，于当夜二更径于地道直至左营，于帐后地下拥出。王含、蒋斌尚立寨未了。只恐魏兵来劫寨，不敢解甲而寝，但闻中军大乱，急绰兵器上的马时，寨外邓忠引兵杀到，内外夹攻。王、蒋二将奋死抵敌不住，弃寨而走。

却说姜维在帐中听的左寨中大喊，忽报有内应外台之兵，蜀兵溃散。维忙上马，立于中军帐前，四面布合，乃传令曰："如有妄动者立斩！便有兵到营边，休要问他，即以弓弩射之！"【眉批：与张辽之守合淝相似。】又传示右营，亦是如此。果然魏兵十余次冲击，皆被射圆。只冲杀到天明，魏兵：不敢杀入。邓艾收兵回寨，乃叹曰："姜维深得孔明传授也，兵不致乱，难以退之。"次日，王含、蒋斌收聚败兵，伏于大寨前请罪。维曰："非汝等之罪，乃吾不明地脉之故也。"又拨军马，令二将安营讫。却将伤死身尸填于地道之中，以土掩之。【眉批：至以地道为蜀兵之冢，哀哉！】令人下战书，单搦邓艾来日交锋。艾忻然应之。

次日，两军列于祁山之前，维按武侯八阵之法，依天地、风云、鸟蛇、龙虎之形，分布已定，待邓艾出马。

【眉批：前者武侯与仲达斗阵，今者姜维与邓艾斗阵。】

艾见维布八阵，艾亦布之，左右前后门户一般。维持枪纵马大叫曰："请邓将军答话！"艾亦出马于阵前。维曰："汝效吾排八阵，汝能变阵否？"艾笑曰："汝只道此阵汝师父能布，天下人岂不会也？吾既会布，岂不知变阵？"艾便勒马入阵，令执法官把旗左右招飐，变成八八六十四个门户。【眉批：好看。】艾复出阵前曰："吾变法若何？"维曰："虽然不差，汝敢与吾八阵相围么？"【眉批：又教围阵，的奇。】艾曰："有何不敢！"两军各依队伍而进，艾在中军调遣。初时两军冲突，八阵变法不曾错乱，只见两军左右躲闪。维到中间把旗一招，忽然变成长蛇卷地阵，将邓艾困在垓心，四方八面喊声大震。艾不知

读/者/随/笔

国学经典文库

渔阅李批

三国演义

姜维祁山战邓艾 孙綝废主立孙休

图文珍藏版

1659

国学经典文库

李渔批阅

三国演义

孙綝废主立孙休
姜维祁山战邓艾

图文珍藏版

1660

其阵，心下大惊，但见周围皆是蜀兵，渐渐逼近。艾引众将冲突不出，只听得外面众叫曰："邓艾早降！忽得迟延！"艾仰天长叹曰："我一时自逞其能，中姜维之计矣！"【眉批：读至此令人拍案快心，而司马望一来，又令人忻心索然矣。】

忽然西北角上一彪军杀入，艾见是魏兵，遂乘势杀出。救邓艾者，乃司马望也。比及救出邓艾时，祁山九寨皆被蜀兵所夺。【眉批：姜维夺祁山九寨，又令人拍案一快。】艾引败兵退于渭水南下寨。艾与望曰："公何以知此阵法，而救出我也？"望曰："吾幼年游学于荆南，曾与崔州平、石广元为友，讲论此阵。今日姜维所变者，乃长蛇卷地之阵势也。若他处击之，不可破也。吾见其头在西北，故以西北击之，自破矣。"艾拜谢曰："我虽学得阵法，实不知此变。公既知此法，来日以此法复夺祁山寨栅如何？"望曰："我之所学，瞒不过姜维。此人武艺精熟，深得武侯兵法。来日我于阵上与他斗阵法，你却引一军暗袭祁山之后。两下混战，可夺旧寨也。"于是使人下战书，搦姜维来日斗阵法。

维批回去讫，乃与众将曰："吾授武侯所传密书，此阵变通共三百六十五样，按周天度数，再无其外矣。今搦吾斗阵法，乃班门弄斧耳。莫非中间又有诈谋，汝等可知乎？"【眉批：妙在姜维不肯说出。】廖化曰："来日阵前再看。"维曰："然。"即令张翼、廖化引一万兵去山后埋伏。次日姜维尽拔九寨之兵，分布于祁山之前。此时邓艾令郑伦为先锋，暗领一军去袭山后。

却说司马望引兵离了渭南，径到祁山之前，布成阵势。望出马与维答话，维曰："汝搦吾斗阵法，汝布之。"望布成了八阵。维笑曰："此乃吾师所布八阵之法也，汝今窃学而布之。"望曰："汝师亦窃他人之法，吾所授者真本也。"维问曰："此阵凡有几变？"望大笑曰："吾既能布之，岂不会变？此阵有九九八十一变。"维暗笑曰："汝试变之。"望入阵变了数番，复出阵曰："汝识吾变法乎？"【眉批：**学问没有一半，也在此逞能。**】维曰："汝乃是井底之蛙，安知玄奥乎！吾阵法按周天三百六十五变。"望自知有此变法，实不曾学全，乃勉强折辩曰："吾不信，汝试变之。"维曰："汝教邓艾出来，吾布之。"望曰："邓将军自有良谋，不好阵法。"维大笑曰："汝赚吾在此布阵，却教邓艾袭吾山后是否？"望大惊。却欲进兵混战，被维以鞭稍一指，两翼兵先出，杀的那魏兵弃甲抛戈，撇盔丢戟，大败而散，各逃性命。【眉批：**读至此，令人又拍案一快。**】

此时邓艾催督先锋郑伦来袭山后，伦刚转过山角，忽然一声炮响，鼓角喧天，伏兵杀出，为首大将，乃廖化也。二人未及答话，两马交处，被廖化一刀，斩郑伦于马下。邓艾大惊，急勒兵退时，张翼引一军杀到，两下夹攻，魏兵大败。艾舍命突出，身被四箭。奔到渭南寨时，司马望亦到。二人商议退兵之策，望曰："近日蜀主刘禅宠幸中贵黄皓，日夜以酒色为乐，可用间谍计召

国学经典文库

李渔批阅 三国演义

孙綝废主立孙休
姜维祁山战邓艾

图文珍藏版

国学经典文库

李渔批阅

三国演义

姜维祁山战邓艾

孙綝废主立孙休

图文珍藏版

回姜维，此危可解。"【眉批：用此良谋，胜斗阵法。】艾问众谋士曰："谁可入蜀，交通黄皓耶？"言未毕，一人应曰："某愿往。"艾视之，乃襄阳党均也。艾大喜，即令党均赍金宝好物，径到成都结连黄皓，布散流言，说姜维怨望天子，不久弃兵投魏。【眉批：正有些好光景，却又有此恶计，可见阵法之奇巧与姜维之能略俱无用也。】于是成都人人所说皆同。黄皓奏知后主，即遣人星夜宣姜维入朝。【眉批：读至此，令人恨。】

却说姜维连日搦战，邓艾坚守不出，维心中甚疑。忽使命至，诏维入朝，然后退兵。维不知何事，只得回朝，随后退兵于汉中。邓艾、司马望料知姜维中计，遂拔渭南之兵，随后掩杀。未知如何，且听下回分解。

国学经典文库

李渔批阅

三国演义

司马昭弑杀曹髦
姜伯约弃车大战

图文珍藏版

第一百十四回　司马昭弑杀曹髦　姜伯约弃车大战

　　却说姜维临行，分付廖化、张翼曰："汝二人坚守祁山大寨，待使命至，便班师回汉中。"廖化曰："必中间谍之计矣。孙子云：'将在外，君命有所不受。'今虽有

诏，未可动也。"【眉批：廖化之言，甚为有理。】张翼曰："蜀人为大将军连年动兵，皆有怨望。民心一变，安能久长？不如乘此得胜之时收回人马，暂息锐气，以安

民心，再作良图。"【眉批：张翼之言，亦却有理。】化曰："倘魏兵随后追杀，如之奈何？"翼曰："令各军依法而退，我与公二人断后，以拒魏兵。"化从之。遂令大兵先退，化与翼断后。

却说邓艾引兵追赶，只见前面蜀兵旗帜整齐，人马徐徐而退。艾曰："姜维深得武侯之法也。"【眉批：武侯声名，犹赫赫在人耳目间，虽死之日犹生之年也。】因此不敢追赶，遂勒马回祁山寨去了。

却说姜维至成都，入见后主。后主曰："朕为卿在边庭久不还师，恐劳军士，故诏卿回朝，别无他意。"维曰："臣已得祁山之寨，正欲收功。不期半途而废，此必中邓艾之计矣！臣再出师伐魏，恢复中原，上报圣主之恩，下继武侯之志。"后主默然。【眉批：写出昏庸之主。】黄皓自此恨妒姜维。维整兵未足。

却说党均回到祁山寨中，报知此事。邓艾与司马望曰："君臣不足，必然内变。"就令党均入洛阳，报知司马昭。昭大喜，已有图蜀之心。乃唤中护军贾充曰："吾今伐蜀如何？"充曰："未可。"昭曰："何为？"充曰："今天子疑主公久矣，若一旦轻出，蜀未能伐也。【眉批：借伐蜀转出曹髦作诗，而昭遂起弑主之意。斗笋甚奇，叙事省笔。】旧年黄龙两见于宁陵井中，群臣表贺以为祥瑞，天子曰：'非祥瑞也。'多官伏问之，天子曰：'其龙上不在天，下不在田，居于井中，乃幽困之兆也。'遂作《潜龙诗》一首。诗中之意，深疑主公也。其诗曰：

伤哉龙受困，不能跃深渊。

上不飞天汉，下不见于田。

蟠居于井底，鳅鳝舞其前。

藏牙伏爪甲，嗟我亦如然。

司马昭闻之大怒，与左右曰："此人欲效曹芳也！"【眉批：此人者，公之何人？彼者公之何人？天之报髦如此！】时有成倅、成济二人立于阶下，昭指贾充曰："倘有事变，只在汝身上！"充应曰："主公放心，自有调遣。"昭唤倅、济二人分付曰："曹髦之首，只在汝二人手内！"各人应诺而退。

时魏甘露五年夏四月，司马昭带剑上殿。髦以目视之，昭叱之曰："视吾何为！"髦默然无语。群臣皆大呼曰："大将军功德巍巍，合为晋公，加九锡！"髦低头不答。昭厉声而言曰："吾父兄三人于魏有大功德，今为晋公，莫非不容乎！"【眉批：曹操加九锡，尚假意托辞，而昭受九锡，却公然索取。】髦战栗而应曰："谁不从耶？"昭曰："《潜龙》之诗，祝吾等如鳅鳝，是何礼也？"髦不能答，挥汗如雨。昭冷笑下殿，多官凛然。【眉批：只在举动上形容，有无限妙处。】

髦归后宫，痛哭终日。次日，召侍中王沈、尚书王经、散骑常侍王业三人入后宫计议。髦哭曰："司马昭篡逆之心，天下人尽知也。朕不能坐受废辱，故请卿等同

国学经典文库

李渔批阅

三国演义

司马昭弑杀曹髦
姜伯约弃车大战

图文珍藏版

1665

国学经典文库

李渔 批阅

三国演义

司马昭弑杀曹髦
姜伯约弃车大战

图文珍藏版

心讨之。"王经奏曰："不可。昔春秋时，鲁昭公不忍季氏，败走失国，为天下人之耻笑。今重权已归司马氏之门，为日久矣，内外公卿及四方之士不顾逆顺之理，皆为之致死。且陛下禁兵寡弱，非用命之人，今若不能隐忍，是欲除疾而疾愈深。疾若深，则为祸不小矣。陛下不可造次！"髦怀中取黄素诏，掷之于地，曰："是可忍也，孰不可忍也！朕意已决，便死何惧？况不死乎！"于是曹髦入告太后。王沈与王业曰："事已急矣！空自求诛三族，当往晋公府下出首，以免一死。"【眉批：人心向昭。果如王沈之言。】二人乃与王经曰："虽有智慧，不如乘势出首，以免一死。"经大怒曰："主忧臣辱，天下至理。安敢以求生而害于仁乎？吾愿杀身以成仁耳！"王沈、王业见经不从，急报司马昭去了。

少顷，魏主曹髦出内，令护尉焦伯聚集殿中宿卫、苍头、官僮三百余人，鼓噪而出。髦仗剑升辇，叱左右径出南阙。王经伏于辇前，大哭而谏曰："今陛下领数百人伐昭，是驱羊而入虎口耳，空死无益。臣非惜命，实见事不可行也！"髦曰："吾军已行，卿勿阻当。"遂望龙门而来。遇见贾充披戴盔甲，左有成倅，右有成济，引数千铁甲禁兵，鼓噪而入。髦仗剑大喝曰："吾乃天子也！汝等突入宫庭，欲弑君耶？"【眉批：**平日不成为天子，此时欲正名定分难矣。**】此时禁兵面面相觑，皆不敢动。充唤济曰："司马晋养你何用？正为今日之事也！若事一败，汝等全家皆灭矣！"成济绰戟在手，回顾贾充曰："当杀耶？当缚耶？"充曰："司马公有令，只要死的！"成济拈戟直奔辇前。髦大喝曰："匹夫敢无礼乎！"言未讫，被成济一戟刺中前胸，撞出辇来。【眉批：**从前天子遇害，未有如此之惨者。为之一叹！**】济大呼曰："奉晋公之令，杀无道昏君！"再一戟，刃从两背上透出，死于辇旁。焦伯挺枪来迎，被成济一戟刺死于辇旁，众皆逃走。王经随后赶来，大骂贾充曰："逆贼安敢弑君耶！"充大怒，叱左右缚定，报知司马昭，昭入内，见髦已死，乃佯作大惊之状，以头撞辇而哭，令人报知大臣。【眉批：**此时眼泪，从何处得来？**】

时有太傅司马孚入内，见髦尸首，抱股痛哭曰："弑陛下者，臣之罪也！"昭曰："国不可一日无君。"遂将髦尸用棺椁盛贮，停于偏殿之西。亡年二十岁。昭议立新

国学经典文库

李渔批阅

三国演义

图文珍藏版

司马昭弑杀曹髦 姜伯约弃车大战

君，王业曰："武帝之孙、燕王曹宇之子见居安次县，封为常道乡公，可立为君。"昭从之，即发车驾迎之。昭会大臣，议弑君之事，独有尚书仆射陈泰不至。昭使其舅、尚书荀顗召之，泰对之大哭不已。谓泰曰："世人以泰比舅，今舅不如泰也！"因子弟逼之，乃披重孝而入，哭拜于灵前。昭亦佯哭而问曰："公以此事何法处之？"泰曰："独斩贾充，少可以谢天下耳，"昭沉吟良久。又问曰："再思其次。"泰曰："惟有进于此者，不知其次。"昭默然。少顷曰："成济大逆不道，弑其人主，可推出剐之，**【眉批："斩贾充少可以谢天下"。是明明道着司马昭。复斩成济，是助乱贼，即为乱贼所杀。人亦何为而助乱贼乎？】**，夷其三族！"济大骂昭曰："非吾之罪，乃贾充传汝之命，令吾弑主！"昭令先割其舌。济至死叫屈不绝。并成倅亦斩于市，尽夷三族。后史官有诗叹曰：

> 假意投身强哭尸，公然弑主待推谁。
>
> 欲诛成济瞒天下，天下人人尽得知。

司马昭入奏太后曰："逆主曹髦欲兴兵弑娘娘，杀大臣，已被成济杀之。臣亦灭成济。请娘娘降诏，以安众心。"太后惧昭威势，任意写了矫诏，反斩王经全家，以慰其心，王经正在廷尉厅下，忽见缚母至，经叩头大哭曰："不孝辱子有累慈母矣！"母大笑曰："人谁不死？正恐不得其死耳！以此弃命，何恨之有！"次日，王经全家皆押赴东市，其母神色不变，回顾经曰："吾儿，今日得

国学经典文库

李渔 批阅

三国演义

司马昭弑杀曹髦 姜伯约弃车大战

图文珍藏版

1668

死，勿怯之！"此时王经母子大笑受刑。【眉批：王经母子，可为千古后人称羡。】故吏向雄痛哭不已，满城大小无不垂泪。后史官有诗曰：

> 汉初夸伏剑，汉末见王经。
>
> 真烈心无异，坚刚志更清。
>
> 节如泰华重，命似鸿毛轻。
>
> 母子声名在，应同天地倾。

却说司马昭斩了王经母子，安抚人心已毕。时有太傅司马孚，将曹髦以王礼葬之。旬日间，常道乡公至。贾充乃劝司马昭就魏国正统。还是如何，且听下回分解。

国学经典文库

李渔批阅

三国演义

司马昭弑杀曹髦
姜伯约弃车大战

图文珍藏版

却说司马昭因贾充劝告魏国正统之事，昭与充曰："昔文王三分天下有其二，【眉批：以文王自称。是看曹操之样。】以服事殷，故圣人称为至德。魏武帝不肯受禅于汉，犹吾之不肯受禅于魏也。"于是贾充等听毕，已知司马昭留意于子司马炎之身矣。当年六月甲寅日，司马昭立常道乡公曹璜为帝，改元景元年。璜改名曹奂，字景召，乃武帝曹操之孙，燕王曹宇之子也。奂封昭为丞相、晋公，赐钱十万，绢万匹。其文武多官。各有封赠。

早有细作报入蜀中，姜维听知司马昭杀了曹髦，立曹奂为帝，乃大喜曰："吾今日伐魏，方有名矣！"遂发国书入吴，令问司马昭弑君之罪。上表于后主，起兵十五万，车乘数千辆，皆置板箱于上。令廖化、张翼为先锋。化取子午谷，翼取骆谷，维自取斜谷，皆要出祁山之前取齐。于是三路兵并起，杀奔祁山而来。【眉批：此是七伐中原。】

此时邓艾在祁山寨中训练人马，忽报蜀兵三路蜂拥杀到。艾遂聚渚将计议，忽一人出曰："吾有一计，不可言之，见写在此，敢退蜀兵。"艾视之，乃参军王瓘也。艾展开计策观讫，大喜曰："此计虽妙，只怕瞒不过姜维。"瓘曰："愿舍一命，以报司马公之恩。"艾曰："汝心志若坚，必然成功。"遂拨五千兵与瓘。瓘连夜从斜谷迎来，正撞蜀兵前队哨马。瓘叫曰："我是魏国降兵，可报与主帅知会！"哨军报知姜维。维令拦住余兵，只教为首将来见。瓘拜伏于地曰："某乃王经之侄王瓘也。近者司马昭弑君，又将叔父一门皆戮。某在边邦得免此祸。幸大将军兴师问罪，特引本部兵五千来降，愿从调遣，以为末将，剿除奸党，上报国家之恩，下伸叔父之恨。"维大喜，【眉批：读者猜之：是真喜耶？是假喜耶？】遂加重赐。维与灌曰："汝既诚心来降，吾何不诚心相待？吾军中所患者，不过粮耳。今有粮车数千，见在川口，汝可运赴祁山。吾只今去取祁山寨也。"灌心中喜，以为中计，忻然领诺要行。姜维曰："汝去运粮，不必用五千人，吾先有推车人了，只要押送而已。但引三千人去足可，留下二千引路，以打祁山。"灌恐维疑惑，乃引蜀兵去了。维令傅佥引二千魏兵，随征听用。

忽报夏侯霸到。霸曰："都督何故准信王灌之言也？

国学经典文库

李渔批阅

三国演义

司马昭弑杀曹髦
姜伯约弃车大战

图文珍藏版

吾在魏虽不知备细，未闻王灌是王经之侄，其中多诈，待请察之。"【眉批：**想是通谱宗侄。**】维大笑曰："王灌我非不识也，我已知其诈，故分其兵势，将计就计而行。"霸曰："公试言之。"维曰："司马昭奸雄过于曹操，既杀王经，夷其三族，安肯存亲侄于关外领兵。【眉批：**能料王灌，只是能料司马昭耳。**】故知其诈也。今仲权国舅之见与我暗合。"此时姜维不出斜谷，却令人于路暗伏，以防王灌奸细。不旬日，果然暗伏军捉得王灌回报邓艾下书人来见。维问了情节，搜出私书。书云：

已交割与我粮草押送，望邓将军连夜进兵，与姜维恋战，灌从小路运粮车送归大寨，蜀兵自败矣。约于某处、何日，可令人来接。

维将下书人杀之，却将书中之意，改作"八月十五日，望邓将军自率大兵，于斜谷外坛山谷中接应粮草车辆；可先与姜维恋住交锋，免生外意"。一面令人扮作魏军下密书；一面令人将见在粮车数百辆卸了粮米，装载干柴茅草、硫黄焰硝，又用青布罩之。令傅佥引三千原降魏兵执打运粮旗号。维与霸各引一军去山谷埋伏，却令蒋舒出斜谷，【眉批：**此番将此人拳塞□人嘴，甚妙。前留下魏兵二千，大有主意。换了蒋舒出斜谷，又用傅佥扮作王灌，而邓艾认真魏兵，奇绝。**】廖化、张翼俱各进兵来取祁山。

却说邓艾得了王瓘书信，忻悦不尽，急写回书，令来人再回。乃与司马望引一军，轮换来谷口搦战。蜀兵每日迎敌，未敢取胜。至八月十五日，邓艾引五万精兵径望坛山谷中来。远远使人凭高眺探，只见无数粮草，接连不断，从山凹中而行，艾勒马望之，果然皆是蜀兵。艾手下副将言曰："天已昏暮，可速接出谷口。"艾曰："前面山势掩映，倘有伏兵，急难退步，只可在此等候。"正言间，忽两骑马骤至，【眉批：又扮两个假魏兵，奇。】报曰："王将军因将粮草过界，背后人马赶来，望早救应！"艾不知是计，急催兵前进。时值初更，只听的山后喊动，东方月上，皎如白日。艾不顾车仗，只道王瓘在山后厮杀，径奔过山后时，忽树林后有一彪军摆开。艾大惊，只见傅佥纵马大叫曰："邓艾匹夫！已中吾主将之计，何不早早下马受死！"【眉批：读至此，令人一快。】艾闻知，勒回马便走，车上火尽着，那火便是号火，两势下蜀兵尽出，杀得魏兵七断八续。但闻四下山上只叫："拿住邓艾的，千金赏，万户侯！"唬得邓艾弃甲丢盔，撇了坐下马，杂在步军之中，爬山越岭而逃。【眉批：大是快人，与曹操割须弃袍时仿佛相似。】于是姜维、夏侯霸只望马上为首的径来擒捉，不想邓艾步行走脱。

维令得胜兵去接王瓘粮草车时，有不曾回祁山寨的魏军来报王瓘曰："事已泄漏，兵势已败，不知邓将军性命如何？"瓘大惊，令人哨探，回报："三路兵围杀将来，背后又有尘土大起，四下无路。"瓘叱左右，令放火尽烧

国学经典文库

李渔批阅

三国演义

司马昭弑杀曹髦
姜伯约弃车大战

图文珍藏版

粮草车辆。于是火光突起，烈火烧空，灌大叫曰："事已急矣！汝等三军可宜死战！"乃提兵望西杀出。一应车辆，尽皆烧着。背后姜维三路追赶。维只道王灌舍命撞回魏国，不想杀回汉中旧路而去。【眉批：当日不杀王灌，此姜维之失算也。】灌因兵少，只恐追兵赶上，遂将栈道并各关隘尽皆烧毁。姜维不追魏兵者，恐汉中有失，遂提兵连夜抄小路来追杀王灌。灌被四面蜀兵攻击来，投黑龙江而死。余兵尽被姜维坑之。

维虽然胜了邓艾，却折了许多粮车，又毁了栈道，维遂还汉中。

邓艾引部下败兵逃回祁山寨内，上表请罪，自贬其职。此时司马昭见艾数有大功，不忍贬之，复加厚赐。艾将原赐财物，尽分给被害将士之家。昭恐蜀兵又出，遂添兵五万，与艾守御。姜维连夜修了栈道，又议出师。未知胜负如何。且听下回分解。

国学经典文库

李渔批阅

三国演义

姜伯约洮阳大战姜维避祸屯田计

图文珍藏版

第一百十五回

姜伯约洮阳大战
姜维避祸屯田计

却说蜀汉景耀五年冬十月，大将军姜维差人连夜修了栈道，大站车辆皆载军粮，又于汉中水路调拨船只。所用器物俱已完备，上表奏闻后主曰："臣累出战。未成

大功，颇已挫动魏人心胆。今养兵日久，不战则懒，懒则致病，【眉批：只此数语，又抵得一篇《出师表》。】况今军思效死，将思用命，臣如不胜，当受死罪。"此时后

主酒色昏迷，不能决论，谯周出班奏曰："臣夜观天文，见西蜀分野将星暗而不明。今大将军又欲出师，此行甚是不利。陛下可降诏止之。"后主曰："且看此行若何。果然有失，却当阻之。"谯周再三谏劝不从，乃归家叹息不已。周子问曰："父亲有何事也？"周曰："君王溺于酒色，不理朝政。臣下强欲立名，妄损军马。西蜀祸至矣！"其子告曰："父亲既有先见之明，何不投魏乎？"周叱之曰："吾受先帝寄托之重、知遇之恩，不能报万一。纵然国亡家破，当以尽命报本，安忍行不忠不孝之事耶！"遂推病不出。

却说姜维临兴兵，乃问廖化曰："吾今出师，誓欲恢复中原，当先取何处？"化曰："大将军连年征伐，军民不宁，兼魏有邓艾，足智多谋，非等闲之辈。将军强欲行难为之事，此化所以不敢专也。"【眉批：**前者廖化欲战，今者不欲战，与张翼之见合矣**。】维勃然大怒曰："昔丞相六出祁山，一心为国。吾今八次伐魏，亦非为一己之私也。今议先出洮阳，逆吾者斩！"遂留廖化守汉中，自同诸将提兵二十万，径取洮阳。【眉批：**此是八伐中原**。】

早有川口人报入祁山寨中。此时邓艾正与司马望谈兵，闻知此信，遂令人哨探，回报曰："蜀兵尽从洮阳而来。"司马望曰："姜维多计，莫非虚取洮阳，而实取祁山乎？"邓艾曰："今姜维实出洮阳也。"望曰："公何以知之？"艾曰："向者姜维累出吾有粮之地，今洮阳无粮，维必料吾只守祁山，不守洮阳；如得此城，屯粮积草，结连羌胡，以图久计耳。"【眉批：**姜维取洮阳之意，却在邓艾口中说出。妙。**】望曰："若此，如之奈何？"艾曰："可尽撤此处之兵，分为两路去救洮阳。离洮阳二十五里，有侯河小城，乃洮阳咽喉之路。公引一军伏于洮阳，偃旗息鼓，大开四门，如此如此而行；【眉批：**此番又为邓艾算着了。**】我却引三军伏侯河，必捉姜维、夏侯霸也。"二人各提兵埋伏去了。

却说姜维与夏侯霸望洮阳进兵之间，霸曰："今将军取无粮空城，有何用也？"维曰："六七番出师，皆取有粮之地，利战之所，魏人探揣知吾意矣。吾料洮阳空城，魏人不作准备，今却一鼓而取，乃攻其无备也。若得洮阳，深沟高垒，先运汉中粮草尽屯于内，然后外结羌胡，水陆转运，以为久计。此番不胜，真可羞耳。"霸曰："此妙论也。我当为前部，公为后应。"于是夏侯霸先提一军，径到洮阳。见城上并无一杆旌旗，四门大开，霸心下疑惑，未敢入城。乃回顾诸将曰："此莫非诈乎？"副将应曰："眼见得是空城，只有些小百姓，听知大将军兵到，尽弃城而走。"霸未信，自纵马于城南视之，只见城后老小无数，皆望西北而逃。霸大喜曰；【眉批：**恐此番之喜，忽变成忧矣。**】"此空城耳。"遂当先杀入。方到瓮城边，忽然一声炮响，城上鼓角齐鸣，旌旗遍竖，拽起吊桥。霸大惊曰："误中计矣！"慌欲退时，城上矢石如雨，可怜夏侯霸同五百军，皆死于城下，身上乱箭如

国学经典文库

李渔
批阅

三国演义

姜伯约洮阳大战
姜维避祸屯田计

图文珍藏版

柴。余者蜀兵尽皆溃散。后人有诗叹曰：

> 出其不意取空城，岂料空城有伏兵。
> 却似陷坑擒猛兽，夏侯轻易丧英名。

司马望于城内从东西北三门杀出，蜀兵大败而逃。随后姜维引接应兵到，杀退司马望，就傍城下寨。是夜二更，邓艾自侯河城内暗引一军，潜地杀入蜀寨，蜀兵大败，姜维禁止不住。城上锣鼓喧天，司马望引兵杀出，两下夹攻，蜀兵大败而走。维左冲右突，死战得脱，退二十余里，收聚了残兵，下寨已毕。蜀兵听知夏侯霸阵亡，心中摇动。【眉批：人心已自摇动，天意不得挽回矣。可叹！】维欲退不能，遂与众将曰："胜败乃兵家之常事，今虽损兵折将，不足为忧。目下魏兵俱在此处，成败之事，只在一战，汝等始终勿改。如有言退者立斩！"张翼进言曰："魏兵皆在此处，祁山必然空虚。将军整兵与邓艾交锋，攻打洮阳、侯河，某引一军取祁山。取了祁山九寨，便驱兵向长安，使邓艾不能走。"【眉批：**张翼之计固好，可惜为邓艾猜着**。】维从之，即令张翼引后军取祁山去了。

维次日引兵到侯河，搦邓艾交战。艾引一军出迎，两阵对圆。二人交锋数十余合，不分胜负，各回本阵，收兵退去。次日，姜维引兵搦战，邓艾按兵不出。连搦三日，姜维令军辱骂，邓艾在侯河城内寻思曰："蜀人被吾大杀一阵，全然不退，连日反来搦战，必分兵去袭祁山寨也。【眉批：**所算着数俱应，真敌手也**。】守寨将师纂。兵少智寡，必然败矣。吾当亲往救之。"乃唤子邓忠分付曰："汝用心守把此处，任他搦战，切勿轻出。吾今夜引兵去祁山救应。"是夜二更，姜维正在寨中设计，忽听的寨外喊声震地，鼓角喧天，人报邓艾引三千精兵夜战，诸将欲出。维止之曰："勿得妄动。"且说邓艾引兵至蜀寨前哨探了一遍，乘势去救祁山，邓忠入城。此时姜维唤诸将曰："邓艾虚作夜战之势，必然去救祁山寨矣。"【眉批：**艾之救祁山。借夜战为名，真是意想不到，而姜维又算着。好看，好看**。】乃唤傅佥分付曰："汝守此寨，勿与轻敌。"于是姜维亦引三千兵，来助张翼。

翼正到祁山攻打，守寨将师纂兵少，支持不住。看看待破，忽然邓艾兵至，冲杀了一阵，蜀兵大败。把张

国学经典文库

李渔批阅

三国演义

姜伯约洮阳大战
姜维避祸屯田计

图文珍藏版

1679

翼隔在山那边，绝了归路，正慌忙之间，忽听的喊声大震，鼓角喧天，只见魏兵纷纷倒退，左右报曰："大将军姜伯约杀到！"【眉批：姜维之来，又令张翼梦想不到。】翼大杀，驱兵相应，两下夹攻，邓艾折了一阵，急退上祁山寨不出。姜维令兵四面攻围。

却说后主在成都听信黄皓之言，又溺于酒色，日夜宴饮，不理朝政，内外官员皆投于黄皓门下。【眉批：阿斗如此不长进，当日子龙抱错了他也。】时右将军阎宇身无寸功，只因傍倚黄皓，遂得重职。听知姜维被困，乃说皓来奏后主曰："今姜维屡战无功，可命阎宇代之。"后主从之。急遣使赍诏，宣姜维班师还朝。

维在祁山正攻打寨栅，忽一日三道诏至，宣维班师还朝。【眉批：与岳飞当日金牌十二何异。】维只得遵命，先令洮阳兵退，次后维与张翼徐徐而退。艾一夜只听的鼓角喧天，不知何意。平明只落空寨，人报蜀兵尽退。艾疑有计，不敢追袭。

姜维径到汉中，歇住了人马。自与使命入成都，回见后主。后主一连十日不朝。维心中疑惑。是日至东华门，遇见秘书郎郤正，维问曰："天子诏维班师，公可知乎！"正笑曰："大将军何不自知耳？黄皓欲与阎宇立功，奏闻朝廷，发诏取回。今闻邓艾善能用兵，因此寝其事矣。"维大怒，直入宫中，来杀黄皓。【眉批：此时杀却黄皓，岂不大快人心！】未知性命如何，且听下回分解。

于是郤正见姜维欲杀黄皓，急止之曰："大将军位居

国学经典文库

李渔阅批

三国演义

姜伯约洮阳大战
姜维避祸屯田计

图文珍藏版

极品，承继武侯之职，何故造次？若天子万一不容，必为反臣矣！"维谢曰："先生训诲是也。"遂同回。

次日，后主与黄皓在后园宴饮，维引数人径入。早有人报知黄皓，皓急避于湖山之侧。维至亭下，拜了后主，泣泪而奏曰："臣困邓艾于祁山，陛下连诏三次，召臣回朝，未审圣意如何？"后主默然不语。维又奏曰："黄皓奸巧专权，乃灵帝时十常侍也。【眉批：又说一个样子与后主听。】陛下远则鉴于赵高，近则审于张让。陛下早将此人杀之，天下自然清平，中原方可恢复矣。"后主笑曰："黄皓乃趋走小臣耳，纵使专权，亦是如何？昔者董允常切齿恨皓，【眉批：补前文所未叙明者。】朕常怪之。卿何足介意？"维叩头奏曰："陛下今日不杀黄皓，祸不远也！"后主曰："'爱之欲其生，恶之欲其死。'卿何不容一宦官耶？"后主遂令近侍于湖山之侧唤出黄皓至

国学经典文库

李渔批阅

三国演义

姜伯约洮阳大战
姜维避祸屯田计

图文珍藏版

1682

亭下，命拜姜维伏罪。【眉批：**此时天子竟作和事老人。**】皓哭拜维曰："某早晚趋侍圣上而已，并不侵犯国政，明公休听外人一面之词，欲杀某也。乞明公怜之！"于是黄皓叩头流涕。

维羞惭而出，来见郤正，备将此事告之。正曰："将军祸不远矣！将军若危，国家随灭！"维曰："先生以何策可保国安身也？"正曰："将近陇西，有一去处，名为沓中，此地极其肥壮。足下何不效武侯屯田之计也？【眉批：**又将武侯往事一提。**】可奏知天子，前去沓中屯田。一者，得麦熟以助军实；二者，可以尽图陇右诸郡；三者，魏人不敢正视汉中；四者，将军在外，掌握兵权，人不能图。足以避祸。【眉批：**此四者，皆良谋也。上可以保国，中可以足兵，下可以保身。**】此乃保国安身之计也。可早行之！"维大喜，遂出席拜谢曰："先生金玉之言也。"

次日，姜维奏后主，求沓中屯田，效武侯之事。后主从之。维遂还汉中，聚诸将曰："吾累出师，因粮不足，未能成功。今吾提兵八万，往沓中种麦，以为屯田，后图进取。因汝等久战劳苦，把关生受，不如敛兵聚谷，退守汉中二城。魏兵千里运粮，经涉山岭。自然疲乏，疲乏必自退矣。吾却引兵自后追之，无有不服。"【眉批：**至此之言，尚以破魏为事。**】遂令胡济屯汉寿城，王含守乐城，蒋斌守汉城，蒋舒、傅佥同守关隘。维分拨已毕，自引兵八万，来沓中种麦，以为久计。

　　却说邓艾听知姜维在沓中屯田，于路下四十余营，连络不绝，如长蛇之势。艾遂令细作相了地形，画成图本，写表一道，入洛阳奏知魏主曹奂。晋公司马昭见之，大怒曰："姜维九犯中原，不能剿除，是吾心腹之患也！"贾充曰："姜维深得孔明传授，急难退之。须得一智勇之将，以刺此人，【眉批：贾充是盗贼之计。】可免动兵之劳也。"昭曰："然。吾亦欲如此，奈无人也，故使恣意。"从事中朗荀勖言曰："明公为天下之主宰，宜仗义以伐无道。今蜀主刘禅溺于酒色，惟用黄皓专权，大臣皆有惑乱之意。今姜维在沓中屯田者，乃为此也。若令大将伐之，无有不胜，何故求刺客而除害？非所以行于四海也。"【眉批：荀勖乃堂堂正正之论。】昭大喜曰："此言最善。吾欲伐蜀，谁可为将？"荀勖荐曰："邓艾乃世之良才，更得钟会为副将，大事无不成矣。"昭大喜，乃召钟会入而言曰："吾欲令汝为大将，去伐东吴可乎？"会答曰："主公之意本不伐吴，而实欲伐蜀也。"昭大笑曰："子诚然识吾心也。既然如此，高明肯效力乎？"会曰："某料主公欲去伐蜀，已画图本在此。"【眉批：邓艾所画，止沓中之图，而钟会所画，是全蜀之图也。】昭展开视之，但见伐蜀之法，于路安营下寨之处，屯粮积草之乡，自何而进，从何而退，一一皆有法度。昭看了大喜曰："真良将也！可与邓艾收川若何？"会曰："愿竭忠诚，以报主公。奈蜀川道广，非一道可进，当与邓艾分兵各进可也。"昭遂拜钟会为镇西将军，假节，都督关中

国学经典文库

李渔批阅 三国演义

姜伯约洮阳大战
姜维避祸屯田计

图文珍藏版

1683

国学经典文库

李渔批阅

三国演义

姜伯约洮阳大战
姜维避祸屯田计

图文珍藏版

1684

人马，调遣青、徐、兖、豫、荆、扬等处。昭即时差人持节令邓艾为征西将军，都督关外陇上，使约期伐蜀。

次日，司马昭于朝中计议此事。文武官僚皆面面相觑，人人变色，俱不肯伐蜀。忽一人出曰："姜维九犯中原，折伤多少魏兵，只今守御尚自未保，何况深入山川危险之地，自取祸乱也？切不可行之！"昭视之，乃前军邓敦也。昭勃然大怒曰："吾与国家除害，正欲兴仁义之师，伐无道之主，汝安敢逆吾意耶！"叱武士推出斩之。【眉批：先弑君而又杀大臣，奸雄作威如此。】须臾，呈邓敦首级于阶下，众皆失色。昭曰："汝诸文武，勿生惊疑。吾自征东定寿以来，息歇六年，治兵缮甲，皆已完备，欲伐吴、蜀久矣。今日论之，吴地广阔，况兼下湿，攻之稍难。不如先定西蜀，乘顺流之势，水陆并进，此灭虢取虞之道也。吾料西蜀将士，守成都者八、九万，守边境者不过四、五万，姜维屯田者不过六、七万。今吾已令邓艾引兵二、三十万，直抵骆谷三路空虚之地，以袭汉中。今蜀主刘禅昏暗，边城外破，士女内震，其亡可知也。"众曰："然。"

却说钟会受了镇西将军，起兵伐蜀。会恐有泄机谋，却以伐吴为名，【眉批：**钟会佯作伐吴，即刘晔讳言伐蜀之意。**】乃令青、兖、豫、荆、扬等五处各造大船，又遣唐咨于登、莱等州傍海之处拘集海船。司马昭不知其意，遂召钟会问之曰："子从旱路收川，何用造船耶?"会曰："蜀若闻我兵大进，必求救于东吴。故先布声势作伐吴之状，吴必不敢妄动。一年之内蜀已破，船已成，而伐吴岂不顺乎?"【眉批：**从伐蜀先算定伐吴，自此卷至末卷方是一气呵成。**】昭大喜，选日出师。

此时景元四年秋七月初三日，钟会出师。司马昭送之于城外十里方圆。有西曹掾邵悌曰："乞退左右，敢伸一言。"昭乃退左右。悌曰："今主公遣钟会领十万兵伐蜀，愚料会志大心高，若专独权，恐有不然。何不使人同领其职?"昭大笑曰："吾岂不知乎!"悌曰："主公既知，何使其独权无疑?"昭言无数语，以释其疑心。未知其言若何。且听下回分解。

国学经典文库

李渔批阅

三国演义

姜伯约洮阳大战
姜维避祸屯田计

图文珍藏版

第一百十六回　钟会邓艾取汉中
姜维大战剑门关

却说司马昭与西曹掾邵悌曰："诸葛武侯六出祁山，折我许多将士。姜维九犯中原，使我百姓不安，将士怯然。我见钟会之策，正合我肺腑。今日伐蜀，如反掌耳。

汝众人之意，皆言蜀未可伐，人心乃怯。人心怯，则智勇竭。若使强战，必败之道也。今众人心怯，惟有钟会独建伐蜀之策，是心不怯。故遣伐蜀，蜀必灭矣。蜀灭之后，降者无非蜀人。凡败军之将，不可以言勇，亡国之大夫，不可以图存，盖心胆已破之故也。若蜀一败，将士各自思归，谁肯效力新将之命耶？【眉批：**早为姜维助钟会不得成事伏线。**】此言则吾与汝知之，切不可泄漏耳。"邵悌拜曰："真高明远大之见也！"

却说钟会下寨已毕，升帐大集诸将听令。时有监军卫瓘、护军胡烈、大将田续、庞会、田章、爰彰、丘健、夏侯咸、王买、皇甫闿、荀安等手下将八十余员。会曰："必须一大将为先锋，逢山开路，遇水叠桥。谁敢当之？"一人应声曰："某愿往。"会视之，乃虎将许褚之子许仪也。众皆曰："非此人不可为先锋。"会唤许仪曰："汝乃虎体猿班之将，父子有名，今众将亦皆保汝。汝可挂先锋印，领五千马军，一千步军，径取汉中。兵分三路，汝可一路出斜谷，左军出骆谷，右军出子午谷。此皆崎岖山险之地，当令军填平道路，修理桥梁，凿山破石，勿使阻碍。【眉批：**数语系军家常套。**】军有违者，必依军法。"许仪受命领兵而进。钟会随后提十万余众，星夜起程。

却说邓艾在陇西既受伐蜀之诏，【眉批：**先写钟会一番调遣，便接写邓艾一番调度，各自威武。**】一面令司马望往遏羌胡，又遣雍州刺史诸葛绪、天水太守王颀、陇西太守牵弘、金城太守杨欣，各调本部兵前来听令。比及军马云集，邓艾夜作一梦，梦见登高山望汉中，忽于脚下迸出一泉，水势上涌。须臾惊觉，浑身汗流，遂坐

国学经典文库

李渔批阅

三国演义

钟会邓艾取汉中
姜维大战剑门关

图文珍藏版

而待旦，乃召殄虏护卫缓邵问之。邵素明《周易》。邵入帐拜毕，艾备言其事，邵答曰："按《周易》云：'山上有水曰'蹇'。蹇卦者：利西南，不利东北。孔子云：'蹇利西南，往有功也；不利东北，其道穷也。'将军此行，必然克蜀，能成大功；但可惜蹇滞不能还耳。"【眉批：做梦之奇，而圆梦又奇，邓艾被杀。于此先见矣。】艾闻知，怏然不乐。是日天暮，钟会檄文至，合艾起兵，纠住姜维，同约于汉中取齐。艾遂遣雍州刺史诸葛绪引兵一万五千，乃先断姜维归路，次遣天水太守王颀引兵一万五千，从左攻沓中；陇西太守牵弘引一万五千人，从右攻沓中；又遣金城太守杨欣引兵一万五千，前于甘松邀姜维于后。艾自引兵三万，往来接应。

却说钟会出师之时，有百官送出城外，旌旗蔽日，铠甲凝霜，人强马壮，威风凛然，乡民无不称羡。惟有相国参军刘实，微笑不已。【眉批：大有深意。】太尉王祥见实冷笑，就马上握其手问曰："钟、邓二人此去可平蜀乎？"实曰："破蜀必矣，但恐皆不得还都耳。"【眉批：言两人被杀，伏线。】王祥问其故，刘实但笑而不答。祥以为狂言，遂不复问，乃举杯送钟会去讫。

早有细作入沓中，报知姜维。维即写表申奏后主：

请降诏，乃遣左车骑将军张翼领兵守护阳平关，右军骑将军廖化领兵守阴平桥。这二处最为要紧，若失二处，汉中不保。又入求救。臣自提沓中之兵，一面拒敌。

表到成都时，后主将景耀五年改炎兴元年。后主览表已毕，惊倒在地，半晌方苏。召黄皓问曰："今魏国遣钟会、邓艾大起人马，分道而来，如之奈何？"皓奏曰："此乃姜维欲立功名，故申具表也。降下宽心，勿生疑虑。臣闻城中有一师婆，供奉一神，能知吉凶，可召来问之。"后主从其言，【眉批：黄皓何许人物，而后主听信如此！】于后殿陈设香花纸烛，享祭礼物，令黄皓用小车请入宫中，坐于龙床之上。后主焚香再拜，以告此事，师婆忽然披发跣足，就殿上跳跃千百遍，盘旋于案上。皓曰："此神人降矣。陛下各退左右，亲祷之。"后主尽退侍臣，乃再拜视之。师婆大叫曰："吾乃西川土神也！【眉批：国家大事，用师婆已可笑矣，而竟坐龙床，甚至天子礼拜，而师婆自称土地，种种灾异如此。】陛下欣乐太平，何为求问他事？魏国数年之后，亦归陛下矣，安敢正视蜀中乎！陛下切勿虑之。"言讫，昏倒于地，半晌方苏。后主因此大喜，不信姜维之表。赐师婆金百两，锦百匹，及珍珠等宝，师婆受讫出内。后主每日只在宫中饮宴欢乐。后人有诗叹曰：

> 常见欺君误国臣，边关有警报无尘。
>
> 丈夫尽作师婆事，莫怪师婆弄鬼神。

此时姜维累申告急表文，皆被黄皓隐匿，因此误了大事。

先说钟会大军迤逦望汉中进发，前军先锋许仪要立头功，先望西而入。前至南郑道口，有一山名曰南郑关，过即汉中矣。仪回顾众将曰："关上不问多少人马，只飞骤抢过可也。"于是守关将卢逊只有一军守之，关前有一木桥，桥下是大涧，当日听知魏兵齐来抢关，逊急令军士装起武侯所遗连弩，其弩一张发十矢。【眉批：**又将武侯临终之事一提。**】比及预备方了，许仪兵齐来抢关。忽然梆子响处，矢石如雨。仪急退时，早射倒数十骑，魏兵大败。

仪回报钟会。钟会不信，自提帐下甲士百余骑径来视之，果然箭弩一齐射下。会拨马便回关上，卢逊引五百军杀下来。会拍马过桥，桥上土塌，陷住马蹄，争些儿掀下马来。马挣不起，会步行跑下桥时，卢逊赶上一枪刺来，被魏兵中荀恺回身一箭，射卢逊落马。钟会大呼曰："乘势抢关！"【眉批：**钟会几死复生。又夺了山**

关，皆意外惊人之笔。】此时蜀兵五百人在关前，因此关上不敢放箭，被钟会杀散，夺了山关。便保荀恺为护军，以全副鞍马铠甲赐之。

会唤许仪至帐下，责之曰："汝为先锋，吾累下令教逢山开路，遇水叠桥，专一修理桥梁道路以行吾军。吾方才到桥上，陷住马蹄；几乎坠桥，若非而恺，吾已被蜀人杀矣。汝既违军令——"叱左右推出斩首。诸将泣告曰："其父有功于朝廷，名重于当世，望都督恕之。待诣甘松邀姜维之后，有功赎罪，无功诛之。"会大怒曰："吾若犯于司马公之手，肯恕吾乎！"遂令斩首示众。诸将无不骇然。会下令催兵杀入，人心终是不安。

此时地蜀将王含守乐城，蒋斌守汉城，见魏兵势大，不敢出战，乃闭门自守。每城只有五千人马。会令前军李辅守乐城，护军荀恺围汉城。会调拨已毕，乃与众将曰："兵贵神速，不可少停。"即时掣兵来取阳安关。守关将蒋舒、傅金商议设，舒曰："近闻魏兵二十余万而来，势不可当，不如守之为上。"金曰："不然。魏兵远来，必然疲困，虽多何益。我等若不下关战时，汉、乐二城休矣。"蒋舒沉吟未决，【眉批：**存心不良，故默然不答**。】忽报大队魏兵已至关前。蒋、傅二人上马视之，钟会扬鞭大叫曰："吾今统十万之众到此，如早早出降，各依品级升用；如执迷不悟，打破关隘，玉石俱焚！"傅金大怒，令蒋舒把关，金自引三千兵杀下关来。钟会便走，魏兵尽退。金乘势追之，魏兵复合。金欲退入关时，

国学经典文库

李渔批阅

三国演义

钟会邓艾取汉中
姜维大战剑门关

图文珍藏版

关上已竖起魏家旗号，不容近关。只见蒋舒叫曰："吾已降了魏也，汝可随吾投拜！"【眉批：只道钟会使人袭关，孰知却是蒋舒。可发一叹！】金勃然大怒，厉声骂曰："忘恩背义之贼！有何面目见天下人乎？"关上矢石如雨，金翻身倒回，四下魏兵大合。未知傅金性命如何，且听下回分解。

却说傅金被魏兵围在垓心，左冲右突，往来死战，不能得脱。所领蜀兵，十伤八九。金乃仰天祷祝先主曰："臣力竭矣，愿为蜀鬼！"【眉批：如此之言，可垂名不朽。蒋舒能无愧乎！】言讫，复拍马冲杀。魏兵四面攻击。只叫傅金早降。金愈加忿怒，抖擞精神，望外而杀。

国学经典文库

李渔　阅批

三国演义

钟会邓艾取汉中
姜维大战剑门关

图文珍藏版

身被数枪，血盈袍铠，坐下马倒，金自刎而死。余皆尽降。

于是钟会得了阳安关。关内所积粮草军器极多，会见之大悦，遂犒三军。是夜，魏兵宿于阳安城中，忽闻西南上喊声大震。会慌忙出帐视之，绝无动静。是夜军不敢睡，天明无事。心中甚疑，一日不敢动兵。当夜三军不敢解甲。夜至三更，西南上喊声又起。【眉批：**看至此，疑是姜维设下疑兵耳。怪异之极。**】会大惊，向晓使人探之，回报曰："远哨十余里，并无一人。"连三五夜，皆如此喊声不绝。是夜，又从西南上呐喊。钟会惊疑不定，次日自引数百骑，俱全装惯带，望西南巡来。前至一山，只见杀气四面突起，愁云布合，雾锁山头。【眉批：**至此又疑武侯所设八阵图矣。再不然，必疑夏侯渊阴魂作怪。**】会勒住马，回顾乡导官曰："此何山也？"乡导官曰："此乃定军山，昔日夏侯渊殁于此处。"会闻之，怅然不乐，遂勒马而回，转过山坡，忽然狂风大作，背后数千骑突出，随风杀来。会大惊，引众骑纵马而走，诸将坠马者不计其数。【眉批：**令人再猜不着。**】及奔到阳安关时，不曾折了一人一骑，只跌损面目，失了头盔。皆言曰："但见阴云中人马杀来，比及近身，却不伤人，只是一阵旋风而已。"会问降将蒋舒曰："定军山有神庙乎？"舒曰："并无神庙，惟有诸葛武侯之墓。"会惊曰："此必武侯显圣也，【眉批：**定军山显圣与玉泉山显圣，遥遥相对。**】吾当亲祭之。"

国学经典文库

李渔批阅

三国演义

钟会邓艾取汉中
姜维大战剑门关

图文珍藏版

1694

次日，钟会备祭礼，宰太牢，自到武侯坟前再拜祭之。其文曰：

维大魏景元四年秋八月，镇西将军钟会祭于故汉相诸葛忠武侯之灵曰：欲帝王之传纪兮，有盛有衰。得将相之扶持兮，以安以危。昔先生之隐居兮，遁世无闻。遇昭烈之三顾兮，欲平四夷。向白帝之托孤兮，继之以死。出祁山而耀武兮，神鬼莫知。屯雄师于五丈原兮，长星忽坠。此天意已绝于刘氏兮，大数难移。今后主荒述于酒色兮，朝纲顿废。诚社稷惟摧兮，月盈则亏。天子命予为大将兮，保民全国。先生照耀乎肝胆兮，决不敢怠。谨拜陈辞于墓下兮，愿垂听纳。三军肃恐而仰慕圣德兮，无不伤悲。望息神威于风云兮，以符天命。安清气于山岳兮，以顺天时。呜呼尚飨！

钟会祭祀毕，狂风自息，愁云四散。忽然清风习习，细雨纷纷，一阵过后，天色晴朗。魏兵大喜，皆弃甲丢盔，拜谢回营。

是夜，钟会在帐中伏几而卧，忽然杀气凛凛，只见一人，纶巾羽扇，身衣鹤氅，素履皂绦，面如冠玉，唇若抹朱，眉聚江山之秀，胸藏天地之机，身长八尺，飘飘然当世之神仙也。【眉批：钟会梦中写武侯初遇草庐时光景。】其人步行上帐，会起身迎之曰："公何人也？"其人曰："今早重承将军见顾，吾有片言可伸：虽然汉祚已

衰，天命如是，两川生灵，大罹兵革，肝脑涂地，诚可怜也！汝入境后，不可妄害生灵，当以严加禁治！"【眉批：**如此赫赫之言，生为社稷，死为生灵。先生令后人追想不尽。**】言讫，拂袖而去。会欲赶上问之，踏空惊醒，乃是一梦。遂唤诸将问时，方知是武侯之灵也。于是钟会传令：前军立白旗，上书"保国安民"四个字，凡到之处，如妄杀一人者偿命。于是汉中人民，尽皆出城拜迎。会抚慰人民，赏劳三军。自此所到之处，军民安堵，秋毫无犯。静轩先生有诗叹曰：

数万阴珍绕定军，致令钟会拜灵神。

生能决策扶刘氏，死尚遗言保蜀民。

国学经典文库

李渔 批阅

三国演义

钟会邓艾取汉中
姜维大战剑门关

图文珍藏版

1696

却说姜维在沓中听知魏兵大至，星夜报知廖化、张翼、董厥提兵接应。维分兵列将以待之。忽报魏兵至矣，维引兵迎之。魏阵中为首大将，乃天水太守王颀也。颀

出马大骂维曰："吾今大兵百万，上将千员，分二十路而进，已到成都。汝乃无端匹夫，不思早降，犹自抗衡，欲待枭首耶！"维大怒，挺枪纵马，直经王颀。二人战不三合，王颀大败而走。姜维驱兵追杀。追到二十里上，只听得金鼓齐鸣，一枝兵摆开，旗上大书"陇西太守牵弘"字样。维笑曰："此等匹夫，非吾敌手。"遂催兵追之。又赶到十里，鼓声大震，一枝兵截住去路，旗上大书"征西将军邓艾"六字。两军混战，蜀兵人困马乏，强与生力军交战，威风已挫。维抖擞精神，与艾战有十

余合，不分胜负。后面锣鼓又鸣，维急退时，后军报说："甘松诸寨尽被金城太守杨欣烧毁，【眉批：**此处姜维一惊。**】速引兵去救！"维令副将虚立旗号，与邓艾相拒，维自撤后军，来救甘松。火焰未绝，正遇杨欣，欣不敢交战，望山路而走。维随后赶来，将至崖下，崖上木石如雨，维不能前进。比及回到半路，蜀兵被邓艾杀败，大兵尽回，将姜维围住，维引众骑杀出重围，奔入大寨守之，以待救兵。忽流星马到，报说："钟会打破阳安关，守将蒋舒归降，傅佥战死，汉中已属魏侯。【眉批：**此又一惊。**】乐城守将王含、汉城守将蒋斌知汉中已失，亦开门而降。【眉批：**此又一惊。**】胡济抵敌不住，逃回成都求援去了。"维大惊，即传令拔寨。

是夜，兵至疆川口，前面一军摆开，为首魏将乃杨欣也。维大怒，纵马交锋，只一合，杨欣败走。维拈弓射之，连射三箭，皆不中。维转怒，自折其弓，挺枪赶来。战马前失，将维跌在地上，杨欣拨回马来杀姜维。【眉批：**读至此，人疑姜维必死，谁知绝处逢生。**】维跃起身，一枪刺去，正中杨欣马脑。背后魏兵骤至，救欣去了。维骑上从马，欲待追时，忽报后面邓艾兵到了。维首尾不能相顾，遂收兵要夺汉中。远哨马报说雍州刺史诸葛绪已断了归路，维乃据山险下寨。

魏兵屯于阴平桥头，维进退无路，长叹曰："天丧我也！"副将宁随曰："魏兵虽断阴平桥头，雍州必然兵少。将军若从孔函谷径取雍州，诸葛绪必撤阴平之兵以救雍

国学经典文库

李渔批阅

三国演义

钟会邓艾取汉中
姜维大战剑门关

图文珍藏版

州，将军却引兵回过桥头，飞奔剑门关守之，【眉批：**欲取剑关，反先取雍州，其计亦曲。**】则汉中可复矣。"维从之，即发兵入孔函谷，诈取雍州。细作报知诸葛绪，绪大惊曰："雍州是吾合守之地，倘有疏失，朝廷必然问罪。"急撤大兵从向南路去救雍州，只留些小兵守桥头。姜维入北道，约行三十里，料知魏兵起行，乃勒回兵，后队作前锋，径到桥头。果然魏兵大队已去，只有些小兵把桥，被维一阵杀散，尽烧其寨栅。诸葛绪听知桥头火起，复引兵回，姜维兵已过半日了。【眉批：**绝处逢生。**】因此不敢追之。

却说姜维引兵过了桥头，正行之间，前面一军来到，乃左将军张翼、右将军廖化。维问之，翼曰："黄皓听信师巫之言，不肯发兵。翼闻汉中已危，自起兵来时，阳安关已被钟会所取。今闻将军受困，特来解之。"遂合兵一处。化曰："今四面受敌，粮道不通，不如退守剑关，再作良图。"维疑虑未决。忽然钟会、邓艾分兵十余路杀来，维欲与廖化分兵迎敌。化曰："白水地狭路多，非争战之所，不如且退去救剑关可也。若剑关一失，是绝路矣！"维从之，遂引兵来投剑关。关前一棒鼓响，喊声起处，旌旗遍竖，大兵突出，队伍整齐，器械鲜明，人强马壮。【眉批：读者又要着急，魏兵乎？蜀兵乎？请猜。】未知何处之兵，且听下回分解。

国学经典文库

李渔批阅

三国演义

钟会邓艾取汉中
姜维大战剑门关

图文珍藏版

第一百十七回

凿山岭邓艾袭川
诸葛瞻大战邓艾

却说辅国大将董厥听知魏兵十余路入境，慌引一万兵守住剑关。见尘头向关前而来，疑是魏兵，将次到时，

一棒号鼓响罢，暗伏兵尽出，把住关口。董厥自临军前视之，乃姜维、廖化、张翼也。【眉批：此又出其不意。】厥大喜，接入关上。礼毕，哭诉后主、黄皓之事。维曰："公勿忧虑。若有维在，必不容魏来吞蜀也。且守剑关，养成锐气，并力一战，敌人可退矣。"厥曰："此关虽然

可守，争奈成都无人；倘被一袭，成都瓦解矣。"维曰："成都山险地峻，非易取之地，不必忧耳。"正言间，忽报诸葛绪引兵杀至关下。维大怒，急引五千兵杀下关来，直撞入魏阵中，左冲右突，杀得诸葛绪大败而走，退数十里下寨，魏军死者无数。蜀兵抢了许多马匹器械，维收兵回关。【眉批：此乃灯将灭而复明。】

却说钟会离剑关二十里下寨，诸葛绪自来伏罪。会怒曰："吾令汝守把阴平桥头，以断姜维归路，如何有失！今又不得吾令，擅自进兵，以致此败，有何理说乎？"绪曰："维诡计多端，诈取雍州。绪恐雍州有失，引兵去救，走脱此人，因此赶关下，又中其计。"会大怒，叱令斩之。监军卫瓘曰："绪虽有罪，乃邓征西所督之人，不争将军杀之，恐伤和气。"会曰："吾奏天子明诏、晋公钧命，特来伐蜀，便是邓艾有罪，亦当斩之！"【眉批：钟会与邓艾不睦由此始。】众皆力告，乃将诸葛绪用槛车载赴洛阳，任晋公断之。随将绪所领之兵，收在部下调用。

有人忽报与邓艾，艾大怒曰："吾与汝官品一般，吾尚久征边疆，于国多劳，汝安敢妄自尊大耶？"【眉批：邓艾往日体面一日丧尽。二人至此尚不是争功，却是斗气耳。】子邓忠谏曰："圣人云：'小不忍则乱大谋。'父亲建功至此，一理不自和睦，必误国家大事矣。"艾曰："吾儿之言是也。"

于是邓艾虽然忍耐，心中尚怒，乃引数十骑来见钟

国学经典文库

李渔批阅

三国演义

凿山岭邓艾袭川
诸葛瞻大战邓艾

图文珍藏版

国学经典文库

李渔 批阅

三国演义

凿山岭邓艾袭川
诸葛瞻大战邓艾

图文珍藏版

1702

会。会听知，便问左右："艾引多少军来？"左右答曰："只有十数骑。"会令帐上帐下列武士数百人。艾下马入见，会远接入帐，礼毕，艾见帐下兵士各不敢妄动，甚有威仪。艾心中不安，乃以言挑之曰："将军得了汉中，乃朝廷之大幸也，蜀人胆碎矣。可定策早取剑关。"【眉批：并不提起诸葛绪事，亦是见机。】会曰："请将军明见若何？"艾再三推称无能。会坚执求问，艾答曰："以愚意，可引一军从阴平取小路，出汉中德阳亭，却袭剑关；关西百里用奇兵冲之，径取成都，姜维必撤兵来救，将军乘虚就取剑关，长驱大进，全功必获矣。"会大喜曰："既将军如此高明，可引兵去。吾在此专侯捷音。"【眉批：邓艾是行险，钟会是奸诈。】二人设席相别。

会回本寨，与诸将曰："多人只道邓艾有能，今日观之，乃庸才耳。"众皆闻言，遂问其故。会曰："阴平小路皆高山峻岭，安能进兵也？若蜀将但以百余人守其险要，断其归路，此辈饿死矣。吾只以正道而行，何愁蜀地不能破乎！"遂置云梯炮架，只打剑关。

却说邓艾出辕上马，回顾从者曰："钟会待吾若何？"从者曰："将军与钟会一般官爵，将军又是先辈，何相轻耶？"【眉批：钟会在众人口中写出。】艾笑曰："彼倚功恃强也。"回到本寨、师纂、邓忠一班将士接问曰："今日与钟镇西有何高论？"艾曰："吾以实心告之，彼以庸才视也。彼今得汉中，以为莫大之功。若非吾在沓中绊住姜维，彼安能成功耶？【眉批：若非钟会在剑关绊住姜

国学经典文库

渔阅
李批

三国演义

凿山岭邓艾袭川
诸葛瞻大战邓艾

图文珍藏版

维，艾亦焉能成功？】吾今取了成都，胜取汉中矣！"当夜下令，尽拨寨望阴平小路进兵，离剑关七百里下寨。有人报钟会，说邓艾要去取成都。会笑艾不智。

却说邓艾即修书，遣使驰报司马昭。其书曰：

窃见蜀寇失其汉中，还守剑关，宜遂乘之。今遣精兵从阴平由斜径以德阳亭，趣涪出剑关西百里，去成都二百余里，奇兵冲其心腹。剑关之守必还赴涪，则会方轨而进；若剑关之兵不还，则应涪城之兵寡矣。军志有之曰："攻其无备，出其不意。"今掩其空虚，破之必矣。谨此上闻，伏希照察。

国学经典文库

李渔批阅

三国演义

凿山岭邓艾袭川
诸葛瞻大战邓艾

邓艾发了密书，乃聚诸将曰："吾今乘虚去取成都，与汝等立功名于万世，若等肯从乎？"诸将应曰："愿遵军令，万死不辞！"

艾先令子邓忠引五千精兵，不穿衣甲，各执斧凿器具，凡遇峻危之处，凿山开路，搭造桥阁，以便军行。【眉批：竟似一班石匠出身。】艾选兵三万，各带干柴绳索进发。约行百余里，选下三千兵，就彼扎寨。又行百余里，又选三千兵下寨。是年十月，自阴平进兵，至于颠崖峻谷之中，尺二十余日，行七百余里，皆是无人之地。虽有些小人家，已逃窜而去。魏兵沿途下了数十寨，只剩下二千人马。前至一岭，名摩天岭，马不堪行。艾步行上岭，见开路壮士尽皆哭泣。艾问其故，忠告曰："此岭西皆是峻壁颠崖，不能开也。虚废前劳，因此哭泣。"艾曰："吾军行了七百里，选退二万八千，只有二千到此。【眉批：此之谓欲求生富贵，须下死工夫。】今幸过此便是江油矣，虽死何虑哉！"乃唤诸军曰："汝等非是吾军也，乃吾弟兄耳，若得成功，富贵共之。"【眉批：邀买人心之语。】众皆应曰："愿从将军之命！"艾令先将军器撺将下去。艾取毡自裹其身，先滚下去。【眉批：险极。】副将有毡衫者裹身滚下，无毡衫者各用绳索束腰，攀木挂树，鱼贯而进。邓艾、邓忠并二千军及开山壮士，皆度了摩天岭。方才整顿衣甲器械而行，忽见道旁有一石碣，上刻"丞相诸葛武侯亲题"。其文云："二火初兴，有人越此。二士争衡，不久自死。"【眉批：

武侯之神于此又显圣矣。】艾观讫大惊，慌忙再拜其碣曰："武侯真神人也！艾不能以师事之，痛哉！痛哉！"后遣人立武侯庙于山下。后人的诗曰：

> 当年邓艾袭西川，曾把阴平石径穿。
>
> 越岭雄兵齐贯索，临岩大将自披毡。
>
> 五丁破路应难及，三国论功合让先。
>
> 汉祚将终人不守，更无山险号摩天。

却说邓艾暗度阴平，引兵行时，又见一个大空寨。左右告曰："近闻武侯在日，曾拨一千兵守此险隘，后主废之。"【眉批：**写武侯在日如此留心，而后主如此昏暗。**】艾深感不已，乃与众人曰："吾等有来路，而无归路矣。前江油城中粮食足备，汝等前进可活，后退即死，须当并力攻之！"众皆应曰："愿死战而已！"于是邓艾步行，引二千余人，星夜倍道来抢江油城。未知胜负若何，且听下回分解。

蜀炎兴元年冬十一月，邓艾深入阴平山谷七百余里，径取江油。

却说江油守将马邈听知东川已失，虽有准备，只是堤防大路，又仗着姜维全师守住剑关，遂将军情不以为重。当日操练人马回家，与妻李氏拥炉饮酒，【眉批：**当离乱时，尚饮酒作乐。**】其妻问曰："屡闻边情甚急，将军全无忧色，何也？"邈曰："大事自有姜伯约掌握，于

国学经典文库

李渔批阅

三国演义

凿山岭邓艾袭川
诸葛瞻大战邓艾

图文珍藏版

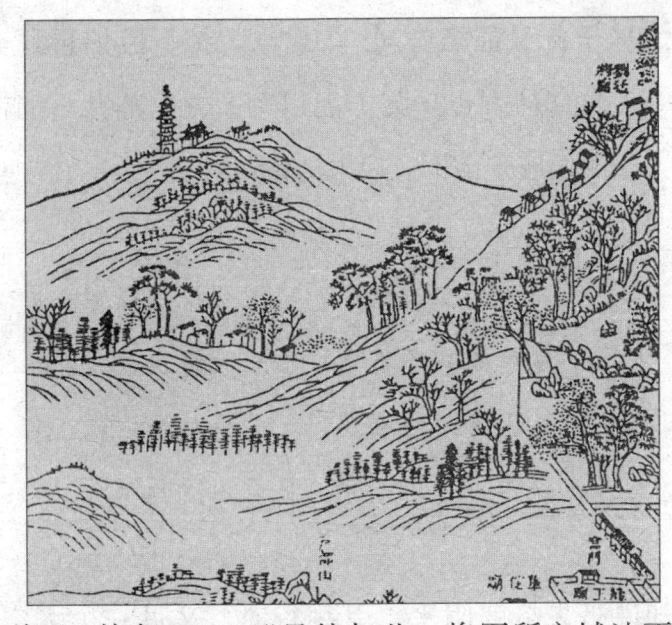

我何事？"其妻又曰："虽然如此，将军所守城池不为不重。"邈曰："天子听信黄皓，溺于酒色，吾料不祸不远矣。魏兵若到，降之为上。何必虑哉！"其妻大怒，唾邈面曰："汝为男子，先怀不忠不义之心，枉受国家爵禄。吾有何面目与汝相见耶！"【眉批：**点染出此妇，便抹杀许多不忠不孝男子，警醒之极。**】忽有人慌入报曰："魏将邓艾不知从何而来，引二千余人一拥入城矣！"【眉批：**来得突兀。**】邈大惊，慌出降艾，拜伏地公堂之下，乃泣告曰："有心归降久矣。【眉批：**老主意久已蓄在胸中。**】今幸见，乞将军恕罪。愿招城中居民，本部人马尽皆降之。"艾遂收江油军民于部下调遣，乃加马邈为乡导官。忽报邈夫人自缢身死。艾问其故，邈以实告之。艾感其贤，令厚礼葬毕，亲往祭之。魏人闻知，无不嗟叹。后人有诗赞曰：

后主昏迷汉祚颠，天差邓艾取西川。

可怜巴蜀多名将，不及江油李氏贤。

邓艾取了江油，遂接阴平小路诸军皆到江油取齐，径来克涪城，此时城内官吏军民疑是天降，尽皆降之。蜀人飞报入成都，后主闻知，慌召黄皓问之。皓奏曰："此诈传耳，神人必不肯误陛下也。"【眉批：**奇兵已至，还说神人，可笑。**】后主又宣师婆问时，正不知何处去了。远近告急表文，一似雪片往来，使者联络不绝。后主设朝计议，多官面面相觑，并无一言。郤正出班奏曰："事已急矣，陛下可宣武侯之子计议。"【眉批：**后主如此昏暗，虽有武侯之子。亦何益哉！**】原来武侯之子诸葛瞻，字思远，自幼聪明，尚后主女，为驸马都尉；后袭父武乡侯之爵，景耀四年迁行军护卫将军。时为黄皓用事，故托病不出。于是后主闻郤正之言，乃与多官曰："非令光之荐，则朕几忘矣。"即时连发三诏，召瞻至殿下。后主泣诉曰："邓艾兵已屯涪城，成都危矣！卿看先君之面，救寡人之命！"【眉批：**与献帝一般狼狈。**】瞻亦泣奏曰："臣父子蒙先帝厚恩，陛下殊遇，肝脑涂地，不能补报。【眉批：**此数语与乃翁前后《出师表》同。**】愿陛下尽发成都之兵，与臣领去，决一死战！"后主稍安，即拨成都见在兵七万与瞻。瞻留一万兵守成都，辞了后主，整顿军马。尚书令黄崇言曰："将军休待兵足，可宜速去；若稍迟慢，倘魏兵一度绵竹，平坦之地难以迎敌。

国学经典文库

李渔 批阅

三国演义

凿山岭邓艾袭川 诸葛瞻大战邓艾

图文珍藏版

若不先去涪城，据住险要，极难退矣。"瞻叱之曰："吾受先人遗书，岂不知用兵之道？汝勿多言言！"【眉批：至此定齐人马，不听人言，岂非天意乎！】崇出而叹曰："国家颠危，斯人亦难保矣。"瞻齐备了人马，乃唤诸将曰："谁敢为先锋？"言未讫，一少年将出曰："父亲既掌大权，儿愿为先锋！"众视之，乃瞻长子诸葛尚也。【眉批：又写武侯之孙。】尚时年一十九岁，博览兵书，多习武艺。瞻大喜，遂命尚为先锋。是日，大军离了成都，来迎魏兵。

却说邓艾救马邈地理图，邈呈上。【眉批：又是一个张松，令人回想前事。】艾视之，涪城至成都，一百六十里山川道路，阔狭险峻，一一画写分明。艾看毕，大惊曰："若只守涪城，倘被蜀人据住前山，何能成功耶？如迟延日久，姜维兵到，吾与钟会垫背矣！"速唤师纂并子邓忠，分付曰："汝等可引一军，星夜径去绵竹，以拒蜀兵。吾随后便至。切不可怠慢！若纵他先拒了险要，决斩汝首！"

师、邓二人引兵将至绵竹，早遇蜀兵。两军各布成阵。师、邓二人勒马于门旗下，只见蜀兵列成八阵。三蓦鼓罢，门旗两分，数十员将簇拥一辆四轮车，车上端坐一人，纶巾羽扇，鹤氅方裾。前一小将，挺枪纵马而出。车旁展开一成黄旗，上书"汉丞相诸葛武侯"，【眉批：至此又令人疑是武侯显圣。】吓得师、邓二人汗流遍体，回顾手将曰："原来孔明尚在，我等休矣！"【眉批：

国学经典文库

李渔批阅

三国演义

凿山岭邓艾袭川
诸葛瞻大战邓艾

图文珍藏版

1709

惊人之笔，出于意外。】急勒兵回时，蜀兵掩杀将来，魏兵大败而走。蜀兵掩杀二十余里，遇邓艾援兵接应，两家各收兵退。

艾升帐而坐，唤师纂、邓忠责之曰："汝二人不战而退，何也？"忠曰："但见蜀阵中诸葛孔明领兵，因此怯然而还，以致大败。"**【眉批：可谓死诸葛惊走生邓忠矣。】**艾怒曰："纵使孔明更生，安可退耶！汝等见假伪者就退，以致败亡，当速斩之！"众皆苦劝，艾方息怒。令人哨探，回说："乃孔明之子诸葛瞻为大将，瞻之子诸葛尚为先锋。"艾大喜曰："无名下将，便可破之。"师纂曰："未知虚实，不可速行。"艾怒曰："存亡之分，在此一举，有何疑虑耶！汝二人再不取胜，决然处斩！"师、

邓二人又引一万兵来战，诸葛尚匹马单枪，抖擞精神，

战退二人。诸葛瞻指挥两掖兵冲出，直撞入魏阵中，左冲右突，往来杀有数十番，魏兵大败，死者不计其数。师纂、邓忠中伤而逃。瞻驱士马随后掩杀，二十余里扎营相拒。师纂、邓忠回见邓艾，艾见二人俱伤，未敢见责。艾与众将商议曰："蜀有诸葛瞻，善继父业，两番杀吾万余人马。【眉批：当日山上用毡滚人过来，并不闻马用毡包，此处却有万余人马。要显得诸葛父子好处，不理前文耳。】今若不速破，后必为祸也。"监军丘本曰："何不作一书以诱之。"艾从其言，遂作书一封，遣使送入蜀寨。守门将引至帐下，呈上其书。瞻拆封视之，书曰：

国学经典文库

李渔 批阅

三国演义

凿山岭邓艾袭川
诸葛瞻大战邓艾

图文珍藏版

1710

征西将军邓艾，致书于行军卫将军诸葛思远麾下：窃观近代贤才，未得如公之尊父也。昔自出茅庐，一言已分三国，扫平荆、益，遂成王霸，古今鲜有及者。后六出祁山，非其智力不足，乃天数耳。今后主昏弱，王道已终，艾奉天子之命，重兵伐蜀，已皆得其地矣。止有成都，危在旦夕，公何不应天顺人，仗义来归？表公为琅琊王，以光耀祖宗，决不虚言。幸存照鉴。

诸葛瞻看毕，狐疑未决，其子诸葛尚在侧，问曰："父亲有意降魏乎？"瞻叱之曰："吾何为而降乎？"尚曰："儿见父亲有三顾之意：容魏使入寨与之相见，一也；得其书而审来意，二也；见封琅琊王而不怒，三也。"【眉批：诸葛尚以三顾问父，而父方醒悟，可谓瞻有子而亮无儿也。】瞻遂扯碎其书，曰："吾不及其子也。"叱武士立斩来使，令从者持回教营，见了邓艾。艾大怒，即欲出。丘本谏曰："将军不可轻出，当用奇兵，方能胜也。"艾从之，遂令天水太守王颀、陇西太守牵弘伏两军于后，艾自引兵而来。此时诸葛瞻正欲搦战，忽报邓艾自引兵到，瞻大怒，即引兵出战，径杀入魏阵中。邓艾败走，瞻随后掩杀将来。忽然两下伏兵杀出，蜀兵大败，退入绵竹。艾令围之。于是魏兵一齐喊罢，将绵竹围的铁桶相似。

诸葛瞻在城中无计可施，尚书张遵言曰："将军何不

国学经典文库

李渔批阅

三国演义

凿山岭邓艾袭川
诸葛瞻大战邓艾

图文珍藏版

1711

发使于东吴求救耶？【眉批：此处又写东吴。】瞻遂令彭和赍书杀出，往东吴求救去了。和径到东吴见了吴主孙休，呈上告急之书。吴主看罢，与丞相濮兴曰："既蜀中危急，孤岂可坐视而不救？"即令大将军丁奉为主帅，丁封、孙异为副将，率兵五万，前来救蜀。丁奉领旨出师，分拨丁封、孙异引兵二万，向沔中而进，自率兵三万，向寿春而进：分兵三路来援。

却说诸葛瞻见救兵不至，与众将曰："久守非良图。"遂留子诸葛尚与张遵守城，瞻自披挂上马，引三军大开三门杀出。邓艾见兵出，便撤兵退。瞻奋力追杀，忽然一声炮响，四面兵合，把瞻困在垓心。瞻引兵左冲右突，杀死数百人。艾令众军放箭射之，蜀兵四散。瞻中箭落马而死。【眉批：诸葛瞻死，令人在此落笔。】其子诸葛尚在城上见父死于军中，勃灰大怒，遂披挂上马。张遵谏曰："小将军勿得轻出。"尚叹曰："吾父子荷国厚恩，只因不早斩黄皓，使败国殄民，何用生为！"遂策马杀出，死于阵上。【眉批：瞻之死忠，尚之死孝。】邓艾怜其忠，将父子合葬。乘虚攻打绵竹，张遵、黄崇、李球二人各引一军杀出。蜀兵寡，魏兵众，三人死战不脱，力穷势孤而亡。艾因此得了绵竹。劳军已毕，遂来取成都。未知若何，且听下回分解。

国学经典文库

李渔批阅

三国演义

凿山岭邓艾袭川
诸葛瞻大战邓艾

图文珍藏版

第一百十八回　蜀后主舆榇出降
钟会邓艾大争功

　　却说后主在成都听知邓艾取了绵竹，诸葛瞻父子已亡，急召文武商议。近臣奏曰："城外百姓扶老携幼，哭声大震，各逃生命。"后主大惊。忽哨马报到，说魏兵将

近城下，多官议曰："兵微将寡，难以迎敌。不如早弃成都，奔南中七郡，险峻可以自守。就借蛮兵，再来克复未迟。"后主便欲南奔，光禄大夫谯周谏曰："不可南奔，南蛮久反之人，平昔无惠，今若投之，必遭大祸。"文武

又奏曰："蜀、吴既同盟，今事急矣。可以投之。"周又谏曰："自古以来，无寄他国为天子者。臣料魏能吞吴，吴不能吞魏。若称臣于吴，则辱一也；若吴被魏所吞，陛下再称臣于魏，是两番之辱矣。今吴未宾，势不得不受，礼不得不屈。若陛下降魏，魏必裂土以封陛下，则上能自守宗庙，下可以安黎民；【眉批：谯周前劝孙璹出降，今又劝后主出降，是劝降惯家。】若使投东，是下策矣。"后主未决，退入宫中。次日众议纷然，谯周见事急，复上疏争曰：

　　光禄大夫臣谯周，窃惟陛下以北军深入，有欲适南之计，臣以为不安。何者？南方远夷之地，平常无所供为，犹数反叛，自丞相亮以兵威逼之，穷乃幸从。后供官职，取以给兵，以为愁怨，此患国之人也。今以穷迫，欲往依恃，恐必复反，一也。北兵之来，非但取蜀而已，若奔南方，必因人势衰，及时赴追，二也。若致南方，外当拒敌，内供服御，费用张广，他无所取，耗损诸夷必甚，甚必速叛，三也。昔王郎以邯郸僭号，时世祖在信都，畏逼于郎，欲弃还关中。邳肜谏曰："明以西还，则邯郸城民不肯捐父母，背城主，而千里送公，其亡叛可必也。"世祖从之，遂破邯郸。今北兵至，陛下南行，诚恐邳肜之言复信于今，四也。愿陛下早为之图，或获爵土；若遂适南，势穷乃服，其祸必深。《易》云："亢之为言，知得而不知丧，知存而不知亡。知得失存亡而

国学经典文库

李渔批阅

三国演义

蜀后主舆榇出降
钟会邓艾大争功

图文珍藏版

不失其正者,其惟圣人乎!"言圣人知命而不苟必也。故尧、舜以子不善,知天有授,而求授人;子虽不肖,祸尚未萌,而迎授与人,况祸以至乎!故微子以殷王之昆,面缚衔璧而归武王,岂所乐哉,不得已也;【眉批:**至此令人追想先帝,又落笔。**】

后主从谯周之谏,欲出降时,忽屏风后转出一人,厉声骂周曰:"偷生腐儒,岂可妄议社稷大事!自古安有降天子哉?当斩此贼臣,请出战!"后主视之,乃第五子、北地王刘谌出。【眉批:**昭烈无儿,后主却有此子。**】后主生七子,长子刘璿,次子刘瑶,三子刘琮,四子刘瓒,五子即北地王刘谌,六子刘恂,七子刘璩,惟谌自幼聪明,英敏过人,余皆懦善。后主与谌曰:"今大臣议可降,汝独仗血气之勇,欲令满城流血耶?"谌曰:"昔先帝在是,谯周未尝干预政事,今妄议大事,辄起乱言,甚非理也。臣窃料成都之兵尚有数万,姜维全师皆在剑关,若知魏兵犯阙必来救应,内外攻击,可获大功。【眉批:**此谓战不如守,至此令人吊泪。**】岂可听腐儒之言,轻废先帝之基业乎!"后主叱之曰:"汝小儿,岂识天时也!"谌叩头哭曰:"若势穷力极,祸败将及,便当父子君臣背城一战,同死社稷,以见先帝可也;奈何降乎?"【眉批:**此言降不如战,两番提照先帝。**】后主不听,令近臣拖下殿阶。谌踊跃大哭曰:"吾祖公公非容易创立基业,今一旦弃之,吾宁死不辱也!"后主令推出宫门。令谯周作降书,遣私署侍中张绍、驸马都尉邓良同周赍玉玺雒城请降。

时邓艾每日令数百铁骑来成都，哨见立了降旗，艾大喜。不时张绍等至，艾令人迎入。三人拜伏于阶下，呈上降款玉玺。【眉批：令人追想刘璋纳款之时，为之一叹。】艾拆降款看之，款曰：

降臣刘禅谨致于书于征西将军麾下：窃闻"杯勺之水，终归江河；燕雀之徒，必栖梁栋"。念禅等限分江汉，遇值深远，偕缘蜀土，斗绝一隅，千遭冒犯，渐苒历载，遂与京畿攸隔万里。每惟黄初中，文皇帝命虎牙将军鲜于辅宣密温之诏，申三好之恩，开示门户，大义

国学经典文库

李渔批阅

三国演义

蜀后主舆櫬出降
钟会邓艾大争功

图文珍藏版

炳然，而否德暗弱，窃贪遗绪，府仰累纪，未率大教。天威既震，人鬼归顺之数，怖骇王师，神武所次，敢不革面腹以从命！辄被群帅，投戈释甲，官府帑藏，一无所毁。百姓布野，余粮栖亩，以俟后来之惠，全元元之命。伏惟大魏布德施化，宰辅伊、周，含覆藏疾。谨遣私署侍中张绍、光禄大夫谯周、驸马都尉邓良奉赍玺绶，请命告诚，敬输忠款，存亡敕赐，惟所裁之。舆榇在近，不复缕陈。乞将军照察。

邓艾看毕大喜，受下玉玺，重待张绍、谯周、邓良。艾作书与绍等赍回成都，以安人心。

三人拜辞邓艾，径还成都，入见后主，呈上回书，细言相待之事。后主拆封视之，书曰：

邓艾窃谓三纲失道，群英并起，龙战虎争，终归其主，此盖天命去就之道也。自古圣帝，爰逮汉、魏，受命而王者，莫不在乎中土。河出《图》，洛出《书》，圣人则之，以兴洪业，其不由此，未有不颠覆者也。隗嚣凭陇而亡，公孙述据蜀而灭，此皆前世覆车之鉴也。圣上明哲，宰相忠贤，将比隆黄轩，侔功往代；衔命来征，恩闻嘉响，果烦来使，告以德音，此非人事，岂天启哉。昔微子归周，实为上宾，君子豹变，义存《大易》，来辞谦冲，以礼舆榇，皆前哲归命之典也。全国为上，破国次之，自非通明智略，何以见王者之义乎！相会在即，

国学经典文库

李渔 批阅

三国演义

蜀后主舆榇出降
钟会邓艾大争功

图文珍藏版

1718

先此布闻。艾再拜。

后主看毕大喜，即遣太仆蒋显赍敕，令姜维早降；遣尚书郎李虎送文簿与艾，共户二十八万，男女九十四万，带甲将士十万二千，【眉批：有此谓何不战？】官吏四万，仓粮四十余万，金银二千斤，绵绮丝绢各二十万匹，【眉批：有此何以不守。】余物在库，不及具数。择十二月初一日，君臣出降。

此时北地王刘谌闻知，怒气冲天，乃带剑入宫。其妻崔夫人问曰："大王今日颜色异常，何也？"谌曰："魏兵将近，父王已纳降款，明日君臣出降，社稷从此殄灭。吾欲先死，以见祖公公，不屈膝于他人也！"崔夫人曰："贤哉，贤哉！得其死矣！妾请先死，王死未迟。"谌曰："汝何死耶？"崔夫人曰："王死事父，妾死事夫，其义皆然。【眉批：后来主有此子，而又有佳妇，临死时而有此凛凛烈烈之言。令千百世后人为之一叹。】夫亡妻死，何必问焉？"言讫，触柱而死。谌将三子杀之，并割妻头提于昭烈庙中，伏地而哭曰："臣之肝胆，祖父尽知，羞见基业弃与他人，故先杀其妻子以绝挂念，后将一命报祖。祖如有灵，知孙之心！"大哭一场，眼中流血，自刎而死。蜀人闻知，无不哀痛。后萧常有论：

论曰：《春秋》之义，国君死社稷，故曰"君为社稷死，为社稷亡"，言不可弃社稷，苟生而独存也。余观谯

国学经典文库

李渔批阅

三国演义

蜀后主舆榇出降
钟会邓艾大争功

图文珍藏版

国学经典文库

李渔批阅

三国演义

蜀后主舆榇出降
钟会邓艾大争功

图文珍藏版

1720

周之议，窃悲夫汉之所以亡，而周之罪有不容诛者矣。彼曹氏乃国贼而吾不共戴天之仇也，岂有万乘之主自屈于寇仇，效匹夫贼人之见，忍耻以求活哉？方是时，诸将拥兵在外，尚不下数万，不浃日可檄召而至；有如不捷，移南幸，以待四方勤王之师，魏兵远来，势不久留，吾蹑其后，或能取偿焉。昔高帝几落项羽手者屡矣，而卒能毙籍者，不以亟败自沮也。且钟、邓之善用兵，孰与项羽籍？绵竹之败，孰与成皋之跳？诸葛瞻之死，又孰与太公、吕后之为楚虏？况斯民戴汉之心未已，姜维闻降大惊，将士奋怒致拔剑砍石，势虽败而人心犹思奋，何独徇一妄书生之言，效匹夫贼人之见，而遽为亡国之举？彼周也，平日议论，已不右汉。事出仓卒，固宜若此。孔子所谓"一言而丧邦者"欤？使是时复有若北地王谌者出，力争于朝，指画利害，斩周以衅鼓，君臣一心，帅励将士，背城一战，尚庶几不亡。悲夫！

后主听知北地王自刎，乃令葬之。【眉批：北地主死而后主不知愧耻，亦不知痛惜，真无人心哉。】。

次日，魏兵大至，后主率太子诸王及群臣六十余人，面缚舆榇，出北门十里而降。邓艾扶起后主，亲解其缚，焚其舆榇，并车入城。静轩先生有诗叹曰：

> 魏兵数万入川来，后主偷生失自裁。
>
> 黄皓终存欺国意，姜维空负济时才。
>
> 全忠义士心何烈，守节王孙志可哀。
>
> 灭汉未期钟邓死，一朝功业总成灰。

于是成都之人，皆以香花而迎。艾拜后主为骠骑将军，【眉批：后主为骠骑将军，可以一叹。】太子为奉车都尉，诸王皆为驸马都尉，文武各随高下拜官。请后主还宫，出榜安民，交割仓库。又令太常张峻、益州别驾张绍招安各郡军民。又令人说姜维归降。艾闻黄皓奸险，欲捉来斩之。皓用金宝赂其左右，因此得免。【眉批：黄皓爱金珠，原来为活命之用。】是日汉亡。后史官有诗叹曰：

国学经典文库

李渔批阅

三国演义

蜀后主舆榇出降
钟会邓艾大争功

图文珍藏版

忆昔楼桑起义兵，纵横万里誓中兴。

南阳聘得忠臣出，西蜀方能霸业成。

列曜煌煌沉渭水，雄师暗暗度阴平。

君臣自缚同舆榇，今古令人忆孔明。

邓艾取了成都，遣人入洛阳报捷去了。

且说太仆蒋显到剑关，入见姜维，传后主敕命，言归降之事。维大惊不语。帐下众将听知，一齐怨恨，咬牙怒目，须发倒竖，拔刀砍石大呼曰："吾等死战，何故先降耶！"号哭之声，闻数十里。【眉批：**蜀不有如此之将，如此之兵，而后主甘心面缚，可叹！**】维见人心思汉，乃以善言抚之曰："众将勿忧。吾有一计，可复汉室也。"众皆求问。未知其计如何，且听下回分解。

却说姜维与诸将附耳低言，说了计策。【眉批：妙在

国学经典文库

李渔批阅

三国演义

蜀后主舆榇出降
钟会邓艾大争功

图文珍藏版

此处不说明。】维请蒋显，问其消息。显曰："邓艾坐据成都，今主上降敕，使各军倒戈卸甲，尽已归附。"维大喜，即于剑关遍竖降旗。先令人报入钟会寨中，说姜维引张翼、廖化、董厥等来降。会大喜，令人迎接维入帐，会曰；"伯约来何迟也？"维正色流涕曰："国家全军在吾，今日至此，犹为速也。"会甚奇之，下座相拜，待为上宾。会顾左右曰："据伯约之才，真乃中州之名士，公休、太初等，皆不能及也。"维说会曰："闻将军自淮南以来，算无遗策，司马氏之盛，皆将军之力。维甘心事之。如邓士载，决以死战，安肯降耶？"**【眉批：如此口气，皆系姜维用诈处，读者当知之。】**会遂折箭为誓，与维结兄弟，情爱甚密。此时钟会中了姜维之计，不收维印，仍令照旧领兵。维甚暗喜，遂令蒋显回成都去了。

却说邓艾封师纂为益州刺史，牵弘、王顾等各领州郡。又于绵竹筑台，以彰战功，**【眉批：先封蜀君臣这官爵，而又筑台彰功，皆取死之道也。】**大会蜀中诸官饮宴。艾酒至半酣，乃指众官曰："汝等幸遇我，有今日耳。如遭吴汉之徒，皆殄灭矣。"多官起身拜谢。艾又曰："姜维只是一时之雄儿也，勉强与吾相持，故致此穷耳。"众皆称颂邓艾之德，艾甚喜之。忽蒋显至，说姜维自降钟镇西。艾因此痛恨钟会，遂修书令人赴洛阳。晋公司马昭得书视之，书曰：

臣艾窃谓兵有先声而后实者，今因平蜀之势以乘吴，

国学经典文库

李渔批阅

三国演义

蜀后主舆榇出降
钟会邓艾大争功

图文珍藏版

1723

吴人震恐，此席卷之时也。然大举之后，将士疲劳，兵不可便用，且徐缓之。留陇右兵二万，蜀兵二万，煮盐兴治，为军旅要用，并造舟船，预顺流之事。然后发使告以利害，吴必归化，可征而定也。今宜厚待刘禅以致孙休，安士民以来远人，若便送禅于京都，吴以为流徙，则于向化之心不劝，且权停留，须来年冬月，比尔吴亦足平。今即可封禅为扶风王，锡其资财，供其左右。郡有董卓坞，为之宫室。爵其子为公卿，食郡内县，以显归命之宠。开广陵、城阳，以待吴人，吴人则畏威怀德，望风而从矣。

司马昭览毕，深疑邓艾有自专之心，乃先降诏封艾。诏曰：

艾耀威奋武，深入虏庭，暂将搴旗，枭其鲸鲵，使僭号之主稽首系颈，历世逋寇，一朝而平。兵不逾时，战不终日，云撤席卷，荡定巴蜀。虽白起破强楚，韩信克劲赵，吴汉擒子阳，亚夫灭七国，计功论美，不足比勋也。其以艾为太尉，增邑二万户。封二子为亭侯，各食邑千户。日下施行。钦此。

邓艾受诏已毕，监军卫瓘取出司马诏手书，与艾曰："瓘曰详观此书中之事，须当报奏，不可辄行。"【眉批：便是不欲邓艾专制之意。】艾曰："将在外，君命有所不

国学经典文库

李渔批阅

三国演义

蜀后主舆榇出降

钟会邓艾大争功

图文珍藏版

1724

受。'吾计行矣，如何阻当?"遂又作书，就令来使赍赴洛阳。

此时洛阳小儿谣说"邓艾欲反"，朝中亦言"艾有不遵晋公之命，不受天子之诏，不久反矣。"司马昭愈加疑忌。忽使命回，呈上邓艾之书。昭拆封视之，书曰：

艾衔命征行，奏指授之策，元恶既服。至于承制拜假，以安初附，谓合权宜。今蜀举众归命，地尽南海，东接吴地，宜早镇定。若待国命，往复道途，延引日月。《春秋》之义，大夫出疆，有可以安社稷、利国家，专之可也。今吴未宾，势与蜀连，不可拘常，以失事机。兵法"进不求名，退不避罪"，艾虽无古人之节，终不自嫌以损于国也。先此申状，见可施行。

国学经典文库

李渔批阅

三国演义

蜀后主舆榇出降
钟会邓艾大争功

图文珍藏版

司马昭看毕大惊，忙与心腹人计议曰："今邓艾倚仗功劳，妄自尊大，任意行事，反在即日矣。如之奈何？"贾充曰："主公何不封钟会以制之？"【眉批：**邓艾所忌者钟会，又使钟会制之，此势不两立之兆也**。】昭大喜，遂遣使赍诏，封会为司徒，就令卫瓘监督两路军马。会接了密诏，拜伏读之：

会所向摧弊，前无强敌，缄制众城，网罗进逸，蜀之豪帅，面缚归命，谋无遗策，举无废功。凡所降诛，动以万计，全胜独克，有征无战。拓平西夏，方隅清晏。其以会为司徒，进封县侯，增邑万户。封了二人亭侯。邑各千户。施行。

钟会受封毕，设宴相待。使命回讫。

会请姜维计议曰："邓艾功在吾之上，又封太尉之职，吾深恨之。今司马公疑艾必反，故令卫瓘为监军，诏吾制之。伯约有何高见？"维曰："愚闻邓艾出身微贱，幼与农家养犊，长甚贫窭，非名门世禄之子也，不识大体。今侥幸自阴平斜径攀木悬崖，鱼贯而下，方能成功，非出良谋，实赖国家之洪福耳。若非将军与维相拒于剑关，艾安能成功耶？【眉批：**明明以世家推重钟会，而又以功绩挑动钟会，皆姜维之计耳**。】今欲封后主为扶风王，乃大结蜀人之心，其反情不言而可见矣。晋公疑之是也。"会深喜之。维暗喜曰:"汉室兴矣。"维又曰:"请退左右,维有一事密告。"会令左右尽退。维袖中取一图与会曰:"昔日武侯出草庐时,以献先帝曰:'益州之地,沃野千里,民殷国富,可为霸业。'先帝因此遂创成都。今邓艾至此,安不得狂哉?"【眉批:姜维之图,较钟会更详悉。而夸赞西蜀。正所以激动钟会。妙极。】会大喜。指问山川形势,维一一言之。会称谢曰:"当以何策除之?"维曰:"乘晋公疑忌之际,当急上表,言艾反状,晋公必令将军讨之,一举而可擒矣。"【眉批:挑构妙。而撺掇更妙。】会即遣人赍表,进赴洛阳,言邓艾专权,恣意行事,结好蜀人,早晚必反矣。朝中文武皆惊。会又令人于中途截了邓艾表文,按艾笔法,改傲慢之意,十分悖逆之辞。

　　却说司马昭见了邓艾表章,大怒,自欲入川讨艾。当晚昭回家,其妻王氏闻知,谏曰:"会见利忘义,好生事端,宠过必乱,不可深信。"【眉批:妇道有此见识。】昭笑曰:"吾岂不知耶?"次日,先遣人到会军前,令会收艾;又遣贾充引三万兵入斜谷;昭乃请魏主曹奂,驾幸西川收艾。西曹掾昭悌谏曰:"钟会之兵多邓艾六倍,当令会收艾足矣,何必明公自行耶?"昭笑曰:"汝忘旧日之言耶?汝曾道会后必反,吾今此行,非为艾,实为会耳。"悌笑曰:"悌已知之,故相问也。此言切勿泄漏。"昭曰:"吾自以信义待人·人必不负吾也。"【眉批:奸雄心事,正与曹操仿佛。问答之妙。】遂提大兵起程。

国学经典文库

李渔批阅

三国演义

蜀后主舆榇出降

钟会邓艾大争功

图文珍藏版

于是贾充亦疑钟会，来告司马昭。昭曰："如遣汝，吾亦疑汝耶？吾到长安，自有明白。"此时众官皆称昭有海量。早有细作报知钟会，说昭已至长安。会慌请姜维，求问收邓艾之计，未知姜维以何策破艾。且听下回分解。

国学经典文库

李渔 批阅

三国演义

蜀后主舆榇出降
钟会邓艾大争功

图文珍藏版

国学经典文库

李渔批阅

三国演义

姜维一计害三贤
司马复夺受禅台

图文珍藏版

第一百十九回　姜维一计害三贤　司马复夺受禅台

却说姜维与钟会曰："可先令监军卫瓘收艾。艾若杀瓘，反情实矣。将军却起兵讨之，此正道也。"会大喜，遂令卫瓘引数十人入成都收邓艾。瓘手下人止之曰："此

是钟司徒令邓征西杀将军以正反情也，切不可行！"瓘曰："吾自有计。"遂先发檄文二、三十道。其檄曰：

奉诏收艾，其余各无所问。若早来归，爵赏如先；

【眉批：妙在先散其羽翼。】敢有不出者，夷其三族。

随备监车两乘，星夜望成都来。比及鸡鸣，昨见檄文者皆拜于卫瓘马下。

此时邓艾在府中未起，瓘引数十人突入，大呼曰："奉诏收艾父子!"【眉批：妙在速擒，若迟则难擒矣。】艾大惊，滚下床来。瓘缚艾于车上，其子邓忠出问曰："何为?"亦被捉下，缚于车上。艾手下将一齐赶来抢时，瓘叱之曰："诏书在此，妄动者夷三族! 钟司徒大兵便到也!"众望见尘头起处，哨马早到，呼弃兵器而走。须臾，钟会兵至。会大责艾曰："养犊小儿，何敢如此!"以马鞭挞其首。【眉批：邓艾此时难乎其为人矣。】姜维亦骂曰："匹夫! 何不立功名于万世耶?"艾亦大骂之。会令送赴洛阳。

会入成都，尽得邓艾军马，威声大震。乃与姜维曰："吾今日方趁平生之愿矣!"维曰："明公自淮南以来，算无遗策，司马氏之盛，皆公之力。【眉批：钟会渐渐露出，而姜维此时之谋，着着胜前。】今复定蜀，威德震世，民高其功，主畏其谋，欲以保全得乎! 夫韩信不背汉于扰攘，以见危于既平; 大夫种不从范蠡于五湖，卒伏剑而死。【眉批：隐隐劝他谋反。】斯二子者，岂暗主愚臣哉? 利害之使然也。今君大功既立，大德已著，何不法陶朱公泛舟绝迹，登峨嵋之岭，而从赤松子游乎?"【眉批：用反跌法。】会笑曰："君言远矣。吾年方四旬，正欲立功名于万世，耀祖宗于地下，岂可效陶朱公？"维曰："其他明公智力所能，【眉批："其他"二字，语中之意，言外之事，俱包含在内。妙绝。】无烦于老夫矣。"会抚掌大笑曰："伯约知吾心耶！"二人自此每日商议用兵之策。维密与后主书曰：

望陛下忍数日之辱，欲使社稷危而复安，日月幽而复明，再兴汉室矣。

钟会正与姜维谋反，忽报晋公司马昭大兵屯于长安，先有书到。会接书。其书之意云：

吾恐司徒收艾不下，自屯兵于长安。相见在近，以此先报。

会大惊曰："吾兵多艾数倍，晋公知吾独能办之。今日引兵来，是疑忌也。"遂与姜维计议，维曰："君疑臣必死，岂不见邓艾乎？"会曰："吾意决矣！事成则得天下，不成则退西蜀，亦不失作刘备也。"维曰："近闻郭太后新亡，可作太后有遗诏，【眉批：遗诏与司马懿讨曹爽之诏相合。】教伐司马昭，以正弑君之罪。据明公之才，可席卷中原也。"会曰："伯约当作先锋，富贵同享之。"维曰："愿效犬马微劳，但恐诸将不服耳。"会曰："来日上元令节，于故宫大张灯火，请诸将饮宴。如不从

国学经典文库

李渔批阅

三国演义

姜维一计害三贤
司马复夺受禅台

图文珍藏版

者尽杀之！"维暗喜。

次日，会、维二人请诸将宴饮。到三更，会执杯大哭。请将惊问其故，会曰："郭太后临亡，有遗诏在此，为司马昭南阙弑君，大逆无道，早晚欲篡大魏天下，命吾讨之。汝等各自金名，共成此事。"众皆大惊，面面相觑。会拔剑出鞘曰："违令者斩！"【眉批：**既称有诏，便当以义激，以恩结，岂可以威劫，坑陷为事？此亦失一着也。**】众皆只得从之。画字已毕，会乃困诸将于宫中，严兵守之。维曰："我见诸将不服，请坑之。"会曰："吾已令宫中掘一坑，置棒数千，如不从者，打死填之。"

时有心腹将丘建在侧，建乃护军胡烈手下旧人也，烈送建事会。建听知此事，密告烈曰："钟司徒掘下大坑，又取白棒数千，但有不允兴兵者，打死填之。"烈大惊，泣告曰："吾儿胡渊领兵在外，安知全怀此心耶？汝可念向日之情，透一消息，虽死无恨。"建曰："恩家勿忧，某敢为之。"遂出告会曰："主公软监诸将在内，水食不便。可令一人往为传递。"会素纳丘建之言，遂令丘建监临。会分付曰："吾以重事托汝！【眉批：事之将败，所托非人。】休泄漏！"建曰："主公放心，某自有紧严之法。"建暗令胡烈亲信人入内，烈以密书付其人。其人持书火速到胡渊营内，细言其事，呈上密书。渊大惊，一时遍示诸营知之。众将大怒，急来渊营商议曰："我等虽死，岂肯从反臣耶？"渊曰："十八日中，可骤入内，如此行之。"时有监军卫瓘，深喜胡渊之谋，即整顿了人马，令丘健传与胡烈。烈报知诸将。

却说钟会请姜维曰："吾夜梦大蛇数千条咬吾，因此惊觉。"维曰："梦龙蛇者，皆吉庆之兆也。"【眉批：钟会做梦之奇，则姜维随口详梦更异】会大喜曰："器仗已备，放诸将若何？"维曰："此辈皆有不服之状，久必为害，不如乘早戮之！"会从之，欲给铠甲与维，来杀魏将。维忽然心痛，昏仆在地，【眉批：天意如此，人谋何益哉！】左右扶起。忽报宫外汹汹，如失火之状。会欲令人探时，四面喊声大震，无限兵到。维方苏醒曰："此必诸将作恶，可先斩之！"又报兵已入内。会令财上殿门，诸将上宫，以瓦击之，互相杀死数十人。宫外四面火起，城上矢石如雨，外兵乘势砍开殿门。会急掣剑立杀数人，却被乱箭射倒，先枭其首级。【眉批：钟会纵然事成，而姜维终必杀会。】维亦拔剑上殿，往来冲突，不幸心疼转加。维仰天大叫曰："吾计不成，乃天命也！"言毕，自

国学经典文库

李渔批阅

三国演义

姜维一计害三贤
司马复夺受禅台

图文珍藏版

国学经典文库

李渔批阅

三国演义

姜维一计害三贤
司马复夺受禅台

图文珍藏版

1734

刎而死。【眉批：维今死，汉斯亡矣！千百世后，令人痛哭姜维。】时年五十九岁。宫中死者数百人。卫瓘曰："众军各归营所，以待王命。魏兵互相相争剖维腹，其胆大如鸡卵。瓘亦不能禁止，各军俱要报仇，尽将姜维、钟会妻子杀之。"

邓艾部下之人，见钟会、姜维已死，遂连夜去追劫邓艾。早有人报知卫瓘。瓘曰："是我捉艾，今若留他，我无葬身之地矣！"护军田续曰："昔日邓艾取江油之时，欲杀续，得众军告免。今日当报经恨！"【眉批：丘建报旧主之恩，田续报旧主之恨。】瓘大喜，遂遣田续引五百兵赶至绵竹，正遇邓艾父子放出监车，欲还成都。艾只道是本部兵到，不作准备，欲待问时，被田续一刀，可怜邓艾父子，死乱军之中。【眉批：山水寨之梦地此应矣。】此乃姜维一计害三贤也。后史官因邓艾盖世功勋而死于非命，有庙赞诗曰：

自幼能筹画，多谋善用兵。

凝眸知地理，仰面识天文。

马到山根断，兵来石径分。

功成身被害，魂绕汉江云。

又史官有钟会庙赞诗；

汉时良将后，幼作秘书郎。

当世夸英俊，时人号子房。

寿春多赞画，蜀郡逞轩昂。

不学陶朱法，游魂返故乡。

又史官有姜维庙赞诗曰：

凉州夸上士，天水产奇才。

曾得高人授，亲传秘诀来。

中原曾九犯，爵位显三台。

只身扶西蜀，倾危可痛哉。

后裴松之辩姜维曰：

盛之讥维，诚为不当。于时钟会大众既造剑关，维
与诸将列营守险，会不得进，已议北还，全蜀之功，几
乎立矣。但邓艾诡道旁入，出于其后，诸葛瞻既败，成
都既溃，维若回军救内，则会乘其背。当时之势，焉得
两济？而责维不能奋节绵竹，拥卫其主，非其理也。会
欲尽坑魏将，以举大事，授维重兵，使其前驱。若令魏
将皆死，兵在维手，杀会复汉，不为难矣。夫功成意外，
然后为奇，不可事有差牙，而抑谓不然。设使田单之计，
邂逅不会，复可谓之愚暗哉！

国学经典文库

李渔批阅

三国演义

姜维一计害三贤
司马复夺受禅台

图文珍藏版

却说姜维、钟会、邓艾已死；【眉批：多令人追忆往事。】张翼等死于乱军，师纂破分其尸；太子刘璿、汉寿亭侯关彝皆战败，被魏兵所杀。军民大乱，互相践踏，死者不计其数。旬日后，贾充先至，出榜安民，方始宁靖，留卫瓘守成都。此时军民安堵，秋毫无犯，乃迁后主赴洛阳面君。止有尚书令樊建、侍中张绍、光禄大夫谯周、秘书郎郤正、殿中督张通等数人跟随。廖化、董厥皆托病不起，后皆忧死。未知迁洛阳如何，且听下回分解。

魏景元五年，改为咸熙元年，春三月，吴将丁奉见蜀已亡，遂收兵还吴，中书丞华覈上表与吴主孙休曰：

伏惟吴、蜀乃唇齿也，成都失守，社稷倾覆。臣以草茅，窃怀不宁。陛下圣仁，必垂哀悼。臣料司马昭必篡魏吞吴，乞陛下深加防御。

休从其言，遂命陆逊子陆抗为镇东大将军，领益州牧，守川；左将军孙异守南徐诸处隘口，以防魏兵；又沿江一带屯兵数百营，命丁奉总之。【眉批：**唇亡齿寒，此时自守难矣。**】

建宁太守霍戈闻成都不守，素服望西，大哭三日。诸将皆曰："既汉主失位，何不速降？"戈泣谓曰："道路隔绝，未知后主安危若何？若魏以礼待吾主，则举城而降未为晚也；万一辱吾主，我等以死拒之，何谓速降？"【眉批：**与谯周劝降者天渊之隔。**】诸将听罢，亦各切齿。忽报后，主已赴洛阳去了。戈大怒，便欲起兵劫之。诸将曰："蜀已无主，不如请降。"戈从其言。遂作表遣人诣洛阳。

却说后主刘禅至洛阳，入见魏主曹奂，拜伏殿下。时司马昭已自回朝。昭责之曰："汝荒淫无道，废贤失政，理宜诛戮！"【眉批：**司马昭吓后主者，看他动静如何耳？**】后主面如土色，不知所为。文武皆奏："后主既失国纪，幸早归降，宜赦之。"近臣奏建宁太守霍戈有表，魏主展开于御案，同晋公视之。表曰：

汉建宁太守霍戈率六部将守上表曰：臣闻人生于三，事之如一。惟难所在，则致其命。今臣国败主附，守死无所。是以委质，不敢有贰。

国学经典文库

李渔批阅

三国演义

姜维一计害三贤　司马复夺受禅台

图文珍藏版

国学经典文库

李渔批阅

三国演义

姜维一计害三贤
司马复夺受禅台

图文珍藏版

1738

晋公看罢，叹曰："蜀有此等人物，真忠臣也！"即赦后主之罪，封为安乐公，【眉批：**因后主不知忧患，故以此名封之。**】赐住宅月给请受，赐绢万匹，奴婢百人。子刘瑶及群臣樊建、谯周、郤正等皆封侯爵。后主谢恩出内。昭因黄皓蠹国害民，令武士押出市曹，凌迟处死。【眉批：**千古快事。**】

次日，后主亲诣司马昭府下拜谢。昭设宴款待，先以魏乐舞戏于前，蜀官感伤，独后主喜之。昭令蜀人扮蜀乐于前，蜀官尽皆坠泪，后主嬉笑自若。【眉批：**先以**

魏乐，后以蜀乐，众官皆悲泣，而后主嬉笑自然。何愚之甚也！】酒至半酣，昭与蜀官曰："人之无情，乃至于此！虽使诸葛亮在，亦不能辅之久全，何况姜维乎？"乃问后主曰："颇思蜀否？"后主曰："此间乐，不思蜀也。"须臾。后主起身更衣，郤正跟至厢下，曰："主公如何答

国学经典文库

李渔批阅

三国演义

姜维一计害三贤
司马复夺受禅台

图文珍藏版

不思蜀也？倘再问，可泣泪答曰：'先人坟墓远在岷蜀之地，其心西悲，无日不思。'晋公必放主公归蜀矣。"后主记之，入席。酒将微醉，昭又问曰："颇思蜀否？"后主一一言之，【眉批：郤正教后主之言，一一说出，也算亏他。至后司马昭复问，而后主竟直言。诚哉如画。】欲哭无泪，遂闭其目。昭曰："此乃郤正之语耶？"后主开目惊视曰："诚如尊命！"昭及左右皆笑之。昭以此大喜，后主诚实，再不疑也。后人有诗叹后主曰：

　　追欢作乐笑颜开，不念危亡半点哀。

　　快乐异乡忘故国，方知后主是庸才。

又有诗赞后主曰：

　　后主分明两截人，无能保国解全身。

　　须知智巧招疑忌，不若痴愚免祸因。

却说朝中大臣因昭收川有功，欲立为王。此时魏主曹奂名为天子，实不能主张，皆由司马氏为之。昭有为王之意，故使大臣以天子为名，遂请封晋公司马昭为晋王，【眉批：令人追想曹操封魏王时。】谥父司马懿为宣王，兄司马师为景王。妻乃王肃之女，生二子：长曰司马炎，人物魁伟，立发垂地，两手过膝，聪明英武，胆量过人；【眉批：为后文称帝伏线。】次曰马攸，情性温和，恭俭孝弟，昭甚爱之，因司马师无子，过房从继其后。昭常曰："天下者，乃吾兄之天下也。"【眉批：**此时口中久已无曹氏矣。种种权诈。**】于是欲立司马攸为世子。山涛谏曰："废长立幼。违礼不祥。"贾充、何曾、裴秀皆是昭心腹之人，进言曰："长子聪明神武，有超世之才，人望既茂，天表如此，非人臣之相也。"昭犹豫未决。【眉批：**攸与炎皆系亲生，何犹豫之有？**】太尉王祥、司马荀颉谏曰："前代立少，多致乱国。王上可宜思之。"昭遂立长子司马炎为世子，官带中抚军。大臣又奏曰："当年襄武县日当卓午，天降一人，身长二丈余，脚迹长三尺二寸，自发苍髯，着黄单衣，裹黄巾，【眉批：**此时又遇黄巾之妖，与首卷相应。**】拄藜头杖。"自称曰："吾乃民王也，今来报汝，天下换主，立见太平。'如此在市游行三日，忽然不见。似此乃王上之瑞也。王上可戴十二旒冠冕，建天子旌旗，出警入跸，乘金根车，备六马，进王妃为王后，立世子为太子。"昭心中暗喜。回到宫中，正欲饮食，忽中风不语。【眉批：**司马师临终时，有目至于无目。昭临终时，有口一如无口。此皆臣凌君之报也。**】次日病危，太尉王祥、司徒何曾、司马荀颉及诸大臣入宫问安，昭不能言，手指太子司马炎而死。时八月辛卯日也。何曾曰："天下大事，皆在晋王也。可立太子为晋王，然后祭葬。"是日，司马炎即晋王位，封何曾为晋丞相，司马望为司徒，石苞为骠骑将军，陈骞为车骑将军，谥父为文王。迁葬已毕，炎召贾充、裴秀入宫，问曰："曹操曾云：'若天命在吾，吾其为周文王乎？'果有此事否？"【眉批：**如何便思量只碗饭吃？人家子孙日习祖父之所为，日闻祖父之所闻，有好样便做好样，有不好样便做不好样来。慎之哉！**】充曰："操世受汉禄，恐人议论篡逆之名，故出此言，乃明教曹丕为天子也。"炎曰："孤父王比曹操何如？"充曰："文王辅魏，已历三世，与操不同也。"炎曰："何为？"充曰："操虽功盖华夏，下民畏其威，而不怀其德也。子丕继承大业，差役甚重，东西驱驰，无可宁岁。后宣王、景王累建大功，布恩施德，天下归心矣。文王扶危除暴，功盖万世，以封王号，故不同操耳。"炎曰："丕尚绍汉统，孤岂不绍魏统耶？"贾充、裴秀二人再拜而奏曰："王上当法曹丕统汉故事，复筑禅台，布告天下，以即正位，何不美哉！"炎大喜。

次日带剑入内。此时魏主曹奂连日不曾设朝，心神恍惚，举止失措。炎直入后宫，奂慌下御榻来迎。炎坐毕，问曰："魏之天下，谁之力也？"奂曰："皆晋王父祖之赐耳。"炎笑曰："吾观陛下，文不能论道，武不有经邦，何不让才德者主之？"【眉批：**明明当面鄙薄要他让之言。**】奂大惊，口禁不能言。旁有黄门侍郎张节大喝曰："晋王之言差矣！昔日魏武祖皇帝东荡西除，南征北讨，非容易得此天下。今天子有德无罪，何故让与人耶？"炎大怒曰："此社稷，乃大汉之社稷也。曹操倚仗汉相之资，挟天子以令诸侯，自立魏王，篡夺汉室。【眉

国学经典文库

李渔批阅

三国演义

姜维一计害三贤
司马复夺受禅台

图文珍藏版

国学经典文库

李渔批阅

三国演义

姜维一计害三贤
司马复夺受禅台

图文珍藏版

批：借司马炎口中替汉朝出气。】吾祖父三世辅魏，得天下者，非曹氏之能，实司马氏之力也，四海咸知。吾今日岂不堪绍魏之天下乎?"【眉批：篡位自家开口。】节又目："若行此事，乃篡国之贼也?"炎大怒曰："吾与汉家报本，有何不可?"叱武士将张节乱瓜打死于殿下。奂泣泪跪告。【眉批：献帝当日不曾如此没一面。】炎起身下殿而去。奂与贾充、裴秀曰："事已急矣，如之奈何?"充曰："天数尽矣，陛下不可逆之。当照汉献帝故事，重修受禅台，具大礼，禅位与晋王，上合天心，下顺人情，陛下可保无虞也。"【眉批：是祖宗做样与别人看，曹奂此时当怨曹丕。】

奂从之，遂令贾充筑受禅台。以十二月甲子日，奂

国学经典文库

李渔批阅

渔阅

三国演义

姜维一计害三贤
司马复夺受禅台

图文珍藏版

亲捧传国玺立于台上，大会文武，请晋王司马炎登坛，授与大礼。奂下坛，具公服，立于班首。炎端坐于坛上，贾充、裴秀列于左右，执剑，令曹奂再拜，伏地听命。充曰："自汉建安二十五年魏受汉禅，【眉批：处处提出篡汉故事，竟是贼偷贼物。】已经四十五年矣。今天禄永终，天命在晋。司马氏功德弥隆，极天际地，可即皇帝正位，以绍魏统。封汝为陈留王，出就金墉城居止。当时起程，非宣诏不许入京。"【眉批：与华歆叱献带语相映。】奂泣谢而去。太傅司马孚哭拜于奂前曰："臣死之日，固大魏之纯臣也。"炎见孚如此，封为平王太宰。孚不受而退。【眉批：当日曹操篡汉时却无此。】是日，文武百官再拜于台下，山呼万岁。炎绍魏统，国号大晋，改元为太始元年，大赦天下，置立谏官。此时魏亡。后史官有诗叹曰：

> 献帝称臣荐路旁，咸熙又见拜君王。
> 金墉城外山河旧，受禅台前草木黄。
> 魏国规模如汉代，陈留踪迹似山阳。
> 一还一报皆天理，今古令人笑几场。

晋帝司马炎追谥祖司懿为宣帝，伯父司马师为景帝，父司马昭为文帝。立七庙，以光祖宗。那七庙？汉征西将军司马钧，钧生豫章太守司马亮，亮生颍卅太守司马隽，隽生京兆尹司马防，防生宣帝司马懿，懿生景帝司马师、文帝司马昭，是为七庙也。大事已定，每日设朝，计议伐吴之策。未知何如，且听下回分解。

国学经典文库

李渔批阅

三国演义

羊祜病中荐杜预
王濬计取石头城

图文珍藏版

第一百二十回　羊祜病中荐杜预
王濬计取石头城

汉永安七年，吴主孙休抱病不能言，乃手书召濮阳兴入宫中，令太子孙霫出拜，吴主抱兴臂、手指霫托而卒。兴出与群臣商议，欲立太子孙霫为君。左典军万彧

曰："霫幼不能专政，不若取乌程侯孙皓立之。"左将军孙布亦曰："皓才识明断，堪为帝王。"丞相濮阳兴不能

决，入奏朱太后。太后曰："吾寡妇人耳，安知社稷之事？卿等斟酌立之可也。"兴遂迎皓为君。

皓字元宗，太帝孙权太子孙和之子也。当年七月即皇帝位，改元为元兴元年。封太子孙霍为豫章王，追谥父和为文皇帝，尊母何氏为太后，加丁奉为左右大司马。次年改为甘露元年。皓凶暴日甚，酷溺酒色，大小失望。濮阳兴与张布谏之，吴主怒斩之，【眉批：第一便杀大臣，其亡可知。】夷二人三族，由是廷臣缄口，不敢再谏。又改宝鼎元年，立陆凯、万彧为左右丞相；造昭明宫，大兴土木，文武入山伐木，费用无度。陆凯上疏谏曰：

今无灾而民命尽，无为而国财空，臣窃痛之。昔汉室既衰，三家鼎立；今曹、刘失道，皆为晋有，此目前之明验也。臣愚但为陛下惜国家耳。武昌土地险瘠，非王者之都。且童谣云："宁饮建康水，不食武昌鱼。宁还建康死，不止武昌居。"此足明民心与天意也。今国无一年之蓄，有露根之渐。官吏为苛扰，莫之或恤。太帝时，后宫女不满百。景帝以来，乃有千数。此耗财之甚者也。又左右皆非其人，群党相挟，害忠隐贤。此皆蠹政病民者也。愿陛下省百役，罢苛扰科，出宫女，清选百官，则天悦民附，而国安矣。

吴主览疏毕，虽是不悦，【眉批：忠言逆耳。】以其先朝老臣，特优容之。吴主又召术士尚广，令筮蓍问取天下之事。尚对曰："陛下筮得吉兆，庚子岁青盖当入洛阳。"【眉批：应后文降晋之兆。】吴主大喜，谓中书丞华覈曰："先王纳卿之言，分头命将，沿江一带屯数百营，命老将丁奉总之。孤欲兼并汉土，以与后主复仇，当取何地为先？"华覈谏曰："伏闻成都不守，社稷倾崩，今司马炎必有吞吴之心。陛下宜修德以安吴民，是为上计。若强动兵甲，正犹披麻救火，必致自焚也。【眉批：有先见之明。】愿陛下察之！"吴主大怒曰："孤欲乘时恢复旧业，汝出此不利之言，不看汝旧臣之面，斩首号令！"叱武士推出殿门。华覈出朝叹曰："可惜绵绣江山，不久属于他人矣！"遂隐居不出。于是吴主召镇东将军陆抗部兵屯川口，以图荆州、襄阳。

　　早有消息报入洛阳，近臣奏知晋主司马炎。晋主闻陆抗寇荆州，与众官曰："昔先帝既平西蜀，邓征西议欲顺流取东吴，先帝不从其谋，纵之为暴。今来侵犯境界，当如之何？"司空贾充出班奏曰："臣闻吴国孙皓，不修德政，专行无道，陛下可召荆州都督羊祜率兵拒之，俟其国中有变，乘势攻取，东吴反掌可得也。"炎大喜，即降诏遣使到襄阳，宣罢天子之诏。羊祜领却圣旨，相待使命，回去整点军马，预备迎敌。此时羊祜镇守襄阳，甚得军民之心。吴人有降欲去，皆听之。减侦逻之卒，用以垦田八百余顷。【眉批：与孔明屯田渭滨，姜维屯田沓中，前后相似。】其初到时，军无百日之粮，及至末年

国学经典文库

李渔批阅

三国演义

羊祜病中荐杜预
王濬计取石头城

图文珍藏版

1747

军中有十年之积。祜在军常着轻裘，系宽带，不披铠甲，帐前侍卫者不过十数人，因此军士皆敬重之。

一日，战将入帐禀祜曰："哨马来说，吴兵皆荒懈，可乘其无备而袭之，必获大胜。"祜笑曰："汝众人以陆抗可小觑耶？此人足智多谋，日前吴主命之攻拔西陵，斩了步阐及其将士数十人，却乃全师而回，吾亦不能及也。【眉批：陆抗之勇，在羊祜口中说出。】今孙皓善能用人，令此人为将，我等只可自守，侯其有变，则可图取；若不审时势轻进，此取败之道也。吾自有量，汝等勿再言。"众将服其论，只是守界而已。

一日，羊祜引诸将打猎，正值陆抗亦出猎。羊祜下令："我军不许过界！"众将得令，止于晋地打围，不越其境。陆抗望见之，叹曰："羊将军兵有纪律，不可犯也！"日晚各退。祜归至军中，察问所得禽兽，被吴人先射伤者皆送还之。【眉批：送还的妙。】于是边人皆悦服，来报陆抗。抗召进来人问曰："汝主帅能饮酒否？"来人答曰："必得佳酿则饮之。"抗笑曰："吾有斗酒，藏之久矣。每恨无因送来，今付与汝回，拜上都督，此酒陆某亲酿自饮者，特奉一勺以表昨日出猎之情。"来人领喏，携酒去了。左右问抗曰："将军以酒与彼，有何主意？"抗曰："彼既施德于我，我宁可无酬之乎？"众人愕然。

却说来人回见羊祜，以抗所问并奉酒事，一一告之。祜笑曰："彼亦知吾能饮乎？"遂开壶取饮。【眉批：送酒之奇，而饮酒更奇。】部将陈元急止之曰："其中恐有奸诈，都督且宜慢饮。"祜笑曰："抗非毒人者也，不必疑虑。"竟倾壶饮之。次日，羊祜升帐无事，众将方信。自是使人通问，常相往来。

一日抗病，遣人见祜乞药。祜曰："将尔主帅之病，与我相同。吾已合成熟药在此，可付与服之。"来人带药回见抗，抗即令人持进，众人惊曰："羊祜乃是吾仇敌，此药必非善，将军岂宜服之？"抗曰："岂有鸩人羊叔子哉！汝众人勿疑。"遂服之。【眉批：送药之奇，而服药者更奇。】次日病愈，众将皆拜贺，抗曰："彼专为德，我专为暴，是不战而自服。各保疆界而已，无求细利。"众将领命。

忽报吴主遣使来到，抗接入问之。使曰："天子别无

国学经典文库

李渔批阅

三国演义

羊祜病中荐杜预

王濬计取石头城

图文珍藏版

甚言，惟令将军作急进兵，勿使晋八先入。"抗曰："汝先回，吾随有疏章来奏。"使人辞抗先行。抗即写疏章，遣人赍到建业。旁臣呈上，吴主拆观，其疏曰：

今陛下不务力农富国，审交任能，明黜陟，慎刑赏，训诸司以德，抚百姓以仁，而听诸将徇名，穷兵黩武，动费万计，士卒凋瘁，寇不为衰，而我已大病矣。争帝王之资，而昧十百之利，此人臣之好佞，非国家之良策也。昔齐、鲁三战，鲁人再克而亡不旋踵，况今克获不补所丧哉。

吴主览疏大怒曰："孤闻汝在边境与敌人相通，今果然矣！"遂遣使罢其兵权，降为司马，却令左将军孙冀代领其军。群臣皆不敢谏。由是吴主自改元建衡元年，三年后又改凤皇元年，这几年恣意妄为，穷兵屯戍，上下无不嗟怨。丞相万彧、将军留平、大司农楼玄见皓无道，三人苦谏，皆被杀戮。【眉批：**屡屡杀害忠良，皆亡国之道也。**】前后十余年，杀忠臣四十余人。皓出入常带铁骑五万，群臣恐怖，莫敢奈何。

却说羊祜听知陆抗罢兵，孙皓失德，见吴有可乘之机，乃作表遣人入洛阳，请上伐吴。近臣进上表章，晋主司马炎开视，其表曰：

先帝西平巴蜀，南和吴会，庶几海内得以休息。而

国学经典文库

李渔批阅

三国演义

羊祜病中荐杜预
王濬计取石头城

图文珍藏版

吴复背信，使边事更兴。夫期运虽天所授，其功必因人

国学经典文库

李渔批阅

三国演义

羊祜病中荐杜预
王濬计取石头城

图文珍藏版

而成，不一大举扫灭，则兵役无时得息也。蜀平之时，天下皆谓吴当并亡。自是以来，十有三年矣。夫谋之虽多，决之欲独。凡以险阻得全者，谓其势均力敌耳。若轻重不齐，强弱异势，虽有险阻，不可保也，蜀之为国，非不险也，一夫荷戟，万夫莫当。进兵之日，曾无藩篱之限，乘胜席卷，径至成都。汉中诸臣，皆鸟栖而不敢出。非无战心，诚力不以相杭也。及刘禅请降，诸营堡索然俱散。今江、淮之险不如剑关，孙皓之暴过于刘禅，吴人之困甚于巴蜀，而大晋兵力盛于往时，不于此际平一四海，而更阻兵相守，使天下因于征戍经历盛衰，不可长久也。今若引梁、益之兵水陆并下，荆州之众进临江陵，平南豫州，直指夏口，徐、扬、青、兖、并会秫陵，以一隅之吴，当天下之众，势分形散，所备皆急；

巴、汉奇兵出其空虚，一处倾坏则上下震荡，虽有智者，不能为吴谋矣。吴缘江为国，东西数千里，所敌者无有宁息。孙皓恣情任意，与下多忌，将疑于朝，士困于野，无有保世之计，一定之心。平常之日犹怀去就，兵临之际必有应者，终不能齐力致死，已可知也。其俗急速，不可持久，弓弩戟楯，不如中国，唯有水战，是其所便。一入其境，则长江非复所保，还趣城池，去长入短，非我敌也。官军县进，人有致死之志；吴人内顾，各有离散之心。如此，军不逾时，可必克矣。

司马炎观讫大喜，便令兴师。贾充、荀勖、冯𬘩三人力言以为不可，炎因此不行。【眉批：**一闻即欲兴师，而复又终止，文法曲折。**】祜闻上不允其请叹曰："天下不如意者，十常七、八。今天与不取，岂非更事者恨于后时哉！"至咸宁四年，羊祜入朝，奏辞归乡养病。炎问曰："卿有何安邦之策，以教寡人？"祜曰："孙皓暴虐已甚，于今可不战而克矣。若皓不幸而殁，若更立贤君，陛下不能得也炎。"【眉批：**此皆至言。**】赐祜坐于左侧而问曰："卿何以知之？"祜曰："孙皓若亡，群臣更立一人为君，施恩布德，深得民心，据长江之阻，陛下虽有百万之众。安可窥乎？"炎大悟曰："卿可提兵一伐若何？"【眉批：**伐吴之事于此又一紧，而又一宽，曲折更妙。**】祜曰："臣年迈多病，不堪领此职。陛下选智勇之士可也。"炎起身称谢。祜辞炎而出，炎命祜乘王辇归家。是年十一月，羊祜病危，晋帝司马炎车驾幸祜家问安。炎至卧榻前，祜下泪曰："臣万死不能报陛下也。"炎亦泣曰："朕深恨不能用卿伐吴之策，今日谁可断卿之志？"祜曰："臣凡荐人于朝，即便将奏稿焚之，只恐人知也。"炎曰："举善荐贤，乃美事也。卿阿不令人知耶？"祜曰："拜官公朝，谢恩私门，臣所不取也。"炎叹曰："此正直大臣也。"祜含泪而告曰："臣死矣，不敢不尽愚诚。右将军杜预堪可重任，若欲伐吴，须当用之。"【**眉批：羊祜之荐杜预，与钟会之妒邓艾彼此相反。**】言讫而亡。晋帝司马炎放声大哭，上辇而回。宫中文武多官，无不流泪。后人有诗以赞羊祜曰：

> 羊祜病中推杜预，叔牙囚内荐夷吾。
>
> 古来四海英雄辈，是个男儿识丈夫。

晋帝炎以祜之亡，垂泪终日，敕葬高阜，赠太傅、巨平侯。即日拜杜预为镇南大将军，都督荆州事。南州百姓闻羊祜身死，罢市而哭。江南守边吴将，亦皆举哀。襄阳人思祜存日常游于岘山，遂建庙立碑，四时祭之。【**眉批：与蜀人之思武侯仿佛相似，真纯臣也。**】往来人见其碑文者。无不流涕，故名为"堕泪碑"。后胡曾先生有诗叹曰：

国学经典文库

李渔批阅

三国演义

羊祜病中荐杜预
王濬计取石头城

图文珍藏版

晓日登临感晋臣，古礁零落岘山春。

松间残露频频滴，酷似当年堕泪人。

　　咸宁五年冬十一月，晋帝降诏，分道伐吴。此时吴王皓每宴群臣，皆令沉醉。又置黄门郎十人为纠弹官，遇宴罢之后，各奏过失。有犯者或剥其面，或凿其眼。**【眉批：种种皆亡国之兆。】**由是国人大惧。益州刺史王濬遣人上疏，请上伐吴。晋主视其疏曰：

　　孙皓荒淫凶逆，宜速征伐。若一旦皓死，更立贤主，则强敌也。**【眉批：与羊祜之言相合。】**臣某造船七年，且有朽败，臣年七十，死亡无日，三者一乖，则难图矣。愿陛下无失事机。

　　晋主览疏，遂与群臣议曰："王公之论，与羊都督暗合。朕今决意伐吴。"即欲出师，侍中王浑奏曰："臣闻孙皓欲北上，军伍已皆整备，声势正盛，难与争锋。更迟缓一年，以待其疲，方可成功。"**【眉批：伐吴事于此又一紧，而复又一宽，文章曲折如此。】**晋主依其奏，乃降诏止兵莫动。镇南大将军杜预上表争曰：

　　贼之计穷，方不两完，必保夏口以东，少延视息，无缘多兵西上。而陛下过听，便用委弃大计，纵敌患生，诚可惜也。若所举而有败，勿举可也。今有万安之举，

无倾财之虑。臣心实了，不敢以蒙昧之见，自取后累，
惟陛下察之。

晋主见表，犹怀疑未决，退入后宫，与秘书丞张华
围棋消遣。近臣奏边庭有表到，晋主开视之，乃杜预复
表也。表云：

往者羊祜不传谋而与陛下计，故令朝臣多异同之议。
凡事当以利害相较，度此举之利，十有八、九，而其害

止于无功矣。必使朝臣言破败之形亦不可得，直是以计
不出己，功不在身，亦由特思不虑后患，而轻相同异耳。
自秋以来，讨贼之形颇露。今若有中止，孙皓怖而生计，
徙都武昌，完修江南诸城，远其居民，城不可攻，野无

国学经典文库

李渔批阅

三国演义

羊祜病中荐杜预
王濬计取石头城

图文珍藏版

1755

所掠，则明年之计，亦无及矣。

晋主览表才罢，张华突然而起，推却棋枰，【眉批：棋局一推，大事已定矣。】敛手奏曰："陛下圣武，国富兵强；吴主淫虐，诛杀贤能。今讨之，可不劳而定。愿勿以为疑。"晋主曰："卿等之言，洞见利害，孤复何虑焉！"【眉批：伐吴之事于此又一紧。】即出升殿，命镇南大将军杜预为大都督，引兵十万出江陵；镇东大将军、琅琊王司马伷出滁中；征东大将军王浑出江油；建威将军王戎出武昌；平南将军胡奋出夏口；各引兵五万，皆听预调用。又遣龙骧将军王濬、广武将军唐彬浮江东下，【眉批：用陆兵五路，水兵二路攻之。】水陆兵二十余万，战船数万艘。又令贾充为大都督，假黄钺，以冠南将军杨济副之，出屯襄阳，节制诸路人马。充奏曰："臣年耄衰老，不堪元帅之任。"晋主曰："卿若不行，朕当自出。"充不得已，辞帝而行。

早有消息报入东吴，近臣奏曰："晋兵大势，水陆并进。"吴主皓大惊，急召丞相张悌、司徒何植、司空滕修，计议退兵之策。悌奏曰："可令车骑将军伍延为都督，进兵江陵，迎敌杜预；骠骑将军孙歆，进兵拒夏口等处军马；臣敢为军师，领左将军沈莹、右将军诸葛靓引兵十万，出屯牛渚，接引诸路军马。"皓从之，【眉批：吴主用兵三路。】遂令张悌引兵出城去了。

皓退入后宫，面带忧色。有幸臣中常侍岑昏问其故，皓曰："晋兵大至，诸路已有兵迎之。争奈王濬率兵数万，战船齐备，顺流而下，其锋甚锐，朕因此忧也。"【眉批：**到此时忧迟了**。】昏曰："臣有一计，令王濬之船尽为粉碎矣。"皓大喜，遂求其计。未知如何，且听下回分解。

却说中常侍岑昏奏吴主孙皓曰："江南多铁，可打连环索百余条，长数百丈，每环重二、三十斤，于沿江紧要去处横截之。再造铁锥数万，长丈余，置于水中。若晋船乘风而来，逢锥则破，岂能飞渡江也？"皓大喜，即发工匠于江边，连夜造成铁索、铁锥，设立停当。

却说晋都督杜预兵至江陵，唤牙将周旨受计："汝引水手八百人，乘小船暗渡过江，夜袭乐乡。【眉批：**与邓艾当日偷越山岭仿佛相似**。】多带旌旗，于山林之处立起。日则放炮擂鼓，夜则各处举火。"旨领兵去了。夜渡大江，伏于巴山。

次日，杜预领大军水陆并进，前哨报道："吴主遣伍延出陆路，陆景出水路，孙歆为先锋，三路来迎。"言未了，孙歆船到，两兵初交，杜预便退。歆引兵上岸，迤逦追时，不到二十里，一声炮响，四面晋兵大至。【眉批：**杜预巴山之兵与邓艾阴平之兵亦相仿佛**。】吴兵急回，杜预乘势掩杀，吴兵死者不计其数。孙歆奔到城边，周旨八百军混杂于中，就城上举火。歆大惊曰："北来诸军乃飞渡江也！"急欲退时，被周旨大喝一声，斩于马下。【眉批：**了却第二路吴兵矣**。】陆景在船上，望见江

国学经典文库

李渔批阅

三国演义

羊祜病中荐杜预
王濬计取石头城

图文珍藏版

1757

南岸上一片火起，巴山上风飘出一面大旗，上书"晋镇南大将军杜预"，陆景大惊，欲上岸逃命，被晋将张尚马到斩之。【眉批：陆景亦了却矣。】伍延见各军皆败，乃弃城走，被伏兵捉住，来见杜预。预曰："留之无用。"叱令武士斩之。【眉批：了却第一路吴兵矣。】遂得江陵。于是沅、湘一带，直抵黄州诸郡，守令皆望风赍印而降。预令人持节安抚，秋毫无犯。遂攻武昌，武昌亦降。【眉批：如邓艾取成都。】杜预军威大振。遂大会诸将，共议取建业之策。胡奋曰："百年之寇，未可尽服。方今春水泛涨，难以久任。可俟来春，更为大举。"【眉批：于此又一宽。】预曰："昔乐毅济西一战而并强齐；今兵威大震，如破竹之势，数节之后，皆迎刃而解，无有着手处也。可乘势而取建业。"遂遣人来会诸将，一齐进兵。

此时龙骧将军王濬率水兵顺流而下，莫当其锐。人报濬曰："吴人造铁索沿江横截，又以铁锥置于水中，如此准备。"濬大笑。遂造大筏数十万，上缚草木为人，被甲执杖立于周围，顺水放下。吴兵见之，以为活人，望风先走。暗锥着筏，尽提而去。又差惯熟水手于筏上先作大炬，长十余丈，大十余围，以麻油灌之，在船前行。但遇铁索，燃炬烧之，须臾皆断。【眉批：东吴用金克木，王濬用火克金。】两路从大江而来，所到之处，无不克胜。

却说东吴丞相张悌，令左将军沈莹、右将军诸葛靓来迎晋兵，莹谓靓曰："上流诸军不作堤防，吾料晋军必至此，宜尽力以敌之。若幸得胜，江南自安。今渡江与战，不幸而败，则大事去矣。"靓曰："公言待之诚是也。"言未毕，人报："晋兵顺流而下，势不可当！"二人大惊，慌来见张悌商议。靓谓悌曰："东吴危矣，何不去之？"悌曰："国家将亡，贤愚共之。今若君臣皆降，无一人死于国难，不亦辱乎！"靓曰："存亡自有天数，非公一人可支吾也。何故自取其死？"悌垂泣曰："仲思，今日是我死日矣。吾自幼食吴禄，今位至丞相，得其死矣。安可求生，以遗不义之名耶？"【眉批：此处若无一二人为国死难，不独吴国无气色，书中亦难以煞尾。】诸葛靓亦垂泣而去。张悌与沈莹却欲挥兵抵敌，晋兵一齐围之。周旨、罗尚首先杀入吴营，张悌独奋力搏战，死于乱军之中。沈莹被周旨一刀斩之。【眉批：了却吴兵第

国学经典文库

李渔批阅

三国演义

羊祜病中荐杜预
王濬计取石头城

图文珍藏版

国学经典文库

李渔 批阅

三国演义

羊祜病中荐杜预
王濬计取石头城

图文珍藏版

1760

三路矣。】吴兵四散败走。静轩先生有诗赞张悌之忠曰：

颠危国祚势难支，江左全收大将旗。

张悌死忠怀食禄，为臣到此是男儿。

却说晋兵克了牛渚，深入吴境。王濬遣人驰报捷音，晋主炎闻知大喜。贾充奏曰："吴地未可即定，方值夏月下湿，吾兵深入，疫疾必起。宜召军还，以为后图。"【眉批：伐吴之事于此又一宽。】众臣皆言未可前进，独张华争曰："今大兵已入其巢，吴人胆落，不出一月，孙皓必虏于殿下矣。陛下若不自坚，徒废前功。"晋主未及应，贾充叱华曰："汝不省天时地利，欲妄邀功绩，困弊其众，虽腰斩不足以谢天下！"炎曰："此是吾之意，华但与吾同耳，何必争辩？"忽报杜预驰表到，晋主视表，意固争，宜急进兵。【眉批：伐吴之事于此又一紧。】晋主遂无疑，竟下征进之命。

王濬等得上命到，水陆并进，风雷鼓动，吴人望旗而降。飞报吴主皓，皓大惊失语。【眉批：到此时惊更迟了。】殿中数百人叩头告曰："今北兵日近江南，军民不战而降，将如之何？"皓曰："何故不战？"众对曰："今日祸之，皆岑昏之罪。请陛下诛之！臣等出城，决一死战！"皓曰："量一中贵，何能误国？"内一人大叫曰："陛下岂不见蜀之黄皓乎？"【眉批：与姜维以黄皓比张让同此语。】皓曰："且将此人为奴可也。"众皆入宫中，碎

国学经典文库

李渔批阅

渔阅

三国演义

羊祜病中荐杜预
王濬计取石头城

图文珍藏版

割岑昏，生啖其肉。于是陶濬奏曰："臣以蜀船皆小，愿得二万兵，乘大船以战，自足破之。"皓从其言，遂拨御诸军与陶濬上流迎敌。前将军张象率水兵下江迎敌。二人部兵正行，不想西北风大起，【眉批：**此日之东风。不可复借矣。**】吴兵旗帜皆不能立，尽倒竖于舟中。兵各不肯下船，四散奔走，只有张象数十军待敌。

却说晋将王濬扬帆而行，过三山，舟师曰："风波甚急，船不能行，且待风势少息行之。"【眉批：**欲取天下，岂可畏风波乎？**】濬大怒，拔剑叱之曰："吾目下欲取石头城，何言住耶？"遂擂鼓大进。吴将张象引众军请降。濬曰："若是真降，便为前部立功。"象回本船，直至石头城下，叫开城门，接入晋兵。人报孙皓，皓欲自刎。中书令胡冲、光禄勋薛莹奏曰："陛下何不效安乐公刘禅乎？"皓从之，亦备舆榇自缚，率诸文武诣王濬军前发降。【眉批：**当日剥面凿眼之威安在哉?**】濬自扶起，以释其缚，诸将皆喜。濬请皓入军中，以王礼待之。皓将玺绶并图籍尽皆纳下，于是东吴四州，四十三郡、三百一十三县、户口五十二万三千、军吏三万二千、兵二十三万、男女老幼二百三十万、米谷二百八十万斛、舟船五千余艘、后官五千余人皆归大晋。【眉批：**令人追想孙策破刘繇时事。**】大事已定，出榜安民，尽封府库仓廪。次日，陶濬兵不战自溃。琅琊王司马伷并王戎大兵皆至，已见王濬成了大功，心中忻喜。次日，杜预亦至。大犒三军已毕，开仓赈济吴民，于是吴民安堵。

此时惟有建平太守吴彦拒城不下，【眉批：**蜀国有霍戈，吴国有吴彦。**】闻吴亡乃降。王濬表为金城太守。朝廷闻吴已平，君臣皆贺上寿。晋主执杯流涕曰："此羊太傅之功也，惜其不亲见之耳。"群臣默然。骠骑将军孙秀退朝，向南而哭曰："昔讨逆壮年，以一校尉职分创立基业；今孙皓举江东而弃之。'悠悠苍天，此何人哉!'"【眉批：**此数语抵一篇《麦秀》之歌。**】后人读史至此，有吊古诗曰：

> 君王城上竖降旗，十万雄兵近汉湄。
>
> 食禄有人轻举议，临戎无主重行持。
>
> 吴侯宫殿青芜没，讨逆坟陵碧草迷。
>
> 往事穷追多少恨，江南依旧物迁移。